祖父文太郎と孫廉次郎の書簡

流泉小史の会

祖父文太郎と祖母理恵（織江・直江）肖像（元はお寺の本堂に掲げられていたものか）

小原廉次郎（敏麿）写真（生家に掲げられていた）

小原廉次郎書簡（明治36年10月30日付）

父悦治の訓導碑(正洞寺境内)

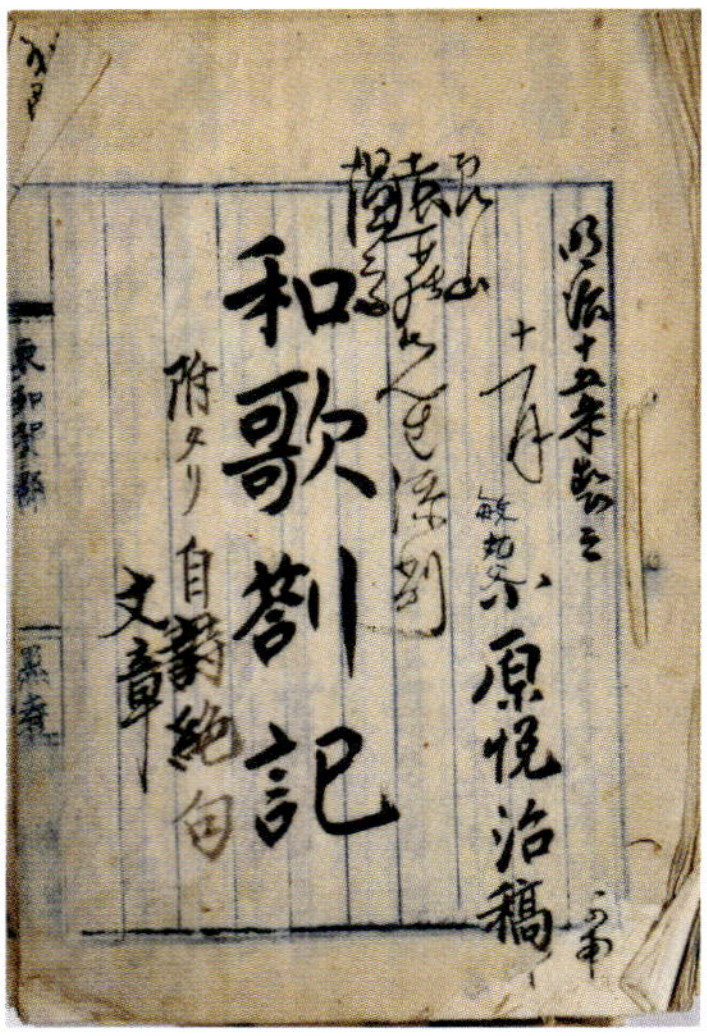

父悦治の『和歌劄記』

第二百九号
證
巖手縣平民
喜兵衛長男
小原悦治
十五年七月
急養師範学科卒業候事
明治十二年十二月廿四日
巖手師範學校

父悦治の岩手急養師範学科卒業証書

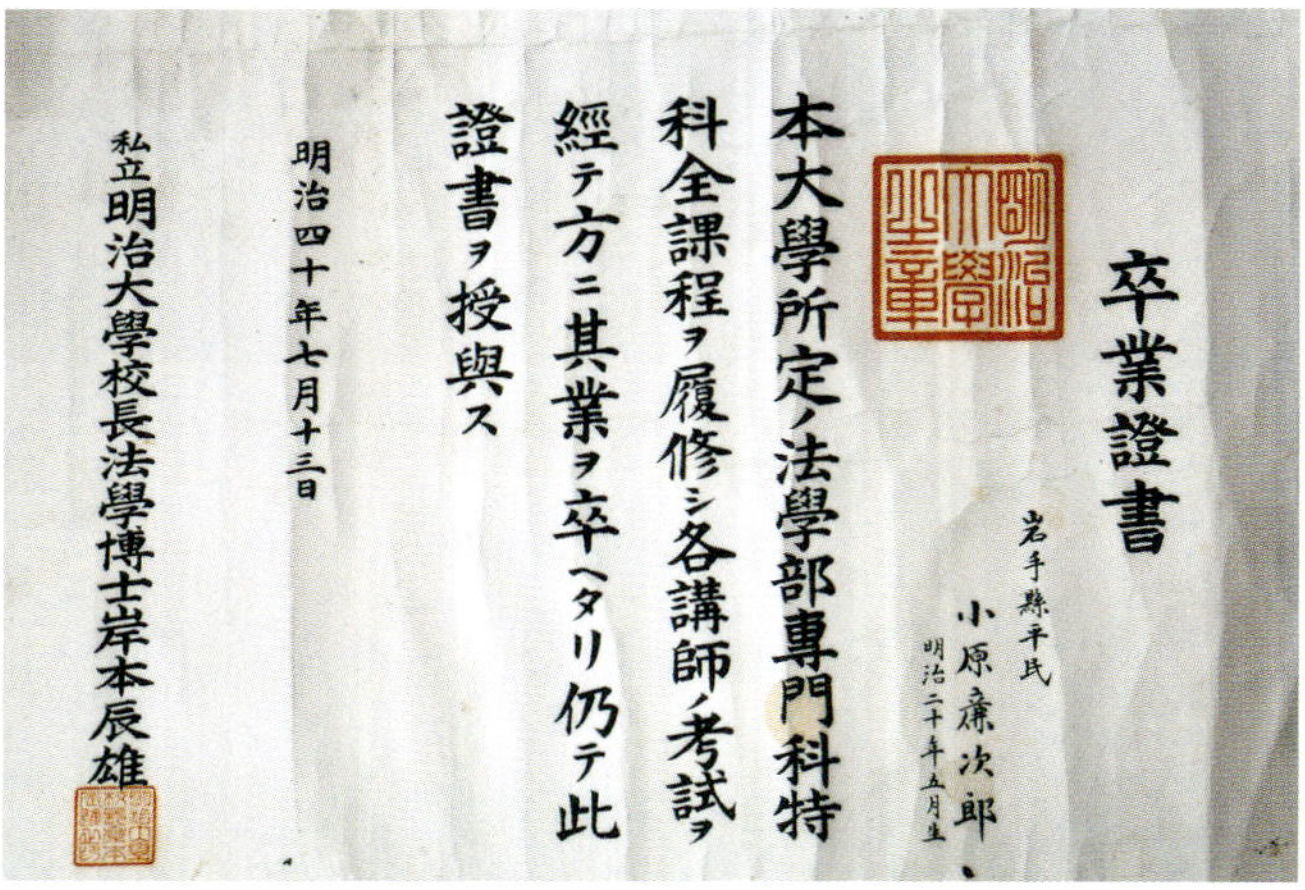
卒業證書
岩手縣平民
小原廉次郎
明治二十年五月生
本大學所定ノ法學部専門科特科全課程ヲ履修シ各講師ノ考試ヲ經テ方ニ其業ヲ卒ヘタリ仍テ此證書ヲ授與ス
明治四十年七月十三日
私立明治大學校長法學博士岸本辰雄

小原廉次郎、明治大学卒業証書(明治40年7月)

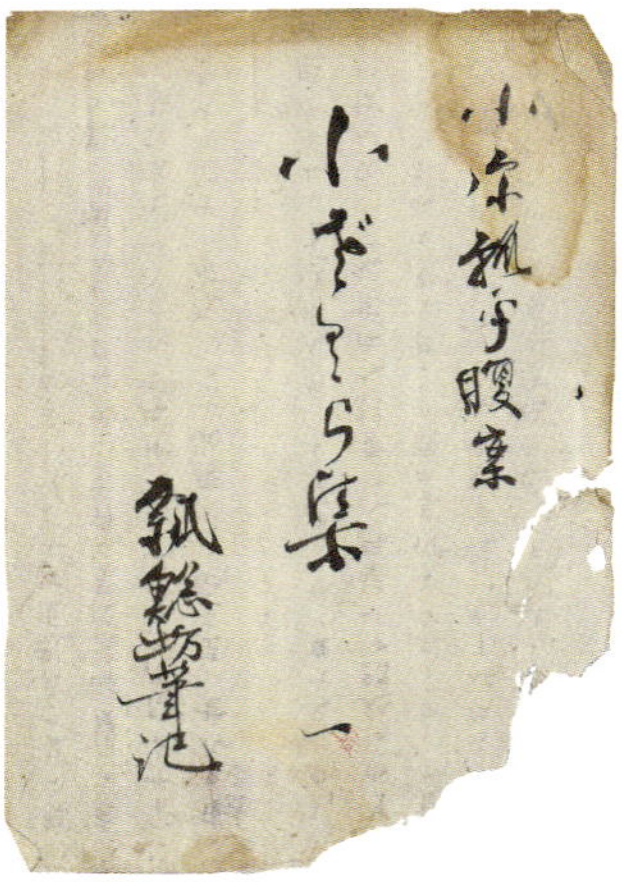

(小原瓢乎腹案表紙のみ)

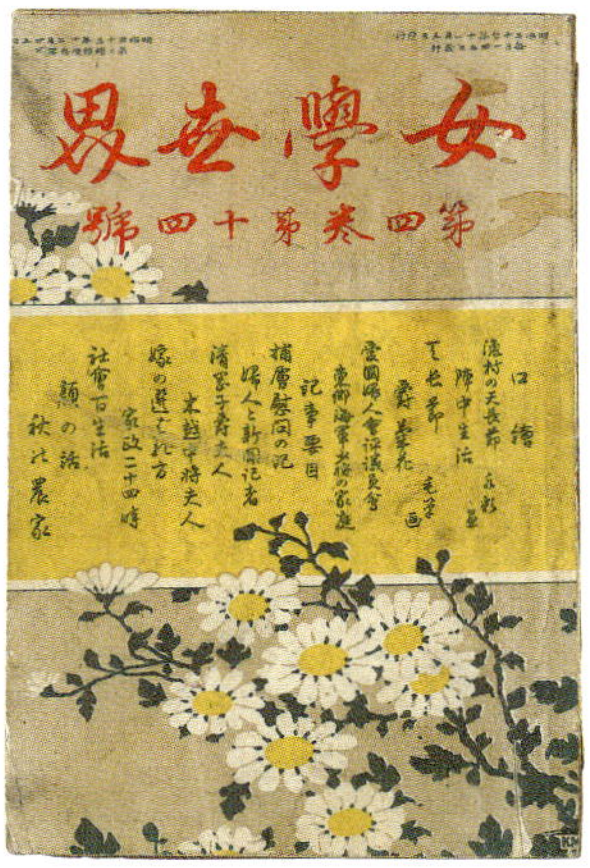

アルバイトをした時の
『女学世界』雑誌
(明治37年11月号)

『川柳』第5号表紙
(明治39年3月3日発行)

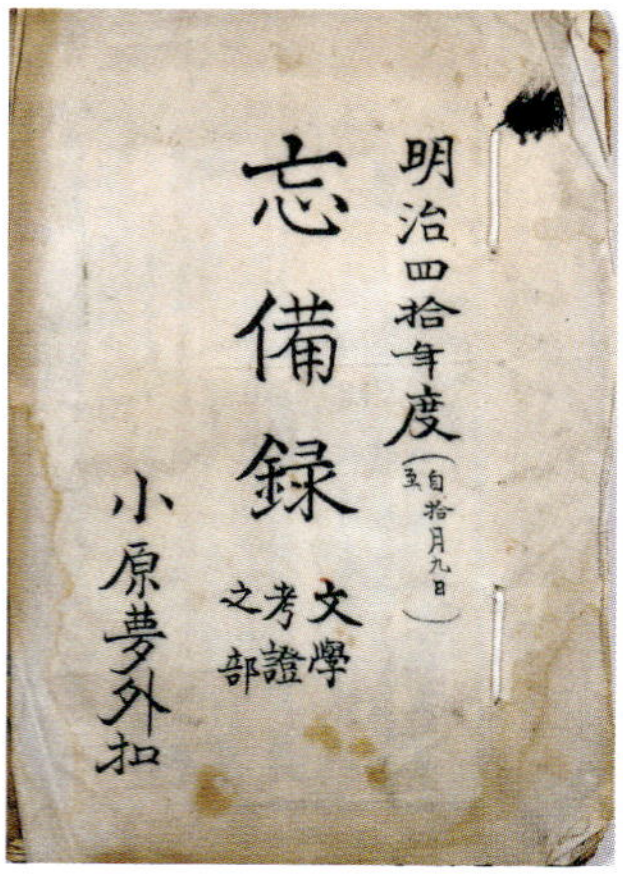

小原夢外の『忘備録』
(明治40年度)

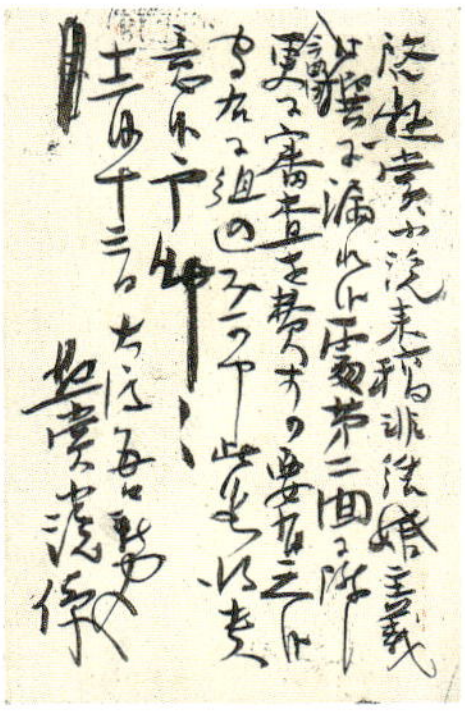
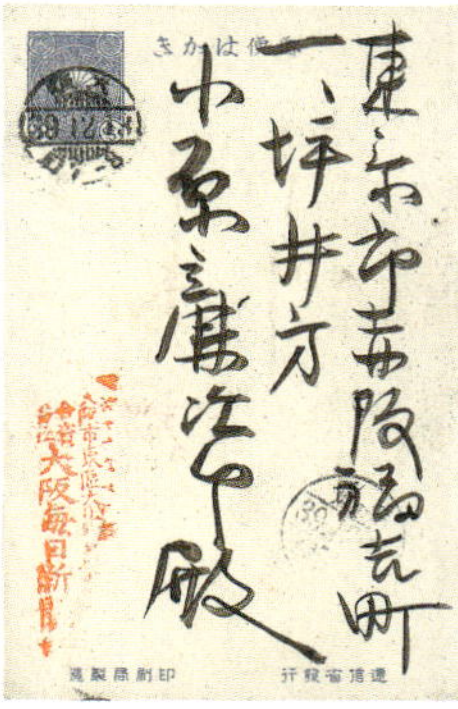

大阪毎日新聞懸賞係より
投稿小説「非結婚主義」漏れの通知
（明治39年12月13日付）

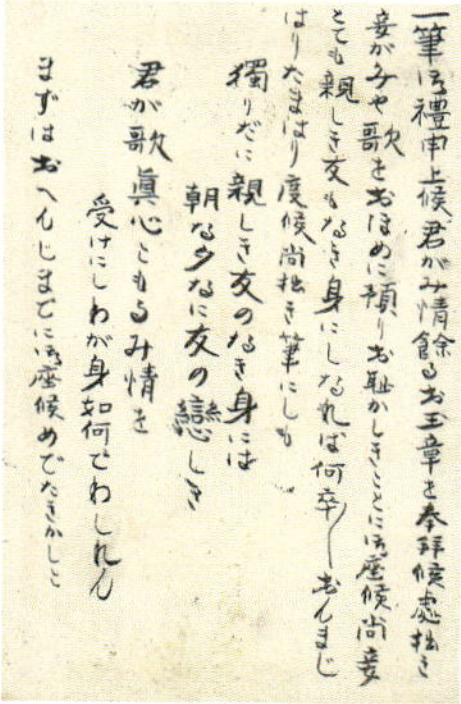
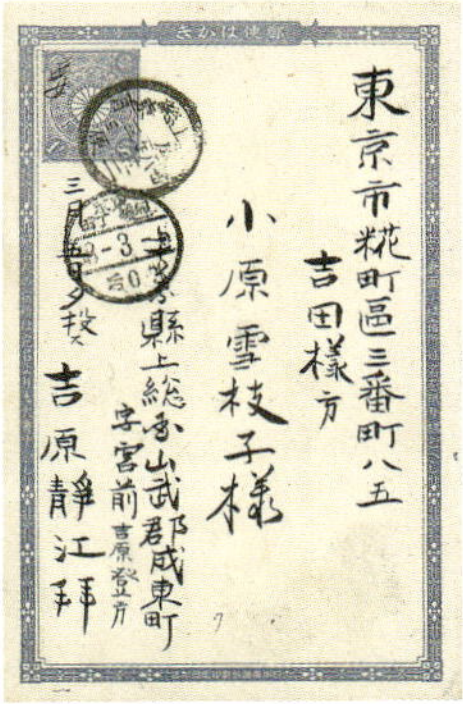

吉原静江のハガキ（後に結婚）
（明治38年3月6日付）

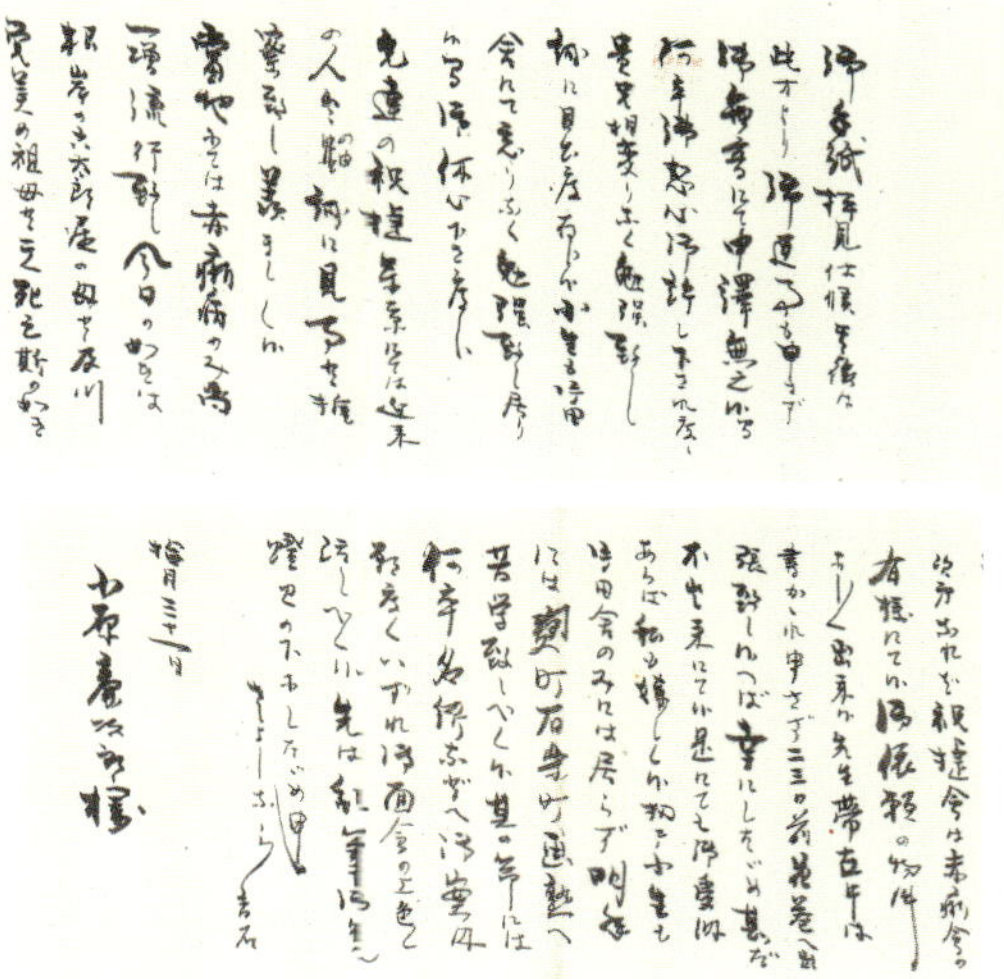

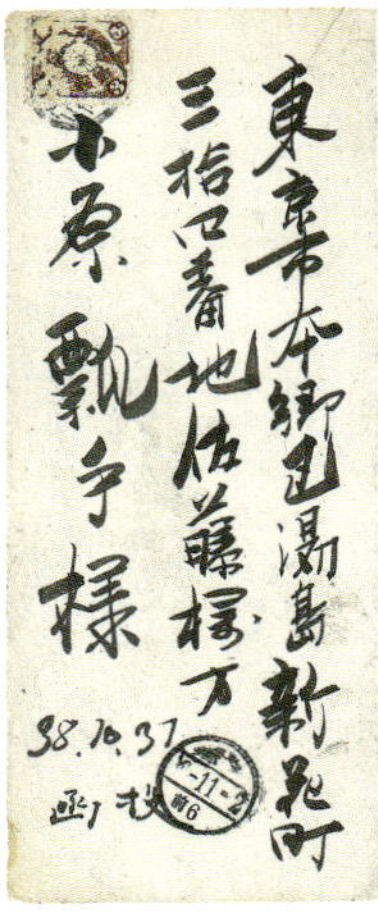

及川香石、黒岩の近況と来年画塾勉強の為上京する旨（明治38年10月31日）

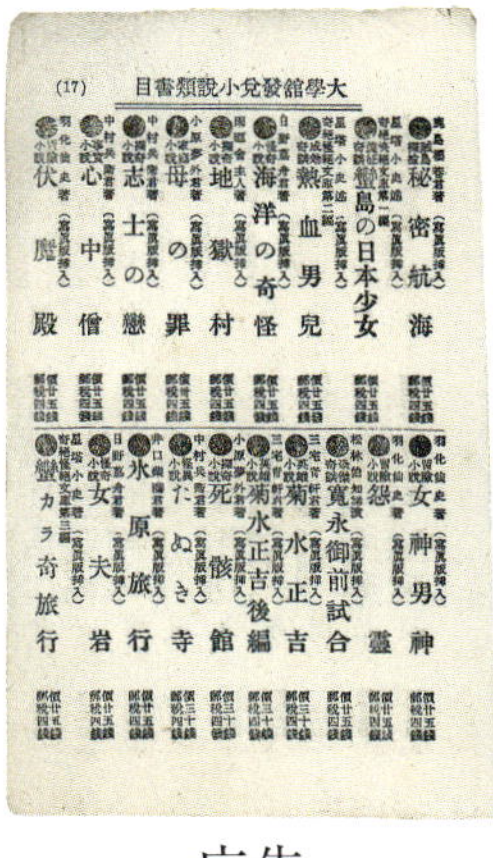

大學館發兌小説類書目 (17)

秘密航海
蠻島の日本少女
熱血男兒
海洋の奇怪
地獄村
母の罪
志士の戀
心中僧
伏魔殿
女神男神
怨靈
寛永御前試合
菊水正吉
菊水正吉後編
死骸館
たぬき寺
氷原旅行
女夫岩
蠻カラ奇旅行

広告

第３作
『死骸館』・30銭

第２作
『母の罪』・35銭

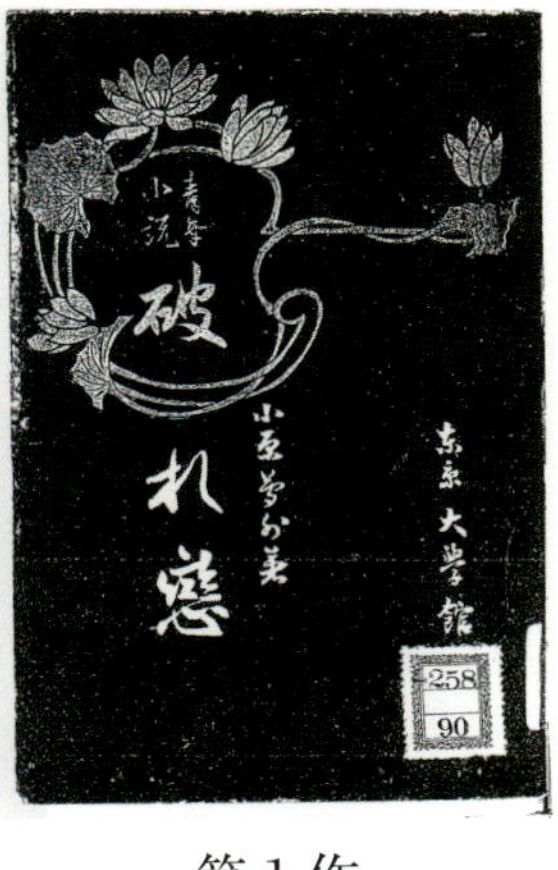

第１作
『破れ恋』・25銭

（小原夢外の処女作）

『写真でたどる森鷗外の生涯』—生誕140周年記念—

（与謝野寛ヨーロッパ出発送別会）上野精養軒にて（明治44年11月4日）新詩社集会にて
（文京区立森鷗外記念本郷図書館所蔵）

石川啄木（明治41年）
（石川啄木記念館所蔵）

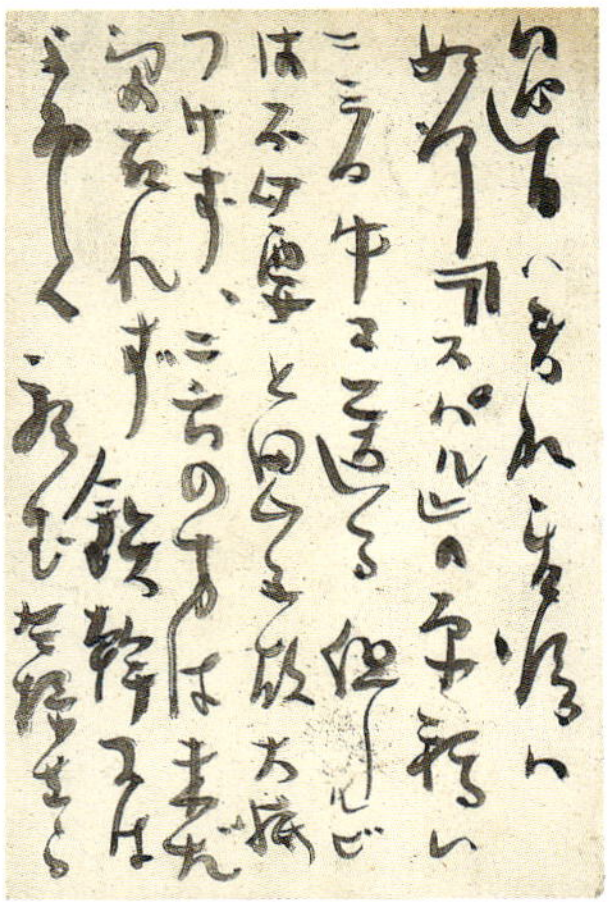

「スバル」のことあり

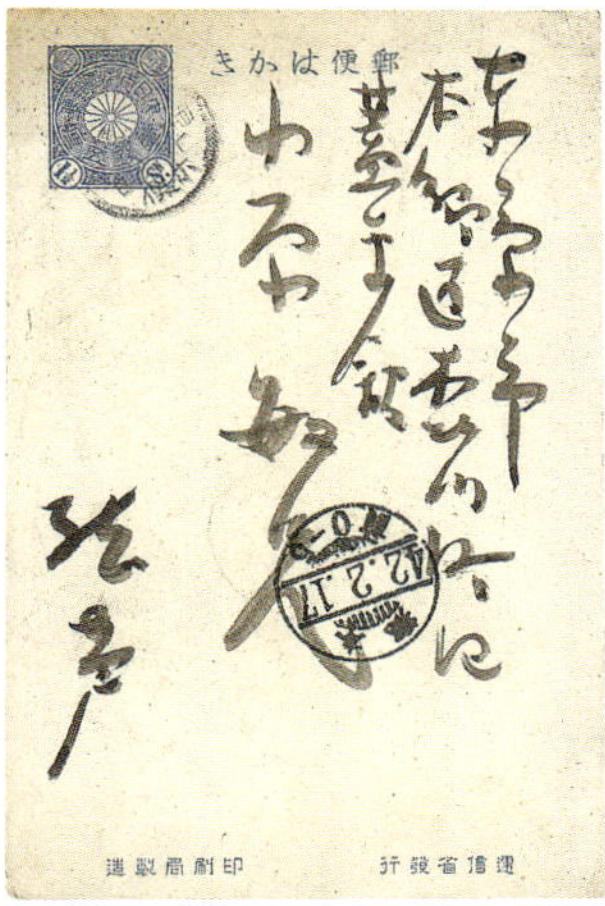

井田弦声のハガキ
小原敏兄
（明治42年2月）

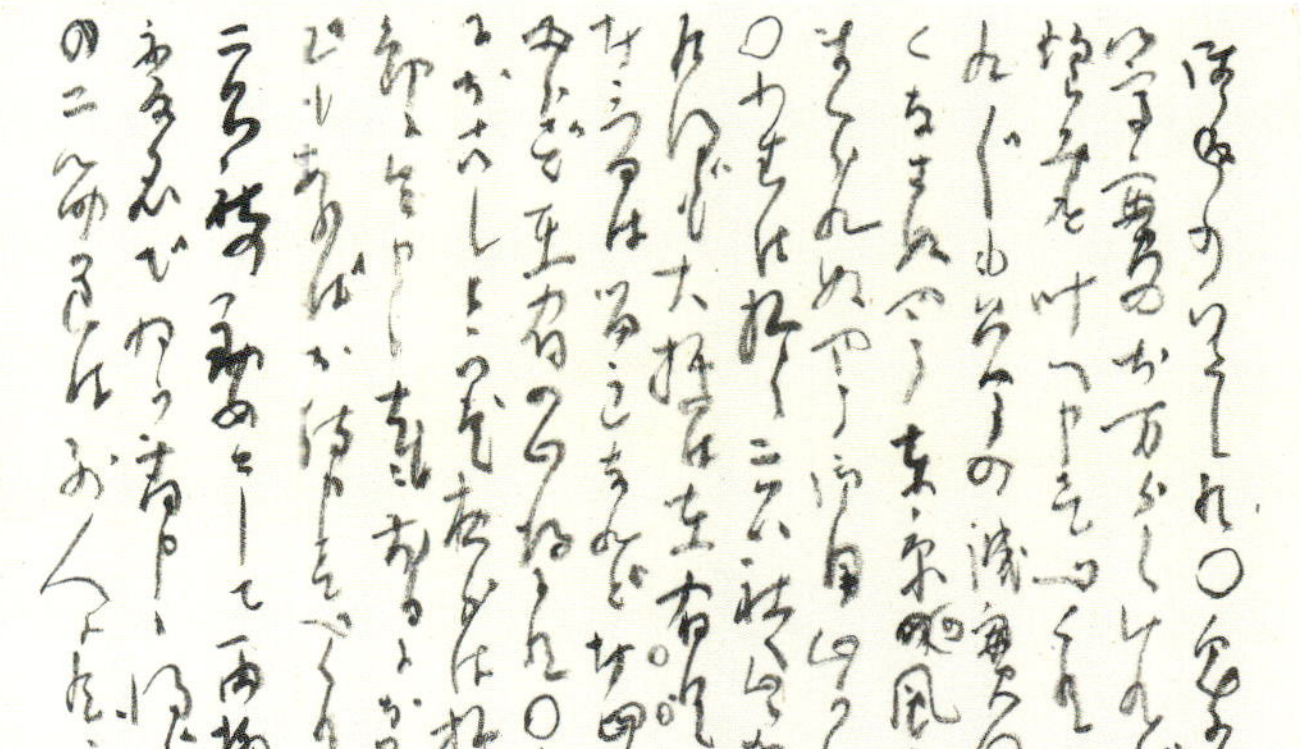

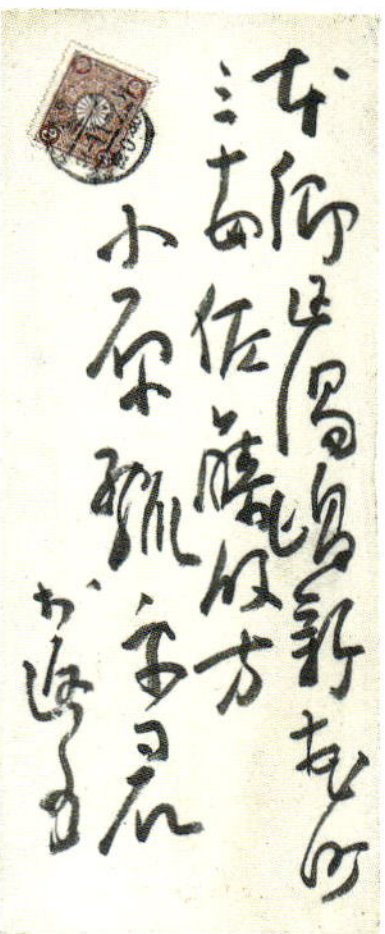

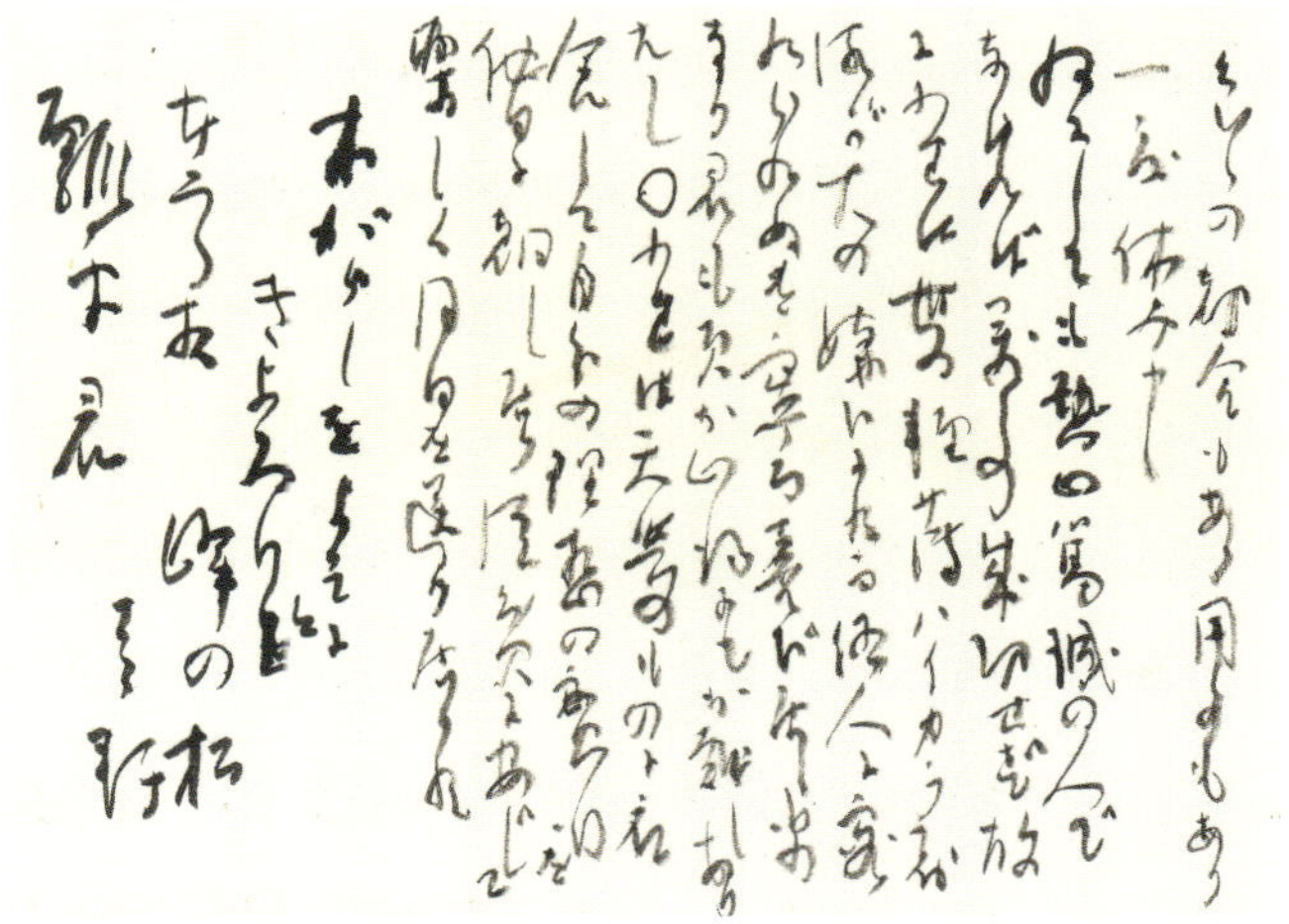

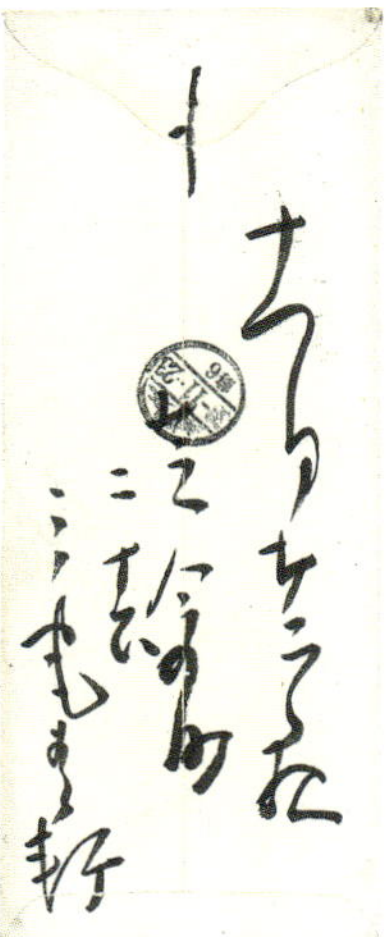

三宅青軒書簡（明治38年11月22日）

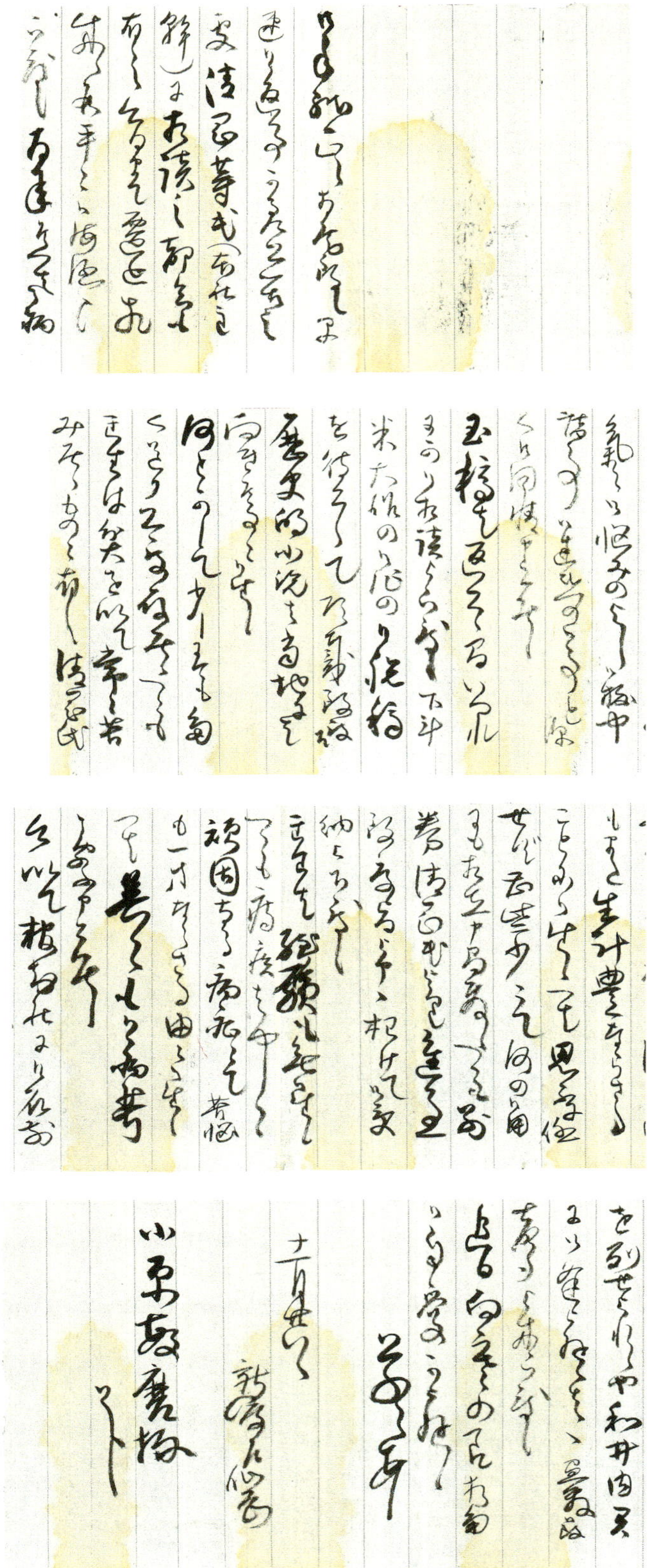

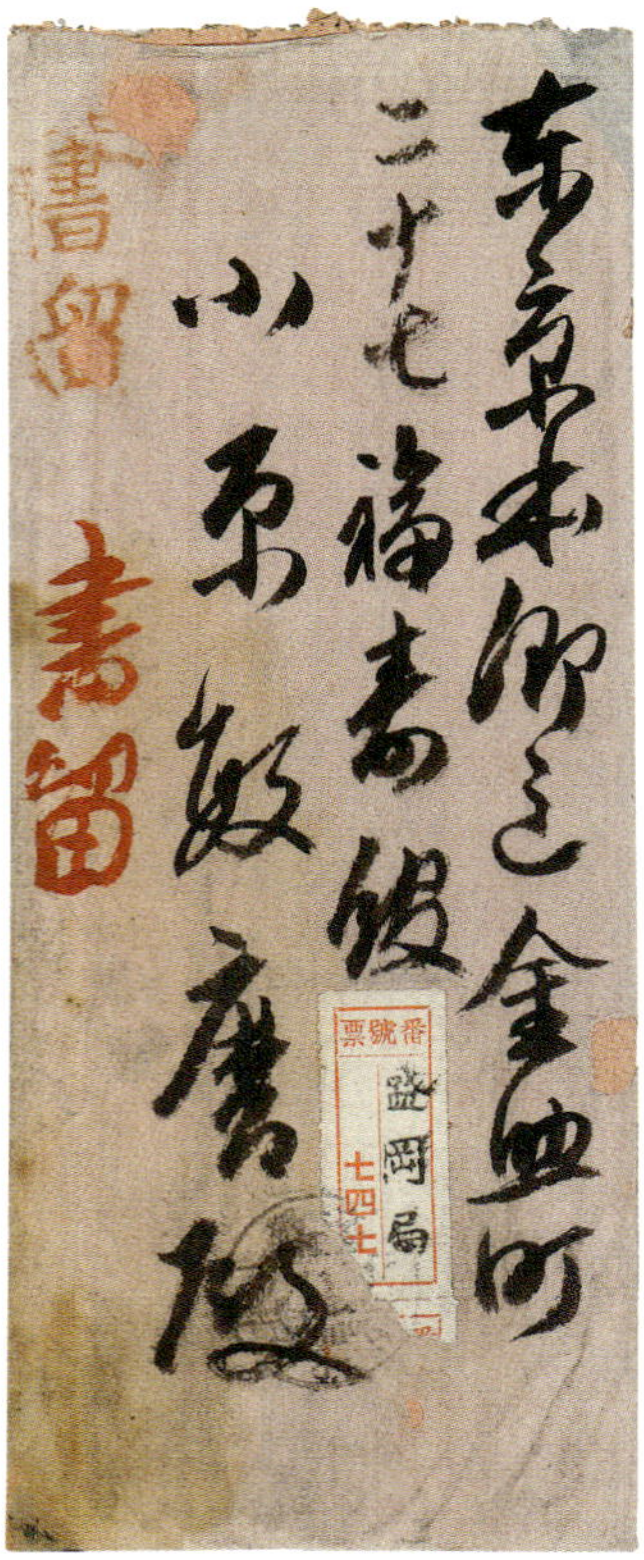

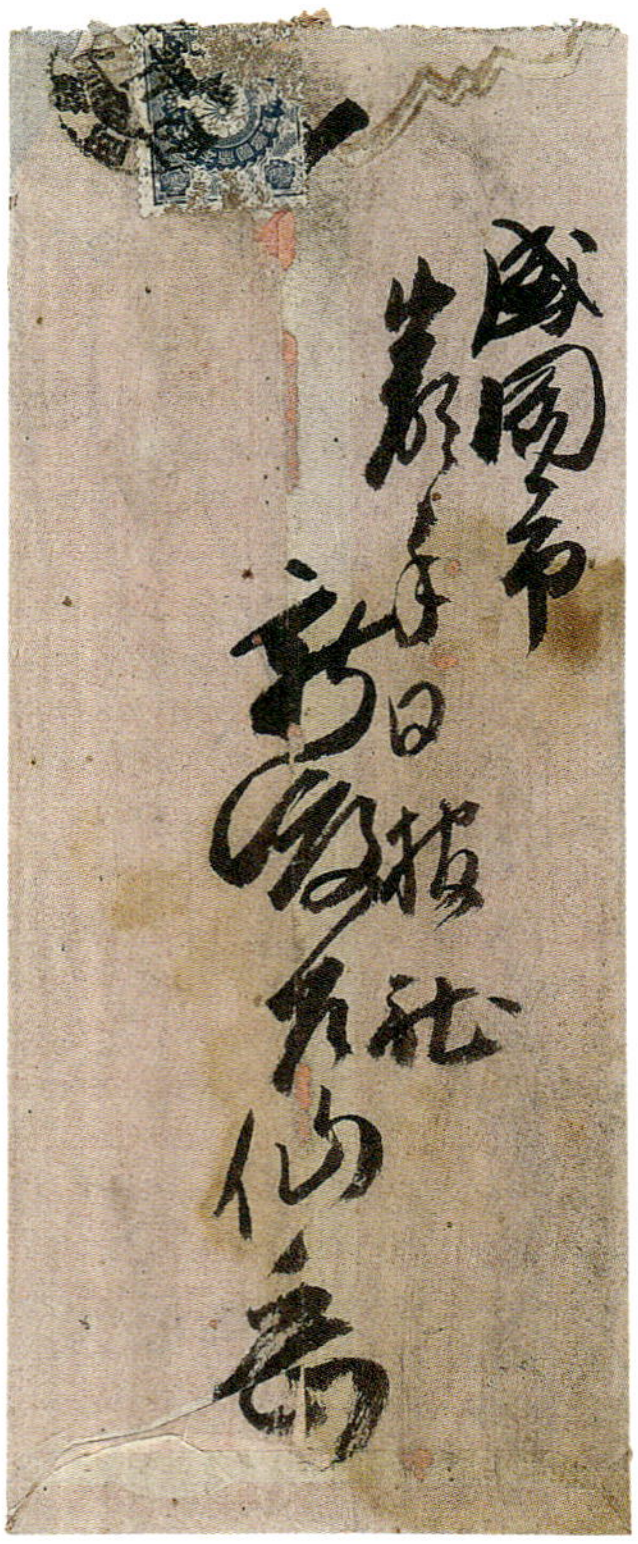

岩手日報社新渡戸仙岳より相馬大作に関する原稿返却される。投稿か、(明治42年11月28日付)

小原廉次郎の生家、明治2年建立と伝わる（現上沖修三氏所有）

後妻哲子さんの「アルバム」より

大正３年７月９日
（下斗米哲子、学期末生徒より花束を贈られる）

牛込区弁天町自宅前に夫妻
（左端哲子の兄耕造か）

自宅二階長火鉢の前にて
（共に昭和初年か）

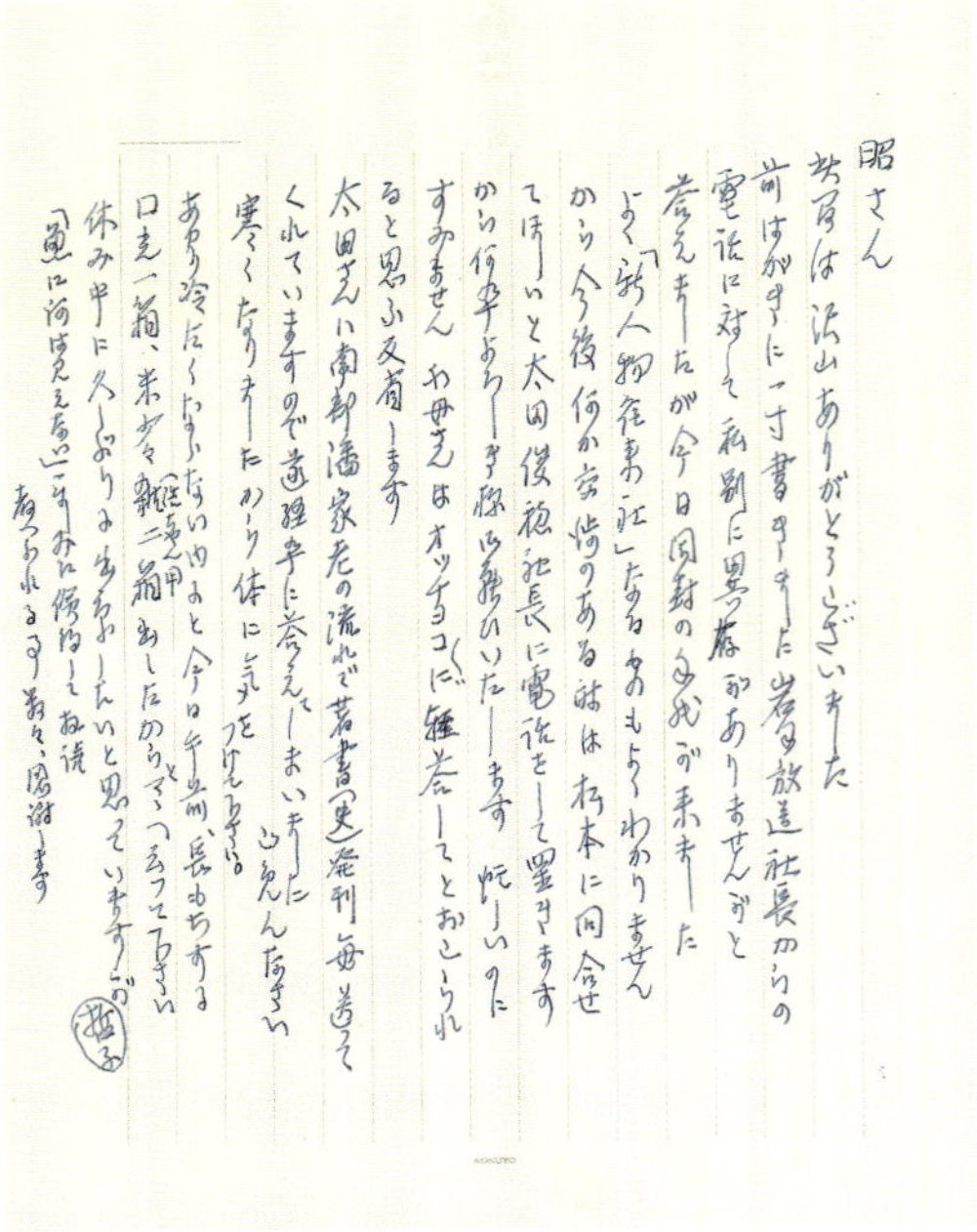

昭さん
先日は沢山ありがとうございました
前はがきに一寸書きました岩手放送社長からの
電話に対して私別に異存ありませんがと
答えましたが今日同封の手紙が来ました
よく「新人物往来社」なるものもよくわかりません
から今後何か交渉のある時は松本に問合せ
てほしいと太田俊穂社長に電話をして置きます
から何卒よろしくお願いいたします 忙しいのに
すみません お母さんはオッチョコチョイに雑答してとおこられ
ると思ふ反省します
太田さんは南部藩家老の流れで若書(史)発刊毎送って
くれていますので道理弁に答えてしまいました ごめんなさい
寒くなりましたから体に気をつけて下さい
あまり冷たくならないうちと今日千葉(長ちゃん)に長ちゃんする
口麦一箱、米から乾二箱出しましたから召しあがって下さい
休み中に久しぶりにお会いしたいと思っていますが
「蔵に何はえ」…
哲子

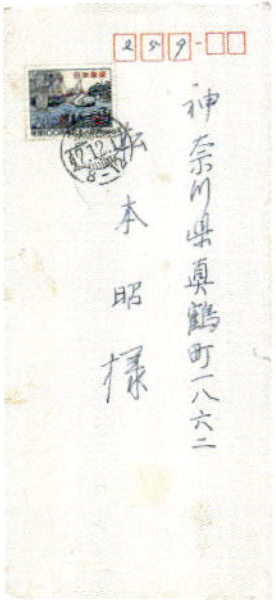

神奈川県真鶴町一八六二
本 昭 様

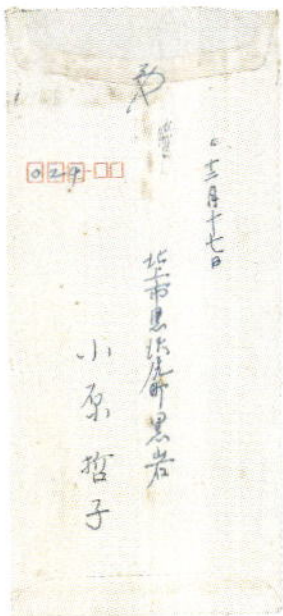

十二月十七日
小泉 哲子

哲子(昭和47年12月17日付)

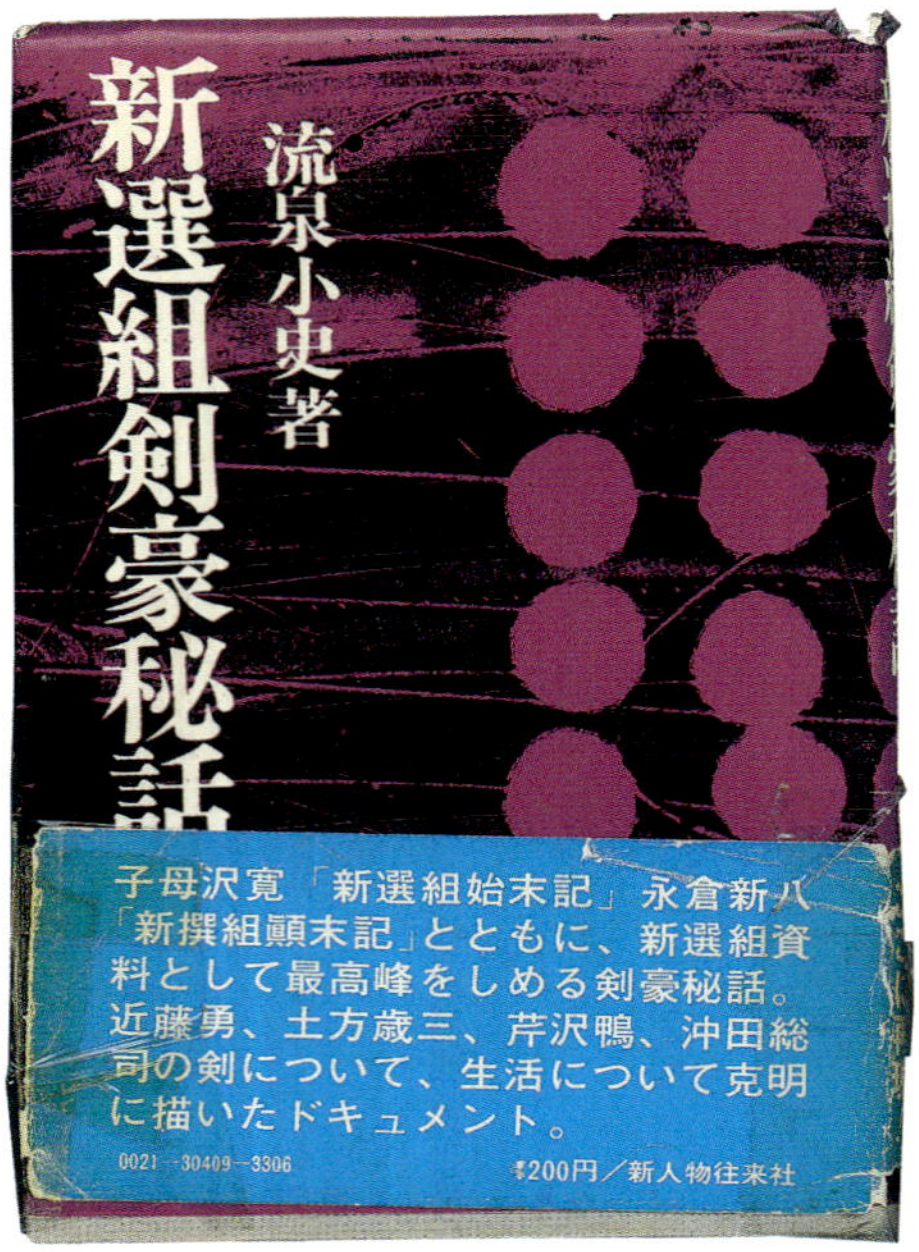

(本)夫の遺作を再版して逝く

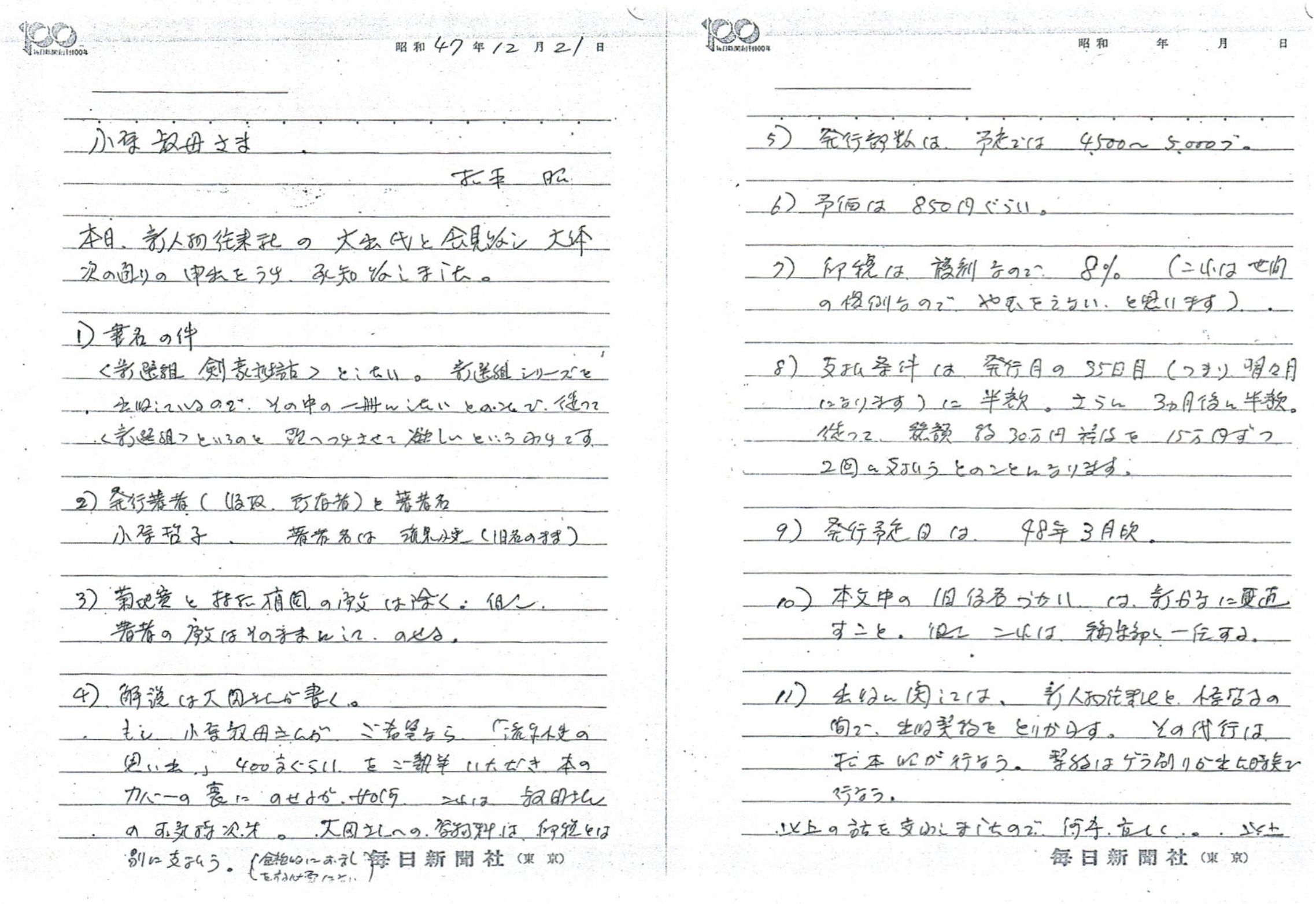

昭和47年12月21日

小泉叔母さま
松本 昭

本日、新人物往来社の大出氏と会見致し大体次の通りの申出をうけ、承知致しました。

1) 書名の件
〈新選組 剣豪秘話〉としたい。新選組シリーズを出版しているので、その中の一冊にしたいとのことで、従って〈新選組〉というのを頭につけさせて欲しいというわけです。

2) 発行著者(版权、所有者)と著者名
小泉哲子、著者名は流泉小史(旧名のまま)

3) 菊池寛とまた有円の序文は除く。但し、著者の序文はそのままにしてのせる。

4) 解説は太田さんが書く。
もし小泉叔母さんがご希望なら「流泉小史の思い出」400字ぐらいをご執筆いただき本のカバーの裏にのせますがどうか、これは叔母さんのお気持次第。太田さんへの原稿料は、印税とは別に支払う。(会社的にお礼をするわけではない)

毎日新聞社(東京)

昭和 年 月 日

5) 発行部数は、予定では4500～5,000です。

6) 予価は850円ぐらい。

7) 印税は、復刻なので8%(これは世間の復刻なので、やむをえない、と思います)。

8) 支払条件は、発行日の35日目(つまり翌々月になります)に半額。さらに3ヵ月後に半額。従って、総額約30万円弱を15万円ずつ2回に支払うとのことになります。

9) 発行予定日は、48年3月頃。

10) 本文中の旧仮名づかいは、新かなに変更すること。但しこれは新字体に一任する。

11) 出版に際しては、新人物往来社と小泉哲子の間で、出版契約をとりかわす。その代行は松本昭が行なう。契約はゲラ刷りが出た時点で行なう。

以上の話を交わしましたので、何卒宜しく……以上

毎日新聞社(東京)

松本昭氏、出版に関する手続きメモ(昭和47年12月21日付)

序　文

故　相沢　史郎

みちのくは岩手県。その中流にあり、藩政期以前から荷駄の中継地であった黒沢尻川岸から約二キロ上流の東岸に、黒岩村（前立花村）がある。歴史を辿れば、中世紀から由緒のある村落だが、この地に残された城趾もやはり古い淵源をもつ正洞寺と境内を隣接している。正洞寺は兵庫県の小童寺から由来するとあるが、清和天皇の第三子美丈丸の伝承をもった古刹とも伝えられている。

この黒岩村の正洞寺に隣合わせて、小原廉次郎（流泉小史の幼名）は、明治二十年に生まれた。父も同時に他界し、母も家を出てしまったので祖父母に育てられ、成長して盛岡中学に入ったが、一年で中退して上京し、明治大学法学部（専門部）に入学した。その後は出版社や新聞社で働きながらジャーナリスト・作家の道を進むことになる。病身のために思うにまかせず、昭和十五年に病没した。

その間「都新聞」（筆名・小原柳巷）、「萬朝報」に秘密小説と名づけたミステリー小説五篇、評論数篇を残して大正時代の大衆作家としてその名が知られた。また、昭和には『文芸春秋』に連載した幕末「新選組」（筆名・流泉小史）の剣豪伝も人気があった。

現在、正洞寺には小原廉次郎と祖父文太郎の膨大な書簡や遺品が展示されているが、この名刹の住職である熊谷忠興老師は、これらをまず読破することから流泉小史研究をスタートされているのは卓見といえるものである。

序文が解説的な役回りをしたが、流泉小史研究の第一弾として御祝を申しあげたい。

（流泉小史の会顧問・東海大学名誉教授）・（平成二八年一二月逝去）

平成二八年三月

書簡集を巡って

和賀　篤子

「流泉小史」という郷土の剣豪作家がいると知ったのは、北上市が誕生し私が市立図書館に司書として職に就いてからのことであった。同僚となった斎藤省吾氏は高校時代の同級生で、学生時代から詩人としても名を馳せており文芸全般に広い知識を持っていた。

その彼が、ある日郷土資料の整理を担当していた私に「流泉小史」なる存在を熱っぽく語ったのが今でも記憶に残っている。

その頃、明治維新から百年、ということで県内に様々な動きがあった。明治維新は世情を大きく変えた。その一つに南部藩にとっては屈辱の戊辰戦争がある。維新後行われた五十年祭は、無念のうちに命を落とした家老楢山佐渡を初めとする南部藩士の霊を弔うものだった。旧藩主南部氏を初めとして多くの心ある県民が集まり、時の宰相原敬が東京からかけつけて捧げた有名な祭文がある。

「……顧みるに昔日も亦今日の如く誰か朝廷に弓引く者あらんや、戊辰戦役は政見の異同のみ、当時勝てば官軍負くれば賊との俗謡あり、其真相を語るものなり……」そして署名には、旧藩の一人原敬、としてあった。

それから約五十年を経た昭和四十三年、志を同じくする県民の間には未だに無念さが残ることは否めない。

岩手放送の社長・会長を勤めた太田俊穂氏もまたこの思いを深くする人物であった。南部藩士に深く繋がる氏は、この時期に祖母万亀女から聞いた話を元に書いた『血の維新史の影に』を上梓した。副題は「明治百年のため」である。「逆賊」の汚名を蒙ったまま消えていった人々の悲憤の念を訴えたものであった。

太田氏は小史より二十年程後に生まれており、幕臭のある小史の剣豪小説の愛読者だったようだが、間もなく出版された『新撰組剣豪秘話』の後書きに小史の未亡人哲子夫人から聞いた話として小史の成育過程が書かれている。

この時期この本が出版されたことに太田氏が大きな係わりを持っていたと推察される。

この『新撰組剣豪秘話』の出版は好評により増刷され、それまで少し遠い存在の小史が身近になったのは確実である。新たに気付かれた愛読者もおられたことだろう。

平成十年代、私が宿願であった『北上の先人』を北上史談会の仲間と執筆を始めることになった時、私のリストの中に当然のように小史の名前があった。おこがましいとの思いもあったが興味をそそられる人物であった。

執筆に当たっては個人の人格に沿って史実に基づいた事柄を伝えることが肝要とされる。

ある日、私は黒岩の小史の生家を継いでおられる小原藤一家を訪れた。藤一氏とは以前からの顔見知りの間柄であったので、気軽に招じ入れてくれた。話の趣旨が分かると奥さんとともに大変喜んでくれ、別棟にしまっておいた色々な資料を持ち出してきた。

その資料とは、小史直筆の墨痕の残る生の原稿やその下書き、当時の新聞に掲載された小説の切り抜きを綴ったもの、或いは夥しい達筆の書簡の束とか写真などであり、いくつかの木箱や段ボール箱に別けて保存されていた。

昨今、古い家に伝わってきた資料が、新しい世代の人によって失われて行くのを案じることが多い中、これだけの資料を長い間よく保管していたものだ、と私は息を飲んだ。

藤一氏はさらにこれを預かってくれ、と言い出してきた。私はあわてて小史の写真とか経歴とかが解れば良いので、と丁重にお断りをして帰途についた。

それから一年ほど経ってからだと思う。ある日藤一氏が軽トラックで拙宅まであの資料を運んでこられた。そっくり委託するというのだ。戸惑いと恐縮の中で私はその資料を預かってしまった。

『北上の先人』はお借りした資料をもとに拙文ながら書き上げることができた。その間に小史の成育に多大な影響を及ぼした祖父文太郎が大きく存在し課題となっていた。

書簡集を除いてその資料は「小史の会」の重鎮相沢史郎氏にお届けした。相沢氏がこの資料をもとに小史研究を深められ、卓見を示されたことは非常に重要なことであった。

一方書簡集を預かった私は雑用に紛れ貴重な資料にすぐ手を掛けることなく月日が過ぎた。見かねた熊谷老師が解説を手掛けられ、このたび書簡集出版にこぎつけることができたのである。改めて熊谷老師に敬意の念を捧げたい。

今年は明治維新一五〇年ということで、また往時の事柄を正す記事が出始めている。

此の時期、この節目に有志の方々のご尽力によりこの書簡集が日の目を見ることになったことに私は何かの因縁を感じてならない。品の無い言い方かもしれないが、小史を裸にするようなこの書簡集によって真の小史研究が一段と深まることを思う時、祖父文太郎をはじめとする小史を陰で支えた人々が、安堵の念に胸をなでおろしておられるだろうことが私の胸の内を去来するのである。

合掌

平成三〇年三月

（流泉小史の会顧問・北上史談会　会長）

凡例

1、本書は小原敏丸の書簡で小原哲子夫人歿後、分家故小原藤一家（現当主小原武義氏）に所蔵されていた書簡である。その書簡は七六一通となり目録を参照ください。

2、書簡の移転・保存の経緯に就いては和賀篤子先生の「書簡を巡って」に譲ずる。

3、平成二二年夏頃、故相沢史郎先生の提唱で「流泉小史の会」が発足して、私が会長に就任した。会員は相沢先生の関係者や黒岩地区の数人であった。

4、その後、年二回乃至一回の会合が黒岩地区交流センターを会場としてもたれたが、その書簡を解読してみようと私が発願した。それ故、和賀先生の手元から正洞寺に移して解読をこころみた。

5、小原敏丸の幼名は廉次郎で、育ての親は祖父文太郎である故に書名は「祖父文太郎と廉次郎の書簡」とした。

6、驚く事なかれ、書簡を解読している内に色々のことが分かってきた。この書簡は明治三五年から大正三年まで含まれているが、廉次郎と祖父文太郎のみならず従兄弟小田島主殿等、色々の方の書簡が含まれていた。

7、明治初年から日清・日露戦争の頃にかけてこの黒岩地区（当時は立花村）の変貌が目に見えるようである。その他の地域に比べ郷村教育が盛んであったのか。

8、「書簡中」」印は改行の意味である。また「被」・「而」を一字下ている。また、そうでもない処もあるが祖父文太郎書簡にみえるから全体も一字下にした。

9、元より古文書に対する専門的知識は希薄であるが、解読出来ないところは□で示した。

10、本書には『川柳』から小原瓢鯰坊（雅号）などの作品や『明星』掲載の歌評を掲載した。

11、「川柳」に就いては北上市の「日本現代詩歌文学館」学芸員の豊泉豪氏の玉稿を転載させて戴いた。

12、与謝野鉄幹主宰『明星』掲載の歌評に就いては日本現代詩歌文学館の図書館で復刻版から私が「花村静枝」の雅号で発表している事を確認した。

13、書簡を通して、色々のことが分かったが、廉次郎は性格から回転が早く仕事も長続きせず、仕事を転々、金銭的に祖父文太郎への甘えが窺われる。

14、しかも蒲柳の質と言うか常に病気がちであるが、何度も病気を克服して筆を執っている。それは祖父から若くして学んだ柔術のお陰かと伺える。

15、最後に後妻哲子先生と松本昭先生の関係から、松本先生に御無理を言って玉稿を戴いた。

16、未だ一七・八歳の大学生が「歌評」や「川柳」で一躍活躍する姿には驚くばかりである。豊泉氏の論考から石川啄木との関係が伺えることは嬉しいことである。

17、本所は書簡集であるが、ここから小原敏丸論の研究が始まる事を期待したい。

18、やはり時代的背景から差別用語もみられ、今日人権擁護の上からは注意すべき点もあるので留意して戴きたい。

19、末尾に「目録」を始め「小原敏丸」と「小原哲子」の略年譜を添えた。今後の研究に資する為である。また、「索引」を付して人名の検索等に便利とした。

（熊谷記）

祖父文太郎と孫廉次郎の書簡

口絵
序文　（故）相沢史郎
書簡を巡って　和賀篤子
凡例
書簡
明治三十五年（一九〇二）……3
明治三十六年（一九〇三）……5
明治三十七年（一九〇四）……50
明治三十八年（一九〇五）……95
明治三十九年（一九〇六）……175
明治四十年（一九〇七）……211
明治四十一年（一九〇八）……255
明治四十二年（一九〇九）……299
明治四十三年（一九一〇）……361
明治四十四年（一九一一）……412
明治四十五年・大正元年（一九一二）……462
大正二年（一九一三）……528
大正三年（一九一四）……537
特別寄稿
小原哲子に就いて　松本　昭　547
雑誌『川柳』に見る川柳家としての流泉小史　豊泉　豪　550

解説　熊谷忠興　604
書簡目録　佐藤光洋　681
小原敏丸略年譜……713
小原哲子略年譜……730
編集後記……741
参考資料……746
お世話になった方々の御芳名……749
関係諸機関・図書館等……749
「流泉小史の会」覚書……750
索引

祖父文太郎と孫廉次郎の書簡

明治三十五年（一九〇二）

1、岩手県和賀郡立花村黒岩
小原文太郎様

（ハガキ）

謹賀新年
昨年中之御厚情ヲ謝ス
尚倍旧之御芳願ヲ祈候
一月元旦
苫前郡天売小学校
小田島養賢(1)

注（1）養賢―小田島養賢（一八八五―一九三〇）、片月出身

2、和賀郡立花村大字黒岩
小原文太郎様
稗貫郡台温泉
冨手三太郎
（ハガキ、二月消印）

新春之御吉慶万里同風目出度申納候
先者御尊家皆々様御揃並御清詞
御祝歳之段奉賀候、御家前方何無意
迠御仕候間、乍憚御放念願上候、偖而昨
年中ハ種々御世話預般々相成奉万謝候、当
年而不変御交之程御引立之程奉祷候、
其外ハ後ニ御願申べく、先ハ新年之御賀
詞迠申上候、敬具
旧一月一日

3、岩手県陸中国和賀郡立花村大字黒岩字舘ニテ
小原文太郎様
北海道函館会所町廿番地
漁業小売商藤原弥惣吉様方
小田島喜代太(1)拜（ハガキ）

謹テ寸書ヲ呈ス、扨テ此間御無音ニ打過ギ
候得共貴家益々御清昌之事ト察上候、随而
拙者儀モ無事罷在候得共皆々様御承知之通リ
当北海道開闢以来未曽有之不景気ニ依リ
拙者モ実ニ此頃ハ魂ヒ身之覚ヘ肝胆ニ感ズル所在リテ
只一心ニ帰村仕度候間、何卒（金弐参円）拝借仕
度此段伏而奉懇願候、余ハ有無之御返報待居候、
頓首
明治三十五寅年十二月廿一日　投函

注（1）喜代太―小原文太郎の二男、根岸小田島テツの養子、小田島主殿の父、

明治三十六年（一九〇三）

1、陸中和賀郡黒岩
小原文太郎様
及川万四郎
（ハガキ）

謹賀新年
併而　平素御無音を
鳴謝申候
鳳山庁旧城土地調査局

2、黒岩
小原文太郎様
陸中国黒沢尻町
三浦呉服店
（広告）

明治廿五年旧十二月
福引き大売り出し
『〆　三長呉服店

3、岩手県和賀郡黒岩
小原文太郎殿
（ハガキ）

賀新春
併テ平素ノ疎情ヲ謝ス
尚高堂ノ万福ヲ祈ル
近頃廉次郎君如何相成候也
乍蔭案罷在候間御序ニ御一報ヲ
被下　北海道苫前郡天売小学校
旧一月二日　小田島養賢

4、岩手県盛岡市本町　平野仁太郎殿方ニ而
小原廉次郎殿
□(至)□(急)
（封書・巻紙）

追啓、四月廿七日出候郵便、
同廿八日到着、居悪シク私ハ
黒沢尻ニ参リ夕方家ニ帰り
披見候處ニ依レハ其方廿七日
ヨリノ腹痛之由、殊ニ困リ
居ヤト考られ、朝早ク認メ
差上候、然處廿八日一円封シ
コメ送リ候間、是ニテ一先帰宅仕
リ可申、私考候所風ヒキ
又水アタリト見得候ヤ、而明日
ヨリ桜山祭礼(1)ニ付、休日ニテ
候得者、腹ヨクトモ帰宅候テ
スグユグ様可致者ナリ、又
キシヤチンコレナクハ先払ヒニテ

乗車可仕、停車場ニ五十銭、
後藤屋(2)江頼置可申候、
将亦私参盛仕扁く卜存
候へ共、貴君帰リ私ナラズ
祖母ニモ面談、兎ニ角ニ
身アンバイ」ワロクハ私ナリ
祖母ナリ」明日デモ参リ
扁き心組ニテ候間、此所
能様可仕者ナリ、猶亦小遣
センナクハ平野仁太郎(3)殿ヨリ
貴君ノ物質入致シ
拝借して帰宅候ニモ
よ路しひ申ト被存候、
何レニモ停車場後藤
屋江五十銭頼置可申
候間、帰宅ノ節請取
可申、此状至急否帰宅
致べく候、
四月廿九日　小原文太郎
小原廉次郎殿
歩行「メンドウ」ナラ車ニテ
舟場(4)迠参リ可申候、

立花村大字黒岩　四月廿九日　小原文太郎

四月　壱日

本人ハ和賀郡立花村黒岩ニ帰郷致し居リ候也　本町平野（印）
「黒岩村黒岩小原廉次郎へ配達之事」
「陸中黒沢尻郵便電報局」(5)回送付箋（荒木田印）

注
（1）桜山祭礼—内丸盛岡城旧跡入口に祭られた神社、明治三十三年（一九〇〇）に北山から遷座された、
（2）後藤屋—黒沢尻駅（現・北上駅）前にあった
（3）平野仁太郎—下宿屋主人
（4）船場—黒岩宿の船場、二子側では「尻引」と称す、古くからの船場、太田の観音さま参詣の船場でもあり、黒岩側から泥棒坂（二子分）を越えて黒沢尻の街にでた、昭和三十年代後半廃止された、
（5）黒沢尻郵便電報局—本町（現・本通り）にあった

5、黒岩　小原文太郎様

（封書・宛名無し、半紙二枚）

小生事無事勉強有罷候間、
御安心なし被下度候、
祖父母様益御壮健の事と
存ぜられ候、当地の模様は
八重桜は早や散り鶯も
老ひ声を閑ぢ候、この頃当地
はとらホーム流行にて人皆
黒眼鏡をかける有様、小生
幸にしてこれにはかかり始はず、
これ亦御安心なし被下度候、

今日は先月分の本代勘定致し候、
二円と六十二銭なり、
その外買求し品物とては
筆タテ一ケ十一銭、筆一対十銭、
ハミガキ、ヨージ八銭、インキ五銭五厘、
墨十二銭三厘、その外球源等
に九拾銭、武田君(1)の送別会にて
二拾銭、くつした一足十五銭、」
食パン一ケ三銭、以上にて候也、
その外五月十三日には当校運動会(2)
有之由にて小生は運動係し
を命せられ候、壱年生の方にては
緑門をこしらいるとの事にて
金六銭づゝ引立候、
送金の事はいづれ月末に
なって被下度候、月末とて
新暦《レキ》の二十五日阿たりに候、
これは今月に限しに候、今月
分は六円ばかり被下度候、
来月は薪手の十日に被下度候、
何故となれ授業料は毎月
十五日に収むる物と定り居候、
先は用事のみ　早々

五月八日　　廉次郎

小原文太郎様
もりおかにて
廉次郎

注（1）武田君―武田源次郎(二)、盛岡中学校の先輩、和賀郡岩崎村煤孫出身、上京後にお世話になる、
（2）運動会―盛岡中学の創立を記念して五月十三日に行われた。『白堊百年史』年表参照、

6、岩手県盛岡市本町　平野仁太郎様御内ニテ
小原廉次郎様
要用

（封書・半紙二枚）

来ル十三日運動会之由、依而肺(脚)半一足
昨日送附仕候、将亦送金之儀も来候
是ハ一円下りのかわせハ銭ハかゞります、
一円でも三銭、五円ても三銭なり、就而ハ
当月末ニ送金仕候間、有合之金間ニ
合せ候様可致候、猶亦一金も是
なくハ送金可申少さなりとも有
候ハバ、尚事遣操合可申者也、
然ルニ今紫波(1)参詣仕候間、被得御意
度候、猶山田(2)氏銭のなへハ偽なるべし、
先八日帰村之節、舟場ニ而栗子梨子等、
賞候由、葉書買銭も無とハうそニ而候間、
其方たまされざる様可致候、運動会

之節、其身よりあせ出候ハバしやー《(シャツッ)》ち
着かゑ致く身扁寒く思ハ頭ハ」
痛む者ニ而あります、何レ時ニ而も着
物に汗つかば「ぬきがゑ」可申候、先達而
頭痛之由、其方花巻停車場(3)ニ而汗出て
直ぐ乗車因茲体《カラダ》に汗出てたのハ衣
物にしみそのしみたのハたいにさむく
なり「さむくなつたのハ」ついに「頭にのぼり」
而痛ミます、操言候得共、何時成とも衣ル
「物に汗つき候ハバ」着替可申候、

立花村之

小原文太郎

五月十一日

盛岡ニ而　小原廉次郎殿

五月十一日

立花村大字黒岩

小原文太郎

注
(1) 紫波―志和稲荷のこと、黒岩に稲荷講があった、
(2) 山田―山田要八か、万内出身、黒岩尋常小学校高等科同級生で盛岡農林に学んでいた、
(3) 花巻停車場―花巻駅、東北本線は明治二三年（一八九〇）十一月一日一ノ関と盛岡間が開通した、

7、盛岡市本町大手先乙六十四番
平野仁太郎様方ニテ

小原廉次郎様　（封書・半紙八枚）

省三さんもこまるましたよ、省三モ
次ハさすまん、

それから御夫婦様方(1)は今、ヲヤマの学校
に二人行き居りまし、僕○○○用で
し、アノ人間は地ニ出てからハガキダラ
一本送りません、ナントカ云ふ人《ヒト》間で、
あるか僕クワシキ事シリマセン与、
さて君にダイスノ事仙台の方
の女学生、ドースた、僕に御しら
せ下サイ、
それから此の手紙の先《サ》きに上ケタ
手紙に河東青年団(2)の事
書きません。ゼツたねー、小原さん
青年団は、僕しらんけれど」
まてよ、皆なにでモ其のごとくで
ありましと子供思へ居りました、
君ハどーで阿りましケげれど
もナンベンも僕君に心お阿かして
書送りましよ、小原さんよ、
いや君紙くずしんで（ヒット）の用

でしな、僕人門（間）だから紙くず
など食ないよ、君も御ヤメニシ
プたらよかろうーーー、
なんだかこれまでは筆のはし
里、アンバイヨイガ、此れからみ
だれそうでし。
それから我輩のたのみし銭
まだなら（クモズリ針(3)）十本御送り」
下さい、いやだしかいやなら
御茶菓子かわんよ、小原廉次郎
よいか、これも□よたん、君針
買たる事なからばゴクローでし
けれども喜八(4)君にたのんで
送テ下さい、此の御手紙のとゞ
きしだ以いいかよー、
　針ハ盛岡一の上等一本二銭
　ダラバ、上等ではなかべ、
さーー御わらい草だよ、
筆もはしるし、よしくソへ
僕などは、サッパリ女の事ナドハ」
開たい事思ないが、君ナンダ
カまた交際の虫が、はな
れない用でしな、及川さんが
君のカオ早く見ヘナ（ナジナフダ）

及川さんと者、僕の事よ、
それから、三枚目の文クに可君
によい事ホしらせると云ふ所
が、阿るから、なにたと思たなら、
君いつもの事申へ《とー里》、ライヲン
ノ事、僕女の事だら見ま
せんと思ひましたけれど
君モ（アーマダミミガシシナイ、マッテクレシトタ、
　カラ書キマス）交際の虫がばなれ
紙ハナクナリマスタカラ、シコシマッテ
　下サイ紙イダマスイ用ダ、」
サー紙ハ、タクサン買ひもとめた
からうん筆、始まり〜〜、
それから黒岩女学生の事、
僕のかんがいには君、一番先きに
聞きたいのは、ライヲン、其のライヲ
ンば今は忠平(5)さんに（ヨメ）に行
きまして○○や、又ハ、キモノヤラ、ナニ
カニシテ居りまし、僕の内に先日
きまして、二人ニテ御はなしを
度しました、なんの御はなしかと
申せば、君の事、又ポリシの
事、それから（ポリシ）は君内
に居りました時は毎日〜〜〜

僕モヨースを見る、に(ヨカッタ)」
けれども、今では内に、居てなに可
して居か、僕わかりません、さぞ
君の事思ふて、ないて居だろー、
それから(ブルックバーズ)(ホック)二人
などは僕しりません。ホックは学
校に行かんで内にばかり居るそー、
でしー、八日には(カルタ取)りした、
僕様に菅原、ライヲン、キャット・ポリス
ブルックバーズー六人でした。君居らん
ければ僕さっぱり喜ビがありません、
それから僕の交際女は(キャット)云ふ人で
し、此の人ハ、今、本家に[6]ハタライテ
居りますた、僕モ本家の(よめ)では
なけれど、僕大以に、やるけれど
本家にタイシテ、シツレと、かまどの」
だじか、ころびた以方は七分であ
りましよ、其れも又、小原さん
なにもかにも皆君しやうなければ
なりません、交際の声ぞも阿らは僕
もしさしく以よケればさ、
オイ君、盛岡何里テー[7]ハ百里ツカク云
ふ時ハ平沢ノナガホラの女と□の
くらいしか阿りません、黒岩云ふとそ
れでも地でありましよ、そた可ら□は
一番で阿りまし、僕でなければコン
な事と云ふまいぞ、君もかんが以
てくれ玉へ、小原の君よーアーー
君は盛岡市本町の投宿、学校は
中学生。僕は大学生、アーーマダ
々々々・・・・大シヤク
マツガイバマツカウ物サナ此れも、又おわら
いで、しよ、アー・・・云ふてくれ」、
僕の人、又君の内の人、皆まめで
はたらき居り候、御安心下サイ、
君ばかり御身の上又食物等御
切に預ひましよ、廉次郎さん、
書きたき事は山々にもくらべがたき
くらいあれどまずは之にて、
おわかれ又おもしろき事聞
たなら聞せましよう、
君わ可少い所を僕の唱そしより
君書送リシ処の文ヲ二分ニ
見ヘナキ私ラアワレトとヲモ見
御手紙はカナデー
(カミイタマスイ用デシ)
佐様ナラ、
恋しや・・・・

新しいや、存・・・
小原の君よ　省より
明治参拾六年五月廿三日　夜
黒岩村　及川拜

注（1）御夫婦様方—廉次郎の母松枝と夫辰次郎、松枝は前夫悦治と死別後、隣りの及川辰次郎（先生）と一緒になり小原家を出ていた。夫は小山田小学校に赴任していたか
（2）河東青年団—黒岩の青年は黒沢尻駐在所の本堂平四郎の指導で活発な活動をしていた、著書『講談体日本外史　源平の合戦』の自序に十五才の頃、青年団には「文学」と「武術」の二部があり廉次郎は文学部に属して日本外史等を学んだ、（大正二年刊）
（3）クモツリ針—魚釣りの針のこと、
（4）喜八—廉次郎家の後、舘の幼友達、及川喜八、
（5）忠平—山田忠平（一八八二—一九二四）、要八の兄、大正十年立花村四代目村長となる、廉次郎と死ぬまで交際が続く、
（6）本家—舘の搦め堂、及川姓、辰次郎の生家、
（7）ナガホラ—平沢、屋号の長洞、廉次郎の母松枝の生家、後著書『母の罪』に登場する、

8、和賀郡立花村黒岩舘

小原文太郎様　要用
（半紙四枚、及川省三手紙、中味違う）
（及川省三[1]書簡）

先日ハ御手紙下サレ有りがたく
存じマスタ、さて、君へ書デ
下サタノハ、なんだカ、八十八夜
の草モッツを食はんで心モッ
がいけない用な御手紙
であ里たょ、アハーーー
ト僕咲（鳴）□ました、しかし、僕モ
午《ヒル》ハ夜ノモッツは食はんまぜ、
と云ふに内の母さんは、
今草モッツナド食ふ事を
（オボイテ）はならんよ、僕
なぜと云ふたいしると母」
さんは今草モツ食ふ事ヲ
（オボイテハ）（モッダラ）（メシダラ）食
はれん用にないからよと
おせーでありました、けれ
ども僕は食へました、
君そのくらい食べたあうは
僕盛岡ニ送テ上ケべか・・、
小原さんあマり、いやしい御、
□（ママ）「本ナトはミルナヨ　モジヨーたん
ま、君と僕からの手紙ハ心あ
かして書ク世可ら地人
無用な（かして書クのでしから他人良かたべ）」
それから君尓たのんでや、
ツた、銭ドーモ君にツカイ込レ
テハ、ナラント思テ僕夜日、カンガ
イデ（ノボセマスタ）ナイモ、ヲガリ

山ニハツーグの花ハヲシ開キ、さ
ぞウレシソーーーデ、アリマスケレ
少でも、君ら居らんケレバ、サッパ
リ嬉ありマせん、
先日君御手紙下サレタ時
ライヲンガ居リマシ〻見せません、
キャットモ君に（シテクレマシタ）ナツカッて
之送り夕時ハ菓子ヲカワンケレバ
ナリマセンよ、（早ク上ゲタケレドモ
僕イソガワンリテ）」
君送りし御手紙に
僕、大兄と書デ、
送りマスタカ、君のまつが
いぞしよ、さぜ君ハ大兄
さ、交際に付キテバ、又ヒヤク句ン
テ付テハバ僕大兄より
見れば君交際ノ事バ
ナリナタヨーニ見ヘマスカ、
「切り取る」小原がさウリ手
紙ヲヨコサナイト云ふて居りマ
スタカラ送り候、
カキたき事ハ山山山ニモリラバイ
ケライアルケレド、
佐様ナラ、

小原の兄よ
盛岡市本町乙六四平野様方　小原廉次郎
五月拾四日

注（1）及川省三（一八八四―一九五六）―黒岩舘、屋号前念誦の人、廉次郎の幼な友達、

9、盛岡市本町乙六十四番戸平野仁太郎殿　（封書・巻紙一枚）

小原廉次郎様
御親展

扨陳者、愚ノ父上[1]は昔之固気の性質故、作文は文章規範、算術は珠算、歴史は政起、習字は厳格及び草譚の書、地理は山川のみの記事なる古書にて近世の状タイに適すたる新書なく本邦史綱、帝国地理の如き者を除けは皆、古物のみ新書は一二は有れども実力に適せぬと叱られ、雑誌や小説を読むを禁ぜられ、かくの如く古書のみなれば自然、昔し腐くなり、近世の書には暗く試験の者は無之き積なり、父の独り我に対するのみ成らず、兄に対するもかくの如くを以って兄は常に不平不満、遂に不勉強元となり兄は二度共落第致したる故、常に豊充の貧なれども新書有るをうらやみ、いや勿らも農となりしと雖、今猶父は我に一にの書を買ひ呉れゝば兄怒りて嫡長をすて次子を愛すと云ひ書を買ふことを拒み余買ひたる

時は隠し見、見つけらるれば最後、小言八百許、父は戸主なれども陰然兄上の戸主にて父我に書を買ひ与ふには兄に聞かざれば兄大に激怒す、聞けば買ふ間敷と云ひ常に農を成せと、農も良し、毎日とは困る、午前と午後は子守、夜と朝夕には父在宅故、父の得意なる古書を読み我が時間は書休一時間のみ、此単時にて如何ぞ諸課目を完全ならするを得んや、雨降には女共の米搗故子守にて三余は皆失ひ、冬は今年旧十二月は新翌年二月故、相叶はず僅かに日に一時間のみ（無き時も有る）夫れも直にヒルヨリなれば忙はしく心茲に有らず、母兄は常に孝造（善カ）・忠太郎は教授なし、暇に農を働くと我曰はく彼孝造(2)（善カ）・忠太郎(3)は雇教師なれ共日に五時間のみ、猶数時間の勉強時ある故働きて可なり、我は終日子守故、其余間をも農を成せば習ふ時間無之と云ひて母兄と争ひ延びては父の心配我の泣目となる、此如くなる家庭の苦しみ隣人等は我は逃げ去りて盛岡に行けと進むるも路金ナシ学費ナシ、父は官費ト信ズル師校(4)ニ無式入学セントスルヘクなれば素より金一っ送るべしと思はれず、さりとて今私は十三歳や十八歳のみ実に困却致候、されど余はかかる苦しみを物とせず今年百難ヲ犯シ万苦を忍び勉学致し来年又試験を受け一回ニ及第し二回には落第し、若一回にて落第すたる時はいづれ来年盛岡に行く精神に候、何卒今後貴君はヒマノ時、何カ無銭修学ノ事を見つけて余ニ示し玉へ、返事は土用休若くは書状」

工藤喜三郎方へは届け候、左の拙文拙筆御許しあれ度候、

御紙面拝誦仕候、扨本日は御紙面御披見致し御意見書を見て深く心肝胆に入れ候て成るだけ御遵守致すべくと決心致し候、君と僕とは水魚の友、断金の朋友にて平素貴兄は拙者に物の道理を教導相成り候故、此度の手紙も此如くならんと推察奉候事なれば、さ迄驚くべきことには候はねど貴兄の何から何迄行届くるには驚く事にて御座候、先づ一方に於て余の落第等を慰め一方には将来の旧起心を増進せしめ一方には血気の勇に落つざる様に忠告致し一方には勧勉忍耐以て他日成功すべきを勧める篤実に念の入たる御諫言一読再見後大に悟るあり、余等の如き愚鈍も勉め怠らずば何事か成らざる事あらんと、故に今後は余の精神の及ぶ丈け身体の保持さる丶限り勤勉忍耐怠らず仆れて後に止まんのみの覚悟に大決心致候、扨拙者は父兄の高恩を受くること茲に十有八年歳月少なからず大恩の万分一をも報ゆべくと存候のみにて父兄の欠点を申述致す事をこの好まぬ者に候へども、思ふ事云はざれば腹ふくる丶とやの事故、茲に発表致し候、なれど父兄の悪を云ふには在らで吾

身の判断力の不定とのに思ひ居ら候、次
第次第貴君何卒余の小言を聞き
余の迷信を晴下し呉れ度へ、
（ここで切れる）
和賀郡立花村黒岩　及川廉平(5)
五月廿六日　投函

注（1）父上―及川廉平の父、新屋の及川善十郎、明治二十一年十月から黒岩小学校の先生を勤める。
（2）孝造―忠（善カ）太郎の長男、
（3）忠（善カ）太郎―小田島忠（善カ）太郎、
（4）師校―盛岡師範学校、明治三十一年四月、岩手県師範学校になる、
（5）及川廉平―新屋の人、親戚、幼友達、盛岡の師範学校を試験して第一次には合格、二次試験に落第する、後に廉次郎を頼りに上京する、

10、盛岡市本町大手先乙六十四番戸　平野仁太郎様方
小原廉次郎様
立花村
蕾花(1)拝
（ハガキ）

写真ハたしかに受取った
時に病気は快くなつたか迂生
には実に心配して居るが何卒
一報あられたし　早々
旧五月朔日　投函

注（1）蕾花―従兄弟、根岸小田島主殿の雅号、

11、岩手中学校内
黒岩
小原連（ママ）次郎様
旧五月一日
西光堂
名彦太郎拝
（ハガキ）

拝啓　陳者先頃中ハ種々御厚情ニ預り
貴意万福候、然ルニ下宿御貴殿様
ヲ以テ伺ヒ居あしく至急移おる付て
御貴殿実ニ御申訳無之次第に候得共
猶ヲ宜敷御取斗下宿へ御伝言
一編ニ御願猶又出張節ハ御願上何日ニテ
宜敷様願入候

12、和賀郡立花村黒岩
小原文太郎様
在杜陵
六月十五日　小原廉次郎（印）
（ハガキ）

小生儀二三日来頭痛仕困居候、され共
心配する位いには御座なく候、学校にも
その為め二三日欠席仕り健勝丸(1)をまたもや
一週間分（三十銭）買求免飲用仕候へ共

何分きゝ免これなく候間、御加持[2]致し被下様御願申候、尚その外前報の金子早速成べく明日でも御送り被下様願申候、勿論銀行にあづけてある金四円計りは有之候、これを使用仕べぐや、御手元に無とならばいづれにツカウとした返事願申候也、

注（1）健勝丸—健脳丸か
（2）加持—祈禱

13、和賀郡立花村黒岩
小原文太郎様
親展

（封書半紙三枚・他四点）

先日の手紙金子費途御質問に付御答申すべく候、

此外、小笠原秀夫[1]君ノ住所正洞寺[2]よりき、御一報被下度候

下宿料五円　近眼鏡九拾銭　牛乳一週間分四銭　コンデンスミルク二十八銭　切手三十銭
ハガキ六銭　マッチ二銭五厘　卵五十銭　書物代五円二十銭　是外乱菊艸語五十銭
授業料一円十銭　貸金一円五十銭　健脳丸三十銭　ペンヅク五銭　仝先二ケ二銭六厘
半紙百枚十二銭五厘　巻紙十銭　インキ四銭五厘　ヨーケーシ二十枚二銭五厘　ゴム五銭
画用紙二銭四厘　キナエン十銭　□《ママ》石散十銭　車賃十銭（転宿膳《ママ》）、
〆拾六円九十銭
其外巻烟艸二ツ七銭、
合計十六円九十七銭也、

此外銀行に四円の預金有之候、かれ是にて二十円九十七銭にて工夫され共この外十三銭ノ費つま相知れず困居候、只今書物代ノ受取差上候、此外五十銭ノ本代ハ久保庄[3]より買求免し物にて候、只今送金無之時は今月下宿払までに小笠原君[4]はよこせば苦まざるも来月など返金さられば困る次第に御座候間、何卒金一円なり共、それともいくらなり共、今月末に御送り被下度候、
蚊帳の件ハ夏やすみまではよからんとの事なれはこれ又御安心なし被下度候」
是外書物屋より来月帰宅迠は一円五十銭計りの借金に相成ると存じられ候、
これも受取をとり御送附申べく候、牛乳卵代の受取は没却仕受取無し、又御覧致度とならばとりて御送附申べぐ候、
愚痴を云ふには有之ず候へ共、今回の如きは如何とも致がたき場合に御座候、
何卒悪不御了見の程願入候、

小生もとよりむだづかひ仕ものと見
られしや、小生がむだづか致すと申しても
書物代位いのものにて御座候、
小生近来決心仕し、今回はどこにか
書生に住み込まんとの決心に外
ならず候、
されは初免より東京と申せしに
と今更くやみ申候[5]、
わたくしも今は早祖父母君の
信用もおとせしにやとつぐ〜
考へ居候、こは外に有らず外五円
余りの金子如何せしやととはる丶様
に相成候事はと」
試みに吾身になり考へて被下度候、
故郷に有りとも月には五十銭六十銭
の小づかいはか丶るもにて候、
それに他郷に有る身は・・・・・・
あとは多くか丶る丶ぞ〜多く
かくも少くも無用なれば、
この風にては三銭のもの買ふても
受取とらねば相成ぬやと考へ居候、
小生も今回或所に書生に住み
こむべきところを見出し居候、
これは学校通学の時間をば与ふる
との事にて候、この儀如何とり計らひ
申すべくや伺上候、
きる物受取相そへ御返事に及び候也、
シッカリと返事相待ち居候、
ハッカシキ事なれは他見無用、

五月十六日　　廉次郎（印）

祖父
祖母　様

甚恐入候へ共何べぐならば夏シャッ御送被下様
願計、此度一回の御願御座候、

(同封書簡)

尚、申入り書物も無用
なるものは買ふなとの事、
買求めたる後は致方
無之候、夏期後は
一冊も買求め申しまじく候、
之段誓言致候也、
小笠原君今月中に返金
すれば来月分三円五十銭
計り送金被下れは宜しく
御座候、
夏期休業までにはいづれ
五円の金子入用にて候、
夏期以後任意に御送金

被下様願入り居候也、

廉次郎

祖父母様

（同封領収書）

第一六〇号証

一金壱円七拾銭

内　参拾八銭　黒潮一冊

拾九銭　シルトン矢楽国

拾三銭　英文御伽話

壱円〻　金色夜叉四冊

右正ニ受領候也

明治廿六年

五月廿一日　小田島書所(6)（印）

小原様」

（同封領収書）

記

一金六銭　文芸娯楽部

一〃廿銭　不思儀

一〃拾弐銭　中央公論五

一〃六拾銭　経済源論

一〃弐拾五銭　会話読本　三丁

一〃五拾五銭　西鶴文粋中

一〃卅一銭　夢ノ女　壱

一〃拾五銭　曲通解　一巻

一〃廿四銭　新小説

一〃卅四銭　西鶴ノ上

一〃拾弐銭　中央公論　六

一〃拾弐銭　新八犬傳

一〃拾九銭　名著文庫　四巻

計金参円廿四銭也

右之通り正ニ御受取候也

明治参拾六年

六月拾一日　小田島書店（印）

小原廉次郎様」

（同封二枚あり）　六月十一日、盛岡市中之橋通四ツ角、

岩手通信社(7)、

（その1）、

記

一金参五銭　論理別

一金弐拾銭　イリアート一冊

一金拾銭　春陽文庫也

計金六拾五銭

内弐拾銭入

残り四拾五銭

（請取澄）（朱印）

明治卅六年五月廿一日

岩手通信社(7)（スタンプ）

小原廉次郎殿

（その2）、

記

一金弐拾五銭

英雄□□連

右之通正ニ相□□

明治卅六年六月十一日

岩手通信社（スタンプ）

小原廉次郎殿

盛岡市内丸二拾九番戸

藤沢とよ方投宿

小原廉次郎

六月十六日投函

注（1）小笠原秀夫―後の和賀郡江釣子村全明寺十六世秀孝和尚（?―一九六一）のこと、小笠原秀瑞の子、

（2）正洞寺―廉次郎生家の隣寺、同寺二十一世菊池大真和尚の妻は全明寺十五世秀瑞の長女（ミキ）、弟の秀夫は江釣子全明寺から遊びに来て廉次郎とは友達となった、廉次郎は大真和尚にも可愛がられ後に弟子となろうとしている、

（3）久保庄―本屋

（4）小笠原君―（1）参照、

（5）今更くやみ申侯―廉次郎、初めより東京で学ぶ考えがあった、

（6）小田島書所―盛岡市紺屋町の本屋、明治十年小田島徳太郎の経営、同店五男真平と石川啄木は盛岡高等小学校で同級生、明治三十八年当時大学館に勤務する、長兄嘉兵衛と弟尚三のお陰で石川啄木が第一詩集『あこがれ』を出版できた、

（7）岩手通信社―書籍新聞雑誌大販売所、盛岡市中之橋通四ッ角、

14、盛岡市内丸二十九番

藤沢トヨ殿方

小原廉次郎様

立花村大字黒岩

小原文太郎

（ハガキ）

十四日紙面ニ付報知仕候処、又十五日出の葉書到着ニ付頭痛由、全快ニ趣候ハバよろし、左も無くハ帰村仕候間療治可仕全快之後参り可申候、金之儀昨日紙面ニハ当月末に、十日候得共うしろ久作殿[1]近日参り可申候間、其節送り可申依而有合の金ニテ間ニ合セ候様可然候、十六日到着否御待候間左様見江可申候、兎にも角にも帰宅仕方ハよ路しひかと存じられ候間、繰言候得者来宅可申早々、報知仕り候、

六月十六日

注（1）うしろ久作殿―及川久作、

15、黒岩舘　小原文太郎様

親展

（封書・半紙五枚）

拙者儀、先日（二三日前）東北病院[1]に於て診察仕候所、軽症

腸胃カタルなりと申され候、
一時は非常に驚起申候、拙者
今日迠殆と一週間便秘仕一向に
大便通せず、先日東北病院より
下剤を貰受、飲用仕候所、
本日形ばかりの便通仕り
全く申訳ばかりの便通にて
候へし、
されは迂生、今日の所は非
常に腹の具合宜しく候、
湯茶水菓子乃至餅の
如は殆ど一月計り前より廃し」
居り候、なにゝせよ腹の中非常
に衰弱致し居たりと医者も
申し候へば、時〻キニー子ー（キナエンの事）
をヲプラット（センベー薬ヲノム）につゝみ飲用
致居候、
このくすりは衰弱に非常に
宜いとの事なればにて候、
なにゝせよあまり高価なれば
困居候、頭痛の事は近眼者には
あり勝ちの事なれは心配無用
なりと医師に云はれ候、
柔術も撃剣(2)も廃し居候、

毎日の様にあたま痛くなる
と起は勉強をや免学校に
居るときなれは先生にひまをもらい
帰り雑誌を繙き居候」
かゝるときは非常に小説(3)は薬に
相成候、なんとなれば小説のみに
気をとられ外の事（学校の事や
亡父の事）を考へざればにて候、
夏期休業も近き候へばたとへ
如何なる事情有之候共
帰省致まじくと決心仕候、
夏期休業も早や
あと二十六七日間と切迫致居候、
試験も近かんとし勉強を
いそがせし、されは前朝中津川
に行きて冷水にて頭を
冷し夜も、その通り勉強に
とりかゝつゝ有罷候、
盛岡地方即農学校(4)は昨
日より今日に可けて田植に好」
なか〳〵いそがはしき風
たに候、
一寸伺上候、夏やすみには
やすみときくや否や直ぐに

帰省仕るべきや、また当地に止まり独語《ドイツ》の研究(5)仕るべくや伺上候、

今一ツ終りに望みて御願申上候、別儀、菊池小八郎(6)氏に非常なる厚情に預り居候間、何卒手紙の一本も御立て被下る、様願上奉候、先は用事のみ、早々、

十八日、　小原廉次郎

小原文太郎様」

(同封)

受領証

一金弐円也

右及川汪(7)氏に依頼之金子正に受領候也

六月十七日　小原廉次郎(印)

小原文太郎様

御送金右受取証に有る通り正に受取申候

及川汪氏出盛はあまり突然なれは夢かと計り驚起申候

拙者　病気の儀は日増快方に趣き候間御安心なし被下度候、」

もりおか内丸二九　藤沢方

小原廉次郎

六月十八日

注

(1)東北病院―

(2)柔術も撃剣も―廉次郎は祖父より剣術を習っていた、後世剣道七段ともいう、

(3)小説―学校を休んで小説を読み更けた、その内容は前掲、小田島書店の請求目録にみえる、

(4)農学校―盛岡高等農林学校、

(5)独語の研究―廉次郎は最初、医者を目指していた、

(6)菊池小八郎―火災保険の代理店員、

(7)及川汪―(一八五八―一九三八)祖父の親戚、新屋、学校の先生、及川キクエの父、

16、盛岡市内丸廿九番戸　藤沢トヨ方
小原廉次郎様

至急用

(封書・半紙一枚附一枚)

昨日取紛れ書送り不申ニ付、送金之処必ゞ人にかしてなりません、貴公かしてがらとられず何程心安き人迚かしてなりません、

送金之処ハ当月下宿料と可致者也、

若一寸などいふてかりくる人ハ阿るま以ものでもな以に依ての事ゆひ今日郵便を相立候、紙面通相守り候様可仕候、

紙面被下候ハバ及川清太郎(1)君未々帰宅不仕依之依頼可申者也、

立花村

小原文太郎

六月廿七日

盛岡市

小原廉次郎殿

猶云候得共送金と聞かせといふ人も阿る
べに依て必すかしてなりません、

同封メモ

但シ昨日差送り候金三円ト申被下度者
二円及川久作[2]殿ニ託し送附仕候
間入掌被致者也、

立花村大字黒岩

二月廿七日　小原織江

注（1）及川清太郎―舘の人、文太郎家の後、
（2）及川久作―及川清太郎の弟
（この手紙廉次郎が小笠原秀夫に金を貸した事が原因か）

17、盛岡市内丸二十九番戸　藤沢当よ方止宿

小原廉次郎君

和賀郡仙人山の絶頂ニテ

天下一呑生[1]

（ハガキ）

ヤイ君等僕は山間ニ入ッたとてあまり僕も
馬鹿ニスルンデハナイカ、僕ハ先日出セシ手紙ニヨリ君
等ハ俄カ病気ヲツカッテ居ルナー、僕ハ仙人山の絶頂
へ上リテ君等の頭ヲ集メ相談スルヲ見テ居た何の
腫物も腸胃加答児モアルモンカ其ニナツマラナイコトヲ云ハズ
ニ先日の手紙の返事ヲセ、但シ事実ヲ以テナセ左ナクバ
僕ハ親友トハ思ハン、先ッ之レハコレギリ、
尚ホ僕は前ニモ云ヒシ如く貧書生テアルカラ手紙ハ
数々ヤラナイカラ、不悪思ふテ呉れ、但シ君等ヨリハ
度々ヨコセ、

（金壱円五十銭ハ田村君[2]ヘ聞キ玉ヘ）

注（1）天下一呑生―中学の同級生
（2）田村君―二子出身田村敬造、盛岡中学先輩・通算二十二回生、

18、和賀郡立花村黒岩

小原文太郎様

在盛岡

小原廉次郎

（ハガキ）

七月十日投函

爾後久く御無音に打過ぎ申候所、皆様（根岸叔母君）
御変も無之重〻と存候、小生事前申す通り病
気全快と申す程にて気なくとにかくぶら〳〵と
致し居候、病院にては既に入院を進免
候へ共入院仕るまじき決心、また入院するまで
にても御座無候、此頃医学生ニテ脳神経
衰弱の様子を申し候所仝様に候に付

心配致居候、いづれ七月十二日(1)午後二時盛岡
発にて巻レ花（花巻）に着く候間、何卒
花巻テーシャバ(2)マデ御出被下候

注（1）七月十二日―黒岩に帰省する、
（2）花巻テーシャバ―花巻停車場、

19、和賀郡立花村黒岩
小原文太郎様
大沢ニ於テ
廉次郎
（ハガキ）

昨日午後壱時
三分大沢(1)着
先は取敢ず
八月二日　早々

注（1）大沢―大沢温泉、

20、和賀郡立花村黒岩
小原文太郎様
在大沢温泉
小原廉次郎
（ハガキ）

八月八日帰省の
筈に付・・・先は一
報如此候也
八月五日

21、和賀郡立花村大字黒岩
小原文太郎様
返信
（封書・巻紙）

その後は一寸御無音ニ
打れ起申候、
本日小田島文次郎(1)
氏に託《タク》せし
一金弐拾銭也　外ナイフ一本
右ハ受領仕候也、
兼ねての持病も出盛
以来トント平癒仕り、
但し卵は相かはらず
食用致居候、
今日より学校に
出席仕り講習
には都合四日
はがり出会仕候、
二日後に行き居や、なれ
はその筈、八日の中一日は

（次の日）は保証人に行き一日は下宿屋変更一日は慰労会などにて都合四日計りしか出席仕らず持薬としては胃散を用居候、外健嚙《ケンノウ》丸も用居候、今度のところは小人数のところ親子三人のところにとし中学生一人と田村(2)と小生と三人限り御座候、山田君(3)も日〻御遊びに来り申候、彼れは下小路に居り田村君の叔母君は母性方におむゝく様御承り申し候、されは及川孝夫(4)氏祖母御申伝え候けど喜び申すべくと存じ候、昨日夜腹痛《ハライタミ》の気味なれはモルヒネ(5)に乳糖を合せ吸用、今日はケロリと全快仕候、それ外不眠のときにはズルホナル(6)小量用ひ居候、申上げたき事多かれどそは後便に申述べく候、
とのも君にも喜三郎・省三両君にもよろしく、

九月一日　　廉次郎

小原文太郎様

盛岡市内加賀野第拾弐番地　櫻井たか方止宿

小原廉次郎

明治参拾六年九月壹日

注
（1）小田島文次郎（?—一九〇八）根岸倉之助の子、師範学校生、
（2）田村—田村敬造、
（3）山田君—山田要八、高等農林生、
（4）及川孝夫—
（5）モルヒネ—無色結晶、病覚だけを抑制、鎮痛剤
（6）ズルホナル—

22、小原廉次郎様、（封書・巻紙）

残暑凌き難く候處益御清適勉学之由慶賀仕候さて貴兄出盛後当地

別に異条なく幸ひ流行
病ー侵入致ざず、冷風も吹かず
至って平穏に御座候、貴兄には
定めし放心羅盆に心を引
かれ候事と存じ候か、居て見れば
差程てもなく只、菊池多蔵(1)
氏供養五十灯、中小屋(2)にては仏
前へ灯明を供へしとの事、他ハ桑
街斬剣(3)等有之、人出近来
珍らしき由、老生之耳には
珍事入らず候、御地之盆も
中々賑はしかしならん察し候、
委しき事は面会之節
善慶曰く
式は旬日を出てざるに黒岩
方面より粋なる新夫婦
産出するならんと
(天機洩すべからん)
菊池
小原様、　旧十七日十分体を盗にて
菊池忠平
九月八日
黒岩

注（1）菊池多蔵—菊池獲造か、
（2）中小屋—平沢の中野地区、小田島姓、
（3）桑街斬剣—

23、盛岡市内加賀野十二番地　櫻井たか殿方
小原廉次郎殿
立花村大字黒岩
小原文太郎
（ハガキ）

追啓、残暑甚候得共御無事之由珍重ニ存候、次に家内相変り無之候間、案神可被下候、然度目鏡破損ニ付金子オクレトノ事席之節送附可申候間有合ノ金ニテ拵トモ買トモ可仕候、偖去六日ニ郵便差上候届不申候哉、コノ葉書ニヨレバ届事見得不申候、猶亦赤痢ハ照内大蔵殿(1)ニ有之候外ニハ聞不申候、盛岡ニテハ如何候也、何レニモ其身食物ニ加減可仕候、先は用事而巳、早々
九月十一日

注（1）照内大蔵殿—新屋の屋号照内、及川大蔵、

24、盛岡市内加賀野拾弐番戸　桜井たか方
小原廉次郎君
大親展

（封書・巻紙）

謹啓
御ひがんと共に君お手紙が来た、
実際待つたお返事がおそい
もんだから待つても待つても返事
が来ないもんだからこう思ふたよ、
君が同窓会の一件に
就いて多分怒ったに相違な
いと、だが君はさまでさばかりの
事を怒つたではなかろう―と
思ふたりさ―
まこと余の一身に就而の大切な
事なんだからサ、
どーぞ、右の事件はあまり
問われても結構な事ではないから
他人には語つて呉れるなへ
どーぞだぜ。決して！
さア待つに待つた君が返事の来たのと
愉快さと曰つたらひがんのだご
食ふよりも面白かつたのサ、
余が妹を社会に出しと曰ふ其
意志と曰ふものは先づこーだ
○をかけないで○を取る工夫
なのさ、実際女には余計
○しるしかけたくないんだから
先づそーゆー意なのさ、だから
君の曰ふて寄起した岩手病院
養生のナースは十分余年の
気に合ふたのサ、まあー
そーゆふ理由なのよ、次に
余はいささか君に報する所
がある左を見よ、
一甞而君か故郷ニ在し折りのラーブ、ウ
ーメン即ち *Fami Tada* は今や結
婚して大に意を一変したと曰ふ好評、
一阿部恒定[1]氏、愈々明治卒業もー
今日当りは登用試験の頃だろ！
それは権事・判事・弁護士の
三試験だか阿部氏は権事の見込み
なそうだ、受験科拾円さなにしろ二千
人計りの応験人からして四百人計り
採用する風だから好結果だかで
ないか、後日になるだらか、
一師範学校受験準備応験人は非常
に糞勉強三昧ださ、小田島幸蔵[2]、及
川吉松[3]、及川たか[4]其他はいざ知らず
たがこの程末の価高い時分にわざ～

県税のスネカジリも亦目出度いわけさ、あの及川廉平氏もだよ、まあーこんなもんだくさ～熱笑にいたくだよ、
九月廿二日　　蕾花生
村雨君(5)

Kuroiwa Negishi,Raika

注
（1）阿部恒定―立花の人、盛岡中学第十五期生、明活三十四年次
（2）小田島幸蔵、明治三十五年黒岩小学校高等科卒業生、呉竹の小田島孝造（?―一九二二）のこと、
（3）及川吉松（一八八八―一九七一）馬場屋号渋川の人、後の号香石、日本画家、
（4）及川たか、馬場の屋号五百刈、師範学校合格、
（5）村雨―小原簾次郎の雅号、

25、盛岡市内加賀野十二番戸
桜井た加殿止宿
小原廉次郎様
（封書・書留・半紙二枚）

先達而金壱円之所ハ入掌仕候申来り候、有合之金子ニ而当九月中者沢山かと考られ候、来十月分乎、来月分なら来月末ニ而モ宜しひかと存候、別段に違方ても出来候哉、左もなしハ及川省三祭典ニ出盛迠よ路しひかと、思ひ居候、来月の受業料ハ月首に納むるの来十月分七円五拾銭丈ハ早速に貴公の入用迠に間に合せ候間心置なく思召可申候、外食用薬用杯ハ充分でなくとも可仕候、猶亦級長ハ免じ出盛之際差遣可申候、此跡之処ハ省三儀候哉、免じられでハ珍重に候、先ハ不一
九月廿六日　　文太郎
小原廉次郎殿

二白、其方宿元取込なくと存じ候間、菊池方(1)依願不申候而直〻送り、申候 若亦取こみなら次よりハ菊池江遣候事、

（同封書簡・方角占い）

転宿ハ東ェ移コトナラ脇方ニ転スベシ、若亦丑寅ノ方ナラ構ヒナシ、但シ東ェ移リタナラ其所ヨリハ辰巳カ戌亥カ又此方ニナクハ未申ノ方モ吉、猶亦方角ニナクハ其方角ニ当ル方ニ一宿仕リ吉方ニ転宿可仕候、下ノ橋よりハ内加賀ハ東より丑ノ方カト絵図面ニテハ左様ニ見得候、右ヤウナラアシヽ、脇方転シル方吉ナリ、惣して内加賀野よりハ学校トハ

遠くかとに存らと候、何等次第ニ而
此程遠く宜し申候哉、右共甚案し
候、(2)
若転候節ハ何町ト印、
贈可申し絵図面ニテ
考ベシ、
立花村大字黒岩　小原文太郎
九月廿六日

注
(1) 菊池方―菊池小八郎氏か
(2) 右共甚案し候―下宿の所在地、祖父文太郎が方角を占う掛け、

26、和賀郡立花村黒岩舘
小原文太郎様

在杜陵
小原廉次郎
(ハガキ)

二十六日
金子受領証
御送附之金五円正に受領候也
依テ二三日中ニ転宿仕るべく、目差す所は
油町岩谷方、今日ノ下宿屋ハ宿料五円ニ
御座候、予定にてはづれし次第ニ候、其外
見途は後日申述ぶべく候、書物ノ儀は日英
会話(1)ニ神田英文典(2)、其他合算二円許り
先は用事のみ、早々

注
(1) 日英会話―
(2) 神田英文典―

27、盛岡市内加賀野一二　サクラ井□□
小原廉次郎様
(封書・半紙二枚・破損あり)

(一行虫食い)
先日、上ゲました手紙を
ながく〳〵の御手紙あまり
いりてまちましたが、御身の上は。御免
ん下サイ、さて御身の上は。御免
ドーデし可、僕などはごく
〳〵たっしゃではたらき
居りました、御安心下サイ、
サテ、先日の御手紙ハとどきま
した可、山田君も盛岡地
方に居りまし可、君山田にあ
ったならば御まつりには
あまり。――――は。しなく
ともよ以と、云ふてくれ、
山田は君も(□□マ)に旧七月
□日午前□□□なりました、
(一行破損)」
盛岡のマツリの時は

二三日前ニ御しらせ下
サイ、こんどのくら以
手紙送らなきこト
わな以とーーも僕ハ
バカダーナ、小原さんへ
　佐様ナラ
僕ヨリ、
□(小)原□□□
旧八月九日
和賀郡□□□　及川□(省)□(三)

28、盛岡市油町百〇九番戸
岩谷様方ニテ
小原廉次郎様
及川省三拝
（ハガキ・九月一日消印）

旧八月十一日
ひさ〴〵御ぶさだ致し居り
候間、御免ん下サイ、さて先
日サクラ井方ニアテタ手紙トヾ
キマスタガ、僕ハ旧八月十四日
ゴ前七時ニ行カキ時ハ九時十八分
ニハ、ぜヒ行キマスカラ、ムカピ
　黒沢尻からヌルコトノ

29、盛岡市油町百〇九番戸
岩谷様方ニテ
小原廉次郎様
及川
（ハガキ）

先日者御手紙下サレ
難有存候也、さて
僕者旧八月十四日
ゴ前七時何分ニ行きま
し　黒沢尻カラ

30、盛岡市油町岩谷方
小原廉次郎様
要用
（封書・巻紙）

先達而御送金二円外ニ弐円
五拾銭、今般省三君ニ託し又
壱円祖母(1)の送金〆三円五拾銭
差遣候間、御入掌可致之覚
此金員ニ而当十月分間合
せ候様可仕候、然ルニ下宿屋之所
ハ油町岩谷ハ内加賀野より
戊亥の方と考られ候間、吉方

なり、扨佐兵治殿(2)貴宅之処ニ立寄
不申候乎、尋候ハバ古手物送り
かと被存候へ共何の音信も
これなく候、今度及川省三君ニ
入用なき古物并洗濯向有之
候ハバ依頼可申候、猶亦単物ハ
其辺ニ而預け洗濯可申候、
づぼんの古物有之候ハバ扁差上申
べぐト存候得共未タニ見付不申
都合又より下何尺上何尺と貴殿
のづぼん尺とり可足候、又古物
不入なら報知被下べグ扁候、外ニ
羽織ノ綿入差上度候得バ、拵不申
ニ付送附不仕其品物ハ黒のきや
らこか加すりの安物かしまの
よひ木綿か何れにも貴公の
よ起品ニ而当月末迠ニ拵可申候
間、右委細相認メ省三君ニ
何角報知被下度候、先用事而已、早々

十月四日、　文太郎

小原廉次郎殿

立花村　十月四日　小原文太郎

注 (1) 祖母―小原理恵又は織江（一八三九―一九一九）、名前色々使用する、
(2) 佐兵治殿―新屋、及川佐兵治、

31、もりおか櫻井たか方 小原廉次郎殿

大々親展

（封書・巻紙）

先日は御手紙、早速の御返事被下万謝奉候、
来る八月十五日は君が盛岡の祭日(1)候様子
嘸や陽気だろし、迂生も折節、君の面も
見たい、いづれ井戸の中の蛙飛び出でんと
して飛び出されたのは、まこと君にもさ
こその不満足なるべく、僕も紅涙点この次第、
実に可憐なのは僕の境遇である!!!
愁腸万服失望に拙到の限りなき涙に
むせぶのは!!!あと僕の身命である！
如何なる運命の神がこの身命を司る
で阿ろうか?、
なんだか小説を読む様で嫌やだがー、
兎角それはそれとしても君は必ず勉強して、
他日僕の名等まで挙げて呉れだ、
僕は敗北した、御前は屹度勝て、俺《オレ》は物
さびしい田舎でかすかに君が消息を見て居る、
あゝ実にそーだよ、これは君に対する、満
腔の希望でつまり僕は君を従兄弟

としての篤励であるぞ、必ずこの紙面は何
万年の淵までも君が肉体のあらんかぎり保護
して置ケ、敗北の結果憤怒の情は
則はち君に勉励を促しに至ったので阿るから
あと勉励せ　勉励せ　身を粉にして
勉励せだ、!!ーーーーーーー、
身を蟻せいにしたる結果は他日何ぞ
君をして向上の円満を見るべきだから
　一身ぎせいの結果は円満なる向上の
　　快を見るものあり
　　　　　　　　　　　　とのも、(2)
君は余の近頃復案せし一の法規なら徒らに
君が一笑を叱せんか否　然らず君が勉強中
の好紛剤たるべく欲するなり、幸に自愛
せられよ、

○ざんぞう三昧
△藤原恵風(3)御夫婦なか相不変格別
マダムの腹が大きくなつたとも思はない、
△ことに面白いことはある、藤原恵風が南安
温泉(4)に行ったんだろー君知らないちやろー
が陰暦七月廿二日温泉に行って八月一日に
来たのさ、
でさ千田文太郎(5)君と温泉で一しょにな
つたったとサ、處が千田文太郎しかさむの
性質だからハーーー恵風のワイフにラブレ
ッターをやったと曰ふのさ、なんと千田もあまり
な男だネハーー其状況は冬期休業
帰宅中寝物語りに君に知らせんだ、

△それから又一つ　　僕が一身上に
於ける面白き趣味がある咄言はある、
これは大々的趣味があるだか、この事は
決してこの紙面とて語られない長いから
それはかりでない、紙面にかくひまは惜しい
で今述べた位ひでも決して人に語っては
ならん、しばしうたがひの雲に沈させよ
だ、冬期休業の寝物語りに譲らん

△それから省三君が八幡様(6)の御祭りで
君の處に行ぐだろーから『金色
夜叉(7)』、『乱菊物語(8)』を貸しても
よいなら拝借したいものだ、而してい、なら
省三君に依頼してよ越して呉れ、
迷惑だろーが『黒潮(9)』が見当ったら
同じく省三君に依頼して買求めて

よこして呉れ、金五拾銭を依頼
候、早々
陰暦八月十四日　　小田島蕾花[10]
小原廉次郎様
蕾　花拝

注
(1)盛岡の祭日—八幡宮のお祭り、旧暦八月、
(2)とのも、—「とのも」のこと、小田島主殿（一八八六—一九二一）根岸小田島家の本家、廉次郎の従兄弟、黒岩小学校高等科一年下、雅号多く小説を書く、
(3)藤原恵風—藤原徳蔵、呉竹の人、廉次郎の友達、
(4)南安温泉—
(5)千田文太郎—
(6)八幡様—盛岡八幡宮、
(7)金色夜叉—尾崎紅葉作の小説、廉次郎買い求める。13の書簡に書名あり、
(8)乱菊物語—この書を黒岩の小田島主殿や山田忠平が回覧している。後世谷崎潤一郎に『乱菊物語』があるが、これとは別とみえる、
(9)黒潮—13の書簡に書名あり、
(10)蕾花—小田島主殿の雅号、

32、和賀郡立花村黒岩舘
小原文太郎様
親展
（封書・半紙五枚）

拝啓
及川省三氏に依頼せし手
紙中に独逸語の本二冊
請求仕度と申述べ候へしが
その後返事更に到着仕らず
如何以たせしものかと思ひ居候、
勿論英語などとは違ひドイツ語
なるものは今日生の身にとりては
必用なきが如くなれ共全たく
左に有らず独逸語[1]なるものは
吾将来の目的に向ひて進行
するに当り大なる必用有之」
るものにして如何となれば法律は
今迠は仏国法典なりしが今は
独国《ドイツ》風をのとる様になし医家
はもと和蘭《オランダ》風となしが現今にては
やはり独逸風の治療と相成り
彼の国の現本を見るのでなくば
今日医に有らざる如きは現今
社会の風潮に御座候、将来
医学家[2]たらんとして祖父君にも
許し小生も許るせし、小生は
現今に於てドイツ語を学ぶまた
これ無用の業に有らざるを
信じ申し候、今般仙台
第二高等中学校[3]医学部
三学年生の人胃病の為免当地

に来り居を幸とし独語
習ひ度きむね申し述べ候所」
早速快諾を得、近〻中に習ふ筈
に定まり申し候、この人は敢て
月謝の云〻如き〇取り主義に
か丶る如き人物にあらざることはかの
人の家に非常の金満家なるにても
微すべく、妹の近藤せを[4]なるものは女子
大学に在学、二人の弟はいづれも
中学に彼の人は高等中学に
在学せしなりし今一年にて大学に
進入する所なりし、か丶る人なれば
吾師と仰ぐも愧しからずと思ふ、
家は金ケ崎、性は坂本、名は長治[5]、
京都に於て否日本に於て
有名なる同志社中学[6]を卒
業せし人にして現今年正に
廿四才、性は柔和にして君子の
状あり、吾師とはこれ正に」
適当なる人物を得しやうたがひなし、
その妹の近藤せをなるものは花先生[7]の
同窓なりき、仙台松操学校[8]に於けるも
坂本なる人は花先生か、さもなくば
多田さ免[9]の知り居るなるべし、付きて

きくべし、祖父の君よ以て如何となす、
これを行って即利あるか否やは
八掛を卜して愚孫に召しし
結はれと、愚孫は徒に使用のせめ
本を買ふこて架上のかざりとする者に
あらず、百巻の書を読破するは
愚孫の性質なることは祖父の君の
知し玉ふ所、愚孫や不肖敢て
父君[10]の学力の万分の一だに及はずされ共
未来に於いて賢父の千倍以上の
人たらん事を自信す、また
余が金銭を徒費せざる事は
祖父の明かに信ずるところならん、
余が僻は読書に有り、現今も止免ず」
尚ほ十二時過ぎ一時頃まで読書しつ〻あるなり、
愚孫の今月買求免しは女医者として二冊
物にて素人治療の法をかきし本を
求免たり、冬期のやすみに御目にかく
べし、尚ほ（小）生[11]は月たらずして加賀野
新小路なる本堂親知先生の許を
訪ひ高教をうけん事を約くしめ
かれと云ひこれと云ひ一ケ月五六十銭
は御礼のつもりにお茶菓子でも
買ふて行かねばなるまじ、そこの

ところは先に御承知あー〻—、今回是非共
親撰独和辞典(12)（七十五銭）、独逸語読本巻ノ二(13)
（三四十銭位い）買入れたし、これ等の本を
本屋より借り来るべきや、現金とては
下宿屋の困状を見兼ね前金を仕払
たれば無ければ祖父の君の送金被下るや
如何、その外、栄花物語(14)（日本文学全書）（三冊
もの）（七十五銭）買入れたし、これはともかくも
ドイツ語の本はぜひ共買入れたし、如何
とも返事次第返事玉はらば幸甚、この手紙の
届き次第返事を乞ふ、禺孫より（印）

十月十一日の夜

賢祖父様

盛岡市油町百〇九番地　岩谷義徳方

小原廉次郎

拾月拾壱日夜投函

注
（1）独逸語—ドイツ語
（2）医学家—廉次郎は医者を目指していた、
（3）仙台第二高等中学校—現・東北大学の前身、明治二十七年に第二高等学校と改称する
（4）近藤せを—
（5）長治—金ケ崎の人、後にも出る、
（6）同志社中学—京都同志社中学校
（7）花先生—
（8）仙台松操学校—現・仙台明成高等学校の前身、青葉区にある、
（9）多田さ免—黒岩の人、
（10）父君—廉次郎の父小原悦治（一八六四—一八八七）、黒岩小学校の先生等勉める、明治二十年二十四才で没す、黒岩正洞寺境内に「黒岩学事碑」がある、
（11）本堂親知—盛岡中学校国語先生（明治十五年一月）
（12）親撰独和辞典—
（13）独逸語読本—
（14）栄花物語—歴史物語四十巻、藤原道長の栄華を主として、仮名文で編年体に記す、

33、盛岡市油町一〇九番地　岩谷方にて

中学校生

小原廉次郎様

御親展

（封書・半紙一枚）

何卒別封の書面を小田島君へ届けて呉れ給へ

拝啓、貴兄御無事可罷在候由大賀之至り下て小生も例之通短健
に候間、御
安心下され度く御座候、去る盛岡祭の盛んなことは平吉太郎君(1)
よりも
承はり、貴君よりも御報を得以て御覚へ嘸愉快ならんと存奉候、
小原順次郎(2)は壮健にて半農半学志望は講習科ならんかと
察奉候、伝兵衛君(3)は妻子此度女の子を御持ち大悦にて夫婦の愛
情愈親密、次に貴君之叔父及川汪殿(4)は岩崎村山口小学校(5)へ
月俸十三円にて転任致候間、報知致し候、去る八月三十一日の
日附にて盛岡市
加賀野町六十二番戸桜井たか方にて中学生小原廉次郎様と宛

名之拙者より貴兄に手紙を送りし筈なるが到着致せしや否や、到着致せしならば何卒文意御承知有れ度、若し不着ならば旧七月七日に小田島[6]に強ひられて已む無く同窓会[7]を開き其上貴君にも報知せずとのことなるが之は我と彼忠太郎[8]との関係上已む得ざる者と御寛大有之べく候何卒也、

夫れから彼の師範学生中には、殊に一学年生の中には身長五尺[9]以下の者有之る否や、いづか御暇いとまの時御探し有り正直に報知下され度候、後生だからかゝる事は卑屈陰けんのことなれども吾が身の境遇上万已むを得ずのことなれば何卒我精神を御察し御指導あれ、草々、

及川廉平拝

十月十二日

小原廉次郎君

和賀郡立花村黒岩にて　及川廉平

十月十二日

注

（1）平吉太郎—鴻之巣、黒岩小学校高等科三回生、

（2）小原順次郎（一八八六—一九五七）三坊木、黒岩小学校高等科三回生、

（3）伝兵衛—小田島伝兵衛、後に黒岩小学校先生、

（4）及川汪（一八五八—一九三六）新屋、文太郎の親戚、茎枝の父、小学校の先生、

（5）岩崎村山口小学校—現・和賀西小学校へ統合

（6）小田島—同級生の小田島忠太郎、

（7）同窓会—黒岩小学校の同窓会、

（8）忠太郎—小田島忠太郎（一八八五—一九六五）、廉次郎の黒岩小学校高等科同級生、片月に在り後、黒岩小学校の校長先生を勉める、

（9）五尺—及川廉平は背が低く師範学校第二試験に採用されなかった、

34、盛岡市油町百九番戸　岩谷義徳殿方

小原廉次郎様

立花村大字黒岩

小原文太郎

（ハガキ）

昨日書物ハ跡にして外トウハ先きと云て差上候處、書物ハ先キニ買タキ趣、金子ハ来月分送附候節　倶ニ送り申候間、夫迠本屋より持参可申候一円十銭位ナリ買求候而後二冊ニテ幾等—云コトヲ報知被下度候、先ハ早々、以上

十月十三日　洋服屋より聞候間報知待入候

35、盛岡市油町一〇九　岩谷方下宿

小原廉次郎様

立花村黒岩

小原総次郎[1]拝

（ハガキ）

謹啓

十月十五日

阿なたの御手紙は早速拝見致しました處
が只今まで延引を致しすぐと返報致
しますと思ふたけれども農事多忙に付
いて昨やどうして君には失敬を致したよ、
さて先日君は僕を問ふ多事は甚宜ろし、
尚又今後阿なたの様子なにか知らせて
下多させれ、先は此で筆めおくよ、

注（1）小原総次郎―

36、盛岡市油町一〇九　岩谷方

小原廉次郎様

（ハガキ）

拝啓　御送付の写真
二枚確ニ落手候
間一寸御報申上候也

及川省三

旧廿八日

37、盛岡市油町百九番戸　岩谷義徳方

小原廉次郎様

和賀郡立花村大字黒岩

小松道二拜

（ハガキ）

十月十九日

拝啓、時下日増に相成候　次に貴君何事変
りもなく候間、私も何の変りもなくうつり居
り候、次に貴君としての約束雑誌ヲ
私に進呈致し候間と云ふことを約束致
し候間、九月二日にはぜひ共送り下され度
候、又手紙は君の家よりかりましてにわかにて
手紙を出し候、
先は山々あれども後便を以て申
上候、

早々不一

38、盛岡市油町百九番戸　岩谷義徳方

小原廉次郎様

和賀郡立花村大字黒岩下宿

小松道二拜

（ハガキ）

九月六日

拝啓　時下秋冷に相
成候、次に貴君手紙
に記載の約束雑
誌を九月二日迄に
進呈致して下され度
候と云うことを約束
致し候間、ぜひ今月
内に御送り下され度

候但し送り日は明九
月八日迠には御送り
下れ度候　早々
返事　早々　不一

39、盛岡市油町百〇九番戸
岩谷義徳殿方
小原廉次郎殿
立花村
小原文太郎
Tatibnamu Ja kuroiwatate B,Ohara（ハガキ・朱にて）

追啓　先日十月廿一日出ノ紙面昨夜廿六日到着
披見仕候、シヤシン(1)ハ届申候、夜具并綿入羽織
等送附可申心組ニテ只今迠延引及候、
来廿九日ニ何角送附申候間、停車場ニ
罷越請取申へク候、
十月廿七日

注（1）シャシン—写真、廉次郎の映った写真か、

40、和賀郡黒岩村舘
小原文太郎様
親展
午后発

（ハガキ）

拝　先達ハ種々御ち走に相成り有難ぐ存じ候、此度の寒
気当地者非常候や、御地も同様と察し申候、
扨て他事者去り用事己事申上候、
兼ての此頃の商法実に莫ム取り過半売り申候、依而
本月廿日頃には代金揃ヒ候より持参致
し候べぐ処依テ
亦もや子供衆の下着及男達の下着等も取雑ぜ候
段御注文に候也、
明治三十六年九月九日　更木村
兼て御存じノ事

41、和賀郡立花村黒岩
小原文太郎様
親展

（封書・巻紙）

昨二十九日御送附之
夜着一ツ、綿入羽織一ツ、足袋
一足、辛マメ(1)五合計リ外
金五円正に落手仕リ候、
煮豆はその夜の中に平げ
今朝そのかげさえ見と免
ざる有様に御座候、

それから外トーの儀は
今年一杯は無くとも間に
合せ申すべく候ノ間、その御
心配に及ぶましく候、当地
にては八円以下にてこしらい
ぬとの事に御座候、外トウ
は先見合すべく候、
それから私しのつかいこみも
御心配被下まじく候、
何となれば小生《ワタクシ》儀数日
後に於テ月給三円にて三陸
[2]新聞社の帯《オビ》紙書きに周せん
せウヽるヽ筈に御座候えばにて候、
而しその外吾山田等と相計
[3]自炊せんとの覚悟有之候、
宿賃と云ひは座敷八畳間
一つ五十銭位いにて貸す由
に御座候、
これはしかし私病気のシッカリ
よくなったときか、さもなくば
寒をこしてからとの相談
に御座候、自炊すれば三円
五拾銭かゝれば関の山の由にて候、
これは如何なるものなるや伺上候、

私の病気はぶら〳〵としたも
のなれはさほどの事になければ
御安心なされ度候、
私し冬やすみにて帰省する
までにホシカ丁幾一[4]　写《オンス》計り、
御買ひ求免おき被下度候、
これはゲキ薬なれは薬店
にてはうらぬ故、祖父様
買求免おき被下度候、
主殿大将[5]の胃を病む夢を
夕べ見申し候、然らば薬は
苦味丁幾三○、○ホミカ丁幾一○、○
を混じ一回十五滴乃至二十滴計り
づゝ用ひさすべし外、
よきものは胃薬として、
稀塩酸○、五、単舎二、○、
水五○、○、
食前に一日一回用ひさすべし、
先は用事のみ早々、以上
此度の○及○かゝはわるい人
だ○○の紛失をこれ□思ふた
か、さはがないから御安心
拾月廿日　　廉次郎

祖父
祖母　様
盛岡市油町百九番　岩谷方
小原廉次郎
拾月廿日投函

注
(1)辛マメ—唐豆、
(2)三陸新聞社—明治三十四年十月創刊、
(3)自炊—廉次郎は山田要八、田村等と自炊生活を計画した、
(4)ホシカ丁—劇薬、
(5)主殿大将—従兄弟小田島主殿を敬称してか、

42、和賀郡立花村黒岩
小原文太郎様
大親展
(封書・巻紙)

冬やすみ後は祖母の出盛を願い自炊する覚悟
に今や家をさがし居り候、
祖母君ニ読みてきかせ玉ふな、
心配するからよーがんすか、(1)
愚孫廉次郎熱涙を呑んで
親愛なる賢祖父足下に一書を呈す
私儀、今般金五円御送り被下
しを早速下宿屋に払込み候所、
かく申さば口実をまふけて金子
をねだるならんと思はる丶か計られ
ねど、小生は我家の事情家計を
知り未来に於て医学専問(ママ)
学校(2)に入学するまで家の有金にて
間に合す考えなれは東西を
分かたぬ白痴の後先かまはぬしれ
もの丶如く銭金を湯水の如くまき
つらす人間とは殆んど趣きを異にする
ものに御座候、されは何とて口実
をまふけて金子を請求し浪費
すべきや、こ丶の處よく〜熟考
被下度候、小生は今般左の如き
事情に依り手がみを差上ぐるに候、
小生の品行方正にして勉強しつ丶あるは
うたがはしくば先生の証明とりて
送附すべく候、山田・田村・及川喜八(3)
とにかく出盛しつ丶ある諸君より
きかれても差支え無之候、
私しは今般不正にも余計の金子
を采らる丶有様となり申し候、
如となれは一ケ月分五円を支払ふ
べきは致当に御座候はずや、さるを
及川省三(4)氏出盛し四日と一かたき分
にて一円よこせとの話し、その外
五円の外に油代(5)十五銭、その外

小生、九月二十八日に転ざしにより三日分五十一銭請求され申し候、合計一円六十六銭請求され申し候、及川省三が置きし五十銭は自分の妻に盗ませておきながら、この程の寒気寒暖計は三十五度弱を示す、今日先月より今月に至る炭一ッついだる事も御座なく候、小生はうつりし当時十日計りこそ御馳走としたれ、それよりの後はまるで蓄生同様のとりあつかひ残酷と云はんか、なんと云はんか、されど山田・田村の両君在宿の節は可なりなりし様子なりしが親子の口論は終に下宿人にまで余波を及ぼし、飯には南京米を入れられ、汁と云えば大根汁る、され共(ママ)目的は世士ひ気質は失せやらで、吾をつかふ事甚だしく、「これ小原さんタバコをかって来てくんなんせ」万事かくの如し、家に居りては蝶よ花よと掌中に愛されて豆腐かひにさえ行かざりし小生(6)かくなり下れば初免て親の御恩の如何に大なるかを解し申候、子を持ちて知る親の恩と申し候が私しは下宿場生活に於て初免て親の大恩を解し、今迠何故に孝行せずして不孝のみをなさしか、怒り悲しに独り暗にくれ申し候、何卒十七年來(7)不幸の罪は平に御許し被下度平に御願申候、此頃一円六十銭ひつきかけ申し候所「も早や油もおまえさんにつけてあげる事は出来ません、くらいところに御出でなさいと」云はぬ計りに、あかりもつけずいぐら請求して点火仕らず候、されば小生は藤井君(8)の所か、さもなくは丹野君(9)のところに(田村・山田)本を持ち行き勉強仕居候、たまには同宿の巡査狩野(10)君が小生をあわれみ本を持ちて来いと云はるゝ如き有様、夜ひるともに火なければ此頃などは風邪気にて困るものから夜具をスッポリ蒙り、居り候、さらば何故に転らざるやと御下問もあるべけれども今迠は今日は親子の風波始まるかと思ひ居りしに、今や義徳(11)の如きは六十七才になる老婆に三度の食事もろく〳〵与えざる有様、今日などは義徳の妻（清）はゾーリを以て老母の頭を打ち申し候、されば私し見るに見かねて中に入りしに「このやろうー下宿料もひっかけて居るくせによけーな世話するな」と申され候、私しはあまり哀《アハ》れな故、ときどき餅など芋《サツマイモ》など買ふて与え居候、されば、その老婆は外の人の来ると人ごとに小原さんの御恩は死ぬとも忘れられないと云ふとの話に候、されば小生も実はこの老婆を残酷にとりあつかふを見て、これを救はんた免に正義人道のた免に釈迦・孔子の教えを受る所の中学として、今まで在宿いたし居り候、客人の一人でも居らぬものならとーくにかのあはれむべき老婆に死ぬであろうー（義徳の実母《ママ》なり）、かの老婆は我に向ひ云ふには首をく丶らんとしたる事にいくらあるかわからないがと申候、何と哀れなる話しには御座なく候や、か丶るものを何故大林区署[12]でおくものかと不審に思ひ居候、されば金一円六十一銭外書代屋に一円五十銭ばかり都合三円斗り、この手がみ届次第ぜひ共御送り被下度候[13]、次に外トー[14]はき丶あまさし石井[15]に行きき丶申候ところ五円八十銭にてこしらえるとのこと五円五十銭位いにてもい丶ーけれども三年きられなかろうーとのは那しに御座候、さればたのむべきや如何いたすべくや、それ亦御返事被下度候、この手がみ届次第ぜひ共金三円御送り被下度候、この後はいかにとかんなんと仕るべければ今度たけはかなはして被下度候、おそくとも十一月五日までには御願申候、

この手紙の返事はしきふ被下度候、返事と共に金員も御送り被下度候、この手紙をかいたまきがみもふくろも丹野よりういろけ丹野の屋にて書ゝ申し候、無論あかしは吾家に無ければ一生一度の御願いに御座候、新聞社ハ七日の日より出ずる筈なれどやみあがりなれば十二月よりなし申し候、

泣血百拝

廉次郎

賢明なる慈愛ふかき

祖父様

主殿君にもこの手がみ見せ被下候、

しかし、祖母様に見せ玉ふな、

盛岡市油町一〇九　岩谷方止宿

小原廉次郎

明治卅六年拾壱月壱日夜投函

注

(1) よーうがんすか—いいですかと言う南部弁、

(2) 医学専門学校—仙台医学専門学校か

(3) 及川喜八—舘文太郎家の後出身、前出、

(4) 及川省三—黒岩屋号前念誦、廉次郎の許へ祖父文太郎の使い勤める、

(5) 油代—

(6) 小生—廉次郎は祖父母の目に入れても好い程可愛がられ勉強一筋に育てられた、

(7) 十七年來—数え十七才か、

(8) 藤井君—

(9) 丹野君—丹野一三、二戸郡福岡町出身、

(10) 狩野君—同宿の巡査、

(11) 義徳—下宿屋の主人か、

(12) 大林区署—

(13) 被下度候—廉次郎の知恵か、泣かせながら送金を依頼する方法である、

(14) 外トー—外套

(15) 石井—洋服屋か、

(16) やみあがり—何かの病気か、

43、小原文太郎様（宛名なし荷物同封か）（封書・堅刷半紙）

表

御送附被下候金員正に受領仕候、

十一月一日送附ノ切手一枚その先ノ切手一枚、

都合二枚受領仕り早速転宿

致す筈ず、こゝは内丸岩手病院(1)

向ヒに御座候、最先生より世話

されし所に御座候へば転

らざるを得ざるわけに御座候、

御申上通りの條々正に承知仕り

借家にては当今さがし居候へば

送附次第御報知計るべく候、

そのとき祖父母様御出で被下べく候、

次に菊池先生(2)よりは昨夜

は種々御馳走に相成り

候ハバ御祖父母様より」

宜ろしく御礼申述べ被下度候、

開廳式(3)は非常ににぎやか

に御座候へ者、そは後日

席を改め御話し申す

べく候、岩手病院の向ひは

方角に依れば如何に御座るや

一寸伺上候、もりおかの地図に
病院とあるは岩手病院
の事に御座候、御知らせ
被下度候、及川省三及び
喜三郎・主殿・順次郎の諸
君によろしく御申しなし
被下度候、先は返事
まで、早々

廉次郎

祖父様

拾壱月四日　小原廉次郎

注（1）岩手病院—内丸　明治三十年四月開設、私立岩手病院、
（2）菊池先生—黒岩小学校校長先生（明治三十四年から三十九年まで）二子在住、
（3）開廳式—岩手県庁、北条元利知事代、十一月三日に落成式を挙げる、

44、和賀郡立花村黒岩舘ニテ
小原文太郎様
盛岡市内丸二拾九番地　臼井方止宿
小原廉次郎（印）
（ハガキ・裏女性の絵）
十一月六日　投函
（報告）
菊池先生出盛の節申述べ候如ク、本日午後八時半
岩谷を立ち退き現住地え転宿仕候、此所は下宿屋にては
無之県庁に出で居る人に御座候、送金被下度しのにては
早速払ひ（本屋二軒にも）申し候、受取は後日送附仕るべく候、
十一月分は今月中旬に送るとの事、しかし授業料は十五日まで
なれば
十五日までに一円は御送り被下度候、山田君も一所と成る筈に
候、
十二月よりは下宿料は四、五となすとの由に御座候間御安心
被下度候、外トウは当分は不用○○の都合によりていつにても
宜しく御座候、只今三円六十銭計りにてカッコー
好きもの（□□）出来居り候、
しかし、これも見合すべき心得にて候、
主殿君の病気の夢を度々見申し候が如何なるものにて候や、伺
度候、
次に小生近来又もや不眠の病あり、如何にせしか、一寸御判断
を乞ふされば
夜はいつも二時頃迠起き居候、
先は用事のみ　早々、
（十一月五日）

45、盛岡市油町一〇九　岩谷方止宿
小原廉次郎様
立花村黒岩
（ハガキ・中の橋）
六日

さて、今日は御紙面を下さいますてうれしく拝見致し
ますた、次に妾(1)たりも久しく御無沙汰致しますた、
貴君には無事にて御勉強して
由蔭なからよろこんて居ります
た、妾は無事にてくろして居
りまたかハ御安心下さい、次に小原さき(2)
さん者二子村ヒビヨー院(3)へ御出れ
る、御知らせ下さいますてあり
がとう存じます、御目にかゝり
申たへことかきりありませんけ
れども昨日御出立にたっか知
れません、申上たへこと沢山ありますけれどもまー□筆
をとどめます、□田村君(4)□小田君(5)□よろしく、まず御返事まで、

注（1）妾―省三の手紙のあった、山田忠平の嫁いだ及川か、
（2）小原さき―
（3）ヒビヨー院―避病院＝伝染病院
（4）田村君―二子の田村敬造、田村は黒岩の出身か
（5）小田君―小田島か、

46、盛岡市内丸二九　臼井方

小原廉次郎君
和賀郡立花村黒岩
山田忠平(1)
（ハガキ）

十一月十六日
主殿氏へ渡すへき旨(2)折角君より申越し被下候へしが、申訳なくも打流し
今まで御催促被下大急ぎ主殿
君へ渡し申候幾重にも御寛
容被下度候、
赤十字大会(3)には出盛致し万々拝問、
其際ハ何分御厄介に預り度
頼入候、

注（1）山田忠平―万内の人、廉次郎の同級生要八の兄、後の立花村村長、
（2）主殿氏へ渡すへき旨―廉次郎が購入した本、『乱菊物語』、
（3）赤十字大会―十一月二十三日、盛岡中学を会場として開催された、

47、盛岡市内丸弐拾九番戸

臼井方止宿
小原廉次郎君
和賀郡立花村黒岩根岸
T Kodasima
（ハガキ・十一月十九日消印）

乱菊物語(1)相違無く落掌実は二三日前
受取ったけれど彼く永延した段は宜しく願ふ、
夫れから君の祖父に寄越した封入の紙面も相違
なく届けた事、安神して呉れ、
何も変ったことはないか、
忠平君(2)は非常にしほれて持って来た、何か君は

事荒く催促したのではないか、極まりは悪かつたよ、あとは後便　左様なら、

注（1）乱菊物語—廉次郎購入の本、No.31にあり
（2）忠平君—山田忠平（一八八二—一九二四）、

48、黒岩　小原文太郎様　（封書・半紙二枚、荷物と一緒か）

拝啓、先達主殿氏に依頼をし手がみ定免し届し事と存奉候、
寒気も益々相募り申候、皆様例の通にて別に御変も
無之由奉賀当地は早や初雪と申すは七日計り
先に降り今日などは、いや早何と申す可き寒さに御座候、
綿をつぐりし如き白雪のひら〳〵ふり来るは
むかしに御婆様よりき丶えしニシ子山[1]のばあさんかと
思はもの風時之事か、当地の気候は四十度より
五十六七度位までに有様にて候
而して今日赤十字大会[2]の場所は我が校に御在候、
全国〃旗併び立ちまさに見るに御座候、
今日の会場の有様ちと御目ニかけべく候、
これは三陸当社員の附録に御座候、
時に小生には三陸新聞に無代価にいつもまゐりし
ゆゑ御送附申すべぐや、小生は遂に当新聞社
に入り申しされ共、俸給は未だ、午後三時より
全六時までに御座候、次に下宿屋の人達は
姑御夫婦都合三人に御座候てなか〳〵の好人
に相見え申し候、御菓子も毎日の様に食させられ候、
官吏の宅[3]なれば下宿屋に在すぬは
勿論の事に御座候、次にあまりさむく雪ふれば
外に出づるにもマントーなどエリマキ[4]などなければ
ならず、依ってマントとなしに少々なりとも
エリマキとミ丶カケかふ位ハ（一円計り）御送附被下度、
伏して願上候、

十一月二十二日　小原廉次郎

祖父様

先の一枚このてがみかきおはるや否お手紙届申候、

二伸、只今お手紙拝見仕候、
下宿屋には前申通無之、私し一人外に
御座候、県庁の会計にて二十五枚とる人
にて候、
小生は岩手病院の向ににまゐり度先生より
も世話されしところ、そこには早や人の
入りてこまり止り度の所に□可申候、
大沢川原[5]と内丸[6]の境にて御座候、
外トーはよく〳〵せんぎの上申上べく候、
外—マントとは御送り被下度候
シヤチは二枚は早や不用の有様
に御座候、今月御送附の金子は此度は
うたがひもなく下宿料として宿に
払込み申し候、エリマキなどかれこれ

テブクロ（学校にてもかけるによろしい）欲しく候
間、一円計り願上候、
先は返事まで、早々
十一月廿二日
小原廉次郎
小原文太郎様
十一月廿二日
小原廉次郎様

注
（1）ニシ子山―物語の山か、黒岩の白山風景か、
（2）赤十字大会―盛岡中学で開催
（3）官吏の宅―岩手県庁勤務の家か、
（4）マントーなどエリマキなど―冬物のマントと襟巻き
（5）大沢川原―北上川と中津川の合流点付近
（6）内丸―盛岡藩の重臣の武家屋敷が置かれ、後に官庁街として発展。

49、和賀郡立花村黒岩
小原文太郎様
盛岡市内丸二九　臼井方
小原廉次郎
（ハガキ）
十一月二十七日投函

拝啓　今夜六時半頃御送附之品〻
外金員正ニ受領仕候、次に
当地は万事物品高価に御座
えば白毛糸《シロケイト》の首捲キ一本何卒御
送附被下度候、当地には四十銭
下の品物無候、十一月二十六日夜艸ス、
（次についでに豆と米との煎リモノモ送られ度し）

50、和賀郡立花村黒岩一二一、
小原文太郎様
親展
（封書・半紙二枚）

拝啓、寒気益々相加り申し候所、
祖父母様御壮健の由賀し上候、
私も例の通りに御在候、
この頃は試験にて大分夜も
四時頃《(ママ)》にねゝば相成らぬ様
に相成り申し候、朝は毎朝
六時半頃お起申候、
ねるところはざつと三四間位いに
御在候、さればあまりに身体
につかれを覚え申候に付、
其中上兼ね候え共何卒
牛乳代併びエリマキ代、
それからセーダーユニオン代かれこれ
のユニオンはあとゝしてもよく候間、
牛乳はぜひ共一ケ月ものま
ねはならぬ有様にて」
御座候えは、何とぞ金一円計り
御有合せならばおん送り被下度候、

それともないならば、とにかく度ゝ
御願申して今度申すもお
気の毒の次第に御座候え共
持合の程ならば御送金被下
度願上候、
今日あらや叔父（1）より申しこれの条々
たしかに承り申し候、やきこ免（2）も
受とり申し候、
先は用事のみ　早々
別紙の届方甚だ恐入り次第
に御座候度共願上候、

十二月一日　　　廉次郎

祖父
祖母　様

盛岡市内丸二十九番戸　臼井方止宿
小原廉次郎

十二月二日　投函

注（1）あらや叔父—新屋の及川久太郎、
（2）やきこ免—焼米、いり米

51、岩手県立中学校内

小原廉次郎様
親展

（封書・巻紙）

謹啓
一寸手紙を以て申し上ます、
今年もはや今日昨日と暮らし
て何時のまにか冬の時候とな
りまし多、吹き来る風は身を
つぎらんばかりに今日今頃
は幸ひけん、余（君）にして勉強には
熱心でせしと推察致し居
ろけれども、必御遊はされ度
哉、御様子一寸伺ひ度よ
あなたは度ゝ僕の様子を
尋ねる由、変らずに勉強に
は及川廉平君と共ニ
喜三郎君の宅に於て共
にして居るよ、古は御安心
下さい僕も今年は農業
のつもりと労働したが到底
農家には不適当だと
思ふておるよ、そーかと
云ふて家低（庭）上金銭の
乏しいものであるから進んで
諸学校の試験を得て

入学をする事は迚も出来ないだろーーと見当すはて居るけれども僕は堅固なる目的を以て此の社会に出身ずる精神を有て居る、余は僕の事に付て聞き度い事は山〻阿るけれども後日を起して拝顔の上ゆっくりと御話しをせよー、欄筆、

左様ならー

十二月九日、　小原拝

小原廉次郎様

和賀郡立花村黒岩　小原順次郎(1)拜

十二月九日

注（1）小原順次郎―沢淵の分家、黒岩小学校高等科は廉次郎の一年後輩、

52、盛岡市内丸二拾九番戸

臼井方止宿

小原廉次郎殿

（封書・半紙一枚）

今般金四円送附申候、
此頃大分雪降積り近年稀なる雪なり、
其地も毎日ふり候、然度十八日出し紙面二十日ニ届申候、何ト云に（十九日）大雪にて通行ハ在郷ニハ通らず、夫故廿日到り届申し候、
届く否（昼届間）黒沢尻郵便局江(1)参り伺上候所今日者日曜ニ付前十二時迠ハ能候得共十二時過候得者不叶由、依葉書相認廿二日迠送るとの事ニ而差上候、猶亦試験ハ何日頃に相済候や、帰村者何日頃や、報知あれ、帰村之節者黒沢尻停車場(2)に下車、すれ様可仕候、先達而も申上候通、洗濯の品〻忘却不仕様持参可申候、将亦串柿壱連(3)ハ価ハ幾等、卵子ハ一ケ付何程、右之通値段聞配可申候、

十二月廿一日　立花村

小原文太郎

小原廉次郎

二白申上候、黒沢尻停車場江下車それ抔洗ひ物品〻持参之事、尚亦及川久作之事帰可候か帰り不申聞可申候、父母共ハ案じ居から

立花村大字黒岩　十二月二十日

小原文太郎

注（1）黒沢尻郵便局―本町（現・本通り）
（2）黒沢尻停車場―現・北上駅、
（3）串柿壱連―農家では冬の暮れに釣るし柿を作った、

53、和賀郡立花村黒岩
小原文太郎様
在杜陵
小原廉次郎
二十二日
（ハガキ）

御送附之金員正に受領仕候
帰省ハ十二月二十二日ノ午後三時
ノ列車ニテ出発スル心得、
及川久作君は先達帰省（盛岡ニ）
仕リ又もや出秋の由に御座候

明治三十七年（一九〇四）

1、和賀郡立花村黒岩
小原廉次郎様
（ハガキ）

謹賀新年
明治三十七年一月元旦
盛岡市内丸乙二九
臼井左衛一

2、和賀郡立花村
小原廉次郎様
東磐井郡大原町
金野良平
（ハガキ）

恭賀新年
併而謝平素疎遠
尚高堂之福万祈
明治三十七年一月一日

3、和賀郡立花村黒岩
小原廉次郎様
盛岡市
筑井　忠
（ハガキ）

謹而奉賀新年
併而貴君の立志成功を
祈る
明治卅七年一月元旦

4、和賀郡立花村
小原廉治《（ママ）》郎君
（ハガキ）

明けましてお免で度ふ
本年も不相変――
明治三十七年一月一日
TOHOKU HOSPITAL
HANAOKA KIYOSHI

5、陸中和賀郡黒岩
小原文太郎様
小原廉次郎様
（ハガキ）

謹賀新年
併謝平素之疎遠
明治三十七年一月一日
台北市西門外街二丁目四十六番地

及川万四郎

6、和賀郡立花村字黒岩

小原廉次郎様

盛岡日影門七　山口方

高橋武夫(1)

（ハガキ・転付箋あり）

六日

御帰郷の趣きお羨ましく存じ候
小生は相変らず四畳のうちにくし
ぶり居り候、人は正月と騒ぎ合ふに自らは
歌袋を探らむともせで、さては御出盛
の際は例の「むらさき」御忘れなき様御持
参願ひ上げ候、源氏物語御持参候
ては如何時値御厭ひ召さるべく　草々

注（1）高橋武夫―和賀郡更木村出身、盛岡中学明治三十九年次生、

7、和賀郡立花村黒岩

小原文太郎様

親展

（封書・半紙二枚）

御手紙本日拝見仕候、
御送附之すぼん下正に受領仕候、尚ゝ
御申こしの条ゝ正に承知仕候、
小生事、今回眼非常に以たむ故、
岩手病院にいき見てもらい申候處、
眼鏡はあまり弱くされば過度に
眼を労するわけなれば一そー眼鏡
とりかへなばよかろーと申され候、
今度は度が進免ば進む程
高価に相成り眼ばかりも一枚
六拾銭ばかりと相成候、
これとくと御配慮被下度候、」
ふちは現今のを用ひても一円二十銭
はかゝり候、
如何いたすべく也伺上候、
返事を乞ふ、
先は用事まで、

早々　以上

別紙の届方御依頼申候

正月十日

小原廉次郎（印）

小原文太郎様

盛岡市内丸二九　臼井方　小原廉次郎

正月拾日

8、盛岡市内丸二十九番戸

臼井方止宿

小原廉次郎様

（封書・半紙一枚）

追啓、同月十日出紙面によれバ眼鏡拵度之事、
金壱円弐拾銭相かがる由、玉斗り乎又眼鏡の
値段候哉、何レ只今迄の眼鏡ハ惟懸替《タダカケカエ》の
物にして置候なら宜しひかと存られ左様とて
買にあまり高値候ハバ玉斗り買候もよ路し、
左もなくハ新規に買求る方よ路しひ筈、
兎にも角にも金壱円丈ハ送附被仕候間、
何分格好なる様買求可申候、金子之所取
蹄ニ而も能筈、貴公可然しな被斗ひ整可申候、
猶亦服誂之由出来候也、幾等ニ而落成候、何分
吟味候而寒ぐなく着用第一専用なり、
將亦君袷ハ何程出来候様子思ふより
沢山なら足加へ候而も宜しひ筈ニ依而眼鏡
なり何角あまり悪しひ物でなぐ買求られ
可申候、然るに外トウ古物にても安価之
物出不申候哉、聞配居候様可申候、又書生之
うり物杯有之事ニ候、其節者報知可申候、
先ハ早々

一月十二日、　小原文太郎

小原廉次郎殿

立花村　小原文太郎

一月十二日

立花村
小原文太郎

9、和賀郡立花村黒岩百二十一番戸

小原文太郎様

盛岡市内丸乙二九　臼井方

小原廉次郎拝（印）

（ハガキ）

御送附之金員正ニ受領仕候、
先報之通リ転宿仕ル心得ニ御座候
へば送金ハ来月十日頃に致され度候、
主殿君は如何被成候ヤ、省三君
当地は毎日四十五六度位いの厳
寒ニ御座候、
此頃は当地に風邪流行する由ニテ
学生の大半ハ欠席勝ちにて候、
何ニシロ此度は咽喉《ノド》を襲う由
なれば此老体御保養専一
に奉存候、先ハ用事のみ
早々　以上、

一月二十七日　投函（印）

10、和賀郡立花村黒岩

小原文太郎様

至急親展　（封書・半紙三枚）

拝啓、先達二月一日投函之手紙届き候や、
未だ返事着さずいかがいたせしかと
思ひ居り候、
今回の宿は素人屋に御座候、
親子に子供二人、下女と云ふところ、
小生は八畳の室に一人限りに御座候、
私事先回御送金五円中にて、
　斉藤秀三郎著　　　藤沢利喜太郎著
会話文典　一冊八十五銭、算術小教科書小（五五）
その外一合三銭の牛乳二日分　六十銭、
かれこれ二円五六十銭外雑誌代
六十五銭つかい申候、」
時に風邪をひき（コタツにねたので）薬代
八十銭計り仕払申し候間、何卒
左様御承知あらん事を願上候、
外トー学校に近く一分間もかゝれ
ば行くところなれは不用に御座候、
小生俄ニ今回、或る事情の為免
断然社(1)を退き申し候、
されば金子五六円御送り
被下度候、今回の宿は下宿料
五円位に御座候、されば少くとも、
六円位いは御送り被下候、
小生今回の宿は室は更に」
に御座候、時に寺内《テルチ》のお市(2)どのば
岩手病院にまゐり居り候頭部に
腫物の出来たとやらにて今日
手術したとやらのことに御座候、
家の方には別に変つたことも
なからむと存じ候、小生今回の
屋は岩手病院の向いなれば
方向は如何なるものに哉
伺度候、
時に近々正月も近き候へば餅も
よく〳〵ついた(3)と起には少々御送り
あらんことを希望候、
返す〳〵もこの手紙届き次第
御送金被下度願上候、
一《二》月三日　　小原廉次郎
　小原文太郎様

盛岡市内丸五十一番戸　下田方止宿
　　小原廉次郎
二月三日投函

注　（1）事情の為免断然社―廉次郎、何か喧嘩か、アルバイト先を辞

める、
（2）寺内のお市—五月田の寺内、及川お市、
（3）ついた—餅ついた

11、盛岡中学校内
小原廉次郎君
親展（封書・半紙二枚）

謹賀新年
君どーも久々御無音打過ぎまして実に恐縮の至りだ
久々の事でしから下宿屋も変ったただろーと思ふて
中学校内の小原君とかいた、就いてはつたなき筆の御
紙面宜ろ志く拝見下されたし、
時節は寒模様になった子共（供）の時なら凧を上げたい位だ、
それに君には何の変りもありませんか、小生にとりて
は無事何の変りもあらぬ、只明治三拾七年を迎ひ拾七才
になったのは一大変化、歳月人を持たずだ、君ならば
一季生上りて早や二季生となりて学習證書を懐にして
故郷たる父老に示しだろうー、小生にとりては何等の功
あるなくそれに余の目的に白害を加へつゝあるあり（のし）
然れども男子志立て、実行すべきだ、故に志はまげぬ、
君よく察してくれたまへ、
小生も糞勉強はやって居る、工業学校（1）へ入学試験
に応ずるに不準備であるのーは用器画計りだ、
此の局に菊地先生に教示される積り、合せて君も
教へ呉れたまへ、それから工業学校の規則書」
手数ながら御送り下される様願上候、
及河廉平（2）は師範学校の試験を受けたが御覚来ないそーだ?、
タカ（3）は落第（4）と見えるのー、
書中或るは礼を失志たる事候はんもひとへに君
の寛大なる所置を願上候、
一月三日　　工藤喜三郎（5）
小原君

和賀郡立花村黒岩　工藤喜三郎拝
一月三日

注
（1）工業学校—明治三十年三月、岩手県実業学校として設立、三十四年に岩手県工業学校と改称
（2）及河廉平—幼友達
（3）タカ—及川たか
（4）落第—師範学校を落第
（5）工藤喜三郎—舘中居別家

12、和賀郡立花村黒岩
小原文太郎様
二月二十日投函（包み封筒、内容直接書）

拝啓　病気はいよ〳〵快方ニ趣起申候間
御案心なし被下度候、次に御送附之金子
壹円正ニ受領申候、来月よりは拾円計り
もらい度候が小かわせにて二回に

御送金被下度候、
今回下田行にては内丸を去り表記の
地へ転宿仕候間、左様御召思被下度候
根岸の人達(1)は如何に相成候や、
伺上候、
また省三殿(2)は此頃手がみ
差上べくと存居候、
□（ミ）はとはや免居候、祖母様には
例の通りせ起出候はぬにや、
次に本月分御送金の半分は
此月末に御送り被下度候、
何となれば送別会(3)沢山有之候
バに御座候、先は用事のみ　早々
　盛岡市下小路六拾九番戸
　　下田方止宿
　　　　　　小原廉次郎

注　（1）根岸の人達―主殿等の従兄弟のこと、
　　（2）省三殿―及川省三、後念誦、
　　（3）送別会―後に見える、

13、盛岡市下小路六十九番戸
　　下田方止宿
　しんてん

小原廉次郎君

（封書・半紙一枚）

空は次第におぼろに六尺の積雪
漸ゝにとけかゝらんとする今日此頃、吾
等の間に消息の絶えし古ゝ義句
若水くみて草とるひまもあだに過して
草ふつゝがの昔は申しがたきや、滝月
影のいみじく生暖かき今空は
ふしおがみつゝも身に跡消の救
をば沈ぶるにぞ、
他郷にもの習ふ君は幼なかりし、た
のし時代の御正月をば目出度かりしをば
思ひ出さいるか、流石は思ひ出すべし
今日は昔もそのもとが祖父、祖母を見舞
ひて、いとおこしき雑煮の餅をば馳
走になりしぞ、うまかりし、うまかりし、
　　　　　　　　　　　　　　蕾花
　二月廿四日
おはらそんうの君
　和賀郡立花村字黒岩
二月廿三日　　　　小田島主殿拝

14、盛岡市下小路六拾九番戸　下田方止宿

小原廉次郎君
親展
（封書・半紙二枚）

昨日御手紙有難拝見致した、先達之規則書(1)は無事届いた、
合せて有難謝す、そこで小生も規則書の来った夜《ヨル》小生は工業学
校に入学したいと家庭に相談に係った、僕の父兄等の曰《イフ》ふには
家庭上、財政上入学する事は能はずといった、
それはなぜとなれば
小生ハ一言ス、明治三十五季の末、
及川清太郎の屋敷お買ひし故二百円以上の借金
をなし、のみならず昔からの借金は二百円ある、
合計四百円である、
そこで三十六年の末六十二円の利金払ひなした、
即ち此の利金は僕の殆ど
一季だけの学資金である、其れに小生が今より入学したならば
一ケ季に
七拾円も仕ふ様になる、そーすると家庭の父兄等は一ケ季
百五十圧、
ヅツの不足は出来ると非常に八釜《ヤカマ》スフテ仕方がない、
　そこで小生も家庭の借金を忍びつゝ学校に入学しても
仕方はないと思ふのだ、だけれども男子志立てゝはと思ふて
なじょう(2)かして見ようと思ふてる、試験にたけ応じようと思
ふて勉強しつゝある、而し及第の節は新聞配達でも
やりよしかなー、君なんとか世話すれ、直進なる針も曲
るよーで困る、実に小生にとりては不幸の身よ何ボでも
ない銭の為免にーー、
時に及川廉平は小生の一大朋友なる小原廉次郎
閣下に対し中学校内の小原君と書くとは何故ぞ、
一体貴様は手紙の書方は分からぬなと小生と廉次郎
に交《カワ》りて大イニ彼レヲエジメッケタ、廉平もなんもいはない、
廉平は今度も落第だ哀むべし、」
及川たかは及第した、時に彼れは不勉強と見えたが
及第とは思はなかった、
正洞寺様(3)も無事だ、併せて貞機も無事に候、
時に白山寺守人清重(4)は死んだ、又菊池繁太郎(5)も死んだ、実に
早いもんだ、

精神一致何事成ラザラト雖モ世の中は金銭で困るよ、
又不公平である、兎に角小生も試験にだけは応ず
るよし、男子志立テゝ応じなければならぬよー、
君之を承知あれ、
　先は是れにて擱筆
　　　　左様なら、
　　　　　　工藤喜三郎
小原君へ
　君小生の言を信じたまへ、又同じく
　家庭を察して呉れたまへ、

返事はいらぬ

弐月廿九日　　工藤喜三郎拝

注
（1）規則書—廉次郎が送った工業学校の規則書、
（2）なじょうか—どうにかしての南部弁
（3）正洞寺様—住職工藤大真、此の頃、菊池から工藤姓になる、舘屋敷工藤家に附籍か、
（4）白山寺守人清重—岩沢守人（一八三〇—一九〇四）、明治九年九月、岩手県管下神官教導職試補、「十四級」に補任される、
（5）菊池繁太郎（?—一九〇四）岩崎の人、教育家、顕彰碑正洞寺境内に明治三十七年九月九日建立する、

15、和賀郡立花村黒岩

小原文太郎様

最親展

（封書・半紙五枚）

一

一週間前、突然にと一夜の中に根岸の人達、さては父やさては老祖父母までも夢の見由し候、

それより以来、家の事とやかふ案じられ、さつぱり面白くなく一週間計り欠席致居候、

これは外に理由もなけれども夜はとも可く行末の事など、またなき父(1)や姉(2)の事など思はれ世の中のつまないなど考へねむられず三時頃よりねむり申候、

此頃は例の通りあたまはいたみ、いやはや困り申候、

いよ〳〵試験も近き未来と相成案じ事と相成申し候、他の学課はともかく、この頃あてにしてあった画をかいてくれる人(3)はさっぱりかいてくれず、私も途方にくれ居候、

勿論学校にては画の点なりとて足らなければ落第さするとの事、先生より仰せられ私も」

二

心配となり、未つけ（マヽ）共如何せん、天性のた免一向人に見せる様なもの出来ず、まして学校に出す様なものは出来ず困り入り申し候、

画をかいてくれる人は最も金銭上の事なれは、たやすく承知するなればこれをヒケ尹の様なれ共一夜そば屋へでも連れて行かねばならぬ割合なれば・・・・その人は無論酒のみにて候へつば酒(4)をのませんではならず候、

この画の事を思つかれこれすると頭はボンヤリし東西のわからなくなり困り申候、

先達の御送金の中一円十銭にて授業料、一円書物屋に払込み

申候、未だ本屋に三円ばかりかりは御座候、」

三

それから時計代二円六十五銭、手に残るものは三十銭足らずにて候、画をかいてくれる人に御馳走するなれは何卒〳〵小生を哀れと思ひ金一円御送り被下度候、この手紙行きしならばまたも金かと顔をしか免られるゝ覚へて居れ共もーこーなりや生死の際と申し様なもの、つまり試験は学生にとりて生死のさかいの様なものなれば一円位いなんともなしと思ひ且つ小生の心中ふびんと思し召し被下度候、此頃、田村(5)には何故に学校に出ないと云はれ候へ共かく〳〵と事条も話し得ず涙をのみ毎日いね居候、」

四

それから今回送別会のかゝりを一報申すべく候、

和賀卒業生(6)の送別ニハ　五十五銭
柔道部の送別　四十八銭
丹野(7)の送別　六十二銭五厘
舘下(8)の送別　四十八銭二厘

計二円五銭七厘、

右の通り内一円ばかりは借金と相成居候、

右の次第なればせひ共二円計り御送り被下度候、時に今回スタンレーを御き合せも仕らず一円にてよやく仕候間、これも二三日中に来る事なれば合計三円御送り被下度候、かくの如く度ゝ請求すれば祖父母様には不幸に謝るわけなれ共私の身の上も察し被下度候、」

五

くれくれ神仏へ私しの及第を祈り被下度候、私しはもしもの事あれば祖先に対し亡父に対し今まで金をつかって祖父母にに対して面目なく、どの面さげて郷里にかへらるゝものでなければは、くれぐれも御祷被下度願上候、私しは先頃より二回程宿の人達より（病中に）ニワトリなりとて牛を食はせられ申候間、此段ひとへに内神さま(9)へ御わびなし被下度御願上候、

脳中乱れて麻の如くなれは御前後
を考へるのひまなく乱筆に書きし
終り候間、御ゆるし被下度候、
右御願の件、また御送の儀
ひとへに願上候、
先は用事のみ　早々
三月一日
此の先にまたとあるまじき
大不幸者の、
廉次郎（印）

祖父
祖母　様

試験の首尾如何を八掛(10)をいて御報被下度候
試験は今月は十二日頃よりなれば日も見て被下度候
盛岡市下小路六十九番戸　下田方止宿　小原廉次郎
三月壱日投稿

注（1）父―小原悦治、明治二十年（一八八七）十月七日、二十四才で没す、
その若くして死没する原因は不明なれど不自然さが感じられる、それは数ヶ月前まで筆写の著述がある、『勧学道悦信士香奠受帳』あり、
（2）姉―ツヤノ、明治十九年（一八八六）旧四月廿八日没す、廉次郎の生まれる一年前、法名「智光哉童子」（香奠帳あり）
（3）画をかいてくれる人―黒岩小学校時代は画が優秀であった、
（4）つば酒―軒で飲む酒か、立って飲むことか、
（5）田村―田村敬造、
（6）和賀卒業生―和賀郡出身者の中学卒業生
（7）丹野―丹野一三、中学先輩、二戸郡福岡町の人
（8）舘下―不詳
（9）内神さまへ―舘の三社の事か、
（10）八掛―祖父に八掛を依頼する、

16、盛岡市下小路六十九番　下田方
小原廉次郎様
御親展
（封書・巻紙二枚）

（一）
日の丸の御旗の下に輝やける日の本の
国はこたびのすめらぎの仰せのまに〳〵
荒わしの下に驕れる露国てふ国を
くじかんとす給へて海には旅順浦塩《エン》
陸には定州と勝どき告ぐるものゝふの
声より聞きし国たみは酒や肴
に祝ひて悦ばしき様子、万民喜悦、
只ならずの景に一人《ひとり》の悲みなげく
者は我なりけりど、我もとより師範
学校に入学すて卒業後小学校教員
たらんとする心つゆ程もなかりしかど、
家事・経済上到底他の学校に行く事
能はず故に其目的を立てゝ勉強せし
も二度も落第致すては又来年
なし事も能はず、勿論家に居りては

夫れ山に行け薪を取れと命ぜられて学ぶ暇無之く、世の近世書生の如く家族何にあらん、古老何に可せんと云ひて命に負くが如き事は仕度くないと思ひば学ぶ能はず、月日の小車はめぐりめぐりて又も試験期となりて落つるは必定なれば、今の中何所へか往可んとす、又学術にてゆく家庭上相叶はず、体格も不足故(1)到底師範学校へは相叶はぬ故断然止めて別途に出でんとす、吾が目的は今の中ドコかに仕へて居り其暇々に学びの道についてすみて二十五・六にもならば文官試験でも受けて県庁なり郡役所なりに官吏たらんとする気心なり、つまり名高き学者先生の家の書生なり玄関番なりして其側ら勉学」

（二）

せんとする故、何卒貴君偏へに何なりとも我体力智力に応すたる所を見つけて呉れ給へ、前に度々手紙をやりし如く新聞配達でも帯紙書きでも、活字拾へでも、郵便局でも牛乳配達でも、県庁、其他の役所の雇ひでも何んでも良いから御周旋、偏へに願ふ、貧乏者の食物撰まずして食ふ如く失敗者の業務の善悪を云はずして只生活したいの一念、食ふだけ許りも親の世話にならぬとの一念より他あらず也、工藤喜三郎(2)君未だ病気全快ならずして床に在り、私等と異なりて彼の人は病之為に一ケ年後レタル事なれは大に哀情を表せねばならぬ事であります、
何より返事を御待上候、

及川廉平(3)

四月十日午後三時之ヲ記ス

小原廉次郎様の御許へ

和賀郡立花村大字黒岩新屋　及川廉平

注
（1）体格も不足故―廉平は、背が低かった、
（2）工藤喜三郎―廉平の友達、病気中とみえる、
（3）及川廉平―人生観が伺え、廉次郎に仕事の斡旋を頼む、

17、和賀郡立花村黒岩
小原文太郎様

盛岡市花屋町一九　吉田方止宿
小原廉次郎拝（印）
（ハガキ）

四月十一日投函（印）

ハガキ今朝拝見仕候、隣家（1）ノふしんにて送金不能ずとの事実に困却仕候、教科書ナルモノハ貸売は一切仕らざるものに御座候、何となれば教科書は目前に学生を捕への話シなれは現今にて充分売れると云ふ考へなればなるべし、私は申す迠もなく、本屋には数回の交渉を重ね候へ共聞入此なく本屋之云ワク別の本ならば兎に角と申候、で当分は人の本を見て間に合はす考へなれど二三日はともかくもあまりに鉄面皮なりと思ひ候間、何私しの困却を推察あり十六七日と曰はず拾二三日さもなくば十五頃までに届く様御送金有之度重ねて願上奉候、

次に及川久作君（2）への手紙は早速秋田県につかはし候間、左様御伝言被下度候、また多田嘉五郎様（3）に頼まれたハカマの一件も及川清太郎（4）殿に申伝へ申候間、左様御承知あらま敷しく存じ候、先は用事のみ十五頃までに届く様ぜひ共願上奉候、頓首

注（1）隣家―別家、屋号「西」の清蔵家、現小原武好、
（2）及川久作―廉次郎家後の家、
（3）多田嘉五郎―隣家屋号橋本、
（4）及川清太郎―廉次郎家の後、久作の兄、

18、和賀郡立花村黒岩　小原文太郎様

親展
（封書・半紙五枚）

先般はがきをもて申上げおき候通り、愚孫儀、今般菊池小八郎氏（1）の世話に依りて紺屋町弐拾番地戸栃《トチ》内方に転宿仕候、こゝは中津川（2）にのぞ免る西洋造りのなか〳〵美麗なる家に候て、室は六畳一間に一人にて御座候（押入付き一間の）、初免は織田と申し候へが主人は織田と申せし由なれど数年前、今回の宿の所にむこに入りて栃内《トチナイ》の性をなのる様になつたとの事に御座候、家族は夫婦二人に四つ五つとも見ゆる小児一人、外に下宿人は県庁第一課に出勤しつゝ、ある石川てふ人一人、総数五人に御座候、室は八畳二つ、六畳一つ、三畳一つに御座候、学校の模様は益おだやかならず入校して居れば種々なる迫害に逢ふとの考へにて岩手病院

長杉立義郎より診断書をもらい（無料にて）学
校には二週間も欠席するつもりに御在候、
今のところは二日間またもや欠席仕居候、
今回住処変へたのは甚だしく、私しの為免に」
有益と相成申候、何となれ校長[3]方に住処を知らる、丈
大なる弱点を発表するも同様なれば今は五六日前
より夜間などは外出も一向仕らず只小便しに位
いのものに御座候、
△先報の役者の云々もこれは秘密に致し居候が
これも多少は校長の関係して居るにあらずやと思はれ、
何となれは今頃慚く内丸座[4]長谷崎がしきりに
校長宅に出入するを見うけ申候、
なにしろ生徒と校長とは犬猿[5]も只ならざるの感あり候、
今回無眼教員は生徒のた免さん〴〵なるめに
逢い申し候、
校長は一昨日、便所に於て生徒のた免になぐられ候、
これも秘しておく事に御座候へば他にもらす
事無用に御座候、
それからの師範学校[6]でも矢張生徒の女子部に
云〻の件、岩手毎日[7]にあがった件、断然
たる処分をつくるとの事に御座候、
女子部には一年生の及川某とありし候へば
学校にては一年の及川と云へば五百かりのたかより
外に及川性をなのるものなき由なれば」

本入学ときにキット落さる、ならんとの風説に
て候、
なにしろ同黒岩から来て居た人間がかゝる
罪名のもとに退校か、また落さる黒岩
の名誉いな和賀郡の名誉にきずつくる
ものと見なし、和賀の人□は大に激奮し居候、
私しは一時くきゐ[8]ではなかろーかと心配し
見たがくきゐは二年生だーと首をまげて
見たが、まてよ昨年の一年でなかろーかと思ふたが
師範では及川たか[9]を見出して居るとの事
にホットー一いきづき一先安心仕候、
公園の桜はや、色つき（蕾が）、桜は所々にホチリ〜
さき初免候、故郷にては如何に候や、さだ免し
梅などは満開たらんと存じ候、
今回の宅は前には中津川をへだて、公園に
のぞみはるかに郡役所[10]、警察[11]をのぞむ
景色はこの上もなきところにて候、
招魂社[12]のまつりには御定免しにきや可ならんと
存じ候、
しかしながら一二日の間帰りつて故郷の」
父が手植の…なつかしき、桜樹もなが免度と
思へば五月の一日かあるひは二日には帰る
つもりにて候、
種〻御はなし申し度き事もあれば

帰宅仕度きに付きなにとぞ、この件御
許可なし被下度候、
留守にある吾か愛猫のふぢ(13)は健全に
御座候や、また児猫をいく具ら産み申しや
伺上候、
もりおかにては柳の芽は早や
の風に相成候が、御地はいかに、
それから先般も願おき候へし彼の○的
の事なにとぞ帰宅の旅費手紙にでも
封じて一円計り御送附被下度願上候、
時に及川清太郎氏兄弟は帰宅せし
はづなるが如何に相成候や伺上候、
次に及川久作氏は秋田県角《カク》の館
岩瀬町よりまだ帰盛せぬとの
はなしに御座候、」
につきて前に帰盛のときたのまれた
手紙は秋田へやったが返事は梨の
つぶての行きりでなんにも来ない、
小山田(14)ではあんまりおそいがどーした
わげたろと申し合い居候、
三陸社(15)にてはストライキおこりて
(職工十九名の)当分休刊にて候、
工藤喜三郎(16)の病気は如何相成候や
伺上候、

廉平(17)は日新薬舗のくすりうりになる
との事に候が如何致せしか伺上候、
先は用事まで、早々
かへす〲も二三日中に○的を
御送附被下候様御願上候、

頓首

四月二十六日

小原廉次郎(印)

祖父
祖母　様

盛岡市紺屋町弐拾番戸　栃内方止宿

小原廉次郎(印)

四月二十六日投函(印)

注

(1)菊池小八郎(一八六九—一九五六)、黒岩岩崎出身、内外火災保険株式会社の盛岡代理店勤務、
(2)中津川—盛岡市街を流れるの川、下の橋の下流で北上川と合流する、
(3)校長—盛岡中学校校長—六代目山村弥久馬氏、
(4)内丸座—内丸にあった芝居小屋
(5)生徒と校長とは犬猿—明治三十七年当時も中学校にはそういう気風が残っていたか。『野村胡堂・あらえびす』—石川啄木・盛中ストライキの真相参照、二〇一四年野村胡堂・あらえびす記念館刊
(6)師範学校—内丸にあった
(7)岩手毎日—岩手毎日新聞社、二子出身高橋嘉太郎(一八五二—一九二八)主宰の新聞、明治三十二年創刊、
(8)くきゑ—及川茎枝(一八八五—一九〇七)明治三十三年第一回黒岩小学校尋常高等科卒業の同級生、

（9）及川たか—黒岩馬場の屋号五百刈の娘、黒岩小学校尋常高等科、明治三十五年第三回卒業生、
（10）郡役所—内丸、岩手郡役所、
（11）警察—内丸、盛岡警察署、
（12）招魂社—八幡町（現・岩手護国神社）
（13）ふぢ—廉次郎の可愛がった猫の名前、後世小説にも登場する、
（14）小山田—和賀郡小山田村、当時実母の居る場所か、
（15）三陸社—三陸新聞社、
（16）工藤喜三郎（一八八七—一九六七）舘の三才下の遊び友達、
（17）廉平—及川廉平、新屋の及川廉平、高等科同級生、

19、盛岡市紺屋町二拾番戸　栃内方
小原廉次郎様

親展

（封書・巻紙）

出盛後下痢之由、今頃ハ全快
相成候哉而存候、五日出紙面六日午
後五時半頃届申候、直ぐ祈祷
いたし一心に祈念いたし候、就而ハ
聢而全快ニ相成候ト存候、是ニ而も
全快ぃ多さずハ端書ニ而も
可遣候、其節者猶ゝ祈祷
い多しべぐ候間、大分聢而全快
であろう、惣而貴公はあまり
水を呑のハ悪しく候、何れにも
茶等も已るく候間、加減する方
ハよ路し、外に亦りんごなどハ殊ニ
腹に悪しく候間、気を付喰
可申候、猶亦先達之事件ニ付てハ
先ニ不立様い多しもの也、壮士を
□へ置候由、就而ハけがても致候而ハ
貴公ためにならずよく〳〵考ゑ
い多し者なり、出盛後なんにも
聞合不申と考ひ候得共県庁之方
出るとせ雇ニ而五拾銭とか之由ニ
是ハよ路しひであう、外之
亦弐拾円とかハいるひである
だかで五円のち゚がひとあまります、
其節ハ未夕年も不足候へ者
雇なとハよ路しひかと存じ
られ必ニ出勤なるものなら
此間よ路しひと考られ候間、
又夫共願事十分い多し訳てハ
是も困るなり、左程願事
い多さずも宜しく候ハバ雇の
方ト被考候、尚亦学校の方
都合よくハなんニも見合ハ。い
らの何角別段の事を仕る内ニ
校のかわでもあるまいものでも。
なし、就而ハよぐ考可申候、

そこでコロダーヱン(1)を買整ひ常ゝ
少ゝ宛呑候得者下利等不仕候
間、東京者八九銭、横浜物ハ拾銭、
是ハ黒沢尻の値段なり、
先達而咄し通、同月三日帰りニよく
候哉、是亦待居候持参之帰るとも内多夕方
であろう、只其身斗り荷物ハなひで
せう、荷物あるとせハ、誰かま以り
申ませう、何れにも荷ハなく方ハ
よ路しひてあらう、先ハ用事而已
申上候、余後便可致候、

五月七日　　立花村

小原文太郎

盛岡

小原廉次郎殿

猶ゝ申上候下痢仕らハ身体ハ労れ候間、玉子ても
食し可申外り食用専用なり、

(同封　一伸)

今般九連城(2)落し由、二六新聞(3)ニ
見たり、就而者一読仕度候間、軍
のある新聞斗り御送附被下度候、

立花村黒岩　五月七日　小原文太郎

注

(1) コロダーヱン—
(2) 九連城—明治三十七年（一九〇四）五月一日、陸軍大将黒木為禎の率いる第一軍、九連城を占領する、
(3) 二六新聞—明治二十六年（一八九三）十月、秋山定輔が創刊した新聞、日露戦争のポーツマス講和条約に反対して一ケ月以上発刊停止となった、

20、盛岡市紺屋町二〇　栃内方止宿

小原廉次郎様

平信

(封書・巻紙、附一通)

朝日新聞六枚正入掌仕候、
出盛際腹下り由、是ハ全快
及候哉、案事居候なれ共祈祷(1)
仕候間、定メシ全快而存居候、
亦大坂新聞社通信(2)とハ如何
なる訳合候、猶亦貴公ハ退学(3)
被致候乎、左もなくハ当年
斗りも其学校ニ而修行する
ハよ路し一年も。過ぎざるに(4)
脇方に参るなとハあまり
あしく世間の聞ひも大分
有る候、成丈ハ土用休業
迠も居候様可仕候、貴公ハ
手前より隔てざる様さいも

すれハ外ニ仕細《シサイ》なし候、猶亦
其方斗り退校か外ニも有之や、
何れにも県庁ニ出て拾銭
位の役ニ出被申ずや、又皆の
世話ニ而何角勤るによ起者
なら其方よ路しひものなり、
先日のはなしよれば是非
弐拾円とか之由ニ而相勤候ニも
よひとの事、是ハとても勤ら
のもの故一日拾五銭位なれハ雇
によきの由、若退校トなる上ハ
此方ハよ路しひ、今東京ト申せハ
出盛して壱ケ年も過ざるニ
外分もある候(5)、依而役かがり
ニなる様専用候、又荷物ハ
沢山持参候なら停車場ニ
定ニ出可申候、〇一送附候、
今こ連りか同な品ゝハ見合すべし、
有合のかごに入れて持参可申候、
成丈ハ荷物持参いださず
今年斗も修行すべすし、
惣して号体ハ納候者ハ
喜八郎(6)・国蔵(7)・貞吉(8)・
暮竹徳蔵(9)・弓次郎(10)、
右之通相定り申候
五月十日　小原文太郎
小原廉次郎殿

(同封半紙一枚)

運動会之節ハ衣物に注意すべし、
汗の志もりし物者着せざる様可仕候、
猶亦会済候ハバ早く家に帰る様心掛申
べく候、若長居してハ口論(11)等も
阿るま以ものでもなし、又次の日ハ先生ノ
御馳走と之由ニ而参るものなら余程に加減《カゲン》
仕り御馳走ニなるべし、先日の様なる事
阿りてハ残念ニ存られ候間、何分左様
なる事無様用心可申候、若参るとせ
日の阿るに早く帰宿可申候、左様に心掛
さ以すれハ何の子細もなし、口論を
せざる様第一なり、何角に腹に入れ
心に鬼子母神(12)とさい祈置ならなんにも
叶ん事阿るまい、右早々、
立花村黒岩
五月十日　小原文太郎

注
(1) 祈祷―祖父文太郎は屋敷に祀る「舘三社」の別当と称し孫の為、常に祈禱している、
(2) 大坂新聞社通信―

（3）退学―中学で何か事件を起こしたか、祖父が廉次郎の性格を知って忠告か、黒岩尋常高等科を終え、また祖父から「四書五経」等を学んでいたから、中学の授業は等閑になったか、故相沢史郎氏の教示、

（4）一年も過ぎざるに―本当は盛岡中学でなく東京の学校に行きたいと目論んだか、

（5）外聞もある候―祖父が廉次郎をなだめている、

（6）喜八郎―下岩崎「さいかち」の人か、

（7）国蔵―菅原国蔵、上宿の人

（8）貞吉―工藤貞機か

（9）暮竹（呉竹）徳蔵―藤原徳蔵、別名恵風

（10）弓次郎―

（11）口論―廉次郎は気が短かく喧嘩早い癖があった、祖父が注意している、

（12）鬼子母神―インドの女神の名、廉次郎は祖父母に養育されたから、成長期には鬼子母神を守り神と教えられたか、上京後の鬼子母神にお詣りしている、そして著述にも必ず登場する、

21、盛岡市紺屋町二〇　栃内方止宿

小原廉次郎様

和賀郡黒岩

小松道二[1]拜

五月一五日

（ハガキ・朱文字）

謹啓　去る五月拾四日に貴君より露西亜征伐書[2]を送られ候間、誠に有可たく存じ候、

厚く申し上候

今度は面白い―雑誌を旧四月

六七日迠に何卒御送り

下され度ね可へ上候

注

（1）小松道二―黒岩下宿の人、幼友達、明治から大正時代に「大神楽」の笛吹や先生を務めた、

（2）露西亜征伐書―

22、和賀郡立花村黒岩

小原文太郎様

親展

（封書・半紙五枚）

受領書

一金壱円也

右　正に受取候也

六月十三日

小原廉次郎（印）

小原文太郎様

昨日早速返信差上るつもりにて書き候へしが、さて差出す段になり及川久作君のところに行た時切手をはろうーと思ふて思って郵便局の前に行ったら手紙はない落したに極はまったと思ふて、今日早速書いて今度は落とさない様に差上申します、御言葉の通り吾れながら今回の事件に対してはあんまり小心でした、

未来に於いて君子になろー大臣に
なろーと思ふ人間はこんなに」
気が小さくてはいかないとて坂本(1)にも
さん〲やられました、御送附の拾円
の中で四円で手形は取かへし
仲市(2)（三百）には二円五十銭をとられました、
一円五十円銭は菊池先生(3)よりたのまれた
代数の本をなくしたのを買求め
あとの二円では筆墨紙代三十銭
やうつりにて及川久作君へそば
三十五銭あたいおごり二十五銭
代は多田良蔵(4)君に御見舞
の菓子牛乳代九十銭支払、
外に国府五十匁（タバコ）三十六銭
なり、
それから一昨日の一円にてかれこれ
内九十銭残り居り申候、
外に荷車賃代二時間分金
弐銭、計拾円十八銭なり、
残金八十一銭六厘、」
家の方の人達（軍人にも馬引にも）
一人にも逢はず候、
ときに今回前に宿りたる
内丸二九臼井方に転宿仕候、

折角下田直亮(5)氏に来いと
云ふたけれ共、まアとにかく
あと一ケ月あるかなしだ
からがまんしよーと
思居候、
私しの帰宅するなれば
祖父母様も此上もな起安心
の由、私残念ながら家に
かへりて百姓なり教員(6)
なりやろうかと思居候、
なんぼ私しでも教員
ぐらいになるは朝めし」
前の事かと存じられ申候、
今回私の脳病はかの
一ケ月ばかり前に
自転車よりおちたる(7)
に原因する由に御座候
それにつまり病症と
申す奴と心配とか重
なりて脳病となり
たるならんと私しは
思居候、
なんでも医者の申すには
夏は温泉よりは

浜辺に行け海水
浴に行けばすぐなほる、」
とにかく今日のところは服薬
致居候、
左様心配御無用に
御座候、
先は用事のみ　早々
六月十五日
愚孫（印）
祖父
祖母　様

盛岡市内丸二拾九番地　臼井左衛一方止宿
小原廉次郎
六月拾五日投函

注（1）坂本―阪本長治、金ケ崎の人、独逸語を教えてくれる人、
（2）仲市―金貸仲間か、
（3）菊池先生―菊池忠平、後に黒岩小学校校長先生、
（4）多田良蔵（一八八一―一九〇四）、宿の白楽堂の息子、明治三十四年次盛岡中学、第十五期生
山田忠平と同級生、廉次郎の先輩、黒沢尻の和賀病院に入院、
（5）下田直亮氏―下宿屋主人か
（6）百姓なり教員―祖父母を安心させる為か、送金を得る為か旨い事をいう、
（7）自転車よりおちたる―当時としてはハイカラか、明治三十七年頃盛岡に入るか、

23、盛岡市川原小路十八番戸
梅田清身方
小原廉次郎殿
小田志満[1]
（ハガキ）

六月十五日
過日者書面被下誠に有難がった、
大に謝すぞよ、処で御紙面の通にて
僕も大決心阿ったが駄目、其故
ハ仕度して阿った書置見られた、
実に残念、当分や免た、悪し可らず
思ふて呉れ、当地田植盛んなるも
ラバーモ無事安心あれ、

注（1）小田志満―小田島主殿の偽名か、

24、小原文太郎様
歩兵第五聯隊七中隊
高橋庄七[1]
（ハガキ、軍葉書）

粛啓
今回の招集に接し郷里出発の
際は一方ならぬ御芳志を蒙り深く
奉銘謝候

途上無恙本日無事入隊仕候間御安心
神被下度先は御礼旁々着報迄如此
余事は後便に譲り申候　敬具
明治三十七年六月拾五日
（本葉書は印刷文、日付のみ本人）

注（1）高橋庄七―万内仏堂出身、明治三十八年十一月二十七日清国黒溝台にて戦死、二十五才、

25、和賀郡立花村黒岩
小原文太郎様

親展

（封書・罫線用紙、四枚）

御手紙拝見仕候所は以外にも六円五拾銭は送られぬとの話甚以困り申候、最先生達玉内(1)、駒ヶ嶺(2)先生は今年は東京の夏期講習会に行くとの話し、猪川(3)先生などはヒマ（ママ）なれば夏期は大低温泉に於てくらさるゝとの話し、また小生はこれ等三先（生）、外に八角(4)君の家にだの常ゞ御教授を蒙った
工藤(5)先生だのにと菊池小八郎殿だのに御礼せんければならぬ故、何卒七円五十銭御送附被下度候、
　二円五十銭（今月分下宿料）　壱円拾銭（授業料）
　荷物運賃（一円）本屋ヨリ借リ七拾五銭、牛乳今月分
　一週間と見（一日二合ヅツ）三拾五銭、あと一円にて御礼
　かれこれ（四十八銭）、汽車賃、荷物運般（弐拾銭）
　　合計七円三拾八銭
実の所は先日六円五拾銭申候へしは外トーか洋服にても売り一円をたした家より一円も不足に取らんかと思いてにて候へしが、実の所かく七円五拾銭ばがりに御座候、着物などはなる丈けうりたくない考へ故、何卒金七円五拾銭御送り被下度候、左もなくば帰宅仕る事出来ず、本ばこ机は売り度もなしこまり入候、
さて、あまり荷物沢山にて風呂敷には入らざれば行李買度候、それ共家より夏シャチ御送被下候ば幸甚、
今年は二ケ月に参拾壱円つかい申候も、これも致方なき次第、此度限り跡は決して家よりは貰ふまじく、また他郷に出で学問も仕るまじく候間、此度丈けは金七円五拾銭御送り被下度候、」
礼もせずして立つときは祖父様の常に言ふ所の大鳥たてど跡をにごすなにあらずして跡を濁すもの(6)と云はなければならず、私しは何を買いしやいかなことをに費いやせしやは小生の口を以て云ふまでなく今度持ち帰る受領証やなにかにてわかるべしと存じ候、
私しも帰るときは少しは立ぱにして帰り度き故、
なにかハカマで
もユイツケテ帰りたければ大きな（新しい）竹行李(7)にハカマ、夏シャチ（新しいエリ折）を入れて御送り被下度候（至急）
私し目下の境遇は殆ど筆紙につくされず湯に入らざること

こゝに二十有八日、単衣は汗を以てシト〳〵となり、ねまき
も同様垢かになり、シャッチはやはりエリアカにしてひかる有
様に候、
臼井[8]に此度もどったのは一生のあやまり、
飯はあらの交った殆と
食ふにたへざる南京米の飯、お鉢の底に小々計り
食はなくては死ぬ故に致方なく涙を呑みて食し居り候へ共
腹はヘリで（夜の八時頃になどなると）（十二時頃まで）眠ら
れぬ有様に
御座候、その時は仕方なく今迠は少々許りありし砂糖もて
湯に入れ呑んで空腹をみたす有様、うそと思い候はゞ
致方なけれ共真実かくの如くに御座候、何處にても
大がいの所にては飯に不足するものは御座候、桜内は
飯に不足する故もと臼井はよかりしと思ふて
移ればまた飯の不足兵糧攻めは兵士の一ばん困る
所、此頃などはもちと云ふものは如何なるものでありしか、
忘れた様にて夢にも見たる御座なく候程、拙者は早や
他人の仲はこり〳〵仕候、」
あまりの空服故及川久作君より金五銭をかりて食パンを買い
歩きながら食し候所、海野[9]先生に行逢い大ニ赤面仕候、
この書《テガミ》をかく時は早や空腹にて何とも致方なき場合にて
臼井ではかっておいた金魚の餌のヤキフを盗みてかづり
ながら書き申候、而してはるか故郷にて稗めしに
水をかけてざぶ〳〵と食するうまさを思出し申候、

菊池小八郎殿に先日も行きましがさすが飯を食はして
くれろと云いかねて帰り申候、臼井にもるお鉢はあさかほ
茶わんにてやふやく二ぜん半もめしあればてんきり、
なんぼ私しでも三ぜんなくてはかない申さず候、
此頃菊池小八郎[10]氏は発狂せしか、如何なるやしきりに
道楽を始めて三日も四日も家にかへらぬ事ありとて
妻君は非常に心配仕候、先達友達と芝居に行きし
時、小八郎殿ゲイーシヤ三人をつれてさじきの上に居りしを
見申候、此事はしかも秘して被下度候、
未だ食いばなしにうつり候へ共今日の如きは早や何でも
いーから口に入れたいと思居候、
昔し　ひもじさと寒さと恋とくらぶれば、
はづかしけれどひもじさがまし
と申してひもじい位い心ぽいない、こたへられぬ
ものはありません、
今日は懐中には金一厘これなく、これより
かりん由もなく止むなくさきばらにてて」
御返事に及び申候、教科書の古いやくにたゝない
奴はみんなで一円ばかりにうりて食ぱんに――、
なにしろもりおかはすべて高価なれば
なにを食ふてても五銭以上でなくてはハラはふさけず
黒沢尻[11]のも丈二銭あたいは、もりおかの五銭あ
たい有之候、
とにかく五六日頃か八九日頃まで、もよろし

く御座候間、何卒金七円五拾銭御送被下度願上候、家から銭をとりて即ち学費をくれるもこん度計りと思いて何卒〳〵金七円五拾銭御送り被下度願上候、
あとは願い申すまじく、その変わり家に居て百姓仕る宜し候間、何卒々々、御送附被下度候、長くて八日あたりまでに七円五拾銭丈け御送し被下度候、
先づは御願まで、早々
あたまは毎日さける様にいたいからお加持(12)願上奉候、六三まつり(13)もさつぱり無効に御座候、

七月一日　　廉次郎（印）

祖父
祖母　様

盛岡市内丸二九　臼井方　小原廉次郎

七月壱日投稿

注（1）三円　玉内勝蔵、明治三十四年から三十九年八月国語、漢文の先生、
（2）駒ケ嶺先生―駒ヶ嶺忠旨、明治十四年二月から同三十七年三月迄、代数の先生、
（3）猪川先生―猪川小一郎、明治二十四年一月から同三十七年三月、算術先生、
（4）八角君―八角《やすみ》三郎（一八八〇―一九六五）、海軍兵学校生、後に海軍中将、衆議院議員、
（5）工藤先生―
（6）跡を濁すもの―祖父の教え、
（7）竹行李―盛岡中学から田舎へ戻る様子浮かぶ、「坊ちゃん」の姿か、
（8）臼井―昨年十一月から、盛岡市内丸二十九番地、臼井方に下宿、更に今回下宿する、
（9）海野先生―海野融、号三岳（?―一九一一）盛岡中学の図画の先生、祖父は義岳、盛岡久昌寺二十一世義岳の孫、
（10）菊池小八郎―保険外交員、
（11）黒沢尻の―黒沢尻と盛岡の物価の違い、
（12）いたいからお加持―祖父に祈禱を願う、
（13）六三まつり―

26、和賀郡立花村黒岩
小原文太郎様
親展

（封書・半紙五枚）

金子受領証

一金八円也
右正ニ受領仕候也
卅七年七月三日
小原廉次郎（印）
小原文太郎様

昨日御送附の干餅(1)なまもち正ニ受領仕候、
早速御送附の金子にて下宿料先生には菓子折

相お礼仕候間御安心なし
被下度候、
ときに白い夏ふくはあんまり
汚くもなり、またヒジのあたり
や尻の方が切れ申し候に付、」
今般うれと申す者有之時には
売る約束に致度候、
次に本ばこ机夜具布とん等
は近ゝ中に御送附申すべく
㊂運か北上にて候間、
御受取被下度候、
ハカマの儀は昨年こしらいた
小倉のはかまにてよろしく
青むが根召すなどと申
してはあまりおごりすぐる
ものに御座候、また親父
君の白いのでも宜しぐ
御座候間、見計ひ御送り
成べくならアイジマの
古手こしらいたの御送
附の程願上候」
次に三陸新聞は亦ヤ休刊
の止むを得ざる有様て
相成、一昨日より休刊仕候、

新聞は何卒万朝報[2]
御とり致下度願上候、
毎日と朝日なら申上これ
なく候、万朝は盛岡市
内にてうれ方は八千七百枚
なるとの事に御座候、
（うそかまことか知らね共）
時に依りたら七月十五日前
に帰宅なるやもはかり
がたく御座候、何卒
そのつもりにて御出」
遊はされん事を希望仕候、
黒岩には別に変り
たる事も御在なく
候也、伺上候、もりおか
にては少々盗が流行
して困り申し候、
主殿は温泉より
帰宅仕り也伺上候、
山村[3]校長益々御健
全に御座候、
茂蔵と申さは
サイカチの万蔵[4]
どの御座候や、」

次に御送附の干餅は
甚うまくて実に頬も
おちんばかりに御座候
夜間友人の来ない節
取出しホチコリ〱
と食い居申候、
先は返事まで　早々

七月三日　　愚孫（印）拝

祖父
祖母　様

盛岡市内丸二拾九番戸　臼井左衛一方止宿
小原廉次郎

七月三日投函

注
（1）干餅—正月に搗いた餅、天日に干したもの、
（2）万朝報—明治二十五年（一八九二）黒岩涙香によって東京で発刊される、
（3）山村校長—盛岡中学校六代目の校長山村弥久馬、福島出身、明治三十四年四月から同三十九年三月迄校長、
（4）万蔵—下岩崎皀の万蔵か、

27、黒岩尓て

小原廉次郎君
要旨

（封書・罫線ノート一枚）

前略御免
在杜陵の際御拝借の金員一円三
十九銭外（貴君より四十五銭）合計一円八
十四銭、此書肆一払辺む筈の所、只今
御返納申上候ニ付仕、貴君、上盛の
折、何卒御払込み下され度願上候、
然し十銭（十一日のパン買フトヤラニテ）貸し上」
居り候に付差引一円七十四銭差上候
間宜しく取計へ下され度申上候
懇願候、
（十五日に上盛致したく伺事）
M. Rock もさぞ喜ぶでしょう。陰ながら
羨ましい）　　田村

小原君
二子　田村拝

七月十四日

28、（封書　宛先なし）

（封書・半紙二枚・田村敬造）

例により前口上は致さず、
先日はいろ〱御馳走に
預りまして御礼申上ます、
拝借の書類未だ読破
致さず依って今二・三日中
御借し下され、

いかに懐かしき父母の膝下
に夢を結ぶ事を得るとも
居なれた杜陵は恋しく
朝夕に沈んで居ます、」
君も多分 *rokhant,phorhipitae*
は胸を放れさらむ
徒然だから是非、御遊び
に御出下され
何卒 gudiling、
M,Obara（名 *rock*）
（*K*・*Tamura*）

29、法政大学御中　（封書・半紙一枚）

御校規則書一部
何卒御恵投被成
下度郵券相添へ此段
御願ニ及ビ候也
明治三十七年九月二（五カ）日
本郷区春木町
二丁目四十三番地
坪井方止宿(1)
小原廉次郎
法政大学
御中
本郷区春木町二丁目四拾三番地
坪井方止宿　小原廉次郎
九月　日

注　(1) 坪井方止宿—坪井章次郎、東京市本郷区春木町二丁目四十三番地、廉次郎上京後最初の投宿先、保証人、八月末には上京したか、

30、岩手県和賀郡（黒沢尻郵便配達区内）

立花村黒岩百廿一番戸
小原文太郎様
親展要返信
（封書・半紙二枚と明治大学徽章写し）

拝啓
本日午前に於て手紙を出せしかども、今回ちと御相談
申度件有之一寸申入候、
本日午后に友人の帝国学生(1)の處に行き申候處、彼近間
こしらいた洋服、原価十三円（東京にては大学服となれば十三円
より下にこしらいず候）、一向着用せざるも然も四日以前に
出来上りたる奴を今回脳病の為免学校をやめて帰宅するに
付十円なら売って行く申候に付、着用致し一見仕處、
仕極具合能候ニ付、新しい一向着ない奴なれば買求免度
考へに御座候、東京にての相場は十円位いとなると裏《ウラ》
なしに御座候、ウラなしなれば冬期寒くて仕用なしと

事如何致すべくや、此人は順天堂[2]に入院致居候ニ付、
あと一[redacted]（金）二十一日には退院するとの事なれば、それ迄
に返事する事に決定仕候間、何分早くわからないなら
わからない宜いなら宜と、宜しいなら無論十円御送り
被下度候、製代二円と今日届き候、金子は
左の通につかい申候て、手元に二十八銭ばかり
残し居候、
一金二円　入学金、一金二円授業料、一金六十四銭筆記帳八
冊、
（右筆記帳は一冊八銭づゝ）、切手代十二銭
　差引二十四銭、外に先月の残り四銭、計二十八銭、
この通りむだづかいは一向仕らず候、最も本も買はねばなら
ないけれ共、今年一ケ年丈は人のをかりてなり、またお菓子を
食ふのを倹約して買ふつもりに御座候間、何卒此話し
洋服買求免度考へに御座候、」
而して毎月十三円の外は一文も貰い申さず候、心得に候、
何卒々此度の件、御許可なし被下度候、学校にては中学校
とひとしく今回よりは和服[3]着用するには保証人の印と
医師の診断書を要す様に相成り、新入学生丈は
入学の日より満三十日間有余有之来月の末までには
ぜひ共こしらいねばならぬ有様、前に二ケ月とあり候
はこれ即来月、今月よりかぞへての事に御座候、
何卒御許容有度候、最も家の財政は小生はわかり切て
候へば何とて浪費をなさんや此辺とくと推察の程願上候、
最帽子は一週間以内に御座候、二円五十銭かゝ候へ共、
これも何分倹約して二円位最々下等のを
造る考へに御座候、
本日は学校に出で授業[4]をうけ申し本日は
午后三時より四時まで民法物権編[5]、五時より七時迄民法総則
物権は杉山法学士[6]、民法総則[7]は鈴木博士[8]の講義をきゝ申候、
明は岡田法学博士[9]の刑法、一時より二時まで、三時より四時まで
美ノ部法学博士[10]の講義有之候、校内は中学校の如く
さわがしからず破れ大学の講堂に御座候、
小生は生れて始めて博士の講義をきゝ申候（最去年
講習にて玉村農学博士の講義をきゝたれ共）
左の別紙は省三君に御届被下度候、
右の回答早速煩はし度願上候、
　　　　　　　　　　　　　廉次郎
　祖父様
今頃頭も痛まずはらも痛まず無痛即炎ヤハラも
やり居候間御安心被下度候、

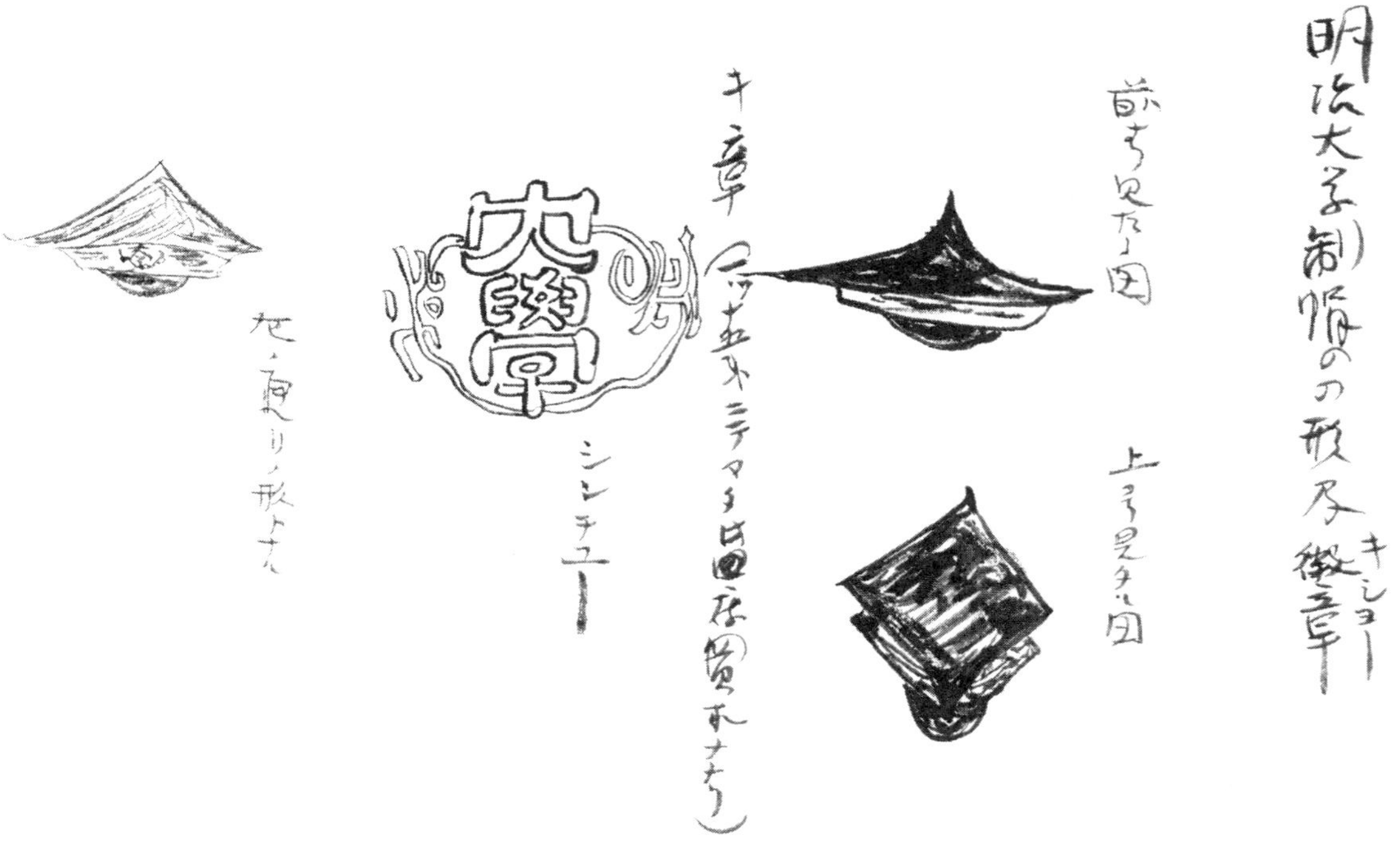

東京市本郷区春木町二丁目四十三番地　穂坂たま方止宿
小原廉次郎
九月十二日夜十一時投函

注
(1) 帝国学生―立花出身先輩の阿部恒定か、
(2) 順天堂―順天堂病院、東京都文京区、
(3) 和服―羽織・袴はだんだん廃止されつつあったか、
(4) 授業―廉次郎初めて授業、
(5) 民法物権編―民法の第二編物権
(6) 杉山法学士―杉山直治郎、
(7) 民法総則―民法の第一編総則
(8) 鈴木博士―鈴木英太郎、
(9) 岡田法学博士―岡田朝太郎、弁護士
(10) 美ノ部法学博士―美濃部達吉法学博士、

31、岩手県和賀郡立花村黒岩百廿壱番戸
小原文太郎様
本郷春木町二ノ四三
坪井章次郎方
小原廉次郎
（ハガキ）

九月十七日
御手紙拝見仕候
御送附ノ荷物未着、また手紙先達たの返事も来ず如何致せしかと心配仕居候甚恐入次第に御座候へ共金十円今般転宿致度ニ付此ハガキ届き次第御送附相成度願上候、手元ニハ一文もなし、

月謝来際ノ受取証ハ近日中ニ送り申すべく候、早速帽子もかわねばならず何卒〳〵早々御送り被下度候、

32、岩手県和賀郡立花村黒岩舘ニテ

小原文太郎様
親展

（封書・巻紙）

今月中転宿の事

受領証

一、金参円五拾銭也
一、帯一本也
一、栗三升計り
右正ニ受取候也

十月一日　小原廉次郎（印）

小原文太郎様

栗は甘く賞味仕候、
爾後は風一ツ引かず無事勉強仕候（学校には一日の欠席せず）学（校）は午后一時より大概七時頃までかゝり申候、
兼て申上候講義録の義は御送り申す筈なりしかども、これも参考の一部と相成り大に力に相成候へば、これは小生送附仕らず候、只明治学報[1]丈けは学校より毎月一冊づゝもらいば御送附仕るべく候、明治学報は多少祖父様の御参考となるかと考へ申候、あれをしっかりと見候へば喜十[2]やたれかの位いの法律志想は忽ち湧き出する事請合に御座候、
家の方は今年の豊作を祝するた免大祭あると主殿より申越候が事実に御座候へは目出度事に御座候、
次にさて送金は早速月謝にあて申すべく候間、残の處は御都合次共第十一二円も（さん考書故）も御送り被下度候、
最今月はぜひ共家にうつり間仕る心組に御座候、
明日は湯島天神[3]の縁日に御座候へば定免しにぎやかなるべしと察し上候、

先は用事のみ、早々
別紙は小原清蔵(4)
(西の)殿江御届被下度候、

十月一日　　小原廉次郎

祖父
祖母　様

東京市本郷区春木町二ノ四三　伊坂方
小原廉次郎

十月一日　投函

注（1）明治学報―明治大学法学部機関誌
（2）喜十―黒岩の人
（3）湯島天神―東京都文京区
（4）小原清蔵（?―一九二一）廉次郎の分家、屋号西、文太郎の命令で東京までの使いを務めたという、

33、岩手県和賀郡立花村黒岩舘

小原文太郎様

東京市小石川区表町五十九番地　太田方
小原廉次郎
（ハガキ）

十月十六日

拝啓、今般表記の地ニ転宿仕候、此処は
素人屋小生は岩手県人一名（友人(1)）
と同宿致居候
御送金ノ節は小石川局あてに願上候、
御送金はなるべく早く願上候、
金額は先達申上し通りにて
よろしく御座候、
転宿一件は省三(2)、主殿(3)にも
御通知被下度願上候、
先は用件のみ申上候、

注（1）友人―根岸出身の小田島源造、
（2）省三―及川省三
（3）主殿―小田島主殿

34、岩手県和賀郡立花村黒岩舘

小原文太郎様
返親展

（封書・巻紙、青インク）

ハガキ拝見仕候
御申越ノ蹄鉄書(1)は十枚計り
も写したが、そのまゝ何処かに入れ
居り蹄鉄書は新らしい森岡より
持ち帰りし本箱の左方の下の段に
入れある汚き本に御座候、
宜ろしく久作君におわび被下
度願上候、
小田島源蔵君(2)はいかにも上京
致し一週間計り前に面会し、
それより同宿仕り、小石川

に転じ二人一処に勉強の
競争仕居候、
源蔵君は八時より十二時迄は
正則英語学校[3]に通学、
午后は一時より三時迄
耳の療治致し、夜は
六時より九時まで東京
学院夜間部[4]に通学
勉強有罷候、
迂生は先頃までは午前
中ねてくらせしが四五日前
より午前七時より十一時まで
は加納流柔術授の講道館[5]
に行きて指南をうけ居候、
されば病気の如きはしたく
と致されぬ様丈夫に相成候、
次に源蔵君の決心は非
常のものにてたと源蔵
君親父の亘度まゐり
したとて帰国する様子
も無之候、　されば
源蔵君の宅にても他人ならぬ
長男の勉強を望む事なれ
ば小生の考へには自分許
可致すならんと察も候、
私は当自分は悪友とても
一人もなく否一生なからんと
思居り交際仕る者は
盛中時代の友人位いの方
に御座候間、御安心被下
度候、
東京は毎日雨ふりにて
困り居り外トーは送る事
無用学生は一人も着るもの
之なく候間、ドーセ、インバ子ス[6]
でも求めねばならね
有様なれば左様思召
被下度候（十円内外）
代価の儀は来月下旬
あたりまでに御送り被下
られ都合よろしく候（靴代ヲ加ヘテ十円候）
今月分の学費の早く
御送り被下度候、
当地の気候は六十五度
位いに御座候、
座ぶとんは未だ買求めず、
されど当地にて買求免るつも
り、教科書も大ガイ揃

申候、只今一冊経済学
（二円八十銭）求めずー、
先は返事まで　早々
　小石川区表町
　　五十九番地太田鍜方
　十八日　　小原廉次郎
祖父
祖母　様

インバ子スハ七円位いニ候、されば
靴二円と見積り十円と申候、御手元の
御都合よろしきとき御送附被下度候、
東京市小石川区表町五十九番地　太田鍜方止宿　小原廉次郎
十月十八日投函

注（1）蹄鉄書―馬のひずめの書、
（2）小田島源蔵―正しくは源造、根岸与太郎の子、
（3）正則英語学校―神田錦町斎藤秀三郎創立の学校
（4）東京学院夜間部―牛込区（現・新宿区）の学校
（5）講道館―明治十五年（一八八二）嘉能治五郎が開設した柔道の道場、
（6）インバ子ス―インバネス、和装用コート、とんび、

35、岩手県和賀郡立花村黒岩舘

小原文太郎様
親展
（封書・巻紙）

受領証

一金拾参円也
右正ニ受取申候也
十月廿日　小原廉次郎（印）
小原文太郎

東京にては先月申上候
通り全く外トーは着用
せぬ有様に御座候、されば
全く不用に御座候へ共何
分十一月十二月頃には寒気も
次第に重り
申すとの事に御座候へば、
その節インバ子ス着用致し
度き心得に御座候得付先
頃申上候へ候次第に御座候、
されば十二月頃には何卒
靴代共十円計りも御送り
被下度願上候、
而して御問会せの時計の
儀は五円か四円にても売
却致所方得算かと考申
程の位ッ斯時計は東京にては
二円五十銭位いの相場に
御座候間売却致す方
宜しからんと存じ候、時計

は一年毎に直段の下るもの
に御座候、
東京にては時計は下落
の方にてもりおか地方にて十
三円もするのを十円位いにて
買ふ事を得べく候、東京
の書生の大多数は十円
内外の時計を持ち居り申候、
東京はおそろしき処ときゝ
候へしが私等は少しも恐ろしから
ず、何処見ても盛岡より出た
奴等の計に御座候、
最も小石川より明治大学[1]まで
は二十五・六分かゝり申候、
大学はまってや出るとお
かひ時間は、やかましくて
一時より始むれば一時前は一更
に室内に入れ申さず候に此学校
になる程、前には何度も何度も
下に降りては柱時計を眺免
致し居候、時計なきも中〳〵
不便なものに御座候、
しかし、彼の時計は至急売
却相成りべぐ乍、祖父様
の用になる時計は来年の
夏やすみまでに一円か
五十銭位いな（但しニッケル側）
でもお土産にかいて遣
じや申すべく候間、彼の
時計は御買却の程
願上候、
小生も時計は必用には
御座候へ共、家にも金は
ありあまると云ふ程でもな
ければ祖父様に時計を
買い度いと願ふ丈
けの勇気も出来ず候、
され共五六円の時計は持ち
度くもなしーーー（安ーぐ共
十円）又清太郎の如く借金
しても時計持つ様なるは出来
ず、私しが出世した時に金側
の時計を持つ考へに御座候、
それとも祖父様が金を送り
被下れて欲しくは買と
言はるゝなれば此限りに
御座なく候、
只小生は時計も欲しい事

はノドから手が出る程欲しく候、学校に行きて見ればみ那〱十七八円もする洋服に六七円もするくつ銀時計に銀くさりの有様子に中には金側の時計を持ち来るものも有之候（重に華族の子供）、小生はかゝるものを望み申さず、只時計一ケは有って欲しいけれどあと年数の長いのに限りあるが学資中よりさいて時計を買ってくれよと祖父様に願はれなく候、

学校は左の通り

大学部　法科（迂生の部）　一年生七百二十何人、
大学部　政治科　一年　四百五十人
大学部　商科　一年　三百八十何人、
　仝　文科　不明
法科専門部　一・二・三年千六百何人
政治科専門　一年　不明
商科　〃　一年　百九十名
文科　〃　一年　不明

因ニ云フ、大学部の中一年とあるは今年なり、大学一年を買（置）きし故なし、以下皆然り、

外高等予科　無数（七・八百名）

皆にて四・五千人の人なれ共午前の部と午后の部と両方に分れ居り学校は二つあり、同宿には三人家内外に子供二人（五六オノ女子）下宿人三人（源蔵君と中学生一人）

次に何卒〱彼の兼て御願申せし紋付の羽おり（五ツモン）にウラ付、甲斐絹（絹）でも付け拵しらい御送り被下度願上候、而して瓦斯すまの袷、常衣にする故に何卒一緒に御送り被下度候、

先は用事のみ　早々

小原廉次郎

祖父
祖母　様

東京市小石川区表町五九、太田方止宿

十月廿日投

小原廉次郎

注
（1）明治大学―明治十四年、明治法律学校として創立、

36、東京市小石川区表町五拾九番戸　太田鍜殿方
小原廉次郎様
親展（書留）
（封書・巻紙、二枚）

（其の一枚）
今般金拾円送附候間入掌を
可仕候也、廿四日ニ金三円を被下度
趣ニ候得共、来十二月分下宿料
并授業料ニ充差上候間可得之巳
候、貴君紙面に拠レハ月始に下宿
料払込様子、就てハ前以て今後
贈可申候、月末ニ下宿料払込にハ
宿江願事する趣を、夫ニ而ハ迷惑
と存じ是より来月迠、月末ニ贈申度、又金
配出来兼候節者月始二日か三日迠ニハ
送附ノ心組候間、左様思召被下度候、
贈る都合ニより拾壱円差上候間
不足之分ハ来月中旬迠ニト
存候間左様思被申候、
然處書紙ハ壱円此届次第被下度候
と書候ハ凶シ、只一円被下の家と書さる様
つゝもて、先達にも申上候ハ只金一円
又ハ無事一言つぐべし夫ニ而
察入候間、長たらしぐハ己《わ》らす、
猶亦小倉洋服ハいりませんか、柔
術[1]之節ハなにを着して致す
まするや、入給なら送附可申候、
外ニ入用の品示に被仰越候、
今度新徴兵邦蔵君[2]・駒太郎君[3]
皀の聟喜八郎君[4]来廿九日を以
発足之由、
と《起》きに此老人等も無事候間安事
申間敷候、貴公斗り大切、うまいも
弐銭代も喰連ハよ路しひ其れハ」
月ニ五六拾銭代位喰候得者腹ニ
不足する事杯ありません、
今度拾三円ニ而跡不足之處ハ
十二月十五日（二円モ）迠届可申様存候間
可得其意候、
金ケ崎の坂本[5]ハ東京ニ参り候乎、
段々承候へ者洋行する模様、
惣而食物の遣事なと仕間敷く
尤金ハないニ依左様なる事
不致而存居、盛岡ニ居候節ハ
多分ニ左様なる事計りありました、
殊ニ茶《チャ》屋[6]等ニ行喰にグ杯仕り
間敷く、左すれハ身上ハすたります

必ともあばれ物杯の風説を取ら
ざる第一なり、
兎に角にも其身大切慎可申候、
そこで先達中雪降り五寸程、
是も一両日中ニ消申し今ニ至り雨降
候為、農事に込居候、尋問之處君
省三君(7)ふじ(8)皆〻無事、先ず用事
のみ　早々
十一月廿七日　　立花村
小原文太郎
東京
小原廉次郎殿
二白申入候、不足之分来月十五日
迠ニと書候得共前になる乎跡に成乎、
前後哉待阿れ、是よりハ月初に送金可申
積候間可得貴意候、今度ハ十二月分
(一月)分十二月末より心掛居候間

(同封)
返書認節記
下宿屋ハ一座貴君ニ　二人乎
源蔵君
外ニ食物ハ不足ハなき乎、
大学校の風俗ハ如何、

盛岡の様ニ騒か敷事ハ
有りません乎、
柔術ハ毎日出候哉、是ハ毎日て
なくともとよ路し、而左様なら、
斗りてもよ路し、日曜日
小倉洋服贈り可申や、
此頃は寒くなり候ニ付綿入ハ
なぐ共よ路しひや、

段〻承候得者坂本君盛岡より帰村
仕後金ヶ崎江催促来る容子なり、
左様なる人物ニ而有乎、右様なる
人物候ハバ一所ニなるとも必油断(9)
仕間敷候、
明治大学校ニ而特待生(10)ニも
相成様勉強あ連、
岩手県和賀郡立花村
十一月廿七日　小原文太郎

注
(1) 柔術―日本古来の武術
(2) 邦蔵君―菅原国蔵か、
(3) 駒太郎君―
(4) 皀の聟喜八郎―及川喜八郎、
(5) 金ケ崎の坂本―坂本長治、廉次郎にドイツ語を教えた人、
(6) 茶屋等―遊びの事

（7）省三―及川省三
（8）ふじ―猫のこと、
（9）油断―坂本長治の行動に注意する忠告、
（10）特待生―学業成績が優秀であったか

37、（小田島主殿書簡・旧十月十七日）巻き紙

東京市小石川区表町
第五拾九番地太田方止宿
小原廉次郎君
親展

（前文欠）
郵便が届かんと曰ふ話をきいた事はふだん
ない（いな郵便輸送の汽車に転覆したとの
□至配達の災難に遭ふて死んだとかでなければ）
奈何した訳だろうしほんとうに解らんぢやないか、
豈可君御届いたのを届かんと曰ふた訳でもなかろうし
僕は出さないのを出したと曰ふ訳でもないし、
充分僕は今日此頃は返事か来る位であると
思ふて待つに待つて居た、はて不思議にないか、

○

君よ僕は何と曰つても君に出世を願いたい僕は
病身ではあるし、それに僕は此通り一生社会
に出ること能はないで黒岩の鄙士とならなければ
ならない訳だろう、隣ではないか意気地なしと
笑ふなよ、万更僕だと曰つて好んでこの百姓をや
つて一生を過うすと曰ふてはないかう、
僕は実に言語に絶する程の湧き立つ胸を押ひて
こうゆうことになつたと曰ふことは君も了知しとるだろう
我等の熱腸を醒まさんとするには必ず君より外に
ないのだ、僕は君をして必定成功の月桂樹を戴
かん事を朝夕神に祈つて已まないのだ、必勉のな
ければならないよ君、菅原正作の様の者と成
つては不可ん、僕は深く戒む戒む流石は日人殺
は一日に一人は必ずあると曰う程の東京だからね、
僕はこれで筆を止めるとも惜しいから一寸黒岩の
昨今如何に我々の同机の下に互に手を取りて」
學びし明友が如何なる変移と境涯とに身を委ねつつあるかを報
じよ―君しばらく目を注げ
一昔□□山田忠平氏の堂々たる一個人令夫人
及川吉松氏に蜜通しつゝいたの少しく関係
の生ずだる如き話あり、是は真の虚説に
近からへんも余は或人より洩聞せり、君憤慨
するべきの至りならんや、
一真田さほ子こは大々淫婦、黒岩開闢
以来如此大胆なる淫婦のありしを覚え
さるの話、夜奮人を自由に自分の寝床
に引入れ密通し或は箇所々々に見当
り次第遂突当次第男を捹へる様な話
□教育者ならいさ知らず苟も小学全科

ようとする、吾人は鶴首して改革を論する。」
卒業とも曰つて宜敷い断乎たる教育を
　受けたもの可々る獣的な所業はよくも出
　来るもの、
一小田島あさの君この女子は今余の筆を以而ハ
右女の肩と同じく並扁て書かるべき女と想
（三字消す）ふ可世の中は三日見ぬ間の桜かな
とは能くたとへたもの、余等同じく学窓に
ありて友とゆるしてありしの折は品行方正学
才抜群稀に見る好女なりき、一旦色情の発出
する時期となつたらさあ立花あたりの若物に
目をふれ、あすの晩来よ明後日の晩来よと
曰ふ具合に自分が夫のあるに拘はらす大胆
なる仕様、省三もさすがに弱つた具合し可、省
三は夫を知らないから君秘密にもわこく省
三からかつたりなくしてはいかへんよ、
一昆せき、これは真田さほに次きての代者依
此立花辺の男ヒ引か、りうガンケの隠《カクレタ》田辺
に於て密会は数通有つたそうだ、
未だ沢山あるが□あら御話為事として止し
から、何づれ暇を今度は是切だ、
君よ君は右の大体を見て如何に感じたか
黒岩の風俗は如此にして益々堕落の極に達
しようとする、吾人は鶴首して改革を論する。

岩手県和賀郡立花村大字黒岩ねぎし
　　小田島主殿
　　　拝上
　旧十月十七日　投函

38、岩手県立花村黒岩舘ニテ
小原文太郎様
返親展
（封書・巻紙）

受領証
一金五円也
右正ニ受取申候也
十二月十四日
　　小原廉次郎（印）
　小原文太郎様
御手紙拝見仕候
御両祖様無事御消光の由、
大賀奉候、小生も無事通学
罷候、
やすみはたった二週間に御座候
へば帰宅せぬつもり居たれば
何共金八円位いの時計買い
求め度ければと申候、

何卒金配八円一月初免か
又は十二月末かに御送り
被下度候ハバ難有存候、
一月よりはキット注意仕るや候
間、何卒時計買ふ代ばかり
は御許被下度候のみならず、
一月十日計りに御送金とあれ
ば甚月謝を納むるに都合
悪しからず御座候間、何卒
一月一二日あたりまでに
時計代八円外に授業料
五円御送り被下度願上候、
今度丈け此の時計買ふ事
丈け御許し被下度候、
度々此度丈けと申せは信用
これなく候へ共あとに外なにも
買ふまじぐ候間何卒
一月の初免か、十二月の終りに
金十円御送り被下度候、
而して次に下宿屋には
月末でもよろしきわけと
約定仕候間、何卒
あとの分は月末でよろしく候
間、何卒十円御送り被下度候、

さて又良蔵[1]君は病気
なりとの事、脳まく炎なりて
そんなに早く死するもの
ならず、為良蔵君に
かせし本は
道中膝栗毛　一册、博文館（六〇銭）
かつら下地　一册、常陽堂（百五）
文芸娯楽部　一册、博文館（七十五）
わた入りも何も入らず候間、
時計は《ぼ》がりかひ求め
させ被下度願上候
なるほどつめにて金のいそが
はしき事は承知仕るへ共
家にては借金とてもなき
昔なれば十円位いは
小生帰宅せしと思ひ
御恵投被下度願上候、
座ぶとん一ツとフランのシャツ一ケ
御送り被下度存じ幸甚
当地は昨月十二日より十五日
にかけて大雪に御座候、
此の手紙を書たる時はなほ
降りやまず候、
なにしろ炭はかごで（小さな

火消がめのふた付様な奴）一ツ十二銭、
それで三日はとてもたらぬわけ
に御座候、こ達は未だ仕ら
ず候、こ達一つかいば六十五銭、
こたつもかい兼ね居り候、此度
御送金中にてめがねは後へ
まはしにして木下師（2）の
刑事訴訟法（3）一円二十五銭位、
こだつ一つ買ふつもりなれ
ばめがねは後に仕而可申候、
東京はとても寒くて
やり切れず候、
東京にては炭は自分買
へば宿にては火ばつもかさ
ぬとの話なれは炭を
配り居候、月にすみ代も
容易ならず候、
一月に一人に付ドーしても
六七十銭の炭代かゝり申候、
それに油代は二十八銭つゞなれ
はとても八円五十ではおつ
つかず候、
何卒推察被下度候へ共、
正月は家の方には年始状も
やらは考へに御座候、
毎日の様に筆記かさなる候共
あまりのつめたきまゝやめ居候、
此度来年の三月からぜひ共
御願ひ御座候、
他なし学校では独逸語《ドイツゴ》で
法律をやる故に独逸語必用
に御座候へば午前中丈け独逸
協会学校（4）に通学致度候
間、何卒御許可なし被下度候、
学校でやつた計りではとても
独法の原書読むには五六年も
かゝるわけに御座候へば、何
卒許可なし被下度候、
月謝は一円五十銭にとか、
とにかく月十五円送り
被下るれば決心し度候、
御身大切に願上候、
及川喜八君（5）にも宜しく、
省三にも同様、先は早々、

十二月十五日

小原廉次郎（印）

祖父
祖母　様

東京市小石川区表町五拾九番地
太田鍜方止宿
小原廉次郎
十二月十五日投函

注（1）良蔵―多田良蔵（一八八一―一九〇四）宿の白楽堂の子息、十一月十三日、二十三才で死去、法名「智光軒宝良際一清居士」墓碑は正洞寺境内多田家墓地にある、
（2）木下師―木下哲三郎
（3）刑事訴訟法―刑事訴訟の手続きについて定めた法律
（4）独逸協会学校―独逸学協会学校、
（5）及川喜八君―舘文太郎家の後の家、

39、岩手県和賀郡立花村黒岩舘ニテ

小原文太郎様
至急親
（封書・巻紙）

拝啓
寒気益ゝはげしく相成申候處
御老体お変わりもこれなき由
賀奉り候、
小生も無事勉強有罷候間
御安心なし被下度候、
東京も仲ゝ本年は寒くて
一昨日の如きは水道栓は氷って
水を呑む事出来ぬ有様
に相免しも甚しぐおくれし
わけに御座候、
次に源造君も無事勉強
致居候、
今度二月頃よりは二人にて
一間を（本郷辺にて）かりうけ
自炊する目的に御座候、
自炊すれば一ケ月五円位にて
間に合ふとの事に御座候、
さもなくては小生も独逸語
を習ふには金銭上に都
合甚悪しく候間、
ぜひ共やるつもりに御座候、
次ぎに先達申上おく候へし
時計の件に付如何振配計
らひ被下るゝや何卒
時計はぜひ求め度候間、
御都合の上金十円程（月謝共）
御送附被下度候、
今月中に願上候（なるたけ）
時計の件申上候へば、次来
何々の返事も来らずまことに
心配仕り居候、
此次より二月あたりよりは自
炊仕る心得なれば家よりは

従来の如く金も取るまじく候へ者
何卒今度丈は例外として
金十円御送附被下度候、
この以上この以後はたとへ
石にかづりつくとても例外
にはもらひ申しまじく候間、
何卒今度丈け金十円、
十二月三十日までに御送り
被下度候、
学校は明後二十四日より
一月十日まで冬期休業[1]
にて休と相成申候につけても
家に帰宅すればは八円汽車賃[2]
もかゝる上に家に居たとて食
はずには居らげぬからどーしても
十円はかゝり申候間、何卒
家に帰ったと思ふて八円の時
計かわせる様願上候、
正月は時計ばかりももたなく候、
ナンボ紋付着たとて何の甲
斐もこれなく候へば、何卒
金十円（授業料もふくむ）三十日
（十二月）までに御送附被下度候、
無論十二月三十日前は東京にては
前年の物品をうりつくしまふ
目的の由にて物価下落仕る
由に御座候へば何卒
此時をはづさずかひ求め度候
間、何卒三十日までに間に合
ふ様御手元の都合の悪し
からんも御都合被遊今度丈
け二度とは願申さじ候
間何卒此手紙届次第
御送附被下るれば間に合申候
間、何卒早々御送金
願上候、
呉れ／＼も金十円此手紙
届次第御送附被下度候、
伏して願上候
先は用事のみ　早々

十二月二十二日　　愚孫　廉次郎（印）　百拝

祖父
祖母　様

東京市小石川区表町五九番地　太田方
小原廉次郎

十二月二十二日投函

注
（１）冬期休業―冬休みの事、
（２）八円汽車賃―東京から黒沢尻までの汽車運賃、

40、東京市小石川区表町五十九番地　太田鍛方止宿
小原廉次郎君
和賀郡黒沢尻投函
小田島主殿拜

十二月廿六日　（ハガキ、赤ペン）

久敷御無音お謝す
君よ余は本日突然衣を装ひ身延山[1]入り
詣せんと思立つなり、君に面会するの機を得
たるを喜と共に又東京市内案内せられんことを望むや
切なり、君よ幸に余の願を思やて御苦
労ながら上野のステション迄出迎ならんことを
委細の報知は仙台より投函すべし、　先は　早々

注（１）身延山―日蓮宗の本山久遠寺

41、東京市小石川区表町第五拾九番地
小原廉次郎様
仙台大泉支店
小田島主殿拜
（ハガキ）

今晩午後拾時四十分の仙
台発に乗り明日上
野に着せんとす、君の故
郷よりの依託物種々あり、是非
明日上野群玉舎迄運足被有度し、（赤ペン）

42、東京市小石川区表町第五拾九番地　太田鍛方
小原廉次郎君
上野ステンション前
群王舎内　小田島主殿
（ハガキ、十二月二十七日消印）

余は本日午前八時五拾五分、上野ステション前、郡王舎（ママ）[1]
に着く阿り、
君よ先報の如く故郷よりの依頼物種々
あるを以而今日午后三時迄に御苦労
奉り来着あらんことを希望致す、
二伸　今日は君に面会直様君への委托を渡し
新宿迄出て甲府[2]に着けんと欲す、早速以来車
致されたし、

注
（１）郡王舎―群が正しい、上野駅前の旅館、
（２）甲府―主殿が甲府に行くという事は日蓮宗の本山久遠寺にお籠もり修行に行くことか、

43、岩手県和賀郡立花村黒岩舘

小原文太郎
仝　織江　様
東京小石川区表町五九　太田方
小原生
（ハガキ、横書）

昨日午后六時前小田島主殿氏等両名
訪問され、その意外に驚き入申候、
主殿の出せしはがきは主殿より後に着仕候
ニ付迎ひに行く事となさざりし次第、
小生宿へ昨夜一泊、本日牛込より甲府行
きの列車にて出発仕候、
東京にさえ着すれば小生も源蔵君
も居候へば御心配御無用に御座候、
当地は降雪も此頃はこれなく至極あたゝかに
御座候、
次に御送附の（手隣托）品々正に受取
申候、又時計は早速買求め申候、
主殿の同叔母も至極健全の
様子なれば心配なからん様祖父母
様より根岸の人達に御伝言あら
まほしく候、
主殿等一行は期限とても短ければ成べく
いそぎて東京ばかりも案内見物され
る考へに候、
主殿等も折角来たのなれば東京の
名処ばかりも見せてやりたき考へに候、
小生事は無事息災根岸の人達も
不変の由、何よりの事と存じ候、
先は取いそぎ　早々
十二月二十八日（乱筆御免被下度候）

明治三十八年（一九〇五）

1、大日本帝国東京市
神田駿河台
明治大学専門部第一年
小原廉次郎殿
清国厦門鼓浪双
東亜書院
坂本長治(1)
（ハガキ）

恭賀新年
併謝平素之疎音
尚祈将来の御厚情
□東京ニテ一袂以来最二ケ月トモ相成申候へ共、小生は不相変
無事学事に研究
居候間、乍他事御安神奉願上候、時に御地は目下如何の状況や、
戦争熱は如何に
特に君の近況如何に、時に報じてくれても損はなき事と存ぜら
れ申す　次に気
候如何、定めし極寒凛烈降雪紛々たる事と乍蔭御察申居候、当
地は
日中はほんのり熱かく朝には寒冷を覚ゆる有様、花さき鳥鳴く
の十月小春日
の如き気候に御座候、僕はこんな面白きを支那には四五年も居
たく候、尚欧米には
数年にして参る可申候、こゝまでやって□□□未見ないで帰り
や候ハバ君等に対
して申訳なく候、
次に折角願上候、『会話作文辞書』曽て盛岡にて君から借りた
る事ありしもの何卒
御恵み下され度く、当地は英独二ケ国語を知り居れば支邦語を
知らざるも大丈夫なれば
何卒右辞書御郵送下され度奉願候、
尚大至急返事をくれよ、『会話作文辞書』だよ、

注（1）坂本長治—金ケ崎出自の人、盛岡で廉次郎にドイツ語を教えた方

2、岩手県和賀郡立花村黒岩舘
小原文太郎様
東京市小石川区
表町五九、太田方止宿
小原廉次郎
（ハガキ）

拝啓、先達以来度々御願仕候へ件ニ付一向に返
事なきのみか主殿上京以来こゝに半ケ月未だ一
回ノ家報に接せず私之住我随意を以て
主殿より借金せし条を御立腹にやと小生
ひそかに心配仕候、主殿君よりかりた二円を加
ふればとて定額の学資金なれば御腹立ち

の筈もなし、また御病気否やと種〻心配仕候、
又御願申すも異な物なれど何卒仙台
平のねんじ(1)からかった奴を何卒小生に御
恵投被下度候、最もこれは常に用ふもの
にてなく、常には服を用ひ候も外に式場に
出るときの如き用ゆ申候間、何卒御送附被下度候、
常に用ひ居し小倉の袴は最早汚れて
用をなさず候間、何卒小生にはかまをくれる
つもりで御送り被下度候、
次に兼て御願申せし金子の儀これにも
未だ何等の確答これなく主殿君
依頼の書面に依れば十円位いなら今月中に
送るによい云〻の書面に候へしが如何なし
被下るにや何卒御手元の都合よろしき
ならば金十円計りハカマト一処に御送り
被下度候、
而して送ると否とに関せず何卒此ハガキ
着次第御返事被下度候、
二伸、気候は温暖、三十五六度位にて
や丶風あり雨雪共になし、
時事新報は毎日行居候や、
黒岩の情況如何に候や、
斉藤先生(2)に御面会の時宜しく願上候、
一月十五日

注（1）ねんじ—舘の屋号念誦、後念誦、姓工藤、
（2）斉藤先生—黒岩小学校斉藤豊治先生、

3、岩手県和賀郡立花村黒岩舘ニテ
小原文太郎様
東京小石川区表町五九番地　太田方
小原廉次郎
（ハガキ）

拝啓
よく〳〵今度より独逸語の研究に
取か丶り東洋学院(1)（午前七時より十二時）
に入学するつもりに御座候、付いては
教科書は家の本箱にしまいおき
申候間、右書御送り被下度候、
ヘステル　一、二、三、
独語読本　一冊、（三冊）
外　一冊
独話辞典　一冊
都合五冊此ハガキ届次第
御送り被下度候、
尚本の儀は主殿君(2)に依頼して
その本を見付させ御送り被下度候、
月謝は一円に御座候、
（英語の本とまちがいなき様願

上候、本は紙数のうすき本にて
あまり大きくなへ本で候間、
くれ〲も御注意なられん
先は取りいそぎ用事
のみ可申候、
　一月十六日

注
（1）東洋学院―ドイツ語の塾、
（2）主殿君―従兄弟小田島主殿、

4、岩手県和賀郡立花村黒岩根岸

小田島主殿君

在東都
小原湘水生（1）

一月十六日　投函
（ハガキ）

拝啓、
昨日はねんごろなるお紙面
君と小生間に於て何等かかる
不快の感あらんや小田島君も□□
うん乞ふ安慰せよ、
次に小生が今度独語を初免か□
けるつもりだに依って教科と辞書□
家に有るから何卒僕の祖父は
御存じの通り英語だか独語の本
だかわからん（2）に依って君が我が□（家）
に行つて調べさして独語の本五冊□
井上哲次郎著（3）の独和辞典と六冊
送らせる様にしてくれ玉え、多分
これ等の本は小生の盛岡より持帰り
し本箱中にあるから君が行って
見つけて送ってくれ玉え、
大至急を要するのだからね、
どーかそのつもりで此ハガキ着
次第吾輩の家に行ってくれ玉
え、
先は用事のみ　早々、
父君にも母君にも（4）よろしく
願上候

注
（1）湘水生―廉次郎の雅号
（2）英語だか独語の本だかわからん―祖父のこと、後に祖父がオランダ語に通じたかという松本昭氏の説も疑問である、『剣豪秘話』参照、
（3）井上哲次郎著―
（4）父君にも母君にも―父小田島喜代太、母小田島テツ、

5、東京市小石川区表町五十九番戸　太田鍜殿方

小原廉次郎様
親展
（封書・巻紙一枚、半紙一枚）

記

一金拾円、　送附候間入掌可申候
三十八年二月十日
紙面披見仕候処、下宿屋移転之趣、
是よりハ壱人ニ候ハバ九円との事か、是ハ定
めし一人斗りいやな故、斯申すものなり
脇方ハ幾等なり、左程よき下宿屋でも
ないなら一人斗り居候得者不行際《テイサイ》と存られ
脇方間合転ずる方よ以です二月分半月
金三円七拾五銭払候得者好いですか、転じ
べき所ト在、下宿屋ハ素人屋か又何人位
宿し居候、宿屋の家内ハ幾人斗りの処ニ
候哉、何にせよ大勢の家内之処なれハ食
物ハ丈ぶなものだ、兎にも角にも七円五拾銭位
斯なくハ九円にても是非もなし、よぐ〜
聞合て丁寧な下宿屋ニ転しべぐ候、
然度ニ昨日も壱円差贈候又今日送ると
するものなら一所ニ送り可申ニ、夫とも不及
手紙ニ而送附申候間、今日届き申候、
昨日紙面ニも両学交江ハ入学せぬ様ト
申候、必とも一学校ニ而勉強専用也、猶亦
二学校となれ一学校ハおろそかになりませう、」
亦脳髄をも費ずぐ候間、我ゝ共迠も案じ
られ候間、「熱心ならざるやら」可然候、若入学した
なら是非もなし、
時に小田島源蔵君ハ近日帰村之由、兵隊改
ニ付帰中、此徴兵改ハ当月てハ「ありま
すま以」、大方三月ニ而あるべくト考居候
源蔵君帰村候得者君壱人故宿屋の
始末を気附べし、荷物等も大概等ハ
加籠ニ入詰付置様心掛可申候、源蔵君
帰村候間徴兵検査済相成候ハバ、又も上京之心組ニ
候や、家ニ而ハ出京仕らせぬ考風聞候(1)、
扨夏期休業六月何日よりの規則候哉、
六月なれハ旧五月七月ならハ旧の六月也、
右之通報知あらん事越、
（二枚目）
出盛之時分供達ニ近辺ニ居候哉、
如何なり「そこて」君独ニ而徒然と
存候而、脇方江遊行仕間敷候、出るせ
た朋友之処江行者吉さもなく何方此方
而とり行祢好様心掛たくものなり、
只今迠源蔵君と同宿故ニ他に出る事
なく暮し君よ路しく候、
下宿屋者能く聞合候に転し可申候、縦ハ東
京だとて善人もあり悪人もあり、就而ハ何方此
方ト聞合其上移るべし、尚亦大学生之
内ニ東京ニ知合人なく候也、あるなら己処を
穿鑿して宿る方よ路しひであります、

同生之内宿屋ニ一人位居候処有之筈有なら
其所を尋祢同宿すべし、一人よりハよひ
ですよ、よく／＼聞合候而移る専用なり、
一ツ考所、今新聞ハやめて五拾銭家の方江
送ねハ十五銭なり、又独語の方ハ壱円
月謝斗りでも済ぬ已ぞ、彼是を
倹約すれハ下宿屋ハ九円とも十円とも
よ路しと考られ、新聞ハ屋免切て
なく万朝あたりたとハ二十銭下ニして
よ路しひです、此等に仕候間如何なり候也、
猶亦下宿屋本之通の處有之候ハバ格別
無体に此事ニ致せてハな以、此処者先
相談です、亦家ニ送ぬ拾五銭ニ而も
餅の二度モ喰ニよひしと、十四五円て間に
あふものなら何連にしてもよ路しひ、
どうしても入学致したなら二・三ケ月も
通学候も可なり、此処を考被下候間、
可然候で京出した私ニと云事なり、
就而ハ何分○のか、らぬ様専用候
又迚喰物扣ゑる分にも不行養生ハ
大切なり、跡送金ハ弐月末にと存候、先ハ
用事迄、早々
二月十日、　小原文太郎
小原廉次郎殿

（二白申上候、書留ニ而送附候間、下宿屋彼是分明之
時返事一度被下候、
三白
新聞事ニ付申上候、是等之所て倹約と存と、
斯ハ書候得共この所ハよぐ考候間なり、
新聞五拾銭、家の方ニ遣しにも拾五銭、
六拾五銭なり、又独逸学校の弐円も
「かがるす」[2]、で見るとさつと弐三円も
掛ハま須、まつたく　や免路でハな以
此等ハ皆ゝ君ニ相談です、
又新聞来候へ者　紙面参りても因ら
ずると誠によ路しひです、なれ共外ニ
○ノ倹約する工夫も更になし、何れも
拾四五円ニ而間に合候ニよ路しひならどうても
よ以づ、此所ハ君も腹になる筈、
外ニ下宿屋碇相定まり次第其上何角に
御報知あらん事、
岩手県和賀郡立花村大字黒岩　小原文太郎
二月十日

注（1）風聞候―源造君の家、根岸では上京させないと、病気を隠す、
（2）かがるす―かかりましたの南部弁、

6、大日本帝国岩手県和賀郡立花村

小原廉次郎殿

清国――――東亜書院

阪本長治(1)

（ハガキ、黒岩より転送）

拝□　兼テ尊君ニ願――――
会話作文辞典一冊――――
御東京ノ義申上置□□□今ニ何年
――――鶴首待チ居リ□
――――大至急御返事ノ程□万奉
――――尚之ハ尊君ガ盛岡滞在
（以下文字不明）

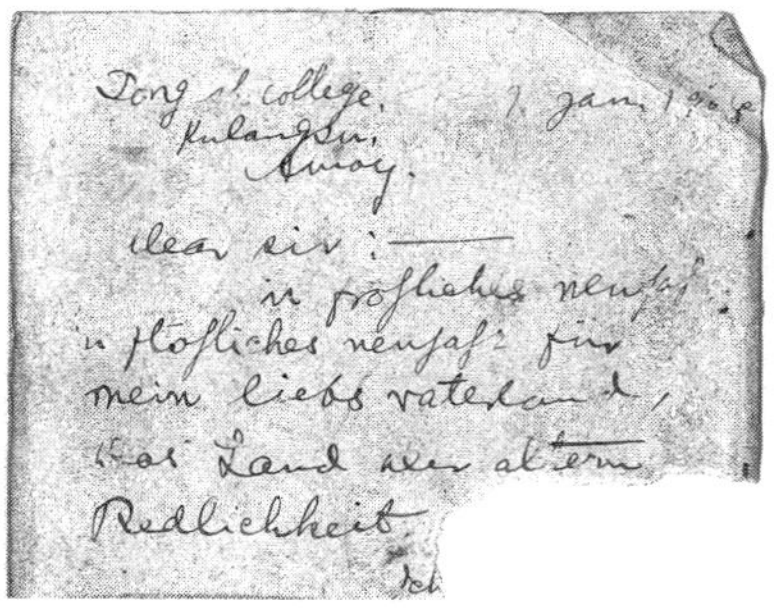

注（1）阪本長治―金ヶ崎出身、中国厦門から

7、東京市小石川区表町五九番　太田方止宿

小原廉次郎君

岩手県和賀郡立花村大字黒岩

工藤喜三郎

（ハガキ、横書）

二月十二日

十一日君の祖母(1)は僕に手紙を送くられ有難拝見処が黒岩現状の依頼に接し大に躊躇して居るが、兎角大変であります。先づ出征軍人に付いては軍曹菊池勝蔵(2)伍長高橋庄七(3)両君黒溝台とやらで名誉ある戦死を遂げせられ、それから菊池獲蔵(4)、昆喜代治(5)、万内の多田豊治(6)三人は負傷したとの事は実際であります、誠に国家の為免とはいへながら憐むべき次第ではありませんか、次に廉平君は師校の受験者であり、そして菓子屋をやって居ります、政蔵(7)・堅次郎(8)亀一郎(9)・恭次郎(10)君、和尚様(11)にも御依頼をいへましたから御安心下れない、敬具

注
（1）君の祖母―廉次郎の祖母、理恵又は織江、
（2）菊池勝蔵―明治三十八年一月二十七日、清国黒溝台にて戦死、勲七等功七級、陸軍軍曹、二十九歳、
（3）高橋庄七―明治三十八年一月二十七日、清国黒溝台にて戦死、勲七等功七級、陸軍軍曹、二十五歳、
（4）菊池獲蔵―岩崎の人、弘前病院にて病死、二十八歳、
（5）昆喜代治―（小田島）清作か、
（6）多田豊治―（一八七八―一九五四）万内の人
（7）政蔵―工藤政蔵
（8）堅次郎―菅原堅次郎、
（9）亀一郎―多田亀一郎、
（10）恭次郎―工藤恭次郎、

（11）和尚様―工藤大真、

8、岩手県和賀郡立花村黒岩舘ニテ
小原文太郎様
親展

（封書・巻紙）

拝啓、
私儀今般いよ〳〵糀町に転宿仕候、
今回の處は四畳半にて候、
友人の世話にて引こせしもの丶あまり好ましき處にも御座なく候へ者、来月の中旬には転宿仕る考へに御座候、
勿論素人屋に世話居候へ供何となく主人は意地悪き様にて面白くも御座候者ねば来月□□来月十五日あたりに転宿するに都合しておん送附被下度候、
今の處は下宿料八円に御座候、
これも友人の義理にて移りしのみに御座候、
さればまだ〳〵友人をたのみて他方面をさがし居候間、見当り次第引こすつもりに御座候、
次に耳の治療の義は先便の手紙をもつて申上候ひしが、このま丶すておきて者一生の不具者と相成るやも計りがたければ何分当分中に治療致し度き考へに御座候間、何卒此段御聞届御許可被下候はば大悦なになるが、
これにすぎ候はんや、
小田島在京中にはさほどでもなかりとは云ひ耳より血汐の流れ出でたる事も両三度有之候、また耳の痛さにてねむる事能はざる事も間丶有之候、
これ者現今にても尚やまず、折〻一夜中眠りには付かざる事

有之候、
此の耳はか丶るものかと
存じ候、
なにせよ東京の事に者
御座候へば名医も
沢山有之候へ供○の高き
には驚入り申候、
最も耳科専問の医学
博士金杉英五郎(1)氏に
診察を乞ひ被及申候に
厄たと診察料五円
取らるら丶處なりしも吾
明治大学生に限り無料
となし、只薬価のみ
一日一回四十銭
取られ申候、
金杉博士は耳科に於て
は耳鼻有数の学者との
事に御座候へは、四十銭は
さして高価にあらず
と思はれ候、
また、手紙差上候たんび
金の御願事、甚恐入る
次第に御座候共何卒

來月よりの月謝（二口合テ）
三円外耳の治療代三円
計六円程御送り被下度
願上候、（本月二十五日まで
に）内一円は封入あてずにか
はせにてよろしく御座候、
さもなくてさえ祖父様
に金をつかふな〜と
口くせに申されーひしも
今度の如き場合は何卆
おんあはれみ二十五日
までに六円《ロク》御送附の程
願上候、
次に転宿はするには十円づ丶
か丶り申候、
され共今度は
ぜひともか丶る處には居
度くなき故、他に転宿仕る
考へに御座候、
先は用事のみ、早々、
　糀町区飯田町
　五ノ三六西海方、
　　花まろ(2)
二月十六日投函

祖父
祖母　様

東京市糀町区飯田町五ー三六　西海方

小原廉次郎、

二月十六投函

注（1）金杉英五郎―東京慈恵医院医学校に日本で最初の耳鼻咽喉科講座を創設

（2）花まろ―花麿、小原廉次郎の雅号、敏麿の使用は初めてか、

9、東京市糀町区三番町八五　吉田様方

小原雪枝子様

千葉県上総国山武郡成東町字宮前　吉原登方

吉原静江[1]拜

（ハガキ）

三月五日夕投ス

一筆御礼申上候、君がみ情余るお玉章を奉拝処拙き
妾がみや歌をおほめに預りお恥かしいきことに御座候、尚妾
とても親しき友もなき身にしなれば何卒〜おんまじ
はりたまはり度候、尚拙き筆にしも

独りだに親しき友のなき身には
　朝な夕なに友の恋しき
君が歌真心こもるみ情を
　受けにしわが身如何でわしれん

まずはおへんじまでに御座候めでたきかしこ

注（1）吉原静江―廉次郎、明治四十二年三月、静江と結婚する、

10、岩手県和賀郡立花村黒岩舘

小原文太郎様

返大親展

（封書・巻紙）

他見を許るざじ、たとへ如何なしたしき人にもせよ

金子受領証

一金拾円也

右正ニ受取候也

三月十日

廉次郎（印）

小原文太郎様

祖父様の御問ひの趣き誠に
以て困却仕候、
何となれば下宿など、申す者は
（東京の）只一人居るから割引する
乃なんと申す事は全然これなく
候、
宿料は五円五十銭、間代一ケケ（ママ）二円
五十銭、都合八円、油炭都合
七八十銭位い、
これは何分にも致し方なきものに
御座候、

五畳の室無理に居れば居られぬわけもなけれ共、何分にも机を揃ぶるに不便、此上なくしても二つの机ならぶは不可能の事に御座候、源造君も成丈なら一処に居るの経済的なるを知らざるに在ず、早稲（田）大学[1]は牛込[2]と申す処にありて糀町より行くに四十五六分、本郷よりは一時間以上、小石川よりは全速力にて四十分と申す遠き地に有之勢い源蔵の早稲田に四月入学すに於ては牛込に転せざるを得ず、牛込より神田の明治大学に通ふには一時間半もか丶る有様とても一処に居るわけにはまゐらず候、東京と申す処は一度来て其の真相を探ぐらざる者は知らざらんも金銭万能主義とや申すべき処にてまさに早や困り申候、親切な素人屋・・・・・々と手でもむ様に尋ねたとて仲々ソーおあつらい通りにはまゐるものにはこれなく候、

先素人屋ニテ書生をおいてもよいと思ふ処（書生をぐ家ハたいがいがいびんぼーと知るべし～）にては表に（かしまあり、但し六畳一とか三畳とか）かきてはり出すおくものに候、か丶る処を尋ぬるとの候へば中々か丶る家にては利慾一点張りとや申すべき、中には妙齢の美女子をたくはひおき（無論自己のむすめをも食ひ物とするなり）又は黒岩地方にて云ふコモカブリ[3]、東京で栗夜たか[4]、淫売婦を出入りさせて取るに宜い丈けは取り絞るに宜い丈けは絞らんとする様な家は間々有之候、さればかしまをさがすには余程念を入れて至せんと採択せねば取りかへしもつかぬ事を出来かす事となり先祖のいはいにきづをつける事もなる事なればよく～注意を要するものに候、

小生の如きは自慢するには候はね共よしんば酒はのむ様をおぼいてもか丶る事は出来かず、

気づかいはこれなく候間、心配無用に候、
これらの事情は小生の愚陳する
までもなく東京遊学案内(5)（小生
の処杯にて家に有り、新らしき本ばこ）
につきて一見せられ度候、
小生は高慢な事を申す様では
候へ共、未たかつて人を操縦《アヤリル》
さる点に於ては人を見るの
明ある点に於ては人におくれ
をとりたる事さら〜これなく候、
ましてや当年取りて十九才一かど
の男子なり、父は村の学者
たり(6)、君子たりとて名声
を轟かせしものならば小生は
大言の様なれ共、少くも日本国を
代表する模範的人間たるの精神
を有し居候、
『天才は愚に似たり』
『天才は狂に近し』
この言をぐわん味し被下度候、
黒岩の地に於てさかしいと
云はれたる主殿吾れ（従兄弟をあしく
云ふにあらぬ共）東京に来たりし
ときの狂態(7)、果して如何にぞや、

ばがと頭かこなされさかしいと
一言も呼ばれた事のなき小生の
如き、未だ遊学中一回も失敗を演
じたる事はばかりながら、これなく候、
これは勿論教育の点にもよるべし、
主殿は中学切り、小生は大学これ
に原因するものなるべし、
とにかく祖父様には小生の高等
の教育専門の学術を研究
して居ると言ふことを記憶せられん
には小生を案じらるゝ事一寸も
これなく候、
『来るものとがめず、去る者は
追《を》はず』
これは拙者の座右の銘、それ
大海は漠《バク》たり渺たり！然り
而して大川網流(8)の入るを
拒ばまず魚介去るを追はず
しいて人を遠ざくる必用と認めず(9)、
されば工藤迪(10)に住処知
らするも、まことよろしかべし、
工藤迪とは多少の親族関
係を有するもの、ましての事なり、
かゝる事一々小生に問合はせず

共祖父君の英断にまかせん
事を希望候、
耳はよほど全快致し候、
近頃は只ゴン〳〵たる位い
のもの別に心配する位いのもの
でこれなく候、
先頃より小生仏教をひまの
時研究せんと思居候、
本郷の本屋ニ於法華経
講義一部(11)（三冊）上制□(帙)入
九十五銭（頗る古きのも）見
当しも○なき故かはず候、
尚祖父様の好み玉ふ九家の
如き本(12)などは一口一束三文
にてうられ申候、やすみ節
二十代もかいて行くべき
考へに候、
東京の風俗に付きては学者
間それ〳〵見地を異にし
居候ものなれば、小生こゝ申す
能はずよく〳〵観察の上やす
みの節申上べく候、
源蔵君にもせよだれにもせよ
六七年東京に居つたとて、
とても風俗の一端(13)も伺ひ得
るものにはこれなく候、
先は御返事まで　早々
三月十日、としまろ
祖父
祖母　様
東京市椛町区三番町八五　東館内
小原廉次郎
三月十日投函

注
(1) 早稲田大学―明治十五年（一八八二）大隈重信が創設した東京専門学校、
(2) 牛込―旧東京市牛込区、
(3) コモカブリ―「カマコ」、美女をよんだか、（多田貞蔵著『黒岩伝説集』
(4) 栗よたか―売女、よたか、
(5) 東京遊学案内―東京の学校案内
(6) 父は村の学者たり―父悦治は立花村の学者だった、
(7) 東京にきたりしときの狂態―小田島主殿の事、
(8) 大川網流―廉次郎は子供の頃、大川（北上川）で魚採りをして遊んだ、「大川」の由来に就いては『黒岩物語』にあり、
(9) 魚介を去るを追わず……―何かの引用文か、
(10) 工藤迪《ゆずる》―黒岩舘屋敷の出身、海軍軍艦「白鷹」の乗組員、
(11) 法華経講義一部―古本の名前、
(12) 九家の如き本―九経か、易経の本か、うらない、
(13) 風俗の一端―東京の風習

11、岩手県和賀郡立花村黒岩館

（封書・巻紙）

小原文太郎様
　親展

如何なる可条あるも
他見を禁ず

拝啓
序で申上候、
今回学校に於ては文芸部
設立(1)せらて三十銭づゝむさぼられ申候、
それはともあれ先頃の十円の会計は
一、六円　下宿屋支払
一、二円　東洋学院月謝
一、一円　小遣（下駄一足、三十五銭、
　タバコ三十銭外）
　合計八円也
右の残金二円の處は
月謝を収むるつもりにて居候處、
今回学校に於て課目二ツ相増し
一、国法学、　法学博士　美濃部達吉
一、経済学総論、　仝　　金井　進
最も経済は一週間に二回有之、
経済は絁正と総論ノ二課目
にわかれ居り候、今までは絁正の方
計りなりしが、先頃中より総論も
加へ申候、
国法学は如何にも九月より
有之候へしかども美の部博士
今までは欠勤のみいたし、
一向講義を成さぬ有様され
はその講義は講義録に出る
事なくこれは試験なさざるや
の風説も有之候へしが、本日突
然、美の部博（士）出勤の上学生
生(ママ)前に今迠なまけたのを謝し
然る後、今日より初から講義す
れば、その五分の一もやれぬから
ぜひとも帝国大学の講義
を求めて研究してくれろ
と申され、而してまん中
とりやり初められ申し候、
法律の如きは毎日講義
をきゝてさえわかりにくきもの
なるに突然かゝる事を
云はれては、まさに学生の
めいわく此上なく、此上
は皆々落第だ、一般の学生
太息致し居候、され共

小生の考へにはたとへ少ゝおくるゝとも研究せば得る處あるべしと思ふものから博士の仰る如く、祖父様に相談もかけず独断を以て帝国大学の講義和本（百枚ばかりの本）を一冊二十銭にて買うけ申、最もこれは非売品なれ共明治大学生に限り特別を以て売られ申候、依りて月謝を収むる事得むざる様に相成り候、さ候へは何卒、本の事条の如何に突然なりしか、又いかに困却せしかを御察の上、二円丈月謝分として二十日か二十一二日頃までに御送り被下候、はじ幸はての事に存じ候、かゝる事を申上るも如何なものなれ共、何卒御きゝ入れの程希望仕候

小生は他の黒岩より出身せる正作[2]の如き黒岩の体面を汚す様な人間か、今度も書物今度も本と申し度候、金を取りたる由なるが小生が果して正作に相似たる点あるか又は今度の本を買取りしはうそなるかまことなるかは賢明なる祖父君の判断にまかせ奉る間、小生、今回の挙をうそと思されしは、御送金あるまじく、また誠と思ひしはば御送金被下度、何れにしても祖父君の御判断に御委せ申候、御送金あらば二十一二日頃までに願ひます、因に曰ク、源蔵君の家では十五円送る時は十円は札にて手紙に封じこみ、あと五円丈け小がわせ[3]にて

入れそれをかきとめとなし
て送り申候、
一寸の参考の為め申上候、
先は用事のみ、早々
　三月十三日　　廉次郎
小原文太郎様

東京市糀町区三番町八五　東館内
　小原廉次郎
　三月十三日　投函

注（1）文芸部設立―廉次郎はＪＰ娯楽部で活躍、
（2）正作―黒岩宿の菅原正作（一八八三―一九六三）東京商船卒か、
（3）小がわせ―小為替のこと、

12、東京府東京明治大学内
　小原廉次郎様　（封書・巻紙）

御尊兄より御手紙くなされ何りがたくあます、
就って只今御手紙を申上ます、
御尊兄の於しやるとーり、
私の勉強次第であります、
入学試験は四月八九日であります、
扠て私の家に御手紙を送る時は東京に
やるよーにしてくなさい、
私の家では盛岡に半年ぐらい居下やらない、
東京者銭者盛岡の二倍係るからやら
な、あと四年も盛岡に居れと云ひます、
そこでありましから盛岡にて落第せ
し時は福岡に行きよと思ふて居ります、
如何したらよかろー、
御尊兄は東京に何年居
ります、そして何月何日家に帰ります
か伺上ます、
扠廉平君は師範学校第一の入学試
験で及第し盛岡では第二試験を
受けしが、身体悪き為め落第せり
実に楽しくながったでしょー、
盛岡にも提灯列ㇾ行(1)ありますた、
電気もつく(2)そーです、
黒岩にも軍人に負傷は多くあります(3)
先はくだら手紙を申上ます、
小原廉次郎様へ、
　盛岡市下小路
　　江南義塾内
　　　及川覚美(4)

征露二年三月廿三日投□

注（1）提灯行列―日露戦争の祝捷《しゅくしょう》会
（2）電気もつく―電灯が敷設され始めた事、
（3）負傷は多くあります―日露戦争の負傷者、菊池獲蔵・昆喜代治・

多田豊治、

（4）及川覚美―及川覚美（一八九〇―一九六九）新屋の親戚、後に廉次郎を訪ねて上京する、

13、岩手県和賀郡立花村黒岩舘ニテ
小原文太郎様
至急親展

（封書・半紙四枚）

金子受領
一金二円七拾銭也、
外餅　若干
右正ニ受領候也

小原廉次郎（印）

小原文太郎様

御申越の仰せ御尤もに御座候、
実際下駄の事に付きての御不審にては下駄二足
其日にかひしわけにには御座なく全く足駄を
かひしとまちがいてかき候のにて御座候、
小生実際の処は恥を忍んで申上べく者、先月の
事にて候ひし実生、小生もあまり家よりは銭を
つかふ云ゝとの仰せ故、一つ職業をさがさんものと
かれこれさがし居申し候處、本郷京町にて生命
保険株式会社の外交員一ケ月二十五円の月給
なるを募集すとの事故、小生もこれは思ひ
き、合せ申候處、早速採用（午前丈なれば二十円との事）
との事故喜び居處、とにかく入社するにつきては
保証金五円入用なりと云はれ、小生も五円と云は
るれば大金故一時はハット思ひの及へしかど
宝の山に入ながら身を空にしるにもあらずと
時計を質に入れ五円調達致し、さそく
持行き候處、四五日中に回答すべし」
との事にまち居り万一しかど、までどまてど一向返事なければ、
その家まで行き見申す處、その家には豈計らんや
『かしや』と斜に札はり有候に付、始めてあざむかれし
と思ひ、直ぐに警察に出頭致し届申し候處、
警察では早くも、これを覚りて君のみならず書生
に二十人以上も其の手にかゝりしと云はれ、小生も呆然
去るを知らざらし有様、今尚犯人探偵中に御座候、
かゝる次第に御座候へばこの質をうけんとて苦心し
借金しても受出さんと思ひ申候へ共、何分にも
書生の身にてはうけ出し兼ね、今尚かまはねで(1)おき
候が、あと二円あればうけ出すによろしいわけ
に御座候、
今月の下宿料は残一円不足に御座候間、
何卒一円、此の手紙届次第封入御送り被下
度候、
質品(2)は小生とにかく如何にしてか小遣を節しても
受出すべく候間、御安心なし被下度候、

小生現今の境遇はまるで乞食の如き境遇に御座候、それは言語につくしがたぐ候間、帰宅の節申上べぐ候、但し東館にては南京米《ナンキンマイ》食はする丈けは申上候、余は御推量被下度候、あまりに残酷故他処に転宿致す考へに候へば来月の十日前に金拾円外に転宿料一円、都合金十一円転宿前即四月十日までに御送附被下度候、
また今月分の残金一円は此の手紙届次第早速御送附被下度、さもなくば小生とてもまぬがれかたく候間、何卒一円御送り被下度候、」
夏服の儀は兼ねて金の同意を願上候に何でしが普通の小倉でない故、何分にも十円はかゝり申し、これは極安直の物に御座候、各大学の制服は夏服も冬服も仝じ値段に御座候、これはそれで十円かゝってもこしらはして被下さるとの事なれば、こしらいてはよろしけれ共出来ぬとなら致し方なく切れた単衣で間に合すべく候（最も恥を忍んで）されば何卒々此手紙届次第金壱円御送附
被下度願上候、
夏服は五月下旬か、さもなくば六月始免に御座候、
何卒小生の不らつの段ゝ御許可被下
（最も悪意にてなしたるか、放蕩の為御座候にあらぬ故）
何卒～御許し被下度願上候、煙艸[3]と三回かきしは面は巻たばこの事に御座候、
何卒此手紙届次第金壱円御送り
被下度候、
また来月の十日までに転宿する故、金十一円御送附被下度願上候、先は御願まで、早々

三月二十九日、　　廉次郎（印）
血涙
百拝

小原文太郎様

此手紙届次第金一円送り被下度候」

（同封書簡）
仲山鬼子母神[4]様にさんけい仕候
汽車賃十九銭往復三十八銭
べん当二十銭
五重塔も見たし
耳は全快仕り候
只此頃は借金故夜ろく〳〵
眠られぬ故困り居候
小生も仲山に一週間も御こもり[5]
致して見度しと考へ居候、

注（1）かまはねで―構わない、
（2）質品―五円で入れた時計、

（3）煙艸―莨・煙草の事、
（4）仲山鬼子母神―千葉県中山の法華経寺にあり、
（5）御こもり―参籠、実は母松枝がこの法華経寺にお籠もりしている事からか、

14、東京市糀町区三番町第八拾五番地　東館内
小原廉次郎君
岩手県和賀郡立花村字黒岩根岸
小田島主殿拝上
（ハガキ）

花さき鳥うたひ大気将に清く人は実にこの春乃のともかさに安きねむりを催さんとする、満州の野に戦へる将士へ如何にこの春を終らんとするぞ!!!君よ藤原恵風(1)ハ近衛師団(2)に召集されしよ、国の為め、君の為め働かんとすを学ばん為に氏ハ先頃一子を挙げしが遂にな記あ乃世の人と引候、君と恵風の同今最も悲しみに絶之祈らんむや、来ん、四月二日は恵風が出兵する故、村の山水恋しきに別れを告げんと十二の日仙台に足をとめ翌三日午後四時拾五分には上野に着すことする忍と両君古朋友とも許すあらば共に相迎ひて我れ共、
一番としも亦可ならずや、余は健荘なり君も然るべし、
先は左様なら、

注（1）藤原恵風（徳蔵）―呉竹の藤原徳蔵、
（2）近衛師団―宮城守護及び儀仗に任じた陸軍の師団、

15、岩手県和賀郡立花村黒岩舘ニテ
小原文太郎様
返親展
（封書・半紙二枚）

金子受領証
一金壱円也
右正ニ受領仕候也
四月壱日
小原廉次郎（印）
小原文太郎様

生命保険会社の外交員募集之口実の下に世を満着せし曲者は先日捕縛と相成り候由、これ小生も見落し候ひしかどたしか二六か万朝(1)にも出居り候由、題は『新聞の広告を種に詐欺』なるもの、の由に御座候、聞知する処に依れば小生の如は少き方にて二十五円位搾取致されし者沢山有る由、搾取金員六百円以上との事に御座候、
小田島源造君に此話致候処、
源造君之友人にて小竹精なる人間も亦数年前同手段にて金参拾円詐取せられし由、
今更東京は破石生馬の目玉抜て(2)ふ金言思堂《ドウ》中候、以後はかゝる事は断じて致しまじく候、
小生家より多額の学資金を取るよりは自分にて働かんとて勉強せんと

思ふま丶か丶る事仕出し候ひしなれば何卒平に御許容なし被下
度候、
今回転宿に附きては余程探掮致居候、阿部昌君[3]も丹野君[4]も本郷
に居って
頻りに小生を呼び候にも如何致すべくや考案中に御座候、
仰の通り中山[5]には両国よりまいり申候、汽車賃は一般にあがり
上野より黒沢尻迠
三円九拾八銭、七銭あがり申候、
今回学校に左の書購買すべき旨提示に相成候、
増訂現行
日本法令大全[6]
法律をしらざるには一体六法以外に新聞紙条令とかやれ国籍法
とか（これは最必甲親族法を研究する）に
沢山有る故に御座候、これは如何致すべくや、只今は予約期限
切れ原価に復五円に候、最四円二三十銭には買得べく考へ申候、
依って目録送附仕候、これは三十七年十一月の広告に御座候」
何にしろ半月末でもいづれ試験前なれば宜ろしからんと考へ居
候、
最学校にては之の本を買へと進むるにはこれなく、只成可買ふ
を
可とすとの掲示に候、
本の厚さは言海[7]を二冊半程集めたる位いに御座候、最紙数三千
七百頁、目方二貫七百目と申候、
東京は非常に近日より雨降りにて困却に候、

洋服の儀は来月（五月）上旬か下旬、其の何れを問はず都合次
第に
ご送金被下てよろしく候、
学校の制服は絹セル[8]（黒地）御座囲に製すれば十二・三円以下
にては
とても出来兼ねる品物に御座候、東京はそこに来れば安すい者
十円にて
出来申候、（下等なるも）、
安価の上に上手なるは破石本場に御座候、学生にて絹セル[8]など
ゼータクに聞こゆるもこれ東京の学校□も中には中学の如きも
絹せる
を用ゆる故、大学となれば致方なき者に候、
而して規則書には制服は「冬服は八円以上、十五円以下」「夏
服は十円以上十三円
以下」と御座候、今年の夏期に改正規則書御目にかくべく候、
総じて冬服より夏服の方は古者にても高い様子に候、
先は取敢ず用事のみ　早々
四月一日の夜書す、
小原廉次郎（印）、
小原文太郎様
黒岩の戦死者至って多きに驚き入り申候、
尚、呉竹の徳造近衛師団に入営の由、出迎る筈に御座候、
尚、前の亀一郎君[9]は未だ受験せられざるや、また省三は変りな
きや伺上候、

近来根岸の叔父を頗りに夢見る小生多病の叔父(10)なればもしや
病気にてはなきやと心配致居候、
委細序《ついで》の節御通牒被下度候、
また詐欺にかゝりし事は秘密に願上候、大学生たる小生の名誉
にも関はる
事に御座候へば、
別紙御届被下度願上候、
東京市椛町区三番町八五東館内
小原廉次郎、

四月二日　投函

注（1）万朝―
（2）生馬の目玉抜て―事をなし、利を得るのに素早いさまをいう、
（3）阿部昌君―盛岡中学先輩阿部昌太郎（第十八期生）、
（4）丹野君―丹野一三
（5）中山―法華経寺のある場所、母がお籠もりする場所、
（6）増訂現行日本法令大全―明治三十年、博文館出版
（7）言海―大槻文彦編「国語辞典」、
（8）絹セル―絹をまぜて織ったセル地、
（9）亀一郎君―多田亀一郎、屋号「橋本」、
（10）叔父―小田島喜代太、

16、岩手県和賀郡立花村黒岩舘ニテ
小原文太郎様
東京市糀町区三番町八十五　東館内
小原花麿(1)出ス

四月六日投函　（ハガキ）

拝啓
（本月五日には藤原徳蔵君近衛師団ニ入営
に三日上野着と主殿よりの報に付、源蔵君と
二人にて出迎に参り申處、徳蔵君に者非常にしほれ居候）
先日申上おき候ひし通り、いよ〳〵来る十日には
転宿致しす考へに御座候、次に来る九日には明治大学
の祝捷旗行列及び京橋区月島に於て
春季大運動会挙行いたすとの事に付会費
も徴集致され申候、かれこれもの入りおほくかさみ
まさにこまり入り申候間、何卒金拾壱円丈け
この手紙届次第送附被下度願上候、本大学の運動
会及び旗行列の模様は次報にくはしく申述ふべく
何卒〳〵此手紙届次第早速御送金被下度
伏して願上奉候、先は用事のみ、早々

注（1）花麿―廉次郎の雅号

17、岩手県和賀郡立花村黒岩舘ニテ
小原文太郎様
返親展
（封書・半紙三枚＋一枚半）

受領証
一金拾壱円也
右正ニ受領候也（途中に印）

四月十日　　　　廉次郎（印）

小原文太郎様

御尋ねの下宿屋の件、小生も一日〳〵づ〳〵考へ申候て共いかにしても
此の下宿屋に者居るわけにはいかずまことに困入候、
なんと二人居の利益なる事祖父様より見れば然らんも
裏面より考へ見れば実一人にて気やすに成るに
過さたる事無之候、これ者よぐ〳〵考て御覧被下度候、
源蔵君の処はとにかく今でも毎日往復致し居候、
上野より浅草までの十銭なりとの事、近来者電
車出来て不景気の為め車夫のかれこれ云ふて
高き事申すにては放よく日雇い、また一円かゝるまし
と申されしが東京は荷車は特別に御座候、
少くとも本郷まで九十五銭はとらるゝならんと
思はれ候、車は（人カ）は三台を用□これも三十銭
づゝと見つもりて金九十銭に御座候、
また、絹物にて兎や角申され、小生も毎度殆と
困り申し候、これは送りかへすやべぐ間御安心被下度候、
書生は絹物着せずとはいかなる点より
割出せしものなるか、小生には解し候能はず、
また源蔵君の如き、又他の東京一般の書生の
羽織のウラは皆甲斐絹なるも、小生は
一人キャラコ[1]、東京では表よりうらをはる処
に小生の如きうらはわらはれ申候、」
さればと思ふて表ずにしもと思ふて紋の
明出しを取よせしものなるが、かく度ゝ云は
れては小生も殆ど困に仕る間、小生は一生
絹物を身に着け申すまじくと決心仕候、
されば小生には此後共絹羽織り共他の絹
の入りしものは一切織りもせざらん事を希望候、
また次は法令大全の事で小言を頂戴
致し申候、これも学校出版なればとの事、
学校の出版にあらずとて学校にては用ひ
させぬときまったものでなし、しかし東京
に居る中にさえ買へばよろしからんなど申
されことに困り入しも、最もいくら困ったとて
代金を家より送られねば買ふ事も出来ず
思切り申べく候、図書館と申しても只
見せる図書館[2]は一つも東京にはこれなく
一日三銭づゝに御座候、それに下足料一銭
それに中では菓子とか何とか矢たらに
うりつけられてはとても一日十銭はかゝり
申候、小生今度の休みに十日計の間に
百五十銭図書館にてつかひ申候、
小生は本月二十円などはつかふ目的は
なく只今月の末に九円（書物代共十五円を毎月の定額にして残金四円に本代五円計九円）、
来月は服と食料、月謝まで二十円、これを表に

示せば、
　今月の末　金九円　（本代併残額）
　来月分　二十円　（服併に食物月謝共）」
最も法命（令）全書さえ買求めば即来月は至つて倹約になるによろしき月故二十円と致し世金思居候、
此の如く表に示す通りに御座候、されば此の間を御思考の上、本を買はざるなり、また否決するなり致し被下度候、
只一言申し述ふべく候、大学は中学と違ゐ教科はなし、されど必用にせまりては本の購買を命ずるものに御座候事を、
次に昨日は本校の祝捷会、学生合計四千五百名神田駿河台(3)より二重橋下(4)に至り、而して泰枝月島に向ふ行程三里余、今片足痛んでたつ能はずこゝにその唱歌併に運動会の則を送呈仕り候、（会費三十五銭、午前七時出発）この表にて御推察被下度候、いかに（盛大なりしか）を始免て昨日は海を見申候、
　四月十日、　小原廉次郎（印）
小原文太郎様
　運動会の為め二日前より休み
　本日休み、都合三日休み申候、

同封半ピラ（表に続きか）
「雑誌
太陽(5)　博文館発行　一ケ月　二十五銭
法学協会雑誌　法科大学（帝国大学の）十銭
此宿は日中にくるは不利たる故、本月末と相段あり候、今日の御馳走は
朝、大根漬二タ切れ、おつけ（三ツ）一わん、煮豆（砂糖煮）十五粒、
晝、大根漬二切れ、おつけ無し、魚は鮫、長一寸、巾五分位、其レ切リ、
夜、青菜漬若テ、芋の子五ツ切レ、にコンニャク、古ササキノ五切レ。
右之通は房油砂水つく故砂ありて食ふに断へず、これナラは先述中の南京米の方はるかによろし、毎日右の如し、推量を乞ふ、興にまれなし、
東京市椛町区三番町八五　東館内
四月十日出ス　小原花まろ

注
（1）キャラコ―平織綿布
（2）図書館―大橋図書館か、麹町区上六番町四四に在り
（3）駿河台―神田駿河台
（4）二重橋下―皇居前
（5）太陽―総合雑誌、明治二十八年（一八九五）政治・社会論説を中心に博文館が発行する、

18、東京市麹町区三番町八十五番　東舘殿

高千穂(1)　工藤迪(2)

（ハガキ、軍事郵便）

御厄介ながら小原廉治
郎様ニたしかに御渡し方
を願上候也

注（1）高千穂―軍艦
（2）工藤迪《ゆずる》―廉次郎子供の頃の遊び友達、舘屋敷の出身

19、岩手県和賀郡立花村黒岩舘

小原文太郎様

東京市麹町区三番町八十五番地　東舘内

小原廉次郎拝

（ハガキ）

四月十七日投函

御手紙拝見仕候、仰に随ひいかにも小生も新聞紙か雑誌の中一
種やめたき考へに御座候へ共なにしろ」
他ノ小説雑誌やなにかとちがい法律の大家の学説も出て居るわ
けなればとても止めるわけに」
はまゐらず、また新聞は小生が未来明治四十年度に於ける高等
文官試験(1)の受」
験準備の為め論文の研究のために候へば小生は三度の食事を二
度にへらしても」
これは止めるわけにはまいらず候、また法令大全の事にてしば
〳〵仰せらるゝも学校に於ての」
講義等はばかりながら普通の註釈物の如く逐条講義にてはこれ
なく最も吾々の研究し」
つゝある法律は三百代言や巡査輩の如きに必用なる法律術にあ
らず一ケの学問として」
哲学的に研究する一ケの学問に候へば只条見の如きは第何条参
照とばかり申して」
一々第何条にはこーあるとは説かず候、されば法令大全の必用
益々大に相成申候、この事」
実は今年の夏期休業参考書持参(2)の上御目にかけ其の真疑を判然
せしめ」
申すべく候、また次に金の請求はあまりやってくれるなとの事
委細承知仕候、」
金は三十円までとの三十日までに三十円の転宿(3)にまにあはず転
宿したあとに」
金が来る様になるわけ又三十日に来たかわせ三十円はうけとれ
ず候、いつでも書留は」
午後四時頃にまゐる故、その日の用にたゝず候、されば何卒そ
れ前二十八、九日までに届く」ように御送金被下度願上候
また討論会は一週間に一度づつ有之候（大会は春秋二季）疑律
疑判も有之候へ共ニこ」
れは二年級のみなれば小生は加入する事得ず候、独逸語学校（東
洋学院）
にはまゐり居候、柔術は此頃やすみ居り候、（二ケ月計り前より）

新聞は未だまゐり」
居らずや朝日は値段を下げ二十五銭（一ケ月）に相成り候、次
に洋服の儀は五月十五日」
頃あたりまでに代金御送附被下るればよろしく候、五月には洋
服代併に学費共」
□五、六十円にて倹約を加え補ひ申すべく候間、右の処左様御
ふくみ被下度候、」
□また徴兵検査[4]の結果は一寸御一報願上候、
□は用事のみ、御返事まで、早々

注（1）高等文官試験―明治四十年卒業と同時に文官予備論文試験を受ける準備の為に新聞を取る、
（2）夏期休業参考書持参―祖父母に勉強の様子を報告する、
（3）転宿―廉次郎は下宿を良く転宿する癖がある、
（4）徴兵検査―廉次郎も徴兵検査を黒岩で受けたと思われるが、学生故免除か、

20、岩手県和賀郡立花村黒岩舘ニテ、
小原文太郎様

親展　（封書・半紙三枚）

先略御免被下度候、
拙者、今回いよ〳〵表記の地に転宿仕候間御安心被下度候、
東館は下宿料八円なりし故どうしても一ケ月には九円以上は
優にかかりましたが今度の処は下宿料は七円半にて室は六畳に
一人、
同宿人は十六人計りの由なれ共別に交際もする必用なく候、
学校には十五分にて達すべく、菓子屋、蕎麦屋にのみならず本
屋にまで遠く不便なれ共、銭はあまりかゝらぬやの上け一に御
座候、
先般御送り被下候ひし金子の会計費途は

一、四円弐拾銭也　日本法令大全
一、一円也　東洋学院月謝
一、九十二銭也　引越荷車代
一、二円之　質物受ケ
一、五銭之　ランプのほや
一、仝　インキ黒一ケ
一、仝　仝　赤一ケ
一、金弐拾九銭也　煙草（月雲井二号）
一、十壱銭　筆　一対（新日本）
一、八銭　シャポン（花王）
一、弐銭　状袋　（十枚）
一、八銭　ライオンハミガキびん入
一、弐銭五リ　マッチ（十ケ）
一、三十銭　新聞代（朝日）
一、十五銭　（切手五厘）
一、十八銭　靴下一足（黒毛糸）
合計　九円弐拾八銭五厘、
残金七拾壱銭五厘、」

何故に月謝を修めずしての是しやと問はるれば小生の

兼て申上の通りで候、時計小生も虎の子の如くつかみ居りし、金三円にてとてもうけられず困居申處、今月はいよ〜流るゝとの通知に接し驚き入りて早速うけ出し申し候、

左様なわけぶりに御座候へば何分にも阿し可らず御思召被下度候、尚又月謝の儀は学校の会計に願ひ十日まで延ばしてもらい居候間、何卒甚力兼候共、定めしこの手紙御覧と同時に額にしはよせ又かと申されんも計りかたけれ共、何分にも前申通りの次第とてものがれぬ、此場の仕義ぜひ奈し致せし事に御座候へば何卒金二円月謝丈け十日迠御届様御送金被下るゝ様偏に願上奉候、もしも御送金の都合悪しく候ならば致方もなけれ共何分にも月謝に御座候へば二円丈けは何度に限らずこの度限りのテ度もつかひしも計りがたけれ共、今度ばかりはホントーの今度限りに御座候間、何卒金二円十日迠におさむるによろしき様御送金被下度願上候、

尚、六月中頃より試験相始まり申候に付非常に煩悩に御座候間、何分早ぐ願上候、試験は本年度は判検事、弁護士試験、改正に相応して同時に今度は例年よりも一層に厳格なる試験をほどこすとの事に御座候、されば学生は此頃、今度はだめかと青いいきをつき居申候、」[1]

とにかくかゝる有様に御座候間、何分にも試験及第する様に御加護願上候、小生も湯島の天神様へは昨年上京以来、一ケ月に三回、五日・十五日・廿五日の三回はかならずまゐり祈り居候、

然れ共小生も中々心配に御座候間、何分にも御祈り被下度かゝる時は神をたのむよう外これなく候、最も普通さえ他の大学よりは試験がひどすぎると話のある吾学校、今回はどんなものが出来るか、まことに計る事を得ず候間、何分にも神様に御願ひ申して及第さする様御祈り被下度願上候、

尚、来る四月四五六日の三日間は招魂社の大祭（今度の死者三万の合祀）天子の行幸も有る由に御座候、

また、本校にては一年級一円ＪＰ《ゼーピー》娯楽部《グラブ》と云ふものを起し大に活動をやるつもりに御座候間乱目して今後の社会の情況を御覧被下度候、

先は用事のみ　早々

二伸　廉平[2]には面会仕居候、

右申如く何卒持たと思ふて今度丈け金弐円十日までに御送附被下度伏して願上奉り候、頓首

本郷区湯島四丁目
三番地北村方
小原花磨（3）（印）
血注百拝

四月廿日

祖父
祖母　様

東京市本郷区湯島四丁目参番地　北村方
四月廿日投函、小原廉次郎

注（1）青いいきをつき居申候―判検事試験等厳しくなると溜意気、
（2）廉平―及川廉平が黒岩より上京した様子、
（3）花磨―廉次郎の雅号の一、

21、東京市本郷区湯島四丁目第三番地　北村方止宿
小原廉次郎君
岩手県和賀郡立花村黒岩根岸
小田島主殿拝
（ハガキ）

免づらし記絵はが記有難う、屹度記念にの古して有り候、吾輩無事だ、乞ふ安神あれよ、
君も身体は大切に、今年はね君も僕も非常に身体について、なにかにと注意さなきやはならない
小田島伝三郎氏ハ西浦女郎を買つた、廉平ハ東京に逃げた、先づ黒岩近頃の珍事は此位なものだ、黒岩は未だ桜の花ハ咲かぬ、桃も咲かぬ＝気候＝昨今は非常にさむい
東京の模様はいいだろう上野あたりは人気立つとだろう御散歩うらやまし、まず左様なら、

22、東京市本郷区湯島四丁目三番地　北村様方ニテ
小原雪枝（1）姉さま
まゐる
（封書・ノート用紙、朱ペン一枚）

（1）

拙なき文しに謹み申し上げまし、ホホ・・・・・・・・
不達な編物は気に召しましったってね身にあまる御言葉下されまして私が御手紙読み～何だか御恥しき心地してよ、それから桜花送り下されまして有りがたう御座へました、海山にも御礼申し上げますは、あの姉さん私は多くの人様と御手紙のやり取りしましたが其中でもあなたと宮城県の高橋さまと大坂の田中乙女さんとが一等なつかしいのよ、斯の人様はそれは〳〵親切な方よ、あなたはいくつ、私十五よ、右の人様は皆私の姉さん方よホ・・・・・・・・・・
あなた姉さんになって頭戴ね、御願ひよね、好へでしょう・・
それからあなたの伯父さまが小樽に御出ですてね、なつかしへば
それから姉さんは歌は御上手ね、私は少しも出きませんは私も姉さんのように歌上手になりたへは姉さんよえは歌にこりて―
居りましうかどうか添削して下さいね、
「とこしひに深くちぎりし友垣と

ともに越らん野をも山をも」

「軍人来ますと思へはつかのまに

よろづよの声とほざかりけり」

「打ちば惜し打ちでは心残らまし

心づくしに咲ける梅の花」

（梅のはなはやう〳〵づぼみをもちました）」

「つはものが負けつ〳〵数多の傷こそは

武を立てたる身なりけり」

「雁も音もやくたをざかる夕ぐれに

をはれをづらる入打の鐘」

御笑ひ下さいね、ぜったひ添削して下さいね、千秋の思ひして待ち居りますから御願ひ致します、あなた小説は好き私しは何より好きよ、かして頭戴ね、あ、姉さんぜひ御願ひがあるのよ、それはね何か髪かざりも流行物がありんせんか、あれば

うらして下さい御金は為替で送りますから箱でも入れて、小包して送り下さい願ひます、あまり勝手がましき事ば云ってばねたんとはしか下さひよ、また書きたき事は海山なれど□□惜しき筆とめます、乱筆御免下さい、

グードバーイ

姉さんへ

妹より

五月十日　淋しき容窓にて

したしむ

北海道早来ニテ

本郷なほえ妹より

五月十日出

注

（1）小原雪枝—小原敏麿の雅号、また「雪江子」等とも使用す、

23、本郷区湯島四ノ三　北村方

小原雪枝子様

久友社主

近藤[1]

（ハガキ）

小原雪枝子[2]が果して女性であれば御頼み致したき事あり朝早くか夕景は来社の栄を得ば幸甚に候

五月十七日

注

（1）近藤—飴ン坊、こと近藤福太郎（一八七七〜一九三三）明治三十八年一月『都新聞』に川柳欄を開き、前年角恋坊と共に、柳樽寺創立に尽す。

（2）小原雪枝子—敏麿の雅号、

24、東京市本郷区湯島四丁目三　北村様方

小原雪江子の君[1]

親展

（封書・半紙四枚）

拙なき文で謹で申し上げます・・・・
優しき御玉章くり返し〳〵拝しました、
貴女さまの御親切に妾は泣きました、
　　賤の妾は歌
など詠みし事はなへのでありますですから
雑誌などにはまだ〜出しません、それから
「折らず惜し折らでは心残らまし心づくして
咲くけふ桜の花」と云ふのは古今集[2]にありとかや
されど私は歌の本は一冊も持ちませんが、だいたひ歌
など作る事が出来ません、未だ改正せぬ前
の高等弐年生に読書を読むともなしに
ひろげて居りました、其中に「ふめば惜しふま
では行かん方もなし心づくしの山桜かな」とあり
ましたですから私しはなほして姉さまに御目[3]に
かけたのです、私は左様なるものを雑誌になど
出すやうな悪しき事は致しません□から作つ
て見よと思ひますから恋しの姉さまよ體（ママ）を
出して頂載な御願ひよね好へでしう、
それから御親切にも兄さまより宜ろしき
書物買で、戴ひて、妾には貸し[4]下さる
由、誠はなんと御礼の申し上がやうもありません、
拙なき筆ではとてもかゝれませんは御推しを」
なにか珍らしき物を送りたたけれど何分にも
御地は日本一の大都会、当地は御存じの田舎で
すから何も珍らしへ物はありません故、御読み
になりましたか知らねど梨と業[5]と云ふ本送り
ました御らん下さいね、当地は桜は最さ
かりですよ、当地の桜を少し送りました、
敷島に咲ける花は何国でかはりません
なんと大和男児も左様ですね、姉さんも
左様でしう、御勉強専一祈ります、
それから出征軍人方に慰問状を上げては如何
ですか、私しは度々出上げてよ・・・・
御注意下され、男子の方にて女子の名で
御手紙下されし方がありました、それを妾しは
女子だ〜と思って交りして居りましたが、
後で分りましたから絶交致しました、なんと
御姉さましかも其方は二十才よ、未来の軍人とも
なる人がなんと女子にも恥かしき行を
なす人ですね、其人の心が知れますはホホ・・・・
また作文など作りて送りますから添削して
頂戴ね、私何も出来なへものですが御身
捨てなく愛して下さいよ御願いよ・・・」
あなたから妾の妹に喜美子[6]と云ふきかんぼう
が居るのよ、いつも姉さんから御玉章がくるとかくし

てなかなか出さないのよろしてし姉さむへあな奈たの
いかも恋しへて云ふ姉さんから御手紙が来てよ
んとして何か私には話しをきかして下さ
れ、なければ山ゝさこいって」云ふのよ、これは〜は
学校など行く時にも私にいっも笑らはせて行く
のよ、姉さま笑っちやいやよホホ・・・・・・・・・
あまり親しへものですから有りのまゝを云ったのよ
御宅はさぞ〳〵御楽しへでしうね、きかして
下さいね、今日はこれで御安かうもります、
余は後便にて

かしこ

妹

なほえ子(7)

恋しき姉さんへ

まへる

五月二十二日　容窓にて

したしむ、

此の封中の花に姉さまの御上手なる
歌御せ御詠み下されば花も如何
ばかり光をそえるでしょう、
「花の宿」(8)

北海道胆振国早来市街地

本郷直枝子拝

五月二十二日

注

(1) 小原雪江子の君―廉次郎宛ての手紙、小原雪江子とは雅号である、後に触れるが本郷直枝子とは長く文通が続く、廉次郎明治三十九年頃に『川柳』の選者となるが、同人の一人に名前が見える、
(2) 古今集―古今和歌集
(3) 姉さまに―廉次郎を女性とみて姉様と表現する、
(4) 妾に貸して下さる―
(5) 梨と業―本の名前、
(6) 喜美子―妹の名前
(7) なほえ子―本郷直枝子、小学校の先生、
(8) 「花の宿」―桜の花を同封する、

25、東京市本郷区湯島四丁目三番地　北村方止宿

小原廉次郎君

要用

（封書・巻紙五枚）

1

謹啓
寒い奥洲もすべての花は最早や
散り果て申候、東京は『今如何
なる景況に相成申候哉、
先日は急はが記　御送り被下難
有存候、右かへし〳〵も御礼申候、
其後小生御無沙汰申候、
御立腹之事とやと存候が如何
とも忙かはしいやなにニ取紛れて
思はず失礼申候段御ゆるし被下

度候、
小生御蔭様にて健全に御座候
君は如何
風の便りで聞く所は　はれものを
出かした様子故、沢山《たんと》との
痛痒は無之候哉、僕
案申候、
顔見合はすれば左程でも
ないもの、千山万里の遠
郷に居て飛ぶ汽車とも
拾五時間かゝらなければと」

2

思ふといやに君に遇いたい
様な気のするのも亦
同じ血の温りを分けた人情の然らしむる精
にて候、兼ねて存候様尤も
の事と存候、君と然様
御思ひある兼く存候へ
君身体は大切に御座候で
無謀な勉強はせし玉ふな、
而して君信仰は大切だぜ
吾人の生命は信仰に因
而し継続を計らなければ
根なき草の身に漂ふ

様なものに御座候、
君妙法蓮華経を唱へて
居た可是非とも朝に三辺
なりと唱へて然るべくと存
候、実に妙法蓮華経ハ
日本国人民として日本国内外に
生をうけ居るからは唱へ
なければならない尊厳無
比なる尤も霊能不加思
儀なる　聖句で御座候」

3

君、忠孝は国家的人倫
道徳で阿るし恭それが
無上の真理で阿ると曰ふ
事を知らなければならぬ
にて御座候、
智能も才能も芸術も
経済も　治国處世の
一切が皆忠孝より発生
するものであると曰ふことを知るは
肝要な事と存候、
忠孝より発生した万
事もなければ国家の
経営は出来申さざる□

なと存候、忠孝は無上
の真理であっての事と
世の倫理学者や
道学先生の夢にも知ら
ざる所で此一大主張ハ
「可いかな君見落すなよ」
仏教の神髄首脳だ
法華経の本門及」

4

寿量品と曰ふから出来た
本化教門の極談で御座候、
故に日蓮上人は法華経
に叛《ソム》くを以而畢竟
地獄の業だと喝破《カッパ》
折伏なされたのにて御座候
要するに忠孝は法華経
の骨髄乃至仏教全
躰の主意に御座候
尚、右の大主張の根元は
寿量にて御座候乃至
法華経全巻は全く
右主張の根元をなし居
り候ものに御座候
それが即ち南無妙法
蓮華経にて御座候
よく〳〵信仰なくば
日本国民の義務を
忘却する者と相成申
可く候、返し返しも信仰
は肝要に御座候、」

5

僕は此度国威発揚
皇軍大勝利の祈
願に基づき祖師安置(1)
の道場を相立而申候
君が土用休暇迄にハ
僕が新しき書斎は出
来申可ぐかは存候間、其
節は聊か余が日蓮主
義をお話し申して君の
御笑ひを興し度思ひ居候、

二信、此度僕は妙宗研究
大会(2)なるものを組織せんと考へ居
れり、決して成功する様だから
君も加入する事に願いたし、
如何だろー尚君に新暫な
る面白き意見があるならきかせ

たまへ、御めんトまつ、
（日にちを忘れた郵便局消印を之被下度候）
なつかしく　　北山人
湘水君
添文
御無沙汰の處、御免よ、ゆるしてねえ、どうぞ、
〔欄外追加〕
それから何か君か面白事ない、心配な事か有る
なら遠慮なく曰つて寄させ祈祷してやるから、
決して成就しる様にねーい、だろうー、
岩手県和賀郡立花村黒岩
小田島主殿拝

注（1）祖師安置―日蓮聖人像を安置する御堂、此の頃より「大根岸」を「法華さん」とも呼ぶようになったか、勿論菩提寺の正洞寺を離れる、
（2）妙宗研究大会―敏麿も勧誘されたかどうか、後の書翰に雑誌を取ることを進めるがどうか、

26、岩手県和賀郡立花村黒岩舘ニテ

小原文太郎様
親展
（封書・半紙五枚）

（一）
受領証
一金拾円也
右正ニ受領仕候也
六月六日午后
小原廉次郎（印）
小原文太郎様
右今年六日に月謝に払込み申候、残額金一円は
試験準備の為免使用仕候、
一、四封紙百廿枚（十分）　二十一銭（一帖三銭五リ）
一、半紙百枚　十五銭（一点三銭、書の手紙也）
一、雲井　一つ　二十五銭
一、花王石硷　一つ　八銭
一、シャボン入れ　一つ　十銭
一、筆　一対　九銭
計　八十八銭也
差引残金　十二銭也
右の通り、
腫物の儀はもー十日も経過せば全治すべく
当今の處は只切れの創を治療し居候、
而して先月分は薬価二円九十二銭に御座候、
内七十銭さえあれは残二円二十一銭入ら
ればよろしゆわけに御座候、」

（二）
医者の家や病院にては受領証を出さぬもの故
まさに家に対して疑はれんかと心配致居候、
而して創の方はともかくとして、またもや耳の方は
そろ〳〵きこえなくなり時として血を出だす

事あれば、小生頗る心配致し金杉英五郎博士[1]に診察致しもらい候處、これは先きに悪いときすつかりなほらぬ中に来なくなつたから、また起つたのぢやと申され素人はそれだから困ると申され候、幾日位いかゝるべきやと問へば左様廿日以上だねと申され候。廿日と申さば一日四十銭あれば八円、それではとても治療致すわけに行かずと思ひ断念仕り、なに耳の一つ二つきこえなくともと考へ居候、本月は何故、小生はかく不運なるや、この風にては試験もとは思へ候へ共亦神の助やあればと考へなほし只管勉強有罷候、只四・五回も金杉先生にみてもらい申す考へに候、試験すみ次第に御座候、
その外金杉先生の仰せにはこの耳は耳だれやなにかに原因せしものにあらず、他より来りしものとて伝染せしにはあらず、他に原因あり[2]て生じたるものなりとくわしく申され候、これはこゝに於て書面にてのみ書く事は不能に候間休みを期して申上べく候、」

（三）

それから御送附の干物[3]も煎じて呑みしも一向顕は見え申さず候、かゝるものは一向効なきものと存じ候、小生は現今は夜は二時にねて朝は七時[4]に起きて必死に勉強致し居候、学生間には呑気にやり居人も無論有之候、小生は立花の恒定[5]の二の舞は致し度くはなく考ふる故かくは勉強致し候、あまり心配致し勉強仕り候故、飯《ショクヨク》は進まずまさに困り居候、
かゝる事を申上げては御心配を来す恐れ有之候へ共、小生は他には病気と申すものはつゆ程もなく只外科の方にのみ困りみ居候、
腫物の切口は一寸五分計りなればとにかくなほるとも、その跡は残るべしとの事なれば夏期休業に御目にかくべく候、
耳の儀[6]は明治大学々生に限り診察料無料（普通なれば五円）薬価も特別これは月末にてよろしき筈に候間、とにかく試験すみ次第治療致度考へに御座候間、何卒御許し被下度候、されば来月（七月分）は十円にてよろしく御座候、これは汽車賃と十日間の治療金と外諸雑費等に御座候、」

（四）

試験すみ次第早速帰郷[7]致度考へ多分七月二日頃には帰国致すべき予定

に御座候へば何卒金十円、七月分として
七月二日前に御送り被下度願上候、
勿論来月末日十日までは授業有之べきも
早、帰国致し度考へに御座候、
最も外国語平修部の方にては
夏季休業なく、八月の月謝免除の上
授業致す筈なるも小生はとても
夏時は授業をうくる事は不能の事に属し
然も健康之を許さじ候間、
外国語の夏時の部は欠席して
帰国致す方へに御座候、
また、本月分の下宿料は
十五日までとの事、医者への都
合もあればなるべくは十五日
前に願上候、（十二・三日あたり迠に）
而して医者の方まで都合十一円
御送り被下度願上候、」

（五）

シャツは必ず安価なるもの、その値段
これは一円以下のものは一つも無之候、最
カフス一揃何如買求るも五十銭は
取られ申候、
試験は今月之十六日より看るの筈
なれば加持(8)専一に願上候、
尚又小生の下宿屋にては油代高き事著しく
ランプ一合五勺ばかり（五分シン）入るものに一つ五銭なり
に御座候、これにては三夜に御座候、
此頃は普通は二日夜位いに
御座候（夜をそき為免）
先は用のみ、早々
東京は毎日雨ふり、但しふらねば螢狩盛
に御座候、
あやめの如きと不具に散り申候、
御両方様共御老体御保養専一に
願上候、早々、
六月七日　廉次郎（印）
小原文太郎様
東京市本郷区湯島町四ノ三　北村方止宿
小原廉次郎

六月七日投函

注
(1) 金杉英五郎博士—耳鼻咽喉科の先生、明治二十七年（一八九四）後藤新平、監獄中、北里柴三郎と共し、保釈の保証人となる人物（山岡淳一郎著『後藤新平』日本の羅針盤となった男、）
(2) 他に原因あり—
(3) 干物—祖父の送った干物、薬草か、祖父は本草にも詳しかった、
(4) 夜は二時にねて朝七時に起きて—猛勉強の様子、
(5) 恒定—阿部恒定、盛岡中学明治三十四年次、第一五期生
(6) 耳の儀—耳の治療
(7) 早速帰郷—試験すみ次第黒岩に帰りたい、
(8) 加持—祈禱、

27、岩手県和賀郡立花村黒岩舘にて

小原文太郎様
返親展

（封書・半紙五枚）

（一）

受領証

一金拾壱円也
右正ニ受領仕候也
六月十二日　小原廉次郎（印）
小原文太郎様

御申越の段肝に銘じ有がたく感謝仕候、
随て一ケ年も休学せよとの事一応理ある如きもよく〳〵考へ申候へば小生の耳は金杉先生の仰る通りのぼせや尚に了ゝはなきかも知れず、この原因につきての先生の談話も有之候へば夏やすみにて帰省の節御話し申上べく候、
それから転宿の件、しばし申され候へ共何分、今ノ頃転宿するは不得策此上なき次第に御座候、
また御送金中の費途御覧に供すべぐ候、

一、金八円也　下宿料前金
一、二円七十二銭　医者に払ひ」

（二）

一、金六銭也　巻タバコ一ケ、
一、金二銭五り　マッチ一ハコ（大バコ）
一、ベン先中五本　金五銭、
計十円八十五銭五里
此外ヲリ箸《ハシ》一ぜん（ハコ共）四銭五リ
差引き金拾弐銭也、

此の如き会計に御座候、かくの如くに御座候へば、むだつかひする處一文も無之候、空腹をかゝへてだまって居るより外これなく候、
此頃はおそぐまで勉強する故にや非常に腹すきてたまらず候、又めしと申せば家に有る小さきお鉢よりも少きのにさっともれば五ぜん、少しおつつけてもれば三ぜんに足らぬ位ゐなればいくら御馳走さえよければとてめしの不足には殆と閉口仕候、依りて鉢あるときは三銭や四銭でとてもすきはらいやす位ゐに足らず牛乳店に行きてミルク呑み来る位ゐなも（一合三銭五リ）、此頃は牛乳もとりは居らず申候、

それに耳と此日の為免に、此頃など
は殆どうまき物といふものは一つも」

（三）

食ふ事能はず候（食パン計りゆるされあり）
さればとてもはらがすきてたまりませんから
毎度御願申すも恐入る次第に御座候
へ共、此の手紙届次第金一円御送
附、小生に餅代として被下度候、最も餅は食
ひ申さず候、
此の一円の中にてもむだにつかふの丶みならず
六法全書と共他の本のこはれたのを
制本にやり居るの（都合五十銭計三冊）を
とり来り申のに候間、何卒此の手紙届次
第一円御封入御送り被下度候、
それから又シャツと夏帽を四ッ求むる都
合なりしも医者に　支払う事き為免
とてもかひ求めかね申候間、一時中止
仕る考へに御座候、
腫物の儀は当今は腫もすび創もうまり
もう二三回行けばよろしきとの事に候、
耳は今日にて都合四日間行き申候が
金杉先生今十回来たならすっかり再
発しないように治してやると申され候
間、もし十回丈けは行くつもり少々位い
の為免又再発させては此上損の
ある話しなけば治療致す考へ
に御座候、前申す通り小生の耳は逆上」

（四）

何にても無之候へ、其他に原因ありと申され候、
されは当今治療せざれば左方の耳全く失ふ如
きやも計られず（つんぼ）、今なほす考へに御座候、
休日は未だ確定仕らず候へ共通例は
七月十日よりの休みのはづにて候が今年は
例年より早く試験すみ次第休む故、
二十七日よりやすみに候が、何にしろ及第[1]
を知りて後、帰省致度考へに御座候
間、外来月の一日か二日頃なるべしと
考へ居候、その節にはハガキにて御一報
致すべぐ候、
七月分の拾円中にて費途御覧に
入るべく候、左の通り、
汽車賃　　　三円九十五銭、
金杉病院に支払（今までの分四回一日四十銭なれば
一円六十銭、今より十回四円）
都合五円六十銭
合計九円五十五銭也、
此の如く十円はつ丶で打つてもかけ申さず、
此中車賃十五銭（荷物コーリとカバン持

帰る心得、本も）さすれば十円中とてもあまる
処と申してあるまじければ此の外
尚永井医病院に一円計り支払ゐ
致さねばならず候間、前には
十円と申し候へしかでも何卒」

（五）

金拾壱円丈けの御仕度なし被下度候、
尚又当地の風は毎日雨にてまさ
に困り入り申候、
気候は概して寒く候袷一枚にて
は少々寒き位ゐ御座候、最も
今日より入梅との事なれば致
方も無之候、
先は用事のみ、早々
前申す如くに御座候へば
何卒金壱円此の手紙届
次第封入御送り被下度願上候、
金の心迎の際金配差支りとの事、
実に御察し申候共、何分右の通りの
次第に御座候間、何卒一円丈け
小生に餅代としてくだされなば
幸ひ此上無之候、

六月十二日　　小原花まろ(2)（印）

小原文太郎様

何卒くれ〴〵も壱円被下度、
今手紙書くときにも、
とばくをやり居る様子　　願上候、
在東都　小原花麿
六月十二日投函

注（1）及第—試験合格して、
（2）花まろ—廉次郎の雅号の一、

28、東京市本郷区湯島四丁目三番地　北村様方

小原雪枝様

千葉県上総国山武郡成東町字宮前　吉原登方

吉原静江(1)拝

（ハガキ）

六月十四日投ズ

唉久潤御無沙汰ニ打過候段平ニ御宥免可被下候、時下不順ノ候ニ
候得共お姉様ニハ別ニ御故障も無之候得ハ奉大賀候、降リテ迂妹
無事ニ昨日十三日夕六時頃帰宅致候得ハ此段御安心被下度候
尚お姉様ニハ何時頃本郷へ御移りニ相成候哉、此段御伺申上候
詳細之事ハ次便ニテ申上候、乍筆末妹ノ愚詩を御目ニカケ可申候

螢

乍受水風飛　　復逐汀草集
峡口宛如嚢　　万螢出還入

なには江のあしかり小舟かりはてゞ
帰るゆうべに螢とぶなり

注（1）吉原静江—敏磨との文通女性、後に結婚する

29、東京市本郷区湯島町四丁目三番地　北村方、
小原廉次郎
至急用
（封書・半紙一枚）

紙面披見仕候処又以金を
送連との事故三円送附仕候、
腫物もあら〳〵全快之趣、
又耳ハ再発ニ付医師にかゝり候
十回も御覧ニ入候得者全快
との事、弥ゝ試験期日も
当月十六日より施行する故、
其都合ニ而御加祷祈居候間、
臨気応変ふして相受可
申様かも気遣事阿りません、
そこで田植者明十六日ニ致度之
考ニ而居候間、兎に角に何角ニ
閙(1)ケ敷ニ付何角申述度事も有り
候得共、是迄申上候只々薄衣
ニ而もせざる様夜ハ寝ハきニ而も
不成様、跡二周間位ニ候間、其身
大切ニ仕居候様注意可申候
段、期面謁時候、
六月十五日、　小原氏
小原廉次郎殿
岩手県和賀郡立花村　六月十五日　小原理恵(2)

注（1）閙《さわ》ケ敷ニ付―うるさい、噂となる意味か、
（2）理恵―祖母の名前、祖父は大事の要件には妻理恵とか織江という名前で書翰を出す、

30、岩手県和賀郡立花村黒岩舘ニテ
小原文太郎様
親展
（封書・罫線入り便箋、五枚）

（一）
受領証
一金壱円也
右正ニ受領仕候也
六月十六日　小原廉次郎（印）
小原文太郎様

腫物の儀は最早全快致候
何を食ふてもよろしいと医師
より申され候、且又医師には
かゝり居申さず候、
只耳の方のみ今尚金杉先
生の御厄ヲ相成居候、
毎日来いと申さるゝも試験
のた免いそがせくも、先日にて

七回行き申候、あと七回にてキット
なほす相治すと申され候
間、残りの七日行く気に御座候、
創口の方は切開の後より日数
を経しも鏡にてこれを見
ればあざ一寸計りのきず
かさひたとなり居候、」

（二）

最もこれは二ケ月も経れば
（カサフタは一週間もたてばなくなる
との事）なほるべし（ヒカ〜ヒカルノが）
との話に御座候、
次に東京の毎日の如く
降雨にて何も可にもしめって
ことに莨《タバコ》の如きはしめつ
て火のつかぬ有様に候、
御地にて如何に候や、
されば和服の如くはビジヨ
ビジヨ致し全然用ふる事
能はず（面用にれば三日
もしめる様なわけなれば）
毎日洋服にて学校
に通学致居候、
か丶る有様に御座候へ
ば学校にては脚気患
者[1]非常に多く受験
列に比して割合に少なく候、
最も七百二十名計りは（一年生）」

（三）

受験致し候、残り百五十六十
人は脚気の為欠に試験を
うけずして帰国致せす
の様子に候、これは一年生だ
けに御座候、全校通じて
都合四五百名もあるやも
計られず候、
独り吾学校已みあらず、
他の学校にも此の如くに候、
小田島源蔵君[2]の如きは
脚気に可丶りて折角他の病気
を治療する為免大学病院
に通ひ居たるも休み居るや
の話しに御座候、又黒沢尻
だみ町[3]のハンコヤのムスコ斉藤
清一[4]も亦脚気に可丶れりとの
事に御座候、中にて小生の如
きは無の方に可けては至極
健全にて脚気ノの力の字も

これなく候間に御安心」

（四）

心なし被下度候、最も小生の如きは脚気には可ゝらぬものと医の申され候、

次に試験は心配した程もなく割合によかつたけれ共何しろ一科目二時間の単時間に法令の全体なればとてもうまくは行かず、されとにかくどーかこーか書いたつもりに致候、皆の人達は今度は〜と申して心配致居候、拙者も其一人に御座候、何にせよ及第は疑問中に候、今日迄の分の問題御目ゝにかけ申すべく候、

（十六日法学通論）（一）法科ハ何時ヨリ施行シ得ルモノナリヤ、（二）権利行使トハ何ゾヤ、

（十七日刑法）（一）日本人英国ニ於て人ヲ殺セシとき、日本刑法の適用シ得ルヤ、（二）未遂犯ヲ論ズ、以上に御座候、

夏やすみは二十七日からに御座候、」

（五）

一刻も早く帰省致し度き心得に候へどもとやかく用事ありてはかどらず候間、たしか七月一日当地出発する気に御座候、最もその時ハ御報申すべく候、持参品ハ行李一ケ、カバン一つ、両方とも一パイ本と着物、つまり居りまた当明治大学にては学校あまりせまき故、本夏期休業中に煉瓦作り三階の学校ニ改築スルやの風説に御座候、

次に七月分の十一円は成べぐ二十七八日頃までに御送り被下度候、さすれば行き度き時に行かれ候、また新聞購読致し度きか如何致すべきや許可なし被下るゝなら新聞代まで都合十二円、内七円カワセ、五円封入書留トシテ送り被下べし、また新聞はとらずもよいんだと云ふならば十一円丈けにてよろしく候、一寸伺上たのみ候、（無論栄報のつもり）財政上の都合悪しければ強いて申さず候間、小生はどちらにてよろしく御座候、先は用事のみ、早々

六月十七日書ス　　廉次郎

小原文太郎様

東京市本郷区湯島町四ノ三　北村方止宿　小原花磨

六月拾七日投函

注
（1）脚気患者—ビタミンB1の欠乏症、白米を主食にする人に多い、脚気が多かった、
（2）小田島源造君—蔵は造が正しい、根岸の人、
（3）だみ町—黒沢尻町の町名花園町の前身、墓場が多く花屋さんが多かったから付けられたという。現済生会病院、西念寺・称名寺辺り、
（4）斉藤清一—ハンコ屋の息子、現西念寺向いの斉藤家

31、東京市本郷区湯島四丁目三番地　北村様方
小原雪枝子さま
玉机下
（封書・半紙四枚）

（1）
御手紙有りがたう御在へました。絵端書を
差し上げました後から封筒にして下手な栞
一つ送り而して歌を二つ作って添削[1]を願って
差し上げましたの御手に入りませんでしうか、
向上主義[2]は有りがたく拝見致しましたし、
あゝ私しに何から〳〵まで御導き下されました
貴女様が若し御手紙下されなへ事でもあった
ら私しは何を待つて此世をすごす事が
出来ましょう、尊敬愛奈る姉さま一生私
を妹と思ひなされて身捨て下さいますな
父母より力とたのむは貴女一人よ、如何な
る事情がありましても父母に話されなへ
ことがありましても貴女に御相談致し
ます、之まで少女界女子文壇[3]で交際致し
ました方が百五十人ばかりありまして、其中で
栞を差し上げた方が七十人もあります、（女
子文壇ニテ上ゲタ方ハ二十五人デス、少女
界デ上ゲタ方ガ二十五人デス、其他上ゲタ
方ガ二十余人アリマス）でした末長
く交り致さそうと云ふた人でも手紙やり
ましてもくれませんし、ただ貴女様と
京都の田中さんとですよ、世の人は外面的
即ち形式的交際ですな、札幌の北星女学校[4]」

（2）
の白鳥りう子さん、室蘭の創成館[5]内姓は忘
れましたが名はこちう子さんと二人共絵端書
交換を主張してをへてましたから絵端書
やりましたれど返事余りません、まさか
絵端書交換に（人数ヲ）期定してはいでたので
はありますまいね、これから女子文壇愛
読者で女学世界定期増刊[6]の花すゝき
にありました菊花にそへて友の許へと
ありましたのを「ぬすむ」で投書したのがあ
りましたが皆様と通信では知らせ申し
たら如何でしょう、又其方へ直接に注告
して上げたら如何でしうかは知らせ
下さいね、御願ひよ、それから男子の方

で私しに手紙くれた方があります、
馬場君雄、小川東一等であります、
女子文壇で栞送れとてまっさきに云て
来ましたから一ッ送ってやりました、其他
の男子にはやりませんし、馬場と云ふ人は
□なる人か知りませんが男子として
はあまり感心せぬ人ですね、私しは
大変小言いってやりました、それです」

（3）

から今では手紙よこしませんしホ・・ホ
女子の名で手紙きますが何やら男
子の字のやうですから返事やりません、
御帰国（7）なさいましても必ず御手紙下さいね、
いつかは面会の時も参りましょう、其時は
心の中を皆々申し上げやうと思って
居ります、貴女の事は寸時も忘れ
た事がありません、あゝ貴女は楽しく〱
海水浴なさるのね、（8）羨ましいは・・・・・
貴女は「キリスト教」でなくって違たら
御免よホ・・・ホ私し□て軍人慰
問やりましたら返事が来てよ・・・・・・
あゝそれから岩代の鈴木マキ子さん、其方は
少女界愛読者ですよ、其方から
しばしば手紙来てよ、私もやりますは
東京が雨が降りますってね、当地では
朝は少しばかりも降りますが昼夜は降り
ません朝でも降りましてもたま〜で
すよ、あゝ御身大切にして下さいね、
あゝ拙筆にて恥かしへけれどただ貴女
に差し上げる心からして書いたのですから」

（4）

姉さん一人で読で下さいね、人に見せ
てはいやですよ、兄さんにも見せては
いやですよ、御らんになりましたら
焼えて下さいよ、二十四日は早来《ハヤキタ》市街地
の戦勝運動会ですよ、余便に有様
は申し上げます、

名残惜しくも之にて

恋いしく〱　　妹より

姉さんに（9）

歌はとても不可よいくら作ろと思って
も作れなせんのよホ・・・・ホ、

北海道早来ニテ、

本郷直枝子

六月二十二日賤が伏屋ニテ

注

（1）添削――廉次郎は何処で文学活動をしたか、明治大学の文芸部か、
「雪枝子」は選者の号、廉次郎の号か、添削とは詩歌か、

（2）向上主義―廉次郎は何を訴えたか、自分の生い立ちを文通で述べたか、
（3）少女界女子文壇―少女界は少女雑誌、女子文壇は女性文学誌
（4）札幌の北星女学校―現・北星学園女子中学高等学校
（5）室蘭の創成館―旅館
（6）女学世界定期増刊―『女学世界』日本橋博文館発行、明治三十四年一月創刊、大正十四年まで、定価二十銭、
（7）御帰国―黒岩に帰省することを知らせている、
（8）海水浴なさるのね―廉次郎は子供の頃、北上川で好く泳いだとみえ泳ぎは得意であった、後にも出る、
（9）姉さん―廉次郎の偽名「雪枝子」を慕っている、当時よくあった事か、

32、東京市本郷区湯島四丁目三番地、北村様方

小原雪枝様

親展

（封書・半紙四枚）

過日帰宅の時、姉上様におしらせ申上ましたから詳細の事をすぐ申上やうと思ひました處、御承知の如く、田舎は田植時にて妾の家も農家にて忙がはしそれ〳〵用がありますので遂に失礼を致しますたから姉上様には定めしお腹立におなりなされますたでしうが、前に申述べますた如くでありますからおゆるしくださいませ、

扨て姉上より三月廿五日差出[1]のお玉章[2]、廿七日妾の家に着すました、なれども妾は其前日、廿六日大阪に出発致した、尤も兄上様にはいろ〳〵家の用もありましたので、其時は又家に居りました、けれども妾の名前でありますから開封致さじ、其間々持ちて、廿九日兄上様も出発して東京の〇〇〇家に立寄り、其他御親類お友達の元に立寄りて六七日間居り、四月十四日に大阪[3]に到着しました。其時、姉上様のお玉章を兄上様がお持ちになりまして妾に渡してくれましたから、お嬉しく拝読致しました、尚、四月二十七日・三十日の両日に姉上様に手紙差上ました處、二通共に五月五日大阪に戻りて[4]きましたので妾は驚きましたばかりではなく姉上様には何かお腹立におなりになされて妾の手紙を差戻しになりましたのと妾は思ひ居りました、尤も女子文壇[5]四号に妾の美文新体詩の攻撃が甚しく落椿が秀才文壇[6]四巻三号にあり又中学世界[7]にありと申ましが、前々に申上した通り四巻十三号より愛読致しましたので、三号とやら申ましのは妾は知らぬのでありまし、又中学世界とやら申雑誌は見た事もなければ何れの御社で御発行なるやら妾は知らぬのでありましから盗みやうがあり

ませんけれども、人様の文や詩を盗むやうな汚らはしき者とお
まじはり
はできぬとの事ならば、それまで妾とて文や詩を作る事の出来
ぬ者で
はありません、
姉上様(8)に今迄おかくしになりましたが妾は三十七年三月迄東京の」
女学校(9)に居りましたのであります、尤も〇〇〇(10)家よりかようた
ので
ありますけれども、かようなる事を申上るのは妾の好まないので
ありまし、お姉様もかやうな、くだ〳〵しき事はお嫌でしょか
ら申上ません、
英国ヨリお帰りになりました兄上様(11)は東京の〇〇〇家に居り
まし、又家に居りました兄様も同家に今以て居ります、妾と
乳母と従妹の操と三人、十三日夕六時頃帰宅致しましたので
ありまし
お姉様お腹立におなりなされて妾とおまじはりくださらぬと
の事ならばそれまでのを、もしおまじはり(12)くだされば
如何斗りかお嬉しき事に侍べり申候、お姉様何卒〳〵
御返事くださる様申上候、乍筆末愚しき詩歌をお目
に掛け申候、

東京大森の停車場の上の丘　山の八景園に
登りて詩を賦す

白帆点綴絳霞間　浦上春光望自閑
万里和風吹不絶　天辺一抹総州山

同丘山上ニテ足柄箱根天城などの山々透迤として
長蛇の横はるが如し、其群山の翠黛の上ニ富士山
秀峙して
独り白く天外の堆雪旭光と映じて粲然目を奪ふの
光景を見て

八朶芙蓉摩彼蒼　千秋積雪凛晴光
曽遊記我峰頭宿　洞裡与雲分半状」

和歌

叢端螢
刈とりて蚊火にたかぬ内よかりけり
螢にあらぬ艸むらぞなき

樹蔭蛍
やり水の音さへほそき木かくれに
をり〳〵みえむ飛ぶ螢かな
芦の葉にほたるみだれて岸あらふ
浪もすじしき刀根の川面

くりかえし〳〵申上、何卒〳〵御返事くだ
さるよう願上申上候、荒々しく、かしこ
六月二十四日十一時頃書く
吉原静江(13)拝
姉上様
小原雪枝様
(同封)

「新体詩(14)」

春雨

満都《みやこ》の瓦清むとて　昨宵《よべ》より降《ふ》りし春雨《はるさめ》に
野《の》の草《くさ》いかにわが庭《には》の　梅《うめ》の蕾《つぼみ》の綻《ほころ》ひぬ
み空《そら》の星《ほし》の宿《やど》る如《ごと》　鶯谷《うぐひすたに》をいつ来《き》鳴《きな》く
窓《まど》に靠《もた》れてながむにも　思《かも》ふは我世《わがよ》　人《ひと》みなの
心《こころ》の花《はな》の開《ひら》かすば　何《なに》か楽《たの》しき春《はる》の雨《あめ》

千葉県上総国山武郡成東町
字宮前　吉原登方
吉原静江拝

六月二十五日　投函ス

注
(1) 三月廿五日―明治三十八年三月廿五日、
(2) 玉章―書翰、小原雪枝子、廉次郎雅号の手紙、
(3) 大阪―静江は大阪に滞在、
(4) 五月五日大坂に戻して―雪江子（廉次郎）への手紙、四月二十七日、三十日に手紙、
(5) 女子文壇―婦人雑誌、明治三十八年一月発刊、大正二年八月まで、
(6) 秀才文壇―明治三十四年十月より大正十二年十二月、文光堂発刊、前田夕暮編集、
(7) 中学世界―博文館発刊の投書雑誌、
(8) 姉上様―雪枝子、廉次郎の偽名、大学の文芸部の選者名が「雪枝子」か、雅語とみるべきか、
(9) 女学校―東京の女学校、
(10) ○○家―東京の大浦家か、
(11) 兄上様―大浦家の息子か？
(12) おまじはり―交際、ここは文通の意味か、
(13) 吉原静江―後に廉次郎と祝言を挙げる、
(14) 「新体詩」―文語定型詩、

33、岩手県和賀郡立花村黒岩舘ニテ
小原文太郎様
東京上野ステーションニ於テ
小原花麿
（ハガキ）

六月廿八日投函

私儀いよ〳〵試験も終了致し帰県の準備モと、のひ候間、来ル本月三十日午後七時四十五分上野発ノ直行列車にて帰県致す心得に御座候間、此ニ予御通牒候也、猶又何カノ都合に依るときは来月一日の午后七時十五分発ノ直行にて帰県致すべく候、最も延行来月一日出発致すようになれば、尚明日ハガキにて御一報致すべく候、兎にかく相十三時間に黒沢尻（三十日・一日）の両日御光来被下ば幸甚、先は早々、
東京上野ステイーシヨンニ於テ　小原花麿、
（エン筆にて横に「九時十分着」と

34、岩手県和賀郡立花村黒岩舘ニテ
小原雪枝子さま
親展

（ノート切れ、エンピツ）

謝罪〳〵

姉さん誠に御無沙汰致しました、すみません、之も必ず御忘れ申し上げての為めではありませんが如何にせん病と云ふ悪まにひかされてじゃありませんから幾重にも御詫び致します、お許し下さい。伏し希奉ります、噫姉さん貴女様は必ず妾を不人情者と思ひなさいましたでありましようですが私しは必ずそうではありません、あなたは私を誠心なき者とは言ひつづしう時し方ありません、私は甘受致しましよう、私はいつも貴女の事を思はない事はありません、而しアーいつか御面会の日のあらん事を神仏に祈りて居ります、病気は（胃病に脳貧血です）今少しばかりよろしへのですよ、先達送り致しました新聞は御手に入りましたか御作歌を御投書なされては如何でありますか、それから少女界（1）に「月風」と云ふ歌の題がでましたのです、私は投書致そうと思ひまして別紙のとうり作りましたが如何でしょうか、御笑らひ下さい、それから姉さん御出題（2）して下されました歌の中「螢」（3）を詠んでみました御添削下さい、」先達からして居りました婦人会の事です、な□は編集をし又他の人々はは色々の事をやりました、会員は八人です、利七円余りもありました、其れを泊兵部へ納めるのよ、其物を売りました、□はちょと当地の祭礼□でしたえより祭礼を利用してやりましたのですよホ・・・・ホ、噫其祭礼に姉さんが御出ましたら共に手をとりて詣で□来につけますが、□し方ありません。又あひます日もありましょう、まだ〳〵書きたき事は多くありますが手がふるってかゝれませんから、今日は名残惜しくも之にて

病床にて

妹より

恋しき

姉さん

八月十一日　午后七時病床ニテ記す

御気の毒ですが御地の新聞一枚下さい、

拙稿の栞一つ送りました、

北海のはてにて　本郷直枝子

明治卅八年八月十一日　投ず

注　（1）少女界―金港堂書籍から創刊された少女雑誌、

（2）姉さんの御出題―廉次郎、号雪枝子は短歌の選者か
（3）螢―廉次郎が提出させた題名か、

35、岩手県和賀郡立花村黒岩
小原廉次郎様
（封書・巻紙、荷物に同封か）

あゝ思ひ起こせば二ケ月前湯島の宿(1)で二人相語らひ遊びしより早二ケ月ば可りと相成りぬ今や貴兄には芽出度く故郷の山川を見親愛なる御祖父母や朋友知人らと相語らひ楽しみ居るならん、又御勉強致し居るならん、来る九月には御上京相成るべし、其節は何卒私宅江打寄り何可手紙類でも御依頼申しべきにより御迷惑ならんも何卒左程様御承知下され度伏して願上候、喜三郎(2)達らは返書を未だ送らぬが、如何して居るだらふ、

東京市神田
及川

八月廿四日

小原廉次郎様
東京神田三崎町
青年団気社
及川拝

注
（1）湯島の宿―湯島、敏磨の下宿、及川廉平が廉次郎を訪ねた、
（2）喜三郎―工藤喜三郎、

36、東京市本郷区湯島新花町三四番地　佐藤翁様方
岩手県和賀郡立花村黒岩新屋一〇九地
小原廉次郎様
及川善十郎(1)拝
（ハガキ）

粛啓　先日ハ芳翰頂戴　昨日倅ヨリ御依頼物受領ノ件　委細通知相成何共（御手数千万）難有奉存候、遠隔地ニ在ル倅ハ戦場ニ於ケル戦友ノ如ク只力ト頼ムモノハ雅伯アルノミ、俄ノ出来事ニハ父母兄弟アリト雖応急ノ手立ナシ、何事ニモ不行届きノ豚児(2)ナレバ何卒実弟同様ニ御愛憐ヲ垂レ賜ヒ万事宜敷御心添ヘ被成下度、若シ僥倖ニモ愚息立身ヲ得バ是レ偏ヘニ盟兄ノ賜ナリ、御教訓勧誘忠告等万端宜敷御世話被成下度伏シテ奉願上候、頓首再拝

九月十三日発

注
（1）及川善十郎―及川善十郎（一八五五―一九四一）新屋の及川廉平の父、明治二十一年十月から二十五年まで黒岩小学校先生、

（2）豚児―息子廉平の謙遜語、

37、岩手県和賀郡立花村黒岩舘ニテ

小原文太郎様

親展

（封書・巻紙）

昨日着の御手紙の御報
にて源蔵君御死亡[1]の
由始免て承り実に何
とも申様なき位ゐ驚
入り申候、
先達出した端書とやら者
未だ不着に御座候、
また源蔵君も家よりも
依頼候ハバ御指揮の通り
に致すべく候間、御安心被下度候、
小生も実は源蔵君の病気
全快が今日か明日か早く
全快の上出京致してくれ候
は好いと思はぬかとてもなか
り程なりしが今回の事変
には全く、その不音に驚入候、
出発の際実は源蔵君を
病院に訪ひ上京の旨を知らせ
申し處、仝君には『僕は駄目だ
先きに行ってくれ玉へ』と申され
しが、思へばこれが一生の生別
と死別とを兼ねたるものなりし
可と思へばいとど物悲しく
只管悲嘆の涙ながれ申候、
次に下宿屋の件に御座候、
先の下宿よりは下宿
料六拾八銭、其の外（三日分）
自七月一日至九月七日に室
代三円請求致され申候、
依りて小生例の羽をりの一件
を持出し談判[2]開始致候
処、遂に向ふより残金一円五
拾（さすれは彼の羽をり五四円
寸に候）銭受取はづとき免申候
が、この残金受取る方よろし
かるべきや、または三円の室
代差引候て堪忍致すべきや
伺上候、
又小生も警察に出頭の
上羽をりの件申入候處、何
分にも只今は事務多
端故とアイマイに返事致

され申候、
又源蔵君の話しに御座候、
源蔵君が在席中入質し
たる羽織は（一円半にて）一枚
ある由、本日森川(3)（源蔵君友人）
より承り申候、
又当今の宿は先報の通り
岩手県の師範学校の教員
たりし佐藤老人(4)に御座候、
この人は遠藤・猪川(5)の徒子
とジュクを開き居たる人の由に
御座候、
御馳走としてはあまり宜しき
方にては、これなくしも飯は丈
夫にて候、炭油の如きは小生
の方で買へとの事にて小生に油
瓶を与へをかれ申候、
此風なればあまり銭もかゝ
るまじと思はれ申候、
宿料は七円半に御座候、
只今の室は四畳半に御座候、
尚又洋服の儀は戦争
休止の多少の影を及ぼす
べけれ共さまでにはあるまじと
思申候（唯昨年中は）
先差あたり十二三円の處
に致度考へに御座候、何に
せよ夏服の如く手金流
れたもの丶如き安き物はとても
買へず、最もラシヤなる故この
あたり即十二三円にても
中とは行かざるべしと考へ
申候
東京は流行戻と申して
は一つもなき位ゐに御座候、
又購入品は先頃ブッハイムと独
文教科双方にて五拾銭位ゐに
て買求めしと申せしが、これにては
こんなうそを申しては小生が
だん〳〵苦しくなる故、実
を申上候、実の実は九十七銭
に御座候間、左様御承知
被下度、只今受取故差上申候、
その費途は

総計弐拾二円也、

内

三円　一銭　汽車賃

二円　民事訴訟法

二円	経済学
九十七銭	独語の書
一円	切手代
三十銭	石油代
三十銭	名刺代
三円也	月謝
六円也	下宿料（佐藤方の前金）
六拾八銭	下宿料（北村の）
三拾銭	巻タバコ
二拾銭	封筒百枚代
拾二銭	半紙
拾五銭	インキ一ケ
四拾三銭	事時新報代
一円七拾銭	筆記帖代
弐拾五銭	刑法講義案代
二拾五銭	太陽一冊
二拾五銭	ゼーピーグラブ会費

合計

　　　二拾三円一銭也、

　差引不足一円銭也、

其近藤様[6]に支払一円致し申候處、婆様[7]よりもらゐうけし銭五十銭、外小生分八十五銭前より二拾銭、佐美治殿[8]より五銭合計一円六十五銭なり故、又丹野君より（丹野に貸せし銭）七十銭受取申し候に付、彼これ今は一円足らず懐中には五拾何銭しか無之候、最もソバも一度食せし故もあるべし、また、筆記帖不足と今度のウオルス、パンデクテン一、一円五拾銭購求仕らねばならざる故、もしも能ふべくば一円御送り被下度願上候、

只今は学校の図書館より借りて読み居り申候、

これは一寸伺までに申上候、丹野[9]は岡山にあらず熊本に昨日まゐられ申候、

友人の数少くなり小生もさすが心細く相成る申候、

先は用事のみ、早々、

余は後便、

　九月十四日、廉次郎

小原文太郎様

　東京市本郷湯島新花町三四

　　佐藤方止宿

小原花磨(10)
九月十五日投函

注
(1) 源蔵君御死亡—旧八月十五日、二十一歳で死去、法名源光軒学道勇英清居士、
(2) 談判—宿賃に就いて談判、
(3) 森川—源造君の友達、
(4) 佐藤老人—
(5) 遠藤・猪川—、遠藤は遠藤長純か、猪川は猪川静雄（一八三四—一九〇二）教育者、猪川塾経営、
(6) 近藤様—
(7) 婆様—祖母織江、
(8) 佐美治殿—新屋及川佐美治、
(9) 丹野—丹野一三、
(10) 花磨—廉次郎の雅号、

38、東京市本郷区湯島新花町三十四番地　佐藤方

小原廉次郎君
岩手県和賀郡手立花村黒岩
工藤喜三郎拜
（ハガキ）

九月十六日

謹敬　九月十三日御投函の葉書十四日着、貴兄も無事東都に着通学しるとは何より結構でしが、惜い哉都に於ける村内の同友小田島君(1)には病魔に襲ふ所となり不幸にも二十二歳を一斯と□不帰の客となられた、あはれ花のつぼみ詮なき嵐の為免散りた、あー人生といふものははかないもんではありませんか、人に聞くと君が出京の際に和賀病院(2)で面会したとの事だが、其の時を思へ出したなら君は涙ぐみだ—と僕は想像し居る、扨て講和問題(3)に対して国民の憤激に付各新聞の状態を問はれたが之には僕も閑口しる、兎に角貴兄にハ東京に於ける騒乱を見さ居らるだろうから此に述べぬ、君は出京以来当地に赤痢者(4)四名発生した、君よ自愛専一御勉強あらん事を、先は返事迄

注
(1) 小田島君—小田島源造
(2) 和賀病院—黒沢尻町諏訪神社の西、
(3) 講和問題—日露戦争の講和の事
(4) 赤痢—黒岩に流行、

39、東京市本郷区湯島新花町三四　佐藤方止宿

小原廉次郎君
岩手県和賀郡立花村字黒岩根岸
小田島主殿拜
（ハガキ）

只今ははがき着相成候、御返事申さぬので御立腹之御事と存候、御許容之程願上申候、
父事其通り案じ被下存候
妙宗は六月以来参らないと曰う様に迚も次レ取得ないと曰ふ事はないだろうが、君如何しようか、発売元より直接僕に取寄せる事ニしようか、又君の方で取次店に頼んで送ってもろう事にしようか、僕は出来得らんば君に頼んで送ってもろう事にしたいが君都合は如何だろよ、
○印仕かわってほし中々伝ひで君教え如何や！

40、東京市本郷区湯島新花町三四　佐藤方止宿
小原廉次郎様
大至急

（封書・巻紙二枚、書留、）

拝啓、陳者過般申者、
恵与の御悔状御送附被下
難有御礼申上候、扨又此度ハ
御手数を煩ハし上御申し訳
無之奉存候、尚質物ノ
義ハ流れ候ても悪敷御座候、
余ノ物品ハ運チン先《さき》払
にして御送附被下度
奉願上候、何時も御手数を
掛ケ上御申訳無之奉存候へ
共何連の人をたよるべき
人物も是なし、無據
御貴殿江御願申上候間、追而
御厚礼申上度候、先ハ
御願迄、文略、早々、敬具

九月十九日、小田島与太郎(1)

小原廉次郎様

尚〻申上候、申上度事ハ山〻
有之候得共心こゞに何分あらざれバ
見れ共見へず、聞へても
聞へずの風情にて
乱筆を以御願申上候、已上

（同封）

(本)三玄社依頼印（荷物待・・・・）―て返送口之義共にて御通知
相成候ハバ受取ニ参上可仕存候

一荷物の儀ハ荷造り
屋を呼寄セ御用申付
被下度候、右札印用として
金壱円也、在中乞
差上申候間、右にて
宜敷く成被下候、
荷物之儀ハ神田区
秋葉原停車場前
(本)三玄社ト云フ
運送店運賃其他
一切先払ニて御依
託被下度候、尤も
名宛ハ左記之通り
陸中国黒沢尻町
㋣佐藤留吉(2)方
小田島与太郎行

御認して荷札を
付け被下度候、
一時計瀬戸物ハ
別紙に小包ニて
御送り被下度様認被下候、
右ハ荷物ト御造り
合被下度候、
和賀郡立花村黒岩六三
小田島与太郎

注（1）小田島与太郎―根岸小田島六代与太郎（？―一九二六）立花村二代目村長勇七の息子、
（2）佐藤留吉―本町（現・本通り）の薬局の創業者

41、市内小石川区

京北中学校内[1]
矢崎丑男君[2]
本郷区湯島新花町三拾四番地　佐藤方
小原瓢乎[3]
（ハガキ、不在返却）

九月二三日

その後は久しく御無さた平に御免
突然の報だが小田島君儀今月八日を
以て白玉楼中の人と化せられた、
あヽ今や彼の肥満たる硬骨漢と相談ずる
事が出来なくなった、
君が現住処不明不得止学校宛てとその
許し玉へ、いよ〳〵僕も表記の地に転じた、
もしも本郷に足を入れられるとき者
御光来を乞ふ、（太田に御出ての折は尚小生赤坂に
居ると言ふとつてくれ玉へ）先はお報らせ
かたゞ、御無さたのおわびまで、如件

注（1）京北中学校―現・東洋大学京北中学高等学校
（2）矢崎丑男―源造の友達
（3）瓢乎―廉次郎の雅号、これが初めてか、

42、東京市本郷区湯島新花町三四　佐藤様方止宿

小原廉次郎様
岩手県和賀郡立花村黒岩六三
小田島与太郎
（ハガキ）

復啓　御甚入之御紙面被成下難有
拝読仕候処荷着ニ相成候哉　不何也
御報ニ下度旨被仰下候ニ付九月
廿七日迠ハ黒沢尻江荷着ニ相成不申
候由、依之何時も御手数を煩うし
上候被入甚タ恐入候得共何卒宜敷
御依頼申上候　早々頓首

九月廿七日

43、本郷区湯島新花町三四　佐藤方
小原　様
牛込区弁天町十
赤羽運送店

（ハガキ）

十月三日
前略　陳ハ兼而御取受荷物之
一件至急回答之所会社よりハ
直チニ照会候處貴届方へ延行ノ事
御目標よりハ荷物ハ通常ニテ車
ニ積込候間行違とこも候成居候やと
罷在候間御安神被下度候
会社当着ノ見込ナリト云候

44、東京市本郷区湯島新花町三十四番　佐藤翁方
小原廉次郎様
和賀郡立花村黒岩
小原文太郎

（ハガキ）

十月五日
追啓、さには洋服代送金ハ当月廿日迠に送ハ宜ひとの事拾四五
日頃迠
ニ送附候間、左様思召被下度候、次ニ羽織弐円五十銭ニ請ニ相
成由、右
品ニ而拵なおさず当年斗り間ニ合候ニよ路しくハ其糸を買戻し
用
可申又裏ヲ替る抔して用る物なら買戻しニ不及此義を承度
端書差上候、猶亦根岸の方にあの紙面ニ金一円余今日持参仕候間
可待の這候、根岸ニ而ハ夫ニハ出来ません「シヤリムリニ」私
ニ押付候へ共
私ハ貰ひ不申候、扨先達に申上候ハ（病気に）あらやの佐兵治[1]殿養生
不叶当月旧四日午后八時位ニ病死仕候、右の者病赤痢ニ而候
誰も一切不出入但し及川万蔵[2]殿迄皆々参り申候ハバ取仕之
申候、此頃ハ悪病も薄くなり候間寒さまし候得者以後ハ
病人ハないかと存られ候、東京地方ハ流行病ハなく候哉兎に
角にも御身大切ニ養生仕通学可致存上候、何れ羽織
斗り事ニ就而ハ差上候、右品ニ而其侭用ニ宜く買戻可申候、左
なくハ戻ニ
不及候、早々

注（1）あらやの佐兵（衛）治―新屋、及川佐兵衛、
（2）及川万蔵―新屋、文太郎の親戚、後に出る、

45、東京市本郷区湯島新花町三四
佐藤方止宿
小原廉次郎君
岩手県和賀郡立花村黒岩
小田島主殿
旧九月八日投函
拝

（ハガキ、墨黒朱文字）

謹呈　其後は意外之御無沙汰に打過ぎ申候
段、重々御申訳御座無候、何卒御海容被下度
願上申候、此間は引続き気候悪しく候處如何
御消光被成候哉、大分御身体御大切にと祈上申候、私
事御陰様にて無事に候、御安神被下度候、次に又
愚父事も全快相成候間之れも御安神被下度候
当地方ハ赤痢病は非常に伝染に伝染を次げ実に
大騒動御座候、荒屋佐美治殿も右病気にて逝去、実
に実にいたけしく候、先は御見舞状次第御座候　匆々
二伸彼妙宗雑誌は君にあまり迷惑をかけるから
僕の方で直に本社より取寄よう上□□
之程願上ます、御都合よくば御返事迄、

46、東京市湯島新花町三四　佐藤方

小原廉次郎様

岩手の人

月畝[1]

十月八日

（ハガキ）

実ニ君の驚いたも無理はない、前世如何なる報ゐにて
斯くなる果となっただろう、吾はあの報を耳にした
時一時は感覚を失ふた、以来頭か懊悩して今でも勉
強などは思も依らない日日毎日あたら好漢の運命に
泣き吾もその跡を追はんか〳〵と悲歎するのみである、
互に兄弟と睦びし朋の影今いづこ吾は浮世の無
常なるを知らなかったわけはないが今更のやうにて
此の事を認めんとする、今の刹那頭は張り割けん計り其
而し御心配下され玉ふな、吾は悲歎したりとて真倒自殺する
程の弱いものではありません、何時ぞや中津川畔の君の下宿
屋に於て「話した彼の目的」を充分責任を持って此の際
大きに尽す覚悟ですから」小官（ママ）下校の西君[2]は壮健で也、さらば

注
（1）月畝—二子菊池忠平の号か?
（2）西君—西伴男か

47、東京市本郷湯島三四　佐藤方

小原廉次郎殿

（ハガキ）

拝啓、兼て御承知の通り私儀
本月十三日黒沢尻駅発二時四十二分の直
行列車にて上都の見込に
御座候、先は用事のみ　早々、

十月十一日　和賀郡立花村黒岩

昆　清左衛門[1]

注
（1）昆清左衛門—昆清左衛門（一八八五—一九六二）黒岩小学校高等科の一級下、岩崎・昆運七の子、廉次郎を訪ねて上京する、

48、東京市明治大学内
小原廉次郎様
黒岩
斉藤豊治(1)
（ハガキ）

時下秋冷相進発処
実に多祥御勉学之段
奉賀候、当夏秋交換之
折御身御大切御勉学
之程奉希望候　敬具

注（1）斉藤豊治―鴻ノ巣の人、小学校の先生、敏麿の『源平の合戦』序文に登場、白山神社「算額」奉納名の斉藤登代治と同名、『北上史談』第四五号参照、

49、東京市本郷区湯島新花町三拾四番地
佐藤方
小原廉次郎様
昆　運七(1)拜
十月十六日
（ハガキ）

昨日君之貴書(2)拜見仕候　則愚子上京
御報知亦ヽ御世話被下難有感深謝候
農事上多忙候間、御説諭誠に汽車
賃無之有候ハバ御貸一日も早く帰宅(3)被
成下旨願上候、先ハ御礼旁ヽ之
如斯之御座奉上候也

注（1）昆　運七―昆運七（一八六三―一九三六）岩崎元館の清左衛門の父、
（2）貴書―廉次郎が清左衛門の出奔を通知する、
（3）帰宅―廉次郎に清左衛門へ帰宅の説諭を願う、

50、岩手県和賀郡立花村黒岩舘ニテ
小原文太郎様
親展
（封書・巻紙）

受領証
一、金弐円五拾銭也
一、メリヤス・ズボン下　一足
一、ヨーカン　五本
右正に受領候也
十月拾七日
小原廉次郎（印）
小原文太郎様
小生の病気はまだ全快と申す程には候はねど
よほど宜しき方に相成申候、明日あたりより
よりは一日も欠席致さず通学致度き考へ
にて在罷候、
当今の處にては腹痛のなんのと申す可も御座なく候
へ共飯など一ぜんも多分に食し申しとすぐに吐気
催し吐出し候に付、小生は只今は極めて少食

一回に飯かゆ（カユと注文せしにめしをカユトシタク）二ゼン、一日六椀牛乳二合、薬は未だ散薬乃薬併用致居候、宿の處は転宿致度くも当今転宿すれば損害に相成り申しに付（他の下宿屋にては一ケ月八円半以下はなし）今年中に転宿致さざる考へに御座候、飯米の儀は近日中に直接主人と交渉仕る考へに在罷候、

とにかく小生病気につきてはあまりに御心配被下まじくに候、五日もすれば全快致すべきかと考へ居候、

次に岩崎の昆清左衛門東京に逃げて小生の處に来られ候、小生の居に三日間滞在、昨夜神田の青年同気社(1)に入社仕り、本人は上野鉄道学校入学志望(2)なりとか申され候、

尚又昨日二六新報三枚を封して五厘切手をはりて郵送せしがもしや又もや不足税を取られずやと心配仕居候、されど小生の考へにては彼の新聞の如きは第三種郵便物にして一枚の郵送料五厘でなく十六匁まで五厘なりと考へられ申し候ニ付、三枚に五厘を張りて送附仕り、もしも不足税とられた時には一筆以申越の程願上候、

又国民新聞(3)は毎日行き居るとの事につき安心致居候、

又二六新聞は明治大学全生中、小生の友人なる苦学生がぜひとも配つてくれろと申され為には毎月十銭づゝにて購読致し居候、国民と二六の二つを取って居つても、国民一ケ月二十五銭、二六十三銭、都合三十八銭、時事新報よりは五銭安価に候、

尚二六新聞小生の處におきても不用の品なる故、もしも根岸のあたりで購読致す気なれば一ケ月拾八銭つゞ、五厘切手三拾六枚封入すれば送附致すべきにつき話しをなして見て被下度候、最も此の如くすれば二六を十三銭にて取って五銭をもふける様なれ共これは御存じの通り一日郵便料金五厘かゝれは三十日にて都合十五銭外をび封はどしーして日に三四銭かゝり候付どーしても月に十八銭なりでは送り兼ね候、

すかしこれでも安いもの、家にて直接東京より取れば三拾銭かゝるものなれば主殿のみならず新聞好きに日に切手（五厘）三拾六枚封入送附すれば一ケ月間二六を送るがと話して見て被下度候、

ただ家にしまつてをけば毎日の如くやなにを包むのかにを包むのと申して持って行かれ申しに付右の如く申すものに御座候、

文次郎君(4)の死去には小生又もや

一驚を吃し申し候
清左衛門より仝氏が師校(5)より電報を
二度か、つたと申す事だけはき、申し
も死去すべしとは夢にさら〳〵知り申さず
候しが、
先日は源蔵君と云ひ、今又文次郎君、
黒岩のワカイ人達中人らしき人は
皆死亡し飯を食ひ糞を放る事をのみ
なし得て其他の事は村の村会議員様々
のハナイキに吸々として居る如き意久志
なしのみ残るとは近頃情なさの限り
此の程、先途も気づかはしく候、
なはともあれ悔状をと思ひまゐらせしも
祖父様より注意もあれば差ひかひ
悔状は別にやり申さず候間、祖父様にても
斉藤(6)先生の婆様にでも悔を述べ被下度候、

又あらやの人達、根岸の与太公
流る病(7)とのこと、とにかく危険
千万に御座候間、決して流
る地に足を入れ被下まじく候、
小生の身も随分大切に候へ共、
何分両祖父母様の御身体
は一層大切に御座候、

殊に湯水の如きは一切御用ひ
被下まじき様願上候、
祖父様には湯水を呑ませざるも
祖父母様には食後お汁湯をガブ〳〵
呑ませらる、こは大に量を減じて
御呑み被下度候、
而して湯を呑むならば可成麦湯
にして可成にあらず、ぜひ共麦湯
にして呑みなさるべく候、
それから又祖父様の常に好ま
せ玉ふ漬け物の水、これは衛生
甚だ有害の物に御座候間、
これはぜひ共禁じ被下度候、
祖父様は左の品々禁食被下度願上候
一、冷酒（モロミを包事勿論）
一、漬け物の水、
一、漬菜の未熟のもの、
一、キウリのあまり柔かなもの、
右の品
祖母様は
御汁湯
右一品
都合汁五品、何卒当分流り
病のある中禁止被下度

願上奉り候(8)、
尚又洋服は一昨日（十五日）出来
頗る上相のものでき申候、
少しく大きい位ゐに候、
又時計は油をさゝせガラスふだ
をこわせし故修繕にやり處、
金四拾五銭をとられ申候、
薬価は
　水薬　十日分（金壱円）
　診療料　一回（壱円）
　頓服　二回　十六銭
合計二円拾六銭取られ申候、
受領証をもらゐ申しも差上
べきやと考へ申しも、又もや不足
税を取られては大変と思ひ
なほし送附致さす候、
何れ来年御目にかけ申すべく候、
尚又、黒岩にて小生に彼の白山
事件(9)に監定を小生にたのし人
有之候も、あいまいの返事をせり
申候、最も小生法学博士志田
鉀太郎先生(10)併に木下博士(11)の両先
生に質問せしも、村方敗れるとや申
され居候、

さるを生意気に杜陵《モリオカ》あたりの
萱場(12)などが引受けたとて地方才半
処(13)にてはともかく大審院(14)まで行く中
には村方の敗する事承合に候間、祖父
様には委任状などには印をつかぬ様願上候、
かゝる会合に可成出席せぬ様又出席し
印を押さねばならぬ義理となりしときは印を
逆《サカサ》に捺して被下度願上候、
これ小生の願ひに御座候、
何にせよ馬喰な仲(15)や
五月田(16)の南部英麿(17)などにたまさ
れぬ様御要心願上候、
先は用事のみ、
御返事まで、早々
因に昆清左衛門は廉平と一緒
に小便臭い青年同気社に入社仕候、
　十月十七日書　小原廉次郎（印）
小包は十六日夜
　七時半頃受取
祖父
祖母　様
東京市本郷区湯島新花町二四　佐藤方止宿
小原廉次郎

十月十七日投函

注

（1）青年同気社―
（2）上野鉄道学校入学―昆清左衛門の希望学校、
（3）国民新聞―徳富蘇峰が明治二十三年（一八九〇）に創刊
（4）文次郎君―根岸小田島文次郎（?―一九〇五）九月十六日死去、四代倉之助の子、
（5）師校―岩手県師範学校、内丸県庁前にあった、
（6）斉藤先生―斉藤豊治か、
（7）根岸与太公の流る病―
（8）願上奉り候―廉次郎、祖父母へ黒岩には赤痢が流行っているから呑み水等に注意を喚起している、
（9）白山事件―明治三十六年ごろから同四十一年にかけて白山神社神主岩沢守人側と黒岩村民代表との訴訟事件、訴訟記録は当時の立花村村長を勤めた石橋弥兵衛家（現当主石橋研一氏）にあり、北上史談会々長和賀篤子氏解読、「石橋文書から見えてきたもの」（『流泉小史』第三号掲載、筆者未見、訴状の七番目に小原文太郎が捺印していると言う、『正洞寺基本財産台帳』には明治四十一年（一九〇九）旧七月三十日に「百三十二円九十五銭、三十六年白山事件ニ付、繰替ノ分、戻入ニ付、収入ノ分」とある、後世小原龍泉の「黒岩物語」はこの事件が根底にある、
（10）法学博士志田鉀太郎先生―志田鉀太郎（一八六八―一九五一）商法学者、昭和十三年（一九三八）明治大学総長に就任。
（11）木下博士―廉次郎の学んだ先生、後出、
（12）萱場―茅場清一郎、盛岡市内丸七二番地専心法律事務所、
（13）才半処―裁判所
（14）大審院―明治憲法下最高の裁判所、
（15）馬喰な仲―黒岩の馬喰衆か、
（16）五月田―屋号、五月田真田家、
（17）南部英麿―南部英麿（一八五六―一九一〇）東京専門学校（現・早稲田大学）の初代校長、南部藩主利剛《としひさ》の次男、初め大隈重信の娘熊子と結婚し、養子となったが、明治三十五年九月、ある事件で離縁、南部家に復籍、盛岡高等農林や盛岡中学で教鞭をとった。

51、東京市本郷区西湯島新花町三十四　佐藤翁様方

小原廉次郎様

西磐井郡一の関横小路　佐藤方

及川覚美[1]

（ハガキ）

謹んで御書面を以て申上候、扨て貴兄は如何御暮し遊され候や伺上候、小生義無事通学罷有り候間憚乍ら御安心下され度候、さて故郷には悪病気流行志村内に死せし人かゝり人全快せし人、皆で七十余名[2]之有候由、我が祖父も悪病にかゝり候へども今頃は全快に相成りしと思へ居り候へしが、未た七日間も音信せず運動して日を暮し居候、近頃に手紙をたてよーと思ひ居し候、一ノ関に近頃十名バカリせきりがあります、

が東京は如何です大都会でしから何うかあるでしょう、

及川廉平[3]の所在地をきかせてくれ、

注

（1）及川覚美―及川覚美（一八九〇―一九六九）新屋の人、黒岩小学校高等科で四年下、親戚、後に廉次郎を訪ねて上京する、
（2）七十余名―赤痢病患者、
（3）及川廉平―東京在住の住所を尋ねる、

52、東京市本郷区湯島新花町三十四番　佐藤翁方

小原廉次郎様

岩手県立花黒岩舘
小原文太郎
（ハガキ）

十月廿一日

追啓申上候、先達而被仰越候二六之義、中居[1]江咄
仕候得者十八銭位なら入用との事、この端書届
次第中居勝次郎[2]殿江当ニして御送附相成度候、
只今之様てなく一枚宛被下候様存候、
時に風邪之処ハ未た全快ニ相成不申哉、
是以案事居候、就而者昨日届候趣少々
差上候間、是亦届申候乎、尚永奥艦[3]中来ニ付
東京地方賑ニ而あらんと存居候、夫ニ付学校
も休業ニたあふれや、右ハ二六ニ付申上候間、早速
中居江配達候様ま得沾候、猶亦当月斗りなら何れに
てもよろし

注（1）中居―黒岩舘、中居屋敷、廉次郎の前の家、
（2）勝次郎―工藤勝次郎（?―一九二八）舘中居定機の父、
（3）永奥艦―戦艦か

53、東京市本郷区湯島新花町三四　佐藤方止宿
小原廉次郎君

要旨

（封書・半紙四枚）

（一）

さて、貴便絶えて御無沙汰御打過き申候段、
御申訳御座無く候、御宥免之程願上申候、
私事此頃弐週間計り所詮神経身体之具合不常
為めに御疎遠悟過ぎ候、実に（御自身ハ）御座無之候、
此頃は黒岩は実に言語に絶する程の大騒動
に御座候、源蔵君倒れてより、文次郎君夭折、
多田さ免子[1]女子逝去、是等を第一として其他
流行病在候、彼の世の客となりし者非常に御座候、
未だ流行病は流行致し居事候、夏候寒くて
未穀[2]実らず未価騰貴者貧人食に
泣き地獄であろうか、餓鬼であろうか、閑々悲々言亡
慮絶の至りに御座候、実に黒岩[3]は空気害
と危とを以而充たし居られ候、譬へば今に挫れ裂
けんとす噴火鳴動の小天地に一息の静思を保
し居の如き状態に計り計きや、丁度針の山・・・・
針の山々、あちらにも痛い、こちらにも痛い・・・・
御察し申可候、

（二）

当年の御会式も迫まり申候、聖祖寂滅してより
六百有余年来[4]湛々として逝せず我宗は」
尚未遠く来万年の未来迄とつづく事限り
なかる可きを思ひば、実に聖祖の御慈悲如何
計りか深大なりしを思ひやらる嘗而曰へにあり、
「日蓮[5]か慈悲広大なれば南無ーー経は未法

万年の外未来迄と流布すべし」と御曰へるは誠に偶然の発意にあらざるなり、聖祖は実に妙法の主義人に円而起ち、主義に因而倒れ、主義に因而一生を貫きたる所の人なり、由来主義ある士は多く社会に容れられず、宗祖先づ其の第一なるもの少なくにあらすや、之れ実に社会が主義に因らざる故なり、社会其考が腐敗墜落せる組織より成立せるが故なり、偶ま主義に寄る人あれば其人を嘲笑し痛罵し迫害して尚得々として毫も恥ちざるにあらずや、我国家は真にして主義ある国家たるを得べきか、世界統一の天業は日本が天職たり、天意よる命ぜざられ世界をして日本化せしむべく悳められれし正義国なる、正義を主義として諸々の邪境誑土政討すべく任ぜらたるの大国也、忠孝を能く栽陪を守りて、よく世界万邦一挙道義国たらしむせべく、責任をもたらし来れる国なり、御鏡の如く、御剣の如く、曲玉の如く、此三徳奇光の温蓄の妙致、仁悲の相を発揚せずばあるべからざるを如何にぞや」

(三)

吾人は転た三省して激歎せざるを得ず、臆　君以而如何となし、已に朽ちたるの人材は惜しむも詮なし、未だ朽ちざる材、又当に出でんとする人材を主義あるの人材として社会の後半紀をけいぞくせずんばあるべからるなり、君よ正義の主義は実に公明正大なるものにあらずや、人の正気・堅気・強気・随而安気は実に、公明正大なる正義の主義に依って寓せらる、君よ共に正義の主義を叫明せんは如何に?、嗚呼それ潜龍時を俟つか、挙然として起し快然として聚らん哉、

＊　＊　＊　＊

かはりやすきは、秋の空とはよく曰つたもの昨日の好天気は今日は変して雨天と相成候、人の心も如此に御座候か、昨日は鋤鎌手にして薄汚たなき手拭ほうこむり俗唄うたして田野に出ることしかないと思ふて居つた、昆清左衛門君[6]はぴょッと腹の虫が踊つたと見えて家を発足してあとは最早や御江戸・・・・今日此頃は如何なる顔付《カホツキ》にて居られるや、家てはよく東京に行ったといってたまけとる様子だ、案じてるから手紙で寄びもとしと曰つとる話しだ、昆清左衛門君果して其家よりの音信にびっくりしてアヘアへと家に帰るるや、」

(四)

及川廉平君[7]、消息如何に、相変らず青年同気社に居らる丶哉、

先日小生の鹿忽より表裏共に真黒な「はがき」を差上候へし為め、大変なる迷惑を掛に申し由、実に実に御申訳御座なく候、御立腹の段は幾重にも御察し申候、

如何とも小生の鹿忽より如山□□「てんまつ」に相成り万一重ならず御許容を願上候、何卒御

訳被申候、御申訳迄切手一枚はりつけ御納収り
の程願上申候、
私事病気に気分晴れず、思ふ様にかゝれず
候、さなくともまわらぬ筆、御察し被下度候、
御身殊御清養専一と一重に祈り申上候、

小田島拝(8)

小原瓢呼君

十月廿五日　校述

二信、恵風(9)は已に除隊の命令（召集解除）、去る二十三日
下旨ありたる由今に帰宅せざる□□之めて御江戸見
物の事と御察し申候、さぞやうれしかるべしと存ぜ
られ候、又ゝ申上可ぐ候、先は頓首直筆、
岩手県和賀郡立花村字黒岩根岸

十月廿五日投述　小田島妙仙人(10)拝

注
(1) 多田さ免子―黒岩の同級生
(2) 未穀―米が駄目、冷害、
(3) 黒岩―冷害の黒岩の様子、
(4) 六百有余年来―日蓮上人生誕からか、
(5) 日蓮―日蓮上人、
(6) 昆清左衛門―黒岩を逃れて上京、
(7) 及川廉平―黒岩奔走の人物をあげる、
(8) 小田島拝―小田島主殿、自分のこと、
(9) 恵風―藤原徳蔵、近衛兵除隊となる、
(10) 小田島妙仙人―小田島主殿自分のこと

54、東京市本郷区湯島新花町三拾四番地　佐藤様方

小原瓢平様

（封書・巻紙）

（38・10・31）

御手紙拝見仕候、其後は
此方より御返事も申さず
御無音にて申訳無之候間
何卒御怒心御許し下され度候、
貴兄相変りなく勉強致し
誠に目出度存じ候、小生も片田
舎にて怠りなく勉強致し居り
候間、御休心下さ度候
先達の祝捷東京にては近来
の人出の由、誠に見事有推
察致し羨ましく候、
当地にては赤痢病のみ尚
一増流行致し今日の如きは
根岸の六太郎宅の母(1)と及川
覚美の祖母(2)と二人死亡、斯の如き
次第なれば祝捷会は赤痢会の
有様にて候、御依頼の物件
よく〳〵出来候、先生滞在中は
書かゝれ申さず二三日前花巻へ出
張致し候へば幸にしただめ甚だ

不出来にて候、是にても御受納
あらば私も嬉しく候、扨て小生も
片田舎のみには居らず明年
には麹町有楽町画塾(3)へ
苦学致しべく候、其の節には
何卒名所などへ御案内
願度くいずれ御面会の上色〻
話しべく候、先は乱筆御免
燈火の下にしたため申候、
さようなら　香石(4)

及川香石

拾月三十一日

小原廉次郎様

在片田舎

注
(1) 六太郎宅の母―小田島ナツ、明治三十八年十月三日没、
(2) 覚美の祖母―及川
(3) 麹町有楽町画塾―荒井寛方の画塾か、
(4) 香石―及川吉松（一八八八―一九七一）香石は雅号、黒岩小学校高等科二級下、絵画修業に上京する旨通知する、

55、東京市本郷区湯島新花町三拾四番地　佐藤翁方

小原廉次郎様

親展

（封書・半紙一枚附二、祈禱札）

未御病気全快ニ相成不申候哉案事居候、学校トハ
休業仕候乎、胃腸カタルトカ(1)申由、薬用仕承や、又薬用ハ
若伴丁哉等三カ杯宜しと阿る女医者本にあり、右の本にハうん
どう
ハよしある(ママ)、牛乳をあまり呑ハ下痢する事あるとあり、
先達而餅贈り候は是ハ病気全快して喰ふよ路しか、あの餅ハ
廉平ト二人前合して送附申上候、廉平ニ半分相渡可申、此次に送る
節者善重郎(2)殿ニ而送る事に決定仕候、其節者又二人して等分に
して
喰う申候、これ迄は何日分ニ相成候も斗り難く候、
右者
時に稲苅明日より始免申候、黒岩ニてハ何方ニても刈不申候、
半作に不至候、是不作(3)にハ困り入候、米壱俵十円余ニ而、玄米
三升値段
ハ十五銭位、白米な連ハ「十七八銭なり」、買食之者誠に困難
之至ニ候、
扨古洋服持参して用るでハないか、しれハ今般新物を
求候ハハ損じなくてよいと存しての事、左様それバ加だ
まりに衣替(キ)申してよひかと存して、右申上候ハバ菊池先生(4)ニ君等
咄居候、同人を頼み売可申哉、又家に置不売方とよし何連入用
といづれ候ハバ買可申候、
猶亦あらやの左兵治(5)後妻も旧十月三日の朝病死仕候間、可得
御定候、夫連も悔状ハいらん序之節もら遣すべし、外ニも
根岸の武次郎妻(6)も同日ニ死去、此者も赤痢なり、
病人等隔離場ニ旧十月三日晩に相集め申候、死給り
黒岩ニ四人とかの事、立花より何人参り候や、昨日事なれハ

不分明、平沢ニも有由、三ケ村合併也、隔離場ハ貴公家ニ
居節建築不申、君上京後建築仕候、右ハかちか沢(7)の家ヲ
買立て事務所もあらまし落成ニ相成申候、

(同封包み封)

記

一金拾五円也　旧十月五日

右之金員送金候間　御入掌可被下候、

(ご祈祷札)

此御札懐に置し君持参セ者惣案中壱に
此度送上候、此符持候得者此以後ハ病気ハなし、
小原花麿(8)君御符有

(梵字)頭破作無分如阿梨樹枝
鬼妙法蓮華経序品第一鬼　悪魔除
(梵字)令百由旬内無請衰患
大持国天王　大広目天王
南無多宝如来　天照皇大神　此経即為閻浮提人
日蓮　病之良薬若人有病
南無妙法蓮華経　鬼子母神(9)　得聞是経病即消滅
南無釈迦牟尼佛　南無八幡大菩薩　不老　不死
大毘沙門天王　大増昌奉

岩手県和賀郡立花村黒岩舘
小原文太郎
十一月一日

(同封紙片)

国民・二六届き候
左兵治左様之事
あらましを報知ヲ乞、

注
(1) 胃腸カタル—胃と腸の炎症、
(2) 善重郎—廉平の父、善十郎のこと、
(3) 不作—米が採れない、凶作の年か、
(4) 菊池先生—菊池忠平、
(5) 左兵治—及川左兵治
(6) 武次郎妻—小田島ナツ、明治三十八年十月三日没、
(7) かちか沢の家—鰍《かじ》ケ沢、薬師堂の近辺、旧墓地(天王山)入口か、
(8) 小原花麿—廉次郎の雅号、
(9) 南無妙法蓮華経　鬼子母神—これは法華日蓮宗のお札、文太郎の息子、小田島喜代太、主殿の影響か、

56、東京市本郷区湯島新花町三四

佐藤翁方
小原廉次郎様
岩手県和賀郡立花村
小原文太郎
十一月四日　(ハガキ)

追啓申上候、秋冷ニ相成候、殊寒く候得者健全ニ而被成通学之由、
珍重ニ奉賀候、次ニ家内幷親類迠皆々寒中壮健候間乍憚御案
神被下度候、然ルニ御会式(1)御瑞度ニ付〇送レトノ事候得共右立
切ニ付
送金不申候間不認思召御承引被下度候、猶亦君帰村迠ニ折ヲ見

合
参詣不申候、猶眼鏡ニ有之ニ付二十日迄ニ贈れと有之候
其時分ハ工夫ハ出来候乎と存候間、左様思召被下度候、猶亦夫
前ニ
出来候ハバ差上可申候、尚亦当村稲刈ハ未ニ刈切ニ不相成候、
私共ハ
刈上申候間是而安心被申候、時に先達に送附之品請取とハ来り
候得共半分之処、廉平氏(2)ニ相渡し事ニ候哉、半分渡し候得者
宜しく候、尚又何日頃成あの位君之処ニ君□□君の宅より
遣し申筈ニ候、其節も又当半分ニ配当可申候、全快ニ及
候とも御身大切ニ可仕者なり、諸万事気ヲ付食物之数迠も
克く注意仕べく候、そこで君ハ実印失候との事実印ハ家有り
候間、若上京之節忘却して持参不仕候ト存候得共音信不致候な
り、
用事迄、

注 (1) 御会式—主殿のいう妙宗の会式
(2) 廉平—新屋の及川廉平、廉次郎を訪ねて上京、

57、東京市本郷区湯島新花町　佐藤復様方
小原廉次郎様
立花村黒岩
及川善十郎拜
(ハガキ)

鄙言捧呈寒気相催候處益御安静御勉励可被遊御
座奉欣賀候、降テ迂生モ無事ニ罷在候間御安心被成下度
候、御厚恩ヲ如意久々御無音ニ打過ギ御疎遠多謝平ニ
御寛恕被成下度奉願上候、豚児安度御厚情ヲ
蒙り且ツ送品等ノ御手拜迠掛上ゲ何共難有御礼
申上候、尚又貴所ヲ宛テ送品致候節宜敷御世話
被成下度奉願上候、万事不行届ナル愚鈍ノ倅
遠地ニ離レ置クモ尊契ヲ力ト恃ミ安心任居候間舎
弟ノ如クと思召万事御教訓御勧告御愛憐ヲ垂レ賜
はンコトヲ伏シテ奉願上候、若立身ノ道ヲ得バ尊契ノ賜
ナリ、宜敷御世話被成奉願上候、

58、本郷区新花町廿四　佐藤様方
小原兄
蛎売町一ノ二土岐方
白川拜
(ハガキ)

爾来御動静如何
永井家引払之節
は失礼仕候、牛込方面
之一件其後如何御
運びなされるや、兄の
敏腕をなし煩わし候
其内訪門可致候得共
御聴きあらば御遊歩

のこと次で御立寄被下
度候　早々

59、本郷区湯島新花町三四　佐藤殿方
小原瓢乎君
神田　枀弐生
十七日夜十一時　（ハガキ）

青軒氏の現住所は
芝区今入町二六です、
雨柳子(1)の事は青軒氏
に付て聞き給へ　可れが一番速いよ

注（1）雨柳子─三宅青軒（一八六四─一九一四）の号、三宅彦彌、
緑旋風等

60、本郷区湯島新花町三十四　佐藤殿方、
小原瓢乎君
お返事
（封書・半紙二枚）

御返事いたし候、○兎に角
御高実のお方らしければお
望みを叶へ申すべく候、(1)○呉
れぐれも只今の誠実心をな
くなさぬやう東京の風に吹
まくられぬやう御用心可然候、
○小生は折〻二六社(2)へ出かけ
候得とも大抵は在宿候、○明
廿三日は留守なれど廿四日は
必らず在宿の心得に候、○午後
におこし被下度候夜分は折々運
動に出申候、尤も前日にお葉書
でもあればお待申すべく候、○
二六社の勤めとして雨柳子(3)の
変名で何か書申候得とも、今
の二節分は別人に候、小生は」
只今の都合もあり用事もあり
一度休み申候、
何にしても熱心篤誠の人で
なければ万事成功せず故
に小生は世の軽薄ハイカラ者
流が大の嫌いに候而何人に容
れられぬ共寧ろ喜び居候もの
なり、君も其お心得にてお越しあり
たし、○小生は天与のものト衣
食して自分の理想の実行を
他日に期し居り、清貧に安じて
楽しく月日を送り居り候、
木がらしをよそに
きよけりと

在いあう

瓢　乎　君　　峰の松

十一月廿二日夜　　青　軒

芝今入町二十六

三宅青軒(4)

注（1）望みを叶へ申すべく候―廉次郎の望みを叶へてくれると、
（2）二六社―二六新聞社
（3）雨柳子―三宅青軒の号、
（4）三宅青軒―三宅青軒（一八六四―一九一四）作家、博文館の「文芸娯楽部」編集長、著書多し、廉次郎の恩師

61、東京本郷区湯島新花町三四　佐藤方

小原廉次郎様

杜陵の里

及川くきえ(1)

（ハガキ、27/11盛岡高等農林学校絵はがき）

昨日とくれ今日と
明け何時〳〵の時も
変り来て杜陵の里
にも六っの花(2)（ママ）さかしむる、
時期と相成りました、
折りからます〜御健
勝御勉学の由誠に
よろこばしいこと、
存じます、
次に私におき
ましても別
りなくやっぱり
例によりて例の通
です、ふだん不学にも
のだによりて今更困りて
おるのです、いろ〜御話
致したいこともあり
ますけれとも試験
なる〳〵上京(3)のこと
もいたしたいことは限な
けれども・・
後便に
何れ御身大切になさいませ
左様なら

注（1）及川くきえ―師範学校三年生、黒岩の新屋、親戚、
（2）六つの花―雪のこと、
（3）上京―学校卒業後上京したい気持ちか、

62、岩手県和賀郡立花村黒岩舘

小原文太郎様

親展

(封書・半紙五枚)

(一)

受領証

一金拾五円五拾銭也
右先般通知の通り正ニ受取候也
十二月一日
小原廉次郎(印)
小原文太郎様

右の費途の全般は
一金参円也 (拾弐分月謝)
一金八円五拾銭也(下宿料)
一金六拾五銭也 (炭代)
一金参拾八銭也 (新聞代)
一金参拾六銭也 (油二升代金)
一金廿五銭也 (切手五厘)
一金参拾銭也 (三銭切手十枚)
一金拾五銭也(ハガキ拾枚)
一金五拾五銭也 (手袋一ッ)
一金弐拾五銭也(太陽一冊代)
一金弐拾五銭也 (ゼーピー娯楽部会費[1])
一金参拾八銭也 (さつき宝四十匁)
一金四拾五銭也 (写真一組代)
一金四銭五厘也 (一銭五ノ切手三枚)
一金拾弐五里也 (半紙五帖代)
合計拾四円九拾弐銭也、
外別ニ
一金四拾六銭 (シャツ二枚、シキフ二枚、一単衣一枚、エリマキ一枚ノ洗濯代)
二口〆拾五円参拾八銭
差引残金拾弐銭也
右之通相違無之候也、」

(二)

右表中に同費とおばしきものは写真なるべきも、こは致方なくとり申候ひしものにて候、これは近日中に御送附致すべく候、
尚只今此の手紙と一処に送り申す画ハガキはJP《ゼーピー》娯楽部大会[2]の折、福引にて小生に当りしもの一つはその正門(明治大学)一は寄宿舎(仝大学)一は第一講堂即一学年生の法科講堂(仝大学)に御座候、
三階の白きは今年出来上りし講堂三階は商科大学の商工鉄に御座候、二階一階は来年度校舎全部改築と同時に図書館となるべきものに候、
これは祖母様の御なぐさみにもと存じて差上候、
尚又
此画ハガキと小生の写真と相比較致し候はじ小生が如何なる面《つら》して如何なる講堂・校舎に通学致すかほゞ御察しあるべきを以て、右差上げし候次第で御座候、
尚今度の御送金中にて下駄を買ふべく決心致度候処、右の仕末に付求めゐね申候、
下駄は上京の際ハキシもの(黒沢尻にて買ひしもの)を只今まで用ひ居申候も只今はも早使用にたへざる有様に相成申候、
ことに、年末、年始に御座候につき下駄又足駄も(冬なれ雪ふる故)必用にはこれなし

買求め度候も、右の通りの仕末には
とても不費中にては求めかね申し候
付」

(三)

何卒下駄代として金壱円御恵投被下るれば
幸此上なく御座候(足駄一足ト下駄一足と買ふつもり)
学校には靴を使用なるも、その外は下駄足駄
を使用致し候(下駄送るなどとは申されぬ様願上候)
毎度御迷惑をかけ甚以て申わけ
無之候へ共、何卒御ふところの都合よろしくば
封入御送附被下るれば幸甚の至りに候、
御都合悪しくば致方無之候、
年末に五円の御送附は先便通に仕り通り
一文として下駄の代や何かにまはす処はこれなく候
は先の手紙にて御承知の事と存じ候、
尚一刻も早くと申すことに無之候、尚には
靴にて間に逢はせ居申候間、十四五日頃迄に願上候、
友人を訪問するにも又一寸買物に出
かくるにもしかし厄介手前なるも
のに御座候(靴をハキては)
小生は先にも申上し通り病気と申して
も先頃腹カタルにかゝりし以来一度も致
さず至極健全意気天を衝くもの
有之候間、御安心被下度候、

数日後に送るべき写身(真)を御覧の
上、小生の健在を御承知被下度願上候、
小生の杜陵にありし頃はや、もずれば
病気にて困りしも東京に来して」

(四)

こゝに約二ケ年無病息災、これ偏に
神力の然らしむる処かとそぞろに
感涙のほど走り出て申候、
来年二月はぜひ共中山の母君の処(3)に
参詣するつもりに決心致居候、
次に根岸の叔父の疾病全快の由一安ど
仕候、
又きく処に依れば亀一郎と整四郎(4)と
二人でどかへが逃る処を押へられた
との話、
これは真実に御座候や、少年の無分別
にも困るものに候、
又黒岩に流行病全治の由、
これにてまづ一安心致候、
只クマ子ブ(5)ばかりは困りったものに候、
シロ(6)の事は健存に候也、先の御手紙
にシロの事は書き無かるしが、
この御返事にはぜひ共願上候、
久作(7)君は入営の由、やはり近衛にて

御座候哉、
近衛なれば何聯隊なりや、つぶさに」
（五）
御報知願上候、
尚小生は今頃より毎日曜に午後一時より
芝区今入町なる有名なる文学家三宅青軒（8）
先生の門弟と相成り俳句の研究の為免通ひ居候、
先生当年四十二才、親切にて月謝一文
も取らず親切に教導被下候はまことに
人情紙よりもうすき今日の東京にては珍
らき人に御座候、
人はとかくの恵祥こるもさつて善人に候、
菊池先生やら手紙なども三宅青軒
と申せばアーアレカとうなづかるべく候
先は用事のみ、早々、
くれ〳〵も
御都合よろしくば金壱円御
送附の程奉願上候　頓首
十二月四日の夜　　廉次郎（印）
祖父
祖母　様
東京市本郷区湯島新花町参拾四番地
佐藤方止宿㊞
小原廉次郎㊞

拾弐月四日夜　投函㊞

注
（1）ゼーピー娯楽部会費―明治大学の文学サークル、
（2）JP娯楽部大会―廉次郎も盛んに活動か、福引きの賞に当たった、
（3）中山の母君の処―実母松枝は中山の法華経寺に参籠中、
（4）亀一郎と整四郎、亀一郎は多田亀一郎、整四郎は不詳
（5）クマ子ブ―廉次郎の育てていた猫の児か、
（6）シロ―犬の名前か、
（7）久作君―及川久作、
（8）三宅青軒先生―作家、毎週日曜午後一時から入門、

63、市内芝区今入町弐拾六番地
三宅青軒先生
御願ひ
（封筒のみ、中味無し）
本郷区湯島新花町三十四番地　佐藤方止宿
小原瓢乎拝
十二月五日投函

64、小石川表町五九
小原廉太《ママ》郎殿
（ハガキ）
丹野一三（1）儀五月ヨリ七箇月分月
謝未納ニ付十二月八日迄ニ納付可相成此
段及催促候也
明治三八年十二月五日
神田三崎町三丁目一番地

日本大学教務課

注　（1）丹野一三―盛岡中学、明治三十七年次生、廉次郎の友人、二戸郡福岡町出身

65、東京市本郷区湯島新花町三拾四番地

佐藤様方

小原瓢乎様

返信

（封書・巻紙）

私こそ御無沙汰致しますたから
幾重にも御ゆるし下されよねー
処して申上げ候
此頃者日増冷しく相なり候共
阿奈多様には何の御変も
阿らせられず御暮しの由
何よ里目出度存じ上申候、
次に妾事も御可げ様
越以て何のかはりもなくし
居り候間、憚りなか羅御安心
下され度候、当病院にて
も何事も面白き事などは
之なく候は、実に心細く義に
居り候、そすて者皆々御か
げ様にてきげんよく
暮し居り候間、一之内
御安心下され度候、
今年もはやくれて三拾
九年乃年を迎ふる
身と者なりぬれば
やう〳〵寒休み(1)も近
き候に付、阿な多様には
寒休み御家へ御可へり
に候か一寸御伺ひ申上げ候、
私の妹可津よも生れ何
の可はりなく候間又御安心
下さ流べく候、
一寸申上げま須がシャシン(2)越
一枚御送下され、御生でし
から（羅）ねほんとでしよ、
直ぐ御返事下さい、
左様ナラ

加藤せ津(3)拝

小原瓢乎様

十二月六日

和賀郡黒沢尻町和賀病院内

加藤節拝

十二月六日

注　（1）寒休み―冬休みのこと、

（2）シャシン—写真のこと、
（3）加藤せ津（節）—黒沢尻の和賀病院勤務の看護師、和賀病院は明治三十七年（一九〇四）諏訪神社の西側に斉藤丈太郎氏が創設された、

66、東京市本郷区湯島新花町三四　佐藤方止宿

小原廉次郎君

岩手県和賀郡黒岩

菊池忠平

（ハガキ）

御紙面被下さて当地の赤痢も漸く跡をたち凱旋兵七之祝賀[1]、所々に有之候、雪は未だ来らず至極小春之気ゆるやかに候、門前には小紛紜[2]質を候美は例の妖婦いう乃めかと推し候、真田舎治様立派な紳士として除隊帰郷致し候、真田元吉[3]氏は当校教員として著任仕り小《ママ》伝氏も其侭にて戻り平沢[4]にも真田排斥運動有之候、東京のみならず騒擾地方にも有之候、先は、

注（1）祝賀—日露戦争終わり凱旋兵の祝賀会、
（2）紛紜—みだれるさま、さかんなさま、
（3）真田元吉—除隊帰還の真田元吉
（4）平沢—平沢分校のこと、

67、東京湯島新花町三四　佐藤様方

小原廉次郎様

和賀郡立花黒岩

及川省三

（ハガキ）

はがきで送られた可らはがきで送るのではないか、僕が兼て御◯《金》が無き為めハガキデ御返事免し下さい、さて君は死ンダカト思ひ僕が手紙お上げません、然シ君も死ンタそーでも有りません、僕モ今ノ内は健全デ居りますた、ならびに母上やばさままめで居リマスタ、御安心下さい、今年は不作で米哉は豆なにかに半作にも行きませんから君もあまり銭つカンよしニセヨ、

68、東京市湯島

小原廉次郎様

（封書一枚）（荷物同封か）

寸楮、謹呈仕候、寒気相増し候、益御安静可遊御勉励恭賀之至ニ存候、降テ迂生モ無事ニ罷在候間乍憚御安心被成下度奉願上候、過日豚児ヘノ送餅送金ノ際千万之御手数重々甚御迷惑掛上何共難有御礼申上候、自今後度々

送品ノ際ハ御迷惑御願申上度候間、其節ハ何
卒幾重ニモ御世話被成下度奉願上候、豚児
不量見不行届等ニテ立身ノ道ヲ妨ゲ損
失ヲ招ク様ノ事相蒙候節ハ実弟同様
御遠慮ナク御叱正御教訓被成下何卒立身
ノ道ヲ趣ク様御教導被成下度、伏シテ奉
願上候、年内余日モ頗ル減少致候間御
保養専一御壮健ニテ御勉励御越年可成
候、匆匆、頓首再拝、
旧十一月十七日　　黒岩
及川善十郎拝
東京
小原廉次郎様
黒岩　新屋　及川善十郎　拝

69、東京市本郷区湯島新花町三十四
佐藤方止宿
小原廉次郎様
岩手県和賀郡立花村黒岩
小田島与太郎
（ハガキ）

謹啓
御尊書被下難有仕候、君御壮健ニ御勉
強之由奉大賀候　我々共も無事ニ
暮居候間他事なから御安心被下度候
尚秋者源蔵儀ニ付御手数を
煩上の外ならず御心配を懸上かへて
此方より御伺上ケ扁き所君より先を
越され赤面之至りニ候、此方より只今迠
御無音打過キ罷在候御宥免
下され度、当地方者稲作ハ平年之
ノ半作ニも至らず候得者不景気
申度き段無之候、就御無事
被御勉強あらん事
希望被願也
十二月十四日

70、東京市本郷区湯嶋新花町三拾四番地　佐藤翁方
小原廉次郎様
至急親展
（封書・巻紙一枚、附）

毎日続々寒く困り申候、両耳ニ而
難する由、其耳ニ不可飲(1)を用ひて
見よ、大概の耳ハ治るとあり、依而
能書を送り申候間、よく〳〵判断して
見てつけよつけるとみたものよりニ而
ひねりごむべし、すれハーむまず
直々痛ハ引ます、拾銭のな一本買整

用よ、治す事疑なし、全以服毒に
あらず、服毒ニ而斗り耳の病是無ト存ます、
此不可飯を一本を用て治せる時ハ
医師ニかゝる共、一先拾銭代を用るよ
能書ニ全快の者もありますから、よく見よ、
尚亦書物買求候処、支払ニ而困る之由、
就而ハ金壱円送附申候間、受取可申候、
若賞金(2)出るかと考ました、なれども
出きる節のた免に贈ります、若出たなら
報知あるだし、廿七日ニ送金仕者より
差引贈りだし候、兎に角廿七日か廿八
日迠ニ届候様送ります、夫前にと入用なら
別日てもよ路しハ前なら遣込かと存
ますて送りません、先達乃端書ニよれハ
書留ハ御免とありますハ如何なる事にて候哉、
只五円札一枚の事に又為替ニして乎
右の善悪之事報知あれ、
猶亦覚美ハ一の関より昨日帰り休業の事、
盛岡行ハ師範学校ハ廿三日よりの由、
在ゝの学校も廿五日より休業之由、
東京地方も大概の学校ハ廿五日より
休暇の事に存じます、
不可飯能書此の趣不斗切抜差送申候、」
羽織ハ森岡に染物依頼し置候者
未タニ不来旧廿八日(新廿四日)ニハ出来参り候ならんと
存居候間、出来候ハバ直様拵候間差上度の
所存候間、猶亦品物一所ニ来月分ト
一つニ贈り申度候、なれとも如何に成候也、
斗り難く足袋ーやー千《セン》羽織迄送り申度、
羽織ハ若出兼候節者一月の始に
なるかも知らん、何分早織取差上度候、
五円之処(様云ニ候得共)ハ廿七日廿八日迠届候様仕候間、
御責付無用たり、
耳治療方仕度事一先不可飯
用ひて治せさる節ハ医療可申候、
向四・五日過候得者送金可仕候、其後
委細問方の話書認免可申上候、
先用事而已　早々
十二月廿二日　　小原文太郎
(書物之儀も此次ニ　委しく書送べし) 小原廉次郎様
二白、申上候、此寒さに　御身大切ニあれ

占

一賞金　火水未済　(必ずしも出ますハ二十
　火地悪　一日・二日・三日の内ニ
　出ルト考、
　左ナリハ一月二日。三日成べし)
一耳の病　此原因ハ風より起こシ者ナラン

毎度頭ヲ打カ物ニ動転
雷風恒　スルカ是ハ耳ニ音ノヒキニテ
地風外　異情来スモニト考、「掛」雷風ハ恒
トアリマス。乾ハ風より生シたと有ます、
右ニ依而不可飯を一本用ヒひて見んよ、
只壱度斗り七・八叶ません、一本有内
つけて見んよ、
岩手県和賀郡立花村　小原文太郎
十二月廿二日

注（1）不可飲—煎じ薬か?、
（2）賞金—廉次郎提出の作品の賞金か、

71、封書（半紙二枚、住所宛先表なし）

冬至之砌御座候得共、御健全之由ニ而被成通
学珍重之至り存候、次に当方家内無異なく
暮居候間、乍憚御休神被下度存候、当地
方去廿日より雪降十九日大風ニ而街道の並木黒沢
尻黒岩より入口ノ方杯四五本根迠抜転ひ候、又ハ
人家の屋根、或ハ小屋の屋根こわ連候、大風ニ而誠ニ
困り申候、其御地杯ハ雷等も又々大風の事ハなく
是に案心仕候、今ハ冬之至冬中而中而寒さ最中に候、
就而者御身体大切ニ可仕候、当地方寒ひせバ殊に
さむく又暖かトせハ雨降り気候不順にして
困り申候、其御地も左にてあらんだに依而薄衣杯
ハ更而不致候様心遣可申者也、
時に浅草今戸の地方の痔之神さま[1]に参り申候儀、其後
何等の音信もなく候、若亦只今返参り不申候ハバ
今の處、休みニ参詣可然に存候、今戸地方申せハ
東京全図にて見れハ浅草北の方はツ連而在
郷之由見得申候、兎に角折を見合せ候間
参詣可申候、尚亦君も痔之由就而ハ参り
申候得者君のた免ニよ路しひとあります、」
先達而紙面に拠ハ廿六七日頃迠ニ金五円
入用之由ニ付、今日を以御送附申上候御入掌
可被下候、
時に大坂朝日社より未ニ何音信いま迠なく[2]
候哉、右ハ碇ト来る物而存候間、若当年中でなく
明年一月になるかも知連ん、何れにも其節ハ早く
御報知請上候、猶亦今之處で金配方迷惑候間、
（二月学友金）二月
ハ末ニ而も宜しくと申来候、何分ニも一月中ニハ貴殿の
存分通差上度候間待居見居被下度候、尚亦一月初旬
ニも出金成かもしれん、兎に角に末と存じ候而御待ちあれ、
時に祖母ハシャーチ[3]代壱円も贈り申度心組ニ候得共手ニたも
一文なし、送附不申候、一月ハ贈り申たぐ候間、何角換合買求
候儀ニ存候、先ハ用事而已　早々

十二月廿四日　　立花村　　小原文太郎

在京
小原廉次郎様

注（1）痔之神さま―本性寺に祀られている秋山自雲、
（2）音信いま逌なく―大坂新聞社第一回懸賞小説応募のこと
（3）シャーチ代―シャツ買う金、

72、岩手県和賀郡立花村黒岩舘

小原文太郎様
親展
（封書・半紙五枚）

受領証

一、金五円也、
一、メリヤスシヤツ　一枚
一、落厂　十二切れ
一、手拭　一本

右、正ニ受領仕候也
十二月廿七日夜　　小原廉次郎（印）

小原文太郎様

○未だ賞金は未着に御座候、○尚ヒゲ長札一枚の受領は先日差上し筈なれば今や届きしかとも存候、○耳の方はその後あまりよくもなければ悪しくもなし、不可飲はつけ居り候、○尚に熱の方はまだ止テズ、昨夜の如きは一睡も仕らず候、○アゴは腫れあがり居候、これには困り居候、○羽をりの儀はなるべく早く願上候、○最も新年には年始状其他にて　こむべきも小包は別に取扱ふものなれば紛失のをそれはなきものなるべし、○尚又あらやの件[1]、又ゝ御質問にあずかり申候に付一寸御答い申べしくく候、

○賞金未着、」

○美代治[2]を分家した處で公法上の制裁はなし、即刑法上何の罪にもなるものにあらず、○第一あらや事件は根本よりあやまり居れり○何となれば相続者即美代治は成年者即一ケの能力者たる以上は親族会議を開く必用なきものとこ、○万蔵叔[3]父の差出れ余計なる事と申すべき候、○万蔵に問ひ合はする必用なきものなり、○只直接美代治の自由意志に基きて行ふ方可ならん、○万蔵に関係せずして美代治に直接談判すべし、

○相続権侵害の件はをこし得るも満五ケ年間美代治が訴を起さざればあとは無効なり、起す処の権利なし、○美代治も承知の上の分家ならば何お美代治がたとへ万蔵の尻つゝきあるにもせよ誰を提起するわけにゆくまじ

○とにかく此事件をして満足の結果を

得んと欲せば万蔵に一言のことわりなく行ふべし、万蔵あるを忘れるゝを必用とす、○つまり万蔵なんかん決着なくやるべし、○しかし小生はまだ戸籍法を見ざる故、美代治を分家にする事を得る否やはまだ不知、○しかし考方分家し得るかと考ふ○また分家する事能はぬものとしてもや兄姉どのは及川家の財産の二分一即余り丈けは裁判に出してもどしてもうけ取る丈けの権利あり」

とにかく美代治にさえどの祖母様三人にてよく〳〵協議の上の事にすべし、前云ふ通り、万蔵叔父には何だの通知せぬもよろし、○勿論親族会議あるとすれば祖父様も出席する権利あり、又一方に義ムあり、○然れ共、右の場合には親族会議を開く必用なきものとす、その理由《ワケ》は前述の如し、即ち美代治が成年共なるの故なる、○美代治の如きまで万蔵が差出るとは不都合に義なし、万蔵は後見人にても乃至保証人にてもなきに於てはかゝる事にまで差出るとは不都合視るものなりとす、○美代治相続する時は及川家の財産を吸かうんとの計ならん、○かゝる時は義理にも久太郎(4)どのと一処に行くこと順当なるものなり、○とにかく、答えはあまり簡単に収ねれど此の如くに御座候間、出来るならば美代治を説伏して分家になすべし、無用の心配はなし玉ふな、万事不束なから小生後につき居候、」

(四)

○尚又本の事に候、○洋本にて買へば安すきには尤五遍なきも、文字細く活字のあやまり多く、註も又今人のやりしものなればろくなものなし、○とにかく漢文は註と云ひ紙質と云ひ○然も木板なれ誤字《アヤマリ》脱字等なければやはり漢書は古本の方よろしく存候、
○四書(5)などは必用なし、
○次に東京は毎日の雨、非常に暖かに候、
○日常にあわせに下着依ゐでよろしく候、○今後いよ〳〵内閣は更変るも様に候、
○西園寺内閣となれば小生等の学校即明治大学万才に御座候、
○内閣更変までは国民を取るべきも

その後はも早購読する必用なくなる
べく候、○つまり今までは圧制的に
国民を切、他の新聞を切、次処に依頼
せば国民を持来る等の事有之しも、
内閣変更後はそんな事なくなる
べくと此考候、」

（五）

新聞は新年中、十五日間時事と二六と行
くかと被考候、左様御承知願上候、
○二月より取るべき新聞包の中、何れにすべきや
考思中、祖父様の御意見もあらば承り
度候、
○都新聞三○銭、中央二○、読売三○、
○日日三○銭、毎日二八
右の中小生は都か、読売か毎日か三つの中
に致す考へ尓、中央は此處、非常に
悪しく相也候
御地のも様如何に候也、雪は如何、
尚又衣者き制作のヒヂ
カケハオリと一しよに御送附を
願い上候（家にあるものにてよろし）
先は用事のみ　早々
因に曰ク○昆清[6]は月給十円もに相成
申候、

先は御返事まで　早々
十二月二十八日　　廉次郎（印）
小原文太郎様
二月初めに転宿するつもりなれば二月分は、
そのつもりに御送附願上候、
東京本郷湯島新花町三四　佐藤方（印）
小原廉次郎（印）

十二月二十九日投函（印）

注
（1）あらやの件―文太郎の叔父万蔵と美代治の関係か、
（2）美代治―及川美代治、既に死亡か、
（3）万蔵―及川万蔵、祖父文太郎の叔父さん、
（4）久太郎―及川久太郎、
（5）四書―礼記の中の大学・中庸の二編と論語・孟子の総称、儒学の枢要の書、
（6）昆清―昆清左衛門のこと、

明治三十九年（一九〇六）

1、東京都本郷区湯島新花町三四　佐藤方止宿
小原廉次郎君
岩手県和賀郡立花村字黒岩
小田島妙仙人拜
（ハガキ）

恭賀新年
旧来之疎音を多謝す
月日は早く自が顔乃毛乃荒くすさびて日に増し
年寄るにつれて冥途の旅も早、半を過ぎんとす
新しく迎へる明治三十九年と月日吾人が頭上に如何
なる運命と降らしさんとするか
君は益々勉学して益々多評なれ!!是不肖
妙仙が満心をこめて祈望する所なる恐る　乞
一月元旦

2、東京本郷湯島新花町三四　佐藤様方
小原瓢乎君
S参多
（ハガキ）

謹賀新年
併謝平素之疎遠
尚祈将来之御厚情
明治三十九年元旦

3、本郷区新花町三四　佐藤様方
小原瓢乎様
賀　詞
（ハガキ）

賀正
益祈御励精
丙午元旦
蛎売町三ノ一　土岐内
白川生

4、東京市本郷区湯島新花町三十四番地　佐藤様方
小原廉次郎様
（ハガキ）

謹賀新年
久しく疎遠謝し奉り候、小生無事
越年仕候間御他事御安心被下度候
尚貴体之健全を祈り候
元旦
菊池忠平

5、東京市湯島新花町三四　佐藤方止宿
小原廉次郎様

（ハガキ）

謹みて新年を賀したてまつる
明治三十九年
一月一日
和賀郡黒岩
及川くきえ

6、東京本郷湯島新花町三十四　佐藤様方止宿
小原廉次郎君

（ハガキ）

恭賀新正
明治三十九年正月元旦
和賀郡二子村
田村敬造

7、岩手県和賀郡立花村黒岩舘
小原文太郎様
親展

（封書・半紙四枚）

（一）

受領証
一、金拾六円也
一、羽織　一枚
一、袷　一枚
一、ヨーカン　二本
一、足袋　一足
一、ヒチツキ　一個
右金員併に右記品〻正ニ受領候也
壱月七日
小原廉次郎（印）
小原文太郎様

東京地方は寒気も無く候へ共（風の為め）近来は早や梅もホッ〳〵ほころび初免申候、
今一週間もたてば満開に相成るや如に被存候、
御問合はせのあらやの一件、これは頗るの事件にて旧民法時代に属せし事なれば旧民法を見ざれば解する事能はざるも美代治の生れぬ以前或は美代治の戸籍上の身分相不明なれば確答致しかね候、美代治の戸籍上庶子なるとき、又久太郎氏は巳《（美カ）》代治出生以前養子と相成しものならは請求権有之候、
たとえ請求権之有も親族間に於て告訴と云々とはあまりに結構なるに候はねば親族、特に祖母様さへ（二）どの合議美代治に注告の上田の今百苅もくれる様子」

（二）

にした方は得策かと被存候、これを訴訟に致せしものにせよ、訴訟の入費丈けザット三四百は

かゝるものなれば帰する処、弁護士の腹を肥やすもの故、これは止めて示談に致す方よろしかるべきかと存候、
尚又次に及川万四郎[2]の事、及川は台湾より云し御返事の儀は小生の住処を知らするも差支なし、されどこゝに一言と祖父様に注告致しをくは、彼れの帰国致し上京の際なども決して小生への学費などの届方御依頼被下ぬ様願上候、傲慢何等の学問となく何等の卓見もなく口先き一つで世渡しする人間はあまりあてになるものでは御座なく候、小生は何等の理由ありて万四郎を悪し様に云ふものならねども彼れが台湾に於ける現時の素行、東京に於ける以前の行状、彼れと云ひ、これと云へあまりに信頼するに当る人物には御座なく候間、
祖父母様にはその處、よく〳〵御のみ込みの上御あいさつを願い上候、」

(三)

さればとて強いて遠ざくるに及ばず只単に父君の弟子[3]の万四郎と思へば差支なし、祖父母様には万四郎東京に住する件は小生を案ずるの念うす〳〵丈夫の気あるべきも、そは空たのみと申すものに候、村井長庵[4]は実の弟を殺すまして犯人に御座候、
たとへ我家とは如何なる関係あるとするも多年或は東し或は西し、未だ一定の職業にありし事なき人間は金銭以外に人情は解せぬものと見て差支なきものに御座候、
大丈夫四方に遊び天下を志し四十未だ家をなさずと申せば大相《ソー》エラそうに聞こ由るも三十以上になりて家もなく妻子もなく台湾より三界までブラツイて何等のな可処もなく又もや東京に舞戻る意ク地なさ、小生は愛憎もコソもつきはて申候、
彼れの人物はこゝに話する迄もなく祖父母様、先般御存の事なれば云はず、要するに三文の価どころか一文の価もなき人物に御座候、」

(四)

如此存候故、小生上京以来こゝに二越年未だ万四郎に書信せし事なし、只くれぐれも除去致すは遠ざくるにも及ばず近かよせる

にも及ばす相応に御アシライ被下る様
願上候(5)、
小生も彼の上京後は単に友人とし
てよりは故郷即同郷人として交際
するのみにて親密の交際はなさぬ
考へに御座候、
次に耳《ミヽ》患の事に御座候、
これは未だ全快致さずとにかく今
一度今後の厄介にならねばなさぬ
かと考居候、
歯の方は不可飲にて全治致し
只今は腸泊致し居申候、
御安心被下度願上候、
先は用事のみ　御返事まで　早々

一月八日　　廉次郎

祖父
祖母　様

東京本郷湯島新花町三十四　佐藤方　小原廉次郎（印）
一月八日　投函

注
（1）さへ―及川さへ、文太郎の親戚、美代治の妻、
（2）及川万四郎―及川万四郎（一八七四―一九一七）前念誦の生まれ、廉次郎の父、悦治の弟子という、当時、台湾日日新報の記者、後に廉次郎を各新聞社に紹介する。
（3）父君の弟子―及川万四郎、廉次郎の評判が芳しくない、
（4）村井長庵―歌舞伎狂言「勧善懲悪覗機関」の通称、講談「大岡政談」の脚色、医者村井長庵の極悪と手代久八の実直を対応させ、小夜衣と千太郎の情話を添える、後に『母の罪』等の作品によく登場させる、
（5）アシライ被下る様願上候―万四郎を非難する、

8、東京市本郷区湯島新花町三十四番地　佐藤様方
小原廉次郎様
親展

（封書・巻紙）

歳端御祝詞謹テ奉読仕候、先
以テ俊契益御安静被遊御越歳
恐悦至極ニ奉存候、随テ迂生モ無異
加齢仕候間乍憚御休神被成下度
奉願上候、昨年中ハ別シテ非常
ノ御厚情ニ預リ万端御世話ヲ蒙リ
恭奉感謝候、旧年中ハ斯ル御厚恩
ヲ蒙リ乍ラ兎角御無沙汰ノミ致居
御申訳無御座候處、却テ御懇篤ナル
御謝辞ヲ蒙り汗顔之至りニ奉存候、
御年賀モ甚遅延御申訳無御座候へ共
處位宥恕被成下猶本年モ旧ニ倍シ
御厚情御愛顧ノ程偏ニ奉願上候、
扨軽少乍ラ御年玉ノ印マデニ
郵便券進呈仕候間御受納被成下度願
上奉り候、先ハ御返答マテ　恐惶百拝、

○子ヲ知ルハ父ニ如カズトハ古人ノ言ナレド今ハ遠地ニ手離シタル倅ノ事ナレバ只通知ニ依リ学問ノ修業、職業ノ勉励等ヲ知リ得ルノミ迚モ耳目ノ及バザル所ニシテ其修業ヤ偏キ等実地視察ノ上諭示訓戒奨励スルコト能ハザルニ付、何時モ御願申上置候通り御迷惑千万、甚タ恐縮ノ至リニ候へ、豚児ノ監督ハ尊契ニ御願申上ルヨリ外他ニ方法モ無御座候間、何卒豚児ノ不行届、不料箇、不勉強等豚児ノ精神行為ニ関スル一切ノ事ニ付宜シク御戒諭、御勧告、御教訓、御奨励等立身ノ道ニ趣ク様御世話被如下度伏シテ奉願上候、前述ノ如ク豚児ノ立身出世ハ尊契ノ御教導ニ依ルニアラズンバ到底能バサルコトナレバ何卒御愛憐ヲ垂レ賜ハレンコトヲ偏ニ奉願上候、

毎度御手数掛上御申訳無御座候へ共、近日中御祖父様ヨリ御送金ノ由承り候ニ付、小生金七円御依頼申上、同時ニ差上候間、豚児へ御次デノ節御渡被下度奉願上候、内金弐円ハ密送ニ付、今度投函ノ手紙ニハ金五円受領ト記載、残ノ弐円ハ秘事トシテ小生ヘノミ通知スベキ様、豚児へ伝付被下度是亦奉願上候　頓首再拝

明治三十九年旧正月　黒岩

及川善十郎

東京

小原廉次郎様

和賀郡立花村黒岩　及川善十郎拝

9、東京市本郷区湯島新花町三十四番　佐藤翁方、小原廉次郎様　親展

（封書・半紙二枚）

張御府(1)三枚

此頃雪も積り寒厳しく温度二十五度迠下り二十三度もあり（有二）、就而ハさむくて困ります、尚亦に熱ハ全快との由、耳ハ如何なれハ、今般張御府とあり御熱の耳の痛かと考ニ候夜分ハ君の用る事でハ無かと存られ如何ニ候や、猶亦東京地方ハ寒ハ去年の今頃よりハ当年の今は寒ハさむしや、当地方はさむひでず、猶東京地方ノ梅の綻ぶやの由、新聞ニ而承り、梅の咲とせハ当地方ハ三月なるべし、今ハ正月也、今一百日も過《スギ》なけれバ咲きません、それバ当地方の三月頃なるべし、併我共毎日炬燵ニ斗りニ当

暮居候、当家幷親類迠皆〻無事罷在候間、
御安慮可被下候、そこて三本木の忠七(2)この宅の長吉(3)、
三本木の喜重郎(4)、親類の物三人共福島県の鉱山(5)
ニ働ニ発家仕候、尚亦喜一郎(6)ハ盛岡農学校ニ入校
之由、あらやの東の久(7)ハ一関中学校に参致之由、
あらや前の左吉の弟(8)
も参り度の由、風聞有之候、是よりハ皆〻中学に
入校するです、時に礼穀(米)ハ昨年の半額ニ而候
間、御腹入有之度候、米壱俵ハ八円八拾銭位、大豆
五円七八拾銭位なり、少々能所あ連ハ半分にも
なくハ三分一なり、場所ニ拠り稲百ニもみ五六斗
位の所も阿り、已ニ飢饉とも云程の年ニ而候、中下りの
百姓ハ米壱俵位か外ハ持ません、夫ニ付困る(9)、」
時事新報(10)ハ毎日来ます、二六(11)三日一度二日一度来り候、
若いつ迄も二通り見読するから二六の方三日ニ一度
送り被下度候、それハ月ニ五銭価位ニ而よし、私の見るニハ
時事より二六の方よんでず、それハ拾六銭ハよどみ
まず、偖二月の二六紙止るとの事も承り候ハそれハ
時事新報とも宜しく候、迚も一日ニ二通リ見る
事ハ叶ません、依而一通ニ而沢山です、
二月分下宿料ハ二月一日と存候ハバ雪降り風でも
なくハ二月一日を以送金可申候間、左様可得心迠候、
大風でもあり候得者一日位延引ニなる事もある
べし、〳〵若都合ニより下駄又足駄ハ如何候や、
長命草ハ雲竹三組三拾銭位ハ御地よりハ安価
候や、右ハ何角送附之期日ニ貫目行違ある節の
たゑ為二後日送附一一寸伺ひ仕候、
当地方ハ寒ハ烈しく御地も左もあらんと身体大切ニ御保養
風邪とも不受様専一なり、先ハ用事のみ　草々

一月廿六日　　小原文太郎

小原廉次郎殿

猶申上候、張御府ハ何に用ふ成候哉、出来申物乎、
端書ニても報知、

岩手県和賀郡立花村黒岩舘、小原文太郎
一月廿六日

注
（1）張御府—御祈祷した札か、
（2）忠七—三坊木の小原忠七、
（3）長吉—小原長吉、後北海道に渡る
（4）喜重郎—多田喜重郎か、
（5）福島県の鉱山—
（6）喜一郎—小田島喜一郎、
（7）あらやの東の久—及川久、現及川剛家
（8）あらや前の左吉の弟—現及川一郎家
（9）困る—農村は凶作の様子、
（10）時事新報—明治十五年（一八八二）三月、福沢諭吉創刊の日刊新聞、
（11）二六—二六新聞、

10、東京市本郷区金助町二十七番地　同盟館内
小原廉次郎様

岩手県和賀郡立花村
小原文太郎
（ハガキ）

二月十三日

追啓申上候、愈無異被成通学之由、観悦至ト存候、次ニ当方家内別条是ナク候間乍憚御案神被下度候、扨只今迠ノ下宿屋ノ祖母サンハ病気ニ付移転之由申来候ハ十日出之端書、十二日ニ着ス、尚亦十三日ニ十一日ノ新聞来候、其ノ転宿ヲ知ニ付端書申上候ハ十二日ヲ以て為替郵便ヲ湯島新花町トシテ差出候、若御届ハ無之ハ右之所ヲ尋問スベシ、黒沢尻ヲ十二日午后一、投函仕候スレバ十三日ニハ午前ノ内配達ナルヤト存候、右転宿仕ニ付為念申上候、先ハ用事而已　早々　不一

11、東京市本郷区金助町第弐拾七番地　同盟館内
小原廉次郎君
岩手県和賀郡立花村字黒岩
小田島主殿
拝
（ハガキ）

二月廿四日投

饑饉！飢渇！饑餓！実に東北八十万の人民今や死せんとす、食する物なくんば安んぞ生命を保し得ん実に惓ならずや、惟ひば吾等も其数に連れるの者なれど幸にして未だ死する迄の困に極まらずも無安神せられよ、『米は取れないし銭はないし惜し人もない』とはこれ飢饉の叫びの声ならずや、嗚呼こんな年には弐度と合ひたくなきものなり、君果して如何となす、東京は景気如何、地方の景況概ね如斯君の祖父母両位共皆健なり安神せられよ、ヘナブリ雑誌[1]中君の物せしを拝見した、大分手が挙かつたと見える、益々壮励せられん事を、

注（1）ヘナブリ雑誌―明治三十八年十一月創刊の雑誌「ヘナブリ」

12、東京本郷区金助町廿七番地　同盟館内
小原廉次郎様
杜陵
及川茎枝
（ハガキ）

三月十一日

こしの津る朝日の影もうら〜とのどかになり申したへど袂ふく風の未だ寒く朝な夕に志のぎさへ堪へがたきこともま丶有之候折柄ゑもあらせられず日丶御勉学之由　佳さまなきことと存じ上候、今更申し上ぐるにはご座ねど月日に関すなれども・・・いつの間にか三とせる春程めくりこし年月すみなれし学び舎を立ち去ねはならぬ月

と相成申候、この一学期　この教生時代如何にして暮らさんと
存じ候、
つゝも早授業日数残すをなすと相成候（一週間）如何はせんと
考へつゝも
高三四年の女有耶気なる生徒なれば・・・・、とりくじて故な
れば自分の生活
今日に立ち至りそべはなんとなく教へる頓に生等と生別するも
却て思義と
知る事も有之候、もやらに申すも或は落の字を頂戴するかもは
ならずや、
いばしを、いづれ任地定まり折は早速御報申上ます、先ハ
御身御大切に　いつもひまなき心地御せきにて

三月十一日

妙仙人

（ハガキ）

13、東京市本郷区金助町第弐拾七番地　同盟館内

小原廉次郎様

岩手県和賀郡立花村字黒岩根岸

過日は川柳雑誌御恵贈に与り
難有拝見した、兄が狂歌の撰者[1]になつ
た様であるが御目出度し、実に面白く
拝見したかの菫星亡国論はまことに
よく出来て居る、皮肉に喰ひ入る様な
處が箇所々々に見える妙手々々
感服之外なし、折角御自愛を祈る、
余は後日拝述申上可ぐ候、匆々、

注（1）撰者―廉次郎は瓢鯰坊と号して六名で結社を作るか、

14、東京市金助町廿七　同盟館内止宿

小原瓢乎様

親展

（封書・便箋五枚）

御玉章有り難く拝見致しまし多、私こそ
御ぶ沙汰致しま志てすみません、
御許し下さい。御祖父母様へ差し上げ
ました、手紙届くや否や少し心意し居り
ましたが幸にも届きました様で誠に
うれしう御座へました、・・・・・
貴兄君は御障りなくお勉強の由、
御目出度く御座へます、私しは三月上旬
より下旬（二十四日迄）の間、凱旋兵の歓迎
の為に少しばかり身と眼とを悪し
く致しました、当地の医師にかゝつて」
居ります、然し大し多事もありませんから
御心安く思召下されませ、では御言葉にあま
いますし、其雑誌をお貸し下され度御願ひ
致します、（川柳とか）、女子文壇愛読致し
て居ります、（女子文芸とふ人画報も）

手紙や絵はがきは昨年迄は度々参ります
し多が本年からは一向参りません、ハイカラ
風や表面的美人は大ゝ的反対ですから
御安心下さい、吉原静枝(1)さむから妾し
處へも参りました、同封致しました、
年始誌も参りましたがやりません、ただ」
一回通常はがきやりましたのみです、
故姉さん（雪枝さん）から吉原さんの事は
きゝましたから交際致しません、妾は
下手に横好きとやらで好みますのよ、
ですからねたみ下さい、姉さんもこうは教
へて戴きましたが、如何にせん逝きふされ
ました、呼天運ですか、仕方あり
ません、私しは姉さんは真実な御兄妹と
思ふて居りました、何卒妾は雪枝
子さんの妹で終らして下さい、姉さんの
清き心は私しは初から（初めて手紙下さる中）」
明りましたのよ、貴君の（今度の）御手紙(2)を見
て父母詰共に泣きました。呼妾を姉（雪枝さん）
の如く思召す由、何卒寓妹と思召して
下さい、私し處へ参りまた手紙は勿論十中
八九迄男子の手紙は無論、父母に見せます、
ただ一人で見て居りましたのは姉さんの
限りです、それも見せたのは有りますし、
男子と申しましても貴兄と新顔の
人限りですから御安心下さい、
「うらぶれて」の歌は兄さまの御身の事でない
のですか・・・・、」
まだ〲書きたい事があります
が今はここで失礼致します、
三月二十六日午後十時記ス、　　妹より。
小原兄さん
御手紙今日の五時半頃落手致し
ました、
分家一同よりの手紙と静枝さんの手紙の字
とは同人の手稿らしへですね、
北海之果より　本郷直枝子
三月二十七に夜投ヅ

注
（1）吉原静枝—静枝の「枝」は「江」が正しい、後に廉次郎と結婚する、
（2）御手紙—瓢乎（廉次郎号）は自分の生い立ちを手紙で直枝子に知らせたとみえる、雑誌「川柳」の中に「直枝子」とあるが本郷直枝子を指すが、廉次郎の使用例か、

15、東京市本郷区金助町弐拾七番地　同盟館
小原廉次郎君

（封書・半紙三枚、附二枚）

（一）
先頃中とは此十五日にもならず、暖く相成

申候、貴殿ニハ少敷　何日もより気
分勝れなき様なる紙面拝見仕り何んだか
いやに消極的なる手簡にて小生もどうしても
涙っぽく相読き相□候、
所詮如何なる心配か兄の胸中にわだ
かまり居り候や、実に懸念に絶へず、
先頃其辺迄書き及ぼそし思考
五之書き初め申べすが如何せんハ
ガキの上にて極思う半分だも申し得ず、
先斗より何んだか薩張訳の了らぬ
事書き終しのみにて送り被申候は貴
殿も読んでミたし、御笑ひ遊さ出し事
と迄御座候、
今回は先日の続簡にて候文字は例之」

（二）

通り極乱れたる者にて有之、実に読み
にくゝ、可有之御察し申上候、直（ママ）敷
御推察御判読被下度願上候、
意気天を衝く風姿山嶽を動か
す程貴殿は如何なき候、斯日は委出
たる等はあまりにもろきにあらずや
と果は頭を傾けて君が筆の跡をゆ
くりなく掻きさがし、幹付けハ、年々の
元気の幾分かとみとみ免得んものとすたき
一返見弐返へ免し再顧再読すたれど
更に其度の弱きを愈々見出しのみに候、
余が此上でみは元なかりき、
果ては兄が我れし文の跡などに思ひ及
御さあらぬく空想等は登止余が
感激をいと深からしめたるなりき」

（三）

余に此時初めて乱出し文字は却つて
音情の正直を顕はせるものなるをさ
とれるなりき（ハガキにてや斗る文字は
其際に於ける余が空想を撰述せ
しもの）而して余は正直なり手紙と題
して妙宗誌に掲載し得る
又是れ一文を投稿せし候、君よ誤
解して玉ふなよ、正直なる手紙と題
せるとて全く君の手紙を投稿
せるのものにてはあらさるを余は
　◇乱筆の音情
　◇活字の冷情
この二者を一通りの学問的に書き
て送るに止まるもの全く君注解
するなかる人を願候」

（四）

君何か心配あるなら余に告げよ、

余は君の従弟たるなりや、何ん
のはじかる處やある、
○従兄弟にて　○親友なり
此の著にて書憚る處なきを存す
読本・読本請って憂ひを余すも
分か了よ、余は君にたけの慰嬉も
を君に致さん、及ばさる處は元より
通比君も亦及はさる處を余子
孫にと者にあらざくとを違はず、
御返事居被下居仕候、
次に同窓会報告申上言
清左衛門も廉平君も御序であ
らば何卒も何日ても宜しく候
妙仙人
瓢子の己に

（「法華経雑誌」百号の事）

◎今回妙宗雑誌、吾は百号祝其他の祝賀を表する為の祝刊妙宗手引草と申す実本出判相成御□御被下御座候、是非御買ひ求め見られ多く奉祈被候、

◎今回開かるべき妙宗百号祝賀会に必とも盛会の様子に御座候、是非共御参会其実景とを見て御帰りに来成度候、尤も薩摩ビワや其の他の新趣向の余興御在之候模様迠御座候、

是非共百号祝賀会には御参席の上同窓会の土産をドッサリと御持ち帰り被下度願上候、

右百号祝に参列するか否やを御返事被下度願上候、法味を得させん為め年会費五□(円)も査敷打様の広告にて御座候、確りと何日聞く迠も年之候か、四月の中手なかと小生推察罷在候、確実報告は、今日待に到着配達なかき、妙宗に評記存被存候は其時は知次第、又丶一報申し可ぐ、是非判刊店□□ん程被仰下度候、

◎来る夏期の土産には其話しでもう御山で御座候、実に非常に嬉しかるべ早々に存じ喜び居申候、

此様なる不景気でもなへなら行つても見たいけれど乃ばないし何しろ又態丶こんなに行つてる拾□てもなかろうしと思ふので幸ひ君東京に居るから君に見て来てもらいたいと思様なものさ、

何れ又丶申する可成紙数□□相成書と□□欄書候、

（同封書簡）

△同窓会記事

本日廿四日　同窓会(1)例会場ニテ挙行致サレシ候、
実ニ遺憾ナル所ハ君ノ不在ノ一件ニテ有之候、之ト
小生一個爾ク思考セシニ止ナラズ山田君(2)　省三君(3)
其他ノ役人一切皆同感ニテ有之候、如何セン三百里
ノ山河ヲ隔テタル處　ソレニ明後日挙行スルト曰フ今日
（前ノ辰之助殿(4)ノエミ明ケノ日(5)キヨノニ頼ンデ案内状
ヲ寄越シタ）知リ候ヲ以テ沖モ君ニ充分ナル報告
トテハ余ヨリ出来不申候、是辺御諒察被下度候、
今年ノ夏期ハ貴殿ノ帰郷ヲ待ツ、非常ナル勉強ト

多大ノ奮発トヲ以テ大々挙行致ス可キ筈ト御座候、付而ハ貴殿モ奇芸ヲ土産トシテ献ジラレタク村人ヲアット放笑サスル程ノ事ヲ御願申候、夫レカラ、
　薩摩ブワト　落読ヲ
其ヤル形カラ其文句カラ委細覚エテ来テ、教エ之タイ　御願ヒダ（今度の妙宗百号祝賀会[6]参列の辺）
先ハ同窓会ノ記事を順序的ニ記述スルト、
◇此日ハ雨ハ降ツタケレイエドモ意外ニ来員ガ多カッタ、ハ午後一時頃ヨリ引キモキレズ八十名計リノ大ニ相成申候、是ハ大書広告シタ故モアルデアロウ、会員
開会式之辞（会長菊池忠平氏）　我等ガ青年時代（斉藤[7]）」
元作（山田要八）、学年ト胃病（中島巡査）、
同窓式ニ望ムノ辞（昆友次郎[8]）、製香異論（妙仙人）
以上六人にて有之候、

　予興

手品、皿廻ハシ、其他種々ニテ新趣向、義太夫（小松道二[9]）、
楽隊、チクオン、前世ノ占、異装行列、
（八人ノ異装、紳士、美婦人二名、大（和）尚装附小僧、
乞□、アンマ坊、シバヤの番当）、此余興中、
小松道二乃義太夫宜敷御座候、何人の夫才は立派乃者にて有之候、其次には山田君ノ皿廻シ十分以上も廻シ居候、本人は最も得意乃術とテ嘗而農学校運動会際余興に皿廻しつゝ会場を一周致せし趣きにて御座候、此次ぎはチクオン機吾有之候、山田ト斉藤源吉君と二名ニテサノサ節、エトサ節、其他種々乃面白き歌唄ひ申し、実ニ開会以来未曽有ノ盛会にて有之候、今年の来る夏期には一層君等の帰郷を待つ、花々敷く開会致し申可く、会員は次会を楽しみに目出度解散いたし申し候、
　以上粗蕪極まり拙筆委調を尽し得ず而談節詳からは被可白候　乱筆失敬、

　　岩手北上河岸乃
　　小田嶋妙仙人拜

参月廿七日投

注
(1) 同窓会―黒岩小学校同窓会
(2) 山田―山田要八、黒岩小学校高等科同級生、万内出身、盛岡農林生、
(3) 省三―及川省三
(4) 辰之助―
(5) エミ明―忌明
(6) 祝賀会―主殿の信仰する法華経の「妙宗百号記念」
(7) 斉藤―斉藤豊治先生
(8) 昆友次郎―黒岩小学校高等科三回生、
(9) 小松道二―宿の人、ハガキあり

16、東京市本郷区金助町弐拾七番地　同盟館

小原廉次郎様

用事

（封書・半紙二枚、切手ナシ）

御増春を迎ひ三月節句過候得共雪ハ大分阿り、当年の様な年ハ七旬相成候得共曽不知、御地杯ハ雪杯ハ見申度も有筈是なく候、愈御皆堅勝(ママ)ニ而罷成り勤学之由珍重之至り存候、次ニ当方家内幷親類ニ至迄も皆〻無事罷在候間乍憚御安神被下度候、就度、（菊池ハ）[1]昨年旧十月だか十一月だか洋服持参いたし、而今旧二月一日迄買ともなんとも不申候処、旧二月朔日を以て右洋服持参候訳ハ本ハ小田島伝兵衛[2]江世話仕候得共代価不払候ニ付伝兵衛より菊池に取戻し同人着し候得者づぼんハせまくてかゞむ事ハ不出之由ニ而持参仕候、併伝兵衛着用仕事拵定なるは損しも有かも知不申候、尚亦斉藤源吉[3]も右様な事申候、外套ハ右度〻着用仕候、尤もいりハせまく候間拵直し[4]申との事、夫とも返し度由申し来り候付よく〳〵而申候、右ハ貴君家ニ居候時之事也、未にニ家ニ持参不仕、右ハ年(念寺)にのまる(ママ)宅に売て被不致ニ而人参[5]ニあり、今にし商不成かも知連ん菊池ニもせ源吉ニもせ御断申度候得共両方ニ而十円たらずの品なり候得者御断りも不申其侭に差置申候、右之段可得御這度、若も金山の方に商法ニ仲居みき[6]又三本木みよ[7]の両人ハ西の隠山江左子[8]持参仕度趣、其節者持参するかもしれん、其節依頼申度く候、去みよの[9]ハ祖母の拵物を商候、」扨先達而も被仰越候雑誌社[10]之事、右ハ日曜日に斗り行候か、尚亦一日置ニも詰合する物乎、猶亦原稿斗り書きて過し物か、兎に角熱心に取掛かり申間敷候、学校済て[11]の後なら格別、猶に心苦しても病となる夫故ニ日間《ヒマ》に任せ原稿斗書なら差程之苦にあらず、猶亦月給とかの様な事有之候得は又丈夫○掛ます、就而ハ見合方かと存ら連候、[12]猶去年耳江熱ニ而難ずる由、今ニ至り促(ママ)る全快候や、全快の事ハ永候得共其後ハ再発なとありてハ困ると存伺以仕候、何分にも食物に気を付油こひ物杯を不食様可申候、時而雑誌菊池に二度ニ送附する風なり、送る事無用而存候、訳ハ先日、菊池洋服持参之節咄にハ廉次郎君雑誌ハ地口の様な事書ひうの事[13]、志連ば訳之分らんかと存候、主殿ハ左様な咄を不申候、同人ニハ兎に角送附不申も宜し、幾らか賃ハかゝりて申と存候、先ハ用事まで、早々、来月中山[14]に参詣仕度ニ付一円入用之由、来月迠幾等か送附被申候間、右可待迠候、

三月廿九日　　立花村　小原文太郎

東京　小原廉次郎殿

黒岩舘　小原文太郎

三月廿九日

注

（1）菊池—岩崎の菊池某か、

（2）小田島伝兵衛—上宿の伝兵衛、黒岩小学校先生、明治四十一年四月から大正十一年まで、

（3）斉藤源吉—黒岩小学校尋常科、明治三十三年度卒業

（4）拵直し—作り直し、

（5）人参―舘の念誦のこと、及川姓か、
（6）仲居みき―舘中居、工藤姓、
（7）三本木みよ―三坊木
（8）西の隠山江左子―
（9）みよの―及川か、小原か、
（10）雑誌社―「川柳」雑誌か
（11）学校済て―大学卒業してからか、授業終えてか、
（12）見合方かと存ら連候―月給でも貰うならの意味か、
（13）地口の様な事―田舎の様なことか、「川柳」雑誌を指すか、
（14）中山―母松枝の参籠する千葉県中山の法華経寺、

17、東京市本郷区金助町廿七番地　同盟舘内
小原瓢乎様　（封書・巻紙）

例の乳華御免下さい、
其後阿奈多様には如何
御暮しあそばされ候や
一寸御伺ひ申上候、
当地之此の頃の二三日の天気
つづきにて慚々雪もきえ矢《（外）》を
散歩等之最も適当と
相成候、御地者さぞ今頃者
桜も御まん開ならんと
推察し申上候、
付きては私も何かすばらし
き品を差上たくと思ひ
居り候らへども都とはつがひ
免づらしき品折角さかし
候らへども之なくに付き、
日常必要な靴下一足サと
スオリ阿んまりおはづかしく
候へども差上げ候間、
御受取り下され度候、
阿な多様より送られし
ヘナブリ雑誌[1]を面白く御座
候て送られし二・三日は御なか
をか、ひて笑ひ申候、
―　―　―
まあ今夜は十時だから
やすみましょう、阿な多様
も御やすみなさい、
グートバイ
加藤節！

小原瓢乎様
四月二日
和賀郡黒沢尻町　加藤節子より
四月二日

注　（1）ヘナブリ雑誌―雑誌「ヘナブリ」は三十八年十一月創刊、小原瓢乎も初めから参画するか、

18、東京市本郷区金助町二七　同盟館内
小原廉次郎様
（封書、外一枚）

きのふ今日は何處も春の光みち
渡りていとのど〳〵しくまことに
しのぎようなりました、折からます
〳〵御健全に渡らせ玉ふ事と
推察致して居ります、
やう〳〵のことで不肖の身も卒
業の栄を担ひ、黒沢尻小学
校(1)に赴任命せられ日々出
勤いたして居りますから
憚りながら御安心下さいませ、
先つはとりあへず御知らせまで、
御時節から御身御自愛なさいまし、
余は後便にて、

及川茎枝

在京なる
小原瓢平様

東京は花盛りたかどうか知りませんが、
このさくら(2)は母校の池の辺より
折りとって来て内に持ってかえったら
咲きましたから一輪二輪封じて
あげとう存じます・・・、

3/4 岩手県和賀郡立花村　及川茎枝

注
（1）黒沢尻小学校—黒沢尻町の小学校
（2）このさくら—茎枝が桜の花を手紙に同封す、

19、東京市本郷区金助町弐拾七番地　同盟館内
小原廉次郎様
親展
（封書・巻紙二枚、符一）

送附金拾六円として差上候ハ
私ニ而間違候、五銭銀貨拾枚
差上候事相違なし、右ハ拾銭の
気取ニ而差贈り申候、紙面（披見）之上
心附申候、依而金壱円送附候間
御入掌可申候、今般は只封入送附ヲ
申度見込ニ候得共、廉平ニ借候越ニ
付為替を以差上候、実ハ清水(1)より
何日ニ送附候成と御尋問有之候處
学費金（四月分）を行之宜にして送附仕
るニハ一所ニ送る訳相成不申と存候間
只貴殿の分斗り送り仍此度清
水の方江ハ不足ニ送りました二付相亦送り
ます就而ハ送り方如何ニ而候成と伺上

仕候得者金弐円送附申度との
事故、又以為替ニ而差上候間、右ハ私の
方より送ると云事不申ハ来月迄も
延引ニ及訳ニ付左候得者、貴殿迷惑
かと存左様取斗申候、
偖松前江返事差遣申候
猶亦ヤス(2)儀ハ後《うしろ》に家を建入置度
見込ニ候得共、北の方ハ当年ハ拙者の
畝殺の方役、来年而存候得者一先
清太郎(3)の宅前の方座敷八通之所
借受置或障子何角賤く申候、
近く家之宅横ニして置申候、右ハ
御案心被下度候、
雑誌社(4)江ハ月ニ弐参回之由、そ連な
れば格別心苦も無かる存ら連候、兎
に角法学科ハ本部ニ而上京仕訳ニ而
候間、右学術斗ハ大切ニ相守り(5)候得
者、世間の人々にハなんともいはれ不申
就てハ何とかして人に劣らぬ様と祈居候、
時に清左衛門(6)ハ又々電車ニ而日ヲ暮し候
哉、何学校ニも入学不仕や、猶亦無事か、
廉平ハ新聞売ヲ止メテ先生之処ニ
在云之事聞候ハ誠か(7)、
何連の人方も少々苦学仕らざれハ人ニ成
事六ケ敷と存候、金銭丈分なる人々ハ
決而学問ても思侭ニ成筈ニ候得とも
左様ニハいきません、又車挽とか新聞を
配達する者ニ斗り能き人斗出来ます、
夫之所考候間、少々ニ而も銭とり的して、
それハよいと存られます、何分段々心苦
不仕様と斗り念し居候、
然度ニ右之上ニち以さきぼろこ出る事
あし、若これなれハ三十日位も出で居る事
あります、拙者ハ壮なる時分(8)舌ニ出来物て食
物にこまりますた事ハあります、其節者
御飯に豆の粒をかけて喰候事三十日
ニ及何日ともなくニ全快ニ及候也、左様
かと存られ候、右大切ニ保養あれ、
先用事已　早ゝ

四月四日　黒岩舘

小原文太郎

東京

小原廉太郎殿

一金三円也　内一円　廉次郎分
〃二円　廉平分
〆

(同封一枚)
昨日、前喜一郎(9)森岡獣医学校(10)江入学

試験有之（出家仕り）、森岡不案内故へ斉藤源吉(11)
依願ニ而出盛仕候、外ニ亦あらやの半蔵子久(12)とかハ
中学見込ニ而去旧三月三日盛岡江行宿屋ニ
泊り居由、右者ハ盛岡中学をつれ候ハバ一の関ト
両所江願書差出候趣、何連皆〻試験
ハ如何候哉、首尾克入学仕候得者宜しく候
岩手県和賀郡立花村黒岩舘　小原織江
四月四日

注
(1) 清水―黒岩五月田の一区画、「スズ」と俗読、清水地区の及川善十郎宅、
(2) ヤス儀―分家の小原ヤス、
(3) 清太郎―文太郎家の後、及川清太郎、
(4) 雑誌社―アルバイトは博文館か？
(5) 大切に相守り―学業を疎かにしないよう祖父からの忠告、
(6) 清左衛門―昆清左衛門の動静、
(7) 先生之処ニ在云之事聞候ハ誠か―廉平の動静を伺う、
(8) 拙者ハ壮なる時分―祖父の若い頃、江戸滞在中か、
(9) 前喜一郎―多田喜一郎、
(10) 森岡獣医学校―盛岡高等農林学校獣医学科
(11) 斉藤源吉―黒岩小学校尋常科、明治三十三年度卒業
(12) あらやの半蔵子久―新屋東の久志、後の文智のこと、

20、東京市本郷区金助町廿七　同盟館内止宿

小原瓢平様
御許へ
（封書・巻紙）

御はがき及び雑誌(1)有り難く
拝見致しました、
雑誌は大分面白いです、
本日早速愛読する様に
或る人に申しましたら其
（湯屋の娘其宅に居る人）の
家に居る人に大さ・・・・
川柳が好きで投書して
地賞を取しも事もあるそう
です、東と云ふ題を見
て直ちに「東光の色を
下女がうらむでみ」をよみ
ましたよ、投書致す
やう申しましたら、
致しましようと申し
て居りましたは・・・・
中学文壇(2)ですか、当地
で雑誌見るときは或店へ
願たは小樽
なら取てくれます、
然し小樽より札幌の
方は近へのよ、ですけれども
小樽から取るさうです、
中学文壇読だ事は
ありませんが貴君の

御玉章(3)を拝見致しつゝ直ちに小田一郎と申す方から借りて見ました、其方は当地の教員よ、当地はほんの片田舎でしようて高等小学校に今年よりなりましたのよ、昨年迄は尋常科に補修弐年迄有りました限りよ、小田先生は准教員よ、而して准教員ですけれども理科は名は忘れましたが其時学校への入学致して居られ多そうです、算術もながく上手旁も算術は大々的好きですから(学校をやめても)地《ママ》先生から習って居たのよ、他のものは当地小学校長から習って居ります、小田先生のよ雑誌は(中文)手紙早速出さなければならないのでしたが、多忙の為め後れましてすみません時節柄御自愛を

例の加筆より

四月八日午後九時　直枝子より

小原様

二伸

御手紙本日落手致しました当地は桜どころか梅も咲きません否草葉も有りません、

北海道早来　本郷直枝

九日投ズ

注

(1) 雑誌—敏磨の関係した雑誌「川柳」か、
(2) 中学文壇—中学文壇社発行の雑誌、敏磨の文章掲載
(3) 玉章—敏磨の文章か

21、東京市本郷区金助町二七　同盟館内

小原瓢乎様

許へ

伯耆国日野郡二部宿

樋口眉女(印)

（ハガキ、赤ペン39・4・27）

此間は雨天勝に折角の桜も同園の花も中央に聳く雲荘も今日此頃は少しも多かばこう散歩出しもて花見に出るも実に情を天辺様さと音はかこちと居舛す、其れに加へて風起り最早花はメラ〳〵です、嘆く墨□の花とかは当時が実に見頃でしょかと思ひます、妾も此間父より許可を得て出雲地を巡漂しまね実に珍奇な処も見まして書面で委はしく、御報知致し舛、都合ですけれど妾より書面と有りとは・・・御友達様ニ対してと思ひ舛て何れ保（ママ）乗却に受ユ柄御送りまして誌上で御物語りを致す考へです、御許様ニ出同雑誌が着ますかえし、妾の宅に五号（1）より来る一部も六号は未に発行し出ちまるり、五号まし前金切れの都合にて折来節券を父より頂戴して三枚封入して送りました、平時到着致しませんて、実の如に引に考へまして御伺致し舛す、何卒〳〵御様子を知らせ下ませ、記念に致し舛、度々

大凱戦式所の後きって繰切って芝口の消印ニて送らせ致します、

注（1）五号―『川柳』第五号を指す

22、岩手県和賀郡立花村黒岩舘
小原文太郎様

在東都
小原花まろ（印スタンプ）
（ハガキ）

五月一日

拝啓、
先日手紙を以て申上候通り小生此の試験は来る五日より挙行明六日迄に六七二ケ月分月謝前納致さねば受験致居事相かなひ申さざる有様の由申上候へひしとの事、今以て学資金御送附無之、御金配の御都合悪しきかは知らねど小生ほど〳〵困却当今の如きは莨さえ喫するに由なく、捨方なきまゝ（ママ）樹をのみ居申候、而して月謝の納付期限は明日に迫《せま》り申候に付明日迄に御送金あるや否も疑問なれば致し方なく、本日時計を質に入れ金六円調達致し学校に納付致し申候、かゝる有様に御座候へば何卒此ハガキ届次第金員御送附被下度願上候、奇鉄丸め見ふ銭無之候（罰紙）
何卒小生の救之状御憐みの上一刻も早く御送附金此の窮境を御救ゆ被下度願上候、
先は用事のみ　早々、

23、東京市本郷区金助町二十七番地　同盟館内
小原瓢乎殿

在和賀病院内

五月二日　　加藤節
（ハガキ）

其後は久く御無音に打ち過ぎ誠に
御申訳之なく候、何卒御ゆるし下され度候
さて、此の頃は日増阿た丶かく相成申し候處
阿な多様には如何御くらし阿そばれし
や御伺ひ申上げ候、次ぎに私事者祖
母さまより詞職（ママ）の上帰宅舛をの御手紙
まゐり候へは二三日中に帰宅舛ル間、夏休
日には御阿そびに御出下され度候、先づは
御知らせまで、らん筆御免あれ

24、東京市本郷区金助町第弐拾七番地　同盟館内
小原廉次郎君
岩手県和賀郡北上河岸黒岩
小田島妙仙
（ハガキ）

五月六日

川柳雑誌御寄送ニ与り謝有
御厚意之程奉感謝候、彼様
ニ毎々御寄送被下候ては甚だ御笑
止く有之候、御迷惑之程御申訳無
之候へば何卒御扣へ（1）被下度御願上
申候、　已上

◇時節柄保養専一御勉強之程切望不隋申候、
◇御帰省之後（2）拝借拝見を仕候間、右悪しからず、
御願上申候、

注（1）御扣へ―『川柳』雑誌、毎月根岸の主殿に送っていたが、主殿の方が心配して送付を断っている、
（2）帰省之後―黒岩に帰ったら見せて貰うと

25、本郷区金助町二七　同盟館内
小原瓢乎殿
へなぶり会
（ハガキ）

拝啓　久敷斯戝御察
而乞ふ　本日寸志座
上仕候、追々厚謝
スル君らし不悪
御宥恕被候

26、本郷区金助町二七　同盟館
小原瓢乎様
台町ニテ
とし子
（ハガキ）

今日は是非まゐる心組にありました
が生憎用事が出来ました故遂不

参まことに〳〵残念と思ふます、十五六
は天気ならは不在でありますが、その後ハ大
概居りますからどうぞ入らして下さい、
モルガン夫人は阿めりか《アメリカ》てすまし
たとの

五月十三日

27、東京市本郷区金助町二十七番地　同盟館内

小原瓢乎様

有楽町二ノ二
及川香石出

（ハガキ）

五月十五日
其の後は御無音に打過ぎました、
甚だ恐縮の至りに御座まし　さて
小生は遺族で上京したものですから、
先一度帰宅して又谷口先生[1]と上京
すまし、今度来る所は新橋の蔵
画館[2]に入館するのですから其の節
は又ゆる〳〵御話し致しまし、
今年は谷口先生も花巻に居れば
小生も盛岡近傍の材まで修行に
出で、明年の正月頃には同行
致しのです、今日清左衛門君にも面
会致しました、
先は今日午後七時にて帰宅致
ましから御報せのみ　乱筆
御免下さいまし　早々

注
（1）谷口先生―谷口香岩、
（2）新橋の蔵画館―

28、東京本郷金助町　同盟館内

小原瓢乎様

北海の田舎にて
直枝子より

（ハガキ）

拙なき処にて御伺ひ致します
なが〳〵御無沙汰致してすみません私
は病気の為め打臥つて居ります
昼は起きて居ります午后にはなれば一時頃から
甚だしくなります、
故御ぶ沙汰致し多様な次第
ですから悪しからず思ふて
下さいませ願ってます
余は次便にて

29、本郷区金助町廿七　同盟館内

小原瓢乎先生

台町ニテ
欠助生
（ハガキ）

前略
過日は話の阿った湯切り川柳へな
ぶり会廿七日午后五時牛込区赤城清風
亭ニ開会致し都合がよろしくは同日
三時頃迠ニ小生迠お出で下さい連れも
ゐります、先ず失礼
廿六日

30、東京市本郷区金助町廿七番地　同盟館内
小原廉次郎様
和賀郡立花村黒岩
小田島与太郎
（ハガキ）

五月廿八日
復啓　嘗久々御無音打過罷有候処平段高免
被成下度候、扨又貴君者御壮健ニ而御勉強被成
候趣目出度奉賀下候、我々共も無事
罷有候間乍憚御安心被下度候、然ルニ愚子
武志（1）義ニ御見舞状御送附被下蔭（ママ）有御礼
申上候も無之奉存候、武志義者クビへ腫物出来候ニ付和賀
病院ニ入院仕所、今の処ニ而ハ余程全快ニ趣候間、他事
乍御安心被下度候、次ニ時節柄気候も不順御座候へハ
御身ノ上大切ニ御健全ニテ勉強あらん事希望仕候、早々

注（1）武志―小田島武志

31、和賀郡黒岩村
小原文太郎様
台温泉
冨手参太郎
（ハガキ）

久々御不音ニ打チ過キ平ニ御用捨下サレ度
願上候、扨而御地ノ喜代太（1）様本日十時頃拙
者ニ来り候ニ付き留置キ候間、左様御
承引ノ上御心配ナサレ間敷、猶当人ハ一週
間位滞在ノ御離ハ致ス候間、本人御帰リノ
際ハ拙者送リ上候ニ付主殿様へモ御心配ナ
キ様宜敷御伝言下サレ度願上候、先ハ御
面之時　萬々

注（1）喜代太―小田島喜代太、文太郎の二男、

32、岩手県和賀郡立花村黒岩舘
小原文太郎様
在東都
小原花まろ

六月廿日　（ハガキ）

御送附の品物正ニ受領申候、
東京は毎日雨にて困り入り申候、御地
はいかがにや、次に小生の在京日数
も早十日をあますのみに御座候へ
ば別に申上げる事とて無之候、只主殿
にも省三にも御面会の折は右の趣を
伝へ被下る様願上候、
先は用事のみ、御返事まで、早々

33、岩手県和賀郡立花村黒岩舘
小原文太郎様
在東都
小原夢外
（ハガキ）

六月廿七日

御送附の金員正ニ受領仕候、
小生儀推了の如く来月一日
午后七時頃発の下りにて帰国
致し度気心得（二日午前）荷物は一処に
持帰り申べく候、外に申上べき事もあれど
余は面談を期して申上べく候、
先は御返事まで、早々
あまり祖母様には待ちくたびれなされ
ぬ様願上候、先は用のみ

34、岩手県和賀郡立花村黒岩舘
小原瓢乎様
北海の果より
本郷直枝子拜
（ハガキ）

六月三十日

只今は御ねんごろなるおはがきうれしく
存じました、お帰国とのお事を□□
驚き入り候、それには新聞お出立し後へ
参りましたかも知れませんよ、本日からはおほせ
に志たがいましてお国へ送り致しますは
定めしお帰国の源はお病気故と実に残
念に存じ候、呼望はくはお祈り申しお全快遊ばされ
て又、又上京のお途にお就かれん事を伏して願います、
くれぐれも亡き姉さまの如き事なき様願上ます
さらば、

35、岩手県和賀郡立花村黒岩
小原廉次郎殿

東京神田駿河台
明治大学学務課

御照会之貴殿試験及
第相成居候条此段及回
答者也
君面教ニ付詳細回覧スル
候得者出校之上熟覧被成度
候
（ハガキ）

36、岩手県和賀郡立花村大字黒岩舘ニテ
小原廉次郎君
東京市神田区今川小路三ノ六
正則簿記学舎内
及川愚郎(1)
（ハガキ）

七月廿五日発
前略　御免　扨在京中は一方ならす御世話御手数
をかけ何んとも謝する言葉なし、帰郷の折余
直接君に面会さずノ書信御依頼致さんと存候
へとも少しく用事有りし為め君に面会すること
能ハざりしは遺憾之在り何卒平素ノ余と
御推察御免致下度く《ママ》候、去る廿二日小田島君ト新橋
停車場ノつるや旅館で面会したり理由、拙宅
より送金を依頼セシテ来り故、翌廿三日新橋発之由、
児玉大臣死去ア丶悩ク多ク便フ人ハカカル病カカリ多シ
悲シカナ　天子ノ英雄ヲ一人失フ、夫レ自覚セシ、

注（1）及川愚郎―及川覚美のこと、

37、和賀郡立花村字黒岩
小原廉次郎様
台温泉冨手方ニテ
午後八時廿一分きんがんの目にてかく
（ハガキ）

ま丶多いざい中・いろ〳〵阿つきおまおくりに阿ち
かり誠に有りが多く存じます多。ま多出立のさ
以に者さま〳〵のおうやかし《お麩菓子》これも。阿りが多く
存じます。今日おそ可れなれば。昨夜山々申
さん登思ひ共。思への多けも。阿多ざらん。
様子も阿あれば。存る奈ぶ。在る所で阿る女に(1)。阿へ。
さまざまはなすを志多ら。やら。ほんにすやざ□者。
など丶。思ひしに、吾が。ばかるなば、さ丶。これ者
志ぐさりすと有可候、今日何時何分に着、花まき
なん時なん分に乗る、きたぐ、無事御安心下度候、

注（1）阿る女―相去の佐藤かんか、
明治四〇年八月No.41にハガキあり、

38、和賀郡立花村黒岩
小原蓮《ママ》次郎様

台温泉　冨手三太郎
八月廿六日　かねてより
（ハガキ）

おな津かしきお手紙有りがとう在んじ舛多、妾こそ申すべくの處です□、私しの方から許してくださいませ、妾の帰宅は旧本月拾弐日予而ならんと想ひ舛、なほその時に申すも此の台温泉に居る内にただすく封じお手紙くだされては如何て御座へ舛か、私しくね一日も早く其の御手紙拝見したくてようだからね、此の所にくださいな、それ故ならんと申すなら相幾日にあなた様御投出し下さへな、する相日吾が宅に着くし舛て来ながらあなたもお変わり無くてお目出た、

39、岩手県和賀郡立花村黒岩舘
小原夢外様
在北海の郷
本郷直枝子
（ハガキ、8.90）

御無沙汰致しました、お変りありませんですか、早速お伺いひ致すはずの處、外出やら多忙やらで不本意ながらつ・・・・・お推の上お許罪の程をお願ひ致します、早速ながら又歌の課題を出して戴く事出来ますまいか、尚亡姉さま（雪枝[1]さん）のおうつし絵を御恵与下さい一日千秋の思ひをなして待つて居りますから時節柄お自愛専一皆さまへよろしく、

注（1）雪枝—敏麿（夢外）歌の雅号、

40、和賀郡立花村字黒岩
小原蓮（ママ）次郎様
和賀郡和賀病院内
加藤節
（ハガキ、エンピツ）
九月五日

扨て廿一日に申出の御手紙誠に有りがとう拝見仕り早速御返事申さんと思ひながら病気の為め今日まで御無さたのみ□□□□□御許るし下さい、御手紙によは貴兄には旧本月廿八日に東京へ御上京遊ばさる、の御事吾が知り御語し申し度き事故、御面会申し度き事山々なれともて病気の為免ざんねんながら吾が家にて御送り申上可候へば左様御承知下度候、あなた様の御出立はさた免し午后六時頃ならんと考へ居り□□□□—東の方にかほ出下へ、

41、東京本郷金助町廿七　同盟館内

小原夢外様

早来

本郷直枝子

（ハガキ）

拝上伺うて存じませんか、
東都に居らせらし事は一向
存じませんで失礼致しました
お許し下さい、新聞の事承知致し
ました、勿論都新聞を御ら
んになりました、あげくに田舎新
ぶんですか一寸興味が薄んでしう
ねですから若しも珍しき
事がありました時は送附致します
あ、忘れて居りました、
御合格（試験）の由大賀致しますよ、
・・・あの私しも或〇〇を控えて
居りますから多忙なのよ（一ケ月ばかり日が
あります）失礼致しました、
きみ子はぶじさようならー
勉強致します、次便に成績をお知らせ致します

42、東京市本郷区金助町二十七番　同盟館内

小原廉次郎様

岩手県和賀郡立花村

小原文太郎

（ハガキ）

九月廿一日

其後御無音打過御床敷奉存候、次
当方無事に候間乍憚安神被下度候、
猶先日行先ニ而眼ニ火ほこり当り
痛由、今頃全快ニ及候や、案事居候、
尚亦先達之御紙面申上候得共無
報知なく右ハ何角用弁之末ニ返事
と伺上申候て在のも目の事案事
頻存何角の報知あらん事を願上候

43、東京市本郷区金助町二十七番地　同盟館内

小原廉次郎様

岩手県和賀郡立花村黒岩

小原文太郎

（ハガキ）

九月廿八日

追啓、兼而之請書廿五日儀以大坂[1]之為ニ相出趣
結構至極ニ存候、右痒由附付之条なんむ
食し故あるたし、次ニ当月末ニ送金とあり、
来月初例之通ト存候而支度不申候、依而少々

明廿九日ニ送金可申候、それハ丗日ニ届可申候、
尚亦出金及候ハバ送金可ナル得共半分ト存候間
御入掌下度候　来月五日頃ニハ送金申度候、
但し郵便局宛を報知被下度候、尚佐太郎(2)殿者
去廿四日ニ病死仕可得ものニ候、□云廿九日なる
尚亦丗日ニハ何程か送る故心待たれ、

注　(1) 大坂―大阪毎日新聞の事か、
(2) 佐太郎―新屋の及川佐太郎、

44、本郷金助町廿七　同盟館
小原瓢平様
牛込区納戸町四五　菅沼方
谷口良三(1)
(ハガキ)

十月二日
拝啓　十三相日は失礼仕候、其翌日
午后一時頃貴宅訪問仕候へ共
あやにく御留守にて残念致し候、
就而川柳会其外川柳に関し
御相談もし御話も承り度く
候間、貴兄御暇まの日御知らせ
被下度小生方より御伺ひ可申上候
草々

注　(1) 谷口良三―谷口青之助（一八八五―一九五八）長崎市生れ、井上剣花坊・主宰『川柳』誌を編集する。（『長崎の肖像』二〇〇二年六月刊）

45、本郷区金助町二十七　同盟館方
小原廉次郎様
翡翠吟社御中
川柳　みせう御坊（朱印・角恋坊）
(ハガキ)

来る十四日午后一時より日本橋区山坂本公園
聊娯軒ニ於て川柳みせう会(1)の発会式
相催し候間万障御繰合され御出席
相成度候や、
兼題「窓」「化粧品一切」五句　以上
会費金弐拾銭
尚御友人方へも可然御吹聴御誘ひ
相願い度候也、

注　(1) みせう会―川柳の会

46、東京市本郷区金助町二十七番地　同盟館内
小原廉次郎様
岩手県和賀郡立花村黒岩
小原文太郎
(ハガキ)

十月十四日
追啓申上候、同月十一日之紙面并写真同十三日前十一時
ニ届申候、正掌握致候、次ニ同月十二日干栗五斤

送附仕候間届申候哉、尚亦紙面も同日を以差上候、
右品に入掌之上御報知あらん事も、
送附写真今日を以菊池氏[1]江差上候間可得置沾候、
時に喜代太[2]氏ハ君在中より余程ニ全快之様に
見得候間一先案神可申候、猶亦浅草地方
今戸痔之神様江未だ参詣不仕候や、伺ヒ致候、
右ハ心に念居されすれハ序之節ニ宜候也、先愈
病等如此御座候、不一

注 （1）菊池氏―校長先生菊池忠平か、
（2）喜代太―根岸の小田島喜代太、自分の息子、

47、（封筒ナシ）

（封書・原稿用紙四枚封筒ナシ）

（一）

受領証

一、金弐円也
一、栗　若干
一、梨　一個
一、奉納菓子　一袋

右正に受領仕候也

十月十三日　小原廉次郎（印）

小原文太郎様

御仰せの通り　段〻以て小生の不分
届きねとも申し上べき限も御座無くと
而して過日の事は致し方無之候も、今
後は可成気をつけ申すべく候ニ付、
何卒此度斗りは特別の心あはれみ
を以て御許し被下度願上候、
東京に七年ゐればとてスリにか丶らぬと
は限らぬもの、例の故源蔵君[1]の如きは東
京に七年居しても、やはりやられ、又井
上秋剣[2]は当年三月、小生と本所松岡
間成を汐ふ際、電車中にて四十銭他
あまりをすられ申候、これは東京に居」

（二）

る年数に間の少に依らず、油断や何か
に依る者と考へられ申候、
而して残五円[3]の處は、小生も必死となりてかせ
ぐ考へに御座候、
而して財布も買わねばならず、少丶困り居候、
今回の仕事は、原稿料はあまり高くは無之候、
それは何故と申せば、新聞のものなればに候、
これは小説では無く、今度某新聞の為めに下宿
屋攻撃を（来る廿日頃より）開始する、その原稿に御
座候、
されば原稿料は一枚七銭宛[4]に御座候、
一日一四七枚、五十銭宛、五円の原稿料を得
るには七十枚書かねばならざる次第に御座候、

小生は、最も種は沢山有之次第に御座候へ
共、先六円も取るには約八十枚書か
ねばならすと思居候、
これを末日には、十日の日数を用し申候、
されば、此日中に八十枚出来上らぬ
事も有るべしと存じ候へば、その時は
前に改めて申上べく候間、何卒その」

（三）

時は一円位にも御恵与被下度願上候、最もそ
の時は御通知申せうべき候、
而して小生は、只今風の気味にて頭痛み申候へ共、
それは僅をに御座候へばガマン致して、毎日
二三つゞ学校より帰[5]へれは書き居申候、
次に栗は、友人の谷口[6]等と共に喰ひ居し處へ
井の上[7]と小谷川[8]等の来り合はせ食ひ申候、
而して昨夜昆清左衛門来られ、同氏にも少々
分配しやり申し候、」
廉平の儀は菊チ先生より、御依頼には
早速と思ひ申候へ共、小生前に申上げし通り、風
邪と云へ、又原稿の事にていそがはしきと云
ひ、今日は尋ね申さず、何れ明日か明後日
かに相談の上御通知申上へく候、
先日小生の處へ見へられ候ひしときは四度目
なりしとの事に、小生の上京□今日は未だか、
明日は来るかと、毎日のように来られ由なりし
が、小生に面会の上、小生は家より依頼の金一円
を差出せしに、コノブンコよーニーたかと
申され候、その時の話には画ハガキ売りを」

（四）

やって十円以上の損をしたに付、火事にあつた
とウソを吐いたと申され、而して小生にその折
金五円貸せよと申されしも、小生は未だに廿一日頃ならば
と申せしが、然らは廿一日に来るべしとて帰
り候ひし故、小生の處へはそれ限り今に来
り申さず候、
何はともあれ、心にする程の世はあらさらんと
存じ候、
次に小生の風邪とて、さほど心配はなし被下まじ
く候、東京は一段に風邪強く、学校にもその
大半は寒暑妻考に候、而してその為に此頃は山□
前少く候、
尚申上げ度き事あれどそれは後日
にゆづりて
先は用事のみ、御返事まで、早々
十月十四日の夜書す
小原夢外[9]（印）
小原文太郎様

注（1）源蔵―故小田島源造、
（2）井上秋剣―井上剣花坊、

（3）五円―スリに摺られたか、
（4）一枚七銭宛―原稿料一枚七銭、
（5）学校より―
（6）谷口―谷口良三
（7）井の上―井上剣花坊、幸一、
（8）小谷川―川柳の仲間か、
（9）夢外―廉次郎の号の一、

48、東京市本郷区金助町二十七番　同盟館内

小原廉次郎様
岩手県和賀郡立花村黒岩
小原文太郎
（ハガキ）

十月三十日

追啓申上候、山々云ニ付右ハ御断申候、先日之端書に依レハ
学資金例之通被下度趣随分承知仕候、君転宿之事
。もうそもあり候、然にハ来月一日ト存候得者、君ハ例之通なら
六七日頃でも宜しとあり候、其頃差上候間可得沾候、
尚亦転し事申ハ御返事なくとも六日乎七日ニ送
金可申候、若転宿之節者御報知あらん事を
乍而風邪全快かと存候、猶補償も如何也、
未ゝ不分明候故国民ハ毎日来り候、右用事
それ余ハ送金之節委細可申伸べ候、転じならハ
御返事被下度存候、是ソレニ而端書差上候間、左様
可得是候、先は早々　不一

49、東京市本郷区金助町廿七　同盟館内

小原廉次郎殿
大阪毎日新聞社
懸賞小説係
（ハガキ）

略啓　懸賞小説応募作
成績発表時期は年内
十二月初旬までには審査
を了すべく存候得共時日
は未だ確答致し難く候、
追て御報可致候　艸之

50、岩手県和賀郡立花村黒岩

小原文太郎様方
及川ミサ様
（急用）
（封書・巻紙、附一）

永々の御無沙汰御免被下
度候、母上様にハ如何
渡らせられ候哉、降而
小生等無事消光罷在
候間御安心被下度候、
祖母様死去後ハさみ

しさ一増之事なるべく
就てハ母上も兄上様に参
る由、去る日、兄の元より手
紙到着承り申候、
是而ハ至極賛成にハ候へ
共故郷を去るハ気の少さ
き母上として随分難き
事と察せられ候、然れ共
渡る世界に鬼となき事
なれば兄の元に参り初孫の
顔にてと見られ且つ兄の
所にても子守必用なる事
故至極結構の事に候、
それに付き喜八も何か衣
服でも送らんと思ひ妻
と相談せしに却て母上の御
望みの品は買ひ為された
方が宜からん候決し僅
かにハ候へ共二円丈御送り
申候間、何卒御落手被下
度候、其他古着になるべく共御
送り申候間、下着になるべく
候、先づは話し致し度事
山々なれど余ハ后便に
御落手次第御返事被下度候、
三十一日　　喜八(1)
まつ
母様

同封包み
実ハ調製ノ品差上申
ヘキ所ナルモ寸法ワカ
ラザル故金ニテ差上候
也
マツ
母上様
陸奥国上北郡三本木村三丁目　及川喜八
十一月三日

注（1）喜八―及川喜八、小原文太郎家の後、

51、東京市本郷区金助町第三七番地　同盟館内

小原廉次郎君
黒岩根岸
小田島主殿
拝
旧九月二十三日投　（ハガキ）

気候益々寒冷而よりて当年の景況亦凶たらん
とす、昨年凶今年亦凶、天の児戯もあまりや、
飢えて死なんとするあり、君幸に健康なりや、

（二行墨黒）
川柳雑誌又も御恵与、余は敬謝す、余は
君の厚意に敬謝するに一片のはがきを以てするの
甚だ薄情なるを深くゝ謝す、後日遠ふから
ず御批評を申上げん、（当在軍人気質）
何か非常に君の筆は進歩した、益ゝれんま
あらんことをいのる、

52、本郷区金助町廿七同盟館内
小原夢外君
（ハガキ）

此前にアフレ時には　昨日ハユッリ
と楽しみ居候処生憎某教
育園のおよばれに出席
御目召に残念に存あしからず
皆ゝ様へよろしく
十日
吾[1]空
新雪に履歴をさらす四十面
（恥し事〳〵）

注（1）吾空―川柳作家、このハガキは川柳結社「翡翠吟社」の例会の欠席通知。「川柳」十四号二十四ページ参照。

53、本郷区金助町二十七　同盟館内
小原廉次郎殿
赤坂区福吉町一
坪井芳五郎[1]
（ハガキ、十二月四日　消印）

前略御仁免被下度候
まだ大坂からは通知はありません、
牛込移転の件は当月廿五日以后
愚弟の所は Mr. Tubowi
Hotel Fujiyama 88 purest
ssu finaucisca USA
富士江[2]も雪枝も皆壮健
御暇の節は何卒いらっしゃい

注（1）坪井芳五郎―『癌療法』著者の坪井芳五郎か
（2）富士江―芳五郎の娘

54、東京市赤坂福吉町一　坪井方
小原廉次郎殿
大阪市東区□□
合資会社大阪毎日新聞社
（ハガキ）

啓懸賞小説来稿非結婚主義
は今回撰に漏れ候処第二回に附し
更に審査を費すの要有之候

間　右に組込み可申此段得貴
意候也　艸々
　十二月十三日　大阪毎日新聞
　　　　懸賞小説係

55、東京市本郷区金助町廿七　同盟館内
　小原夢外様
　　北海道早来小学校
　　　本郷ナヲヱ子拜
（12　14）　（ハガキ）

冷々なり此の冬異郷の空に学し庭に物し給ふ君には如何御くらし給ふらんとお案じ申し上げます、・・・降て私事は病気の處全快致し只今は教への道にいそしみ居りますからお心安く早速お伺ひ致すはずの處御存じの通第二学期も今や終らんとしてありまして成績のしらべやなんやらで多□□忙なのです、朝は八時半頃に登校して午后四時頃に帰宅致しますのです、其れから調べ物して夜食六時に英語習ひに行きまして七時帰宅明日の支度するのですから遂へ其機を得ず失礼致しました、お許し下さい、時節柄くれぐれもお自愛専一に過され而して何卒一日も早くお目的を達せられん事を何卒・・・当地方は大そう寒へです零下十二度位より以下の事もありますし又三十八度位の暖かへ事もあります、

56、岩手県和賀郡立花村黒岩舘
　小原文太郎様
　　親展
（封書・国民新聞社原稿用紙十九字詰九枚）

（一）
　受領書
一金五円也
右正ニ受領仕候也
　十二月廿五日　　　小原廉次郎（印）
　小原文太郎様
御手紙に依れば、御地は大雪の由、厳寒これよりいよ〳〵増すことと存じ候へば、折角御保養専一に願上奉り候、」

（二）
次に四五日以前に大坂毎日新聞社より左記のハガキまゐり申候、
　啓懸賞小説来稿非結婚主義は今回の撰に漏れ候處第二回に附し更に審査を費すの要有之候間、右ニ組込み可申、此段得貴意候也　艸々
十二月二（ママ）十三日　　大阪毎日新聞

懸賞小説係[1]

これは右のハガキのスキウツシに候、され」

（三）

ば今回は落選[2]したものにて候、か丶るべしと思ひ居りしかば、祖父様に小生はくれ〴〵も五百円をあてにするなと兼〻申上げ置きしにも係らず、宛てになされ度〻のさいそく依てか丶る結果と相成し次第に候、神は非礼をうけずと云へば、今回の如きは金子を祖父様は目宛としたる故なるやも計られず候阿々、」

（四）

されど尚いさ丶か意を強うするに足るものは、兎も角投書規則には『第一回に落撰したるものも著者の望みに依りて第二回の分に繰込みて再審査に附する事を得』と有之、にもか丶はらず、小生は二回の分に繰込みくれるやうにと希望もせざるに、二回の分に組込と申してワザ〴〵通知ありしは、第一回には駄目なるも、万更捨てた物に非る」

（五）

故、此の如くに越せしならんと、友人長谷川[3]、三宅先生[4]も申され候、されば必ず第二回には必ず当撰するとはきまり申さ丶れども、兎に角いさ丶か、落胆する事は無からんかと思はれ申候、かくすれば、祖父様は又も五百円を宛てになさるやも計りがたけれど、そは以ての外の事に候へば、何分共宛にせずして、心永く来年の四月迠御待ち遊」

（六）

さる丶様願上候、

而して第三回の募集〆切は来る四月廿日に御座候へは、それ迠には今一度、今度は別に書きて投書なさらんかの考へも御座候、されどこれもただ考へのみに止まり未だ書き初めざれば、何うなるやらわかり兼ね申し

兎に角あまり落胆せぬやう願上候、

而して今回の五円の費途一寸御目にかけ申候、」

（七）

一、金壱円五十銭　（三人の女中に五十銭宛の歳暮）
一、七拾銭　三宅先生の御年始
一、七十銭　仝坪井[5]へ
一、六十銭　井上[6]へ
一、三十銭　年始ハガキ二十枚
一、五十銭　新年会費

合計四円三十銭、差引残金七十銭

右の通り、」

（八）

以上の計算と相成り申候、
而して金配六つかしき由にて一月の学費は
月末にとの事、それはどうでもよけれど、
十四円の月謝前納金送附被下、その上ならば
兎も角に候、さもなければ月始めに願上候、
十四円さへ御送り被下るゝなれば学費の処
は月末にて差支無之候間、右の處よく御
のみ込みの上願上候、」

（九）

次に痔の神寺へは未参り申さず、何れ時を
見て参詣する気にて候、
主殿は如何にして居るや、今に一向書
に接せず、御面会の折りにはよろしく願上候、
先は用事のみ御返事迠、早々

十二月二十五日　廉次郎

小原文太郎様、
カマドのジヤ〳〵(7)によろしく、
西の人達(8)江も

東京市本郷区金助町二七　同盟館内
小原廉次郎

十二月廿五日　投函（印）

注
（1）大阪毎日新聞懸賞係―廉次郎が応募した懸賞小説の担当部署
（2）落選―懸賞小説が落選、
（3）友人長谷川―長谷川天渓（一八七六―一九四〇）か、誠也、『博文館五十年史』二三〇頁他、
（4）三宅先生―三宅青軒（一八六四―一九一四）、敏麿の恩師、
（5）坪井―坪井芳五郎か
（6）井上―剣花坊
（7）ジヤ〳〵―分家の小原ヤス、
（8）西の人達―西の小原清蔵等、

57、東京市本郷区金助町弐拾七番地　同盟館内

小原廉次郎様

岩手県和賀郡立花村黒岩館
小原文太郎

十二月廿八日　（ハガキ）

日増寒く御座候得共健全之由、珍重之至存候
学費金ハ月末ニ差上度候、猶亦月謝金ハ一月
十日迠ニ届候様贈り可申候間、左様可得申上候、初ハ
年詞等ニ而取込ニ付五六日頃ニ而存考候、猶亦賞金ニ付
落胆(1)仕候、尚亦御詞ニ付而の事故よ路しいからんト待
候得共つゐ候や斗趣く候、今度之者ハ何国の誰らん
末ふ分明ならんと、此次ハ一月又ハ幾月ニ候得哉、十日以前か
送金候間其節此の物報知被下候、扨已休後事今度このそ
の安御帰宅所いたし候、尚年中ニ移転可申者斗ひ
右ハ当月初より咄掛るニ而漸昨日登電(2)済被加申し候、
今普請(3)相仕候煩度候、先は用事のみ　早々

注
（1）落胆―大阪毎日新聞の懸賞小説の落選
（2）登電―電気が通じたのか
（3）普請―文太郎家の普請か、

明治四十年（一九〇七）

1、東京市本郷区金助町廿七番地　同盟館内
小原瓢乎君
岩手県和賀郡湯田村　大石銅山大和鉱業所
加藤四郎
（ハガキ）

謹賀新年
併而平素乃疎遠を深謝す
四拾年一月元旦

2、東京市本郷金助町　同盟館
小原廉次郎様
（ハガキ）

謹賀新年
明治四拾年壱月元旦
長崎市大村町
谷口良三

3、東京市本郷金助町二七　同盟館内
小原廉次郎様
（ハガキ）

恭賀新正
併御健祥御勉学ヲ祈ル
丁未元旦
斉藤豊治

4、東京市本郷金助町二七　同盟館内
小原廉次郎様
内外火災保険株式会社
盛岡代理店（会社印）
菊池小八郎
（ハガキ）

謹賀新年
併而平素之疎遠ヲ謝ス
学道之万祈ル
明治四拾年
一月元旦

5、東京市本郷区金助町二七　同盟館内
小原廉次郎殿
（ハガキ）

謹賀新年
明治四十年一月　元旦
軍馬補充部三本木支部
及川喜八[1]

注　（1）及川喜八—廉次郎の幼い友達、家の後出身、青森県三本木軍馬補充部に勤務する、

6、東京市本郷区金助町二十七番地　同盟館
小原廉次郎様
黒岩にて
及川覚美
(ハガキ)

恭賀新年
本年も不相愛顧程伏て奉懇願候
敬白
一月元旦

7、東京本郷区金助町廿七　同盟館
小原廉次郎様
(ハガキ)

謹新年を賀し奉る
明治四十年一月元旦
岩手県和賀郡
及川茎枝

8、東京本郷金助町二七　同盟館内
小原廉次郎様
(ハガキ)

謹賀新正
明治四十年一月元旦

和賀郡二子村
田村敬造

9、東京市本郷金助町二七　同盟館内
小原廉次郎様
岩手県和賀郡立花村黒岩
小田島与太郎
(ハガキ)

恭賀新年
併平素疎謝遂
且高堂ノ祈幸福
二伸昨年中者種々
御厚志ヲ蒙難有
奉謝上候、尚本年
も不相猶御愛顧
祈上候、先文略　早々
敬具
一月一日

10、東京本郷金助町廿七　同盟館内
小原夢外どの
(ハガキ)
北海道勇払郡早来
本郷商店方

謹で新年を
　賀し奉る
正月一
本郷直枝　拜
　喜美

11、本郷区金助町廿七　同盟館内
　小原瓢鯰坊様
（ハガキ）

川柳みせう会　新年大会
（案内状）
明治四十年一月十三日
　浅草区永住町四三　川柳みせう会

12、岩手県和賀郡立花村黒岩舘ニテ
　小原文太郎様
　親展
（封書・巻紙）

受領証
一金拾六円
右正ニ受領仕也
一月廿六日
小原廉次郎（印）
小原文太郎様

逐急可はしきまし処、まぎれ
返事ををくれ申し段　万事
御了免なし被下度候、
早速返事を認め申すべきの
處、例の東京朝日の小説[1]
脱稿清書中に付、それに学校
も有之いそがはしき侭とり
をくれ申候間、何分悪しから
ず御思召の程願上候、
脚本[2]の方は今尚考案中
に御座候、多少の心労も候
へ共、面白き事は随分面白く候
次に下宿屋の件御仰せ最
もに御座候、さは云ふもの丶小生
も好い處がなければ来月
あたり迄居らんかと思ひ居候、
何れ今の處に長居する気は
更に無之候、
廉平には二十日前に面会
致し候、今尚新聞[3]を売
って居る様子候、
清左衛門は近来三日位不通
に候、
三宅先生には昨日（廿七日）に

も参上致し種〻御教示に
預かり居申候、
次に当地は降雪とては
一白に無之候、時ニ雨は有
之位ゐのものなるかはりに
や、火事の（然も大火）の
繁〻と有之候にはあまり
好い心地も致しもうさず候、
時に又もや賞金云〻と
申されしが、あれはあてにすれ
ば間違ゐ申し候間、
左様なる事(4)は仰せなき
様願上候、
それと申すも小生の腕の未
熟なるより起る事なれば
心長く時熱し、筆鋭くな
るのを御待ち被下度候、
主殿よりは正月手紙来
り申しも、毎日筆とり居る(5)
身に候へば手紙を書くも
ものうし候間、御面会の
節、小生が依頼の原稿を
送るべき旨申越せしと
御伝言被下度候、

西の清蔵殿かまどの
ジャ〳〵にも宜しく申伝
へ被下度候、
尚時節から、御身大切
に御保養の程、偏に願
上奉り候、
先は用事のみ　早々、
余は後便に申上べし
拝具

一月廿八日
小原廉次郎

小原文太郎様

東京本郷区金助町廿七　同盟館内
小原廉次郎

一月廿八日夜投函

注
（1）東京朝日―東京朝日新聞、
（2）脚本―何の脚本か、
（3）新聞―廉平は新聞売りをしている、
（4）左様なる事―懸賞に投稿して入選し、賞金を貰う事、
（5）毎日筆とり居る―主殿も小説を書いている意味か、

13、東京市本郷区金助町弐拾七番、同盟館内
小原廉次郎様
親展

（封書・半紙一枚附一枚）

追啓申上候、愈余寒之厳敷候得共、先以健全被成通学之由珍重
と存候、
処ニ皆風邪ニ而疑儀之由ニ誠ニ以迷惑ト存候、今ハ全快ニ相成
候哉、
案事居候、次ニ当方無事ニ而暮居候間、乍憚御安慮被下度候、
猶亦ヤス[1]・清蔵[2]氏も皆々変りなく暮し居候間、是亦案事申間敷
候、亦猫
の事毎日昼ハ炬燵ニ而入、夜ハ祖母の懐ニ入、外マメシク外ニ
出る事ハなく
家ニ斗リ居候、尚亦先日、長洞直治[3]殿来り候間、君之居住所を
承度
ニ付存仰上候承候得者。こうもり長兵衛[4]の他行の自情ニ付
聞度との由、
然ルニ長兵衛の倅倉治[5]去九月頃ニ肋まぐゐんとかにて
死去仕候、今ハ庄右衛門[6]とかの弟十五ニなるの有斗り、それも
学校ニ斗り
通し家業ニ於テハ相加らず、猶亦庄右衛門ニも相掛候得も田畑
共
売渡し候趣、夫ニ付今般田の登記ニ付承度事情ある
との事、猶徴兵適齢ニ付、捺印仕り右ハ徴兵猶予ハ向八
年間か、又学校卒業後ハ必に改正承ものか、どうしても八年間
の
猶予あるものから猶予願[7]を知る方ハ宜しひである、又来年ニも
改ものなら猶予願をすれハ駄目だ、右ハ八年迄候得者、兎に角
ニ
七年に沙ゞら年ハ戦争あり、八年目ニハ四十八年なり、其節改
る
方ハ宜しひかと存候、何分ニも工夫をして被斗ひ可申候、而八
年
間阿るものなら、猶予を願ずし而存候、若戦争あるとせし
早七年ニ起るし、其連ハ八年間なれハ碇而四拾七年ニ当たり、
兎に角に其節改る方に存候、此度ハ如何候や、伺出仕候、
猶亦清左衛門[8]も帰村仕り改を請通し候乎、存改期日ハ多分
四月なるやと存候、
折し二月ニも参り候乎、今度懸賞文[9]ニハ先生[10]ニ御覧ニ入候乎、
若
御目ニ懸候ハバ如何被申候や、今ハ清書出来候か、用事已　早々

二月十日　　立花村小原文太郎

在京小原廉次郎殿

口上

今般金壱円入用之由申し来候ニ付、早速ニ贈り
申し上候間入掌可仕候、学費之金之所ハ今月末ト
存可申候、夫共前月を以入用之節仰越さ承
だく候、右金配相成候て出来次第ヲ以御送金可
申候、何れ末の日迠ハ間違なく差上申候間、左様ニ

被待迄度候、
近頃ニ而者冀之風引早く治すのハ四日五日
又重いきのハ十日間も掛る志どうしても一周間(ママ)ハ
皆ゝ掛り
家毎にこなり、右ニ私共ハ神仏の加護之間風引不
申
気候不順ニ付、風邪流行候間、君も
余程身体不注意仕まつり候、黒岩並
隣村迫間所とハ彼方ニも在候間、皆々難
義之由承候、今度風ハ頭痛ハ烈しぐ由ニ至
行申候趣儀し仕候也、
（ウラ面に「一月十日出し　小原文也、神田区保坂方花磨君）
とある、
岩手県和賀郡黒岩・・・・小原織江、封筒裏面破損

注（1）ヤス―文太郎家の分家、小原ヤス、
（2）清蔵―分家西の小原清蔵、
（3）長洞直治―母松枝の実家、平沢の屋号長洞当主小菅直治
（一八六五―一九三七）母松枝の兄、
（4）こうもり長兵衛―こもり「古森」屋号、長兵衛、
（5）倉治―明治三十九年九月六日没、
（6）庄右衛門―
（7）猶予願―兵隊検査の猶予か、
（8）清左衛門―東京にいる昆清左衛門、
（9）懸賞文―大阪毎日新聞へ応募の小説か、
（10）先生―小学校校長菊池忠平先生か、

14、東京市本郷区金助町弐拾七番　同盟館内

小原廉次郎様
親展
（封書・巻紙一枚）

歳端ノ御奉賀不至際限御座
目出度申納候、先以益御機嫌
能ク被遊御超歳恐悦至極と
奉存候、随テ小生モ無異加齢
仕候間乍憚御放念被成下度
奉願上候、昨年中ハ非常
ノ御懇情ヲ蒙り千万恭奉
謝候、尚等本年モ不相変御
厚情ノ程伏シテ奉願上候至
テ些少ニ候へ共郵便切手五
枚年賀ノ印迠ニ拜呈仕候
右年頭ノ御祝詞申上度
如斯ニ御座候、恐惶百拝
明治四拾年旧正月元旦
立花村黒岩
及川善十郎
拝
東京同盟館
小原廉次郎様

寸楮捧呈仕候、昨年中ハ愚息廉平ニ関スル種々ノ事件、御願申上非常ノ御世話ヲ蒙リ千万難有御礼申上候、斯に御高恩ヲ蒙リ候へ共久〻御無音ニ打過キ御疎濶多冠之段平ニ御寛恕被成下度奉願上候、本年モ昨年通リ豚児ニ関スル用件度々御願申上度候間、何卒宜敷御世話被成下度伏シテ奉願上候、昨年豚児ノ住所不明ニ付御穿索被成下候以来神田区猿楽町三番地中野太郎方ヨり拾月拾参日発ノ封書来リ其後神田区仲猿楽町四番地中野太郎方へ移転セリトノ端書（拾壱月拾日発）仝所ヨり来リ候ニ付仝所ヲ宛テ拾壱月拾五日端書発送致候処端書ハ其人ナシトノ付箋ヲ貼シ返戻サレ其後ハ未タ無音信ニ付郵便ヲ発送スル事モ出来ズ不得止其侭ニテ只今迠空敷打過ギ居候、又例之通リ豚児零落流浪親兄弟ヤ親友様方〻モ恥チテ顔合セ不相成為メ住所ヲ暗マシ隠レ居ル事ト存ジ定メテ尊契様ニモ御面会不申事ト察シ御伺申上ズ候、然ルニ本月八日小生尊宅へ参上豚児無事東京ニ居ル由壱月下旬御報照御座候トノ御咄ヲ承リ安神致居候、假令愚息参館不仕候テモ東京市内御通行ノ際途中ニ於テ御拝顔ヲ得ルコトアルモ住所ハ確カト申上間敷トハ存居候へ共若シ万々一愚息ノ住所御聞当リモ御座候節ハ御祖父様へ御郵発ノ際其中ニ御書添ヒ御報知被成下度伏シテ奉願上候、若シ又住所ハ御存知無御座候共他日豚児ニ偶逢ノ御見込然御座候ハバ甚タ恐縮ノ至リニ御座候へ共金品ノ御取次ギ願申上度候ニ付是亦御序デノ節御通報被願下度奉請願候、若シ豚児金ノ御恩借御願申上候事御座候カ、又ハ御恩借御願申上ザルモ余リ窮困ノ様子相見候ハバ小生ノ依頼ヲ受ケ居ル由御申聞セ五円以下御貸与被願下度其趣キ御報知被成下候ハバ直グ御返金申上ベク候、昨年衣服送ルベキ義御通知被成下候ニ付小生

住所不明ニ付尊契様へ直グ御願申
度シト存候へ共愚妻ハ余リ御手数
掛上候申訳無御座候間、豚児ヨリ来
書ヲ待チ本人へ送リタシト申ニ依リ
音信待居今後悔致居り候、小生
豚児ニ関スル事ハ尊契ニ嘆願スル
ヨリ詮方無御座候、又豚児モ親兄
弟ニハ隠シ居ルモ尊契ニハ稀ニ
御目ニ掛候事モ有之候由ナレバ明来
モ何卒宜敷御世話被成下度伏シテ
奉願上候、頓首百拝

旧正月元旦

立花村黒岩新屋
及川善十郎

東京同盟館
小原廉次郎様
和賀郡立花村黒岩新屋
及川善十郎

15、(戻り)

石狩雨龍郡一已村鷹泊　小樽材木会社金田造材部
小原長吉(1)
岩手県和賀郡立花村黒岩
小原文太郎
(ハガキ)

旧正月元旦
新春之御慶何方も重忍光度候、先以御壮健ニ被成御働
之由珍重奉存候、次ニ当方相変りなく加年仕候間乍憚御安心
被下度候、猶貴家皆〻無事ニ候間是亦御安心可申候、
然度ニ北海道ニ於売買之此所ニ都合よ起安価
之地有趣貴家江紙面申来り由貴家ニ而ハ迂も
此家を仕已候事ハ要意ニハ不叶候得者行事も
相ならざる承由、如何程徳用地所ありとも罷財とハ
不被存との事ニ候、就而ハ貴公ハ帰村候而御家内江
御面会方仕候、久敷帰村不仕ハ悪しく被存候者一先
帰村其上亦行とも、尚不能都合有供帰国して家内
再□之上可取呼可申度斗伺之御報早速可申候趣不認□□
御□被度候、先ハ御趣まで、早々

注（1）小原長吉―三坊木出身、北海道に土地を求める、後に確定する、

16、東京市本郷区金助町弐拾七番地　同盟館内

小原廉次郎様
親展
(書留、中身なし)
岩手県和賀郡立花村黒岩舘
小原文太郎

弐月廿五日

17、東京市本郷区金助町廿七　同盟館内
小原夢外君
（及川くき江死去の報）

（封書・半紙二枚）

愈暖気ニ御座候得共壮健被成御勉学之由
珍重之至奉存候、次ニ家内皆〻無事罷在候間
乍憚御安慮思召被仰下候、然度去三月五日
及川くきゑ病死仕候[1]（医師ハ高平[2]）病名肺炎とか肋膜
炎[3]とかにて二月廿四日病出し五日ニ死去仕候、右ハ
家内格別ニ不存居候にも不漏《モラ》家内ニ而看
病[4]仕り、私共死した日迄一向不知居候処五日ニ
聞動転仕[5]、聞所據ハ寝た所ハ直く足立ず
言語ハ常例、熱して汗あり胸くるしみ咽 乾《カワキ》
死する迄妄語等無之由候、葬式ハ七日ニ正洞寺送
葬仕り有可得而巳候、尚亦先達而申上候汪[6]の口情《クジョウ》ハ
其後寝入申候、只咄出した斗ニ而今ハ咄なしニ相成候、
何レ呑造も徳用ともあるなれハ祈祷するかも知らん
祈祷して見て何方よりも金取訳ニも不出候得とな其通
ニして置申候、若祈祷する云汪をおびかし候哉と考
居候、少し祈祷不仕候へ者可知様なく只ことなきねいり
これ切かにし存居候、先ハ通知まで、早々

三月　立花村

東京在

小原文次郎

小原廉次郎殿

（同封一枚）

今般朝日新聞社江原稿を弐月二日ニ相出しとの事、
其原稿を先生ニ見せ候哉、若御読ニ入候者如何に
被申候、先生ハ如何にも能く出来候と乎なら請合
賞与なるべし、何れにも私も今一度上京申度候ニ付、
右身延山[7]迄の心組ニ而御座候、夫ニハ衣裳の洗濯斗リ
も仕置ねハならぬ故、右伺出申候、此賞金さえあるならハ
必共参詣と存居候、先大坂方四月初旬ニハ乍任賀存候、
其節ニハ四月ハ上京、其上にハ甲斐迄而相究メ置申候、
両方に相出し置の分片方ニ而も必賞にあるべぐ待居候、
東京の方江出し候者ハ五月にハ知れるもの候、両方共
の賞与[8]あるべし、大慶〳〵、
猶亦徴兵検査ハ四月成候ニなるや、
赤十字社より徽章相下り居候得共送附不致、今度送る、
今般移転之處ハ前宿同金助町弐拾七番福島同番
同町なり、同町ニ同番可有筈になしと存居候、
只ニ座鋪斗り取替可申而存候、
下宿屋の召思ハ何連にして見て向面方位の物、
食物の丈分ニ候得者宜し、猶南京米ニ而も用ひ
候者なら格別之事而只今迄同監ニ而あらん宅
斗り替り可申候也、

（此際ハ根岸の方よりから以夜食二二切位
喰□屋候ー）

五〇足袋一足――

十字記録します

岩手県和賀郡立花村黒岩舘

小原文太郎

三月七日

注（1）及川くきゑ病死―三月五日、昨年四月から黒沢尻小学校の先生を勤める。法名教順貞茎清大姉、二十二才、墓は正洞寺墓地にあり、
（2）高平―湯沢の医者、高平は屋号、
（3）肺炎とか肋膜炎とか―
（4）家内に而看病―誰にも知らせないで看護する、
（5）動転仕―死去を知て驚く、
（6）汪―及川汪、学校の先生、くきゑの父、
（7）身延山―日蓮宗の本山、久遠寺、
（8）賞与―廉次郎懸賞に入選ならば賞与か、

18、岩手県和賀郡立花村黒岩舘

小原文太郎様

東京本郷金助町廿七　福島方止宿

小原花まろ

三月十三日　（ハガキ、墨黒に朱書き）

拝啓、以来今に何等の音信を被下ず御病気にもやと心配仕候、先達御願ひ申置件とても右同断諸不諾御返事も無之候ものから如何なる事にやと独心痛如何カと候、何卒此ハガキ届次第、委細くはしく御返事あらん事偏に願上候、次に昨日平沢の小菅直治氏[1]より長兵衛事件[2]示談候となりし越候、何にせ目出度きこと存候、東京の此頃は実に暖かく袷に羽織位ゐ、又日中などは袷一枚位ゐにて通せるや乃に相成候、梅は、早や盛りを過き申居候、博覧会[3]の為上野不忍付近は仲〻のにぎあひにて候、先は用事のみにて　御返事願上候　早々

注（1）小菅直治、廉次郎の叔父、母松枝の兄、平沢長洞、
（2）長兵衛事件―分家こもりの一件、
（3）博覧会―国内勧業博覧会、

19、岩手県和賀郡立花村黒岩舘

小原文太郎様

在東都

小原花まろ

三月廿三日投函　（ハガキ）

延期さる丶との噂ありし内国勧業博覧会もいよ〳〵去ル九日より開かれ、東京の此頃は忙うに相申候、東京にては見る事も出来ざるも麦も大分のびたものと思はれ候、今度の宿は兎にも角にもあらず申さば申にて候、

次に本日学資金の儀はおんあまりもあるま
じけれど、来る廿九日あたり迠に届くやう御願
ゐ申上候、然らざれば下宿屋の方も都合悪し
く候（下宿屋は大低廿九日ノ勘定）
本日は雨ふりにて外出も出来ず困り入候、即商法は
買ひ求め申候、次の手紙に受取り証に封入御送附仕
るべく候、餅は昨夜（廿一日ノ夜）に喰ひ了り候、
先は用事のみ　早々、

20、岩手県和賀郡立花村黒岩舘
小原文太郎様
東京市本郷区金助町廿七　福島方
小原廉次郎
（ハガキ）

四月十三日
御送附の品正受領候、
東京は今や花さかり、地方の人も段〻出て来り申候、次に
大坂毎日の方、あれ程当てにするなと申しても、未だ未練《みれん》の
ならせらるに如き様子、何とも左様に執念深く在らせられる、
にや、神は非礼をうけずとの金言御忘れなされしにや、精〻
けふに候、尤も毎日の方は未だ発表にならず、発表は何れ
今月末か来月の上旬ならんと思はれ申候、東京朝日の方と
ても右の如く、先日発表せし十四種の予選の中見当らざ
りしも尤もの事、あれは小生一人には無く投書規定として
悉く匿名致せしもの、一人として本名ある事なし、さあ
れ右十四種の中には、小生の著せしものは、有るとも無き
ともこゝに明言致し難く候、有りと云へば、又当てにして待た
るゝか、改之而して最終に至りて落選せし時、又〻落胆するなるべ
しと思
はるゝ故、又無しとも断言は致しがたく、何れ今月末か、来月
初
めに明言致すべく候間、それ迠御待ち被下度候、有無の判断を
八掛にて
見るも一興ならんと存し候、何れにても先づ取れぬものと
思召有被下度候、先は用事のみ、返事まで　早々

21、岩手県和賀郡立花村黒岩舘
小原文太郎様
在東都
小原花まろ
（ハガキ）

五月六日
御送附の品正ニ受領仕候、咳の方は尚少〻は出で申候、
龍角散云〻、小生は全く売薬には信用ををき申さず、今尚
医師に通ひ居候、此五日中には全快するかと思居候、夜分は一
切
外出致さず、只一昨日横川目の栄八[1]上京の際、一時外出致せし
計り、未だ博覧会も見物致さず候、何れ近日中に、幸田露伴[2]、
三宅青軒[3]の両先生と同行する筈と相成候、

夜具や何かは今回帰省の際持ち帰るつもり、三年も着て居りし事なれば、何もかも垢だらけに候、金の有る時は先に払ひにせざれ共、左も無き時は先き払ひにて御送附すべき故、左様御承知願上候、
武徳殿[4]、記念桜の寄付、右様のものには一切なすべからす、あんな事のをだてにのりて、金出しの禄になるは馬鹿の骨頂と申すもの、東京などにては寄付のキの字も申さず、戦争後は何のかんのとて人民より銭を取る工夫する畜生のみ多かれば向后御注意あられ度候、自分さえよければ、それでよきものなる、先は御返事迄　早々

注（1）栄八―菊池栄八、黒岩小学校高等科第二回卒業生、師範学校、後黒岩小学校先生（黒岩小学校『創立百年誌』）
（2）幸田露伴―幸田露伴（一八六七―一九四七）小説家、蝸牛庵号、江戸下谷生まれ、
（3）三宅青軒―三宅青軒（一八六四―一九一四）小説家、敏麿の先生、
（4）武徳殿―盛岡にあるか、寄附集め、

22、岩手県和賀郡立花村黒岩
小原文太郎様
（ハガキ）

拝啓
出発之際ハ御餞別並ニ御見送り
被下御厚志之段深く御礼申上候
途中ハ海波共無事着宅
候も間御安神被下度、先ハ御礼
旁々御礼迠　拝具
五月九日　北海道札幌郡豊平六十一
小田嶋養賢[1]

注（1）小田嶋養賢―片月出身、後に、黒岩に戻って死去、

23、岩手県和賀郡立花村黒岩館
小原文太郎様
在東都
花まろ生
（ハガキ・ペン字）

五月十八日
御ハガキ拝見、病気は全快致候も（咳は止まりたり）その后身体だるく兎
再健康体に復せず困居候、地方今戸には本年の随か二月初なりしと覚え申し候、その時参詣仕候、痔の神寺は地方今戸にては無之浅草玉姫町にて候ひし、
次に黒沢尻事件[1]とやら、何の事件に候や、小生その事条も知らず、又その風説に聞かざりし故、傍聴には行き申さず候、最も
存ぜしとても、十五日頃は外出するも何となくたいくつなれば行かれざりし時に候、
只今、外出して一寸歩行きても、非常にこわく、呼吸苦しく少々難儀に候、来たる六月十四五日頃より試験開始かと思はれ

候
に付、一日も早く素の身体になり度くとあせり居候、何はとも
あれ、差程の事ならねば、御心配は致し下さるまじく候、
甚申上兼候へ共、金壱円丈け御恵投被下まじくや、右御願
申上候、最も御都合悪しくば頂戴せずともよろしく候、何れに
しても御加持の儀願上候、先は用事のみ、御返事迠　早々

注（1）黒沢尻事件―

24、本郷金助町廿五（ママ）福島方
小原夢外様
谷口良三[1]
（ハガキ）

御葉書拝見仕候、例之
珍本至急御返却可仕
願上候、先日借受申候曲一
語り、何卒こゝ数日間にて
宜敷御待ち被下度奉願候
其中御目にかゝり万ゝ可申述候

注（1）谷口良三―雅号青之助、大正八年西柳樽寺川柳社創設

25、東京芝区今入町二六　小原廉太郎殿
東京市芝区南佐久間町一丁目壱番地
興文館

（「大日本婦女人名辞書」）案内
五月二十九日

26、東京市本郷区金助町廿七番地　福島方
小原廉次郎様
岩手県和賀郡立花村黒岩館
小原文太郎
（ハガキ）

六月一日
廿九日出紙面卅一日届候処、健全之由欣然之至ニ
奉存候、次ニ家内も此異なく候間に憚御休意
思召被下度候、扨（右存候公承知者）徴兵検査ハ当月廿九日之
事ニ候、
一先安心被下度候、猶亦仰奉候事二〇三〇かの内
十日前後ニ可申上候、君の思叺にハならざる
かと存候間左様可待心意候、尚亦荷物之儀ハ
帰村之節ニ而も宜敷兎に角当月に学資金
送附之節路しニ而も宜敷御座候間何分
試験[1]後帰国之趣、幾日送る報知可申候、先用事迄　早々
二白二十九日ニ候得者廿七日廿八日ニ帰国可申候

注（1）試験―明治大学卒業試験のこと、

27、本郷区金助町二十七番地　同盟館

小原廉次郎様　（ハガキ旧住所、付箋付き）

◎川柳みせう会小集　案内

六月二日

28、本郷区金助町二十七　福島殿方

小原廉次郎様　（ハガキ）

江東川柳会第九回例会

（案内状）六月　江東川柳会(1)

注（1）江東川柳会―明治三十年代末から四十年代にかけて、両国亀沢町の高湯山という銭湯の二階で毎月の例会を開いた

29、東京市本郷区金助町二七　福島方

小原廉次郎様

岩手県二子村

菊池忠

（ハガキ）

今度こそは先きにおとづれする積であったが例により又々赤面之至り不堪候、二三日前迠は此の奥州も袷一枚ていふ暑さであったが、昨日今日之雨、綿入ほしく成り候東京行は今年は是非〳〵決行とは大げさだが行って見たいと思ひ居り候、此處出発は本月十七日頃となるべく其節は御通知申べく、又御世話になるべく候、

30、東京市本郷区金助町二十七　福島方

小原廉次郎様

岩手二子

菊池

（ハガキ、エンピツ）

前略　愈ゝ明十六日午後六時黒沢尻発之列車ニ乗込み宇都宮ニ下車、日光を見て江戸に入る考に候、不案内之事故、直真先き兄を訪門致候間、よろしく御取斗らひ被下度、御江戸には一週間(1)滞在之見込に候、

注（1）一週間―菊池先生、東京見物、

31、東京市本郷区金助町廿七番地　福島方

小原夢外君

岩手県和賀郡立花村字黒岩根岸

妙仙人

第六月十六日　（ハガキ）

罪障のしらず書は御面会もされ万ゝ(1)申上被下度候、扨て迂生本年村長殿より亦

される総会にかゝつ度事締所は一昨年の通り之趣き
君の祖父殿へ通知致して呉れる様に伝言依頼され居候
處、知らず〳〵延引申上逐其間に合はず君に
対して誤謬甚大に御座候、君の祖父母に対
してもあまり失礼申上候、如何にや総会
了修折は御了知候得られずへしや
村長様には御面語相成之儀無之候や、
疑ヲ夜も心配でねむられず候ハバ君あただし
御詫等之御取次迠願上候、
御返事頂き度候間、願上候(2)、

注（1）村長—当時の立花村長は石橋弥兵衛（一八五二—一九一三）
（2）願上候—妙仙人、小田島主殿は村会議員を務めていた、何か総会の事か、

32、東京市本郷区金助町廿七番戸　福島方止宿
小原廉次郎君

岩手師範内
菊池栄八(1)
（ハガキ）

其後ハ失敬シマシタ、はがきアリガトウゴザイマス、菊池先生(2)
ハ江戸見物ト
ヤラニ御出カケノヨシ聞エマスカ、結構此ノ上アルベ□□ステ
ス、盛岡ニハ此レト
申ス珍モ無之、近頃電話架設中ニ候、他ハオシテ知ルベシニテ
候、
旧五日ニハ岩手山ニ降雪仕リ候モ翌朝直ニ消エ失セ候様ナ次第
イ也
ハヤ困ッタモノニ候、田植ハお仕舞ニ相成り、岩手公園ハ今ハ
第一ノ散歩
時ニ候モ、監獄同様ノ寄宿舎員ハ、只時期ノ到来ヲ待ツノミ
ニ候、若シ菊池先生出京セラレ候ハバ、充分の御見物を望ミ、
私事
ノ如き、ウム東京モアルイタ位ニテハ不可ノ頂点ニ候、就テ一ツ
案ヲ先生ニ堤ゲ候事御賀納アラバ幸甚ノ至リニ候、ソハ、丘博
士ノ
進化論講話(3)、樗牛全集(4)、第四或ハ第二巻ヲお土産トシテホシキ
モノニ候、勿論
（　）ニテ大丈夫ニテ候ハトモ出京候ハバ伝言ノ程願ヒ□□
昆(5)君及び及川君(6)ニモ
遇ッタラ、栄八ハ健全デ寄宿舎ニ居ルト申サレタク候、不宣、

注（1）菊池栄八—廉次郎の後輩、岩手県師範学校に入学、昭和三年から同十年まで黒岩小学校校長、『黒岩小学校　創立百周年誌』参照、
（2）菊池—菊池忠平先生、
（3）進化論講話—丘浅治郎著、明治三十七年一月、東京・開成館より
（4）樗牛全集—高山樗牛（一八七一—一九〇二）評論家、『滝口入道』等、
（5）昆—昆清左衛門
（6）及川—及川廉平

33、東京市本郷区金助町二十七番　福島方
小原廉次郎様
岩手県和賀郡立花村黒岩館
小原文太郎
（ハガキ）

六月廿日

十五日之送附品の莚包一ケ十九日を以請取申候、右之代金一円九拾銭也、若折りし品〻も右様にして送り候ハバ通運会社に送り候ハバ何時ニ而も通運会社ヲ尋ネ其御地の通運より送るべし、今度送りし机とあり其れハ壱円の金ハ「已可かなり」五拾斤ニ而五十八銭位百斤ニ而一円五十六銭也、一斤ハ百六十匁なり、五十斤ハ貫匁なり、拾八匁ニ自余ハ、拾六貫匁迠十貫匁でも百斤の割合ニ候間、猶亦
十七貫匁となれハ百五十斤の割合也、近年よりの方よりてなく通運何方ニもある由、そこらニ而聞合候而依頼可申候也、左無ニ於ハ又手数をとられる候て高くなる而当月学資金一〇ハ位ニ而間ニ合おぐるおくれて共二十五日迠ニハ差上申なり、

34、東京市本郷区金助町弐拾七番地　福島方
小原廉次郎様
親展

（封書・半紙二枚）

此頃者雨天続ニ而殊ニ鬱陶敷候、其御地ハ如何ニ而有之候哉、然度廿三日を以テ一〇ハ送附仕候処、右ニ而不足弐拾円余無ハ帰宅不成趣、就而ハ今日金子円差贈り申候、右ハ下宿料拾弐円位外之残与住ぐト見傚し一〇ハ送金仕候、今日頃ヲ金配方に困難仕り故、有金丈差上候、而君帰宅迠ニ単物買求度心組ニ候得共未タニ求不申候、猶検査之節衣丈の如何仕候得之宜候、有合の単物ニ而宜過候や、尚亦伺ヒ仕候、夫共倹担之節君用の物無に於ハ是非ニ求申さねばならん、依テ返事ニ相認免可被下候、単物を求度支度置候処、今度廿三日頃ト被申送金仕度斯申候、何連にも宜く報知あれ、
時に朝日新聞に中学以上学校夏期休業ハ六月廿五日より九月十五日迠ト有見不申候や、猶亦判検事、弁護士試験ハ拾月四日より九日迠トあり、今般試験ハ只今迠ハ上出来かと存られ候、而廿七日迠相済可申哉、外ニ口述試験ハ来月一日頃ニ相成候様子、右候ハバ廿七日の結果ニ而廿八日帰宅ニ相成可申候、それは又直ぐ上京仕らねばならん左之通なら荷物ハ皆〻手荷物よ路しく夜具等残し置、口述試験ニ上京際持参するよろし、」
時に廉平氏之事、住所幷何の業を仕事君ニテ聞申候度、帰宅可申候、善重郎殿ニ於ハ帰宅為致度之由、

若面会之節者一先帰宅可致而暫可申候、何連も
試験ニ付閙ケハ敷く候ハバよ路し、若請方人〻ニ被宜
候ろも一向不存候者悪からんと存じなら事、
右ハ可得意候、
左君帰宅幾日ニ相成や、(1) 報知あれ、

立花村
小原文太郎

六月廿五日

東京
小原廉次郎殿

岩手県和賀郡立花村黒岩舘

六月廿五日

小原文太郎

注 (1) 帰宅幾日ニ相成や―試験を終えて帰省、

35、岩手県和賀郡立花村字黒岩舘
小原文太郎様

北見国紋別郡湧別村字シブノツ内
勝見様方
小原(長)(吉)拝
(ハガキ)

七月十四日

謹啓　在郷中ハ万々御世話に相
成出発之際ハ御銭ニ預り且つ
亦態々見送リ被下難有く
奉万謝候、扨テ海陸一同無事
にて小樽十日出帆ニテ去ル十二日該地に
無事安着仕り候間乍他事ながら
御休神被下度、先ハ御礼迠テ委
細ハ後便ニテ万々申上べく候
早々

36、岩手県和賀郡立花村字黒岩
小原文太郎様

(封書・巻紙)

拝啓　其後者久々御
無音ニ打過ぎ候段
愚生等思召平に
御用捨成被下度候、
随ヒテ御尊家様に者
益々御壮健之由何ヨリ
の事と奉存じ候、
降テ小生も例之通り
何之変りも無く身ニ
働き在り候間乍他事
御安心被下度候、
就テハ先日妻子送り
被下ニ付きて者種々御
世話被下候由、実に

難有く御礼申へ候、
扨て私等不存ニ付き
ても家業上因る等
父親之話ニ依レバ弟に
嫁貰へ度き様子ニ付
貰へて働ら可せ呉レと
相話し候ニ付　何卒然る
べき様に取計へ致し
被下度、野生等働きて
帰宅セシ節ハ弟之
働きに依り如何なり
共致すべき候、何分共
積りにて働かせる
様に御世話之程願
上候、
賢蔵ハ子供等と共に遊び
居りをまくり稼ぎに居り
ますから安心被下候、
先ハ乱筆を以て御礼旁々
後ハ万々申上べく候
早々
七月廿七日　長吉拜
小原文太郎様
北見紋別郡湧別村字シブノツ内
勝見様方
小原長吉(1)
七月廿七日

注（1）小原長吉―三坊木、分家

37、岩手県和賀郡立花村黒岩
小原文太郎様
東京本郷金助町廿七　福島方
廉次郎
（ハガキ）

八月六日夜
本日午前八時無事
着京、御案心なし
被下度候、
西の人達によろしく、又
別家のやすどのにも

38、東京市本郷区金助町廿七　福島方
小原夢外様
ながさき
谷口生
（ハガキ）

九日（八月）
拝啓、度々御手紙被下有難拜見仕候、
東京よりの玉章只今落手、文面
の趣に由れば小生より来状なしとも仰せ

に御座候へ共、其后二回岩手県の方へ
出状致而在候、途中何かの間違か
と被存候、御承知の通り小生近来ハ殊
に多忙を極め居候ニ付或ハ失礼仕るやも
計らざれば其辺の處、宜敷御推察被下度候、
時節から御自愛被下祈候、

39、岩手県和賀郡立花村黒岩
小原文太郎様
東京本郷区金助町廿七　福島方
小原廉次郎
八月十四日
（ハガキ）

東京は黒岩よりは暑さ強からす候△只
毎日雨、兎角気候不順の故にして、風邪流行
小生も犯す處となり三日程打臥申候、尤も只今は
全快、
次に先生は祖父様の書面を見て喜び居候（と申してもあ
まり度々来書に及ぶまじく候）
而して先般申上候如く、只今よりは学資は一切貰ひ受け申すま
じき覚悟(1)致居り、その運動中に候、過日お話申せし原稿(2)は、あ
まり高くは売れぬ模様（尤もまだ金はとらず）付いては来月
末迠に金拾円丈用意被下まじきや、これは今度ノ受験用の
書物代に候、尤も原稿高く売れ申せし時は御送附に及ばず
依って右の段おん含み置き被下度候、
先は用事のみ、早々

注（1）覚悟―原稿を書いて生活するから送金はいらぬと言う覚悟、
（2）原稿―何の原稿か、

40、東京市本郷区金助町弐十七番地　福島様方
小原廉次郎兄
陸軍獣医学校
菅原(1)拝
十五日（八月）
（ハガキ）

先日ハ小子より御約束申上履行不仕失礼のだん
奉謝候、実ハ御承知之（出身郷里三本木(2)）戸田寅治氏(3)（小子婚姻歳(ママ)）
を伝染病研究所官舎(4)に尋祢遂に貴兄を訪ふの時
を失へ、機械的に定兇られたる外出時間故帰校の止を不得
に及び候間不悪思召被下度、来る日曜こそ是非お伺
申べぐ候間、御都合如何に候哉、兼れバ過般ハ道順
尋申上度き處、其運に及びか祢散々御迷惑相
掛け御申訳も無く候、何れ謝罪ハ御拝眉之上万々
仕べく何にせ御手数ながら御在宿の有無時間
等御知せ被下度く、小子外出時限ハ午前七時より午
後六時迠に候、御地まてハ一時間半位にて参る事に候、
先ハお伺までに、

注（1）菅原―菅原国蔵（一八八二―一九二八）、上宿の幼友達、
（2）三本木―三坊木
（3）戸田寅治―戸田寅治（一八六五―一九八〇）

（4）伝染病研究所―目黒の獣医学校か、

41、東京市本郷区金助町廿七　福島様方
小原廉次郎様
相去村字相去町分
佐藤かん
（ハガキ、エンピツ）

過日は誠に面白き御手紙くだされ有りが
多く御座い舛た、はがきで無事と乃御
事なれど私事―ね十日計前よりひん
病う有り舛ね、明日約六日間手術致し
事に成り舛た乃よ、だからね手術致し
舛るからなが〳〵と申し舛、十日計
乃間御待ちを下いませ□□、御身□御大
切にくたさぬらん、無事御免ん阿れ、
□□

42、東京市本郷区金助町廿七　福島様
小原夢外兄
長崎銀や町
重松繁三[1]
（ハガキ）

拾七日
其の後は御不沙汰失敬候
長崎は暑くてだめだ、兄には
此の頃は面白ひかろう―就而御
申越の書籍の儀は皆菅沼宅へ
置有れば中学行てる精坊に小
せのカパンの飯渡し有れば御受取り
上カパンに皆有之以らんば御受取下され、
以上

注　（1）重松繁三―重松青四郎のこと、敏麿の友人、

43、本郷区金助町廿七　福島様方
小原夢外学兄
本郷区千駄木林町一五弐
高木紅蓮[1]
（ハガキ）

八月二十一日
御無沙汰御伺懇御勘弁被下度候、先日
は留守中貴著御持参被下候由、慥に
落手其後御伺ひ可致存じ居り候所用
事に取紛れ延引申訳無之候、貴著は
大成功と存候、御用請の趣御急ぎ
に候や如何に小生此両三日京橋の方へ
参り居候故帰途御宅へ御邪魔
可致候間、午後六七時前後に御在
宅被下候ハバ一両日中には御伺可申候
□御返事まで　失敬

注　（1）高木紅蓮―角恋坊（一八七六―一九三七）本名、高木英吉、

柳樽寺創設の参加者、後新聞社で同席か、

44、本郷区金助町二十七　福島殿方
小原廉次郎様
（ハガキ）

江東川柳会[1]臨時会
（案内状）
四十年八月　江東川柳会世話人

注（1）江東川柳会—両国亀沢町の高湯山という銭湯の二階で毎月例会を開く

45、東京本郷区金助町廿七　福島方
小原夢外兄
長崎市銀や町
重松青四郎[1]
（ハガキ）

廿三日
前失敬・・・
御ぶつるの書籍二冊は谷口君
御帰崎際御持に相成り候事
と思居り候、同様は脳の為
医師より学差等あられ
候へば上京未定に付き左様
御承知下されませ

注（1）重松青四郎—谷口青之助（良三）の友人か、

46、東京市本郷区金助町廿七　福島方
小原夢外兄
長崎
谷口生
（ハガキ）

廿四日
○御無沙汰仕候御詫申上候○例の炭鉱旅行にて
昨日帰宅仕候○御恵与の小説[1]半分読みかけ申候、
今更ながら御上手なるには感服の外無之候○
柳樽寺の開散[2]には聊か驚入候、善后策は如何
困難の事と被存候○小生ハ目下汐風と炭臭
にてあっ多ら男もメチア〳〵にて御座候○夫れ
につけても貴君は今ヤ夜の東京・・・・羨
望に堪へ兼候○九月中旬上京間もなく
下旬は又々下崎致べく候○僕の家の者は
小説と君の写真とを比較対照して皆不思議
がって居るよ、多忙中葉書を以て失礼仕候、

注（1）小説—夢外の著述『破れ恋』を指す
（2）柳樽寺の開散—「川柳」誌廃刊のことか、

47、本郷区金助町廿七　福島館方
小原夢外詞兄
本郷区千駄木林一五弐

（ハガキ）

紅蓮(1)

八月二十四日

失敬　先日は手紙を取敢へ候差上け
て置いたが今日行く明日行くと云ふのでツヒ
のび〳〵になって仕舞ひました、
其中には是非とも伺ふがまア勘弁して呉れ
給へ、君の用請といふのはどんなのですか
急ぎならば鳥渡手紙でもよろしいがよこ
して下さい、（破れ恋は大分に評判がよいと）
（何かおごれよ）
夜分遅くならば好いけれど君の方がそれ
では都合がわるかんべゐから、併しお天気に
なれば是非とも行くに夕方から　失敬

注（1）紅蓮―高木角恋坊のこと

48、東京本郷区金助町廿七　福島様方
小原夢外様

北海之果ニテ
本郷ナヲヱ拜

（ハガキ）

8・24

乱筆御免ね・・・面白い否、誠に趣味のある小説御恵与
下されまして有り難う、私しねあの小説で大に得る處が
あってよ－武田く云ふ人妙子さん実にい丶方ね殊
に私がね御趣味を感じたのは常に貴君を知って貴兄
の小説を読むのですから・・・八月十七日ね小石川の叔父
が従弟（于名忘れた中學二年、当年十五才きみ子と同年）の修
学旅行で
云ふ名のえでづーと内地やう北海道の有名な處々へ参りました
ので無事□□致しました、同じ日に私が或検定試験を受け
ましたのが合格っと云ふ事が明りましたのよ、十七日は実に私し
にとってうれしい日よ－時節柄御身大切にねー！

49、本郷区金助町二十七　福島様方
小原廉次郎君

芝今入町二六
三宅

（ハガキ）

（40・8・29消印）

昨日は失敬○只今九州より
電為換参り候○十二時限り
内緒今日に間に合ざれ得でも明
三十日は多分いくなれるなら
ん○明日午後于明後日に『併
しいつでも』御足労願上候
○天災の為め御迷惑失敬

二十九日正午

50、本郷区金助町二十七　福島方
小原廉次郎様
芝今入町
三宅
（ハガキ）

八月一日《（ママ）》
十二日に予備試験(1)
のよし通知有之候○
一度おこしあれ○
愈〻土俵は近づけり、
心腹鷗鳴らすべし
拝

注（1）予備試験―文官予備試験、

51、東京市本郷区金助町二七　福島方
小原夢外君
岩手県和賀二子
菊池
（ハガキ）

貴著拝受するや、御礼状傍御
祝賀中之通行人に託し投函いた
せしに未だ届かぬとはさても不審之事に候
筆不精之余も親友之初陣天晴なる
手練之程を見て忻喜雀躍思はれ鉛筆
之走り書きいたせし次第に候ひき、そはとも精し
きは後日として口絵を見し辰坊(1)は東京のニーサン
とオカァサンとして喧嘩して居ったと劈頭第一(2)言ひ
いて一同笑ひ申し候、家内一同読み終り皆〻感じ居り候、

注（1）辰坊―『母の罪』に登場する辰次郎、実は黒岩小学校先生、及川辰次郎、敏麿の母松枝と駆け落ちし、センセーションとなったか、
（2）劈頭第一―『母の罪』口絵を指す、

52、本郷区金助町廿七福島方
小原廉次郎様
（ハガキ）

江東川柳会第十二回例会案内
四十年九月
江東川柳会

53、岩手県和賀郡立花村黒岩舘
小原文太郎様
在東都
小原花まろ
（ハガキ）

九月十二日夜
お手紙拝見、無量酒は殊に和精と
相成り菊池先生に送り申し候、無論送り
変更せり、偖予備△△は本日了はれり(1)

我ながらあまり感服出来ず、心配致し居り候、身体者、日に益健全只此頃少ゝ風邪にかゝり困り居り候、原稿の方は思はしからず、とにかく、手数の度如に原稿〳〵と仰せなき様願上候、
何れくはしき事は後日を期して、先は御返事迄　早々

注（1）予備△△は本日了れり―文官予備試験、九月十二日終了、

54、岩手県和賀郡立花村黒岩舘
小原文太郎様
親展
（封書・巻紙）

大　親　展

拝啓
去ル検試の予備試験[1]も何うやら相済み申候、右者論文試験にして、その問題は、
一、近世外交史を読む
一、気節とは何ぞや
一、田園の趣味
右三問中その一を撰みて、三時間内に艸するものに候ひし、小生は『気節とは何ぞや』を撰び書き申候、合に合格の成績ハ此自問を経過せざれむ限り兼ねる模様、及落等不明なる今日あまり勉強にも精出で申さず、のみならず御承知小生年来から症病たる痔[2]、此頃に至りて漸く激しく座し居るに難く歩行するに容易ならず、時ゝ出血し、その度毎に、非常に疲労致すには、小生も少ゝ困口致し居候、
右始の当時は小豆大の物一個なるも、今日に於ては豆大の物二個と相成申候、されば毎日の如く、寝て計り居申候、
痔の神に祈ったるも、今にその効見えず、あまり神仏も頼もし可らぬものと、替込乍ら神を恨み居曰候、
御承知の如く、本月は十円以上も参考書を買はねばならぬ外に十二円の下宿料、外に四五円雑費、三十円位ゐ入った處で、残る處僅かに四

五円、とても名医の診察をうくる事出来兼ね申候、
尤も医師の語に依れ痔を根治するには何しても三百円かゝるとの話、さればとても、今の小生の身分として、三百円など云へる大金の出来る筈なく、これを根治するには無論出来ぬものと、あきらめは居申し候様の成るべくならば、此の苦痛を暫しなりとも凌ぎ度き考へ、
もしも痔の苦痛を除き得ざらんか、やがて来るべき拾月四日よりの試験にも出席出来る可否かの考へものに候間、せめて、出来る事なら、此一二年丈けでも、その苦痛を凌ぎたく思ひ申候も何分にも、右に申述べしが如き事情、小生の今の月収にては覚束なく候間、御祖父様に御相談相可計申候、
一ガイにイボ痔と申せば軽症のものと思ひ居るが如きも、これを放擲し置けば遂には脱肛となり、次いで痔胲《カク》と相成るよし、少生今更慄然と致し候、
とは申すものゝ、小生は家の事情をを知るもの、決して無理な昇辟して迠もとは申さず、十七歳の時、家を出でて、廿一の今日迠、蒼海も譬へ方なき御高恩に預り、君子の金子を費し、今漸く学を卒へ、一歩足を社会に踏み出さんとすれば、此の病痾に捕はる、
小生は家を出でゝ両度の上京の時、及川久太郎[3]より三十円の借金をなして、旅費を作りたる時は、身を五分試めしにさるゝより尚つらく思ひ申候ひし、あの時にて尚有様に感ぜし小生、とても今更、病を治すべき為め高額の金子を呉れろとは申し得る義理にてはこれ無く、此ゝ申上候はば慈悲深き祖父母様には一も二も無く無理無介降しても御送金被下るゝは心定なれど、決して、右様のとはなし被下申ト て候、祖父母様の血を絞る様にして出したる金、小生はとても、これを

平気で使用するわけに者往きかね候、
されば小生も此の病の根治するといふ事は断然思ひ切り居候、只苦痛を脱れる一方をやる覚悟にて居候、先日の如きも、金の手元に無きものから、神田なるヤソ教の病院に行き申候、右は貧者に限り無料治療する處とて、体よく、小生は断はられ帰宅致し候、今の處、東京にて痔の名手は本郷の順天堂と芝の琴平町肛門病院(4)とに候、右は何れも、初診察料五円、手術料一回十五円の由、(痔は)、而して、友人の医師に診察して貰《もら》ひし處、少くとも小生のは二・三回は切らねばならぬとの話、これは今の小生の境遇として、とても出来兼申候間、他の方法無きやと聞き申し候處、注射の二週間もやったら一二年は持ちこたへるだろうと申され候、二週間とすれば、一日注射料と薬価共に一日一円五十銭位ゐ、軽く見積って、此四五円、先づ三十円もあれば、一二年も凌けるかと思はれ候間、右に付御相談を相かけ申候、
それも一回に三十円とは申上候はず、来月四日前に診察して注射して貰ひて試験に出度き考へ故、今月末に十円計り、来月になりて二十円、これも一時に出来ぬとあれば十円宛にてもかまひ申さず、外に依り、今の處、三百の四百のと申してはとても御祖父様に申上られた義理ならねど、たった三十円位ゐに候へば、もしや御許容被下る可と思ひて、御相談をかけ上る次第に候呉れ〳〵も小生は決して無理を申さねばよく〳〵御考への上御返（事）を願上候、火事と病気とは東京に有る書生の家より金を取る手段と何にか、誰れやらの申せし處、小生の此の手紙の真偽はよろしく祖父様に任せ申候間、小生の病果して真なりとし、金配出来申しにゞ御恵投被下度候、詐りなりと思召さば御恵投に及ぶまじきは勿論の事に候、
何れにしても金は一時に三十円一時に送りて被下候とは申さず、今月末に十円、来月中に二十円と申すものに候、尤も譬えへ今月三十円

御送附被下ても、来月の四日より九日迄は療治出来
ざれば仝じ事、つまり今月の十円にて試験
前に、少し注射をやってもらう考へに候、
次ぎに、左の品々は是非成べぐ早く
御送附願上候、
一、ホワイトシャツ（去年持って帰った
洋服の下に着る
白いシャツ）
一、ズボン下（古いメリヤスので宜し、今月持って
帰ったもの）
一、足袋一足（コンタビの十半のもの）
先は用事のみ御願迄　早々
十四日の夜　廉次郎
祖父様
決して無理金配して御送金無用に候、
東京本郷区金助町二十七福島方
小原廉次郎
九月十四日夜

注
（1）予備試験―文官予備試験
（2）痔―廉次郎、痔に悩む、
（3）及川久太郎―及川久太郎（一八六六―一九五四）新屋の親戚
（4）琴平町肛門病院―

55、岩手県和賀郡立花村黒岩舘
小原文太郎様
東京市本郷金助町廿七　清秀館内
小原花まろ
（ハガキ）
九月十五日夜
拝啓、今般表記の地に転宿仕候
昨日の手紙に一言申残し候が、昨年
帰省の際持ち帰りたる、洋服の属品
ホワイトシャツをしばる○形をなしたる、白き切れを以て
外面を掩ひたるゴムの輪二ヶ有之候間、序の折りに
大至急御送附被下度願上候、
今后書信其他はすべて表記の地になし被下
度き旨、主殿其他にも御序の折り御報願上候、
先は用事のみ御報迄　早々

56、東京市本郷区金助町二七　福島方
小原廉次郎様
陸軍獣医学校
菅原国蔵拝
（ハガキ）
九月十五日
其後お約束の日曜参上可仕之処御万□も
有之悪く候、岩崎村佐々木眼科医上京中にて面会に
参り遂に限りある時間にて残念ながら貴寓を訪ふを不得

遺憾なりし○本日来る週番勤務にて外出不出来
候、来週ハ春秋の祭日も有候得バ訪問いたし度き予定
如何に候哉、御一報願はし度く、次ぎに御依務中置
き画伯の一件[1]ハ如何に相成候や、貴著の小説
も御都合よろしく候ハバ一部頂戴致し度く、
小子等ハ去る十一月より午前午後の授業にて大分油
をとられ居候、郷里の友人間に於き一寸新しからぬ事にハ
候共逃す次第承けり候、本もあり是非お訪ね支度中兼候
匆々

注 (1) 画伯の一件—誰か、及川香石のことか、

57、本郷区金助町二十七　清秀館内

小原廉次郎君

芝今入町二六

三宅青軒

(ハガキ)

十九日夜九時

御病気のよし○力ミツレと云ふ
薬草を二銭も買ひ之れを袋に
入れ熱湯にて振出し度ゝ呑むべし
○尚キワダを二銭ばかり買い濃く
煎じて呑むべし○直ぐ癒るなり
○病危くば知らし給へ○僕が往く
○霊を以て肉に勝て、病は肉に
在り○心霊は死ぬるものにあ
らず、病位デ何の何の、ウンと
力むで病魔を叩き出すべし

58、本郷区金助町二十七　清秀館

小原廉次郎様

(ハガキ)

柳樽寺川柳の案内状

四十年九月　柳樽寺執事

59、東京市本郷区金助町二七　福島方

小原廉次郎様

岩手県和賀郡二子

菊池渓月[1]

(ハガキ)

温《アタタ》かき友なき夜半乃

月見るか南

かくして余は今節—秋も送るべく候
御身之近況如何に候哉　定めし例之
大気焔にて面白く可笑しく東都の
月を眺め居ることならんと推し居り候

注 (1) 菊池渓月—菊池忠平の号、

60、岩手県和賀郡立花村黒岩館

小原文太郎様

在東都

小原花まろ

（ハガキ）

九月廿九日

拝啓、先日ノ手紙差上通り、小生当分の中は無事消光在罷候、時にては、例の予備試験の成績論文合格者には皆それ〲昨日通知有之候由なるが小生にはまだ通知これなき處を見れば、今度は当然落第の悲運に遭遇したるものかと考へられ申候、付いては小生も、とても本年は帰省致する覚束なく、何の顔下げて国に帰る事を得んや、此件と申すものも、あまりあてにはならぬものと小生しきりに愚痴をこぼし居申候、付いては小生の結婚一件[1]も、こ、漸く二三年の間見合申度候に付此段左様御覚召被下願上候、先は用事のみ、早々

注（1）結婚一件―文官試験に合格したら結婚を考えていたか、相手は静江か、

61、岩手県和賀郡立花村黒岩舘

小原文太郎様

在東都

小原夢外

（ハガキ）

拝啓、

本日午后に及び登用試験予備論文試験合格[1]の通知司法省[2]より有之落胆反って得意の境に到り申候。一刻も早く御安心あらせられ度き候、先は不敢取、右御通知に及び候也、

九月廿九日午后

注（1）合格―登用試験予備論文試験に合格、
（2）司法省―司法行政の事務を取り扱う中央官庁、

62、本郷区金助町二七　清秀館本店

小原廉次郎殿

芝区三田四国町五ノ二号　堂下館内

昆　清左衛門

（ハガキ）

其後者失礼之段平に御免兄君には御病気の趣きなりしが小生も業務の取紛れ、実は伺ひも致さず候段平に御容赦の程希ふ、僕は昨日御伺い申したけれ共生憎御留守の處に上り二渡迠御伺へ申したけれ共御帰り相ならず帰宅仕り候、僕も今度田舎の祖父様[1]を来るに依て表記の下宿

屋に転居致し候、ぢいさんは本日上野着に
急行列車で来ました、孰れ近くの中に御じゃまに
上ります、兄君にもち□御遊びに御出あれ、先は
さようなら

注 （1）祖父―黒岩下岩崎の昆運七

63、芝今入町廿六番地

三宅青軒殿方

小原廉次郎殿

（封書・同封三点、十月六日消印）

予て注文予約した『大日本婦女人名辞書』興文館より
「吉川弘文館」に印刷改定されて明治四十一年五月下旬発刊の
通知をうける（ハガキあり「第七回分領収書あり」

證

一金壱円也

大日本婦女人名辞書壱部

乙種予約金

第七回分

右正二領収候也

明治四十年五月　日

東京市芝区南佐久間町

興文館

小原廉次郎殿

麹町区永田町二ノ卅九

岩崎英重[1]

注 （1）岩崎英重―岩崎鏡川、高知県出身の歴史家。維新史料編纂官
など歴任。著書に『坂本龍馬関係文書』など。

64、東京市本郷区金助町二七　清秀館内

小原廉次郎様

郷里にて

昆　清左衛門

（ハガキ）

拝啓　其後者失礼仕り誠にすみませんでした。小生も
帰る迄に一度御伺へ申す筈でしたけれ共何しろ
祖父は旧三日迄には是非帰らはれだならではの趣き
わざ〳〵来たれ見ずに帰るも残念故なうし
御訪ねも致さず失礼仕りました、何卒其辺御
了承の上平に不悪御容赦を願ひます、就て者
彼の金員の儀は追々御返済可仕候間、御免の
程願います、内にも其辺は宜しく御話して置きました、
先は失礼候段は憚り言与から御容赦の程、
願ひ候、委細儀は追て申述可、先は失礼致す候、

65、本郷区金助町廿七　福島様方

小原廉次郎様

（ハガキ）

江東川柳会第十三回例会（案内状）

四十年十月　江東川柳会

66、東京市本郷区金助町第弐拾七番地　清秀館
小原夢外大兄
岩手県和賀郡立花村字黒岩
小田嶋主殿
拝
十月十一日午後拾一時認　（ハガキ）

其後者如何にせられ候ぞ、久敷御消息に接せず候、御容体者如何や、前途多望の身、御保養専一と奉望候、そろそろかの登用試験てふトシネルにも御近きの事やと奉存候、迷信とは笑ひなるかは知らんが一本御ミクジを引き申候、大吉にて志願成就に可致事、御出来世間御立腹さるとは存候へ共俗徒もだしがたくいさゝか参考迠申上候、御安神被成候、ナルべく便宜御見計らん、御返事まで、□□□
「御カラダのみ大切にせられと」

67、東京市本郷区金助町廿七　清秀館内
小原夢外様
親展

（封書・便箋六枚）

御はがき有り難く拝見致しました、御病気の由、何病ですか案じて居りますから御差しつかひあらせられずは何卒御知らせ下いませ。私のかっけは快くなりました、眼病何もかはらず、然し別に大した事ありません、トラホームは治した様子ですが生徒らに大流行ですからすぐ伝染致しますのでこまります、
近眼ですのよ、十六度下までが弱いのよ、医士が十四度だとですが若し眼鏡かけるならば十六度とて十六度のを用ひますのよそれは以前の事故、それより進みしかも知れませずー眼の悪しへのには大閉口致し居り候、
近頃多忙ですの、私しね今尚になってですが妙な」物を習ひはじめたのよ、九月の二日から松月堂古流の生花をを習ひはじめたんですよ、習てみればさほどむづかしくもありませんね、ー先生はね当校の裁縫教員よ、先日までは裁縫もね私しやって居たのですがね、少し都合があって止めたのよ、（商業科生徒でも私し位のものが居ます）、只今は尋常科一年生のみよ、楽のようですが苦しへですよ、一年生は男女とも私しの様な半可者がやるんですもの（然し熟練致して居らしやる方なららくでしょうが）
よくなるか悪くなるかー私しね数学大好きなのよ、ですからね算術の時間は一番面白しのよでね、算術の時間が一番短かい様な心地すると申しますそれ今一人の男先生が」

僕もそうだとをしやしのよ（某先生は資格は私しと同じ准の方ですが数学の上手ったら校長より以上です位に否早来どころか安平金の先生でも及ばないのよ、理科も御上手よで先生□にの方を御受験なされませんのと申しますとね、少し考へあって来春は帰国致しますから止めましたとをしゃるのよ、其御方の親様や御兄弟の東京の本所だそうです）で校長がいつでも笑って居らしやるのよ、オルガンも御上手よ、音楽の先生がね当校に居りませんから受持〜□やりますの、商業科のは某先生が御やりなりますのよ、御声のよい事ったらオルガンと同じで皆きく人皆驚てよ」

ですからいつでもね校長がねオルガン引くは小田さんに本郷さんだから破損したら二人がベンシヨーって笑らはれるのよ、私しね大〻的すきな人ですよ、私しね今度札幌からヴァイオリンを買求め致しまして少しやって居ますのよ、ですがよい音がでないのねー、

学校の事はこれ位にてまた御知らせ致しますね、

＊　＊　＊　私ね

近頃非常にもだいて居るのよ、然し御知らせする程の価値もない事ですのよ、然るに考へれば重大事件よ、私し別に話すに友なく語るに人ないのですからね、御話し致していゝのですがあまり馬鹿〳〵しいから然し御推察下さい、」

独身生活□さしかと思ひまして然し決心ではないのよ、

これを実行し得るやうにやは難的問題でしようがね、然しね私しの頭の中には結婚と云ふ様な大人めいた事が少しもなかったのよ、これがわきから然様な事をなさしめて其結果私しにもだいさしたのよ、私し結婚致した事ないから如何なる趣味なるものかは知りませんがね、児童教育の任にあたる程楽しみではないと思ふのよ、又苦しみですが彼等に□ハゼハの如きに接しては・・・よ、いくら心配にあってよ彼等に接しては直に消へ去てしましますもの、もうやめましようね、若し御尋ね下さればもだいている事を残らず御話し致します、」

まあ今日はこの位にしてやめます、今頃手紙書きはじめてからよほどになりますよ、多忙の為め遂ゝ少し胃症け□まし様に感じます、時節柄くれ〴〵れも御自愛専一に祈ります、末筆ながら奥さんへよろしくね、御病気くれ〴〵も願□ますよ、

さようなら

何方か校上心変べき事ありましたら御知らせ下さいね

十月十五日　ナオヱ

小原様

（続く）」

大君のあつきめぐみにむくいなん
教への庭に鞭とりとめて

と存じましたら或人から

大君のあつき恵みにむくいんと

教へのにわかに鞭をとりつゝ　と直され
ました、□□でしようか、
近頃唱やりました事ありませんのよ、
北之果て　　本郷ナヲヱ拜
十月十五日

68、本郷区金助町二七　福島方

小原廉次郎殿

（ハガキ）

明治大学校友会費金三十銭の納入案内、十月三十日まで
四十年十月　　明治大学校友会本部

69、東京市本郷区金助町廿七番地　清秀館内

小原夢外大兄

（封書・半紙五枚）

高著『破れ恋』(1)二三日以前、小田嶋忠太郎氏(2)より受取ぬ、とる手おそしとひらき見れば一葉の写真故あらげなる姿をいろどりを吾目はいつにもなき輝きと望みとを浮べたらんと思ひぬ、
　其の名の如き
『破れ恋』は実に吾人をして悲しさとはかなさとに数条の涙共にする能はずるしめたり、時に恋の裏面を如此のものか吾人はうたゝ過去を追懐して寒心なき能はず、能く歌人をして想と追懐の念に駆らしむるに至りたる感謝措く能はず、思へば歌人の過去も頗る危きものなりき、主人公なる金野の境遇に陥入られんとすたる世のあさましき彼のそれを恋人の為めに・・・・・・・・・・その昔を思ひ出すなき能はす、幸にも其域を脱して此身に恙なきを思へば実に恋てにものは嬉しきものて又恐るべきものなるを今更らしく操り返つしているが為めに恐るべき境涯に陥し入られたる、金野力君(3)に今限の同情を表しぬ、
余は全篇を通読して清けり正直此上もなき金野憐れにもいぢらしき静江(4)あしも聞き互に親と親との間をも疎からぬ約をなせる許婚ならんと者、
冷やかし浮世！、熱かしと思ひてとりかわせる盃をいつの間にか冷えて、涙はこぼたれんとすてあるなしを、苦《ニガ》し此涙、これは涙にあしだ直なをのま毒と曰ふものなしと、金野は此毒を酒と誤ちて呑めりし」

（二）

已むなく涙を以て医せんより外に道なきを思へるにあらずや、青年会館に於ける行為　上野公園に於ける梶原及び静江のおうだ事件、成程金野の行にして少しく酷の如き感なき能はずと雖も是皆金野の行にあらずして誰の行ひなり、否呑ましむべくなせし何物かの力ならんずばあらず、
巻中、明瞭に静江の原動力なるを明せり、然りそれなん、即ち静江は金野をして誰におぼらし又身をも傷けせしむりて其原動となれるなり、

金野と会見して金野に打たるに及べるも是畢竟自業自得に出づるものならん、其故に静江は従容として其の拳を受けたるか、然らば又静江の心情も可憐なもの「今日の堕落」の段上に於て金野は明かに是当然の事ならん、既に妻子あり、其罪を許せるに至りたるは、
静江も又是れを思ひば同情の感なき能はざるなり、而かも其不治の病を懐いて死せんとするに忍び金野即ち恋人の前に於て罪を謝す浄き事を行
む吾は最早や此世に望あらずとまで自を悔る事に至りたるを見ば、又もつて憐れならんや、
君よ余は此間の情呈を見て、そぞろ暗涙なき能ハず、
（先日の手紙は届いたろうか、又はがきも、さつぱり返事は来なくてどうしたわけだかと思ふて居る）
（君の返事は何より有難いよーーーーーーーどうぞ返事を）」

（三）

されど君より吾はしかり、罪の児にはあらず、余は未だ君に明かせることなし、今ゆくりなるも君の高著『破れ恋』を手にして、いさゝか思ふ所あり、余は君に明かさんとす、されどこゝに記するのあまりに煩ひあらんか後日幸ひ君に会ふの日に於て語る機会あらば其時を以て語る事とせん、君こゝにて曰はせ玉ふなよ、何事、それに次ぎて余の心を動かせるは妙子なり、妙子は性尤も温順にしてかゝる夫により忠実に仕へて生意気ならず、誇大《コダイ》ならず、又通常の女ならんには静江を嫌ひいとうべきも却って親しみ其最後臨終までも少しも其色なく親友の交誼を傷けざるはまことに怜悧ならずや、著書また此間の消息を以ても亦余をして泣かしめたり、其筆や雅致、その情状可憐血と涙共にみなぎるの歓あり、誰か血なからん誰に涙なからん、よぐ是を誰か知るものにして始めてあらわしめ能じん、
最初の余が手にせる時、余は実に君の成功を驚けり、嘗て東老人（黒瀬の説か）は愛に悪か西洋より送り来れる一論之何をみて『あゝこんな

（四）

ものを書く様になつたかと喜べるを覚えてあり、その如からし、吾は巻頭の口絵を見て内容の盛んなるを想像して喜べし、頁は頁を追ふに其転動あるを極りなき而かもうるはしき筆の跡を見て情懐とせりき、益々歓喜鋭利ならしめよ、
百万の富何かせん、綺羅銀鏽何物を曰ふや、其人情に宰ち入りて我動かけがたき情致涙ある其招呈は争で（筆ならば）及ばん、筆の力は強きものならむや、吾も実にこの筆を理想とせしき、されど事実に於て余は実に失敗せり、余は筆を持つ能はず、君幸ひに余の惜きたる筆をあわせよ、掾大なうし免よ、

而して対世間の強折伏をせられと、今の世は鬼をなり君等は其悪をに生れてあり、破壊せしむべきか、建立すべきか、筆の力ならずんば能はず、教ふる能はず、君大に奮はむるべく候、

＊　＊　＊　＊

さて金野力の満漢行が如何に金野の前途を輝せる如くに活動せられたるや妙子の満足と如何計りなれしやを思ひ遣れば君に比譚の後年録とも曰ふべき第二の金野か活動面を写すべく進めざるを行ず、『満漢には食ふものも録にないと思ふ事だ』」

（五）

と曰に一言に実に余をして後年録を表はしべくすこむるに至りたるの原たり、

余か意を切に容れられよ、如何に、

夕日は今窓にあたつて輝きを余は麗はしと見ず

余は実に苦悶胸末に絶ゆる間なし、余が父は北海道(5)にあり郷里を去りて遠ほし、

拙なしとは曰へ吾は子ならずや、必思根の旅に衣の袖や侵り居るらん、十勝国大津(6)てふ所より音信ありたり、日蓮宗修業(7)してある由たり、警察よりは色ゝの小言あり、吾は母と父とをめぐるして安らめんか、訳たまた自か身も如何にして過ぎしたかん、吾夜半燈下に坐して、君が日本の東都を枕して安らかに夢むるを思ひやりて羽ねあれば飛び行き度思もすなる、

君よ健在なれよ、近作あらば何卒　妙仙人(8)

夢外之君

玉机下

東京は寒くならないか、此方は非常にさむい、

高著妄評多罪〱、

どうか御返事をもらひ度きもの何卒御願ひだから、

岩手県和賀郡立花村黒岩　小田島妙仙拝

十月十八日投

注

（1）『破れ恋』―小原夢外の処女作品、東京・大学館発行、家庭小説『破れ恋』、明治丁未七月、雨声山人の識語、全五十編、七月二十六日発行、これは三宅青軒の指導で大学卒業と共に上梓された、

（2）小田島忠太郎―黒岩片月の人、黒岩小学校高等科同級生、あまり仲は良くなかったか、

（3）金野力―小説の主人公、静江の婚約者、

（4）静江―金野の許嫁、実は夢外の婚約者、吉原静江の名前を使用する、

（5）余が父は北海道―小田島喜代太、廉次郎の叔父さん、

（6）十勝国大津―現・北海道中川郡豊頃町

（7）日蓮宗修業―

（8）妙仙人―主殿の雅号、

70、東京市本郷区金助町第廿七番地　清秀館内

小原夢外君

岩手県和賀郡立花村字黒岩

小田嶋妙仙
拝
第十月廿四日　（ハガキ）

御芳簡に落手委細拝見した、この手紙だけは僕は非常に待った手紙である、待った手紙であるから嬉しいと日なのだ、成程君は武田

妙子の真境ト同境せしむべく心事を奪ったものであったろうといふ事は今わかつた、併し僕はその目がにぶかつたと見へる意を得なかったのは拙拜の失態だから止むを得ず、時に僕は君の手簡中、拙父の様子をきいてよろこばれた事を見てなほ「僕を一夜叔父君の健在を初に祈つた迄」の一言は僕の胸をコソグラカシテ感激せしめた事、言語に名状すべかざる程であった、誰かあらん、如此拙父を一言なりとも祈ってくれたと曰ふに於ては世上ただ君より外にあるまい、切に感謝す、それから『防恒』(1)は郡会議間大に当選(2)したよ、君が試験につまての事等もきいた云ク「水を厄《ママ》くまで水たらしむべし、清きと流るとは、これ本籟の自然なれば也」だから何事までも君の本からあった色を使ふの

が

改心の話だテ、母の罪見たぞ、それ進呈してくれたまへ、

注　（1）『防恒』―主殿の作品か、
　　（2）郡会議間大に当選―

71、岩手県和賀郡立花村黒岩舘
小原文太郎様

在東都
小原花まろ
十月廿六日夜　（ハガキ）

気候不順の候、お二方には如何御暮らし被遊候や、小生も相不変兎に角も暮らし居候間、御安心なし被下度候、

陳者例の件(1)、以来杳として今に消息無之甚心痛致居候が、如何なし被下るつもりに候や、まさか此侭等閑に附し通すわけには行らましと思ひ居候、何しろ小生の方かては一刻も早く御願ひ申し度き御願に候、祖父様の御心情も御察し申し候が、又小生の為にもなし被下度候、何卒此ハガキ届次第有無の件御返事願ひ度候、可成ならば右大々至急御願ひ申度候、小生もこの度にはホど～困り居候、先は用事のみ　早々、

（注射の後しばらくたてば、その
　甲斐なきやの由に候）

注　（1）例の件―結婚の事か

72、東京市本郷区金助町廿七番地　福島方
小原廉次郎兄
府下目黒獣医学校
菅原拝
（ハガキ）

拝啓　過日御手紙差出し候処其後
当校及実施学校、数名の伝染性軽□室
拙斯□患者発生いたしそれ故外出差
留めと成遂に失礼いたし居候、然るに
来十一月四日愈ヽ外出留期間満了ニ付同六
日ハ招魂祭にて休日候へば是非とも参上仕り
前後願申上之書籍の購求この御指示相成
度候間御願御一報迠　匆々
十月廿七日

73、市内本郷区金助町二十七　清秀館内
小原廉次郎様
東京下谷根岸笹ノ雪横町千百十六番地
船橋生[1]（朱印「碧川」）
（ハガキ）

拝啓、過般ハ欠礼候ハバ、青軒三宅
先生より御話し有之候、御迷惑でも
当方料理新聞[2]へ御援契を願ふ
事御承諾被下候、内ゝ就テ者何か家
庭向のもの何にても宜敷三枚より
五枚までのもの至急に御寄稿[3]を願
ひ度（何にても宜敷御好手もの願上候）
右御依頼まで、猶又拝眉之上申上候　匆々

注（1）船橋生—船橋碧川、三宅青軒の門人、脚本家、
（2）料理新聞—三宅青軒の紹介で、東京根岸下谷笹ノ下横町千百十六番地、料理新聞へ投稿、
（3）寄稿—短編か、

74、市内本郷区金助町二十七　清秀館内
小原廉次郎様
船橋生
東京下谷根岸笹ノ雪横町千百十六番地
料理新聞社
（ハガキ）

拝啓　御寄稿之儀願上之処直に
肱鉄砲の一ッ編御郵送之預在
御礼申上候、来月五日発行の分へ掲
載可得候条左様有承知度
右不取敢御礼まで、匆々
十月廿八日

75、岩手県和賀郡立花村黒岩館

小原文太郎様

在東都

花まろ

（ハガキ）

十月廿九日

拝啓、
昨日よりいよ〳〵治療[1]開始仕る考へに候、次に先般申上候三宅先生への送物は昆布が頗る宜からんと存じ候[2]、尚亦布束御送附被下様に、何卒足袋（モンパウラ）一二足御恵投被下まじや、当地は一足何うしても廿八銭以下にては買ふ事出来申さず候、
先は用事のみ、治療すみ次第ニ退院次第早速御通報申上べく候、

早々　以上、

注（1）治療—何の治療か、痔の手術と見える、
（2）昆布が頗る宜からんと存じ候—先生へのお礼に昆布を送る、

76、本郷区金助町廿七　福島殿方

小原廉次郎様

（ハガキ）

第十四回例会案内状
四十年十一月　江東川柳会幹事

77、東京市本郷金助町二七　清秀館内

小原廉次郎君

陸中岩手県和賀郡立花村黒岩

昆　清左衛門

（ハガキ）

其後者失礼、実は僕も帰郷する際は身体を休める積りでしたけれ共見る忍びず機械的御労働をやった故平に御容赦を乞ふ
貴兄にも定めし御健全だろー目出度候、愈ゝ十二月一日弘前輜重兵第八大隊[1]に編せらる事となった、期日も切迫したが其中には帰なる哉、去る十一月三日には及川どぶろく店[2]に於て青年団の送別を受けた、実に愉快だったよ、郷里は未だ雪も降らず何も変った事もなし、失敬

注（1）弘前輜重兵第八大隊—弘前の連隊に入隊する、
（2）及川どぶろく店—宿の及川伊予店、

78、岩手県和賀郡立花村黒岩舘
小原文太郎様
在東都
花まろ
（ハガキ）
十一月十日
御恵与の品正に拝受仕候、毎々申上ぐる如く、本日まで通知来らざる故例の件は駄目かと思ひ申候、痔の方は手術後至極経過宜しくこの分ならば、多分本月中旬迠に者健康体に復するならんと存し候何か御送附の折り、足袋御恵投被下ますよや（モンパウラ）、先は御返事かた〳〵
用事のみ　早々

79、市内本郷区金助町二十七　清秀館内
小原廉次郎様
船橋生
東京下谷根岸笹ノ雪横町千百十六番地
料理新聞社
（ハガキ）
十三日
拝啓、過般ハ難有奉存候、新聞ハ已に出来居り候得共、日付十五日発行ニ相成居り候間、当日までは郵送出来兼候ニつき取敢へず三宅先生の処まで数部御届け申上存候、当日にハ郵送可申候、次回〆切ハ廿日に御座候間家庭的の漫録やうのもの願上度　草々

80、東京市本郷区金助町弐十七　清秀館内
小原廉次郎様
岩手県立花村黒岩舘
小原文太郎
（ハガキ）
十一月廿四日
追啓、近日蒲団拵送可申候、今早速とは行不申候、十一月末の日迠、一〇五八差上度く其節ハ委細の紙面を可申上候、紙面届次第とすぐ候得共末日追ツ御待あれ、兎に角只今返事、ハ合格に候成可申や、未タニ不分明候此事情分明候儀報知あれ、其様な事ハ気ニかけるニ不及〇外より今ノ事、
（〇シメン通ニ可仕候）

81、和賀郡立花村字黒岩
小原文太郎殿
陸中黒沢尻停車場
(大) 斉藤運送店
（ハガキ）

御案内

一菰包　壱甲
右本日着荷相成候間
先払金手数料共壱円
二十銭宛　御持参受取方
御来店被下渡　此段御
案内申上候也
十一月廿九日、

82、岩手県和賀郡立花村黒岩
小原文太郎様
東京市芝今入町二十六
三宅彦彌拜
（ハガキ）

拝啓　真切御無音奉謝
候、御結構なる御土
産の品ゝ態ゝ御恵投被下
奉感謝候、年内多忙不尽
委曲何れ、改めて拜謝
可申述候、恐々敬白
十二月二日　夜

83、東京市本郷区金助町二七　田村方
小原廉次郎様
橋村義太郎
（ハガキ）

拝啓　時下御多忙中に不拘一入御配
慮相成誠有奉存候、以御陰而本
日午後三時無事帰宅致候間、一
寸不至故御礼旁御返事申上候何レ
詳細ハ後便ニ申上候
尚乍恐古川(1)大杉(2)両君御出逢
之節ハ宜敷御伝被下願上候、

注（1）古川―廉次郎との関係は、後に書簡にあり
（2）大杉―廉次郎、橋村、古川の四人はどんな関係か、

84、岩手県和賀郡立花村黒岩舘
小原文太郎様
在東都
小原花まろ
出ス
（ハガキ）

十二月七日
東京者仲、寒むく、も早こたつをこしらへ居

申候、四五日前より風邪の為め、臥床、よほど
よくなり候間乞御安心、御地はいかがに候や伺上候、
時によれば、小生事、来月即四十一年一月早に帰
宅致すやも計り可たく候間、右あらかじめ御承知
被下度候、尚甚恐れ入る次第に御座候へ共、御序
の節金一円御恵投被下まじくや、右御願ひ
に及びしや、東京に正月だけはぜひとも致さねば
都合悪しく候間、何れかへるとすれば正月十日
すぎをならんと存し候、アル一[4]は今度即十日過ぎ
の御送附ものと一緒に御願ひ申度候、主殿はい
かに致し居候や、清左衛門よりは手紙はなし、
怪しからぬ事と存じ居候、先は用事のみ御
願ひまで　早々

85、芝今入町二六　三宅方

小原廉次郎様

（ハガキ）

時下多祥奉賀候陳者本年度挙行の文官高等、判検事登用、弁
護士試験等の成績に微し研究科授業の効果著大なることを被
認候に付ては両校協議の上更に改善し昨年の例に依り来十二
月二日より新学年の授業開始候処、判事試験改正規則実施の
期も最早や剰すところ僅かに一年と相成候得者此際大に奮励
して諸君と共に十分の効果を相収め度切望致候に付入学志望
の向きは至急御申出有之度此段得貴意候　拝具

明治四十年十一月廿九日

明治大学学務課
中央大学教務係

86、本郷区金助町二七　福島方

小原廉次郎様

（両国けん坊）スタンプ

（ハガキ）

第拾四回例会　案内状
○時日　十二月十五日午后五時
○場所　本所電車々庫前
　　　高湯山温泉楼上
○会費　金十仙

江東川柳会

87、東京本郷区金助町二七　清秀館本店尓て

小原夢外君

奈良の都の
かたほとりより[1]

（ハガキ）

東京ハ中〻寒むいとの事、当地ハ左程にもないが
見たもの聞くしもの皆十五世紀時代のもの計りで
本当にいや気がさして困るんですわ△帰宅以
来ヤゲに談相して居るがヤゲ先生中〻強硬の態

度でチヨイト屈伏しないから東京行ハ六ッケ敷き事と思ってる△その夜の室ありてお楽しみどっさり潤をえられてた事だろうと思て大ニ内情を寄せるよ△来十七日ハ奈良春日神社の御祭にて日本三大祭の一として一寸有名なとの大名行列なんかあつて「ネ」京阪地方よりの見物にいらっしゃるんですのおひまなればおいで下さい御案内してよ、余は後便ニ　左様なら

注（1）かたほとりより―橋村義太郎、敏麿の友人、後順天堂病院にて死去、

88、東京本郷区金助町二七　清秀館内

小原廉次郎君

弘前輜重兵第十八大隊第二中隊第二給養班

昆　清左衛門

（ハガキ）

拝啓　其後は至て御無音候、打過ぎ失礼の段平に御容赦、僕も予定の如く十二月一日入営志、現今は演習に勉励罷在候間御安心の程希ふや、実に軍隊教育には驚きましだよ前職なんかと比すれば天地の相違実に寒くて困る、君地方は如何と先は一報迠　委細は後便にて

89、東京市本郷区金助町二七　清秀館内

小原夢外兄

岩手和賀二子

菊池生

（ハガキ）

先日来寒さきびしく積雪

（昆清氏には第二の令室を迎へ候由知也）

二三寸、さて兄には病痾之よし御困難の事と推察致し居り候、小生も一寸眼病をわづらひ硯筆を捨てしこと二旬兄の肉体を有する人間云〻の御小言頗る同情いたし候、昆清、小田孝之[1]二人氏先月末入営して態〻訪問せられしが折角授業之事にて碌〻侯も不致候

注（1）小田孝之―小田島幸之助か、

90、市内本郷区金助町二十七　清秀館内

小原廉次郎様

船橋生

（ハガキ）

十六日

拝啓、毎々御尽力難有御礼申上候、歳晩に際して御多用とハ察し入候得共、本紙新年号

ハ枚数を増加致し候間、原稿
不足にて困却致し居り候間、何卒
御助勢相願度〆切も最早
二日間にと　小生徹夜致し居り候、

91、市内本郷区金助町廿七　清秀館内
小原夢外様
船橋生
（ハガキ）

御繁忙の御中早速の御寄稿
難有今更ながら御健筆之
程ほと〳〵感服せり決して
ベンチャラに非ず御礼まで、如此
に候、尚次回にも宜敷御願上
候、頓首　々々
十二月十七日

92、東京市本郷区金助町二十七番　清秀館内
小原廉次郎様
岩手県立花村黒岩舘
小原文太郎
（ハガキ、薄墨）

十二月廿三日
追啓申上候、此日雪降候得者
欝陶敷御座候、次に被仰越候
趣者承知仕候間、左様可待迠候
猶亦君都合能時汲見合正月
帰国ならん事を乞、日増寒を加り
候得者身体大切に保養あれ、
先ハ用事のみ　早々

93、岩手県和賀郡立花村黒岩舘
小原文太郎様
在東都
花まろ
（ハガキ）

拝啓、先日差上候手紙に対し、まだ
御返事無之非常に心配致し居候間
何卒此端書届次第大至急
御返事被下度待ち上申候、
御返事次第にて小生も聊か考へも
御座候間、何卒〳〵早速御返事あらん
事、くれ〳〵も御願ひ申上候、
先は用事のみ　早々
十二月廿四日

明治四十一年（一九〇八）

1、東京市本郷区金助町第廿七番地　清秀館内
小原夢外大兄
岩手県和賀郡立花村字黒岩
小田島主殿
拜
（ハガキ）

謹而新春を奉賀上候
旧年中者はなはだ疎遠申上御無
音に打過ぎ仕申候失情之段重〻
御宥免被下度
尚今年も御見捨無き様被下度
切に奉懇願候
併而大兄の万福を祈る
四十一年一月元旦

2、東京市本郷区金助町廿七番地　清秀館内
小原廉次郎様
（ハガキ）

恭賀新年
元旦　早〻御祝儀　正に有り難く
御礼申上候
戊申元旦
斉藤豊治

3、本郷区金助町二七　福島方
小原廉次郎様
（ハガキ）

新年の御慶
芽出度申納候　敬具
戊申元旦
江東川柳会
石谷真猿
岡野甘太郎
金田花和尚
野崎芙蓉
松金○市
藤沢けん坊
榎本柳水
白石張六

4、東京市本郷区金助町二十七番地　福島方
小原廉次郎君
弘前野砲兵八聯隊
菅原国蔵
（ハガキ）

謹賀新禧
明治四十一年一月元旦
（津軽富士の景）

5、東京本郷金助町二七　清秀館
小原廉次郎様
弘前輜重兵第八大隊第二中隊二班
昆　清左衛門
（ハガキ）

恭賀新禧
併謝平素之疎遠
一月元旦

6、岩手県和賀郡立花村黒岩
小原文太郎様
輜重兵第八大隊二―二
昆　清太郎
（ハガキ）

恭賀新年
併而平素謝疎遠
尚ほ御尊家祈万福
明治四十一年一月元旦

7、岩手県和賀郡立花村黒岩
小原文太郎殿
多田嘉五郎殿
（ハガキ）

謹賀新年
明治四十一年一月一日
軍馬補充部釧路支部
陸軍技手　及川喜八

8、東京本郷区金助町二十七番　同盟館内
小原廉次郎様
和賀郡立花村黒岩
工藤貞機
（ハガキ）

新年おめでとう
ございます
明治四十一年一月一日

9、東京市本郷金助町　清秀館
小原夢外様
（ハガキ）

謹賀新年
併而年来疎遠祷上
尚将来御交誼も祈る
正月元旦
長崎市大村町

谷口良三

10、岩手県和賀郡立花村黒岩
小原文太郎様
在東都
としまろ
（ハガキ）

恭賀新年
過日御送附の品正ニ
受領仕候
一月一日

11、東京市本郷区金助町二七　清秀館内
小原夢外君
（ハガキ）

大景気にて四十一年之初
春を迎へ候
但春之気色は更に無之候
兄の帰省は何時頃候也
元旦
菊池忠平

12、東京市本郷区金助町廿七　清秀館内
小原廉次郎様
立花村にて
及川覚美
（ハガキ）

明けまして
御めでとう
一月一日

13、東京市本郷区金助町二七　清秀館方
小原廉次郎君
（ハガキ）

謹賀新年
本年も不相変御交誼之程祈入候
明治四十一年一月一日
なら市公納堂町
橋村義太郎（1）

注（1）橋村義太郎―敏磨の友人、

14、市内本郷区金助町廿七　清秀館内
小原夢外様
（ハガキ）

松並木　更
恵方まきの

チトリなら

久良岐[1]（朱印）

注（1）久良岐―阪井辨（一八六九―一九四五）明治三十七年六月第一回川柳会を開催、久良岐社を結成する、

15、東京本郷区金助町廿七　清秀館内
小原夢外様
北海道早来
本郷ナオヱ
（ハガキ）

謹で新年を賀し奉る
元旦

16、本郷区金助町二十七　清秀館
小原廉次郎様
東京市神田区駿河台南甲賀町八番地
柳樽寺　井上剣花坊（スタンプ）
（ハガキ）

歳末歳始御礼申上候
就而ハ一月三日拙宅ニ於テ
新年川柳大会相催候ニ付キ
午后六時御参会被下度
御回礼掛御立寄結構ニ候
一会費　十銭

一兼題『面白《オモシロ》』五句

17、本郷区金助町廿七番地　福島方
小原廉次郎様
（ハガキ）

恭賀新年
旧年中は毎々御厚誼を蒙り有難く
御礼申上候猶本年も倍旧御愛顧の
程奉上候謹言
明治四十一年一月元旦
東京市神田区鍋町二十一番地
大学館　岩崎鐵次郎
電話本局　三〇六七番
振替貯金口座四五一七

18、和賀郡立花村黒岩
小原文太郎様
（ハガキ）

恭賀新年
併而謝平素疎遠
並ニ祈高台万福
一月元旦
及川清太郎

19、東京本郷区金助町二七　清秀館内
小原廉次郎君
二子　菊池
（ハガキ）

貴著母の罪[1]送られ何時もながら御厚志感謝仕候、さて取るや否や披見到し読みもて行くに教会帰りに千原武子を拉して自宅に入りしに慈愛深き祖母茶をすゝめ菓子を開きし處、何の考へもなかりしも何となく詞兄の祖母[2]を思ひ出だし杳靄なる飛雲の裡に黒岩の山脈を眺め居たりし、尚読み行きハダト膝打チ感応の強きを感じ候、字も初めは当り前の小説と続ケ知らず〳〵兄の一心こもりし筆先実に恐ろしきものと一入嘆じ居り、余は開巻するに忍びす、兄が此の稿を起すに至りし動機[3]及書く中手戦ひし事幾ゝ度かと涙を為し候、（配達をまたせて書く、乱筆御免）

注（1）母の罪―夢外の第二作、家庭小説『母の罪』十二月十五日、東京・大学館より上梓、実母松枝とその夫辰次郎を実名で登場させる、全七十五編、やはり三宅の斡旋か、
（2）祖母―廉次郎の祖母、織江・理恵、
（3）動機―廉次郎の育った生活環境の指摘か、

20、市内本郷区金助町二十七　清秀館内
小原廉次郎様
船橋生
（ハガキ、料理新聞社印、スタンプ）

恭賀新年
新年号今日一部を逓送申上候、今回は校正及び差換とも年末にて印刷処の大般漏りと申處無之候、何卒次回も何か御寄稿賜り奉願上候、右□□
匆々
一月五日

21、市内本郷区金助町二十七　清秀館内
小原廉次郎様
船橋生
（ハガキ、料理新聞社印）

六日
御呈書拝誦御来束之一篇至極結構ニ候得共、何分にも月二回の雑誌続けるのハ如何なものや、小生ハ実は談切りのもの願はしく存じ候、乍併もて寄稿の読者に対してハ喜者を曲げさせざる小生の方針ト存候　敬具

22、東京市本郷区金助町第弐拾七番地　清秀館内
小原夢外大兄
岩手県和賀郡立花村字黒岩
小田島妙仙
（ハガキ）

一月十一日認

母の罪御送恵被下難有拝見応に掌候、諸般の意匠者先般の『破れ恋』より者余程完全に見うけられ候、内部の材料の如きや感するや者遂には批評申も高存居候、何かれ実に拙父儀も感心閲覧罷り在候間、其つぎに小生は閲覧仕るぐ有候、大層君の事を感心して居候、僕も君の成績を見て感心候、益〻弁龍台なれよ、これ迄に君が特色的好職台なるべく御座候、

23、岩手県和賀郡立花村黒岩
小原廉次郎様
東京芝今入町二六
三宅彦彌(1)
（ハガキ）

御祖母様いかがお案じ申候、何の御便もなく候ハバ若し何か悪いのではないかと心配致し候○御祖父様へよろしく○君も御用心あれ、時候よろしからざる候
東京は雪ぞ霙ぞ、
十五日

注　(1)　三宅彦彌―三宅青軒の本名、

24、東京市本郷区金助町廿七　清秀館
小原夢外様
在大坂
橋村生
（ハガキ）

其後ハ大変に御無沙汰、大兄にハ廿七日御帰京之由(1)、先づ〳〵結構至極国許にては又御困難被成候由、御同様(2)に推察申上候、生も下坂(3)以来ハ凡ての点に付て、右束縛(4)を受け居り当処苦の事に御座候も右同様にて大困難□然にては大兄可○○も延引計り相成誠に申訳ない、何れ其内にハ又〻御返事する事もと来るだろうと思って居から悪しからず、古川君(5)には御面会被下ハ早く返事を呉れと伝へて呉れ給へ、何れ評約ハ又後便に
左様なら

注
（1）廿七日御帰京之由―夢外は岩手から二月二十七日に帰京した、
（2）御同様―夢外と橋村等は何か仕事を企画している、橋村はこの年十一月十日、順天堂病院で死去する。敏麿十二月十六日の書簡に動静あり、
（3）下坂―大坂にて活躍か、
（4）東縛―計画が頓挫している、
（5）古川君―彼も同じ仲間、

25、東京市本郷区金助町廿七番

小原廉次郎様

岩手県和賀郡立花村黒岩舘

小原文太郎

三月五日

（ハガキ）

拝啓、邇君帰家之時分ハ寒気甚しく候間殊に困難
仕候間存入候、其后も末〻左通ニ候其御地ハ暖く候か
梅も過候とに存候、扨出京節ハ殊ニ寒く身をつくさく様
な風ニ而候、私も帰りハ黒沢尻ニ出候得者見道ハ皆〻
戸刺候也、然度兼て之事「二〇五」相定〆仕候也、
喜代治君外ニも相手あるな連ハセリ合もあるべきに
候得とも其度にも不至候而、右之通ニ相究メ候間
可得貴意候迠、猶亦不生迠候ハバ可然誠ト其意尊師ハ
違変も可仕候《テ》手金拾円請取其つもりニ仕候間
左様可存候間、有る年返事阿らん事を
委細申する事ハ次後ニ申述候へく候、早々　不一

26、東京本郷区金助町廿七　清秀館内

小原夢外様

北海道早来校

本郷ナヲヱ

（ハガキ）

御上京の由御祖母さまは全快の由御芽出たく
さて小田様は末だ御尋ね致されるや由、凡てに就て
余り責任を重せられね人ですが責任にも
程がありますね、ですからはがきでも出して
下さい、本所林町三ノ五六　小田作太郎氏
方小田一郎様です、私しはね余り感せぬ
病気になりそうなの然しカタールにだろう
です、ホーホ変わらずですよ、

27、本郷区金助町廿七　福島徳方

小原廉次郎様

（ハガキ）

第拾八回例会
○会場　本所区亀沢町電車々庫前
　横街　高湯山温泉楼上
○時日　三月十五日（日曜）午后五時開催
○兼題　『聲』『草』
○会費　金十銭

通而御案内洩れ之向き有之やも難斗ニ
つき便宜御誘導御来奉被下度候
四十一年三月
江東川柳会

28、本郷区金助町二十七　清秀館内
小原廉次郎様
（印）「全国料理飲食業者同盟会本部之印章」
（ハガキ）

拝啓、陳者大和ハ至急之事候
至急ト聞、小生帰京まで御待
被下ハバ何れへかへ必らず斡旋可仕
候、今月中にハ旁々帰京し
手順候得者、右不取敢御返事
まで、匆々
十四日
船橋生

29、本郷金助町二十七　清秀館
小原廉次郎様
（ハガキ）

謹啓柳樽寺事是迄神田駿河台にて寺務執行罷在候處今回
肩書の番地へ移転仕候間御通知申上候、
尚ほ柳尊寺移転に就ては予め御相続中筈の處突然移転の必要生
じ候為め其儀は及ばず追て御挨拶可申候
月　日
東京市芝区下高輪町五十六番地
柳樽寺川柳会
井上幸一
剣花坊秋剣
本寺の位置は泉岳寺と東禅寺との間に有之候、電車は旧東鉄線
庚申堂停留所を下りて巡査公番の角より山の手に向って上れば
二丁ばかりにて達すせらるべく候

30、東京市本郷区金助町廿七番地　清秀館内
小原夢外大兄
御机下
（封書・和紙原稿用紙二枚半）

此間者御芳書たまハりうれしく拝誦仕候、御変り無之
御活動之由、何よりの次第とよろこび罷在候、当家に於
ても無事消光罷在候、父及母其他一同健全に御座候間他
事ながら御安神被下候、
扨て愚母[1]事に付改めては謹詞頂戴却而痛入申候、左様の
御気づかひ無之様被度候、然るに其本人義久敷に候より
六まくの気味あり、此間肺結疼に相成り岩手病院の治療
を受け居候とのうわさ有之候ニ依り恐れ入り候、
成嶋の人にて極の正直もの佐藤吉三郎と申人年来は祈
祷にて懇意いたし交際なし居ますが、二三日前来られ拙者
の娘、子宮病にて入院なり居り、その様子伺に参院致せし處

先づ手子苗の権悦医にても孫娘の入院致し居る見て何病気
なるやを知り居る人故、其ヤスと申す、入院患者にたづね候処、
医者
は何んとも曰はず候故、何病気なるや知り申さずとの事にて
医者の来診して来た時たずねた処、例の持病なる旨申候、
何の持病なるやと言れてただせし処、かねて六まくの気味あり
し処、
此間にはかに結核になり候故、本人へは神経質の方ゆゑ
かるき六まくなる起薄〻話し居候のみとの事故、又全快致し
べきやと問申処、また初期全快いたしべしとの事に御座
候、
それ成嶋より来る人にたづね候処、ヤス乃叔父は浮田の
中居《ナカイ》小田嶋清助と申家に縁付居候へ共、肺病に成り死亡
せし由、又家のしげと申すもヤスの姉なるものも六まくの
気味ありて仝成嶋なる小原タスクと申男に夫婦居来候」
へ共妻ある身分なれば、其家に入る事来ずに妾《メカケ》の事
に生してデレ〳〵候后候中《ウチ》に遂タスクなるものにも感染
致し遂昨年の春黄泉の人となり果て候事は、たしか小生
も存じ候、手小苗の人は皆その気味あるなり、遂そ
れを知られね、今迄縁はくこと出来ざりし由、之れいかなる事
と
存じ申候、実に終生の一大事　篤と御考被下度候、
盛岡に同居ある兄も六まくの気味あって医師の治療を受
け今は兎に角宜敷様ある程、又此兄嫁は松江より来た
人なるが仝じく肺結療にて一昨年死亡致し御座候、是は小
生祈祷致しもうす事有之者に卜候へは相違無之候、
全く手小苗にては今まで破談になり〳〵した理由は是
の理由なる事さわかり御媒酌人申す候事実に
復梅屋在候、貴兄に対してまことに阿ヤ深無之次第に
何卒何如斗被下様偏に奉祈上候、
実に一大事の事に御注述で篤とは声より拝まず万礼候
不如帰の川嶋武雄様とはあまり面白も無之様に
奉存上候、まづ目に御希上候、御返事被下間奉願上候、
御返事おくれ御申訳無之候、御海容被下候

三月二十七日　　小田嶋主殿

拝

小原夢外大兄

私乃母事貴兄御上京の折者御見送りも申さず、欠礼
仕候、何卒御海容被下度奉願上候、

(同封一枚)

愚妹義に付、色々御心配被難有奉万謝候、先方メガリヨ
リ折角連れ来る可き起来書には二年間半、盛岡へ私
連参行く序にて御座候、一月明、『ミサ』[2]は履歴書
到限小くれ申し遂書く座出し置申候、御注告に相そむきや候
段四十四年に候、依之者盛岡女学校に附すや又者
紅南義塾に致しべきや未だ未定申に御座候、
逐日決定の節者御報知申し上べぐ候間段出願候、
返事上まで、奉存候

再拝

和賀郡立花村字黒岩　小田嶋妙仙

三月廿七日

注（1）愚母―小田嶋徹、
（2）ミサ―主殿の妹、小田島ミサ、

31、本郷区金助町廿七　清秀館

小原夢外様

平河町　テイ　エム

（ハガキ）

先頃御来訪の節は失礼仕候　例件直に其むきに談しにて故不日何かと返事かとのと存じ兎に角履歴書大至急御送り被下候らば一層の好都合に御座候　詳細は拝眉の節可申上候、若し小生宅へ御来駕の節は前以て御一報なし被下度兎角留守紛し候ハバ御一閑の折御来遊御待申上候、

32、市内本郷区金助町廿七　清秀館内

小原夢外殿

船橋生

（ハガキ）

七日

拝啓　帰来俗事山之如く加之旅行の疲労に三日四日病褥にあり候間乍恐御不礼申居候、両三日中にハ三宅先生を訪ふべく時に更に電話にて安問同家に於て御会見申上度候、

33、東京金助町廿七番地　秀清《ママ》館内

小原夢外様

親展

（封書・半紙三枚）

（1）

暖気日に増し〱處あなた様には如何御くらし遊候や尚奥様[1]には御病気の処、昨今如何に渡らせられ候や、早速御伺ひ致すはず之處、かれこれと延引致し申し訳も之なく候、然し之も職務につれての事と何卒御許し下され候、降て私し事は全快と申し上げたとてやはり余り健やかの方ならず只だ服薬を止めしのみに候、喜美子は無事で暮し居り候、実は当人の希望にまかせて勉学致させ度くは之よりも事情の為め入学はやめさせても独学致さす考へに候当人も昨今断念致し候も初の中は実に残念がりて苦学致すなぞ申し居りしもやう〱の事にて然し卒業当時の彼の様は実に涙をもようす位に然し、

私には申すも意の様にひも当地の知人も申し候、優等生なる彼を
みす〳〵当地に止め置きかつて中等或は劣等で出し生徒が
東京或は札幌に参り候とは実に・・・御推し下され候、」
（2）
如何なれば我等姉妹はかく拙筆にてや実に御恥しく
て手紙を書くのも中〻に候、
まずか丶るつまらぬ事は此位にして筆とめや候、
何卒御怒りなく様相変らずのぐちものに御みのがし
下され候、
別に歴に事よす友人も之なく学校生活時代の友人
は（富山県）只今は如何に成り給ふや不明）只々
あなたよりの趣味ある御便りをのみ鶴首の思ひを
なして待ち居りたまし、何卒御便り下され候、
奥さんにもよしなに御伝へ下され度、例のおすがたを
御恵与相みる日を一日千秋の思ひをなして待ち居り候
事何卒御願ひ申候、それにもお身大切に、殊に
奥さんの御病気の全快報一日も早く来らん事を祈り居り候、
お祖父母様も別におかはり無之候や、就て本年の
本校卒業生、喜美への同窓生富田寿なるもの
御地の京橋立教中学校一年生（キリスト主義）に参りしもの之
あり候事、あなたにあてたる手紙を持って居る筈に」
（3）
よろしくおひまの節は御敬上に方丶御尋ねやり下され
候、此の子に実に性質のよろしき子にて喜美とは
仲よしに候、英語習ひに共に参り居り候故か凡ては彼れ
におたづね下され候、尚女性で一人上京致しもの
之あり候、されは不日御知らせ致し度く、本日当地
仕立致し候、くれぐれも御身大切に祈ります、一綴云ふならん、
乱筆御免下され候、拙草の上休時るに走り
書き致し故不明の處は何卒御判読を願上候、

四十一年四月二十四日　本郷ナオエ

小原夢外様

お実名御知らせ下され度
尚奥さまの御名(2)もよろしく

北海道勇払郡早来小学校内
本郷ナオヱ
四十一年四月二十四日

注
（1）奥様―夢外は静江と同棲していたか、そのようにみえる、
（2）御名―静江の名前を知りたいと、

34、東京市本郷区金助町廿七番地　清秀館

小原廉次郎様

岩手県和賀郡立花村黒岩
及川香石生
（ハガキ）

思乍ら意外の御無音打ち過ぎ恐縮
甚だし、当地は梅も桜も一度にほころび初
め畑地も様々青〻と見へ申候、次にぱのらまの

儀は大坂より取りよせ甚だ見事の物に御座候、
谷口[1]先生持参の曲玉は小生買置候間御望
なれば差上申可、又歌麻呂[2]の才〇〇画本
紙数十枚ばかり着色物小ゝ損し居り
候へ得共珍しきものに御座候、御帰宅
の節は御目に掛け申上可、尚珍しきもの二三点
ありし、

注　(1) 谷口―谷口香岩先生、及川香石の師匠
(2) 歌摩呂―歌麿

35、本郷区金助町　清秀館

小原簾次郎様

牛込区早稲田町

早稲田館　青之助[1]

(ハガキ)

拝啓　一昨日帰京仕候
早速御知らせ可申筈の處
多忙に取紛れ失礼仕候
表記之所に転居致候ニ付
御来遊被下成度候

拝具

注　(1) 青之助―谷口良三のこと、早稲田大学に入学する、

36、岩手県和賀郡立花村黒岩舘

小原文太郎様

在東都

花まろ

(ハガキ)

△毎日御返事を待ち暮
ら居候、△今日限りに御座候
間、何卒至急御返事
なし被下度候、
先は用事のみ、取り急ぎ
早々、

四月廿日

37、東京市本郷区金助町二十七　清秀館

田村時蔵方

小原廉次郎君

台中新町[1]1

及川万四郎[2]

(ハガキ)

御芳書有リ難う
僕ハ今日の小原廉次郎君を知らず、
十年前の廉子君が眼クに彷彿
として時ゝ現はる、

とにかく僕者君に対して何モ悪感持も何も
持て居らぬ、不相変のくだらぬ及川なり、唯た
目前の俗事に障へられて音信を絶ち居
るのみ、心配したまうな、大に勉強して発展したまへ
著述は結構なり、どんなものを書いてるか一ッ見せたまへ

注（１）台中新町―台中市新町か
（２）及川万四郎―黒岩舘の前念誦出身、廉次郎の父悦治の弟子、

38、岩手県和賀郡立花村黒岩舘
小原文太郎様

在東都
花まろ
（ハガキ）

五月五日

△御送附の品已ニ受領仕り候、以
后必ず注意致すべく候、△差人氏
等には面会致さず候、△却って
訪ねて来られて迷惑の次第
◇主殿にも近来手紙を出さむ候
間、ご面会の折は無事で
居る由御申し伝へ被下度候、
先は御返事まで、早々

39、市内本郷金助町二十七　清秀館内
小原夢外雅奨

船橋生

東京下谷根岸笹ノ雪横町千百十六番地
料理新聞社
（ハガキ）

五月七日

一昨日ハ乞敬御心助已録結構と存じ
候間、早速御脚筆に御取懸り之事と
奉存候、小生本日ハ旁ゝ三宅先生まで
参る考へなれど事務処之用次第にて
明日に相成べくや、脚本完成之上ハ、
当市及び阪地へ向け必らず御用随申
べく候、御寸暇之節また返念願候
何れ詢に拝眉致し可申候、敬具　以上

40、岩手県和賀郡立花村黒岩舘
小原文太郎様

在東都
花まろ
（ハガキ）

五月九日

拝啓、爾后は如何御暮らしをされて
や伺上候、小生また持病の喉痛みだしたるもさほどでも
無き故、何卒御心配これなき様願上候、次に来る十五日に
は明治大学校友会[1]有之会費㈡、小生これには閉口仕候

間、何卒此ハガキ届次第㊁御恵投被下候、尚先日
覚美[2]より来書有之、東京に来度き由申居ら
れ候が、久太郎[3]どのに右は如何の考へで有らる丶も
のにや、一寸御通知被下度願上候、今は原稿[4]を書き
居り候へば今月よりは如何にか致すを得るかと思い申候、
尚校友会にはぜひ〳〵出席致さねばならぬわけ合に候間、
何卒大至急願上候、喉のおかち[5]お頼み候、尚本職[6]ハ
未だ見つからず、何卒これも右同様お願ひ申候、
先は用事のみ　早々

注（1）明治大学校友会―卒業生の団体、同名簿に廉次郎の名前あり、「太平洋記者」と、
（2）覚美―新屋の及川覚美、久太郎の息子
（3）久太郎―新屋の本家及川久太郎、覚美の父、
（4）原稿―何の原稿か、
（5）喉のおかち―喉の加持を祖父に頼む、
（6）本職―就職を探している様子、

41、市内本郷区金助町　清秀館内

小原夢外様

みどり[1]

九日

（ハガキ、スタンプ料理新聞社）

三宅先生より散歩会[2]催すべく
葉書至り候ニつき一度御貴殿へ申度
明日午後より御来駕仰度候、拙者
と貴君とを幹事[3]と指定致し
来り候につき此段御諮り申上候
尤も先生の仰せにハ兄と僕とにて
足れりとの事なれど其以外に一人も
多く寄せ度存じ候、

注（1）みどり―船橋碧川（みどりは雅号）
（2）散歩会―三宅先生主催の散歩会か、
（3）幹事―散歩会の幹事、夢外は先生に期待されている、

42、本郷区金助町廿七　清秀館内

小原夢外君

千駄木林
高木角恋坊

五月九日

（ハガキ）

来る十七日午前十時より三
河嶋村喜楽園にて川
柳会を主催仕候間是非
御参会御尽力願上候也

43、東京市本郷区金助町廿七　清秀館内

小原夢外様

盛岡市十三日町　宮和助様方
小田嶋みさ[1]拜

（ハガキ、黒塗り朱書）

春もすでになかばすぎて候へ共東北
地方者いまいと美しき景気にて

御座候、従弟様御変り無之おはしませら候也、妾事当地に参り候ても益〻壮健にて盛岡女学校本科三年生に入学致し居候間他事なく候、御安神被下度願上候、

五月十一日

注（1）小田嶋みさ―根岸の小田嶋主殿の妹、

44、本郷金助町二十七　清秀館内
小原夢外君

芝今入町
三宅より
（ハガキ）

十二日

十四日天気ならばお誘ひ下されたく候○京浜電車待合とは品川の牛う寮によつ出分それまつとに云う場案内を頼む　右まで

早々

45、本郷区金助町　清秀館内
小原廉廉次郎様

早稲田町四十一番地
早稲田館
谷口良三（1）
（ハガキ）

二十三日（五月）

わざ〳〵の御葉書、有難ふ、僕も此度と云ふ此度ハ真実、勉強して居る、君等にも常にも無い無沙汰している、許して呉れ給へ、来る廿八日から試験で来月の五日までだから終つたら直に参堂する也、早速其の晩にやって来るかも知れず、御葉書に催促されて先ハ如斯　左様なら、

注（1）谷口良三―青之助、

46、岩手県和賀郡立花村黒岩
小原文太郎様

（ハガキ）

謹啓
追日暖和之状ニ御座処御尊家一同様ニ御益々御清栄之段奉大賀候、次ニ野生儀ハ小〻駅勤所申以来無事消光罷在候間無他事御安心被下渡候、尚野生家族ニハ相不変御添心ニ預り度候懇願候也

四十一年六月五日
北海道帝国鉄道庁
美生駅　小原

47、東京市本郷区金助町廿七番　清秀館内
小原夢外大兄

（封書・和紙用箋二枚）

御音信申上候てより弐ケ月以上も経過いたし申候、甚御無沙汰御申上候、如何なるつもりやと御思召の事と存じ恐縮羅き可候、何ニ付例の僕事故吾しかし貴御海容の程伏して願上候、時下新葉の候、貴兄には何も御変無御消走被遊仕也御案じ申上居候へ共、伺上申さず御申訳無御座候、降て僕にしは御陰様にて壮健に御座候ニ付乍憚御安神被下度候、

扨て、過般申来某事件(1)につき失敗いたしてより母(2)子大に失望いたし居候へ共　何も女は彼女にのみ限ったわけにても無之可然適当の人物必ず有之事故、あまり失望いたさざるべく申居候、然は曰へ僕なからか丶る女に迷た往復せる事、まことに残念至極と存居候、已往に属す事に候へ者、幾何申候ても行水に数書くよりも墓無き我と存候へ共、思ひ返ことなどいたされて甚心憎しく候、女に未練ありての我にては全無之自ら求めんとせしことの子能して欺むかれたる其不情の程望みさたへがたく候、貴兄に対てもまことに右の如きありさまなれば色々心ならざる心配かけ申候、再び捲土重来の日を期し無念を晴らし申上度存じ居候、併しながら一度右の如き不結果故、又手を出しも甚遠慮の次第に御座候ニ付、一先つ丶しむ可き心いたし母事大事申候處、僕の祖母事老婆心至って」何の役にも立たぬ事にて候へしか共、黒沢尻の辺相別申候處、あまり感服の女も聴き当らず御つくし申し上候、甲斐更に相見え申さす候、まことに心苦しく存じ罷在候、併外には幾何も巡ったきと申居候もの有之候、（勿論高等女学校卒業いたした女なり）下手の御仲人は御免蒙るとの御意かと存じ入申候へ共及び丈御世話中止度存じ居候へは今後も見当聴当るべくば相たづね申べく存じ居候、従来の事は悪夢を見候者とひたすら御あきらめ被下様切に御願上候、右の次第なれ者宜敷御思召被下様にと更に願上候、次にミサ(3)事も御蔭を以て無事通学いたし居候由なれば何申御安神被下度候、きけば覚美は東京表貴兄の處に往きし由なるか、様子は如何や、

昨夜活動写真、黒岩に来り其故拙母及び其他の人々やて見せ申候（僕は(4)一昨夜見申候）處、東京の今度の上野博覧会の處にうつり候

由にて、尚貴兄の姿がリンゼンとあらはれ候故
皆〻感心いたし居候が、貴兄は青ワラ帽に和
服を召して博らん会に行きしことなきや一寸御通
知申し候、
先は乱筆に候、サヨウナラ、
小原夢外大兄　主殿
岩手県和賀郡立花村字黒岩　小田嶋妙仙□
六月八日

注（1）某事件—何のことか、主殿に妹ミサの事か、後にも出る
（2）母子—母徹とミサの事か
（3）ミサ—小田嶋ミサ
（4）上野博覧会—内国博覧会

48、和賀郡立花村黒岩

小原文太郎様
盛岡市十三日町　宮和助様方
小田嶋みさ拜
（ハガキ）

一筆しめしあげまゐらせ候、さてらやその
後者御様子も伺上申さす御無音申
上候段、何卒御ゆるし下され度候、私事《コト》
もお可げさまにてすこやかに勉強致し居
候間御安神下され度候
祖母様より当地に参ル時お金を
戴きありがたく御礼申上候　あつくかしこ

49、東京市本郷区金助町二十七　清秀館内

小原夢外兄
岩手県二子
渓月(1)
（ハガキ）

其後之動静いかにと終始念頭を離
れず居り候ところ心身益〻御壮健前途光
明を以て迎へらる、といふ現下之兄の身
大に祝福いたし候、志かるに夏期には
と待居候甲斐もなく帰省かなかるべ
しとの事何より残念に候、又前途之為め
折花攀柳(2)は制限なし被下度候、
六月十六日　家内みな無事

注（1）渓月—
（2）花攀柳—花柳遊びのこと

50、市内本郷区金助町　清秀館本館にて

小原廉次郎様
料理新聞社
（ハガキ）

拝啓、過日ハ大谿町乞敬多謝罪、
就ては明日御来駕之由に申述
ニつき明日午後二時より東潮荘候別

間御来訪被下候節真田三代記(1)
御持参被下度、此段御持参被下候

匆々

六月十八日

注 (1) 真田三代記―江戸中期から末期に成立した真田幸隆・昌幸・幸村の三代が徳川を相手に奮闘した物語

51、(封書なし祖父書簡)(1)

御紙面拝見仕候処、御病気之段、
誠ニ以困難而承不入候、併肋膜(2)
なれハ肺に罹る事となり候ニ
ハバ肺にもなる事あらん、肺の心配
無用なり、
然度、新聞社(3)に相出候就レ夫ニの
心配ニ而左様なる御病気相成候也、
其位之事ニ付病気出る程之事ニ見も、
帰国してゆつくり仕、身の養生
致たなら宜しからんと存候、
当年も登用試験(4)も十月頃の事、
十四日の新聞出候、身体も其風
なれば、当年でなく来年受可申候
就てハ帰村して養生仕候ハバ左様之
事てなくと存じ候、君ハ家に帰り候節ハ
何年《イツ》でも無事なり、他に出んてとすれは
御病気になる、　只今肋膜の初り
なれハ何方の医師にも治療出る、
依而帰国して治療仕候て私共も
案事不申候、尤も当地方ニ而療治
出来ざる程の難病ニ相成申候得者
東京てなくハ全治不申候、左も無ニ
於ハ内地方ニ而も治すべし、東京
ニ而治療なれハ中々五拾円百円てハ
療治不相成やト考候、
秘密ニ而早速全快ニ及候者なら宜く
御座候得とも如何の至る候哉、覚美(5)ニ
かくして全快ニ至可申候哉、尚亦一ケ月
も薬用するニハ中々早速に治し
難しと存候、右ニかくしてよ路しひハ。
兎に角、土用休暇《きうか》も近き依而
帰国して在江《ザイゴ》医者ニ而も肋膜の
初りなら治すだし、其の方宜からん哉、
覚美も夏休みニハ帰村すると有
だし其節者倶ニ御同道ニ而帰り
可申と存候、猶亦東京ニ而治療仕る
にハ夏期にも帰らず間敷候、
今般拾円差上候間治療可申候、
今之処に金配仕兼出来候処だけ早速ニ

送り仕候間、御受収間致候也、
猶下宿料幷治療金何程位
ニ而間ニ合可申候予算被下度候、
君存候山林代金(6)ハ弐百五十之内うら
□三拾五円ニ売取候得者残り弐百十七ニ
なるまし。内百ハかの處ニ残百ハ内ニ而も
係りなりました、そこて予算聞候間
別段ニ了簡仕らねハなりません。依て
あらまし予算承度候、
帰国不仕候而東京ニ而療治仕候ハバ
金の加かる事ハ何程て金配致ます
早く治療可申候、ちかく全快ニ
及候ハバ帰宅被下度候、全快及候共
社江ハ早速ニ出る事相成間敷候間乍
憚云、全快ニ及び帰宅あらん事を御考を候、
侍居信
〽時に若ハ肋膜ニ而候茂医師杯ハかし事も
夥《オビタダ》しく云ふず、あばら骨なとハちく〲
痛ましくの右肋膜なり、左ハ幾等か胸部
痛くありますか、又咳《セキ》嗽の時に疼痛《いたみ》ハあり
ますか、
〽女医者肋膜の諸病　肋膜炎ハ是胃又外傷免症
腎炎・肺炎・心臓病・肺結核・腹膜炎等之当より来る名ニして
胸部ハ対当刺さるゝが如し、劇病あり、発熱して体温昇騰シ
汗倒苦しくハ両側胸部を侵し水のたまるとたまらぬ
ものとありて深息咳嗽時に疼痛増がしとなり
実分ハ碇の肋膜にハあらされかと存じと
医師のくせて大きく名付し者ならんと存候、
〽猶角美(覚)ハ何の学校ニ行候や、夏期ニハ帰
宅可仕や、猶亦如何なる風俗ニ而候也、
〽耳事のみ候
六月廿日　　小原文次郎
小原廉次郎殿

二白申上候、全快ニ及候ハバ過る新聞社ニ出る事
よ路しひか、左もなくハ辞せずして置方能かれし
存候、大方記者なるだし、十五・六日行候間、
辞ル也、(若ハ肋膜ハ肺の初部ト存候か、全く以て肺の初部
てない、肺より肋まくになる、医者ニ肋膜ハ肺病の
初りと云者ハ見えなひ)
三白、医師にいはれる迠もなく身体ハ悪しひり、
肋膜というとも俄に恐しくなるてハないひか、
君も医ニ余程心得候ハ如何にも肋膜而見得候乎、
医師ハなんとも云ひ、手前に少しハ如何にもと云
事ハありませす、兎に角療用阿連、
私も両人の内、誠の肋膜ニ而近日治せさるハ
金ハかゝるとも月外や参上可申候、
(封筒なし)

注
（1）書簡―明治四十一年六月二十日、
（2）肋膜―廉次郎肋膜に罹る、
（3）新聞社―東京下谷の料理新聞社のことか、
（4）登用試験―祖父文太郎は廉次郎に何か登用試験を希望している風に思える、
（5）覚美―及川覚美、帰国するように忠告か、
（6）山林代金―文太郎山林を手放したとみえる、

52、市内本郷区金助町　清秀館本館方

小原廉次郎様
　　　　　　　船橋生
　　　　　　　料理新聞社
　　　　　　　（ハガキ）
廿一日

拝啓、一昨日ハ今承昨日小生彼の小池
にて弐匹を獲たり御□暇の節餌と
釣具御持参し、井田君[1]御同伴御来駕
あるべし、早朝からなれば食パン御用
意、○彼のみさの新聞の件至急ニ何
へでも御交渉相願度、同主人[2]病気にて
万一重患に陥り候てハ水泡に帰し候
可申決心も配慮願被下度候、
○御指定の真田の処は物になり兼候へ共懇（ママ）地致候、
○雨天はダメ、昨日の忽雨にて
△本日はダメなり、再□に向ふ　愉快々々
注（1）井田君―井田弦声（一八八六～？）のことか、
（2）同主人―誰のことか、

53、東京市本郷区金助町弐拾七番地　清秀館内

小原廉次郎様
親展
（封書・巻紙）

当地方霖雨欝陶敷候得共、私共ハ無
事ニ而罷在候間、乍憚案神被下度候、
猶亦田植仕已候間、是亦休神可下候、
扨御病気之所、如何相成候哉案事
居候間否御加持怠りなく祈居候、
就而ハ宜からんと存居候、多分一週間
以内を以全快ニ及かと思慮仕候
何分にも食事ニ注意可申候、酒杯ハ勿
論悪ひ必共惣食するべからず、
尚亦医者之如何なる病名付られ候とも
恐るゝに足らず、貴公も医道ハ少ゝハ
心得も有るべきニ全くの名の付く
病気ニ而相成よく／＼考候而申上
の事なり、今之処、薬用仕居ハバ如何
に相見得申候、此以報知可申候、
然るニ三宅先生ニも御相談あ連、先生も
医道ニ達したる人物に候得者薬用之
事杯ハ存じも有筈、仍御聞配可申者也、
私の存承ニは左程之難病とハならんかと

思ひ候、兎に角療用仕るべし
全快次第を以報知あらん事を乞、
紙面に拠連ハ神善事てな以し趣ニ而
乍案事も嘘案申ニ候、一寸見舞
申度候得とも遠路之事故乍思延引申候、
傭土用の時分ニも相成候得者何方ニか
遊興仕候由、就而ハ帰国して一夏之暑
を凌き可申と存居候間、何分にも覚美
御同道ニ而帰国之程存待候、猶亦角《(覚)》美
ハ正則中学校(1)に入学之由、あらや(2)の方紙面
来り由、承知仕候、一ケ月も過候間、少々ハ
帰り出候乎、何に役よりの休業候哉、是又
其節之角《(覚)》美ハ帰村す心得にと相成候か、
又東京ニ滞在仕か、若も如何の方也、
右之事角《(覚)》美並貴公熟談し上御
報知可申候、
彼縁談ニ付折角之處之聞配候得も是
ぞと思ふ者もあらず処、盛岡太田代先生(3)之
子孫ニ十七歳ニ相成候間高等女学校ニ
昨年たか一昨年たかに入学い多し候者
有之由ニ候、右ハ誠かとあらやの八重(4)ヲ
成田ニ遣し聞候処、如何にも女学校、
一昨年入学仕らせ候由、当春運道《(動)》と
かニ而再々あたり病気ニ相成家ニ居由、
今ハ全快ニ相成近日盛岡ニ行し由承
是より二年も経るとせば貰ふ事不什
右如何に取計可申や、一寸伺云（是宜と阿れハ
聞配申候間仕候遣事）
先日廿一日紙面ニ而五円送附仕候、尚亦
今日を以五円送附仕候間御受納可
有之候、猶亦跡之処（幾分入用）来月ニ相成候ハバ贈る可き候、
猶亦夫迠ニ土用休暇ニ帰国ならハ其節
後ニ御仕可申候べく用事而巳、早々

六月廿三日　小原文太郎

小原廉次郎殿

岩手県和賀郡立花村黒岩

六月廿二日　小原織江（印）

注
（1）正則中学校―予備校か
（2）あらや―新屋、及川久太郎家
（3）太田代先生―
（4）あらやの八重―

54、岩手県和賀郡立花村黒岩舘

小原文太郎様

在東都

廉次郎

六月廿六日

（ハガキ）

御送附の品正ニ受領申候、
日増少し宛よくなるかの如くなるも

何らもはかばかしからず(1)困り居候、
次に御申越の件(2)、承知も不承知も
現在《いま》の場合確答申上難く存候、兎に角
よく〳〵探偵の上になされて可ならん
と存じ候、
先は用事のみ御返事迠
草々

注（1）はかばかしからず—病気の状態
（2）申越の件—見合いの事、

55、東京市本郷区金助町　清秀館
小原夢外兄
長崎大村町一五
谷口良三
七月二日　（ハガキ）

拝啓、心にも無き御無沙汰仕り、何とも
早や御詫びの申上様も無御座、唯々
寛大なる御心に訴えるより外、無之候
小生目下郷里にて楽しき月日を
送る身と相成申候、近頃の暑さ
貴君の気焔も、嘸々と御察申上候、
御研筆の余暇も有之候はゞ、田舎
向の御書状、被下度奉願上候、
先ハ御見舞旁々御礼まで、匆々　不一

56、本郷区金助町廿七　清秀館内
小原廉次郎様
東京市牛込区下戸塚町二三
坪井生(1)
（ハガキ）

前略御免
折角の御書状ふれて小生本日小田原へ
参上廿日以后ならでは帰京仕らず候ニ付
誠に困却仕候、其以后ならでは遅延する
見込なれば順天堂金原氏に御依頼
致されては如何にや、先ず不取御
返事まで、
七月九日　敬具

注（1）坪井—坪井芳五郎か、明治三十九年十二月No.53書簡あり、

57、岩手県和賀郡立花村黒岩館
小原文太郎様
親展
（封書・便箋三枚）

拝啓
昨日の紙面にも申上通り、本日に至る
もまた何等の音信も無之如何致せし
事かと日々夜心配(1)致し居候、

尤もこれが病躯にあらずして、他に本職[2]でも出来る身ならば鬼も角只今の身にては又如何ともずべからさるものに有之候、殊に本日は盆の月とて女中共[3]他にも多少の金子もやらねばならぬ月、家の財政知らぬにはあらねど、さりてとて小生もあまりにみ苦しく候間、かくはお願申すものにて候、病気の儀はよ程快方に趣き出すならば本月末迠に快癒するかと思」ひ度候、病気さえ全快候ハバ早速本職、借金は決して御返却申すべく候間、何卒〳〵目下の窮状御推察の上御送願上候、前便には十五円と申し候ひしが只今申す通り、盆の為め少々入費もかさみ申候間、金十六円丈け大至急御送恵被下度願上候、帰宅致し度き心組みには御座候へ共何分にも」金子の関係も有之、それに病気もあり、帰宅し兼候間、この月も過ぎ来月あたりにでもなつたらば一寸帰国する覚悟に御座候、それにつけてもくれぐれも御送金被下る様偏に願上奉り候、先は用事のみ　早々

御送り願上候

七月十日、

廉次郎（印）

祖父様、

在東都　小原□□

七月十日

注

（１）心配—夢外は大分弱気になっている、神経質か、

（２）本職—現在は仕事がアルバイト的で本職は作家仕事ではないようだ、

（３）女中共—原稿の手伝いや身の世話する女性にお礼か、

58、岩手県和賀郡立花村黒岩舘
小原文太郎様
在東都
花まろ
(ハガキ)

七月十一日

毎日手紙差上る様に御座候が、あげたに何の音沙汰も無之、如何致せしか、今迠に例の無き事に御座候へばかくは申上るものに候、何卒此ハガキ届次第、ぜひ〳〵過日の御返事被下る様願上候、小生実に心配致し居候、謹誦は早速御通知被下度願上候、　先は、

59、市内本郷区金助町　清秀館方
小原夢外様
根岸笹の雪横町
船橋生
(ハガキ)

只今御帰りの後へ帰り申候、例の道筋なれば行会ひ申候と遠慮に存じ候、本日三宅先生に会見致候貴殿の儀[1]二つき先生至急に御相談ありとの事なれば明日にも先生へ御訪問相成候、次期取行詳細はハ拝眉万、
十一日午後六時
船橋生

注 (1) 貴殿の儀―就職に就いて三宅先生が心配している、

60、市内本郷区金助町　清秀館本店にて
小原夢外先生
(料理新聞社スタンプ)
(ハガキ)

十五日午前五時

拝啓、一昨日ハ失礼申上候、就ては昨日も御来駕かと存じ居り候、本日ハいよ〳〵新聞発送二つき御寸暇あらば此かきつ一見次第御来駕仰被下度、此段御依頼被申上候、以上
船橋生

61、岩手県和賀郡立花村黒岩舘
小原文太郎様
在東都
小原生

七月二十二日　（ハガキ）

爾来病気日増　快方、まだ常
体とは却さぬ迄も、此處の處
来月初めより出社[1]に差支無き
に至るかと思ひ居候、
御二方様には別にお変りもあらせ
られぬにや御伺申上候、
先は用事のみ　早々

注（1）出社―就職先が決まったようである、

62、岩手県和賀郡立花村黒岩舘

小原文太郎様

在東都
花まろ出ス
（ハガキ）

過日御端書差上申度に何らの御返事に接せず
如何せしものかと思ひ居申候、御二方様何處ぞお変
りもあらせらる、候や、左様なる事はあるまじと思はれ
申候、次に覚美[1]事、去ル十六日下野中学[2]に受験
するとて当地出発、その后何らの音沙汰無之候が、万一帰
国せるには非るや、帰国せるならば帰国せる由申越され
度候、尚過日お願申上候件[3]、如何御取り計らひ被下
候や、伺上候、病気は大体全快、尚眼薬は致し居候もの、
大方快癒、いよ〱来月一日より出社[4]致す覚悟に御座候、
先は用事のみ、何はともあれ、此ハガキ届次第至急御
返事なし被下度願上候、時節柄お身大切に御保養
の程願上候　早々

注（1）覚美―及川覚美
（2）下野中学―現・作新学院高等学校
（3）お願申上候件―十六円の送金のこと、
（4）来月一日より出社―八月一日より会社に勤務

63、岩手県和賀郡立花村黒岩舘

小原文太郎様

在東都
花まろ
（ハガキ、文字逆様）

七月廿六日

拝啓、昨日に申上之通り御返事無之
に於ては非常に不都合に相成申候間、
何卒々々御依頼の品、御一日も早く御
恵与御送附被下度願上候、東京
は目下八十度を下らざる暑さ、小生
もこれには大に閉口金の如く、何はと
もあれ此ハガキ届次第至急御返
事被下度、御依頼申上度候、
先は用事のみ　余は後便にて

64、岩手県和賀郡立花村黒岩舘
小原文太郎様
在東都
花まろ
出ス
（ハガキ）
二十九日

御返事申上候、覚美は今日に至る迄帰京致さず錦城中学に入学せしなどとは真赤な嘘の皮、同校にてはまだ生徒の募集も致さぬ位ゐに御座候、小生東京中学に入学しては如何申居しも、それは試験六ケ敷故受けずと申し居候、同中学は廿四五両日、それ以前の東京市内の中学の試験は無之候、宇都宮中学は十七八日両日これに多分落第したる結果、如何せしもにかと思ひ居候、何しろ覚美は如何せんか一向不分明、あらやでは何とも申居らず候や、右早速御待声有之度候、今の處同人は全く行衛不明、無ふん別な事でもしなければ宜いかと心配致し居候、戸籍謄本などは覚美には必用無き筈、畢竟父母を欺く手段と思はれ候、同人は目下非常なる堕落の淵に陥らんと致し居れば、よく〳〵家にて注意ありて然るべく、覚美は何を申か一向わかり兼申候、先は御返事迄
早々
（覚美は今月分の下宿料を如何するつもりなるかあらやに御問合はせ被下度候）

65、東京市本郷区金助町二七　清秀館
小原夢外様
（半紙二枚、鉛筆書）

時下日増に暑気相加りましたが貴兄には如何御暮らし遊されますか、小生は無事日を暮し居りましから御安心下さい、扨て出発の際に貴兄にいちはり帰宅致しましたから其の程は平に御許し下さい、私は今は学校を止め善き職業に従事致し考えです、今まで貴兄の御世話によりて色々如く勉強致しました、されでも中学校卒業しても金をかけたる幸力ないと見止めて地洋丸に乗ることに相成ましたから御安心下さい、今までの御世話に何重にも御礼申上げます、」
上京の際に貴兄の御祖父より金二円と手紙をたのまれましたから只今送ります着いたなら

早く貴家に手紙をやりて下さい、
私の荷物は一円五十七銭、貴
兄に借りてあるので家に
御送りて下さい、フトンハ
十五日間ばかり家に送らない
で下さい、後の物は御送り
下さい、
下宿料は幾らで
あるか家に送りて下さい、
先御世話様、御有
がとう、及川覚み

小原夢外様

□□□町中学校横町阿部方ニテ
□□□（岩手県）□□□□（西磐井郡）一の関町
覚み

66、東京市本郷区金助町二七　清秀館
小原夢外様
和賀郡立花村字黒岩
小田嶋みさ拝
（ハガキ）

御兄上様には郵船会社(1)へ御出勤
なされ候由、御よろこび申上候、妾事
夏期休業にて八月三日帰省致候
過日中は御無沙汰申上御申わけ
無之候、成績は残らず甲(2)にて御座候
間御安神下され度候、
先は一寸御しらせまで、

注（1）郵船会社—廉次郎は郵船会社に勤務か、根岸の主殿には連絡
しているか、
（2）甲—小田嶋みさは成績が優秀であった、後に廉次郎が養女に
望む、黒岩高等小学校、明治四十年卒業生、

67、本郷区金助町　清秀館本館にて
小原夢外様
船橋生
料理新聞社
（ハガキ）

十八日
拝啓、度〻暑中御走来被下
御察し申居り候処、目下手直しのみにて
甚困難の場合、何とか可好日々奔
走致居り候間、印刷処計算と併て
至急に都合致し居候、今朝両日奔
走の結果御挨拶申上候間、其節
御来駕被下度候、要件候　匆々
八月十八日

68、岩手県和賀郡立花村黒岩館

小原文太郎様

在東都

はなまろ

（ハガキ・本文逆様）

八月十八日

業務多忙に付、今迄返事相をくれ候段平に御許し被下度候、爾後病気は全然全快、御安心なし被下度候、次に一昨夜近所の本郷座[1]に落雷出火エライ騒ぎありしも小生下宿は一寸に類焼をまぬかれ候間、御安心なし被下度候、次に小生儀今回会社の要事にて千葉県銚子まで出張[2]致さねばならぬ事と相成候、旅費日当は不足と云ふにあらねど、あまりに心細く候間、大至急金三円御恵与被下度願上候、これは小生の試験[3]らしく、大事の場合に候へば、可成取り急ぎ御送附被下度候、出張日は二十三日午后[4]よりにて御座候間、何卒二十三日迄に間に逢ふ様ニ至急此ハガキ届次第御送附被下度願上候、何れくわしき事は、その内に手紙を以て御しらせ申し上ぐべく候、先は御願迄、早々、何卒御許容あらん事、くれぐれも願上候、早々

注
（1）本郷座—歌舞伎、催場、
（2）出張—郵船会社の出張というが内容不明である、
（3）試験—何の試験か、
（4）二十三日—八月二十三日午後より千葉県銚子へ出発する予定、

69、市内本郷区金助町　清秀館本館内

小原夢外先生

船橋生

料理新聞社

（ハガキ）

廿日

拝啓、其後ハ如何小生一両日中○印調達御宿迄持参可致候、其節新聞に対する万事御打合わせ願上候（当なる人物や詳しく分れば幸甚と存候）

○新聞記者に溝淵正気[1]と申す人有之右ハ憲政派[2]に属し目下市参事会員[3]に有之候、何れの新聞社に勤むる人か不分明ニつき甚恐縮ながら電話にて新聞社へ御聞合せの上折返し御一報相願度同氏にも電話有之候間、都合にて直接同家へ御聞合被下てもよろしく存じ候、至急御取斗願上候、以上

△尚如何人物や詳しく知れば幸甚と存候

注
（1）溝淵正気—麹町区会議員、『原敬日記』二巻にみえる、
（2）憲攻派—後の憲政会か、憲政擁護会か、
（3）市参事会員—東京市の市参事会員か

70、東京市本郷区金助町弐拾七番地　清秀館内

（封書・巻紙）

小原廉次郎様
　至急親展

先日雷ニ而本郷辺より出火之由、
噺之動転仕候間、尓ねし丈り候、
扠亦病気之所碇而快方ニ而
殊ニ案神仕候、以后ハ勤務ヲ
大切ニ存候間、短気[1]之行無之様勤て
あれ、而亦今度ハ銚子に出張之由、
如何なる用事ニ而罷越候哉、多分ハ
会議出入ニ付出張かと存候、
尚亦新聞社[2]の方ハ相止免申候や、
原稿[3]斗りも宜し差出し候乎、
兎に角あまりニ脳髄ニ障ん
様ニ可致候、
時に学校[4]の先生ハヲロガンとか
買ふニ付、村内寄附をつのり
あるき拙宅ニも参り候得とも
只後にと申し帳ニ附不申候、根岸
与太郎[5]氏拾円初筆跡ハ五円・三円・
一円より少きハあらず、右ニ寄附儀を
幾等出セハよ路し一寸伺云
帳見候得者一円より少きハなし
五十銭も出し候哉か、
時而主殿ハ君ハ会社ニ勤務之
處、為知候得者大悦之由ニ候、新聞
社出候由申せハ左程悦ひ不申候、
今般、郵船会社と申と得候、今度ハ
夫レなれハ誠ニ結構ニ存給ハ五十円
より不少と申候、就而ハ大切ニ勤候間
当年中ニ百円もと相成候へも
当村内[6]江も聞ひもよ路し、何分ニも
短気出さず様に可仕候、
今般出張ニ付、金三円入用之由、
早速ニ御送附申候間、御入掌可申候、
然處ニ毎度其会社ハ出張仕らねハ
ならぬ役なるか、猶亦君の才を見ん
為の出張か伺乞、
総而同役衆ハ何人斗[7]り有之哉、
猶亦何人有之而も皆〻法学士[8]ニ
候と存候、君ハ何の役掛候や、
右委細御報知あらん事阿れ、
申述度事有之候得共、余ハ後便而
可申候　早々
　八月廿一日
小原文太郎
　小原廉次郎殿
東京より銚子道法[9]、

本所・平井・小岩・市川・中山
舟橋・津田沼・幕張・稲毛・千葉県
四ケ街道・佐倉・成田道より不行、八街・月向・成東
松尾・横足・八日市場・干潟・旭町
飯岡・猿田・松度・銚子、
二白、暑中甚しく候間、水を呑ミ毎々「あがり
しょやうぢ」とも呑後水を呑得度し、当り御身を大切ニあれ、
岩手県和賀郡立花村黒岩舘
小原文太郎（印）

八月廿一日

注
（1）短気―廉次郎は大分気が短かったようである、
（2）新聞社―料理新聞社、
（3）原稿―原稿を何か書いていた、
（4）学校―黒岩小学校
（5）与太郎―根岸の小田島与太郎、故源造の父、
（6）当村内―廉次郎が郵船会社に就職したことで月給も五十円も取り村の話題ともなるという意味か、
（7）何人斗―会社の人数は何人かと問う、
（8）皆、法学士―皆大学卒業生の意味か、
（9）銚子道法―東京より銚子までの道順を調べて通知する、

71、東京本郷区金助町廿七　清秀館内

小原夢外様
北海道勇払郡早来
本郷ナヲヱ拝

（ハガキ）

八月二十一日

暑気きびしき此頃あなた様には御かはりも
おはしまさずや、殊に御地は当地と異リ定
めし御しのぎがたき御事と御さっし参らせ候、
次に妾事無事に暮し居りし事御安心下さ
れう候、七月廿一日当地出立致し室蘭に一泊
汽船にて虻田に参りて無事誌（ママ）有終り
て九日に帰宅致し申候、愉快につき北海道等
時節様くれぐれも御自愛を祈上候、取り急
ぎ例の願なるにて　かしこ

72、本郷区金助町　清秀館内

小原夢外様
船橋生
料理新聞社

（ハガキ）

廿四日

拝啓、小生伺ひ可申之処、例の会
社一件（1）にて寸暇も無之候間、甚君
中御足労ながら本日午後二時
後に御来駕相願度、此分ながら
都合致し度候、
会社は過半好況に御申候、詳細
は拝眉万々

八月廿四日

注（1）会社一件―何であろうか、夢外との関係か、

73、本郷区金助町　清秀館内
小原夢外様

料理新聞社
船橋生

廿六日

（ハガキ）

貴稿昨日正午正ニ領収第四面として東北案内、関西案内、寄稿の三篇に写真を加え一頁となし印刷所へ廻送せり○御名章小生にて難読の文字頗る多し、文撰手も困却致すべし、此後御手加減願上候○第五面のもの（矢張り旅行界記事）名勝案内其他至急御廻し願上候、待入候、

74、市内本郷区金助町　清秀館内
小原夢外様

料理新聞社
船橋生

廿七日

（ハガキ）

拝啓、昨日願上候原稿は如何に御座候哉、本日是非第五面原稿相廻し度候、第三面の分も御急ぎ候願上候○訪問記の何か無御座候や○菓子製法も相願度候（切抜きでなく原稿此のに書きかへ）偏に御急ぎ奉願上候、以上

七（八）月廿七日午前十時

75、岩手県和賀郡立花村黒岩館
小原文太郎様

在東都
としまろ

（ハガキ）

八月廿七日夜

本日午后四時帰宅、[1] 三日海水浴[2]の為め真黒に相成申候、次に家の本箱（漆塗りの）の引き出しの中に大日本婦女人名辞典の受[3]領書七枚有之候間、至急さがし出し御送附被下度候、聞き封にして小ヨリにてトヂてよこせば二銭にまいり申候、可成大至急願申上候、それから過日もお願致せしものも可成早くお願申候、皆様お変りなく候や、小生益〻無事、根岸の人達、西の清蔵[4]どのによろしく願上候、

注（1）本日午后四時帰宅―八月二十七日午後四時、銚子より帰宅、
（2）海水浴―夢外は海水浴が得意とみえる、子供の頃に北上川で

遊んだからか、
（3）大日本婦女人名辞典―
（4）西の清蔵―分家の小原清蔵、

76、市内本郷区金助町　清秀館内
小原夢外様
料理新聞社
（ハガキ）

廿八日
御原稿正ニ領収致し候
明日御来駕委細御話し
申上候　頓首

77、本郷区金助町　清秀館ニテ
小原夢外兄
弦生[1]
（ハガキ）

帰京後いろ〳〵なことにて
つひ〳〵御無音の段御兄
雨や風にて滲〻なめに逢
ひ候、何れ近日御訪ね可申候、
但しその節は前以て電話
でゞもお伝申候、先生へ
よろしく

八月二十八日

注（1）井田弦声（一八八六～？）小説家、巌谷小波門下

78、東京市本郷区金助町二七　清秀館
小原夢外様
なら公納堂町
橋村義太郎
（ハガキ）

朝夕は大変凌きよくなった、いつも兄から手紙を戴いて夫れから返事出すなんで毎度恐入如何、君の手紙ては古川君[1]ハ帰国したとか、生ハ一向消息ハうかない乃公[2]今年の夏ハ大磯に行く気とか云ふ病気に就き襲来せられ、去る十六日[3]に一寸帰省して居るんだ手足一体ハ麻痺して居ることある車持つゝも不自由歩行も不自由イヤハヤ大閉口〳〵然し前二週間もすれば全快する様にここにつて居る事、先づ生命にて百条等下に
いづれまた、後便にて

注（1）古川君―夢外や橋村の友達
（2）公―古川のことか、
（3）十六日―七月十六日、橋村が怪我したことか、

79、東京市本郷区金助町二十七　清秀館内
小原廉次郎様
岩手県和賀郡立花村黒岩
小原文太郎
八月廿九日
（ハガキ）

追啓申上候、受領証本箱引出しに只一枚有り跡ハ何方ニ置候哉、若上京之節持参致不申や、此所よく〳〵其方も尋ね申候、尚亦内ニ而も尋見可申候、先ハ引出しニ一枚見附次第を以申上候、君ハ人名辞書の見本だか持参致候ト見受申候、其節一所ニ仕己見置かと考申候、右見目一枚あり追て送附被申候、右早々　尚見附次第に可申上候

80、本郷金助町二七　清秀館
小原廉次郎様
（ハガキ）

謹啓拙宅（柳樽寺）是迄芝、下高輪、五十六に有之候處今回肩書の番地へ移転仕候僅に一番地の相違に有之候得共場所は一二町隔たり居候間一応御通知申上候
電車は旧東電線東禅寺停留場にて下車し東禅寺裏隣を御尋ね被下候得ばずぐに相分り申候

明治四十一年
九月一日
東京市芝区下高輪町五十五番地
柳樽寺川柳会　井上幸一
（剣花坊、秋剣）

81、市内本郷区金助町　清秀館内
小原夢外様
料理新聞社
船橋生
二日
（ハガキ）

拝啓、小生去月廿九日朝より横浜へ出張本日帰宅御信書拝見仕候次第不取敢此段御返事申上候、要事は明日更に御通信可申上候、頓首
九月二日午後七時

82、本郷金助町二十七　清秀館内
小原廉次郎君
芝今入町二六
三宅
五日
（ハガキ）

誠に御面倒様ながら、先日

の華結構につき十本
だけお求め被下度願上候、
可成は早き方よろしく
候得ども御序の節自
由なるべく御持参を請ふ
右御依頼まで、早々、

83、東京市本郷区金助町廿七　清秀館内
小原夢外大兄
岩手県和賀郡立花村字黒岩
小田嶋主殿
九月五日　（ハガキ）

時ニ残暑之候、如何御消光にや、其後者まことに御無沙汰申上失礼仕候、過日中妹[1]へは厚き御言葉等拙者拝見致うれしく存じ申候、
尚郵船会社へ御出勤之由、拙家一同悦び罷在候、房州よりは御帰京なされ候由、承はり弱弟ただ羨むのみ・・・途中勝景録にても有之状ハト
おひまの節御もらし被下度奉願上候、御著述『母のの罪』者在野[2]の評番と相成り好評積々、
目下筆を取られ候や、あまり悩を御つかひなさら間敷、
先は御無沙汰の御わびまで、何卒御宥恕被下度奉願上候、

注　（1）妹―主殿の妹ミサ、夢外はミサに最初に近況を報告してみたい、
（2）在野―著述の『母の罪』黒岩等では好評という意味か、

84、岩手県和賀郡立花村黒岩舘
小原文太郎様
在東都
花まろ
九月九日　（ハガキ）

過日御願上置き候ズボンと、その外の一件、御送附になるは今か〳〵と相待ち居候も、今以て何等の御返事これ無きのみか、御送附もこれ無く、小生殆と困却致し居候間、先日もハガキにて申上置ノ通り大至急御送附被下度願上候、頼んで置きたるズボンは五六日以前に出来致し早や着用致し居り候間、それにつけても一日も早く御送附有之様御願申上候、
先は用事のみ御願まで　早々

85、岩手県和賀郡立花村黒岩舘
小原文太郎様
在東都
花まろ
九月十六日　（ハガキ）

拝啓、過日申上候人名辞書受領証は

今考へ申候へば、本箱引き出しの中の小箱の仲、何れにか仕舞ひ置きたると相違無之候へば、何卒右探し出し至急御恵投被下度候、尤も七回分丈け一枚にて事足り申候へば、其他は必用これなく候、右受領証を証拠として訴訟を超すやも計り難ければ何卒ト坐にて考へても御送附被下度候、右至急御願迠、早々

86、岩手県和賀郡立花村黒岩舘
小原文太郎様
在東都
小原廉次郎
（ハガキ）

十月五日

御送附の栗有難く冠味仕候、内三宅先生方、並びに友人（会社の）等にて分配皆々喜び居申候、目下東京にては小さいので一升四十銭位ゐに御座候、本日も午前出社前、ヤカワンにて煮てたべ申候、
尚申上度き事の外も、あれ近日中詳しき御報返事申上るつもりに候へばこれにて擱筆仕候、先は御礼のみ候、御返事迠　早々

87、東京市本郷区金助町二十七　清秀館内
小原廉次郎君
台中新町
及川万四郎
（ハガキ）

君は何か病気でないか、どうも妙だねー神経衰弱などにかゝつては居らぬか、どうも僕は、君の手紙を読んで真面目に返事書く気になられんねー、何れ本年中か来春か一寸上京の予定だ、其時逢ふべしー、唯言ふて置くのは僕は昔のままの健吾なり、

88、本郷区千駄木林町二十五番地
松浦邸内[1]
小原敏麿様[2]
（封書）

仰せ帰て私とてもよわり目に多ゝり目阿なたさまの御顔を拝せんわ私にとってわ

ぶつ〳〵ふつ目となし
又ゝ時節をまてば
大当り目になり
御顔を拝することを
あるで志よ、阿〜
小原のだんな、[3]兎角
世の中わまゝになりませんよ、
阿奈多わ母上さまに
御病気のかんびょを
みずからなさるわ
さそかし御嬉しき
御事でしよ、黄泉乃
人となれば看護わ
二度とわ出来ません
母わ愚女が申迠も
ないです、五拾之歳の
くそはゞ[4]と悪口其
今の内です、仰せば
仏様奈むあみ多ぶ
つ法です、朝夕手を合
仏前に向い悪口其
申へないでしよ、影口
悪言はてわ楽しく
内です、死せばのんき其

中へないでしよ称し
。やはり鬼の目にも
なみ多でしよ
鬼なれば金棒を
とられなみ多ですか
小原のだんなわ
金の棒をとられ
大雨が降でうよ
父[5]上でわこまるし
が起かないふうよ
母上さまを充ぐ
看護なされ、せいぜい
○印を口にて大こまるし
一日も早やく私の
大当り目ハゆなし
貴さまの御顔を
拝まして被下
さいなしせほ其
なちゆれば私も
五十之歳のくそはばと
一諸大病気になっ
ますよ、両方に病人の
出来ら者だんな
一人にてわ両人の

看病ができないでしよ
其れ思っば一日も
早く母上さまを
全快なさるよー
ごかんぴょ願舛、
静雄(6)

小原兄と《(ママ)》さま、
しかし
母上さま御病気
にてわ憮るし御困
てしよ、御推察致舛、
御静養専一願舛、
まゝになる身なれば
一日なりとも看護に
来て舛ず御自分の
身上悪からず
御まち阿れ

京橋区在府　広瀬静夫(7)

注
(1) 松浦邸―本郷区千駄木林町二五、松浦歓一郎、
(2) 小原敏麿―此の頃から敏麿を使用する、
(3) 小原のだんな―母松枝の書簡で息子をそう呼ぶ、
(4) 五拾之歳のくそはゞ―母松枝はそう謙遜する、
(5) 父上―松枝の旦那故小原悦治、
(6) 静雄―母松枝の偽名、
(7) 広瀬静夫―母の偽名、広瀬姓は後、和賀の鉱山経営で国会議員広瀬為久の姓か、表現から辰次郎夫婦と東京に居られたとみえる

89、東京市本郷区金助町二十七　清秀館内

小原廉次郎様

岩手県和賀郡立花村黒岩館

小原文太郎

（ハガキ・エンピツ書）

葉書十一日届、直く十二日九時停車場より
単物贈り申し候間、足袋も二足
右御入掌可被下候、御病気之所者
御信《(ママ)》全快之方承り猶に保養
あれ、当方も無事候間乍憚
御案心可申候、荷物届次第
報知可申候、為念端書被下
先用申上候、早々

十一月十二日　前九時出し

90、本郷区森川町四　蓋平館

小原敏麿様

（ハガキ）

拝啓　病気の上今免角面よ
ろしからず候ニ付、明後廿四日午
後七時頃御尊来被下度
願上候

廿二日

鳥谷部

春汀(1)

注 (1) 鳥谷部春汀—鳥谷部春汀（一八六五—一九〇八）青森県三戸郡五戸村出身の作家、敏麿を博文館に紹介する。この後死去、敏麿の書簡にあり、『博文館五十年史』に詳しい、評論家でもあった、

91、市内本郷区森川町四番　蓋平館(1)　（ハガキ）

小原敏麿様

拝啓　御ハガキ拝見仕り候

小生事未ダ五六日中には帰宅セズ候間御閑暇も有れ度御来談被下度候、博文館(2)の方ハ先より何よりの事に御座候

十一月二十三日

武田源次郎(3)

注 (1) 蓋平館—本郷区森川町四東大正門前（現・東京都文京区）、別館に石川啄木が下宿する、

(2) 博文館—当時大橋氏経営の出版社、三宅青軒や武田源次郎の世話でこの博文館に入社する、

(3) 武田源次郎—岩手県和賀郡煤孫村出身、元博文館勤務、

92、岩手県和賀郡立花村字黒岩

小原文太郎殿

海軍水雷学校気付

水雷挺白鷹

工藤迪　（ハガキ）

十二月九日

拝啓　日頃寒風烈取候処御家内様には如何被遊候也、下而小生儀何の変りも無之軍務罷在候間御安心被下度候、乍恐小生も上官の御引立を蒙り別条なぐ今日迄経過候得ば是れ又御安心なし被下度候、以上

93、岩手県和賀郡立花村黒岩館　（封書・原稿用紙四枚）

小原文太郎様

親展

受領証

一金五円也

右正ニ受領仕候也

十一月十五日

小原敏麿

小原文太郎様

今迄秘し居り申候ひしが、実は去る十一月廿

八日以来、肋膜を再発多少重体と相成る心配もあり、医師の勧告に依り湯島なる順天堂病院(1)に入院、右肋骨より水を一回に二百グラム宛三回取り去り申候、而して本日漸く退院(2)、かくと申上候、はじ尚更御心配かけ上るものと思ひ申候侭、今迠かくし居く次第に御座候、
右様の次第に御座候へば一時は非常の重体、友人などは『小原が死にさうだ』と迠云ひはやせしとか、今では全快と至らざるも兎に角八分通りは快方に赴き申候間、はばかり乍ら御安心被下度候、
此入院日数約十七日間、一日看護婦付き中等にて一日二円五十銭宛、外手術料二円宛六円、診察料五円、合計五十八円五十銭、それに」御送附被下れし金員は前后に十円丈け、病気に入院して居る中は原稿も出来ず（博文館(3)には月極まつた原稿をやるものに候）入院料も随って払へざるものから、随分と苦しい算段も致し、質も置きても足らず、遂に本日退院するに当り宛てにして居た金も御送附被下ぬ故、もとの保証人坪井章次郎氏(4)より三十円借用致し、こゝに漸く退院する運びに至り申候、
　世間何が悲しいとて病気して金の無き位に悲しき事これあるまじくとは昨日つぐ〳〵と考へし処に御座候、
小生、病后の身体とても思ふ様に働きも出来ず、その上、坪井氏には本月末迠に返金の約束を致し置きし次第に御座候へば、甚恐れ入り候へども、二十五円だけ、この場合は何とか是非御都合なし被下度願上候、
此金もし出来ぬとあれば、小生坪井氏に対して面皮を欺き、東京にも居られなくなる様な次第、祖父様の御手元の苦しさ山なら御推察致し居候へともさりとて外に誰れにた」よらんずべくも無き侭、かくは無心申上たくものに御座候、
放蕩や何やで費消した金なら兎も角、事情右の如きもの、小生も本年は不幸続き、実に何をした事かとつく〳〵情け無くあり申候、
何卒々大至急御金配の上御恵与被下る様偏に願上奉り候、
次に縁談の件(5)、祖父様より祖母様に、物事は左様に急がぬもの、猫の子一匹貰ふにもさら急には往しものでなしと仰被下度候、尚二人で写真云々、これはまだ話しが稍まとまりかゝつてあると云ふ丈けで出来るものなりや否や、とくと御考へ被下度、而して東京は黒岩と異ゐ連れて来てから后祝言をやると云ふ様

な事は全然これ無く候、つれて来るとなれば同時に披露を致さねばならぬは東京の風習、あまりお急ぎなさるゝ様では、又もやこの縁談こはれぬとも云はれずと左様仰せ被下度候、尚同人の写真は先方に送り返しキ様にくれぐれ候、」

急かなくても埞まる時には埞まるもの、まづ〳〵果報はねて待ての流儀におやり被下度候、

本月は年末の事でもあり、殊に病院でもあり、一寸帰国致し度き考へありしも、医師は肋まくのものが寒い處に汽車で行くのは死にに行く様なものだと申されしにつき、思止まり申候。

来春になり、食の都合もよろしく此の縁談でも物になつたら、二人連れで(6)何れ帰るも致すべし、これは小生丈の考へに御座候、病后の事とて独草いよ〳〵快筆と相成申候、よろしく御判読被下度候、先は用事のみ、余は後便に譲る、

右前述の金員成可く早く御恵与被下度願上奉り候、

十二月十六日午后六時

としまろ

小原文太郎様

在東都(7)

十二月十六日投稿

としまろ

注
（1）順天堂病院―順天堂医院
（2）退院―十一月二十八日から十七日間入院、
（3）博文館―既に郵船会社を辞めて博文館に入社か、但し「月極まつた原稿をやる」と、
（4）坪井章次郎―敏麿の保証人、
（5）縁談の件―田舎よりの縁談話、
（6）二人連れで―静江との事を指すか、
（7）在東都―住所を示さない、既に金助町二十七番地清秀館を出て本郷区森川町四蓋平館か、

94、岩手県和賀郡立花村黒岩館
小原文太郎様

在東都

小原敏磨

（ハガキ）（本文逆様）

十二月十四日

再三書面を差上たれど、今に何等の御返事に接せず、いかなる御事情にやと日夜思ひ暮らし居候、何卒、此ハガキ届次第至急御返事に預度願上候、東京は此頃やゝ寒く相成り綿入れ模様と相成申候も、さりとて未だ動へ兼ねる風には非らず、又本年は案外風も少き体に御座候へば先づ

御安心なし被下願上候、
先は用事のみ、御返事お待ち上候　早々

95、本郷区森川町四（大学正門側）
蓋平館
小原敏麿様
（ハガキ、青ペン）

小生本日感冒の為め
に終日籠付遂に失
礼致候、但し軽症ナレバ
明二十二日ヨリ必ラズ参
上可致□候　十二月二十一日
青山　武田　拝

96、岩手県和賀郡立花村黒岩舘
小原文太郎様
在東都
としまろ
（ハガキ）

爾后天災の来る事甚しく候、十六日夜、盗賊に入
られ（宜い物は宅に無かつたけれど）例の画ガイキの裏付いた
羽
織迠してやられ、小生の買い置きし物共他、五十円計りもの
をやられ申候、続いて十八日夜九時半より腹痛甚しく
十九、二十、二十一の四日間は一昼夜平均三十回乃至二
十三四回の下痢、本日に至り漸く昼二回に減じ申候、
何しろ身体の衰弱も甚しく、とても帰省は相成兼ね申候、
下宿屋の捨炭、甚しきものあれば此際と申しても病后と云
へ余日なければ来春早く所存考へ、他人の仲(1)はつく〱
と厭やになり、これでは何うでも彼を連れよせ(2)ねばなる
まじと昨夜も寝て居て考へ申候、されど病気も大略
は全快仕候へば決して〱御心配被下ぬ様伏して願上
奉り候、カスリの羽織至急おこしらひ御恵与
被下は甚幸　乱筆にて御判読、

注（1）他人の仲―下宿を替えたい、
（2）連れよせ―静江のことか、

97、岩手県和賀郡立花村黒岩舘
小原文太郎様
親展
（封書・半紙三枚）

菊地先生、省三其他何人
にも小生の住居不明のむき
申され度候

受領証
一金弐拾五円也　外木綿綿入一、昂織一、

右正ニ受領候也
　十二月二十六　　小原敏麿（印）
小原文太郎様
退院後肋膜の方は余程宜し、然共、例の下痢の方あまりよろしからず、放り居申候、付きては帰宅せよとの事、それは少〻に無理かと存じ候、純一とやらは兎も角肋膜の患者が汽車に乗りて寒地に向ふは医者ならぬ素人より考へても危険千万なる事、それも小生病気をとも全快の見込みなく、死に近しんと云ふならば国に帰っても死ぬと云事もあれど小生まだ死にさらは無之、まづこの寒さの中は医師の云ふに任せし当分帰国は致すまじき考へ、当博文館の方も入社した早〻帰国も館主[1]に対して面目次第も無きわけなれば当分は在京して病気全快其後の便を待ちて、夫婦づれに[2]て帰国いたすべく候、盗賊に付いての御不審、一応御尤も次第、されどもそれは小生夕方薬取りに（診療を兼ねて）医師の處迠行きし間、五時半より六時迠の間に盗まれ申候、この間には下女共の尤もいたがはしき間の事にて戸を開け、そこより忍び込み、行李も開け、よさゝうなものゝみ選みて持ち行しましもの、あの羽織迄持ち行きしに付は聊か小生も驚き入申候、」
病中は此の蓋平館にて赤痢とでも思ったものか非常なる猛待に過をうけつぎ〱悲しき眼に逢ひ申候、
来春早々転宿[3]は致すつもりに候、新聞は御不審然れど、これは病中の事とて、自ら封ざる事も出来ず、封ぜざれば下女も出して呉れぬ故、つゐその侭になし置き、友人の来り候折り[4]頼みて一時に出せしもの、別に何の不思議も無之ものに候、
前ゝ便にて酒と莨厳禁の由、これは申さるゝ迠も無く禁じ居り、尤も酒も莨も呑み度い程なれば、病気とは申されぬものかと存じ候。今日迠に小生の友人三人死去仕候。一人は橋村[5]とて奈良の人、これも同じ肋まくにて小生より少し先きに順天堂に入院致し居たるもの、遂一昨日死去、一人は五戸《ゴノヘ》の人に鳥谷部春汀[6]とて『太陽』の記者なるが、これは三宅先生の友人にて小生の為めにも恩人に候が、去ル二[7]十一日赤痢にて死去、も一人は斉藤銀蔵とて俳句の大写号を雪中庵雀志と申せし人、これも赤痢にて去ル二十五日死去、小生と何となく心細き心地仕候、」
それにつけても御二方様精〻御保養なし被下度候、万一の事ありては小生も思ひ通り腕を振ふ事相出来不申ざるわけに候、来年二月あたりには少くて百円位[8]ゐは屹度

送金致すべく候間、何卒〳〵それ迠は小生を御救助被下度願上候、尤も正月分の下宿料はかせぎ申すべければ、それは御心配に及ばず、唯病院の保養に御救ゐを求むるものに候、家より持参のセンベイ布団を一枚敷いて寝て居る有様、随分哀れと申せば哀れに御座候、されど小生はどんな事ありても死ぬ様な事あるまじく候間、決して御心配被下まじく右御安心なし被下度願上候、先は用事のみ、御返事まで　早々

十二月二十六日夜　　としまろ（印）

祖父様

在東都　小原敏麿

十二月廿七日

注

（1）館主―博文館主大橋新太郎、博文館は前年、創業二十周年記念式典を挙げる、

（2）夫婦づれにて―内縁の妻静江と共にの意か、

（3）転宿―蓋平館を出たい、

（4）友人の来り候折り―誰か、武田源次郎か、

（5）橋村―橋村義太郎、敏麿の友人、奈良の人、年賀状、書簡あり、

（6）鳥谷部春汀―鳥谷部銑太郎（一八六五―一九〇八）青森県五戸村の出身、評論家、博文館で「太陽」等を編集、敏麿を博文館に紹介する、十二月二十一日、四十四歳で没す。敏麿の恩人でもある、十一月二十二日付け葉書あり、「拝啓　病気の上□兎角よろしからずニ付明后廿四日午後七時頃御尋来待被度願上候、鳥谷部春汀　廿二日」『博文館五十年誌』二〇八頁に掲載、『東北近代文学事典』三七七頁参照、

（7）斉藤銀蔵―飯田銀蔵（一八五一―一九〇八）、俳句の雪中庵雀志、

（8）百円位ゐ―敏麿は大きい仕事の目処がついた模様、

明治四十二年（一九〇九）

1、本郷区森川町四　蓋平館内
小原敏麿様

（ハガキ）

謹賀新年
明治四十二年一月

東京市牛込区北山伏町二十九番地
坪谷善四郎[1]
（電話番町一五五九番）

注（1）坪谷善四郎―坪谷水哉（一八六二―一九四九）、本名善四郎、博文館「太陽」の編集者等、『博文館五十年史』「本書の編述に就いて」昭和十二年五月、水哉　坪谷善四郎識、

2、東京市本郷区森川町四　蓋平館内
小原敏麿君

岩手県和賀郡立花村字黒岩
小田嶋妙仙
（ハガキ）

虔賀新年
併而謝平素疎遠
尚祈大兄万福雄健筆
明けて御目出度う新年之東京尚更御目
出度事奉遥羨候・・・これで吾輩も弐拾壱
歳かね・・・、

明治四拾弐年壱月元旦

3、本郷区森川町四　蓋平館ニテ
小原敏麿様

千駄木林町二五
松浦歓一郎
（ハガキ）

賀正
不景気も
今はいろ〱に
中年や
いと「ケッコウ」な
酉の元旦

4、岩手県和賀郡黒岩
小原文太郎様

（ハガキ）

謹賀新年
元旦

台中新町
及川万四郎

5、岩手県和賀郡立花村黒岩

小原文太郎様
北海道札幌郡豊平町一
藤原章一方
及川覚美
（ハガキ）

恭賀新年
明治四拾弐年
一月元旦

6、和賀郡立花村黒岩
小原文太郎様
陸中台温泉
冨手三太郎
（ハガキ）

恭賀新年
己酉　元旦（台温泉絵はがき）

7、岩手県和賀郡立花村黒岩
小原文太郎様
（ハガキ）

謹賀新年
明治四十二年一月元旦
軍馬補充部釧路支部
及川喜八

8、市内本郷区森川町四　蓋平館
小原敏麿君
久良岐[1]（朱印）
（ハガキ、印刷）

乙酉元旦翠雲
試筆
異な声を先づ門松
へひかせる　へび　技

注　（1）久良岐—阪井辨（一八六九—一九四五）
明治三十七年六月、第一回「川柳会」を開催する、久良岐社を結成する、

9、岩手県和賀郡立花村黒岩舘
小原文太郎様
在東都
小原敏麿
（ハガキ）

恭賀新年
病気能く全快されど未だしつかり
したとは申されず候、御都合に依りマル一
御恵与に預り度候、尚西の清蔵どの

其他には年賀状差上申さず候条
祖父様よりよろしく御伝声御
依頼申上候、先は用事のみ、御願
迠　早々　以上
　一月元旦

10、小原敏麿殿　（封書・荷物と共か、巻紙）

恭賀新年
最早寒にも近く相也候得者巨燵
離れがたく併例年ニ比すれハ
寒み薄らき而雪ハ有と云斗ト
穏らそ、是より寒にも相成候ハバ雪
降り申候、扨君之御病気之処
御全快と承り一先案神仕候、
以後ハ大切ニ保養可申候、
腹痛下痢と聞候ハ腹痛下痢ハ
食物のあだり物也、決して
悪食するからず、特当家ニ於ても
無事ニ候間是に御案心被下度候、
祖母ハ持病之痔病あれ共別し
た承るなし、時に宿の伝三郎[1]ハ
家屋敷共売払候、此品ニ土蔵ハ
三拾円位なれハ買ニ宜しと存候
右ハほしゐ様ニ候然共金都合
により買事出来ず而候君ハ
二月三月頃ハ金ハ百ト弐百ハ出来[2]
るとの事、右誠之事ニ候得者
私共の悦ひ是ニ増たる事なし、
右ハ能き小説ても出来申候哉、
私共ニも案心候様御報知願
上候、是而巳心配仕居候、若に
出来ざるに於ハ別段了簡を
致さねばならぬ故知申上候、
今般寝敷蒲団[3]差上候ニも
御入手可申候、右ハ在物買入候得
ハ如何なる病人の敷たるも斗り
難く故、新調して申上候、せんべひ
蒲団ニ而寒くの由ニ而ト承り候間
今日取以贈り上候、
外ニ○送附候間何角に食用
可仕候様云ニ候得とも病気
斗り大切ニ可致候、兎に角に悪食を
不喰候様注意可有候、再発之
恐れ有ハ悪ニ仍所申上候、
時に当地方ハ米壱俵ハ八円四十銭
大豆壱俵ハ五円ト値ニ付困り申候、
　一月五日

小原文太郎

一月五日

注（1）宿の伝三郎―上宿の小田島伝三郎のことか、
（2）金ハ百ト弐百ハ出来る―脚本でも出来たか、敏麿一流のホラか、
（3）寝敷蒲団―敷蒲団新調して送る、

11、本郷区森川町四　蓋平館方
小原敏麿君
（ハガキ「内山」朱印）

小観即ち大観あり　君ノ
筆能く春汀[1]ニ記セリ
右原稿入るまで
草々

一月十一日　幻堂[2]

注（1）春汀―鳥谷部春汀か、既に没す、敏麿の友人、博文館先輩、
（2）幻堂―内山正如（一八六五―一九二二）小説家、博文館編集人、

12、岩手県和賀郡立花村黒岩舘
小原文太郎様
（封書・便箋五枚、未納スタンプ）

御手紙拝見仕候、過日の電報如何
に御覧ぜられ候や、それに付いては
何等の御返事無之只かれこれの事計り、
而して一文の御送金無き、これ小
生を困しむるの甚しきと申すもの、
小生は今や手元に一文も無
之、昨日よりの電車代にも困り
居る有様、それを何ぞや、
一向に御推察も無くば彼此の
世迷言計り、小生は己には
御事の投被下とや申せし覚え
無之候、外御手紙に依れば
金を使ふから帰村しろ
の何のと仰せ、畏り候と申
せば宜しきか、なれども、一文
の御送金も無く、その上」
金を使ふから帰れとの仰せ
これは子の出世を願ふ親の
道なるべきや、小生も親不幸
は致候へ共、かく迠云はるゝ
覚へは候はず候、御願申せし
十五円の金子も御恵与被下
候、又論法にも医師の云ひつ
け有るに係らむ故郷の習
慣を以ていらぬ老婆心入
申候、
下より厳禁云し、小生はこれに
付きては最早何事も申す間敷候、

菊本東隣(1)の一子隆造(2)が宜
き例、白骨になりて、小生
の帰国を見らる丶も間も無き
事に候べければさすれば小
生は金も使はず正洞寺(3)に
葬る事なれば国許に在る
道理、それで祖父様の本」
望なるべしと存じ候、一か八か
御送金被下や否や、大至急
御返じに及ばれ度く、尤も御送
金十八日迠に御送金無き時は
棺桶を御用意の上御上京(4)
の用意ありて然るべく候、
この十五日が小生に掛りては生
死の境、よく根岸叔母(5)に
も申聞け被下度候、昔から死ぬ〳〵
と云った人に死んだ人無しとか云
へど小生の手許には生憎モルヒ子
もあればストロキニーネもあり
眠るが如く死ぬ薬物も沢山
有之候、十八日迠に御送金
せず、小生の最后を見るも一興
ならんかとも存じ候、この」
手紙に対してグダ〳〵しき御返事

には一切及ばず、金送るか否かの
二つに御座候、十八日迠に御送金
無きに於ては、これが小生の最后
の手紙と相成べく候間、左様
御承知願上候、
尤も祖父様には小生の如き親
不幸の孫は無い方はよろし
かるべければ寧ろ小生が
生きて居ない方、怜悧の養子
でも迎へらる丶なるべく、小原家
も随って隆んになるべければ、
その方もよかるべきかと存じ候、
散る奴相文句を並べ申候も
しも祖父様にして小生の一命
と金十五円と何れ貴きやよ
ぐ御考への上、孫一人が」
十五円で幾何で買ふ事が出来る
と覚召すなら御送金に及はず、
それとも小生の一命を助けんと
思召されなば電報為替にて
御送附願上候、
返す〳〵も十八日迠に（をそくとも）届か
ざる時は小生は最后の決心致す
べく候間、左様御承知被下度候、

その決心の真か誤りかはおみくじ
でも引いて見たら小生の決心
の程わかるかと思ひ申候、
終りに臨んで『玉子は人の生命
をつなぐものならざる(6)』事を
一言仕り候、
十四日夜　としまろ
祖父様、
先払へに仕り一文も無之故
東京市本郷森川町四　蓋平館内
小原敏麿
十四日

注（1）菊本東隣—菊本東隣（一八三〇—一九〇九）上岩崎黒岩小学校の創設者で先生、また親鸞聖人の教えに遵い盛岡願教寺住職島地黙雷和上に帰依して自宅に宿縁寺を開創する、
（2）一子隆造—東隣の子供、菊本隆造割腹自殺か、
（3）正洞寺—小原家の菩提寺、子供のころの遊び場、
（4）御上京—祖父を脅かし送金を求める、
（5）根岸叔母—小田嶋鉄、喜代太の妻
（6）玉子・・・ならざる—母松枝が後夫辰次郎との間に出来た娘、タマをこの時点で認めていない、

13、東京本郷森川町四　蓋平館内
小原廉次郎様
及川省三
（ハガキ）

恭賀新年
明治四十二年
正月元旦

14、和賀郡立花村黒岩
小原文太郎様
御家内中
盛岡市十三日町
小田嶋みさ
（ハガキ）

恭賀新年
相かはらず留守中
御世話下され度願
上度し　かしこ
一月元旦

15、東京市本郷区森川町四番地　蓋平館（大学正門前側）
小原敏麿様
親展
（封書・巻紙）

略
昨日（廿六日）午前中に黒沢

尻に着す、午後二時前
後無事に郷里に到着
致候間御安心被下
度候、仙台以北ハ一面に
雪にて黒沢尻辺ハ
尺余に在れり、
母親[1]の病気ハ大分悪
して候へでも両三日前
よりハ声も立ち稍〻
元気付いたるやに御座候、
併し医者の言によれバ
今度ハダメならんかの
事に有之候、
小生ハ何分早く上京致し
度候へども、只今の處侍より
は予想しがたく候、併し
十日間ハ居るべく候、

次に松本芳彦氏[2]、若くは
塚本法学士[3]より金弐
拾五円ばかり融通を得
る事小生在京中に同氏
等者協議[4]成立致し居り
而かし未だ要領を得ざり
内に小生京地を出発
致し候次第、就ては
御手数御面倒ながら
貴兄に頼て同氏へ面会
し云今の事情を述べ右
金員御受取被成下度
願上候、
松本、塚本両氏ハ芝口二丁目
越中屋（電話二七三八）に居
られ候、若し同所に居られざる
場合ハ日本橋区本石町一丁目
十五、信州屋（電話、本二〇五七）
に居らるべき歟。
若し又た右両所に居らざる
場合は神田橋外、昌平
館と云ふ旅館に栗林の
申す仁（松本氏等のパートナー）居ら
るべく候間、同氏、御聞合せ候はじ、松本氏等の
居られる所を聞くを得べ
き歟、右にて分かるらざる場
合には不得止、山口[5]の程
ツルか、かー古の柏木（栗林
の宿所より分かる）に一寸御
問合わせ被下度候（電話にて）』

右乍御手数御世話
被下度願上候、
余ハ後便にゆづる　匆々　不一
一月二十七日
源二郎
小原夢外大兄
侍史
井田[6]氏方面是亦宜しく
御尽力被下度候
岩手県和賀郡下村局区岩崎村
武田源二郎[7]

注（1）母親―武田源二郎の母親、
（2）松本芳彦―源二郎の友人で敏麿とも関係あり、
（3）塚本法学士―源二郎の友人、敏麿とも関係する、
（4）協議―何を協議したか、
（5）山口―
（6）井田―井田弦声（一八八六―？）小説家
（7）武田源二郎―和賀郡岩崎村字煤孫一一二、盛岡中学の先輩、以前博文館に勤務、敏麿を援助する、万朝報の政治部長等、岩手日報や岩手毎日新聞社とも関係する、

16、岩手県和賀郡立花村黒岩舘

小原文太郎様
在東都
としまろ

二月三日　（ハガキ）

拝啓、過日手紙を以て御願申上の通り、此件是非にも御承知被下度候、右御承知にやと重ねて願申上るもの[1]に御座候、当地は良く暖、故風邪のおそろしく流行さる風に御座候、時節柄御老体御身大切になされ度願上候、くどくど申上様なれど何卒〱斯日迫に御願申上げ候、先は用事のみ　早々

注（1）重ねて願申上るもの―来月に迫った静江との結婚の承諾か、

17、東京市本郷区森川町四番地　蓋平館内

小原敏麿様
親展
（封書・半紙三枚、同封二枚）

当年ハ例年斗相変り寒気甚しく誠ニ以困り申候、湯治後ハ病気も快方との事、就而ハ私共に於ても一先ず案神申候、熱海[1]江入湯ハ入湯より薬師を求之由、申来り候ハ右の薬てない加持祈祷而、阿わせよ、全快なれハよ路しハ、併又もや盗賊之難ニ逢[2]如何したる事也、月給を受取しを紙入し、机の上ニ置とらるゝとの事、去年来もとられ

候節も申上候、金を持節者懐中する物と申上置候、紙袋に入机の上ニ置杯の不用心ハ阿るものでない、誠なら如才なし、金と云ものハ人の見ない所ニ置ハいづでも其様なもの也時に先達而紙面ニ畑地とも売る考ニ候得とも未タニ其事ニ不致候間、猶借り重り候得者私共斗りて了簡出来不申候、又も借候得者一ケ所斗り売りてハ不叶候と存候、此度如何取斗可申也、先ハ借置申候、借越而申なも百五六拾也、此次ハ送れと云事ハないか否存候得者、又も盗難に早困りますよ、私共も若ひ自分でなら百や弐百ハ君に相談ハ申しません、七拾余」候得者、金儲も出来ず斯申上候、俗にも老人のことなれハ思ふ様ニ借りる事モ不成、何共困り、君ニ送金と被申候得も私共迷惑ニ及候間、夫に付帰村致し候方と申上候、猶亦百姓持なれハ骨折不申金配にハ殆ト骨折も申候間、此所私共ニ苦労を不掛様可申候、就而ハ帰宅(3)して近所ニ而相働候ハバ私共ニ置いて安楽也ト存候、

扨覚美(4)ハ北海道ニ行一寸仮教師仕、其後者道庁ニ出勤替之由、覚美さんも金をとりて下宿旁間〻逢せる事之由、夫に貴公ハ月給ニテ不足送金とハ申され須（候得誰ニも不知様）穏便(5)ニ送り申候、君事月給四拾円余取り居事皆々ニ咄居申候、東京ニ而五拾円、盛岡ニ而弐拾円、それから君生国の方盛岡ニ而弐拾円位ニ有付事出来るかと存候、何卒私共ニも案神為致度盛岡地方に帰り、何角ニ相成候様被斗ひ被下度候、地方江帰り月給取候ハバ此老人共モ何程か嬉しく候、而盗賊と向事是より必ず禁します、腊《ユイ》位て済候ハバ格別之事てなし、盗賊だも必共一生懸命なり以後ハ我室の要用斗堅く仕るべし、」

時に貴公昨年帰宅之際ニ咄申候吉原系図(6)とかの原稿を書居候之由、右ハ虚説か実か書ト、せば大金の様承候ハ其原稿ハ出来さ以すればば君の家業も宜しくト存候、猶亦貴公も存通ニ売《う》れハ其金も小遣にあまり候べく、其節者私ニ於ても借用申考而や、弐百の金心易しト被存候、書としても当年中ニハ出来間敷候、兎に角にも博文館(7)に行何程か月給の儀ニ右之原稿ニ取懸り可申候、尚亦別段ニも其外之事も依願可有ト存候、それハ其原稿ハ中〻ニ書事不成候なり、全く其金を私共ハ当にする訳てなし、只出来さいすれハ送金ト云事なし、送金不仕ずなんとかして間ニ合候様可仕候、成丈ハ地所売たくな以、猶売ニもせよ思ふ様売申されず、就而も私共ハ売杯騒ぎ度ない、若四五拾円其余大金取《ト》る

事皆々咄(8)居申候、右ニ送金杯存知候ハバ如何の
訳ニ而東京ニ置だし杯云れ申候間、何而にし
御働有て月ニ一円ともよ路し書留郵便来たや
いくれたしーー拾銭てもきたなら拾円とも云ひふらし
申度候、右之如の心組ニ而御働あらん事を乞、
先ハ用事已　早々

二月　　　　　　　　　　　　　小原姓

小原廉次郎殿

（同封、その一枚）

金子請取後ハ懐中ニ入置致し、右ハ
胴《トウ》巻ても栫ひ其中ニ入置様可致候、
必に如才不仕様心掛可申候、此以后ハ
尚、要慎可申候、折角申送候得とも
其気意無之、就テハ盗難逢候者と存候、
何れニも金の始末ハ如才なくだし、今度ハ
秘密よりとられ、昨年ハ茶屋ニ而紛失、其前
これ度之災難ニ逢行而ハ如才而被存候、是より
能〻注意可仕者也、必ず紙入ニ又ハさい
ふニ斗り入置たらず金を入たるば胴巻ニ
入れて身ニ結付だし、此胴巻の栫方白
木綿三尺五等ヲ買、只袋ニのみ、其中ニ紙入
なりさい婦也人体ニ結付様可仕候、

（同二枚目）

「下宿屋転し候後、前清秀館如何候や、而紙面行つたなら
返却（為度）と云う事ありますか是ハ如何なる事ヤ、猶亦新聞
ハ一月
廿四日ニ五枚来り、其後不来　出し不申や、是も
毎日ニして見れハ沢山ニ御座候間　不来而にしもよ路しひ、
只出したなら届ません、
「今般金拾六円送附候附候
御入納被下候」
「月給も成るニ云事伺之」
岩手県和賀郡立花村黒岩館

二月五日　　　　　　　小原織江

注
（1）熱海―熱海温泉、
（2）盗賊之難に逢―敏麿盗賊に逢いお金取られる、
（3）帰宅―文太郎夫婦の希望、
（4）覚美―及川覚美、東京より北海道に渡っていた、
（5）穏便―黒岩の旁へは分からないように実は送金していた、
（6）吉原系図―後の『吉原沿革史』出来れば金になる、ほんの下書メモあり、
（7）博文館―敏麿の勤め先、出版社、
（8）皆々咄―敏麿の噂をしている、

18、岩手県和賀郡立花村黒岩館
小原文太郎様

在東都
小原生

十三日　（ハガキ、本文逆様）

御手紙拝見、毎度機を失せらるゝには驚き入り申候、何も協方にて出来るならば相頼み申さず候ものを僅か計りの事で毎度斯く申さるゝ時は今月も転宿(1)出来申さざるに非ずや、左様な事は申されず、大至急何とかして電報にて御送附被下度候、月末などー呑気極まる事を云はれては小生を困しむるの事きを申すもの、よくも度々御困しめ被下るゝもの斯様な事申条にては小生何とも善意の御返事と認むるを得ず候、才角は小生一切出来ず、右大々至急御願申上候、先は用事のみ、早々

注（1）転宿―また転宿、蓋平館本館から移ろうとして、そのお金の送金か、

19、東京市本郷区森川町四　蓋平館

小原敏兄　　弦声(1)　（ハガキ）

過日ハ無れ、其後ハ如何『スバル』(2)の原稿(3)ハ二三日中に送る　但しルビは不必要と思ふ故大抵つけず、二六(4)の方は未だ欠在れず　鉄幹(5)にはよろしく度む　左様なら

注（1）弦声―井田弦声（一八八六―？）本名井田秀明、小説家、武田源次郎の友人でもある、
（2）『スバル』―三号の原稿か、
（3）原稿―「スバル」三号の編輯は木下杢太郎が担当する、敏磨は井田の原稿を木下（太田）に届けたものとみえる、
（4）二六―二六新聞社
（5）鉄幹―与謝野鉄幹（一八七三―一九三五）本名寛、歌人、詩人、明治三十二年東京新詩社を結成、翌年四月『明星』を創刊、明星は一世を風靡する。同四十一年廃刊する、

20、岩手県和賀郡立花村黒岩館

小原文太郎様　親展　（封書・便箋三枚）

受領証

一金弐拾円也
右正ニ受領仕候也
三月一日　　小原敏磨（印）
小原文太郎様

日付御仰せノ如く御座候、十五日に決定(1)所存考へに御座候、祖父母様何れか御上京、此場合にはじぬ祝言(2)の事なれば、それには及ぶ

間敷候、
尚、畑地の件に付御質問、由非素（ママ）
より小生にあるをなれば小生は何とも
申上げ難く候、只一ケ処丈け売
却し残部は、借りてか通りと致し
て補ふ方得策かと存じ候、小生
御祖父様の御ノ御、御取計ら
ひに候へ皆申置有を申候
間敷候間、よろしく御取計
被下度候、」
六七円の原稿、これは七八月頃迠
には出来るかと思われ候、何しろ
八百頁以上の大冊の事、かくし
かつて小生の身分不相応の大事
業[3]に御座候へば畢生の力を振
ふつもり、金も欲しか、さりとてく
だらぬものを著はして読者の
嘸りは無論うけ度く無き
考へに候、
右の次第に御座候へば、小生は
右既中脱稿したる小説[4]等、
今日より見れば何れも笑止千
万のものゝみ今日にはよしや
買ふ人がありとなるも売らざ
る覚悟に御座候、一時の苦
しさの為めに末代迠も嘲る
ゝ様なる事を致すは小生の」
忍びざる而みに御座候、
尚、申上へ度き件もあり候へ共
これ位ゐに止め申すなり、尚一
言申の一事は今回の祝言の一
条あまり御吹聴無之様[5]
偏に願上奉候。
岩井の不動尊[6]に鳥居寄進の
願をかけて是非小生の昇縁
を御祈り被下度候、
昇縁されば、した丈けは御送
附申すべき考へ、右よく〳〵御願
なし被下度候、
先は用事のみ、返事早々

三月三日　　としまろ（印）
祖父様
祖母の尊体特に御祈願上被下
度候
在東都　　小原敏麿
三月三日

注
（1）十五日に決定—三月十五日に静江との結婚式決定、

（2）祝言—東京での祝言
（3）大事業—前に触れた「吉原」に関する沿革史か、
（4）右既中脱稿したる小説—これは『破れ恋』『母の罪』『死骸館』の三冊を否定するものか、
（5）御吹聴無之様—どうした事か、祝言を隠すが如し、
（6）岩井の不動尊—黒岩の南側、岩井沢の頂上に安置、和賀氏以前から霊験あったか、現下岩崎の藤本家に移転安置、岩手県の指定文化財、

21、岩手県和賀郡立花村黒岩舘

小原文太郎様

親展

（封書・便箋三枚）

いよ〳〵来る十五日と決定仕り
当方より結納として一、シュチン
丸帯一本四十二円、紅白縮
緬二反三十四円、都合
百円計りのものをやり申候
当日は麻布権田町なる
大浦氏[1]本宅にて執行さ
れる筈、翌十六日には
友人知人[2]を招いて（木挽町の万
安[3]）披露をなす事此にかれ
これ二百円有余円の金が飛
んで仕舞ひ申候、
これも東京のならはしな
れは致方無之　これで
もケンヤク極まつた婚れ」
に御座候、
先づ〳〵御安心なし被下度候
祖父母の御出席を願
ふ筈なれど事条が事条
故大浦氏を万事双方の
父母役に頼み申すはづ
と相成申候、
時に昨日は根岸の叔父上[4]
より祝ゐとして二円御恵
与被下候間、よろしく御礼
申し上げ被下度候、
次に甚以て申上げ兼ね候
次第なるが、今回のゴダ〳〵
に金の入る事オビタダしく」
実に以って困り仕候間
何卒金五円丈け御
貸与[5]被下度（十二三日迄に届く
様）これはいよ〳〵きり〳〵の
今度限り、もうあまり
申上る事も、これ以来は
妻の手前出来兼ねる
かと思れ候へば何卒〳〵

都合次第御貸与被下
度願上候
先は用事のみ　くれぐれ
御願申上候也
　　七日　　　としまろ
　祖父様
根岸へは別に礼状出し申候
　　　在東都　としまろ拝
　　　　七日

注（1）大浦氏―大浦兼武（一八五〇―一九一八）鹿児島出身、明治四〇年男爵、四一年七月桂内閣の農商務大臣、吉原静江の養父に当たる、大正七年九月六十九歳で没す、
（2）友人知人―この中には三宅青軒を始め井上剣花坊、船橋生（みどり）、田能村秋犀、武田源次郎、そして幸田露伴もおられたか、
（3）木挽町の万安―「合挽橋手前木挽町の河岸通にて五世音羽屋」の並び桜痴居士の屋敷、万安楼か、
（4）根岸の叔父上―小田嶋喜代太、主殿の父、
（5）御貸与―敏麿は始めて「貸与」という言葉を使用するか、

22、東京市本郷区金助町弐拾七番地　福島館内

小原敏麿様
　親展（未納印）
（封書・半紙三枚、附同ニ枚、御守二）

先達而承乃通十五日ニ決定の程ニ被成趣誠ニ以結構之至ニ
一先案信仕候、然度、今般金五円入用之由申来候ニ付、
送金仕候間、御入掌可下候、承候得者大浦氏の宅ニ
於祝云執行之由、夫ニ而ハ何から何迠大浦様ニ而
仕度之由ニ而候、以後ハ一軒の家を借請テ不申して六
通之位の室を借受候而辛抱して其後借家候様に取上て
今之処ニ而鋪金彼是有ニ就而ハ迚も私ニ於ハ其金を
出し兼候間、左様申上候、今度も借財仕候共、よく畑
売申度ニ是売不申候得者、是以止り入申候、何れにも
貴公ハ当年中ニ五六百の原稿出来者[1]　それハ百有
余も被下筈ニ候得者借金之儀ハ少も騒ぐ事なく
売杯の咄宜用而存居候、そこて東京ニ而貴公達
喰兼候節者帰村[2]して可然候、此以後送金之
儀あらずとハ迚も送金仕兼候間、左様思慮して
御働あらん事を乞、次ニ当月末独逸人[3]来之
由、如何に候哉、其節者君ニ而一通弁[4]ニ相成申候や、
今之処ニ而碇而ハ分明ニ相成間敷、若来朝相成候ハバ
君ニ而通弁と究った者候乎、其節者妻を何方ニ」
移置申し候乎、此度大浦氏の内借宅ハ出来不
申候乎、若出来る者なら其方ハ宜しひとならハ、
猶亦二人共下宿する事乎、夫よりハ何方の家を借
請自炊する方ト存有之、此所如何被斗ひし候乎、
右の事情委細書認え報知[5]あらん事ト存候、
時に以后ハ妻も阿りそれハ畑売る杯申述度無之候間、
何卒して君等ニ而可然様御働可仕様希上候、
尚亦下宿仕候節者只今の福島館[6]ニ而居住候
や左なくハ何方かの二階ても借請申及宇宅に

角ニ一室を借請る方ハ君達の為ニなるべし、
どうしても下宿家ニハ十一二円なるべし、夫よりハ
室を借請すれハ先日申上候通、弐人して廿円余
里づか也、而月俸ハ当月中ニハ昇格するかと
被存候、若左も無ハ大浦氏の周旋を得て可然
役をする事ハ不仕候や、此等之處よく〳〵
考候間取斗ひ可申候、何れにも大浦氏[7]幷ニ三宅先生[8]ニ
相談之上可致候、猶亦昇格する見込無
候ハバ帰村して盛岡地方ニ而可然者ニ取斗ひ可申候、
何分ニも地方近く居方も宜しひかと被存候、
盛岡新聞[9]ニ君の原稿も在之や如何ニ候、」
而者嘉太郎氏[10]ニハ度ゝ面会候乎、君ハ毎日新聞[11]ニ
被雇候ニハ宜しく候か、若被雇候ニハ月給廿五円
位も取ニよきか、其方ハ東京て卅五円より盛岡の廿五円ハ
安ひてあります然度東京地方ハ博文館の月給ノ
外も君ニよ路し、盛岡なとハその事出来不申（東京方ハ）左ニ
而間、
合ずし何角御賢慮之上取斗ひ有度候、
御編之原稿ハ八月頃にある、是ハ当年中ニ出来候間、家
江送金あるなら是よりハ畑売杯不申候間御慮察候
御報知被下度候、若当年中ニも出来不申候ハバ秋ニ至り
地所売可申候、何卒して家より金棒挙せざる様
御取斗ひ有度候、
今般御祝言誠ニ以悦ハ度候、祖母儀ハ殊ニ悦ひ
しく就而ハ君達之写真[12]斗待居候、右ニ付申述有之候
得共筆紙尽きし難く是のみ申上候ハバ後便ト申度候　以上

三月十一日

小原文太郎

小原廉次郎殿

注
（1）原稿出来—五六〇枚の原稿、吉原沿革史に関するか、
（2）帰村—東京で生活できない時は黒岩に帰れと
（3）独逸人—アーサー氏か、
（4）通弁—ドイツ語の通訳
（5）報知—夫婦生活の様子
（6）福島館—現在の下宿場所
（7）大浦氏—妻静江の養父
（8）三宅先生—敏磨を世話してくれた三宅青軒
（9）盛岡新聞—盛岡の新聞、これは岩手日報を指すか、
（10）嘉太郎氏—二子出身の高橋嘉太郎
（11）毎日新聞—高橋嘉太郎経営の「岩手毎日新聞」
（12）写真—二人の写真

（同封札）
郡司社守・舘三社別堂[1]、
織人[2]
「御守護心身堅固之攸」

（附口上）
是より前送候得金のなき猶亦地所売杯の事
□□□違候間、左様存知可申候、
外ニ大浦氏幷三宅江何角寒豆腐[3]か又ハ百合《ゆり》か
土産ハ如何候や、此所君にして如何候、只今迄
存知候程は不申上候、君都合ニより可申上候丈ハ

寒豆腐なれハよ路し、

注
（1）舘三社別堂—舘に祀る通称舘神様、文太郎当時は稲荷さん等三体を安置か、後の小原龍泉著『黒岩物語』参照、
（2）織人—小原文太郎の雅号か、御祈祷の折りか、
（3）寒豆腐—凍み豆腐の事か、

（同封書簡二枚）

春暖之候ニ候得とも未だ雪ハ一尺乃至弐尺もあり
誠ニ寒くて困ます、扨貴公御病気之処今ニ至り
全快候哉、其後不承如何候、私宅ニ於も無事罷在候間
是亦御案心可申候、然度ニ旧二月廿四日ニ祝言之儀執行
仕候由、誠ニ以愛度存候　只此上ハ口論不致様可仕候、
君も短気（1）　写真ニ而見れハ静江も豁発之様ニ見得申候、
それハ両方短気なれハ争論（2）不致候様睦叶可申候、
夫而已希望ニ候、　先日紙面切手不用ハ祖母儀
投函仕るニ切手買ふ筈ニ而参り候処忘却候而其侭
箱ニ入申候也　家帰り其節私の申ニハ宿ニ切手有合セ
候かト申候者、いや切手はらず箱ニ入ト申候、祖母も余程
恍惚したと存候、次ニ君不用之品物出来不申や、
若出来候ハバ贈り可申候、しやつち足袋、袷杯ハ如何候、殊ニ
しやつち杯ハ私も用ひたき候、凡テ不用之物品ハ置所も
迷惑かと存じられ候、今度かすり羽織間ニ居節
斗り御用ゐニ相成可申候、玉（3）も君の気ニ入不申候得共其品
ト思召着用可申候、綿而半分も入給を送り度候へ共
末ニ織不申候、丸きり結ニ仕度ハ整渡なてハ出来不申候、
時ニ祖母儀其後出京仕たひ事毎日也、君等口諭して
ならない等ニ付、是非ニ上京之由語り申候、そこで私ハ」
八月ニなり候得者法事仕候ニ付、是非両人共参可申候、
右様聞候得とも左ニ候ニ一先案心仕候、
兎に角ニ折を見合上京（4）考仕可申者考ニ候間、
併成候とハ被申間敷候、先ハ祖母ニ其の通り
云会含免申候、君之処ニ宜しく御報知願上候、
先ハ用事而已、

かすり羽織　一
足袋足袋　一

三月十一日

岩手県和賀郡立花村黒岩舘　小原文太郎

注
（1）君も短気—祖父が孫敏麿を指摘、
（2）争論—夫婦喧嘩をするなと忠告、
（3）玉—義理の妹、母は東京で働いているからタマは母の実家、長洞で養育されたか、後に兄妹の縁を結ぶ、
（4）上京—祖母織江が孫のところへ行きたいと、

23、岩手県和賀郡立花村黒岩舘

小原文太郎様

親展

（封書・便箋五枚）

（赤ペンで）「切手をハラない手紙には閉口仕候」

受領書

一金五円也
右正ニ受領候也
三月十二日
小原敏麿（印）
小原文太郎様

拝啓、いよいよ十五日祝言を御定仕候
付いては毎度申上ぐる如く、只今家を
持ちてはとても百や百五十はかゝり
申すに付、それとて人の家の二階
を借りて居るも心配なり、殊に妻
は大浦氏の奥様非常に愛し居る
女とて、過日も小生を呼んで申される、
には、当分は貴君も五十円とる
様にならひ中は家《ウチ》に助けに
よこして置いて下され、お静
さんが居なくなるとさみしくて
困るし、それに其の方も入費
は半分で宜いわけだからと
申され、又大浦氏も当分は
三日に一日位ゐつゝは助けに」
よこしてくれと懇ゝと頼まれし
に付、小生も同氏夫妻の為めに
は恩もあればいなみ難く、損
の行くわけでも無ければ、当分は
その意に任せる事となし申候、
されば、月に十日や十二三日は
大浦氏宅に行き居るわけ、
されば小生は相不変下宿
屋に居り徐ろに時の過る
を待ち本年一杯には
一軒の家を持つよけつに御座候
間、右よろしく御含み被下度候、
尚独逸メリヘー[1]氏は来月
初旬来朝と略定仕候、
吉原沿革史[2]は前々にも
申し候ハバ通り小生の畢生の大
著述に御座候間、何卒
金々と金計る御メアテ
トなれぬ様願上候、」
勿論出来れば早速、百でも二百
でも差上申すべきに何卒さ様
に急かせぬ様願上候、好い著述
をさせ様とはせず、只管に金さへ
配れば何うでも宜いと云ふ様な
御精神は小生には性は少も情は
無さ過ぎ申候、それから食ふに
困った時は家に帰れ云ふ恁[3]
那縁義の悪い事は以后禁物に候、
尚写真は二人で写すもよろしけれ

ど先づ有り合はせのを（別々のを）
送り申すべければ御安心被下度候、
尚、廿一日以て恐れる次第に御座候
へとも昨年も申上候通り盗賊
以来、衣類に不自由を感じ居候
間、何卒カスリ（コマカイカスリ）の羽
織御恵被下まじくや、裏は
絵甲斐絹にて御こしらへ」
被下度、小生も何せ今度のことに
付百五六十もいたみ入り[4]し次第
なれば、困り果て居候間右
大至急御願申上候、尤も裏
代は今月末か来月初めに、
いくらかゝつても屹度返却
申すべく候間、ねんじのお春
ギャ〳〵よりでも借りて御こ
しらひ御送り被下度存じはば、
小生の喜びこれに過ぎたる
もの無之候、右何卒〳〵御
願申上候、着物をこしらへて
頂くのも今度位ゐものなるべ
しと存じ候へば何斗御聞き
届け被下様御願申上候、
カノボーセキ飛白の羽織はも早
着られぬ迠に置くなり、」
申候、右何卒々々御
願上候、
尚書き度き事、申上げ度き
事山々あれどもこれで擱
筆仕候、
羽織は可成至急に御願申候、
先は用事のみ　早々

三月十二日

としまろ

祖父様

在東都　小原としまろ

三月十二日

注
（1）独逸メリヘー氏―ドイツ人、
（2）吉原沿革史―吉原三業組合から依頼
（3）以后禁物―田舎へ帰れという事は禁句、
（4）百五六十もいたみ入り―原稿出来た上は百五六十も贈る

24、本郷金助町二七　福島様方ニテ
小原敏麿殿

（封書・巻紙）

一寸御礼よく〳〵
御願ひ申上候、
昨日ハ御書面被下
有り難く存じ

正ニ拝見仕り
候間御安心
被下度く、附子[1]
昨夜ハ御多忙
なる身ヲ御店[2]ま
で御光来被下
誠に〳〵ごひや
かしに有り難
くなんとも
御礼申し様
モ之なく、くれ〴〵
も御礼申し上候、
次ニ私は昨夜
よりレイの病気
ニ取り附き床
にぶし居り
候故、何卒此《コノ》
書面附き次第
御出頭被下度く
此の段御願ひ
申し上御まち
もうし居りまし、
余ハ御目もじ
乃節ニ万々、

かしこ

三月
十五日
金龍[3]より
かしこ

小原どの
三月拾五日　広瀬[4]拝

注（1）附子—とりかぶと、毒草の事、三才までの子供を扶育するを表す、
（2）御店—実母松枝は東京で働いていた、
（3）金龍—店の名前
（4）広瀬—広瀬という偽名を名乗る

25、本郷金助町二七　福島様
小原敏磨様

（封書・巻紙）

一寸御返事よく〳〵
御た乃み申上候、
昨日の御書面拝
見仕り候間御安
心被下度候　附子
私乃あなた様[1]
よりの御書面のお
もむき[2]正ニ承知
仕り候間、御安心
なさる様、且又

あなた様御病気
多め登高ざ(3)に
御越しなされ
さとか心てを早
く御養生なさ
る様御た乃み
申上まし、
次ニ私乃病気
モ次第々々ニ全
快ニ致し殊
故　御安あんしん
あれ
時候不順なれば
御身大切ニなさ
る様に常ながら
祈り居りまし
あなた様どこざ
ニ御出デなされ、
御やどが起ま利
ましたら(4)早速
御しらせ被下る様
願ひ上まし
先ハ之ニテ
　かしこ

四月四日　　金龍より
　小原様
四日　広瀬拝

注
（1）附子私乃あなた様―廉次郎は自分の産んだ子供の意味か
（2）書面のおもむき―何であろうか、金の無心か、
（3）登高ざ―何処さか、どちらへの意味か
（4）起ま利ましたら―手紙の住所は金助町二十七福島様方なり、三月十五日の祝言には呼ばれていないようだ、『母の罪』の如くか、

26、岩手県和賀郡立花村黒岩舘
小原文太郎様
急親展
（封書・原稿用紙三枚）

（一）

受領証

一金七円也
右正に受領仕候也
四月十三日　　小原敏麿（印）
小原文太郎様

早速返事いたすやすべきの處、意外の珍事出来、止むを得ず延引仕候間何分にしからず御志召の程願上奉候、意外の珍事とは全く以て以外の珍事にて、事は去る四月の十三日の夜□

に御座候、静江は麻布の大浦様方へ伺ふべく、かだ〳〵、芝佐久間町の友人を訪ふとて、出で行きものゝ四時間計りも過ぎし頃（夜の十時頃）突然、小生事本郷警察に呼び出され申候、小生不思議の事と存ぜしも、何か知らず兎も角も出頭仕候處警部の申さるゝには、もう少し前、芝は山門前《みたまや》(1)に於て、年若き女の乗りし人力車が、自動車と衝突し、人力車は打ちこはされ、車夫」

（二）

は微傷、車上の婦人はそのとたん車より刎ね飛ばされたるハズミに強く脳を打ちしものか、人事不肖、依つて取り敢へずアタゴ町の東京病院(2)に入院せしめ、種〻調べ見し處、懐中なる紙入れに君の名刺が入れありし故、呼び出せしものなるとの事、小生思ひもかけぬ此一言に頗る敗亡致し、その顔容を聞き申し處、正しく静江に相違なき故、早速警部へ実は拙者の妻なる由申し聞け、取り不敢、東京病院にかけつけ申候處、やがて第十五号室に通され候、白き毛布を敷きたる寝台の上に、白き夜具を着こんしたりて眠り居るは慥かに静江、小生今更の様に驚き入り、その容体を医師に聞き申候處、まだ依然として本性なしとの事、以来、小生そのかたへに侍し、看護し今日に過し」

（三）

申候、今日の處、静江の容子は身体は自由に動かす事を得るも、脳を強く打ちし為めか、発熱烈しく、うはごと、計り申し居候、更に本性これ無く候、さはあれ医師の申されるには、此の病人は余病を併発せぬ限りは三週間位(3)ゐにて全治すべし、生命には別条無き間、心配無用なりと申され候間、まづ〳〵此上には御安心なし被下度候、事情此の如き有之、小生の神戸(4)行きも、ここに暫時見合はせとなり、友人の金子紫草(5)と申すものを小生が行く事能はぬ迠の代理となし、派遣する事と

相成申候、
就いては又ゝ御心配を相おかけ
甚持て相すまぬ事からに候が
此場合、何卒十円なり十五」

（四）

円なり御貸与被下るわけにまゐる
まじりや、たとへ如何様苦しくとも
お願ひされた義理ならねど何は
扨、意外の珍事に小生も途方に暮
れ居候間、何卒して此書面届き
次第早速御送附あらん事を
偏に願上奉候、
何故本年はよく此の如く不幸の
つづくや悪魔退散の御祈只管願上候、
御心配のあまり、御出京などと
お騒になされる事くれ〳〵無用、余計な
金をかける處を、それを御送附願上候
見い様には候へ共、くれ〳〵此手紙届
き次第御送金の程願上奉り候
先は用事のみ　早々　不一

十五日夜　敏麿

小原文太郎様

祖母様には決して御心配あられぬ様願
上候

二信、猫の子供[6]まだ生れぬ候や、生れたらなれ
ば何卒改名の義は御願い計らへ被下度候

東京本郷区金助町廿七福島方

小原敏麿

四月十五日

注
（1）芝は山門前—現在の増上寺山門前か、赤門辺か、
（2）アタゴ町の東京病院—東京慈恵医院か、
（3）三週間位ゐ—自動車事故、当時は珍しい事か、後世敏丸婦人、哲子さんにも先妻は交通事故という事が伝えられている。安井愛さん談より、
（4）神戸—通事として神戸行く予定であった
（5）金子紫草—元博文館「太平洋」記者金子範二、明治四十一年五月武田源二郎とともに博文館を退社している、『博文館五十年史』二〇九頁、
（6）猫の子供—黒岩舘文太郎夫婦が飼う猫、

27、岩手県和賀郡立花村黒岩舘

小原文太郎様

親展

（封書・原稿用紙五枚）

受領証

一金拾五円也
右正ニ受領仕候也
四月十九日　小原敏麿（印）
小原文太郎様

静江の負傷は意外に重体にて

朧露藍(1)とやらを引き起こせしもの、由ニ御座候、□□□は小生要事のため（塚本(2)と申さん人の妻に依頼する、ものありし故）大浦氏邸へ行く途中、立ち寄らしめたるもの、急ぎの用事なれば電車を降りし處人力車に乗れよと命ぜしが、小生の不覚遂に自動車に衝突なし今回の珍事を遠退したるものに有之候、
静江の本籍(3)は鹿児市大村町十五番地士族時任貞興《オキ》三女、
本藉は岐阜県羽島郡」
松枝村士族広ケ瀬芳一郎養女に御座候、大浦氏(4)は何かと松久姓の関係有侭ニ東京に於ける仮親となりしもの、芳一郎はその后実子出来たる侭ニ世に云ふなさぬ仲のま、子いちめに静江などは大分苦しめられて育ったとの事は大浦氏より承り居申候、
而して養父芳一郎氏とは大浦氏は以后関係無き様取り計らへ将さすべしとの様に御座候、

尚外国人通弁の事、メリヘー氏(5)も早（去ル十七日神戸に上陸）仕候間、友人金子紫草小生代理に出張仕候、
而も昨日警視庁より呼び出され、メリヘー氏来航に付き種々訓諭されし處有之候、しかどこれは秘密局(6)なる事を得ずる侭ニ此處には書き漏らしべく候、」
尚、金子の件、度々御配慮に預り小生も実に以て心苦しく一方ならぬ心痛致し居り候、目下起稿中の東京社柳沿革史(7)脱稿か、さもなくばメリヘー氏漫遊の終了後なれば随分と否と度は御送金(8)申す事を得る考へに御座候、
而して静江には目下の處、病臥中公務とは申せ、病人を手放して出発もならむし侭、せめて退院自由になりし時を見て出発致すべく考へ御座候、
何せ車と車の衝突、有様に軽傷にはこれなく候と脳を打てば恐くそれば一生白痴とも

なり兼ねぬもの　左様には
仰せられぬものに御座候」
先づ当分の處、五月中六月は
大丈夫在京の都合、左様
にそへ外から鳥の立つ様には
出発なる程に候、
尚御書面挨拶に依れば
何うやら静江に対して不
満の御容子、何も小生好き
好んで持ちし妻には非らず、
大浦氏のすゝめもあり[9]、祖父母
様の何ノ賛成も得ずに行せしもの
未練も香音もあるものかは離縁
は何ぼでも出来ること替りなら
恁りと判晴りと御仰せ被下度候、
何にせよ、小生帰京后なり
では万事明り計らひ難く候、
更ニ其点は幾重にも御
猶恕被下度願上候」
根岸の人達ちにもしばらく
御無沙汰仕候ハ何れも御
特伺候や、よろしく御伝声
頼み可申上候、
尚、いよ〳〵出発の真際に相成候
時は又々御報申上べし、
先は用事のみ　返事申上　早々　不一
四月十九日午前　　敏麿（印）
小原文太郎様

東京本郷金助町二十七　福島方
小原敏麿
四月十九日　夜

注
（1）朧露藍—不詳
（2）塚本—塚本法学士のことか、武田源二郎の紹介、
（3）静江の本籍—明治三十八年書簡とは大分相違する、千葉県上総国山武郡成東町字宮前　吉原登方とある、
（4）大浦氏—薩摩藩士、明治の警察官僚、最後は子爵、明治四十二年当時第二次桂内閣の農商務大臣、早くから博文館や三宅青軒と親しいようである、
（5）メリヘー氏—アーサー氏か？ドイツからの来日、秘密裡と、
（6）秘密局—何であろうか、博文館の通弁役か？
（7）東京社柳沿革史—後の名称と違う、吉原沿革史か？
（8）御送金—これは敏麿から原稿料が入ったならの事、
（9）大浦氏のすゝめもあり—敏麿と静江の出会いは何処か、明治三十八年当時、大学の文芸部活動で知り合いか、処女作品の『破れ恋』にも静江という女性をヒロインにしている、東京の女学校を卒業して短歌、漢詩、新体詩にも通じている、

28、市内本郷区金助町　下宿　福島館内
小原廉次郎様
四月廿二日　（絵はがき、荒木十畝筆）
裏（躑躅と鶺鴒、荒木十畝筆）の絵

表　御申越し件承□(知)
仕候、玉三〇、文二〇
するさし与無□□
二三月ハ待ち在可□
先ハ　不一

29、岩手県和賀郡立花村黒岩舘
小原文太郎様
在東都
としまろ
（ハガキ）

御送附被下候品正に受領申候
当人病身(1)の経過よろしく退居
もや、白黒相成申候、右御
安心被下度願上候、先は
用事のみ余は何れ後
便を以てお便り
二十七日

注（1）当人病身―吉原静江を指す

30、本郷区金助町二十七　福寿館
小原敏麿様
（ハガキ）

過日ハ失礼仕候御話しの件二三運動
致させしも結果面白からず今ノ件
六つかし相ニ候間　右御報告申上候
三(四)月三十日
麹町区三番町八十五
吉田美礼

31、岩手県和賀郡立花村黒岩舘
小原文太郎様
在東都
小原敏麿
（ハガキ）

五月十九日夜
御手紙拝見仕候　静江儀は大分全快去ル
十三日退院(1)仕候、只今は大浦邸内に有りて
猶加療中に御座候、授戒の戒名(2)は『
白幽院殿枕肘楽水大居士(3)』とお依
頼申上候、殿の字と大の字無きに於ては
貰ふ必用無之候、静江には未だ必用
なかるべし、何とあれ当人は日蓮宗(4)に
有之候、関西に出発は来る二十五日
と確定仕候、その時は又別にお
知らせ申上つ、考へに御座候、
先は用事のみ、御返事迠　早々

注（1）十三日退院―静江は四月十三日から五月十三日まで一ヶ月間
入院した、

（2）授戒の戒名―菩提寺正洞寺では六月十五日に可睡齋主日置黙仙大和尚を迎えて「因脈会」が修行された、その折り戒名の事が話題となった、

（3）白幽院殿枕肘楽水大居士―これは敏麿が考えた面白い法名でもある、一面人を馬鹿にしている様だが病床にある静江を気遣っているか、

（4）日蓮宗―妻静江は下総の出身で日蓮宗徒とみえる、

32、「電報」

受取人―キンスケフクジユクワ、ヲバラトシマロ

「ケフヤスミアスユフコイ、ヤナカハ[1]」

注　（1）ヤナカハ―柳川春葉（一八七七～一九一八）か、小説家

33、岩手県和賀郡立花村黒岩舘

小原文太郎様

親展

（封書・巻紙）

受領書

一金拾円也

右正に借用仕候也

五月廿八日

小原敏麿（印）

小原文太郎様

御言葉いかにも承知仕候
静江さえ病気致さね
ば何もか様に御無理を
お願申上げる儀には
無之かりしも何せ先
便の通りのわけ、合ひ曲
げて御海容被下度願候
実は旅行も延び致
せし故夏服をつくりかたし
入院の費用の為に入費
の嵩《かさ》みし次第、外国人と一
所なれば冒《(ママ)》賃と夏の服
も造らねばならず候へ
は今度四十五円を投
じて作成、来る三日に
は出来仕る筈代金は
前金を以て支払ひ申候、
メリヘー氏とは一旦神戸なら
神戸につれて行けば小生は、
その滞在日数の度び〱に
随って六日なり五日なり
東京に帰京する予定、
されば令賃、東京をはな
れると云ふわけでも無之候、
されば前記拝借の金は来
る四五日頃にはせめて
半金だけでも御返戻

申候(1)、あとはまた十五六日
次にお返し申すつもり候
あらかじめ御承知願上候
次に静江事爾来脳を
打った故かくて精神少し
く変になり時〻み天拜の
気味(2)ある体、それやこれや
にて大浦邸にあずけ置
く次第、右の事情を知りたる
ものか、恩師法学博士、松
波仁一郎(3)（牛込区二十騎町在宿）
氏は小生を招かれ、その人の姪
にて今年十九になる女を
貰つてくれずや、さすれば二・三
千の金は附べしとの話
も有之、オダテルのかしれね
ど小生の人物を見こんでと
の事に有之依って兎に角、
静江は不便であれども玆
半年と一年尚現在のまゝ
ならば離婚致さうかとの
考へに有之、右御相談申上候
尤も静江こと左様ツラも無
くなければども気立てはやさしき
之故、病気さえなほるものと
なれば左様のことは何事
致し度くない考へに御座候、
近日中二人で写真を取る(4)
つもり（新しい洋服で）
その時は御送附申すべく候、
尚右持参付きの女は小生も知
つている女、品行等は申分なき
かツラは少〻静江に劣り申候
家でも小生が見る額の金子
を消費せし結果随分と
お小言も玉はる容子、一つ持参金
づきの女房を持てばこゝに千
と一寸五百はゆう通も出来
る事と小生も考へ有るか如何
にや御序の折り御返事
願上候
先は用事のみ余は
後便にて

廿八日夜

としまろ

祖父様

不要品(5)も大部たまり申候間、
機を見て送り申すべく候

東京市本郷区金助町廿七　福寿館内

小原敏麿

五月廿八日

注（1）御返戻申候—敏麿やっと返金というが、その後どうなったか、
（2）天拝の気味—造次顚沛のこと
（3）松波仁一郎—（一八六八—一九四五）大阪出身、明治三十四年法学博士、文官高等試験委員、同三十七年内閣法律顧問、
（4）写真を取る—静江と共に写真、
（5）不要品—敏麿は原稿の下書き等不用品等は実家に送り返していた、

34、本郷金助町二七　福島方ニテ
小原敏麿様

（封書・巻紙）

一寸、御た乃み、よく〱
御礼申上候、先夜ハ誠
多ゝ失礼仕りまし多、
附子私乃あなた様[1]
の御心節ヲ待チ昨年
より今日まで我が心中
ヲ御さとし被下難[2]
有存奉り平ニ御ゆる
し被下度く候、次私乃
昨夜あな多様ニ御目
にかゝ利し節之御話
し申上しお清ど
ん[3]の人と一昨々夜
よりのもめ事ニテ私
ハ大坂楼[4]ニ居るのハ以や
ニ相成りし事故、あな
多様、我レヲあわれみ
被下さるなれば一時の
金子御用立被下る
事ハなりますま以事
私乃あな多様都合
あしき節ニハなん
と致してもあな多
様ニ御用立[5]申上舛
故、何卒此儀御聞《キキ》
伸ケ被下るま以か御手
数ながら電話ニテ
御返じ御願ひ申度
く御まち申居り候
余ハ御目もじ之折り
誠ニ申上候

かしこ

五月三十一日、御存じ　まいる

小原様、

私乃色々心中ニ思イ居
り候へ者、店ニ出勤仕り

らす、今夜ハ店ヲ引く[6]
心ぞみなれば左様
御承知被下る様御
願ひ申し上
ひつこく申様ニハ候
へ共時ニ早く御多
乃み申上候
五月廿一日　松本楼[7]

注（1）附子私乃あなた様―息子をこう表現している、
（2）御さとし被下―敏麿に謝まっているか、
（3）お清どん―一緒に働いていた方、
（4）大坂楼―店の名前か、料亭の仲居か、敏麿の友達よく遊びに行ったか、
（5）御用―敏麿に金子の用立てをしたか、
（6）店ヲ引く―母松枝の勤めていた大坂楼を止めるか、
（7）松本楼―日比谷の松本楼か、ここで「パンの会」が開かれた、

35、本郷金助町二七　福島方

小原敏麿様

（封書・巻紙）

乱筆ニテ前文御
免早速書面ヲ頂テ
御多ずね、よく〳〵
御礼申上候、先日ハ
御書面被下難有
存じ奉り正ニ拝見
仕り候間、御安心あ
れ、附子御貴殿
ニハ御病気如何ニ
候や、何乃御しら
せモ之なく候間、私らも
心配致し居り
候故ニ何卒此乃
物ニ御返じヲ
願ひ度く御まち
申居候、
六月二日　静夫
小原様
六月二日　広瀬拝

36、岩手県和賀郡黒岩村

小原文太郎殿

神奈川県田浦港
練習艇隊白鷹
工藤迪

（ハガキ）

久々御無音に打過ぎまして誠に済みません、此頃ハ大した暑さになりましたが如何で御ざいます定めし御健康な事と存じ候、当地大火災ありましたけれど私方は無事でした、簾(ママ)次郎君ハ例の処に居り歼か、

何しろ気候が気候ですから御身大切に御養生遊され度　私も無事、
根岸では矢張り御無事でせう、初夏の
御見舞傍々先ハ、
六月四日

37、岩手県和賀郡立花村黒岩舘
小原文太郎様
在東都
としまろ
（ハガキ）

六月四日夜
本夕出発、相州箱根温泉
に約十日間計り滞在候予定
に御座候、ただ静[1]のときどき変《ヘン》ニ候
になるには困り在候、新聞は引き
続き大浦邸にありて発送する約
束に御座候、小生は至極頑健幸に
御安心被下度候　先は用事のみ
余は後便に譲ず、

注（1）静―静江、妻の事、

38、（封書・表ナシ）
（サヨナラ又アバヨ）[1]敏麿の字・巻頭メモ）

早速御返じ申上候
昨日ハ御手紙被下難
有存じ奉り候
附子御貴殿より
ノ御書面ニハ何カ御
以利[2]やくがあると
乃事なれど直ぐ
御我言ぶん申
度き事なれば何卒
此の手紙附き次第
御復来被下る様
御願ひ申上御まち
申居り候
余ハ御面会の上
ニテ万事　御申上候
六月五日　　御めもじ
小――様

注（1）サヨナラ又アバヨ―六月四日夜に箱根に出発した故、後にメモしたか、
（2）御以利やく―ごいりやくか、必要の意味か、または「御利益」か解読不詳、

39、岩手県和賀郡立花村黒岩舘
小原文太郎様
親展

（封書・巻紙）

久しく御無沙汰仕候、
爾後音信断ふ候べく考への
處、これやかれやにとり紛れ
御無沙汰仕候、降耳に従
容謝被下度候、一両日后箱根に四
五日滞在、京都に行き丹後
天の橋立て見物、安観云の穴ル
(1)島迠至り、去る十九日再び箱
根に来り、本日朝帰京仕候、
思つた程とても金は結る處か
西洋《セーヨー》人がゼイたくなる為め困り
居り兎も角も懐いたすずの見物
故、それ丈けが見附け物と存じ
居候、アーサー氏此の處少々不快
とあり箱根に二週間も滞留する
の事、小生もその間箱根にありて
兼ねて申上候吉原沿革史(2)執
筆致す考へに御座候、處で此
間絽の羽織昨年調製の品
本日引き出し見申候處、こは如何
にコーリの底は大きな鼠穴有之
ため絽のハオリは敗れとなりまた
用ふべからざるものと相成居り候、依っ
て今回新調致さねばならず本日
早速呉服屋に十六円にてあつらひ
申し付けては甚たひれ入る次第には
御座候へ共、此の處至急金五円なり
多くて六円、それ以上とは申さず候間
何卒至急御貸与被下度願上奉候、
尤も前の借金も未だお返し申さねば
甚以てお願い申兼ね候へ共、これは
来る七月十日あたり迠には間違に
なく袖かけて□□言仕るべく
候間、右何卒大至急御送附御
貸与被下度願上候、尤も御送附被下
候時は現金封入の上御送り被下度決して
書留めになし被下間敷く候、静江の手
前もありかた(3)〳〵困り入候間、右何卒然
るべき様お願申上候、もし然らざらん
ば静江の着物でも質入れ為さねばな
らぬ次第と相成事故何卒して、御精
状は充分承知致し居候へ共曲げて
御承諾被下御送附被下る様偏に

願上奉り候、六円にあらずんは五
円にてもよろしく候、八月迠には少く
も吉原史は金になる見込みに
御座候へば、右何卒御願申上候、
さはなくとも此の二通間の中に何なりと
原稿(4)を書き申すべく候間、必ず返
却すべく候間、是非々々大
至急御送附御貸与被下度
懇願仕候、
次に静江離縁の儀、如何取り計らひ
申すべくや、時々妙な事を口馳るに
は困致し居候、思ふにこれヒステリー
と申すものならぬやと存じ候、一方
には二千円の持参金附きの女あり(5)
小生も茲に迷ひ居申候、
右御両方様の指定を仰ぎ
度く存じ候、
根岸の人達並びに近所の人
達には旅行した故かして色は
真黒に相成り、何《ど》ちらが前だか
此日《うしろ》だかわからぬ様になる身体
は非常に頑健に相成り由御
伝声願上候、
先は用事のみ、余は後便にて
草、
ついては右お願申上候、此
手紙届次第くれ〴〵も大至急
御願申上候　早々
尚小生身、此一週間計りは滞
京、その后箱根に行くつもり
に御座候

六月二十一日　としまろ

小原文太郎様

東京本郷金助町二十七　福寿館内
小原敏麿

六月二十一日夜

注
(1) 穴ル島―宮島の近くか、丹後半島か、
(2) 吉原沿革史―江戸吉原の事、小文の草稿控えあり、
(3) 静江の手前もあり―静江に隠しての無心か
(4) 原稿―原稿を書いて博文館に送るのか、これが金、手取りか、
(5) 女あり―持参金もちの松波の姪のこと、

40、岩手県和賀郡立花村黒岩館
小原文太郎様
親展
(封書・原稿用紙五枚)

受領書
一金五円也
右正ニ受領候也

六月廿四日

小原敏麿（印）

小原文太郎様

京都地方へは前便の通り既
に見物致し申候、尚九州地
方と北越地方とのみ残した
るに付きアーサー氏病気
快方に向き次第旅行致す
考へに御座候、
本年の夏は更に松島あたり
で□□たりすかと存じ候、その
折りには鳥度《チョット》帰省致
すべく候。
静江は気性品行共に
非難を打つ處も別になけ」
れども一つ困る事には非常に
呑気深き事、並に短気な
るに御座候、
小生旅行中は大浦邸
に在宅、帰宅中は小生
と同居致し居候」
お无拝と云ふ余、所謂ヒステリー
と云ふものに非ざるやと存じ候。
過日なども大浦閣下様に
金タライの水をかぶせた由
兎に角一月迠は考へ
て見可申候、可成ならば離
婚は致し度く無き考
へに御座候、
拝借の金子は何う致
しても返却致すべく候間
御安心被下度候、
アーサー氏と共に旅行中
は即も信は異才に出さざる
は程由、あるを任て居候」
外務省の内命有之旅行に
は一切他に音信を禁じられ
有之候、つまりアー氏の旅行先
きが小生の発信に依りて新
聞などに出るは少〻迷惑
（日本国にとりて）なる有之に
依るもの半月位ゐ音信
なくとも心配被下まじく候、
尚小生は本月三十日当地
出発また〳〵箱根に行き
二週間も滞在また〳〵
旅行に出らる都合
に任し在候、今度は四国
より九州地方に趣むく

考へに御座候。」
随って単衣はこしらえ申候間、
御送附御無用、当破れ
衣時には静江が何うとか
致すと申居候間、右気
任せに致し置かれ度候。
先は用事のみ、余は後
便にて、
よろしく申し述ぶべく候
　　早々　拝具
六月廿七日　敏麿（印）
祖父様
東京本郷金助町二十七　福寿館内
　　小原敏麿
六月廿七日

41、東京本郷金助町二七　福島方

小原敏麿様
　親展
（封書・原稿用紙裏二枚）

拝啓
電報只今到着驚入候
事情は如何候や本日、
午後六時発上り列車にて
帰宅すべく候へ共　尚一
層委しく手紙にて岩崎村
大字煤孫(1)小生宛にて至
急御知らせ下され度願
上候、
不祥の事(2)といひば必ず
貴下御宅（ママ）御迷惑(3)を掛
けた事但〻御申訳無之」
存居候
右当用のみ候　早々
七日、午後五時
　　武田
小原様
「事情知らせろ」との
電報を打ち申候
定めし御落手ならん
七月七日午後五時
　陸中盛岡肴町
　岩手毎日新聞社(4)　武田拝

注
（1）岩崎村大字煤孫―武田源二郎の生家、
（2）不祥の事―敏麿との関係、博文館を辞めるに当たりの電報か、
（3）御迷惑―アーサー氏の通訳、旅行が如何にも武田氏の依頼の如く見えるがその事ではないと思う、
（4）岩手毎日新聞社―武田氏は高橋嘉太郎の下で毎日新聞の特派員か、

42、岩手県和賀郡立花村黒岩館
小原文太郎様
親展

（封書・原稿用紙五枚）

拝啓、小生今般実質博文館
を退社[1]仕候　原因は何斗トつまり
小生の役事降し居候、太平洋[2]は段〻
売れ高が減じたる故、昇級の望
み無きに依るものに御座候、月給
は雑誌の売れ高に依りて進退
有之候[3]處より甚つまらなく感じ[4]
候侭ニ退社致した様なる末
に御座候、
而して本日続いて報知新聞社[5]
に入社仕候。
處が報知新聞の方では小生
を此處半年計りの上ノ定一に
て相州鎌倉に特派員[6]として
派遣致す由、この四五日
中には向ふに出発する
つもりに御座候、」
月給は何でも五十円計りの由、
少〻ゆとりを生じ候はバ早速
送金可致候申間、何卒お不動
様に鳥居[7]の寄進は願上候、
付てはそれには入費幾何
位ゐかゝるものに候や、一寸御
報知願上候、尤もこれは
鎌倉に行つた后の事に御座候
つまり小生の任務と申すは
彼地に於ける僻暑中
の大臣・華族・豪商・幸
者等の動静を探じて、
通信致すものに有候、静
江は此際連れて行くつも
り、金は或は残らぬか」
も知れ申さねど、別に金も
可けずに海水浴[8]が出来る丈
けでも一得と存じ候
東京は毎日九十五六度
位ゐ、暑つくて困り有る
場合偏に弓の与へと存
じ居り、而して彼の地に
は小生報知社支局長[9]
として任命されたるもの
に候へば世に云ふ独天
下気侭が出来る丈け

でも面白く存じ候、随って
これよりは毎日、報知は」
送附致す考へに御座候、
付いては彼の地に出向
し場合には今迠とは
又違ゐ武運を祈る必用
有之候間、甚恐れ入り
次第には御座候へども
毎朝夕何卒御祈祷
（武運長久の）なし被下る様
偏に願上奉り候。
尚本年は小生は運星
の悪しき年なるやの考
へも有之候間、何卒災難
除けの御加持は願上候
何れ彼の地着次第通知」
は致すつもりには御座候へど
も根岸の人達ちにはよろしく
御伝声被下度願上候
本年は期を見て一週間位ゐ
の予定にて帰宅致す考
へに候も、何日にならか未定、
その時はまたその時にて
御通知可申候、先は用事
のみ、余は後便にゆづる、

七月廿五日

としまろ

祖父様

東京本郷区金助町二十七　福島方

小原敏麿

七月廿五日

注

（1）博文館を退社―良く分からない、前の武田氏への手紙はその相談と思われる。『博文館五十年史』の明治四十二年には「太平洋」雑誌の事あるも小原敏麿の名前は記録されていない。
（2）太平洋―博文館の雑誌、『博文館五十年史』（二一六頁）には「此年春初に於ては浮田和民博士と山路愛山氏入館し、また本多精一、前田長太二氏の客員となりし外、「太平洋」記者高橋立吉氏、編輯部庶務係本多昌明氏、「太陽」記者中原司馬雄氏、同小柳覚氏、「実業少年」記者中村四郎氏等の入館するあり」とするから敏麿は短く「等」にあつかいか、但し、本多精一氏の名前あり後に敏麿は知遇をうける、
（3）進退有之候―売れ行きの状態か、
（4）つまらなく感じ―つまらなくなった意味か、上司と口論等とは祖父に言わない、後に武田書簡参照すべし、
（5）報知新聞社―東京の有力新聞社、
（6）特派員―鎌倉という、
（7）鳥居―先頃から念願の岩井沢不動尊に鳥居寄進の気持ち、
（8）海水浴　最初は鎌倉と言われ海水浴が出来るという意味か、
（9）報知社支局長―敏麿、どうも買い被りして報告している、

43、岩手県和賀郡立花村黒岩館
小原文太郎様

静岡市紺屋町《コンヤチョウ》
報知新聞社支局内
としまろ
（ハガキ）

三十日夜

御手紙拝見仕候、小生事いよ〳〵任地表記の地に確定、明三十一日に出発仕る予定に御座候間、よろしく御安心なし被下度候、いづれ委しき事は後便にて申上べく、先は取ん故御報迄　早々　不一

44、岩手県和賀郡立花村黒岩舘

小原文太郎様
静岡市紺屋町
報知新聞支社内
小原敏麿
（ハガキ）

八月一日

昨夜十二時当地着致し候、気候は東京より見れば余程穏和の方近く富士山を眺め得べし、田子の浦三保の松原に近かし、仲ゝ面白さふうな處に御座候次に着次第此様な事を申すも如何なるに候か、何卒〳〵金一円か二円計り御貸与被下間敷や不見不知の處に来り申し候から少ゝ此の持参の金も欠乏を告げ困り居る場合に御座候、先は用事のみ　余は後便にて　万事

45、静岡市紺屋町　報知新聞社支局内

小原敏麿様
親展
（封書・便箋二枚）

厳暑甚鋪候得共御健全ニ罷成候勤務之由至極珍重ニ奉存候、次ニ当方も異儀なく暮し居候間、御休神被下度候、然度ニ鎌倉ト聞及候所ニ静岡市也、それハ鎌倉より又ゝ遠く東京に居よりハ尚に被案事候、大方府中ニ而候、駿河の府中ト申候間、九能山(1)三保松原(2)杯の名所あり景色に於ハ誠ニ宜し、前ハ海又塩場杯も有筈、而東京より景気も薄く多分ハ今頃の暑さ凌《シノ》くにハ能所也、君ハ只今迄通弁仕候、右之人ハ如何ニ相成候、独逸江帰り候也、通弁仕候ハバ、少ゝ成とも茶代ニ相成可申ト考候ハそれハ手ニ金ハ有筈ニ存候、先月の月給等有筈被存候、貴殿ハ今度の通弁それは弐百円にハ成との事申居候、其所ニハ不至候也、併静岡県トハ始てなり、余程注意仕候而住居可申候、半年斗之(3)由、是半年ハ居候や、報知新聞社ニ只一人なる乎、

外ニも小僧てもある乎、勿論妻ハ連行候、兎に
も角にも口論(4)等不仕様可致候、尚亦先日も
申上候写真ハ有合之者ニ而も送り被下度候、祖母折角
待居候間、右申上候、而静江の病気も碇ケ全快ニ相成
候也、是亦案事居候、何ずれも始而之所ニ候得者
何角ニ用慎(5)可申候、東京なれハ知人も有之候間宜候、
知人ハ一向に是なく、依而案事申候也、」
御不動様ニ鳥居建立之儀ハ此暑気後不仕べぐ候、
又近々金を幾等乎送金(6)被下致候、その後一円也ニ
円也トあり、今之処、定而て相遣申さねハならず、今度ハ
最上参詣(7)何人乎、立候不分明、是ニも祝旁仕らね
ハならず、今ニ迷惑致居候得候、君ハ本月初旬迠送金
とあるニ依て、夫なれハ間ニ合可申候所ニ送金而なく貸すニ
被下度候由、誠当惑罷在候、毎度帰り候得者沢山ニなり
老人ニも止り居候、先ず用事已也、早々
御餞別(8)者一円也　御受納可申候
「府中之景色　　静江病気之所、
新聞社内之事、　滞在ハ半年乎、
独之人帰国乎、　通弁ニ而何国迠行、
先生ト相談して行候乎、写真送りよろしく、
大浦氏にも談し候乎
右之通委細書認免報知阿らん事を乞う、
御身体ハ大切ニ保養あれ、
岩手県和賀郡立花村黒岩館

八月四日

小原織江(9)

注
(1) 九能山―徳川家康の廟所、久能山
(2) 三保松原―観光地、日本の三大松原
(3) 半年斗之由―半年の約束とみえるが二ヶ月余で東京に帰る、
(4) 口論―妻静江とのいさかい
(5) 用慎―静岡の生活に用心せよと、
(6) 送金―敏麿は来月から少し祖父母へ送金すると約束していたが…、
(7) 最上参詣―黒岩の最上講での参詣、
(8) 御餞別―敏麿への餞別、
(9) 織江―祖父文太郎は妻「織江」の名前で書簡を出す、妻の名前は三種類とみえる、

46、静岡市紺屋町
報知新聞静岡支局内
小原敏麿様
親展
（封書・巻紙）

啓
其後の御起居如何被遊
候哉、伺上候
内康氏(1)ハ別〜昨
五日三時四十分下関直行(2)ニテ
出発致し候、定めし、
貴地ニテ会見せられ
たる可相察候

小生ハ例ニ依って例の
如くに有之て旬日なら
ざる事に親友二人乃
分袖被成候、遺憾此上等
く候へども　併て此の遺
憾てふ是れ婦人の情とも
云ふべく、此の分袖ハやがて
貴兄(3)の内康氏との
活舞台(4)に上らるゝ首
出なれば一面に於ては
此裡却って前途大ニ祝
すべきものなくんばあら
ずに存候、要するに
吾等は将来の人
に有る可候(5)、
君ニ御差支なくば
静岡版の『報知』御
恵与願上候
　匆々不一
八月六日　　源二郎、
　小原大兄
序でながら、
お花(6)と云ふ御婦人（小
坂方に出入する髪結）
からハ呉れ〲も小原
さんへとの伝言有
之候　何分
東京本郷区湯島六ノ十　小坂方
　　武田源二郎

注
（1）内康氏—
（2）下関—山口県下関市、渡満航か、
（3）貴兄—敏麿のこと
（4）浩舞台—出生の何か、
（5）将来の人に有る可候—意味不明、
（6）お花—東京の髪結いの女性、

47、静岡市紺屋町五九
報知社支局編輯部
　御中
（封書・巻紙）

炎暑之候、益々御清福之段、
目出度奉賀上候
扨貴台にハ這回静岡
支局へ御転任の趣西村先生(1)
と列当地にて拝承被下處
御赴任依未炎暑のは厭
いもなく、日々御健筆を振
はれ居候處感服と候先生ニも

当地に於て御賞嘆被成度候、
尽儀ハ先頃西村松浦(2)
両高生の御推挙に依り浜
松通信員拝命始めて
此業務に従事仕者にて
誠ニ其任務に尽し兼候得共、
追々熱心と勉強とを重ねて
御厚意ニ報ひる考に候呈
御含み置き被下度何卒承乞
細大は忌憚なく御指
導の程切望仕度候、
小生の特長は只飲むと
食ふとが一人前ニ御座候
其内御都合相操合せ一
度御視察旁々御出馬
被下度、
先ハ又文放ル御歓迎旁々
御挨拶まで如此ニ御座候
松浦様へも四六御之
鳳声の程仕候ハバ願上候、
浜松町田新道万松方
八月七日　石田秀作
小原敏麿様

侍史

在浜松
明治四十二年八月七日　石田秀作(3)

注 (1) 西村—西村文則（一八七七—一九七一）茨城出身、水戸学者、新聞人、戦前茨城日報社々長、報知新聞、台湾日々新報勤務、敏麿の転職への紹介者、
(2) 松浦—松浦歓一郎か、
(3) 石田秀作—報知新聞の人、

48、静岡市紺屋町　報知新聞静岡支局
小原敏麿様　（封書・巻紙）

拝啓　其後暑気は凌しき
候へ共御許様ニハ御変りも
無御座候哉伺上候、就てハ
先日来之御話儀ハさっそく
御返報致す考へニ在之
候処、万々用事重ったためつい
つい御たふわり何とも申訳も
御座無候、扠其事先方ニ相
談致し候処、少々都合(1)も在之、
右一両親ニ於ても不福ニ御座
候間、此方一時見合せ申し様
先方より御返事在之ニ付
何卒あしからず思召し

被下度、以先取あへづ私而
より御返事申上候や、
先ハ御返まで
幾子(2)
八月十日
本郷湯島六の十
小坂ヨリ

注
（1）不福―何であろうか、金子の借用か、
（2）幾子―小坂幾子、下宿屋、

49、静岡市紺屋町報知新聞静岡支局
小原敏麿様
親展
（封書・巻紙）

拝啓
其後失礼、御申訳下されたく候、
小生目下○のなき候、暑気
当《アタ》リにて閉居籠城、
貴下には随分お忙く存じ候よし
目出度候、忙しさハ即ち
活動を意味し又大好暑気を
意味するものに候、
写真ハ未だ出来ず、実は
本日迄の期限なり、出来
れバ御催促ヲ待タズとも
贈る積りあり候、
貴下ニハ大分御不平在之候、
損様なれども何事も忍
耐せられよ、静岡支局
に赴任の義ハ栄転なり候
報知社内に評判(1)ある由
（清岡氏を通して安村氏(2)より聞けり）
多分村上氏(3)が貴下ニ傾倒する
事多かりしならん、而かも
貴下が斯辺に経験らすき
ため或ハ予期通りの成績を収む
事能はざならん、此れ則ち
評判の宜しからさる所以歟、
果して然ば貴下ハそれ変りに
不平を言の時にあらずして
宜しく自省して修練する
所あれ、是れ乍老婆
心、事の貴下ニ切望する所
以に御座候、
あまりに大風呂敷を拡ぐる事
なかれ(4)、あまりに通を振り
まはす事なかれ、何事も
適当に謙慮なれかし、

人不知不温、不亦君子乎、
自己広告を為さずとも待あり
て自づから自己の為能ハ弘く知ら
るゝものにあらずや、(釈迦に説
法、甚だ失礼、多謝)
余ハ貴下が人にオダテられて
之を喜ぶ(?)の人あるを知らざる
事あらず、又者自惚心の弱か
らざる人なるを知る、又た負
け惜みの強き人なるを知る、
されとも予ハ貴下の此の弱
点に附け込むに忍ビざる也、
吾れ此の苦言[5]ある所以也、
何事も忍耐して修練せら
れよ、斯く云ふハ即ち予が貴下に対
して友達を重んずる所以也、
右信ずる次第に候』

閑話休題、内康氏ハ来ル
十六日門司発喜義丸ニテ
渡満[6]の予定、
小生の関東日々新聞[7]云々は
未だ細目の約束ナキ故、此の
報迄ハ次回にせらる、

此間清岡氏[8]宅を訪問の折、
貴下の『五千石、大に評判善し』
云而有、新渡戸仙岳[9]氏より
紹介者たる清岡氏の礼状
来り居れ候、
岩手日報社[10]へ貴下ニハ
未だ転居の通知ヲ発セズ
と見ユ、新聞配達の都合
上、右社へ転居先キヲ
報知スル事可然存候、

八月十三日

武田源

小原大兄

東京本郷湯島六の十　小坂方
武田源二郎

注
(1) 報知社内の評判—敏麿の評判がいい、
(2) 安村氏—清岡氏を通じて安村省三氏、
(3) 村上氏—村上政亮か、
(4) 大風呂敷を拡ぐる事なかれ—敏麿に対する源二郎の忠告、
(5) 苦言—小言、
(6) 渡満—満州に渡る
(7) 関東日々新聞—源二郎に紹介しようとしている、後敏麿も行こうと考える、
(8) 清岡氏—清岡等氏、岩手日報社主、
(9) 新渡戸仙岳—新渡戸仙岳(一八五八—一九四九)当時岩手日報の主筆、教育家、石川啄木の良き理解者、
(10) 岩手日報社—明治九年(一八七六)七月二十一日第一号創刊、

当時清岡等経営、新渡戸主筆、

50、芳竹座にて

報知新聞記者
小原敏麿様
直披

（封書・巻紙）

本日の御景気は如何
明日少し紙上の社会
ありなるべく仝情を
以て観劇の上[1]、木戸の
光景中の光景ニ入
他作の雅観面白く見て、
面白かいて実は明日
の紙上のせてそれを
明日の増分へ書いて
ちうちんと存間
なるべく三時前に
は帰局願上候

八月十九日
文則

小原君

静岡市紺屋町
報知社静岡支局　編輯部

明治四十二年八月十九日

西村文則[2]

注（１）観劇の上—敏麿、観劇の結果を報告せよとの事か、
（２）西村文則—敏麿の良き理解者、敏丸没後も哲子夫人と交流が有ったとみえる、後に水戸在住か、

51、岩手県和賀郡立花村黒岩舘

小原文太郎様
親展

（封書・巻紙）

御手紙拝見仕候
御仰せの儀は一〻御
答へ申さずとも小生の
過日来差上げ候書
面を熟読被下候はゞ
自から明瞭なるへしと存候、
独逸人と小生は博
文館を去りたる後は
関係なき候、一回ならず
申上げたる儀　尚報知
新聞の支局とは如何なる
ものなるやは、毎日送り
在る新聞の『静岡版』を
御覧被下候ハバ相わかる

儀と存候　小生の手紙は何と御読み被下る候や、左様の事にて一度答へたる事を二度も三度も問はるゝには小生も少からず閉口仕候間、勤事仰拝察有之度きものに御座候、而して小生の滞在期間も先般申上げ候通りなれば再び申上る事に及ぶ間敷と存じ候、法会(1)の為め帰国すると否とは小生其時にならねは相わかり不申候、昔禹《ウ》は水を活かる為めに三年間火の前をよぎるも門にのりし事ありとは小生幼時祖父様に教を受けし處、如何なれば斯様に女々《め》敷事を申越さるゝにやと、静江の手前大に恥しく在じ候、静江は例の如し依然たり(2)、只今は自炊致し居しも、記者とあれば友人にあらざる知ら其他の諸住人と交際も致せば仲ゝ金もかゝり申候、金が残るか残らないかはもう沢山に御座候、小生は金の為めに働き金の為めに活き金の為に筆を配るものに無之候、右の点は毎ゝ申上之通りよろしく御含み込に被下度候、尤も金は送り度きが山ゝなれど延行早ゝ送る事はまづ〱困難、東京に在る質もうけねばならず多少の借金も支払ふ必用もあり何時幾何送るとは申兼ね候も、涼しくあって后、鳥居(3)をたてる位ゐのものは近日中に送るつもりに御座候、静岡は気候人情風俗等東京よりまさる事万ゝ、小生今迄居つた處では一番住み好い處にて周囲の人達なりも非常に親切に致し呉れ申候、

先は用事の御返
事迨、余は後便に
申し述べく候、早々　不一
二十日　　敏麿
祖父様
当地もひでりにて困り居候
静岡市紺屋町報知社静岡支局　編輯部
　　小原敏麿
明治四十二年八月二十日

注（1）法会―文太郎母の法事の事、
（2）静江は例の如し依然たり―静江の病気状態、
（3）鳥居―岩井沢の不動尊鳥居、

52、岩手県和賀郡立花村黒岩舘

小原文太郎様
静岡にて
としまろ
十一日　（ハガキ）

拝啓、お変わりもあらせらず候や、小生方も無
事幸に御安心被下度候、扨小生も　静江も
飽き果て申候に付き、来月初旬には東京
に帰る決心もし報知社にして容れざらんか退
社可致の決心に御座候、尚退社後の方針はま
だ確定は仕らず候も多分東京某劇場
の浄瑠璃狂言作者[1]たるべしとまあ〳〵この辺が
略定致し居る次第ニ尤も報知社にしても東京
に帰る事を許容せば依然として今《ママ》社致直し
べく候、先は用事のみ　余は後便

注（1）浄瑠璃狂言作者―

53、静岡市紺屋町報知社支局

小原敏麿兄
親展　（封書・巻紙）

恐ひながら失礼
つかまつり候、こ
の方にも随分御
親戚と経したる事
と存候、小生例に
依てニンニク臭
き屁に親しみ居
候条御安意被
下度、当地は一国
千暴徒二千の
根拠也、曽し
斗り今や然も
察署憲兵分遣
隊、守備正裁相

所等の後備漸く
全く日本人も日
ゝ入込み秩序
的発展を遂げ
つゝ有之候、
明日は田舎の田舎
出張為十日の後
皈宅可致委細
其節可申上候
先つは返事
旁如件に御座候
亀山拝
まろどの
韓国堤川財務署
九月十二日
亀山猛治(1)

注 (1) 亀山猛治―岩手県出身か、

54、九月十四日

（封筒表無し、祖父書簡）
（封書・半紙三枚）

（貴公運命長久祈祷朝夕怠らず仕候間、御案神被下度候）、朱書

愈壮健ニ而被成御勤務之由珍重之至ニ奉大賀候、
次ニ当方皆〻相変りなく暮し居候間、是亦御案
神被下度候、然ルニ静岡報知社飽き申様に申来り
今日者十三日也、当月中斗り退社不申勤居る方ト
存候、貴公身ニ取りて当月ハ迪しく候間、何分にも
何角に注意仕候間勤務あれ、猶亦食物ハ尤も
大切ニ用慎阿ハ、今ハ節が者りニ候得者水等みだりニ
用得ざ様可申候、而来るニ鳥居建立不申候、暑さも
余程なく候間、近日建立可申候、今の処ハ残暑甚しく
夜も単物ニ而よ路しく候、早彼岸も来可申候、それハ
冷しく相成り可申ト存候、其節ト待居候、時に旧八月
廿一日新十月五日ニ御帰国ハ如何ニ御座候哉、若帰村に
宜しくハ焼香可仕考、当年ハ母ノ焼香(1)も阿り候間、
右ハ旧十二月四日なり、又近々見合焼香すれハ宜しく候、
八月より十二月初旬迠ニさへ君の都合能ハ待居可申候、
尤当月退社仕候間（末か来月初ニ）帰京仕候得者跡之事も
御取斗ひ可有候得者十月五日ニハ帰り難くと存候間、
旧九月とも拾月にも宜しく候間、猶拾一月而もよろしく」
時期見合御帰宅相成不申候哉、伺乞　若当年中
八月より拾弐月迄ニ御帰宅の都合なくハ和尚(2)斗も
依頼焼香可仕候、若来月初旬静岡を退社
して東京江帰り候ハバ報知社ニ而者入用ニ候ハバ相勤メ
可申候、それハ十月五日ニハ御帰宅ハ叶さんかと存候、
兎に角宜御考察之上御報被下度候、

時に府中ニ冨士浅見の社(3)あり、若近く候ハバ浅見様(4)ノ
御額を御土産ニ被下度候、猶亦久能山等(5)参詣
仕候を未だに参り不申ハ見物して帰り申候、昔ハ
拾人一組ニ而弐百人の山役ニして参詣仕候、又一人ニ而も
一組の別合、今ハ如何に相成候や、(6)
そこで根岸の人ゝも皆々変りなく候、惟主殿ニ於て
一男子生れ(7)右ハ先月なり可得る筈、先ハ用事まで
申述度事も有之候得共余後便申度候　早々

立花村
九月十四日　小原文太郎
静岡ニ而
小原敏麿様

二白、申上候旧八月廿一日ニ御帰宅宜しく、二人共に
御光来之程御取斗ひ阿れ」
三白、
今般報知社勤功ニ仕候得者帰京しても都合も宜候
間、何れニも退社する事見合阿れ、(8)猶亦高木ハ夙ニ
もまるく事あり、若亦左様ニ候ハバ詳しくも止事不得
左きニ於ハ弐三ケ月も不勤ハあまりに飽き安き次第ニ
存られと候、併帰京して余方ニ入社或ハ月給取り
とかに摺込当候ハバ格別之事、此所よく〳〵
御考ゑ之上ニ御取計可申者也、
四白
猶静江之怪我後ハ磋而全快ニ相成候也、駿府江行
仕為江海水浴之事ニ承候其後本快相成候乎如何、
就而も毎日御加持仕候、善悪御起こらん事を乞、
五白
猶其丈局内ニ君の気に入らん者も無ものニ非ズ、
右之者ハ随心いだし君不随ニ於ハ（私法ニ而）自除去ス
べしト存候間、君にして争ハ論せざる承位注意
第一用慎阿れ、猶請人の善悪毎の尽きずしニ於ハ
甚そしりを可請候間、就而も用心阿れ、

注
(1) 母ノ焼香—文太郎の母ミツの年回、
(2) 和尚—菩提寺の正洞寺大真和尚、
(3) 冨士浅見の社—冨士山の神社
(4) 浅見様—（3）に同じ
(5) 久能山等—徳川家康を祀る廟所
(6) 今ハ如何に相成候や—此処から祖父文太郎は十五代徳川慶喜公に遵って駿府に生活したかと想像される、
(7) 一男子生れ—主殿の男子、小田嶋安雄か、
(8) 見合阿れ—報知社を辞めるなと、

55、静岡市紺屋町報知新聞社　静岡支局

小原敏麿様
ゑ親展

九月二四日、
「中味は「興信合資会社」の「貯蓄案内」栞
東京牛込区納戸町十六　及川方
武田源二郎

56、静岡市紺屋町

報知社支局
小原敏麿殿
親展

（巻紙）

拝啓
昨今両日之地方新聞者勿論、当地の新聞に比し電報通行其也少なき様に存ぜられ候が、右者如何なる次第にて候や、殊に本日の於呂(1)株式会社長松本又平惨殺事件の如き之探査の冷淡この上もなく斯る大事件なれば殺害前の模様四囲の状態、家族談話等を調査し聞けば優に一段半以上のものとなり紙上更に花を添ふべきにも拘らず斯様のものにて者記事の価値之れなく国民朝日民有等と競争も至難と存ぜられ候間、自今之十分に御注意の上斯る大事件之件御精探下され度く調査等の都合もあるもの時間置遅れ六版に記載するとしても立派なるもの注継候へど精々迅速に、詳密に願上度きように候、この事くれ〴〵も御注意申上げ置き候、不一、

二十六日　報知社編輯局

小原敏麿殿

東京丸の内
報知社編輯局
九月二十六日

（1）於呂―静岡県浜松市北区に於呂という地名あり、

57、静岡市紺屋町報知新聞静岡支局
小原敏麿様
親展

（封書・半紙三枚）

1（三枚、赤ペン字）
拝啓、昨日小為替券三円正ニ受取候、御依頼の件
早速受取斗ふべく候
例の鈴木(1)の方の件ハ利子サへ多少払ヒ置ケ
バ破裂の憂なからんも今や小生ハ利子仕払の
資力サへ尽きんとしつゝあり、依て不得止焦眉の
急を防グ手段として大兄へ援助を乞ふに立ち
至りたる次第、不拘多少、此際御送金援
助を与へられよ、例の件ハ鈴木へハ已ニ暴
露シ置けるも、鈴木の手ニテ抑へ切れぬ時ニハ
事全く破裂するに至らんか候　怖れ
居り候、如何に小生一身ニテ引受けんとあ
るも、或ハ真相の暴露して貴下ニ累ヲ及ボサ
ンかを憂ひ、多少の金員を援助せら
れ度ニと申し述べたる次第也、是れ小生一身の
防御示策なりと同時に、又者貴下(2)御自身
の防御示策なるや、必せり有存候、
小生義左の件、解決策ヲ講ズル為め
来ル十月中旬一寸帰郷(3)スル積りに有存候、
小生ハ慎重、沈着に右の事件ニ
対局しつゝあれバ、貴下にて余計に」
2
御心配せらるゝ勿れ、唯だ此際金員の援助を与
へられ度く、而して貴下ハ何事も沈黙を
守り、且つ出京を避けられよ、貴下よりの
御送金を待つ候、

次ニ今度御依頼の件、則ち袷の件、五六日中にハ送附可致候
実ハ熊谷の通帳ハ小生の荷物と共ニ尚《今》ホ小坂方(4)
へ預け置候、右の荷物を受取らザル以上ハ通帳
を持つ出すに由なく候、事の序でニ小生が小坂より
転居の顛末を開陳せんに、小生実ハ
小坂へ未ダ先月分の宿料を払ふを能はす候為め
小生の荷物ハ悉皆其侭小坂に預かり置き
候、
本月五日より十日までと申ハ外泊出シテ金の才覚ニ
尽力せしに、不幸才覚附かざりし丈、小坂
よりハ十一日以後宿泊ヲ謝絶セラレシ候、
為め余ハ不得止、殆んど洋服一着のみ
にて今尚は友人の處ニ寄寓しつゝあり
荷物ハ総べて小坂に預けあり、依て小生」
3
ハ本月中に金策して小坂ニ支払へ、依って以テ

荷物ヲ引き取り然る上ハ熊谷の方（5）の通帳も小生の手に入ルベク候間、貴下の袷衣の受取も候、数々中御猶予と出被下候、御送附の金員ハそのまゝ預かり置くべく候、若し流用云ふ御疑ひ者在候はバ貴下の最も信任する龍泉寺（6）に命じを下し小生方へ御遣ハし被下度存じ、同人へ渡すべく、龍泉寺をして小包を出さしむる方、貴下の大ニ喜ばるゝ丈ならん有存候呵々、

匆々不一

九月廿六日

武田源

小原大兄

東京牛込区納戸町十六、及川方

武田源二郎

九月二十六日

注
（1）鈴木―不詳
（2）貴下―敏麿のこと、
（3）帰郷―和賀郡岩崎村煤孫
（4）小坂方―源二郎の投宿先、小坂幾子宅
（5）熊谷の方―
（6）龍泉寺―川柳の関係か、龍宝寺か、

58、静岡市紺屋町　報知新聞静岡支局

小原敏麿様
直披

（封書・巻紙附一）

拝啓
先日は金五円御送附被下御厚志難有不堪感謝候　以御陰難関を越え候、
小生義近日中に一寸帰郷する積りにて目下当座の用事片付け申也尤も月末迄ニ帰京の見込被下られ
小生に於て金策の出来次第右の五円ハ貴下へ返済する筈可候、貴下ニ於ても余り御不平を起さずに目下の難境に堪へられ候也、希望仕り候、吾にとても何時までも逆境に居るまじくいづれ早晩一陽来復の期あるべき

を信じ候、
鈴木の件に就ては
万事小生ニテ引受け可
申候間、貴下ハ唯だ
沈黙せられよ、而して
自棄《やけ》を起さるゝ勿れ』
此ニ報知社の方の御
模様ハ如何に有之候
哉、小生の切に希望する
所ハ、上席の仁と仲
好くせられ、而して新聞紙の記
事ハ凡て直裁簡明な
る要シ冗長の文字は
新聞紙の記事に禁持
なれば此辺の事を御考
へ被下、決して小原君
一流の文章例へば
緑雨風の文章は雑誌
なれバ兎に角、新聞紙にては
歓迎せぬもの故、未だ
新聞紙の御経験浅き間は
決して貴下の意見を主張に
固執せず、何事も斯道に
経験ある才に随順に
仕はるゝ様希望致し候、
貴下には動もずれば癇
癪を起して上長と衝
突致さるゝ癖(1)ある故、当分は
何事も自個を没却
せよ、娑言盲罪多謝、

余ハ後便につづり申し候、

十月五日　武田生

小原大兄
玉座下

(同封紙片)

此間の小包便ハ、
金二円　熊谷の方の原価
金十八銭　右利子
金十八銭　小包料
金六銭　小包紙
〆二円四十二銭
残り五十八銭　拙者手元に在り
東京牛込区網戸町十六　及川方
武田源二郎

注　(1)癖—敏麿の性格を指摘する、

59、岩手県和賀郡立花村黒岩舘
小原文太郎様
東京本郷区金助町二十七　福寿館内
小原敏麿
（ハガキ）
二十二日夜

拝啓　小生事今般報知社を退社、尚静江も一先は大浦家(1)迄帰する事に決定仕候間就ては種々の都合も有之かた〴〵甚だ恐れ入り候へ共何卒金五円(2)丈け本月末迄に御都合願上度候が如何に候や、尤も今月の末か来月の初め迄には東京朝日(3)の方に極まるかとは存じ候が多少の入費もかゝり候ものから此間には御願申上するものに御座候、右何卒大至急御都合願度、右段願申上候、
先は用事のみ御願迄　早々　不一

注（1）大浦家―静江を養家に返す
（2）五円―祖父に五円無心する、五円は武田源二郎に援助している、
（3）東京朝日―朝日新聞か、敏麿の見栄か、本当か嘘か不詳、

60、岩手県和賀郡立花村黒岩舘
小原文太郎様
親展
（封書・便箋二枚）

御送附の羽をり一枚、足袋一足、煮栗一升計り、正に有難く頂戴仕候、然れば小生事、今回静岡を辞したる仔細と申すは御推察の通り給料(1)も最初の契約通りにくれないのみか、静岡では非常に物価高き故、とても夫婦二人で暮らし兼ねる故、東京に帰して呉れんと申したるにも係に者本社行とは許容致し呉れぬものから遂断然たる決定の下に、さてこと今回の辞任を見たるものに御座候、尚御手紙に依れば三ケ月位ゐにて辞さるはあまりに飽きやすきに非ずやとの御詰問もありしが小生有る外がら事情かゝる情故ヲ相如何と致し方無き次第に御座候、唯々此上は一日も早く就職と武運長久の祈りを只管御願申上候、次に静江事右は先日も申上候通り何うも過ぎつる乗合の人力車より墜落《ついらく》以来兎角脳が悪くなり時々犯人の体と相成り、まだ治癒致さず末の事も案ぜられし(2)に付き今般涙を呑んで一先づ大浦邸に帰し申し二人で苦労するよりは結局一人の方いか計りか気楽なるかは妻を持つた今日に於て自覚仕り候、尚又電報打つてすぐ帰国かとお待ち被下とやら、それは此方事情を御」汲み願い被下ぬと申すもの、当方だとて何年振りに候へばたとへ三日たりとも帰国致し度きは山々なるもこれ

には旅費の都合や身体の都合、かれこれオイソレと申すわけにゆかざるは少し御推察被下然るべきかと存じ候、就ては先月御願申上候件、静岡を引き上げ去る又は静江を帰したるするにつき種々入費もかゝり困り居候間、祖父様御手元の御不自由は前ゝ察し入り候へ共さりとて他に融通してくれるも無き小生何卒あわれふびんと思召し金五円丈け三十一日迄に届きます様大至急御恵に預か斗右くれ〴〵も歎願致し候、根岸に男の子生れた事一度も小生に通知なかれしも兎に角祝儀は出して置き可申候、小生帰国は事の外旧十月二十日頃と覚悟致し居候、先は用事のみ、御願迄、余は後便にゆづり可申候間、不一　くどく申す様には候へ共何卒五円の處は至急願い上候、

二十四日　としまろ

祖父様

祖母様せき起らぬ中に御大切に願上候

東京市本郷区金助町二十七　福寿館内

小原敏麿

十月廿四日

注

（1）給料—最初五十円と祖父に報告しているが、廉次郎の買いかぶりか、野村胡堂は明治四十五年に報知新聞社に入社するが、その時の初任給は十五円であった、ませていた廉次郎の五十円は当然疑問である、

（2）末の事も案ぜられし—静江は脳を打撲したせいで精神的病を罹っていたか、既に下の方も大変な様子とみえる、

61、岩手県和賀郡立花村黒岩舘

小原文太郎様

東京市本郷金助町二七　福寿館内

小原生

（ハガキ）

三十一日

拝啓、御送附の品正に有難く受領仕候、陳者小生の静岡に持参の荷物未だ着不仕心配致し居候（向こふより手紙の返事も無く）間、何卒此間の消息御問をたてゝ御覧見なし被下度願上奉候、静江の方は何ともつかず大浦公へ帰申した迄の事、まだ海のものとも山のものともつかず候、先は用事のみ、御返事を願上候、早々　不一

62、東京本郷区金助町廿七　福島氏方

小原敏麿様

（封書・報知新聞用箋貼つぐ、附一枚）

啓

其後の失礼

は平謝候、お祭
しの通りわけの
わからぬ社を相手
の事ゆゑ、実際
やり切れない、
侯須田生と
引きかへに河平
井氏に僕参疋
のため帰国
県公を堤上ニ僕
一人の活動やり切れ
ない上に昨日より
熱が出て寝て
ゐるものだから、とんだ
失敗
荷物も送るや
上々と頼んだか
のんべんだらりに
あんまりだ可ら係報
二人送やをよんで
来て依頼し
発送した、君が
荷物のつかぬ為に
定めし御心配

したごとらしと思ふと
相すまん、
帽子はつぶれると
いけないから国鉄
道便で送りました、
下宿やは支払った
よ、運―賃も
不足無く相済んだ
外出しておいた、
君も早く身をか
ためたまへ大坂[1]の
方はどうなったか
時ゝ手紙くれたまへ、
後も持受怖しく夜る
さびしいよ、
斗[2]古さの處へは
君から時々手紙
を出しておきたまへ、
少しはせりの供養
だ、何とかしてくれ、是
非静岡へ来たまへ、
失礼
府中にて
平岡[3]拝

小原君
侍史

「記」
一金四円也　　下宿賄料、但し半月分
一金弐拾五銭　　ふとん一枚損料、せんたくちん、
〆金四円弐拾五銭也、
右正ニ受領候也
十月三十一日　　利治（印）

小原様
□静屋
平岡利治拝

注（1）大坂—東京の大坂、母松枝の働いた大坂楼か、
（2）斗古—敏麿の使用した飲み屋か、
（3）平岡—平岡利治、報知新聞社支局の同僚、後に市会議員か、

63、東京本郷区金助町二十七　福寿館
小原敏麿様
（ハガキ、十一月八日消印）

拝啓、種々入り込み居る
用事有り間、帰京
期ハ来ル十二三日頃と相成ル
ベク候（御ハガキ拝見致候）
角南君(1)へも云って居ます、

盛岡にて
武田生

注（1）角南君—角南繁三郎、盛岡中学五級生、江刺郡梁川村の人

64、岩手県和賀郡立花村黒岩館
小原文太郎様
芝ニテ
小原敏麿
（ハガキ）

二十二日夜
拝啓、去る十七日手術爾后大に
経過よろしく当も一度本日手術すると
の事に御座候、本月中には何にしても全快
致すかと考へ居候、元気は今以て
仲〻旺盛御心配被下間敷候、東京
は未だ雪も降らず、岩手新聞を見れ
ば国では雪が降った由、さて〳〵困るったもの
と存じ候、根岸の人達にもあまり心配
せぬ様御伝声願上候、先は用事のみ、
委細後便みて

65、東京本郷区金助町二十七　福寿館
小原敏麿様
（封書・巻紙、書留）

御手紙正ニ拝察致候早

速御返事可差上筈之處、清岡等氏(1)（本社主幹）に相談の都合も有之、今日まて遷延相成り段平ニ御海認被下度候、拜承候得者御病気に御悩みのよし、御胸中魔事御迷惑の御事と深く御同情申上居候、

玉稿者返上候間、いつれに可御相談被下度候、下斗米大作(2)の御作の御脱稿を待上候て頂戴致度候

歴史的小説者当地に者向き候事に御座候、

何と可して少しでも多く送り上度存居候へとも迂生は契を以て常ゝ苦み居候ものニ有之候、清岡氏も早く生計豊ならざることに御座候へ者、思ふに任せず甚些少にて何の御用にも相立申間敷候へとも、別券清岡氏より進呈致し度旨被申候、枉げて御受納被下度候、

迂生者経験も無御座候へども病疾者中々頑固なる病症(3)にて苦悩も一方ならざる由ニ御座候へ者呉々も御病芳察申上居候、

今以て報知社に御名前を列せられ候や、和井内君(4)に御逢被遊候者ゝ宜敷と致声聞被成下度候、

追而向寒の節相当御自愛可被遊候、

敬具

十一月廿八日

新渡戸仙岳

小原敏麿様

足下

盛岡市　岩手日報社

新渡戸仙岳

注

（1）清岡等―当時岩手日報社主、二代目盛岡市長、

（2）下斗米大作―相馬大作、後に敏麿、下斗米家出の哲子と結婚する、

（3）頑固なる病症―敏麿の病気肋膜を指すか、
（4）和井内君―和井内喜徳、盛岡中学明治二十四年次生、岩手郡東中野出身、報知新聞記者、

66、本郷区金助町二十七福嶋様方

小原敏麿君

芝今入町二六
三宅

四日夜

（ハガキ）

御病気にあらざるかな案じ申候○大橋方[1]は何分よろしく願上候○今日国民社[2]の人入来、彼れ・・氏は中央社[3]を子分十人と共に去り候よし、尚二六[4]へ復帰するとの噂を致し居り○いうとも確実らしく申候○何にしても我等の運命も左程遠うかざるべし、勇を奮へ、

注（1）大橋方―博文館の経営者、
（2）国民社―国民新聞社、
（3）中央社―中央新聞社、
（4）二六―二六新聞社、

67、岩手県和賀郡立花村黒岩舘

小原文太郎様

在東都
としまろ

（ハガキ）

九日

去る三日御発信後は一日に音信に接せず如何致せしや心配致し居候、病なと雖筆を配るには往来に必用あり、これには困り居り看生も貧乏なれば何にもかも出来ず、本年も斯くして不幸のまゝにその歳を送るかと存ずれば何となく心細く限り無之候、先は用事のみ、御返事迨　早々　不一

68、岩手県和賀郡立花村黒岩舘

小原文太郎様

親展

（封書・巻紙）

受領書

一金五円也
一袷　一枚
一綿入　一枚
一足袋　一足
右正に難有受領候也

十二日

小原敏麿

小原文太郎様

又ゝ例に依りて例に如き御小言
小生も帰国出来る身の上なれば帰
国可致も帰国出来ぬ故、帰郷せぬものに候、
病院に在る事半月あまりなほって
すぐー長途の汽車旅行をなさしめ
然も寒さ厳しき地に戻さんなどとは、
つまり小生の病気(1)をして切(知)らなかつた
当りに帰らしめ再び重患に陥らしむる
ものと云ふを得べく候、小生学校
卒業以来随分と金の費惜し、それが
為め家計の困難を来したる罪は
忘れ度も無之あるべけれ共、新屋
の久太郎(2)を御覧候見たや、時計で
かれこれ三百円もつかひ居り候よ、あらず
や、種々相談とのお話し、小生は万事
祖父様のおせらる事には反き間敷
間何れにあれよきなに御取計らひ
被下度候
尚小生事、退院は致し候もの丶尚
臥床の身住(ママ)して居れば再発せぬと
と限らぬと存ずるあまりに御座候、
寝て居って筆も取れず随って下
宿料の仕末も出来ず養生なとは
猶更出来ず困り切りて居り候、
されば此際御手元の御□迫はお
察し申上げ候も何卒して病后の小生に
無理をさせず昔の健御体に復せしめん
の御甚有之候はば何卒来る三十日迠に
金十五円丈け是非御恵送被下度
何卒願上奉候、何せ病在の身、
手紙書くさえも寝て居てする
有様なれば原稿などは女手中は
とても出来かね候、か丶らへば又々も
帰国致せと申さる丶か、なれど何分
前より申上げし如き事情病気の為
めに御座候間、小生の生命を救ふ
と思召され是非御恵与被下
度重ねてお願申上候、
先は用事のみ御願迠、

早々　不一

右はくれ〳〵もぜひお願申上候

十三日夜　敏麿

十二月十三日

祖父様

在東都　小原敏麿

注　（1）病気―今回は痔の為手術したとみえる、

（2）新屋の久太郎―及川家の本家、後に文太郎と共に炭の販売をやる、

69、岩手県和賀郡立花村黒岩舘
小原文太郎様
在東都
としまろ
（ハガキ）

十八日
御ハガキ拝読仕候、此度は早速
送附可致候、それから御依頼の
一件ト何うかして年末の事に候へば何
卒一日も早く御恵与被下様
偏に願上奉り候、
先は用事のみ御願迠　早々
猫のフチは如何致し候や、昨夜夢
に見候、近況御報願上候、

70、岩手県和賀郡立花村黒岩舘
小原文太郎様
在東都
としまろ
（ハガキ）

二十一日
拝啓、漸く本日退院
全快と申すわけにはまゐらねど歩行しても差支なき迠
に立ち至り申し候、入院半月
以上身体皆衰弱行ノ感
の致し候、何はともあれ御安心
被下度、先は用事のみ
御しらせ迠、早々　不一

71、市内本郷区金助町福寿館内
小原敏麿様
根岸笹の雪横町千百十六
船橋生
（ハガキ）

廿二日
拝啓、昨日は失礼申上候、貴著
喜劇は詮方なく『鴛鴦《おし》の羽《は》
色《いろ》(1)』と題し本日二座訪問いたし候、
明朝までに確答ある筈、本郷
座二日開場と云へ芝居の事アテに
ならず日ビラは二日とあれば三日過ぎ
ならん、○次ぎの喜劇は来春ものとしては
已に遅し、御一考を乞ふ、
注（1）鴛鴦の羽色―敏麿の喜劇作品、

72、市内本郷区金助町廿六（ママ）　福寿館内

小原敏麿様
根岸　船橋生
廿四日　（ハガキ）

拝啓、本日は無礼仕候、
就而は御依頼上候有候、
カブト青海号(1)飛明被願
御座張相願度候、七〇だけ
御依頼候居度候〇原稿がダメ
なれば他に入る処有之候、明日午後——
御待受申候、

注　（1）カブト青海号—何か敏麿の作品か

73、市内本郷区金助町二十七　福寿館
小原敏麿様　（ハガキ）

拙弟今朝着京せし
例の件(1)問い合ハせ候處
殆ど無一物の趣きにて
小生も閉口してあり候、
右一寸為念進候
十二月廿六日
武田　拝

注　（1）例の件—武田と敏麿の関係、何か事業か、

74、岩手県和賀郡立花村黒岩館
小原文太郎様
在東都
小原敏麿
廿九日　（ハガキ）

拝啓、爾后は打ち絶へて御音信に接
せず候處、益々御鬼幽との事と存じ奉り候
小生事寒さには閉口致し右候へ共近
頃にては多少の執筆出来る様に相
成申候間、乍憚御安心被下度候、尚先
般御願申上置き候品、その后如何に
され候や、何分年末の事に候へば何卒
至急に此の處御取り計らひ被下る
様偏に願上奉り候、当地は寒さ甚し
くして甚困り居候、されど未だ雨の降り雪無し

75、市内本郷区金助町　福寿館ニテ
小原敏麿様
下谷根岸笹の雪横町千百十六
船橋生
廿九日　（ハガキ）

拝啓、本日は旁ゝ御伺ひ可申之処、突然
互間相起り且昨日御苦労願上候、件も

先方不在之為め、本日は解決に至らず候、
尚根岸より不礼にも本日に到りて脚本還
附ニ相成、来春更に相談するとの事、
察するに暮に何程でも出重するを厭ひ居り
候と存じ候、右は小生責任を以て何方へでも
相頼め可申候、決して御失望なく願上候
明日は参上すべし、

明治四十三年（一九一〇）

1、岩手県和賀郡立花村黒岩
小原文太郎殿
（ハガキ）

謹賀新年
明治四十三年一月元旦
釧路国白糠郡白糠村
及川喜八

2、岩手県和賀郡立花村黒岩
小原文太郎様
北海道白老郡敷生村メップ
小原嘉十
（ハガキ）

恭賀新年
併謝平素之疎達
尚倍旧祈御厚精
一月元旦

3、岩手県和賀郡立花村黒岩
小原文太郎殿
（ハガキ）

謹賀新年
併平素謝疎遠
尚高台祈万福
一月一日
一関駅
工藤政蔵(1)

注　(1) 工藤政蔵―黒岩小学校高等科第六回生、舘屋敷出身、

4、岩手県和賀郡立花村黒岩舘
小原文太郎様
在東都
小原敏麿
（ハガキ）

四日
御送附の品正に受領仕候、一両年は待たづとも来年の春迠には多少の事が出来るべしと存じ候、何分にも病后の身とて帰省は六ケ敷候と存候間ニ万事よきなに御配り計らひ被下度候、詳細は後便にゆづり候はんも、小生も近年は何しろ脳髄あまりに乱れ半ば狂ひし如き観之なり困り居候、神仏も無き者の中に候得へば小生は神も仏も念じ申さず候、何となれは、小生はとても神に救はる可き又求はれたる事も無き人物なればに候、正月よく長病を申すでもなけれど、本年程面白可らぬ正月を迎へたる無之候、先は用事のみ、何れ後便にて委しく申述ふべく候、

5、岩手県和賀郡立花村黒岩舘

小原文太郎様

親展

（封書・原稿用紙）

小原敏麿

受領証

一金拾円也

右正に有難く受領候也

一月四日

小原文太郎様

又、御小言決して御無理とは存じ候はねど何を申しても病気の事、諸事思ふに委せず困り果て申候、家計の上に就ても随分と御困難の由、今更何と申して宜しきやら、不幸の罪更に申わけこれ無く昔しならは切腹して御わび致さねばならぬ我身に御座候、畑共他売却の件、小生は何事に就ても一切異存無之候間、万事よろしき様願上奉候、小生も何時迄も可ゝる境遇には然るまじくの考へ、此處本年一杯はとても起とまとまった金の出来る心配も無之候へ共、来年と相成候はば何とか都合のつくる事なるべしと存じ候、何せ病後のこととてろくに執筆も出来ぬ有様、日半分は只今にても、ねて居る有様困り果て候、と申して帰国致すも考へ物にか何となれば、小生も只今尚眼帯致し居る身の上に御座候、而して尚貴家に御願の候とや其は外ならば、小生斯様に弱く生れし身の上に候へば、何時死ぬとも限らぬ身の上、かくては小原家の血統をたやす心配も無之、可たく〳〵小生年来の志願至も有之候間、何卒して根岸のみさ[1]を小生養女として此際至急御届げ被下度、而してみさに然るべき聟をとってお世話候申度、其は小生の希望に御座候、

此の際にはゼヒ〳〵かなへ被下
度、小生よりも根岸の人達ち
によろしくお願可申候間
祖父様より呉れ〳〵も御願ゐ、
小生の希望の達せらる丶様
御取り計らひ被下度願上候
根岸の人〻より長ホラの娘(2)
と小生へとの話もありしが、これは
小生は絶対(3)に反対、よろしく
御ことはり被下度候、小生は此處
しばらくは独身で居るつもりに候、
此頃では何した事か、種〻なる
か苦になり夜もろくろくに寝れ
ず、何うやら発狂でもしそう
に御座候、何分にも人間並みの
身体を持たぬ小生候へばさほ(4)
の事何分にもよろしく呉れ〳〵も
お願申上候、小生も相ひ変(ママ)
湯島天神を信仰致し居候
へ共、近頃では神も見捨て
玉ひしものか、何の御利やく
も無く、小生を苦しめ玉ふ
はも早神と仏も頼むに足
らぬものと存じ候、小生は
これよりは仏も信ぜぬ考へに候、
近頃は一人で泣いて一夜を送る
るも御座候、いろいろ御老体
に御心配をかけ小生は何たる
不孝の豚児(5)に候や、小生の好き
ものはとても（八文字墨にて消す）立
身は出来ぬかと存じ候、
正月早々縁起でも無き事
を申上候が、何卒御心配
被下ず、借財の事はよき處に
御取り計らひ被下度願上候、
来年夏にでも相成候はば
ぜひ一度帰国可致候間、くれ〳〵も
さほを小生の養女《むすめ》とす
件御聞き届け被下度願上候、
先は用事にみ

早々不一

何れ万事後便にて

一月四日夜一時

としまろ

祖父様

祖母様の御持病くれ〳〵も
御保養専一御願上候
根岸の人達ちにもよろしく

願上候

在東都

小原敏麿

一月五日

注

（1）根岸のみさ―小田嶋みさ、
（2）長ホラの娘―実母の生家、平沢の長洞の娘、
（3）絶対に反対―未だ自分を捨てた母の事を許していないか、
（4）さほ―みさの事か、「みさ」と「さほ」と混乱か、
（5）豚児―敏麿自身のこと、

6、岩手県和賀郡立花村黒岩舘

小原文太郎様

親展

（封書・原稿用紙）

拝啓

過日申上候通り小生病気、主殿より心配致し居る、との事にて、御符及祈祷致され赴き申越されし而して小生何北方の罪の生霊、ありとの事に御座候が、小生には一向心当り、これ無く候、小生は他に恨みをうくる様子覚へ無之これには殆ど閉口致候、次に小生来月あたりより芝居に関係を生じ脚本[1]（即ち浄瑠璃）を作する事と相成、それに付き常の服そうも入る處より着物一二枚も質うけ致さねばならぬ事と相成申候のみならず、例のおめしの袷は袖切れて着る事出来申さず、依って近日中御送附可申候条、御ぬいなほしの上至急御送附被下候、質受けの必要上金五円入用に御座候間、大至急御送附願上候、来月よりは、小生も病気も快方に赴くべければ小生の月給否原稿料にて自活し得べく候へば今度限りと存じ候、何はともあれ一応の御安心なし被下度候、尚ヨリ祈祷は此上とも

御たのみ、種〻なる
祟のりを除かれん事を、
小生の武運開くる様
くれぐれも願上奉り候、
根岸の主殿の方には
くれ〴〵もよろしく御願申
被下度、尚叔父上(2)御病
気の由小生も心配致し
居る旨申し伝へ被下度候、
さほ(3)の件はくれ〴〵も
根岸の方にはおんかけ
あひの上よろしく
御処置願上候、
何斗大至急五円丈
け御送附被下度くれ〴〵も
願上奉候、
先は用事のみ　早々
不一

十三日、
としまろ

小原文太郎様
在東都
小原敏麿

明治四十二年一月十三日（封筒報知社静岡支編輯局の印刷）

注
（1）脚本—浄瑠璃
（2）叔父上—小田嶋喜代太、
（3）さほ—みさのことか、

7、岩手県和賀郡立花村黒岩館
小原文太郎様
在東都
としまろ
（ハガキ）

拝啓、過日御送附の品
正に受領仕候、東京は連日
の大雪にて困り居り候、
御地はいかに候や、伺上候、
根岸の人達ちにくれ〴〵も
よろしく願上候、
一月十八日

8、岩手県和賀郡立花村黒岩館
小原文太郎様
親展
（封書・巻紙）

受領書
一金五円也
右正ニ受領候也

一月廿日

小原文太郎様

御懇問なる御書面難有拝見
仕候、小生の宿痾に付き種ゝ御
配慮被下何とも申わけこれ無く候、
一昨夏の度はあの時に別にかせかず
とも試験と申すのを控へ居り候為
め自然養生も行き届きたるもの
にて、思ひの外に早く療りものなりしも
今回は少しにても家の厄介になるは
気の毒と存じ、種ゝ奔走致す處より
思ひの外長びきしものかと存申候、
朝日新聞社(1)の方は、本日よりも入社
出来申候も、何しろ新聞に入社
すれば身体に無理を生じ自然と
不養生を致す様なると相成
るに依り、脚本を書く事と相
成申候、当座は東京に第一
と呼はれ候歌舞伎《かぶき》座(2)、脚本は
下宿にて書き座持を打つてる
間は三日に一度位ゐつゞ行けば
事足るものに御座候、来月より
はその方に勤務(3)申し候へば兎も角
御安心なし被下度候、尚小生も出
来る限り勉強しせ免て本年より
は借金の利子丈けでも払ふつもり
にて御送金するつもりに御座候、
それから静江の方は可あいさらに
候へ共(4)、何分にも時ゝの発狂致
すに付閉口、昨日も小生の下宿に
来訪、その方の因果を歎き語られて
口内とかの女(5)、小生は当分独身で
居るつもりに候へば、その方は不要、
御断り願上候、何しろ人一倍身
体のよはい小生女房はあまり好
ましくなく候、次に根岸
のさほの件(6)、これは何分にも宜しく
御取り計らひ被下候、小生の希望
を充たさしむる様御願申上候、
借財の方は何分にもよろしく
祖父様御独断にて御処分
御斗被下度願上候、
何しろ筆取るものうき今日
此頃根岸への返事出さぬも別
義にあらねば祖父様よりくれ〴〵も
宜しく御伝声願上候、
先は用事のみ何れ余は後
便にて、万事申述ぶべく候、早々不一

小原敏麿

廿日夜
祖父様　　　　としまろ
祖母様にはくれ〳〵も御身大
切に願上候
東京本郷区金助町二十七　福寿館内
小原敏麿
一月廿日

注（1）朝日新聞社—正規に勤務でなく作品、原稿持ち込みか、買い取りか、
（2）歌舞伎座—銀座の歌舞伎座か、
（3）その方に勤務—歌舞伎座に勤務か、作家として、
（4）静江の方は可あいさらに候へ共—静江は可愛いの意味か、
（5）口内とかの女—敏麿と文通の和賀病院勤務の女性か、加藤節か、
（6）さほの件—小田島さほ、みさの事、養女の件、

9、本郷区金助町廿七　福寿館　小原廉次郎様

（封書・原稿用紙、裏面）

拝啓　御来示の件、社長不在等にて
御返事甚だ延引御多免奉謝候、
然に右玉稿[1]は至極面白く掲載
致度存候も、社の予算上此限
御稿料至り出兼ね甚だ当
惑付居候、尤も貴兄に於ては原
稿料ハ望み無之旨御高叮有之
然も社として甚だ相済不申候間、
為念に一応右得貴意度候に、
右無居報酬の儀御承諾被下候早速
掲載可在乍早断ハガキにても
御一報願上候、早々
廿五日　　田能村生[2]
小原雅兄
侍史
東京市京橋区三十間堀三丁目九番地
日本新聞社
田能村梅士
明治四十三年一月廿五日

注（1）玉稿—敏麿が日本新聞社の田能村梅士に送った原稿で「至極面白」と評す、
（2）田能村生—田能村梅士、田能村秋皐、別名朴念仁、朴山人、豊後の人、明治三十八年五月、読売川柳研究会をつくり同三十九年十一月「川柳とへなぶり」（二号まで）刊行、この時梅子は日本新聞社にて編集していた。

10、（宛て先き剥落ナシ）

（封書・半紙二枚、祈禱符在り）

先達而月末ニ拾五円と来り候ニ付過日五円
差上候、末ゝ拾円贈申候得者猶に拾円
入用之由来候得とも迚も払込後なれハ
出し処なく上納金ニ置候處早速差上之
候間、どうかして跡之処間に合候様哉

願上候、君も病後ニ候得者金之入り事志らん訳無し、何共私も困り居ニ付斯申上候、此所御祈登被下候ハバ惣らず御承引被下度候、三宅先生(1)ハ全く死者間敷候、根岸江も行従在御店差上候、先生ハ兎方いやな方なら仕呂置だし、時ニ君も病後故夜づ免ハ夜ふくる迄居らさる様可申候、ちまり飛上りまざる様ニ仕だく候、先生之事たニ依尽したけハそし被申候、それとも病後之事故此度ハ先生之方ニとも察し有筈なれハ右身体を大切する様可申候、」

(同封紙)

時に日本新聞(2)ニ出社之由、右者三月より乎、脚本之儀ハ夫々客之申度歩毎方全快し所斗り兼るべぐ、此頃よぐ〳〵報知あるべし、紙面認める際一寸他出の用ニ付鬧しく書らずし候間、察し阿つて御読被下度候、余ハ後牘候、

早々

金五円也

二月三日　小原姓

としまろ殿

(二月五日功験、「御祈祷妙符」同封　二五歳

(同封書簡)「加持祈祷口上」

君か依頼御加持仕候

大勢肺より起り心臓に障り、脳に障り(私ニ占ニハ)本性なく妄語人事不知の病ト見得、熱さ免さひすれハ本心も出来、兎に角大熱病なり、私占に候、此病ニ而別段模道なる身ハ全く死ぬる人にあらず、食物の阿たりに病ム此家に剣に祟る所を此剣ハ神の剣ならん、右を神社ニ納れハ吉、右之占を人に語るならず貴公斗りニ而存知可申者八掛(3)ハ当りなり、あたつたか、あたらぬか御序之節報知、

岩手県和賀郡立花村黒岩舘

二月三日　小原文太郎

注

(1) 三宅先生—三宅青軒

(2) 日本新聞—正規の社員でなく原稿持ち込み待遇か、

(3) 八掛—祖父文太郎の占い、

11、和賀郡立花村黒岩

小原文太郎様

更木村

工藤ジュン

43・1・3　（ハガキ）

恭賀新年
拝啓
大分寒クナリマスタ、先日ノ
御用ハ、ミンナノソーダンノ上
キマッタナラ私の方ヨリ人ヲ
ヤリマスカラスコシマッテ下サイ　草々

12、岩手県和賀郡立花村黒岩舘　（ハガキ）

小原文太郎様

在東都
小原敏磨

拝啓、過日お願申上候品、今以て御送附被下ず、頗る困却致し居候、三宅先生(1)今以て快方に赴かれず門下生一同(2)その枕辺ニ交る〳〵侍して看護致したる条、此事あまりの有之候へば何卒して一日も早く御送附被下度伏して願上奉り候、国の方はいかがに候や、東京は名物の空ッ風が寒いので頗る閉口致し候、尤も梅はもう二三日で散りかゝるかと思はれ候、先は用事のみ候、至急御願申上候、早々　不一

十四日

注
（1）三宅先生—三宅青軒
（2）門下生一同—先生の教え子何人いるか、

13、本郷区金助町廿七　福寿館内　（封書・巻紙）

小原敏磨様

昨夕は恭来ニ失礼仕候
別紙履歴キ(1)二通認め差
送里候間、何卒御尽力願上候、
決して始めより月給(2)の多きし
を望まず候間、右は会ニ
被下度候、
御閑暇の節はチトはもへ(3)
遊被下度候、

二月十六日　江戸川の住人(4)

小原仁兄

江戸川畔にて
二月十六日　白雨楼主人

注
（1）履歴キ—敏磨は何か企画したか、編集社か
（2）月給—敏磨の所から出すか
（3）はもへ—「はも」は店の名前
（4）江戸川の住人—「白雨楼」の経営者か

14、岩手県和賀郡立花村黒岩舘
小原文太郎様
在東都
小原敏麿
（ハガキ）

拝啓、過日重ねて御願申上候処、今に何とも御送り無之もしや祖父様にお変りでもあらせらるゝに非らずやと心配致し居候、甚恐入る次第御座候へ共、何卒〳〵此ハガキ届次第御都合御送附被下度願上奉候、
先は用事のみ　早々　不一
二月十九日

15、岩手県和賀郡立花村黒岩舘
小原文太郎様
在東都
としまろ
（ハガキ）

拝啓、御送附の品正に受領申候、此四五日来夜づ免せしためか気分勝れず、又ゝ臥床致し居候、御申越の件小生に於ては絶対に不承知、(1)祖母様もあまりにくどいと申すものにて無之候はや、小生は田舎の肥料臭き母(2)が大体に種ゝに大嫌ゐに御座候、何れ近日中にくはしく御返事申上可申候、
先は用事のみ　早々　敬具
二十四日

注
（1）不承知—何であろうか、見合いの事か、
（2）田舎の肥料臭き母—実母、松枝が東京の出稼ぎを辞めて田舎に戻ったようである、母のお世話を嫌う、

16、福寿館内
小原敏麿様
親展
（封書・用紙）

拝啓、過日は失礼仕候、僕昨日来よ里風邪の為に就床いたしお里候□ッィ履歴書(1)逢送に相成も茲に二通認メおき候間何卒御手数奈から御尽力願上候、早々
長根一之(2)
小原兄
机下
江戸川町七
三月八日　長根一之

注（1）履歴書―長根氏の履歴書、敏麿等は何を始めたか、
（2）長根一之―江戸川町の住人、

17、岩手県和賀郡立花村大字黒岩
小原文太郎様

（封書・巻紙）

拝啓　春暖之候御一同様如何
渡ラサレ候哉伺上候、降而小生
事無事消光罷在候間御
安心被下度候、
サテ母ミサ事一方ナラザル御世話
ニ相成リ御礼ノ申様モ無之次
第、此恩ハ決シテ忘却致シ間敷候、
又甚タ御迷惑ナルコト御願申度
此儀何卒母ミサへ御相談被下
可成納得セシムル様願上候、
既に兄清太郎へハ手紙ヲ以テ申置キ
候ガ拙者事母コヲ北海道へ引
キ取リ出来得ル丈ノ孝養ヲ尽
シ度考へ又愚妻マツ事モ節望
致シ處ニ候、母ニシテハ或ハ故郷ヲ
棄テル事ヲ嫌ッテモアルベケレド
六十ヲ越ユル困苦セシメ他人様ノ
御厄介ノミニ相成リ居リヲハ母ハ
勿論、私トシテ世間ニ申シ訳ナク
且ツ私トテモ細キ煙ヲ立テ居ルト云
フモノ、兄ヨリハ多少苦シカラズ
目下ハ四十円ノ月給ヲ給セラレ兎ニ
角母一人位ヲ養フニ差支モナク
又他日ハ目的ヲ立テ相当ノ暮シ
モ致シ考へ故ヨク〳〵此處ヲ
御話シ被下度、旅ノ支度ハ漸次
私方ヨリ都合致シへク出迎ヒトシテハ
愚妻マツを盛岡マデ差シ遣シ
考ヒニ候、海の都合モ有之候へハ新六
七月頃ハ如何カト思ハレ候、何レ承
知致シヤ否ヤ御返事被下度候、
又此事ハ余リ世間ニ広メ度ナキ
考へ殊ニ本家へハ出立マデ秘密
ニ致シ度候、
母ヲ引寄スルハ或ハ兄ノ意見モ有
ルベシト雖トモ一ツハ兄ノ克己心ヲ強
カラシメ奮闘セシメ此弟ノヤセマ子
カブリヲ止メ度考へニ候、兄ニ送金
スルハ少シモ惜シムニアラザレド四十男
ガ妻ヤ児ヲ養ヒストニ云フハ此弟
ヲ頼ミニスル故ナラント推セラレ候、
何レ御手数恐入候へ共母上ヲ

能ク納得セシムル様願上度
御返事待居リ申候、

三月十三日　　喜八

小原文太郎様
同　御母堂様

二伸　廉次郎様ハ只今何處ニ居ラルヽヤ
失礼ノミ致シ居リ候、御住處御
知ラセ被下度候、

釧路国
軍馬補充部釧路支部
及川喜八

三月十三日

18、東京本郷区金助町二七　福寿館内

小原敏麿様

岩手県和賀郡立花村黒岩舘
小原織江

三月二十日　（ハガキ、エンピツ）

拝啓、当村より善光寺参り(1)三拾人斗り登る由、内ねんじゅ(2)の
かゝ、同前かゝ両人ハ君
之処ニ行くかも志れん、清水の連平(3)ハ先達たのまれ行由ニ候、
外ニ男行
由聞ず、右被存得候、然度先日送りし襦袢ハ赤くて着なざる
故御戻し被下度候、是ハ郵便局より送り下さるべき候、それは
直ニ
家ニ配達に成ります、通運なれハ黒沢尻まで請取りに行かねば
ならず候、尚送らるうんちん七八銭なるべし志払込被下度候、
時に病気ノ処は如何候や、それ程の事なければ
御無事間敷く承候共、毎日咄居候、尚亦加持も仕り候、全治次
第御報知あれ、
さほの一件(4)度々来たり、右さほの御事必ず急ぐに及ばず、君の
妻ニして
事足り候也、此等の処は貴公帰村か又ハ誰か上京するなら御相
談
仕る上なれ、兎にも角にも私共達者の内ハ右之様事宜しく候、
尤もさほハご免、他ニ呉れ不申由、今ニ卒業(5)して終わるまで又
以
御通知可申上候、外にも加持仕候、黒岩なれば宜しく共赤き由、
夫ニモ
宜ニ返候ハバ序—ニ返頭迠に□ニなり下ハ、早々　要事のみ
不一、

注
(1) 善光寺参り—信州の善光寺
(2) ねんじゅ—舘の念誦、人参とも、
(3) 清水の連平—及川廉平か
(4) さほの一件—養女の事、祖父は認めるか、
(5) 卒業—さほは盛岡の高等女学校卒業

19、東京市本郷区金助町二十七　福島方
小原敏麿様　（封書・巻紙）

拝啓　愚妹儀才ニ付
一方ならぬ御心配かけ御
申訳無之候、十九日之掲
載の義[1]御心配なされ盛
岡市宮氏方みさへ御通知
被下此廿一日配達有来候、折柄野生幸出
張致し、右委細みさより承
知いたし候、昨日に本人儀聊
か何の心当り無之申候へ共、私
うたがい問たゝし候處、心配
致し如何にせばよろしからん、
聊か心当なし、誠に当惑
の色あらんかは何れいかなる
事あかりしや、学校より新聞
拝借して来れよと申し處、早速
みさ参り候、昨日学校よりそれハ
お前から新聞で汚したとて兄さん
がわからぬだろう御足労てせうけれ共、
一寸学校まで御出被下度旨申す
べしとの御言葉につき早速御
出下度しとの事に仕りミサと等[2]
参校致し候處、先生の申さるに、
あなたは新聞紙上の事を総て
信用なさいますか、全く何も有
る事にてハ無之候、此記事
は事実の事も記しなれ共、凡て
事実是無之（消ス五字）
御人之妹は精心堅固なる人
と認メ如何なる様式にも打
勝ち人にて全く何もある事にても
何でもなく御安神なさるべく
御いとこ様より御誌面によりもし
何んならかんとくの我につきて者
御安神なさる可く事、私より申
上ても宜しき事、右に候へ共、
此御言葉に沢山に御座候事
申上處、少しも御心配も被下間
敷、殊ニも何事も右在てハ無く候、
生徒はこの間の消足を薄ゝ知
って居るかも知れぬと、これは停
学させられたもの共ハそねみ
とある事なき事残念の侭ゝ
かたり候者中には訓戒され
たる高橋みよ[3]（毎日社の高橋かた義

の娘）も有り候、それ等の嫉妬心
より生じた事ト明瞭
火を見るよりも明かに御座候、本人
より委細申上べく候へ共、御放
乍野生より右の心配無事
なかあるらは、御通知申上候何分
御安神被下度候、
一過般申よし貴兄御養
女になしとの義如何御問ハバ
とに候御親切之程、殊ニ身念
却不存候、就而者小原家不足
なる義にても貴殿の不足さる義にて
も聊か無く貴殿の妻としてハ
差上申てもよろしく候へて、養女
とて為ハ貴兄に苦を掛ける
もとなり故、全く御控へ(4)被下度
願上候旨母よりの言葉(5)に御座候、
先ハ右御礼かた〳〵御通
知まで乱筆も恐れ斗りて
申上候、時節柄御閏御奔
の情切に奉願上候、敬具
三月廿二日　小田島主殿
小原敏麿様
　岩手県和賀郡立花村字黒岩　小田島主殿

三月廿二日

注（1）掲載の義—敏麿が盛岡の師範学校の新聞記事をみて主殿への通知か、
（2）ミサと等—主殿妹みさと共に、
（3）高橋みよ—岩手毎日新聞の関係者か、
（4）全く御控へ—みさ養女の件
（5）母よりの言葉—母鉄よりのお断りの言葉、

20、本郷区金助町二十七　福寿館
小原敏麿様
小石川、江戸川二ノ一、高の方
武田源二郎
（ハガキ）

御近況如何に候哉、扨て申すまでもなく
御如才有之間敷候へども、又た在ハルピンの内藤君(1)より
直接貴下へ申越有之候義と存候へども
実は例の琵琶記(2)一先づ御返附被下度
との事に有候間、貴下より直接内藤
君へ御送り被下か又は小生の手許まで
御送り被下か何れにか此際取急ぎ得
貴意候、小生の手許へ送り被下度はば改めて
小生より内藤君へ郵送可致候、匆々　不一、

注（1）内藤君—満州に居る日満商会内藤順太郎
（2）琵琶記—小説原稿か、中国元代の劇曲か、

21、東京本郷区金助町二七　福寿館

小原敏麿殿
　親展

（封書・北満州原稿紙四枚）

小原賢兄侍史　内藤順太郎
　侍史　拝復

陽春之候、花の都に嗽嘯を専らにし給ふ賢兄愈ゝ御清栄之段慶賀之至り、また羨望の至りに候、朔北万里の此地も日来春暉を催し候も寒困の春は花なく友なく満洲之泥濘車轍を没して悠遊に住ならず内地式當世風の繊弱なる春潤なきか已りに永き厳冬に鎖ぢ込められし癇癪玉が氷の解けくると共に雪崩の音に和して破裂致しそうな心地に御座候、
琵琶記稿本[1]御送附被下難有奉謝候、近き将来に於て斧裁を加へ完稿として貴下の玉斧を乞ひ再び御厄介を願ふの時ニ有之、何卒、旧に御こりなく、其際は再度の御尽力致願上候、
御送附の筋（ママ）玉絵本、詮古、夫妻してと東都の春と賢素の御得意を羨望したる次第に候、

王蓮嬢稿本[2]幸いにして賢兄の彩負によりて脚色され舞台に上ることもあらば是れ望外の光栄に候、御任慮に被通度、小生は異論なきのみか、小生より却て懇願致度位の熱心に候、
近日、夜の哈爾賓[3]探検中に候、哈爾賓と云へば物騒な所の格風内地人が思ふから其反証を否な、春風融満たる哈爾賓を覗けんと目下探索中否実見中に候、
現在実見せるもの、
　午後十一時後は活動写真の撮画が特に大人の為めに春画を映じ候、痴魅迷蝶の態より餓馬奇糟の猛烈なるもの其極秘を尽し居候もの、
倶楽部の舞踏会（説明の程をかるべく候）
十一時後のホテル食堂、
　独逸美人の唱歌ありて酒間の興遊を添申、御気に召したら一晩十五円位で自由になります、オット三鞭代は別ですよ。
午前二時後の劇場
　これはいかに真砂座の作者にても御予想は出まじく候、
午後十時頃よりの赤燈下、

縫腰の佳人、裸体に薄き絹製綱の布を着て迎へくれ候、一歩足を此地に放ぜんか、豊頬の猫太婦人、豊頣の高が索佳人の突驚を受け、突然女薄島の擒となる程、一時間参円とは安値のものに候、久米仙ならずも堕落は受け合ひ、
殊に佛国美人の艶なるか、閨房中に擁して、嘗めてくれる其の趣味は内地人の烏度夢想の出来ぬ處、之れは一時五円から、
露西亜温兄に至って尚ほ好なるもの、倒底大森の砂風呂の比には無之候、以上は実見せるもの、材料集まり次第、評极の記事を作りて御覧に供する機会あるべく候、
先ハ右迠、
小生の写真目下焼きつゝあり、出来上り次第御送附可申上候、
匆々　不宣
明治四拾三年三月廿四日
哈爾賓新市街　日満商会
内藤順太郎

注（1）琵琶記稿本―内藤氏の作品か
（2）王蓮嬢稿本―
（3）哈爾賓―ハルビン

22、本郷区金助町廿七番　福島館方
小原敏麿様
北豊島郡日暮里元金杉二百八十
今井万吉方　広田金松
（ハガキ）

三月廿六日
拝啓陳者過日御貸申候之
割場図会吉原画報[1]
至急入用故一時船橋君[2]
亀迠着規[3]とし又私用
済之上は直ゝ御貸与願候
間右貴意を御待度存候　早々

注（1）吉原画報―
（2）船橋君―料理新聞社の船橋碧川
（3）着規―チョッキのことか、

23、本郷区金助町二十七　福寿館内
狂言作者小原村雨様[1]行・原稿入
北豊島郡日暮里元金杉弐百八十　今井万吉方
広田星橋[2]
（中味白紙一枚）
（三月廿九日発）

注
（1）狂言作者小原村雨―敏麿の雅号「村雨」
（2）広田星橋―広田金松、『風俗画報』執筆者

24、本郷区金助町二十七　福寿館内
小原村雨先生
御机下
下谷根岸の里御行松弐百八十
今井万吉方　広田星橋
（ハガキ）

昨日君ガ帰られてから書ッパナシ
ノ拙稿が出来夕[1]面白くもないが
早速ドコカエ向けて下さい。（一度
目を通して）、イロ〳〵な話しも
あるから近日御立寄りを願い度
今晩見物ニ行度かつ、が碧川
君も用ありで僕も失敬し候
余ハお目ニカカッテ申上候　左様ナラ

注（1）拙稿が出来夕―広田星橋も作者仕事の仲間か、
（2）碧川―船橋碧川

25、市内本郷区金助町　福寿館内
小原敏麿様
途中にて
三十一日　船橋生
（ハガキ）

拝啓　本日は種ゞ御扱を蒙り奉謝候、
偖ては福田氏訪問之後先生宅へ
相伺候処意外之事共承り候、定めて貴
君には御承知之事なるべく御一身に
悪しく候儀に付き小生大に心配致し候、
何は扨置き明早朝小生外出前に必らず
御来駕被下度御待受申居候、委細ハ
拝眉之切可申上候、おそくも早朝九時前に
御見へ下さい、

26、東京市本郷区金助町弐拾七番地　福寿館内
小原敏麿様
至急親展
（封書・半紙二枚）

拝啓、御病気之所如何候や、今頃者全快かと存候、
私共ニ於ハ相変りなく暮一方候間、御休神被下度候、
過日の書面ニ者伊豆温泉ニ行越参り候乎、而
る筈ノ善光寺参り廿日[1]頃ニ東京ニ而見物之由、君之処
ニ不行趣ニ候、卅一日を以帰家仕候、然度君病気
全快ニ及候ハバ一寸も帰国仕候ハバ如何候や猶亦仕事
出来候ハバ何にか角か出勤可有候、それは帰村ハも出

不申存候間、何にか取り打ちざる内ニ帰村阿れ、左ニ無於てハ祖母ハ罷越御面会(2)申度之由、毎日咄申候、夫より君御出被下候ハバ幸甚〳〵、良久敷不待其類候得者暖風ニ相成候て一日も早く上京仕度之由語り居候、君も帰国不致而ハなくたる私共上京ハ貴公なれハ足かるく候ニ付左様申述候、何角書申度候得共受用ニ来候得者、此之通申上候」

一〇五

金(3)之処俄に偶希幷封紙面四月一日午後十二時ニ届、左ハ電報為替ニ而御送附被下度之由ニ候得共午後四時迄ニハ小替為間ト存黒沢尻局江参り、それハ三時五十分之黒沢尻江否付一日晩ニ時を以発之由ニ付、それハ二日ニハ必ず届筈ト存候間、

郵便為替ニ而御送附申上候間御入学被下度候、

前紙面ハ昨日為替送可申考ニ而少々認ハ出便申上候、

君之病気ハ七分通全快ニ相見候一先案神仕候、

猶亦再発不仕様御用慎あれ、

時に本郷座(4)の作者となり一先案心致し何卒して

不遠之処ハ右之金ニ而間ニ逢候様可仕候、

そこてさほの一件(5)ハ急ニ及ひ君にして子供出来候節にもおそからずと存候、猶亦此之事ハ存申上面会仕候而御相談ニ及、兎にも角にも可仕る丈迄ハ延引あ連、何にしても見ても君ハ近に帰村仕候而の上取斗ひ可申候こと、さほハ卒業後ニ相成多分立花学校ニ可被雇ト存候、而改名之儀寺之弟子(6)はとなれハ宜しひと被仰越候、併判ハなくてハなりますま以あるに返事ニ判の捺印して一枚封込(7)可申候、

申上度事有之候得共いそぎ申上候、余ハ後便ニて可申上候、

郵便局ニ認免申上候

文太郎

在京

敏麿殿

岩手県和賀郡立花村黒岩館　小原文太郎

四月一日

注

（1）卅一日―黒岩の善光寺参詣一行、三月三十一日に帰国した、

（2）面会―祖母織江は孫に会いたく上京したいと、

（3）一〇五金―お金の送金の事、

（4）本郷座―東京文京区本郷にあった劇場、明治三十五年（一九〇二）本郷座と改称。川上音次郎一座が「ハムレット」を公演し、新派の原動力となった。四十三年敏麿はそこの専属作者か、

（5）さほの一件―敏麿の養女の事、

（6）寺之弟子―正洞寺大真和尚の弟子に成りたいとの意味か、このこと、妻静江の死去と関係するか、

（7）一枚封込―得度届の書類か、

27、市内本郷区金助町二十七番地　福寿館内

小原敏麿様

（封書・巻紙）

拝啓

御懇切なる御手紙慥に頂り候折と小生田舎に出張不在仕候故拝見不致御無沙汰仕候尊書拝見仕候、此處に依れば貴君が手落なる事更ニ無之石橋氏[1]とても貴君御紹介状有之者我等ニ何も話を仕せち候ニ金銭を相渡すと石橋氏の手落にて有之石橋氏とても此弐の事に告発するとかの意も無之者と思へ居候又石橋氏に御面会も不致候へ共、今晩にては御面会[2]御話可申事と心得候間、少許之事ニは公事が間敷事ハ不宜之事と存居候間、貴君は手心にて宜敷様御取なし願度却て後に不都合等相生じ候て者石橋氏迚も迷惑と存候間御推察之程奉願候

頓首

四日　熊太郎

小原様

芝愛宕町一ノ二

福井熊太郎[3]

注
（1）石橋氏—敏麿が紹介した人物、昨年の武田の手紙に登場する人物か、
（2）面会—今晩石橋氏と会う、
（3）福井熊太郎—

28、東京本郷本郷座

小原敏麿兄

貴下

（封書・巻紙）

過日は途中にて失礼いたし候花曇りの今日此頃上野芝の阿たりおもゐ偲はて候来る九日の土曜日に者東上いたし候間十日ニ御邪魔ニ参ゐり度御都合如何にか尚中学生両名従伴

いたし候間之又願上候、
余は御面晤の節
万般
花月
六日
敬具
村雨大兄
六日　横浜西戸部官舎
七九　横前敏亮(1)

注（1）横前敏亮―敏麿の作家仲間か、

29、本郷区金助町　福寿館
小原敏麿様　（広告、封書）

「帝国浴場誌」広告募集依頼
東京市下谷区西町三番地　帝国浴場誌発行所　尚文堂
船橋生

30、市内本郷区金助町　福寿館
小原敏麿様
亨都寺内
船橋生

五月五日　（ハガキ）
御ハガキ拝見失望致候、一件は小生事間
に妥協致し候へども何分にも実物取揃へざれば
先方の□物《さし》も渡さず候、本日が最終事と相成候、
松年も今は彼是すべき場合ニ無之四〇でも三〇
でもよろしく即正之御心配被下度候、先方ハ狂働も否
誉も構ひ否―人々の迷惑も感ぜざる者でも
当初より行掛り上、小生心配も致候、事情御実
見被成候下候必らず想像の以上なりべし、最早今
回の件を論談の上り小生一切他の人事は相察し
不申候、自分の思ふ程人は思ひとれず候、

31、本郷区金助町二七　福島方
小原村雨様
牛込区天神町三十二
菅沼　武拜　（ハガキ）

五月五日夜
此両三日ハ何だか変な陽気ですが別段御変り
しない御様子何よりで御座います、扨て今日はどうも
態々為替(1)などで御送附下さいまして何とも恐れ
入り満した、多しかに落手いたしまし多から御安心
下さいませ、ほんとゝにとんだ御手数をかけまして
厚く御礼を申上ます、以づれ御目もじの節万〻
御礼を申上ますが取あへづ御礼旁々御返事
まで、今明日は靖国神社(2)の祭礼ですが御暇が
御座いましたら御遊びに入らしやひませ母からもくれ〴〵も

よろしく申されました　さようなら

注（1）為替―敏麿為替にて送金した

（2）靖国神社―春季大祭、五月五日～六日まで、

32、東京市本郷区金助町弐拾七番地　福寿館内

小原敏麿様

親展

（封書・半紙三半）

如仰改名ニ付正洞寺聞配候所、寺修製法[1]とか
見不申ハ不分明之由、仍更木永昌寺[2]ニ有由、右を
借用して見不申候内ニ手続ヲ志らんと申候、十五日頃
迫行由ニ而候、然度ニ今度大坂[3]江行由ニ而金拾円
入用ト来候、君の存分通り差上申候得者宜し候も、
何共今度ニ於ハ乍思送金ハ出来不申候、君御存ハ
有筈借金ハ兎に角金配ニ止リ居申し候、当月ハ税
金幷県税・郡税・学校建築費此金才覚斗りも如何
可致やに存候所、而先日の拾円ハ何方ニもなく白山寺[4]より
一寸借ニ仕上納遣而申上候、拝借仕候此金も是非ニ払込不申ハ
なりません、此所不悪御承引被下度候、貴公ハ五月末[5]より
壱弐円丈も送金可申との事候、右金ハ若も来るや否
待居候処[6]、其所ニも不至候、時ゝ私膝《ヒサ》痛候間屈伸出来
不申甚込居候、此事為知申度な以間候得とも申上候、必す
案事被下敷候、何も角も老人故其之通ニ候、然而も
毎度帰村して面会被下候様存候、君も大坂迄行ニハ

金の入用ト存候得とも何と存候而も、今度に於ハ才覚
及兼候間、月給ニ而間ニ合候様得可申候、何と被申
候而も金配方及兼申候」
候間、不悪御承引被下度願上候、成丈ハ出来る者なら
遣し度候共、所ゝより停りなりし候處、去年の借
金の払残もある内、貴殿の病気ニも少なからず
掛り而、又も借金重り候間右様申上候、
本郷座よりノ入費間に逢程出来ざるしなら、そんな
仕事ハ焉でない、而亦月給ニ而も不足来る
事なら無用事而ハないか、猶亦去年来ハ独
逸人の通弁とかニ而伊勢大坂奈良の方見物し
たの事、右儀云かなん度し参詣するもよ路し、
されとも、金の都合宜時分ニ参る方と存候、
成丈ハ大坂江不行方ハ宜からん、何方の役者とも
脇方江行金持候而帰る役者なぎの由、就而ハ君の
行のも不好候間、何分にも滞京して居方なり、
右私の存意が腹入あって可然候、
時に其様ニ掛りの遂るのに入社するハいるんでないか、
それよりハ原稿書候間、彼方此方ニ遣し候間、当年斗も
相過し可申候、来年なりともあき所無なら帰国して
家ニ而相続する方と存候間、大坂行を止る
方考可申候、役者而も角申ても金を持て内ニ
帰る者なり、」　（弐）

（三）

貴公も本郷座の作者而是非行かねならぬ事なし
必共御止可申候、若行ますると借金ハ出来るニ
違ひなし、だに依而行間敷候也、それに又
今度斗りハ来申まず祈申上候へと全く左様の
事者申ませんトありますハ、それよりハ今度滞京して
原稿書ハ可然候、時に芝居而なく何の役とか
博文館云ニ入社ハ世間の聞江も宜しひ、芝売様
ハあまりに好しからず、君の考もある筈、その
作者而なく何にか見替る方と存られ候、縦
千両とりとも役者ハ全ク月給取りと金持事ハ
出来ません、君もあまり考ハ阿りません、へだによりて
何分利益配当のあるのに入社而もするならよ路しひ、
月々月給ニ而ハ金持になられません、就而も
送金となる者なり、私共も才覚も出来ないそれ、
私共の年数も覚ある得きニ達者ニも居候得ども
凪の浮くの風の吹く日ハ外出来不申候、又ゝ二人住居申候ハ
徒然ニ候、此所も考帰国して面会して
其上如何被斗ひも可申候、其事もなしに候也、」
左様申候得者、君ハさほを養女にして家ニ置たひ之由、祖母(7)ハ
全く
養女ニハ貰ひ度ない、家ニ長孫有なからさほハ君の養女ニ申事
ハ
ならん、然も眼方呉可申と祖母申候、孫長男乍有孫長男年も
行ません、右養女とハ聞得ませんとの事故、祖母ハ呉レさせ申
候間、
右可得迄候、私共も君立身志たなら東京なりニ行たし、
祖母ハ毎日東京ニ行たひ事申し候、全く家ニ長孫ありなから
外の孫ニ随トハ阿まり不好候、と申候得者是非ニ貴公之所ニ
而住居仕度之由、此所推察被下度候、
そこで岩井に鳥居建度候儀とも金の都合ニより末ゝ建不申
候間、日延願を立置候間被得申上候、申上度事有之候へも
余ハ後便ニ、先ハ早々、

五月六日　　小原姓

小原敏麿殿

二白　昆布や干餅ハヲクル

岩手県和賀郡立花村黒岩館

小原文太郎

五月六日

注

（1）寺修製法—寺の宗制、曹洞宗々制の事か
（2）更木永昌寺—永昌寺住職は二十世熊谷栢雄和尚、大真和尚の兄弟子で八月には野辺地（青森県）常光寺に転住する。当時岩手県第二宗務所の宗会議員、
（3）大坂—敏麿は芝居の一座と大阪に行くという、
（4）白山寺—黒岩に白山神社宮司、岩沢家より借りる、
（5）五月末—敏麿送金を五月末までにする、
（6）徒居候処—送金すると言うから待っているだと、
（7）祖母—祖母の織江は「さほ養女の件」反対する、

33、東京市本郷区金助町二十七　福寿館

小原敏麿様
岩手県和賀郡立花村
小原文太郎
（ハガキ、エンピツ）

五月十日

被仰越来十三日迠ニ遣申候、就者沼之所水之湧所あり此ケ所図面金山之蹟[1]ニ
許可成候由、人の土地私ニ不聞願上候、それにてよきものか、つま自公
尤も金ハあるものならハ誰頭ても吉か、私の方にハ無出来ニ而願て而□在柄畑カセン[2]の事成かㇾ様も存候
如何候や、いやとハ申ません、今日安太郎大工[3]ニ而其事持来りて
申候、君も存知合、金ハ有りまするか、誠に出来るものならなんとかの事も有候得とも必有べきとハ存じべぐ
許可相成候、以上ハ如何ともしかたなし、君に不存あるなら早く来臨あって□□□此紙面届次第
来駕候ハバ相成申間敷候、さもなきに於ハ畑場よく
私に於ハ何もかにも□□候得者不計候間　乍恐君来駕[4]
被下渡候、已に存候事なら、

注（1）金山之蹟—黒岩舘の空堀の一角か、通称「ザラ」に降りる当たりか、
（2）畑カセ—金の採掘をするから畑をカセの意味か、
（3）安太郎大工—三坊木の多田安太郎大工、多田貞蔵氏の父親、
（4）来駕—祖父文太郎は金騒動に因み敏麿に帰国を進める、

34、立花村字黒岩舘

小原文太郎殿
陸中国黒沢尻停車場前
㊓ 金子運送店
（ハガキ）

拝啓　東京小原敏麿殿出貴殿行風呂敷包壱箇到着相成候ニ付右送賃諸掛金九十銭五厘御持参荷物御請取被下度　右御案内申上候也

五月十日

35、岩手県和賀郡立花村黒岩舘

小原文太郎様
在東都
としまろ
（ハガキ、逆さま）

十一日

鉛筆に書きたる書面にて意味不明なれども借し与なるより外無かるべし、但し、その条件として一ケ年三百円を下らざる使用料を払ずる様談判なし、公正証書を作成せし免、向ふ十ケ年間にて三千円位ゐ支払ゐの義務を有する証文を書かして可申候、さも無き時に於ては小生帰宅すともㇾ発掘にかゝりたる時は倍償を

裁判所に請求すべし、而してその証書には権利移転后も小原
文太郎に発掘権所有者は支払ひの義務有る事を記せし
免下され度く、その証書の下書きは小生手元迄
御送り被下候、どの様な理由なりとも貸し与はざる
わけにはゆかざるものに御座候、試堀（1）の時百五十円も取っ
てほらすべし、委細は後便にて、尚物は届き申し
や伺上候、

注　（1）試堀―黒岩舘（城跡）、堀の当たり（空堀）から金を採掘するという話、後に作家江見水蔭の「城門呪の矢」という短編小説となる。（『佐渡脱獄鬼』に収録、敏麿、江見に話題を提供する。

36、本郷区金助町二《ママ》十七　福寿館内

小原敏麿様

五月十三日

牛込区北町三十七番地
柳川春葉（1）

（ハガキ）

拝復
□《今》回の趣承知仕候　明日の競技は
午後二時より早稲田運動場（同
大学横手）にて開始するよし小生も見
物に参るべく候へ共　天狗席（2）故御
同席出来ず残念に御座候　正午頃
より直接御出向被成　好き位主を御取
り下さるべく候（新聞紙の敷物御持参）遅く
なると能く見られぬ事なるべし、ご伺候

注　（1）柳川春葉―柳川春葉（一八七七―一九一八）小説家、尾崎紅葉門下、
（2）天狗席―良い席か

37、岩手県和賀郡立花村黒岩舘

小原敏麿様

北海道勇払郡早来
本郷なをゑ

（ハガキ）

五月十四日

ながく〱御ぶ沙汰致しました、御かはり御座いません
か、先つは私事昨年三月三十一日付きを以て有珠郡
の学校に転任致しましたと同事に東京蓋平館
宛にはがきだしましたら付箋付のまゝ戻りました、
京都の朝日新聞社にもいったそうですが遂い・・・
今度学校の方はひきまして父母のもとに戻ります、
余り御なつかしさに御故郷の方に出したらと思って先ずは
誌したわけでもし手元に戻らなければ御落手の
事と存じます、何分御変わらず御願ひ致します、
末筆ながら御祖父母様並びに奥さんにもよろしく、

38、東京市本郷区金助町二十七　福寿館内

小原敏麿様

岩手県和賀郡立花村黒岩館

小原文太郎

（ハガキ、墨に朱書）

五月十四日

拝啓、過日送り候品ハ十三日越ルナラ届く、右ハ盛岡迠行
申候て六十銭外ニ十九銭を以て加之九十一銭多く補込申候、
右品物ハ扇四本糸織袷一カスリ綿入一本銀一手拭一
脇半新古二袴一足書物十六冊○瀧之朱桶（ママ）ハ湧申
此湧處ハ私ノ地所ニあらず、水車ニ揚壇ノ下壇ニ而
候私存ハ全く泉の土地ト申述候、官地成べシ、
而私共も少々ハ掘見候處後ニハ掘可申候不得ども
今之處不掘、私ニカセト云ノハ上ノ方石カラ畑ノ事
小屋建所之事也、何角諸道具置場所ニ
候如何云カスミニハ豆ニテモエロミる礼五升位
あるべしト存じ貴公も存有筈、金ハあるべきや只口付
見候へとも、金ハアルトモ云マス、「アノ偏私用デハナイ、

39、岩手県和賀郡立花村黒岩館

小原文太郎様

在東都

としまろ

（ハガキ）

十九日

拝啓、昨日帰京、来る廿五日又々
出発、本月末迠には帰京[1]の見込みに候、
就ては送り品願申上げ候なる件
大至急御送附被下度願上奉り候、
小生も来る七月頃には一家を構ふる心[2]
組みに候へば、その時には決して御迷惑
を相かけ申間敷く間、□ひで大至急御
願申上候、先は用事のみ、何れ後便
にて述べ可申候、早々

注（1）本月末迠には帰京―どさ廻りの様子、
（2）一家を構ふる―敏麿例の誇称か、金の目処が就いたか、

40、東京市本郷区金助町弐拾七番地　福寿館内

小原敏麿様

大至急親展

（封書・半紙七枚同封）

①

今般金配方ニ付迷惑ニ而左様申上候所色々小言
被下誠ニ悲敷存候間、貴殿の存分ニ任セ送附仕候、
貴殿も考可有筈、拙者共如何成工面ハ出来ぬのと
存候間、折角送金トある商法家とか、貯金とかある者
なれど金ハ何時も有もの也、それに拾円又五円と度々
申来候、でも二三年以前なれハ貯え有ニ付送
金仕候ハ、今ニ至り貯金ハ猶置借金斗り有り候得者
何共かん共此間申候、扨却而去年来烏鳴沢ノ山[1]、
里寺の山[2]も売払ひ畑地も売出す共外ニも借財

も沢山ニなり、右借財儀ニハ抵当物差上し置候、
拙者共年寄に候得者一度抵当ニ而者停者なく候間、
誠ニ困難致候間、此所推察有て此以後ハ必とも
送金ノ事被下間敷候也、就ルニ前所の私なれハ
拾ト弐拾ハ何時でも差上候ハ貴殿ニ七八年も送り
金ハなかり、私共是よりハ如何して家業(3)
仕ル得者宜しやら思惑仕候、辻も老の身なれば
金取仕事出来不申候故、殊に止り果申候、」
君の考ハ聴き位被存候、只名誉(4)斗金をたえる
方心にないと申候ハ全く夫ニ而ハ心違ひ、名誉斗り
ニ而ハ家業ハ出来申間敷候、仍是よりハ金持の
工夫も可致候、名誉ハ第一なり候得とも金無け
連ハ、なんにも出来不申候、次には金を持のも名よ、
右の二つハ第一心掛可申候、金を持方心而ない
杯ハ余り悪しく存候、縦東京ニ而家業を
するとも猶黒岩ニ而家業をすとも金なくれハ相続
ハ出来不申候、右御推量ありて可然候、此以後ハ必ず
家からの送金なき様御取計ひ可申候、
扨只今迄ハ借金(5)して毎度送金仕候、其儀弐も不少なく、
是より金入用之節者帰村(6)して君ニ而何也の
了簡して持参可仕候、今度斗りハ金五円ニなり
送り申上候ハ以后ハ左之如し、時に先日送りし品物盛
岡迄参り此度送る節者通運ニ直ニ送り可申様可致候
乎、草織の袷裾きれ候而短くなり候はハ足加えて拵う
申や如何ニ仕候得者宜しく候、金之都合悪しく候へて新仕立ハ
出来不申候、
あんな物を拵不申方ハ宜しひか、白かすり単物入用ト仰候得と
も都合
あしく候間、急ニハ出来不申候間、後入被下度候、都合ニより
送附被申候、
先ハ用事のみ、早々

五月廿二日　立花村
小原姓

東京下
小原敏麿殿

注
(1) 鳥鳴沢ノ山―旧菩提所、墓地、根岸に至る天王山の一部か、
(2) 里寺の山―鴻ノ巣地区、旧里寺、正洞寺の旧跡があったと言う山、白山神社に登る裏側か、
(3) 家業―借金で家業が怪しむと、
(4) 名誉―敏麿は名誉、誉れのみ求めたか、祖父母の甘え育てか、
(5) 借金―孫敏麿に訓戒するも効き目なし、
(6) 帰村―今度から郷に帰り自分で借金を工夫せと、

(同封書簡②)
此頃者病気全快ニ相成喜悦ニ存候所又もや腫
物出来た承由、誠ニ困難之至り推察仕候、腫物なれ
ハ肺中之病より軽《カロ》しと存候、何分にも大切ニ保養阿れ、
而金拾円入用ト有之此老人ハ又も金配仕候先日
之紙面ニ申述《ノベ》之通金入用之節者貴殿帰国して才角
考越候頼り候得共、今度限り才覚して是送り申候、何

分ニも貴公月給ニ而間ニ合候様可仕候、此后者月
給請取節者幾等乎銀行ニ預り置候様可申度、夙と
金入用節の要意ニ覚悟仕候様可申候、只今迠
も月給取候も其事不仕候極者ニ候得ニ何分にも
銀行ニ預るなり又ハ家ニ贈りなり家ニ送りな貴公ノ
入用之節差上可申候、時に月ニ四拾円(1)ニ相成候や、
二ケ月八拾円なるハ其積ニ候、迚も月給斗而ハ家ニ
送御事不相哉と存候、何時でも月給斗而金を持事
出来ずニ存候、貴公金より名誉ト有ハ名誉斗リカ金が
なくてハ只家よりの金を待より外なし、左なく何とかして
金を持工夫可致候、其内足ルコト不知とハ此事なり、
七八円の月給取ル人間も夫ニ而間ニ合者なり、貴公ハ只
拾円も取り不足する筈なし而存候、足ルコト不知申者也」
二白
織物請一反東京ニ而幾等位也、根岸のさゑ(2)
地結白なぶだし売度之由、今有候の私ハ見ま
せん、織物之由、呈す瓦ニ而乎、金七円ニうられない
との事、其生地ニ而白の地絹《キヌ》裁等なるや、右御序
之節聞配候而御通知被下度候也、右ハさゑよりの
依頼也、
三白
右之通御尋問之折報知候様希候、君ニ於テ
大坂行由(3)、是ハ如何行仕義候や、而行節者と不出
也被下候様可申候、着用事に而も有之候得者也、

注
（1）月ニ四拾円―敏磨は大げさに言うか、
（2）根岸のさゑ―小田島さゑか、
（3）大坂行由―劇団と一緒に大阪に行く様子、その旅費を祖父に出させようとする、祖父は反対する、

（同封書簡、③）
私共ハ老年ニ候得者家ノ借財払事も不叶候者
何分にも御働有之払ひ被下様希上候、只夫而巳ヲ
寝でも起でも案事居候、而来月中旬迠ニ白
かすり単物送附可申に存候、過日被送品糸織袷の
裾きれを拵送り可申哉、当分間ニ合着用可申候、当秋
迠糸も出来申候間、送呈可贈候、当年も蚕少し
置に候間、上作ニして織出し度心組ニ候、過日紙面ニ布
黒白な入用之由、右ハ三月頃なれハ幾等も買ニよ路し、
今ハ鬧しく候得者在郷てハ織り出し者なく有物ニして
一反壱円五拾銭品物ハ上等ニあらず貴公も着用仕度乎、
布よりハ白かすりの方宜し候、時に古新聞若買人阿るなら
売可申哉、一の束参拾銭位なら売る方よろし被存候、猶貴公
帰村迠不売方ハ宜しひ乎、伺い右町江持参して売と七八
巻き処弐拾銭位之由、家ニ而梨に袋の人江売とハ一巻
処参拾銭ニよ路しかに被存候、君に於ハ当年も家ニ帰り
ませんか、一寸も面会ニ及候ハバ如何也、此所東京ニ半分、
黒岩ニ半分ニしてなら如何や、私共死して後から君之脇に
也何れにも御考察之上宜様願上候、次ニ金配方此
老人ハ頭を下テ借賃迠ハなりません、此后ハ必共金配方

被仰下間敷様希つゝ、何角御相談申度候間、帰村候様被下度候
先用事而已　早々
五月廿七日　　小原姓
小原敏麿殿

（同封書簡、④）
（一枚目）
貴殿抔ハ壮年の事故、家より送金を煩し筈ハ
なずかふて存候、今の年ニ応し金不足その筈なし、
何に亡取付ざ承節ハ新聞配達しても食ハる筈
それに今度ハ衣物を買づより金送を持参何方ニ
行がず今迄も壮年の男の其承所ニならずと存候、
今之処而喰事出来ざる者なれハ何年等間ニ合候哉、
此所よく〳〵考られ可然候、猶亦衣裳とても
買求者不申候、家よりの待居玖学校済候間之上弐参
年か間ニ多分の金を遣し候、それも家に預金而も
有なれ者今様より小言申ませんニ貴殿も拙宅の方も
考下度候而私共も如何而も宜しひ乎、今に
黄泉の旅も近し、乃折角ト帰村之事申上候、
拙宅之事ヲ相談仕置ねばならぬ事もあり□不斗り
不叶事もあり、見たり、聞たり、仕らねハならねト存候、
兎ニ角今時分ハケ様の身分ニ可成候ハ存ぜぬニ
金ハなし其クセ米穀もなし、如何して相続
仕候得者宜しく候哉ト思量仕候、貴殿之処ハ前処
通りニ存知候ハ貴公ハ家に居時分とも違きし、

（同封二枚目、⑤）
滝之処ハ堀[1]之所也、私の見たる處ート存候ハ全く
私の所ニあらず、堀の内[2]也、貴公も存有だぎ乎、
その所ニ金ハ出来可申乎、私ニかせと申のハ畑
之事、畑も上の方石から畑也、夫れよりハ北清水[3]ニ
七トの田もあり、これをかせ云ふる乎、致度考ニ候得共
如何ニ行かも志れん、此所ハ東京江聞候[4]而貸可申旨の
事ニ申候、それよりなん共申ません、先頃中ハ其組合[5]
沢山ニ見得候、今ニ至り誰か発起人やと及川源太[6]
なるだしと存候、私存るニハ黒岩の金掘[7]かと存られ
兎に角願書出し候ト聞候、右仙台切ニ而東京迄ハ行
不申哉、若東京迄行者なら許可不成取斗可申候、
定免し農商務[8]迠届ニ成筈ト存候如何や、
二白申上候、私共も東京ニ行ニハ幾日宜候哉、
一寸伺云乎、月給ハ月末ニ出来るト阿り、その
節今度五円被下るの事と候、それハ一寸借りニ候者
何卒出来次第を以送金[9]被下度候也、

注（1）滝之処ハ堀―黒岩舘（千曳城）の空堀をさすか、敏麿の提供
した江見水蔭の小説「城門呪の矢」に関係するか、
（2）堀の内―屋号堀内、空堀の間、舘と搦み堂の間、
（3）北清水―舘の空堀から北上川のザラに降りる所
（4）聞候―敏麿に聞かねばならない
（5）組合―金堀の組合か

（6）源太—及川源太、黒岩馬場の人伯楽、屋号中西（大西、中西、小西）の一、
（7）黒岩の金掘—黒岩二五番地に「金山」（呉竹の対山側）という地名あり、金山の採掘に関係する（『黒岩の地名と屋号』）
（8）農商務—農商務省、金採掘の許可申請か、関係役所
（9）送金—祖父文太郎は敏麿に金が入ったのなら送金を待つと、

（同封書簡、⑥）
頃者大分鬧しく田植なる事候得も用達して参候而も持ニ
出る之なれハ用事不叶実ニ請合い也早く告ふ候間、誠ニ困
難いたし漸候才を以テ金配ニ及び送金仕候、然度ニ腫物之儀
大略全快而聞一先案心仕候、時に直江(1)ニハ昔通節句(2)ニ候得而餅
斗り搗候
得共腫物ハ大略と聞及び候へ者喰ハ腫物又も腫候者処贈り不申
候、
出留之な迄ハ用事不叶、実ニ都合悪く止め候間誠ニ困
碇而全快ニ及候ハバ送附可申候、必共餅承《ブタ》泊悪しき者不喰様可
仕候
貴殿あまり病気仕ルハ食物に依也、是よりは禁物仕度而病気不
仕様に
用慎阿れ、若病気ニ依テ斗り金を送附仕らねばならず猶云ニ候
得共必とも
食物慎べし、獣類ハ必共喰よろ敷様心遣可申候、鳥類ハ格別の
事、獣類も
鹿猪豚ハ殊ニ病気持之者不可食候、私の禁云腹入被下度候、外
ニ大酒ハ
致間敷候而月給一ケ月置ニ出来候ハバ遣整しく出来候得者有去
違ニ
遣可申候、先日之紙面ニ拠レハ二ケ月置外三ケ月置テ八拾円之
由、夫よりハ一ケ月
弐拾五円なる参拾円也の所ニ勤務仕候ハ宜ひかニ被存候、猶亦
夫ニ而も
毎日出勤不仕候ハバ一ケ月か十日位ニして出事候者なら格別、
それハ外ニも
原稿を書ニよ路しひ　デハ一ケ月弐拾円テも参拾円ともよ路
し、猶亦
本郷座ニ斗り一ケ月丸で行くなら三ケ月にして月給取ル様方で
ハ、
つまらなひ訳でなひか、そうゆう様なものニ候ハバ別段ニ了簡
も有だし
此所よく〳〵御考察あつて可然候、君も毎月給出来候物なら
今度限五円又拾円と申訳ハ御座なく候、夫ヲも宜しひ、地所売
るニ宜
ハ小言申間敷不景気ニ而地所買人なし(3)、誠に困る訳ニ而候、猶
亦
金をかり置候得にも致方是なく候得とも、乍思借財仕候、又地
所買人
有として売候得者私共喰事も出来不申候、又君にして東京ニ一
家
構ルとして君其事ニ不成候節者家ニ地所さい有なれ喰ニ惑《マドヒ》な

し、
ト存候、其所考可申候、君ニして其事不知乎、遠き恵無げれハ
必近き愁阿るべしの令云志トひ乎、猶足ル事不知しるも考えべ
し、
それハ君の月給ニ而間ニ合候者なり、而人間と云ものハ病気も
有、
其節の用意も仕らねハならず、只今度月給取たら酒を呑
飯ヲ喰とハ不済ト存候、左なきニ於ハ家より金持参する筈ハ
更ニなし、何卒して金を持了簡可然候、(4) それハ私ニ於ても如何
程乎宜ひてあらふ、右私の地所ニして私の地所あらず、君之地
所
それと売候得者跡で君の為ニならず而存候事、成丈ハ金ヲ持参
を
不仕様可致候、前之屋敷(5)人参屋敷(6)七百円ニテ善八氏(7)江抵当之由、
此地所也
も不遠きまります、(8)金さえ阿るなら入用之折なり、田でも畑で
も買ニハ安し
何卒辛抱して一町歩も持様心懸被下度候、
岩手県和賀郡立花村黒岩舘

五月廿二日

小原文太郎

注 (1) 直江—祖母の名前は「直江」が正式か、書簡では「織江」等と使用するが全て文太郎の代筆、敏麿に宛てた大事な手紙は織江としている、
(2) 節句—五月五日の節句に餅をつく意味、
(3) 地所買人なし—地所売るに未だ買う人なし、地元の人を指すか、
(4) 金を持了簡可然候—もう家より金持ち出すこと止めてくれと哀願、
(5) 前之屋敷—
(6) 人参屋敷—念誦屋敷、正しくは内陣の意味、黒岩舘の内陣のこと、
(7) 善八—多田善八（一八四一—一九二八）、三坊木の有力者、北上川の船を利用して財を築く、土地を抵当に金を貸す事が多かったか、更木永昌寺の総代長、
(8) 不遠きまります—文太郎の土地、家も抵当になると言う意味か、

日附43・5・27

41、キンスケテウ二七フクシマカタ
オハラトシマロ、ヤナガハ
ケフルスアスヒルマツ

42、岩手県和賀郡立花村黒岩舘
小原文太郎様

在東都
小原敏麿

（ハガキ）

七日
今日は七日に御座候、過日
お願申上候ものいかが被送
為下候にや、至急御願致
度願上奉り候、尤も贈り物の

儀は大谷全太郎[1]右に候、
何卒大至急御送附願上
度伏して願上奉り候、
先は用事のみ　早々

注（1）大谷全太郎―明治三十九年歌舞伎座は井上竹次郎から大河内輝剛に変わる、その後関西の大谷家が入るが、この人物は大谷の一族か、

43、岩手県和賀郡立花村黒岩舘

小原文太郎様

在東都

としまろ

（ハガキ、本文逆様）

六月九日

過日もお願申上候通り意外の延引
岩手日報に依れば北上川洪水[1]の由、かれ
これそれにつゐてもやと思ひ居しも一週
間以上もなる水で非常に心配に相成申候
可成至急御願申上候、尚此外に見に非
常に心配なる出来[2]致し居候が、この勝
負はいか相に成べく候や、一つ御判断をお願
申度き下候、本日より来月にかけての数
日深くてに御送り被下度候、本年は泥災頻り
にまつ聊か心配に相成候間、くれぐれも武運を御
祈り被下度願上候、先は用事のみ御願迠　早々

注（1）北上川洪水―岩手日報で調べる、
（2）心配なる出来―何であろうか、事件とは、

44、岩手県和賀郡立花村黒岩舘

小原文太郎様

在東都

としまろ

（ハガキ）

再三の音音に対し何等の御返
信に接せず何等か御事変もやと心配も
致し居候、小生夕晩の折も只今に於ては金
員炊愈致し候間、御安心なし被下度候、
就ては兼而お願致しの通りノ物、何卒
一日も早く御送附被下様偏に願上候、
実は小生救の事とは吉凶為大閉候致し
右之情御的量の上何卒一日も早く
御願申候、先は用事のいみ、御願
迠　早々　不備

十一日

45、祖父文太郎書簡

（封書ナシ）

今般人参[1]万四郎氏台湾より当月八日ニ帰村候、右
之者二週間の隙をもらひ罷越との趣、夫婦[2]ニ而帰り

申候間、万四郎氏も帰参之節、荷物ハ荷車ニ而一車
積《ツミ》之由、持参仕り同人ハ衣裳ニ於てハ糸織斗り也、
月給ハ幾ら乎百円等も取ておらふと見得ます、
台湾より帰村するにハ一人前百円も掛ると云ます、それハ
夫婦積りとも百五拾円も懸かるの事話ます、此間
者同人モ余程ニ辛抱しますた、猶亦台湾ニ行之趣、
当月中ニ出立との事、其節者君ノ所(3)ニも行也との
事、　○祖母承候所、申出候ハ〈藤根学校々長
娘女学校卒業候者花巻ニ而弐拾才之者看護婦たり、
美人之由、此者黒岩学校々長の妻の姪ニ而候、同人ハ東京
病院の看護師之由、右女を貰ふても宜しくハ何の病院
居候事聞き通知します、〈立花学校の教員盛岡之出
あり、〈笹間堰合、笹間一番かぶ者此折ニもよき娘なり、脇
方ニ片付
ニまた
夫ハ死して離縁なりました、此者及川汪(4)の弟子の由、〈笹間
一番かぶノ接云才娘阿ります、右婦美人ニ而阿ります之事、
聞配候居君にして右之婦人の内気ニ入者阿り
候ハバ誰成頼み可申候、猶亦静夫(5)ハ病気全快次第
再縁(6)ニも相成候ハバ聞配候ニ不及候、何分ニも右之処
可然様御報知願被下度候、

六月十一日

小原姓

小原敏麿殿

注　(1) 人参—屋号、正しくは黒岩舘（千曳城）に対しての呼称「内陣」に相当、当て字と思う、
(2) 夫婦—及川万四郎夫婦帰国、黒岩の生家に
(3) 君ノ所—敏磨の下宿へ
(4) 及川汪—新屋の及川、学校の先生、祖父の親戚、
(5) 静夫—及川静枝の夫辰次郎の事か、
(6) 再縁—辰次郎が再縁したと言う意味か、不詳、

46、岩手県和賀郡立花村黒岩舘

小原文太郎様

在東都

としまろ

（ハガキ）

御送附の品(1)有難受領
仕候、例は全体宜しく御安心
被下度候、委細ニ付起ては
後便に申上ぐ存じ候も、
先は取敢ず御返事
迠　早々　不一

六月十四日

注　(1) 御送附の品—衣類か、

47、岩手県和賀郡立花村黒岩舘

小原文太郎様

在東都

八日

としまろ

（ハガキ）

御手紙拝見仕候、喧嘩両成敗は昔時の事
新刑法には何事も責行有之候、尚祖父母
様の申すは無法の事に候、小生の短気は
気分に罪なる候へ共今と相成り何とも致し
度無之候、小生も帰国に致度候へ共何分にも
此問題解決[1]致し候迠は帰宅出来不申
甚困り居候、十六日迠ぜひにお願申上候、
鶴首してお待ち致し存候、
万四郎[2]氏に面会は可致もあまりにあてに
ある人ならざる事はよく御承知願上候、
先は用事のみ早々　不一

注（1）問題解決―何の問題か
（2）万四郎―台湾に居る及川万四郎、

48、岩手県和賀郡立花村黒岩舘

小原文太郎様

在東都

としまろ

（ハガキ）

及川万四郎氏また上京致
され志候や、伺上候、東京は毎日の
強雨にて大閉口致し居り候、頃に
願上置之程至急お願致し度
被下度候、小生も九月下旬か十
月上旬には帰国致す考へに
御座候、先は用事のみ

早々　不一

七月十三日

49、岩手県和賀郡黒岩

小原文太郎様

在東京

及川万四郎

（ハガキ）

拝啓
帰省中は種々御厚情
に預り有り難く御礼申上候
東京にて廉次郎君に面会仕
り候、立派奈江戸児になり
居り候、大きくなるとまるで先生
に生き写しに御座候、

50、岩手県和賀郡黒岩村

小原文太郎殿

横ス賀軍港長浦
第四艇隊白鷹
工藤　迪
（ハガキ）

酷暑ノ候ト相成リ候處、皆々様ニハ元気旧ニ倍シマス／＼御健勝ノ由大賀奉リ候、此度私儀休暇ニテ故郷ニ皎ル途上立寄り度ク候間何卒簾（ママ）次郎君ノ居所ヲ御知ラセ下サレ度ク候、余ハ面会ノ上万々御話申上可ノ先ハ御見舞傍々御紹介マデ、

51、市内本郷区金助町　福寿館内
小原村雨様
入谷町二十一
船橋生
（ハガキ）

廿三日
暑中御伺申候
七月廿三日

啓　其後此へ飛召候様せず候、朝顔も今や盛上りに相成候御奮発にて午前中ニ御来遊被下度候、右久々御伺者如此ニ候、小生目下極め平静御座在候

52、東京市本郷区金助町　福寿館内
小原廉次郎殿
横須賀軍港長浦
水雷艇白鷹
工藤　迪(1)
（ハガキ）

暑気酷烈ノ候御貴殿ニハ御壮健ニテ被御遊候由、下而私事モ軍中ニ不覚モナグ暮シ居り候此度休カニテ帰省仕り候ニ就テハ途中御貴殿ノ寓所へ立寄リタク心組ニ候ガ何卒八月一日夕刻後ニ三時間他出コレナキ様御願申候、

注（1）工藤迪―黒岩舘屋敷工藤の出身、敏麿は「多少の親戚」という、

53、岩手県和賀郡立花村黒岩舘
小原文太郎様
在東都
としまろ
（ハガキ）

廿五日
御手紙披見委細は後便に詳に致

す可に考へ、例の原因とはお互ゐに誤解
のある事と存じ候、尚過日書面の御願
至急御取り運び被下度、尚例に依りて甚
恐れ入る次第に御座候へ共、麻の実(1)二三升
過日御願置たる物御送附の際御
恵与被下度願上候、新聞は毎日行
き居りや如何?、先は御返事
迠　早々

注 (1) 麻の実—ほうき等を作る草花、何かに使用か

54、東京市本郷区金助町二十七　福寿館

小原敏麿様

群馬県渋川町坂下町
小林今朝吉方
小林義久(1)拝

(ハガキ)

(43・7・27)

拝啓　御地滞在中は意外之御
厚情を蒙り難有奉存候 陳ば母上
病気幸に快方ニ及び候間御休意を乞ふ
偖而時節柄酷暑で候御尊体折角
御摂養専一に被遊度　目下叔父方ニ滞在致
居り候ニ付候處甚だ恐存候得共劇場開始
相成候ハバ一寸御一報奉願上候　近而青木
先生様(2)へもよろしく御伝言奉願候　敬具

注 (1) 小林義久—一座の経営者か、
(2) 青木先生—誰か、劇場関係か、

55、岩手県和賀郡立花村黒岩館

小原文太郎様

在東都
としまろ

(ハガキ)

十二日

拝啓、過日御願申上置き候品廿日頃迠
と申居候し處、今般以外の出水(1)もありかた〲
被害も多く随って鉄道(2)の便も無かふにから
可成早くと佐々木(3)より度ゝの請求有之、困り果て
候間何卒をそくて十六日頃迠に届く様至急
御願申上候、尚祈祷は致し居られ候や、きゝ免は更に此ノ
丹誠を抽んじて候、御願申上候、此度の戦(4)は云はゞ
天下分け目の儀、容易ならず候へば、そのつもりにて御
願申上候、尚甚恐入候へ共、それと一緒にさしみ豆(5)
有之候はば如何ほどにてもよろしく候間御恵与被下度
願上候、先は用事のみ、取りいそ起御願迠　匆々　不一

注 (1) 出水—北上川の洪水か
(2) 鉄道—東北本線か
(3) 佐々木—訴訟の相手か
(4) 此度の戦—訴訟の相手弁護士か、後に出る、
(5) さしみ豆—大豆の種類、

56、本郷区金助町　福寿館内
小原敏麿様
入谷町七十二番地　法清寺殿方
（阪本二丁目ヨリ政左衛門横町）
船橋生
（ハガキ）

十四日朝
啓　昨今の洪水御住処は高地の事とて被害も尠少と存じ候、僕の方は十一日より泥水床上り及び終日身を以て逃る、の止むなきに到り候、今や少しの知己を便り表出の処に難を避け申居り候、就ては過般御持帰りの雨傘[1]は拙家のものに無之先方も同じく避難一傘も大切の場合乍恐縮至急ニ御届け方奉願上候、御寸暇候なれば一応御来駕被下度候、現時の情況は御訪地に直すべく候、

注（1）雨傘―番傘か

57、東京本郷区金助町二七　福寿館
小原敏麿殿
至急親展
（封書・日満商会用紙、三枚）
内藤順太郎

小原賢堂
侍史
拝復

粛啓　残暑尚難凌候折柄　益〻御悟栄奉大賀候、降而小生宿痾
やら病癖やら再発、宿痾は台湾以来の腸胃病毎年夏期は苦し
み居候、病癖とは在哈一年薄玉推裏に飽きて、例の活動癖やら
旅行癖
に候、商業以外の同士と半夜卓を囲みて時事を論じるやら驚天
動地
の計画苦想するやら、褐衣瓢状数日の旅行に未見の山水と親し
む
やら、禿筆を呵した天下国家を論さじやら、紅筆を取って翠帳
親裏
の人に戯さるやら乃至口角泡を飛ばして凡俗と喧嘩するやら再
び稗
気万丈の人に帰し、為めに忙中の閑やら閑中の忙やら自分にも
分暁せで
彼是にて御無沙汰致し候、」
朝日新聞に探検隊寄付金人名中に小生有之共由、此は長春旅行[1]
中
同僚が世間並に小生の名を記したるもの、帰来其由を知りて小
生は取
消し申候、小生南極探検[2]に不賛成ではないが、余りに芝居気味
を免かれ
ざる為め寄附する等の事を欲せざりし所以に候、
東京は洪水之由、今年迠向島に居たらば等夫婦して噂さ致し居

候
当地も松花江水四沢に溢り居りも哈爾賓は大丈夫に候、
塚本兄(3)と時々御面会之由、よろしく御伝へ被下度願上候、時に
手紙呉れる
様に御伝言を乞上候、
来春帰朝之事御訪ねの通り小生の希望に候、何時迄も塞北辺隅
の地に
居らむ事は忍ぶべ可らず候、志す所は中原に候、四百洲の首都
燕京に候、
旅費さへ出来れば一応帰京、再び北京(4)行を運動致度候、
目下哈爾賓案内記(5)（三百頁ばかり）編纂中、出来たら一部進呈
可候、或は」
東京の印刷所で印刷する事に相成やも知れず、其節は面倒願上
候やも知れず候、
（出版は当地日本人会）
岩手盛岡人にて基伯斉藤翁(6)、目下来哈中、小生方寄寓し、朝夕
烏路を戦はし居り、だが九月で持たぬから閉口に候、
先早々迄、　匆々　不宣
明治四拾三年八月廿二日
哈爾賓新市街　日満商会
内藤順太郎(7)

注（1）長春―後満州の首都、現中国東北部
（2）南極探検―白瀬中尉による南極探検、
（3）塚本兄―武田源次郎紹介の人、岩手県人、
（4）北京―中国の首都
（5）哈爾賓案内記―内藤順太郎氏の著述原稿
（6）基伯斉藤翁―斉藤実（一八五八―一九三六）、当時第二次桂内閣の海軍大臣、哈爾賓に滞在、当時男爵、
（7）内藤順太郎―内藤順太郎（一八七七―一九四三）熊本県出身、

58、岩手県和賀郡立花村黒岩舘

小原文太郎様
在東都
小原としまろ
（ハガキ）

八月廿日
廿五日迠に帰京可致旨申上置候
處、随て面し御配慮もつきし事と今日
か明日かと相待ち居候にまだ何
等の御通知に接せず、大に弱り居候、
も早静江もあの寺の人(1)にとへば此之祟《たゝ》
る心配もあるまじ君子はその人を憎んで何
とやら何卒一日も早き御都合被下様
願上候、これ静江の追福(2)にてまた、小生の此上
無き幸福(3)に御座候、先は用事のみ
御願迠　匆々不一

注（1）静江もあの寺の人―静江は怪我が元で大浦家にて死去か、
（2）追福―静江の供養の意味か
（3）幸福―祖父母に対してこう答えるのは疑問か、

59、岩手県和賀郡立花村黒岩館

小原文太郎様

在東都

としまろ

（ハガキ）

御祖母様御上京の由、毎度申上之通り決して御無用、只今はその時期にあらず、目下は東京は御承知の通り伝染病もありかた〳〵迷惑致む十月になれば祖母様の仰せ迠も無き候、当方より永久に東京に引き取り可申候間、左様御承知を願上候、あまりに聞きわけ無きを婦女の如しと云ふ、小生の祖母ならばその様に願上候、あらやの進[1]と一緒などとは言語道断の儀に候、尚次鉄道は何うあろうと至急願上候、目下全通せるは新聞にて承知にあらずや、早々　不一

（岩手新聞は昨日のが今日届く様に相成候、）

（尚佐々木の事件[2]スム迠は来られた処で小生の下宿に泊める事も出来ず、九月以后に頼む）

注

（1）あらやの進―新屋の及川進、及川佐吉の弟、

（2）佐々木の事件―訴訟、祖父に助けを求む、

60、東京市本郷金助町　福寿館

小原敏麿様

親展

（封書・谷口良三商店用箋、一枚）

拝啓、絶而久しく御無沙汰仕り段平に御容捨被下度奉願上候、過日東京地ハ洪水[1]の為め非常なる惨状を見し候由、乍然貴宅ハ高地の為め損害少な可りしと奉相心得候、御自愛被成度候、近来ハ芝居[2]の方ハ如何にて御座候や、種〻東京も混雑の為め余り実質のあるものは無之可と被存候、北の方の通り豊富に御持合せ有候へくと存じ間何卒御聞なせ可被下候、九州の隅に小さく支うて居る小生、時には都の賑かさを渇望するは御察し被下度候、尊沢には御出馬[3]被致候や、何れ其中委しく御報道申上べく、先ハ水見舞旁御左右御伺申上候、敬具

谷口良三[4]

長崎市大村町拾五番地　日清生命保険株式会社長崎代理店

九月七日

注

（1）洪水―東京地方の洪水、

（2）芝居―敏麿は芝居の原稿書きを止めたのか

（3）御出馬―敏麿は何に名乗りを上げるのか、

（4）谷口良三―長崎の人、谷口青之助のこと

61、岩手県和賀郡立花村黒岩舘
小原文太郎様
在東都
としまろ
（ハガキ）

九月七日

新聞にて見られしる処御地は以外の大水の由、心配致し居候、及川進未だ着京不致（七日迠）大に迷惑致し居候、以来人に頼む等の事一切無用に願上候、尚甚恐れ入り候へ共此ハガキ届次第五円(1)丈け大至急御恵与被下度願上候、御厄介をかくるとも本月限りと思はれ候間、何卒本月丈けは御心配に預り度存じ候、進は国許を出発せしとあれば何時頃に候や、一片の通知ありて可然と存じ候、何しろ不届千万奴来訳して、無用の儀に御座候、先は用事のみ御願迠　早々　敬具

注（1）五円―送金を依頼、金五円と、

62、岩手県和賀郡立花村字黒岩
小原文太郎様
函館区若松町八十八
(万)方
昆なみ
（ハガキ）

種々御世話様ニなりしが奇るも昨十二日午前五時黒沢尻発の汽車にて道中恙なく午后五時当函館ニ無事安着仕候間御安心願度御書渡し祈禱し切によりて勝枝事も無事安産親子共至極壮健又私事も道中無事ニ安着仕候、先ハ御礼迠

（附、小原文太郎葉書、返却分）
北海道函館八十八　(万)方
昆なみ様
岩手県立花村黒岩
小原文太郎

九月十六日

御紙面被下難有拝見仕候、以御発足以后無事ニ而函館江安着仕候段安心致候、時而勝技満事御安産母子とも御満足之由、誠以至極大慶ニ奉存候、尚御養育之段専要候也、向帰村ハ幾日ニなる乎

何卒御悦足面謁之時趣候

63、電報、（四十三年九月十九日）

ヲハラブンタロウ

発信人住所氏名　ヲハラ

「カ子五スグヲクレヘンマツ」（オバラ）

受信人　タチハナムラクロイワ　ヲハラブンタロウ

発信人　ヲハラ　日付　四三・九・一九、

電　文　カネ五スクヲクレヘンマツ

64、岩手県和賀郡立花村黒岩舘

小原文太郎様

在東都

としまろ

十月八日　（ハガキ）

拝啓、過日の書面に対し
御返事あるかと鶴首して相待ち
居候、御送附の時は決して書留めで無く
手紙にて候、それから羽織御送附被下
る之御序の時胡桃《くるみ》少ゝ御恵与
被下度願上候、尚又鮭一本(1)の時価
何程に御座候や、御通知被下度願上候、
先は用事のみ　匆々　不一

注　（1）鮭一本―北上川の黒岩留では古くから鮭が採れ、南部藩は将軍家に献納していた。敏麿はこの事を硯友社の江見水蔭に話している。「身替り初鮭」（『佐渡脱獄鬼』）に収録される、昭和五年平凡社刊、

65、岩手県和賀郡立花村黒岩

小原文太郎様

横須賀軍港長浦

第四艇隊白鷹

工藤　迪

（ハガキ）

都ノ水害ヲ聞キテ頭ヲ痛メシハ束ノ間私ノ
皈横テ間モナグ私等ノ想像ノ及ハヌ大シタ洪
水ノアリシコトハ弟ヨリノ手紙デ承リシガ又近来ノ
友人ヨリノ手紙ニテハ十二丁目成田二子等ノ被害モ
多大ナリトノコト黒岩村ハ如何ニシアリヤ幾
ラカノ被害アリシヤト存ジ候ガ夫レトモ害
ヲ蒙ラザリシナレバ幸甚　御村祭モ過キシ
コトニテ秋ノ取入レト御多忙ノ御事ト存ジ候、
御身御大切ニ御保養ナサレタリ御見舞マデ、

66、本郷金助町廿七

小原敏麿様

吉田類

只今甲府より
淨青勝屋よりぶどう一
かご御取担候相頂き候
早ゝ御肩中候已すなれど
ふへ申へさつ束御以で
下され　早々

（ハガキ）

67、東京市本郷金助町廿七番地
小原敏麿様
甲府市柳町三丁目
小倉富太郎

十月十一日

（ハガキ）

謹啓　愚輩事出京中は一方ならぬ御
親切に預かり御厚志の儀厚御礼申上候
其節如何なる御無礼申上候や失礼仕
乍ら幾重にも奉謝候　今回は貴き御薬(1)
意外に御沢山御送り被下誠に忝く昨日正に
入手仕候　就ては当地国産葡萄(2)甚だ軽
少乍御送り申上候間着の上は笑納願上候
先は御礼旁御通知まで　早々

注（1）御薬―敏麿が薬を小倉富太郎へ送る、敏麿は甲府に劇団一座と出かけた事は事実とみえる。後大正の小原柳巷の名前での作品に甲州が登場する、
（2）葡萄―甲州の特産、

68、岩手県和賀郡立花村黒岩舘
小原文太郎様
在東都
としまろ

十四日

（ハガキ）

拝啓、過日御送附の品正に受領申候、
陳者十日過ぎには早速可送との御手
紙故毎日〳〵相待ち居候處、十日過ぎて
も早図く経ち申候へ共今に一向音沙汰
無之に依り候、あてに困却致し右候実は
過ぎらけ執取るも一緒に差上可申考へに候、
今迠延引致し居り候次第何卒一日も早
く御恵送被下度願上候、小生も来月
下旬一寸帰宅致し度き心得、先は用
事のみ　早々　不一　何分早く御願上候、

69、東京本郷区金助町二十七番地　福寿館内
小原敏麿様
岩手県和賀郡立花村黒岩舘
小原文太郎

（ハガキ）

拝啓、先日贈りの請取者
未ニ不来届不申候哉、早速
御通知可被下候、何れ当年中
見合一寸御帰村仕様可申候供
過日申上候染物(1)ハ出来不申今月
末迠而存ち申候
十月十五日（金ハ返事次第(2)可申上候）

注（1）染物―羽織か、
（2）返事次第―送金は返事次第と祖父は言う、

70、岩手県和賀郡立花村黒岩舘

小原文太郎様

在東都

としまろ

（ハガキ、十月）

十七日
拝啓、病気余まで快方(1)に過ぎ申候
間御安心被下度願上候、歩行も何やら
恁〻やに出来る様に相成申候、一昨日より
試筆出来養当清療(2)致し居候間此
間追加の五円丈では足り不申候間、此ハ
ガキ届次第電報為替にてもう五円
丈け至急御送附被下度願上候、先
は用事のみ　早々　不一、明日は帰宅(3)
致すつもりに御座候、

注（1）快方―腺病質故、直々病気を起こしている
（2）養当清療―体を休めながらか、
（3）明日は帰宅―敏麿お金を送金して貰う為の方便か、

71、岩手県和賀郡立花村黒岩舘

小原文太郎様

在東都

小原敏麿

（ハガキ）

拝啓、過日の電報何と見られるや、一向
に御返事無く、尚前日の書面に申上候此通り
の厄ひなに相遇せし場合に御座候へば、此度
は至難御し繰り合はせの上御都願上度候、
来月中旬になれば及川氏(1)よりも何とか都合出来
るかと思はれ申候間、このハガキ届次第御都
合願上候、先は用事のみ、取りいそぎ　早々
明日は可成早く願上候
十月二十四日

注（1）及川氏―これは台湾日日新報社の及川万四郎の事、

72、岩手県和賀郡立花村黒岩舘

小原文太郎様

在東都

としまろ

（ハガキ）

拝啓、直而願申候にも上事様には
存被下度候へ共目下非常に心配致し
居候間、此の処先日申上候たひし
近ゝ何とか御都合被下度切に
願上奉り候、至急御返事
被下度、先は用事のみ　早々不一

十月廿五日

73、東京市本郷区金助町弐拾七番地　福寿館内

小原敏麿様

親展

（封書・半紙二枚）

過日電報一〇送れと来ル於五円封入送候、
又弐円又三円ニ而一〇送附申候、その三円送し日
其日君手術それニ依早速五円被下度之由来り
すく端書差上候、右ハ危険ニ依手術となく服薬
ニ而治療仕るべしト申出候、君の紙面ハ如何存入
て被遣候や不分明是非ニ手術でなくハ治せさるニ承ニ
依而手術とかなれハ聞入候、危く小言而なるべし、
不膓ニ候得とも兎に角今般拾円差贈申候、
猶金配して又五六日頃ニ差上申度心組ニ候都合
悪し候ば一両日も送れるかもしれん、左候可待
つ迠候、私に於之手術ハ悪し而存候得とも君
の望なれハ是非もなし、何分にも大切ニして
治療之あれ、余ハ後便ニ

十一月一日

立花村

小原姓

東京

小原敏麿殿

尚々申し述候、今般の請取ハ帯封ニ㋒ニ而も
よ路しひから何分届候ハバ早速返事被下度候、

（同封書簡）

三日

弐円三円ト送附ハ只紙面ニ封込ルニ候、左様
にし差上候、請ハ若紛失しても、少し尤
なれハ最違ひなしも存候而事也、それハ二円
三円ハま連しに送られハ何の用に也成ざる
趣来し候、此送りし分た免置候得者
五円もあるべし、今般も二円又二円ト致様ハ
存候得とも拾円封入申上候、右の請取ハ早速
被下度候、君ハ前ミにも右之小言被下候

事あり、左様の小言てなく被下候ハバ宜しく
被存られ候、左（手紙）危険ニ限り案事られ候度也、
手術後委細被請取ニ君認可被下度候、只封ニ
つき㋒と書之早速届次第願上度也、
表袋ニ小田島善吉と二白 ㊞
岩手県和賀郡立花村黒岩
小田島善吉(1)拝
十一月二日

注 （1）善吉―小原家代々の襲名、文太郎自身小田島は根岸小田島姓を使用する、

74、岩手県和賀郡立花村字黒岩

小原文太郎様
函館区若松町八十八
(万) 伊藤かつゑ
（ハガキ）

御無沙汰致しました、
皆様御かわり阿里ませぬか、
音子も御貴殿様の御祈
祷の御里やくにて御蔭で
達者ニ相成りますたから
阿ん心して下さい、
尚近々とさむくなりますか
ら皆様御達者で
先は御礼まで

75、東京市本郷区金助町弐拾七番地　福寿館内

小原敏麿様
親展
（封書・半紙一枚）

今頃之病気ハ如何候也、手術ハ幾日ニ仕候右
手術仕候間、紙面被下度之所申置候申上候、直〻何之
御音信なく案事居候、送金申度候得とも入院
ニ而不在之所江贈りても過日の様ニ他人ニ盗
まれる様事而ハ不申と存候間、先五日贈り
候間御入掌可申候、跡にも近日返事次第ニ
差上度候間、左様可待申上候、
猶亦台湾(1)の方江送りし原稿代来候て
何卒して間ニ合せ候様被下度候、兎に角
若不在候ハバ右○之処早速可申上候、
何分ニも風邪ニ不犯様療養阿連、
此紙面ハ郵便局ニ而書差上候、
十一月十日
小原姓
小原敏麿殿
岩手県和賀郡立花村黒岩
小原文太郎
十一月十日

注 （1）台湾―台湾日日新報社及川万四郎が送った原稿料か、

76、岩手県和賀郡立花村黒岩舘
小原文太郎様
在東都
としまろ
（ハガキ）

本日六日頃迠にとの御手紙なりし故鶴首してお待ち申し候にも係らず一日にまだ何等の御書面だに接せず全く閉口致し居候、如何致せしものに御座候や、羽オリ早出来上りしかと思はれしがいかがにや、何につけても斯様におくれては困り入り候間、大至急願上度此ハガキ届次第願上候、先は用事のみ、御願迠　早々　不一

77、東京市本郷区金助町二十七　福島館内
小原敏麿様
親展
（封書・半紙二枚）

今月十日を以金五円送附仕候、右ハ新聞も不来ニ候得者手術ハ幾日ニ仕候乎、猶亦入院して居候も斗ら連ず、拾円ト存候得とも不在なれハ請取人当記抔ニ而請取置申候得者忘却して時間も誤る事有間敷しニあらずト存候、半額丈差上候、又以残し処五日差上候間御受納可申候事、台湾よりハ原稿代来不申や、猶原稿の請取来り候や、若届不申も斗り難し、私宅於而も小遣丈斗りも取らせ度趣話居候間必とも幾らか送金有筈、時ゝ私共見るニ小説より講談らしく烈しき所《トコロ》君ハ宜しひかと存られ候、菅人者昔の大久保とか塚原卜傳とか之類を有候得者悦ひ申候、私共ハ日本新聞の卜傳を歓び見申候、そこで台湾より送金あらハ幾金ても（1）宜しひから被下候、それハ家の吉相ニ而祝事可申く候、先ハ是まで申上候、余ハ後便にて

十一月十二日
東京在
小原敏麿殿、
立花小原姓

御病気之処、手術後之事、並ニ何角之事委細ニ而認免被下候、

（同封書簡）

御病気之所如何候や、毎日案事居候遠路之事故如何共つゝ仕様なし、手術仕候や、猶亦服薬ニ而治療仕候や、何共云伝なく候間善悪之処聞き不申候得共今時分ハ全快かふて存候、帯封ニ而も宜しひから

善とか悪とか書被下度候、時下新聞ハ私紙面之日十日ニ新聞来よく就ては下宿屋ニ戻り候かと存候間、又以五円送る、新聞来り候から下宿屋帰し候や卜存候、右送り申候、

岩手県和賀郡立花村黒岩

小原織江

十一（ママ）月十二日

注（1）幾金ても―敏麿に送金を乞う、

78、東京本郷区金助町弐拾七番　福寿館内

小原敏麿様

岩手県和賀郡立花村黒岩

小原文太郎

十一月十四日　（ハガキ）

追啓申上候　扨染物之儀ハ未出来不申候、先月盛岡江依頼仕候ハ雨天続出来不申候由、当十五六日頃ニハ出来るとの由、就而ハ

廿日前ニハ出来可申候、袷も織出来不申是ハ今壱両日中已候ハバ

織出来候也、拵として一人ニ而拵時ハ四五日もかゝるそれで当月末而なら出来申間敷と存候間左様可待迫候、

猶病気之處も全快不仕手術之由ニハ承候、それハ一週間ニ治るとの事、手術でなく全快するものなら其程之事なく何分にも早く療用あれ、台湾[1]之方江送りし

原稿も何の音信なく之由、右ハ不都合之者ニ存候、同人[2]ハ不在候得行それハ右の様の事も阿る存候、留守の者帰として見せされハ〳〵いつ迠もその通ニして置事もあるもので八左―、兎ニ角

左様に人物ニあらず[3]と存候ハいづれにも当月中待べし存候、用事のみ、

注（1）台湾―台湾日日新報に勤める及川万四郎の事、
（2）同人―祖父文太郎は万四郎を悪くはみない、
（3）人物ニあらず―祖父は厚意にみる、敏麿は疑心暗鬼な思い、

79、岩手県和賀郡立花村黒岩舘

小原織江様

在東都

としまろ

（ハガキ）

拝啓、過日御送附の品十三日に正に受取申し候、本日おはがき拝見、無論一週間にとは全治と申す訳にはいかず、その后とも多少の服薬を致す必用あるとの事に御座候、随而此間手紙出之御願申上げ置起候、金出来次第五なり十なり一諸ならずともよろしく候間御送り被下度願上候、総斗すべく運かの通りの十五に候

台湾[1]の方はあまり信用せられぬ方却

而によろしく思はれ候、先は要事のみ、お願まで、早々、不一、ジユバンを早く願上候

十五日

注（1）台湾―万四郎の送った原稿、則ち原稿料の事、

80、岩手県和賀郡立花村黒岩舘

小原文太郎様

在東都

としまろ

（ハガキ）

十一月十六日夜

拝啓、一雨后候ほど経過多少よろしき方いよ〳〵明日に手術(1)と決定仕り候間、可成早く願上候　それから襦袢その序でに御送り被下度、尚象牙のパイプ(2)も御送り被下度願上候、多分奥座敷の机の引き出か仏だんの新らしい方の引き出しニと思はれ候間、何卒至急御願申上候、先は用事のみ御願まで　早々　不一

注（1）明日に手術―十一月十七日に手術と、何の病気か、どうも痔か、

（2）パイプ―煙草を吸うから肋膜ではないようだ、

81、東京市本郷区金助町二十七　福寿館内

小原敏麿様

岩手県和賀郡立花村黒岩舘

小原文太郎

（ハガキ）

十一月廿六日

爾後経過如何候や、当廿六日ニ少し送附仕候、廿五六日頃ニ申候得とも 羽織ハ出来不申候、袷出来申候とも一層《イッソ》ニ送り申度候間一両日中御待阿れ、都合よく拵出来ニ相成候ハバ明日ニも御送附可申候、余ハ後便ニ

82、東京市本郷区金助町弐拾七番地　福寿館内

小原敏麿様

親展

（封書・便箋二枚）

拝啓、陳者御病気ハ未だ碇全快ニ相成不申哉、猶亦脚部腫物之由、考候処ニ何乎頼を果たずして起かの根ニ御座候、右ハ不動尊江鳥居建るの未之金都合悪しき故不建依るかの事か是も近日建申度心組ニ處、外ニ君ハ前々に神ニ願申たる事ハ無か、若あるなら猶亦願可申来春とか今何月を御待被下度と可申者也、頭ハ無なら幸の事、過日之紙面にハ廿一日迠ニ金拾円とあり、七円送り跡三円の心得ニ而三円支度仕候

度、猶亦拾五円とあり、争七円の外ニ拾円送れと事、月宿之代
なる
べし、外ニ洋服も整し由、今之金閙しき場合ニ拵ども
能かれと存らも、右ニも六円払込之由、彼是不申して病気の方
ニ払候得ハバ何れも病院より彼是無之筈、君ハ見込みなき仕方
今迠逼迫候場合而なく整ら申候と存られ候、買候ニ而ハ是非も
なし考候わ恐て可然候、是より不服も間ゝ倍財を仕行付
不申ハなりません、地所買人なし、[1]是ニ付困り申候、時余りに
不景気米豆之類ハ例年の半作ニ不至候、既に餓死とも
云年なり、それはどうして払込可申哉、六ッケ敷年なり、[2]
君にハ度々今度五円亦拾円とあり一度二度なら仕方なし、何共
病気斗り仕り年ニ二度ハ病気ニテ送金仕候の廿一の年より廿四
迄
四年間[3]ニ沢山之送金仕候、是も不運ニして病気斗仕候へ共も、
止事なく送金仕候、然り而家ニ居時分ハ病気杯不仕候沙多、
帰宅して一両年も家ニ而養生して又行くとも致したなら[4]（印）
宜しきかと存候、只家ニ帰宅せハない、君病さ以仕ら祢ハ
金子を持行事もな以あ而之事也、只今近ゝ金子不少
送金仕候間、左様申述候、惣而他国に行相続しる人ハ
黒岩ニも多少阿る、それニ皆ゝ家ニ泊り、呉竹の章一[5]杯も
家を仕いて北海道ニ行なれとも病気ニ付、皆ゝ帰り章一ハ死去、
家作残し置ニ於く帰るともそらんぢとく所なり、片付（月）之養賢[6]も
家を仕免宅ハ家を売払し行ニ於帰り候も一ケ月斗り親類
又、従弟ニ泊りして暮し候へ共家も何にも無候得者奥太方[7]
へ行て家業仕候由、」
今度伝兵衛[8]ハ家内引越北海道ニ行、是も今にも帰るかも
しれん、右あら〳〵皆帰宅仕り候也、是ハ生国ハ恋しひとハ
此之事なるだし、尤生国案事ものハ立身遠し
就而ハ君も右之通家宅及び田畑残し置候得者年寄之
帰るとも已らんぢとき場処あるだに依而必共多分之処
持行間敷而存られ候、私共年寄候得者今ニも黄泉[9]の
道をだし何にもかも君之物なり、それハ売候而も宜
き様物ニ候得とも全く左様な物ニあらず後ゝ事案申候者
祈申可候、遠き恵無くれハ近き憂阿るとハ此之事也、
年取候得者必ず閙室し所好者なり阿而円申候、それハ生国黒岩
よくなる者也、君にして老たる節者遺言案申付たし、
生国恋しひとハよくも云たふなり左無くハ東京大坂京などに
行帰らざらるるなり、終ニハ生国ニ帰り付在之、山中の一軒や
なり
いつ迫も帰るなり。繁花し所斗遠舎なるハ在郷ニ居物なし、
此所考察阿つて可然候、
時に浮田の松崎[10]より行し人も親父死し候得者、此人も帰り
浮田松崎の家を家業[11]する由、時として東京ニも行由、
そこで来月ハ旧十二月也、何の雑誌ニ入社之由、[12]右ハ長ゝ
勤まるべき乎、報知社[13]ニも一年も居不申候、松本卿屋[14]の方ニハ一
二ケ月勤、それとハ必共金ニなるニハあしくと思ひ早くて二三
年も
居所江入社ハよ路し、

尚亦紙面届候に拾円とあり、又々金配かゝり二日出之紙面、只、午後二時頃ニ届申し候、早ゝニ金配仕に今日阿以送附申上候、

二三年以前なれハ偶—金も阿り依而送金ト阿れハ直ぐ送るよ路しかつた、今に至り左様ニ早く出来不申候間、不得連者時にハイブ見宜候得とも申上不申候、猶入出ハバ其節忘却不仕送り申候、是ハ当年中ト存不申候、阿れもにも都合悪候故、斯之通ニ候、不悪存可申候、

跡之処ハ十五日頃　末ゝト存不申候、

祖母も持病(15)起候間、朝起出こず、

岩手県和賀郡立花村黒岩舘

小原文太郎

十二月六日

注（1）地所買人なし—黒岩には土地を買ってくれる人なし、不景気の為、

（2）六ツケ敷年なり—明治四十三年も凶作で難しい年、

（3）四年間—二十一年から二十四年までの満四年間、敏麿は病気の連続、腺病質であった、

（4）又行くとも致したなら（印）—祖父文太郎は帰って養生して再出発を訴える印を

（5）章一—藤原章一、呉竹、北海道に渡り再び黒岩に戻り逝去、

（6）片付の養賢—小田島養賢、

（7）奥太—馬場の及川奥太

（8）伝兵衛—小田島伝兵衛、上宿か、

（9）黄泉—あの世へ

（10）浮田の松崎—和賀郡浮田屋号松崎、平野姓、

（11）家業—松崎家の平野豊治は平沢の長洞から養子に行った方で廉次郎の母松枝と兄妹とみえる、故に書簡にて通知する、

（12）何の雑誌ニ入社之由—敏麿の誇張とみえる、

（13）報知社—報知新聞社、三カ月勤務、

（14）松本卿屋—博文館に勤める前の「郵船会社」のことか、

（15）祖母も持病—織江の病気、

83、東京市本郷区金助町二十七　福寿館内

小原敏麿様

立花村

小原織江

（ハガキ）

十二月十七日

拝啓、折角御責付被下候得にも都合あしく出来不申候間、依而右寝巻(1)差上度く候間、外ニもパイプ何角忘却仕りそうろ様可申候、右ハ二十日ニ届候様可申上候、必とも他出不致待可申候、考念申べく候、承り不申候而一日両日遅れる申候もしなん、多忙ニ就く左候に

注（1）右寝巻—寝間着か、

84、本郷区金助町二十七　福寿館内

小原柳巷様

芝区高輪五五

井上剣花坊(1)

（ハガキ）

御葉書(2)拝見仕候

午前は大概在宿致して
居ります御来坊前御一報
被下候ハバ幸なり
二十日以後ニ願度候
要するに夜は不在が多く
昼は在宅と御思免被下度候
（朱にて）
ハガキを下さるならば半日以上を
見込まぬと届きません、御出下さる
前日の朝ニ御ハガキを願ます

注（1）井上剣花坊（一八七〇―一九三四）山口県萩出身、明治三十八年十一月三日「川柳」雑誌を創刊、敏麿は三宅青軒の紹介で同誌五号に投稿、編輯の補助員として活躍している。
（2）葉書―敏麿、井上剣花坊に葉書を出す、但し「川柳」は四十年十月で休刊、

85、本郷区金助町廿七　福寿館内

小原敏麿様
駿河台南甲賀町十七
片桐方　萱野(1)

（ハガキ）

拝啓
太田(2)の関係之件ニ付是非一応御話申度
儀在之候間乍恐縮御来車被下度候　小生方
御伺度候へども事務多忙にて外出難
く又参上候恵共早御留守なれは被存詰候之に
も相成り候に付右申上候間不悪御承知
被下度候　匆々

注（1）萱野―萱野《かやの》二十一（一八九〇―一九二四）本名郡虎彦、作家、劇作家『スバル』明治四十四年第三巻二号に戯曲「鉄輪」を書く、
（2）太田―太田正雄（一八八五―一九四五）、即ち木下杢太郎か、

明治四十四年（一九一一）

1、東京本郷区金助二七福寿館
小原敏麿様
（ハガキ）

恭賀新年
明治四十四年一月元旦
盛岡市紺屋町
武田源助(1)

注（大正三年）
（1）武田源助―武田源次郎、岩手毎日新聞社勤務、第十五回衆院選挙に稗貫・和賀地区から立候補して落選する、

2、本郷区金助町二七　福寿館
小原敏麿様
（ハガキ）

賀正
辛亥元旦
船橋碧

3、本郷区金助町卅七（ママ）
小原敏麿殿
（ハガキ）

謹みて新春を祝し奉る
寒月照梅花
消《あ》えてけり我か破屋《やれやど》の窓寒き
月に映れる梅の白さは
元旦偶想
年〱に富ゆく心の眼に見えめ
天皇《きみ》かれはこそ仏あれはこそ
明治四十四年一月元旦
東京市下谷区北稲荷町四十六番地
（舎身居士）田中弘之(1)

注（1）田中弘之―舎身居士、明治四十一年浪人会を結成する、

4、東京市本郷区金助町同盟館内
小原廉次郎様
岩手県和賀郡立花村字黒岩
昆　清左エ門
（ハガキ）

恭賀新年
併而謝平素疎遠
尚祈貴殿御健全
明治四十四年一月元旦

5、東京市本郷区金助町廿七番地　福寿館内
小原敏麿様
岩手県和賀郡立花村黒岩

恭賀新年
謝旧年中之疎情
乞改将来交誼
明治四拾四年壱月元旦
小田島主殿拝
（ハガキ）

6、本郷区金助町二十七
小原敏麿様
吉田　類
（ハガキ）

其後者何の通知も無く
私方も非常にこまり入
ところにてもい否やの御返事
下され度御願ひ申候
まづは　草々
一月五日

7、岩手県和賀郡立花村黒岩舘
小原文太郎様
至急親展
（一月二十八日）

受領証
一金五拾五円也
一シミドーフ　若干
右正に有難く受領仕也
一月廿七日
小原敏麿
小原文太郎様

御せの趣き小生も御申越迠も
無く月〻来月より送金
可致候間御安心なし被下
度候、
次に佐々木事件(1)、小生は
右の五十五円全部は払込
み度くなき考へにて訴訟
中に片付候、而して目下の
急務は小生か転宿に有之し
も佐々木は福島館と同腹(2)
にて何うしても転宿させず
と申居候間、祖父様より
左の文言にて至急御書
面差出し被下度願上候、さ
する時は佐々木も安心致して
右ら中に転宿をなし而して
三十円位にまけさせて二十
円は御返附可申候、而して

右事件に関しては裁判所の判事も非常に同情を表し居候間、勝訴になれば勿論さなくとも小生転宿さえすれば二十円は責任を以て御返附可申候、右の通りの書面を出したとて一向心配は無し、あとで封書に捺印して取り消せば何の心配も無きもの候へばぜひ〳〵此書面届次第ハガキなりと書きしたゝめ至急差出し被下度願上候、それ無き時は小生の身体に危険あり、くれ〳〵も願上候、小生も一度払った金を二度全部支払にはつまらない事、課し多くのみならず、祖父様も二十円丈け助かれば此上も無き儀と存じ候間、小生に御問ひ合はせや乃至は他人に計る迄も無く至急書出して被下度願上候、先は用事のみ御願迄、早々、

『拝啓御申越の儀委細承知仕候、来る二月廿日迄に拙者上京敏磨の貴下に対する負債皆済可致候間、甚恐入る次第には御座候へ共、それ迄御猶予被下度願上候、先は事のみ返事迄　早々』

岩手県下　郡　村

小原文太郎

糀町区飯田町四ノ二十二

佐々木四郎殿

こんなものは百本書いた処で法律上何等の効力あるものならざれば一日も早く心配せずにくれぐれも書出し被下度、もし提出し被下ざれば小生の謀その裏をかゝれ小生の身の上につきどんな事が起るやも計られ誰見候間、何卒左様御承知ありて大至急御書面御次第願上候、早々

(小生この事件片附き転宿次第帰郷可致考へ)

右のハガキ出し被下すば小生は
一生帰国(3)致す間敷候
一月廿七日
敏麿
祖父様

東京本郷区金助町二十七
小原敏麿
一月廿七日
※封筒違うか

注
（１）佐々木事件―下宿屋から訴えられた事件、金五十五円払う事で解決か、敏麿は三十円で値引くの魂胆か、
（２）佐々木は福島館と同腹―佐々木に下宿の裁判を依頼する
（３）一生帰国―また祖父を脅す、常套手段か、

8、岩手県和賀郡立花村黒岩
小原文太郎様
（封書・便箋二枚半）

文太郎様まめし尓てたか
おば様もまめしふていたかさもふ《寒い》て
ひどがべ、先日くわしくお手紙
くなさてありがたく存候、おてち様
いた宇ちおせわ尓なりました。わが
れちうハもたあらや《新屋》てどなはなし《話》
して為どおも、くろさわちり《黒沢尻》の菓子
わたしががふるホんおがおけ《置く》んから
御めんとん《面倒》ながらたのみ申し候、清太郎
のほん《本》のこし《残》てみな宇《売》てくなされろれ
もてしらたき《白瀧》様(1)さははたあんけ《旗揚げ》てくなん」
され、おばちな様(2)さもあげ□、しわ《志波》のい
なり《稲荷》様さもあげかした、いろのくらいで
ま尓あ《間に合う》およ尓わんちかてんもよい、
御めどんながらおたんのみまし」
あなたの此ど一寸も御しれが多
な起候、子た内ばり才ぐ免おさま
せば内ぢのホおもゆめ《夢》尓みるても黒岩
のことばかりもるわじれかだなき候から
だ尓らぐ、これ尓ましたることがない
〱尓のホ尓わ阿だば名何よりたのし
み兄弟もなし、あな多妹様どおも
以まし、盛岡のはたご《旅籠屋》やで清太郎くる《来》が
どまづ多三日まつたどもあわのきた
御二人で春尓なりましたら音別尓
まで御出で下され度く候、何よりたの
そみ尓待ち居り候」
しわ《志波》のいなり様(3)んどなたんがまい《参》留ちん□
たのて〱なされんたく申し候、おだてがみ《御館神》
様(4)尓もあけ申したい、御めんどうなことお
ねがい申しどうぞ〱おち様お子がい申しま
し、正月わもち《餅》二斗ちいたよ、うてもみな

うたもちちき」がまてあれくまちこれ
きり、まどば《（的場）》[5]のキリ様のこともあちてろ
おまいさま《（御前様）》からきい《（聞）》たわけもわんからないこと
只多このさま《（様）》尓かい多も、やまやま《（山々）》あれ
どこれきり、

（同封一紙）

阿べのやすまる子別れよしも
わたしや別れ尚以

封筒後
釧路国白糠郡音別陸軍官舎
及川ミサ

注（1）しらたき様—白瀧様、現在の中央橋手前の神社辺
（2）おばちな様—不詳
（3）しわのいなり様—志和稲荷様、講があった。
（4）おだてかみ様—舘神様
（5）まどば—的場、場所不詳、現工藤一秋宅辺か、

9、二月一四日、「電報」

受信人　居所氏名　タチハナムラクロイワヲハ
ラブンタロウ
発信人　居所氏名　トシ
電文
トトカヌスク一〇ヲクレヘン
（四十年二月十四日）

10、東京市本郷区五丁目三拾七成蹊館内
小原敏磨様
親展
（封書・半紙二枚）

頃日者天候続ニ而殊ニ宜しく御地圷ハ梅も咲く
ならんと存候、然度ニ候大分御病気之段如何候哉、
毎日案事居候、一月よりの事ニ候得者段々
長くト存候も末々少ゝも全快の方ニならぬ
か伺候而弐拾八日送金弐拾円と申来候、是も
金配さ以出来候得者其前ニも贈り度も様ニ於も
毎度の金配ニ程殆困り申候、な連共余之事ニ而も
なく病気後早俄被金配仕差上度候得とも
中ゝ不景気ニ就ニ出来難く候故、斯之通申候ハバ
二十八日迠ニハ差上たく候間、夫迄相余可申候、
過日贈りし五円紙面ニ封込居穿鑿方ならず
是も君の病の役としておざるとん候間、早速に
病気も全快ニ可成と存候間、左様可待迄候、
時下貴公何雑誌社[1]ニ候、右社ニハ来月よりハ全快
される迄ハ入社ニ宜候哉、迚も貴公帰宅ハ当
八日不叶候間、両人内折を見合上京仕[2]の
考候間、其節ハ停車場近場宿屋江」
旅宿仕る度くと存候間、其節者貴公も上野迠
御ざしも御面会[3]ニ及度く候、猶亦来月よりも

其社江（貴之）不成候ハバ其節者私共ニ同道ニ帰り
被下度候、此所能〻御考察阿るべく可然候、
猶兼而訴訟ハ如何ニ成候や、末〻未決候乎、
過日紙面ニハ三拾円ニ而事済ニ成之由ニ候、右ニ而
相済申候乎、貴公ハ東京ニ居候事存の
有哉、尚亦朝鮮《セン》（4）国江行候而存候乎、度訪も
報知被下度候ニ而も貴公ハ又も左様之事ニ而も有
なら困る訳ニ而候間、何分御用慎有たく候、先
ハ病気見舞迄、可待つゝ、御座候、早々

二月廿日　　小原姓

小原敏麿殿

二白
二十八日迠送金可申之所、若出来兼候はば（兼）一日ハ
おくれかもしれん、あるにも二十八日前ニ差上
度候間、御待あれ、二十八日前二日後二日（作所不申）
御待阿れ、猶亦洪水ニ而もあり候得者
存之通候間為念申候、

岩手県和賀郡立花村黒岩
小原文太郎

二月廿日

注（1）何雑誌社―祖父母は敏麿の様子を疑い始めている、雑誌社は自分で経営した様子である、
（2）上京―二人の内誰かが上京するとおどかす、
（3）面会―敏麿の顔を見たいから面会に来ると、
（4）朝鮮国―敏麿は日本で駄目なら外地を希望か、

11、岩手県和賀郡立花村一四二
小原文太郎様
東京麹町区飯田町四ノ二十二
佐々木四郎

（ハガキ）

二十日

拝呈　過日ハ敏麿様
債務引受ケノ手紙
ニ接シ候處、右ハ二月二十日
上京皆済云々ト有之
候處、御上京無之
右ハ御上京ノ必要モ
無之カルベク証券面五
十七円八十銭此状着
次第御送附相成度
鶴首待居候、
東京振替口座一七八八三番
へ御振込（郵便局ニ付テ）
被下候是ハ送金料大ニ
安上候ニ御座候、

12、岩手県和賀郡立花村
小原文太郎殿

東京麹町区飯田町四ノ二二
佐々木四郎　（ハガキ）

三月二日

一月二十八日附貴下ノ保証状
ハ小生ノ手ニアリ二月三日附
ニテ御送金相成リ儀ハ小生
関知セズ、敏麿儀ニ信用
ナキ為、貴下ノ引受状ヲ
受取リ置候モノ殊ニ
敏麿儀ハハルピントノミ
ニテ要領ヲ得サル手紙
ヲ呉レシモ右ハ取ルニ
足ラザルモノ、ハンピントノミニ
テハ行衛不明ト云フベシ
其明不明ニ不拘金
ハ足下ニ托シ支払ノ責任
アリ直ニ送金無之ニ於
テハ不得已出訴有處
右為念申上置候也

13、岩手県和賀郡立花村黒岩館
小原文太郎様

在東都
としまろ(1)　（ハガキ）

拝啓、仰之等御封には書封
を出す必用無し、本月末迠は先
方書面兼いつても心配なければ返事
出す事見合はし然るべく候
それよりは金少〻貰ひ度く候、
□(小)生も転宿可致考へに御座候、
宿痾まだ治せず候　先は用事のみ
御返事迠　早々

注　（1）小原柳巷（スタンプ）―はじめての使用、柳巷の雅号で大正四年から同八年まで秘密小説を都新聞等に連載する。

14、岩手県和賀郡立花村黒岩
小原文太郎様

仙台市東三番丁九十二
大内方
及川覚美
（ハガキ、エンピツ）

拝啓
小生出発の節には御宅に
立寄る處には候へども大林区

より急報の為め遂に多忙に
取りまぎれ立寄らざる段、平
に御許し下され度候、家族の事は
何分にも宜しくお頼み申します
先一報まで　草々

15、岩手県和賀郡立花村
小原文太郎様
横須賀軍港鞍馬
工藤　迪
（ハガキ）

此度第二航隊派遣英航隊旗航鞍馬ニ乗船
ヲ命ゼラレ来ル四月一日渡英ノ途ニ上ル筈ニ候、
往航々路ハ上ノ如クニテ皈港航路未定ニ候、
六月廿一日英皇帝ノ載冠式参式ノタメ
皈港来ル本年十一月ノ予定ニ候、御身大切ニ
皈国ヲ待仕リ下サレタク候、
航隊ハ鞍馬及利根ノ両航ニ候、
（日程表）

地名	出港	着港
当港	四月一日	
新嘉波港	〃　十九日	十四日
コロンホ	五月三日	四月廿六日
スイズ	五月十八日	五月十七日
ボートサイド	五月廿四日	〃　一九日
ジブラルタル	六月五日	六月一日
ドウーバアー	六月十八日	六月十日
ボーツマス		六月十九日

（英国軍港）

16、東京市本郷区三丁目三拾七番　成蹊館内
小原敏麿様
親展
（封書・半紙二枚符一）

此頃者天気続き誠ニ心穏ニ而年暮共も
宜候、猶病気之処ハ如何ニ候や、案事居候
而近度ニ出火之由も承候得者動転仕候間免に候、
然ルニ次而者雑誌社江者未ニ行不申候乎、
病気全快仕而取掛り候得者宜しと存候也、
今頃者移転仕候やニ存候ハ転し不申候や、
就而も送金ハ延引候、今月を以一〇五を送り
申候間御入掌被下度候、届候者御返事待上候、
時に若最寄ニ正月廿三四日頃ニ上京仕候間、其後
一向ニ帰宅不仕候得者何とも可申様無之候、
隣あたり[2]ニ而ハ家ニ不来者ト存候、然るにも
一晩泊りニも御来段有度候、
若不用物品有之候ハバ家江送り候様
可申候、火事写有之候節者取行付ニも

迷惑ニ相成可申候間存候ハバ候、」
時に誰成上京仕度心組ニ候、何日頃ニ出京仕候得者
宜候哉、伺云仕候、猶亦私共之上京よりも貴殿ニ而
帰宅仕候得者此上も無き事ニ存候、迚も君ニ
閑暇無之候ハバ祖母（3）でも出京為仕度候也、
過日之紙面ニハ日本橋近か根岸辺と懸之候、
多分ハ其處ニ移り候也と存候、
猶仰之内より何之通知無之候、右之者今候者
如何ト成行候や伺云、
御愛根岸の喜代太氏（4）ハ例之持病再発仕候
存念為知申候、
外ニも用事有之候得者、近日御面会之節者
残之御咄可申上候、先ハ早々、

三月廿（ママ）日　小原文太郎

小原敏麿殿

岩手県和賀郡立花村黒岩舘

三月卅日　小原文太郎

小原敏麿殿

注
（1）廿一才―それ以来帰国していないと、
（2）隣あたり―黒岩舘近所の噂、
（3）祖母―帰省しないから祖母を上京させて様子を窺う、
（4）根岸の喜代太―小田島喜代太、

17、岩手県和賀郡立花村黒岩舘

小原文太郎様
在東都
としまろ
（ハガキ）

十二日

おハガキ拝見仕候、局は何處にても差支無きにあらずや、早い方が結構なれど思召されずや、尚宮永町（1）ならは尤も便利に御座候、此ハガキ届次第大至急願上度存じ候、
三宅先生妾宅（2）火災の為め焼失罹り小生も見舞の必用あり困り居候、先は用事のみ一日も早く願上候、委しき事は後便にてその事申可述候　早々

注
（1）宮永町―
（2）三宅先生妾宅―三宅青軒の妾宅、

18、岩手県和賀郡立花村百二番地

小原文太郎様
東京市京橋区新肴町十番地
弁護士　梼　苗代
（ハガキ）

拝啓　佐々木四郎氏より小原敏麿の下宿料の件に付、貴下に請求方の

訴訟委任を受け居候處、御法廷にて守るは相互の不利益かと存じ候ニ付、一応御照会申上候間、若し来る廿五日迠に御送金なくば不得止訴訟致すべく候間伏し此段得貴意候　拜具

四月十三日

19、東京市本郷区根津須賀町二十七　東濃館内

小原敏麿様

親展

（封書・半紙二枚）

折角責付ニ付十三日を以干餅并足袋ト六〇送り候間、未ゝ請取不来候得とも届候と存候、然度佐々木方[1]より来りし書面相添申上候、兎に角私ニ迠迷惑相懸ル苦しト存候ハ貴公ニ而何分早く取片付候哉、私ニ紙面彼是なく様可申候、「それ書度之来る候へ者東京ニテ借金[2]してト世間ニ対しても悪しき故必共ケ様の事無様取斗ひ可申候、
右ハ君ニ而モ弁護士頼候由[3]、右弁護士何とかに取片付たきニそれもなくハ如何や、猶亦負沙汰ニ候ハバ払込不申ハ不成候、何分にも早俄取候間用弁ニ相成候様可申上事、端書文の内、
「拝啓、佐々木四郎ギより小原敏麿の下宿料の件ニ付、貴下ニ請求方の訴訟委任を受け居候茂、法庭にて守るは（此所ハなんだか不分明タカナ）相互の不利益かと存候ニ付一応御照会申上候間、若来ル廿五日迠ニ[4]御送金なくハ不得止訴提致すべく候間、此段得貴意候、拜具、

四月十三日

東京都京橋区新肴町十番地

弁護士　祷　苗代(印)

右之通ニ候通知申上候、」
私ニ而払べき理由なし、右敏麿より請取候様可申者也の文云ニ而書送候旦し宜しく候也、それは貴公ハ其人物ハ何国の何の誰之處ニ居住候間と問れ可申候間ハルピンのナンの誰ト[5]して報知被下度候、時に貴公其弁護士ニ直談候得哉宜しく候、猶雑誌社ニ入社仕候ハバ幾何乎月給出可申候、紙面ニ拠レハ四月一日より入社之由、来月候それバ当月末ニハ出来可申候、右ニ候得者家より持参不仕候様被下度候、何程尤か御送金被下候事前以テ被仰越候間鶴首して待上候、
〈只今迠ハ名刺を送り候ハ今度ハ一日より入社と斗り在之候、
〈法庭江保証金して置よりハ早く片付彼是なく様取斗ひ可申候、
病気全快仕候成而存候、毎日様噺居申候、

先ハ用事而已、早々、届次第ニ返事待居候、
四月十六日　小原
小原敏麿殿へ
二白
控訴等なく早く片付可申候、偶書来た候者外聞も有り、早く払込可申候、右金一月ニ送り候払込ニ候得者彼是の云々無し、右金訴訟有までハなぐなる、それも払込方よ路しく、
岩手県和賀郡立花村黒岩舘
小原文太郎
四月十七日

注（1）佐々木方—弁護士、佐々木四郎、
（2）借金—誰かの為に部屋を借りたか、
（3）弁護士頼候由—敏麿は弁護士を頼んだか、
（4）来る廿五日迠—四月二十五日か
（5）ハルピンのナンの誰ト—偽名、内藤順次郎を想い出しての偽装、

20、岩手県和賀郡立花村黒岩舘

小原文太郎様
至急親展
（封書・便箋三枚）

拝啓
仰之等の件につき、又ゝ御迷惑を相かけ誠に以て申しわけ無之候、実の處訴訟(1)にて敗訴致し候為め本日、御手紙もあり、うだ〳〵小生事小生方の弁ゴ士白井竹次郎方に参り申候處、白井氏は先日死去仕候あとにつきあとに残りし事ム員の話しにはその金は裁判所の方に提供しあるやいぐら否不明につきわかり兼ね候との事、同氏宅に居りし三浦弁ご士は本月十日琉球に開業せし由にて要領を得ず困り果て候、
就ては小生もこれには途方に暮れ申候、更乍ら、金を祖父様に御迷惑かけるわけにも行かず、さりとて佐々木の方に支払ふ事も出来ず困り居り候、白石氏が死亡の事を不知に居りしは小生の不覚に御座候、
借金とも向うふより請求せらるゝものは五十五円(2)に御座候、小生
も早く支払って了へば何にも無かりしにと後悔致し居候、それを訴訟致せしが小生のあやまりに御座候、
祖父様方と訴訟せしが祖父様が当然勝つは民法の規定にて如何なる処に御座候も、而する時は弁ご士の費用も又ゝかゝりあり小生も困り居候、向ふにては訴訟するの意気込みは夙に見へ居り、困り果て候、
つまり一月祖父様より御送り被下たる金は弁護士死亡(3)の為めチャ〳〵と相成申候、小生の不幸此上無く此上は小生死しておわび致すより外これ無く候、もし祖父様方にて金の都合つき候は五十五円丈け又ゝ御送り」被下度、而して佐々木の方に何日迠に小原敏麿に持参度させ可申候とのハガキを出して被下ば、それでよろしく候、祖父様にて出来ざる時は致し方無之候、

もし訴訟に勝つとしても一度弁ご士より訴訟を提出すれば仮差押へと云ふものが行くものに御座候、されば件の面目を失ふ道理に御座候、此手で野手崎の春泰医者の孫もやられ二百五十円佐々木の為めに取られ申候、(此払ひし下宿料なるも受取無き為め)小生は過日御願致したる十円はよろしく御座候、右は洋服屋に払ふ金なるも右は小生待つても与つて小生支払ひ可申候、而して小生はこれより宮戸座(4)より毎月五十円宛月給を貰ふ身と相成り申候間(但し今月は月半ばよりなれば廿五円也)毎月十円づゝ屹度御送り御返済すべく候間、何卒五十五円の処都合なし被下度願上候、尤も来月の末なれば宮戸座より五十円位ゐ金を借り毎月日賦にて月給より引いて貰ふ様にでも致し御送可申候間、もし祖父様にして御都合つき申候ハバ御送金の程願上候、

小生は今月の末よりは断じて家より金は持参致す間敷く候、それをせめての取り柄として五十五円丈け御都合被下様御願上候、而して小生俄に金の出来ざる時は「月ゝ利子丈けにて」祖父様迄御送附可申候間、左様思含、至急御送附願上候、而して祖父様が今日頃金が出来ると思はれたらその時迄に左の文面を佐々木方にやり被下度願上候、」

『拝啓、思ひ乍ら延引致し候御請求の金員来る月日迄に小原敏麿に持参致させ可申候につき左様御承知の上おまち被下度候』

もし祖父様にして都合出来されば訴訟致しより致し方なし、此訴訟にては祖父様まける事断じて無く候、此れ共、小生も白井弁ご士に死亡され三浦に遠方に行かれたる如き厄難に逢ひし程なれば御祖父様御都合つき候はば御支払ひ被下候様神かせ祈り上候、

先は用事のみ、御返事迄、早々、

十八日　小原敏麿

小原文太郎様

返事は佐々木行にすべし、弁ご士のにすべからず、

ハルピン(5)云々はもう駄目なり、小生東京に居る事明白となれり、

本郷須賀町二十七　東濃館内

小原敏麿

四月十八日

注

(1) 敗訴—佐々木との訴訟、

(2) 五十五円—一月に祖父送り、

(3) 弁護士死亡・・・相成—敗訴の原因か、

(4) 宮戸座—浅草公園裏にあった小芝居の劇場、一八九六年(明治二九年)宮戸座と改称し山川金太郎が座長、四代沢村鉄之助等が活躍、一九二三年関東大震災で焼失する。

(5) ハルピン—敏麿はハルピンに渡ろうとしていたが断念する、

21、東京市本郷区根津須賀町二十七　東濃館内
小原敏麿様
親展
（封書・半紙三枚）

下宿料の件ニ付、端書出来無事収時、御見合之由来り
候得共、宿の箱江投函仕ニ付佐々木の方江葉書遣候、
其文ニ曰、「拝啓、乍思延行致し候御請求之金円来五月十日迠ニ
小原敏麿ニ持参可為致候間、御承引之上御待被下度候」、
右之通葉書廿一日[1]ニ出し申送、君ニモ直ぐ認免申上候、
来月十日迄延期不出来之節者私之方へなんとか
又々来るまで（今度端書に当月末迄）五十五円急ニ入用と云訳
ハ
如何ニ候や、私ニ而申訳状差出して聞訳も
なくハ其節ハ如何ニも取斗ひ可申候、左もなくハ
五月十日迠の日延文差出上候、夫ニ而聞分無ハ
末ニも贈り可申候、君も佐々木ト出会候節者其意ニ而仕申候
法庭へ保証金積置候ハバ右ハ縦弁護士死亡候
共必ず貴公に返ル筈ニ候、左も無くなるもなきも
不分明の筈なく候、如何の訳ニ而候也、私ニ於て之
一月送金之節払込たきを折角申入候へも
不払處、私ニ於ハ貴公ニ而遣込[2]やト存候、」
毎度申上候も如何ニして候得も申出候借財ハ
「。□。」又も「不。不」も加者「□にも」出来申候節を如何
にして払可申、君ニ去年も申上候得ニも、右之通
又も送金と候し、三月始四拾五円取りて
如何ニして送金して払込候や、猶亦五拾円位
の月給ニして金の紆ゐる訳ニもならず候、
日〻の補ひも録《ロク》々に出来不申有様、君ハ
何時より一人前の仕事仕候や、去年の来より雑誌
社ハ入社候由、病気全快次第ニ入社之由聞
候得ニ其社ハ君ニ而社長之由[3]承候、右社江ハ
別人ニ而も執行するや、右社なれハ世間の
聞も宜し芳筈之方なれハあまりよく聞不申候、
雑誌社の方ハ月給も無き筈、
右佐々木方江紙面之趣、君より猶亦持参葉書不来ニ付通知
申上候、是非とも阿れハ当月末ニも宜しく候、但し末
と申候間、三十日ニ届候得者事なるべし五月一日とか
なるべし、私の差上候葉書ニ而聞済候ハバ来月
十日迠の事ニ有出し候、是非其前あれバ御報被下度候、
四月廿一日　　小原姓
小原敏麿殿」
二白申述候、当月末迄是非ニ入用なら通知可有候、
佐々木の方江私之紙面ニ而聞分候ハバ来月
十日迠待可申候、聞分なくハ猶亦紙面来る
たし（右存候）、右十日迠ト日延申候ハ貴公手元迠ハ七日
か八日ニ届候様送金可申候間可待べく候、
時に貴公度〻の免難右ハ短気[4]故ケ様之事

出し是より少ゝ考候間仕候得者こんな免難ニか丶る
事なし、或療治金ヲならず一人前の人間なら此位の
行ぞうある考なく致筈なくト存候、君ハ年も
重祢候ハバあまり童子ともいわれず、実ハ貴公人ハ人に
騙らふ事となき他人の世話ニも成る出来ず候、
是より人の下前ニなりて騙候へ者悃恁と存候、世話もすれば
なり、　今度之事杯も私ニ迄苦労掛る事なし、然る君を
おもゑば一月ニ佐々木に紙面出し全く出し筈なく存候も
五拾五円送るニ依其金さ以行ハ払込ト存し候得、其金払込
不申候間、又之迷惑相掛申候、此度ハ必共今様之事不出様可申
候、
へ去年堂山畑⑸、及川汪氏⑹ト持地畑百五拾円之処百弐拾円ニ売
申候、
一月五拾五円送金仕候、猶亦五拾五円別段ニ贈り申候、貴公を
憫然ト存候ハバ今度斗ト存送金仕考ニ候、
岩手県和賀郡立花村黒岩

四月廿二日　　小原文太郎（印）

注（1）廿一日―四月廿一日
（2）貴公ニ而遣込―敏麿の使い込み、
（3）社長―敏麿が何かの社長か、経営か
（4）短気―以下、孫敏麿の性格指摘をして諭す、
（5）堂山畑―白山神社の辺、黒岩小学校南辺の畑
（6）及川汪氏―小学校の先生、文太郎とは親戚、

22、岩手県和賀郡立花村黒岩舘
小原文太郎様
至急親展
（封書・便箋二枚）

拝啓
過日御送り被下しくるみの袋刃物を
以て切り破りたる形跡あり、金を入
れて置きたるにはあらざるか、さアーな時は
一大事、尤も祖父様は過日十日迠と云ふ
事なりしを以て、右の小包みの中トに送ら
ぬとすればよきも、もし入れ置きたりとすれば
一大事なり、
此頃新聞にて御承知と存じ候が
鉄道便中のものがしばしば紛失する事あり、
此間小生友人秋元か片瀬よりマンジウ
を送らるゝ途中半分位ゐとられた
る事あり、
いつも小包みの中に金を入れて送らるゝが例
なるに今度はその事なきのみか、袋を切り
破りなりたる為め取りあへず電報を
発したる次第、右にて金を入れざれば
よろしきが入れある時は心配なり、」
急ぎ御報を乞ふ、

もしそのうたがひある時はと存じ小生は佐々
木の方は事情を話さんも無益と存じ友人の
秋本[1]より一時金を三十円丈け借りる事に
して万一をそなへ置き（佐々木方[2]へ秋本より送る覚えありとハ
ガキを出せり）
心配に相成
り候ましり御通知申上候、小包は昨日
小生手元に届けり、かた〳〵不思議なり、
もしふん失したとなれは一大事なり
何とかさる事無き様祈る、
もしふん失したとすれば一日も早く御
都合頼み上候、
先は用事のみ、右取りいそぎ御報
迠早々　（クリも半分以上シカ無し）

五日夜　小原生

祖父様

在東都　としまろ　六日

注
（1）秋本―不詳
（2）佐々木方―訴訟の弁護士、佐々木四郎、

23、岩手県和賀郡立花村黒岩舘

小原文太郎様

親展

（封書・原稿用紙）

受領証

一金拾円也

右正ニ受領申上候也

六月七日　小原敏麿

小原文太郎様

度ゝ帰郷の御催促にて
恐入申候、小生とても帰宅致
し度からぬには非ず、只帰宅
するには何うしても二十円はかゝる
につき考へ居るものに御座候、
小生は御承知の通り痔[1]の為
め三等の汽車には乗る事
出来ず困り居り申し候、七月
の末になれば何うにか三日計りも
帰郷致し度き予定
に御座候、
妻帯致せとの事に御座候にも
小生は何時ぞや申上候通り
当分はもたぬ考へに御座候
東京に適当妻女無くて品
許にいるであるべきや、此処
二回斗は持たぬ覚悟[2]に

御座候、
次に金を持参すなとの事小
生も好んで持参致すのには
あらず、来月よりは決して持
参致す間敷候、
処で又〻祖父様に又〻金の
御無心を申さなばならぬ事
起り申しとは外の事ならず、
此度大浦男（3）より一昨日（五日）
至急との係の者により参上
致し候処、大浦男には
小生を内閣修史局（4）にお世
話被下すでに話をされ居りた
れば是非共仕官致せとの事
而して月給五十円奏任官（5）
待遇にて、本年中に従七
位（6）はさづけらるゝ予定との事
に御座候、小生も喜んでおう
けは致し度き考へなりしも、
それについては制服の必用
有之一寸思案にあまり祖父
様に御相談申上げ候、御承
知の通り修史官には一定の制
服にて帯剣を致すものに有之、

而して判任官以下なれば剣や
服は官ピナルもそれ以上は自
費に御座候、たとへば巡査は
官費あるも警部は自費
なるが如し、大浦男は明日より
も出仕致す様との事に御座候
が小生は右事情の為め出仕
致し得ず困り居り候。小生も
これが一生に運の開き初め、この機
会を外づしては何時又かゝる
時あるべきや、書生あがりの小生
が一躍して奏任官即郡長
待遇とは夢の様子な話に御座候、
就ては小生が出世の為めなれば
制服制帽剣の代価五十円はか
ゝり申候、この内小生二十円は支
出致す事出来申候がアト三十
円の処出来兼ね申候間、祖父
様の方にて何とか御都合なし
被下間敷や、祖父様にして小生
に出世をさせたくないならば致
し方なしとして、もしもさもなき
時は御手元いかにも御困難ならん
も何卒三十円丈け御都合願上候

もし右につき御ふしんとあらば大浦男より別に書面を出して貰っても差支無之候、而して右の中十円は手金を打たねばならざれば出来る丈け至急アト二十円は本月末迠に御恵与被下様伏して願奉り候、今度が小生の出世のつるに御座候へばくれぐれも小言は仰せられず大至急御都合願はしく存じ候、小原家の名[7]を日本に輝かす否やも一重に今回の仕官すると否とにある事なれば何卒御小言御せられず御送金願上候、小生は右御都合被下ずは大浦男に合はす顔も無く候、又大浦男よりも借金も出来兼ね候、それ計りの金を都合出来ねかと思はるゝも心外千万に御座候、何卒十円丈けは至急に、二十円の処は今月末迠に是非々々御送被下度、右御送金被下ると否とに依って小生も帰宅するや否やを定め申すべきに候、先は用事のみ御願迠　早々

松村の件[8]は後便にて・・・

大至急願上候

七日　　小原生

祖父様

芝居の方はやめ申す[9]べく候、大浦様のすすめなれば何卒かれこれ云はれず御送金願上候、

東京市本郷根津須賀町二十七　東濃館

小原敏麿

六月七日　午後

注

（1）痔—敏麿の持病、またわがままを言い汽車三等車に乗れないと、
（2）持たぬ覚悟—妻静江と死別した後結婚しないという意味、
（3）大浦男—大浦兼武（一八五〇—一九一八）大浦は警察官僚、当時「不平分子」と評されたが、小政党、中央倶楽部を率いていた。後藤新平と大浦は確執が表面化した。山岡淳一郎著『後藤新平、日本の羅針盤となった男』より。妻静江の養夫、当時第二次桂内閣の農商務大臣、
（4）内閣修史局—現東京大学史料編纂所の前身、明治三十八年三月、史料編纂官の官制が勅令によって制定された、帝国大学文科大学内に『大日本史料』『大日本古文書』編纂のため、史料編纂官専任五人、同補専任一〇人、同書記専任三人を置く、明治四十三年三月、『大日本古文書　幕末外国関係文書』第一巻が刊行された。当時の事務主任は黒板勝美。（『東京大学史料編纂所史史料集』平成十三年十一月刊）
（5）奏任官—旧制の官吏の身分の一、三等以下の高等官の称、
（6）従七位—正七位の下、
（7）小原家の名—小原家名誉の為に、
（8）松村の件—不詳
（9）芝居の方はやめ申す—劇作家の方は止める意味、

24、岩手県和賀郡立花村黒岩館

小原文太郎様
親展

（封書・原稿用紙二枚）

受領証
一金拾円也
右正に受領仕候也
六月十日　小原敏麿
小原文太郎様

内閣修史局とは明治年間に於ける年々の歴史を記志置く処のものに候、小生は修史局編纂係補[1]と云ふ名義に御座候、随而官報には出でなるべきが来る八月には本官に相成り可申候へば、その時は編纂員と云ふ名義になり随而官報に発表になる義に御座候、就任一ケ月間は補に御座候、
服装は大略左如し

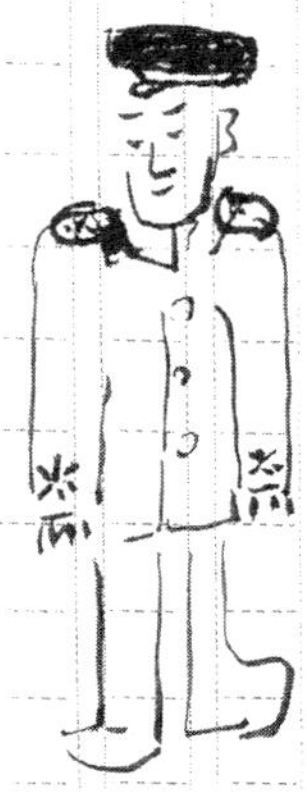

剣は海軍の軍人のさげる格支一尺計りのものに候、
靴帽子共にて五十円かゝり申候、過日申上候如間は帽子の儀トンと失念致し候、就而は大至急此手紙届次第五円丈け十五日に届く様御送附願上候、而してカワセ又は書トメにせず、先払ひとして送ればふん失の恐れなし」
修史局の総裁は桂太郎[2]に御座候、昨日桂公に対面仕り候、
しかし、近りんの人々にはとまれ八月本官になって官報に発表になる迄は御吹てふ御無用、兎も角も八月には郡長相当官になる儀に候へば、これよりは両祖様に御安心させ申す事出来るかと存じ候、
根岸の叔父にも左様仰せ被下度候、つまり本年一ぱい来年の今頃は年俸六百円以上にはなるまじと存じ候、
何卒五円丈け十五日迄に至急届く様御送附願上候、
先は用事のみ御願迄　早々
十一日夜　小原生
祖父様。

東京本郷根津須賀町二七　東濃館内
小原敏麿
六月十一日

注（1）修史局編纂係補―敏麿の役職名、
（2）桂太郎―桂太郎（一八四七―一九一三）、明治四一年第二次内閣を組織、社会主義・無政府主義に対して徹底して弾圧をした、同四十四年八月首相を辞任、西園寺と交代した。

25、岩手県和賀郡立花村黒岩舘

小原文太郎様

親展

（封書・原稿用紙二枚）

受領証

一金五円也
右正ニ受領仕候也
六月十六日　小原敏麿
小原文太郎様

早御可由当気にとは過日来より梅雨に
入って毎日の様に雨ふり困り入り申候
本年も他の予想に依れば洪水
なるべしとの事に御座候、につきさ
程心配せらるゝ事なかるべしと存じ候、
岩手日報にて見れば花巻地方も
やはり同じくひでりの由、当方はそんな
處でなくし毎日の雨の為めに困り居り申候、
修史局は本官は小生共に八名（博
士四名・学士三名と小生）、桂公総裁にて
副は黒板文学博士[1]理事は内田周
平[2]と申す男爵に御座候、此外判任官
十九人やとひ六人都合三十四名
有之候、小生も来る一日よりはいよ〳〵
出勤致さねばならぬ事と相成申候
帽子は出来致せしもまだ剣は出（ママ）」
出来不仕候、アト二〇円の処は可成早く〳〵御
送附被下様願上候、
祖母様には御上京御希望の由、
当分は御見合はせ被下度日中は七
十八九度のあつさに御座候、
小生も本年は帰国致す考へに候、
修史局には二週間の休みある
との事に候へばその時にても参上
可致候、本月末には辞令交
付相成べく候、
いづれ帰郷の際は持参ハ致
すべく候、
先は用事のみ一〇の処は何分にも
早く願上候、早々　拝具
十六日　としまる
祖父様
東京本郷根津須賀町二七　東濃館内
小原敏麿
六月十六日

注

（1）黒板文学博士―黒板勝美（一八七四―一九四六）長崎県出身、歴史学者、日本古代史、古文書学、明治三四年東京大学史料編纂員、東京帝国大学名誉教授、

（2）内田周平男爵―東洋大学教授、

26、東京本郷区根津須賀町二七東濃館

小原敏麿様

玉案下

（絵ハガキ）

（表下段）□――――

時下梅雨之
便折角御自
愛祈入申候
不取敢寸楮
希礼申上度候
匆々　拝具
六月廿四日
盛岡市
清岡等[1]

（裏面花巻尋常高等小学校全景写真）

注

（1）清岡等―岩手日報社主、「日記」岩手県立図書館に寄託される、

27、東京本郷根津須賀町二七　東濃館

小原敏麿様

玉案下

（絵ハガキ）

（表下段）□――――□□□
祥奉大慶□□□（小）
生痔疾に（対）□□□
あ利此見舞□□
辱うし候芳□□
千万寿居候
拝謝存候、尚中岩手
日報[1]に対し
ては時〻此高配
被賜度候□□

（裏面）梅田雲浜書、熊谷直之所蔵写真、

注

（1）岩手日報―清岡等（一八六四―一九二三）盛岡生まれ、岩手日報社長、盛岡電気社長、盛岡市長（二代目）、最初原敬と清岡派は対立する。敏麿は親しい関係にあり、

28、岩手県和賀郡立花村黒岩館

小原文太郎様

親展

（封書・原稿用紙三枚）

受領証

一金弐拾円也

右正ニ受領仕候也

六月廿日

小原敏麿

小原文太郎様

修史局は陸軍省参謀本部[1]の編輯を兼ねる
ものに候へば帯剣致すものに御座候、而して当今
吾は文官にも制服制度出来、鉄道の役人までも帯
剣致すものに有之候、
仰せ迠も無而て八月迠には一家を持つ考へ[2]に御座候、
修史局に出て居る以上は下宿屋に居るもあまり
に面白からねば免を持つの必用あり就ては
祖父母様の中、一方世間楽と家政を見被下
度願上候、五十円位ゐの月給にてはとても
有福のくらしは出来兼ねる事とは存じ
候へ共、石の上にも三年のたとへあれば小生
も今度は辛抱[3]致し行末は天下に名
を揚げる考へに御座候、
夏休すみと申した処で僅か二週間に御座候
へば帰郷致すとしてもわづかの間に御座候、
兎も角一度は国へ帰る考へに御座候、
七月はとても送金申す事出来兼ね候間、
八月の末よりは嵯気送金すべく、
宮戸座[4]の方は官史服務規則に依り脚本」
を書く事出来不申候、
それから来る五日には小生の新任披露の宴
会をやる事に決定、右の金は大浦様が負担
して被下との事、この外、先輩の人達ちにそれ〳〵
菓子折りの一つづつも持参致すべく当座
は何うしても袖の下なり、大浦と云ふものを頭にい
ただきなりとて上官にへつらはぬ時はいぢめ
られるものなれば菓子折り位ゐ持って
アイサツに出て来いとの事に御座候
就ては新任の披露の金五十円あまり、これは
大浦氏出してくれる事なれば吾も心配
無く候も、この菓子折りの代迠、此とお願致
すわけに参らぬまし、御送金の中十円丈け
支払ふのを止免て、八日迠猶予致して貰ふ
事になし、これを以て上官にアイサツに参
る事に致し候間、何卒もう十円丈け八日
迠に至急御送金願上度存じ候、
右の金迠大浦氏とはお願い致されず候、
御手元困難の儀は御手紙迠も持つて万
〻承知致し居り候へ共、何分共にこれ
は小生の栄達になる儀に候へば何卒
今度限り十円丈け都合御送附
願上候、
而して八月になり家を持つ様にならば」
月給全部はお任せ致し、小生はアテガヒ
ぶち[5]になるとも苦し可らず候間、何卒

御困難は察し入り候へ間、性状推察の
上御送附被下度願候、
玉(6)との親子対顔の儀承知致し候、何れ
それは今より存免成とも、小生帰国の
上に致してよろしき儀と存じ候、
東京は毎日の暴風雨、又去年の
様に出水になるにあらむやと皆ゝ
心配致し居候、
いよ〳〵一日より出勤仕る事と相成り候、
近頃少〳〵腸を害せしと見へ少々下
痢あり云へどもさしたる事も無之候、
已後心配被下間敷候、
先は用事のみ御願迠　早々

六月三十日

としまろ

小原文太郎様

新聞は送り申しべく候

東京本郷根津須賀町二七　東濃館内

小原敏麿

六月卅日

注

（1）陸軍省参謀本部―
（2）一家を持つ考へ―敏麿の希望、
（3）今度は辛抱―簡単な言葉に遊びか、送金させる為の一方便か、
（4）宮戸座―毎月金五十円は入ると言ったのにもう口が乾いたか、
（5）アテガヒぶち―扶持、まだ正式に勤務もしないのに理想家である、
（6）玉―義理の妹、及川タマとの兄妹仲を認めた様である、

29、東京本郷区根津須賀町二七　東濃館
小原柳巷(1)様

盛岡市
新渡戸仙岳(2)
（絵ハガキ、七月五日消印）

（表）　恭啓　益ゝ清健
奉賀候今回は玉
稿沢山(3)御恵送被
下御懇情忝仕候礼
申上候、不日掲載紙
上花を咲かせ可申
一同相楽み居申候
右取礼御挨拶
申上候、草々　不一

七月拜上

注

（1）小原柳巷―敏麿の雅号、大正時代この号で秘密小説を書く、
（2）新渡戸仙岳―仙岳（一八五八―一九四九）盛岡生まれ、岩手日報主筆、啄木の「百回通信」等を掲載する。盛岡中学の先生、能書家、正洞寺壇内に、筆跡碑あり、
（3）玉稿沢山―柳巷の送りつけた原稿、岩手日報に掲載されたか、

30、岩手県和賀郡立花村黒岩舘
小原文太郎様
親展

（封書・原稿用紙四枚）

受領証
一金拾円也
右正ニ受領仕候也
七月十一日　　小原敏麿
小原文太郎様

酷署の折柄何のお変りも無くおくらしなされる由奉賀候、小生も無事出勤致し居候間御安心被下度候、東京は何しろ酷暑にて毎日九十二度位ゐにて困り入り居候、
修史局の方は事業は極免て小生の得意の事[1]とて至極面白く候も何しろ今迠官位も何も無き一介の書生が他の博士方と肩を並べて仕事致居位とて他より多少いぢめられる様な傾きもあり候も何しろ頭には大浦氏有之候まし表向きは何者致さず只ゝ金のかゝる為め困り入申候、
これを大浦氏に申上候処同氏には何斗も本年一杯の我慢だ、本年十一月迠には従七位にして[2]やるから少ゝ金がかゝつてもいつれは仕方が無い立身」する杯階なれば、その旨、国許へ申しやれと申され候、但し小生も国許はさ程の貧乏だ[3]とも申されず困り居り申候、
尤も本年十一月[4]迠辛抱して居ればもし修史局が金がかゝつても駄目とあれば地方の郡長にでも転任する事自由の由に御座候、
只今の処にては本月分の月給は月末ならざれば渡らず、それに交際がかゝるので困り入り申し候、
併し小生も郡長位ゐでは満足出来兼ね候間、たとへ少ゝ金がかゝつても直ぐやめるは大浦氏に対して面目も無之候、但し十一月迠は何事も辛抱致す考へに御座候、尤もの吾泡巳に依つては（祖父母様の）此の処一両年の間、本年の十一月以后岩手県下の郡長をやっても差支へ無き考へに御座候、修史局にあっては立身の見込みはあれども金が困る故一二

年の間郡長でもやろうかとも考へ
居候。」
尚来る一六七八の三日間修史
局奏任待遇以上の人物、打ち揃へ
会費六円にて江ノ島鎌倉より
三浦半島かけし遠足と云う事に
なり小生も金がかゝる故、行かないとも新
参の悲しさ申し兼参る事と
相成申候、
祖父様に対し御迷わくをかけて
返し口も相すまぬわけには御座候
へ共、十一月以后になれば郡長にも
なったならば金もかゝらぬかと存じ候へ
ば何事一時御辛抱願上候、右の会
費は小生三宅先生より拝借致し
て参ります外、目下は三宅先生も病
中にて執筆も出来ず貧乏致し居られし
につき可成早く返さねばならず候間、
何卒廿一二日頃（オソクテ）迠に十円
丈け御都合なし被下度願上候、
来月になれば今月の月給が多
少あまる考へなれば御送金」
はする事出来ぬ迠も御無心はする
事なきかと存じ候間、何卒御手元
の苦しきはこお〳〵推察致し居候へ共、
只今この侭々小生辞職致す様な事あり
ては折角の浮己みも水の泡ときへ可申
候間、御困難には候はんも何卒何と
か御都合の上御送り（至急）被下
様願上候、尤も十円一度に出来され
ば五円つゝ二度にてもよろしく候間
出来次第早速願上候（十八日迠
は帰宅）交際費を簡すれば同僚に憎
まれる、何につけても新参と申すものは
困ったものに候、
右至急願上候、先は用事のみ、
御願迠　早々

としまろ生

祖父様

東京本郷区根津須賀町二七　東濃館内
小原敏麿

七月十二日

注
（1）小生の得意の事―歴史に興味が深かっただけに興味がもたれたか、後世『剣豪秘聞』の序文でも触れている。
（2）従七位にしてやる―大浦大臣は駒者をあつかうが如くか、
（3）貧乏だ―国の出身を卑下しているが、
（4）本年十一月―七月一日から勤務したから四ケ月我慢すればの話であるが、交際費がかかり祖父に鳴き付く、

31、東京市本郷区根津須賀町弐拾七番地　東濃館内
小原敏麿様
親展
（封書・半紙一枚）

過日電報ニ而一〇送れと来候も幾日ニ無之候
ニ付早速なれハ金配出来不申候、尚亦麻の実ヲ
贈るに受取証も不来候ニ付不届候哉、十日を以紙面
相立候処十一日ニ端書至来、猶十三日夜迄出発之事
由、然又今日を金七円出来丈差上候間受取
可被下候、三日も送りし金十円ニある是ニ而操合ニ而
間ニ合候様希望ニ候、何分ニも油断なく勤務候様
可致候、帰国ハ九月十日頃なるべしと有之候は
夫迠越前(1)に滞在か、幾日位見込ニ而参り申候や、
右従是候共電報無用紙面ニ而要舗被下度候、
今般も紙面幾日迠有之候得者持手丈差上べく
候得にも、只一日違なる斗り有ニ付不分明ニ付是
迠も五円以上の金ハ在郷ニ而安く出来不申候間
左様可得候、
八月十二日　小原
小原敏麿殿
岩手県和賀郡立花村黒岩舘
小原文太郎
八月十二日

注（1）越前―福井県松平春嶽の幕末史料調査、

32、岩手県和賀郡立花村黒岩舘
小原文太郎様
親展
（封書・便箋三枚）

受領証
一金七円也
右正ニ受領仕候也
八月十三日　としまろ
小原文太郎
修史局主任黒板博士は浅草に住居し居
れり浅草より電報を打ちしは同氏の処
よりの帰途なり、
本官にならざれば出張なきかと思はる云し
これは意外手段の御回下なり、今回の
試験は本官になる試験的のものに御座候、
本官(1)になる為に少くも三回は地方に出張
を命せらるる物に御座候由、而してそれ等
には無料乗車券と一日一円五十銭の日当が
下るのみに御座候、
而して本官になる前は種々いぢめて金をつか
はせる風習ありて困り候、つまり新らしく入つ
て来た者は何処迠も本官にならぬ前にいぢめ

て追出す計画度致し候、本官になれば上に立つ奴等もかゝる事とはあきらめると見へて一切せぬ様になると小生より三ケ月前に入りたる小川文学士[2]は申し居り候、金かゝると申しても高ゝ一ケ月や二ケ月との事、」つまり出張すれば出張先までつかはされ、帰れば帰えつたでつかわされる故、本官になる前の出張は実につらきものゝ由、もう一二回位ゐ出張させられる、少くも来月もう一回は出張させられると見へ差支なからべしと同氏が申し居られ候、

今度の出張は十日間維新史料を越前の松平家の記録によりて調査するものに御座候、

帰京は二十二日か三日に御座候、

尚右の都合に御座候へば世迷言も云はるゝ如、小生実に身を切らるゝようもつらき処に候へ共何に致せ小川の申す通の事情、新参の身として致し方無之、急に立身した者は何れもこれ位ゐなるはあたり前の由に御座候、一度何卒二十三日位即ち小生の帰京致す迠に金十一円丈け御送り被下度候、これは調査より帰れは慰労会を催されるにつきそれに対するお礼せねばならぬものに御座候

十や二十の金の為め小生も見す〳〵辞職も致し度くはない精神に候、」出張さへなければ金の心配無きも何せその事情に御座候、多くてもアト一・二回、多分来月もう一回出張させられたらアトは無かるべしとの事に御座候間、何卒十一円の処御恵贈くれ〴〵も願上候、麻の実[3]は大浦氏奥様にさし上げたし（手紙の文面に残り三〇とありし故、紙まものと考へたり、尚調査致すべく候）麻惟布はやはり足し白は上布に候

先は用事のみ

十三日　小原生

小原文太郎様

在東都　小原敏麿

十三日

注

（1）本官―従七位か、

（2）小川文学士―大学卒業生

（3）麻の実―植物性、黒く細かい実、実は貴重品、

33、岩手県和賀郡立花村黒岩館
小原文太郎様
至急親展
（封書・半紙二枚）

拝啓
越前[1]に出張中の處、大暴風雨にて
困り居候処、東京なる三宅先生[2]御子
息本年三十歳死去致されしとの電報
に接し調査未了、早速帰京致候、
同先生には非常におせわにも相成居候
事とて香奠もやらねばならずかた〜
困り入り申候間、過日お願申し上置候
十一円丈書留而他次第御送附
願上候、
尚封入致し置候ハガキ[4]は明治大学々務員
にては寄附金をすゝ免られるがいや直に帰
京致し居る旨申し居候につきその心得
にて投函なし被下度願上候、
越前にては茶代その他は全部不足致し候、十一円にて
では首でもくゝらねばならぬ様なくるしさ御」
手元御金配の御困難は眼に見へ
たる、御察しするにあまりあり候へ共
何せ十一月頃、をそくて同月の末には
郡長にでもなって岩手地方に赴任[5]
の任命を見る事必せるものなれば
此際少しの間御忍対被下度願上候
もし出来ぬとあれば致し方無し、
小生も大連の新聞社にでも行くより
外なかるべしと存じ候、
先づは用事のみ、何はともあれ大々
至急願上候（をそくて二十三日に届
く様願上候）
十九日夜　としまろ生
小原文太郎様

本郷根津須賀町二七　東濃館内
十九日　小原敏麿

注
（1）越前—福井市松平家調査
（2）三宅先生—三宅青軒
（3）本年三十歳—青軒の息子、三十歳で亡くなる
（4）ハガキ—明治大学校友会々費のこと、
（5）赴任—敏麿の一流の方便にて祖父に金を送金させようとする、

34、東京市本郷区根津須賀町弐拾七番地　東濃館内
小原敏麿様
親展
（封書・半紙二枚）

陳啓　残暑甚しく気候もよく稲も出穂し
候間、御安神可申候、然處ニ眼ハ如何候や、切開

申候ハバ全快復様見得よく、近〻治療不
怠可致候、猶早速に金配出来ざるニ付端書
差上置有金之候ニ而手術等可致ニ申出候、漸ノ
次第を以金配いたし候ニ付一〇送附申上候跡之処ハ
十二三日より有之候ニ付、其心得ニ而着候得とも若
壱日限一両日中候ハ前後もあり前にハ贈り兼
あしく共拾五日迠ニハ贈り可申候間被得貴意度、
兎に角三週間ハ相掛かり可申也、二週間位
ニ而ハ全治見込なくや御亀本ニ而見候所ニ守神
八幡大菩薩伝にそれハ早速ニ全快すると存候、
時に松枝(1)ハ折角来り候、家より招ニ付テ(2)なり、
訪京ニより直ニ又も近く来り可申候、而君江袷の
一枚も祖母ハ縫送り趣之見込ニ候、当年中ニハ
織出来候間贈るニ宜候成に存候間待居可申候」
修史局之方ハ病気届ニテ一ケ月位宜候や、猶下宿
屋より病院江通申候乎、
時に想而内閣西園寺(3)ニなり其人ハ君ハ知人なり、
跡の人らハ知人の志有間鋪(4)候、修史局之方ハ
変動無之候哉、惣変動ともいふ程変り申候、
此上当年中ニハ変り無之候貴公ハ全快すれハ
直ぐ其役ニ出来可申候、亦本官ニハ来月当り
成に宜候乎、大浦氏免職(5)ニ相成候得者早速に
上進ハ如何乎、先用事而已、早々余事ハ後便ニ
九月七日　　小原生

小原敏麿殿
二白申上候、帰宅ハ全快次第ニ出来不申候、若
帰宅不成候節者幾月幾日と帰宅と報知被下候、
祖母ハ是非上京と阿り及川進(6)氏上京の節同道
ニ而出亰と究メ候得ニも下利ニ而参兼候間、全快之上
参度之趣、君帰宅さるれハ上京不申候間、案
考候間、幾日とか帰宅可有候、委細ニ而認報知被下候、
岩手県和賀郡立花村黒岩舘
　　　　小原文太郎
九月七日

注
(1) 松枝—敏麿の実母、東京より郷に帰っていたか、娘タマの盛岡高等女学校入学に因みか、
(2) 家より招ニ付テ—祖父母の納得したか、
(3) 内閣西園寺—八月西園寺内閣成立になる、
(4) 志有間鋪候—知っている人いるかの意味か
(5) 大浦氏免職—農商務大臣辞職、
(6) 及川進—新屋の及川佐吉の弟

35、岩手県和賀郡立花村黒岩舘

小原文太郎様
　　親展
（封書・原稿用紙三枚）

受領証
一金拾円也
右正ニ受領仕候也
九月十五日
　　　　としまろ

小原文太郎

先般之御送金の時は早速御返事申上べきの処、折りにも眼底の手術(1)をなせし為に文字を書くに非常につかれ申し為め御返事致さざりし次第に御座候、

左眼(2)は手術後大によろしき方にて此分ならば今月中にはもとの眼に相成るかと考へ候、

内閣の交徹その他新聞も近き中に御送附可申候、西園寺侯(3)は小生の明治大学に於ける時代の先生に御座候、」

病院には入院致さず通い居り入院すれば一日下等で一円半、それに点眼料一日二回にて一円つゝ都合二円半つゝかゝり申候為め小生の如き者は入院出来ず通ひに致し候、院長の申されるには何うしてももう少し通はなくては又再発する様な事ありては困ると、くれ〴〵も注意有之候間、先回の十円は手術料、今回の十円は点眼料として残り当分之候間、何卒もう十五円丈け大至急御都合なし至急御恵与（廿二日頃におそくて）被下様願上候、もうそれ位通へばよろしきかと思はれ申候、

もりおかの玉(4)より度々書面」あれ共も細字長文を書き読む事は医師より禁じ居られ候間、返事を出さず候、家事との相談候、これに対しては全快なり方、小生帰宅するか又は書面を以て申し上べく候間それ迄おまち被下度候、

先は用事のみ取りいそぎ御願迠、早々、　敬具

九月十五日　としまろ

祖父様

いづれ全快次第帰宅を致す考へに御座候、

東京本郷根津須賀町　東濃館内

小原敏麿

注

(1) 眼底の手術—

(2) 左眼—手術で良くなる

(3) 西園寺侯—八月西園寺公望内閣成立、内閣を組閣する、

(4) もりおかの玉—及川タマ、義理の妹、盛岡高等女学校に入学、

36、根津権現堂前　東濃館方
小原敏麿様

（ハガキ）

拝啓　先般来より下宿売却の件愈
売却仕り候に就来多分廿八日頃も
之非帰国致し方ゝ存居り候
依って万々整理も之あり候之段
残金戴き度く何れ其内御伺い致す
可く候に就さ様御承知の程願入候
委細御面会の節申上可く候
草々　敬具

37、東京市本郷根津須賀町弐拾七番地　東濃館内
小原敏麿様
岩手県和賀郡立花村黒岩
小原文太郎

（ハガキ）

陳者手術后如何ニ而候哉案事
居候　然度ニ廿二日迠と有之候得ども
都合悪しく候間一両日中御待
可被下候、全快次第ニ帰宅い多しとの事
幾日頃相成可申候　用事のみ　不一
九月廿一日

38、東京本郷区根津須賀町弐拾七　東濃館内
小原敏麿様
親展

（封書・巻紙二枚）

一〇五

拝啓、承候得者差程御全快之様ニ御座候、
今頃ハ如何相成候、従ラバ全快不申候
も向何日間位にして治療終る事
ニ而候、其後ハ直く修史局ニ出勤
仕候哉、紙面ニ拠レバ今之内ニつまも
帰宅仕り様被仰越候、右ハ誠ニ帰宅仕るニ
宜候や、然るニ修史局ニ出勤仕候得者又も
他ニ出張仕る者ニ而候乎、猶長く病気ニ而
候故免職ニ相成可申や、此所報知可在候、
本役ニ相成候迠ハ当年中ニハ出来申候
ト存候モ大浦氏免職ニ候得者、何事も悪しき
ニ阿らずに被存候、内閣之頭取の役ニ而
候得者、今般西園寺之跡役ニ候得者
是亦何の故障も有間鋪と被存候、
只今迠其人員之内変動無之候
乎、君にして早く本官ニ相成候得も宜候、
病気後長く相懸り可申候乎、病気中ハ

月給ハ被下候也、猶亦病気ニ而届置候内ニ
保護とか何とか中立候間、国に帰り候ニ宜候や
兎に角帰宅して祖母ニ対面被下度候、
左無ニ於ハ何時も上京之由被申候間、
此所御考察有之候ハバ御面会可在候、
次ニ家業続ニも行当り事も有候得者、
皆々面謁して如何ニ取斗ふも可申候段、
折角帰宅の事を申上候、若帰宅ノ
出来不申候間、それハ幾日乎祖母ハ上京を
する志而御承知被下度候、
首尾能修史局官ニ被成ニ宜哉、それハ年俸七百円之事、月ニ五十五六円
也なりども七百円より
弐百円位宛致し伝越の方ニ向候得者、両三年して払込ニ宜きひ、
左様なれハ證事なしーー、
拙者於上京之件御相談可申と存候、
折も君ハ不同意の段ニ候、右ハ借財ニ
付之事如何して相行付可申地所
売るより外の了簡ハ有間鋪候、其地
所ト申而大田（ニ而斗リ）なれハ宜しくも持人ハ有なら
宜しく、只今ハ金銭不足して如此の場
合と相成候、私共ハ只今迠ハかし金あれ共
借金と申者無之、私ハ申ニ不及祖母抔も
寝ても起きても如何取斗ひハ宜しきやと
毎日悔居候、年寄りてケ様の場合とハ
相成如何の罪ニ而何らず杯誤り居申候、
払込候得者残地あるなら宜しくも貴公も
是よりハ一ケ月ニ幾金而も家江送り候ハバ
地所売不申して相行付申度も、私共
も若き時分なら北海道とか又他ニ出て
相働きべきも、迚も其の事ニも不相成
困り居申候、依之貴公の所江行家業ヲ
仕らねばならぬと申上候、君も好んで病気する
訳てハ無之候、学校終其後五年間ニも
相成候内ニ持参の金ニ而苦み居候、先ハ病
気のた免ニ多くハ費やし、或ハ不気のた免ニ費し、
貴公ハ全体覚悟の無者ニ而候、縦原稿ヲ
書若干の金を取候節に幾等か銀行ニ而も
預金候得者今程ニ拙者共ニ迷惑懸筈なく
ニ存居候、只今迠ハ貴公の意ニ任せ送金も仕り
候得共今ニ至り甚困難ニ至候間、ケ様之事
存申上候、尤君も幸而思乍持参する不宜候
是も貴公の不仕合ニ而候、貴公も今之処而考
所ニ而候、何程経過すれとも其事なしと
存候、帰宅して盛岡地方江ても行安月給
にも取候ハバ如何、家業続ニも相成可申候
ト存候、今迠も入社又ハ会社とか今度修史
局補相成候ハバ、猶眼病仕今迠病気の
為ニ迷惑仕り年ニ二度づゝも煩候得者入費

掛候外ニ免職ニも逢候者、此上モ無悪年ニ而
と存候、一先帰宅して家ニ居なり盛岡とか
仙台とかニ而家業仕る方而存候ハ貴公も能く
考察して可然取計ひ可申候、猶亦善続き
来れハ是も又続もの也、学校済候而後ハ
毎度の不幸故行之通申置候、兎ニ角
何角御面会之上後之御相談申度存候、
一両年も国の方而安月給而も取其内
善運ニ向候ハバ尚亦上京する共、学校ノ内
ハ誠ニ首尾克相済候、其後不幸ニして入費
掛りして今ニ至り送金之見込無之候、私共何して
家業可致に悔言し貴公ニも家の所地等財
産幾分有之存知可有候、それに又十円又十五円
又十円ト度候、今度限りト申候、
持参する見れハ限り無之候、地所も安く而
も沢山阿るならそれを阿てに借りる可申ニ存知宜ニ
候得者、是よりハ何と被申候共障り候ニ出来る所なし、
只今迫借財通知申度候得共、右ハ御面会之節ニて
述候、

九月廿五日　　小原生

小原敏麿殿

二白申上候左様ニ候得共帰宅可申候
三白困難して今度ハおくる、
岩手県和賀郡立花村

小原文太郎（印）

九月廿五日

この中に封筒があり「東京市麻布区桜田町百廿番　大浦金[1]様
表紙面之所　御届被下度」と裏面
「岩手県和賀郡立花村　小原利恵
八月廿二日」とある。

注（1）大浦金―大浦兼武の妻か、

39、岩手県和賀郡立花村黒岩舘

小原織江様

在東都

としまろ

（ハガキ）

廿五日

拝啓、廿一日附の御ハガキに
依れば一両日をくれるとの事、それにしても
本日あたりは届いて居らねばなれぬ
筈と思ひ居候、如何なる次第に候や、
出し送中紛失致す様な事でも
候はずや、何はともあれ大至急御
返事願上候、先は用事のみ、
御返事待上候　早々　敬具

40、岩手県和賀郡立花村黒岩舘

小原文太郎様
親展

（封書・便箋三枚）

受領証

一金拾五円
右正ニ受領仕候也
九月廿六日　小原敏麿
小原文太郎

手術後の経過よろしく左眼の方は殆
平ゆ致せし同様との事に御座候、只
あます処は脳に御座候、これは
うちすて置く時は左眼はなほつても右
眼又々左眼の如くなる恐れありとの
事故まだ病院に通い居申候、
借財につき種々御心配相かけ不幸の児
廿五才と相成候、今日如何にもお恥かしき
次第に候ニ何とも申上げ様無之候、
一層の事生れて間も無く死んでしまつ
たならば此様な御苦労を可けざるし
ものをと自分の多病と不運とを恐れ
居り候、
借金の方は両三もか丶ればとの事、小生」
も本年中はとても御返金も覚束なく候間
せ免て来る一月よりは毎日十円位ゐつゞの御
送金は出来るかと思い申候、田地を売却
するは少々早すぎるかと思はれ申候、
尚頻りに小生の帰国を急がせしが小生
未だ快癒せぬ處にて仰せに任せ帰国
致すはいとやすき儀に御座候へ共、かくして
帰国の後又々発病致したる時は小生は
只〻眼を失するよう外無き事と存じ候、
脳は世に所謂脳病に非ざる由、耳のまく
を煩ひたる時、その侭になせしものが脳に来り
転じて目を犯せしもの丶由に御座候、其者
根本的の治療をなすには矢張り耳と脳
とを治す必用ありとの儀に御座候、
修史局の方は目下休職を願い居り候へ
ば全快次第復職致す考へに御座候、
何に致せこの一二ケ月に御座候間、その
後は屹度毎月送金可致候間、こ丶
少しの間眼をつむつて居らせられ度」
願上候、
而して根本的に治療せしむるには当手
術料薬価見積り尚廿四五円は要するも
小生は此上お願ひする勇気は無之
とてもかくにも一眼は無きものと覚悟
致し候、

もし小生の境をあはれみ玉はば来月の七八日頃迠に十円あと十五円は出来次第に御恵与被下度候、それも強いとは申上ず、此の工面するようは天命に任かする方もよろし可らんとも存じ候、
帰宅は全快の上ならでは出来まじくと思ひ居候、あまり脳をつかう事、細字を読書きする事は医師より当分止免られ候間、病中は何分にも御手紙の如き相迷言はアト廻しに願上候、先は用事のみ、御返事迠、早々、不一

九月廿六日　としまろ

小原文太郎様

東京本郷根津須賀町二七　東濃館
小原敏麿

廿六日

41、東京市本郷区根津須賀町弐拾七　東濃館内
小原敏麿様
親展
（封書・巻紙）

陳啓　先之紙面ニ拠レハ左眼の煩ハ全快之由ニ承候、今処而ハ右之眼は宜も脳ハ悪しきニ付左り同様ニ成る之想有るとの事故ニ病院に通ひ居との事、脳ニ故障阿るなら左眼之節しれだ事と被存候、今ニ成悪ひと申事、如何なる事ニ候也、若発病してならんぬと君ニ申た迠必病発したのな以乎併病院ニ通ひ治療仕候ハそれにても宜し、夫ニ付金拾円来る七八日頃迠に入用之由、夫迠ニハ如何に成行也了簡出来兼候成ト被存待候、是ハ工夫して差上可申候、貴公は来七八日頃而何り候、聢と其期日ニハ贈り申度候も何分出来次第に差上可申候間、御費付《ヒツキ》御無用ニ御座候、ケ様之事申度事無之候得とも私ニ於ても苦き嬌出申上候ハバ君より何角に者添過しニ被仰下度候由候得共少分ハ申上候、何分にも御考察被下候間可然候、其後病院へハ未々通居し由、何日後の見込候や、報知可申候、惣して修史局の方病中成り経過しても宜候や、初旬より出勤ハ出来る者なら宜し、如何候都合幾日より出勤在し報知、時に君妻なくてハ何角入費もかゝりますそこで松枝(1)ハ来臨之節聞候処ニ高松村(2)の柳田の所娘有由ニテ

是ハ如何なる人物と聞候所、此女《コノ》ハ
一人前之由、人柄といひ器量といひ此
娘貰ふ事出来に申やト聞く候所ニ
大分ニ出来可申之由、君此前帰宅之節
咄し申た事なる所存也、末に脇方江
行た事不聞之由、貴公此女を娶
候ハバ如何、伺云、兎に角全快仕候ハバ
帰宅して後之相談可申上迠候、
十月　　小原生
小原敏麿殿
乍憚事申候ハバ、何にもかかも都合悪く
何角売却しても〇十之処ハ贈る考ニ而候間、
其都合ニ出来可申ニハ不存被待たれ度候、
貴公も御存可有候、金之なる樹木ハ
なし如何の了簡仕れハ宜し、然も
君帰宅して金出来所都合罷様
被斗ひ有度候、家業続ニも難し有候間、
君帰宅出来さる節者私共上京して一
所ニ居住家業仕べくの考ニ候、
三白、祖母当年ハ病気のた免か、毎日いぎきれ、動気仕、誠ニ
以込るそれも昨年も今年なれば仕方なし、それ共これを薬か何
によからん、
聞配候間御報知有度候、（三白ハ朱書）

岩手県和賀郡立花村黒岩館
小原理恵
十月一日

注（1）松枝—母、及川松枝、
（2）高松村—稗貫郡矢沢村内、現在の花巻新渡戸記念館辺か、

42、市内根津根津神社附近　東濃館
小原敏麿殿
内藤紅雨(1)
（ハガキ）

無為欠礼、早朝ハ大概在宅
是非拝眉久濶に舒候度
寸隙御遠客之為め御割
愛被下度候
十月二日
芝区新桜田町十九
有信館（電話一四〇七）

注（1）内藤紅雨—川柳同人か

43、本郷区根津須賀町二七　東濃館内
小原敏麿殿
（封書）

明治大学校友会より「創立三十年記念式(1)」に因み寄付金の依頼状、
東京神田駿河台　明治大学校友会本部(2)

注　（1）創立三十年記念式―明治十四年（一八八一）に明治法律学校創設、四年後の同十九年（一八八六）に同校友会第一回総会が開かれた、
（2）校友会―明治大学の校友会

44、市内根津神社前　東濃館
小原敏麿様　（ハガキ、十月四日消印））

御端書拝見、不き変毎暁、前夜の御疲れ筋あるハ宜き兄に向って無理を御注文致し多罪々々、ならば午後にても夜にてもよろしく御来賀之折一寸電話を、委細拝顔万綏め、匆々　多不宣
十月三夜　紅雨蕉郎

45、岩手県和賀郡立花村黒岩舘
小原文太郎様
在東都
としまろ　（ハガキ）

十日夜
拝啓、爾后の御消息無之困苦候、何とか一日も早く御都合願上候、次に小生が一昨年頃より昨年にかけて国許に送り申せしハンケチか又は風呂敷つゝみの中に新聞の切抜(1)きにて玉蓮娘(2)と申すもの有之筈これが必用に迫まられ右之間至急御調査の上御送附被下度願上候、一日かゝつても二日かゝても是非探し出して御送附願上候、先は用事のみ、御願迠（眼はやはりあまりよくなし）

注　（1）新聞の切抜―敏麿は必要な新聞の切り抜き等スクラップにして家に送っていた、
（2）玉蓮娘―内藤氏の依頼か、戯曲の資料か、

46、本郷区根津須賀町二七　東濃館
小原敏麻（ママ）呂（ママ）殿　（ハガキ）

明治大学校友会より創立三十五年紀念大懇親会案内状、

47、岩手県和賀郡黒岩村立花村黒岩舘
小原文太郎様
親展　（封書・便箋三枚）
小原敏麿

受領証
一金拾円也
右正ニ受領仕候也
十一日
小原文太郎様

左眼快癒致せしに引きかへ右眼又ゝ

面白からぬ傾き有之候、すぐ治療に
その日を送り居り候へき御無沙
汰仕り候、
而して御申趣に依れば修史局の
方云〻、これは休職は解除なれば
聊か月俸は安く相成り申候、
尚本年取り片付け無之、例《いつ》かも
申せし通り、それはあまりに性」
（2）
急なるものと申すより外無之候、
何も本年限りいそぎなりかたつける
必用もあるまじ、つまり小生が病
中御送金を願ひし故か、ゝ
る事を申されしものならん、
借金とてまさか千円ともある筈
はなし、太田(1)に畑を手放せ
ば、もし太田がいやなら畑のみ
にても半分位には支払ゐ出
来る筈、両人の御老人にて
は前田(2)さへあれば生活が
出来る道理かと存じ候、而
しても小生の病中、又々一日も早
く金を取る工夫をしろと云は」
（3）
何計りの口吻、これにて誠之全
治し、そくなつたを御承知なき筈
は無之候、
とにかく快癒さへ致しなば、
千円あるかは知らぬが向う二ケ
年の間に屹度支払とて
お眼にかけ可申候、
それよりは小生の眼の一日も早く
全快せん事に御尽力願上候、
兎にかくアト十五円の處、来る廿日
頃迄に御送附願上候、（御上京の旅
費あらば何故小生の眼病に投せられぬにや、
たとへいかなる事ありとも天下手紙にて用の足ら
ぬ事なからんと存じ候）先ず用事のみ、早々

十一日　としまろ

小原文太郎さま

在東都

小原敏麿

十月十一日

注
（1）太田―地名、鴻ノ巣の奥、岩井沢の麓、田んぼ、
（2）前田―舘、自宅近くの田んぼを指すか、

48、本郷区根津須賀町二七　東濃館方

小原敏麿様

（ハガキ）

明治大学校友会理事名にて寄附願い

49、東京本郷根津須賀町弐十七　東濃館内

小原敏麿様

岩手県和賀郡立花村黒岩

小原理恵

（ハガキ）

十月十九日

拝啓　眼之処ハ猶に全快に不成候得案事居候、
当十月限休職願置候也、十一月初より出仕有事
被仰候、猶亦廿日迠の贈れとの事ハ迚も出来不申候ニ付
右の一〇五外に五日早々入用と有之候得共其都合悪しく候間、
出来次
第ニ差上候間、左様覚御待あれ、乍恐延行及候入用の事ハ
為不入候得者、当月中ニハ是非ニ贈る考候間、何分ニも
操合候間、御待あれ、猶亦是非ニ帰宅而あるまでハ幾日ニ
帰宅する考ニ候、家ニ於ても其の都合も有之候間報知
あれ、此頃身柄を松枝[1]并是所彼所[2]江も通知申度候間、都合処
何日頃ニ碇帰宅仕候間、報知待入候、出勤になれハ帰宅ハ六ツ
ケ
しくと存候ハ、夫前ニ御出ニ候ハバ如何成哉、先ハ用事まで、
至急早々　不一、

注（1）松枝―実母、及川松枝、
（2）是所彼所―松枝の夫、及川辰次郎等をさすか、

50、岩手県和賀郡立花村黒岩舘

小原織江様

在東都

としまろ

（ハガキ）

二十二日

拝啓、十八日出のハガキ正ニ
拝見仕候、御都合次第大至
急御願上候、出仕[1]の都
合も有之候間、可成此書申
居都合　御願申上候、先
は用事のみ願上候、早々、

注（1）出仕―修史局への勤務

51、岩手県和賀郡立花村黒岩舘

小原文太郎様

在東都

としまろ

（ハガキ）

廿五日

拝啓、今以ての書面には出来次
第御座候も日十日記し居らず、廿一日為免

非常に迷惑致し居り候間、右よればそれで宜しきものにはあらざるべし、十九日より今日に至る最早一週間も日数を経居る、本日となりて何の音沙汰無きは小生を偏に困らすると申すものに御座候、何卒此ハガキ届次第□中の御返事被下度願上候、先は用事のみ　早々　不一

52、市内本郷区根津須賀町二十七　東濃館

小原敏麿先生

小石川区林町六十四
電車タイムス社
西村文則(1)
（ハガキ）

今回及川氏(2)と相携へて上京殊に及川氏は今回殆ど独力にて製糖会社(3)創立の件につき上京の様子にて多忙なれど君に是非逢ひたしと申居り候今回の事は実に及川氏をして我新地界より実業界に送り出す成切の我道途とも称すべければ貴氏も其のつもりにて参上賀詞述べられては如何、宿所は本郷区四丁目二十番地塙《ばん》方也

注（1）西村文則―報知社以来の友人、
（2）及川氏―及川万四郎
（3）製糖会社―台湾の砂糖販売か

同封の紹介状
（封筒表）松根社
石一二三様

其後は御無沙汰いたし居候、
さて、此仁は曽て報知に有之候な人にて小原敏麿と申す大文豪にて候が近頃社会種について珍しき事を探知し居り候との事故御面会の上幾介の招務なりとさし上げて御待機被下候はば幸甚に候也

敬具

十月十五日
西村子

石井一二三大兄
語右

（封筒裏）小原敏麿君持参
西村文則

53、本郷区根津須賀町二七　東濃館内
小原敏麿様
（ハガキ）
明治大学校友会本部より「名簿整理」「会費振込」の通知

54、東京市本郷区根津須賀町弐拾七　東濃館内
小原敏麿様
岩手県和賀郡立花村黒岩
小原織江
十一月四日
（ハガキ）
拝啓　陳者眼病之処も御全快之由、先案神仕候、○五日迠ニ入用者来る候得とも実ニも折悪敷き間、早速出来る筈なし、何時と不被申候間、本月中ニ贈り可申候、扨秋冷ニ相成候得ハ衣裳ニ困り也否存候、木綿ニかすりなくハかするニ要腰巻等而も拵ひ贈る可申や、君ハ木綿の衣物ハ不用之由、春の頃も来り候得共尚不伺云、若木綿ニ而も宜物なら早速ニ出来兼候得共来月中ニハどうかして贈るべし、外ニも手織一枚も贈り度も是ハ当年中ニ出来候得者宜しくも右ハあてにしないで御待あれ、此頃ハ毎日雨降ニ而農事ハおく連こまり申候、何角多忙ニ付乍思延行ニ及候、○ハ是ニ而間に合せニ宜候哉、跡なきか、贈れハ又も送れ限りなきその外存じ可るなべし、

55、岩手県和賀郡立花村黒岩舘
小原文太郎様
在東都
としまろ
六日
（ハガキ）
御ハガキ正ニ拝見仕候、木綿の着物は不用につき御送附の御志は難有存して御恵与は御見合はせ被下度候、尚それよりは来年中にて宜ければ絹計りの細《こま》かい市松か吉野織り二反丈け御送り被下度様御計らひ被下度候、尚送り御願上候品本月中とはあまりに気長し、夏服を着用して出勤出兼てにつき御送附なくば又〻休むより外無之候、何卒此手紙届次第御送附被下度願上候、大至急願上候、先は用事のみ何はともあれ大至急御取計らひ被下度候　早々　不一

56、本郷区根津須賀町二七　東濃館方
小原様
千束町二―六四
井坂
（ハガキ）
過日端書正ニ拝見
一寸参上可仕處

多用ノため延引
仕候、何ノ御用ニテ参哉
御手数ナガラ手紙ニテ
御申聞ケ被下度願上候

57、岩手県和賀郡立花村黒岩舘

小原文太郎様

親展

（封書・便箋五枚）

及川万四郎は東京に帰り来り居る風なり、
国許にてはこれを知れりや、

受領証

一金五円也
右正ニ受領仕候也
十一月十二日　小原敏麿
小原文太郎様

修史局の方へは洋服出来致さぬ為め未だ出勤致し居らず候、軍隊にても警察にても同様なれば定免し御承知の儀と被存しが制服の規定ある法官省は制服を着するにあらざれは出入し許さざるはこれ一定の規則に有之候、
然る處、小生は夏服以外に持ち合はせなきしにしかばこれを着て出席する事不能止む得ず欠勤致し居し仕末に御座候、
然る處、四五日アトに修史局総裁よりの命令とて裁」総代理黒板博士(1)に呼び出されて侭ゝ、小生蒼芭出席致し候處、同博士には病気全快の上は早く出供しすべき様さとされ大浦卿(2)よりの依歎すへなくば遠くの昔に免職するの處なれど同卿」

（2）

のくれ〴〵の依歎もあれば今迠通りに致すべき仰せ申し附され、その上月給の儀は、今迠通りに致す時は各同輩の見せしめの為免とて月給を日給となし一日一円五十銭宛となし、向ふ二ケ月間実行その上にてもと通り五十円の月給となすべき由を云はれ候、日給と申さば一日欠勤すれば一日分丈け月末にさして差引かれるわけにて今月来月の弐ケ月はその規定に準許するより外無之候、
今月は何ーう制服をもたざるよりて十四日間欠勤、二十一円のさし引く處となり手には二十四円より外に入り申さざる結果と相成り候、尤も右は平常大浦卿と仲の悪しき原敬(3)が内ム大臣たる結果に好ならざるものも有之候、

右につき小生は本月は洋服代を支払ふつもりの金を○補ふ当も出来ざる仕末となり為めに非常の苦心の結果、いつか帰国の際御話申し置きたるの『新」

（3）

吉原沿革史』[4]を官省より帰ればすぐ執筆致し、此次に限り漸く、その上巻丈け脱稿の運びに至り、これを右の出版者吉原稲本楼主杉浦清三郎[5]迠届け申し處、右吉原も本年の大火[6]以来目下新建築最中なれば、お約束通り、只今とて御支払ひは出来難し、されどお約束なれば五百円の中、三百円丈けは本年の十二月二十五日限り支払べし、その他二百円は下巻の原稿出来次第支払ふべきノ由の契約にて、兎に角も同人の約束手形をうけ取りて帰宅致し候、されば十二月に至れば三百円はとる事かゞみにかけて見る如くなれど、目下の處は今日は小生の収入廿四円以外に無之候、これと申すも祖父様が五円の手金のをくれたる為めに有之候、何時にても申す様なれど一日のをくれは千日のをくれに御座候、つまり五円の金の為め小生は廿一円丈け本月は損失致せし結果に相成り候、」

（4）

小生は今月は廿四円の金にて下宿料をも払はねばならねば洋服屋にも三十円支払はねばならず候、照天の姫[7]は三文で七品のもの買ひとゝのひしとの話は昔聞きたれど、小生は廿四円の金にては二十円計の下宿料と三十円の洋服代とを支払ふ事は出来申さず候、尚而して、それのみならず右の杉浦よりの三百円は本月中にとれるものなれば何のくもなき事なれど、これも一ケ月の後ならざれば取れず候、小生は祖父様を苦し免んと欲してかゝる事を申上げしるものには無之しども、小生はどふ致せはよろしからんや、殆と進退は迷ひ居り候、小生はこの上洋服代を支払ふ事出来ざる時はも早免職より外これなく候、何となれば、その外に来月は外套の必用あり（矢張制規の）これを作るは小生手形を発して三百円の中より来月の二十五日には支払ふとしても、今月分の洋服代を支払はぬ時は外トウは来月二日分ひて」

（5）

くれ申さず候、御手元の御事情は

掌を指すよりもよく拝察致し候へ共この様な場合に御座候、小生をして祖父様が立身させんの御思召あらせられしば、何卒洋服代とは申さず二十円丈け本月中に(廿七・八日頃)御恵送被下度願上候、右の金出来ぬ時は、その時は小生の辞職の時なるべし、小生の辞職の時は小生は東京に居ない時なるべき事を申し上げ置き候、小生の立身(8)を思はれ候はば何卒廿円丈け至急御送り被下度、またさも無く何うでもよろしいとならばうち持申し置かれ度候、くれぐも五円の為めに廿二円の損をなすが如き事は致し度く無きものに御座候、先は用事のみ御願迠、早々、以上、

御返事に及ばす候、もし御送金ある時御一しよにてくるしからず候、

十五日　としまろ

百拝

祖父様

尤も来月廿六日には三百円に中百円かりてこの分は終始御送附可申候

東京市本郷区根津須賀町二七　東濃館内

小原敏麿

十一月十五日

注

(1) 黒板博士―総裁代理、
(2) 大浦卿―八月農商務大臣辞任、
(3) 原敬―原敬(一八五六―一九二一)、八月第二次西園寺内閣で内相兼鉄道院総裁に就任、『原敬日記』(巻二)には大浦を無能者扱いと卑下している、
(4) 『新吉原沿革史』―後述、一冊にならなかった、原稿はどうなったか、
(5) 吉原稲本楼主杉浦清三郎―稲本楼、天保年間創業、吉原の大楼の一、吉原稲本楼杉浦清三郎は何代目か、
(6) 本年の大火―明治四十四年(一九一一)四月「吉原大火」、
(7) 照天の姫―物語か、紙幣の損様か、
(8) 小生の立身―敏麿一流の放言、送金させる為の言葉、祖父母は騙される、

58、岩手県和賀郡立花村黒岩舘　小原文太郎様　親展　(封書・便箋二枚)

受領証

一金弐拾円也

右正ニ受領仕也

十一月廿八日　小原敏麿

小原文太郎様

本官には何時成るとの仰せ、それは小生も一日も早くなり度けれ共、無理な注文にあらずや病気の為め二ケ月余も休勤致せし上、休職の期限切れし時より出勤致さねば普通

は免職になるが通例に御座候、それをい可に洋服の無き為めとは申せ二週間以上も欠勤して罰の為め月給を日給とされたるに非ずや、さすれば本官になるは日給が月給になつてからの事、而しそれには多少の時間と欠勤なきの様せねば出来ぬものなり、今日の處にはて唯只メンの字にならぬ事を有り難し事思ふて居るより外無し、

又しても祖母様の上京呼はり小生顔を見たとて何の用があり候也、つまり生れつきの構い」面《ツラ》に之をかけたもの也、それも五年逢はぬとか六年逢はぬかとか有様を女々しき事は申さぬものにて候、何をかくそう小生とて帰郷故山の風物を味はひ度くないものにはなけれども少し出世した上でと思ひし為め今迠延び〳〵に相成りし儀に御座候、来月中旬御上京の由、それもよからんが、小生の考へにては来年二月は小生是非とも妻を迎ねば(1)ならぬ境遇に相成し居り、その女も略々決定致し居り候間、その時こそ祖父母様御二方に是非御上京願ふ考へに有之候が、それより以前に御上京せらるゝとなれば致し方無之候、来春二月と申せしは永い様なれどつまりがあと九十日后に御座候、その時になれば小生も本官となり居るべく、両方の都合よろしきと申居るものに有之候、

官宅と申すものは地方は知らず東京にては勅任（知事相当官）にあらざれば住むものにあらず候、奏人以下にては警察官計りに御座候、」

先便に申上候通り吉原沿革史は日夜稿をいそぎ居候、本年中に脱稿すれば七百円を手になる事出来れどもい可んせん、あせつ（ママ）書き物をするは眼の為めによろしからねばとの医師の注意もありうだ〳〵牛の歩みの、只のろり〳〵と筆をすゝ免居り候なれ共、廿五日には三百円丈け慥かに御座候、

尚、本日は下宿料と洋服代支払ひ申し處、少々不足致し申し候、これにてはとても外トウを作る手金なし、外套も制服の中に御座候事は御承知の事と存じ候、何卒此書面届次第五円丈け至急御送り被下度、いよ〳〵今度限りに可、今度限りに御座候、五円の損が二十円以上の損になりし本月の事を御考へ被下度候、先は用事のみ、何れ大至急願上候、

二十九日　　としまろ

祖父様

小倉ふくなどは何うでもよろし、御勝手に
御処分あれ、

東京本郷根津須賀町二十七　東濃館　小原敏磨

注（1）妻を迎ねば—後妻の下斗米哲子を指すか、

59、東京市本郷根津須賀町廿七　東濃館
小原敏磨様
岩手県和賀郡立花村黒岩
小原理恵
（ハガキ）

拝啓、陳者早速御都合被下度由来候得共も
一両日中出来不申ニ付半金ニ而操合候而間ニ合せ
候様可致候おぐれ候得様ニなるとの事故何分
にも宜しく贈り申度候も都合悪しく出来仕儀を
以て差上だく其内貴公ニ而穂の無根取斗ひ
可申候、遅くても十日頃までニハ送り度申候
存念御通知申上候、時ニ小原忠七(1)氏
近日東京ニ出稼の為行度之由、先ハ
用事のみ　早々
十二月二日

注（1）小原忠七—三坊木小原忠七氏、隠念仏の導師を務めた、

60、岩手県和賀郡立花村黒岩館
小原文太郎様
親展
（封書・便箋四枚）

拝啓、爾後は御無沙汰致し居候、
日増寒さ打ちつゝき申候處御
二方様には御無事御くらしなされ、事
と拝察致し居候、小生事無事毎日通
勤致し居候間、乍憚御安心被下度願上候、
次に過日五円をくれたる故二十円の損と
は何事との御問ひ、これは毎度申上通
り小生の書面を熟続なされざる故と
此存候、小生事かつて制服つくる手金
を入れさる為め、欠勤致したるを忘れ候や、その
為め二十円あまり日給を取そこね申し候、これが五
円丈けにて早く御送附被下なばかゝる事ある
まじきにと、さればこそかくは申上げたるのに
有之候、
次に実笑なれど申上候本月廿五円の約束手
形にて小林弁次郎よりうけ取りし右ノ三百円
期限も来り申候につき小生もそれをた
のみに致し居り候處、本日意外なること出来
事に接し、小生に一驚を吃し申候、」

と申すは外ならず御承知の通り吉原は本年四月の大火[1]にて全焼致せし為め目下本ぶしんに取りかゝり居りにつき、小林方[2]も同じくふしんを致し居り候處、昨日夕方の由、同人はやはり例に依りてふしんを致し居る處に参り見守致し右の處、如何なるはづみか天井よりハリ落ち来り肩の上にぶつゝかりたる珍事に掛り驚ず病院にかつぎ込みたりとの電話に接し昨夜なり。故へ（ママ）お小生も栗山堂病院に向へを訪問致し申候處、何分にも人事不省にて昏々として眠り居り、医師の言に依れば生命には異条なかるべしとは申せ、何しろ大ノ怪我の事なれば全治に三十日はかゝるとの事に御座候、就て吉原三業組合[3]の代表者にして同人の親籍たる小林魁治小生へこけて同人の快方に趣く迠いふよしくれとの事に御座候、その期間は一月廿五日迠（即旧の十二月七日）迠の由、此日迠に弁次郎死亡致す様な事あれば拙者支払ふべしと断言致し、尚小生へその契約証一通差し入る候事に相成申候、」

小生も今月は極月の事なり、月給四十五円の内三十円は外套の代とし残金十五円、これにては下宿料にも不足を来すにつき懇々と申候へ共、何分共に有様の儀につき強いてもと申し兼ね止む無く承談致し候、本月は御歳暮と御年始とにて、外ならぬ上役へのみにても十人有之、一円以下のものはとても持参致されず、それのみならず忘年会は例年の通り修史局のみにても五円の会費に御座候、その他、一月一日の観兵式[4]には特に陪観を賜ふ由、御内達有、就いては馬車半日借り切りとの事に御座候、これも五円位ゐはかゝるべし、何にしても此處で二十五円は不足致し候、御地にては来月はつめ、十二月の七日迠に送れば間ニ逢ふ筈に御座候が此處一度二十五円丈け本月廿七八日頃迠に御貸与被下間敷やもし疑はしくは、その御送附の金員に引きかへ手形届けてもよろしく候、もし廿五円今回無き時に於ては小生も」とても修史局には居られず候、此上は大浦氏にすがり満州日々新聞[5]にでも行くより他無之候、

これについて御返事は御無用、是非ニ廿七八日頃迠に御都合願上度候、もし出来ぬとあればも早小生も東京には居られず候、他の同輩に対して面目なき侭、小生も鬼になって満州にでも

出かけるより他無之候、何卒御慈悲
を以て、此度祖父母様のくるしさは
仰せなぐ迠刹〻承知の上に御座候へ
ば世迷言は仰せなく旧十二月七日迠
御貸与被下度同月に屹度百円(6)丈は御
送附可申候間、ぜひ御貸与の程願上候、
御返事御無用、御送金の時にてよろしく候、
先は用事のみ御願迠　早々

十二月十六日　　敏麿
百拝

祖父様

東京本郷根津須賀町二七　東濃館
小原敏麿

十二月十六日

注
（1）大火―吉原大火、明治四十四年四月吉原大火、
（2）小林方―小林弁次郎
（3）吉原三業組合―三業（さんぎよう）組合、料理屋・待合・芸者屋の営業許可、三業地に於ける組合
（4）観兵式―天長節・陸軍始・特別大演習などの時、天皇が兵を閲した式、
（5）満州日々新聞―明治四十年大連で創刊
（6）百円―敏麿は百円を祖父母に返却すると云うが、その後どうか、

61、東京市本郷区根津須賀町二七　東濃館内
小原敏麿様

親展

（封書・巻紙）

其後は如何御暮候や
一向音信無之為私初
家内一同如何なされし
事と実に心痛無音、
当地者昨年殊之外、
寒冷厳敷候處、
御地も定めて可然と
推察仕候、それに就ても
御身御大切可被遊偏ニ
奉祈候、　私事先年
みさ之義に就て
貴殿の意を失し
爾来一音無之し定め
て御腹立私を恨
み居られ候故と存候、
御腹立の様ハ御尤も
の事に御座候へ共みさ
事者貴殿祖母の意見
に依り又拙夫義も気
之発達中の事とて
呉れたるものなれバ必々

私を御うらみ被下間敷、
それニ就て貴殿にハ
絶交なされし気にて
候半も是は決して絶
交して絶交し得べきもの
にあらざるべく存候、兄弟
とも姪とも一人の貴殿
の事、隔てゝ隔てられるゝ
ものか、御地洪水之折も
ふ文なから主殿を以
御見舞申上候へ供御一
言無之、尚又御病気中
も御見舞い等数回
申上へ共更に一音無之、
又其後も数回御伺申上
候得共一音無之御座候、
貴殿乃御身に就てハ不及
ながら日夜案居候へ共
貴殿者聊か御わかりも無
事と存候、片思之実に
うらめしき限り御座候
申しも如何に御座候得共、
貴殿の御母上をも力の限
りも中を取り(1)、又玉子(2)事

も兄弟の名乗り為度
たるは誰にても無之候、以後
者偏に音信候有之様願上候、
祖父母の法事も私乃
手足の立つ程ハ不及ながら
見舞つた計りでも御世話
可申上候得共御身事も
御地にて御立身之程ハ
よろしく御座候へ共、又得く
迠も一度老人の顔を
見に一度御帰宅(3)可被成様
祈上申候、尚筆の端
にてハ意乃あら〳〵申上
難く候、御母上事者此
日頃何御思か祖父母
の御許を訪ふ事無之
あやみ内情を探ぐ
れバ辰次郎氏(4)も全道之
上入り度風情之由に御
座候、氏斗私も蔦と考
候へ共迚も辰次郎氏
迠入ること叶ふまじき
事と存候、此義如何
可致や、至急御返事

可被下候、尚主殿義も
明春中には上京懇く
御相談可致候へ共、先ハ
不取玆紙上を以て御伺申上候、
乱文乱筆をも不顧
申上候、此故平ニ御宥恕
願上候、右御伺迄
敬具
十二月廿五日夕
鐵[5]より
廉次郎様
御許尓
岩手県和賀郡立花村字黒岩
小田島テツ（印・小田嶋）
十二月廿五

注
（1）中を取り―母松枝と祖父母に仲を取り持ち、旧縁に復せしむ、
（2）玉子―及川たま
（3）帰宅―叔母に小田島鉄が仲に入り敏麿に帰宅を勧告する、
（4）辰次郎―及川辰次郎、
（5）鐵―根岸の小田島鉄、主殿の母、夫は悦治の弟喜代太、

62、本郷根津須賀町二七　東濃館内
小原敏麿様
（ハガキ）

喪中につき年賀欠礼致候

明治四十四年十二月廿日
東京市外
代々木字山谷一六六
斯波貞吉[1]

注
（1）斯波貞吉―政治家、ジャーナリスト。盛岡中学校教諭、萬朝報主筆。

明治四十五年・大正元年（一九一二）

1、東京市本郷区根津須賀町　東濃館

小原敏麿様

（ハガキ）

謹賀新年

四十五年一月一日

岩手県和賀郡二子村

菊池忠平

2、市内本郷区根津権現前　東濃館内

小原としまろ様

東京市麹町区富士見町六丁目十四番地

久良岐社(1)

（ハガキ）

賀正

一月元旦

注

（1）久良岐社―明治三十七年六月創立、主幹は久良伎（一八六九―一九四五）本名阪井辨（わかち）、

3、東京市本郷区根津須賀町二七　東濃館内

小原敏麿様

岩手県和賀郡立花村黒岩

小田島主殿

4、本郷区根津須賀丁《ママ》二七　東濃館内

小原敏麿様

（ハガキ）

謹賀新年

併謝平素疎遠

尚将来祈交誼

明治四五年一月元旦

恭賀新禧

四十五年一月元旦

浅草千束丁《ママ》二ノ三四三

米本利作

5、市内本郷区根津権現前　東濃館

小原敏麿先生

（ハガキ）

春を迎ふる事三十五六年本年の如久静閑なる新春を迎へし事いまだ曾て有之阿らずの人此機会を利用して御兄らに敬意を表し候也

明治四十五年一月

東京小石川区林町六十四番地
文則　西村才介[1]

注
（1）西村才介―文則（一八七一―一九七一）茨城県出身、戦前茨城日報社長、報知新聞、台湾日々新報記者、漢詩人、著述『藤田小四郎』『橋本左内』『元老山県』『水戸学入門』等

6、本郷根津須賀町二七　東濃館
小原敏麿様
（ハガキ）

恭賀新禧
本郷天神町一ノ百
元旦
田能村梅士

7、本郷区根津須賀町廿七　東濃館内
小原敏麿様
愛宕下町
金水堂　山田
（ハガキ）

謹賀新年
併而平素
祈万福
一月元旦

8、東京市本郷区根津須賀町二七　東濃館
小原敏麿様
盛岡市馬町
新渡戸仙岳
（ハガキ、一月二日消印）

賀正　楽而世思（朱印）

9、本郷区根津須賀町二七　東濃館
小原敏麿様
（ハガキ、一月二日消印）

新年の御慶芽出度
申納め候
東京市麻布区本村町三拾九番地
小野瀬不二人[1]
明治四十五年元旦
電話芝七八七番

注
（1）小野瀬不二人―小野瀬不二人（一八六八―一九三八）大正四年「最新実際新聞学」植竹書院刊、若くしてアメリカで新聞記者、二六新聞社編集長、毎夕新聞主幹、参考「日本ジャーナリズム成立史に棹さす」藤原恵、（関西学院大学）

10、本郷区根津須賀町二七　東濃館内
小原敏麿殿

賀正

一月元旦

麻布区竹谷町五

蔵原惟郭(1)

（ハガキ）

注　（1）蔵原惟郭―熊本英学校校長、衆議院議員

11、市内本郷根津須賀町二十七　東濃館にて

小原敏麿様

麹町下六番町十一

泉鏡太郎(1)

（ハガキ）

初春の御寿

めて度申し納候

一月元旦

注　（1）泉鏡太郎―泉鏡花（一八七三―一九三九）尾崎紅葉門下、「高野聖」等、明治・大正・昭和を通じてロマン主義文学に独自の境地を開いた。

12、東京本郷区根津須賀町二七

小原敏麿様

（ハガキ）

謹賀新年

一月元旦

芝愛宕町一ノ二

福田常永

13、市内根津須賀町二七　東濃館

小原敏麿様

（ハガキ）

謹賀新年

明治四拾五年一月元旦

古木千次郎

14、本郷根津須賀町　東濃館

小原敏麿様

（ハガキ）

恭賀新年

明治四十五年元旦

東京市麹町区平河町四丁目十番地

村上政亮(1)

注　（1）村上政亮―函館新聞、北海新聞主筆、後報知新聞編集長、

15、市内本郷区根津須賀町二七　東濃館内

小原敏麿殿

恭賀新年
明治四十五年正月六日
牛込弁天町一三三
波岡茂輝[1]

（ハガキ）

注
（1）波岡茂輝―（一八七八―一九三九）盛岡中学先輩、東大卒、京成高等普通女学校、福島県立白河中学校校長等、歴任、その後東京にて短歌雑誌『草土』を主宰する、

16、本郷区根津須賀町二七　東濃館内
小原敏麿様
牛込区北町三十七番地
柳川春葉[1]

（ハガキ）

賀正　春葉（朱印）
壬子

注
（1）柳川春葉―名専之（一八七七―一九一八）紅葉門下四天王の一人、『生さぬ仲』等など、

17、本郷区根津須賀町　東濃館ニテ
小原敏麿様
花川戸一
水野好美[1]

（ハガキ）

恭賀新禧
早速ニも御年始状を辱し
嬉敷存申候
既ニ御慧眼の御観察もあらんが
我の劇界も兎ニも角ニも・・・
大先達の川上[2]師を失いしアト
数多の餓鬼共怖も家督
相続する争ふ如く烏天狗的の
鼻術突自然互の偶実罪
を侵し随而世の信用を失ふに
至るを恐れる如ニ御座候
忠々と声のみ高し黒鼠
自ら作るお家騒動
僕は感有て暫く休□
兎角果報ハ寝て待て・・・か
壬の子な　呵々

注
（1）水野好美―俳優、浅草常磐座で座長として公演
（2）川上―川上音次郎（一八六四―一九一一）を指すか、敏麿も本郷座の一座に関係したか、

18、本郷区根津須賀町二七　東濃館
小原敏麿殿　（ハガキ）

母むめ死去、葬儀通知
男　田中弘之(1)

注（1）田中弘之―国家主義団体「浪人会」創立にかかわった田中か、

19、岩手県和賀郡立花村黒岩舘
小原文太郎様
親展　（封書・巻紙）

拝啓
益々無事御越年の事と
拝察仕り候、
小生も無事出仕致居り候間
乍憚御安心存じ被下度候、
尚、祖母様御上京の
赴度々御申越しに
相成と候へ共、これは小生
より申せばあまりに聞き
わけ無き事にあらずやと
思はれ申候事、如何となれば
今春は過日に申上げ候ひし
通り、小生も仲人する人あ
りて略々結婚致す筈に
決定致し居候、相手方
はこゝにくはしくは申し述ルは
ねども何れ話の進行次第
申述べる考へに御座候、然
る時は是非共御二方の中、
御一方出来得べくんば御
二方に御上京を願はねば
ならぬ事と相成り申候、その
時にして頂けば双方好都合
なりとも無き儀と小生も存
じ居候、
尚、小生の方も小林より来る
廿五日に受領すべき金は
その費用にアテるつもり
故、失費する事なければ御
安心被下度願上候、
次に本日は宮内省米田主
猟の頭《かみ》より達し有之候、そ
れは来る十三日午后一時
より奈良ー の御猟場に
於て宮内官吏一同奏任
以上及内閣修史局全員

同奏任以上、各国公使
陸海軍将官、各皇族
等雉鴨猟拝観[1]仰せつ
けられ申候
かゝる事はよけいな金の入る
事故、小生も出来得る限り
辞退申す考へにて居り候處、
去る三日、大浦氏宅へ年始
に参上致し候處、本来なれんば
本官にあらざる者は陪観[2]は
出来ざるものなれど右は拙者
尽力にて本官に準じ陪
観する様なり、計らひ居りたれ
ば将来の為めにもなる事
故、是非出席可致と仰せ
られもふまし小生も否とも云へず、
又望んでも出来る事にあらざる
故、謹んで拝受仕り候、去る二日
の陸軍始めにもあり
がた〳〵以外の出席にし、
却て困難の儀には御座候
へ共、天皇陛下の御前にて
陪食を賜はる等天下一平民の
身としては此上も無き光栄に

有之候につき是非出席度（ママ）致候
間、何卒此書面届
次第金十円也をそとも十二
日迄に届く様（書留めで
なく封入）至急御恵贈
被下候様伏して願上奉候、
何卒千載の一遇[3]、外の
場合とことなり候間、情
状御推察ありて是非々々
御願ひ致し候、右は
宮内省の御都合もあり
明日中に出席するや否や
の御返事申上げる筈に御
座候間、何卒御小言仰
せらず御困難には御
座候はんも是非々々
御願申上候、先は用
事のみ、御願迄、

早々　不一

四日　としまろ

百拝

祖父様

東京本郷根岸須賀町二七　東濃館内

小原敏麿

一月四日

注（1）雉鴨猟拝観―一月十三日奈良に於ける猟拝観、陪席、勅任官待遇か、
（2）陪観―陪席
（3）千載の一遇―好因縁、

20、本郷区根津須賀町二十七番地　東濃館方
小原柳巷様
常磐座
吉沢[1]
（ハガキ）

拝啓　吉楽し御作し
有之候間、御ついでの節に
御出張ヲ願度候は
御面会に候は　万々　草々
一月五日

注（1）吉沢―吉沢義之助

21、東京市本郷区根津須賀町二七　東濃館内
小原敏麿様
千葉県中山法華経寺
羅刹堂内
小田島主殿
（ハガキ）

前略
昨日当地へまかり越し候（午後一時から
明午日―に）
御邪魔可致候間、何卒御在宅候様
予御願申上置候
以上
一月九日

22、岩手県和賀郡立花村黒岩舘
小原文太郎様
親展
（封書・巻紙）

拝啓
過日御送附の金員正ニ
有難く受領仕候、早速
御返事差上可申考へ
の處、習志野[1]に在り居候ひし
為免（昨夜帰京）延引致候、
主殿は去る十一日の日、小生許
を伺はれ申候、小生も寸暇
を得候はば仲山[2]にお左舟
にて征訪可致やも考へ有候、
次に祖父母様の考の知識なき
田舎を以て東京を律する
小生者只管とあれ果て候、

東京は米代計りで生活し居るものあらず候、家賃は六畳二間に二畳一間位ゐにて敷金が三十円、家賃計も八円位ゐ致し候、（尤も安い処）その外、野菜共他魚肉と申せ国と五円外新鮮なる、それ丈けに高価なるはまぬかれず候、何にしても月に六十円以上の修（収）入なくしては一家五人の生活は致し兼ね候、それ故小生も未だ家をなさざる次第に御座候、本官になった様の加る間宅料もある故、それ迄お待ち被下度存じ候、

尚、次に例の手形の件につき本日も早速順天堂を見舞ひ申上處、例の小林[3]は今以て人事不省、この分にては向ふ二週間を持つまじとの事なるよし、附添ひの人ニ申し伝へ居候、

それで小生も死に瀕し居る病人の枕下にて金の事も申す事出来ず後刻に親藉の人に小生居迠来てくれる様と申のニー帰宅致し候處、間も無く親類の財次郎氏来訪せられやくそくををくれたる事を百方陳謝し病人も何と見らる丶通りの有様なれば、生死何れと決する迠待ち被下間敷や、尤も当人死亡致すとしても右の沿革史[4]は三業組合にて発行致すものに有之候へば親類一同に引うけ出板可致もー約束手形候にて下安心にあられせられなれば公証証書に致し、私等保証人と相成りても苦しからずと迠願はれ候侭に小生もそれにてと申し兼ね向ふ廿日（来月十五日）迠の猶予をなす事と致

し証書を親藉の者
共三名にて一先づ私
製証書を作製致し候、
事情此の如きに御座候、
小生の厄年は未だ退か
ざるものに候や、一応運勢
の御研究を御依
頼申し此と同時に毎
度の様あて恐入る次第
に御座候へ共、習志
野行き主(5)と当地籠
宿せし処、矢張金かゝり
少々借金も致し帰京
致し候間、何卒此書
面届次第御金配
の上、いよ〳〵今度限り十七
円丈け来る二十九日迠
に御送附被下様偏
に顧願致し候、尤も三百
円(6)の金御ウロンと思召
され候ば御送附申して
も差障無之候、
右は同僚の金を借用致
せしにつき、右は帰京次
第即刻支払ふ約に借
用せし物、返却致さぬ契
は又ゝ如何なる恥を与へ
らる、やも計り難く候間、
何卒ふびんと思ひ召され
御恵貸被下度伏して願上候
者、小生の本官になるのは
六月上旬ならんとの事に候
新聞は一日より送るべく候、
祖母様の御病気御大切
に願上候、くれ〴〵も二十九日迠に
大至急御送附願上候、大至急々々、

二十日　敏麿

百拝、

祖父様

御金配出来憎く候はんも今度限り是非
至急願上候。ぜひ〳〵願上候
東京本郷区根津須賀町二七　東濃館内

小原敏麿

二十日

注
(1) 習志野—千葉県北西部
(2) 仲山—法華経寺の場所
(3) 小林—小林弁次郎、吉原の三業組合
(4) 沿革史—廉次郎の忘備録に「吉原研究」があり、
(5) 主—従兄弟の小田島主殿の事

（6）三百円―原稿代を指す、

23、及川たま書簡(1)　宛て先封書なし（封書・巻紙）

今日より者大寒に入り事
とにも寒さも殊の外きびしく
成りし候覚え申し候と存候、
御老躰には別に御変りも
無られず候や御伺ひ
申し上げ候、私事者相変
らず無事に通学(2)致し居
候へば憚り乍ら御安心下
され度く候、
来盛之次第すぐ御伺ひ申
すべきのところ何彼と
いそがしく遂今まで御無
沙汰申し上げ誠に御中訳
けござなく候、何とぞ悪し
からず御ゆるし下され度く候、
休み中に上し時者
何彼と御面倒をかけ
申し其他本など頂戴
致しまことに有りがたく
存じ奉り候、

御地は相変らず雪多き
事と存じ居り候、当地も中々
雪多く「氷すべり」盛んにて
大抵の学校にて者氷上運動
会をいたし居り候、私共の
女学校にても去る十七日
上田高松池(3)上にて氷上
運動会のもよほし有之候、
当日は雪多く私も出席
致しまじきかも存じ候へ志が
記録係を命ぜられ候へ者出
席いた申し候、
女とはいへ、男の人と同様
「靴スケート」を穿きて氷の
上を自由自在に滑る様
はまことに目ざましき
見物にて候、御祖父母様にも
折あらば御目にかけたき様
在之御座候、
此頃は其地別に面白き
事など無之候、いづれ
ひまある時にまたくわしき
事を申し上げべく候、
先者一寸御伺ひまで　　かしこ

廿一日　　　　多満拝

御祖父
御祖母　様
御前尓

注（1）及川たま—母松枝と及川辰次郎との間に出来た子供、子供の頃は松枝の実家や父の下で成長か、盛岡高等女学校入学前に敏麿と兄妹の縁を結ぶ、東京の日本女子大学家政科を卒業、後島坂姓となる、
（2）通学—盛岡高等女学校に入学、
（3）上田高松池—盛岡市高松の池、

24、岩手県和賀郡立花村黒岩舘

小原文太郎様

親展　　（封書・便箋四枚）

御書面只今拝見仕候、
御手元御困却の条々就て
拝察致し候、小生もよく〳〵の事
なればこそお願ひ申すものに候、
本官になり度くも官報に出度くも、
つまり金をつかはねば出来ぬ厳ジ尚
に御座候、新参者が往昔より
古参の者に金をつかはせらるゝ事
は御二方様も、とくと御承知の事
なるべしと存じ候、小生もその通り
今回の十七円も実に義理なき金
を借用致せし物にて廿九日迠に
返却致さねば、とても修史局
に顔出しが出来兼ね申候、
五円や七円なれば御願ひは致
さず候五円や七円ならば強い
て御願ひ申さず候、」
小生最早修史局も退職可致
候、小生の労苦少時にして曙
光を見んとするに当りて今日の
維境に処する云はゞ、小生の不運に
御座候、つまりが小生の運の無きもの
に候、帰京（郷）致せとの仰せの如きも小
生は錦をかざりて上にこそ此尽
にては帰京（郷）の如きは思ひもよらず候、
只此上は廿九日迠に御工夫つか
ざる時は廿八日に電報にて出来ぬ
由御報被下度、小生は廿九日を
限りにて辞職致すべく候、
同僚＝陥井（穽）にかゝりて辞職する事
口惜しく限りには御座候へ共、これも
金の無き故と思へばあきらめも致
すべく候、
五円や七円のはした金は必用

無之候、
辞職後何うなるかは御聞き」
被下間敷候、
小生は十七円の金の無き為め恥を
忍んで迠出勤致す事出来申さず候、
何事も天命、小生も父なく産無き
の家に生れたるは不幸、(1)祖母
様にも小生如き豚児を孫として持
ち玉へるを不幸也に云れ因果同事
のより集りに御座候、何事も御
あきらめ被下度願上候、
只一言申添へ置き候は辞職な
すと云へども、帰国は致さぬ事に
御座候、
つまりが廿九日迠に十七円の有無之に依りて
辞職するか否やか決し候間、もし小生をして
辞職せしめざらんと思召され候はゞ御
金配被下度、さもなきに於ては何分でもよろしく候、
先は用事のみ、
氷袋とか何とか、辞職する身、
そんな事を聞くいとまなく候」
主殿にも辞職すれば再度を契
し従《ママ》べきや否や計り難く候、
前途忙ゝ不知行処の古詩も今日の
小生の身の上かた思へば涙下さるを禁じ
許はず候、
畢竟するに小生の愚病(2)にすぎず候、
御笑ひ被下度候、
先は用事のみ。時節柄御
身御大切に願上候、早々　敬具
二十四日、
としまろ
拝
祖父様
祖母様
廿九日迠に出来ぬ時は辞職致すべく候間
よろしく御考へ被下度候、小生も辞職は致
し度くなきも出来ぬ時は辞職致さね
ばならぬワケ有之候、よく〳〵の事と存じ
推察の上可成ならば御金配御送附願上候、
廿四日夜
在東都　小原敏麿

注
(1) 不幸—父無く生まれた・・・の不幸を嘆く
(2) 愚病—十七円を送らせる為に愚痴、

25、岩手県和賀郡立花村黒岩舘
小原文太郎様

至急親展　（封書・便箋二枚）

受領証
一金拾七円也
右正ニ受領仕候也
壱月廿八日　　小原敏麿
小原文太郎様
早速御返事申上べき筈の處、折悪しく例のヨウと申す腫物、右の肩に出来あがり筆を持つ事出来ず、今迠延引致し候、昨日切開致し候處、大によろしく本日より出勤致し候、
主殿が来りし時、主殿は本を書いて居るかとたずね申しまし、そんな事はして居らぬと答へた迠に御座候、今日よりは御厄介をかけずにすむかと存じ居り候、
本日、及川万四郎(1)より来書ありし同人は目下四谷に居り候、明四日小生に訪ねて来いとの事故訪ねて行かんかと思ひ居り候、
東京は未だ雪少しもふらず候」
御地も雪比較的うすきやに承り申候、次にヨウを切つた金未だ医師に払はず今度は五円だけにてよろしければ至急願上、いよ〳〵これ限りこれ限りに御座候、
十日頃迠には払はねばならぬ故そのつもりに御都合願上候、
先は用事のみ御願迠、早々　不一
新聞は近日より御送り可申候
二月三日　　としまろ
小原文太郎様
東京本郷根津須賀町二十七　東濃館内
小原敏麿
二月三日

注（1）及川万四郎—父の弟子という、前念誦出出身、台湾日日新報記者、台湾より帰国中、

26、岩手県和賀郡立花村黒岩舘
小原文太郎様
親展　（封書・便箋三枚）

拝啓、
早速御返事申上べきの處、腫物についで風邪の為め約二週

間になると云ふものは病床に臥しみ、一時は熱が三十八度四分に過りし事さへ有之候、次第随って修史局の方へも欠勤致し居候、
尚御書面に依れば小生の妻帯乃件、又もや発生のも様、小生が東京に於て近くもつ考へに居るに泥くさき田舎者(1)をもつて、今更小生に配せられんとの如きは小生思へば早く滅極まり無ぐ候」
何しろ本月は例の小林、十一日死亡(2)致し、その為めに向ふより出張を乞はれ居しも小生風邪の為め未だ不参、役所の方も欠勤致し、本月は思ふ様に行かず困り申候間、何卒来月限り廿八日をそくて九日迄にまた〳〵一五（円）丈け至急御工夫相願度、尤も小林氏に生死決定次第と云ふ向ふの回答に御座候へし故、同人死亡致せしとからは、とにかく手形の分丈けはとれる事と相成申候かと此存候、何に致せ三十五日もたゝぬ中に賃金をとりても参られぬ仕末」につき、右性状御推察ありしも至急いよ〳〵以て三度限り御桜ゆ願上奉候、及川の方へも風邪の為め行かずこの二週間にあまりと申すものは不参致し居り候、向へは小生に対してやはり又にとの新聞生活を志きりにすゝめおり(3)申候、先は用事のみ、御小言は承知の上、この度びこそは屹度御返却可致候間、出来ぬとの御ことはり無く御送附被下度候様偏に願奉上候、先は用事のみ

早々　不一

としまろ生

二月十八日

小原文太郎様

おじ全快御心配御無用

東京本郷根津須賀町二七　東濃館

小原敏麿

二月十八日

注

（1）田舎者―恐らく実母の入り知恵か、敏麿はそれを嫌う

（2）十一日死亡―吉原の小林弁次郎、

（3）すゝめおり―敏麿に新聞記者を薦める意味か、

27、本郷根津歓《ママ》現前　東濃館内
小原敏麿君
新宿浪人(1)
（ハガキ）

小生も出来得る限り御尽くして見るべし、但し小生は要するに忙て□帰り新参者なり、新しき人に知己なし、君の方にて大浦男とか徳川従一位とか云ふ名□とかを利用する方亦好ならずや、

注（1）新宿浪人―敏麿が仕事先を相談か、

28、岩手県和賀郡立花村黒岩館
小原文太郎様
東京本郷ニテ
小原敏麿
（ハガキ）

二月廿九日

拝啓、過日の書面をいかに御覧被下候ひしにや、実は本日迠にをそくとも御届け被下儀かと存じ心待ちに待ち居り候に、その事無之、尤も本月は風邪の事さへ無ければ無理に御願い致さずとて宜しかりしも、思ひかけぬ事にて入用つゐ御無理をお願致せし様な次第、されば何卒此ハガキ届次第電報為替に御送附被下候様偏に願上奉り候、次に本月中に他より或る事件を申込まれあり候がこれが成功致すべきや否や、何卒御序にて宜ければ御判断の程願上奉り候、先は用事のみ、余は何れ後便にて、何はともあれ至急御送願申上候　早々

29、岩手県和賀郡立花村黒岩館
小原文太郎様
在東都
としまろ
（ハガキ）

御送附の品正ニ受納仕り候、封書を以て御送事、中上べきの處、目下ある事件（頗る有望の）出来致しその御決まり次第御音信可申考へにて候、只単に受領証御バりに差上申候、
東京は毎日雨にて誠に困り入り申し候
何れ来月頃はすべて後便にゆづるとして
先は用事のみ　御返事迠、

早々　敬具

三月一日

30、本郷区根津須賀町二七　東濃館内
小原敏麿殿
（ハガキ）
（弁護士開設挨拶状）
東京市本郷区真砂町十五番地（タドン坂上）
弁護士　峯川辰五郎

31、岩手県和賀郡立花村黒岩舘
小原文太郎様
在東都
としまろ
（ハガキ）
二十日
貴書拝見仕候、御文面に依れば例に依り例の如き御小言、偽りと思ふと見れば万事が凡て偽りなり、小林の方は左様ならば証書を送附可申候間、祖父様御交渉なされて受取られてはいかがにや、尚小生帰国も小生の日取（帰国の）を通知せねば送金せぬ杯、左様ならば小生も小生の考へ有之候、折角帰宅可致考居る者に向つて左様の事を仰せらる﹅は何とも心を得ね次第、日は本月末か、さもなくば来月六日頃迠とよう計申上げ様無之、それとて疑はしくて送金出来ぬとなれば敢て送金をお願ひ申上げず候、小生もさほど疑はる﹅国許へ強いて帰る必用も無之候、また祖母様御上京ありとしても御面会致す必用も無之候、たつた一五位ゐの事にかれこれ云はる﹅かと思へば小生は心外千万に御座候、もし小生に帰国させ度いならば廿八日頃迠に送金被下度、それとも帰国せずとてよろしいとの事なれば止むを得ず候、一五なくては帰国は絶対に出来ず候、御送金次第に六日間には屹度帰国可致候、先は用事のみ、

32、岩手県和賀郡立花村黒岩舘
小原文太郎様
在東都
としまろ
（ハガキ）
一日夜
拝啓　早速御返事差出可申の處、実は御帰国の日程も一緒に御報可申考へ候、延引に及び申候、小生も定て□本月は意外種々の御相談もあり、昨日にも帰国致す決心にて罷在り處、去る二十八日の夜肛門より多大の出血続き本日及川万四郎儀宅より帰りて（昨夜一泊）すぐ又出血、着衣

二枚為めに用ゆる事出来ざる有様と相成申候、よって明日は医師に行って見る考へ、何で痔は全治したとは云乍ら、一年一回宛は起るにつきこれにて命を取らる事と覚悟致し居候へ共壱袱義致し候間、一日も早く全快の祈禱偏に願上候、全快すれば六日迠に帰国の予定、就いては此ハガキ届次第〇五至急
御送附被下度候、先に御送附の品正ニ受領仕候、一日も早く願上候、

33、本郷区根津　東濃館にて

小原様

浅草公園
宮戸座[1]　金子[2]

（ハガキ）

春暖之候　其後御呈状被下度候や、扨て過日吉野次郎[3]氏より承り候が貴氏何カおもしろき秘本[4]御所持之由兼て依て至急拝見致度候間、何卒此ニ送付被下度成被下あまく〜願也より処自知よろしく候　草々

四月四日

注　（1）宮戸座―浅草公園の裏の小芝居劇場、一八八七年吾妻座、一八九六年宮戸座となる、
（2）金子―洋文か、
（3）吉野次郎―作家か、
（4）秘本―春画本か、

34、本郷区根津須賀町一七　東濃館

小原敏麿殿

（ハガキ、二通）

（一枚目）
本学校長法学博士岸本辰雄[1]逝去ニ付四月九日校葬致候間此段御通知申上候也
明治四十五年四月五日
明治大学

（二枚目）
法学博士岸本辰雄予テ病気ノ処養生不相叶本日午後三時四十分逝去致候間此段御通知申上候
葬儀ハ来ル九日午後二時神田三崎町二丁目自宅出棺谷中斎場ニ於テ神葬式相営申候
明治四十五年四月五日
嗣子　岸本忠雄

（以下略）

注　（1）岸本辰雄―岸本辰雄（一八五一―一九一二）鳥取県出身、

一八八一年宮城浩蔵・矢代操と共に明治大学の前身明治法律
学校を創設する、

35、岩手県和賀郡立花村黒岩舘
小原文太郎様
東都ニテ
小原敏麿
（ハガキ）

十六日
早速御返事申上べき處、明日にも帰国致す考へにて前日電報を打つ考へにて罷在候、今迠延引致し候、御送附の品正ニ受領仕候、只今の處は歩行すれば出血する為め、めまい致し誠に困り入申候、右は出血の為め貧血したものと思はれ申候、便通の時計りなれば別に大した事無きも、時〻ねて居て出血する事有之候、殊にこの四五日甚しく候、何かの祟りにあらざるか、とくと御調べ下され度、役所の方は辞職せざるも電車に乗る事出来ざる故久しく病気届けを致し置申候、出血止まり次第帰宅の決心左様御承知被下候様、先は用事のみ御返事迠　早々

36、岩手県和賀郡立花村黒岩舘
小原文太郎様
親展
（封書・便箋四枚）

拝啓
過日の拙信ニて申述べし通り、小生も此度は全く帰京（郷）致す心底にし在の俄之處、持病の痔の為めに悩まされ未だに帰国出来ぬ様な仕末、偽言を申上候様にて何とも事実以上申上げ様も無之次第なれ共、去る十三日以来一度便通ありしのみにし、十日計りの間全く便通無之、毎日一二回づゝの出血有之候、その結果として、極度の貧血を惹起致し候もの、の、あまり無理をすれば卒倒する様の事も有之次第、両三日前も及川[1]方へ参る考へにて亀戸に参り申し處、車中にて気分悪く相成候、その侭打ち倒れ人力車の厄介に相成し帰宅致し様な状況に有之候、
小生も修史局の方先般申上ノ通りあまり見込み無之候につき昨年祖父」様御上京の時申上候ひし通り大連[2]の関東日々新聞社[3]にて、旅費向ふ持ちにて月給二百円を給する口有之候へば小

生も二年間計りの間向ふに稼ぎに行く考へ、それは来月末か、をそくも六月初旬になるべしと思はれ申候、さすれば当分の處は二方様にもお眼にかゝる事出来申さず候間、是非五月中には帰宅致し度く考へ、これには嘘いつはりも無之候、なれ共何を云ふても全く病躯、全治せぬ上は旅行も覚束なく候侭、一日も早く治療致し度き志望に御座候、今迠は、つまり姑息の治療にて思ひ切りたる治療をせぬ為め年ゝ起るものゝ由に御座候、

病弱の体躯、考ひさせ玉ふ御二方様に御心配をかけ申候は小生に起りて何ぼう心苦しき極みに候やはよろしく御推量」被下度候、

小生も本月と云ふ本月は、如何なる事なりとても祖父様に金についての御心配はかけまじき心底にて、及川が台湾の新聞社に周旋[4]してくれると云ふを幸いに目下小説を脱稿致し居候、これが脱稿仕り候へば、その金にて病の治療も致す考へに御座候處、何分にも病気の事とて永く座して執筆致す事不能永座すれば出血著しき有様、とても本月中には出来致し兼候有様、就而は下宿料にも差支申候次第、あれや支払う次第には御座候へ共、小生の原稿料とれ次第、それにて治療致し帰宅致す可候間、何卒本月末迠に十六円丈け至急御都合願上候、小生の着物は大抵何れも血に汚れて用をなさざる仕末、これにも困り、来月中には一二枚送らねばならず、とは云へ病身にて御左」様無理も出来ず困り居り候間、何卒々々御都合なし被下様偏に願上奉り候、

小生を救ふと思召されて何卒御都合なし被下度偏に願上奉り候、

時ゝ襲ひ来る眼曇の為に運筆自在を欠き拙文常より拙、定めし御滑整ぐ(ママ)ゝは候はんが、よろしく御推見の上、小生の衷情御推量被下候て一日も早く御送金願上候、

何はともあれ御返事は御無用、余日も無之候へば此書面の御返事の時は御送金ある様偏に願上存候、

先は用事のみ御願迠　早々　敬具

二十一日　　としまろ

百拜

祖父様

東京市本郷根津須賀町二七　東濃館内

小原敏麿

四月廿一日

注
（1）及川方—及川万四郎の下宿
（2）大連—現中国の東北部の都市
（3）関東日々新聞社—満州日日新聞社か、
（4）周旋—及川万四郎が台湾の日々新報社に世話をしてくれると、

37、岩手県和賀郡立花村黒岩
小原文太郎様
仙台市北材木町細横丁角
及川□（覚）□（美）

（ハガキ）

拝啓
帰郷の節に者色々と
御世話に相成り可ち上仙の
ときには足袋など下され
有がたく御礼申し上げ申候
妾一同者無事安着
先づは御礼かたがた一報まで、
可しこ

38、和賀郡立花村黒岩　小原文太郎様
阿部勇治、衆議院議員立候補挨拶状
稗貫郡宮野目村　阿部勇治

衆議院議員選挙立候補挨拶状
明治四十五年四月二十五日

39、岩手県和賀郡立花村黒岩館
小原織江様
在東都
としまろ

（ハガキ）

廿五日

御ハガキ拝見、御上京お迎ゐの由なれ共
たとへ何人のお迎ゐにしろ、病気なほる迠は帰
国致す間敷候、小生は医者らしい医者一人も
なき岩手県に名医の沢山ある東京をすて、
帰国致し兼候、尤も祖父母様には小生の生命に
別条ありても差支なし、病が重くなりとて宜しとの
事なれば致し方なし、原稿が出来て金を取ったら
帰ると云ふにあまり聞きわけなき次第、断じて
帰国致すまじく候間、左様御承知被下度候、何故その汽車
賃を小生に送りて治療させ一日も早く全快させんとは致され
ざるや、小生は更に且つ意を得ず候、お迎ゐ無用
餅受取、〇それより送られ度し

40、本郷根津権現前東濃館
小原敏麿君

(中味は祖父文太郎の書簡)

東京府下内藤新宿愛宕町拾六番地、及川万四郎様　親展

良久鋪貴台打通候得とも貴公ー御壮健に而可有と存候、隨而当方家内それ而罷在候間、乍憚御休神被下度候、猶亦敏麿儀貴下御厚情ニ相成候趣誠以難有仕合奉存候、右御礼之一言方無之何之御世話被成下候様奉願上候、然ルニ当月六日迠帰宅するニ付金を送れとの事故少ゝ贈り申候処持病之痔之為出血出るニ付汽車不相成候、兎角帰宅出来ず由、此度恐入候片ゝ候得共、貴公御説諭被下候而帰宅相仕候様御取斗ひ有度候、若夫ニ而も帰国不致候ハバ本月下宿料入用之由来候間、右を持参送るから、本月末迠、出京仕考何分ニも帰宅之話御説諭御依願申上候、余ハ面謁之節精々可申上候、不一

四月廿四日　　小原文太郎

及川万四郎様

二白、申上候、当方貴下宅ニ而も皆々達者ニ而働居候間御案事申間鋪候、

新宿　及川生

二十六日

(四月二十七日消印)

41、岩手県和賀郡黒岩
小原文太郎様

(封書・巻書)

拝啓

御筆墨拝見、早速敏麿君の下宿を訪ね帰国の勧告候処、[1]至急には帰られぬ事情あるも、とにかく帰国すべしとのこと故、左様今御了承被下度候、

昨冬上京以来未だ御報も不仕御無礼の罪を今日に及まし居候段、誠に御申訳無候、実は小閑を得て一寸帰省する所存なりし故、[2]何處へも御無沙

汰致居候様な
次第幾重にも
御詫申上候、
御老体御自
愛の程、祈上
申候　敬具

二十九日
　万四郎

御祖父様
御祖母様
　侍史

東京府下内藤新宿愛宕町十六
　及川万四郎

注（1）勧告―敏麿に帰国を進める
（2）帰省―及川万四郎自身国に帰る予定

42、小原文太郎様（選挙依頼状）

（明治四十五年四月）

「泉田健吉挨拶状」
「推薦広告」黒沢尻町
芳野喜八
吉田七蔵
米谷久左衛門
江釣子村
後藤勝津見

43、和賀郡立花村
小原文太郎殿（選挙依頼状）

政友会同士諸君の推薦
「盛岡市大沢川原　鈴木　巌[1]」
推薦人「谷河尚忠」（巌は鈴木舎定の弟）
（岩手県盛岡市大沢川原　鈴木　巌）

（1）鈴木巌―元東京朝日新聞記者、後衆議院議員

44、岩手県和賀郡立花村黒岩舘
小原文太郎様
親展
（封書・便箋二枚）

御送附の金正に又有難く頂戴仕候、
及川方にてあの手紙を見申候、他人
にあんな事仰せあるものでなし、只〻
及川には父となりて何分の世話頼む
位ゐのをだてたものか[1]よろしく候、
原稿は少しもはかどらず、近頃
三回の注射を致し候処少は
よく相成申し候、出血やゝ止まり

し体、油断は出来不申候、
他の（昨年のと異ふ）医師に見せ申候處、
昨年少々切りそこねたも、肉を多
く中に取りたる為なればもう一度
切りなほさねばならぬ由、十四
日の日再び切る事と相成申候、
痔さへ全快すれば屹度帰宅
可致候へば心配せずにお待ち
あれ」、
尚、それにつき十四日迠に届く様
十一円丈け（書留で無く）至急
御都合願上候、この風にては原
稿は未だ容易に書けず、一日も
早くなほって原稿を書く様に
ならねばとても帰宅はなりかね候、
何卒至急願上候、及川の妻
子(2)帰国の由なれば、全快次第
同道して帰宅する考へも有之候、
先は用事のみ、至急願上候、

六日（五日の夜認む）

小原生

小原文太郎様
乱筆御免願上候
東京本郷根津須賀町二十七　東濃館内

六日

小原敏麿

注（1）をだてたものか―敏麿の万四郎への評価は悪い
（2）及川の妻子―万四郎は妻と子供があったか、

45、岩手県和賀郡立花村黒岩館
小原文太郎様

在東都
小原敏麿

（ハガキ）

御送附の品正に受領仕候、御古書
の件早速御返事可申上の處、只
今の處病中は御方ゝ聞き合はする
に不便の上、殊に願ふニ而は東殿よりい
るものなればも少し御待被下
度願候、何共容体名他委し
由に申上へぐ候も、そは次便に書
面を致して可申述べ候、先は用事
のみ　御返事迠　早々　不一

46、黒岩館
小原文太郎殿

「村上先」推薦
・・横黒線横断鉄道速成・・

三浦清太郎
中島文次郎
阿部忠五郎
伊藤治兵衛
吉田昌作
米谷久左衛門
斉藤忠之丞
木村新次郎

村上　先

47、岩手県和賀郡立花大字黒岩

小原文太郎様

天塩国中川郡中川村字バラウッカ

小原長吉(1)拝

（ハガキ）

拝啓　愈々御多忙之時節トハ相成申候處、御尊家様ニハ如何御報居致サレ候哉、其後ハ久々御無音ノ段平ニ御宥免被下度候、就テハ拙者等一同無事働キ居候間乍憚御放念成被下度候、扨テ小生四月廿三日ニ付出願致し置キ候北見国斜里郡アカシベツ原野四町九反九畝歩去五月廿七日ヲ以テ許可ノ旨通知有之候間、是亦タ御安心被下度候、先づハ乍去御無沙汰御伺ヒ迠テ委細ハ後便ニテ万々申上ベク候、

六月九日

注（1）小原長吉—明治四十年ハガキNo.15参照、北海道に新土地を求めていた

48、岩手県和賀郡立花村黒岩館

小原文太郎様

東京本郷ニテ

小原敏麿

（ハガキ）

拝啓、

過日の書面御覧被下候や、場合が場合につき至急と申上げ候ひし處、今以て御返事に接せず御衷情拝察致し候へ共、何分共に小生方をも御推察ありて、此書面届次第願上奉り候、東京は浴衣、尚蚊出でたり、先は用事のみ御願迠　早々　不一

六月十三日

49、岩手県和賀郡立花村黒岩館

小原文太郎様

在東都

としまろ

（ハガキ）

六月も今日にて半ばに相成申し候、過日の書面如何見られ候や、御返事も無之

はふしん千万、小生の内情を御承知無
きやあれ位ゐの小額のもの都合出来ぬ筈は
なし、それに今迠打ちすて置くとは意外
千万なり、至急御送附を乞ふ、及川省三（1）
より過日書面あれ共、あんな手紙に
返事出す必用なければ出さず何はとも
あれ返事乞ふ、

十五日

注 （1）及川省三―敏麿の幼い友達、前念誦、

50、本郷根津須賀町二七　東濃館
小原敏麿君

（封書・巻紙）

余り暫く来ない
からどうしたかと
思ふてたら病気入
院とは驚いた、
やりかけたら姑息な
事せんで根本
的にやりたまへ、
二三日中に僕出か
ける、西村君（1）に逢ふたら
君の原稿を今度
川越に出る新聞
に売付けようとしたら
幽霊（2）のこと未見
あるので創刊新
聞に縁喜（起）が
悪いとゆうて
交渉不成立に了つた
と言ふてたが、
其内逢ふたら更に
談じて見るべし、
尚ほ西村干係以外
に小説の売口
を考へてやるべし、
田舎議員共の新
聞干住者を物色
して見たなら
一ツや二ツは押付け
るところがあるかも
知れぬと思ふ、
とにかく病気は大事
にすべし、君の妙ふ
余りに健康体へ之
たつものは病気の
逆待は甚だよく
ない心静かに

根本ーーに
治療を加へたまへ、
及川
敏麿君
内藤新宿愛宕町十六番地　及川
六月十六日

注（1）西村君―西村文則、
（2）幽霊のこと―原稿の内容が幽霊に関する事か、

附「中村啓次郎」宛の紹介状[1]
麹町区三年町二番地
中村啓次郎様
拝啓
此状持参の人は小生恩師の遺
子にして小生とは義兄弟の
間柄のものに有之候、
曾て明治大学を出で、中等
教員資格を有し、多少
の文学を解すもの、（語学の素養もあり）
貴下の御紹介を煩し松村楚
人冠氏に御指導を願度詳
しくは小生参上御懇交の折り候
も兎に角本人御披見の上
志資御聞存の上松村氏
御紹介被下度願上候、
中村先生　万四郎
愛宕町十六
及川万四郎
小原敏麿持参

注（1）紹介状―敏麿の手元に有る故、使用しなかった。プライドが許さなかったか、中村啓次郎は政治家、実業家。後に衆議院議長。

51、東京市本郷区根津須賀町　東濃館内
小原敏麿様
行
（封書・半紙二枚）

一
拝啓、陳者久ゝ御無沙汰致候、
誠ニ申訳之無候、扨て帯京中は一
方ならぬ厚情を蒙り有難
謝之奉候、扨ゝ在京の際は水
戸ニ行き其れゟ取鳥にて佐藤
先生[1]始め一座の皆様も非常
ニ失破を致しました為当地
より伯州倉吉町寿座[2]ニ
乗り込み之ニも相変

ず、それより出雲国今市町、
山陰鉄道(3)展転なる處ニて
さへは階楽座(4)と云ふ小屋に此ニて
は多少の利益を得たり、之より
出雲大社なる杵築町(5)館は以
傍に乗り込みた里、当場所ニて四
日間打ち上げ、座長さんは後へ
帰り但馬国豊岡に先乗
り致し工業取きめの為」

二

其れがあれや此れや手違へ
と相成座員一同は大社の
宿ヤにのこ里弐拾間の
遊びとな里まし故此れが
為めに非常に難敷を致し、
其れ故ニ座員は青くなり
其れで書生れん(6)私共は金銭
は一文も貰へませぬ故誠ニ
困り居り、殊にまる状はだかに
なつて志まいました、先は可申候、

但馬国豊岡町保天恵座内　小林義之(7)拝

注
（1）佐藤先生―敏麿と同行の方か、
（2）伯州倉吉町寿座―倉吉市の寿座、劇団一座か
（3）山陰鉄道―山陰地方で最初の鉄道
（4）階楽座―島根県今市町？
（5）杵築町―出雲大社門前町、杵築町
（6）書生れん―見習いの意味か
（7）小林義之―

52、岩手県和賀郡立花村黒岩館

小原文太郎様

在東都
小原敏麿

（ハガキ）

二十一日

御送附の品正に難有受領申上候、爾
後の経過は非常に良好にして此分
ならば十数日頃に帰京(宅)致し得る
かと思はれ居候、目下原稿の
続き書き居申候、出血の為め
貧血せし故か、今尚一日一回位ゐづつ
強き眩暈を感じて困り申候、
先は用事のみ不一　余は後便、

53、岩手県和賀郡立花村黒岩館

小原織江様

在東都
小原敏麿

（ハガキ）

廿七日

おハガキ拝見直筆にも書かな

はぬ故電報を打つもの也、詳細は
何れ書面にて報ずべし、又
書面届次第電報為替にて
御送附被下度願上候、別の場合に
は兎も角愁眉の急に御座候間、遅くて
廿九日迠に届く様願上候、電
報にて御待してハガキの返事とはあまりに悠然
に候はずや、先は用事のみ　早々

54、東京市根津須賀町弐拾七番地　東濃館内

小原敏磨様

親展

（封書・半紙三枚）

拝啓、六日出し書面八日十二時届申候時ニ披見仕候、
君も東京長らく住居、其ノ上年も廿六の夏ノ時、
人ニ欺かれ候様而事の人物、縦《タトエ》ハ傲ごる抔申さる
候共夫を誠としおごらるれと存べき筈もなし
其位の虚実を知らん年にあらず候得ども誠の幼
年たるべし、猶亦夫ニ付電報ニ而金をおくれ抔之
事、右様之遊興之金ハ祖父ニ贈れとも云筈
有間鋪候乎、近間に出しても咄も笑止千万ニ而候、
前ゝより左様ノ金子毎度私ニ払せ申候、遊興之金
抔ハ祖父母ニ知せ申さべきニあらず君にして金配仕筈
三才の童子たるにべしそれとも志らず送り申候、
其上又弐拾円送れと申し来候、君ハ東京ニ於
只何も働不申寝食斗致居候乎、左なぐんハ
下宿料斗りハ取申候乎ト存候ニ下宿料ニ払ひ
候間ノ事、私ト八八十の老なりに候とも喰丈ハ働居候、
毎日汗水流して拵候、此値感弁して遣候ハバ
宜しき否と存候も其考ゐ致し候乎」、
君等弐人[1]して呑喰之代、貴公ニ斗り払ひト申訳
なし必二人ニ談したき也、猶亦三拾円なら一人ニ拾
五円也、其金、貴公ニ斗り承知して払できならず、
貴公ニして其位の事志らんか、云わずの亭主ニ
断じ可申之候古んな遊興に出入さ以弁済する
事不能なんの用を為さんや、何ニよらず役の事、
又ハ雇也勤務ハ一年ともならず皆ゝ不信用ニ而候、
就而も帰宅仕候に相談可申と毎度申候得共一向ニ
聞入不申、家の事も少々ハ案事可申やト存候、
其事もなくハ黙人とも云だし左なくニ於ハ年ニ
一日ツヽも来り老体を見舞筈なり、幾年に
相果候也も斗まだ家のメリを致さ祢ハなら内、家の財産
物を改免置ねハならぬ故、折角帰宅之事申入候、
其思ゐなくして見る等不仕者ニ金を贈筈なし而存候
なれ共其身案事候得ハ只今迄ハ被仰儀候通ニ
送金も仕候、今度ハ急に金配出来不申候間、少ヽ
待申すべく候、先紙面ニも申述候通り今入用ノ節ハ

帰村して持参之事ト申入候、何によらず、兎に角ニ幾日か
帰り可申候や、屹度碇而被仰越度候、猶亦帰
宅ならねなら用ハあつて行づらず卜可申候」
右帰宅之有無可申候、猶亦電報杯ヲ
よごしてならん、貴公ハ東京ニ住居して折角と
右様之金を遣ひ申候間、私共ハ如何ニ可致候や、
貴公ニ於も拙者共も案事可申候、尚亦貴公ハ今ハ
内より持参して遣後ハ君ハ如何に可成や、
此度案申候得者私共辛抱して居候のニ
其甲斐も毎度之送金あり此以后ハ必とも
左様之事を申間鋪候、
扨貴公ニ於ハ何にも今迄見込なし(2)ト存、貴公も
下宿屋に斗り居候も不便之至ト存候、是よりハ別段ニ
可申候、行原(3)ニ土地而もかり家ても建候間商法(4)仕候ハバ如何、
兎にも角に而も克・・考恵あるべし、末ゝ何れもならず候得者
毎日無事
居候、依而商法ハ宜しひかと存候間申述候、腹入候ハバ返事阿
連、

七月九日　小原生

小原敏麿殿

二白　申述候　祖母儀ハ全快之様ニ見得候間、近々上京心得に
て
居候間、祖母云にハ中途ニ而死ぬれとも苦からず、死申候得も
何共
可仕様なり、
金出来次第に送り可申候間、責付方無事なり、
早速ニハ出来兼候間左様申し述候、

岩手県和賀郡立花村黒岩舘

小原織江

七月九日

注
(1) 君等弐人—未だ夫婦二人という意味か、
(2) 見込なし—祖夫母は敏麿を見かねているが、
(3) 行原—行在の意味か
(4) 商法—商売のこと、武士の商法等

55、本郷区根津権現前　東濃館
小原敏麿君

(封書・巻紙)

御手紙拝見
御心配を煩し
恐縮の義に存候、
十一日には甚だ
都合悪し、
何とかして君
の信用と外
交手腕とを以て
出来得る限り
引張っ置き
被下度候、実は

都合（人の用事）
にて一寸旅行
せねばならぬかも
知れず（只今にて来客なりと）
とにかく十一日丈
けは何とか
可然願上候、
其内台湾成
金上樂の間
故、君が癪の
虫の治まる様
円満に解決
すべし、要するに
先方にも君にも
長く心配はかけ
ぬ故可然やう
に置いて呉れたまへ、
十日　　　及川
小原君
及川生　　拾日投

56、岩手県和賀郡立花村黒岩舘
小原文太郎様

在東都
小原敏麿

（ハガキ）

御書面正に拝見仕り候、御小言は御尤もの處、何と御せられて
も
御無理と申さず、されど何しろ相手は見も同様な人間故ウカと
信用
致せし次第、尚半分宛と申され候へ共、同人は越後の方へ旅行
中
とかにて不在、只々向ふよりは小生へ矢の如く迫られ申候、
この風にては危険日に〳〵迫る計り夜もろくに睡ら得ぬ
様な次第、十日と申せしバそれさへも期限がすぎ、小生実に必
死の場合に御座候、何卒此ハガキ届次第二〇円丈電報
にて御送附被下度伏して願上奉候、十四日頃に届
かぬ折りには小生の身の上何ふなる事やら判り不申候、
〔墨黒消す〕さすれば帰国の事も何うなるか判断
致さぬは必然の勢ひに御座候、何はともあれ小生の現在は
只〻針の筵に座するが如き心地、一刻も早く御救助なし被下
様偏に願上奉り候、十四日迠に届く様、殊に本月は盆なるを
御承知無きにや、先は用事のみ御願迠　早々　至急候、

57、岩手県和賀郡立花村黒岩舘

小原文太郎様
在東都
小原敏麿
（ハガキ）
十四日

拝啓、過日のハガキ届いたかと被存候、然るに本日に至る、未だ何等可の御返事無きは如何なる次第に御座候や、出来次第との御書面なれど、当方は日限にかぎる有之儀少しは小言は小言とも衷情も御推察被下度本日で、お願ひ申してより一週間に相成り申候、何卒此ハガキ届次第電報にて至急願上候、左も無き時は勢ひい可なる成行きに相成にやも計り難く、電報をと存じ候へ共御手紙もありし事なればハガキにて、先は用事のみ　早く願上候　早々

58、岩手県和賀郡立花村黒岩館
小原織江様
在東都
としまろ
（ハガキ）
十七日

御送附の品正に受領仕候

東京は此一両三日来暑く益々激しく候、一刻も早くし小生も帰郷致度候も何分にも残務片附かず日取りの處は正確に申上難きも何しろあまり遅くは無き考へ、遅くて来月中旬と御思召されなばまちがひ無かるべし、先は用事のみ、何れ後便

59、本郷根津権現前東濃館
小原敏麿君
（封書・巻紙）
（東京朝日新聞社横浜支局小松田順治の及川宛返事在中）

小生急に水戸へ行くことなり而金の機拝なく其為め左に取急ぎ申上候、先方の件は
御原紙多附、
小生負担の分は生稿出せんさんま丶送らせすること又任来任有間、左様

御含み被下度、又君に如何にもらへたる分は別封の小松田君[1]より君に宛て二十八日に送金ささること御話し置候間御受取被下度候、小松田君より受取る額は三十円なるも金之外に六ツか外にかるへん、先つ十五円乃至二十円位と御承知被下度候、先方へは『小生の郷里の学生[2]にて本月の宿料に宛て居る分無理又特会せまきたのは其の始りに有間違なく者也』右御含みの上先方へ予め御交渉致し置被下候、又小松田は十五円か二十円送り来らば来月又十円分請求被下度候、　　万四

小原君

新宿にて　　及川生

十八日

注（1）小松田君—東京朝日新聞横浜支局の小松田順治へ紹介、
（2）小生の郷里の学生—敏麿を郷里の学生として紹介する、

60、本郷区根津権現前

某高等下宿屋内
小原としまろ様
小石川林町八十一
西村才一
（ハガキ）

存じながら羅間可佳　小川氏されば氏はがき持参面会申入れて君

かる處小川君□かと、尚小生よりも別に通
知いたし置く處方候也

(西村)印

小原敏麿君

右御紹介申上候

小川煙村[1]大兄

注 (1) 小川煙村—敏麿お金を借りていたか、

61、岩手県和賀郡立花村黒岩館

小原文太郎様

在東都

小原敏麿

(ハガキ)

拝啓、昨日の書面に書き漏らしあれば又ハガキ差
上申候、来る十日にはやまと社[1]にお目見へに行かねばならず
依りて衣服の必用あり、大至急御返事(お小言の)は
アトにして相見可致候間お願ひの者だけ大ゝ
至急願ひ上げ候、くりかへして云ふ迠も無し、
十ヨ迠に届く様至急々々願上候、今度
は高矢八幡神かけて帰国可致候間、何卒
御心配被下様伏して願上奉り候、先ずは用
事のみ御願迠　早々　拝具

元年八月六日

(織り上った反物ウラは小生当地に買い求め仕立可く候間、
お序の折り御送附を乞ふ)

注 (1) やまと社—出版社か、

62、東京本郷根津権現前　東濃館内

小原敏麿君

(封書・洋紙、三枚)

(小松田順治手紙同封)

君の手紙見る度びに返事出
してる筈だか、君の手紙て見
ると一向届かん様にも見
いる届いたら、
古[1]せん君のも気の毒だか
台湾帰りの渡辺代議士[2]
を逸した為め(小生暑気あたりて四・五日臥床)
何も彼もグレハマになつ
た、併し遅くとも本月
中には何とかする嬉く
なら「君からも返書」
弁護して置いて呉ん、
小松田[3]にウソツカレた為め
甚だしく君の機嫌を
損ねたり、併し決して
始めたら君をダマシと
か誤魔化しとか言ふの

でなし、夫には後で解
ることあるべし、夫れは夫れと
して当分の内何とかして
ヤリクリして置いて
呉れたまへ、西村君に[4]」
は例の小説なんとかして
呉れる様にたのんでやつた
から全部の入金なくとも
十五円か二十円はなん
とかなるかも知れぬ、
とにかく逢ふて見たま
へ、又当地でも小説売付
けを考へて見るべし、
暫く辛抱したまへ、
小松田の三円位やっても
仕方がないと思ふて
居ふて下さい」
神戸にて、及川生、　八日

注 （1）古せん君―古川のことか
（2）渡辺代議士―
（3）小松田―小松田順治、
（4）西村君―西村文則、才介の事か、

63、東京本郷根津権現前　東濃館

小原敏麿君

（封書・原稿用紙二枚、鉛筆）

手紙皆拝見、返事の延引せしは人の用
で姫路へ旅行し居りし、しか為
めなり、金さへあれは三円でも五
円でも送りたいけれど目下は
日常の小遣銭手に岸の
フトコロ宛にしてる様な
始末、夫れに今度名古屋の坂
本病人来たり、夫トひ母の老
父まで来てる故金のかゝる」
こと莫大てイクラ親友でもあま
り言ひ憎くい事情あり、
但し来月初めか、本月末にな
ったらイクラカ送る事にしだ
らしと思ふ、古川[1]これ施へす
と言ふけれど今は無のみ
に前のなし一文もなし、
もう少し辛抱して居て、
万四郎

（及川生　十五日）（封書・神戸、大阪朝日新聞社・神戸通信部、鉛筆）

注 （1）古川―及川万四郎の紹介者か、

64、東京本郷根津権現前　東濃館
小原敏麿君
（封書・原稿用紙三枚、二枚目裏朱書）

葉書拝見
御尤も〳〵古せん(1)には僕より書面
差し出せり（四五日前）（僕とおせん）
との約束にて当には何等の于(関)便なきも
のを小原を責めては当を得ず、来月
送る故待って居れ、
夫れでも君を迄地図るか、西村
君には小説とうかして呉れと更に」
手紙を出せり、岩崎(2)は駄目なり、
僕川村睦(3)に紹介するから目
下臨時議会に出席中の田舎□
新聞社長に紹介して貰ふ
て小説の原稿売付ける工夫如何、
川村氏には価より予て君乃
話をして書きたつら、
川村氏には朝日に入社してる様に言ふているから其積りでや
れ」
（裏面朱書）、
　苦しかろうが多大の経験
　になることなり、修養が為
　めにでも思ふて、
　辛抱して居て呉れ、
川村氏のところは芝園橋より
青山行きに乗り三の橋にて
降り約二丁行けは直ぐ
わかる、
逢ふた結果知らせたまへ、
朝早く行け、

注（1）古せん―及川万四郎の紹介者か
（2）岩崎―
（3）川村睦―東京朝日新聞社記者か、

65、岩手県和賀郡立花村黒岩館
小原文太郎様
在東都
としまろ
（ハガキ）

二十一日
拝啓、今日あたりは能くて帰郷可致斗にて
居る處、去る十九日朝出社の途次めまいの
為め危く卒倒せんとし爾来本日に至る熱は
昂かまり左右の腕抜けるか如きいたみ目下臥床
致し居候、只今の處別にこれぞと申す処も
なけれど左右の腕から指先迄のいたみ、身体
だるく困り候間、御祈祷偏に願入り申候、

もしこれは中風とや申すものになきやと大に心痛致し居候、お迎ゐ無用、なおり次第帰るべし、医師にはかゝり申さず候、金も無きが為もあれど何とかうるさく云はるゝもの怖しければ宜しく　御判読、

66、東京本郷根津権現前　東濃館
小原敏麿君

（封書・原稿用箋十五枚、鉛筆）

病気はどうか、
岸[1]にお読して大阪朝日・神戸附紙の小説買ふてやっても
よし、余り新しき小説でなく講談と小説の合の子[2]
見たいなもの書いて見ては
如何、若し書くなら
可成阪神地方を材料
にしては如何、又新しく
書けぬなら西村君
にやってるのを一寸岸宛
に送って見てはどうか、
一回五十銭には買ふこと
出来るべし、
岸に送るなら及川
から云ふてきたから見て呉れと書添へて神戸支局
宛によこして見ろ、
とにかく大阪朝日と干係
つけると伊（以）後も時に書く
付けること出来ると思ふ
から始めのは可成
勉強して書きたまへ、
神戸市栄町五丁目　大阪朝日新聞社
神戸通信部　及川生
二八日

注
（1）岸―大阪朝日の記者か、
（2）講談と小説の合の子―敏麿の書く原稿に注文、

67、岩手県和賀郡立花村黒岩舘
小原文太郎様

在東都
小原敏麿

（ハガキ）

廿八日
拝啓、過日来の病気にて一時は殆どチプスかになるかと思はれし様な始末、実は根岸にハガキをやり、誰も来るなと申して
やり候へ共、三十九度三分の熱と書けば家から誰か来てくれるかと心
待ちにもまち候たる次第、然るに予期に反して来る処か一文の

送金も無かりし為め看護婦への支払ひにも困り、実に閉口致し居候、目下は熱平に復し候も、尚流動体のもの（かゆ、卵乳等）以外に禁じられ居候、も早危険の時期も過ぎたりとの医師の看故御安心被下度候、尚、此度は何程とはに申上ず候間もし小生の病気にして憐む可しとすればいか程にても御送金被下様偏に願上奉り候、アレ程の病気に根岸の奴等は見舞状一本よこさぬとは実に不届千万価値の限りの奴等なり、右はとにかく、いくらでも宜しく候間、何分御願申上候、

先は用事のみ早々　敬具

68、岩手県和賀郡立花村黒岩根岸

小田島主殿

鉄

在東都

小原敏麿

廿八日　（ハガキ）

アレ程の大病よも喧と思ふた処でも、ハガキ一枚位ゐの見まい状よこさぬ事ありや、それも直接金の無心でもしたら末しも、只家への取次、然も言の取次を頼んだ迠に非ずや、それに今以て何等の返事も無きは冷酷至極価値の限りと云ふ可し、つまり俺の様なものは死んだ方がい丶とでも思ふて居るのなる可し、そんな叔母や従兄弟なら持ぬ方がまし也、以来は断じて叔母とも従兄弟とも云ふまじく、又お宅の敷居もまたぐまじ、従て当方へも文通はたとへ年賀状にしろ御めん被る甥だとも思って居らず従兄弟だとも思って居まいけれど（思つて居たらそんな非情な筈はなし）今回改めて絶縁状を進ずる事　件如、

69、東京市本郷区根津須賀町二七　東濃館内

小原敏麿様

親展

（封書・半紙一枚）

御はがき拝見　御病気之由、如何や御案じ申候、祖母様者　御心配無様御話申上候へ共是非共御許に行き度い、会ひたいつてきゝ入無之候處、私と母とにて漸くしづめ候、然るじ御許是非共帰宅致し様御願上申候、汽車賃位は送り上可申候、如何や、御病気は折角御いたいし可被遊様祈り上候御病気如何御伺上申候、先は御伺まで。

八月廿九日　てつより

敏麿様

岩手県和賀郡立花村字黒岩

八月廿九日　小田島主殿（文字は母てつ）

70、東京本郷根津須賀町弐拾七　東濃館内
小原敏麿様
親展

（封書・半紙一枚）

五〇
陳啓　御病気之處如何候や頃には全快
ニ及候乎と存候、就而ハ金子入用之由、
根岸江来り申候、何角に金ニ差支候やと存候
も乍思延引ニ及候、全快次第ニ帰郷と
有之候間待居申候、
君ニ於ても大葬後ならてハ帰村ならざる
ものと見なし居候間、十三日ハ青山
ニ而十四日桃山の事なる、十三日後ニ候得者十四日ニ
も帰り可申ニ而有之候也、兎に角に帰るニ
不叶候ハバ早く御報知有べく候、
十三日大葬之節者(1)一人なれず上京之由、
家からも都合よ路しくハ参り度所存候間、
其節同道ニ而帰候様申度も宜からん、
先ハ御面謁之時種々可申述く候、

八月廿一日　　小原理恵

小原敏麿様

岩手県和賀郡立花村黒岩
小原理恵

八月廿一日

注（1）大葬之節—明治天皇の大葬に参列、文太郎、

71、東京本郷根津権現前　東濃館
小原敏麿君

（封書・原稿用紙、三枚附一枚）

僕の書き様が悪るかったか乃至君の呑込
みは悪るかったか岸より原稿買約
が出来たから四日までに君から原稿
送る云々と云ふて来たと知らして来た、
朝日に売る原稿はそう直ぐ（見ぬもせぬ先きに）
見るなどは出来んよ。只た僕の言ふて
やったのは若し西村君に預けて」
ある原稿の處分か、ついてなかつたら
見本として君の技価を紹介する為め
に一度岸に見せて置いたらどう
かとの意味であった、
又若し右の原稿無くは新に書く
なら関西地方に材を取れとの
ことなりき、
尤も今掲載してるの、外もう一ツ」
あるから夫トか済んだ後でなければ
出来んが、併しとにかく朝日に干
係をつけて置くのは将来の為

めならんと老婆心からであ
つたのだ、
僕二・三日姫路滞在
又神戸へかえる、
（同封用箋、岸の返事）
小原といふのから原稿を買ふ約束が
出来たとの通知に接したら四日までに
原稿送るという来た、困る、デ約束はして
ないと答へて置いた、今出てるのがモウ三十回あり、
其次へ出るのも五・六十回（七十回位）決定してるから
ヨシ買ふとしても百日も先きの事だ、
姫路にて　及川生

72、本郷区根津須賀町二十七　東濃館内
小原柳巷様
アサクサ
常磐座（1）内
吉沢義之助（2）
（ハガキ）

拝啓　種〻御嘶し申上たき
事有之候間、御遊びながら
御召之被下候一寸御出
被成度願上候、先は御
願迠　匆々

九月三日

注
（1）アサクサ常磐屋―明治二十年（一八八七）開業、根岸興行部が経営、一九八四年休館、日本の劇場、映画館、浅草六区の劇場、
（2）吉沢義之助―

73、岩手県和賀郡立花村黒岩
小原織江様
東京
小原姓
（ハガキ）

本日無事至着仕候間
御安心可申く候間、近〻帰り
申候間御待阿連　〇五頼む
九月十一日

74、東京市本郷区根津須賀町　東濃館
小原敏麿殿
（封書・巻紙一枚、書留）

拝啓、
先日御約束
申上候
金五円也、
別ニ小為替
にて差上候

間御受取
被下度候
先は右迄
早々
九月十二日
順治、
小原兄
案下
横浜市南太田町二一八七
小松田順治[1]

注（1）小松田順治―東京朝日新聞横浜支局小松田順治より原稿料入る、

75、岩手県和賀郡立花村黒岩

小原文太郎様

東京ニテ
小原姓

（ハガキ）

九月十三日

其後無事ニ而出社[1]仕候、案事中間敷候、猶亦説浄仕
候所永くハ不仕、二日位の予定ニ而帰宅可申候、それニ
而も宜し候間、帰るベシ□定メ然ルニ此御大葬ニ付
十五日退社ニ鬧しく廿日（ノゲルコトナラズ）迠出社仕ら祢ば
ならぬかと存候
故廿日迠ニ而先日申上候ハバ兎に角十五日迠ハ鬧く候
十六日ニハ帰るかも知れん[2]、就而ハ是非ニ帰り申候間
お前ハ鬧しく候ハバ、直ぐ帰り候とも猶御大葬ニ居候も可也、
依而どうに参り候も遥拝して帰国仕度く存候間
左様思乍被下度候、御待被下度候、先は用事のみ早々
滞在之都合も十五六日迠　右取込之由、

注（1）出社―此度の会社か、本多精一主宰「財政経済時報社」か、
（2）帰るかも知れん―やっと帰宅する決意

76、和賀郡立花村黒岩

小原敏麿様
御前

岩手県立盛岡高等女学校
寄宿舎
及川玉拝

（ハガキ）

十八日

前略、御免ください、兄上様には御帰宅との事、御祖父母様も
どんなに
御よろこびでしょう、私も大変嬉しうございますというものの
盛
岡に御出なさらぬとの事に失望いたしまし多、御いそがしくは
ございましょうが万事御くり合わせにて一寸御出で下されませ
んでしょうか、
多っ多一目でもよろしゅうございます、これが初めての面会[1]で
はございません可

今度をはづせば又いつか御目に可ゝることやらわかりませんもの、
どうぞ御願ひいたします、曲げて当地にいらっしゃって下されません
可、舎までいらっしやらないなら私停車場まで出てもよろしゅうございます、帰り度うございますがお休みでないので先生がゆるして下さいませんでしょう、たった一日の違で駄目でございます、お願い致します、
どうぞ万事御くり合せなさいまして一寸御出で下さいませ、私の室は
玄関のすぐ傍でございますから、それから長洞[2]にいらっしやいまし多のどうぞ
母に会って[3]下さいません可、お休み病気をいたしまして泊りに行きませんでした
可ら御祖父母にお詫を願ひます、

注（1）面会―玉とは一度も面会していない、これが最初となるが叶わず
（2）長洞　立沢の長洞、母松枝の実家、母は長洞の小菅家に居られた、
（3）母に会って―玉の哀願であろうか、

77、岩手県和賀郡立花村黒岩舘

小原文太郎様

在東都

小原敏麿

（ハガキ、十一月三日）

拝啓、
過日の書面未着に御座候や、時候が寒さに向い居るにつき御都合もあらせられ候へまも一刻も早く此書面届次第至急御送附被下度奉願上候、
あれ丈の額にて宜し、尚仕立なおしの衣類と同包にて御送附被下度、右至急御願申上候、先は用事のみお願迠　早々　不一　三日

78、本郷区根津須賀町二十七番地

小原敏麿殿

（封書・和紙）

露西亜文学
アンドレーヱフ集、外二拾壱冊
右御寄贈ヲ辱フシ感佩ニ不堪本学ハ之ヲ文庫ニ蔵シ学生ヲシテ永ク芳沢ニ浴ヤシメ可申茲ニ謹テ表

謝意候　敬具
大正元年十月三日
明治大学
図書館長　掛下重太郎（印）
校長　木下友三郎（印）
小原敏麿殿
東京神田駿河台　明治大学図書館

79、東京本郷区根津須賀町二七　東濃館

小原敏麿様
親展願用
（封書・巻紙）

謹啓仕候、時下秋冷漸く相催す候處、愈御勝康の御事と存上申候、陳れバ先頃御依頼申上置候翻訳物[1]其後如何ニ相運び申候哉、実は種々御面倒之御事とは万々拝察仕居候へども小生儀も御承知通りの窮境ニて且追々寒くも相成冬着等も是非新調仕るべき費用として右翻訳物ニ対し少しはあてに致居候事ニも有之候間、何卒可及的速可に御処分なし下され度、尤も価格は御約束通り半額ニて充分ニ有之申候、先は右要用迠如斯ニ御座候
頓首
十月五日朝　阿蘇助男生[2]
小原敏麿賢兄
玉机下
横浜市中村町千二百六番地
阿蘇助男

注（1）翻訳物—ドイツ語の翻訳ものか
（2）阿蘇助男—貿易商か、

80、岩手県和賀郡立花村黒岩館

小原文太郎様
親展
（封書・巻紙）

御送附の金品正に難有受領仕候、
上京以来多少起り申在候、
痔は今頃ニ全治致ざず、便の不通にて三日に一度、四日に一遍

と申様な有様、されど血
は一時の様に出でず打ちす
て置き申候、
おたつねの儀、本月初め鵜
沢学監[1]及田島理事[2]の
許迠訪ひ右の話を致し申候
處、田島理事は右は承知
致す、なれども全部引き受
けに於ては来年の秋ならで
は不可能なるべし、それ迠は
ホンの一部を引きうけて
は如何と申され候、それにても
月に不《ママ》俵[3]位ゐ（土かま）は売り
込むを得べき模様に御座候、
尚東京の家賃[4]は前にも
お話申上の通り、家賃十円
位ゐにても敷金はまづへんぴの處
にて三十五円、すこし電車に近
き處なれば五十円はとられ申候、
その外家賃一ケ月分は前納の
規定、まづこれにて六十円はかゝり申候
その外炭の商致す事と相成候へ
ば荷車一台はぜひ必用、これは少
くも十五円より二十円はとられ申候、

尤も日露戦争時代の古物
なれば十五円、それよりも安値の
物も有之候へ共、右はとても修
繕致さでば使用に堪へぬ物に
有之候、その外諸雑費さつと
十五円都合八十円付き伺うしても
入用に御座候、尤も右の中
五十円は無利子にて家主に預け
置く物、いつにても取り戻す事
（転家の際は）出来得るものなれば、
これは永久に安全に御座候、この
外とし開業するとすれば広告
を印刷して散布する必用
もあり何やかやにてザット小百
円（百円たらずの金がいり申し候）、尤も
右は単に家を持つ[5]としても入用の
ものに御座候、小生も仰せに
任せ思はしき家もいかにと方ゝ
物色致し申候處、入谷（東北の方）
一軒賃十二円、敷四十八円、一軒
根岸（北に）上野に尤も近し
に十円、敷金五十円と、やすもの
を見つけ申候、此外本郷附近
はとても家賃は高くて格好の

家見当らず、神田は尚更に
御座候、この外本郷の春木町に
十四円にてよき家あれども右は
造作売り（畳たてぐを買はねばならぬ事）
なればとても思はしからず候
次に本金の儀は祖父様のお
話もありしが右様の次第なれば
五百円はいるまじく候、三百（東京
にている分百円を入れて）あればよろし
からんと存じ申候、月に三百俵
と申せば、日に十俵あまり、それ位
ゐに売りこなす事は易したるもの
なる由に御座候、（小生の知人に計り
売りつけても、それ位ゐは売れる
見込み）万事右の都合なれば、その
お見込みにて、まづ百円の金策つ
き次第御送附被下度、その外炭は二三百
俵（一車一ケ月）と見るがよろしからんに依り、
その代金祖父様の手元の用意あら
ばさっそく出来可申候、一俵は風ダイ
共も四貫匁、当方にて入れなほす
事不能、その方にて入れかへの方
よろしからんと存じ候、
月給は本月も三十五円(6)なるべし
と存じ候、何となれば欠勤多く
（痔や帰国の為め）功少まき故也、
先日「久志(7)」来れ、その大きくなったに
驚き申候、
先は用事のみ、返事迠、

早〻敬具

八日　としまろ生

小原文太郎様

商は可成早きかよかるべしと
存候

東京市本郷根津須賀町二十七　東濃館内

小原敏麿

十月八日

注
（1）鵜沢学監—鵜沢総明、後に明治大学総長、極東国際軍事裁判日本側弁護団長
（2）田島理事—
（3）不俵位—いよいよ炭の商売に懸かる算段か、
（4）家賃—東京市内の調査開始、
（5）家を持つ—一軒屋を買い求める算段、
（6）三十五円—敏麿の月給、原稿の出来不出来か、欠勤多いという、
（7）久志—新屋の及川直志、馨水三の子供

81、岩手県和賀郡立花村黒岩館

小原文太郎様

至急親展

（封書・原稿用箋、二枚）

拝啓

取り急ぎ申し述候、然者、過日も申上通り帰国以来多少芳の傾くを有し居たる御承知の痔患の儀に有之候か、足下の趣而差上ノ迠は大した事も無かるべきかと存じ居り處、一昨夜に至り一度出血、尤も出血の一回や二回さして恐にく候處に無之候も、その後の衰弱と、元気を失ひ申しとには毎度困り致し居る有様故、困った事だと存じ居申候も、社(1)の方を休む程にも無之候間、相変らず出勤致し居候處、何うやら常なら四体故帰途社友の處へ立ちより、右の話を致し居し處、右の社友（高木と申す者(2)）も同病にて同じく年に一二回は起こりつゝある者、右の話に同病は病冠りに寺と云字を書く様なれば一生根本より治療し何分に候ものに非ず、されば只起つた時はホンの一時的の加療を加ふるより外無きもの也と申され、随而右高木と申す友人は、春と秋二回づゝ、注射を致す旨なる由、同人の談に依れば痔病は度し切開するものならば申居られ候。

而して、右の汚を承り帰宅致し候處、昨朝又々出血、その為め止む得ず本日一日丈け社の方を休み申候」

右様の次第故、高木の話に随ゐ、あまり悪くならぬ中に注射致し度き考へ、何しろ此分にては寒さに向ひ候時と、暑さに向い候時には屹度起る様なわけに御座候につき注射に止め置き申し度き考へ、付ては注射一回五円に御座候間、右金員至急此書面届次第御恵送附被下度願候、その外、高木の話には何うしても二回は注射せねばなるまじと申され候間、診療共に、前后（診療料一円）十一円を要するものに有之候へ共一ぺんに十一と申しては御都合もよかるまじと思はれ申し候間、今度この書面届次第五円なり六円なり、申し五円なり六円なりは、廿日頃迠に御送被下度、右何卒至急御取り計ひ被下度伏して願上奉り候、

東京は気候の激変著しく、一日寒ければ一日暑と云ふ様な有様、目下新聞にて御承知の通りコレラ大流行の体、国許にては左様なるも有之まじくとも折角御いとひ被下度候、先は用事のみ、お願迠、早々、不一、

十一日　としまろ生

祖父様

東京市本郷区根津須賀町二七　東濃館内

十一日

小原敏麿

注（1）社―本多精一の「財政経済時報社」か、
（2）高木―社の同僚、後の高木武三郎（鴻盟後の社主）か、

82、東京市本郷区根津須賀町弐拾七番地　東濃館内

小原敏麿様

親展

（封書・半紙二枚）

拝啓、御発家之際、便秘之由、今ニ至り再発仕候、
誠以困り申候、只社之方一日二日なら休とも是非もなし
（二回）ノ注射ニ之全快するなら宜しく候、帰宅し節
一ケ月も滞在仕養生すれハその様な事ハ無之と存、
然度ニ炭の商法、大学之方一部と申候得者、如何なる事に候
して月ニ三百俵、一日ニ拾俵その位つゝ大学ニ売るニ宜候也、
それは今之処ニ而夫ニ而商始候而段々ニ沢山ニ行ヒ申べく
その位なれば下宿屋ニ而も宜し、騎車より直く学校ニ
懸るべし、其事にハ荷車も当分ハなくとも能筈ニ而候、
友人ニ斗り売りても三百となり学校外ニ売る事也
伺云、兎に角ニも今之度而少〻宛商法すれば
金之都合[1]上もよ路し候、大学ニハ月三百位宜しく
候ハバ、尚亦只今迠一俵値段ハ幾等位ニ而候ハバ末々
及川久太郎氏[2]江ハ御相談不申候、但一俵ハ四貫目之由、
此度如何に取組候得者宜しく候、久太郎氏の買求段、
猶貴公の売直段、明円する方ハ宜しひ乎、尚亦貴公の
売値段、貴公ニして久太郎氏買値段ハ久太郎にして
何程買とも何拾何銭ニ而貴公請取方ハ宜しひか、
左無ハ買値売値段円にして私と久太郎氏ハ三ト二三ト、
君ニ四トト咄居り候、右之訳ハ如何ニしても宜しくやと存
居申候」
兎に角私ニ於ても貴公ハ猶更之事炭の善悪を
不知故、久太郎氏ニ考票候より外なし、
今日迠も久太郎氏江相談不仕候、近日中ニ御咄可申候、
時に荷車者若買節黒沢尻ハ宜しく候、東京
地方高値なるべしと存られ候、此等の相談ハ後の事
考後日之申置候、月三百俵学校ニ斗り売るなら
家を借りずしても宜し、少々金儲してからも
宜しと存じら連候、それと家を持節者君一人
してハ持られぬ家持節ハ妻[3]とかなくて叶ハぬなり、
左無ニ於ハ祖母[4]ニ而も差上可申候、迚も君斗り
ニ而家業ニ差支可申候、何れにも私の農事
仕足ルハバ祖母上京考仕可申候、其内下宿可仕候、
猶亦炭の商法ハ何分早くして其利ニ而取斗ひ
可申候、右ニ不依祖母上京ハ毎〻より之事故
是非も無し、炭之方売配節者家内引越
可申候、先用事而候　　不一

黒岩

小原性

十月

東都

小原敏麿様

二白申入候、覚美[5]ノ子、昨夕ニ死ニ付、何角痔付金者
出来丈送附申候、炭之方もよく〳〵聞配し儀
報知何れ、請取ハ帯封〇ニてもよ路し、

岩手県和賀郡立花村黒岩

小原織江

十月十五日

注
（1）金之都合―炭の商売で金の運用か、
（2）及川久太郎氏―及川久太郎（一八六二―一九五四）新屋の及川家の本家、文太郎の親戚、
（3）妻―敏麿に妻が必要と
（4）祖母―理恵・直恵を東京の家（一軒屋を求めた折）の留守に遣わす考え、
（5）覚美―及川覚美、久太郎の子息、

83、東京本郷区根津須賀町弐拾七　東濃館内

小原敏麿様

親展　（封書・半紙二枚）

拝啓、痔病ハ如何に候ハバ注射仕り得者宜やと存候、
何分ニも全快候様可致候、
時に炭之儀ニ付久太郎江相談仕候儀、今之所
稲刈ニ付閙しく候、来月より始る事から
よ路しく候も値段を問候度、石釜ニ而五貫匁
一俵六十銭、土釜一俵　右之値段ニ而
候得者儲ハ無之、炭今騰賃仕度由、旧正月
ニ相成候得者安くなるべしとの事なり、
旧正月ハ二月頃ニ当るべし、如何ニ取斗候得者
宜や伺出東京も高くなるべし、尚亦学
校江入候ニ一年限ニ仕ら祢ハならぬ今炭不足
ニ而毎年相変り可申候間、学校之方江右
御相談申候様取斗べく候也、東京本月上旬、六拾五銭と
下向相成候ハバ七拾銭可成之由申候得候者、久太郎夫より
高き筈杯ト申候、私ニ於ハ炭商仕候事無之
候得者、炭の善悪不合位おりなれども聞配」
候ハバ出来可申候、久太郎も先達而中ハ格別高き由ヲ
聞不申候ハ今朝聞ニ行候度、右様の話申候、就而
ハ家持る暫し間御待候ハバ宜しく候、炭之方
其方ト値段ニ引合不申候、今少ゝ待方宜しく候、
そこで騎車之運ちん弐百七拾俵一車として
三拾円之由、それハざつと一俵拾銭余六拾銭ニ買
七拾銭ニ売りても損阿り、（その月十銭）六拾弐、石釜ニ而候、
土釜
之値段ハ久太郎早速不か能之由、その月八銭位
なるや存候ハ聞配の上なりてハ掟の考下被申候、
よく〳〵聞配仕候上御通知可申候、東京方之
値段も聞配之上考察仕候間、売買可仕之賃
取斗可申候、左念申上候、余後便ニ申上度候、早々

十月廿一日　　黒岩
小原生

東京
小原敏麿殿

二白申上候、炭の方三月御相談可申候ニ就而者社之方パスニ而
家ニ一寸帰宅仕候ものなら如何ニ候ハバ伺之、

岩手県和賀郡立花村黒岩舘
小原文太郎

十月廿一日

84、本郷区根津須賀町廿七　東濃館方
小原敏麿様

至急

（封書・用箋一枚、附一枚）

謹啓、過般私者方ゝ参堂失礼ニ仕り
候、其後の御動静者如何に御座候哉、
兼而小生相不変の態に右之候へば他事ながら
間安神下され度候、
扨て、大兄も御承知の通り西君(1)小生連帯
西米明(2)より債務に就て実者本月廿一日期限ヲ
切れ居り申候次第可申候、実者先日西君に
御手紙差上候へ共、今以て御返事も無之
心配致し居り候處、昨夜粟根(3)より届候、
それにれば京都宮地方に旅行
遊されたる候へ間、及びその時頃御帰京の予定
に右云々哉、又御帰往宿直されて哉、一寸御一報下され
候へば幸甚に存候、
尊兄御咹に御座候へ者へば是非共御直に御代下され
度、待者入り別に御馳走にて
者無之候へ共景色だけを格別に御座候、
先者御依頼通如斯に御座候也、

清之丞

小原様

恐縮に存じ候へ共、別紙西君に御渡し下されたく願上候

（城東区駒形町十五番地　清之丞）

（同封書翰）

謹啓　過日御書面着と候へども今以て何
等の御返事に接せず候處、昨日粟根参り
貴兄るす京都宮地方に旅行直され之旨
承り候、御帰京次第粟根氏の一件に就て
之亦共御相談致し候へば御来訪下さる
事計間敷候哉、万一御都合悪しく候へば
小生より参堂の上御相談仕る考に御座候
故一寸御報道の程願上候、　早々

清之丞

西伴男君

注（1）西君―西伴男か
（2）西米明―
（3）粟根―

浅草駒形町十五番地
清之丞

85、東京本郷区根津須賀町弐拾七　東濃館内
小原敏麿様
親展
（封書・半紙二枚）

拝啓　家を持ツニ金百円無とハ停り事不成候由、過日之
紙面ニハ敷金三拾五円外ニ一ケ月分拾円之由ニ承候、それば
諸道具ヲ買求る金ある外ニも土産彼是ニ使用之由、先ハ
家を得るニハ五拾円位ニ而可也と存られ候、今之処ニ而諸道具
買ハ添にして家を借りる丈送附してハ如何也、私ニ於テモ余り
当年も借財ニ重なり候得者なり、
時に保険株式会社へ年に懸る事幾金ニ候也、是ハ預金
有なら宜しくも金を借るとか質を置とかして掛候様な
事なら止めニ宜し、只今迠ノ懸金を戻しニ宜し、それは
掛事だ、金ハ丸と請取る事出来不申者也、それハ金ニ不自
由置ト不だしと存候、此金ニ而も迷惑するで阿るべし、
猶亦炭商ハ宜しく候様ニ存られ候ハ学校之方ハ一ケ年限ニして
値段一俵幾ら位宜し、善悪彼是被申候得者迷惑千万
折ゝ度ハ善悪不申して収入候様取斗可申候、
先ハノボセ炭、毎日彼方此方ト運搬仕候者、聞見申候所、大体
一俵ハ五貫匁、若しくハ五貫五百匁位の品も有之候。右ハ騎
車運賃ニ関係ハ阿るべし、同弐百七拾俵位積之由、
早やくもおそくも同様候得者おやなれ者徳用ニなり
此度末々間合不申候間、何分にも取急ぎ取斗るべく候、
今度聞しく候ニ付ろくろく問合せ不申候間棕《しゅ》迠之
度不申上候」
稲苅も仕呂敷も苻候間、何分ニも是より宜しきやと
存じ迠候、　炭善悪大体申上候、ならの木炭ハ短しとも
筋阿り、くぬぎ炭ハなら同様見分附不申候、外ニ朴炭ハ筋
もなくな免々しき物上ハ灰ハ阿り候様ニ見得申候、やぢくヱ炭
又ハそろの木又ハ松木の炭も阿り、是ハかるく、たぎ火炭も
同様ニ見得る、兎に角炭に筋あるのハならか、くのき也、
何連ニもならの木の炭の入らぬハ筋もなくつらつらして
灰の気ハ阿り、又ハソだやそろの木ハ筋さらと見得ハ
是ハ宜し、悪しき炭ハ軽々候、下宿屋ニ而炭見得者
分明なるべし、先用事のみ、不一

黒岩舘
小原姓
十月廿七日
小原敏麿様

二白家ハ何畳ニ何程ト阿りや、炭商するニハ私も
東京ニ行くる事致す也、それハ一ツの間ニ關係なす依而伺出此
炭商法ハ久太郎氏も買人売人とも
同様ニして同儲仕度候趣、私存ニハ久太郎ニ黒沢尻迠の値段ニ
而買候得者私程と東京之値段ニ而それ迠ハよき希望とも、右様
次第ニ候得者止事得る候

猶亦久太郎江も相談之上後便ニ可申上候、（上中下之炭）値段
書後便ニ而只東と西ニ而家賃に事其用也、
岩手県和賀郡立花村黒岩
小原文太郎
十月廿七日

86、岩手県和賀郡立花村黒岩舘
小原文太郎様
至急
（封書・用箋三枚）

書面のウラにはやはり織江と書す可し

御書面拝見仕候
家を構成いたす儀につき、又ゝ御配慮を
煩はし段恐れ入る次第に御座候、
此れは先便にも申上候通り、何しろ五十
円にては家を持つ事出来不申候事
如何となれば敷金三十五円、賃十円と申し、
それにてにすでに四十五円を要し申候、
その外、転宅の荷とのを頼み、家うつり
そばを近所に配るは東京の習慣、これ
にてすでに五円の金はなくなり申候、
その外諸道具、なべ、かま、七りん、わん、箸、
火ばち、其他何ら安く見積りても十円
は相かゝり申候、その外米は東京の風
習として、先きに米屋に五円丈け預け置き
通帳と支物、これにて都合六十五円に
御座候、その外、障子紙、やかん、唐紙等
は出方より、買求めて入れねばならず、これにて
十円はかゝり申し候、都合七十五円、尤もから
かみ其他は転宅の場合家主に相当代
賃を以って引き取らするもの也、
其外学校の当局者へのお土産も、まさか
二円以下の品は持参出来ず候、校長は
前校長岸本博士[1]なれば心配なきも、同
博士は本夏死去、当時は木下校長に
有之これにも何にしても五・六円の物は
持参致す必用有之候、仝して十円と見」
て、すでに十五円、此外向方埋買を致す
儀と相成れば何うしても荷車は少くて
一台必用有之、百円の金はいやが応でも
必用に御座候、
東京の金利は月五分、即百円に対して
月五円、一ケ年六十円、これは信用貸しの
利子有之候、抵当を入れる段と相成候へ
ば、何うしても月三分、即百円に三円、年三十
六円と云ふ金利に有之候、
とても東京にて借金致しては商売
出来不申候、何とかとして百円丈け御

都合相成る様願上候、
尤も借金は重なるとの御心配、こは御心配ならぬ儀に有之候へ共、国には金利は何う見つもりても年十割五分、百円に対し十八円、乃至月二十円位ゐか関の山と存じ候、右の借金は決して昔にならず、何月致しても、月に一円五十銭也、二円の利を払ふ事出来ぬ様にては商売の必用無之候、
尚、先般も申し上之通り百円の保証金を入れて、その権利を此方に預りて置き、それを東京の炭屋にやらせても、その権利代として月に十円以上十五円以下の金は入手に預からず候」
それ計りにても、一ケ年の間には百円の次欠本の元利支払ひ終るに非ず候や、
何分崎かなりとは云へ、最早大学の方にては炭の必用に迎られ居る有様出来得る限り早具致さねば、契約を致す事不可能と相成るべく候、
来月十日前に御送金あられ度きものに候、尤も小生は十二月乃至一、二月頃よりにてもよし、（供絵(2)の件なり）権利すぐ払つて置けば当方の物也、十一月より国許の平均値段利子迠、仮りに一月迠三ケ月と見て、その権利を三十円にて他の者に貸す事出来るは火を見るよりも明かなる処に有之候、
何分取り急き御取り計らひ被下度、此處、家を持つか、保証金を入れるか何れか至急御了見をとりきめ被下度候、他の者は二百円以上三百円以下の保証金を入れ（契約に応じて）れる處を有り条件に御座候、かへす〲も機を逃せざらん事を祈り申上候、
先は用事のみ、取り急ぎ御返事迠、

早々　不一

十月廿八日　　としまろ

小原文太郎様

保険はすでに四百の金を払ひ込めり今とる事無用に不可能也、

東京本郷根津須賀町二七　東濃館内

小原敏麿

十月廿八日

注
（1）岸本博士―明治大学前校長岸本辰雄
（2）供絵―？

87、東京本郷区根津須賀町弐拾七　東濃館内
小原敏麿様
親展

（封書・半紙三枚附一枚）

拝啓、家を持ニ付百円無ハ持らえぬ事、其百円ニ而家ヲ持候もよし、それハ拾円の家賃ヲならは、外ニ示米も買ねはならぬ、今迠の下宿料十五円而下宿それは一ケ月拾五円ニ而外ニ金の入用なし、家構ひれハ拾円の家賃外之五円の過あり、此五円ニ而米代斗ニも不足な訳、能考案すれハ、今迠通ニして下宿仕りて炭商の方ハ保証金ヲ学校に収入して商行仕れハ宜様存候を、此度如何候也伺云、別段一家ヲ構だと云なんぬ、益ハ無るべくト存候、兎に角ニモ百円ハ来月十日迠に阿り候、なんとかして金配ニなるベト斗り居候間、金之事故、一月より中ハ後かもしらん、時に炭ハ国元より出来た炭、壱俵四貫匁の炭更になし、右ハ君ハ聞違ひニ而候ハバ、右炭儀買候而の後彼是有之候者損の基、此度学校江行炭ヲ能検担して可治越候、土釜五貫匁壱俵四拾銭ニして買致故を久太郎氏として嘶居し間、左様を得ざれ迠度候、そこで何角の相談ニ貴公帰宅仕るものなら宜しく候得とも、其事も不叶候間、久太郎氏ヲ上京致させ精蜜ニ調担之上なら如何也。私ニ於も君ニ於も不恙なるべし」久太郎なれハ炭を毎日ニ手懸居る者善悪から貫目から皆分明なるべし、就而ハ上京仕らせ候ハバ宜成る存候間、如何なるべし、往復拾円ハ掛り得とも久太郎ニ明治大学校江連行、右炭を見世候ハバ此位の炭なれば目方ハ何貫匁、炭ハよしとかあしくとか氏炭なれハ国元而ハ幾等とか分明なるべし、貴公ハ東京ニ而斗り見候得共国許之方の炭杯ハ見候事有まじく、君ニして土釜ニテ四貫匁之事嘶候者、猶亦眼方ニ売炭ハどうトカ、有ニ付私ニ於ても不分明、久太郎氏なれ者碇而分明して此炭なれば国元て何拾銭ニ買ニ宜し旨可申候、荷車を買ニハ黒沢尻ニ而壱台車八円五拾銭位拾円ハ上るなし、家を持となれば壱人ハ居られず申候、必妻とかを持不申内不可能、扨宅之節祖母ニ嘶候女是ヲ一先下女同様ニ依頼可申候、兎に角祖母ハ行家業続幷留守居とも可仕候、右ハ家を継候節之事候、尚亦保証金ニ而仕候節者下女も何もいらぬ、然るニ土釜五貫匁ニ而四拾銭位ニ而買求るニ宜しかて存候、四拾五銭と存候ハバ可也、時に右君、久太郎氏茂心配仕り、私共の商法ニ応じざる時ハ私聞配買」求免ル考候間、何分ニも学校斗ても宜候、月三百俵一車也、高く買ても壱俵五拾銭ニ買而も七拾銭ニ収入、それハ

拾銭ノ運賃ニして拾銭つゝ残る、それ者三拾円也、
然而も早速金配仕契約為仕候得とも存候様ニも不行
候、乍憚事学校の炭検坦仕候上、買初る者なら間違
なし、のぼせ炭壱俵四貫匁の品無之候間、其度
不恙ニ而候、貴所斗り心配なり、能聞能可申候、
壱俵四貫匁外ニ注文仕候間、送り候所ニ只今迠の炭と
一俵五貫匁と被申節者、夫ニ而失配ならそれニ付、
くど〳〵聞申候、久太郎も心配仕候、只今ニ至迠
のばせ炭ニ而それハ失配仕候、右ハ会社ニ送り
金出来不申ニ付之事、先通うまく金も出来候得者
早速ニ送り段々金も不来ニ送りして其時滞り
候間、其後責付候得而も金出来不申、夫ニ而ふまれ候由ニ而也、
送金之節者銀行より銀行ニ送度候間、何銀行ニ送
可申候、若又久太郎氏如何ニもと存候而上京仕らハ同人ニ
為持送り可申候、郵便よりなれハ金ハかゝる、

先ハ用事のみ　早々

立花
小原姓

十一月一日

東都
小原敏麿様

（同封書翰、一枚）

猶に申述候、何分ニも学校の方手続仕候乎、
衡置可申候也、大正弐年ハ一部収入する事ニ
相談仕候ハバ、大正三年よりハ皆倶ニ収入ニ相成也、
三部之内壱部而も宜し脇方ニ売候品なれば
よき品物而なぐハ不叶候、学校の方なれば少ゝ
の品ハ修る者也、学校ニ斗りならず小僧も荷車も
不用、猶亦是非ニ金之出来候所なら小売も宜候も
成丈あちこちと売附るより大ぎく売方宜し、
学校而ハあまりニ善悪不申乎と存候、
炭置段ハ一年限ニ上る様子、就而ハ炭契約ハ長ク
テモ宜し、値段之儀一年限ニ可仕候、高共安共ニ
売方買方共ニ宜候間年限之方也、
尚亦社より月給取申候ハバ右ニ而少し所間ニ合候様
可申候也、
若持家ニ候ハバ何角之品物送り可申候、鍋ハ新
ハつかえず候間、四五人行なら家より送る可申也、
買物之度まず報知あるべし、
契約組候ハバ直ぐ炭送り可申候、十二月より乎、
猶亦十一月半頃より而も宜しや、報知存じ候金
送りてから而も宜候得にも炭の用迠仕り様にならぬニ候、

十一月一日

小原織江

岩手県和賀郡立花村黒岩舘

88、岩手県和賀郡立花村黒岩舘

小原文太郎様
東京市外高田村
雑司ヶ谷四四一[1]
小原生
（ハガキ）

御送附の物正に受領、電報は
転居の後に書面がついては困ると思って打
ちしもの也、保証金もをさめたりし
候間、契約御安心をあれ、
何れ委細は書面にて申述
べく候と、先は取りいそぎ御
報らせ迄、早々　十四日

注（1）東京市外高田村雑司ヶ谷四四一―新宅を求め移転する

89、岩手県和賀郡立花村黒岩舘

小原文太郎様
親展
（封書・便箋四枚）

拝啓、先便にて申上げ通り、去ル十三日の
日当地に転居仕候、
最初は根岸と思ひ居り候ひしも同地は
根津よりは鬼門に当る由に御座候につき友人
等は鬼門は可成避けたる方よろしかるべしとの
諌めも有之、爾後家を見つけに奔走致し
た處、雑司ヶ谷に適当なる家有之為め
それにとりき免申候、
家は八畳、六畳、二畳の三間、うら庭として
四坪程あり、門構への一軒建て、四方立木を
以てかこまれ非常に閑静な處に御座候、
家チンは七円半也、敷金は三十五円也、
それはともかくとして小生か此處に引きうつりたる
理由は一つは小生の母神たる、[1]有名なる雑司ヶ
谷の鬼子母神[2]の鎮座ましますあるに御座候、
母神の近所ならば何かにつけて小生の身の上に
つき加護あらせらるべきかと自信致せし故
に御座候、
学校の方には去ル十日に契約[3]を取りき免
申候、九十五円の御送金の中、とてもの事には
と存じ、持って居れば費ひ果してしまふ恐
れなきにあらずと存じ三十円（五十円の保証金
を三十円にまけられ）丈け更に保証金を入れ
申候、而して、右の権利を来る一月三十日迄」
神田区三河町調印主人鈴木三郎助と申
す者に月十五円づゝにてと貸与の契
約をなし、本月分は半月故七円五十銭丈
け受取申候、都合百二円の内、買用を
申上ぐれば、

一、三十円　保証金　　一、三十五円　家の敷金
一、四円二十五銭（十一月分の家チン、但し日わり）　　一、三円五十銭　火鉢
一、八十銭　ハン台　　一、二円八十銭　米一斗
一、四銭　フタツキ茶ワン五人揃　　一、一円五銭　ワン五人揃
一、六十銭　お鉢　　一、四十銭　皿五、
一、二十五銭　小皿五、　　一、三十八銭　御利二本、
一、三十二銭　重ねセト、　　一、十五銭　フタ物、
一、八十五銭　ヤクワン一、　　一、四十五銭　土ビン
一、一円十四銭　スミ二俵　　一、四十六銭　カヤ七リン、
一、三円四十銭　フトン一枚、
一、七十銭　キャラコウラ地一反、
一、一円十銭　引込料、　　一、三十銭　瓦斯器
一、二円二十銭（金物一式、ナベ・バケツ他一式火箸）
一、三十銭　ハガキ二十枚　　一、七十五銭　茶一缶
一、五十銭　茣代
一、一円二十銭（引テソバ料）　　一、二十五銭　下駄
一、二十四銭　細引三本、　　一、三十銭　カップシ
一、六十銭　本ダナ二ケ、　　一、三十銭　石天一俵
一、三十銭　おかし　　一、十二銭　アサツケ二本
一、三十四銭　タビ一足、
一、一円二十銭　ハオリト袴の仕立て代、
一、二十銭　セウ油五合　　一、三十五銭　油五合」
一、十二銭　鮭六切れ　　一、六銭　ミソ
一、二十七銭　デンシャ　　一、二銭　なっとう三包、
一、五銭　ネギ　　一、十銭　鮪四切
一、三十銭　傘　一本　　一、十五銭　ハシナゼン、
一、二十八銭　ホウキ一本　　一、十五銭　スミ切り一ツ
一、七十五銭　米ビツ　　一、十銭　スリバチ一ツ、
一、十六銭　カメ二ツ　　一、十五銭　セウ油入一ツ、
一、一円也　クツのなほし代　　一、二十四銭　フタ一片
一、十二銭　トウフ六日分、六挺　　一、三銭　マッチ一ハコ
一、五銭　ワカメ五ワ、　　一、一円　大ソウジの人夫
二人分、

〆三十五円四十五銭
総計百円四十銭五銭　サシ引キ残金二円五銭

右の有様に御座候、
尤も右の内、家の敷金三十五円と、学校の保証金三十円、都合六十五円丈は手元にこそなけれ、残り取るも同契に御座候へば、都合三十円にて家をもつたわけに御座候、
然る處、来月は歳末と云ひ、其他種々の雑費もいり申（学校の教員、其他のまだお礼も無し居らざる候）学校の事務員、其他のきげんを取おかねば事六ッかしくし、何時いかなる失策をなさしめらるゝや計りかたく候間、それやこれやにわいろの必用、土産物として菓子折りなどの持参の必用有之候間、本月末までに金十」円、出来ぬならば本月末に五円、来月初旬迄に

五円六円にても宜し候間至急御送附被下度、
折角これ迄に致して、失敗する様なことありては仏
つくりて魂を入れぬもの同様に御座候間、至急願上候、
尤も来月末には三河町鈴木よりの十五円は間
違い無く送附可致候間、右可成御願いそ
ぎ御送附の程願上候、
小生の身体は至極健全、一人で自炊に御在候へ共、近
所に女人（となりに）居り候ハバ、小生出社(4)の時はその
老母は子ども守かてらに留守致しくれ候、
祖母様の御上京は来三月になし被下度本年末
は種々の入費か丶る為め月給も小生一人分
ヤットに御座候（郵便局は小石川高田豊前町）
因に雑司ヶ谷は根津よりはイヌ井に当たる由
に御座候、
先は用事のみ御願上申候。不一

十一月十九日　　としまろ

小原文太郎様

東京市外高田村雑司ヶ谷四四一

小原敏麿

十一月十九日

注
（1）小生の母神―小さい時から母の神、生母に捨てられたと言う意識があるか、
（2）鬼子母神―子供の頃より祖父に鬼子母神を教えられる
（3）十日に契約―自分の母校明治大学に炭を売ると言う契約を成す、
（4）小生出社―会社に出勤の折り、社は出版社か、

90、東京市外高田村雑司ヶ谷四四一

小原敏麿様

親展

（封書・巻紙）

拝啓、根岸江移転之由承候度ニ鬼門
ニ而悪との事、右ハ君ニ於ハ全く悪きて
なく吉方ニ候、但し十一月悪き故戊亥
なれば尚吉方也、高田村雑司ヶ谷ニ移り
一軒屋（長屋てなく）ニ而候在ニ候得とも家ハ町ト同
様ニ而可有と存候、併移り候事ハ宜し
候得共独居屋案事申候、貴公
入社ハ実ニ候ハバ出社之節ハ家ハ
留す居なくと存候得者案事
居候、隣家之祖母子守がでらニ
守り暮《ク》れ候趣、私共之内誰なり
出京仕ものあれ者宜しくも今之
處て農事ニ付多忙ニ而候得者
迚も参り承事不叶候、折を見合
上京して見上申度候間、被待
置度候、然度移り候得者家
道具無ハ不叶候得共今之所而
皆々用意なくとも間ニ合候様申べく

候、君ニして余金有様ニ成候ハバ何角
段〻求め置し承候度ニ大概之者少〻とも
買求え候由、先ハ是よりハ金之
度斗り気を附可申候、家より
金持参して家具求め候共
何之益なし、家を持候なり金を
持参仕られ者家而込る訳ニ而候
間、持参致ざる様可申候、
猶亦金入用之由ニ来り申候、
過日送金ハ炭之方ニ并家を
持置ニ間ニ合可申而存差上候、
處、右ニ而不足する由ニ候得とも
私ニ於而も重〻借金仕度なく
候間、此度感弁被下候間可然候、
末迠ニハ五円位ハ差上可申候間、
開店ニ相成ル様可取斗者也、
幾ら乎月給も取筈ニ而候得間、
尚亦来月十二月ニ而候得者
夫近ニハ貴公も少〻ハ働も
とるならん、是よりハ辛抱して金ヲ
ためる了簡ハ可然候、
兎に角にも雑司ヶ谷ノ鬼子母神
有名ニ而候、貴公母神ニ而候間、
何時も願をなし祈申候ハバ
感謝ならさる事なし、近所ニ而候
間、何時も参詣仕なら宜しく候、
尤雑司ヶ谷鎮守なら猶更之
事ニ信心致すべし、而家を守
候様依願すべし、兎に角ニも
家之悪魔を抜守札(1)ヲ近日
差上可申候、
時にいもの子、祢ぎの様なもの
差上可申哉、猶亦一月一日之餅(2)
ハ家より送り可申候、如何入用哉、
猶亦炭ハ二月何日より贈り候得者
宜しく哉、伺て久太郎氏トも噺可申候、
外ニ御相談申度事候至急候得共
別紙とし趣く貴公ハ呼題見合
帰宅それとも猶亦拙者出京する共
商方ニ付面会仕相談申度候、
先ハ用事已ノ余後便ニ

十一月廿二日　　立花村
小原生

東都
小原敏麿様

岩手県和賀郡立花村黒岩舘
小原織江
十一月廿二日

注
（1）抜守札—舘三社のお札
（2）餅—正月飾りの餅

91、東京府下豊志磨（ママ）郡高田村雑司ヶ谷四四一
小原敏呂（ママ）殿
必親展
（封書・巻紙）

謹啓御座候、陳れバ賢兄ニ者先般来小生と同じき自炊生活を始められたる由、未だ御不慣の事とて御困難さこそと案上申候、東濃館一件ニ就而は兄の為賢兄主として奔走の労を取られ候由、無ゝ御痛心之御事と存上候、倩而兄の将来ニ関し小生と御熟談被下之由これニ就ては小生のみならず親戚一同一方ならぬ心配を重ね居り候間、是非賢兄の御意見をも拝聴致し度候へども只今までの兄ニては徹底小生共の言ふことを用ひざること、存[1]じ申候、惟教唐杉兄玉等さへ手を引きたるは賢兄も充分御承知之事と存じ申候、況んや小生の如き愚物の忠言[2]如何にして容れらん申すべき、唯々賢兄の如き真情ある友人之忠告は或は万が一兄を感動せしむるを得るかとも存じ候へども、一体兄は入らぬところに負けぬ気を張る[3]男に御座候間、これも如何なるべきかと気遣はれ申候、それ故小生はむしろ先便の御玉面に賛成仕り候、「見て見ぬ振り」[4]これが最良の手段に御座候、而して徐ろに兄の自覚の機を待たむのみに候、兎に角今月は経済上大ニ困却致し居候間、来月中ニ上京仕り御高見拝聴仕るべく候、早々　頓首、

十一月廿二日　百座助男

小原敏麻呂賢兄

玉机下、

横浜市中村町一二〇六

阿蘇助男

注

（1）用ひざること、存じ—敏麿は人の言うことを素直に聞く方でない、

（2）忠言—敏麿の性格を現している

（3）気を張る男—敏麿の性格を指す

（4）見て見ぬ振り—友達の意見、金銭的問題か、

92、小石川区大塚坂下町五五

佐々木市郎

小原敏麿　両兄

（封書・巻紙、頭部分切れる）

拝啓、
日は邪魔申候上候
扨唐突ニテ実に申上兼
□か小生儀待合ずまい
□大に諸方の信用を扱
之候間、脱退[1]致度、昨日
□生丈け小部より負
□の証文をさし入れ脱退
に決着仕候、実は目下
吉原大崎屋[2]に居りあり候が、小生は近き内借
款団[3]より退き一応帰
国せん心組に候間、左様
御承知を被下度、就てハ実
に願兼候へ共其間宿
なしニテハ困り候間、御両君
の内何れかに下宿致し
□居り候様なし度き被下ま
じくや（最も小原兄の住所は借
款連中ニハ一切秘密に致候間）
実に願兼たる儀に候も目下
小生の境遇御悶寂右御
諒諸被下度、決して両
君の御迷惑となる様の事
は小生義として致すま
じく此段呉れ〴〵御願
申上候、早々

敬具

十一月廿四日　伴男

佐々木

小原　両君

西　伴男

注

（1）脱退—敏麿主宰の団体か、借款団か

（2）吉原大崎屋—

（3）借款団—政治的結社か、中国、満州に関する研究団体か、

93、市内高田村雑司ヶ谷四四一

小原敏麿様

机下

本郷区東片町

新公論社

（ハガキ）

拝啓　先日は御失礼仕候、十二月号玉稿ニ対する御礼候ハ御送り申上候も、振替貯金ニ候間御前ニ相届き申候は六日頃と存候一月ニテ人物評論之外（一月号の中心記事）「新しきめ」と小題目の下にの方面にても宜敷候間、解剖的評論的記事御願申上候

94、東京府下豊志（ママ）摩郡高田村字雑司ヶ谷四四一

小原敏麿賢兄

横浜市中村町千二百六番地

阿蘇助男

十二月六日

（ハガキ）

拝復　陳れハ兄身上に関しては一方ならぬ御芳慮を煩をしまことに〳〵難有御礼申上候、実者先頃来一寸参謁万御高見相伺度存居候へども相変らずの貧乏にて心〻任せ不申候、今□御無礼申上候儀ニ御座候、しかし年末までには是非一度参登仕度心組ニ有之候、先は右御礼迄、尚任貴意佐々木(1)梶原(2)両氏へは之と同便ニテ礼状出しおき候間左様承度下度候

注（1）佐々木—佐々木市郎か

（2）梶原—

95、岩手県和賀郡立花村黒岩舘

小原文太郎様

親展

（封書・便箋四枚）

受領証

一金五円也

一里芋　若干

一すず子　若干

一ネギ　若干

右正ニ難有頂戴致候也

十二月六日　小原敏麿

小原文太郎様

東京もめつきり寒くは相成候へ者、未だ

綿入りを着せずしてよろしく候、水道は来らず候へば井戸水に有之米をとぐにも安ず白木ハ有之、殊に近来は飯の炊き方もよほど巧妙に相成り申分無之候、家賃は決して高き事無之、半町程行ば小石川高田、春川町の通りに行くし、これが本郷通ならば月十五円は当然係るゝ處に有之候、

いも殊の外結構に有之、賞味致し候、近所には七戸と連続して人家あり。ことに友人の老母はその嫁と折合悪しく候へば宜しく小生方に現るを喜ぶ有様、随分種々と相談を致し」

しくれ申し候、下女は当分社の月給の上る迠は置かざる心に御座候。三月になれば玉[1]が東京に来るらしければそれにて可也、東京にて下女を雇へば月三円の外かみゆゐ銭、湯銭として外に六十銭を与へるか炊室に今座之食料費、他にて月十円位ゐは余分のものかゝり申候間、まさしく見合はせる考へに御座候、決して御案じ被下間敷く候、慣れて見れば案外楽なもの、婆を雇ふても月に湯銭共三円はとられ候へばまず一人でやる考へに御座候、

炭は目下、非常の大下落に御座候、四貫〆土かま四十五銭、くぬぎ六十一銭(日数〆)に有之候、兎に角もその時は小生とり改めて御通知可申候、

それから餅は三升分位ゐあつたらよろしからんと思ひ申候、かがみでなくともよし、切つて下されば都合よく候、その外小豆を二升計り(これは胃を悪くせし為飯に入れる考へ)胡マを二・三合、サシミ豆を一升計り御序の折御恵与被下間敷く候」

それから、お願は先般も申上候通りアト五円丈けは何うしても無くてはかなひ申さず候、歳ぼにも足らず、がへて例年の様に新年会、忘年会は時節柄少なかるべきも、二三回はあるとの風説、その為め何うしても本の月給の半分以上は費さるべく、尚又学校には学友会[2]もありかた〳〵出費非常に多く困り入候間、衷情御察し被下度候、

これからはヤセてもかれても一家を構へし者決して以後は御無心申まじく候間、廿四五日頃迠に六円丈ぜひ〳〵お願申上候、何事につけても賄ろがかんじんに候、殊に御用商人は甚しきもの、学校の小使や何かはそれをアテにして居る者あるは普通の事に有之候、

何卒々々、断然今月限り、この度限りに御座候間、六円丈け御願申上候、これに対しては別に御返事入らず候間、ぜひ二十三四日頃迄

に御願申上候、月給のわたるのは三十日、歳ボを配るのがをそくて二十五日に御座候間、くれぐれも御願上候」
本年は殊に家主の方へもセイボをやるの用、家を一軒もてば多くかゝり申候、
只うまい、好きなものは喰い放第、これ丈ケが一往に御座候、道具はあまり求めず候も当分間に逢ふ丈けは求め申候、先月分の月給の中にても買ひ求め申候、セトモノ、ワン、家具道一ト通り揃え申候、
三月にお越しば、玉が上京の時是非祖母様同伴御上京願上候、
米は一円に三升七合也、一円の米が十日有之候、それでも下せわに居た時よりは満腹致し生マ鮭は一切れ三銭位に、タラは一ト切が一銭五りサンマは一匹五リ、シホ引一ト切れ二銭に御座候、それからアツキは一升二十五銭、カツノコは一引二十八銭に御座候、
おつゐでにカズノコ[3]もお願上候、
先ずは用事のみ申上候　不一

としまろ

祖父様

六円はれぐれも廿三日迄にお願申上候、
東京市外高田村雑司ヶ谷四四一

十二月八日　夜

小原敏麿

注
(1)玉―妹の玉、日本女子大学入学の為、
(2)学友会―明治大学の校友会
(3)カズノコ―北上川で採れた鮭からの数の子

96、岩手県和賀郡立花村黒岩舘
小原文太郎様
親展
(封書・便箋三枚)

受領証

一小豆　若干
一胡マ　若干
一さしみ豆　若干
右正に受領仕候也

小原敏麿

小原文太郎様

本月は先般申上候通り賞与金は小生別に新聞社[1]より入るアテ無之候、何となれば右は半額の成績に対する者にして、つまり七月より入社すれば暮の賞与を貰ひ、それ後はなれば七月の盆に貰ふ物に有之候、今度は貰はぬかわり盆尓は月給の三ケ月分は何う少くつもりても貰ふわけに御座候、而して本月は謹(禁)園中に有之候へば例年の如く新年

会は致さやるも、その可はり忘年会は相かまはぬ趣、東京市長より達しありたるの為め、右会は何うしても三つ四つは有之らしき枠、これに対する会費、外に本月は御歳暮を社長・編輯長・其他幹部の三・四人にやらねばならず、外に家主と、平常お世話に相成り居る大浦之宅、外学校の職員、小遣等にやらねばならず、とても月給にては足らず、此故六円御無心申上候次第、右様の状況に有之候間、何卒大至急、二十四日頃迄に御送附被下度願上候、

尚借金の方は、(2)決して急いで与越す必用無之候、右は利子丈けにても支払ひ置かるべし、尤も此の十二月に相成り候ハバ多少は御送金(3)出来るかと思はれ居候、それでなくとも炭の方の利益にも、本年（大正二年度）の中には弁済出来得べきに依り、決して御心配あらせられぬ様願上候、

炭の方は目下非常に下落、何しろ群馬地方が非常の不景気の為め炭をドシ〳〵東京に入荷する為め、炭商は大打撃をうけ居る次第に御座候、尤も右は永続するものに非ず、二月よりは品切の見込みに有之候間、右また御安心ありて可然候、

夜具に余分なものはなけれど御上京おとまりは差支なし、なれど三月になし被下様願上候、来月者祖母様只一人の汽車の道中、小生も案じられ候間、右はたまが上京の際同道可然と存じ候、

兎に角小生も只今の處に何のさはりも無く自炊をやり居候、慣れぬ中は随分苦しかりしも只今に手は飯の炊き様などは天晴師匠様に相成申候、

何はともあれ六円丈けは左様の儀に御座候はば大々至急御送附お願致し候、末日迄にてはとても間にあはず候間、ぜひ二十五日頃迄に御願申候、右は屹度アテに致し居り候間左様御承知上御願に計らひ願い上候、

隣の婆の事は少しも心配なし。くはしくば先便を熟読致され度く候、

根岸へもよろしく願上候、鼠が家中を荒れは居りて困り入り申候、

先は用事のみ御願迄

早々　敬具

十二月十九日
としまろ生

小原文太郎様

東京市外高田村雑司ヶ谷四四一
小原敏麿

十二月十九日

注
（1）新聞社―何処の新聞社か、
（2）借金の方―舘の実家の借財の事
（3）御送金―暮れには送金すると言うが、

97、和賀郡立花村黒岩舘
小原文太郎様
盛岡市馬場小路
寄宿舎内　及川多満拝
（ハガキ）

拝啓
日々寒気に向ひ候ところ御祖父様
並に御祖母様に者其後御変りも
いらせられざる候や、御伺ひ申上候
私事者無事に暮し居り候間憚り
乍ら御安心下され度候、試験者昨日
にて終り今日と明日休みにて二十二日午後
一時何分発にて帰省いたすべく候、くわしき事者
御目もじの上先は御知らせまで、

98、東京市外高田村雑司ヶ谷四四一
小原敏麿様
親展
（巻紙）

冬至ニ相成候得者殊ニ寒く
困り申候、此間一両日中に
雪降り五寸位積り申候、
是より段々ニハ深山ニ降可申候と
存候、其御地杯ニハ雪降る事
今頃ハなしト存候、然度ニ金六円
入用之由、廿五日迠ト在之候ニ付今
日を以贈り申候、金五円なり、
アト壱円之所ハ餅送之節
差上申候、餅之儀ハ旧十一月
十八日之晩搗申候間、廿七日成也、
廿八日ニ成也、両日之内差上べく候、
天気を見合候而之事、
夜中者石油使用ニ候間
何分ニも大切ニ仕候、電火
無之而存候、何分ニも火盗之
要心第一也、何分出勤
又ハ用道之節者深く
祖母とも頼置候様可申候、

成丈ハ大切之品物杯ハ隣家江
依頼候様ト存られ候、一家ニ
壱人ハ誠ニ困る事ト存候
間留す居を頼置候用専一ニ候、
私も折を見合見舞ニ
上京仕度猶亦鑑定等も
仕度ニ就付左様ニ存候とも
何角多忙ニ付乍思延引
及候也、先用事のみ余ハ
後便ニ可申に候

立花村

小原

十二月廿四日

東京

小原敏麿殿

岩手県和賀郡立花村黒岩舘

小原織江

十二月廿四日

99、本郷区根津須賀町廿七　東濃館方

小原君

井坂(1)

（ハガキ）

昨夜ハ失礼馬子唄正(2)ニ落
手付丁ハ前科者及ビ罪
の命ノ正本早速御
返却被下度衣裳其
他ノ一件見タク候ニ付何
卒願上候

注（1）井坂―劇作家か、
（2）馬子唄正―劇の小説内容か、

大正二年（一九一三）

1、岩手県和賀郡立花村黒岩舘
小原文太郎様
雑司ヶ谷四四一
小原生
（ハガキ）

謹而年頭の御挨拶申上候
小包正ニ受領仕候、
尚本日よりこらひかねて下女(1)
（四十二才、名たみ）を雇申候、
先は用事のみ
（小包では鉄道便がよし、停車場は大塚、又は
池袋、目白何れでもよし）
三十日

注（1）下女―家政婦を雇う、名前たみ、

2、和賀郡立花村黒岩
小原文太郎様
（ハガキ）

謹闇中新年之賀詞
御遠慮申上候
追啓旧年中は種々御厚情に預かり
難有奉深謝候　尚本年も不変
御引立之程奉度候　謹言
一月一日
陸中国台温泉場
冨手三太郎

3、東京市外高田村雑司ヶ谷四四一
小原敏麿様
岩手江刺梁川
（ハガキ）

一行欠
君ノ御便より□□□様□□□、
處へ者御何となく眼ニ見へる様な心地(1)
する様にも未だ〳〵田舎考へならぬ
が近き中に音つれ度思ふ、健康に
居たまへ、余は後便ニて、
これかき始て
一月一日

注（1）母松枝のハガキか、

4、和賀郡立花村字黒岩
小原文太郎
小原長吉
（ハガキ）

謹賀新年

併謝平素之疎遠
尚祈将来之万福
大正弐年一月元旦

5、東京市外高田村雑司ヶ谷四四一
小原敏麿様
親展
（封書・巻紙）

新春の御慶何方も幸度申納候、
先以御無事ニ被成候越年之由珍重
奉上存候、随而私共無異明年仕間
御案神可被下候、然度ニ金壱円
入用之由来候、今度貴公も一家
持得者御祝儀として差上度く
候間可得迄候、過日餅幷外一円
贈り申候、胡桃の中ニ入申候見付
候ハバト存候、兼而御哈之金炭之方
より拾五円入るニ承談ハ此金入候ハバ
月給幷起金五拾円也、右金ニ而
一ケ月の入費不足する限なれ者
下宿する方ハ能くて存られ候、
右御考察可然候、
時に炭之方二月よりハ贈り可申也、
如何に仕候得候当一日どうしても
炭ニ而商仕候而間偏哉、才払込の
考ニ候間、貴公とも其存入ニ而働
申候様被下度候、当年之所利斗り
ニ而仕払可申考ニ候、
炭之方国許より持参し方宜也、
猶亦月拾五円宛ニ成方宜也、
此所考可申候、壱月ニ拾五円宛
相成候得者二月より年ニ百五拾円
ニ相成申候、それは宜を貴公ニ
贈りし鋪金幷保証金之定杯ハ
名儀斗而も君もなく出来可申候
併当年中ニ偏成方あら〳〵ニ
払込候様、何角ニ商法申度候
間、徳用相成べき物有之
候ハバ通知可申候、
猶女中雇入之由、右ハ玉の行前斗
都合也、猶近頃之者ニ而候ハバ伺云
私ニ於ても旧正月迠罷越致し
考有之候間被待迄度候、
祖母ハ玉の出京之際ニ参り可申候、
拙者ハ前より案し上京して君の
自炊方家業法教授申度
咄居候も多忙ニ付末〻被参候、
先ハ用事而已、早々

一月五日　　　小原

小原敏麿様

岩手県和賀郡立花村黒岩

小原織江

一月五日

6、東京市外高田村雑司ヶ谷四四一

小原敏麿様

親展　　（封書・巻紙）

厳寒甚しく雪も一尺余積り、殊ニ寒く困り申候、然度ニ貴公御病気之由、如何なる煩ひ成しより候ハバ、困難仕り候ハバ等節に居候、惟下女居候ハバ左なきニ於ハ如何仕り兼ね居候間、此約聢而書認報知可被下候、就而ハ私モ見舞ニ罷越度存候得共、今ハ当地方ハ十二月ニ而取引月ニ而何角ニ多忙ニ付参り兼候間、猶亦祢居様な訳[1]ニ候得者、早速ニ乍継可申候、何分ニも大切ニ保養あれ、猶炭之商方ニ付折角ニ紙面差上候得とも未ゝ止事ハ不来ニ候、来月より初入ニ度之由、二月ニも相成候ハバ就テハ二月中旬からなれは二月初ニも宜し、多分ハ二月十日前ニ而御待候、一月末ニハ是非ニ買始祢ぐならず候ニ付当月初ニ伺ひ候得共其後一向ニ紙面もあり何と此度能様止る、不来ニ候、惣して炭値段彼是猶亦袖着候事ならハ不可能、兎ニ角全快後ニ而宜し何連ニも校内江相約□置候不違約仕も気之毒ニ候間、当座私な不久太郎なり罷越候ハバ行くも仕り度候、先ハ用事而已見舞迄に申上候、

一月廿九日　　　小原姓

小原敏麿様

尚ゝ申上候御病気の所、何分ニも大切ニ可仕候、
私ニ於も怠らず祈祷仕候間、被仰ぐ迄度ゝも阿るニも善悪報知被下度候、
及川馨三[2]一月十日ニ死亡、

右ニ付直志[3]ハ四五日以前来り
申候、近日上京之由、
岩手県和賀郡立花村黒岩
小原織江
一月廿九日

注
（1）祢居様な訳―寝込む意味か、
（2）及川馨三―新屋及川汪の息子、馨水三の事、キク枝の兄、
（3）直志―馨水三の子供、文太郎の親戚、

7、岩手県和賀郡立花村黒岩舘
小原文太郎様
親展

（封書・用箋三枚）

拝啓
御注意に古舎つき豆腐を干申候
然も皆黄色に相成申候、
本日社より月給[1]を持参致し申候處、僅に
十二円より外無之、右は本月は焼討ち[2]
さわぎの為め入費もかさみ新聞も買わ
ず其為めなればとの事に有之候、
洋服は出来致しも候為め一ケ月分
残、為めの月十四円支払ひ（アト毎月八円や）
約束有之為め、九円丈け本月支払ひ
洋服持参致し由（新しき方）
尚昨日築土（地）警察[3]より襦は発見せられ
たる由、及び襦は横すか（横須賀）にて捕はれたる由
申し来り候、右襦は同じにし東京芝
区の質やに四円にて入質しある由に御
座候、尚警察には洋服を早速うけ
出す可し、さも無きに於ては質屋に
あまり損害をかくるの故と申し来たり候、
就ては右至急質うけ致し度候、尤も
神田より十五円づゝ来るもの有之候へ共」
本月は靴買わねばならず、とても足り
申さず、月給の残金三円の中、米や何かを
買故既に小分に相成りとても洋服と襦
を出す事かなはず候間、何事此書面届
次第十円丈け至急御送附被下度願上候、
質屋の方は小生本月中にうけると警察に
て申して来り申候、それ故、もしそれを経過す
れば小生の権利を消失する事と相成るも
のに御座候、質屋規則として本月限り
のものは来月翌月の三日迄は猶予致し
くれるものに御座候間、オソクとも来月三日
迄に引き取らねばならぬ仕末、何卒して
十円丈け至急お送附被下度候、尚神
田の炭やの方は過日の大火[4]の為め、そ
の物置と家を半焼に逢ひたれば、これも

例月の如く二十八日迄に金をよこすか如何には計られ難く候、何はともあれ洋服の無き為め(本日迠)出社致さぬ様な仕末、明日より出社致し度きも靴とでんしや賃無きの有様、此處」何卒□して至急御都合、十円丈け御送附被下度願上候、

内閣更りて否や、大浦氏(5)の威光もあまり警察に対しきかなく相成申候、警察よりの申し聞けるに対し、本月中にうけると云はねば斬かる事まかりしならんと我なら後悔致し居候、仰はともあれ三日迠に、をそくとも相渡し度、右至急懇願仕り申上候、

二月廿五日

としまろ

祖父様

東京府下高田雑司ヶ谷四四一

小原敏麿

二月廿五日

注

(1)社より月給―出版社か
(2)焼討ち―新聞社が火災か
(3)築地警察―着物が盗まれて売られた由、
(4)大火―神田の火災か
(5)大浦氏―大浦兼武氏の御威光も警察に効かない

8、岩手県和賀郡立花村黒岩舘

小原文太郎様

在東都

としまろ

(ハガキ)

前略　過日の書面御らん被下候やいかゞ此年と申上げしをい可に御らん被下候にや、何分共に願上候、たまの上京幾日時になる事や、これまた御一報願上候

先は用事のみ

早々　不一

四月四日

9、岩手県和賀郡立花村黒岩舘

小原文太郎様

府下高田村雑司ヶ谷四四一

及川多ま拜

(ハガキ)

四月八日

先日出立の際者御見送下されましていろ〳〵

の頂戴物など致しまことに有りがたく
存じあげ候、途中無事一昨夕到着
致し候間、憚りながら御安心下され度候、
万事一不なれの事とて困り申し候へども
追ゝにてよくなる事と存じ候へば御心配
下さるまじく候、すべて兄上様の御世話
にて学校の方も都合よろしく候、御安心
下され度、いづれくわしき事は後に申し
上べく候、兄上様よりもよろしく、
先は安着御報知まで

10、岩手県和賀郡立花村黒岩舘
小原文太郎様
東京府下高田
雑司ヶ谷四四一
小原敏麿
（ハガキ）

十五日
拝啓、久しく御無沙汰致して居候、お二た方様
益、御清祥の事と奉り存候、小生等(1)も益ゝ無事
寄に御安心被下度願上候、（たま上京の際托せしもの
正に受領申候）、これより役に立たぬかと思ひ居候処
たま儀以外に役立ち小生も安心致し居候、
右は一日も早く致し度く存じ居候へ共、何分にも
例の原稿の為め(2)一日も寸暇なく、出社も致さず(3)
執筆致し居る様子有様、随って方々にも御
無沙汰致し候間、祖父様よろしく御伝言
願上候、（尚たま儀、学校の裁縫好く(4)縫ふ物なく困り居候間、
何
にてもあれ御送附縫はせ被下様、根岸(5)へもお伝被下度候、実に
□
当方にて出してもよろし、ハカマを除く其他のもの）

注
（1）小生等―敏麿と妹たま、母も上京か
（2）例の原稿の為め―後の発行する『講談体日本外史　源平の合戦』を指すか、
（3）出社も致さず―出社せずに
（4）学校の裁縫好く―たまは日本女子大学家政科に入学、後に英文科に編入と、安井愛氏談、
（5）根岸―小田島鉄氏へ、兄妹の縁を結んだ鉄氏へも、

11、岩手県和賀郡立花村黒岩舘
小原文太郎様
（封書・用箋四枚）

外史字引必要ナシ
拝啓　過日は御恵送の品ゝ
正に難有頂戴仕候、
次に、過日盗難品は未だ発
見に至らず候、何れその中
に出るかと思ひ居候、
小生事、近来机に座し続け
の為めか、又ゝ痔を起し放

り居候、
社の方へは毎日出勤は致さず宅
におりて原稿書き送り居申候、
次に過日拝借の五円もお返し
申上げべきの處、先月は係膜
料[1]三十円、本月は四十円かける
必用あり、為め大分予算に
狂ゐを生じザット家賃
丈げ不足を生じ申候仕末」
尤も社よりは病中と称して出勤致
さぬ處より（外史原稿の為め）月給
を減せられ、外史[2]の方は六十円の
中、四十円は原稿引きかへの上
支払残金弐拾円は製本[3]出
来次第と云ふ事に相成申
候仕末、されば本月は神田より
の十五円を加へても月給と共では
諸払ゐを致しては少しも残らぬ有
様、殊に前申し述候痔病の為め
一回注射を致すとすれば尚更
不足を生ずる有様に御座候
につき、何卒此書面着次
第おそくとも四日頃
迄に七円丈けお借致し

度く存じ候、尤も右の金」
員はおそくて本月には屹
度返却致すべく候間、何卒々々
お願申上候、この前の拝借の分
と云ひ、又ゝ斯様にお願申し
ては、御信用とてもあらせられ
まじく云へ共、何分にも痔と
申す者を控へる居る外、此
上原稿を書く必用有之候につき
今の中に注射致し置かされば
外史の執筆覚束なく候間、
何卒々々哀情御推察の上
ぜひ〳〵お願い申上候、玉上京の
上は、松枝[4]よりの注告もあり
拝借は致さざる覚悟にては候
ひも右様の有様故、涙を呑ん
でお袖にすかり申候間、何卒」
四日迠の間に届く様お願申上候、
今月末には先達ての恩借の分
と共に屹度神にかけて御返
済可申候間、何卒々々お願
申上候、
序でに干し餅（かがみ）と障子紙
（当地方は一本廿五・六銭也）御送附

被下度願上候、
御返事には別に及ばせられず候間、
四日迠に届く様くどい様なれど
必ずお願申上候、
先は用事のみ、お願い願迠　早々、不一
　廿八日　　　　　　　　としまろ生
祖父様、
東京府下高田雑司ヶ谷四四一
　　　　　　　　　　　　小原敏麿
廿八日

注
（1）係膜料――?
（2）外史――『講談体日本外史　源平の合戦』か
（3）制本――製本の事『講談体日本外史　源平の合戦』か
（4）松枝――母松枝はタマの上京に併せて滞在していた、

大正三年（一九一四）

1、府下高田村雑司ヶ谷四四一
小原敏麿様
（ハガキ）
賀正　大正三年元旦　柳川春葉(1)
注（1）柳川春葉―硯友会四天王の一人

2、東京市小石川区　女子大学敷島寮内
村田よ祢子様
及川たま子様
盛岡市馬場小路　寄宿舎
舎監生徒一同
（ハガキ）

承れば過日御校に大事これ阿り候との事にて皆々おどろき入り申し候、定めし皆様も御驚きの事と御察し申し上度候、幸屋根のみにて鎮火致したる由、何によりの御事と安心致し候、奈にとぞ当校出身の皆様へもよろしく願上度候、先ハ一寸御見舞まで、かしこ、

3、東京市外高田村若葉町十一
及川たまこ様
呉市中通り六丁目
保持ちか代
廿五日　（ハガキ）

此処五六日免つきりと秋の気分がと等では無しにみなぎって参い里ました、だい分御たよりが御座いませんね、相変らず御達者だろうとは蔭ながら、私も相も変りずつまらぬ事を悲しんだりこれしがつ多りして居里ました。でも悲しいつまんない方が勝ちなんです。御約束の写真を御送り致します。いやにすましこんで居る風ってたらありやしない、ほんなにすま須気ではなかっ多が、眼なんかあな多の兄君にも劣らずでせう、凄い様だわホ・・・、まア何んでも良いからおさ免して置いて下さい、次にあなたのは是が非でも一葉下さらなきやいけませんよ、あの雑誌阿里がとう風がわりですのネ、でも私あまり好きません勝手

ばかり申してすみませんけど、
おつ居でに山の内可っちゃんに少しは御たより下さっても損は無いでせうと申していたってね、そして写真を早く御送附下さい、そしたら私のを御送り致します可らってね、御願致します。

4、府下北豊島郡高田村若葉十一
及川たまさまへ
曙町
梅子
（ハガキ）

26

意外の御無沙汰しましたが御変りございませんか、私ね十七日に又鼻を手術しましてねまだ床に着いて居りますの、たいくつで〱困って居ります、それに手紙もかけず今日はじめてペンを持った様なわけですの、おひまの時はいらっしゃいな、一つおねがいが阿りますから御国は栗が沢山出来るとか、昨年の御話でしたか、四五件ニおゆずりになって下さいませんか、十月四日の月見の間に合ふ様にお願いねひ申します、らん筆御免、

5、便箋一枚　（荷物と同封か）

此頃ハ別ニ□《変》リハアリマセ□《ン》カ、手前デハ皆〻変リアリマセン、為替ノ時間ハ切レタノデ止ケ□ベ、飛行格表記デ拾壱円上メカラ受取ナサイ、此□中ニ木綿袷壱枚上ゲマセウ、
父より(1)
タマサンエ
（大正三年九月二十七日后三時）

注（1）父より―及川辰次郎の手紙、断簡、

6、府下高田若葉町一一
小原多ま子様
神田一ツ橋通り町二〇
冢田先生様方
紺野たかよ
（ハガキ）

昨日参上致し種〻御世話様に相成り誠ニ御兄君様にも御病床に就かる、御からだをもお厭しふしく御親切ニ御世話下され誠ニ有がたく厚く御礼申上候、故里の御方様思へばいと御なづかしくお暇にても有之り候節は佐藤様と一所ニ御遊びにお出下され度く御待ち申上候、奈ほ末筆ながら御兄君様にもよろしく願上申候

7、府下高田村若葉町十一　小原様方
及川たま様（附箋木戸〆切）
青山北町にて
佐藤　元拝
（ハガキ）

先日は御馳走様御礼申し候、一寸との間あれでもあの時ほど気の晴れた時なし、自分ははたしてこれから先またいかなることにか逢ふべきしや、貴姉よろしく御推察のほどいつかは晴れることのあるならんとそれのみ待ち居るも、終生晴れざるべく昨夜の月はくもでい年怜度あの月のやうに雲にさへざられるは自己の今日にをきしたら真に独り淋しく月を眺め候、人生わづか五十年とかもう三分分の一は過ぎし候らへど月かゝりし雲はよろしも小生は実にくるしき次第に候、いつまでかくして暮ら須べきや、思へば思ふほど胸せまり申し候、精神的に受けしきづは良医にしも・・・。しかし秋となり今はいやまし物淋しく故郷のことのみ思はれてされど母のこと思へばこそ自分は朝に夕にいそしむのみ姉様に対して話す時は心のそこなく春風が吹きこむやうな心知す、元した山ゝなれど近いうち御目にかゝるべく一ツ身は之存候、まし安心被下度候、□□□□は御礼まで

8、府下高田村若葉町十一　小原様方
及川多満子様
急ぎ
青山にて
甘坊　拝
（ハガキ）
日曜日午前

先日は御邪魔致し誠に恐れ入りました、たくさんに御馳走になり家へ帰る時は困りましたの、あまり満腹で、それからねまこと
にすみませんがね被布の材料きいてみて下さいませんか、お願ひ申しあげます、もしなかったならばさがさなくればなりませんから、御手数ながら御願い申しあげます、それからね口しろノーの本ねあれをうつしておいて下さいませ、なにつかひなさるがと次ぎから今日は特別に寒いせうですね、昼だって寒いでしょう、誠に相滅冬みたい、こゝ臥しが致し満すの、子供の被布を願ひますのよ、大人のは、仲いらずもし□ね、あればよろしいけれど銘仙くらいでよくてよ、絹なればなんでもかみますれご生だからきいてみて頂戴、

9、小石川日本女子大学校家政科一学年

及川たま子様
至急

(封書、巻紙)

拝啓、宿につきては種〻御世話様に相成り誠ニ忝なう存じ上げます、かって佐藤様承りし南部様の方如何に御座候や、佐藤様の御話ニ依れば御先公様がわざ〳〵御出ゞになされて御きゝなさる風の事ニ御座候へど、それでは阿まりニもったい無之く候間、甚だ御無例ながら紹介状下さるまじく候や、さすれば直接ニ其家ニ参り種〻なる事を御聞き申し非とも是とも相定めるべく候、御忙わしき御中甚だ恐縮の至りに存じ候へど何卒々々右の事とり急ぎ御願ひ申上候

かしこ

十月廿日　たかよ

拝認下

玉子様

御前ニ

三銭切手一枚封入致し候

芝新堀町三　河原方

紺野たかよ

十月廿日

10、府下高田村若葉町十一　小原様方

及川玉子様

青山北町七丁目三三

伊藤方にて

佐藤　もと

(ハガキ)

先□□□も御馳走様また御仕立て下さいまして誠に有かたく御礼申しあげます、御上手なること実に驚きました、姉よりよろしくとの事でございました、帰りましたら御母から宜しく待って居りました事はまだすっかりきまりませんが、岡井先生の方は如何で御ざいましでせうかしら、また先生のど

こでなくともよろしい御ざいましたか、先生のところで御きゝ下さいましたでせうかしら、伏して御願ひ申しあげます、度々御願ひのみ申しまして誠に相すみません、かとしていくら私でもいつかは（人にすれ御恩返しは出来ずとも）御恩返しは致したいのよ、先生のところいかにや、御伺ひまでどしまり□とおほめし御世話被下やら、――――、

11、東京府下高田町《ママ》若葉町小原様方

及川タマ子様

御前に

（封書・西洋紙二枚、ペン字）

（A）

たま様、先日は面白い雑誌をお送り下さいましてまことに有難う存じます、すぐ御礼をと思ひましたに、今までのべましで失礼致しました、御許し下さいましあっちの御室尓もこっちの御室にも持ち運ばれてそれ〴〵多流行でございます、御しるし下さいましたところは勿論のこと、他のところもすっかり拝見致します、今年は大変暖かでございますね、岩手山には九月の終りに雪が降りました志、それからは度降って山の頂上は誠に綺麗でございます。なつかしくいらっしゃいませうね、里にはまだ少しく白いものが見えません、十一月十一日に炬燵を置きましたけれど今は廊下に皆ならべてあります、私は綿入一枚で

（B）

毎朝冷水摩擦をやって居ります、御室の炊事当番も一昨日で終りでございました、後は又試験のころに三日位まわってくる事でせう、今は十二室の笹村ともさん達の炊事番です、舎監室当番は後藤マツヲさんに三浦ジンさんで次ぎ（明日から）より狩野トキワさんに私しです、此れは五日づゝです、校庭の紅葉はもう枯れてちっとも残って居りません、和歌の題は落葉といふのでどこの落葉でも宜しいといふのでございました、たま子様、私大変でございます、先日に漢文の点取りは丙でございました、たぶん私ばかりでせうよ、国語は80点どれも〳〵川又先生のものは皆悪くこまります、

（C）

この頃試験は元の様で無くだまって居っ

てやられますから私なんか誠にこまります、いつも裁縫がおくれます志、裁縫を志様と思って中々思ふ様に行きません志もう今迄の運命は定りました、たま様の様な成績だったらどれほど嬉しい事でせうにほんとうにこまります、一昨日吉野の職業学校の生徒が修学旅行で来ましたので昨日も今日も臨時外出で六人出掛けました、いつも七時過ぎまで居て帰んですよ、今晩も今帰ったばかりです、この手紙は先に書いて置いて今まで延びたものです、唯今私し達の舎監者当番

(D)

でございます、菊地みつ子様は女子大学には行られない事でせう、耳が悪いとかで三週間ほど前に家に帰りました、此れは舎監聞いた話しですけれど耳ばかりの用事では無いでせう、とにかく今学期は来ないさうでございます、其れも帰るといふ事などは私共に少しも知らせずこっそり行くつもりで居たんですと、けれども私が見つけて笹村さんにも聞かせて上げたから、御見送りする事も出来ました、村上さんも皆々ずいぶんな人だといふて居ります、其の時聞いたら二三日たったら帰るといふのに未だ来ませんで二三日中に

(E)

遠野に行き来する用事なんですから、たぶん私達に聞かせられ無い用事だろう、と舎の者が一同うわさ致しました、今のよふ聞いたのだから次ぎの事は一人で思って居って下さい、あのね耳が悪いでせうけれど遠野の村〻田医者とかから結婚の話しがあったとかで見合に行ったろうといふ事でしたけれど、今日おやすさんの妹さんから承ったところが、なんでも田村といふ人がいやだといふたさうです、まさか自覚美人お見合で失敗するわけも無い事でせうに

御気毒なことゝ思ひます、
（F）
おみつさんもさぞや落胆の事でせう、たま子様私は家事の手伝ひときまりました、学校の方にも左様書いて出しました、ほんとに上の学校に行き度くてこまります、けれどいろ〳〵考へればやはり様々な事はよりありまして残念でございます、冬休みにはまた〳〵電報でもうって来なければなんといふたところで帰らんつもりです、今年ばかりだから其れからやけ半分に私にこまりますね、
寄宿舎では先日より炬燵を置いて居りますから寒さには御心配下さいません様に願ひ
（G）
致します、先日地歴の研究会がありました時は渡辺先生の西洋史を四年乙組で和田先生の地理を一年の甲組で致しました。たくさん御客様がありまして夜おそくまで学校にいらしたそうです。御昼は割烹でこしらえたものを差し上げました、其れから高等官以上の人の食事会も当校の食堂で行ひ補修科の方々が御給仕致しました、西洋料理ばかりが長岡先生の御さしづで致しました、今日の一鉢会は亀焼四ツ、明日は晩餐会で校長先生と渡辺先生、野辺地先生、稲木、波多野、岩井先生がいらっしゃいます、
（H）
たま子様先づは此れで失礼致します、乱筆は御許し下さいまし、御身御大切に遊ばされます様御祈り致します、

　十一月廿日夜

十一月廿一日　　さようなら

　　　　　　　　きせより

おなつかしい
　たま子様
　　御前

岩手県立盛岡高等女学校舎内
　仙台□□□《（きせら）》

十一月十二日

特別寄稿

小原哲子に就いて

松本　昭

小原哲子は、その出自に於いて、誇るべき存在であり、賢くて自由なインテリ女性であった。まず、その出自を調べてみる。

本姓は下斗米哲子、つまり南部藩の下斗米大作につながる名門であることだ。長じて日本女子大学で英米文学を専攻、ここに開放的で明るく自由な女性が育った—。

加えて、哲子の兄の下斗米秀三は、東北大学に入学。三年間で修得する学業を一年間でマスター。大学創立以来の秀才といわれ、岩手県出身の世界的物理学者・田中舘愛橘博士のムコ養子に迎えられ、田中舘秀三と称した。戦争中は、シンガポール博物館長に任命され学会活躍をしたものだ。

そして結婚した小原敏麿は、作家として活躍していたが、なによりも、その祖父の薫陶をうけた。

それは小原文太郎が、孫の敏麿に話したことにある。

「明治政府は、後醍醐天皇に味方して戦った武将たちの功績を尊重して、一族の〇〇〇〇に男爵を授けたが、アレが男爵なら、わが家の祖先の方がはるかに功績が大きい。子爵にならねばならぬ」と。

これを少々、説明すると、水戸光圀が『大日本史』を執筆。天皇の歴史を調べた際、南北朝と別れて戦った天皇に対して南朝の後醍醐天皇の方が血統的に正当な天皇だ、と断じた。その水戸藩の儒者たちに学んだ吉田松陰の弟子である伊藤博文が総理となり、明治政府を拓《ひら》き、明治憲法を制定した。その結果として明治政府は、過去の日本史を整理して、その際、後醍醐天皇を正当として、加勢して戦った武将たちを加賞した、というわけである。（但し、私は哲子から聞いたその男爵の名前を忘れてしまった。）

従って、古典『太平記』などを精読すれば、小原家の祖先の活躍が書いてあるかも知れないと思っている次第だ。

つまり小原家とは、少なくとも後醍醐天皇時代に活躍した大武将の子孫である、ということになる。

こうしてみると、小原哲子自身を始め、どれもこれも誇るに足る資料ばかりである。

ただ、一つ、足りないものがあった。それは、子供がないことであった。

ここに夥しい小原哲子から、私宛の手紙や端書がある。

私が父につれられて、小原家を訪れたのは昭和十七年のこと。時に、私は十七歳。小田原中学校の四年生であった。小原敏麿は、この家で亡くなった、と聞いた。近くには夏目漱石の家もある、と聞いた。そこは早稲田大学に近い場所であった。

そして哲子から私への昭和十七年三月二十七日付と十月八日付の手紙が現存している。もっと沢山、あったのかも知れないが、記憶にない。

翌昭和十八年、私は早稲田大学の高等学院に入学した。小原哲子は、東京都豊島区椎名町の滝平庵というアパートへ移住。その時、私もそのアパートの別棟へ住み、哲子に食事の世話をしてもらった。

哲子は、そのアパートから歩いて目白駅近くの川村女学院へ。教頭をして、英語を教えていた。この女学院は、満鉄の総裁をした川村竹治の創立したもの。敏丸はこの川村総裁の部下で、東京の警視総監に任命されることになっていた。そのため、自己所有の日本刀を少し短くつめて、サーベールに仕立て直して準備していた。その日本刀の入ったサーベールは、のち昭和女子大学に納められた。

私の方は、滝平庵から川村女学院を通りこし、その先の日本女子大学の辺を下って、早稲田へと通学した。

このアパートへは、私の学友が沢山、遊びにきた。それから皆、小原哲子を私の本当の叔母だと思って、「叔母さん、叔母さん」と呼び親しみ、やがて次ぎ次ぎと出征していった。

この滝平庵アパート生活に於いて、哲子と私を結びつけた最大の出来ごとがある。それは小原敏麿の位牌が入った小さな佛壇を私がかついで、黒岩の家へ運んだことだ。昭和十八年の夏休みに入った時、哲子と私は東北線の黒沢尻駅へ下り、そこから黒岩の家までトコトコと二時間余り歩いて、やっと辿りつき、この佛壇を納めた。そこには敏麿という根本的存在があった。敏麿が、なぜか私に微笑んでいる気がした。哲子もまた敏麿から、私の子供だったらなア、といわれた思いがした、と。

この滝平庵アパートは、昭和二十年四月十一日、東京大空襲で焼失、川村女学院も休止。小原哲子は、やむなく黒岩へ帰っていった。

私は、早稲田大学理工学部生だったので徴兵延期、そして昭和二十年八月十五日に終戦となった。

その後、私は毎日新聞社に入社。サンデー毎日、学芸部、政治部など諸部を異動、最後に事業部長としてイタリアへ出張、前任者からの引き次ぎで「イタリア、ルネッサンスの巨匠レオナルドダビンチ展」を開催すべく努力した。

然し、最初は一週間か十日か二週間位いで帰れると思っていたが、見通しがつかないのだ。

「イタリアの国宝を外国へ貸した前例はない」というイタリア文部省の見解だった。日本政府も心配してくれて、時の愛知外相が駐伊日本大使館へ、援助してやれ、と指令を出してくれた。ともあれ、何んとか格好をつけて三ヶ月かかって、やっと帰国した。

その時、哲子は、死の床にあった。私は帰国した翌日、東北線に飛びのって哲子の病床へ急いだ。

哲子には、何時に乗車したなど、全く連絡できなかった。

ところが哲子は「昭は、いま仙台へ来ている、もう直ぐ、ここへ来る」と、付き添いの人にいった。

哲子の心霊が、私の足取りを見ているのだ。

私が、やっと着いた時、哲子は「やっと会えた」と一言いった。そして「元気か」といった。自分より、私のことを心配してくれるのだ。

最後に一言つけ加えておく。哲子は私の父に、「昭を養子に欲しい」と要請。父は、それを断った、という。哲子は、法律的には、私とは無縁の存在である。だが心情は、文句なく、母であった。

（おわり）

（元毎日新聞社事業部長・元昭和女子大学副学長・文学博士、即身仏の研究家）

雑誌『川柳』に見る川柳家としての流泉小史

日本現代詩歌文学館　学芸員　豊泉　豪

はじめに

流泉小史が明治期に川柳を作っていたらしいので、その調査をして欲しいという依頼を、流泉小史の会（以下、本会）から受けた。しかし、詩歌文学館の蔵書からは何の情報も得ることができず、どうにも手を付けようがないまま、時間が経ってしまった。気になっていたところ、流泉小史の作品が掲載された雑誌『川柳』のコピーを本会よりいただくことができた。

雑誌『川柳』は井上剣花坊（後述）が主宰した結社・柳樽寺《りゅうそんじ》の機関誌で、明治38（1905）年11月から40年10月まで、計24冊が発行された。本会では22号を除く23冊（8号のみ複写）を入手され、そのうち流泉小史と見られる作者による作品や、その柳号＝川柳のペンネームが記載されているすべてのページのコピーをご提供いただいた。『川柳』誌は今日手にすることが非常に困難な稀覯本ともいうべき雑誌であり、そのほとんどを収集された本会の熱意に敬意を表したい。

『川柳』誌に登場する〈花麿・花まろ〉、〈瓢乎〉――〝ひょうこ〟と読むだろうか――、〈瓢鯰坊〉、〈湘水〉、〈夢外〉は、残された書簡などから、本会によってすでに明らかにされている流泉小史のペンネームである。また、本会の調査によれば、〈摩訶六〉もその可能性があるとのことだったが、〈瓢鯰坊〉〈摩訶六〉ともに〝三度半〟という二つ名・通り名で登場することや、句会記の口上と参加者記録の比較対照などから、両者は同一人物であると考えてほぼ間違いないと判断し、本稿においては〈摩訶六〉も対象に含めることとした（表1、表2参照）。ただし、ほかにも未だ知られていないペンネームで発表された作品がある可能性は否定できない。

以下、当時の川柳界の動向を辿りながら、『川柳』誌に掲載された流泉小史の作品を概観し、また独自に作成したデータを提示することで、責を果たすこととしたい。

当時の川柳界と流泉小史

川柳の祖となった初代柄井川柳（1718〜1790）没後、幕府による言論統制などによって次第に低迷していった川柳（狂句）が、俳句や短歌（和歌）の革新運動の影響なども受けて、その近代化の旗を掲げたのは明治30年代後半のことである。

歌人として出発した阪井久良伎（くらき／明治2・1869〜昭和20・1945／＊注1）は、諷刺の効いた滑稽和歌〝へなづち〟

を経て、明治35年頃から川柳への関心を深め、36年9月に刊行した『川柳梗概』で、初代川柳への回帰と〝新狂句〟の創出を訴えた。さらに37年には、はじめての近代川柳結社となる〝久良岐社〟を結成し、翌38年5月にその機関誌『五月鯉』を創刊した。

久良伎と並んで川柳中興の祖とされる井上剣花坊（けんかぼう／明治3・1870〜昭和9・1934）は、明治36年に久良伎の後を受けて新聞『日本』の川柳（狂句）欄を受け持つや、瞬く間にこれを読者投稿欄として定着させ、自らの一派を形成するに至った。38年7月にはその投句者を組織して〝柳樽寺〟を結成、前述のように同年11月に機関誌『川柳』を創刊する。この『川柳』に若き流泉小史が参加したということになる。

さらに『読売新聞』の記者であった田能村朴念仁（ぼくねんじん／朴山人、梅士／明治1・1868〜大正4・1915）は、明治37年に同紙狂句欄の名称を「新川柳」に改め、翌年にはその投句者による〝読売川柳研究会〟を組織した。また同じころ、滑稽和歌〝へなぶり〟を創始し、38年11月に雑誌『ヘナブリ』（または『ヘナブリ倶楽部』）を、翌年11月に『川柳とへなぶり』（のち『滑稽文学』）を創刊している。

久良伎の〝久良岐社〟、剣花坊の〝柳樽寺〟、朴念仁の〝読売川柳研究会〟が川柳界を三分し覇を競った近代川柳の出発点にあたるこの時期は、川柳史上〝三派鼎立〟の時代と呼ばれている。流泉小史（瓢鯰坊）は「楽天党を募る」（『川柳』6号／＊注2）という文章で次のように記している。

> この三十七八年の戦争此方余の所謂反対の傾向たる平和的文学の勃興進歩は何と目覚ましいものでは御座らぬか。川柳界では柳樽寺大和尚が坊主頭に向ふ鉢巻きで、富士見町の久良岐大先生と対抗するあれば、野心慢々たる田能村朴念仁氏が読売柳壇にひかへて、堂々一方に覇を称して居る

文中の「戦争」は日露戦争を指し、「反対の傾向たる平和的文学」には、ここでは川柳のほかに〝二十六字詩〟――7・7・7・5定型の都々逸の異名と考えて良いだろう――が挙げられている。剣花坊は僧侶ではないが、柳号と結社名からの洒落により、そしておそらくはその風采からも〝大和尚〟などと呼ばれ、瓢鯰坊はじめ門下生の多くも号に〝坊〟を用いた。流泉小史のこの文章はまさに〝三派鼎立〟の状況を表したものである。

三派のそれぞれの特徴は、久良岐社が江戸趣味・下町風であったのに対し、柳樽寺は滑稽を重んじて書生風であり、読売は上品で山手風であるとされている（＊注3）。剣花坊は『川柳』7号掲載の「今人作句一家評」で、流泉小史（瓢鯰坊）を次のように評

している。

瓢鯰坊君少年奇才、刑名の学を修め傍ら文学を嗜む、豪気横溢、其声鐘の如し、世上巾幗的男子と撰を異にす、川柳を学んで日尚ほ浅しと雖も、力めて己まずんば造詣するところ深大ならん、希くは其職とするの学を怠らずして併がて文に志さんことを

「刑名の学」は漢籍に出てくる語で一種の法律学を意味し、当時流泉小史が明治大学（名称は大学だが、この当時は旧制の専門学校であった）で法学を学んでいたことをさす。「巾幗（きんかく）」は女性的なもののこと、「己まずんば」は「已まずんば」であろう（以下、誤植と思われる箇所もそのまま引用する）。

『川柳』誌の誌面から伝わってくる流泉小史の印象を大まかに言うと、早熟多才で反面やや青臭く、弁が立って理屈に勝り、常に斜に構えていながら、自身が標榜するように楽天的でもある。偶然か否か、それは書生風で豪放であるとされる柳樽寺の社風にぴたりと当てはまり、師匠剣花坊による流泉小史の評価にも重なっている。

なお、このころ流泉小史は田能村朴念仁とも繋がりがあったと推測される。まずは、朴念仁の雑誌『ヘナブリ』5号（明治39年3月）に小原瓢乎の名で「花見」を発表している（＊注4）。三味線などで唄うことを前提とする創作的俗謡のような作品であるが、掲載されているのは投稿欄ではないように思われ、依頼原稿であった可能性もある。また同じ年月刊の『川柳』5号に寄せた「菫星亡国」という文章の冒頭で、流泉小史（瓢乎）は次のように述べている。

『星の子のあまりに弱し袖あげて、魔にも鬼にも勝たせんと云へな』これは有名な（？）晶子女史がヘナブリ倶楽部二号に於て袖と云ふ題の下に詠ぜられた詩とやら云ふもんだそーな、

与謝野晶子の歌は実際には「星の子のあまりによわし袂あげて魔にも鬼にも勝たむと云へな」である。「袖」と「袂」、「勝たせん」と「勝たむ」は誤植であろうが、いずれ意味の取りにくい歌ではある。初出は『明星』明治33年1月（結句「勝たんといへな」）で、『みだれ髪』（明治34年）に収録されている。『ヘナブリ』（または『ヘナブリ倶楽部』）は未確認であるが、流泉小史はこれを『明星』や『みだれ髪』ではなく、何らかの形で転載された『ヘナブリ』で目にしたということになる。流泉小史が同誌を愛読していたこ

とは確かのようで、黒沢尻の和賀病院に勤務していた女性に同誌を贈呈していることが、残された本会蔵の書簡から判っている。

さらに『川柳』の5、6、8号には「柳体和歌　親釜集」という欄がある。5号の口上は花磨の名で流泉小史が書いており、七人の作者が名を連ねているが、うち三人——〈瓢乎〉〈花まろ（磨）〉〈瓢鯰坊〉——は流泉小史であり、つまり実際の参加者は五人ということになる。6号にはまったく同一のメンバーによる「柳体詩」という欄も存在しており（6号のみで終了）、そこに掲載されているのは〝柳体和歌〟と同じ形態の作品である。柳体和歌は4号において「余興募集」として剣花坊が呼びかけ、6号にその応募作が掲載されているが、なぜか流泉小史を中心とした〝親釜倶楽部〟には、これに先立つ5号から単独で別枠が与えられたということになる。〝柳体和歌〟〝柳体詩〟といっているが、〝5・7・5・7・7〟の短歌形式による狂歌・滑稽歌であり、〝へなぶり歌〟と同様のものと見てよい。表1にみるように、『川柳』5号への流泉小史の発表作は柳体和歌十二首に対し川柳はわずか一句で、4号以前の『川柳』には登場していないこと——未確認の名がほかにあったとすれば別だが——を考えあわせると、『川柳』誌の登場段階における流泉小史は、川柳より柳体和歌または〝へなぶり〟により強い関心があったと見ることができるだろう。むしろへなぶりの別名——あるいは柳樽寺名——である柳体和歌のために〝親釜集〟を引っ提げて登場したと見て良いかも知れない。へなぶりは〝へなぶり煎餅〟や〝へなぶり饅頭〟〝へなぶり盆〟〝へなぶり劇〟なども登場するほど、明治の終わりにかけて一大ブームとなった（＊注5）。会報第4号（2014・5）で本会の熊谷会長が触れているように、啄木がへなぶりから受けた影響も小さくない。したがって流泉小史がこの時期にへなぶりに接近していても何の不思議もなく、そのことを流泉小史と朴念仁との関係の根拠として過大に評価するわけにはいかないだろうが、朴念仁から流泉小史に宛てた二通の手紙——一通は明治45年の年賀状（＊注6）、もう一通は流泉小史の原稿を掲載するに際して、原稿料を払えないことについて了承を求める43年の書簡。いずれも本会所蔵——の存在を考えあわせると、流泉小史と朴念仁との浅からぬ関係を想像することも、あながち牽強付会ではないように思う。

ちなみに、〝柳体和歌〟〝柳体詩〟だけでなく、5号の後記で流泉小史（瓢乎）が選者を担当するとされている〝二十六字詩〟も、翌6号に一度掲載（ただし、コーナー名称は「新三十一文字」と誤植）されただけで姿を消している。しかも出詠者は前記親釜集の七人（実質は五人）のみである。

実を言えば、〝川柳〟という名称が一般的になったのも明治30年代後半のことで、久良伎でさえ36年の『川柳梗概』ではまだ〝狂句〟と〝川柳〟を混用しているように、ジャンルの名称もその守備範囲も未だ確定しないまま、さまざまな試行錯誤が行われていたのがこの時期の川柳界であったのだろう。新しい文芸へのさまざまな可能性が未分化のまま同居していたこの時期の川柳界は、若い流泉小史にとって大変に居心地の良い場所だったのかもしれない。

彗星のように川柳界に現れたと思われる二十歳前の彼が、あっという間に『川柳』誌上でその主要メンバーとしての位置を獲得していることからすると、以降も継続して川柳界に身を置いていれば、その歴史にまったく名を留めなかったとは到底考えられない。したがって流泉小史が川柳に関わっていたのは、明治40年を挟んで数年間の極めて短い期間であったと推測できる。新資料の発見によって多少その期間が延長される可能性がないわけではないが、基本的には、若い一時期に集中して熱をあげたものと考えてよさそうである。その前提に立ったうえでとくに確認しておきたいのは、ここまで見てきたように、その短い期間が近代川柳の揺籃期とちょうど重なっているということである。さらにやや詳しく見れば、新聞を舞台にはじめられた川柳の近代化や革新運動が、結社の機関誌へとその主要な場を移していった時期にあたる(関係年表参照)。近代文芸に脱皮しようとしていた川柳というジャンルが内包する高揚感や混沌とした状況が、流泉小史の若さや個性――住む場所や仕事、ペンネームを絶えず変えていく性向、また本会の相沢顧問が結論づけるところの、この作家の才能としての〝はったり〟(会報第5号、2014・11参照)――とみごとに響き合っているように思われる。

流泉小史の作品
《散文――評論、小説》

流泉小史は初登場の『川柳』5号でいきなり6ページを与えられ、原稿用紙に換算しておよそ12枚におよぶ評論「菫星亡国」(小原瓢乎)を発表している。前掲のように与謝野晶子の歌を冒頭に置くこの評論は、『明星』のいわゆる〝星菫調〟を強く否定する意図を持って書かれている。「何でも西洋々々と二言目には西洋を引張り出す」詩人を難じ、さらには「風俗を乱し、安寧秩序を害する事を認めねばならぬ」と結論する論旨はもとより強引で粗雑であるが、ここからはむしろ、当時いかに『明星』の浪漫主義が詩歌文壇を席巻していたかを読み解くべきであろう。あるいは、正岡子規の短歌(和歌)革新運動に助力し、いわゆる〝鉄幹子規不可並称説〟の論争において鉄幹を烈しく批判した久良伎の影響を見ることができるかもしれない。またこの文章では『明星』的なものばかりでなく、川上音二郎・貞奴らの新派演劇も否定されている。時代の先端・主流に対する反骨的な精神とともに、へそ曲がりで頑迷な流泉小史の保守性をそこに見出すこともできそうである。そしてそれは幕府贔屓で明治新政府(薩長)嫌いという志向にもどこかつながっているように思われる。

翌6号発表の「楽天党を募る」(瓢鯰坊)では、自らの川柳観や詩歌観を、その内容にふさわしく戯文調で綴っている。曰く「世の中は古い話だが一得一失で、仕方のないものである、何事も天の配剤だと思ふて、あきらめるがかんじんで御座るテ」また曰く

「こーゆう風に何事も悲観し、何事も取り越し苦労をする様になると、そこへ菫星病のバチルスが得たり賢しと伝染し、煩悶とか、血汐とか、やは肌とか、あこがれとか（中略）ウナル様になる」、さらに「親が死ねば死んだて仕方がないと笑ひ、子が死ねば死んだて笑ひ、火事が有れば有つたで笑ふ」などと嘯く。今日の眼から見れば不謹慎の誹りは免れそうもないが、翌7号の「楽天主義と川柳」ではさらに釈迦とキリストまで登場させ、「夫れ文学は大なるものなり、滑稽文学は文学中の最も大なるものなり、故に滑稽文学を代表すべき川柳は文学中の最大なるもの」であるとし、川柳は「天下の衆生をして、楽天的趣味を感ぜしめんとして生れ出でたるものに外ならざるなり」と述べている。最後に「楽天主義の川柳の徳は此の如くそれ広大に、其世を利する事此如く無量なり」「現時に於ける楽天主義者の勢力微々たるも、専心一意その普及に力めなば遂にベソカキ党千丈の堤を押崩し、社会を楽天党の社会と為すを得ん、力めよや達人諸子」というあたり、〝ハッタリ〟も堂に入っているというべきだろう。彼が一時期であったにしても川柳に強く傾倒した理由の一つに、この楽天主義と川柳という文芸の親和性をあげることができるように思う。

なお、流泉小史にはこうした楽天主義を自らの思想として吹聴していたと思われる節がある。この三年ほど後、小原敏麿と名乗り、石川啄木と面会した場面が、啄木のいわゆる「ローマ字日記」（明治42年5月15日）に記されている。

いつか来たっけ小原敏麿という兎みたいな眼をした文士が来て、うんざりしてしまってロクに返事もしないでいると、何のかんのとつまらぬことをしゃべり散して十時半頃に帰って行った。／「ものは考えよう一つです。」とその男が言った。「人は五十年なり六十年なりの寿命を一日、一日減らして行くように思ってますが、僕は一日、一日新しい日を足していくのがライフだと思ってますから、チッとも苦しくも何とも思わんです。」／「つまり、あなたのような人が幸福なんです。あなたのように、そうごまかして安心していける人が……」

『啄木全集　第六巻』筑摩書房（１９６７）

「何のかんの」と流泉小史が「しゃべり散らし」たことをまとめたのが、「ものは考えよう一つです。」「人は五十年なり六十年なりの寿命を…」以下になるのだろう。「チッとも苦しくも何とも思わんです」という言葉は、自らの楽天主義を強弁するためのやせ我慢のように思われるし、それに対して啄木が記した「ごまかして安心していける人」という見方は、まさに彼の底の浅い楽天主義に向けられた皮肉である。啄木がここで「つまり、あなたの」以降を実際に流泉小史に向かって口にしていれば、恐らくその場で喧嘩になっていただろうが、「ロクに返事もしないで」適当にあしらって、そのうっ憤を日記にぶつけたということだろう。

ちなみに流泉小史は啄木の一つ年下で、啄木中退の翌年に盛岡中学に入学している。同郷で歳も近く、同じ中学をともに中退して文学に志している二人が、二度（最初の面会は明治42年2月15日）にわたって長時間の対話をしているのに、郷里での関係を話題にしなかったとは考えにくい。そもそもこの面会の背景には岩手出身者のネットワークがあったと見ることが自然であろうが、啄木は日記にそうしたことを一切記していない。ちょうど三か月前の最初の面会の際に流泉小史は小説の出版元として啄木に大学館を紹介しており、これを受け啄木は「鳥影」の出版を同社に持ち込むが、結局断られている。一方、この前年と前々年、流泉小史はすでに小原夢外の号で同社から小説を計三冊刊行している。啄木日記にみる流泉小史の人物評はまさににべもない。わがままで向こう気が強かったとされる二人の性格には共通点も多く、それ故にそもそも反りが合わなかったのかも知れないが、すでに小説家としてデビューを果たしていた同郷の後輩に対し、小説家になることを熱望しそれを果たせずにいた啄木は、嫉妬に近い感情を持ったのではないだろうか。流泉小史をわざわざ「文士」と記しているあたりにも、啄木の屈折した感情が見てとれるように思う。

流泉小史は『川柳』誌に評論ばかりでなく、短編小説も発表している。第13号にやはり小原夢外の名で発表した「当世軍人気質」である。元娼婦の蝶子を妻に持つ軍人の青山が主人公である。同僚や上官に酒席で妻の前身をからかわれ、非難され、最後は罵倒されて帰宅する途中、自分を迎えに来た蝶子と会う。この妻は実にいじらしく、また愛らしく描かれている。青山の心は彼女を恨む気持ちと愛しく思う気持ちの間で揺れ動くが、いつしか二人は手を握り合って家に入っていく。ところが、結末は次のように結ばれる。「数日の後、青山は血涙を呑んで妻の蝶子を離別つた。嗚呼金鵄勲章は遂に愛の力に勝つたのである」。

金鵄勲章は帝国軍人に与えられた勲章で、ここでは軍人の立身出世を象徴している。読者は次々に変化する主人公の心境や感情を辿りながら、些か同情的な気持ちになっているところで、最後に突然肩透かしを食うのである。後味の良くないストーリーであるが、それも含めて作者の思惑なのであろう。読者に肩透かしを食ったと感じさせること、後味が悪いと思わせることこそが、恐らくこの短編の主眼なのである。このストーリーは、実は「楽天党を募る」で主張した「世の中は総べて反対の傾向を来すものである」という考えに沿っている。また「菫星亡国」で否定した明星的な浪漫主義、恋愛至上主義を揶揄するものでもあるだろう。そのように見ると、これはある意味ではなかなかよくできた小説と言えるかもしれない。

これらの評論や短編小説から見えてくる流泉小史の楽天主義は次のようなものである。彼はまず、世の中は常に思うとおりにいかないものであると断定する。その事実を理解しない人間が妙に深刻ぶって悲観的になったり、感情的になったりするのだという。うまくいかないのが当たり前なのだから、どんな結果が出ようとも、世の中は「茶にして暮ら」し、日々は「笑ふて送」ればよいと言うのである。これは二十歳になったかならないかの青年の言として、本質的にはむしろ虚無主義・ニヒリズムに通じており、楽天主義というよりはいっそやけっぱちの開き直りと言っても良さそうである。

それでは、流泉小史がこのような考え方を持つに至った要因はどこに見出せるだろうか。遺伝質や後天的な環境条件などについてはここで触れようもないが、こうして『川柳』誌を辿って見てくると、浪漫主義全盛の詩歌界や、自然主義が台頭し始めていた文壇の向こうを張って川柳の優位性を主張するために、強引な理屈を組み立てたという側面があったのではないかと思われる。立て続けに『川柳』誌に発表された評論と小説は、まさに強引な力技と言うほかないが、年若い彼のこの異能が、誕生して間もない近代川柳界において相当なインパクトを持って迎えられたであろうことは想像に難くない。流泉小史があっという間に『川柳』誌の主要メンバーとして遇されるに至った理由もそこに見出すことができ、逆に言えば、彼が早く川柳から離れてしまった理由の一端も同じところに求めることができるかもしれない。そのことはまた後に触れる。

《川柳、柳体和歌（狂歌）》

次に川柳をはじめとする詩歌作品を見ることにする。便宜的に素材や内容の傾向で分けて、いくつかの作品をとりあげる。

まず世俗、社会、また生活などの身近な素材を詠んだもの。

湯気立てて薬缶頭の説教を、解りましたと悴鼻歌。（5号／瓢鯰坊／題＝爺）

聖人に二代なし馬鹿に数代あり（6号／瓢鯰坊／題＝馬鹿）

四日目に小膝を打つて感歎し（9号／瓢鯰坊／題＝乞食）

関取りは石の鳥居で首を釣り（16号／摩訶六／題＝石）

お台場も持つて来る気の汐干狩（18号／摩訶六／題＝汐干狩）

「四日目に…」の句は「三日やるとやめられない」という俗言からの発想であろう。題とワンセットで「なるほど」と思わせる。これらの作は判りやすく、特別な解釈を要しない。自身の標榜する楽天的な世界に近い作品群だと言える。

次に中国の故事や三国志などを下敷きにした作をあげる。

長板橋法螺で魏軍を吹飛し（5号／瓢鯰坊／＊題不詳）

忌ま忌ましそうに石淋慰めるなり（7号／花まろ／題＝英雄の試験）

死よりはましと子推の肉を食ひ（同前／瓢鯰坊／同前）
呉か越か行手は不知旅衣（9号／瓢鯰坊／題＝旅行）
雲長は鎧びつかと初手思ひ（15号／瓢鯰坊／題＝棺）

一句目は三国志、張飛によるいわゆる「長坂橋の大喝」を題材にしている。大喝を「法螺」と表しているところが川柳らしい。二句目、「石淋」は腎臓や膀胱の結石を指す。戦いに敗れた越王勾践（こうせん）が、呉王夫差（ふさ）の石淋をなめて病状を医者に報告するという恥に耐え、その後仇をとった故事を句にしている。三句目「子推（しすい）」は『十八史略』によれば、亡命中に飢えた主人・文公のために自らの腿の肉を食べさせたという人物である。美談として伝えられているのだろうが、ここでは視点をひっくり返し、忠実な家臣の身の肉を食べた主人の側から詠まれている。四句目は「呉越同舟」の故事を踏まえ、五句目は雲張＝関羽を倒すために自らの棺を用意して戦いに臨んだ龐徳（ほうとく）の故事を詠み込んだものであろう。

現代とは身に着けるべき一般教養に違いがあったのだろうし、書物ばかりではなく、芝居や演芸などから得る知識もあったのかも知れないが、それにしても彼の漢学や漢籍に関する博識は疑いようもない。そしてさらに、提示されたそれぞれの題にこうした素材を取り合わせて一句を作り上げる手腕は相当のもので、当時の年齢を考えてみれば、その才能は充分感嘆に価するものだと言えるだろう。

時代の先端をゆく風俗や流行、また社会や世界の情勢を題材とした作品には次のようなものがある。

木下の浪子に何時も妾しはと、桟敷の廂眼を泣き腫らす。（5号／瓢乎／題＝廂髪）
空腹の中をブランがかけまはり（6号／瓢鯰坊／題＝空腹）
天使（エンゼル）に成手の多い活人画（9号／瓢鯰坊／題＝天）
肩の張る駄法螺を吹くがカーライル（13号／瓢鯰坊／題＝英雄）
アギナルド吹けばぐらつく小屋を立て（14号／瓢鯰坊／題＝独立）

一作目の題である廂髪は当時の若い女性、とくに女学生の間で当時大流行した髪形で、川上貞奴がはじめたものである。「浪子」は恐らく徳富蘆花「不如帰」の主人公であろう。新派の演劇を見る女学生という当時の流行の最先端を捉えている。次の「ブラン」

はデンキブラン——明治に浅草の神谷バーで生まれ、大流行したブランデーベースのカクテル——だろう。それまでの日本人が知らなかったアルコール度の高い酒である。「活人画」は、扮装した人間が動かずに画になったように演じるパフォーマンスで、明治期に西洋から入ってきたものである。「カーライル」は英雄崇拝論で知られ近代日本にも大きな影響を与えた19世紀イギリスの評論家である。流泉小史の「楽天主義」から見れば、これも「肩の張る駄法螺」ということになってしまうのだろう。アギナルドはフィリピン独立のために生涯を捧げた人。明治31（1898）年にスペインから独立を果たし、フィリピン共和国の大統領に就任するが、三年後には再びアメリカの支配下に置かれてしまう。その経緯が多分に冷ややかな視点で詠まれている。これらの作品からは、流泉小史のシニカルでありながらも敏感な社会意識が窺われる。明治時代の世相や風俗が色濃く反映された作品群になっている。

まとめ

短歌や俳句でも残ってはいるのだが、川柳においては特に〝題詠〟という習慣、あるいはシステムが、現在もなお重要な創作の契機として存在している。それは一般的に句会や大会などにおいて選者が予め題を出し、参加者全員がその題に即して川柳を作るという形をとる。作品の優劣や機知を競うのに適しており、したがって特定の場における遊戯的な性質が強くなる。すぐれた作品に金品が与えられることで、射幸心を煽る面もあり、そこに今日における、サラリーマン川柳をはじめとする公募川柳の隆盛を重ねてみることもできるだろう。それはともかくとしても、川柳はそもそも前句附の附句が独立することで生まれた文芸であり（＊注7）、前句を一種の題として捉えることが可能であるとすれば、題詠は川柳の発祥成立にも深く関わっていることになる。しかし、題詠川柳を文芸作品として論じることにはある種の難しさが存在する。テーマや題材という文芸にとってきわめて重要な要素が、自ら選び取られるのではなく、他から与えられてしまっているからである。題詠の良し悪しについてはさまざまな考え方があるだろうが、それは現代川柳においても当意即妙や時代・社会との関わりという、このジャンルにとって不可欠な要素と分かち難く結びついており、完全に否定することはできない。恐らく、人口に膾炙した古川柳の名句が前句から離れて独り立ちをし得たように、題から独立して存在し得るかどうかが、文芸としての川柳作品の価値を決める大きな基準となってくるだろう。

流泉小史の川柳——柳体和歌・狂歌なども含め——をこうして見てくると、機知に富む分、題に依存する傾向がやや強く見られるが、広範な知識関心と若い才能の横溢は紛れもない。さらにこうした創作活動が、自らの論と一体となって行われていることも瞠目に値する。ただ、その論に示された創作の方向性はけっして積極的なものではなく、アンチ・反措定的な発想によって成り立っている。そこに川柳家としての流泉小史の若さと弱さがあるように思う。具体的に言えば、浪漫主義が全盛から衰退を迎えようとしていた時期にあって、次第にアンチの対象を見失うとともに、川柳そのものから遠ざかってしまったのではないだろうか。

川柳家としてのこの時期の活動が、作家流泉小史の全体像の中でどのように位置けられるのか、本会の今後の研究成果を注視しつつ、考えていきたいと思う。

【付記】

本稿執筆の時点では、『川柳』8号は未見であったが、その後、国立国会図書館所蔵のマイクロフィルムからのプリントを、本会が入手した。これで『川柳』誌に発表された流泉小史の作品がほぼすべて明らかになったと言えるだろう。同号掲載の「いざつれ艸」（小原瓢鯰坊／随筆というよりは、広い意味での〝戯文〟）には、同誌の選者就任への強い野心が表出されており、流泉小史の川柳との関り方を考えるうえで大変興味深いが、8号によって得られた追加情報は、作品一覧および別表に反映させ、本文では一部データ的な修正を行うにとどめた。

『川柳』誌コピーの提供や、作品一覧および「表」の校正などにおいて、本会事務局に大変お世話になりました。記して御礼を申しあげます。

注1　明治30年代後半から昭和初期までは〈久良岐〉と表記した。本稿では〈久良伎〉としつつ、該当時代の引用文や結社名の表記においては〈久良岐〉も用いた。

注2　以下、『川柳』誌の発行年月は表1を参照。

注3　尾藤一泉『目で識る――川柳２５０年』（２００７・９、川柳２５０年実行委員会）参照。

注4　「咲いた桜に何故駒つなぐ、／駒が勇めばあれ花が散る、／花は散る散るヒラヒラヒラと、／見やれ散つたる今年の花は、／二度と再び咲かぬぞへ。」（二連は略）。

注5　尾藤三柳『川柳神髄』（２００９・３、新葉館出版）所収の「〈へなづち〉と〈へなぶり〉――久良伎・朴山人の明治新文芸」参照。

注6　ほかに久良伎からの明治41、42年の年賀状も残っている。賀状のやり取りという関係性をどう評価するかは微妙な問題だが、二十に近い年齢差や社会的立場の違い、また流泉小史の師である剣花坊と、そのライバルであった久良伎、朴念仁とのけっして良好ではなかったとされる間柄を考えると、これら年賀状の存在は注目に価するように思われる。

注7　5・7・5・7・7の下の句〝7・7〟が予め〝前句〟として提示されていて、それにあわせて〝5・7・5〟を附ける雑俳の一種。〝附句〟である〝5・7・5〟が独立して川柳になった。例えば「降る雪の白きを見せぬ日本橋」は、もともと前句「にぎやかなことにぎやかなこと」に附けられた附句である。初代川柳は、万句合（まんくあわせ）という前句附興行の点者（選者）であった。

参考文献（本会会報と、本文中および注に記したものを除く）
・檜田良枝「阪井久良伎」（『近代文学研究叢書　55』〈１９８３・12、昭和女子大学〉）
・尾藤三柳編『川柳総合事典』（１９８４・６、雄山閣）
・「川柳マガジン」２００３年２月号（特集「現代川柳百年史」／新葉館出版）

表1 『川柳』掲載号別署名と作品の種類

号	月	署名	川柳	他者文中引用句	柳体和歌・柳体詩	二十六字詩（都都逸）	評論・随筆	その他（小説・口上等）	計
	（M39/1906）								
5	3	花まろ・花麿、瓢乎・小原瓢乎、瓢鯰坊	2		12		1	1	16
6	4	花まろ・花麿、瓢乎、瓢鯰坊、湘水	14		27	6	1		48
7	5	花まろ・花麿、瓢鯰坊・小原瓢鯰坊	25	1			1		27
8	6	花まろ、瓢乎、瓢鯰坊	8		8		1		17
9	7	花まろ、瓢鯰坊	39						39
12	10	瓢鯰坊	4						4
13	11	瓢鯰坊、魔訶六、小原夢外	19					2	21
14	12	瓢鯰坊、魔訶六	9					1	10
	（M40/1907）								
15	1	瓢鯰坊	7						7
16	2	魔訶六	8					1	9
17	3	魔訶六、瓢鯰坊	6	4					10
18	4	魔訶六	13						13
20	6	魔訶六	4						4
23	10	魔訶六		2					2
計			158	7	47	6	4	5	227

表2　署名別『川柳』掲載号と作品の種類

署名	掲載号	川柳	他者文中引用句	柳体和歌・柳体詩	二十六字詩（都都逸）	評論・随筆	その他（小説・口上等）	計
花まろ・花麿	5 6 7 8 9	17		17	2		1	37
瓢乎・小原瓢乎	5 6 8	1		16	2	1		20
瓢鯰坊・小原瓢鯰坊	5 6 7 8 9 12 13 14 15 17	109	5	12	2	3		131
湘水	6			2				2
小原夢外	13						1	1
魔訶六	13 14 16 17 18 20 23	31	2				3	36
計		158	7	47	6	4	5	227

関係年表

年	川柳界	その他詩歌・文壇等	流泉小史
明治三十三 1900		『明星』（与謝野鉄幹）創刊 「子規鉄幹不可並称説」起る	
三十四	阪井久良伎『珍派詩文・へなづち集』	鉄幹を烈しく中傷する「文壇照魔鏡事件」起る 与謝野晶子『みだれ髪』	黒岩尋常高等小学校高等科卒
三十五	久良伎選「芽出し柳」欄創設（新聞「日本」）	正岡子規没（三五歳）	
三十六	井上剣花坊「新題柳樽」欄創設（新聞「日本」） 久良伎『川柳梗概』	『馬酔木』（伊藤左千夫ら）創刊	盛岡中学入学
三十七	久良伎選「新柳樽」欄が『電報新聞』に創設 田能村朴念仁が『読売新聞』狂句欄を「新川柳」と改め読売川柳研究会設立 久良岐社設立	与謝野晶子「君死にたまうふこと勿れ」（『明星』） 〔日露戦争　＊翌年まで〕	盛岡中学中退 明治大学法学部入学
三十八	久良伎『五月鯉』創刊 剣花坊、柳樽寺川柳会設立 剣花坊『川柳』創刊 朴念仁『へナブリ』創刊	山川登美子・茅野（増田）雅子・与謝野晶子『恋衣』 石川啄木『あこがれ』 上田敏訳『海潮音』	小説家三宅青軒に師事し、各紙の懸賞小説に盛んに応募
三十九	読売川柳研究会『川柳とへなぶり』創刊	河東碧梧桐「三千里」の旅に出発、のち新傾向俳句を展開	翌年にかけ、雑誌『川柳』に、川柳や評論などを盛んに発表
四十	窪田而笑子が『読売新聞』選者を朴念仁から引き継ぐ 剣花坊『川柳』休刊 久良伎『五月鯉』終刊	森鷗外宅で観潮楼歌会が始まる 田山花袋「蒲団」	明治大学法学部卒 夢外の号で家庭小説『破れ恋』『母の罪』刊行
四十一		若山牧水『海の声』 伊藤左千夫ら『阿羅々木』創刊 『明星』終刊	夢外の号で探奇小説『死骸館』刊行

雑誌『川柳』掲載作品一覧

句会記録や他者による文中の引用作を含む。ただし、前号等ですでに掲出した句の再録はしなかった。

原則として、漢字は常用漢字とし、かなは原本どおりとした。

誤字脱字と思われる箇所もそのまま記載した。

ルビとして付された「△」や「、」はすべて省略した。

「ゝ」や「〳〵」の踊り字は用いず、同じ文字を重ねて表記した。漢字の「々」は用いた。ただし、意味が通り難い場合は※で注記した。

Ⅰ　川柳

号	作品	詠題	署名
5	花を見に花に見られに出る女		花磨
5	長板橋法螺で魏軍を吹飛し		瓢鯰坊
6	村正は三百年を飢に泣き　＊7号で剣花坊が評（三百年の）	天下泰平	瓢鯰坊
6	天文を見て正雪は口惜しがり	天下泰平	瓢鯰坊
6	泰平の裏は血汐の川をなし	天下泰平	瓢鯰坊
6	浪花節五風十雨を唸るなり	天下泰平	瓢鯰坊
6	馬鹿声で長閑に謡ふ四海波	天下泰平	瓢鯰坊
6	泰平を一ト昔だけ保証する	天下泰平	瓢鯰坊
6	神童が一年増に馬鹿になり	馬鹿	瓢鯰坊
6	馬鹿にされお三とうとう泣出し	馬鹿	瓢鯰坊

6	聖人に二代なし馬鹿に数代あり	馬鹿	瓢鯰坊
6	十露盤は弾いて見ては頭かき	小商人	瓢乎
6	新店は他より一割安く売り	小商人	花磨
6	空腹の中をブランがかけまはり	空腹	瓢鯰坊
6	へり過て果はとをとを痛み出し	空腹	花まろ
6	居候また成功に逃げられる	居候	瓢鯰坊
7	鞍馬山梢にすごき大笑ひ（鞍馬山の瓢鯰坊）　＊他者文中引用		瓢鯰坊
7	忌ま忌ましそうに石淋甜めるなり	英雄の試験	花まろ
7	水汲めば汲んだて阿羅々打ちのめし	英雄の試験	瓢鯰坊
7	死よりはましと子推の肉を食ひ	英雄の試験	瓢鯰坊
7	島守が見知る大島三左衛門	英雄の試験	瓢鯰坊
7	シヤツ面を備後表にすり埋める	青	花まろ
7	修行して来いと芸者奴ぬかしたり	青	瓢鯰坊
7	四遍目に地蔵も青い筋を見せ	青	瓢鯰坊
7	黄金で出来ぬ仏の値が下り	黄	花まろ
7	安倍川が好いわと新婦小声なり	黄	花まろ
7	黄門はひね沢庵も喰ふた奴	黄	瓢鯰坊
7	無礼者糞虻退けて黄菊云ひ	黄	瓢鯰坊
7	赤女の頬林檎が二つ熟して居	赤	花磨
7	血眼の柄に手をかけナナなんと	赤	瓢鯰坊

号	作品	詠題	署名
7	みんな揃ふたかと奉行声をかけ	白	瓢鯰坊
7	悪いものが降つたで持病また起り	白	花まろ
7	白泡をかませて上使飛んで来る	白	瓢鯰坊
7	黒龍江ザアの涎も雑つて居	黒	花まろ
7	程過ぎて斬つた黒髪惜しくなり	黒	瓢鯰坊
7	小仲黒を負ふて猪かけはり	黒	花まろ
7	黒塚は妙な料理をする処	黒	瓢鯰坊
7	羅生門変な女の居る所	鬼	瓢鯰坊
7	五十両までは貸せぬと箱に入れ	五十両	花まろ
7	嬶に添へて進じ申す金五十両	五十両	花まろ
7	馬喰フの片手と云ふは五十両	五十両	瓢鯰坊
7	五十両山分といふ金でなし	五十両	瓢鯰坊
8	胆を練る所ろか座禅屁をすかし	座禅	瓢鯰坊
8	東寧の王位に座はる気の毒さ	東	瓢鯰坊
8	東に見ゆる山はと漁夫に問ひ	東	瓢鯰坊
8	しやツ面を二三度撫て東風は吹き	東	花まろ
8	東海に島あり不老不死の国	東	瓢鯰坊
8	山門をこはそうに入る鰹売り	鰹	瓢鯰坊
8	喜んで呉れと財布に音をさせ	喜	瓢鯰坊

8	極楽は醜女醜男のおあつまり	楽	瓢鯰坊
9	白襟と高襟憎くや村小道	襟	瓢鯰坊
9	熱鉄のまろがせならぬ酒をのみ	天狗	瓢鯰坊
9	先生にきけば天狗は無いと云ひ	天狗	瓢鯰坊
9	鼻高を見せ物にする鞍馬山	天狗	瓢鯰坊
9	老ぼれの天狗といふは羽衣の曲	天狗	瓢鯰坊
9	羽団扇どころか持つは質通ひ	天狗	瓢鯰坊
9	烟草屋へ奉公に出るヘボ天狗	天狗	瓢鯰坊
9	エート打つ手利剣天狗鼻でうけ	天狗	瓢鯰坊
9	そうなるはみんな自慢のはてとやら	天狗	瓢鯰坊
9	大小の天狗牛屋に舞下り	天狗	瓢鯰坊
9	鼻先きで孩児をあやす親天狗	天狗	瓢鯰坊
9	鞍馬から目白の台へ巣をかへる	天狗	瓢鯰坊
9	天才も天狗になれは仕舞ひなり	天狗	瓢鯰坊
9	御主人の娘と云ふが妾なり	囲ひ者	瓢鯰坊
9	妬かぬかと妾も一寸抱へて見	囲ひ者	瓢鯰坊
9	園（※囲の誤字）者ニキビはあるがいい女	囲ひ者	瓢鯰坊
9	囲者英和辞書には無い語なり	囲ひ者	瓢鯰坊
9	お妾の素性質せば源氏なり	囲ひ者	瓢鯰坊
9	昔なら何の局と云ふところ	囲ひ者	花まろ

号	作品	詠題	署名
9	去程に囲はれの腹ただならず	囲ひ者	瓢鯰坊
9	妾でも置けと女房はせがむなり	囲ひ者	瓢鯰坊
9	養父母が死んで新宅一つふへ	囲ひ者	花まろ
9	お妾の外にらしいが三四人	囲ひ者	瓢鯰坊
9	善七と云われたいのが理想なり	乞食	瓢鯰坊
9	野伏せりのむくろに咲きぬ壺すみれ	乞食	瓢鯰坊
9	若殿の新刀試す車坂	乞食	瓢鯰坊
9	行末はお菰だろふと母ぢや人	乞食	瓢鯰坊
9	四日目に小膝を打つて感歎し	乞食	瓢鯰坊
9	椎の葉に盛るとは今のことでなし	旅行	瓢鯰坊
9	旅は憂いものではないと旅帰り	旅行	瓢鯰坊
9	五月雨は駅路に晴れて日は斜	旅行	瓢鯰坊
9	人生は旅だと老爺云ひ残し	旅行	瓢鯰坊
9	押入れの中で近県旅行なり	旅行	瓢鯰坊
9	五里行つて二合十里で五合やり	旅行	花まろ
9	行く先は幸多かれと干してさし	旅行	瓢鯰坊
9	呉か越か行手は不知旅衣	旅行	瓢鯰坊
9	こう行けばハハアさうでと右に折れ	旅行	瓢鯰坊
9	天使（エンゼル）に成手の多い活人画	天	瓢鯰坊

9	蛮勇を振ふて女房たたき出し	勇	瓢鯰坊
12	振袖に鏡をかくす二等室	鏡	瓢鯰坊
12	顔二つ鏡にうつる睦ましさ	鏡	瓢鯰坊
12	柳原妙な夜店も出る所	夜店	瓢鯰坊
12	庖丁で喉笛を突く素町人	庖丁	瓢鯰坊
13	様々の靴の音する舞踏室	靴	瓢鯰坊
13	蛇斬つた血の滴りが四百年		瓢鯰坊
13	御鏡に御剣を添へてのたまはく		瓢鯰坊
13	をののきは夜目にわかねど声で知れ	十三夜（一字詠込）	瓢鯰坊
13	詩的だと日比谷の夜のささめごと	十三夜（一字詠込）	瓢鯰坊
13	空閨は夜具の襟など朽させる	十三夜（一字詠込）	瓢鯰坊
13	枝豆に、鈴虫の泣く十三夜	十三夜（一字詠込）	瓢鯰坊
13	別品は三々九引いて一残る	十三夜（一字詠込）	瓢鯰坊
13	居候ながながし夜を独り寝る	十三夜（一字詠込）	瓢鯰坊
13	三度目は源太松など背負つて出る	十三夜（一字詠込）	瓢鯰坊

号	作品	詠題	署名
13	月の投網にかかる土左衛門	十三夜（一字詠込）	瓢鯰坊
13	極刑の模範を示すユダヤの野	聖猶太	瓢鯰坊
13	パリサイの人は巣もなく穴もなし	聖猶太	瓢鯰坊
13	ユダヤ野の一歩一歩に露が散り	聖猶太	瓢鯰坊
13	鳴弦で獲たる不思議のもの二ツ	破邪	瓢鯰坊
13	蒲焼屋団扇で串をごねさせる	焦熱	瓢鯰坊
13	肩の張る駄法螺を吹くがカーライル	英雄	瓢鯰坊
13	松が岡涙の枯れた顔ばかり	無味	瓢鯰坊
13	小包は蜘蛛手鍵縄十文字		瓢鯰坊
14	アギナルド吹けばぐらつく小屋を立て	独立	瓢鯰坊
14	独立の草書で書くは下女の文	独立	瓢鯰坊
14	銀行に引導渡す本願寺	銀行	瓢鯰坊
14	銀行へ残して伊勢屋死に果てる	銀行	瓢鯰坊
14	墓守にいろんな惚気聞かされる	墓	瓢鯰坊
14	墓だけは継母立派に立てるなり	墓	瓢鯰坊
14	煙に巻いた因果覿面三ヶ荘	烟	瓢鯰坊
14	三月程麝香の匂ふ煙が立ち	烟	瓢鯰坊
14	十年目さて語れども語れども	無尽蔵	瓢鯰坊

15	伽毘羅城鼓楽につれて花が降り	荘　厳	瓢鯰坊
15	夢憂樹の瑠理光になる春八日	荘　厳	瓢鯰坊
15	一升の徳利に二升呉んろなり	徳　利	瓢鯰坊
15	燃ゆる土献上とある日本書	石　炭	瓢鯰坊
15	文珠支利初手は迷の字のみ教へ	迷	瓢鯰坊
15	荊州は木も有り竹もある処	棺	瓢鯰坊
15	雲長は鎧びつかと初手思ひ	棺	瓢鯰坊
16	初夢を和歌にしたがる三の君	初字結び	摩訶六
16	ウラルからキオレンの雪賞めに来る	外国の雪	摩訶六
16	有情非情これや別れの木やりぶし	木　精	摩訶六
16	仕立屋の看板になる町奴	江戸の粋	摩訶六
16	仲人は姑に灸据えに来る	灸	摩訶六
16	破れ寺の蜘蛛は朱鞘で払はれる	廃　寺	摩訶六
16	関取りは石の鳥居で首を釣り	石	摩訶六
16	明くる朝鬼は豆腐を売りに来る	画　讃	摩訶六
17	細君はヘボな料理の自慢なり　＊他者文中引用	料　理	瓢鯰坊
17	薩摩汁野蛮料理のやうに云ふ　＊他者文中引用	料　理	瓢鯰坊
17	姑が嫁の料理を困らせる　＊他者文中引用	料　理	瓢鯰坊
17	弦斎を読んだといふで料理通　＊他者文中引用	料　理	瓢鯰坊
17	鴨川の火事を見てけり京の盆	鴨	摩訶六

号	作品	詠題	署名
17	妖艶は烽火の煙で城を抜き	妖	摩訶六
17	帆檣小鴉宿かる下の関	下	摩訶六
17	青笹に首を実らせる賤ヶ岳	七	摩訶六
17	戯作者が曰くをつけた吉祥寺	七	摩訶六
17	経多羅尼端唄がはりの三途川	経	摩訶六
18	手も足も出ず押入て目を送り	手	摩訶六
18	手と手手と手と手と手花の山	手	摩訶六
18	島々を左手で荒らす御曹子	手	摩訶六
18	お台場も持つて来る気の汐干狩	汐干狩	摩訶六
18	招魂社俺が倅も弟も	集めこそすれ集めこそすれ	摩訶六
18	兼寛はけちな処に眼を付ける	飯	摩訶六
18	故郷の母は持参の一つなり	故郷	摩訶六
18	卒業は故郷へ送る無心状	故郷	摩訶六
18	幽霊の冑着て出る阿房宮	暴君	摩訶六
18	逆鱗は腹をたち割り眼を刻り	暴君	摩訶六
18	物好きは比干の胸を探ぐらせる	暴君	摩訶六
18	豆腐屋を時計にしてる裏長屋	豆腐	摩訶六
18	離縁状妻に書かせて印を押し	離縁	摩訶六
20	旅先きで金うでになるふる袷	袷	摩訶六

号	作品	詠題	署名
20	鮎時に売僧はあはせ殺しけり	袷	摩訶六
20	須田町は割にやあ人を輓かぬ処	いそがしいこと いそがしいこと	摩訶六
20	四日目に知る乞食の有難たさ	一日より十日迄詠込み	摩訶六
23	千両ぢやのうと格子で目を細め　＊他者文中引用	千	摩訶六
23	千金の体へあたら瘡をかき　＊他者文中引用	千	摩訶六

Ⅱ　柳体和歌・柳体詩（へなぶり・狂歌）

号	作品	詠題	署名
5	人の居らぬ折り見すましてコツソリと、爺此頃白髪染め塗る。	爺	瓢乎
5	奥の間に番頭呼んで声をひそめ、爺娘の身状尋ねる。	爺	瓢乎
5	私しのわかい時分はなどと飲みすぎて、臆面もなく爺のろける。	爺	花まろ
5	一年増しに扨も名前は増へるもの、助平老爺、しわんぼ老爺。	爺	花まろ
5	今時のわかい者には感心と、爺しきりに番頭賞める。	爺	瓢鯰坊
5	湯気立てて薬缶頭の説教を、解りましたと悴鼻歌。	爺	瓢鯰坊
5	焼き芋に、こんにやく南瓜ところてん、何れ嫌ゐの無きひさし髪。	庇髪	花麿
5	だらしないねまき姿で大欠伸、すぐいびきかく大ひさし髷。	庇髪	花麿
5	阿母さんもー解つてようるさいねと泣いじやくりかく庇の憎き。	庇髪	瓢乎
5	木下の浪子に何時も妾しはと、桟敷の庇眼を泣き腫らす。	庇髪	瓢乎

号	作品	詠題	署名
5	電車から飛び降りをしたひさし髪、膝すりむいて涙ホロホロ。	廂髪	瓢鯰坊
5	眼鏡越しに四辺キロキロろ路抜けて、口入屋ののれん廂のくぐる。	廂髪	瓢鯰坊
6	親でないぞもー子でないぞ勘当ぞと、云はれて喜ぶ道楽息子。	子息	瓢鯰坊
6	おいくつでおおお悧怜な私もコーユー御子を欲しいと賞める。	子息	瓢鯰坊
6	なまじいに学問させるものでないと爺子の息身持を語る。	子息	花まろ
6	本を、伏せて爺ムツクリ起きあがり、子息のね言に耳傾けぬ。	子息	花まろ
6	道楽な爺を外へしめ出して、わざと息子が高いびきかく。	子息	瓢乎
6	貴様みたようなヤクザな人間は、死んで仕舞いと子息にどなる。	子息	瓢乎
6	ニユーと高い見越の松に船板塀、格子戸あけりや猫のざれつく。	猫	花まろ
6	豊年ぢや万作じやなどと丸ぼちやの可愛い猫がカツポレ踊る。	猫	花まろ
6	おさんどんが折角ふいた長椽に、憎くや猫奴が足形つける。	猫	湘水
6	ニヤンとでも御勝手になどと洒落れながら、つぶし島田が莨を吹かす。	猫	花まろ
6	おかみさん又来ましたよ何日ぞやの、泥棒猫がそれそれそこに。	猫	湘水
6	呆れたねそんな黒猫まあ何処で、ひろつて来たと母親叱る。	猫	瓢乎
6	午前二時お帰りの声未だ聞こへず、猫にものいふ奥様あはれ。	猫	瓢乎
6	裳さばく音ハタとやめばつぶし島田、障子をあけて今晩ありしい。	芸者	瓢乎
6	痴話の最中警八風に吹き込まれ、枕かかえて芸者ウロツク。	芸者	瓢乎
6	鼻声で春着芸者にねだられて、さもいやそうに生返事なり。	芸者	花まろ
6	ふくさから役者の写真取り出して、チエーと芸者のねずみなきする。	芸者	花まろ

6	御祝儀を芸者便所におつことし、血眼になりて糞かきまはす。	芸者	瓢鯰坊
6	日の本には岩戸の神楽の始めより、芸者ありしと女将のいばる。	芸者	瓢鯰坊
6	芸者といふ面でないのでドラ娘、しよう事なしに俳優志願。	芸者	瓢鯰坊
6	海に千年山に千歳の功をへて、やふやふ女役者となりぬ。	俳優	瓢乎
6	音羽屋が来てよと乳母もお嬢様も、脱兎の如く門前に出る。	俳優	瓢乎
6	この寒さに浴衣一つでふるへてる、田舎まはりの俳優あはれ。	俳優	花まろ
6	女学生次ぎは看護婦その次ぎは、問はでもしるき女俳優志願。	俳優	花まろ
6	学資金は杜絶し男にや見はなされ、式部なくなく女優となりぬ。	俳優	瓢鯰坊
6	ああ彼も昔は女優なりしときくに、今は門乞ひ法界歌ふ。	俳優	瓢鯰坊
6	演劇は今や佳境に入りにけらしな、高田河合の呼び声高き。	俳優	瓢鯰坊
8	漆黒の髯をひねつて下役に、アイヌの防禦命ずる太さ。	官吏	花まろ
8	長官の頭が何うの鼻がこうのと、燕雀が二羽囀つて行く。	官吏	花まろ
8	上役の御意に背くな下役は、愛でよと爺口僻のよう。	官吏	瓢乎
8	官吏たる我に対して貴様とは、無体至極と生酔叱る。	官吏	瓢乎
8	旦那様が旦那様なら奥様も、役者でもとは下婢太い奴。	下婢	花まろ
8	反魂丹と安本丹を間違ゐて、山出しの下婢顔赤うする。	下婢	花まろ
8	我輩のワイフに成つちやどじやろかえ、などと書生の女中を嬲る。	下婢	瓢乎
8	雨しよぽしよぽ上野の鐘が四つ鳴りて、お三のいびき一層高き。	下婢	瓢乎

Ⅲ　二十六字詩（都都逸）　※誌上では「新三十一文字」と誤記

号	作品	詠題	署名
6	風が散らした桜の花と、姤やささやく春の川。	桜	瓢乎
6	鶏の林に桜を植ゑて、見せておくれよ花盛り。	桜	瓢乎
6	旅に病む身が見る夜な夜なの、夢は故郷に桜狩。	桜	花まろ
6	人のかがみと云はれた程で、狩るや夜桜、朝桜。	桜	花まろ
6	豆腐屋、酒屋にちと遠けれど、窓を明くれば山桜。	桜	瓢鯰坊
6	おぼろ月夜に野武士が二人、嵐山へと千鳥足。	桜	瓢鯰坊

『菫星亡国』

小原瓢乎

『星の子のあまりに弱し袖あげて、魔にも鬼にも勝たせんと云へな』これは有名な（?）晶子女史がへナブリ倶楽部二号に於て袖と云ふ題の下に詠ぜられた詩とやら云ふもんだそーな、此の詩即星の子云々の詩だか歌だかを読んで了解するものは十人の中に一人あるであろーか、余は信ず十人の中に一人も恐らくば有るまいと思ふので有る。これはホンの一例に過ぎないが了解するや否やは扨てき近来この種の菫だとか星だとか云ふものを詩とか云ふものの中に無暗に入れる事が流行して来た。これが果して四十年来休みなしに進んで来た文運の上にとつて喜ぶべき現象であろーか換言すれば星や菫は文学其物の上に左程必要なものであろーか。天上無数の星、野に香る可憐の菫如何にも美で如何にも詩的（?）である。然れ共右両者を見たる後、吾人が如何なる感を起すか、月光や桜花、日の出や梅、これを見た時に起つた感情を比較して見たら夫れ何れか壮に何れか大に何れか美に何れか麗であるか。

吾人は星や菫を極力美でない雅でないと排斥するもので無い。しかし、これを厳冬半夜の月に比するに、雄大で及ばず、荘厳で及ばず、寂寞で及ばないのである。

これを陽春三月の桜花に比するに、艶に於て及ばず、麗に於て及ばず、淡に於て及ばず、雅に於いて及ばないのである、まして、波涛漫々たる海上より悠々として登る日の出と、清にして淨、隠君子の風ある梅と、較ぶべきものになる段でない。

此の如き月に比して及ばず、梅に比して及ばず、梅や太陽の偉大に及ばざる菫や星が何が故に世間の注意をひき、且つ讃美する処となつたのであるか、吾人はそれに付いて少しく語る処が有る。

抑星とか菫とか所謂一派の詩人が謳歌するに到つたのは泰西文学から来たと云ふ人が有るがそれは大なる誤りである。如何にもハイ子が菫を歌つたであろー。ボカチオが星に謳歌したであろーが。現時の日本の詩人に称する連中が菫や星を用ひ初めたのは決して立派な源から、決して来たのでは無いと思ふ。

何となれば、月光の美も、太陽の偉大も桜の艶も、梅の清雅も眼にしてそれにあこがれる事の出来ない国ならばいざ知らず、四季花卉の絶ゆる事のない山秀に、水の清い我日本……世界の公園と称へられる我日本では、何もわざわざあまり立派でも奇麗でもない星や菫を讃美する理由はないからで有る。

我日本には古代から、星とか菫とか云ふてさはいだ連中が少い。否一人も無いと云ふても宜い中には菫に対する、星に対する詩歌も見えぬでないが、それは星菫、そのものを主として賛美したもので無く、星や菫その物に寄せて想ひを述たまでの事で然もこれも極めて小許である。

日本には古来、詩人、墨客に少くない世界的詩人は無くも日本的詩人は有つた。貫之や人丸や、赤人も有れば、清女、紫女も有つた。近松や西鶴もあれば、馬琴や、三馬もあつた。其他、現今の詩人と自称する連中の如きものは車に載せ、舛で量る位ゐ有つた。然れ共右に説く如く一人も星にあくがれ、菫を賛美したものが無い。然らば星や、菫が日本には無かつたかと云ふに、そんな事はない。千年以前の昔雄略天皇の時代に已に菫なる者があつたでは無いか。まして天宮にかかる星をやである。然らば何故日本の詩人は之れを謳歌し、賛美しなかつたのかと不思議がる人もあるだろーが、一向不思議でないのである。日本は右にしばしば説く如く四辺皆美ならざる無しで、然も其四辺の美が、星以上、菫以上で有る故に、月光の前に於ける蛍火の如き星や、菫には注目しなかつたものと考へられる。

然るにこの四五年と云ふものはヤレ菫だ、ヤレ星だとワイワイさはぐ様になつて来た原因を探つて見ると頗る面白い。元来、現今の日本で詩人で御座いと自称して御座る連中あまり学問の無い方が多いらしい、その証拠にはなるまいが、ある人の川柳に曰く、「学問と金と無いのが文士なり」

これは慥に現今の詩人と自称して御座る連中の急処を突いたものと思ふ。この所謂詩人等は始めは皆、日本在来の詩歌を研究して居た連中で有る。段々研究して居る中には書いて見たくなり、詠んで見たくなるのが人情で、ともかくも書いて出す。処が意外にも社会では之を歓迎する。これは不思議でも何でもない。多少研究した余力が発して詩となり歌となつたから世の中では迎へたのだ。コーなると大将、もー一廉の詩人になつた気で高く止まる。そーして今まで得た名声を力めて落すまいと考へる様になる。その落すまい落すまいが研究を除排するから、これから進んで行かうとする学術はバタリと止まる。そーなると思想は枯れて来る。詩は作れなくなつて来る。けれ共研究し様と云ふ念は一向起らぬ。只ひたすらドーシタら世間をアツと云はせる事が出来るだろーと云ふ風な至極生意気な考のみ増長して来る。然れ共哀しい哉。知れ切つた学殖、少許の学問では社会は動かない。あれやこれや考へた末脳中に浮んで来たのはその星、菫である。

よし、日本ではまだ星や菫を歌つた詩人は無いが、西洋では有るとの話、コイツ一つ星や菫を振りまはして世間を驚かして遣ろーと考へたが、その西洋の書物が読めぬと来る。コーなると自暴になつて、自分も他人も解らぬものを詩で候と極めて朦朧と書いて、それを星や菫を添へて世に示す。

さアコーなると毛色の変つたものを好む、日本人は、ヤレ天才だの、ヤレ鬼才だのと持ち上げるさはぎになる。先づここまで漕ぎつけると米欧が安全だ。訳書や、独案内でゴマカシて、菫や星を振り舞した結果が、ともかく世間で迎いてくれるのでコーなると是を真似る菫党、屋連が沢山出て来るは必然の結果で有る。

是は必ずしも星や菫を謳歌した詩人が悪いのでなく、恁く彼等をして詩人と自称せしむるに至つた社会が悪いので有る。つまり、毛色の変つた事を無暗に喜ぶ日本人が悪いのだ。しかしその悪い処につけ込んで菫や星を振り舞はす詩人（所謂）その者にも罪が無いとは云へぬのである。

あに独り詩ばかりでない。衣服でも食物でも皆そーだ。その内実が従来有り来つたものより好かろーが悪かろーが一向お構ひなしで、何でも西洋々々と二言目には西洋を引張り出す。これが抑も、菫連や、星の子達につけ上がられる原因だ。

劇の如きその一例である。明治の劇史をくりかへして見たらすぐ解る話である。彼の新演劇と称して旗鼓堂々一方に覇を称して居るもの、元祖その初めは如何だ。学問もヘチマも無い一ケの壮士が、茶番的にやつたのはそもそも始めでないか。目新しい処から始めは随分世の中から喝采して迎へられたが中頃は如何であつたか。一二有芸の役者が僅に一縷の絶えんとして居る命脈をつないで居つたでないか。処でコレではならぬ一つ世を驚してやらなければならぬと、考へたのは川上で、俳優として、彼は破天荒の洋行を試みた。而して欧米で盛に法螺を吹き廻つたが、幸にも新興国の日本の俳優と云ふのと、貞奴の美とで見ん事ヤンヤと云はせ勲章とやらまでせしめると云ふ有様。そーして日本に帰つてオペラが何うの、コメデーが何うのと吹き立てる。

果せる哉、川上の計マンマと当りて現今の如く新演劇をして劇界に重きを成さしめたのである。見よ彼等新派俳優と称する輩を、一二旧劇派からの帰化人を除く外は、果して芸術として採るに足るものが有るだろーか。しかのみならず彼等新俳優の一手販売たる斬髪ものでさへ、乳姉妹を東京座の旧派と競争して敗れ、不如帰で敗れ、果ては、昨年末に白波五人男や太閤記をやつて児童の笑ふ処となつたでないか。そこへ行くと川上は頭株だ。高田や河合とちがひ、ソンナ拙い事はしない何処迄もバタ臭い。旧俳優が真似する事の出来ない様な、毛色の変つたものを、お目にぶら下げて社会をアツと云はしめる。ここが余程、菫の子や、星の従兄弟達と川上は相似て居る。

川上も新詩人と自称する。彼の星の子、菫の子の学問が無いと同じく、芸術と云ふて見るに足るべきものは殆と無いと云ふても好い。それが世間から賞められるから面白いではないか。これは前に云ふ通り、日本人が物好きだからだ。

今度のモンナ、ワンナだつてそーである。余は不幸（?）にしてその劇は見ないが脚本を見た。脚本を見た故につまり劇を見る気になれなかつたのである。何故と云へばその脚本の訳述の拙劣な故でもなんでも無く、脚本の筋その物が気に食はんからである。

ギドー、コロンナを征服すべく命ぜられた、フリチバルがギドーの妻ワンナが昔しの恋人であるが故に之が交附を乞ふたその代りには、城内に欠亡した糧食も、兵卒も弾薬も与ふると申込む、まアそれ迄はいーとして、それからだ。城内の兵を救ふ為めに、敵軍の中に独り入るワンナは称すべきであるが、フリンヂバルの為めに……その昔語りの為めに、思はず引き入れられてその男が恋しくなつてそれを連れて帰つたワンナは賞すべきでないでは無いか。又フルリンチバルに至つては尚ほ許すべからざる男である。たとへ昔しの恋人で有つたからとて、今は敵将の妻たるワンナの尻を追ふて、捕はれて来て戦するにもせよオメオメと俘虜同様となつて敵城に赴くと云ふは何たる情ない事だ。

コンナ者が日本に有つて見ろ。日露戦争はドーなつたであろうーか、必ずや敗北したに相違ないのである。つまり此の如き脚本は日本の武士道を無視したものである。これは豈余輩計り此く思ふので有るまいかと思ふが、扨て明治座の人気はドンナであるかと伺ふと、毎日々々の大入、川上夫妻はニコニコ然として、大黒様が甘酒に酔ふた様な顔して居るとの話し。これを聞いた時余は忙然として自失したが、扨て考へて見ると前述の理由で解釈が出来るのである。成程現今の日本は吸収の時代で未だ消化の時代でないのである。

何んでもバタ臭いのを喜ぶ時代である。かゝる時代に……未だ輸入の時代ならば、その時代らしくして居ればいーのに、も早消化の時代であると云ふ様な顔をして、星や、菫を振り舞はす連中の有るには頗る恐縮する。

星や菫がパンとなり、三日に一度でもなまぐさいものを食べていかれると、所謂詩人の連中、余の称してブルガリ屋と名付けた連中はそれでよかろーが、それが為めに幾多の人の子が日々賊されて行くのを見ると寒心すべき極であると云はなければならぬ。

我々青年時代は、野心教々たる時代で、サア何者で持つて来いと云ふ向ふ不見の時代である。意馬、心猿ややもすれば狂ひ出す時代である。緋縮緬の蹴出しを見ても怪意の発するのが我々青年時代である。

此の如き、石上に鶏卵を転ばす如き、極めて危険な青年に向つて彼等、所謂詩人連中即ブルガリ屋、連はドンナ鉾先きを向けるか。内務省では博文館出版の西鶴全集や、脚本傑作集や、其他、曰く何、曰く何、随分此の明治年間に於てその発売を廃止したもの多い様だ。だが、此等西鶴全集を始めとして、この発売を廃止されたものは如何にも読むに堪へぬ個所も有る様だ。けれども余は此等西鶴全集の中にある文字が、風俗を懐乱するを認める以前に現今の、菫、星を謳歌した春画出の詩とやら云ふものの風俗を乱し、安寧秩序を害する事を認めねばならぬ。

然らばその菫や星が世を害する点を具体的に説明せよと云はれたとて、余はここで説明する限りで無い。

何となれば、そーなると勢ひ人身攻撃に渉るまいと思ふても激して居る余の筆が、何ういう所で、何ういう風に飛ぶかも解らないからである。（未完）

（「川柳」第五号所収）

楽天党を募る

瓢鯰坊

『世の中は総べて反対の傾向を来すものである』、こー云ふとそりや又どうしての反間が来るかも知れんが我党はそう思ふのである。何となれば、などと鹿爪らしく申す迄もなく総て世の中はそーではないか、この反対の傾向が来さないものとすれば、六をおこすつもりで振つた賽が何時でも六が起きねばならず、金をもうける筈でやつた仕事は是非共もうからねばならぬ筈だが、事実そうではない。六を起すつもりでふつた賽がピンとなり、金をもうける気でやつても外れる勝であるではないか。豈これは賽コロヤ、金もうけ計りではない、すべて万事そうである。

一昨年あたりから昨年の末にかけて戦争文学戦争文学と叫んだ結果ばドーであつたか、別段面白い、これぞと思ふ作物が出なかつたではないか、これも反対の傾向を来すといふ一例にはなると思ふ。

そこへ往くと古人は流石うまい事を云ふて居る。美人多くは拙夫に倶ふとか、駿馬痴漢を乗せて馳るとか……、これは明かに世の中はすべて反対の傾向を来すものであるといふ事を見破つた言であると思ふ。

この『世の中は総べて反対の傾向を来すものである』といふ原理を知らぬ奴等のあはれさ、それはそれはお笑止千万の話だから、遂華厳の滝が繁昌する事になる。

この世をぞ我世とぞ思ふ望月の、欠けたる事もなしと思へば。

こんな寝言の通り世の中はうまく行くものであると思ふて居るから大した間違が出て来る。前に云ふておいた戦争文学だつたそーだ。古今未曽有の大戦争、これを材料にして文学上の産物がキツト出るだろーと宛にして居つたから、あまのじやくの奴が反対の傾向を来させたのである、その反対の傾向のかたまりが即川柳や、二十六字詩や、其他の平和的文学となつて現れた（平和的文学につきては他日説くところ有るべし）

世には川柳や、二十六字詩を非文学だとぬかす奴等もあるが、そんな奴等は別問題として、この三十七・八年の戦争此方余の所謂反対の傾向たる平和的文学の勃興進歩は何と目覚ましいものでは御座らぬか。

川柳界では柳尊寺大和尚が坊主頭に向ふ鉢巻きで、富士見町の久良岐大先生と対抗するあれば、野心慢々たる田能村朴念仁氏が読売柳壇にひかへて、堂々一方に覇を称して居るがあり、万事如才のない飴ちやんが明和風を鼓吹せば、一寸法師のかくちやんが短詩を標榜するあり、其他数限りのない大将達が腕をさすつて何か事あれかしとねめて居ると云ふ有様、又都々逸界では万朝報に黒岩の親分が俚謡の正調を初め出せば秋剣妖僧が中学文壇で二十六字詩の募集をやらかし、鶯亭金升が日ポン地で威張れば、妻の家才喜がお安くない四畳半で苦笑すといふ、群雄割拠の戦国時代のよう。ここに於てか我輩は反対の傾向と唱ひ度くなる。帰する処我輩は此等反対の傾向を無上に有難がる者である。

万事思ひ通りにも行かず、さりとて反対の傾向も来なかった日にはやドーであろー、世人は何を以て慰籍せらるるつもりであるか、こーなつた日に寥々此の世の中に一日も居られなくなつて来るではないか。

反対の傾向を目して社会では逆さ事だとか、冠履処を換へたとか云ふてワイワイ騒ぐが、何もそんなに姦しく云ふには及ばぬ事。老爺が先きに死んで息子が後から死ぬのがありや順当であろー、その順当に行くべき筈の処へ反対の傾向殿がやつて来て、息子が先きに死ぬ事になる、いかにも息子に別れた老爺は悲しかろーが、さてお寺の坊主になつて見ろ、老爺が死ねば五円のお布施しか上らぬのが、息子が死んだで十円のお布施にありつく事になる、そーなると坊主ドノ位嬉しいか知れたもんぢやない。つまり世の中は古い話だが一得一失で、仕方のないものである。何事も天の配剤だと思ふて、あきらめるがかんじんで御座るテ。

泣いてくらすも一生なれど、笑つてくらすも亦一生。

こーゆう風にあきらめがつくと世の中が面白くなつて来て親が死んでも子に別れても平気の平左をきめてる事が出来、惚れた女に振られても。

可愛がつたりがられもしたが、今ぢやがられもがりもせず。

位ゐでは蛙の面に水、ノノホンをきめすまして居られることになる、すまして居られる様になると最早俗人（？）の域を脱して我党楽天家の仲間入りが出来、他人が愚痴をコボスのを見ても、くつたく顔してるのを眺めても。

何をくよくよ川端柳、水の流を見てくらす。

と茶化したくなつて来る。これがそーあきらめがつかないと、さても世の中厭やなもんぢやとなる。こーなると総ての物を悲観する事になり、一寸した別れにも、例へて見ようなら、東京の人間が横浜あたりへ行くのを見送つても、これが此の世の別れではないかなど、不らちな涙を流し、

君と別れて松原行けば、松のつゆやら涙やら。

などと帰りには謡ひ度くなり、汽船や汽車といふ一時間に何十哩走るといふ便利な丈夫なものにのつて行くにもかかはらず、

来いと云ふたとて行かれうか佐渡へ、佐渡は四十五里波の上。

とシクシク泣き度くなる。こー世の中を悲観して来ると大食は出来ず、大法螺は吹けず、大糞は出ず、大声は発する事が出来ず、此他すべての大といふものから見はなされて来て、

雲の割目から鬼や尻出して、世界われるような屁をたれた。

の如き大思想は薬にしたくとも無くなる、万事女性的になつて、涙もろくなり、思ひ切りが悪くなり。

義理にせめられ切れると云へど、落ちた涙でいやと書く。

様になり、おまけに非情の草木や、水車など見ても、

奥山に独米搗くあの水車、たれを待つやらくるくると。

と、とんだ処へまで同情し、さては折角暇を拵しらいて来てくれたのも有難いとは思はずに、

逢ふ夜恨みの涙の雨は、来ぬ夜くもりし心から。

などとかこち果ては思ふ人にシツコイとて振りすてられるのはまま見うける処である、こーゆう風に何事も悲観し、何事も取り越し苦労をする様になると、そこへ菫星病のバチルスが得たり賢しと伝染し、煩悶とか、血汐とか、やは肌とか、あこがれとか、うらぶれとか、わか鳩とかをウナル様になる、而して、

菫つむ気で田の草取りな、送り迎ひは好ぎな星。

と京童にまで悪口たたかれることになる、こんな奴等に限り声をかけても見向きされぬ処から、失恋々々を口癖のように唱へ終りに、『ああ神はなどと弱い音を吹くまでに零落（?）するその果たるや、キツト華厳の滝かさもなくば、モルヒネか、鉄道となる、なんと反対の傾向の趣味を解せぬ人間程憐れむべきものはないではないか。これに反して我党楽天家の仲間入りをすると、反対の傾向が来ても興味を持つて迎へる様になるから、何でも世の中は茶にして暮らすもの、日は笑ふて送るものと思ひ、人から苦るしめられた時でも（勿論我党楽天家は自分で苦を求めるような事は決して無い）気に食はん事が有つた時でも、落語家の声色を真似るではないが天災とあきらめ、親が死ねば死んだて仕方がないと笑ひ、子が死ねば死んだて笑ひ、火事が有れば有つたで笑ふといふ万事何事も笑ふて退る気になるだから福の神もつゐ浮かされて飛び込んで来る。サアこーなると不景気とか何とかは一向無くなつて来る、なんと我党楽天家程幸福な者は世の中にたんとは無いではなかろうか。

＊　＊　＊　＊

世の中に右に述べた通り心の持ち様一つで随分面白く暮らして行かれるも係らず随分反対の傾を恐れ、一寸した事に逢つても万事休せりなどと叫ぶやからが沢山ある。これは決して喜ぶべき事でない。笑ふべき事はない、否此所の人を見て笑ふべき前に、此等の人を感化して、我党の仲間に入れ、世の中を面白く、可笑しく、暮らさせる様にするのは我党楽天家の一大任務で有る。

されば此重大な任務を我輩は背の上に荷ふて居るといふ事を自覚したから、こゝに大に満天下に檄して、我党を募るのである。

然らば我党楽天家たる資格はといふに、そんな六つかしいものは一向無い。只我党となる一条件として、泣かない事、即やたらに涙をコボさぬ事が必用である、此の条件をさえ具備して居るなら、田吾作でも杢兵エでも華族でも、我党の人となる事が出来、眼に一丁字なく。

時鳥なけやあ米でも下るかい。

と云ふ様な没風流漢でも、

雨の降る日は天気が悪い、犬が西向きや尾が東。

と謡ふ野暮天でも、我党の仲間入りが出来る。十円以上の地祖を収める人とか、成年以上の男子たる事とかといふやかまし規定はない。繰り返して云ふ様だが、ただただ前述の反対の傾向が来ても笑ふて退け、世は茶にするものと考へる太い了見さえありや充分だ。之を要するに我輩は、我輩と志を同ふするものを糾合し社会をして我党化せしめ楽しく世を送らしめんとする大慈悲心からここにこんな檄を飛ばすのである。であるから此檄を詠み、我党の意のある処を諒せし諸子はその男女たると、老少たるとを問はず奮って入党せられん事を乞ふのである、終りにのぞみ我瓢鯰坊は我党の万歳を三唱しさて引さがる事にする……と、先は我党募集の広告如件。

（「川柳」第六号所収）

楽天主義と川柳

小原瓢鯰坊

釈迦滅後ここに約三千年、法燈長しへに末世の闇を照し、キリスト十字架に霜と消へて以来二千年後の今日未だ讃美歌の声を聞く、大なる哉哲人の徳、偉なる哉聖人の教、余は釈迦を尊び、キリストを敬し、併せてその徳に服し、その教訓を感ずるものなり、独り余のみならんや世にキリスト以上の、釈迦以上の、人物が現出せざる限りは、何人といへども其徳に服し、その教訓に従はざるを得さらん。

釈迦は衆生を済度せんが為めに慈悲を説き、キリストは凡俗を詩化せしめんとして博愛を説けり、一は極楽の存在を述べて世俗に安心立命の道を教へ、一は天国の楽しみを説きて同胞相伐の不条理なるを諭せりき、説く処異るといへ共その論の帰する処は一のみ、その博愛と云ひ、慈悲と云ふはこれ結局社会をして善美化せしめんとする……即凡俗を済度して天の時を楽ましめ以て安心立命せしめんとする一個の方便にあらずして何ぞや。

古人云へる事あり曰く『盲目千人、眼明千人』と、これ世を罵り、社会を嘲り、進んでこの、千態万様、前後矛盾の社会を定義して余す処なき好箇の鉄案なり、実に社会千様万態の世なり、前後矛盾の世なり、所謂盲目千人、眼明き千人の世なり、ここに於てか釈迦は先つさきに仏の恐るべきを唱へ、次いで仏の敬すべき所以を述べ、最後に仏の愛を説けり、キリストの説く処亦同じ、只差はその仏と云ひ、神と云ふにあるのみ、夫れ釈迦及びキリストは今迄現れたる歴史上の人物としては最も高潔なる人物なり、最も偉大なる人物なり啻に高潔なり、偉大なりと云はんよりは、寧ろ一箇の真理の権化が仮に、形骸を人間に借りて、滔々たるこの独世に現れ、衆生を済度し、風俗を美化せしめんと努めしものと云ふの真に近かるべきを信ず。

然り釈迦及びキリストは真理の権化と云ふを得べし、又大慈悲心、大博愛心の結晶とも見得べし、されどこれを一面より見れば如何、大なる偽善者とも見得べく大法螺吹きとも見得べく、乃至大なる狂人とも認定し得るにあらずや、そは各個の観察に依りて異る処、その偽善者と見るも、法螺吹きと見るも、乃至狂人と見るも、敢て咎むべきにあらず、何となれば釈迦及びキリストの如き大人傑は、豆大なる社会の眼底に映ずべく、あまりに偉大なればなり。

我幼時小学校にありて、何々読本と云へるを習ふ、中に田夫野人の観月の宴に於て月を批評せしことを記せしものあり、何人も知れる所にして初めにはその当夜の酒宴の有様を記し中頃に。

観客の一人が月を目して、一の光る棒の一端也と云ひ一人は只円き神前の実鏡の如きものなりとし、一人は又た鍋蓋の如きものなりと論ぜし旨を詳述し終りに。その愚を笑ひしものなりき。

其文たるや滑稽の妙を究め、その比喩たるや実に珍、以て読むものをして、思はず頤を解かしむる足るものありき、又たしか同書中にありしと覚ゆ、これと好一対の群盲評象譚は、こは諸子己に先刻御承知の如く数人の盲が各象を評せし話を記せしものにして即ち。

その腹に触しものは、象は只壁の如きものなりと云ひその牙を探りし一人は、槍の如きものなりと論じ、その鼻をさすりし者は、蛇の如きものなりと叫び、その足をつかまへしものは、円くて高き樹の如しなるものと云ひ、その耳を捉へしものは、扇子の如きものなりと説き、其の尾を抓みしものは、縄の如きものなりと難ぜしと云ふにあり、一対の好談柄、陳腐を以て捨つ可からず。

古語に曰く『細き管もて大空を覗ひ、鼎の中の一片の肉を甜むる云々』と、こば右に述べたる、田夫野人の月に対する批評の理由と、群盲の象を評して互に相難ぜし原因を説明して余りあるものなり、即ちその評の誤る処は、月そのものと、象そのものとの大なるに依ると云ふも当を得ざるに非ざるを信ず。

此の如く大なるものは、種々の方面より観察し得べしされば釈迦、クリストを目して偽善者と云ひ、法螺吹きと云ひ、乃至狂人と云ふと、その月を評して棒の一端なりとし、或ひは鍋蓋の如しと云ふと、群盲の象を評して或は壁の如しと云ひ、槍の如しと云ふと、何等異なる処有るを見ず、その大なるものの全般を見るを得ずして、その一端を見たるのみ。

大なる物の一部を見しものは未だ以て、そのものを見たりと云ふを得ざるは敢て云ふを待たざる処なり、然りその全般を見たりと云ふを得ざるなり、されど思へその一端をだに見ざるものに比してその何れか優れる処あるを、その一端にても見たるものは、その全部を伺はざるものに比して一日の長あるに非ずや、砕けて云へば、その全部を見ざるものに比して一寸と話せるものあるに非ずや。

然り一寸話せるものなり、一寸話せるものは一向話せざるものに増す事云ふをまたず、而して此等所謂一寸話せる者を教導せば追々その全般を見得べく、随て大々的話せる者と成るべきは、毫末の疑を容れざる処なりとす。

然らばこの、所謂一寸話せる者を教導して、大々的話せる者たらしむべき……その指導大任は何人の荷なはざるべからざる処ぞ、余は断言す、そは全然達人の負ふべき大責任なりと。

然り達人はこの大責任を負はさるべからず、啻にこの大責任荷なはざるべからざると同時に尚他の一方に於て、その一部だに見能はざる……即一向話せね奴を教導して一寸話せる奴となし、進んでその全般を見得る処の、大々的話せる奴となすの一大任務をも併せて荷なはざるべからず。

それ達人の責任や大なり、その教導たるや頗る至難の事業たり、されば達人たるものは、此等凡俗の衆生を済度せん為めには有りと有らゆる方法を講ぜざすべからず、即ち時と場合に依ては、緩和手段を採る事もあるべく、又非常手段を採るも敢て辞せざる事あるべしとの手段方法たるや蓋し所謂千様万態なる者あらん、

史を繙いて、眼を古今の達人の此等凡俗の衆生を済度せんとし形跡に走らすに、何れも初めはその易より入らしめ、而して順を追ふて難に進ましめんとせしもののみ、即ち難を先きにして、易を後にせしもののみ、

さればにや達人中の達人とも云つつべき釈迦及びキリストは、先づ最初に於て、仏神の恐るべきを説きて、凡俗の罪を犯す事なからしめんとし、次でその仏神の利益の広大無辺を示し、進んでその敬すべき所以を教へ、最後にその仏神の愛を説けりき、余は彼等釈迦、クリスト等の凡俗を済度せんために採りたる手段方法その宜しきを得たるを讃すると同時に、今後に於ても達人の衆俗を善美化せしめ、大なるもは大なりと見、壮なるものは壮なりと思推せしむるに至るまでは、偏にその方法手段に従はざるべからざるを信ず。

夫れ文学は大なるものなり、滑稽文学は文学中の最も大なるものなり、故に滑稽文学を代表すべき川柳は文学中の最大なるものと云ふも、豈その当を得ざるものならんや、然り、川柳は大なるものなり大なるものなればこそ、種々の方面を観察し得べけれ、小なるものならば何ぞ此く多方面より論評するを得べき。

されど川柳は只その体の大なるを世に示さんが為めに生れ出でたるものに非ず、彼の釈迦、クリストが、凡俗に対し、衆生に向つて、真理を教へ、善路に導かんとして濁世に現出せし如く、川柳は、徒らに煩悶し、空しく愚痴をコボスの徒をして、共に倶に天の時を楽ましめ、世俗をして相恨む事なく、和気靄々の社会を形造せんが為めに生れ出でたるものなり、換言すれば天下の衆生をして、楽天的趣味を感ぜしめんとして生れ出でたるものに外ならざるなり。

その歌ふ所の、悲惨なるものあると、諷刺的のものあると、その愚痴をコボすが如きあると、世迷言に似たるものあると、乃至単に風俗を歌ひたるものあるとは恰も釈迦が最後の目的たる法華を説かんとして、先づ華厳のアマリに俚耳に入り難きを思ひ、諸種の小乗を説き、而して般若より法華に入りしに等しく、先づ易きを示し、凡俗をしてその門に入るべき意を起さしむる手段をとり、最終は川柳道の法華経たる楽天主義を講ずるの日来らんなり。

川柳の最終の目的とする処はそれ此の如く楽天的趣味の普及にあり、換言すれば、滑稽を主として、他のものに及び、此門に遊ぶものをして……否社会衆生をして、各その分を守り、天の時を楽ましめ、愚痴なく、不平なく、恨み無く、仇なく、うらぶるるものなく、煩悶するもの無からしめんが為め、仮に形を詩にかりて、この世に現出せし十個天使の変体のみ、聞かずやその天使のもたらせる、天来の福音を、仰かずや、その尊く、潔く、美しき天使の御姿を。

古来楽天的川柳の詠ぜるもの無数、不幸にし吾人はその全部を知る事能はざるも、いささか、ここにその代表者とも云ふべき古人、今人の句を摘出して、川柳が古来各方面よりいかに楽天的趣味を普及せんと努力せしかを証せんとするのみ。

元旦にいけしやあいけしやあとよみがへり

こは云はでも知るき春の句なり、借金は富士の山程あり最早金の鞋を結ひつけて、五十三次は愚かの事、世界中駆け廻った処で、鐚一文の貸手もなく、二進も三進も行かぬ大晦日を、今日は今日、明日は又どんな風の吹き廻さぬでもなしと高をくくり、押入の中に息を殺して、鬼へは死んだ事にして過きしが折りしも聞こゆる明けの鐘、すはや。

元旦や昨日の鬼が礼に来る

てふ元旦、まさかなんぼ、鬼と名のつく債主でも、初春早々、『昨年御用立て申した』と切り出さざるべしと平気の平左で、いけしやあいけしやあと蘇生せしと云ふ、至極呑気な人物を書き出して、楽天趣味を説けるもの、男子須く此の如き意気なかるべからず、それ男子と生れたる以上は女々しくべそかくはあまり賞めた事に非ず少々は人に馬鹿馬鹿しいと云はるるも。

花の留守悠然として虱を見

るが如き胆力と。

五百生先きはともあれ花の宴

と云ふが如き又、

土用干留守と答えてまつ裸

とぬかすが如き図々しさとを備へざるべからず、図々しさは或場合に於ては人間の生命なり、吾人々類の本能なり、されば川柳は楽天的趣味を普及するの傍らに吾人衆生に向て、或程度迄図々しからざるべからざるを教へたり、見よや左の数句を

死なぬかと雪の夕べに提げて行き

ふぐ汁を食はぬたわけに食ふたわけ

灸の跡撫でて迷途の物語り

ふぐ汁を一つ蓮と洒落て食ひ

道中に男一匹裸で居

大みそか亭主二階で琴をひき

これ、楽天的趣味の普及に伴ふ図々しさに非らずや、然り図々しきは、楽天党たるべき資格の一たり、図々しきと云へば野卑の如くに聞こゆれどこれを胆の大なりと云はば如何に、松浦五味太夫君の

胆斗の如しよう御来臨執達吏

これ即ち図々しさを胆の大なるものに見て美化せしものなり、又彼の品川の公笑君が

菰の上青天井としやれて居る

と詠ぜしも亦同じく、図々しさを写したる楽天主義の川柳に外ならず、それ此の如く川柳は吾人々類に、胆の大ならざるべからざるを教へ、執達吏が飛込むも乃至、落魄菰の上に座するも虚心平気に天の時を楽むべきを諭す、その法や大なりと云ふべし、尚川柳はこれに飽き足らず、進んで各方面にその楽天主義を振りまはし。

配処でも意気な処は須磨の浦

と元来ならば、配処の月とか何んとか云ふて無性に涙をコボスべき処まで、自己の勢力範囲に引入れて、楽天主義の川柳となせり

尚、

片意地な事だとわらびとりが云ひ

とわらび取りの口をかりて、伯、叔の愚の及ぶべからざるを嘲り併て、楽天主義のために万丈の気燄を吐けり、快なるかな楽天的川柳、壮なる哉、楽天主義の川柳。

此の村に何と酒屋の御座らぬか

飄々乎として、昨日は西に今日は東に、行手定めぬ武者修行か或は花和尚的の旅の僧、月にあこがれ、花に吟じ、天の時を楽しむ人を写して余す処なし、川柳にあらずんばかかる短詩形の中にかかる趣を写し出す事能はざらん、楽天主義の羨むべきは、此句を読んでも知り得べきなり。

食ちや寝又食ちや寝これ留守居

正月に祭りは羽織米のめし

前者は、洗浜君の詠にして、後者は緑萋々君の作にかかるもの、一は直接に楽天的を鼓推し、一は間接に楽天主義を標榜せるもの、句に甲乙なく想に兄弟なし共におれ我川柳界の双璧か。

又楽しからずやと二合やり

想は論語より出づ、大坂西柳樽寺の花形、詠史を以て有名なる六厘坊君、余は今ここにその句の善悪に付きて蝶々せざるべし、只だ衆評の帰する処に任せんのみ、

来年はしこ玉残すつもりなり

桃泉坊君は上手なり、此の句の如きは、楽天主義者の云はんと欲する処を云ふ得て余す処なし、来年と云ひしこ玉と云ふ、終りに残すつもりと云ふ何ぞ穿ち得て妙なるや、余は此句を社会の風俗に示して、人間は総て此如き思想を有せざるべからずと云はんと欲するものなり。

東京を股から覗く潮干狩

人多くは此句を目して楽天主義の産物に非らずと云ふされど余はこの句を以て楽天的趣味を普及せんとしたるものなりと云ふを憚らず、不幸にして余は此句の作者たる斯道の長老楽斉君に質す事を得ざるも、その品川あたりにての汐干狩、股から北方を覗いて見てあれ東京か見えるはとカラカラと大笑、この次に来るべきは必ずや、『世の中は総てこんなもので御座るて』の一言なるべし、楽斉の楽の字名詮自称と云ふ可き也

一酒を呑めば一詩を吐くと李白
の句は天保ながらも楽天的なり、
馬鹿でいいなどと息子は読んで居る
耳は馬面は蛙で母困まり

楽天的趣味もここまで普及せば、最広限度なるべし、爺よりの勘当状を読んで、勘当結構、馬鹿有り難しと改心する処か却て、結句幸ひと喜ふドラ息子と、折角の親切込めし母親の諫言をも、馬耳東風と聞き流し、蛙の面に水を打つかけた程の効力も見へぬ、不孝児との楽天的思想（?）を詠じたるは右二句なりここらが楽天主義が滑稽文学の代表者たる、川柳の最後の目的たる能はずと攻撃せらる種となるべけれど、こは楽天主義の川柳の細末のみ、末端のみ以て楽天的趣味を普及するが川柳の最後の目的たりと云ふ論を破るべくあまりに小なり。

かんざしで明日咲く花を嫁算へ

楽天主義の川柳もここに至りては、美の極なるべし、芳紀まさに十八、水も滴らん計りの黒髪を、思ひ切って大丸髷、紅い手がらを横から見せ、びんに挿したる金簪を抜きとりて、明日咲くべく豊よかになりし蕾を算ふ、美人に配する、半開の蕾、その様の眼底にちらつくを覚へずや。

短夜をちびちび二升飲み明かし
佗住居月に御座れときつい味噌
厳子陵餌サをつけては煙草にし
又あした投げてやろうと負け相撲
エルバ島明日の日和を待つて居り
金の無い時はオデンで李白呑み
明日は又明日の事さと大三十日
天命を楽んで居る裏長屋
さア俺も死に行かうと鎧を着

ズラリと並んだ楽天主義の句九つ、作者は則ち斯界の大立物、楽天主義の張本、柳樽寺の大僧正、剣花坊先生、何れ優り劣りのなき九種の名吟と云ふも敢ておべつかには非ざるべし。

劈頭第一に先づ短夜の句を出して、楽天党の呑気さ加減を示し、次に佗住居の句優に古人の。

月にまた御座れと柴の戸をたてる

の句を凌ぐ物、藍より出で、藍より青しとはこれを云はずして又何をか云はん、第三番に控へしは後漢の世の楽天家、厳子陵なるあばれ者を書き出したる句、皇帝の腹上に足をのせて平然たる拗者が釣魚の有様、読むものをして、近くその人を見るの思ひあらしむるに非らずや、次いで負け角力の詠と、エルバ島の吟、二句共に未来を、即ち明日主義なる楽天党の本領を云ひ得て、残す処なく次に控へし金の無い時はの天に至りては、如何に楽天的趣味を解せぬ人間なりとも読んでその想の妙、その修辞の巧を歎称せざるものなからん六番目にある明日は又た明日と云々の吟これも亦余人に見る能はざる佳句にして、世人の讃美する処なるべく。

今日は今日明日は明日だと飲み明かし

の作者たる不肖瓢鯰坊は特にこの句を読みて冷汗背に冷く覚ゆるものなり、これに次げる天命を楽んで居る云々の句は前の七句に比し、後の一句に較して稍見劣りのするは、これ大和尚の句たるが故なるべし、この句にして、吾人の吐く処ならんか、名吟として世に迎えらるべきも、惜しい哉、平素名吟佳作を吐く大和尚の口より出でたるものなるに依りて拙劣の観を呈するものなり。さてズーと大切りに控えし句は如何、余は多く云はず只千古の名吟、古今未曽有の（楽天主義の川柳としての）傑作と称揚すべきのみ『さあをれも死に行こうと鎧を着』ああ何ぞその想の奇なるや、何ぞその句の偉大なるや、笑をふくんで死にのぞむの士、その門出でに『さあ俺も死に行こう』と云ふに至りては又何を以てその精神の高潔と、その胆の大なるとにたとへんやこれ楽天的趣味の結晶なり、楽天主義に依りて得たる安心立命なり、ここに於てか余は楽天主義の川柳の社会を利する事多きを大声叱呼せざるを得ず

ああ大なる哉その徳、嗚呼偉なる哉その教。

楽天主義の川柳の徳は此の如くそれ広大に、其世を利する事此如く無量なり、然るに世俗凡々の徒多くは楽天主義の川柳の徳を知らず、啻に知らざる已か之を目して川柳の末端の如く云ふものあり、不心得千万の事と云ふべし、されどかかる事を云ふものはその一部を見しものなり、その全部を見ざるものに比して余の所謂一寸話せる者なり、一寸話せる奴は教へて大々的話せる奴となし得べぎは我己に之を説けり、而してそを説くと同時にその一端をだに伺はざる所謂一向話せぬ者も導けばその全般を見、大に話せる奴となるべきをも説けり、而してこれ等風俗を教導するは達人を荷なうべき当然の義務なることをも云へり、大方の楽天的趣味を解する達人諸子よ、此の余が草せし一文を読まば如何に郷等の責任の大なるかを自覚せん、乞ふ奮ふて世俗の教導に心血を注

げ、諺に云はずや千丈の堤も螻蟻の穴より潰ゆと現時に於ける楽天主義者の勢力微々たるも、専心一意その普及に力めなば遂にベソカキ党千丈の堤を押崩し、社会を楽天党の社会と為すを得ん、力めよ達人諸子、古人曰く乞ふ隗より始めよと、余豈に不劣を以て自ら棄てんや。

（完）

（「川柳」第七号所収）

いざつれ艸

小原瓢鯰坊

兼ねて覚悟はしてみたものの、さて今となりての忙しさ学年試験の期日へは、僅に隔つる事二週目と少し、つれづれなるまま日暮らし硯に向ふて居るは愚かな事、なかなか以て、ものの一時間も呑気にかまへて居られぬ身の切なさ、推了して給べ母者人と泣き度くなる今日今頃、他人は自暴自棄と云はば云へ、我には我の覚悟ありと、奮然勇気を振り起して、例に依りて例の如き出鱈目書きつくれば、怪しうこそ物狂ほしき処か、これはこれは兼行法師も三舎に避け玉ふべき御名文、これで洛陽の紙価為めに貴からざれば未来永劫、紙の価の善くなる事あるまじと、自惚やら、何やらの、疑つたのが即これさア評判じやじや。いでや此世に生れては、願はしかるべき事こそ多かんめれなんどと乙ツウひねくれなくとも、欲しいものは欲しい、成り度いものには成り度い、食ひ度いものは食ひ度いは天地開闢以来きまつて居る事、人間と生れて、殊にこの調宝な口と云ふものを各一つづつ持つて居る以上は、単刀直入、男なら男らしく、女子なら又女らしく、パツパと云ふて仕舞ふが一番の事、それをつけつけ口をきくは、いけ図々しいとか、やれ不作法だとか、やれ剛直と不遠慮と履き違へてるとか、その外何のかのと変テコな筆先、否口先で攻撃するものあれどこれはこれ、それはそれとし、他人は何とも云はば云へ、云ひ度い事を云はないで居ると未来は唖者に生れ変るとやら、因果の程もおそろしければ、開口一番先づ真先きに、自己が成り度いものから先きに書き並べて見れば大方ザツと左の通りで・・・・・・。

ここに自分は必ずしも文学とは云はず、最も文学とか、蚊愕とか、かくいふ御自分にもわからねば、まア手近かな皆様も一寸ひねらる事の出来る、俳句とか川柳とかに付きて、平常胸に懐いて居る希望を、いやどつこい溜飲をさらけ出して見たら、独り我輩のみにあらず此の道にたづさはる者の大部分は、初雪やとか、初鰹とか、うなり出し、堂々たる雑誌は兎も角、ぞんじよ其処らの三文雑誌にでも投書して、幸に五客とか乃至十客、秀逸とか、三才とか、名吟とか、再考とかに抜かれると、グツト天狗になりすまし、オホン我輩は鬼才が御座る、イヤサ天才が御座る、毛唐人の言で云へば、ゼニアスで御座ると反身になりて、小膝の一つもポンとたたき、これでは我輩撰者たる資格が御座る哩と、王藻の前の三ツ目で云ふなら、上見ぬ鷲塚金藤治秀国テナ気になるは、知れた事、但し人によりて、口に出すと出さぬとの違ひのみ、我輩とて、撰者とやらに未だ成つて見た事はなけれど、矢つ張り此の連中の御多分に洩れぬ、天狗の片われ、やつて見たきは山々の事なれど、かく云ば、鞍馬山ならぬ、駿河台の大僧正閣下より、お目玉を食ふは知れた事、そのおそろしさに眼もくらみ、魂も消えて、うかと口へは出さぬ仕末、外見は随分温和しく、柔和に、虫一つ殺さぬ顔して居れど、内心は野心沢山の、謀叛気たつぷり、大僧正剣花坊氏にして、毛利元就氏ならんにはそれこそ大変、そりや謀叛骨が顔に現れ居るぞ、家来共、それ其者の、大小取上げ国外へ追つ払へと云はる処なるに、さもなきは、我輩に取つての一大幸福、考へて見ると、駿河台の方のには足も向けて寝られぬ仕末、撰者になり度い野心は愚か、夢さらさらかかる考へを持つ事はならぬ筈なれど、そこは凡夫の浅ましさ、隴を得て蜀を望むが、我等俗物の常、制しても起り来る、むらむらの野心、火にくべても、水をかけても、止まばこそ、今度の募集に三才に這入つたら、そのお許しが出るか、それともこの次かと、課題が出るたんびに、胸は波打ち、心臓は躍り、身体中丸で怪物屋敷のそれに等しき有様なりしに、一日駿河台なる大僧正閣下のもとよりの来書、要事は何やら解からねど早速来いとの御仰せ、急きかしこみ、さア我輩の待ちに待つた時が来た。来号からは、立派な一本立ち撰者様、題は何とやつたらよかろうか、星にしようか菫にせうか、それともリボンか、やは肌か、血汐か、征矢か、わか鳩か、乃至あこがれ、うらぶれか、それともいつその事、古めかしく、虎にせうか、大刀にせうか、いやいやそんなものよりはもう少々ひねくれて、正宗、麦酒、葡萄酒と酒つぐしにせんか、ドッコイ待てよ、酒の題出した処で、かんじん要めの撰者様はからつきし酒のいけぬ生粋下戸と来れば、女子児の喜びそうな、おおそうそうもなかか、カステラか、羊羹か、ズート下つて金ツバ乃至汁粉にしようかと、胸中に種々の妄想を画きつつ、下宿屋の四畳半をかしま立ちして、我庵は松原遠く海近く、ニコライの鐘声を、朝な夕なに耳元に聞くと酒落れ玉ふ、大僧正の□ん庵に参上せんと、気は張弓、心は矢竹、薮垣の、見越しの竹を根元より、引き抜きて、小田の蛙の鳴く音の聞こえぬが恨みと、かこちながらお茶の水橋に来かかれば時は丁度、永田町から、花が降るてふ午后三時、お下げ稚児輪はおろかの事、此奥にの又その奥の、その奥の、その又奥のその奥に、千倍位ゐの顕微鏡を以て、お天気の好い日に眺むれば、目鼻の有るにきまつて居ると云ひそうな、雨が降つても、傘一本の経済になると、キワ遠い処から割り出した廂髪に、行燈袴の御連中、臆面もなくニキビ面を、他人様の前にツン出して、ペンキ塗りの校門よりノンノンズイズイと出て来るにぞ、破石厚顔無痴の女を見る事路傍の古蛙の如く、殊に海老茶袴は見るも否やで、一寸目に触れた計りでも胸がムカヅキ、嘔吐の三斗もしたき我輩も、彼等の面皮の厚きに只管にあきれ蛙の面に打つ水かけた如くならまだしも好いけれど、今はビックリ驚転して、彼の御仏が外面如菩薩内心如夜叉と説き玉ひけん、その御言葉の仲々に今は思ひ出でられて、そらおそろしく、そこそこに跡を見ずして逃げ去れば、ヤアヤアひきやうなり瓢鯰坊、敵に後ろを見するとは、そも何事ぞ、返せ返せ、引組んで勝負の程を決せんと後ろの方より大音声、かく呼び止められて見ればそのまま逃げるのも、後しろ目で度しと思ひて、波打ち際より膝栗毛となん、名付けたる愛駒の頭の頭引き返へせば、こは如何に敵なりと思ひきや、親茶倶楽部にさる人ありと聞こえたる岩井花磨の君、洋服姿のかひがひしき出て立ち、頭には輪巾ならぬハンチングを頂き、二輪車上に悠然とのり玉ひてほほえみてましますなりき、ヤアこれは、ヤアこれはとは、交々我等両人の口より出でて、果てはどうじや、君の好きな、小石川の植物園に写生吟をうみ出すべく行かぬかとのおん仰せ、余人ならば、マアマア後日の事々、今日は大僧正よりスグコイとの仰せなればと、辞退する処なれど、先月の末に本郷座の二等場を驕つてくれた花磨君、いやと云へば、この祟りは来るは必然、大僧正のお叱りよりは、此方がまだ恐ろしいと独り考へ、独りうなづき、そんならどうぞ御一処に、お願ひ申すで御座りませうと、芝居かツクできめつくれば、その返答聞いて、拙者一層満足に存ずる何はともあれそこは、端近かイザ先づあれへと、一歩を譲る、花磨君の御謙遜、イザ先づなんどと先きを譲り居れば日のくれる迄も争はねばならぬは、彼の君の気性を知り抜いた、我輩の胸にある事、然らば御免下されませと、先きに立てば、イヨー成田屋とは過分のおほめ、彼の君には自転車引きづりての、お徒足、再び橋に戻りにければ、戻橋とは名付けたれとの駄洒落は後日に吐く事として、素と来し道引きかへし、我れも君も、あらがねなす、土ぼこりにまみれながら、昔しならいかもの造りとや他人の云ふらん、順天堂を左手に眺めて、十字架形をなせる湯島五丁目に出づれば、文明の利器とは我を於いて又誰をか云ふと云はぬ許りにゴーゴージヤンジヤンとうなりながら飛び来る電車に危くも碾かんとせしを、エンヤラヤツトのまぬがれて、やがてぞ入りぬ、その昔し、千人の人々の垢を玉なす御手にすり流し玉ひけん、光明皇后に縁ある湯島六丁目を通りすぎ、金助町から春木町、元冨士町を右手に見て、かしこはそれかあらぬかと、見えぬながらも赤門と聞けば、虫ヅの走るぞと、誰に頼まれもせぬ、悪口雑言たたきながら、山の端さして入ればなりけりと云ひたき弓町に出で、今度来た、出来たてのホヤホヤの坂をツン下り、ツン上り、あれ、あれに見ゆるはその昔、水戸様のお屋敷で御座いと、縁日の香具師そのままの花まろ殿の声音を、きき流し、伝通院の前に出で、左に曲り右に折れ、やふやふにして、植物園にたどり付けば、ヤレヤレくたびれたとは、花磨君の御口より出でたる御言葉になんありけると云ふてかくいふ我輩も少々は、その気味無きにしもあらず、時計を見れば三時四十分、ヤレヤレ途方もなく時間がかかつたものと歎じながら、規定の入場料を払ひさて園内に入りぬ。（五月十九日稿）

（「川柳」第八号所収）

小　説

当世軍人気質

（上）

小原夢外

『なに帰るツ?、待てツ!』

よろよろと立ち上つた大島紬は、帽子を手にして、一座の者に会釈した洋服男の肩を無図と抓んだ。捕らへられたのは廿四五とも見ゆる髯の立派な才子風の男、大島紬の方を振り返つてさも迷惑そうに頭を掻きながら。

『今夜はね、先刻云つとつた通り九時迄に行かにやならん用事があるから……実に諸君には済まんけど……』と云はせも果てず。

『九時迄に?、莫迦を云へツ、貴様は早く帰つて嬶の顔が拝みたいんだらう!』と大島紬は破鐘式の一喝を喰はした。

洋服男は、また例の僻かと云はぬ計りに苦笑しながら大島紬を慰めるやうに。

『莫迦な、ハ…ハ…君冗談を云つちや困るよ、実際今夜は要事が有るからね、実に諸君にすまんよ、けれどね、何れまた其中にゆつくり呑む事として、今夜はね今夜丈けは勘弁して呉れないか』と云ひさまその手を放さうとする。

大島紬は中々放さない、今度は黙つて一座の方を顧みるのである。

此時迄二人の有様を、上座でジロジロ見て居つた、大尉の正服を着けたカイゼル髯は、今はたまりかねてか膝をグイと乗り出した。

『中村ツ、勘弁してやれよ、青山はの、青山は貴様達のやうな独身者では無いからね、家には花の如き小蝶花魁の待つ有りさ、ね、須くその心情を汲んで宜しく許してやるさ、のう青山、さうぢやないか』と大尉は嘲るやうな口吻。

青山と呼ばれた洋服男は、この一言に思はずムツとして。

『これは浅野大尉殿のお言葉とも覚へません、たかが女房風情に引かされて……この青山を大尉殿には、そ、そんな卑怯な男と思召すんですか』とグツと大尉の顔を白眼んだ。

浅野と呼ばれた大尉は青山の怒つた風を見て。

『ハツハツ、青山怒つたか、ハツハツ、色男はさう怒るもんぢやないよ、ハハハハそんなら今俺か云つた事を貴様は嘘だと云ふんか』と盆々嬲りかけるのである。

『ハイ嘘です、苟くも帝国の軍人たる者が、女房如きに……今夜は事実他に要事が有るんですから……』と青山は真赤になつて怒つた。

『さうか、よしツ、じやア俺が貴様に尋ねる事が有る、それは外でも無い、貴様は帝国軍人の体面ちう事を知つちよるか』今度は酔ふたには似ず大尉は頗る真面目である。この不思議な大尉の質問を、青山はいぶかしきうに考へて居たが、やがて。

『軍人の体面と仰しやいますか、それは……青山不肖なれどもそれは聊か存じて居るつもりです』とキツパリ云ひ放つた。

青山の答に大尉は軽く首肯乍ら。

『よしツ！、貴様は慥かに帝国軍人の体面ちう事を知つちよるな、それじや未だ尋ねる事が有る、青山ツ！、貴様の嬶はあれや一体何んじゃ』と威丈高になると。

『青山の嬶は女なさうで』と大島紬は横合からチヤリを入れた。

『いや貴様に聞きやせん』と大島紬を叱つて、『青山貴様の嬶の前身は何じやと云うのだ、それを明確此処で云つて見い』と大尉は青山を白眼めつけた。

『……』何故か青山は、これには答へやうとしない、のみならず青山の首は段々うなだれて来る。

『ハハハハハハ青山、貴様にはそれが云へなからう、じや改めて再び俺が聞かう、青山、女郎を女房にして居るのはありや何んなもんだい、え、金鵄勲章の前に対して……貴様はそれでも、貴様は帝国軍人の体面を維持して居ると云はれるか、コリヤ青山、判然とした辺辞をせんか』と大尉は己が立つて、萎れこんだ青山の傍とドツカと座り込んだ。

『……』青山は未だ無言である。

『こらツ何故辺辞をせんのか、ウーン』と許り、無体にも大尉は、黙つて居る青山の腮に手をかけて、強いてその顔を上げさした。見れば青山の顔は真青で、然もその唇はワナワナと慄へて居る。

『口惜しいか、口惜しけりやそれなりの事をするさ、のう、苟も帝国の軍人が、女色に耽ると云ふ事でさへ宜しく無いのに、女郎を受け出して女房にする……貴様は実に見下げ果てた奴じや、よしツ帰れツ、決して止めはせん、貴様のやうな者と同席しては折角の酒も旨くは呑めんわ』と□くまで罵倒して。

『こら中村、青山を返してやれ』と今度は静かに大尉は大島紬に命令した。

中村は無言で青山を引立てて。

『馬鹿野郎』一言を浴びせかけた儘、廊下に押し出した。

忽ち一座はドツと高笑ひ、それがすぎると青山の悪口雑言、中傷讒侮。

此時迄三味を抱へた儘黙つて居た芸者迄が……。

(中)

山本楼の二階を下りた青山は、脱兎の勢ひを以て小一町程もかけ出したが、雑木林の辺に来ると、ピタリとその歩みを止めて後の方を振返つた。

十三夜の月は中天にかかつて、何の事はない、丸で明鏡を研ぎ澄ましたやう、霜置く伏屋、黄ばんで半倒れかかつた薄、さては山本楼の二階の手摺の一本々々迄隈なく見へる。

山本楼に於ける出征軍人懇話会は、今や宴まさに酣で有らう、三味の音、太鼓の音、大きな少さな、高い低い、男、女の笑ひ声が手に取るやうに聞こえる、いやもう大したさわぎ……。

歩みを止め、耳を澄まして、ジーッと聞いて居た青山は、何と思つたか、九時迄には帰らにやならぬ要事が有ると云ふて山本楼を辞したにも拘らずとある石上に腰を下ろして莨を吸ゐ初めた。

忽ち一本は吸ひ尽した、然れど尚青山は去らうともしない、更に二本目に移つた、而して青山はそれを抓まんだ儘、頻りに考へ込むのである。

女郎を妻にする、それは軍人の体面を汚すもので有らうか！

女郎は売色の専門業、如何にも汚れて居るには相違ない、然し汚れて居た処で別に……そんな筈は無い、堂々たる某候とか某伯とか云はれる貴族でさへ……して見ると……いや然し、他人は他人、自分は自分……金鵄勲章……ああいつその事……青山は丸で無我夢中、されど金鵄勲章を最愛の妻に換へる……それ迄の決心は出ないのだ。

『ああ何うしたもんか』と青山は腕を組むその途端、忽左手の上膊部にしたたか白きものの附着いて居るのを発見した。

見れば何！唉！。

青山の顔色はサッと変つた。

『よしッ畜生中村の奴ッ？』と呻つて青山は吃度、山本楼の二階を白眼んだ。

此処迄来る中は、二階から青山の後姿を見送つて種々な事を云つて居た奴等も有つたが、今は障子に映る影法師計り、……絃歌の音がまた一しきり、夜の空気を波動さして、雑木林の木精となるのである。

青山は何時か又首をうなだれて、今度はそぞろに其三年以前の昔を追想するのである。中学に於けるストライキ、校長の放逐祝ひ、開花楼の流連、小蝶、斯う思つて来ると何となくその中学時代が恐ろしく、懐かしく、なつて来る。

『ああ中学時代、恋を知らざりしストライキ以前！』

青山は斯く独言した。

如何に師弟の道廃れたりとは云へ、現在その薫陶を受けつつある学校の校長を放逐する、何たる無分別で有つたらう、ああよくその罰が当らないものだ……否々その報は現に来りつつあるでは無いか、今夜の侮辱、それはその報でなくて何で有らう、報に相違ないのだ。ストライキの成功、祝宴の流れが開花楼、ああその時だ、ああその時の敵娼は小蝶――妻の蝶子であつた……それからは双方共丸で夢中。

両親の反対有つたにも係らず、中学を卒業すると同時に小蝶の身受をして妻にする、妻にして見ると泥水を呑んだ女にしては稀な……なかなか良家の令嬢にしても及ばぬ位ゐの容貌発明、初めに引換へ両親も喜ぶ、青山一家は恰も春の海の如き洋々たるものが有つた。それから間も無く日露の開戦、自分は一年志願の少尉として出征する、遼陽、奉天の奮戦、身には一個処の創もうけずに目出度く凱旋したのは明治三十九年の三月。

聞いて見ると自分の満ニヶ年間の留守中には、それはそれは痒い処に手の届くやうな孝養、両親は悉く喜ぶ、自分は蝶子に感謝の意を表すると同時に、満身の愛を捧げて……模範的家庭とは蓋し此の如きものではあるまいかと自分は心の中で誇つて居つた。然るにいづくんぞ知らん、この平和なる青山一家の中に、仇浪を立つる悪魔の現出し来らんとは！悪魔とは何？、陸軍歩兵大尉浅野重人その人である、浅野は実に青山一家の平和を攪乱する悪魔であつた。浅野は自分の母の従弟である、而して自分等が放逐した中学校長の為めには妹婿である。

それ故か浅野は兎角校長放逐以来自分の事を――殊に蝶子の事を悪し様に云ふ、両親も初めは歯牙にもかけなかつたやうで有つたが此頃は……ああ此頃は……。可愛そうなのは蝶子ではあるまいか、両親には生れ落ちるや否や死別、それから叔母の手に育てられる、やがて叔母も死ぬ、身を売る、而して今は？……ああ蝶子の一生は苦を以て終るのか……と青山は思此処に至ると、思はず涙の迸るを禁じ得なかつた。

（下）

青山は手にして居た莨の何時の間にか燃え尽したのをも知らずに考へ込んだが、俄に指先きか熱くなつたのに気か付いて、ハッと我に帰り、あたふたとそれを投げ捨てた。而して尚青山は思をその中学時代に走らすのである。『嗚呼如何に紀念多き中学よ！』と彼は突然腰をかけて居つた石上に立つた、それは此処からは、その三年以前に、バットを振つた運動場や、ストライキの決議をした柔道の道場か見へるからである。消灯のラッパであらう、遥かに見える、灰色に塗つた中学の寄宿舎から、四辺の草木を戦がすかと思はるやうに瞭々の音が冴へて聞こへる。

それを聞くと等しく青山は、何もかも忘れて仕舞つて、その腕白時代に立ち返つたかのやうに靴で調子を合はせ切めた。

暫くしてラッパの音が止む……共に再び青山は沈黙の境に立ち戻つたのである。

此時後ろの方でチャラチヤラと雪駄の音かしたが、石上の青山の立ぬ姿を見て忽歩みを止めた、三間計りの距離を置いて、凝然と此方を見てる容子で有つたか、やがて雪駄の主はツカツカと青山の後背に進んだ。

『何うなすつたんです、よう貴方』

この一言に青山は突然瞑想の境から脱した、而して振り返つて見ると、後背には妻の蝶子か消然として立つて居たのである。

『ああお前か……ウン迎ひに来てくれたか……』

『ハアーあんまりお帰りが晩いもんで御座いますから……』かく云ひ合つて二人は互に顔を見合はした。

この刹那青山の胸中には、浅野等の先刻の雑言かむらむらと込みあげて来た。

『おのれ蝶子、貴様といふ者が有る計りでこの青山が……』と一図に怒らうとしたが、さて蝶子の容子を仔細に見るととても怒られない、否怒られない処か却つて可愛そうになつて来る。

ああ何とした此頃のやつれやうだ、その白羽二重を張りつめたやうなりし肌、鳩の如く愛らしかりし眼、肌は日に焼けて黒みを帯び、眼は心労の為か凹む……ああこれは誰の為めで有らう、誰が斯うしたので有らう。

斯く思ひ来ると青山は、中村の無礼も、浅野の悪口も、なにもかも皆忘れて仕舞ふて無性に蝶子が可愛くなつて来て。

『今夜は大分晩からうのう、ぢや帰らう』と計りに石上を下りて蝶子の右手をジーッと握りつめた。

蝶子は無言で夫の顔を見上げた、その口辺には喰ひつき度いやうな笑凹！。

ああその笑凹、その眼、その鼻……ああ何うしてこんな可愛い蝶子を離婚る気が出来たらうと青山は自分で自分の心を疑つて、思はず太息をホーッと吐いた。

『貴方今夜は何うかなすつたんですか』と、、その顔色と云ひ、今の太息と云ひ、常に変つた夫の風を怪しんで蝶子は斯う問ふのである。

『いや何うもしはせん』、青山の答は至極簡単である。

『でも……』と蝶子は未だ安堵しない容子。

『なにねチットその……酔覚めだから……少し寒気がして……』

この一言を聞いて蝶子は幾分か心配も薄らいだと見えてニッコリし乍ら。

『酔覚めですつて、そんなら尚更早く帰りませうよ、風邪でも召すといけませんから』

と、自分が先きに立つて導くのである。

青山は無言て蝶子の跡に附いて行く。

雑木林は間も無く過ぎて、やがて狭い畦道に出た。

遥か向ふに小川を隔てて白壁造りの大きな母屋、それに続いて五棟の土蔵に、三棟の納屋、それは青山の家なのだ。青山はその月光に反写る我家の様を見ると同時に、恰も電流に触れた者の如くハタと立止まつた。青山は蝶子と一所に家に帰るのは何となく心に済まんやうに感じられたのである、
而して青山には、屋上の鬼瓦が皆祖先の顔で、彼等が衆口一致『神聖なる青山家に故女郎風情の者を入れたのか』と叱りつけらるやうに思はれた。

夫が立ち止つたのを見て蝶子は『おお寒む』と身を慄はし乍ら、歩みを止めて振り返つた。

折柄寂漠を破つて霜狐の一声、夫婦の手は何時しか握り合つて居たのである。

山本楼に懇親会があつてから数日の後、青山は血涙を呑んで妻の蝶子を離別つた。嗚呼金鵄勲章は遂に愛の力に勝つたのである
（完）
（「川柳」第十三号所収）

口上・句会記

柳体和歌　親釜集（一）

揃ひも揃ふた七人組、人は何とも岩間のつつじをきめごんで、本郷なる瓢乎の寓居に集まつてドナツたのを集めたのは此の親釜集信世、直枝子の両廂を除いては万葉はマニラ莨の符号、古今は山伏の被るものと合点する連中、所謂柳体和歌とやらの範囲に入るや否やは知らねど、七人の溜飲を下げた丈けは慥かなり、然し之を見る人の溜飲が一々下るかドーかは保証の限りに非らずど云

爾。（花暦）

柳樽寺川柳大会の記

摩　訶　六　記

行く水の流は絶えずして、然ももとの水にあらず、希望を以て送られ、光明を以て迎へられ、日進月歩その停止する所を知らずして益成功の域に近接しつつある川柳界の中堅、柳星の梁山泊を以て目せらる、柳樽寺派は、その大会を例の如く本山に於て開きぬ、時はこれ

十月七日、折はこれ第一日曜、一天雲なき朝来よりの好天気にしても然も先月の如き不風流な石投げもなければ盛会はテッキリ、只本堂は狭ますぎるやうな事の無ければ好いがといらぬ杞憂の折柄にいの一番明和院の飴ン坊長老、続いて臨月院才喜、仁王院茶喜坊、読売派の稗特如去如来、それから酔蓮洞主の吾空大聖、狐の住むてふ王子の里の酔月坊　三度半の異名ある小原判官、瓢鯰坊、早稲田の色男青之助、虎狩りの東四郎同じく哲の坊の面々、少し晩れてみせう会の大頭領角恋坊、読売派の旗頭、打ち物とってはさる者ありと知られたる米丁、乱平、緑丸の三勇士、親譲りの膝栗毛に白泡かませ、斯界の麗頗石田昇、向柳原の御前松浦の朝臣五味太夫、粋と意気との権化なる春日谷時次郎群山で腕を研いた虹児坊等の諸子いで見参と押寄するあれば、横合よりは古川柳の図書館とも云ふべき久良岐社の高橋可苗、日本橋の元大工町の若旦那凡太郎、最後に国民派の覇王竹葉の楽齋諸雄来られたり、さしもに広ろき本堂もザツと満員と見えにけり、さていよいよ兼題の『創業の意味』『稲荷』『靴』席題『時事』等の句作に移りしは午後一時頃、同四時半いざ披講と云ふ時にイヨーお早うと入り来りしは本所の多々鳴大尽さりとは晩いことかな晩いことかな、全六時に披講終へ、いよいよ句相撲に移り、全十一時目出度談笑の中に会は終へぬ。

兼題句の秀逸は載せて左にあり、而して時事は十一月発行の太陽誌上にて発表するものとす。

（「川柳」第十三号所収）

翡翠吟社例会の記

摩　訶　六　記

翡翠吟社の例会は、去る十一月十一日に本所金助町なる夢外庵事、一名三度半居に於いて開かれた、午後零時からと云つたから午前には誰れも来る心配は有るまいと判官瓢鯰坊朝つぱらから柳樽寺に参禅、帰つて見れば、糀町のあづま君が二時間も待つて居て、それでも判官が帰らんのにヂレて只今帰つたと、万歳女史判官の下宿屋の女中両頬日の丸染め出せる有るを以て此く曰ふの御託宣、チエー扨ては見えたばと、歯ギシリさして口惜しがり居ると午砲を相図に第一着は哲の坊君、次に、青之助君二時半頃になつて東四郎君、さてこう連中の顔は揃ふて見たものの一人も来賓の方々が見へぬとは、と不審を起し居る折しも、イヨーと御出でなすつたは柳樽寺大和上、それから宿題の「恥しいこと恥しいこと」「鐘」の句作にうつり、披講が終へた頃にお出でなすつたは、向柳原の御前、松浦朝臣そこで持寄の題「酉の市」剣出「独立」瓢出「銀行」青出「墓」哲出「煙」東出「無尽蔵」五出の句作にかかり、九時半披講を了へ解散する事となつた。

この日吾空大聖と妻の屋の主人とか見へらるるならんと心待ちに待つて居た甲斐もなく、吾空大聖は某教育会の歓迎会に出席せねばならぬとて、その理由を記し末段に「新聞に履歴をさらす四十面」とは恥しい処か、いかい名誉と云つべしだ、才喜君は横浜へとやら、矢張見へら　一同に取りて遺憾のことであつた。

宿題句と、酉の市は日本紙上へ、其他の秀句は挙げて左に、外に後世の餡ン坊君を泣かしむるに足る難句あり、作者は名に掩ふ柳樽寺大和上、一つこれに解釈を下すも亦妙であらう曰く。

晩めしは親子三人天二人

当日席上の佳作は左の如しである、

（「川柳」第十四号所収）

新年の翡翠吟社　　摩訶六記

宵に起き、旰けて食し、夜半に念ひ、朝に行ふ、故に虞舜の居は三年にして都をなし、仲尼の政は暮月にして自ら理をば今此時よ、鹿は紅ゐ柳原、時事吟の首領、柳界の長者、源朝臣松浦卿、身は雲上に奉侍して、大内山の真如の月、蒼々たる姑射の松、何れを眺め、何れを賞で、此の世からなる極楽浄土、日宮殿の歓楽も、只意のままに、気の儘に、何不足なき御身にましませと、祇園精舎の鐘の声、沙羅双樹の花の色、生者必滅会者定離色即是空の理りを、深く鑒み玉ひぬれば、換城の玉、大突の美味、傾国の姿、四座の風月、始皇の故智は於いて問はず、易牙の才は路傍に捨て、只々管に仏の道、参禅三昧柳道帰依、上は駿台の活仏を信仰せられ、下は六道輪廻の輩、張三李四の末々迄、慈悲に陰陽なく啻只祈る頓生菩薩、生霊死霊野狐厄神、成仏をなし仏果を得。剣の山の困しみを、天堂蓮台の楽みに換へ給はれと千金の御身を忘れ祈願なれば梵天帝釈川柳仏、八大龍王剣花仏神も納受をあられてか、集りつどう天の原、ふりさけ見れば甘露の雨、徳利の中に降り注ぎ、盆には菓子の花降りて、莨の櫨香四方に薫じ、放談大語の音楽は闇を破りて鳴りはためき、末世に功徳を現はし玉ふ、威徳の程こそ有難けれ。

時は睦月の廿日の夜、朝臣の御前に伺候して、共にをろかむ韓国の、千里の藪に虎を打つ京に生れた東四郎ありなれの川、長白の山、其処に汚れし耳を洗ひ、ここに不老の薬をねらんずる、道徳堅固の哲の坊、突く鼻息の荒きには何の物かは外つ国の醜十万の夷艸吹きも仏はん青之助、須弥の四天を一人で持った名もおそろしき入道蝶半、坂も鈴鹿も日は照れど、眼鏡なくては六尺の屏風もをぞや見えわかぬ、ねぐら離れて目なし鳥三度半居の冠者摩訶六、比良の高嶺や三上山、エベレスト峯、ロッキー山、あれよあれよと見る中に足下に退る筋斗雲、ふみ試みてまたたく暇、カル□リヂーの大業を餓鬼の業ぞとあざ笑ふ、音羽の奥の酔蓮洞、眷族衆多召具して鎮座まします吾空大聖、其他一座の比久尼有婆塞供物を供へ経を読み、大乗小乗とりとりに、仏を讃する十七文字、書く水茎は近衛流、金釘流とりまぜてサラサラともむ念珠の音、濛々と立つ胡摩の煙、草木も眠る丑満迄火水となつて念ぜしに何れ愚かはなかりけり。時は過ぎ行き仏もかくれ、かくて十二時少し過ぎ、読経の数は左に記し朝臣の邸を辞し去りて別れにけりな西へ東へ。

（「川柳」第十六号所収）

解説

小原廉次郎を巡る人々

熊谷　忠興

（一）父悦治と母松枝

父悦治と母松枝

父悦次郎（後悦治）は廉次郎が生まれた明治二〇年（一八八七）五月から五ヶ月後二四歳で没する。母松枝に就いては少し説明が必要である。

後世母松枝は子供廉次郎を附子《ぶす》と呼んでいる。附子は狂言の曲目の一つでもあるが『諸橋大漢和辞典』には「毒草の一、とりかぶと」の他に「一歳為二萴子一、二歳為二烏喙《うかい》一、三歳為二附子《ぶす》一」とある。それ故三歳までは側に居られたか。父と死別した後、隣の及川辰治郎（黒岩小学校先生）と結ばれ一女タマが誕生し及川姓となる。夢外（廉次郎雅号）は明治四〇年一二月発行の家庭小説『母の罪』で次のように表現する。

妾だって駒沢の家に生れて、千原に嫁つた松枝だよ、青表紙の一二冊は読んで居やうぢやないか、操の何んたる位ゐは知つて居らうぢやないか、だからこそ、千原に死別した十八歳の秋から、二十二歳の春迄独身で、他人様に後指もさゝれないで居たらうぢやないか、それをお前と云ふ畜生の為めに…

これは小説であるが略事実とみえる。それ故、全く母松枝の顔を知らない訳ではなかった。「青表紙」（経書の称）を読んだ教養ある人と呼ぶ、母松枝の生家は平沢の屋号長洞と称して旧家でもあり教養人であった。

悦治郎は明治七年（一八七四）一一歳で黒岩の出来たての小学校（下等第八級）を終えて、この後、和賀郡毒沢（現花巻市土沢町毒沢）の千葉直之の塾へ入る。千葉は元修験道系の正覚院住職であったが明治維新後還俗して盛岡に出て江刺恒久（一八二六―一九〇〇）に国学を学び郷里に戻り私塾を開く。千葉はそれ以前、土沢の菊池正古《まさふる》（一八〇九―一八六七）に国学を学び、更に江刺に学ぶ。悦治郎は父文太郎の勧めで毒沢の千葉直之の塾に学び『家相活法変地法』を書写する。これは生家に所蔵していたもので故小松ヤスさんより当会に寄贈された。

家相活法変地法秘奥巻一　明治八年二月二六日　小原悦次郎十二歳初ニ書
家相活法変地法秘奥巻二（明和三年識語）
家相活法変地法秘奥巻三　明治八年二月九日〜二月十六日
黒岩村舘ノ小原悦次郎
一二ニ而写之
家相活法変地法秘奥巻四（大路ノ部）　明治八年　二月廿七日〜三月廿日
小原悦次郎　十二歳ニ而写之（裏表紙内側）
家相活法変地法秘奥巻五　明治八年五月一〇日〜十五日
小原悦次郎　十二ニ而書之
家相活法変地法秘奥巻六　明治八年六月一日〜一〇日　黒岩舘
小原悦次郎　十二才ニ而書之
家相活法変地法秘奥巻七　明治十三年十二月　黒岩邨　小原悦郎謹書
家相活法変地法秘奥巻八　明治十一年
家相活法変地法秘奥巻九　明治十四年五月廿二日　小原悦治謹書
家相活法変地法秘奥巻十　明治十四年二月書之　小原悦治
家相活法変地法秘奥巻十一　乙酉夏日（明治十八年）　小原悦治
家相活法変地法秘奥巻十二　明治十三年十二月
家相活法変地法秘奥巻十三　（識語ナシ）
家相活法変地法秘奥巻　天命ノ部　明治十三年十二月　装之
家相変地巻　遁甲ノ部　明治十四年四月十九日　小原悦治書

一巻から六巻まで一気に書写し、さらに家相法の著述一三冊と「天命ノ部」「遁甲ノ部」合計一五冊を書写する。この書写は明治一四年（一八八一）四月まで続いている。これは父文太郎の指導もあったであろうが一五冊の内には文太郎の朱印を押すものもあり父が製本し常に使用する。後に父は『地相張欠秘伝書』一冊（明治四二年一月）を撰するが家相の姉妹篇とみえる。

この家相の一五冊の書写の識語から少し検討を加えてみよう。

同書「天命ノ部」には

明治十三年庚辰十二月

仙台城下　七尾周斎謹誌
同　東山　大樹院晃栄謹写
盛岡毒沢　千葉直也謹写
東和賀郡黒岩　小原悦治謹写

右秘術之軸者堅ク他見他伝ヲ禁ル之法也可慎者也

本書は初め「四国七尾伯斎先生」（十三巻識語）から仙台城下七尾周斎に伝わり、東山（現一関市東山）大樹院晃栄に、さらに南部藩内の東和賀郡毒沢村正覚院の鳳闡（千葉直之か）から悦治に伝えている。この書が『国書総目録』に収録するか否かどうか。

村田あが著『家相文献を中心とする江戸時代の家相の展開の研究』（学位論文要旨）によると江戸時代後期に「相法」「陰陽道」「易学」「暦」等の文献が多く刊行するという。本書は中国乾隆帝三六年（一七七一）、日本の明和八年に将来したもので「此治法変法ハ古今ノ来船書ヨリ秘スル所其根元ヲ記ス者」という。（一〇巻）

全一五冊の詳しい内容は今後の課題として残すが、明治二〇年五月（旧四月一二日）迄に『相学弁蒙』（乾坤）二冊を書写する。そして四ケ月後の一〇月七日二四歳で没する。病名は不明であるが、息子悦治を喪った父はこの家相と地相の研究を続けられた。悦治の遺された遺品から死去の理由が不自然にも思われてならない。暫く功績を追ってみる。

明治一二年（一八七九）一五歳七ヶ月で盛岡の急養師範学科を終えるが、それは先生に採用される為の養成所であった。自身の経歴を述べた『和歌劄記』「与二及第人一書」によると一二歳で岩手師範学校に入学して遠藤長純の下に三年間学び資格を得て藤根小学校についで黒岩小学校に転勤する。黒岩小学校では訓導として文章規範・数学・体操等の指導要領を作製して生徒への問題集を遺す。

『和賀家御分限録』等の書写

悦治は明治一六年（一八八三）三月、弟小田嶋喜代太（根岸の小田嶋家本家）所蔵の『和賀家御分限録』を書写する。これを後に息子の敏丸が大正一五年（一九二六）七月に再録するが、司東真雄の編纂にかかる『北上市史』の重要資料ともなる。そのことは田中喜多美監修の『東和町史』上巻一五一頁に掲載する。その識語には次ぎのようにある。

時于寛文二年三月吉日小田嶋姓為子孫後代記置者也　但門外不出之事

黒岩村

明治十六年仲秋九月黒岩大根岸小田嶋喜代太所蔵之秘書閲覧同人之許諾を得て写之黒岩舘温故館小原悦治、
大正拾五年七月廿七日　再筆写
小原敏丸
小田嶋軍七郎　花押

これは小原悦治が弟小田嶋喜代太から拝借して書写したものである。田中が指摘するように悦治が書写の時に和賀郡六五ヵ村の検地高を石高に換算した可能性がある。『北上市史』編纂の折り司東も参考資料とする。尚、小原龍泉（筆名）は大正六年（一九一七）一月、『史外史伝　黒岩物語』を岩手民報に連載するが、その原稿は『和賀家御分限録』（小田嶋家秘伝録と表現）が基となっている。この『和賀家御分限録』北上市立図書館には現存していないという。

因みに悦治の書写したもので名称の知られているものを『くろいわ』（黒岩文化を守る会）から抜粋してみる。

・「**柳の町物語**」一巻、太田代先生所蔵、小原悦治書写、
・「**黒岩城古図**」戸田市蔵・岩沢守人両先生校訂、小原悦治所蔵、
・「**金華山白山寺由来**」、一巻、真田弥五右衛門著、明治一六年五月田より借用、小原悦治書写、
・「**黒岩牛頭天王社縁起**」一冊、戸田市蔵著、呈小原悦治君、

これらは昭和三八年に「黒岩文化を守る会」（会長及川香石）が発刊した会報（創刊号・昭和四〇年刊）に掲載する。その基は大正一三年（一九二四）一一月、小原敏丸が調査した記録を菊本昌治が書写、それを子息昌行が発表された。これは未見であるが黒岩地区の何処かに秘蔵されていると思われる。

さて『黒岩小学校・創立百周年誌』によると明治一七年六月一〇日に就任するから、これが本採用と見える。それぞれのノート和綴冊子には「温故館小原氏蔵書印」を押す。

次に廉次郎が祖父文太郎に宛てた書簡から父を誉める内容を挙げてみる。

百巻の書を読破するは愚孫の性質なる事は祖父の君の知し玉ふ所、愚孫や不肖敢て父君の学力の万分の一だに及はず、されど共、未来に於いて賢父の千倍以上の人たらん事を自負す。（明治三六年、№32）

ましてや当年取りて十九才一かどの男子なり。父は村の学者たり、君子たりとて名声を轟かせいしものならば小生は大言の様なれ共、少くとも日本国を代表する模範的人間たるの精神を有し居候。「天才は愚に似たり」「天才は狂に近し」この言をがん味被下度候（明治三八年、№10）

しかし、後世敏麿の著述（小説）からは母松枝に捨てられた事や父悦治と死別したと言う家庭環境が大きく影響する。母は誰かの指

示か時折り千葉県中山に在る日蓮宗の法華経寺に参籠する。大学時代、廉次郎は祖父へ頻りに法華経寺に行きたいという。また従兄弟の小田島主殿《とのも》は法華経の熱心な信者であるから、何らかの関係があったかもしれない。

ところで松枝の明治四一年一〇月の書簡（勿論偽名広瀬静夫を名乗る）をみると、（広瀬姓とは稗貫・和賀地区選出の国会議員広瀬為久氏か、和賀軽便鉄道の社長で鉱山経営に関係するか）

阿〜小原のだんな、兎角世の中わま〜になりませんよ、阿奈多わ母上さまに御病気のかんびようをみずからなさるわさそかし御嬉しき御事でしょう、黄泉乃人となれば看護わ二度とわ出来ません、母わ愚女が申訖もないです。五十之歳のくそばゝと悪口其今の内です。

息子（廉次郎）に看病して貰いたい、逢いたいと言う気持ちが伝わる。娘タマを置いて単身東京の「金龍」や「大阪」「松本楼」等で働いていたようである。敏麿は何度か松枝を訪ねる。

後に叔母に当る小田嶋鉄の仲立ちで異父の子タマと兄妹の縁を結ぶ。更に母松枝も文太郎夫婦の家に出入りする。しかも廉次郎は成長してくると父悦治に似て来たと及川万四郎が語っている。

東京にて廉次郎君に面会仕り候、立派奈江戸児になり居り候、大きくなるとまるで先生の生き写しに御座候。（明治四三年七月一七日）ところで夢外の処女作品『破れ恋』『母の罪』引いては大正時代にミステリー小説の『将軍の娘』『幽霊屋敷』『悪魔の家』等でも結末は主人公が自殺して終える。これは廉治郎の幼年期のことが影を落としているのでないか。

その遺品の中に『南柯の夢』という明治一六年（一八八三）一〇月の抜粋、書写本和綴一冊がある。その内容は人生のはかなさを物語る日本版であるが、これ等父悦治の愛読書でなかったたか。

現在、生家の隣正洞寺境内に「黒岩学事中興・小原悦治先生碑」が旧南部藩士儒者山崎鯢山（一八二二―一八九六）の揮毫で建っている。さらに「香奠帳」も遺っている。

因みに母の動静は娘及川タマが大学卒業後、島坂欣一（盛岡高等農林卒業・福島県出身）と結婚、欣一は後に京都外国語大学（昭和三四年設置）の教授・六代目学長となり山口県山口市に在住、母はそこで没したと見える（島根県松江市ともいう）。この動静は母の実家、平沢の従兄弟小菅真策の日記に敏丸・タマの動静と共にみえる。

祖父文太郎と祖母織江

祖父文太郎は幼名吉松、善吉（代々襲名）字は意昌《まさおき》、暁雲、祖母織江（直江・理恵）は実に孫廉次郎の育ての親であるが、流泉小史（廉次郎雅号）晩年の著述『剣豪秘話』や『剣豪秘聞』からみると、注意が必要である。

著書では祖父を松平勘解由昌徳とか家厳勘解由老人等と呼ぶが、文太郎は南部藩士でも士族でもない。その理由は息子悦次郎の明治一二年（一八七九）三月の師範学校卒業證に「岩手県平民喜兵衛長孫小原悦次郎　十五年七ヶ月」とあり、更に廉次郎の明治三三年（一九〇〇）三月の黒岩尋常高等小学校の学習證書にも「岩手県平民文太郎孫長男小原廉次郎」とある。それは多分に小史が資料の蒐集と、後妻哲子が旧南部藩士で相馬大作（下斗米秀之進）生家の出身であったことが起因しないか。

さて、廉次郎と祖父の書簡から窺われることは唯々孫の言われるまま送金に勉める。また一面、祖父の希望を適える為とも見える。最初は医者を次いで法律家を目指すが、明治大学二年の明治三八年冬、作家の三宅青軒に入門したことと大坂毎日新聞の懸賞小説に応募して、その作品が二席になった。それが小説家の道に入ることになる。

祖父の書簡から廉次郎への一節を見よう。

時ゝ私共に見るニ小説より講談らしく烈しき所、君は宜しひかと存られ候、菅人者昔の大久保とか塚原卜伝とか之類を有候得者説くひ申候、私共は日本新聞の卜伝を説び見申候、　**（明治四三年一一月、No.77）**

祖父の興味は小史が指摘する「講釈師、張扇《はりおうぎ》で叩き出された」話が多い。

文太郎が江戸へ出たのは父喜兵衛（大炊介昌道《まさみち》）にお伴したと見え、江戸には約一七・八年間滞在した事になる。祖父の遺品『赤穂義臣伝』（上下二冊）、竪長の和綴が安政六年（一八五九）六月に書写、そして末尾に「**書林　小原某板**」、他か一枚の遊び紙に「赤穂義臣伝」小原文太郎と、次ぎの裏表紙内側には「**小原屋吉松、十五歳ニ而写之**」と識語する。

これから祖父が江戸へ出たのは一五歳前後の事で、その始め江戸で本屋、書林に仕えていたのでなかろうか。『剣豪秘聞』自序で「千曳山文庫《ちびきさんぶんこ》」には曾祖父以来四代に亘り二万冊の蔵書が保存していた。小史は祖父の初期のことに就いて触れない。ここで廉次郎の書簡から祖父に学んだ事や逸話を挙げてみる。

礼もせずして立つときは祖父様の常に言ふ所の大鳥たてど跡をにボすなにあらずして跡を濁すものと云はなければならず。
（明三七年七月、No.25）

村井長庵は実の弟を殺しまして犯人に御座候、たとへ我が家とは如何なる関係あるとするも多年或は東し或は西し、未だ一定の職業にありし事無き人間は金銭以外に人情は解せぬものと見て差支なきものに御座候。
（明治三九年一月、No.7）

菊本東隣の一子隆造が宜き例、白骨になって、小生の帰国を見らるゝも間も無き事に候べければさすれば小生は金も使はず正洞寺に葬る事なれば国許に在る道理、それで祖父様の本望なるばと存じ候。
（明治四二年一月、No.12）

この例から講談や勧進風の脅しともいえる。これらは祖父から子供の頃から仕付けられた事で、後の著述にも窺える。

もう少し祖父の手紙から江戸（東京）の様子を見よう。廉次郎は痔病を持って時折り苦しむが、祖父が今戸痔の神様にお参りするように指示する。

時に浅草今戸の地方の痔之神さまに参り候儀、其後何等の音信もなく候、……今戸地方申せハバ東京全図にて見れは浅草北の方はッ連而在郷之由見得申候、兎に角折を見合せ候に参詣可申候、

（明治三八年一一月、№71）

また、廉次郎が金になる吉原の原稿を書く事になった時のこと

時に貴公、昨年帰宅之際ニ申候吉原系図とかの原稿を書居候之由、右ハ虚説か実か書トせは大金の様承候ハ其原稿出来さ以すれは君の家業も宜しくト存、猶亦貴公も存通ニ売れハ其金も小遣にあまり候べく、其節者私ニ於ても借用申考而や、弐百の金心易しト被存候、書としても当年中ニハ出来間敷候、兎に角にも博文館に行何程か月給の儀ニ右之原稿ニ取懸り可申候、（明治四一年二月、№17）

祖父は吉原に関する原稿に就いて「虚説か実か」と質問する。或いは祖父は江戸に長く生活するから吉原にも詳しかったか。この原稿は四三年末に上巻分だけ出来て届けられたが尾ひれがついた。

祖父は明治二年（一八六九）に黒岩に戻るが明治一一年（一八七八）には黒岩村の第二等区の「宅地組合一人別取立帳」があるから区の徴収係を務め、更に一五年に戸長制がなると石橋弥兵衛戸長の下で書役（戸長組総代書役）を務める。この書役は明治二二年（一八八九）五月、立花村が成立するまで続いた。この時に書写した『郷村吏職制・事務条例』の控がある。

祖父は父喜兵衛（代々善吉を襲名）の遠縁松平太郎（一八三九―一九〇九）の紹介で男谷精一郎信友（一七九八―一八六四）の門流になったようである。

確かに祖父の黒岩に閑居後、松平太郎が訪ねたとあり祖父を松平勘解由昌徳とか意昌とか称して、今日の私共には紛らわしい。松平の姓は太郎から戴いたものか、それとも祖父の為に付けた名前であろうか。文太郎の父喜兵衛は大炊介昌道とも称して、この人物こそ南部藩の黒沢尻御蔵検察小原佐助昌同（剣談）と同人でなかろうか。寧ろ哲子の実家下斗米家の系譜には「昌英」「朝昌」「昌義」等「昌」の系字があるから拝借したのでなかろうか。

明治維新後、黒岩村は近隣に先駆けて郷村教育に力を注いだと見え花巻城下から旧盛岡藩士戸田市蔵を迎えている。小史も『剣豪秘聞』の「巻外剰筆」で触れるが正洞寺境内に「頌徳・戸田市蔵先生之碑」がある。裏面には門下生の名前があり、その一番目に文太郎があり息子悦治や小田嶋喜代太の名前もある。

また、祖父は溝口誠斎の易学や本草学等に精を入れているが明治四〇年（一九〇七）正月に撰した『地相張欠秘伝書』一冊、和綴がある。これに対して息子悦治の書写した『家相変地法』一五冊については先に触れたが、祖父は大いに利用したとみえる。

また、後にも触れるが明治四年（一八七一）から亡くなる大正一〇年（一九二一）までの「暦」三八冊がある。その明治二四年（一八九一）の『略本暦』から九星の「暗剣・天徳・歳徳」等の書き込みが朱で多くなる。

廉次郎の書簡から下宿の方角等の指示をみる。

転宿ハ東エ移コトナラ脇方ニ転スベシ、若亦丑寅ノ方ナラ構ヒナシ、但シ東ヱ移リタナラ其所ヨリハ辰巳カ戌亥カ又此方ニナクハ未申ノ方モ吉、猶亦方角ニナクハ其方ニ当ル方ニ一宿仕吉方ニ転宿可仕候、下ノ橋よりハ内加賀野ハ東より丑ノ方カト絵図面ニテハ左様ニ見得候、右ヨウナラアシヽ、脇方転シル方吉ナリ、惣シテ内加賀野ヨリハ学校チハ遠くかふに存うと候、何等次第ニ而、此程遠く宜し申候哉、右共甚案し候、（明治三六年九月、No.25）

これは毎月のように下宿を替える廉次郎に盛岡市加賀野一二番地櫻井方へ転宿した際の手紙である。祖父は盛岡の地図を手元において占いをしたものか。

これは上京してから同三八年三月一〇日の書簡に本郷の古本屋でのこと「**尚祖父様の好み給玉ふ九易の如き本などは一口一束三文にてうられ申候**」と添えている。次は分家の小原ヤスが家を建てたいが八卦が悪いと廉次郎に報告する。

猶亦ヤス儀ハ後に家を建入置度見込ニ候得共、北の方ハ当年ハ拙者の敵《（的）》殺の方役、来年而存候得者一先清太郎の宅前の方座敷八通之所、借受置或障子何角敷く申候、近く家之宅横ニして置申候、右ハ御案心被下度候、

（明治三九年四月、No.19）

これは明治三九年家を建てるに方角と八卦が的殺に当っていて家相が悪いという。この他、廉次郎が病気したと連絡が入ると祈禱して舘三社のお札とか日蓮宗のお札を送附する。

次にこれは小原哲子からの話と思われるが祖父は蘭語に通じていたと真鶴町在住の松本昭氏が語っているが『剣豪秘聞』では古松軒の話しの中にでてくる。廉次郎は大学に入学した翌年（明治三八年）従兄弟の小田島主殿《とのも》に宛てたハガキに「祖父は英語だかドイツ語だか解らないから君が家（舘）に行って本箱からドイツ語の参考書を見つけて送って呉れ」とある事で、この一件は疑問である。

しかし、祖父は次第に剣法師範窪田清音《きよね》の門下となった。そして家（千曳山文庫）には古松軒の一軸が保存されていた。

一辞故郷十経秋（一《ひと》たび故郷を辞して十《と》たび秋《とし》（年）を経たり）

毎見秋瓜憶故丘（秋瓜《しゅうか》を見る毎に故丘《こきゅう》を憶《おも》ふ）

今日南湖采薇蕨（今日　南湖　薇蕨《びけつ》を采《と》る）

何人為覔鄭瓜洲（何人か為に覔《もと》めん　鄭瓜州《ていかしゅう》）

嘉永三庚戌年孟夏日

録古句供孤松軒先生清鑒

江東霊岸釣客、峴山島田直進謹書□

この七言絶句は杜甫（七一二―七七〇）の『悶《もん》を解く十二首』（其の三）と題する十一尤の韻で『唐詩選七』」に収録するが『漢詩名句辞典』（大修館書店）によると「一度故郷に別れをつげてから、早くも一〇回の秋《とし》が過ぎた。秋瓜《か》を見るたびに、いつも故郷の丘を憶《おも》いだす。」という意味である。

古松軒は古川古松軒（一七二六―一八〇七）のことで江戸時代中期の地理学者である。小史はこの人物に就いて穿索するが確証を得ずであった。彼は享保一一年（一七二六）に備中国（現岡山県総社市）に生まれ全国各地を調査、天明三年（一七八三）には九州へ旅行、同八年幕府の奥巡見使に随行して南部や津軽を廻り『東遊雑記』を遺す。古松軒は幕府の老中松平定信に命じられ江戸近辺の地理調査をして『四神地名録』を著す。そして最後は故郷で文化四年（一八〇七）一一月一〇日、八二歳で没する。後世、南部領内を巡見した際の『東遊雑記』に就いて、幕府の役人として高圧的で内容の評価は低い。

さて詩偈の揮毫年代であるが嘉永三年（一八五〇）孟夏とは陰暦四月に当たり、この一偈、古松軒が示された古句を島田峴山が江戸の霊岸島の釣客（道場）で揮毫した。これを窪田清音から戴いて大切に護持、ときには廉次郎が盛岡中学から帰宅すると祖父はこの半切を説明して呉れたが、当時は理解できなかったと懐古する。そして

一人息子を喪してからの祖父と云ふのは、悉く若死を嫌って成べくそうした話しは聞ぬ様にしたと云ふ事は、話題に乏しい筆者の郷里で、今日なほ有名な話柄になって居る。

この半切は清音が島田虎之助（峴山）と相見した時に貰ったもののようである。時に師匠の清音が文太郎のことを「一二年前から、大槻の門人となって、蘭学を修業して居ると云った…」とあるから祖父の吉松は大槻磐渓（一八〇一―一八七八）にも参じたものか。

しかし、島田虎之助（一八一四―五二）は嘉永五年（一八五二）九月一六日に没し文太郎とは二三年も年が違い、一度も稽古に預かっていないと云う。

また、祖父には『東奥野夫昔日記《とうおうやふせきじつき》』（手書）があって小栗上野介に関するメモがあった。黒岩舘の閑居先を訪ねた人物には松平太郎（元陸軍奉行・函館戦争の生き残り）や仙台藩士儒者岡鹿門、南部藩士で秋田戦争の生き残り桂勘七郎等が登場する。同書「老武者漫談記」

は実に読者の興味をそそる。思うに祖父には剣道（剣撃）を通じて武術の話題に事欠くことが無かったか。黒岩に集まった人物には元佐竹藩士で医師、宗教家菊本東隣（一八三〇―一九〇九）、元南部藩士戸田市蔵（一八三五―一九一二）、白山神社神官岩沢守人（一八三〇―一九〇四）、更に黒沢尻警察署巡査本堂平四郎（一八七〇―一九五〇）、そして文太郎が居られた。祖父の息子悦治の頌徳碑は旧南部藩士儒者山崎鯢山が揮毫するから、これは平四郎の斡旋であろうか。平四郎は巡査として菊本東隣と共に河東青年団を指導、鯢山に漢詩を学んでいる。この辺に先駆者が集まり郷村教育が展開したのでなかろうか。本堂平四郎は『剣豪秘話』に良く登場する所以で、そこから話は江釣子《えづりこ》源吉へと続く。

さらに高柳又四郎と藤木道満、そして高野悦三郎（後の長英）の話しも伊達領、隣の水沢（胆沢郡古城村）に関係するもので興味が沸く。

祖父は明治四五年（一九一二）には多額納税者となり選挙権を得て、大正元年の明治天皇大葬にも東京へ上京参列するか。しかも優しい一面は妻織江を立てて孫廉次郎への手紙には織江の名前を添えることが多い。

明治四四年秋には敏麿をして黒岩の木炭を明治大学に売ること等を画策するが、その詳しい事は分からない。しかし、敏麿の希望を適えるべく東京郊外の高田村に一軒家を求め、その場所を仕事場とする。大正二年には妹タマも上京して敏麿の家に投宿する。タマは始め日本女子大学の家政科に入学、その後英文科に編入して卒業する。

また、敏丸と下斗米哲子との再婚は哲子が大正二年四月に日本女子大学を卒業するから、その年か翌年とおもわれる。「老武者漫談記」によると大正二年九月から中山介山の『大菩薩峠』の連載が『都新聞』にはじまると「ほゝこりや面白い、高柳のことが書いてある」と自分のことのごとく喜び孫敏丸に都新聞の郵送を命じたとあるから、如何に剣談に親しみを持っていたか。

ともあれ祖母織江は大正八年（一九一九）二月一七日、八〇歳で没す、法名智鏡院琴室妙禅（弾）清大姉。祖父は同一〇年（一九二一）一一月二日、八四歳で没する。法名顕峰院文雅明章清居士。

文太郎の晩年の動静を伝えるものに『剣豪秘話』の自序に次ぎのようにある。

大正十年夏、省す。老祖父ようやく衰うるものの如し、しかも曰く。

『掃部頭侯の銅像が建ったか』

筆者時にその然否を知らなかったが、頽齢の老躯ようやく旧の如くならざるを見、実を告ぐるに忍びず。「然る」旨を答えた。その年冬十一月遂にたたず、行年八十四歳源花山正洞寺の冢中にねむる。

病名は老衰であろうか。文太郎が大切に毎年使用していた明治暦の大正十年分は最後で「六月小三十日」まで朱「月徳金」「大徳金」

「得財」の文字があるから六月まで健在であったことが知られる。また、これら暦には「小原家蔵書印」や「小原文太郎」の印鑑を押している。

この暦は昭和三九年当時、北上市々史編纂委員会に提供されたもので、その綴じ表紙には「明治三十一年十月、作文下書艸稿・小原暁雲」（朱印）とある。この事から文太郎は「暁雲」とも称したのでなかろうか。しかもその紙は明治暦の裏用紙に書かれたもので、編纂委員会から返却された折り「明治暦」(哲)とマジック書きがついている。

最後に文太郎夫妻の戒名に就いては明治四二年六月に正洞寺で可睡齋の山主日置黙仙大和尚（後永平寺六七世貫首）を迎えて「法脈会」（一日授戒会）が修行された。その折り祖父母は戒弟に就き法名を貰っている。祖父は「文雅明章」、祖母は「琴室妙弾」と四文字である。祖父文太郎は「文」の一字を入れることを求めたとみえ『順列帳』の控えに「文字入」とある。このことから祖父は法名の如く文章に明るい人物であった。

「正伝相馬大作」の遺稿

因み小原哲子さんの許可を得て太田俊穂が掉尾を飾る『新選組剣豪秘話』（昭和四八年）を新人物往来社より発行する。その元は昭和五年四月、菊池寛や村松梢風の序文を添えて上梓する『史外史譚　剣豪秘話』であるが、太田が言う廉次郎が初め学習院に席を置き、その時の保証人が榎本武揚であったというのは誇張でないか。哲子さんは逝去する間際に人に託して「相馬大作伝」の原稿を太田俊穂に届けたと言う。（『城下町盛岡遺聞』（「剣豪伝の流泉小史、一六〇頁」）さらに今日東大「明治新聞雑誌文庫」には「正伝相馬大作」（政教社出版）を収録する。

一昨年の秋、国会図書館所蔵の標記伝記を蒐集することができた。この「正伝『相馬大作』」の所在については今後、時間をかけて調査したいと思っている。「正伝『相馬大作』」は妻哲子の父、下斗米与八郎の校訂と言うことで二人によるものである。

ところがこれは大部の著作、一年間（大正九年八月〜翌年九月）「日本及日本人」（東京神田の『教政社』月二回発行）という雑誌に二十四回掲載したものである。この後、義父与八郎と義兄下斗米耕造の二人は大正一一年に『**下斗米大作実伝**』を盛岡の出版社よる発行するから、これは恐らく敏丸の伝記では満足出来ず、子孫の立場からの著述と思われる。

「内容の小見出し」

小引、文政快挙の真因、田中舘愛橘博士所説、南部津軽の紛争、大浦右京為信、九戸政実の叛、愚将石川政信、秋田氏の津軽救援、小田原陣と信直、近衛家と為信、下斗米氏家系、尾崎姓相馬姓、尾崎忠直とは何者、一藩驚駭す、松平左近将監と正論、堀田相模の激怒、雷助（将真）生る、将真の雷助時代、福岡の士風、戸来家と秀之進、大伯父門弟と争論、出府修業の志切也、機会漸く来る、美濃屋の客となる、夏目氏に事ふ、平原塾に入る、兵原先生の人物、平原先生と栗山、平原先生と逸話、平原塾の塾法、門下に対する稟示、老来意気更に壮、白河楽翁と兵原先生、細井知機と岩名昌山、幕閣具眼の士無し、幕府の国防方針、田名部上地問題、快漢八戸美濃、美濃の非常手段、二十万石に晋封、夏目の北地視察、芸州侯邸の較技、六年振り帰郷、再び夏目家に事、松川氏を娶る、兵原先生の隠退、将真の独立、将真再度の帰国、関良助の入門、福岡代官の嫉視、将真対代官の会見、代官演武場を観る、田中舘廉政略伝、周右衛門の苦肉策、将真土海窪の調練、夏目信平の登用、養生庵の留別宴、将真知機蝦夷地渡航、将真の門下生教育法、大力伝四郎の事、江戸角力との紛糾、宮戸崎の謝罪、細井知機の頓死、南部利敬《としたか》の人物、利敬臨終の一句、将真の出府、将真廉政に諮る、同志都合五名、津軽氏狙撃の準備、慰労告別の宴、矢立峠の踏査、叛賊大吉安国、将真安国を救ふ、大事を安国に託す、猛虎を深山に放つ、大吉安国の変心、出発前の不祥事、大吉安国の復命、大吉要国の逃亡、狙撃準備成る、遂に長蛇をの逸す、喜七の出訴、喜七の口供、弘前内の会議、智多星笠原八郎兵衛、津軽氏本道を回避、秋田童の落首、徳兵衛の逃走、特別奔走の謝礼、将真師弟の亡命、初めて相馬姓を仮称す、笠原八郎兵衛覚書、批政百出の幕閣、笠原の活躍振、将真の就縛、良助亦捕はる、榊原由之の激怒、南部使臣の訪獄、第一回吟味、将真就縛後の笠原、越中守内慮書、津軽氏と権門、幕府漸く狼狽す、間宮林蔵の友誼、南部利用《としもち》の叙爵、将真師弟の揚屋入、吟味審問の続行、無罪説の流布、笠原家等の狼狽、適当の判例無し、愈々処刑決定、両士最後の実況、遺恨の一刀、遺骸と二依侠商、関係者の処分、南部藩の関係者処分、南部藩と雅教昌包、

「関良助に就いて」

敏丸の原稿は余りに詳しいと言うか、今日の私共には読むに一苦労する。彼一流の健筆というか、義父与八郎から資料を提供されたかもしれないが、更に当時の江戸市内の道場とか幕府の内部、裁判の様子等、微に入り細をうがっている。特に黒岩に関係する一節を引用してみよう。これは将真の弟子、津軽侯狙撃に同行した関良助の先祖の事である。

関良助諱を短薫、幼名を熊之助と呼び、南部領鹿角郡――現在の秋田県――花輪村の産で、父を小田島宇平太と呼び、其所の郷士であった。祖先は遠く慶長年間、南部氏の為めに亡ぼされたる、和賀一郡六万八千石の領主、多田主馬頭忠親の客老、小田島下総の後、隼人正親知の弟、隠岐守親安から出で居る。序であるから鳥渡記して置くが、この小田島家と云ふのは、和賀氏（本姓多田氏）滅亡前迄は、同家の会釈座席、解り易く云はば客分の家筋で、世々食碌二千五百石を領した同藩唯一の名家である。良助直系の祖先に当たる隠岐守親安の父、雅楽頭親光は永禄年間京師に上り、有名な蜷川新左衛門の弟子となって諸礼を学び、同十一年免許を得たと云ふ程、古実の詳しかつた人（時に親光六十八歳）長男を隼人正親知、これが小田島家を相続して（其後現存当主を小田島主殿）、食碌二千石を領し、二男隠岐守親安、これは新たに分知して、同郡湯沢、平沢二ヶ村にて四百九十六石を領し、後ち和賀氏の二男広忠の、入りて隣郡の領主、稗貫家を相続するや、其附添として同家に事へ、同郡似内に於て一千二百石領して居たものが、慶長年代に

至り、稗貫、和賀両家の、南部氏の滅する所となるや、親安隠れて前記鹿角郡花輪に赴き、其所に永住郷士となった。それから数世の後が小田島宇平太で、宇平太の子が此の関良助なのである。（小田島家代々記、小田島家録、和賀家御分限録、南部□□聞）また、哲子さんが水戸の某に招待されて儀式に出席したというのは敏丸の友人作家西村文則の事でなかろうか。

最後に哲子さんの良き理解者、神奈川県真鶴町在住の松本昭氏（当年九二歳、元毎日新聞ヨーロッパ支局長・昭和女子大学副学長・同名誉教授・文学博士・ミイラ研究家）によると、前記『剣豪秘話』再版は昭氏の協力で成ったもの、松本氏の父松本雲舟（本名赳、翻訳家）と緒方竹虎（朝日新聞社編集局長・元自民党総裁）は本多精一主宰の財政経済時報社で敏丸と同僚であったという。

黒岩地方には哲子さんが困った時、某有力者から援助を受けたと伝えられるが、その人物は叔母と慕う松本昭氏であった。

（二）盛岡中学に学ぶ

廉次郎は七歳の明治二七年（一八九四）で黒岩小学校に入学、尋常科を終えて新設の高等科には同三〇年四月入学する。当時は学校の校舎は二転三転して定まらず隣の正洞寺衆寮が仮校舎であった。高等科三年間は常に級長「下机列長」を務めて三三年三月に卒業する。この頃、黒沢尻警察署の巡査本堂平四郎と岩崎の菊本東隣等が指導する河東青年団に入り「日本外史」を学び、更に祖父や戸田市蔵の下で剣術を学んだ。高等科卒業の同級生は『黒岩小学校・創立百周年誌』には八名の名前がある。

子供の頃の遊び友達は近隣の工藤喜三郎・及川省三、及川廉平・及川覚美等で北上川の魚釣りや野山を駆け巡りお寺が遊び場で腕白小僧でもあった。また、盛岡中学への進学を志、土沢の街、安俵及川良寿の塾へも学んだか。

明治三六年（一九〇三）四月盛岡中学に入学するが黒岩からの先輩には万内の山田忠平と宿の多田良蔵がおられた。廉次郎は中学には一年半席を置くが盛岡一高の『白堊同窓会会員名簿』には「明治四一年次、第二二期生、通算二四回生」とあるが一年余りで中退する。

中学時代のことは既に流泉小史の会会報五号に「祖父文太郎と廉次郎の書簡から―明治三十六年（一九〇三）十七歳」と題して掲載したので略すが、往復書簡はこの前年から大正三年まで収録する。

盛岡中学の一年生には級長を務めたようでもあるが、盛岡中学より東京に行きたいと祖父文太郎に駄々をこね、我慢するよう忠告される。

二年目の書簡からは先生と生徒とは仲が悪い事や義侠心から黒岩出身の及川茎枝や及川たかを援護し和賀郡出身者を応援する。しかし性格か気が短く短気を起こすなと祖父から忠告され、下宿も一月に一回は転宿する有様とみえる。中学一年生からドイツ語を学び大学入学を目指している。結局明治三七年七月で中学を中退して上京する。中学時代の友人には田村敬三（二〇期生、二子村）、丹野一二（一八期生、軽米村）、武田源次郎（一二期生、岩崎村）等である。

（三）明治大学専門部（法科）に入学

廉次郎がどうして明治大学に入学したか明らかでないが、書簡から伺うと多分に立花村立花の阿部恒定（盛岡一高、明治三四年次）等の影響があったか。書簡では明治三七年九月に法政大学にも入学の規則書を申請するから、二・三校入学を思案したものか。九月一二日に明治大学に入学して初めての授業を受けた事を祖父文太郎に報告する。それには入学金二円、授業料二円、筆記帳八冊六四銭と見える。当時の一円は如何ほどか、難しいが約二万円とすれば四万円となる。手紙には入学早々学生服は原価一三円とあるから二六円となる。帝国大学生が一〇円なら譲ってもいいと話している。

次ぎに講義の内容は午後三時より四時まで民法物権編、五時より七時まで民法総則で、物権は杉山法学士、民法総則は鈴木博士、明日は一時より二時まで岡田法学博士の刑法、三時より四時まで美濃部博士の講義と報告し学生服の図柄を描いて書簡に添えている。そして一〇月二〇日の書簡で大学の様子を記録している。

大学部　法科（迂生の部）　一年生七百二十何人、
大学部　政治科　一年生四百五十人、
大学部　商科　一年三百八十何人、
同　文科　不明
法科専門部　一・二・三年一千六百何人、
政治科専門　一年　不明
商科専門　一年　百九十人、
文科専門　一年　不明
因に云フ、大学部の中一年とあるは今年なり、大学を置きし故なり、以下皆然り、外高等予科、無数（七・八百名）皆にて四・五千人の人なれ共、午前の部と午後の部と両方に分れ居り学校が二あり。

これから見ると明治三七年には二部夜間部が新設されたと見え廉次郎はその一期生、七二〇人余りの一人となる。当時の校長岸本辰雄は経営手腕に秀いでて『八大学と秀才』（平元兵吾著、大正元年、日東堂書店刊）に伺える。

明治大学は明治一四年一月に明治法律学校として創立するが岸本校長の「明治的商法」にて学生を獲得し大学を拡張経営したと評価する。おそらく廉次郎が入学した時は一期生と見るべきか。そして大学の「学友会」は明治三九年三月に体育・学芸・庶務の三部門が出来て廉次郎は学芸部門、「JP娯楽部」に入会する。また、学生の雄弁家等も紹介されているが詳しくは分からない。しかし、書簡には猛勉強した様子が伺え、四〇年の卒業と共に司法試験を受けて合格するという目的を吐露する。また、ドイツ語は原本で読まなくてはならないとして三八年四月から予備校に通っているし、同年春には短歌を通して千葉県の吉原静江や北海道の本郷直枝子等に短歌の添削をする。また短歌は花村静枝の筆名で『明星』に一〇首確認される。祖父文太郎には三八年一一月には三宅青軒に弟子入りして俳句を学ぶとある。

そして四〇年七月一三日には「法学部専門部特別科」を卒業、さらに一〇月一日、文官の予備論文試験に合格するが、その頃には青軒の指導で家庭小説に力を注いで、進路は変更されたものか。しかし、岸本学長には一目置かれていたと見るべきか。

明治大学学務課からの三九年七月一三日消印のハガキ（№35）には「**御照会之貴殿試験及第相成居候条、此段及回答者也、君多数では詳細回答スル候得者出校之上熟覧相成度候**」と問い合せに回答を得る。第二学年の試験を及第したことで安心して帰省する。また、学校は卒業したが大学の「校友会本部」から年会費三〇銭の請求が届き、祖父に支払を頼む手紙もある。

文官の予備論文試験に合格

明治四〇年九月一三日、（№54）文官の予備論文試験を受けた廉次郎、その経過を祖父に連絡する。その書簡には三問題があり

一、**近世外交史を読む**

一、**気節とは何ぞや**

一、**田園の趣味**

その内から廉次郎は「気節とは何ぞや」を選び回答しているが、九月二九日午後に司法省より「登用試験予備論文試験合格」の通知が届く。就いで先に文官試験の合格したとは言え、さらに登用本試験申し込み（補講）の案内がある。（№85）

時下御多祥奉賀陳者本年度挙行の文官高等等、判検事登用、弁護士試験等の成績に徴し研究科授業の効果著大なることを被認候に付ては両校協議の上更に改善し昨年の例に依り来十二月二日より新学年の授業開始候處判検事試験改正規則実施の期も早や剩すところ

僅かに一年と相成候得者此際大に奮励して諸君と共に十分の効果を相収め度切望致候に付入学志望の向きは至急御申出有之度此段得貴意候　拝具

明治四十年十一月廿九日

明治大学学務課
中央大学教務係

結局、廉次郎は次ぎの試験には臨まれたかどうか明らかでない。

明治四五年四月五日、岸本辰雄校長は電車の中で卒倒したのが原因で死去するが、その葬儀の案内状が敏磨に届く、葬儀に出席したか否か明らかでないが、その後も母校明治大学とは交流が続く。

大正元年一一月には明治大学の木下友三郎校長と黒岩の木炭（炭）を納める事を契約するが、それより前に一〇月三日には敏磨の名前で図書館に露西亜文学の「アンドレーエフ集外二一冊」を寄贈する。

また、『**明治大学校友会員名簿**』には廉次郎・敏磨・敏丸の名前が次ぎように記録される。

四十、七（法）太平洋記者　本郷区森川町四蓋平館　岩手　小原廉次郎
（明治四一年一二月）

四十、七（法）太平洋記者　岩手　小原廉次郎
（同四二年一二月）

同　岩手　旧廉次郎
小原敏磨
（同四三年一二月）

小原敏丸　岩手　四〇法　南洋協会嘱託東京日々新聞記者　牛込区弁天町二
（大正一三年七月）

小原敏丸　岩手　四〇法　南洋協会嘱託東京日々新聞記者　牛込区弁天町二
（大正一四年一一月）

小原敏丸　岩手　四〇法　牛込区早稲田南町六
（昭和一〇年一二月）

大学ＪＰ娯楽部での活躍

大学二年生になった明治三八年（正式には九月）になって手ぐすねを引くが如く勉学に課外活動に蠢動《しゅんどう》する様子が窺える。それはまず学内での文化活動である。

○今回学校に於ては文芸部設立せられて三十銭づゝむさぼれ申候、（三月一三日、№11）

○また、本校にては一年級一円ＪＰ娯楽部《ゼーピークラブ》と云ふものを起し大に活動をやるつもりに御座候間、刮目して今後の社会の情況を御覧被下度候、（四月三〇日、№20）

○尚、只今此手紙と一処尓送り申す画ハガキはＪＰ《ゼーピー》娯楽部大会の折、福引にて小生に当りしもの、一はその正門（明治大学）、一は寄宿舎（仝大学）、一は第一講堂即一学年生の法科講堂（仝大学）に御座候、三階の白きは今年出来上りし講堂、三階は商科大学の商工鉄に御座候、二階一階は来年度校舎、全部改築と同時に図書館となるべきものに候、これは祖母様の御なぐさみにもと存じて差上候、（一二月四日、№62）

花麿は祖父母へ大学の文化活動を報告するが、書簡にはＪＰ娯楽会費として二五銭とみえ、その様子であるが討論会は一週間に一度（「疑律疑判」）ずつ行われ、大会は春秋二季、二年生（三八年秋）に成ってＪＰ娯楽部の活動に参加すると見える。

アルバイト先にて作品添削

これより先、明治三七年の入学早々から『女学世界』という女性雑誌でアルバイトをするとみえる。その時の筆名（匿名）は小原雪枝子、雪枝、雪江と称している。どのような経緯でアルバイトに就いたか解らないが、考えられることは武田源次郎の紹介かもしれない。その活動は二人の女性との文通から窺え、その一人は千葉県山武郡成東町の吉原静江の手紙にみえる。

その一、（明治三八年三月五日、№9）

一筆御礼申上候、君がみ情念余るお玉章を奉拝處描き妾がみや歌をおほめに預りお恥かしいきこと御座候、尚妾とても親しき友もなき身にしなれば何卒〳〵おんまじはりたまはり度候、尚描き筆にしも

独りだに親しき友のなき身には
朝な夕なに友の恋しき

君が歌真心こもる情を

受けにしわが身如何でわしれん
まずはおへんじまでに御座候、めでたきかしこ
その二、(同六月一四日、No.28)
唉久潤御無沙汰ニ打過候、平ニ御宥免可被下候、時下不順ノ候ニ候得共お姉様ニハ別ニ御故障も無之候得ハ泰大賀候、降リテ妹無事ニ昨日十三日夕六時頃帰宅致候得ハ此段御安心被下度候、
尚お姉様ニハ何時頃本郷へ御移りニ相成候哉、此段御伺申上候、詳細ノ事ハ次便ニテ申上候乍筆末妹ノ愚詩を御目ニカケ可申候、

螢

乍受水風飛　復遂汀草集
峡口宛如嚢　万螢出還入

なには江のあしかり小舟かりはてで
帰るゆうべに螢とぶなり

その三、(同六月二四日、No.32)
(前略)…尤も女子文壇四号に妾の美文新体詩の攻撃が甚しく落椿が秀才文壇四巻三号にあり、又中学世界にありと申しますが、前々に申し上した通り、四巻十三号より愛読しましたので、三号とやら申ましのは妾は知らぬのでありまし、又中学世界とやら申雑誌は見た事もなければ何れの御社で御発行なるやら妾は知らぬのでありましから盗みやうがありませんけれども、人様の文や詩を盗みような汚らはしき者とおまじはりはできぬとの事ならば、それまで妾とて文や詩を作る事の出来ぬ者ではありません。
姉上様に今迄おかくしになりましたが妾は三十七年三月迄東京の女学校に居りましたのであります。尤も○○○家よりかようたのでありますけれども、かやうな事を申上るのは妾の好まないのでありなし、お姉様もかやうな、くだ〳〵しき事はお嫌でしうから申上ません。(中略)

和歌

叢端螢

刈とりて蚊火にたかぬ内もよかりけり
螢にあらぬ艸むらぞなき

樹蔭螢

やり水の音さへほそき木かくれに
　をり〳〵みえて飛ぶ螢かな
芦の葉にほたるみだれて岸あらふ
　浪もすじしき刀根の川面
くりかへし申上候、何卒〳〵御返事くださるやう願上申上候、荒〳〵かしこ
　六月二十四日十一時頃書く
吉原静江拝

姉上様

小原雪枝様

いま一人は北海道胆振国早来の本郷直枝子、当時十五歳の先生である。

その一、（明治三八年五月一〇日、No.22）

（前略）…それから姉さんは歌は御上手ね、私は少しも出きませんは、私も姉さまのやうに歌上手になりたへは姉さんとようは歌にこりてー居ましようかどうか添削して下さいね、

とこしひに深くちぎりし友垣と
　ともに越らん野をも山をも
軍人来ますと思へばつかのまに
　よろづまの声とほざかりけり
打ちば惜し打ちでは心残らまし
　心づくしに咲ける梅の花
（梅の花はやう〳〵づぼみをもちました）
つわもの負けつ〳〵数度の傷《キズ》こそは
　武を立てたる身になりけれ
雁の音もやしたをざかる夕ぐれに
　をはれをづゝる入打の鐘

御笑ひ下さいね、ぜつたひ添削して下さいね。千秋の思ひして待ち居りますから御願ひ致します。（以下略）

その二、（明治三八年五月二一日、No.24）

拙なきみし謹で申し上げます。……優しき御玉章くり返しく拝しました。貴女さまの御親切に妾は泣きました。賤しの妾は歌など詠みし事はなへのでありますですから、雑誌などにはまだく出しません、それから

「折らず惜し折らでは心残らまし心づくして咲ける桜の花」

と言ふんをは古今集にありとかや、されど私は歌の本は一冊も持ちませんが、だいたひ歌など作る事出来ませんも。……（以下略）

その三、（明治三八年六月二一日、No.31）

（前略）…それから女子文壇愛読者で女学世界定期増刊の花すゝきにありました菊花にそへて友の許へとありましたのを「ぬすむ」で投書したのがありましたが皆様と通信では知らせ申したら如何どしょう。……（中略）

名残惜しくも之にて、恋しくく

姉さんに、　　　　妹より

歌はとても不可よ、いくら作ろう思つても作れませんのよホ……ホ

北海道早来ニテ　　　　本郷直枝子

当時小原廉次郎は大学二年生の一九歳、文通の直枝子は一五歳、吉原静江も一五歳か。それは匿名で女性として文通するが、後に男性である事が解るが交換は続いていて、明治四二年三月には静江と結婚をする。

また、『明星』誌上には**花村静枝**の筆名を使用する。その名前の由来だが、書簡には「小原花麿」とか平仮名の「はなまろ」を使用する事が多い。そして「静枝」の「静」は文通の女性（後に結婚）吉原静江の一字「静」と「枝」はいま一人北海道の文通女性本郷直枝子の「攴」から採ったと見え「静枝」となる。尤も「枝」の一字には生母「松枝」に通ずるという深い意味も伺われる。

與謝野鉄幹主宰『明星』に花村しづ枝の筆名で歌評

花村しづ枝は明治三七年一二月号『明星』に歌評を掲げる。それは「菊花号所載」と断わるから一一月号掲載の批評であるが、「私まだ社友にして頂いたばかり」とあるから、この頃に主宰の與謝野鉄幹に認められたか。『明星』の一二月号七頁に亘るが、ここから花村はそれ以前、博文館発行の『女学世界』『女子文壇』等という雑誌に関係していた。おそらくアルバイト（月に二・三回）をしてい

たと見える。その歌評から一見表現が女性のように窺われるがそうではあるまい。暫くその歌評の一節を引用してみる。

歌評　菊花号所載（明治三七年一一号『明星』）（四角の囲いが原作品）

赤城山の歌　高村砕雨（光太郎）

空晴れぬ赤城は高し上つ毛の多故《たこ》の夏ぐさ真青の風や
あゝこれ山空を劃りて立てるもの語らず愚さびて立つもの
事足らふ榛名をすてゝ入りし山問はば答へよ痩せし道流に
牛鳴けば馬和し応ふ大沼《おおぬま》のきしべに立てり一語また無く
牛五百山岨かげに我とありわがごと痩せず眼うるまず
山にして痩せを身に知り疑ひに心かわきぬ花摘みながら
限りなき痛みつゝむと小沼の霧さは絶望の色を見するや
この水よ人の吐息のひゞきをも竊《ぬす》みうかゞひ呪ふとすらし
鳥飛ばず一魚躍らぬ雨の小沼泣きて訴へは人病ますべし
あめつちに斯かる怖れの地を秘めよ小沼は霧まけ白樺おほへ
霧まけば天地くらし寂寞や石に野干《やかん》の声さびにけり
あゝ大沼この平和と慰安《なぐさめ》と都に入らば無き身を思へ
山故か否水ゆゑか大沼《おおぬま》の夏籠おもふ人ゆゑか否
水清き赤城の山に秣《まぐさ》刈る少女うつくし絵をねだりける
さる朝は黒檜《くろひ》かわゆく明けにけり仰げば師父の権威に壓《お》さる
黒檜山《くろひやま》むかし猶太の予言者が民を憂ひて立ちし姿か
五月雨の山窟《むろ》くらき狸汁奇士大さんの笑ひやうかな
赤城立ち利根川ながる石に坐し思へば過ぎぬ下根二十年を
人目なし泣かば泣く可きこの山にこゝろ都人《どじん》の偽りもつや

秋のひと　ゆふちどり（石上露子）

母なくてはたとせすねしおとどひが歌ごゑなれば君もよび得ぬ
なにすとて世の媚志らぬまま子に昔の母のあえかさは似る
君病むとよるにさびしき夜の雨こほろぎならぬ歌もころおもへ
わすれてはまたもよびぬる君が名や千とせはぐれし身とは知れども
君なうてまた誰がためのうらぶれに消えぬばかりの我ぞこの秋

松永清乱

鉱山《かなやま》や劫初の銀にこだまして魍魎《すだま》夜泣く秋寒うなりぬ
たそがれを雁きて啼きぬ秋の日のからき潮しむ沙の色かな
舞ごろも錦古りしを籠《こ》にきせぬわがうぐひすの秋のおとろへ
冬の夜をともしびおけば金身の仏の寒さ堂に満つるよ
山にただ秋あり山の沈《ちん》の木と歌びと我と霧にまかれて
雷鳥が枯木ついばむよろこびに似てしもこの日胸ゆらぐかな

相思　平野萬里

わかれにのぞみて歌へる

そのひと日短かかりしを怨みじな我が世のひと日あひ会ひし君
ふたたびは世にある限り生くる限りあはじとちかひ別るる別れ
みじかきを十とせにひろげもも年にひろげて君の面影を見む
たのしみはかなしみを逐ひかなしみは別れを逐ふと我れ狩りや来し
月まつと我こしものか雨の日ぬれつゝ去ると我こしものか
このわかれまことか秋の雨の日のかりそめごとのわかれならじか
朝顔のさくまを訪ひぬあくる日やまた咲くひまを待たでわかるゝ
このままに泣きてわかるるいとけなきおとなしき子を忘れたまふな
もも年か千年か知らずこのままに別るることのたのしからむや
これをしもわかれといふか去るといふか涙のなかに君を見るとき
我が夢と君のやさしきおん夢と月の花野にあふときあらば

わかれて後

ものいはでわかれて来しか幾年のはじめとなりしけふの朝雨
なにゆゑのわかれなりしか忘れにきわかれといふにながれにし涙
我ここに住めりかしこに君すめりなどやあはじとちかひしてける
涙ある限りをなきぬ火ならばかすでにすべてをやきつくしけむ
ああ泣くに誰なぐさめむあめつちの一人の君にすてられにけり
かりそめの別れに似たる別れしてやがて百世《もゝよ》のわかれと泣きぬ
声立ててひとりしなけばおどろかるあはじと君に我やちかひし
我なにを誰れにちかひし君見じとちかひしさらばちかひ破らん
君堪ふるや我堪へがたし冥府《よみ》の火の金門《かなど》やぶるとかひやぶらむ
うけがはず罪ならばなれ世も我も何おもはむや君ただに恋ふ

さてまた後に

ふさはじと誰いふ君をわれ思ひ君に思はれ足るべきの恋
いかなればこのよき君を恋ひけると洩れにし笑みの笑みをさそひぬ
うき思ひとあしき思ひとおそひ来しいま手とりつつ二人は勝ちぬ
朝な朝な露もつ秋の花のごと我ともすれば涙に泣きぬ
よき君に思はるる日を秋の日といふか秋風頰をなでて過ぐ
あかず見よと書をつくりてわが神はあかず手とれと夜さへつくりし
君をしも恋ひよと神は我をしも恋ひよとある日二人につげぬ
花のごとさやかに咲けるよろこびと香のごとゆらぐ恋しさと来し
君はしも泉のなかの女神にてひねもすあかず汲むをたたへぬ
手とりぬれ相見ぬときの思ひ出にあつき血潮のながれよとこそ
あめつちに二人むかふや秋の宵たらぬやうに時はあまりぬ
後のの夜十とせ二十とせわするるなあつき手とりしよべをわするな
あきたらず猶あきたらず相見てはやすしといひしその朝にも
語りをへてかくあたたかきかくさむき心みたぬをいかにせましな
野に黄なる花に焦れし小さき蝶とびつつ見つつ舞ひつつ居つつ
たゞ我によれななべてのよろこびとなごみとなべて我に見いでな
水にそひ花さくなかのほ細道をみちびきしつつみちびかれつつ
まろうしてあたたかうしてあまうして世にありとしもいま覚えぬる
君問ふや答へじなほも恋しくば二十ばかりの子とのみ知りね
相見ればなべてうつくしよろこばし語あるもうれし黙せるもよし
水汲むと泉にかはす君が笑み我が笑みなかに神も笑まはむ
朝いでてそばの花よりかへり見る霧のなかなる君が家かな
朝戸出や路もわすれずかへれりと垣をへでてゝ相見て笑みぬ
我もとより勇者にあらず智者にあらず一人の君にふさへる男の子
君を見てすまむ遊ばむ喜ばむ歌はむ舞はむ相見て死なむ

我とわが得てし力は夏川の出水のごとく我し捲きてむ
相見むといふもも年のひと年の今日の相見をゆるがせにすな
我この世に天使のごとき君を恋ひそのは君にいつかれにける
心のみたゞ君恋ふる心のみ君許訪へど家づともなし
くらがりの月のなき夜もおとづれむ君の光にみちびかれつゝ
あたたかきかの家ありてくらがりの風ふくなかも訪づれにけり
夏の日の小百合のごとく春の日の雲雀のごとくあたたかき恋
ゆく道は泉に森に花かげに君のようなる声するところ
ああ今は人に思はれん人を恋ひいとけなき子にあらぬとわびぬ
恋しさを恋しさにやりうれしさをうれしさにやり眼と眼はあひぬ
大空にまたたきかはす星のごとああそのごとく眼と眼は会ひぬ
我恋は花いちごさく夏川の緑に岸にただずみしより
相見つつ真晝はしたひ夜は恋ひふたりをめぐる日と月のもと
夏川の清水のなかにわが得てし君はしら珠ひかりてる珠
黒潮の南の海をめぐるごと君をしめぐる我が思ひかな
桃色の手毬のごとき我こころ御膝に置かむ恋しくばつけ
春の夜や桜のなかに啼く鳥を君とし聴きぬうぐひす聴きぬ
他人《ひと》さけば年上なればかりそめに姉よとよびぬよびならはしぬ

黒髪　川上桜翠

恋ひそめしむかし問はざれつかのまのそのつかのまに成りにしなれば
山も水も月もうたひぬよき言の胸より胸へ泌みしひと時
ひと時は永久のひと時と言は永久のなさけと御手とり泣きぬ
御唇《みくち》こそただに閉ちたれ楽人のそれのごとくにゆらぎ我僕《う》つ
われは君君はわれ見しまなざしのそのひと時に涙ながれぬ
あゝ涙世に泣け人そそげと亨けしやあらずただ君がため
わが生はひと日はひと日時はひと時とても濃にわかれじ
春の夜にふたり頬《ほ》よせしうるはしきうまし歌こそ恋のかけはし

古香　田中夢虹

わが靴のおとも千とせの響なり御堂《みどう》たふとしつら倚りぬる
（法隆寺の絵殿にて）
大伴の郎女《いらつめ》も来よ木下かげ花草かをり夢よき寧楽《なら》や
讃ぜむにすべなし観ては泣かれぬる寧楽の遠代の跡かがやかに
金色に寧楽の空ゆく日も寂びぬわれわかうして倚る二月堂
法隆寺千とせ古りたるおんほとけ我が来《こ》しをなどよしとのらさぬ
古りぬれば偉なるすがたもかなしまる入日のなかの斑鳩の塔
天平に輝りし后のおもかげと見ればよろしき寧楽少女《おとめ》かな
ふる鏡汝れや聖武の大御代をなかばかざれる眉も見にけむ
（以下四首奈良の博物館を観て）
高僧や歌のひじりや寧楽の代の古き鏡にあらはれましね
天平のしら玉小琴かきいだき古代の夢を弾き出でてまし
からころもさとちる薫り寧楽の代の大宮ふきし風こもるらむ
（以上拾一首大和にて作れる）
ゆふぐれは悲し入日は堪へがたし鐘の音にも世は砕けちれ
黒髪やあゝ濃瞳《こひとみ》や天上のきよきたかぶり君聖少女
わりなうも衣にそみける花の香や秘めし或日の又もしのばゆ
さは罪か清き罪まな恋ひぬるに神が賜びたるいのち得つつも
（友が『情死』の畫に題して）

かたくるま　神原彩翅

高山をひろ野がなかに積みかさねこのおほつちのはてを睨《にら》まむ
おほきなる張子の虎にわれかくれ憂き首ふらむ吹け秋のかぜ
おどけたる面ともなそて背よ腹よ西とひがいに笑ひあはさね
きたるべき国はおそろしき過ぎし日は恋し後へに日はめぐれかし
おもしろしよりきてくみね肩車みそしは近し手を触れて見む
（垂れ眦子君に）
やすらかにおのれいただく躯もあれとこの憂き我を首ぬけて行く

山内垂眦子

おほごゑに笑へば四方にこだましぬ友すむ国はあまたあるらし
おほきなる酒槽かぶせ底ふめばなかにぞ鬼が踊るこゑする
よき国へはこぶとおのが足いれておのれ荷へば蓋のおもさよ

蝶　そよかぜ

天地はふたりかざると美くしうこの日もくれぬこの夜も明けぬ
星ならば輝くひかり花ならばよき香となりて君をめぐらむ
うけたまへひとりの君にさゝげぬるといとけなき子の歌のまごころ
おもふ身は朝ぬひまも夕ぐれも君がかたへにおもかげとめむ
美くしきふたりが世ぞとしたしみぬ花さく晝も木枯の夜も
君ならむ君なれと立つ朝窓をかへりみもせずすぎゆきぬ人
神よ汝がつくりし子らのこの二人こゝに恋ひ恋ふ力を見ませ
ねびすぎし二十すらがたをとぶらへな歌にやつれて恋にくるひて
神か魔かそをいま君にためらはず君によりつつ君に捲かれむ
死なむ死なむ死なば消ぬばしこのもだえ夜ごとの秋うらみに死なむ
おとなしう君をかへせし初秋の夜すがら雨はふりにけるかな
君にあひて命のあたひけふ知りぬ花はなつかし月はうつくし
さかしらに後の年日をかぞへむや忘らるゝまでおもはれ人ぞ
むつれこしちひさき蝶のやさしさにもろ翅とらへて放たぬ菫
あつき手にわが手とられし秋の宵こゑを袂につつみぬるかな
わが髪をすべりぬ人とさりげなう路につみてししら菊の花
わが胸の氷はとけぬあたたかき血潮ゆらぎぬ君のひかりに
うたがはず恋ひむと我ぞめしひぬる神のゆるししこの日この時
恋ひ恋ひてよればうれしき君おもへ蛺蝶花にあそべるかたち
香に酔ひて死なばや紅き蝶のごと君のかひなにとられぬるまま
みかへれば眼は眼とあいぬ燃ゆるごとそめてし面のやりどころなき
あなさびし恋しなつかし里の夜のみぞれのなかに戸たゝくあらば
三夜ながら君みし夢よ秋の夢うれしといはむかなしといはむ
猶おもへおもふ心をあはれみて神のうなづくよき日あるまで
かりそめに二人わかれてなげかせて思へるほどを神やくらぶる
行く知らずこしかた知らずあまき香の花野いざよふ我やそよかぜ

初霜　河野翠激

せめてわがこの名ひくき名きこえむと三たび春へぬ秋も過ぐらし

百とせに君が名われとつらねつつはた渇仰の子らみちびかむ
ただふたり在る夜の里ににほひたるむかしの花と木犀を愛づ
神よはたわが興来をゆるせかしほしいままにも天がけりみむ

片尾白眼

日に月を配せし天のよろこびにわれ見ぬふたり相恋ふる見ぬ

吾嬬はや恋しとおのが膝たてて愁ある日は抱くよろしき
なにしかもをかせる罪の名しらぬにひろきあめつちわれ憚らる

原田水外

夢のごとあまき月かげ花の路一歩のまへに精らかくれぬ

楽の音は今われを引く桜ゆれ水ゆれ月のながるるかたへ
姉したひなれぬはばきもはく秋か小野の菊の香君をみちべけ
（人に）

永井陸奥

酔ひて寐てひとりある身はこころ足る恋にも痩せず次の世も無く

歌成る日すべて云はずほほゑみにわが眼は驕りあめつちに在る
恋成るとまなこあぐればかがやかに華雲ありて我をめぐりぬ
病みぬればこの世しづむとおぼゆるに秋の日よわくさすや枕べ

田中如琴

いつの日かまたとる御手の期《ご》は遠しつきじつきせぬこの恨かな
浪よさはまかせむ浪よあら海の巌のなかにきざめこの執

たそがれやともしびにほふ街の雨小傘のなかの人のゆかしき
ありしひとしのぶと山の墓とへば鳥は夕の秋に高啼く
さゆりさく巌根にそひていささ水うつくし君にそひてこの人
舞ごろもおもき袂をかかへかね潮汐をどる八つの子なりし

藤井桜蔭

誰れ驕る秋は胸澄む誰れ歎くかよわの花もなさけ知る秋
わく児すゑふたりのなかめでまさむ師のおん窓もこの秋の月

かげらふのひと羽ばたきも無始をもて無終につなぐ尊き神わざ
恋ひ恋ひて世にさからひて今はまた住むよき国と海へのがれぬ
（以下あわれなる友夫妻の死を悲みて）

姫河原無鳴

ふす月は百合の戸さしぬ夢の鳥わが魂負ひていづちいぬらむ
かなしみぬ肺病む秋のわが窓に蔦は咲けどもよる人のなき
いなづまはうしほのなかの佐渡の島こがねの山をすべりて燃えむ

（この秋新潟にて）
百度ふみ眼を病みませる母のため念仏しをればみぞれふりきぬ
なにものの我にささやくまがごとぞ夜ごろまさりぬ耳の空鳴
いとまろう君にこころはむすばれつ桜がつつむ夢のごとくに

森　星嵐

山かげのそぞろありきやうす月夜つみてたばねむなでしこの花
野分してちれば木の葉も鳴るものをうつろふままにわれ沈まむや
名を知らぬ鳥舞ひ去りてしづかなり木立のひまに秋の江みえぬ

栗岩花山

風かをり星かげにほふ天路より歌ひぬ君をわれ慕ふごと

玉嶋翠影

才たがず歌に泣く夜の筆おきてふかきといきに君をさそはん

高橋金星

ひんがしの秀才いまこそ死にたれと摩はかちどきに我を去るらし
草の戸を訪ふや穂蓼に小雨して荻に風して鐘遠く鳴る
汝れる世にいきどほるとかきりぎりす秋をしのびてさは低う啼く
君と行くに秋の野三里水ひとすぢ友月さしてふるさとは好し
たからかに古歌ずして野にあれば秋風すぎぬ涙ながれぬ
愁ありまどひある子がおもむきに夕顔さきぬほのかに咲きぬ
野にありしろき小川見おろし秋の畫塔守ひとつ鐘つきにける
山ずみや人にも世にも怨なく小膝かかへて雨きけばよし

林　漁村

しぐれして夕となりぬ草の宿ぬれこし人に戸はあけてまし

水姫が花藻かづきて訪わはむ日と海鳴ききて門に立ちける

日南田夕暮

花蔦や名しらぬ花を摘むわれと啄《ついば》む鳥とむつまじき晝

そのひかりいつか仰がむみづからのちさき胸にも足る歌のなき

さく子

歌にただこの世わすれてあるわれにものかげよりぬ何のまどはし

わがすがた春はうしてにほひしか涙あらふに秋の水澄む

かくてなほ恋ひぬ恋はれて朝顔の秋わかるるに似てし身ながら

ゆき子

夢しらずおもひで持たぬ憂き宿に月は冴えつつ雁みだれ啼く

あやふくもなさけに勝ちしこしかたを悔ゆるながらにわれ老いにけり

『明星』歌評（菊花号所載）

花村しづ枝

エ、何?、もう一度云って頂戴、歌評なんて生意気だって、夫りや私だって知ってるわ、ですから批評なんて大いしたものでなく唯胸にあることを其儘に云わして頂く許りなの。一体『明星』の歌評はいつも円満で穏やかね、それは作者と評家とお知合だからでしょう。殊に平出さんなんかのお口上手には私驚くのよ、エ、弁護士―そう弁護士さんなの、道理で、此節の人には珍しい円るいお方と思ったは、あのやり方も宜うございますが、あれではね、まあ評価は下手な厭な歌と思っても遠慮して当り触らず評に載せないのがあるとしますと、それが、作者は良くしたもので、自分の作には多少己惚れがありますから、評価は拙いと思って挙げなかったものを作者は何少し悪いかも知れないが大した事はないと思って居るのよ。評価は重傷として取扱って居るのを作者は微傷位にしか感じないの。何?、覚えがあろうと見える?あら厭よ、私まだ社友にして頂いた許りだわ、それですから、私は好きなのは良い嫌いなのは悪いと一々云わして頂かうと思うの、若し皆さんのお気に触れたら、そこは女の事ゆえ赦して頂く積り。

一番初めが高村さん。あんまり山のお歌が出ないので来年迄お流れかと思って、まあ、どんなに心配したでしょう。『赤城山の歌』、そら、この題でもう高村さんが良く表われていましょう、御気が付かないの?、今迄の山のお歌は『蒼々万古』とか、『山の日』とか、『山清水』とかいう題でしたが、高村さんはそんな事は大嫌ひ、『拙者のは赤城山の歌で語ござる』とドッシリした立派な面影が見えるわ、エ、題名は高村さんがお付けなさったのではないの、おや、それでは賞め過ぎたわね。多胡といふ處は私存じませんでしたが、地図で見ますと山のずうっと手前なのね、此處から赤城のぬっと空に聳いで尊い懐かしい山姿を御覧なさった時の御作が『**空晴れぬ**』『**あゝこれ山**』の二首、どちらも胸の透くようなお歌、それに多胡なんて云う妙な名がよく調和しましたこと。『**事足らふ榛名をすて入りし山**』はよく私共には分りませんが第四五の句は結構のようですね。『**牛鳴けば……立てり**』迄は大の大の好きよ、けれども、『**一語また無く**』は此方のお得意ですが『万語若く無き』と形が衝いて厭だわ、一体此方のはどのお作でも一度拝見したのは印象が強くて忘れられませんから二度もお用いになると大変に耳に付くのよ。もう一足飛びに頂上なのね、大井さんのには『ふろしきの小さきをせおひ』平野さんのには『日はいま西に裾野道』という途中がありましたが此方には無いのね、ああそう、其時は足弱な公達様たちをご案内するので途中では其方にお気がかかってお歌どころでは無かったの、ああ、貴女は何んでも詳しいのね。『**牛五百**』の第四五句は文字がぶつかり合って大変にお窮屈。『**山にして**』『**花摘みながら**』があたたかで大変好いわ、佳作の部。『**限りなき**』はこれ切り、『**この水よ**』お得意の主観をお入れなさったのでしょうが、どんな水だか私存じませんから少しも泌みたいわ。『**鳥飛ばず**』さびしい、おそろしい小沼が良く表われている様ですね、一寸、西詩の沢水には小菅うち枯れ、一鳥またうたわずの面影があるわ。『**あめつちに**』小沼、霧、白樺を用いたお作としては、大井さんの『さとはしらむか』の方が好きよ。『**霧まけは**』これなぞは此方でなければばうたえませんね、と申しては皆さんに失礼ですが。『**あゝ大沼**』何かこせ〳〵とした意味がないと歌では無いやうに思っている方はこんな淡りした、むき出しのはおう嫌ひでしょうが、私はこれも一寸可いと思いますわ。『**山故か**』形が大変洒落て居るのね、まるで判じ物、気の廻らない私のようなものには何が何だか、ちっともわからないわ。『**水清き**』高村さん、あなに、本当に絵をおかきなさるのでしょう、この前には『笑こけては絵にならぬかな』というのがありましたから、きっとおかきなさるんだわ、彫塑はご卒業の時の獅子吼や、弁天小僧や音羽屋やなんか拝見しましたが絵は一度も拝見しませんわ、お正月にも成ったら見せて下さいな。此の歌についてこの間、清子さんと大笑いしたの、高村さんは山の少女に絵をお遺りなさったでしょうか、どうでしょう、貴女何う?この点をはっきりとせずに『**絵をねだりける**』と逃げた唄ひ振は本当に隅に置けないわねオホホ……。『**さる朝**』第一、二、三句と第四、五句と不均合だと思うわ、別々に分けて二首になさると、もっと好いのが出来るのよ、『**仰けば師父の権威に壓る**』はシツカリとしたうたひ振、厳たり神の威は漏すなきと対幅。『**黒檜山**』どんなお山でしょうね、大井さんは鬼の背の様だと仰っしやるし、この方は猶太の予言者のようだと仰っしやるのですが、私は未だ鬼の脊も、猶太の予言者ら見た事が無いの、貴女御存じ?、それでも余程違てる山の事だけはわかるわね。『**五月雨**』私此方のご詠艸は成田屋の芝居に克く似て居ると思うわ、御歌の渋い、重みのある處は成田屋其まゝ、それで其渋いものの中に一寸、二人袴のような、高尚な、真理を含んだ滑稽があるのは、いつも高村さんのお極り、これなども其例で、奇士大さんの笑ひやうかなとおほまかで本当に笑って居るようだわ。『**赤城立ち**』『**思へば過ぎぬ下根二十年を**』など〻、大分、此處腹狂言ね、渋いこと、又成田屋か?なんて貴女冷やかしちや厭よ。『**人目なし**』こんな殿りにありますが中々力が充ちて一句も隙がないお作、『**こゝろ都人の偽りもつや**』なんて云われると何だか自分事のような気がして、思わず、顔がかっとするは。

ゆうちどりさん。『**はたとせすねし**』『**世の媚志らぬ**』などは明星では随分つひか古るした句。高村さんの『赤城立ち』なども其想は新しくはございませんが、『下根二十年』の歌詞として新しいのをお用いなさったのが生命だと思うわ、若しうらぶれ男とか二十年すねしと云はれたならば、あのお作は零であったかも知れないわ。『まゝし子に昔の母のあえかさは似る』は私も片親の身、一層ご同情を寄せますは。『**君病むとよるにさびしき夜の雨**』よるが衝きますね、後のよるはよろしいでしょうが、二句のよるは代へて欲しいわ、けれども此れはホンの慾で、このまゝで結構なお作、『千とせはぐれし身とは知れども』厭よ私、随分古いのですから、それとも秋で虫干にお出しなさったの、なんて、まあ、私とした事が……『**君なうて**』未だ力が足りませんね、同じ女の方ですからわる口を云うのは厭ですが、一体にもう少し、一句一句に骨を折って頂きたいわ、後生ですから、ねえゆうちどりさん。まあ松永さん、お久振りね。うちの兄さんが大の好きなお方、いつも〱是れがロマンテイツクというのだお前などにはわかるまいって、随分お小言を聞くのですが、私には、何うしても其ロマンテイツクというのがわからないの。『**鉱山や**』こんなのが其例でしょうが、秋寒を歌うには、鉱山だの、銀だの、すだまだのと大道具を出しかけなくったって出来るだらうと思うわ、誰れだって秋寒に鉱山なんか思いやしないわ、縁遠い事だわ、さうすると兄さんだと松永さんは秋寒について直に鉱山を聯想されたのだ、そこがロマンテイツクでお前達と頭が違うエライ處だ、女にはわかるまいと仰っしやるの、貴女、何うお思ひ?そう!なんて逃げてはひどいわ。『**たそがれ**』『**舞衣**』別に此方のお価値を上げるお作とも見えませんね。『**冬の夜をともしびおけば**』何ぜ燈火を置くのでしょう、これでは、寒を態々拵らへる様でおかしいわ、冬の夜の御堂に燈火がさびしそうに金身の佛を照して居る有様に寒が満つると云った方が自然で好いと思うわ、何しろ、置けばのばが厭よ。『**山はただ秋あり**』はまあ、何んて好い句でしょうね、『山の沈の木』から下は入りませんよ、丁度茅野さんの『石うちて木の葉は鳴りぬ』と同じやうに頭だけが結構なの。『雷鳥』茅野さん平野さん松永さんと雷鳥はぐる〱

廻り、此次は何誰の番?、雷鳥が枯木ついばむよろこびって何んなの、私見た事がないから其よろこびが考へ出せませんよ、こんなのもロマンテイツクと云うの。

『**相思**』とはどなた、平野さんの、まあ、一泻万里のお勢、沢山なお作、これだけわる口云うのは、随分大変だわ、貴女、辛棒して聞いて居て頂戴。私、平野さん程、幸福な方はないと思うわ、明星の今の時代で月々百首以上も纏めるのはこの方許でしょう、詩人は詩の出来る程嬉しいことはありませんよ、詩も六ケ敷成ったなどと筆の軸を口にしてお考になる方々は、お羨しいことでしょうよ、平野さん、あなたは今におもはれびとでなくそねまれびとになりますよ、この『相思』のような連想に成る詩はどなたかおやりになさるだらうと待って居た處ですから大変面白く拝見したわ。

『**そのひと日**』何うしてひと日を重ねたのでしょう、重ねるのは印象を強くする為めですから後のひと日は前のひと日を説明しなければ可なわないのに、是れは唯ひと日の短きを怨むなと日に会ひし君というので、後のひと日は君を説明してるから、ひと日が別々になって少しも強い感動を与えないわ、第一ひと日に会ひし君と云うのも随分まどるいお話だ事、けれども『**我が世のひと日**』の句は生きてるわ。『**ふたたびは**』この畳句も駄目よ。『**みじかきを**』私、一寸安心したわ、前が酷いからわる口の言ひ通しになるのかと思って心配したのよ、これは淡泊の中に余情があるわ。『**たのしみは**』おやおや、判じ物、平野さん、ごまかしちゃ厭よ。『**月まつと**』一寸思はせ振ね。『**このわかれ**』二句の半で一段留めにするのは少し重句には早くありますまいか、せめて二句か三句でなければ後の句が長くなって仕方がございますまい。『**朝顔の**』何ぜあくる日にしたの、同じ朝ではいけないの、若しあくる日とすれば、また咲くの『**また**』が少しも利かないわ、初めは咲くまに来て、あくる日は咲くまに別れるのだから、またな事はちっともありゃしないわ、働きがまるっきり違うのだもの。『**このままに**』何んですね、平野さん、あなた方がこんな歌をお作りなさっては、私達のやうに新に入社した者は迷うちまうじゃありませんか。『**もも年か**』最う一と意気。『**涙のなかに君を見るとき**』一寸お考へなさった句。『**我が夢と**』は結構ですが、慾には、『君のやさしきおん夢』とを最う少し苦心して、それを第二句に置て『我が夢と』を第三句にして頂きたいのね、そうすれば、おん夢なんて伸さなかっても好いわ、なんて随分差出口をする女ねえ、笑っちゃ厭よ、オホホ……『**ものいはで**』これは面白いお作ですが、『**なにゆゑの**』『**我ここに**』『**涙ある**』『**あゝ泣くに**』の四首なんか、平野さん捨てたって可いじやありませんか、こんなに沢山おありなさるのに、やっぱり、ご自分のとなると惜いの、けれども、やさしい罪の無い事を唄うとするとこの様に成りやすいのでしょう、又その處をうまく避けて行くのが平野さんの平野さんたる義務……とまあ四角に云えば云うのだわね。『**かりそめの**』先づ無難。『**声立て**』お考は結構ですが、何も声を立てなくったていゝわ、おのづから涙が流れたが思えばあゝ会はじと誓った君であったと、静に涙を拂う方がお上品で、人情、夫りや平野さんたって高い声を立てた積りではなかったのでしょうが、『**おどろかる**』があるから声立てが強く響くわ。『**我なにを**』雨垂れ調。『**君堪ふるや**』何を云って入らっしやるの、まあ。『**うけがはす**』最う少し何んとかして下さいな、この中で『**ただに**』の三字が好きっ切り。『**ふさはじと**』一寸良いけれども、何だか足らないわ。『**いかなれば**』是れは気が利いて居るのね、『**笑みをさそひぬ**』なんて随分罪な仰っしゃり方ねえ。『**うき思ひと**』『**朝な朝な**』拵へもの『**よき君に**』よい君なんていふ句は、偶々一寸用いるので面白いのだわ、そして、一寸穿った句ですから平野さん、あなたのやうに二度も三度も使っちや厭よ、『**あかず見よ**』相思の中で有数なお作、『**あかず手とれと夜さへつくりし**』などはいつもの平野さんで嬉しいわ、この様なのが揃うと何んなに花やかでしょう。『**君をしも**』『**花のごと**』何んでも無いのですが捨てられないわ。『**君はしも**』『**手とりぬれ**』つまらないこと。『**あめつちに**』足らぬようにて時はあまりぬ、まあ、本当にお上手だ事、先程からいろ〳〵わる口を申して済みませんでした、どうぞ勘忍して頂戴。『**後のもも夜**』『**あきたらず**』情熱のお作。『**語りをへて**』いかにせましな、なんて云ったって無理だはオホホ……『**野に黄なる**』ご冗談はよして下さい。『**ただ我に**』おゝ厭だ『**水にそひ**』導しつゝ導かれつゝなんて余韻があって、洒れている仰っしゃり方、それをお聞きなさる方はどんなお心持でせうねえ。『**まろうして**』面白いやうな面白くないやうな。『**君問ふや**』まあ、無情ね。『**相見れば**』まあ、大変、オホホ……『**語**』を音で読ましたのはお手際ね、語あるもうれしなどは、場を踏むで来たお方でなければ云えませんわ。『**水汲むと**』唯、ご冗談。『**朝いでて**』おとなしいお作ですがどっちといへば茅野さんのご領分。『**朝戸出や**』私のやうな無粋にはどう云う時のことですかわかりませんわ。『**我もとより**』まあ、酷い遣りっぱなしだこと。『**君見て**』見てを重ねたのが面白いけれど、まあ、ごまかし。『**我とわが**』別にどうも、ねえ、貴女。『**相見む**』ゆるがせにすなは随分ぞんざい。『**我この世に**』凡々、『**心のみ**』一と通り。『**くらがりの**』五光がさすの、まあ、滑稽。『**あたたかき**』このあたたきが厭さ。『**夏の日の**』ごまかし易い誌形。『**ゆく道は**』知らないと思っても、駄目よ、類形類想か山のようにあるわ。『**あゝ今は**』このわび方は怪しいわ、本当にわびて入らっしやるの、どうも、うそらしいこと。『**恋しさを**』『**大空に**』あら厭だ、無茶だわ。『**我恋は**』初めて伺ったわ、そうなの。『**相見つゝ**』一寸気が利いてるのね、ふたりをめぐる日と月のもとなんて。『**夏川の**』古いこと。『**黒潮**』種が無くなったって黒潮なんか出しても駄目よ。『**桃色**』の恋ひしくばっけはあんまり馬鹿にして居るわ。『**春の夜や**』うぐひす聴きぬが私わからないわ。『**他人きけば**』一と口に何とかの兄さんと文士の妹と申しますが、姉さんというのも油断がならないのね、尤もソオ　コオルド　シスタアと云へば双方に通ずるわね、なんて、まあ、はしたないこと。オホホ……。『**黒髪**』なんて大変艶っぽいわ、川上さんのには今度は江戸式のお作がないのね、私あれはよっぽと考え物だと思うわ。夫りや川上さんは江戸っ子で入らっしやるから『**明星**』の西京趣味が多いのに対して江戸趣味をお唄ひなさらうとするのは無理は無いけれども、一体、江戸趣味は歴史が三百年しかないから浅薄で、総て端唄位には乗るが、歌には無理だわ、第一白馬会で和田先生のような方かおかきになったものでも江戸趣味があるとか、ないとか、やかましかった位で、殊に短歌は形を表わすのではなく心意気を表わすのですから短歌で江戸趣味をいうのは六ヶ敷と思うわ。『**恋ひそめし**』は別に良いこともありませんが『うのつかのま』が生命。『**山の木も**』ハイカラ式ねオホヽヽヽ。『**ひと時は**』川上さん、あなたも平野さんのように畳句があるわね、意味もない、唯恋ひしいというようなことを唄うにはこの方法が一番手軽と見えますね。『**御唇こそ**』楽人のそれと代名詞で御唇を受けたのは珍しいようだが沢山使われると厭味になるのね、『**われは君**』大変ひと時があるのね、一体、川上さんは、片寄る性と見えて何か或る詞を使ひ始めるとそれお許りお用びなさるのね、この頃は無闇に、御唇だの、眸だのが多いのよ、いつか久保学士さんの『医学と文芸』というご演説がありましたがそんな事の材料にはいゝでしょう。私初め人体生理のご講義が始まるのかと思ったわ。きっと何んですね、その方は美しい方なので一首では唄ひ切れなくって一部つゝ眼は斯う、髪は斯うと云って読者はこれを綜合して考えろというのかも知れないわ。『**あゝ涙**』この度はご自分の涙の説明。『**わが生は**』この句の重ね方が面白いので一寸。お茶を濁して居るわ。『**春の夜**』フランチエスカ!、それもダンテのではなく、本郷座の久香で思い付いたのでしょう、際物歌、それでも『頬よせし』が新しい修辞よ。

田中さん、少しも御消息を伺ひませんでしたから、どうなさったかと思ったわ、結構なお作を拝見してこんな嬉しいことはないのよ。『**わが靴の**』靴の音が千とせの響はおもしろいこと、御堂にお立ちなさった時の御心が千年の前になっていらっしゃるから響もその様に聞えたのでしょうね。『**大伴の**』古風で佳い事。『**讃せむに**』芸術渇仰の涙とも申すのでしょうね、『**金色に**』『**法隆寺**』『**古りぬれは**』など何れも美しいお作、與謝野先生の御領分が大分侵されますね、『**天平に**』文字か美しいので迷はされますが定めて懐しい少女でしょうね。『**ふる鏡**』はさう結構とも思わないわ。『**高僧や**』『**天平の**』『**からころも**』何れも旅行のお作として佳いわ。唯この方はちよい〳〵と人様の句が出るのが気になるわ、『**さとちる薫り**』『**あらはれましね**』『**偉なる姿**』などは貴女、ご存じでせう、ちやんと種があるんですもの。『**夕ぐれ**』は厭よ。『**黒髪や**』『**聖少女**』そら、貴女ご存じなにの、そら、くれないさんの訳誌にあったのよ、ロセッティのトゥルゥがアルの訳として、随分妙だって、清子さんがお笑いなさったじやありませんか、あれを、ここにその儘お用いなさったの、早いこと、驚いちまうわ。『**わりなうも**』ゆかしいお作、しのばゆの『**ゆ**』が大変利いてるのよ。『**さは罪か**』私わからないが、貴女、こんなのお好き?

神原さん、能くこの方々はこの滑稽が続きますね。『**高山を**』人間の見た事のない天地のはづれを見るのは面白いが、高山や広野を態々持出すには当らないわ。『**おほきなる**』張子の虎、可笑しいわ、まるで大坂俄、尤もこの間歌舞伎にかゝったとき大坂喜劇と書出して劇の一種とした時節柄ですから、これも西京喜詩とでも申して詩の一種でございませうか。滑稽もいくらかは、尤もらしい處か無くては、ねえ、貴女。『**おどけたる**』『**きたるべき**』は『**高山を**』なんかと趣が違って真情を穿ってるわね、こんなの許りだといゝのよ、それでも、いつかの山内さんの『時々のおもひ異る我さきて一人一人と友つくらまし』のようなのは無いわね。『**おもしろし**』佳いお友達お羨しいこと。『**やすらかに**』お考はうれしいのですが首ぬけて行くのが美感を与えましょうか、私には妙てわからないわ。あら貴女、もうあきたの、話下手だからお聞づらいでしょう、夜長ですから、もう少し聞ていて頂戴、何?あきやしないって、うそばっかりオホ、、、、

山内さん、この頃は大変お静かね、『**おほこゑに**』前にもっとよいのが同じやうなお考でございましたね。『**おほきなる**』つまらない。『**よき国へ**』一寸わからない處があるわ、ねえ貴女、この方々は古史神話からでも取材すると面白いのが出来るのよ。そよかぜさん、どなたでしょう、そよかぜさんとは、男の方でしょうか、女の方でしょうか、匿名の多い『明星』のことですからそんな戸籍調はどうでもいゝわね、まあ、そよかぜさんとして置きましょう。『**天地は**』大変落付いて、この日も暮れぬこの夜も明けぬなど中々ゆったりとしたよい修辞。『**星ならば**』新派の方の紋切形。『**うけたまへ**』こう仰っしゃれは其のまごゝろを受けない君は此天地にございますまい。『**おもふ身は**』何んて、お上手、こんなお姉様、いゝえ、お姉さんだか、お兄さんだか存じませんが、ございましたら、どんなに、嬉しいでしょう。『**美しき**』木枯の夜のやうなときも美しい世をしたしむだと仰っしゃるのでしょうが、私供には木枯の夜と仰っしゃられると、どうも花の書ほど美しい感が起りませんわ。『**君ならむ**』まあ、お細いこと、お目の早いこと、過ぎ行く人は別に見返りもしなかった訳では無いでしょう、こう云ってはお可愛想だわ、反って、その方はお通りになるときお姿が見えなかったのを恨んでいらっしゃるかも知れないわ、オホ、、、『**神よ**』佳いお作りやないわ。『**ねびすきし**』なんて、何んですね、お美しいのに。『**神か魔か**』これは一寸拝見すると大変狂熱のようですが、神か魔かなんて一寸でもお心に疑があるのは恋に空隙があるわ、どうもノオ　アザア　ソオト　ザントウ　ラブとは受取られないわ。「**死なむ死なむ**」お、怖いこと、こんなのよりは「**おとなしう**」の方がこの方はお上手よ、夜すがら雨はふりにけるかな、やさしくって大好きよ。「**君にあひて**」命のあたひをけよう知りなさったの、それですから人間は、めつたに死なん死なんと云はれませんね、秋のうらみに死んでしまへば花のなつかしいのやら、月のうつくしいのもおわかりになりますまい、死んで花見がなろうかいと申すのは本当よ。「**さかしらに**」大変に凝ったもの、凝っては思案に能はず、少しこり過ぎたわ。「**むつれこし**」私は捕へられた蝶より菫が可愛わ。菫のやさしさがよく表われてるわ、ねえ、さうぢやなくって、貴女。「**あつき手**」それあつき手が私厭よ。声を袂につつみぬるかなは気に入ったわ、あつき手は少し変へて頂戴な、と云って君が手では尚わるいし。「**わが髪**」しら菊のご説明、有がとうございます。「**わが胸**」「**うたがはす**」虫干のお歌、明星の読者は大抵お若い方許りで、古物はあんまり、ねえ、貴女。「**恋ひ恋ひ**」大相お美しいこと、蛺蝶花にあそべるかたちは忘れられませんよ、ここらから蝶という題名が付いたのでしょう。「**香に酔ひ**」別に佳いとも思ひませんが「**みかへれば**」少しむき出し。ひとへ位薄きぬ

を懸けた修辞が欲しいわ。「あなさびし」は恋の至情てしょうが第四五の句に対しては第一二三の句が少し弱い様。「**三夜ながら**」「**猶おもへ**」凡々。「**かりそめに**」こう思えば別れても慰藉されるのよ「**行くへ知らず**」是れでそよかぜさんの起りがよく知れるわ、まあ、整っているお作、脱字があってお気の毒だこと、今迄いろ〳〵申しましたが、一言で云へば「相思」「蝶」には失望しましたわ、折角、好い材料を捕へながら、思うような成績は無かったのね。河野さん、「**せめて**」整ったお歌、夫りやお胸の中をお察し申しますが、是れだけでは余り泌みないわ。「**百とせ**」此やうな方に導かるれば幸よ。「**たたふたり**」別に何うも。「**神よ**」天がけりみるお力が疑はしいわ、この方はまるで熱海の温泉のやうに湧き出すと随分見事であっと云わせるが、常は大変お静、お正月には是非、沸騰した處を見せて頂戴な。

片尾さん、「**日に月を**」一と通り。「**吾妻はや**」厭よ私、何ぜって読んで見ればわかりましょう。「**なにしかも**」形か詞かが最う少し新しくなくっては。

原田さん、「**夢のごと**」一歩の前なんて凝ったのが厭、「**楽の音**」もうひといき。「**姉したひ**」これっ切り。

永井さん、「**酔ひて**」お考へはよいのでしょう、私は「**次の世もなく**」の句だけ好きよ「**歌成る日**」夫りや詩人としてご尤も丈、唯ご尤もだけ。「**恋成ると**」永井さん恋の成ったときのうれしさと試験に及第でもしたときのうれしさと同じとお思いなさるの、及第のときは胸が晴れ〳〵していますから「及第と眼あぐればかがやかに華雲ありて我をめぐれる」かも知れませんが、恋の成ったときはうれしい、おそろしい、尊い、をののきが胸に一杯になって華雲なんか目に入りますまい、その恋が成ってから幾日の後、野に立つて初めて華雲を見る位だらうと思うわ、私だって能くは知らないけれども。序に申しますが恋のお歌は一寸見ると作りやすいようで中々六ヶ敷の、本当の恋はやさしい、美しい楽しいものでしょうが詩歌の恋は随分苦しい、つらいものよ、「**病みぬれは**」別に。

田川さん、「**いつの日**」まあ是れは佳いでしょうが「**浪よさは**」は云い足りないわ。「**たそがれや**」、この方は妙な處に抽象的のお詞をお用いなさるのがお好きね、何もにほふなんて仰しゃらなくったっていゝわ、この前も市ゆするとか何んとかありましたが、もっと適切な詞がいくらもございゝましょうよ。「**ありしひと**」お古いわ「**夕の秋**」は面白いわ。「**さゆりさく**」一寸はよいようで読むと余り。「**舞ごろも**」この方も智恵が無いのね、態々汐汲をお出しなさったのなら袂をかかげかね、などいはずに汐汲の振を一寸お入れなさって、汐汲とお歌と最っとお近づけなさる方がよかったわ、長唄位はご承知でせう、八つの子なりしも「**八つの子**」は汐汲に釣合はしたのでいゝが「**なりし**」は余韻がちっとも無いわ。

藤井さん、「**誰れ驕る**」一と通り。「**わく見するゑ**」私、師のおん窓もこの秋の月の「も」が大変気に入ったわ。「**かげらふの**」何か好い處に觸れて入らっしやるのでしょうがよくわからないわ。「恋ひ恋ひ」「**ただひとり**」はご遠慮申して何も申しません、能く世間で、追悼の詩や、喪の歌を評しますが、あれは失礼だと思うわ、いくら芸術の批判だって、人様の悲んて入らっしゃるのを、傍でお前の泣き方は下手だなんて、ねえ、失礼でしょうね。

姫河原さん、「**うす月**」この方は直に夢の鳥なんかお出しなさるのね、極ってるわ、「**かなしみぬ**」つまらない。「**いなづまは**」左様ですかと承る許り。「**百度ふみ**」何々しをれは何んとか何ぬ、この型はお古いもの、旧役者は型を大事にするそうですが、新俳、いいえ新派歌人は型を守らないのが特長よ。「**なにものの**」まついこと。「**いとまろう**」桜がつつむ夢って何んなの。（この「栗岩花山」は廉次郎、花村静枝自身か。）

森さん、「山かげの」至ってご無事。「**野分して**」一寸男らしいのね、頼もしいこと仰っしゃるわ。「**名を知らぬ**」は「山かげ」と同じ。「**風かをり**」前のに比べてハイカラ式。

玉嶋さん、「**オたらず**」大変なことを考えて入らっしゃるのね。

高橋さん、「**ひんがしの**」まあ、憎らしい魔だこと。「**草の戸**」鐘がよく響て、私にもかすかに聞えるわ。「**汝れも世に**」別に何うも。「**君と行くに**」面白いけれども人が随分歌ったわ。「**たからかに**」濁りよがり。「**愁あり**」つまらないわ。「**野にありしろき**」何んだかちぎれ〳〵のお歌。「**山ずみや**」大層お澄し、小膝かかへてきけばよしなんて、面白いお方だこと。

林さん、「**しぐれして**」シットリして佳いお作、戸はあけてましは茅野さんの面影よ。

日南田さん、「**花蔦や**」花蔦か流行ったこと。摘むわれと啄む鳥とこのエンドの意味を持たした「**と**」も大変流行、與謝野先生の「機おる唄と雁なく声と」、松永さんの「沈の木と歌ひと我と」、其外沢山あるわ。「**水姫が**」この流義はこの一月頃流行ったのですが、よくないことに気が付いて皆さんがおやめなさったようだわ。「**そのひかり**」ご謙遜で入らっしゃるわ。

さく子さん、「**歌にただ**」「**わがすがた**」何か仰しゃってるようですがわからないわ。「**かくてなほ**」力のない處恋ひぬ恋はれぬがありますから、何んですか、恋ひぬ恋はれぬが寄人になっているようで、お家の内、い、え、お歌のなかが整まいせんね。

ゆき子さん。この二首はこれだけのこと。

あ、やっと終ったわ、二百五首もあるのだもの随分口がくたびれたわ、それでも、克く、貴女辛棒して聞て居て下さったのね。此れから総評なの、エ、、そんなに多弁ると與謝野先生に又「女学世界」へ出されるって?、夫れじゃ今夜は止にしましょうね、随分聞きづらかって?。（十一月三日夜）（尚、転載に当って旧体文を新体使いに改めています）

この歌評から静枝には親しい友人が居ったり兄が有る事や自分も片親の育ち等が伺える。しかし、それは事実でないであろう。最初の高村砕雨（光太郎）や平野万里の歌には熱意が籠もっているように見える。

高村砕雨の歌は新詩社の夏季清遊会で群馬県赤城山へ旅行した時のものであった。それは明治三七年八月二日に上野停車場を出発して赤城山へ四泊した折のもので、案内役は砕雨が務め、与謝野鉄幹と馬場孤蝶が世話役であった。

この時に参加したのは鉄幹を始め孤蝶・大井蒼梧・石井柏亭・平野万里・井上凡骨・三宅克己等であった。この歌に対して明石利代（大阪府立大学教授）は『「明星」の歌風形成と高村光太郎』の論評で花村しづ枝の評価を「確かに的を射ている」と評しているが「しづ枝」がどんな人物か認識していない。

これが小原廉次郎の雅号であり、砕雨にも平野にもズケズケとものを言う当たりは主筆鉄幹の助筆も加わっていたか。

どこまで一八歳の廉次郎と光太郎や万里等と交流があったか今後の研究を俟ちたい。後に触れるが高村原作の劇「青年画家」の批評を加え『明星』八月号に掲載する。

さて、明治三八年二月号『明星』に「欄のひと」と題して一〇首の歌を掲載する。これは花村静枝という筆名で発表した最初で最後の短歌といえる。この後、夢外（廉次郎雅号）は川柳に熱中するが短歌は珍しい。明星誌でのこの欄は注目すべきある。

欄のひと

花村　静枝

おほかたのむくろをのせて墓に行く棺車《ひつぎくるま》を世とやいふべき
おもへ君絶えし身なれどひとたびは君よと君が呼びし日おもへ
のたまひぬあだにいくとせつれなしと怨《えん》ぜぬ人のこと足らぬかな
ぬすみ見よ玉とにほへるあめつちのまことは少女彼れに待つべし
しらあやめ花と姫あるおばしまは恋がゐかるゝわが心かな
せめてわが胸のほのほはかくながら君にさゝげて地《つち》にねむらむ
やさ足に恋がいにたる窓を守《も》りふかうとざして闇にわれをる
男の子たれ男の子の手もて神となれ神のなさけにつひの日までを
みどり野に花も小鳥もやさ恋を弥生の玉《きみ》とかしづきてをる
春の日に髪のみだれもよそほひも知らぬこの子はいつはり知らず

この欄の歌はどんな背景を詠ったものか。あるいは故郷の友人の挽歌でなかろうか。明治三七年一一月に盛岡一高の先輩多田良蔵を亡くしているからとも見える。

尤も廉次郎（静枝）の父小原悦治にも旧体歌であるが九七首も確認されるから息子にも歌があっても当然といえる。

『上杉謙信』の素人評　　**花村　静枝**

『明星』四月号に山崎紫紅の「上杉謙信」という史劇が掲載され、この上演が五月五日に真砂座で伊井蓉峰一座により行われた。その批評も『明星』六月号に「上杉謙信の素人評」と題して掲載する。

史劇「上杉謙信」

登場人物　　**役者**

長尾平三郎景虎（謙信）――**伊井蓉峰**
上杉民部太輔憲政――**大谷馬十**
宇佐美駿河守定行――**福島清**
赤倉五郎国武――**村田正雄**
侍女　小杉――**尾上梅代**
侍女　妙高――**中村芝若**
侍女　小鹿――**市川三八**
侍女　宮路――**丸山操**
侍女　明石――**河村祀**

この場面、山崎の原作では春日山城内の場所で時は天文二〇年八月と設定され『明星』五号、八三頁に場面の写真が載っている。静枝の批評は次のようにある。

前々の号の『明星』に出ました山崎紫紅様の『上杉謙信』が、今度真砂座の伊井一座で演ぜられると聞きましては、日頃束髪劇や洋服劇などに飽きて、時代物にこがれて居ります私共には、飛び立つように嬉しうございました。それに史劇好きで凝性《こうりしょう》の伊井がするのですから、どんな風に台辞廻や科《しぐさ》を工夫したかと、出幕になるのを待構へて見物致しましたが、丁度五月五日に社中の観劇会が催されましたので、それにも入れて頂いて二度見物を致しました。

（中略）

時代な鳴物で幕が開《あ》くと、杉木立の書割、上手に古寂《ふる》びた歓喜天祠、中央《まんなか》に蔦の繞《から》んだる大木、其根元下手寄に御手洗《みたらし》、遠くに月の出、総て春日山城内奥庭の体は青電気の具合もよく誠に気持の好い出来でございました。唯舞台外廓際《そときは》の電気が見物の方へも光るので、一寸見憎うございますが、あれはフーライトのように、正面だけ被蓋《おほい》をすることは出来ますまいか。

侍女尾上梅代の小杉、丸山操の宮路、市川三八の小鹿、河村昶の明石の四人、祠前への供物終わり、多少補筆がありましたが略ぼ原作のような渡りド台辞は皆旧式の「ぢやわいなァ」にも成らず巧みにやって居りました。

それに、明石と宮路とが蹲《しゃがむ》で、小杉と小鹿とが立身の配置は、二日目の残らず立身でおりましたのよりも宜しい存じます。

ただ小鹿が少し奥へ寄り過ぎたようでございました。宮路の「お身あの御月様が見えるかいの」は自然に軽く、明石も落付きがあって好うございました。ここへ、花道から中村芝若の妙高白張姿で参り、本舞台下手に止まって、四人が各自「大果報の妙高さま」……「お羨しい妙高さま」となぶるのを受け始めて、「神前への供物は整ひまして候にや」と尋ねます。ここで侍女が「御神前の御供物」と台辞の渡りがございますが、宮路はちと名詞続きが云ひ憎いようでした。

妙高の参拝が終ると我君御潔《おきよ》め用意の為め「……程なうここへ天降らうぞや」と申して退場いたします。此時侍女達は妙高を羨しさうに見返って行きますが、そのうち小杉の思い入れは少し強いようでした。

宮路の位で丁度好いと存じます。

　妙高独り舞台になり、「いま侍女達のなぶれる言葉」の長台辞にかかりますが、「父の敵」を調子を張って云い、「長尾平三景虎といふ人」より「米山颪」辺《あたり》までは好うございました。何しろあの長台辞ですから、半分以後は少しだれ気味で、詞も見物に通らなかったのは残念でした。

　妙高がくづをれてる處へ伊井蓉峰の長尾景虎花道より出ますが、その拵の美しさ、その凛々《りり》しさ、菊五郎の面《おも》ざし其儘で、何と申して好いかわかりません。妙高のうなだれているのを見て、「妙高いかがいたした」と情をこめての調子はむざうさのようで、この人の特長でしたが、後姿を見せて御手洗で手を洗ひ妙高の袂を受けて参拝する辺は、何だかそは〳〵して平三景虎といふ人よりも伊井申三郎といふ人に似てしまいましたのは、どういふものでございませう。「歓喜天への奉公」以下は台辞《せりふ》尻が引締って誠に好いと存じました。

「渡りに船はなど貸さぬ」をこの日、「なぜ貸さぬ」と申したのは、「など」でなければ重味が無くなって調子がくづれます。「我れ生れ付きてより」以下の急調は、流石に、名将のおもかげが見え、「短慮の性なり」は大相好い出来でした。

この辺《あたり》、台辞は原作と違つて居たようでしたが、そのうち、「我に随ひ給はずや」を二度くりかへし、更に妙高に詰寄りて、「我尓随いたまわぬ」と止めますが、同じ文句が三遍では少し景虎の熱情を表わすに緩《ゆる》みが出来ていけますまい。なかの一度を抜て二遍にいたしたならば、もっと締ろうかと存ます。「誠をこめたる涙の玉にそれと御知り候へかし」の辺の妙高は熱心にやって居りましたが、ただ主君に慕はれているといふ情のみで、自分も身を捨てる程に慕っているという太切な情熱見えず、つづいて、亡父に対する義の煩悶も現われませんでしたのは残念です。久振でこの人を見ましたが、新富座時代に比らべてもっと好くなりそうなもの、「渋しといへど払ひ落し決して他人に与えへぬぞ」と景虎が申す時に雲が月にかかりますが、この月が俄に消えるので余情がございません。原作の、次第に月に雲かかるというようなことには参らないものでせうか。

「吉左右を待たうぞ」で福嶋清の宇佐美定行、花道から出ますが、真砂座ではこの人より外に勤める人がありませんから先づ適役《はまりやく》、景虎は「命は一期、名は末代」で切って、「頼まれうと思うがどうぢや」と態とくだけますが、この呼吸はもうひと息、尤もあれ以上の注文は無理かも知れまん。定行の「げに掌は拍てば鳴る」の警句はもう少し活かして欲しうございました。尤もあそこで手を拍ちませんからこの句の活動しなかったのも当然かもしれません。又「切れば切らる丶刃かな」と云う句は利かぬ句かと思ひます。景虎が「……よっく心せよ」と定行に気を兼ね妙高に申付ける處は情もありまして嬉しうございました。

妙高独りに成りますと中央の老樹と歓喜天祠との間より村田正雄の赤倉五郎国武が忍んで出ます。この五郎はいかにも勇しく逞しく、作者理想の五郎も斯うであろうと思いました。台辞廻も大時代で夫が却て結構で、「恋を捨つるか命を捨つるか、兄と妹の分れの返事ぢや」を「をとどひの分れの返事ぢや」と代へたのは急迫の調子によく合ひ、其他この辺の台辞が書きたしてあったのは好うございました。

一体原作の台詞は、謙信のが申分の無い程の出来でございますに引き代へ、五郎と妙高と両人の台詞は練れぬ所沢山でございました。舞台に上るために改められた個所は大抵作者にも異論が無からうかと存じます。烏頭の毒を瓶子に混じてから二日目には瓶子を振つて毒を交ぜる科許りでしたが、この日は手を御手洗で洗つて衣で拭ひ、それから瓶子の廻りに烏頭の粉のこぼれてゐるのを口で吹く科《しぐさ》などの細いのには感心してしまいましたし、この間の妙高も好くやっておりました。

五郎の引込みは下手杉木立のうちに入りますが、一体この幕は花道と下手の出入が大層多いのにひきかへ、上手は全く使えないのですから、せめて、五郎だけでも、もと出ました時とおなじように祠の後へ入らしたらよかったでせうに。五郎が隠れてから妙高が紅筆で遺書を書くのですが、その書きかけてゐるうちに景虎が出で裏手杉木立を大廻りに廻り五郎の隠れたのを探しまう。この科は思ひ付きですが、少し出が早いようで、遺書を書き終りかかった頃に出た方がよいと存じます。とは申してもこの時の景虎の少しムッとした科は申分なく、「眼は浄瑠璃」の怒気を含んだ所も好うございました。

妙高が瓶子を執って地に擲つ所は、二日目には投げ割りましたから大層好うございましたが、この日は地に新酒をあけるばかりで少し物足りませんでした。ここは破さないまでも擲げなければならない所なのですが、若し小道具の都合とあれば誠に口惜しうございましす。この日の景虎は「分疏なさのきちがひもどきか」といひましたが、これも二日目のやうに狂人と音でいはねば調子を成しますまい。一刀の下に妙高を斬捨てると夜陰の空、杜鵑の一声をキッカケに廻りて歓喜天祠裏手杉木立の体、ここは原作では陰になってをりまする五郎召捕の場でございます。

樋口、都築、その外、仁科、橋本でしたか四人の近侍の大立廻は御苦労でしたが、藤井六輔の甘粕近江守勝長（原作に近侍としてあるのが藤井の此役）と村田正雄の赤倉五郎国武との立は新派優人ありがちの騒々しいので無く、まじめで、殊に五郎の逞しいのが適って見物大受けでございました。立廻りの最中に景虎が出陣の姿に代り一寸現われて引込みますが、あれは余程巧《うま》くやらないと妙なものに成りましよう。召捕になると舞台がもとに返りまして、これから原作の「曲者を召捕りました」につづくのでございます。

景虎と五郎との台辞の受渡しは先づあの位なものございます。五郎があの大立廻りの後、あの長台辞をだれないように持ったのは買ってやらねばならず、又科も無難でした。トド景虎が妙高の死体を見て、遺書に気がつき、これを詠むまでは余程腹が要ますので伊井も苦心のようでした。五郎の長台辞の後で、ちと間がありました。遺書を見てからの悲嘆は十分思はずホロリとしました。福島清の宇佐美定行に次いで大谷馬十の上杉民部が花道より出、民部は上手に、定行は下手に着きますが、この民部は大分貫禄が足りませんので、「鷹も及ばぬ神速なり」は死んで了りました。

藤井の近江守は立廻りだけて別に科もなく気の毒でしたが、真面目につとめて居たのを賞めて置きます。「志は一定なり」で鶏鳴き、「直様打立たむ」で景虎は定行から采配を採って向うを見込み出陣の指揮、法螺の音《ね》いさましく幕になりますが、幕切れの景虎と、五郎との髻を切った形姿好く、舞台面すべて美しい絵畫のようで、ほんとうに嬉しうございました。（序にこの幕は一時間と十分許りかかりました。）

以上は極概略で、この外道具や衣裳やいろ〜申すさねばならないのですが、直接それらの事に御関係なされた鈴木春浦さんにお譲り申します。兎に角、これは筋からすべて山崎さんの御創作なそうで、処女作として其御作創力には誠に恐入ります。又伊井始め一同熱心によくつとめましたのは、紫紅さんも定めて御満足でいらっしゃることと存じます。

終りに真砂座でも切には一幕位喜劇を出したらどうでございませう。草野柴二さんが始終翻訳なされて居りますユリエールのう

ちからでも選択して内国劇にしたらば必然よろしかろうと存じます。喜劇と申しましても一時流行ました落語の役直しなどはゾットいたしませんからね。

次に、これは川柳側の飴ン坊、久友社主近藤飴ン坊のハガキ（明治三八年五月、No.23）に見える。

小原雪枝子が果して
女性であれば御頼み致
したき事あり、朝早くか
夕景は来社の栄を得ば
幸甚に候
五月十七日

この時、飴ン坊は「都新聞」に川柳欄を設けていた。当時は雅号に「○○子」等と呼ぶ人物が多かったと見える。いま一つ文通の女性吉原静江や本郷直枝子には「雪枝子」「雪枝」と、「明星」誌上には「花村静枝」の筆名を、そして川柳には「瓢鯰坊」「瓢乎」「夢外」等を使用する。

やっとここに至り花村静枝が小原廉次郎でアルバイト・学生時代の雅号、筆名である事に納得できる。但し、『女学世界』等の歌評等は今後の調査を俟たれる。やはり明治四二年一〇月報知新聞静岡支局から戻り「浄瑠璃」「狂言」作者をやりたいと祖父へ通知する。歴史通の花村静枝にとって祖父文太郎教えの影響は大であるといえる。

さて、これより前の四月一五日には新詩社主催の演劇会が伊勢平楼で行われ光太郎を初め鉄幹、伊上凡骨・石井柏亭、啄木等も出演した。

その時の様子は野村胡堂の『胡堂百話』（中公文庫刊）に「知的な与謝野晶子」と題する一節にみえる。

「与謝野鉄幹はじめ新詩社の同人総出演で、新しい芝居をやってみせる」と知らせてくれたのは、石川啄木ではなかったかと思う。劇評家が芝居に凝り、学生たちもカツラをかぶり新興の文学運動のメッカ新詩社といえども、じっとしていられなかったのは、当然である。

ステージは、両国の大きな貸席「伊勢平」を借り切って、何日も前から、大した準備であった。もろん、入場料なしの弁当つきで、文学青年や、その卵たちにとっては、胸をときめかせるものだったのであろう。うまいと思ったのは、彫刻家の伊上凡骨だけで、盟

主の鉄幹は、のちの伊上孝に似て、実に堂々たる押出しだった。しかし、口を開くと全然駄目で、だから、セリフもほとんどなく、ヌーッと出て、ヌーッと引っこむだけだった。

筋は忘れたが、なんでも、宴会の場面があった。主役のつかない大勢が、お膳を前に居流れていた。石川啄木もその一人であった。やがて、下手から芸妓たちが現われて、「コンバンヮ。アリイ……」と、型の如く手を突くと、啄木以下のお客様たちは、一斉に、ぴたりと両手をついて、深々と最敬礼をしてしまったので、キャッキャッという形容詞を使ったのは、私の隣から後方にかけて、女性のための観客席で、与謝野晶子を筆頭に、長谷川時雨、岡田八千代、茅野雅子、森真如など、美しいミスたちが、金魚のように押し並んでいた。やわ肌に燃えゆる血汐の晶子女史を、私は、その日、はじめて見た。決して美人とは言えないにしても、知的で、健康で、新鮮で、だれの眼にも好感が持てた。

やはりこの時の事であろう。與謝野寛は「啄木の思い出」(『啄木全集』第八巻)で啄木は「**舞台裏で月を出したり浪の音をさせたりする役を引受けたが、其様なことも器用であった**」と追懐する。

さて、静枝の見学は四月一五日に続き六月二八日のことで「村雨会の演劇『青年画家』」(第五幕)という題で静枝は第三幕目から拝見して途中で帰ったとみえる。静枝見学の表現は役者の所作、舞台の装置、原作本文の批評にまで及んでいる。この六月の上演には石川啄木東京に居らず堀合節子と結婚すべく五月二〇日に東京を離れている。

明治三八年六月号『明星』には五月九日(『岡本綺堂の文士劇』では一一月九日とする)、歌舞伎座で上演した静枝の「若葉会演劇会寸評もある。ここでは役者の名前を挙げて、それぞれ批評するが静枝の原稿はそれ以外には見えない。

(四)三宅青軒に入門と「川柳」

明治三八年頃に兼次郎は「花磨」「夢外」と号することが多いが当時の流行作家三宅青軒の元に入門する。この事も『流泉小史』第三号に「敏磨を巡る人々―三宅青軒―」と題して述べた。この頃、花村静枝の筆名で『明星』に歌評や演劇批評を書いて健筆を振っているが『川柳』雑誌側からの要請ともみえる。

まず、三宅青軒の略歴を『日本近代文学大事典』(講談社刊)から見よう。三宅青軒(一八六四―一九一四)京都の生まれ、小説家、本名彦弥、別号緑旋風、雨柳子、博文館の「文芸倶楽部」および金港堂の編集に当たり、のちに二六新聞社の記者。主な著述は次のようである。

『小説花相撲』（明治二五年一〇月）、春陽堂、合著、
『奔馬』（明治二八年八月）、「文芸倶楽部掲載」、
『堕落』（明治三〇年三月）、『怨めし』（明治三〇年一月）、松声堂、
『武士道小説　土手の道哲』（明治三九年一月、続編同三九年三月）
『豪傑小説　拳骨勇蔵』（明治四〇年一〇月）
『豪傑小説　国姓爺の妻』（明治四二年六月、後編同年九月）共に三冊大学館、
『女優菊園露子』（明治四四年一一月）『後の菊園露子』（同一二月）三芳屋書店、緑旋風の名で刊行、
主として英雄、探奇、侠骨小説などの作家に終始したという。

さて、夢外が入門した当時は二六社に務めていた。また、「雨柳子」という雅号から夢外が後、大正時代に「柳巷」と号するのは師三宅青軒の号一字を戴いたといえる。それから家庭小説として『破れ恋』『母の罪』は勿論、次いで探奇小説の『死骸館』も青軒の手ほどきによるといえないか。

青軒は博文館出版の『文芸倶楽部』の編輯担当を明治三〇年（一八九七）九月から三五年（一九〇二）一一月まで務める。それ故、尾崎紅葉門下の幸田露伴や柳川春葉・江見水蔭等、硯友社の仲間とも親しい関係にあった。青軒は俳句はもとより短歌、小説を始め趣味が多才とみえ書画骨董の蒐集家でもあった。

小原廉次郎（瓢乎）が入門した明治三八年一一月二二日の書簡（No.60）に次ぎのようにある。

御返事いたし候○兎に角御高実のお方らしければお望みを叶へ申すべく候
○呉れぐれも只今の誠実心をなくなさぬやう東京の風に吹まくられぬやう御用心可然候
○小生は折々二六社へ出かけ候得とも大体は在宿候
○明廿三日は留守なれど廿四日は必らず在宿の心得に候○午後におこし被下度候者夜分は折々運動に出申し候、尤も前日にお葉書でもあればお待申すべく候、
○二六社の勤めとして雨柳子の変名で何か書中候得も今の二節分は別人に候、小生は只今その都合もあり用事もあり一度休み中候、何にしても熱心篤誠の人でなければ万事成功せず故に小生は世の軽薄ハイカラ者流が大の嫌いに候而何人に容れられぬ共寧ろ喜び居候ものなり、君も其お心得にてお越しありたし
○小生は天与のもの卜衣食して自分の理想の実行を他目に期し居り、清貧に安じて楽しく月日を送り居り候、

木がらしをよそにきよけりと峰の松

廿二日夜　　　　　　　　　　　　　　　　　青軒

瓢乎君

随分親切な返事であるが、当時青軒は東京市芝区今入町二六番地に住んでいて瓢乎は毎土曜日の午後、俳句を学ぶ為に入門すると祖父に通知するし、青軒は無料で教えたとみえる。

さて、青軒の人物像を永井荷風の「書かでもの記」（『明治文学全集』七三号）から一説を引用してみる。

一乙羽庵主人大橋氏逝きて後、文芸娯楽部の主筆に三宅青軒といふ小説家ありけり、日頃人に向ひて文芸娯楽部はわれを戴きて主筆とせしより忽発行部数三四万を越るに至れりと誇顔に語るを常とし、又人の文学を談ずる事あれば当今小説家と称するもの枚挙に遑あらざれと真に文章をよくするものに至っては若し向島の露伴子を措きなば恐らくは我右に出るものあらざるべしと傍若無人しきりに豪語を放ちて自ら高うせしかば新進気鋭の作家一人として青軒を憎まぬものはなかりけり。されど文芸娯楽部によりて其の作を発表せんには是非にも主筆の知遇をまたざる可からずとて怒を忍び辞を低うして虎の門外なる其の家を訪ふもの尠なからず。一日おのれも菓子折りに生田葵君の紹介状を添へ井上唖々子と打連れ立ちて行きぬ。日頃噂に聞く大家の事なれば最初はまづ門前払なるべしと内々覚悟せしにわけもなく二階の書斎に通され君等は岩谷の門生なりとかこれまでに何か書きたる事ありやと話は容易く先方より切出されぬ。

これは荷風の思い出であるが青軒、博文館で文芸倶楽部編集時代、明治三〇年から三五年の間の事である。未だ廉次郎は明治大学に入学以前のことであるが、青軒の人柄が伺えて参考になる。そこで唖々子と荷風の二人に「**君達文章を書かんと思はゞ何はさて置き漢文をよく読み給ふべし、それも韓流の文のみにて足りといふにあらず艶史小説の類殊に必要なり**」と指示する。

この事より廉次郎、当時夢外は如何に青軒に好まれたか知ることが出来る。言うまでもなく祖父文太郎の薫陶で幼くして四書五経等を学び小説を読み更けていたからである。青軒の許に入門して書簡から伺うに、忠実な門下生の一人とみえる。

或るいは三八年一一月二四日、青軒へ入門したのも大阪毎日新聞の懸賞小説に投稿しているから青軒先生に添削等の指導を仰ぐという夢外の目論見が見え隠れする。明治四〇年、二冊の本を上梓した時、祖父文太郎からお礼の品を青軒先生に届けるが、そのお礼や文太郎夫妻に宛てた青軒の書簡が遺っている。さらに孫の廉次郎がそれに対して「先生は祖父様の書面を見て喜び居候、（と申しても度々の書面に及ぶまじき）」と注意するほどである。

また、先生のお伴をして幸田露伴と共に上野の勧業博覧会を見学に行く（明治四〇年五月六日、ハガキ）ともあり、青軒のもとで尾崎紅葉門下（硯友社）同人の柳川春葉・江見水蔭・泉鏡花との交流も窺える。

さらに流泉小史（廉次郎の雅号）、昭和初期より剣豪小説で「近藤勇」等の稿で如何にも福地桜痴居士から勇の動静を聞いた様にみえるが、それは小史の買い被りであろう。さきに荷風の文に次ぎのようにある

一この青軒先生こそはやがてわれをば桜痴居士福地先生に紹介の労を取られし人にてありける。されど此度の訪問は始めて硯友社の諸先輩を歴訪せし時とは異なりて容易に望を遂ぐる事能はざりけり。

とあり青軒の紹介状を五・六回提出している。この事から小史が福地居士に直接会ったかどうか疑問である。福地は明治三九年（一九〇六）一月四日亡くなっているから、青軒を通じて近藤勇の物語を知ったと見るべきであろう。尤も桜痴居士の『近藤勇観』を引用している。しかし、読者にしては如何にも流泉小史が近藤勇を知っているかの観さえ持たせる。

三宅青軒は大正三年（一九一四）一月六日、死去するが夢外、当時は敏麿と称するが最後まで随身したと思われる。しかし、現段階では大正三年の動静は書簡がなく詳らかでない。

雑誌『川柳』に見る川柳家としての流泉小史

川柳の結社は明治三八年（一九〇五）秋に成立し、一一月三日に井上幸一が発行人で『川柳』第一号は発売する。それは川柳の大御所とも言うべき柳樽寺剣花坊（井上幸一）、近藤飴ン坊、高木角恋坊等が選者となっている。矢張り一号には三宅青軒も『川柳』の発行を祝して、持前の悪口二つ三つ』と題して祝意を捧げている。瓢乎は青軒に誘われて入会したものとみえ、五月号に『柳体和歌・親釜集』と題して自分の下宿に結社を作っている。豊泉豪著『流泉小史と川柳』という小冊子を転載（特別寄稿欄）しますので御参照下さい。

『菫星亡国』

次いで『菫星亡国』と題して與謝野晶子の「星の子のあまりに弱し袖あげて、魔にも鬼にも勝たせんと云へな」の『ヘナブリ倶楽部』二号に掲載した短歌の批評を展開する。これに就いては近刊、豊泉豪著「雑誌『川柳』に見る川柳家としての流泉小史」に解説されている。その初出は晶子著『みだれ髪』（明治三四年）に「星の子あまりによわし袂あげて魔にも鬼にも勝たむと云へな」という。引用の誤植等に就いて豊泉氏の解説が参考となる。

その資料は先年亡くなった小松ヤスさんより小史の会に寄贈になった綴りの断簡一枚に「**小原瓢乎腹案・小ざ多ら集・瓢鯰坊筆記**」と題する裏面には「菫星亡国」の下書きメモがある。敏麿は学生時代、用の済んだ書籍やノート類は田舎に送り返したと思われ貴重な

一枚といえる。

小原瓢乎腹案……「小ざ多ら集」（一）瓢鯰坊筆記

これは先に触れたが、東京から祖父文太郎に送り返した雑記に含まれていたもので半紙一枚の裏側に毛筆文章、半紙半分がある。これは前の「菫星亡国」原稿の下書きで末尾の文章と見える。

□□輩を止めて、極力社会を美化せしめんと力め□□らば必ずや、社会は嗜好を変じて来るに違ゐはない、かうなると汝等の罪の多少は償はれるのだ。それに処謂今の星詩人、菫詩人は其処に御気が付かれぬか、又はつかれて居ても、他人は堕落しよーか、堕落しまいが、自分達さへパンを得れば好いとの考へか、益々に菫や星を盛にし謳歌して、社会の中堅たる青年男女を堕落させ終へずんば止まずと云ふた様な風が見ゑる。…呼嗚彼等に附す…ブルガリ屋で（なる名称）では尚をだやで有るまさに乱臣賊子と呼ぶべきが至当で有るー。

この文章は原稿の草稿とみえ『川柳』第五号に掲載した文章で広く世人に訴えているほどである。これは瓢乎の鋭い世の文学に対する洞察が伺える。しかし、明治四三年頃には本郷座等で脚本を書いているから晩年の川上音次郎とも邂逅したのでないか。

また、「いざつれ艸」は五月一九日に書いているが本郷区金助町二七番地、福島方の下宿四畳半で成ったもので、その元は兼好法師の『徒然草』に擬した、つれづれ草であるが、『川柳』主宰の井上剣花坊、柳樽寺を尋ねる道中記ともいえる。そこは廉次郎、知識豊富で健筆を振るうが、ここから彼の性格や原稿の特長を見る事ができる。

明治大学三年生級の廉次郎、祖父への五月一日の書簡（No.22）では五日後に試験がはじまるから六七月分の月謝送金を催促する。しかし期末試験は六月中頃にかけてか柳樽寺の駿河大僧正、井上剣花坊からの催促である。来月号から一撰者を許されたとか、題名はどうするか等、駿河台まで行く道中の地名や景色、俗称を織り交ぜて、一見人を小馬鹿にしたような調子で綴り滑稽ともみえる。そして

「瓢鯰坊」「花麿」「花まろ」も自分の雅号である。

現在、七月一二日、法学部第二学年生級の「及第證」があるからその後黒岩の祖父母のもとに帰省する。

そして従兄弟の小田島主殿へも『川柳』雑誌を毎月届けられている。明治三九年三月一一日のハガキ（No.13）には「過日は川柳雑誌御恵贈に与り、難有拝見した、撰者になつた様であるが、御目出度し、実に面白く拝見した、かの董星亡国論はまことによく出来て居る。皮肉に喰ひ入る様な處が箇所々々見える妙手々々感腹之外なし、」と返事している。

谷口青之助のこと

川柳の仲間で長く関係した人物に長崎の谷口青之助（一八八五―一九五八）がいる。先にも触れたが三月三日、上野三宜亭での折には「居候」と題の秀作七〇首が掲げられている。その中から青之助と瓢鯰坊の句を挙げてみる。

そら涙流してさがる居候　　**青之助**
立開きの日から居候水を汲み　　**同**
居候また成功に逃げられる　　**瓢鯰坊**

ところで「瓢鯰坊」という名前、廉次郎自らが命名した名前であろうか。「瓢」（ふくべ・ひさご・ひょうたん）や「鯰」（なまず）はいかにも　黒岩の田舎、子供の頃を思いだされてならない。廉次郎は北上川（負川・及川、神川等）で水泳ぎ、河童や魚釣りをして遊んだことが幼な友達の及川省三や工藤迪のハガキから伺える。尤も京都妙心寺塔頭、退蔵院には大巧如拙の「瓢鮎図」があるが瓢箪で鯰を釣るような問答の宗教的意味が含まれているか。但し「瓢乎」という呼称は与謝野鉄幹の『東西南北』（明治二十九年発刊）に「長井行瓢乎として応島より京城にいたる」と瓢乎としている。鉄幹の雅号にはみ之い、誰かの呼称例があるとみえる。

ここに青之助は瓢鯰坊と共に川柳雑誌編集の手伝いするが、長崎市内に谷口良三商店を経営、度々上京して早稲田大学を卒業する。川柳作家として「西柳樽寺川柳社」創設等、昭和三〇年には「長崎川柳作家連盟創立会長」昭和三三年に没するが句集『凡人』があり、長崎市本河内に「**凡人にならう野を越え山を越え**」の川柳塚がある。

一方、瓢鯰坊は『川柳』七号（明治三九年五月発行）に「楽天主義と川柳」と題して投稿、同一三号には『当世軍人気質』と小原夢外の名前で創作短編を物している。それは軍人青山大尉の金鵄勲章と妻との離婚の話が中心、同一四号には雑誌一周年を記念しての会員の動静に「**夢外庵の瓢鯰坊は千葉地方に説法勧化として赴かり、夜に入らば参詣せんと申さる**」とあるから千葉の法華経寺へ母（松枝）を訪ねたのであろうか。参詣とあるのは柳樽寺主催のなるが故である。

敏麿宛ての書簡にはハガキで「柳樽寺」を始め「川柳みせう会」（翡翠吟社）や「江東川柳会」等、例会の案内状が毎月届いているが、それぞれ全部出席した様でもない。どうした事か明治四〇年に入ると川柳の会場には欠席がちとみえる。そして一時川柳雑誌は休刊したもので谷口良三の長崎からのハガキにも「**柳樽寺の解散には聊か驚き入候、前后策は如何困難の事と被存候**」とある。それ故、谷口青之助等の努力にて柳樽寺川柳の会が再興されたと言える。

瓢鯰坊、夢外の川柳への関係はそう長く続いたとは見えないが、井上剣花坊や朴念人・田能村梅士等との交流は続いている。大正六年九月、井上剣花坊撰『新川柳六千句』（発行東京南北社）には何句か掲載されている。

（五）懸賞小説応募と処女作品

花磨は大学の文化活動「JP娯楽部」で活動するが、その辺は今一つ詳らかでない。しかし先に触れた如く、この文芸倶楽部の活動は花磨が率先して活動したようにみえる。そして短歌の選者に近い事を担当したと見えるが、それはアルバイト先（博文館か）を通してか。そこで文通した女性が三名確認され、一人は吉原静江で明治三六年（一九〇三）第一次桂内閣で逓信大臣を四一年（一九〇八）七月第二次桂内閣で農商務大臣を務めた大浦兼武（一八五〇―一九一八）の養女である。先に触れたが敏磨は四一年三月に大浦大臣の薦めで静江と結婚する。

もう一人は北海道早来の本郷直枝子という小学校の先生である。廉次郎は「雪枝子」と称して東京から短歌や川柳雑誌を届け、短歌の題名を出して、作品を添削する。もう一人は黒沢尻町の和賀病院に勤務する看護婦（看護師）加藤節という女性で、廉次郎は東京から川柳雑誌『ヘナブリ』や著述を届ける。廉次郎が田舎へ帰省した時、入院していた多田良蔵や小田嶋源造を見舞しているから、そこで知り合ったか。

さて、夢外は三宅青軒の下で小説の指導を受けたと見え、初め明治三八年九月に大阪毎日新聞の懸賞小説に投稿する。更に翌年九月に再挑戦する。そして大阪毎日新聞のことは『明星』の明治三九年六月号に広告が掲載されている。『懸賞小説募集』（三回継続）として賞金、「甲賞金五百円、乙賞金参百円」等、期日は「第一回が九月三十日、第二回は四十年一月」選者は「文学博士芳賀矢一、同末松謙澄、矢野文雄、大阪毎日新聞社編集局代表角田浩々歌客」の名前がある。

夢外は「非結婚主義」という題名で投稿したとみえる。しかし、小説は次点であった。その通知ハガキ明治三九年十二月（No.54）には

啓懸賞小説来稿非結婚主義

は今回撰に漏れ候處、第二回に附し
更に審査を費すの要有之候
間、右に組込み可申　此段得貴
意候也　艸々
十二月十三日　大阪毎日新聞
懸賞小説係

廉次郎、祖父文太郎へは次点になった事を通知するが、祖父は入選すれば金五〇〇円を貰うことが出来ると望みを托していた。しかし、「二回の分に組入むと申してワザ〜通知ありしは、第一回には駄目なるも、満更捨てた物に非る故、此の如くに越せしならんと、友人長谷川、三宅先生も申され候」と通知する。ここに見える長谷川とは博文館勤務の長谷川誠也のことで三宅は青軒先生である。いま一人敏麿の東京での保証人と言うべき坪井芳五郎からのハガキにも「**大坂からは通知ありませんか**」とある。

その懸賞小説の題は「非結婚主義」とあり、その内容を知る由もないと共に上梓した次ぎの題名と関係しないか。

第一作（国会図書館デジタルコレクション）

『破れ恋』　大学館　小原夢外著　七月二六日発行、

「はしがき」

相親しみ、相慕ひて育ち、青春の男女婚期迫りて前途春の如し、処女限り無き望みを抱いて上京の途すがら、同伴の叔父が為めに拭ふ可からざる恥辱に遇ひ、泣ひて日影の身となる。青年は一図に処女に変心を憤つて□□日にせざりし酒に親み狂暴放恣到らざるなし、義侠なる友あり、温順なる新婦あり、且つ戒め、且つ慰、只管青年の心をして平ならしめんと苦慮す。青年の憤恨長へに霽れず処女の憂恨終に尽きざらんとせしに、偶々二人相逢ふて、暴行となり、懺悔となり、旧恨偽怨を捨てゝ此に兄弟の契を結び、清くして円きこと雨後の月の観ありしも妬雲再び月を蔽ふて、処女は遂に不治の病に臥しぬ、臨終の一言、血あり涙あり力あり。青年たらざるも、運命の不測に断腸の感なくばあらず。

丁未七月　雨聲山人誌

（□の部分は帝国図書館蔵の印譜がおして有り解読不可）

あらすじ

人である。今野には亡父から譲られた財産があるが、今野は生後間もなく母と死別し、また父をも失い、さらに恋に破れる身となった。ある時、神田錦町の青年会館で弁護士椎原敏の講演会が設けられた。その演題は「道徳観念の発達と姦通罪」という題で、この会場に来た酒の酔った今野力が七〇〇人も聴衆の居るところで弁士椎原（今野の叔父さん）に罵声を浴びせた。椎原敏は今野力の婚約相手である静江を東京に上京する途中で強引に強姦して自分の妻とした人物で、この会場の弁士であった。

この騒ぎを知った東都新報の記者武田が会場に駆けつけて今野を引き取ることとなった。小説のクライマックスは目次（十二）「枕上夜同じの夢」に二人の間柄が滔々と語られる。

場面は静江の父中野賢之進が長野県の上田から上京して武田と二人で椎原の留守に静江の宅をたずねるが、途中から椎原敏が帰宅して対面する。ここの場面は武田と賢之進、椎原敏と静江の四人で話し合いとなるが、静江の父賢之進は娘静江と縁を切って武田と共に今野力を訪ねる。その頃深酒していた今野力と伯父中野賢之進とは一献を取り交わし、話は静江の妹妙子と力が一諸になることで話がまとまった。

力は既に日本を離れて外国（満州・韓国）に行きたいと漏らすが、武田にやめる様忠告され、静江との恋は失敗、それとして妹妙子との事を承諾する。実は静江も妙子も共に孤児で、力の母の妹が妙子の母となっている。

力は妙子と結婚生活に入り武田の世話で学校をやめて毎朝新聞社に午後から勤務するが酒を未だ禁酒しなかった。家庭には妻妙子の乳母お富が附いて仕え、お富は時折り静江の動静も伺う事があった。家庭では夫力と妙子、乳母の三人が育った頃を偲び静江の消息を話し、力は静江に懺悔させたい心情を口にする。

その一方で妙子は湯島天神に静江の幸せを祷り願懸けをする。

時に毎朝新聞、今野力の上司山田逸郎は静江の夫、椎原敏の大親分であることが分かり、今野力が山田に暴力事件を起こし、退社は勿論、新聞沙汰となり京橋警察署に拘引収監される。これを知った武田が駆けつけて引き取り武田と力、妙子との場面となる。ここで力は近い内に満鮮に行くことを告げ妻妙子も同行させるという。

そんな折り椎原と静江は二人揃って散歩に出掛けて上野公園の西郷さんの銅像前まで来た時に酔漢の今野力を認めた。すかさず力は椎原を蹴り静江を責めるのであった。また、静江の機転で人力車にのり力と静江の二人は椎原を外に今野の家に到り妙子と対面する。力はこれまでの罪を静江にアビセ責め、静江は力に謝るのであった。その時、妙子は静江が病気の体であることに気付く。静江は上京以来脚気に罹り体を痛めていたことで駿河台蛟龍堂病院に入院した。しかし、快復することなく静江は白玉楼中の人となった。

ここで『破れ恋』は終わるが全体で五〇節、二二〇頁に及び口絵には今野力が静江を上野公園で蹴る場面を挿入する。この口絵は次ぎに上梓する『母の罪』とも同じ挿絵画家とみえる。

夢外の作品に登場する人物や言葉に注意すると祖父文太郎との往復書簡に認められる事が多い。少しく例をあげてみる。

登場人物

今野力—自分の事、明治大学学生後に新聞社でアルバイト、

山田逸郎—黒岩小学校高等科同級生、山田要八、盛岡高等農林生、

武田—盛岡中学の先輩、煤孫出身武田源二郎、万朝報政治部長、

椎原敏—敏は敏麿の一字、

静江—実は後の妻となる吉原静江、

言葉・場面

村井長庵—歌舞伎に登場、長庵の行状を例に祖父に金銭を送らせる時に脅しに使用する。

湯島天神—祖父に廉次郎の守り神は「天神様」と教わる、あるいは学問の神様を指すか、

東都新聞社—万朝報、岩手毎日新聞社、武田源二郎が勤務、

明治大学法学—廉次郎、明治大学専門部で法学部在籍、

剣術二段—祖父に教わり剣術二段の腕前、

京橋警察署長—元黒沢尻警察、お世話になった赤坂警察署長本堂平四郎、

三宜亭—毎月川柳の会に行くが浅草の「三宜亭」で行われる事もあった、

駿河台蛟龍堂病院—駿河台順天堂病院、敏麿の入院した病院、

脚気衝心—黒岩出身の小田島源造が脚気で死去する。

白玉楼中の人—亡くなった人のこと、源造君が亡くなった時、友人のハガキにみえる

第二作（国会図書館デジタルコレクション）

『母の罪』　**大学館　小原夢外著**　一二月一五日発行、

「はしがき」

世間の女性も激泣の毒爪に身を過ち、子を捨て、家を捨て、惨憺たる境遇に人生を葬り了る、しかも子を思ふ、親の情に眼眩に心滅

ひ煩悶□□□□して遂に自刃の下に命を終る、無頼の漢□□生の憤慨、処女の暗涙、親友の同情、すべて人生の罪戻、脳愛の諸方面に渉つて深刻骨を刺す、

丁未十一月　　　　　　　　　　　　　　雨聲山人識

（□の部分は帝国図書館蔵の印譜ゆえに解読不能）

あらすじ

二人の青年が芝園橋の日本カトリック教会から出てきたことからはじまる。一人の青年は大学生で千原芳樹といい、いま一人は法律を学ぶ大学生の竹下資郎という。二人はお互いに教会帰りに話しながら夜も遅いことから芳樹の家に寄り泊まる。そこで芳樹の祖母武子にお世話になり、話題は芳樹の義理の妹駒沢礼子に及ぶ。芳樹は礼子（異父妹）に冷たい。

場面は変わり下舞屋風で生活する松枝と、うだつの上がらない絵師古川辰次郎との場面となる。実は松枝、もとは日本洋画家千原六郎の妻であったが夫六郎が死去後、食客（門弟）の古川辰次郎に言い含められて一子礼子をもうけて三歳になる男の子、芳樹を捨てて千原家を出てしまう。そして女の子供は実家の兄駒沢直彌の籍にいれて十八年間が経る。あまり売れない絵画き辰次郎は毎日酒に溺れ松枝と喧嘩がたえない。終に松枝に言い含められて家を出されてしまう。

そんな中、東京金助町に屋敷を構える駒沢家の事、礼子が父直彌に自分と駒沢家との縁切り（勘当）を言い出す。これに驚いた駒沢家では礼子の話しの蔭に松枝がいると感じ松枝を呼んで尋問すると、松枝は礼子に女学校を辞めさせて芸者か女郎に売ると口走り啖呵を切り駒沢家を後にする。間もなく松枝は自分の家を出て芝園橋の教会井上牧師に救いを求め教会に身をよせる。

或る時、芳樹は井上牧師の話しからその女性が薄々自分の生みの母親であることに気づく。

また、芳樹は友達武下資郎の薦めで妹蝶子と結婚することとなった。井上牧師の下で働いていた松枝を礼子が探し訪ねて兄芳樹が最近礼子に対して親切な態度をとり、近々芳樹の妹蝶子と婚約し結婚する事を耳にする。それ以来松枝は一目、自分の産んだ子供、芳樹の顔を見たい事を願う。そんな五月二六日、芳樹と婚約者蝶子、それに祖母武子と妹礼子の四人は谷中の墓地に父の命日に当たることから墓参に伺う。そこへ先にお参りしていた産みの親松枝と芳樹、蝶子、武子、礼子の四人と対面となる。芳樹は最初母松枝のことを認めない様子であったが泣きだす武子、その間に割って入り礼子が取り持ち芳樹も母松枝に声をかける。

結末は婚礼の日、松枝は千原家の玄関先で祝の品を届けただけで涙ながらに退きあげるが、雨の降る芝園教会近くで別れたはずの夫辰次郎に見つけられる。一年前の事をネタに金銭を求め、住まいを問われ、いざこざとなるが辰次郎の持っていた単刀で刺されて命を落とす。その血をみた辰次郎も自から果てる。

この種のストーリーは相沢史郎先生に言わせると明治三〇年から四〇年以降、英米から輸入された「和装のビクトリア文学」であり次第に下火となった内容という。やはり三宅青軒の指導であろう。

祖父文太郎と孫廉次郎の書簡には大阪毎日新聞へ投稿後、東京朝日にも匿名で作品を投稿したとあるから、この「母の罪」の下書きでなかろうか。しかも、先の小説『破れ恋』に続いて実名を使用している。

登場人物

千原芳樹―主役、敏麿の元保証人坪井芳五郎の「芳」を用いる
千原松枝―母、小原松枝、後及川姓
千原武子―祖母、小原理恵、織江、直枝、文太郎の妻、
古川辰次郎―及川辰次郎（黒岩小学校先生）
駒沢直彌―松枝の兄、小菅直治
父六郎―小原悦治、悦次郎
礼子―及川タマ（廉次郎とは異父妹）

この小説が発売されると夢外（敏麿）は郷里の従兄弟や菊池忠平に贈呈するが、菊池先生の礼状を（明治四一年、№19）挙げてみる。

貴著母の罪送られ何時もながら御厚志感謝仕候、
さて取るや否や披見致し読みもて行くに、教会帰りに千原武子を
拉して自宅に入りしに慈愛深き祖母茶をすゝめ茶菓を
開きし處、何の考へもなかりしも何となく詞兄の祖母を思ひ
出だし杳靄たる飛雲の裡に黒岩の山脈を眺め居たりし、
尚読み行きハット膝打チ感応の強きを感じ候、
字も初めは当り前の小説と読ツ知らず〳〵兄に一心こもりし
筆先実に君らしきものと一入嘆じ居り、余は閲巻するに
忍びず兄が此の、起稿記すに至りし動機及書く中手戦ひし事、
幾ゝ度かと涙を為し候、（配達をまたせて書く乱筆判ゆへ）

登場人物の古川辰次郎については『黒岩小学校・創立百年誌』に依ると廉次郎の父、悦治の同僚で及川辰次郎と称し明治二〇年一〇

月から黒岩小学校の先生を勤めている。

やはり菊池忠平のハガキに「**口絵を見と辰坊は東京のニーサンとオカサンとして喧嘩して居ったこと劈頭第一ニ感じ居り候**」とあることから、当時二人の関係は地元のセンセーションとなっていたか。

母松枝は三歳の廉次郎を残して家を出たのであろう。廉次郎は明治大学に入学してから母を尋ねて松枝のお籠する千葉県中山の法華経寺や東京市内の勤め先を尋ねており、松枝、広瀬という偽名なれども手紙が数通のこっている。また、辰次郎との間に生まれた及川タマは後に叔母の小田嶋鉄が仲をとり敏麿と兄妹の縁を結んでいる。タマは学業が優秀で盛岡女学校を終えて日本女子大学英文科を卒業、後に盛岡高農林卒業の福島県出身島坂欣一と結婚する。

ところで敏麿は翌四一年一月に探奇小説『死骸館』（大学館発刊）を著すがこれら三冊の著述を後に青臭いと否定している。それは四二年春頃、静江と結婚して、大金になる仕事が入ったせいもあるか。

第三作（国会図書館デジタルコレクション）

『死骸館』（探奇小説）大学館　小原夢外著　明治四一年三月八日発行、

「はしがき」

王冠を拾ふ□者忽ち富者となり、皮剝《はぎ》せられし女子の死骸発見せられて忽ち一人疑獄となる、王冠と死骸は果して如何なる因縁あるか、女優の行衛不明と貴族の家庭とは如何なる関係あるか、重助といふ青年は決然として此の一大疑獄の真相を探らんとし、生を賭して危難の冒す地下の暗室に毒瓦斯の為めに一たび死し、以外の救助に依りて此にその目的を達す、隠謀を企たて壮漢は自殺を遂げて貴族の家庭は災厄を免がる。探奇小説として最も興味ある最も怪奇なるもの、

戊申三月　　雨聲山人識

あらすじ

舞台は南洋オセアニヤ州の南端メルボルン市、夜一一時過ぎ居酒屋で酔うた熊吉と重助という人物の語らい。セーヌ川の太平橋元で小箱を拾い警察に届けて開けてみると野村伯爵家の王冠であった。

また、セーヌ川太平橋元での事、支那鞄を拾う。その鞄を警察の立会で開けてみると女性の死体が入っていた。この死体の人物捜査についてメルボルン大警視の名を以て、死骸が何者か明らかにした者に三万円、犯人を発見した者に一〇万円の賞金が掛けられた。この賞金の為にメルボルン市民は血眼となってしまうと云うストーリーである。

そこで小説の主人公、重助が変装して市の死体安置（墓場か）されている、「死骸館」の探査が始まる。また、富豪の野村伯爵家には怪事件が多く、以前に「王冠事件」があり、そして「死骸事件」とも深く関係していた。その発端は野村家の当主が礼子夫人の外に女優健子を妾としたが、健子に子供が出来たことが分かり、当主久光伯の命を受けた熊吉と妻鞠子が毒を飲ませて八ケ月の子供を取り上げ、更に健子を殺害し、犯行をごまかす為に死体の皮を剥ぎ、支那鞄に押し込めセーヌ川に捨てたのであった。

変装した重助は野村家と死骸館に注意して探偵をはじめるが、隣の鞠子夫人宅に忍びこむが、秘密の地下室（怪洞の室）に重助と熊吉・鞠子の追走劇が繰り返されるが重助は部屋に閉じ込められてしまう。その場所で三日間も過ごすが、そこでガス責めにあう。この部屋の一室で死体の皮を剥いだ時に使用した鋭利な短刀等証拠の品を手に入れる。一方、警察に怪美人が逮捕され、その犯人が殺人を白状しないと云う展開となる。その一部始終は夢外一流の筆致でメルボルン、タイムス社の記事で五〇万市民が注目するという内容である。

一方、女優健子の召使梶田増子という人物が健子失踪の日以来姿を消してしまったといい、野村伯は怪美人（逮捕された）と面会することになっていた。

また、三日も経過して重助のことを心配する勝次親方も、重助の後を探索し始めるが、どうも重助は死んだと思いこんでいた。そして熊吉のあとを追い別荘、一五六万坪もありそうな大邸宅の庭の石灯篭に仕掛けがあり、地下室に通ずる事を見つける。

この秘密室こそ豪州の新天使に王旗を翻そうとしたヘンリー将軍の片腕と頼む野村伯を中心とする義軍の為の武器弾薬の倉庫であった。勝次親方はその秘密室に至り熊吉と鞠子の様子を窺う。

物語は野村伯の夫人礼子に触れるが礼子はヘンリー将軍の忘れ形見、娘で、八歳の時に野村家に託されていた。ヘンリー将軍は義軍を率いてメルボルンの英国駐屯軍を壊滅せんとして発覚し絞首刑とされたのであった。その義軍の意志を継ぐのが野村伯であり熊吉等が礼子を主領として旗揚げをしようとするものであったが、それから一五年の歳月を経ていた。礼子は別荘にあって自分の身の不幸をかみしめる。

また、セーヌ川畔の怪死骸の下手人は梶田増子という人物から礼子夫人に会いたいという手紙が届いた。増子の父は英国の紳士で母は日本人というが礼子夫人は馬車を駆り立てサッカレイ街の未決監に至り対面する。

一方、ガス室に閉じ込められていた重助は持っていたパンで飢えを凌ぎピストルで部屋の壁に穴を開け空気を吸うことに成功、そこへ熊吉と鞠子が重助はすでにガスで死亡したと思いこみ様子を見に来るが生きていることに驚く。二人が帰った後、扉の外には勝次親方が居ること分かるが重助の打ったピストルの弾が当たっていた。しかし、急所を外れていたことで重助持参の薬を勝次の口に入れて蘇生して再会しあう。それから二人は自転車に乗り、怪洞窟の中から逃れるが熊吉がピストルを打ちつつ徒歩で追うという場面である。

この小説の結末に就いてメルボルン市の各新聞は意外なことを記事にして市民をアッと驚かした。即ち地下室の熊吉、鞠子等の所へ野村伯爵が現れ事件の経緯を語るが、熊吉は責任を感じてピストル自殺、傍の鞠子も後を追い自殺する。伯爵が謝るが、その場所へ二〇人の警察と重助と勝次も駆けつけ事情を聴取する。それは健子が伯爵の種を宿したことで、葡萄酒に薬を入れられて流産すると共に死亡、それに健子の侍女梶田増子が加担して熊吉・鞠子の三人が死体を（流産した嬰児）をセーヌ川に流したことで、義軍の事については触れられなかった。

ともあれ、警察署の失態を語る共と重助には賞金を始め三〇万円もの金が手にはいった。また、増子は警官の拷問で白状させられた事が解り無罪となり礼子夫人の下女となった。重助は賞金の半分を勝次に渡そうとしたが断られ探偵なんてコリゴリと話し、居酒屋の商売に精をだす。

登場人物

谷口重助（探偵）―二四歳の青年、大学生、
勝次親方―居酒屋の主人、重助の親方、
熊吉（元義軍の一人）
野村久光伯爵―義軍の残党、
加藤鞠子―勝次居酒屋の隣の妻（元義軍の関係者）
野村礼子夫人（義軍の頭領セームス・ヘンリーの一人娘）
女優の健子（小宮山首相の娘）
梶田増子―女優健子の侍女、犯人扱いされる、

この探奇小説、結末は犯人が自殺してしまうという、先の『母の罪』の結末と結びつくか。この種の小説がどれだけ読者を獲得したか分からないが、登場人物を見ると敏磨（夢外）がお世話になっている方が浮かんでくる。野村伯爵、大浦兼武大臣、（後子爵）、礼子は『母の罪』に登場人物と同じ名前の礼子、義理の妹タマか、谷口重助は夢外と共に柳樽寺の下で川柳を作る友人谷口青之助（良三）に、それぞれ該当しそうである。

この後、夢外は大正期に入って小原柳巷・五黄星等というペンネームでミステリー小説『女優の娘』『将軍の娘』『悪魔の家』等執筆が続くのである。その主眼とするところは社会に対して何か政権を復活するという様な場面が伺え、その関連性は大いにあると相沢史郎先生は指摘する。

ところで前の二作「家庭小説」と前置きするが、その意味はなんであろうか。三宅先生の明治三九年一月の作品に『武士道小説　士

手の道哲』という小説があるが、夢外の『破れ恋』『母に罪』もまったく作品全体の構成は先生の作品を踏襲したものである。家庭小説とは一般に言う女性向きの通俗小説に属し家庭で読まれ恋愛・不貞・セックス等が描かれていると言う。この小説がどれだけ読者に売れたか詳らかでない。後に花磨（雅号）はこの作品を否定している。

（六）石川啄木・長田秀雄・木下杢太郎・萱野二十一と森鴎外博士との関係

このことは流泉小史の会々報「流泉小史」第四号に「小原敏麿、蓋平館に石川啄木を訪ねる」と題して述べたが、明治四二年三月、敏麿は静江と結婚する一ヶ月前の二月一五日の事、石川啄木の下宿、蓋平館の別館を訪ねる。敏麿と石川啄木との出会いはこれが初めてのことか、その後五月一五日と二回のみである。啄木の書簡が敏麿の処に無いことから一方的とみえ、啄木の日記にて知るのみである。しかし、廉次郎が敏麿と称する以前、花村静枝の筆名で『明星』に歌評や演劇批評を書いていることから初対面でないと思われる。もう少し精査する必要も感じるが静枝と称する人物に永井荷風の妻（一時後に離婚）となった藤間静枝（一八八〇―一九六六）がいる。この人物、姓を内田とも称し後に舞踊家「藤蔭流」を名乗り藤蔭静枝・藤蔭静樹とも呼ぶが花村静枝とは別人とみえる。花村静枝の名前は後の行動をみると思い当たる。それは静岡の報知新聞支局に勤めた時、同僚の西村文則から観劇の記事を早急に書いて送れという指示からも劇評に優れていた事や報知支局を辞めて東京に戻る一つの理由は劇場で浄瑠璃・狂言の台本を書きたかったと見える。

石川啄木を尋ねる

明治四二年二月十五日（『啄木全集』第六巻「啄木日記」、筑摩書房刊所収）

十二時起きて出かけようと思つてるところへ、本店にゐる小原敏麿といふ人来り、頼みもせぬに大学館への紹介状をくれる、そして夜十一時頃までゐた、イヤな〳〵イヤーな奴だつた、一日つまらぬことを言つてくらした。

敏麿は啄木にとってはイヤな奴に見えたのであろうか。大学館は紹介されなくても百も承知であった。啄木の第一歌集『あこがれ』は明治三八年五月、大学館に勤務していた盛岡小田島書店の息子真平（盛岡高等小学校友達）の兄嘉兵衛の勤務先でもあった。次弟尚三の出資金三〇〇円のお陰で発刊出来た。これは同年『明星』六月号に広告が掲載する。

敏麿が本郷区森川町四の蓋平館本館に転宿したのは明治四一年一一月中頃のことで、既に博文館に就職が内定していた。

石川啄木『鳥影』の原稿をめぐり

石川啄木に大学館を紹介した敏麿は既に三冊の本（『破れ恋』『母の罪』『死骸館』）を同館から上梓するという自負心が伺える。啄木には四一年に一年近く東京毎日新聞に掲載した小説『鳥影』を一冊として発刊上梓したい気持ちが強くあり、その尾ひれが『ローマ字日記』に続いている。

啄木の『鳥影』原稿の売り込みの様子が『ローマ字日記』に伺えるから関係部分を抜粋してみる。（『啄木全集』第六巻所収）

二月二十八日

十時頃起きて北原にゆく、鈴木氏来てゐた、途中足駄と傘を買ふ、鼓村（鈴木）氏と共に大学館にゆき（鳥影）たのむ、十日頃来てくれとのこと、雨がふつてゐた、ソバをおごられ、予一人また北原の宅へゆく、

三月九日

空が曇つて、今にも降り出しさうな生温い日だ、途はぬかつてゐる、出社の途中大学館へゆくと、急がしくてみないでゐるからアト五六日たつたら来てくれとの返事、少し早いので新橋のステーションへ一人行つてみた。

三月十日　雨、暖、

今日も大学館によつてみたが、昨日と同じ返事。

三月十五日　晴

一寸與謝野氏へ寄つてゆく、大学館へ約の如く行くと、まだ読まないから読み次第当方から通知するといふ。予は怒った、然し何ともすることが出来なかったー。

三月二十七日

出社の途中大学館に言った。

三月二十九日

出社の途中大学館に寄った、中村武羅夫といふ人が原稿を返されて帰って行った。

三月三十日

約の如く今日こそはと大学館へ行つた。二時間も待たされてゐるうちに出社の時間はパッスした。そして「鳥影」の原稿を返されたー、面当に死んでくれようかー、そんな自暴な考を起して出ると、すぐ前で電車線に人だかりがしてゐる。犬が轢かれて生々しい血ー、あゝ助かったー、と予は思つてイヤーな気になつた。（中略）夜、吉井の手紙—昴がおくれて困るから校正に来て助けてくれとのーーを見て三秀舎にゆくと、モウ吉井は帰ってゐた。少しやって帰ってくる時、京子の事母や妻の事がは烈しく思出された。あゝ三月も末だ、そしてアテにしてゐた大学館がはづれて、一文なしの月末—。

啄木の希望した小説『鳥影』は大学館で採用されなかった。そのショックは大きかったといえ函館の宮崎郁雨宛ての書簡にも「ところが鳥影は大学館にも到頭売れなかった、察してくれ」と報告する。

ところで五月一五日、敏麿はまた啄木の下宿を訪ねる。敏麿は三月一〇日頃には蓋平館の本館を離れ本郷区金助町二七同盟館へ下宿を変えている。

（五月）十五日　土曜日

（前文略）二人が帰って、間もなく、いつか来たっけ小原敏麿という兎みたいな眼をした文士が来て、うんざりしてしまってロクに返事もしないでいると、何のかんのとつまらぬことをしゃべり散らして十時半頃に帰って行った。「ものは考えよう一つです。」とその男が言った。「人は五十年なり六十年なりの寿命を一日、一日減らして行くように思ってますが、僕は一日、一日新しい日を足していくのがライフだと思っていますから、チッとも苦しくも何とも思わんです。」

「つまり、あなたのような人が幸福なんです。あなたのように、そうごまかして安心していける人……。」

敏麿は啄木に何か暗示的な言葉を投げかけているが、啄木にとっては大学館で採用されない『鳥影』の一件が頭にあり、ただ駄弁を聞き流していたようである。しかし、啄木の観察は鋭いといえないか。「兎のような眼をした文士」と、敏麿は紳士風を装っていたのであろうか。否、敏麿、以前『明星』誌上に花村静枝の筆名で歌評や劇評をした人物と思えば「いやなやつ」と気の置けない者であり、與謝野先生の下に慧星の如く現われ、慧星の如く去った人物である。

現在残る書簡からは祖父文太郎に度々送金を乞う、それが出来ない時には逆に祖父を言葉で恫喝する程である。啄木に浴びせた最後の言葉も祖父から子供の頃に受けた誡めの一節に似ている。二人は二度と相見えることがなかった。

井田弦聲と長田秀雄

さて、明治四二年二月一七日の消印がある弦声なる者のハガキ（No.19）に注目される。その内容は

過日ハ無れ、其後ハ如何『スバル』の原稿ハ二三日中に送る、但しルビは不必要と思ふ故大抵つけず、二六の方は未だ欠在れず、鉄幹にはよろしく度む、左様なら。

この弦声は四一年八月二八日に「弦生」として小原夢外兄宛てにハガキ（No.77）を出している。夢外は廉次郎の雅号の一であるから、その内容から「弦生」と「弦声」とは同一人物といえるかどうか。さて、井田弦声と長田秀雄との関係はどうか。そしてその内容には

帰京後いろ〳〵奈ことにてつひ〳〵御無音の段御免、雨や風にて滲々奈めに逢ひ候、何れ近日御訪ね可申候、但しその節は前以て電話ででもお伝申し候、先生へよろしく、八月三十八日、

このことより弦声の原稿は見えず『スバル』三号の原稿とは長田秀雄の「尺牘《せきとく》四則」と推定した。最初の一節を引用してみよう。

四十一年八月一九日　深更

寂し。実に寂しい。今夜は遠方に雷の響が聞えて風は少しも吹かぬ。浪の音も死んだやうになって、響いて来ぬ。僕の居る處は私立伝染病研究所だから、幾棟の動物小屋がある。月は澄んだ色をして動物小屋の屋根に昇る。亜鉛屋根がぎらぎら光る。遠く離れた病室で男女の入り混じつた笑声が聞こえる。僕は一軒の家（と云っても二間しかない）に只一人だ。東京の事が思ひ出される。亜児蘇《アンサント》の香が痛切に思ひ出さらる。又東の桟敷の二に坐って、若い女を隣に見ながら数人の友と芝居を見た事を思ひ出す。俺は今一人ぽっちだ。（以下略）

この詩四編には四一年八月十九日の他に「十月十五日、十一月十一日、四十二年二月十日夜」の四作があるが、敏麿へのハガキは二月十七日の消印から七日後に発信している。

まだ長田秀雄が弦生という雅号を称したか確認できないが、『明星』を見ると秀雄は明治三九年五月号に「春愁」と題する短詩を発表するから、その前に新詩社の社友になってる。その後、次々に長詩を発表するが、同六月号の「文藝彙報」には五月小集会には参加して記念写真に収まっている。また、三九年一二月号の「社友動静」に與謝野寛・茅野蕭々・吉井勇・北原白秋の四人に熊本より京都に戻り加わり帰京したとある。

明治三八年頃、廉次郎は花麿と称する事が多いが秀雄と明治大学の「ＪＰ娯楽部」でどれだけの間柄であったか。『明治大学百年史』にも「ＪＰ娯楽部」の活動について簡単に触れるだけで詳らかでない。

長田秀雄は東京の生まれで、初め独逸協会中学で太田正雄（木下杢太郎）と同級で明治大学独文科に学んでいるから、ここで敏麿とＪＰ娯楽部で知り合いとなったとみた、後大正九年（一九二〇）大作の史劇『大仏開眼』を発表して劇作家となる。やはり弟長田幹彦は『明星』の同人で後の小説家である。次に花麿、祖父母に宛てた書簡からその様子をみよう。（明治三八年書簡）

長田秀雄『スバル』へ

また、四月一五日の新詩社劇会にあたり石川啄木は友人の金田一京助や野村長一（胡堂）に招待状を送り参観を求めている。（『啄木全集』第十巻）

ここで、敏麿の名前に就いては明治四〇年七月、大学卒業と共に「としまろ」と使用する事もあるが、それでも「花麿」や「夢外」を主として使用しているが、四一年一〇月以降、「敏麿」とすることが多い。これは博文館に就職が決まってからとみえる。しかし、その敏麿の「敏」の由来は何処からかと疑問になる。『明治大学百年史』第三巻第三編「二〇世紀の到来と明治大学」では文化活動にふれ「大町桂月・内海月杖・夏目漱石・上田敏」を予科講師として招来したとみえるから「敏」の一字は上田敏の一字をとり敏麿としたのでなかろうか。

ともあれ長田秀雄は『明星』が四一年一一月、通巻百号で終巻となり、それに替わり石川啄木・平野万里・吉井勇・木下杢太郎（太田正雄）・森鷗外等の創刊した『スバル』に参画する。それは明治四一年一〇月号の『明星』に『スバル』の予告がある。そこに外部執筆者森林太郎他六名と「外数名」、内部執筆者與謝野晶子他七名と「外十数名」、それぞれ名前があるが、敏麿は外部者の外数名に入っていたのか解らない。しかし、弦声のハガキに「鉄幹にもよしく度む」とあった事で名前を連ねていたものか。

その『スバル』一号は四二年一月に発行された。発行人は啄木で第一号は平野万里が第二号は啄木が、それぞれ編輯する。そして第三号の編輯は吉井勇に替わり木下杢太郎が編輯する。

杢太郎の「パンの会の回想」（『木下杢太郎全集』第一三巻）に依ると明治四二年一月九日、一三日、一八日、二月一三日等、パンの会の様子が伺えるが、敏麿の名前は見えない。

先に触れた四一年八月二八日のハガキは堺から帰った時とみえ四二年二月一七日のハガキは弦声『スバル』三号掲載の原稿「尺牘四則」とみた。ここに先生とあるのは敏麿の恩師、三宅青軒を指すと思う。ハガキの如くであれば長田秀雄の原稿が敏麿のところに届けられ、それを敏麿が木下杢太郎のところに届けたことになる。啄木の「ローマ字日記」に依ると太田（木下杢太郎）が度々啄木の下宿を尋ねているから二月一五日に敏麿が訪問したのも太田の紹介かも知れない。

ところが、先に触れたが明治四二年二月の弦声のハガキには「スバルの原稿送る」とあったが、この井田弦声の原稿は『スバル』三号に掲載されていないのみか弦声の名前が見えない。今後の検討課題として置く。

森鴎外博士のこと

敏麿と森鴎外のことは後に敏麿の雅号、流泉小史の『剣豪秘聞』「男谷下総の巻」巻頭で触れられているから少し長いが引用してみる。

いづれも、筆者とは親子程——或はそれ以上、年令の差異ありと覚しき老紳士であった。うち一人は、よく刀屋で顔が合つたもので、その頃現在の十分の一の価格も有して居なかつた新刀の、切味上々とある所を筆者が堀出して、価格交渉に及んで居ると、向様は云ひ値で横合から掠めつてゆく。その点から云へば、これは「面友」ではなくて、寧ろ「面敵」とでもいふべきものであつたかも知れぬ。他の一老はこれこそ真の面友で、よく和書専門の古本屋で、お目にかゝつたものであつた。その老面友の蒐めて居られたのが、主として「武鑑」であるに対して、こちらは主として、武芸の「古実伝書」と云つた類のもので、後にはお互ひに、これ〴〵本屋には、

これ〜があつたがなど知らせ合ふといふ間柄になり、一度などは夕餐を共にしたことなどもあつた。――この辺で二老の氏名を発表することにしよう。貧寒小史の掘出しの業物を、云ひ値で掠めつてゆく一者は、故枢密院議長―当時副議長の浜尾新子爵で、他の武鑑蒐集者であるところの一翁は、当時すでに陸軍を退かれ、帝室博物館長と宮内省図書頭とを兼任して居られた、故鴎外漁史、森林太郎博士であった。

浜尾子爵のことは、本篇とは余り関係がないから措く。鴎外博士には促されてそのお宅にお伺ひしたこともあり、しかもそれが精々一度か二度で、――三度とは、お邪魔をしなかつたやうに思ふが、上記の如く出さきで顔が合ふと、その都度筆者の蒐集品について、懇切な御指導なり、注意なりを頂くが通例であつた。

（中略）

博士の晩年は人も知るが如く、史伝考証の学にかくれ、その方面に趣味をもつて居られたやうであつたから、いま少しく、かすに尚多くの春秋を以てしたならば、或はその霊筆、この剣聖を伝へて、名実相完きものが、今日に遺されたかも知れぬ。然るにそれらの事なくして慌しく薨去せられたのは、惜しみても尚ほ余りある次第で、殊にそれが、小史の不文によりて紹介せらるゝ場合、地下の剣聖その生前に比し、知己著しく等差あるを嘆ぜられるゝかも知れない。敢て読者諸君に対してのみと云はず、本文に入る前、往時を追想し、且つ特にその茲に至るいきさつを記し、以て、上記二先覚在天の霊に告げ、併せて夫の佛頂を汚すの非礼を深謝しておく次第である。

森鴎外は大正一一年（一九二二）七月九日に亡くなっているから小史の追懐もそれ以降とみえる。

ここでは敏麿、鴎外主宰の観潮楼歌会のことなど触れることがないから明治四二年頃、参加したか否か明らかでない。しかし、別な意味で鴎外と親交があったことは記憶して置くべきである。

萱野《かやの》二十一《はたかず》の書簡

さらに萱野二十一から明治四三年一二月一七日付の小原敏麿宛てのハガキ（№85）がある。

拝啓

太田の関係之件ニ付是非一応御話申度

儀在之候間午恐縮御来車被下度候、小生方

御伺度候へども事務多忙にて外出難

く参上候恵共早御留守なれは被存之に

も相成り候に付、右申上候間、不悪御承知
被下度候

この差出人は萱野二十一（一八九〇—一九二四）、本名郡虎彦のことである。彼は東京に生まれ作家・小説家・劇作家で「白樺」や「スバル」「三田文学」等に参加した人物である。「スバル」の明治四四年第三巻二号の附録に戯曲『鉄輪』（「執念三部試の第一」）を掲載する。それ故、敏磨へのハガキはその時木下杢太郎からの紹介であろうか。「スバル」掲載の様子を問い合わせたものか。この戯曲は人物・時代・場所が示され第五段の構成である。二号の編輯は吉井勇が担当したとみえ「編輯後記」に**○本号の附録に掲載した萱野二十一氏の戯曲『鐵輪』は、同氏の所謂『執念三部曲』の第一戯曲である。第二曲として『清姫』を第三曲としては何か現代物を書くのだそうである。**

ハガキの最初にある「太田」は木下杢太郎のことで、「スバル」には萱野は小原敏磨の宿を訪ねても不在と思い自分の下宿「駿河台南四谷町一七、片桐方」まで来て下さいという。

敏磨との関係は詳しく知る事が出来ないが既に触れたように長田秀雄と木下杢太郎を通しての関係と思われる。『日本近代文学大事典』の「スバル」の解説に依ると石川啄木は第二年（四三年）一二号の『死』（短歌）をもって遠ざかっているようである。敏磨も長田秀雄や太田杢太郎を通して「パンの会」に参加したものか「スバル」に実際は投稿していない。

「明治近代劇集」（『明治文学全集』八六）には虎彦の詳しい略歴が掲載され、さらに『木下杢太郎全集』第一六には「郡虎彦君」と題して一文がある。虎彦は大正十三年（一九二四）一〇月六日、スイスにて三五歳で亡くなっている。

（七）武田源次郎との動向

廉次郎は時代の寵児というか、志を胸に上京し明治大学（専門部）の一期生として法学部に入学した。そこで交友関係を伺うと入学早々帝国大学生を尋ねる。その帝大生とは盛岡中学の先輩、武田源二郎の同級生（第三一年次）波岡茂輝（一八七八—一九三九）のことであろうか。波岡は盛岡浅岸出身で三五年に東京帝国大学に入学して三八年に卒業、後に福島県立白河中学校の校長を勤め、東京で短歌雑誌『草土』を主宰する。やはり石川啄木が三八年一〇月一一日に盛岡より波岡に手紙を宛てているが「**多分月給をタンとお取れなさる事と存じ候へば**」とあるから借金の依頼とみえる。（『啄木全集』第七巻書簡、筑摩書房刊）

廉次郎は上京後、あまり友達はいないと言っているが和賀郡岩崎村字煤孫出身の先輩、武田源二郎とは心を許し合える友達といえる。矢張り同じ和賀郡の出自ということか中学時代にも武田の送別会費の事を祖父文太郎に報告する。この武田源二郎、「二」を「次」とする事も多いが、晩年は源助と称して政治家を目指している。しかし、彼の援助で大学卒業後博文館書店に勤務するが、武田氏に就いて、今の所杳としてその動向が詳らかでない。盛岡一高の『白堊同窓会会員名簿』には岩崎村字煤孫一二とあるが現段階で分かることを挙げてみる。

彼は盛岡中学を中退して上京後、東京の国民新聞社に勤め明治三六年（一九〇三）一一月には『近時極東外交史』を主幹徳富蘇峰の序文を得て民友社より出版する。それは日清戦争後の国際情勢というか清国と朝鮮と南下する露国の満州（現中国東北部）の権益に関係するもので日露戦争前の情勢を論じている。当時は余程世人から注目されたものといえ蘇峰の序文に

頃社友武田源次郎、近似極東外交史を編し一言を敍せんとを求む、予之を一閲して、其の簡にして要を得たるを嘉みし、自から感する所を記し、之を著者に質し、併せて此書を読む君子に質すと云爾。

と評する。盛岡一高の名簿では「元万朝報・政治部長」とするが、その後源二郎は三九年（一九〇六）一〇月には博文館に入社する。そして四一年五月に同社を退社、その後は盛岡に戻り岩手毎日新聞に席を置き、事有る如く上京するし、敏磨に逢い忠告もする。この事は後でも触れるが四二年八月盛岡で清岡と逢った時に話題を報じている。

此間の清岡氏宅を訪問の折、貴下の『五千石ハ大に評判善し』云而有、新渡戸仙岳氏より紹介者考たる、清岡氏の礼状来り居れ候。岩手日報報社へ貴下ニハ未だ転居の通知ヲ発セズニ見ユ、新聞配達の都合上、右社へ転居先キヲ報知スル事可然存候、（No.48）

武田は清岡の自宅へ伺うこともあって、敏磨の執筆内容にも触れたのであろう。「五千石」という小説の内容は分からないが何か歴史ものを岩手日報編輯の新渡戸仙岳宛てに投稿したのであろう。

このことを仙岳の明治四四年七月五日のハガキ（No.29）に

恭啓　益々御清健奉賀候、今回者玉稿沢山御恵送被下御懇情等御礼申上候、不日掲載紙上花を咲うせ可申一同相楽み居候、最礼敢御挨拶申上候、早々　不一

七月拜上、

このハガキは「五千石」を指すのでなかろうか。

ところで此れより二年前廉次郎は大先輩、山水の探訪作家大町桂月や鳥谷部春汀等の知遇を得たとみえる。しかし、武田源二郎は四一年五月同館を退職、この退職前、廉次郎、名前を改め「敏磨」は武田と鳥谷部の紹介で博文館に就職する。就職と云っても当時は原稿持ち込んで、原稿が出来ないと金にはならないと見える。廉次郎は肋膜を再発して順天堂病院に一七日間入院するが、その間に同

じく入院していた春汀は病死する。それに就いて明治四一年一一月二二日付けのハガキ（No.90）がある。

拝啓　病気の上との免鬼面よろしからず候ニ付、明後廿四日午後七時頃御尊来被下度願上候、鳥谷部春汀

敏麿は一二月二六日の書簡で春汀について「**一昨日死去、一人は五戸《ゴノヘ》の人に鳥谷部《トヤベヤ》春汀とて『太陽』の記者なるが、これは三宅先生の友人にて小生の為の恩人に候が**」と祖父に知らせる。春汀は博文館では『太陽』の編輯に従事して、この年の八月、文豪大町桂月や画家平福百穂を十和田湖や奥入瀬に案内、渓谷を世に知らしめる端緒となっている。坪谷善四郎編『博文館五十年史』には明治四一年に「春汀、鳥谷部銑太郎氏死去」の項を立て追悼する。

さて、武田は博文館では「太平洋」（正式には当時「商工世界太平洋」）の記者を務めるが四一年五月に金子範二（紫草）と共に退社する。敏麿は四二年三月一五日に大浦兼武（当時農商務大臣）の養女吉原静江と結婚する。しかし、一ヶ月後の四月一三日の夜、人力車に乗った妻静江が自動車と衝突した弾みで事故に罹り九死に一生をへて愛宕町の東京病院に入院生活をする。その間、敏麿は博文館の仕事を休んで妻の看病を続ける。

この頃に敏麿の動向は多忙を極めるが、源二郎の話しを進めると、一月に母の危篤にあい郷里の煤孫の実家に帰宅、その時に敏麿に宛てた書簡から東京に於ける何か事業か、仕事で敏麿に松本芳彦や塚本法学博士に会って資金を借りることを指示する。それが何を指すか手紙のみでは判断が出来ない。また、後で触れるが敏麿は妻が退院したことで五月末にドイツ人アーサー・メリヘー氏を京都・丹波方面に案内通訳して会社に帰職する。

ところが博文館では敏麿には太平洋の席がなくなっていて、その理由は詳らかでないが会社を辞める。その経過は敏麿から源二郎に電報で知らされたと思われるが源二郎から詳しく知らせろと来る。その手紙の差し出先は「盛岡市肴町、岩手毎日新聞社　武田拜」とあるから高橋嘉太郎経営の岩手毎日新聞社に席を置いていたとみえる。次いで敏麿は友人西村文則と松浦歓一郎の推薦で報知新聞社静岡支局に派遣される。それには妻静江も同伴するが、三ケ月で退社、その理由は約束の賃金が安く（始め五〇円と祖父に通知、これは敏麿の誇張か）二人で生活出来ないという理由であった。この三ケ月の静岡支局勤務中に源二郎の書簡が六通程あり敏麿に忠告を与えている。源二郎は敏麿に今回の勤務は栄転なりと盛岡では岩手日報社主の清岡等を通して安岡省三（報知新聞社編輯長）等が敏麿を話題にしている。しかし、敏麿は忠告を聞く訳でもなく一〇月には東京へ戻る。その理由はハッキリしないが妻静江の病気と自分の病気にも一因があったとみえる。

さて、武田源二郎は翌年三月には満州にいる内藤順太郎と敏麿との間を取り持ちする。内藤は熊本の出身、日満商会に務め『王連嬢稿本』を撰述した事を敏麿に通知して『琵琶記』の本を送り返してくれと連絡するが、さらに夜の哈爾賓（ハルピン）の様子を報告する。この『琵琶記』についての武田が中に入っていることで満州に詳しい源二郎の助言を得ていたものか。

その後、明治四四年一月敏麿への年賀状には盛岡市紺屋町の住所になっていて武田源助と称するから岩手毎日新聞に席を置いたと思われる。そして四四年一一月から函館市の「函館日々新聞」の主筆として勤務する。

岩手日報の社主清岡等の『日記』（明治四四年七月から一二月、岩手県立図書館寄託）一二月一六日に「雨　武田源助氏ヲ芳田屋へ招待」とあるから函館から戻っていたのであろうか。これ以降、武田源助は大正一三年五月一〇日の第一五回総選挙で岩手県第五区稗貫・和賀地区から立候補（憲政会）して広瀬為久に敗れている。この翌年に『次の総選挙普選後の政界』と題して東京の滝野小町―源助の著名で本を上梓している。また昭和八年三月三日に発生の三陸大海嘯に対して民政側として名前を確認する。（「大海嘯見聞記」・岩手日報）に名前がみえる。

武田源次郎の動向に就いては佐藤光洋氏の調査で次の掲載記事のあることが分かった。

昭和二年一〇月「政友会に対する好悪（一）―予の感じた変遷―」『共存共栄』（二―一〇）
　二年一一月「政友会に対する好悪（二）―予の感じた変遷―」『共存共栄』（二―一一）
　三年一月「政友会に対する好悪（三）―予の感じた変遷―」『共存共栄』（三―一）
昭和八年九月「岩手人物史の一瞥」『快光』（二―九）
昭和八年二月「宗教の一断面」（東北、特に岩手県に於ける）『快光』（二―二）
昭和九年一月「詩と政治家」『快光』（三―一）

（八）『料理新聞』と博文館、そして報知新聞静岡支局勤務

敏麿は二冊の著書を上梓した後、四〇年秋には文官予備論文試験に合格するが、引き続き大学にて補講（文官試験受験者）をやり、下宿では原稿を書いていることが知られる。

しかし、体調が勝れず四一年暮れには肋膜が再発して駿河台の順天堂病院に一七日間入院する。それ故、祖父文太郎へは度々送金を催促する。志はもう大学卒業後は執筆で生活するから家からの送金は要らないと大見得を切るが、それとは裏腹であることが書簡から窺える。しかも、三宅青軒の紹介で一〇月頃に船橋碧川（号みどり）の編輯する「料理新聞」（住所根岸笹ノ雪横町一一一六番地）に

原稿を投稿する。この新聞は月二回の発刊で敏麿は短編を求に応じて寄稿するが、船橋生とは船橋碧川であることが分かった。碧川には脚本が多くあるが、三宅青軒の門下で矢張り青軒の弟子三宅孤軒と深く関係する。

柳樽寺、井上幸一編輯の『川柳』第一六号（明治四〇年一月）に孤軒は「青軒門下の年少詩人」とあることで、当時は俳句を主として三宅青軒の弟子であった。そして当時『料理新聞』の編輯は船橋碧川が担当する。船橋のハガキには三宅先生のことが良く出て来る。

次ぎに船橋生（碧川）と敏麿の書簡（ハガキ）を挙げてみる。

明治四〇年（一九〇七）

10月27日、　三宅青軒先生より紹介「料理新聞」へ原稿依頼、家庭向けの内容、短編三枚乃至五枚、
10月28日、　「肱鉄砲の一編」原稿、来月五日発行、
11月13日、　15日発行、三宅先生宅へ届ける、次回締め切り20日、家庭的な漫録、
12月16日、　新年号、原稿不足、
　17日、　早速寄稿感謝、

明治四一年（一九〇八）

1月5日、　新年号送る、年賀状、
　6日、　原稿届く、月二回発行、
4月7日、　旅行より戻る、三日四日病褥、三宅先生宅へ、
5月7日、　三宅先生宅へ、脚本完成の上、当市及び阪神へ、
　9日、　三宅先生より散歩会の二人で幹事を依頼される、（みどり名）
　　三宅先生等と京浜電車で…、
6月18日、　明日午後二時より東潮荘へ「真田三代記」持参と、
　21日、　釣りの事、井田（弦声）君同伴の事、
7月11日、　本日三宅先生と会見、貴殿の儀に付き相談、
　15日、　新聞発行日、御来駕か、
8月18日、　手直し、御来駕、今朝両日奔走、

20日、宿泊依頼、新聞に対する打ち合わせ、また、新聞記者溝淵生気について動静依頼あり、
24日、会社の一件、本日午後二時過ぎに御来駕、
26日、昨日、原稿（東北・関西案内）戴き写真を加え印刷所へ、また、第五面のもの、名所案内等原稿を頼む、
27日、原稿の催促、また、菓子製法についても、
28日、原稿受理、明日御来駕、委細お話あり、
9月2日、二九日より横浜に出張、本日帰宅、御信書拝見、要事は明日通信、

明治四二年（一九〇九）

12月22日、貴著「鴛鴦の羽色」と題して二座訪問、本郷座アテにならず、次ぎの喜劇は来春まち、
24日、貴稿の「カブト青海号」…御座張相願う、原稿ダメなら他に入る処あり、
29日、先方不在の為、小生責任を以て何方でも相頼むべし、失望なく願上候、

明治四三年（一九一〇）

3月31日、福田氏訪問の後、先生宅へ訪問、意外の事承り候、明朝九時前に御見へ、
5月5日、ハガキ拝見失望致候、…自分の思ふ程人は思ひとれず候、
7月23日、朝顔も今や盛上りに相成候、小生目下平静、
8月14日、昨今の洪水、一一日に洪水にて非難・雨傘返して下さい。

以上が船橋碧川との通信であるが『料理新聞』なるものを確認していない。夢外は学校卒業後に三宅青軒の紹介で料理新聞社で編輯していた船橋みどりを紹介されて、短編の原稿と投稿、更に就職までお世話してくださっている。それは明治四一年に顕著な例が見え、三宅先生と相談しつつ、敏磨の就職先まで探したようである。

また、敏磨、病気を繰り返しながら博文館を辞め、報知新聞静岡支局も三ケ月で辞めて東京にまい戻る。そして戯曲や喜劇の台本等を作ろうとするが碧川に助言を得たとみえる。あまり詳しく解らないがその片鱗はハガキから窺える。

さて、碧川は大正一三年（一九二四）ころには映画の脚本が知られる。それは「天の邪魔」「幸運児」「女飛行機」「笹野権三郎槍の権蔵」や「富士八郎」等の時代劇である。この頃には敏磨、柳巷と称して秘密小説を書き終わり静閑（病気療養中）とみえる。

また、『料理新聞』に目を向けると『料理新聞』は昭和四年五月発行の三宅狐軒著『磐鹿六雁命御事績』序文に依ると明治三三年（一九〇〇）に全国料理業同盟会が創立、同三六年に機関誌新聞として『全国同盟料理新聞』が創刊する。次いで明治四二年（一九〇九）

から孤軒がその経営に充たっている。正に小原夢外が青軒の紹介で料理新聞に原稿を投稿したのは四〇年秋からであるから三宅孤軒の経営に移る前といえる。

そして毎月二回（一日と一五日）に発行されて一ケ月三〇銭の定価であった。書簡から敏麿（夢外）は青軒の指示で編輯者や数人の友達（古川君・井田弦声君・溝淵正気、福田氏）と魚釣り等に出かけることもある。また、船橋へ就職の斡旋を頼んだり脚本の本（台本）を貸し借りもする。

この関係は具体的に詳らかでないが、馬場孤蝶著『明治の東京』（中央公論社版）によると次ぎの一節が参考になる。

その時分の文学者の生活を思ふと、今とは全く隔世の感がする。僕などは、とにかく外に定収入のあるみちがあつたので、どうにかこうにか暮してゐたが、文学を職業にしてゐる人々の生活に至つては、こゝにいふまでもないであろうが、従って、社会的にも人として、何等認められて居るのではなかつた。

小原夢外もこの例外でなかったと思われ、次ぎの道を求めたといえる。

博文館に入社

次いで博文館に武田源二郎等のお世話で就職するが前述の通である。『博文館五十年史』には太平洋雑誌の変遷を記録する。

明治三三年「週刊新聞・太平洋」が初めて発刊（写真挿入）以来幾度も体裁を変えて同三八年「太平洋」主任記者浜田四郎に替わり金子範二（紫草）が入館、同三九年八月以降は『商工世界太平洋』とする。一〇月太平洋記者に武田源次郎が入館する。明治四一年太平洋記者の金子範二と武田源二郎は五月に退館し、金子氏に代わり川本忠太郎が新たに入館して太平洋主任となった。明治四二年一月、また太平洋記者として高橋立吉及び編輯局庶務係として本昌明が入館した。

確かに四〇年一一月号には編輯部長主幹として坪谷善四郎を始め社員武田源次郎・長谷川誠也・鳥谷部銑太郎・金子範二等の名前が認められる。そして四一年一月、第七巻第二号から同一二号（六月号）までは編輯兼発行責任者は金子範二となっている。どう見ても『商工世界太平洋』には小原敏麿の作品も原稿も確認されない。あるいは匿名でも記事を掲載したか。

先にも触れたが四二年四月、妻静江が入院した間にドイツ人アーサーの旅行案内を金子紫草（範二）に頼んだと書簡にあるが、金子とは親しい関係であったか。金子とは柳樽寺川柳会での金子笑学坊のことか。

太平洋雑誌は毎月一五日に発行、平均七二頁（特集号以外）、定価一二銭、口絵写真、経済界や世界情勢、満州・台湾・東南アジア等の動静等広く話題を掲載する。

（九）内閣修史局に就職、岩手日報社主清岡等と新渡戸仙岳の知遇

敏麿は四四年六月、農商務大臣大浦兼武の世話で「内閣修史局」に就職するが、ここは「大日本史料」等を編輯するところで現在の東京大学史料編纂所の前身にあたる。名称は修史局編纂係補という役目で総裁は当時の首相桂太郎、主任は黒板勝美博士であった。一度、八月に福井市の松平家へ史料調査に同行するが、体調が思わしくなく仕事を休みがちで結局六ヶ月余りで退職する。

また、大浦大臣も農商務大臣を八月に更迭され、これに、内務大臣となった原敬（岩手県出身）を批判する。原も大浦を毛嫌いしていることが『原敬日記』（二巻一四七頁）にみえる。この修史局に八ヶ月在職すれば従七位の奏任官待遇で県の郡長になれたが棒に振る。その原因は持病に基因しているか。

しかし、この頃、岩手日報社の社主清岡等や編輯の新渡戸仙岳に知遇を得ている。それは先にも触れたが明治四二年一一月二八日のことで、次に新渡戸仙岳の手紙（No.65）を挙げてみる。この時敏麿の原稿が返却されている。

御手紙正ニ拜資致候、早速御返事可差上筈之處、清岡等氏（本社主幹）に相談之都合も有之、今日まで遷延相成り候段平ニ御海認被下度候、拜承候得御病気ニ御悩みのよし、御胸中魔事御迷惑の御多事と深く御同情申上居候、玉稿者返上候間、いつれに可御相談被下度候、下斗米大作の御作の脱稿を待上候て頂載致度候、歴史的小説者当地に者向き候事に御座候、何とかして少しでも多く送り上度存居候へとも迂生は契を以て常々苦しみ居候ものニ有之、清岡氏も早く生計豊ならざることに御座候へ者、思ふに任せず、甚些少にて何の御用にも相立申間敷事に候へとも、別券清岡氏より進呈致度旨被申候、枉げて御受納被下度候、迂生者経験も無座候居へども病疾氏者中々頑固なる病症にて苦悩も一方ならざる由ニ御座候へ者、呉々も御病芳察申上居候、今以て報知社に御名前を列せられ候や、和井内君に御逢被遊候者、宜敷と致声聞被成下度候、追而向寒の節相当御自愛可被遊候、

敬具

十一月廿八日　　　新渡戸仙岳

小原敏麿様

足下

敏麿は早くから南部藩の相馬大作に関する作品に興味を抱いていたとみえる。後に大作の生家の下斗米哲子と再婚して、その義兄下斗米耕造から教を受けているから、故なき事でなく『幕末実説剣豪秘聞』（流泉小史）にも断片が窺える。岩手日報の清岡等や仙岳に

好誼を結んだことは石川啄木とは別な面が伺がわれる。恐らくそれを取り継いだのは武田源二郎が関係したと思われる。先に少し触れたが清岡等の『日記』（明治四四年一月から六月）「**六月廿四日、晴天、東京小原敏麿、笠原健一（山口貴雄氏ノ件二円添フ）門司市清岡貞吉氏へ送書**」とある。敏麿宛のハガキ（No.26）には

□□　時下梅雨之候、折角御自愛祈入申候、不取敢御寸楮希願申上度、匆々　拝具　六月廿四日、盛岡市清岡等

と時候の挨拶を述べる。また二五日付けのハガキ（No.27）には前後虫喰いで文字が不鮮明であるが「□□□□祥奉大慶□□□《(小)》生痔疾に□□《(対)》あ利此見舞□□辱うし御芳□□千万寿候、拝謝存候、尚中岩手日報に対しては時〻此高配被賜度候、□□」と、この歳、清岡社主は痔疾で悩んで臥床したとみえ日誌の「見舞人名簿」に波岡茂輝や小原敏麿の名前が認められる。故に敏麿の作品が岩手日報に掲載されているか否か調査する必要がある。

尤も盛岡市長を長く勤め原敬以上に人気のあった清岡等と同派は明治三五年（一九〇二）の第七回衆議院総選挙で原の政友会派に敗れる。清岡は盛岡電気株式会社の社長と岩手日報社主として若い者に目を注いでいたことが「日記」から伺える。日記には日報編輯の新渡戸仙岳が時々報告に見えているが、石川一・啄木や波岡茂輝、小原敏麿、そして武田源助等の名前が認められる。敏麿の明治四五年年賀状にも波岡や武田源助の名前があるから故郷岩手の情報を交換している。

（一〇）日満商会内藤順太郎

内藤順太郎（一八七七―一九四三）は熊本の出身、雅号を隈南と称す。又武田源二郎の親友とみえ明治四二年八月には東京で武田とお会いする。その頃、内藤は満州の地理風土等を調査するとみえ、源次郎の書簡に「**内藤氏ハ来ル十六日門司発喜義丸ニテ渡満の予定、小生の関東日々新聞云々は未だ細目の約束ナキ故、此の報知ハ次回にせらる**」とあり、源二郎もゆくゆくは渡満に夢を抱いていたか。（明治四二年八月十三日書簡・No.49）

また、順太郎は三月に北満州哈爾賓街夜の様子を敏麿に報告すると共に『琵琶記稿本』の送附を感謝する。それは翌年三月二三日に源二郎宛てのハガキ（No.20）に

御近況如何に候哉、扨て申すまでもなく御如才有之間敷候へども、又在ハルピンの内藤君より直接貴下へ申越之り候義と存候へども実は例の琵琶記一先づ御返附被下度との事に有之候間、貴下より直接内藤君へ御送り被下か又は小生の手許まで御送被下か、何れにか此際取急ぎ得貴意候、小生の手許へ送り被下候はば改めて小生より内藤君へ郵送可致候、匆々不一、

この『琵琶記』が如何なる内容のものであるか詳らかでないが、先の書簡（一三日）「近き将来に於て斧裁を加へ完稿として貴下の玉斧を乞ひ御厄介を願ふの時ニ有之、何卒旧に御こりなく其際は再度の御尽力致願上候」とある。

小原敏麿のミステリー小説に関係するものであろうか。相沢先生は『琵琶記』に注目する。敏麿作品、『破れ恋』『母の罪』『死骸館』では必ずと言うほど事有る毎に「満州に渡る」とか革命の話題、「某復興」等という言葉が登場する。更に大正期になり柳巷の名前の小説で『幽霊屋敷』『将軍の娘』『悪魔の家』でも清朝復活等、満州の事が多く登場する。その意味で武田源二郎と内藤順太郎との関係は記憶しておくべきである。

事実、順太郎に昭和二年『満蒙の開発と邦人』『満蒙の特殊性と邦人』（東亜社出版部刊）等があり東亜の民族に関係する著述が多い。そして昭和一八年（一九四三）一〇月諏訪丸に乗船していたが撃沈され死亡したと推定されている。

武田源二郎には民友社時代『近時極東外交史』という著述があるから徳富蘇峰（内藤は熊本市出身）以来の交流と思われる。

順太郎は明治四三年八月二二日付けの書簡（No.57）に

日下哈爾賓案内記（三百頁ばかり）**編纂中、出来たら一部進呈可候、或は東京の印刷所で印刷する事に相成やも知れず、其の節は御面倒願上候やも知れず候**（出版は当地日本人会）

岩手盛岡人にて基伯斉藤翁、目下来哈中、小生方へ寄寓し朝夕鳥路を戦はし居り候、だが九月で持たぬかた閉口に候、

この時、日満商会には斉藤実海軍大臣が来ていたのであろう。

（一一）『講談体日本外史・源平の合戦』の発刊

大正二年（一九一三）七月、小原敏麿は東京成富堂より『講談日本外史・源平の合戦』を発刊上梓する。その本、菊判二五〇頁、七二章から成り、もともと頼山陽の原本を講談形式にしたもので「小原龍江口訳」とした色摺の口絵（悪源太義平・重盛）の合戦絵が作者「英忠」の筆でなる。そして序は歴史家で俳人である笹川臨風（一八七〇―一九四九）が叙す。自序を載せる。

本篇の著者はこの講述に依りて二個の大罪を犯せり、一代の文豪山陽先生の心血より成れる日本外史を講談体なる名称の下に俗悪化してまた先生の霊筆をしのぶに由なからしめたる事その一也。ほしい儘に先生独得の史論を削り捨て、篇中の史実にのみ重きを置きたる事其二也。これ即ち罪の大なるもの、其他小なるものに至りては十指を屈するも足らざる可きや云ふを俟たず。

申す迄も無く日本外史は山陽先生が政権の武門に移りて世また王覇の別を忘れんとするを歎き、憂国尊王の情抑へんとして抑ふる

に由なく、遂に凝つて一篇の武門史と化し以て第一維新の導火となり、王政復古の宣言書となりしは今更呶々を要せざるべし。

爾来年を閲する事百余年、先生が第一目的は既に達せられたりと雖第二目的に至りては未だ到達するの日何日にあるや—想像だにもすべからざるものあり、その第二目的とは何ぞや—第二維新—世に言ふ處の大正維新即ちこれ也。

吾人は徒らに世道人心の堕落を説かざるべし人情風俗の悪化を罵らざるべし、而して折角勃興したる我国の先途につきて悲観せざるべし、然れども流水も停る事久しければ孑子の生ずるは世の常也、未だ生ぜざるを以て何ぞ必ず生ぜずと断ずるを得んや是れ吾人の二大罪を敢犯し、此著をなせる所以也。

歴史は繰り返すてふ原則は奈何にも進化論の法則に合せざるべし、然れども昨日鰌《どじょう》を漁り獲たる柳の下に、今日も網を投せんとするは人情なり胃痛に悩める者に対してモルヒネの注射を繰り返すは多少の効果あるを吾人は日常目撃する處たり、吾人の浅学不才なる不幸進化論の法則を無視し敢て復た柳下を漁し、注射を再びする、識者の指弾は素より甘受せんとする處なり。

また吾人は世間大方の紳士淑女、識者、先覚者に献ぜんが為めに此の篇をなせし者に非ず、吾人が特に多く読ましめんとするは所謂坊チャン也、小僧ドン也、御山の大将也、—否—未来の大国民なり、要は是等の者をして桃太郎の昔話の如く、宮本武蔵の武雄伝の如く読過せしむる中、不識々々山陽先生の心霊と結合せしめの所謂大和魂発奮の資たらしめんとするの微意に外ならざるなり。

然れば著者は努て原文の意を失はざらんと企て、また一方極めて平易に何人にも了解し易からしめんとせし結果、さらぬだに不文非才の徒罪上更に罪を重ねぬ、彼の先生が史論を削去りたる如きは幸に江湖諸君子の諒とせらんことを希ふのみ。

さはれ小乗ありての大乗也、拙ありての妙也、小乗たる本篇を読みて飽きたらざる人は更に進んで原文の大乗を読まるべし、本文の拙に眉をひそめたる人は原文を読みて其益妙なるを覚るべし、これ吾人をしてしかく大胆ならしめたる所以、又以て識者の一笑を甘受せんかな。

顧みれば早くも十有五年の昔となりしよ、現時神楽坂署長として令名ある本堂平四郎氏が未だ一介の巡査として我郷に駐在し河東青年団なるものを起せし事あり、地は蓋東北を貫流する北上川の東ありしを以て、しかく名づけたるもの、この青年団は文学、武術の二部に分れ、不肖時に十有二歳、文学部にありて氏が斉藤、岩沢、藤原諸氏と共に日本外史を講ずるを聴けり、時に我郷は県下有数の難治の村、氏駐在一年半遂に其面目を一新せりき、村民今に外史の恩恵と氏の遺徳とを忘れずとかや。然らば著者の大罪は其郷党と氏とには容れらるを得るとすべき乎、これ多少著者の心をして安からしむるのものたり。

大正二年六月下澣

著者識す

既に祖父文太郎の項で触れたが廉次郎十二歳で本堂平四郎等から日本外史の講義を受けたといえる。序文から伺うに何と怖ろしいような大正維新を主張し山陽先生の思想を訴えるのである。恐らく敏麿は病気がちでモルヒネの注射をしていたといえないか。書簡や文章にモルヒネのことが好く出てる。

この本第一節は「将門謀反のこと」から七二節は「義仲京都入りの事」で終わる。それ以後については自序で述べている如く、近刊予告にみえる『鎌倉幕府』全一冊か。ただし、この後編は上梓されたか詳でない。この日本外史の原稿著述中のことが書簡に見える。

（前略）尤も社より病中と称して出勤致さぬ處より、（外史原稿の為め）月給を減せされ、外史の方は六十円の中、四十円は引きかへの上支払機金弐拾円は製本出来次第と云ふ事に相成申候始仕末、（以下略、大正二年四月二八日、№11）

と、祖父文太郎に金七円の送金、借金を申し込んでいる。しかも持病の痔も苦しで、作家生活が覚束ない様子が知られる。小原柳巷の雅号で秘密小説『幽霊屋敷』を都新聞に連載するのは大正四年九月からであるから、その間の消息は今後の調査に委ねる。

（一二）小原敏麿と関係の著名人

與謝野鉄幹（一八七三—一九三五）歌人、『明星』主宰、明治三七年暮れから花岡静枝を新新詩社の社友として「歌評」や「劇評」を書かせる。

石川啄木（一八八六—一九一二）岩手県、歌人、明治四二年二月、小原敏麿、下宿蓋平館を尋ねる、鉄幹や晶子の下で敏麿（花岡静枝）の動静を聴く。「ローマ字日記」で敏麿を厭な奴と呼ぶ。

近藤飴ン坊（一八七七—一九三三）川柳家、本名近藤福太郎、明治三七年角恋坊と共に川柳結社柳樽寺創設に尽くす。「川柳」の編輯を三八年一一月、創刊号から当たる。同一月から「都新聞」に川柳欄を開く。

三宅青軒（彦弥）（一八六四—一九一四）小説家、敏麿の師匠、別号「緑旋風」「雨柳子」等、

幸田露伴（一八六七—一九四七）小説家、東京都、三宅青軒の友達、敏麿も先生と上野公園の博覧会に同行する、

阪井久良岐社（一八六九—一九四五）川柳結社久良岐社を創設。

谷口良三（青之助）（一八八五—一九五八）長崎県、川柳人、敏麿の友人、井上剣花坊の弟子、「西柳樽寺川柳社」結成、

坪井芳五郎—「癌療法」著、廉次郎の東京での保証人、

岸本辰雄（一八五一—一九一二）鳥取県、明治大学の初代校長、司法省参事官、法学博士、

船橋碧川（みどり）、脚本家、日活の劇映画作家、全国料理業同盟会発行『料理新聞』の編輯人、青軒の門人、

橋村義太郎―奈良県、敏磨と順天堂病院に入院、四一年一二月死去する、

斉藤雀志（一八五一―一九〇八）本名銀蔵、雪中庵、「蓼太蕉門の三世」古俳句の蒐集保存に勉める。

井上剣花坊（一八七〇―一九三四）井上幸一、山口県、柳尊寺を設立、「川柳」創刊、

及川香石（一八八八―一九七一）黒岩小学校高等科一級後輩、日本画家

及川万四郎（一八七四―一九一七）黒岩前念誦出身、父悦治の弟子、台湾日々新報記者、敏磨の原稿を各新聞社に斡旋する、

川村睦―岩手県出身、東京朝日新聞記者

菊池忠平―黒岩小学校校長、俳句をよくす、敏磨の友人、

鳥谷部春汀（一八六五―一九〇八）青森県、銑太郎、博文館で『太陽』等の編輯、敏磨を博文館に紹介、三宅青軒の友人、

武田源二（次）郎―源助、博文館・岩手毎日新聞・函館日々新聞主幹、敏磨の先輩、『近時極東外交史』著、大正一三年第一五回総選挙に稗貫・和賀地区から立候補（憲政会）、広瀬為久に敗れる、

金子範二（紫草）（一八七六―一九五四）―博文館「太平洋」編輯主筆、

坪谷善四郎（一八六二―一九四九）編集者・博文館、『博文館五十年史』編纂、

長田秀雄（一八八五―一九四九）詩人、劇作家、東京都、『明星』から『スバル』へ詩を掲載、敏磨に手紙出す、明治大学の文芸活動で一緒か、弦生は号とみるか。

太田正雄・木下杢太郎（一八八五―一九四五）小説家、劇作家、美術家、長田秀雄を通して太田と知りあうか。

萱野二十一・郡虎彦（一八九〇―一九二四）、劇作家・小説家、太田を通して敏磨にハガキを出す。「スバル」第三巻第五号に寄稿する。

西村文則（才助）（一八九七―一九七一）茨城県、報知新聞静岡支局、台湾日々新報、敏磨の良き理解者、著書『藤田小四郎』『水戸学入門』『軍の隊の側面』等、

新渡戸仙岳（一八五八―一九四九）岩手日報主筆、敏磨の理解者、明治四四年敏磨、原稿送りつける、

安村省三（一八八八―一九一九）岩手県、報知新聞社編輯長、野村胡堂を同社に入社させる、

田能村梅士（一八六八―一九一五）朴念人、秋皐、明治法律学校卒、著『明治法律学校二十年史』、読売新聞記者、明治三八年五月「読売川柳研究会」設立、「川柳とへなぶり」（二号まで）発行、四三年敏磨、日本新聞社の田能村に原稿を送り採用を求む、

内藤順太郎（一八七七―一九四三）雅号隈南、熊本県、台湾・支那方面研究、国粋者か、源二郎紹介、『哈爾賓案内記』著し敏磨に校正を乞う、

広田星松―「清元研究」・「江戸文化」
柳川春葉（一八七七―一九一八）小説家、東京都、尾崎紅葉門下、敏麿と早稲田運動場の見学を一緒する、電報あり。
田中弘之―田中舎身居士、明治四二年浪人会を頭山満・三浦梧楼等と結成する。福岡玄洋社系の国家主義団体、
蔵原惟郭（一八六一―一九四九）熊本県、政治家、衆議院議員（立憲同志会）、教育家、
清岡　等（一八六四―一九二三）岩手県、盛岡市長（二代目）、『清岡等の乗車日記』（『もりおか物語』所収）盛岡電気株式会社社長、
岩手日報社長、
黒板勝美（一八七四―一九四六）長崎県、歴史学者、文学博士、敏麿「内閣修史局」でお世話になる、
斯波貞吉（一八六八―一九三九）福井県、ジャーナリスト、政治家、盛岡中学先生、
小野瀬不二人（一八八七―一九三八）新潟県、早稲田卒、二六新報編輯長、東京毎夕新聞主幹、後に社長、
泉鏡太郎（鏡花）（一八七三―一九三九）小説家、石川県、尾崎紅葉門下、敏麿への年賀状あり、
福田常永―「大日本観相学会」「美容画報」
村松政亮―北海新聞主筆、報知新聞編集長、盛岡一髙先生、
波岡茂輝（一八七八―？）岩手県、歌人、盛岡中学先輩、三八年東大卒、福島県立白河中学校々長等、
新宿浪人―「財政の緊急問題」著、振興社刊、
溝淵正気―東京朝日新聞社記者、麹町区会議員、明治三九年頃東京都電車賃値上げの反対側は発頭人（『原敬日記』巻二、一九九頁）
小松田順治―東京朝日新聞社の横浜支局記者
江見水蔭（一八六九―一九三四）小説家、岡山県、硯友社同人、『太平洋』の主筆、小説『佐渡脱獄鬼』の「城門呪の矢」（黒岩の黄金伝説）と「身替り初鮭」（黒岩溜鮎の話題）二編は小史の提供した話題から、
笹川臨風（一八七〇―一九四九）東京、歴史家・俳人、大正二年、小原龍江（敏麿）の為に『講談体日本外史・源平の合戦』に序文を撰す。
井田弦声（一八八六―？）小説家、東京生れ、船橋碧川、敏麿の友人、三宅青軒門下か、
本多精一（一八七一―一九二〇）福井県武生出身、明治・大正時代のジャーナリスト、大正四年経済情報社設立する、
黒岩涙香（一八六二―一九二〇）明治大正期の新聞記者、探偵小説作家、『万朝報』創刊する。

（終わり）

目録

祖父文太郎と孫廉次郎書簡目録

人名・地名などに限り明らかな誤りは訂正した
日付に＊があるものは、書簡の内容等から作成年を判断した

明治35年（1902）

番号	月日	分類	差出人	住　所	受取人	住　所
1	1・1	ハガキ	小田島養賢	苫前郡天売小学校	小原文太郎	岩手県和賀郡立花村黒岩
2	旧1・1 (2・8)	ハガキ	冨手三太郎	稗貫郡台温泉	小原文太郎	和賀郡立花村大字黒岩
3	12・21	ハガキ	小田島喜代太	北海道函館会所町20番地 漁業小売商藤原弥惣吉様方	小原文太郎	岩手県陸中国和賀郡立花村大字黒岩舘ニテ

明治36年（1903）

番号	月日	分類	差出人	住　所	受取人	住　所
1	1・4	ハガキ	及川万四郎	鳳山庁旧城土地調査局	小原文太郎	陸中和賀郡黒岩
2	旧35・ 12・25 (1・23)	広告	三浦長兵衛	陸中国黒沢尻町	小原文太郎	黒岩
3	旧1・2 (1・30)	ハガキ	小田島養賢	北海道苫前郡天売小学校	小原文太郎	岩手県和賀郡黒岩
4	4・29	封書	小原文太郎	立花村大字黒岩	小原廉次郎	岩手県盛岡市本町 平野仁太郎殿方ニ而
5	5・8	封書	廉次郎 (小原廉次郎)	もりおかにて	小原文太郎	黒岩
6	5・11	封書	小原文太郎	立花村大字黒岩	小原廉次郎	岩手県盛岡市本町 平野仁太郎様御内ニテ
7	旧4・23 (5・19)	封書	及川省三	黒岩村	小原廉次郎	盛岡市本町大手先乙64番 平野仁太郎様方ニテ
8	5・24*	封筒	小原廉次郎	盛岡市本町64　平野様方	小原文太郎	和賀郡立花村黒岩舘
		封書	及川省三		小原廉次郎	
9	5・26	封書	及川廉平	和賀郡立花村黒岩	小原廉次郎	盛岡市本町乙64番戸 平野仁太郎殿方
10	旧5・1 (5・27)	ハガキ	蕾花 (小田島主殿)	立花村	小原廉次郎	盛岡市本町大手先乙64番戸 平野仁太郎様方
11	旧5・1 (5・27)	ハガキ	名彦太郎	西光堂	黒岩　小原廉 (連)次郎	岩手中学校内
12	6・15	ハガキ	小原廉次郎	在杜陵	小原文太郎	和賀郡立花村黒岩
13	6・16	封書	小原廉次郎	盛岡市内丸29番戸 藤沢とよ方投宿	小原文太郎	和賀郡立花村黒岩
14	6・16	ハガキ	小原文太郎	立花村大字黒岩	小原廉次郎	盛岡市内丸29番 藤沢トヨ殿方
15	6・18*	封書	小原廉次郎	もりおか内丸29　藤沢方	小原文太郎	黒岩舘
16	6・27	封書	小原織江	立花村大字黒岩	小原廉次郎	盛岡市内丸29番戸 藤沢トヨ方
17	7・2	ハガキ	天下一呑生	和賀郡仙人山の絶頂ニテ	小原廉次郎	盛岡市内丸29番戸 藤沢当よ方止宿
18	7・10	ハガキ	小原廉次郎	在盛岡	小原文太郎	和賀郡立花村黒岩
19	8・2	ハガキ	廉次郎 (小原廉次郎)	大沢ニ於テ	小原文太郎	和賀郡立花村黒岩
20	8・5	ハガキ	小原廉次郎	在大沢温泉	小原文太郎	和賀郡立花村黒岩

21	9・1	封書	小原廉次郎	盛岡市内加賀野第12番地 櫻井たか方止宿	小原文太郎	和賀郡立花村大字黒岩
22	9・8*	封書	菊池忠平	黒岩	小原廉次郎	
23	9・11	ハガキ	小原文太郎	立花村大字黒岩	小原廉次郎	盛岡市内加賀野12番地 櫻井たか殿方
24	9・22	封書	Raikwa （小田島主殿）	Kuroiwa Negishi （黒岩根岸）	小原廉次郎	盛岡市内加賀野12番戸 櫻井たか方
25	9・26	封書	小原文太郎	立花村大字黒岩	小原廉次郎	盛岡市内加賀野12番戸 櫻井た加殿止宿
26	9・26	ハガキ	小原廉次郎	在杜陵	小原文太郎	和賀郡立花村黒岩舘
27	旧8・9 （9・29）	封書	及川省三	和賀郡	小原廉次郎	盛岡市内加賀野12 サクラ井
28	旧8・11 （10・1）	ハガキ	及川省三		小原廉次郎	盛岡市油町109番戸 岩谷様方ニテ
29	10・1	ハガキ	及川省三		小原廉次郎	盛岡市油町109番戸 岩谷様方ニテ
30	10・4*	封書	小原文太郎	立花村	小原廉次郎	盛岡市油町　岩谷方
31	旧8・14 （10・4*）	封書	蕾花 （小田島主殿）		小原廉次郎	もりおか 櫻井たか方
32	10・11	封書	小原廉次郎	盛岡市油町109番地 岩谷義徳方	小原文太郎	和賀郡立花村黒岩舘
33	10・12	封書	及川廉平	和賀郡立花村黒岩にて	中学校生 小原廉次郎	盛岡市油町109番地 岩谷方にて
34	10・13	ハガキ	小原文太郎	立花村大字黒岩	小原廉次郎	盛岡市油町109番戸 岩谷義徳殿方
35	10・15	ハガキ	小原総次郎	立花村黒岩	小原廉次郎	盛岡市油町109 岩谷方下宿
36	旧8・28 （10・18）	ハガキ	及川省三		小原廉次郎	盛岡市油町109 岩谷方
37	10・19	ハガキ	小松道二	和賀郡立花村大字黒岩	小原廉次郎	盛岡市油町109番戸 岩谷義徳方
38	旧9・6 （10・26）	ハガキ	小松道二	和賀郡立花村大字黒岩下宿	小原廉次郎	盛岡市油町109番戸 岩谷義徳方
39	10・27*	ハガキ	小原文太郎	立花村	小原廉次郎	盛岡市油町109番戸 岩谷義徳殿方
40	旧9・9 （10・29）	ハガキ	兼て御存じノ事	更木村	小原文太郎	和賀郡黒岩村舘
41	10・30	封書	小原廉次郎	盛岡市油町109番　岩谷方	小原文太郎	和賀郡立花村黒岩
42	11・1	封書	小原廉次郎	盛岡市油町109　岩谷方止宿	小原文太郎	和賀郡立花村黒岩
43	11・4*	封書	小原廉次郎		小原文太郎	
44	11・6	ハガキ	小原廉次郎	盛岡市内丸29　臼井方止宿	小原文太郎	和賀郡立花村黒岩舘ニテ
45	11・6	ハガキ		立花村黒岩	小原廉次郎	盛岡市油町109　岩谷方止宿
46	11・16	ハガキ	山田忠平	和賀郡立花村黒岩	小原廉次郎	盛岡市内丸29　臼井方
47	11・19*	ハガキ	T Kodashima （小田島主殿）	和賀郡立花村黒岩根岸	小原廉次郎	盛岡市内丸29番戸 臼井方止宿
48	11・22*	封書	小原廉次郎		小原文太郎	黒岩
49	11・27	ハガキ	小原廉次郎	盛岡市内丸29 臼井方	小原文太郎	和賀郡立花村黒岩
50	12・2	封書	小原廉次郎	盛岡市内丸29番戸 臼井方止宿	小原文太郎	和賀郡立花村黒岩
51	12・9	封書	小原順次郎	和賀郡立花村黒岩	小原廉次郎	岩手県立中学校内

52	12・20	封書	小原文太郎	立花村大字黒岩	小原廉次郎	盛岡市内丸29番戸 臼井方止宿
53	12・22	ハガキ	小原廉次郎	在杜陵	小原文太郎	和賀郡立花村黒岩

明治37年(1904)

番号	月日	分類	差出人	住　所	受取人	住　所
1	1・1	ハガキ	臼井左衛一	盛岡市内丸乙29	小原廉次郎	和賀郡立花村黒岩
2	1・1	ハガキ	金野良平	東磐井郡大原町	小原廉次郎	和賀郡立花村
3	1・1	ハガキ	笛井　忠	盛岡市	小原廉次郎	和賀郡立花村黒岩
4	1・1	ハガキ	Hanaoka Kiyoshi	Tohoku Hospital	小原廉次郎	和賀郡立花村
5	1・1	ハガキ	及川万四郎	台北市西門外街2丁目46番地	小原文太郎・ 廉次郎	陸中和賀郡黒岩
6	1・6	ハガキ	高橋武夫	盛岡日影門7　山口方	小原廉次郎	和賀郡立花村字黒岩
7	1・10	封書	小原廉次郎	盛岡市内丸29　臼井方	小原文太郎	和賀郡立花村黒岩
8	1・12	封書	小原文太郎	立花村	小原廉次郎	盛岡市内丸29番戸 臼井方止宿
9	1・27	ハガキ	小原廉次郎	盛岡市内丸乙29　臼井方	小原文太郎	和賀郡立花村黒岩121番戸
10	2・3	封書	小原廉次郎	盛岡市内丸51番戸 下田方止宿	小原文太郎	和賀郡立村花黒岩
11	旧1・3 (2・18)	封書	工藤喜三郎	和賀郡立花村黒岩	小原廉次郎	盛岡中学校内
12	2・20	封書	小原廉次郎	盛岡市下小路69番戸 下田方止宿	小原文太郎	和賀郡立花村黒岩
13	2・23	封書	小田島主殿	和賀郡立花村字黒岩	小原廉次郎	盛岡市下小路69番戸 下田方止宿
14	2・29	封書	工藤喜三郎		小原廉次郎	盛岡市下小路69番戸 下田方止宿
15	3・1	封書	小原廉次郎	盛岡市下小路69番戸 下田方止宿	小原文太郎	和賀郡立花村黒岩
16	4・10*	封書	及川廉平	和賀郡立花村大字黒岩新屋	小原廉次郎	盛岡市下小路69番　下田方
17	4・11	ハガキ	小原廉次郎	盛岡市花屋町19 吉田方止宿	小原文太郎	和賀郡立花村黒岩
18	4・26	封書	小原廉次郎	盛岡市紺屋町20番戸 栃内方止宿	小原文太郎	和賀郡立花村黒岩
19	5・7	封書	小原文太郎	立花村黒岩	小原廉次郎	盛岡市紺屋町20番戸 栃内方
20	5・10	封書	小原文太郎	立花村黒岩	小原廉次郎	盛岡市紺屋町20 栃内方止宿
21	5・15*	ハガキ	小松道二	和賀郡黒岩	小原廉次郎	盛岡市紺屋町20 栃内方止宿
22	6・15	封書	小原廉次郎	盛岡市内丸29番地 臼井左衛一方止宿	小原文太郎	和賀郡立花村黒岩
23	6・15	ハガキ	小田志満		小原廉次郎	盛岡市川原小路18番戸 梅田清身方
24	6・15	ハガキ	高橋庄七	歩兵第五聯隊七中隊	小原文太郎	
25	7・1	封書	小原廉次郎	盛岡市内丸29　臼井方	小原文太郎	和賀郡立花村黒岩
26	7・3	封書	小原廉次郎	盛岡市内丸29番戸 臼井左衛一方止宿	小原文太郎	和賀郡立花村黒岩
27	7・14	封書	田村敬造	二子	小原廉次郎	黒岩

28		封書	田村敬造			
29	9・2	封書	小原廉次郎	本郷区春木町2丁目43番地 坪井方止宿	法政大学	
30	9・12	封書	小原廉次郎	東京市本郷区春木町2丁目 43番地　穂坂たま方止宿	小原文太郎	岩手県和賀郡(黒沢尻郵便配達区内)立花村黒岩121番戸
31	9・17	ハガキ	小原廉次郎	本郷春木町2ノ43 坪井章次郎方	小原文太郎	岩手県和賀郡立花村黒岩 121番戸
32	10・1	封書	小原廉次郎	東京市本郷区春木町2ノ43 伊坂方	小原文太郎	岩手県和賀郡立花村黒岩舘 ニテ
33	10・16	ハガキ	小原廉次郎	東京小石川区表町59番地 太田方	小原文太郎	岩手県和賀郡立花村黒岩舘
34	10・18	封書	小原廉次郎	東京市小石川区表町59番地 太田鍜方止宿	小原文太郎	岩手県和賀郡立花村黒岩舘
35	10・20	封書	小原廉次郎	東京市小石川区表町59 太田方止宿	小原文太郎	岩手県和賀郡立花村黒岩舘
36	11・27	封書	小原文太郎	岩手県和賀郡立花村	小原廉次郎	東京市小石川区表町59番戸 太田鍜殿方
37	旧10・17 (11・27)	封書	小田島主殿	岩手県和賀郡立花村大字 黒岩ねぎし	小原廉次郎	東京市小石川区表町第59番地 太田方止宿
38	12・15	封書	小原廉次郎	東京市小石川区表町59 太田鍜方止宿	小原文太郎	岩手県立花村黒岩舘ニテ
39	12・22*	封書	小原廉次郎	東京市小石川区表町59番地 太田方	小原文太郎	岩手県和賀郡立花村黒岩舘 ニテ
40	12・26	ハガキ	小田島主殿	和賀郡黒沢尻投函	小原廉次郎	東京市小石川区表町59番地 太田鍜方止宿
41	12・26*	ハガキ	小田島主殿	仙台大泉支店	小原廉次郎	東京市小石川区表町59番地
42	12・27	ハガキ	小田島主殿	上野ステンション前 群玉舎内	小原廉次郎	東京市小石川区表町59番地 太田鍜方
43	12・28	ハガキ	小原 (小原廉次郎)	東京小石川区表町59 太田方	小原文太郎・ 織江	岩手県和賀郡立花村黒岩舘

明治38年(1905)

番号	月日	分類	差出人	住　所	受取人	住　所
1	1・1*	ハガキ	阪本長治	清国厦門鼓浪双 東亜書院	小原廉次郎	大日本帝国東京市神田駿河台明治大学専門部第一年
2	1・15	ハガキ	小原廉次郎	東京市小石川区表町59 太田方止宿	小原文太郎	岩手県和賀郡立花村黒岩舘
3	1・16	ハガキ	小原廉次郎	東京小石川区表町59番地 太田方	小原文太郎	岩手県和賀郡立花村黒岩舘 ニテ
4	1・16	ハガキ	小原湘水 (小原廉次郎)	在東都	小田島主殿	岩手県和賀郡立花村黒岩 根岸
5	2・10	封書	小原文太郎	岩手県和賀郡立花村大字 黒岩	小原廉次郎	東京市小石川区表町59番戸 太田鍜殿方
6	2・11	ハガキ	阪本長治	清国　東亜書院	小原廉次郎	大日本帝国岩手県和賀郡 立花村
7	2・12	ハガキ	工藤喜三郎	岩手県和賀郡立花村大字 黒岩	小原廉次郎	東京市小石川区表町59番 太田方止宿
8	2・16*	封書	小原廉次郎	東京市麹町区飯田町5-36 西海方	小原文太郎	岩手県和賀郡立花村黒岩舘 ニテ
9	3・5	ハガキ	吉原静江	千葉県上総国山武郡成東町字宮前　吉原登方	小原雪枝子 (小原廉次郎)	東京市麹町区三番町85 吉田様方

10	3・10	封書	小原廉次郎	東京市麹町区三番町85 東館内	小原文太郎	岩手県和賀郡立花村黒岩舘
11	3・13	封書	小原廉次郎	東京市麹町区三番町85 東館内	小原文太郎	岩手県和賀郡立花村黒岩舘
12	3・23	封書	及川覚美	盛岡市下小路　江南義塾内	小原廉次郎	東京府東京明治大学内
13	3・29*	封書	小原廉次郎		小原文太郎	岩手県和賀郡立花村黒岩舘 ニテ
14	3・29	ハガキ	小田島主殿	岩手県和賀郡立花村字黒岩 根岸	小原廉次郎	東京市麹町区三番町第85 番地　東館内
15	4・2	封書	小原廉次郎	東京市麹町区三番町85 東館内	小原文太郎	岩手県和賀郡立花村黒岩舘 ニテ
16	4・6	ハガキ	小原花磨 (小原廉次郎)	東京市麹町区三番町85 東館内	小原文太郎	岩手県和賀郡立花村黒岩舘 ニテ
17	4・10	封書	小原花まろ (小原廉次郎)	東京市麹町区三番町85 東館内	小原文太郎	岩手県和賀郡立花村黒岩舘 ニテ
18	4・12	ハガキ	工藤　迪	高千穂	小原廉次郎	東京市麹町区三番町85番 東館殿
19	4・17	ハガキ	小原廉次郎	東京市麹町区三番町85番地 東館内	小原文太郎	岩手県和賀郡立花村黒岩舘
20	4・30*	封書	小原廉次郎	東京市本郷区湯島4丁目3 番地　北村方	小原文太郎	岩手県和賀郡立花村黒岩舘 ニテ
21	5・5	ハガキ	小田島主殿	岩手県和賀郡立花村黒岩 根岸	小原廉次郎	東京市本郷区湯島4丁目第 3番地　北村方止宿
22	5・10	封書	本郷なほえ	北海道早来ニテ	小原雪枝 (小原廉次郎)	東京市本郷区湯島4丁目3 番地　北村様方ニテ
23	5・17*	ハガキ	近藤福太郎	久友社主	小原雪枝子 (小原廉次郎)	本郷区湯島4ノ3　北村方
24	5・22	封書	本郷直枝子	北海道胆振国早来市街地	小原雪枝子 (小原廉次郎)	東京市本郷区湯島4丁目3 北村様方
25	5・23	封書	小田島主殿	岩手県和賀郡立花村黒岩	小原廉次郎	東京市本郷区湯島4丁目3 番地　北村方止宿
26	6・7	封書	小原廉次郎	東京市本郷区湯島4ノ3 北村方止宿	小原文太郎	岩手県和賀郡立花村黒岩舘 ニテ
27	6・12	封書	小原花磨 (小原廉次郎)	在東都	小原文太郎	岩手県和賀郡立花村黒岩舘 にて
28	6・14	ハガキ	吉原静江	千葉県上総国山武郡成東 町字宮前　吉原登方	小原雪枝 (小原廉次郎)	東京市本郷区湯島4丁目3 番地　北村様方
29	6・15	封書	小原理恵 (小原織江)	岩手県和賀郡立花村	小原廉次郎	東京市本郷区湯島4丁目3 番地　北村方
30	6・17	封書	小原花磨 (小原廉次郎)	東京市本郷区湯島4ノ3 北村方止宿	小原文太郎	岩手県和賀郡立花村黒岩舘 ニテ
31	6・22	封書	本郷直枝子	北海道早来ニテ	小原雪枝子 (小原廉次郎)	東京市本郷区湯島4丁目3 番地　北村様方
32	6・25	封書	吉原静江	千葉県上総国山武郡成東 町字宮前　吉原登方	小原雪枝 (小原廉次郎)	東京市本郷区湯島4丁目3 番地　北村様方
33	6・28	ハガキ	小原花磨 (小原廉次郎)	東京上野ステーションニ 於テ	小原文太郎	岩手県和賀郡立花村黒岩舘 ニテ
34	8・11	封書	本郷直枝子	北海のはてにて	小原雪枝子 (小原廉次郎)	岩手県和賀郡立花村黒岩舘 ニテ
35	8・24*	封書	及川(廉平)	在東京神田三崎町 青年団気社	小原廉次郎	岩手県和賀郡立花村黒岩

36	9・13*	ハガキ	及川善十郎	岩手県和賀郡立花村黒岩 新屋109地	小原廉次郎	東京市本郷区湯島新花町34 番地　佐藤翁様方
37	9・15*	封書	小原花磨 （小原廉次郎）	東京市本郷湯島新花町34 佐藤方止宿	小原文太郎	岩手県和賀郡立花村黒岩舘 ニテ
38	9・16	ハガキ	工藤喜三郎	岩手県和賀郡立花村黒岩	小原廉次郎	東京市本郷区湯島新花町34 番地　佐藤方
39	9・17	ハガキ	小田島主殿	岩手県和賀郡立花村字黒岩 根岸	小原廉次郎	東京市本郷区湯島新花町34 佐藤方止宿
40	9・19	封書	小田島与太郎	和賀郡立花村黒岩63	小原廉次郎	東京市本郷区湯島新花町34 佐藤方止宿
41	9・23	ハガキ （戻り）	小原瓢乎 （小原廉次郎）	本郷区湯島新花町34番地 佐藤方	矢崎丑男	市内小石川区京北中学校内
42	9・27*	ハガキ	小田島与太郎	岩手県和賀郡立花村黒岩63	小原廉次郎	東京市本郷区湯島新花町34 佐藤様方止宿
43	10・3	ハガキ	赤羽運送店	牛込区弁天町10	小原 （小原廉次郎）	本郷区湯島新花町34 佐藤方
44	10・5*	ハガキ	小原文太郎	和賀郡立花村黒岩	小原廉次郎	東京市本郷区湯島新花町 34番　佐藤翁方
45	旧9・8 （10・6）	ハガキ	小田島主殿	岩手県和賀郡立花村黒岩	小原廉次郎	東京市本郷区湯島新花町34 佐藤方止宿
46	10・8	ハガキ	月畝	岩手の人	小原廉次郎	東京市湯島新花町34 佐藤方
47	10・11	ハガキ	昆清左エ門	和賀郡立花村黒岩	小原廉次郎	東京市本郷湯島34 佐藤方
48	10・13*	ハガキ	斉藤豊治	黒岩	小原廉次郎	東京市明治大学内
49	10・16	ハガキ	昆　運七		小原廉次郎	東京市本郷区湯島新花町34 番地　佐藤方
50	10・17	封書	小原廉次郎	東京市本郷区湯島新花町34 佐藤方止宿	小原文太郎	岩手県和賀郡立花村黒岩舘 ニテ
51	10・17	ハガキ	及川覚美	西磐井郡一の関横小路 佐藤方	小原廉次郎	東京市本郷区湯島新花町34 佐藤翁様方
52	10・21*	ハガキ	小原文太郎	岩手県立花黒岩舘	小原廉次郎	東京市本郷区湯島新花町 34番　佐藤翁方
53	10・25	封書	小田島妙仙人 （小田島主殿）	岩手県和賀郡立花村字黒岩 根岸	小原廉次郎	東京市本郷区湯島新花町34 佐藤方止宿
54	10・31	封書	及川香石	在片田舎	小原瓢乎 （小原廉次郎）	東京市本郷区湯島新花町34 番地　佐藤様方
55	11・1	封書	小原文太郎	岩手県和賀郡立花村黒岩舘	小原廉次郎	東京市本郷区湯島新花町34 番地　佐藤翁方
56	11・4	ハガキ	小原文太郎	岩手県和賀郡立花村	小原廉次郎	東京市本郷区湯島新花町34 佐藤翁方
57	11・13	ハガキ	及川善十郎	立花村黒岩	小原廉次郎	東京市本郷区湯島新花町 佐藤復様方
58	11・14	ハガキ	白川	蛎売町1ノ2　土岐方	小原 （小原廉次郎）	本郷区新花町34 佐藤様方
59	11・17	ハガキ	枌　弐生	神田	小原瓢乎 （小原廉次郎）	本郷区湯島新花町34 佐藤殿方
60	11・22	封書	三宅青軒	芝今入町26	小原瓢乎 （小原廉次郎）	本郷区湯島新花町34 佐藤殿方
61	11・27*	ハガキ	及川くきえ	杜陵の里	小原廉次郎	東京本郷区湯島新花町34 佐藤方

62	12・4	封書	小原廉次郎	東京市本郷区湯島新花町34番地　佐藤方止宿	小原文太郎	岩手県和賀郡立花村黒岩舘
63	12・5	封筒	小原瓢乎（小原廉次郎）	本郷区湯島新花町34番地佐藤方止宿	三宅青軒	市内芝区今入町26番地
64	12・5	ハガキ	日本大学教務課	神田三崎町3丁目1番地	小原廉次郎	小石川表町59
65	12・6*	封書	加藤　節	和賀郡黒沢尻町和賀病院内	小原瓢乎（小原廉次郎）	東京市本郷区湯島新花町34番地　佐藤様方
66	12・7*	ハガキ	菊池忠平	岩手県和賀郡黒岩	小原廉次郎	東京市本郷区湯島新花町34佐藤方止宿
67	12・9	ハガキ	及川省三	和賀郡立花黒岩	小原廉次郎	東京湯島新花町34佐藤様方ニテ
68	旧11・17（12・13*）	封書	及川善十郎	黒岩新屋	小原廉次郎	東京市湯島
69	12・14	ハガキ	小田島与太郎	岩手県和賀郡立花村黒岩	小原廉次郎	東京市本郷区湯島新花町34佐藤方止宿
70	12・22*	封書	小原文太郎	岩手県和賀郡立花村	小原廉次郎	東京市本郷区湯島新花町34番地　佐藤翁方
71	12・24*	封書	小原文太郎	立花村	小原廉次郎	在京
72	12・29	封書	小原廉次郎	東京本郷湯島新花町34佐藤方	小原文太郎	岩手県和賀郡立花村黒岩舘

明治39年（1906）

番号	月日	分類	差出人	住　所	受取人	住　所
1	1・1	ハガキ	小田島妙仙人（小田島主殿）	岩手県和賀郡立花村字黒岩	小原廉次郎	東京市本郷区湯島新花町34佐藤方止宿
2	1・1	ハガキ	S参多		小原瓢乎（小原廉次郎）	東京本郷湯島新花町34佐藤方
3	1・1	ハガキ	白川	蛎売町　土岐内3ノ1	小原瓢乎（小原廉次郎）	本郷区新花町34佐藤様方
4	1・1	ハガキ	菊池忠平		小原廉次郎	東京市本郷区湯島新花町34番地　佐藤様方
5	1・1	ハガキ	及川くきえ	和賀郡黒岩	小原廉次郎	東京市湯島新花町34佐藤方止宿
6	1・1	ハガキ	田村敬造	和賀郡二子村	小原廉次郎	東京本郷湯島新花町34佐藤様方止宿
7	1・8	封書	小原廉次郎	東京本郷湯島新花町34佐藤方	小原文太郎	岩手県和賀郡立花村黒岩舘
8	旧1・1（1・25）	封書	及川善十郎	和賀郡立花村黒岩	小原廉次郎	東京市本郷区湯島新花町34番地　佐藤様方
9	1・26	封書	小原文太郎	岩手県和賀郡立花村黒岩舘	小原廉次郎	東京市本郷区湯島新花町34番　佐藤翁方
10	2・13*	ハガキ	小原文太郎	岩手県和賀郡立花村	小原廉次郎	東京市本郷区金助町27番地同盟館内
11	2・24	ハガキ	小田島主殿	岩手県和賀郡立花村字黒岩	小原廉次郎	東京市本郷区金助町第27番地　同盟館内
12	3・11	ハガキ	及川茎枝	杜陵	小原廉次郎	東京本郷区金助町同盟館内27番地
13	3・11	ハガキ	妙仙人（小田島主殿）	岩手県和賀郡立花村字黒岩根岸	小原廉次郎	東京市本郷区金助町第27番地　同盟館内
14	3・27	封書	本郷直枝子	北海之果より	小原瓢乎（小原廉次郎）	東京本郷区金助町27同盟館内止宿

15	3・27	封書	小田島妙仙人（小田島主殿）	岩手北上河岸乃	小原廉次郎	東京市本郷区金助町第27番地　同盟館内止宿
16	3・29*	封書	小原文太郎	黒岩舘	小原廉次郎	東京市本郷区金助町27番地同盟館
17	4・2*	封書	加藤節子	和賀郡黒沢尻町	小原瓢乎（小原廉次郎）	東京市本郷区金助町27番地同盟館内
18	4・3	封書	及川茎枝	岩手県和賀郡立花村	小原廉次郎	東京市本郷区金助町27同盟館内
19	4・4	封書	小原織江	岩手県和賀郡立花村黒岩舘	小原廉次郎	東京市本郷区金助町27番地同盟館内
20	4・9	封書	本郷直枝	北海道早来	小原瓢乎（小原廉次郎）	東京本郷区金助町27同盟館内止宿
21	4・27	ハガキ	樋口眉女	伯耆国日野郡二部宿	小原瓢乎（小原廉次郎）	東京市本郷区金助町27同盟館内
22	5・1	ハガキ	小原花まろ（小原廉次郎）	在東都	小原文太郎	岩手県和賀郡立花村黒岩舘
23	5・2	ハガキ	加藤　節	在和賀病院内	小原瓢乎（小原廉次郎）	東京市本郷区金助町27番地同盟館内
24	5・6*	ハガキ	小田島妙仙（小田島主殿）	岩手県和賀郡北上河岸黒岩	小原廉次郎	東京市本郷区金助町第27番地　同盟館内
25	5・11	ハガキ	へなぶり会		小原瓢乎（小原廉次郎）	本郷区金助町27同盟館内
26	5・13	ハガキ	とし子	台町ニテ	小原瓢乎（小原廉次郎）	本郷区金助町27同盟館ニテ
27	5・15	ハガキ	及川香石	有楽町2ノ2	小原瓢乎（小原廉次郎）	東京市本郷区金助町27番地同盟館内
28	5・21	ハガキ	直枝（本郷直枝）	在北海の田舎にて	小原瓢乎（小原廉次郎）	東京本郷金助町　同盟館内
29	5・26	ハガキ	欠助	台町ニテ	小原瓢乎（小原廉次郎）	本郷区金助町27同盟館内
30	5・28	ハガキ	小田島与太郎	和賀郡立花村黒岩	小原廉次郎	東京市本郷区金助町27番地同盟館内
31	6・1	ハガキ	冨手参太郎	台温泉	小原文太郎	和賀郡黒岩村
32	6・20	ハガキ	小原花まろ（小原廉次郎）	在東都	小原文太郎	岩手県和賀郡立花村黒岩舘
33	6・27	ハガキ	小原夢外（小原廉次郎）	在東都	小原文太郎	岩手県和賀郡立花村黒岩舘
34	6・30	ハガキ	本郷直枝子	北海の果より	小原瓢乎（小原廉次郎）	岩手県和賀郡立花村黒岩舘
35	7・13	ハガキ	明治大学学務課	東京神田駿河台	小原廉次郎	岩手県和賀郡立花村黒岩
36	7・25	ハガキ	及川愚郎	東京市神田区今川小路3ノ6正則簿記学舎内	小原廉次郎	岩手県和賀郡立花村大字黒岩舘ニテ
37	8・20	ハガキ	佐藤かん	台温泉　冨手方ニテ	小原廉次郎	和賀郡立花村字黒岩
38	8・26	ハガキ	かねてより	台温泉　冨手三太郎	小原廉次郎	和賀郡立花村黒岩　看護師
39	8・28*	ハガキ	本郷直枝子	在北海の郷	小原夢外（小原廉次郎）	岩手県和賀郡立花村黒岩舘
40	9・5	ハガキ	加藤　節	和賀郡和賀病院内	小原廉次郎	和賀郡立花村字黒岩
41	9・19	ハガキ	本郷直枝子	早来	小原夢外（小原廉次郎）	東京本郷金助町27同盟館内
42	9・21	ハガキ	小原文太郎	岩手県和賀郡立花村	小原廉次郎	東京市本郷区金助町27番同盟館内

43	9･28	ハガキ	小原文太郎	岩手県和賀郡立花村黒岩	小原廉次郎	東京市本郷区金助町27番地 同盟館内
44	10･2	ハガキ	谷口良三	牛込区納戸町45　菅沼方	小原瓢乎 （小原廉次郎）	本郷金助町27　同盟館
45	10･12	ハガキ	角恋坊	川柳みせう会	小原廉次郎	本郷区金助町27　同盟館方
46	10･14*	ハガキ	小原文太郎	岩手県和賀郡立花村黒岩	小原廉次郎	東京市本郷区金助町27番地 同盟館内
47	10･14*	封書	小原夢外 （小原廉次郎）		小原文太郎	
48	10･30	ハガキ	小原文太郎	岩手県和賀郡立花村黒岩	小原廉次郎	東京市本郷区金助町27番 同盟館内
49	11･1	ハガキ	大阪毎日新聞社 懸賞小説係		小原廉次郎	東京市本郷区金助町27 同盟館内
50	11･3	封書	及川喜八	陸奥国上北郡三本木村3丁目	及川ミサ	岩手県和賀郡立花村黒岩 小原文太郎様方
51	旧9･23 （11･9）	ハガキ	小田島主殿	黒岩根岸	小原廉次郎	東京市本郷区金助町第27 番地　同盟館内
52	11･10	ハガキ	吾空		小原夢外 （小原廉次郎）	本郷区金助町27　同盟館内
53	12･4	ハガキ	坪井芳五郎	赤坂区福吉町1	小原廉次郎	本郷区金助町27　同盟館内
54	12･13	ハガキ	合資会社大阪 毎日新聞社	大阪市東区	小原廉次郎	東京市赤坂福吉町1 坪井方
55	12･14	ハガキ	本郷ナヲヱ子	北海道早来小学校	小原夢外 （小原廉次郎）	東京市本郷区金助町27 同盟館内
56	12･25	封書	小原廉次郎	東京市本郷区金助町27 同盟館内	小原文太郎	岩手県和賀郡立花村黒岩舘
57	12･28	ハガキ	小原文太郎	岩手県和賀郡立花村黒岩舘	小原廉次郎	東京市本郷区金助町27番地 同盟館内

明治40年（1907）

番号	月日	分類	差出人	住　所	受取人	住　所
1	1･1	ハガキ	加藤四郎	岩手県和賀郡湯田村大石 銅山大和鉱業所	小原瓢乎 （小原廉次郎）	東京市本郷区金助町27番地 同盟館内
2	1･1	ハガキ	谷口良三	長崎市大村町	小原廉次郎	東京市本郷金助町 同盟館
3	1･1	ハガキ	斉藤豊治		小原廉次郎	東京市本郷金助町27 同盟館内
4	1･1	ハガキ	菊池小八郎	内外火災保険会社盛岡代 理店	小原廉次郎	東京市本郷金助町27 同盟館内
5	1･1	ハガキ	及川喜八	軍馬補充部三本木支部	小原廉次郎	東京市本郷区金助町27 同盟館内
6	1･1*	ハガキ	及川覚美	黒岩にて	小原廉次郎	東京市本郷区金助町27番地 同盟館内
7	1･1	ハガキ	及川茎枝	岩手県和賀郡	小原廉次郎	東京本郷区金助町27 同盟館内
8	1･1	ハガキ	田村敬造	和賀郡二子村	小原廉次郎	東京本郷金助町27 同盟館内
9	1･1	ハガキ	小田島与太郎	岩手県和賀郡立花村黒岩	小原廉次郎	東京市本郷金助町27 同盟館内
10	1･1	ハガキ	本郷直枝･ 喜美	北海道勇払郡早来 本郷商店方	小原夢外 （小原廉次郎）	東京本郷金助町27 同盟館内

11	1・13	ハガキ	川柳せみう会	浅草区永住町43	小原瓢鯰坊（小原廉次郎）	本郷区金助町27 同盟館内
12	1・28	封書	小原廉次郎	東京本郷区金助町27 同盟館内	小原文太郎	岩手県和賀郡立花村黒岩舘ニテ
13	2・10*	封書	小原織江	岩手県和賀郡黒岩	小原廉次郎	東京市本郷区金助町27番 同盟館内
14	旧1・1（2・13）	封書	及川善十郎	和賀郡立花村黒岩新屋	小原廉次郎	東京市本郷区金助町27番 同盟館内
15	旧1・2（2・14）	ハガキ（戻り）	小原文太郎	岩手県和賀郡立花村黒岩	小原長吉	石狩雨龍郡一已村鷹泊 小樽材木会社金田造材部
16	2・25	封筒	小原文太郎（中身ナシ）	岩手県和賀郡立花村黒岩舘	小原廉次郎	東京市本郷区金助町27番地 同盟館内
17	3・7*	封書	小原文太郎	岩手県和賀郡立花村黒岩舘	小原夢外（小原廉次郎）	東京市本郷区金助町27 同盟館内
18	3・13	ハガキ	小原花まろ（小原廉次郎）	東京本郷金助町27 福島方止宿	小原文太郎	岩手県和賀郡立花村黒岩舘
19	3・23	ハガキ	小原花まろ（小原廉次郎）	在東都	小原文太郎	岩手県和賀郡立花村黒岩舘
20	4・13	ハガキ	小原廉次郎	東京市本郷区金助町27 福島方	小原文太郎	岩手県和賀郡立花村黒岩舘
21	5・6	ハガキ	小原花まろ（小原廉次郎）	在東都	小原文太郎	岩手県和賀郡立花村黒岩舘
22	5・9	ハガキ	小田嶋養賢	北海道札幌郡豊平61	小原文太郎	岩手県和賀郡立花村黒岩
23	5・18	ハガキ	花まろ（小原廉次郎）	在東都	小原文太郎	岩手県和賀郡立花村黒岩舘
24	5・25	ハガキ	谷口良三		小原夢外（小原廉次郎）	本郷金助町27 福島方
25	5・29*	ハガキ	興文館	東京市芝区南佐久間町1丁目1番地	小原廉次郎	東京芝区今入町26
26	6・1	ハガキ	小原文太郎	岩手和賀郡立花村黒岩舘	小原廉次郎	東京市本郷区金助町27番地 福島方
27	6・2	ハガキ	川柳みせう会		小原廉次郎	本郷区金助町27番地 同盟館方
28	6・4	ハガキ	江東川柳会		小原廉次郎	本郷区金助町27　福島殿方
29	6・8	ハガキ	菊池　忠（菊池忠平）	岩手県二子村	小原廉次郎	東京市本郷区金助町27 福島方
30	6・16	ハガキ	菊池（菊池忠平）	岩手二子	小原廉次郎	東京市本郷区金助町27 福島方
31	6・16	ハガキ	妙仙人（小田島主殿）	岩手県和賀郡立花村字黒岩根岸	小原夢外（小原廉次郎）	東京市本郷区金助町27番地 福島方
32	6・19	ハガキ	菊池栄八	岩手師範内	小原廉次郎	東京市本郷区金助町27番戸 福島方止宿
33	6・20	ハガキ	小原文太郎	岩手県和賀郡立花村黒岩舘	小原廉次郎	東京市本郷区金助町27番 福島方
34	6・25	封書	小原文太郎	岩手県和賀郡立花村黒岩舘	小原廉次郎	東京市本郷区金助町27番地 福島方
35	7・14*	ハガキ	小原（長吉）	北見国紋別郡湧別村字シブノツ内　勝見様方	小原文太郎	岩手県和賀郡立花村字黒岩舘
36	7・27	封書	小原長吉	北見紋別郡湧別村字シブノツ内　勝見様方	小原文太郎	岩手県和賀郡立花村字黒岩
37	8・6	ハガキ	小原廉次郎	東京本郷金助町27　福島方	小原文太郎	岩手県和賀郡立花村黒岩

38	8･9	ハガキ	谷口良三	ながさき	小原夢外 (小原廉次郎)	東京市本郷金助町27 福島方
39	8･14	ハガキ	小原廉次郎	東京本郷区金助町27 福島方	小原文太郎	岩手県和賀郡立花村黒岩
40	8･15	ハガキ	菅原 (菅原国蔵)	陸軍獣医学校	小原廉次郎	東京市本郷区金助町27番地 福島様方
41	8･15	ハガキ	佐藤かん	相去村字相去町分	小原廉次郎	東京市本郷区金助町27 福島様方
42	8･17	ハガキ	重松繁三	長崎市銀や町	小原夢外 (小原廉次郎)	東京市本郷区金助町27 福島様
43	8･21	ハガキ	高木紅蓮	本郷区千駄木林町152	小原夢外 (小原廉次郎)	本郷区金助町27 福島様方
44	8･23	ハガキ	江東川柳会世話人		小原廉次郎	本郷区金助町27 福島殿方
45	8･23	ハガキ	重松青四郎 (重松繁三)	長崎市銀や町	小原夢外 (小原廉次郎)	東京本郷区金助町27 福島方
46	8･24	ハガキ	谷口 (谷口良三)	長崎	小原夢外 (小原廉次郎)	東京市本郷金助町27 福島方
47	8･24	ハガキ	紅蓮 (高木紅蓮)	本郷区千駄木林152	小原夢外 (小原廉次郎)	本郷区金助町27 福島館方
48	8･24	ハガキ	本郷ナヲヱ	北海之果ニテ	小原夢外 (小原廉次郎)	東京本郷区金助町27 福島様方
49	8･29	ハガキ	三宅 (三宅青軒)	芝今入町26	小原廉次郎	本郷区金助町27 福島様方
50	9.1	ハガキ	三宅 (三宅青軒)	芝今入町	小原廉次郎	本郷区金助町27 福島方
51	9･5	ハガキ	菊池 (菊池忠平)	岩手県和賀二子	小原夢外 (小原廉次郎)	東京市本郷区金助町27 福島方
52	9･12	ハガキ	江東川柳会		小原廉次郎	本郷区金助町27 福島方
53	9･12*	ハガキ	小原花まろ (小原廉次郎)	在東都	小原文太郎	岩手県和賀郡立花村黒岩舘
54	9･14	封書	小原廉次郎	東京本郷区金助町27 福島方	小原文太郎	岩手県和賀郡立花村黒岩舘
55	9･15	ハガキ	小原花まろ (小原廉次郎)	東京本郷金助町27 清秀館内	小原文太郎	岩手県和賀郡立花村黒岩舘
56	9･15	ハガキ	菅原国蔵	陸軍獣医学校	小原廉次郎	東京市本郷区金助町27 福島方
57	9･19	ハガキ	三宅青軒	芝今入町26	小原廉次郎	本郷区金助町27 清秀館内
58	9･20	ハガキ	柳尊寺執事		小原廉次郎	本郷金助町27 清秀館
59	9･28*	ハガキ	菊池渓月	岩手県和賀郡二子	小原廉次郎	東京市本郷区金助町27 福島方
60	9･29	ハガキ	小原花まろ (小原廉次郎)	在東都	小原文太郎	岩手県和賀郡立花村黒岩舘
61	9･29	ハガキ	小原夢外 (小原廉次郎)	在東都	小原文太郎	岩手県和賀郡立花村黒岩舘
62	9･30	ハガキ	昆　清左エ門	芝区三田四国町5ノ2号 堂下館内	小原廉次郎	本郷区金助町27 清秀館本店
63	10･6	封書	岩崎英重	麹町区永田町2ノ39	小原廉次郎	芝今入町26番地 三宅青軒殿方

64	10・11	ハガキ	昆　清左エ門	郷里にて	小原廉次郎	東京市本郷区金助町27 清秀館内
65	10・11	ハガキ	江東川柳会		小原廉次郎	本郷区金助町27 福島様方
66	10・11	ハガキ	小田嶋主殿	岩手県和賀郡立花村字黒岩	小原夢外 （小原廉次郎）	東京市本郷区金助町第27 番地　清秀館
67	10・15	封書	本郷ナヲヱ	北之果て	小原夢外 （小原廉次郎）	東京市本郷区金助町27 清秀館内
68	10・17	ハガキ	明治大学校友 会本部		小原廉次郎	本郷区金助町27 福島方
69	10・18	封書	小田嶋妙仙 （小田島主殿）	岩手県和賀郡立花村黒岩	小原夢外 （小原廉次郎）	東京市本郷区金助町27番地 清秀館内
70	10・24	ハガキ	小田嶋妙仙 （小田島主殿）	岩手県和賀郡立花村字黒岩	小原夢外 （小原廉次郎）	東京市本郷区金助町第27 番地　清秀館内
71	10・26	ハガキ	小原花まろ （小原廉次郎）	在東都	小原文太郎	岩手県和賀郡立花村黒岩舘
72	10・27	ハガキ	菅原 （菅原国蔵）	府下目黒獣医学校	小原廉次郎	東京市本郷区金助町27番地 福島方
73	10・27	ハガキ	船橋	東京下谷根岸笹ノ雪横町 1116番地	小原廉次郎	市内本郷区金助町27 清秀館内
74	10・28	ハガキ	船橋	東京下谷根岸笹ノ雪横町 1116番地　料理新聞社	小原廉次郎	市内本郷区金助町27 清秀館内
75	10・29	ハガキ	花まろ （小原廉次郎）	在東都	小原文太郎	岩手県和賀郡立花村黒岩舘
76	11・7	ハガキ	江東川柳会幹事		小原廉次郎	本郷区金助町27　福島殿方
77	11・10	ハガキ	昆　清左エ門	陸中岩手県和賀郡立花村 黒岩	小原廉次郎	東京市本郷金助町27 清秀館内
78	11・10	ハガキ	花まろ （小原廉次郎）	在東都	小原文太郎	岩手県和賀郡立花村黒岩舘
79	11・13	ハガキ	船橋	東京下谷根岸笹ノ雪横町 1116番地　料理新聞社	小原廉次郎	市内本郷区金助町27 清秀館内
80	11・24	ハガキ	小原文太郎	岩手県立花村黒岩舘	小原廉次郎	東京市本郷区金助町27 清秀館内
81	11・29	ハガキ	斉藤運送店	陸中黒沢尻停車場前	小原文太郎	和賀郡立花村字黒岩
82	12・2	ハガキ	三宅彦彌 （三宅青軒）	東京芝今入町26	小原文太郎	岩手県和賀郡立花村黒岩
83	12・4	ハガキ	橋村義太郎		小原廉次郎	東京市本郷区金助町27 田村方
84	12・7	ハガキ	小原花まろ （小原廉次郎）	在東都	小原文太郎	岩手県和賀郡立花村黒岩舘
85	11・29	ハガキ	明治大学学務課・ 中央大学教務課		小原廉次郎	芝今入町26 三宅方
86	12・8	ハガキ	両国けん坊	江東川柳会	小原廉次郎	本郷区金助町27　福島方
87	12・9	ハガキ	奈良の都のか たほとりより		小原夢外 （小原廉次郎）	東京本郷区金助町27 清秀館本店にて
88	12・11	ハガキ	昆　清左エ門	弘前輜重兵第十八大隊第 二中隊第二給養班	小原廉次郎	東京市本郷区金助町27 清秀館内
89	12・14	ハガキ	菊池 （菊池忠平）	岩手和賀二子	小原夢外 （小原廉次郎）	東京市本郷区金助町27 清秀館内
90	12・16	ハガキ	船橋		小原廉次郎	市内本郷区金助町27 清秀館内

91	12・17	ハガキ	船橋		小原夢外（小原廉次郎）	市内本郷区金助町27 清秀館内
92	12・23	ハガキ	小原文太郎	岩手県立花村黒岩舘	小原廉次郎	東京市本郷区金助町27番 清秀館内
93	12・24	ハガキ	花まろ（小原廉次郎）	在東都	小原文太郎	岩手県和賀郡立花村黒岩舘

明治41年（1908）

番号	月日	分類	差出人	住　所	受取人	住　所
1	1・1	ハガキ	小田嶋主殿	岩手県和賀郡立花村字黒岩	小原夢外（小原廉次郎）	東京市本郷区金助町27番地 清秀館内
2	1・1	ハガキ	斉藤豊治		小原廉次郎	東京市本郷区金助町27番地 清秀館内
3	1・1	ハガキ	江東川柳会		小原廉次郎	本郷区金助町27　福島方
4	1・1	ハガキ	菅原国蔵	弘前野砲兵第八聯隊	小原廉次郎	東京市本郷区金助町27番地 福島方
5	1・1	ハガキ	昆　清左エ門	弘前輜重兵第八大隊第二中隊二班	小原廉次郎	東京本郷金助町27 清秀館
6	1・1	ハガキ	昆　清太郎	輜重兵第八大隊二一二	小原文太郎	岩手県和賀郡立花村黒岩
7	1・1	ハガキ	及川喜八	軍馬補充部釧路支部	小原文太郎・多田嘉五郎	岩手県和賀郡立花村黒岩
8	1・1	ハガキ	工藤貞機	和賀郡立花村黒岩	小原廉次郎	東京市本郷区金助町27番 同盟館内
9	1・1	ハガキ	谷口良三	長崎市大村町	小原夢外（小原廉次郎）	東京市本郷金助町 清秀館
10	1・1	ハガキ	はなまろ（小原廉次郎）	在東都	小原文太郎	岩手県和賀郡立花村黒岩
11	1・1	ハガキ	菊池忠平		小原夢外（小原廉次郎）	東京市本郷区金助町27 清秀館内
12	1・1	ハガキ	及川覚美	立花村にて	小原廉次郎	東京市本郷区金助町27 清秀館内
13	1・1	ハガキ	橋村義太郎	なら市公納堂町	小原廉次郎	東京市本郷区金助町27 清秀館方
14	1・1	ハガキ	久良岐		小原夢外（小原廉次郎）	市内本郷区金助町27 清秀館内
15	1・1	ハガキ	本郷ナオヱ	北海道早来	小原夢外（小原廉次郎）	東京本郷区金助町27 清秀館内
16	1・1	ハガキ	井上剣花坊	東京市神田区駿河台南甲賀町8番地　柳樽寺	小原廉次郎	本郷区金助町27 清秀館
17	1・1	ハガキ	岩崎鐵次郎	東京市神田区鍋町21番地 大学館	小原廉次郎	本郷区金助町27番地 福島方
18	1・1	ハガキ	及川清太郎		小原文太郎	和賀郡立花村黒岩
19	1・4*	ハガキ	菊池（菊池忠平）	二子	小原廉次郎	東京本郷区金助町26 清秀館内
20	1・5	ハガキ	船橋	東京下谷根岸笹ノ雪横町1116番地　料理新聞社	小原廉次郎	市内本郷区金助町27 清秀館内
21	1・6	ハガキ	船橋	東京下谷根岸笹ノ雪横町1116番地　料理新聞社	小原廉次郎	市内本郷区金助町27 清秀館内
22	1・11	ハガキ	小田嶋妙仙（小田島主殿）	岩手県和賀郡立花村字黒岩	小原夢外（小原廉次郎）	東京市本郷区金助町第27番地　清秀館内
23	1・15	ハガキ	三宅彦彌（三宅青軒）	東京芝今入町26	小原廉次郎	岩手県和賀郡立花村黒岩

24	2・28	ハガキ	橋村 （橋村義太郎）	在大阪	小原夢外 （小原廉次郎）	東京市本郷区金助町27 清秀館
25	3・5	ハガキ	小原文太郎	岩手県和賀郡立花村黒岩舘	小原廉次郎	東京市本郷区金助町27番
26	3・6	ハガキ	本郷ナヲヱ	北海道早来校	小原夢外 （小原廉次郎）	東京本郷区金助町27 清秀館内
27	3・13	ハガキ	江東川柳会		小原廉次郎	本郷区金助町27　福島徳方
28	3・14	ハガキ	船橋	全国料理飲食業者同盟会 本部	小原廉次郎	本郷区金助町27 清秀館内
29	3・23	ハガキ	井上幸一・ 剣花坊秋剣	東京芝区下高輪町56番地 柳樽寺川柳会	小原廉次郎	本郷金助町27 清秀館
30	3・27	封書	小田嶋妙仙 （小田島主殿）	和賀郡立花村字黒岩	小原夢外 （小原廉次郎）	東京市本郷区金助町27番地 清秀館内
31	3・29	ハガキ	テイ　エム	平河町	小原夢外 （小原廉次郎）	本郷区金助町27 清秀館
32	4・7	ハガキ	船橋	全国料理飲食業者同盟会 本部	小原夢外 （小原廉次郎）	市内本郷区金助町27 清秀館内
33	4・24	封書	本郷ナヲヱ	北海道勇払郡早来小学校内	小原夢外 （小原廉次郎）	東京金助町27番地 清秀館内
34	4・25	ハガキ	及川香石	岩手県和賀郡立花村黒岩	小原廉次郎	東京市本郷区金助町27番地 清秀館
35	4・26	ハガキ	青之助 （谷口良三）	牛込区早稲田町41 早稲田館	小原廉次郎	本郷区金助町　清秀館
36	4・30*	ハガキ	花まろ （小原廉次郎）	在東都	小原文太郎	岩手県和賀郡立花村黒岩舘
37	5・2	ハガキ	及川万四郎	台中新町	小原廉次郎	東京市本郷区金助町27 清秀館　田村時蔵方
38	5・5	ハガキ	花まろ （小原廉次郎）	在東都	小原文太郎	岩手県和賀郡立花村黒岩舘
39	5・7	ハガキ	船橋	東京下谷根岸笹ノ雪横町 1116番地　料理新聞社	小原夢外 （小原廉次郎）	市内本郷金助町27 清秀館内
40	5・9	ハガキ	花まろ （小原廉次郎）	在東都	小原文太郎	岩手県和賀郡立花村黒岩舘
41	5・9	ハガキ	みどり	東京下谷根岸笹ノ雪横町 1116番地　料理新聞社	小原夢外	市内本郷区金助町 清秀館内
42	5・9	ハガキ	高木角恋坊	千駄木林	小原夢外 （小原廉次郎）	本郷区金助町27 清秀館内
43	5・11	ハガキ	小田嶋みさ	盛岡市十三日町　宮和助 様方	小原夢外 （小原廉次郎）	東京市本郷区金助町27 清秀館内
44	5・12	ハガキ	三宅 （三宅青軒）	芝今入町	小原夢外 （小原廉次郎）	本郷金助町27　清秀館内
45	5・23	ハガキ	谷口良三	早稲田町41番地　早稲田館	小原廉次郎	本郷区金助町　清秀館内
46	6・5	ハガキ	小原	北海道帝国鉄道庁美生駅	小原文太郎	岩手県和賀郡立花村黒岩
47	6・8	封書	小田嶋妙仙 （小田島主殿）	岩手県和賀郡立花村字黒岩	小原夢外 （小原廉次郎）	東京市本郷区金助町27番 清秀館内
48	6・10	ハガキ	小田嶋みさ	盛岡市十三日町 宮和助様方	小原文太郎	和賀郡立花村黒岩
49	6・16	ハガキ	渓月 （菊池渓月）	岩手県二子	小原夢外 （小原廉次郎）	東京市本郷区金助町27 清秀館内
50	6・18	ハガキ	料理新聞社	東京下谷根岸笹ノ雪横町 1116番地	小原廉次郎	市内本郷区金助町 清秀館本館にて
51	6・20*	封書	小原文太郎		小原廉次郎	

52	6・21	ハガキ	船橋	東京下谷根岸笹ノ雪横町 1116番地　料理新聞社	小原廉次郎	市内本郷区金助町 清秀館本館方
53	6・23*	封書	小原織江	岩手県和賀郡立花村黒岩	小原廉次郎	東京市本郷区金助町27番地 清秀館内
54	6・26	ハガキ	廉次郎 （小原廉次郎）	在東都	小原文太郎	岩手県和賀郡立花村黒岩舘 ニテ
55	7・2	ハガキ	谷口良三	長崎市大村町15	小原夢外 （小原廉次郎）	東京市本郷区金助町 清秀館
56	7・9	ハガキ	坪井	東京市牛込区下戸塚町23	小原廉次郎	本郷区金助町27 清秀館内
57	7・10	封書	小原 （小原廉次郎）	在東都	小原文太郎	岩手県和賀郡立花村黒岩舘
58	7・11	ハガキ	花まろ （小原廉次郎）	在東都	小原文太郎	岩手県和賀郡立花村黒岩舘
59	7・11	ハガキ	船橋	根岸笹の雪横町	小原夢外 （小原廉次郎）	市内本郷区金助町 清秀館方
60	7・15	ハガキ	船橋	東京下谷根岸笹ノ雪横町 1116番地　料理新聞社	小原夢外 （小原廉次郎）	市内本郷区金助町 清秀館本店にて
61	7・22	ハガキ	小原 （小原廉次郎）	在東都	小原文太郎	岩手県和賀郡立花村黒岩舘
62	7・25	ハガキ	花まろ （小原廉次郎）	在東都	小原文太郎	岩手県和賀郡立花村黒岩舘
63	7・26	ハガキ	花まろ （小原廉次郎）	在東都	小原文太郎	岩手県和賀郡立花村黒岩舘
64	7・29	ハガキ	花まろ （小原廉次郎）	在東都	小原文太郎	岩手県和賀郡立花村黒岩舘
65		封書	及川覚美		小原夢外	東京市本郷区金助町27 清秀館
66	8・5	ハガキ	小田嶋みさ	和賀郡立花村字黒岩	小原夢外 （小原廉次郎）	東京市本郷区金助町27 清秀館
67	8・18	ハガキ	船橋	東京下谷根岸笹ノ雪横町 1116番地　料理新聞社	小原夢外 （小原廉次郎）	本郷区金助町 清秀館本館にて
68	8・18	ハガキ	はなまろ （小原廉次郎）	在東都	小原文太郎	岩手県和賀郡立花村黒岩舘
69	8・20	ハガキ	船橋	東京下谷根岸笹ノ雪横町 1116番地　料理新聞社	小原夢外 （小原廉次郎）	市内本郷区金助町 清秀館本館内
70	8・21	封書	小原文太郎	岩手県和賀郡立花村黒岩舘	小原廉次郎	東京市本郷区金助町27番地 清秀館内
71	8・21	ハガキ	本郷ナヲヱ	北海道勇払郡早来	小原夢外 （小原廉次郎）	東京本郷区金助町27 清秀館内
72	8・24	ハガキ	船橋	東京下谷根岸笹ノ雪横町 1116番地　料理新聞社	小原夢外 （小原廉次郎）	本郷区金助町 清秀館内
73	8・26	ハガキ	船橋	東京下谷根岸笹ノ雪横町 1116番地　料理新聞社	小原夢外 （小原廉次郎）	本郷区金助町 清秀館内
74	8・27	ハガキ	船橋	東京下谷根岸笹ノ雪横町 1116番地　料理新聞社	小原夢外 （小原廉次郎）	市内本郷区金助町 清秀館内
75	8・27	ハガキ	としまろ （小原廉次郎）	在東都	小原文太郎	岩手県和賀郡立花村黒岩舘
76	8・28	ハガキ	料理新聞社	東京下谷根岸笹ノ雪横町 1116番地	小原夢外 （小原廉次郎）	市内本郷区金助町 清秀館内
77	8・28	ハガキ	弦生		小原夢外 （小原廉次郎）	本郷区金助町 清秀館ニテ

78	8・28	ハガキ	橋村義太郎	なら公納堂町	小原夢外 (小原廉次郎)	東京市本郷区金助町27 清秀館
79	8・29	ハガキ	小原文太郎	岩手県和賀郡立花村黒岩	小原廉次郎	東京市本郷区金助町27 清秀館内
80	9・1	ハガキ	井上幸一(剣花坊、秋剣)	東京市芝区下高輪町55番地 柳樽寺川柳会	小原廉次郎	本郷金助町27 清秀館
81	9・2	ハガキ	船橋	東京下谷根岸笹ノ雪横町 1116番地　料理新聞社	小原夢外 (小原廉次郎)	市内本郷区金助町 清秀館内
82	9・5	ハガキ	三宅 (三宅青軒)	芝今入町26	小原廉次郎	本郷金助町27 清秀館内
83	9・5	ハガキ	小田嶋主殿	岩手県和賀郡立花村字黒岩	小原夢外 (小原廉次郎)	東京市本郷区金助町27 清秀館内
84	9・9	ハガキ	花まろ (小原廉次郎)	在東都	小原文太郎	岩手県和賀郡立花村黒岩舘
85	9・16	ハガキ	花まろ (小原廉次郎)	在東都	小原文太郎	岩手県和賀郡立花村黒岩舘
86	10・5	ハガキ	小原廉次郎	在東都	小原文太郎	岩手県和賀郡立花村黒岩舘
87	10・6	ハガキ	及川万四郎	台中新町	小原廉次郎	東京市本郷区金助町27 清秀館内
88	10・18	封書	広瀬静夫	京橋区在府	小原敏麿 (小原廉次郎)	本郷区千駄木林町25番地 松浦邸内
89	11・12	ハガキ	小原文太郎	岩手県和賀郡立花村黒岩舘	小原廉次郎	東京市本郷区金助町27 清秀館内
90	11・22	ハガキ	鳥谷部春汀		小原敏麿 (小原廉次郎)	本郷区森川町4 蓋平館
91	11・23	ハガキ	武田源次郎		小原敏麿 (小原廉次郎)	市内本郷区森川町4番 蓋平館
92	12・9	ハガキ	工藤　迪	海軍水雷学校気付水雷艇 白鷹	小原文太郎	岩手県和賀郡立花村字黒岩
93	12・16	封書	としまろ (小原廉次郎)	在東都	小原文太郎	岩手県和賀郡立花村黒岩舘
94	12・20	ハガキ	小原敏麿 (小原廉次郎)	在東都	小原文太郎	岩手県和賀郡立花村黒岩舘
95	12・21	ハガキ	武田 (武田源次郎)	青山	小原敏麿 (小原廉次郎)	本郷区森川町4(大学正門側)蓋平館
96	12・22	ハガキ	としまろ (小原廉次郎)	在東都	小原文太郎	岩手県和賀郡立花村黒岩舘
97	12・27	封書	小原敏麿 (小原廉次郎)	在東都	小原文太郎	岩手県和賀郡立花村黒岩舘

明治42年(1909)

番号	月日	分類	差出人	住　所	受取人	住　所
1	1・1	ハガキ	坪谷善四郎	東京市牛込区北山伏町29 番地	小原敏麿 (小原廉次郎)	本郷区森川町4 蓋平館内
2	1・1	ハガキ	小田嶋妙仙 (小田島主殿)	岩手県和賀郡立花村字黒岩	小原敏麿 (小原廉次郎)	東京市本郷区森川町4 蓋平館内
3	1・1	ハガキ	松浦歓一郎	千駄木林町25	小原敏麿 (小原廉次郎)	本郷区森川町4 蓋平館ニテ
4	1・1	ハガキ	及川万四郎	台中新町	小原文太郎	岩手県和賀郡黒岩
5	1・1	ハガキ	及川覚美	北海道札幌郡豊平町1 藤原章一方	小原文太郎	岩手県和賀郡立花村黒岩

6	1･1	ハガキ	冨手三太郎	陸中台温泉	小原文太郎	和賀郡立花村黒岩
7	1･1	ハガキ	及川喜八	軍馬補充部釧路支部	小原文太郎	岩手県和賀郡立花村黒岩
8	1･1	ハガキ	久良岐		小原敏麿 (小原廉次郎)	市内本郷区森川町4 蓋平館
9	1･1	ハガキ	小原敏麿 (小原廉次郎)	在東都	小原文太郎	岩手県和賀郡立花村黒岩舘
10	1･5*	封書	小原文太郎		小原敏麿 (小原廉次郎)	
11	1･11	ハガキ	幻堂		小原敏麿 (小原廉次郎)	本郷区森川町4 蓋平館方
12	1･14	封書	小原敏麿 (小原廉次郎)	東京市本郷森川町4 蓋平館内	小原文太郎	岩手県和賀郡立花村黒岩舘
13	旧1･1 (1･22)	ハガキ	及川省三		小原廉次郎	東京本郷森川町4 蓋平館
14	旧1･1 (1･22)	ハガキ	小田嶋みさ	盛岡市十三日町	小原文太郎･ 御家内中	和賀郡立花村黒岩
15	1･27*	封書	武田源二郎	岩手県和賀郡下村局区岩崎村	小原敏麿 (小原廉次郎)	東京市本郷区森川町4番地 蓋平館(大学正門前側)
16	2･3	ハガキ	としまろ (小原廉次郎)	在東都	小原文太郎	岩手県和賀郡立花村黒岩舘
17	2･5	封書	小原織江	岩手県和賀郡立花村黒岩舘	小原敏麿 (小原廉次郎)	東京市本郷区森川町4番地 蓋平館内
18	2･13	ハガキ	小原 (小原廉次郎)	在東都	小原文太郎	岩手県和賀郡立花村黒岩舘
19	2･16	ハガキ	弦声		小原敏兄 (小原廉次郎)	東京市本郷区森川町4 蓋平館
20	3･3	封書	小原敏麿 (小原廉次郎)	在東都	小原文太郎	岩手県和賀郡立花村黒岩舘
21	3･7	封書	としまろ (小原廉次郎)	在東都	小原文太郎	岩手県和賀郡立花村黒岩舘
22	3･11	封書	小原文太郎	岩手県和賀郡立花村黒岩舘	小原敏麿 (小原廉次郎)	東京市本郷区金助町27番地 福島館内
23	3･12	封書	小原としまろ (小原廉次郎)	在東都	小原文太郎	岩手県和賀郡立花村黒岩舘
24	3･15	封書	広瀬		小原敏麿 (小原廉次郎)	本郷金助町27 福島様方ニテ
25	4･4	封書	広瀬		小原敏麿 (小原廉次郎)	本郷金助町27 福島様方
26	4･15	封書	小原敏麿 (小原廉次郎)	東京本郷区金助町27 福島方	小原文太郎	岩手県和賀郡立花村黒岩舘
27	4･19	封書	小原敏麿 (小原廉次郎)	東京本郷金助町27 福島方	小原文太郎	岩手県和賀郡立花村黒岩舘
28	4･22	ハガキ			小原廉次郎	市内本郷区金助町 下宿福島館内
29	4･27	ハガキ	としまろ (小原廉次郎)	在東都	小原文太郎	岩手県和賀郡立花村黒岩舘
30	4･30	ハガキ	吉田美礼	麹町区三番町85	小原敏麿 (小原廉次郎)	本郷区金助町27 福寿館
31	5･19*	ハガキ	小原敏麿 (小原廉次郎)	在東都	小原文太郎	岩手県和賀郡立花村黒岩舘
32	5･25*	電報	ヤナガハ		ヲバラトシマロ (小原廉次郎)	キンスケフクジュクワ

33	5･28	封書	小原敏麿 （小原廉次郎）	東京市本郷区金助町27 福寿館内	小原文太郎	岩手県和賀郡立花村黒岩舘
34	5･31	封書		松本楼	小原敏麿 （小原廉次郎）	本郷金助町27 福島方ニテ
35	6･2	封書	広瀬		小原敏麿 （小原廉次郎）	本郷金助町27 福島方
36	6･4	ハガキ	工藤　迪	神奈川県田浦港 練習艇隊白鷹	小原文太郎	岩手県和賀郡黒岩村
37	6･4	ハガキ	としまろ （小原廉次郎）	在東都	小原文太郎	岩手県和賀郡立花村黒岩舘
38	6･5	封書	（母松枝）		小原敏麿	
39	6･21	封書	小原敏麿 （小原廉次郎）	東京本郷金助町27 福寿館内	小原文太郎	岩手県和賀郡立花村黒岩舘
40	6･27	封書	小原敏麿 （小原廉次郎）	東京本郷金助町27 福寿館内	小原文太郎	岩手県和賀郡立花村黒岩舘
41	7･7	封書	武田 （武田源次郎）	陸中盛岡肴町 岩手毎日新聞社	小原敏麿 （小原廉次郎）	東京本郷金助町27 福島方
42	7･25	封書	小原敏麿 （小原廉次郎）	東京本郷区金助町27 福嶋方	小原文太郎	岩手県和賀郡立花村黒岩舘
43	7･30	ハガキ	としまろ （小原廉次郎）	静岡市紺屋町 報知新聞社支局内	小原文太郎	岩手県和賀郡立花村黒岩舘
44	8･1	ハガキ	小原敏麿 （小原廉次郎）	静岡市紺屋町 報知新聞支社内	小原文太郎	岩手県和賀郡立花村黒岩舘
45	8･4	封書	小原織江	岩手県和賀郡立花村黒岩舘	小原敏麿 （小原廉次郎）	静岡市紺屋町 報知新聞社支局内
46	8･6	封書	武田源二郎 （武田源次郎）	東京本郷区湯島6ノ10 小坂方	小原敏麿 （小原廉次郎）	静岡市紺屋町 報知新聞静岡支局内
47	8･7	封書	石田秀作	在浜松	報知社支局編輯部	静岡市紺屋町59
48	8･10	封書	小坂	本郷湯島6の10	小原敏麿 （小原廉次郎）	静岡市紺屋町 報知新聞静岡支局
49	8･13	封書	武田源二郎 （武田源次郎）	東京本郷湯島6の10 小坂方	小原敏麿 （小原廉次郎）	静岡市紺屋町 報知新聞静岡支局
50	8･19	封書	西村文則	静岡市紺屋町　報知社静 岡支局編輯部	報知新聞記者 小原敏麿 （小原廉次郎）	芳竹座にて
51	8･20	封書	小原敏麿 （小原廉次郎）	静岡市紺屋町　報知社静 岡支局編輯部	小原文太郎	岩手県和賀郡立花村黒岩舘
52	9･11	ハガキ	としまろ （小原廉次郎）	静岡ニテ	小原文太郎	岩手県和賀郡立花村黒岩舘
53	9･12	封書	亀山猛治	韓国堤川財務署	小原敏麿 （小原廉次郎）	静岡市紺屋町 報知社支局
54	9･14*	封書	小原文太郎	立花村	小原敏麿 （小原廉次郎）	静岡ニ而
55	9･24	封筒	武田源二郎 （武田源次郎）	東京牛込区納戸町16 及川方	小原敏麿 （小原廉次郎）	静岡市紺屋町 報知新聞社静岡支局
56	9･26	封書	報知社編輯局	東京丸の内	小原敏麿 （小原廉次郎）	静岡市紺屋町 報知社支局
57	9･26	封書	武田源二郎 （武田源次郎）	東京牛込区納戸町16 及川方	小原敏麿 （小原廉次郎）	静岡市紺屋町 報知新聞静岡支局
58	10･5	封書	武田源二郎 （武田源次郎）	東京牛込区納戸町16 及川方	小原敏麿 （小原廉次郎）	静岡市紺屋町 報知新聞静岡支局

59	10･22	ハガキ	小原敏麿 (小原廉次郎)	東京本郷区金助町27 福寿館内	小原文太郎	岩手県和賀郡立花村黒岩舘
60	10･24	封書	小原敏麿 (小原廉次郎)	東京市本郷区金助町27 福寿館内	小原文太郎	岩手県和賀郡立花村黒岩舘
61	10･31	ハガキ	小原 (小原廉次郎)	東京本郷金助町27 福寿館内	小原文太郎	岩手県和賀郡立花村黒岩舘
62	10･31*	封書	平岡利治	府中にて	小原敏麿 (小原廉次郎)	東京本郷区金助町27 福島氏方
63	11･8	ハガキ	武田 (武田源次郎)	盛岡にて	小原敏麿 (小原廉次郎)	東京本郷区金助町27 福寿館
64	11･22	ハガキ	小原敏麿 (小原廉次郎)	芝ニテ	小原文太郎	岩手県和賀郡立花村黒岩舘
65	11･28	封書	新渡戸仙岳	盛岡市　岩手日報社	小原敏麿 (小原廉次郎)	東京本郷区金助町27 福寿館
66	12･4	ハガキ	三宅 (三宅青軒)	芝区今入町26	小原敏麿 (小原廉次郎)	本郷区金助町27 福嶋様方
67	12･9	ハガキ	としまろ (小原廉次郎)	在東都	小原文太郎	岩手県和賀郡立花村黒岩舘
68	12･13	封書	小原敏麿 (小原廉次郎)	在東都	小原文太郎	岩手県和賀郡立花村黒岩舘
69	12･18	ハガキ	としまろ (小原廉次郎)	在東都	小原文太郎	岩手県和賀郡立花村黒岩舘
70	12･21	ハガキ	としまろ (小原廉次郎)	在東都	小原文太郎	岩手県和賀郡立花村黒岩舘
71	12･22	ハガキ	船橋	根岸笹の雪横町1116	小原敏麿 (小原廉次郎)	市内本郷区金助町 福寿館内
72	12･24	ハガキ	船橋	根岸	小原敏麿 (小原廉次郎)	市内本郷区金助町27 福寿館内
73	12･26	ハガキ	武田 (武田源次郎)		小原敏麿 (小原廉次郎)	市内本郷区金助町27 福寿館
74	12･29	ハガキ	小原敏麿 (小原廉次郎)	在東都	小原文太郎	岩手県和賀郡立花村黒岩舘
75	12･29	ハガキ	船橋	下谷根岸笹の雪横町1116	小原敏麿 (小原廉次郎)	市内本郷区金助町 福寿館ニテ

明治43年(1910)

番号	月日	分類	差出人	住　所	受取人	住　所
1	1･1	ハガキ	及川喜八	釧路国白糠郡白糠村	小原文太郎	岩手県和賀郡立花村黒岩
2	1･1	ハガキ	小原嘉十	北海道白老郡敷生村メップ	小原文太郎	岩手県和賀郡立花村黒岩
3	1･1	ハガキ	工藤政蔵	一関駅	小原文太郎	岩手県和賀郡立花村黒岩
4	1･4	ハガキ	小原敏麿 (小原廉次郎)	在東都	小原文太郎	岩手県和賀郡立花村黒岩舘
5	1･5	封書	小原敏麿 (小原廉次郎)	在東都	小原文太郎	岩手県和賀郡立花村黒岩舘
6	1･13	封書	小原敏麿 (小原廉次郎)	在東都	小原文太郎	岩手県和賀郡立花村黒岩舘
7	1･18	ハガキ	としまろ (小原廉次郎)	在東都	小原文太郎	岩手県和賀郡立花村黒岩舘
8	1･20	封書	小原敏麿 (小原廉次郎)	東京本郷金助町27 福寿館内	小原文太郎	岩手県和賀郡立花村黒岩舘

9	1·25	封書	田能村梅士	東京市京橋区三十間堀3丁目9番地　日本新聞社	小原廉次郎	本郷金助町27 福寿館
10	2·3	封書	小原文太郎	岩手県和賀郡立花村黒岩舘	としまろ (小原廉次郎)	
11	旧1·3 (2·12)	ハガキ	工藤ジュン	更木村	小原文太郎	和賀郡立花村黒岩
12	2·14	ハガキ	小原敏麿 (小原廉次郎)	在東都	小原文太郎	岩手県和賀郡立花村黒岩舘
13	2·16	封書	白雨楼主人	江戸川畔にて	小原敏麿 (小原廉次郎)	本郷区金助町27　福寿館内
14	2·19	ハガキ	小原敏麿 (小原廉次郎)	在東都	小原文太郎	岩手県和賀郡立花村黒岩舘
15	2·24	ハガキ	としまろ (小原廉次郎)	在東都	小原文太郎	岩手県和賀郡立花村黒岩舘
16	3·8*	封書	長根一之	江戸川町7	小原敏麿 (小原廉次郎)	福寿館内
17	3·13	封書	及川喜八	軍馬補充部釧路支部	小原文太郎	岩手県和賀郡立花村黒岩
18	3·20	ハガキ	小原織江	岩手県和賀郡立花村黒岩舘	小原敏麿 (小原廉次郎)	東京本郷区金助町27 福寿館内
19	3·22	封書	小田島主殿	岩手県和賀郡立花村字黒岩	小原敏麿 (小原廉次郎)	東京市本郷区金助町27 福島方
20	3·23	ハガキ	武田源二郎 (武田源次郎)	小石川江戸川2ノ1 高の方	小原敏麿 (小原廉次郎)	本郷区金助町27 福寿館
21	3·24	封書	内藤順太郎	哈爾賓新市街　日満商会	小原敏麿 (小原廉次郎)	東京本郷区金助町27 福寿館
22	3·26	ハガキ	広田金松	北豊島郡日暮里元金杉280 今井万吉方	小原敏麿 (小原廉次郎)	本郷区金助町27番 福島館方
23	3·29	封筒	広田星橋 (広田金松)	北豊島郡日暮里元金杉280 今井万吉方	狂言作者　小原村雨 (小原廉次郎)	本郷区金助町27 福寿館内
24	3·29	ハガキ	広田星橋 (広田金松)	下谷根岸の里御行松280 今井万吉方	小原村雨 (小原廉次郎)	本郷区金助町27 福寿館内
25	3·31	ハガキ	船橋	途中にて	小原敏麿 (小原廉次郎)	市内本郷区金助町 福寿館内
26	4·1	封書	小原文太郎	岩手県和賀郡立花村黒岩舘	小原敏麿 (小原廉次郎)	東京市本郷区金助町27番地 福寿館内
27	4·4	封書	福井熊太郎	芝愛宕町1ノ2	小原敏麿 (小原廉次郎)	市内本郷金助町27番地 福寿館内
28	4·6	封書	横前敏亮	横浜西戸部官舎79	小原敏麿 (小原廉次郎)	東京本郷本郷座
29	5·1	広告	船橋	東京市下谷区西町3番地 帝国浴場誌発行所　尚文堂	小原敏麿 (小原廉次郎)	本郷区金助町 福寿館
30	5·5	ハガキ	船橋		小原敏麿 (小原廉次郎)	市内本郷区金助町 福寿館
31	5·5	ハガキ	菅沼　武	牛込区天神町32	小原村雨 (小原廉次郎)	本郷区金助町27　福島方
32	5·6*	封書	小原文太郎	岩手県和賀郡立花村黒岩舘	小原敏麿 (小原廉次郎)	東京市本郷区金助町27番地 福寿館内
33	5·10	ハガキ	小原文太郎	岩手県和賀郡立花村	小原敏麿 (小原廉次郎)	東京市本郷区金助町27 福寿館
34	5·10*	ハガキ	金子運送店	陸中国黒沢尻停車場前	小原文太郎	立花村字黒岩舘
35	5·11	ハガキ	としまろ (小原廉次郎)	在東都	小原文太郎	岩手県和賀郡立花村黒岩舘

36	5･13	ハガキ	柳川春葉	牛込区北町37番地	小原敏麿 （小原廉次郎）	本郷区金助町27 福寿館内
37	5･14	ハガキ	本郷なをゑ	北海道勇払郡早来	小原敏麿 （小原廉次郎）	岩手県和賀郡立花村黒岩舘
38	5･14	ハガキ	小原文太郎	岩手県和賀郡立花村黒岩舘	小原敏麿 （小原廉次郎）	東京市本郷区金助町27 福寿館内
39	5･19	ハガキ	としまろ （小原廉次郎）	在東都	小原文太郎	岩手県和賀郡立花村黒岩舘
40	5･22	封書	小原文太郎	岩手県和賀郡立花村黒岩舘	小原敏麿 （小原廉次郎）	東京市本郷区金助町27番地 福寿館内
41	5･27	電報	ヤナガハ	在東都	オハラトシマロ	キンスケテウ フクシマカタ
42	6･7	ハガキ	小原敏麿 （小原廉次郎）	在東都	小原文太郎	岩手県和賀郡立花村黒岩舘
43	6･9	ハガキ	としまろ （小原廉次郎）	在東都	小原文太郎	岩手県和賀郡立花村黒岩舘
44	6･11	ハガキ	としまる （小原廉次郎）	在東都	小原文太郎	岩手県和賀郡立花村黒岩舘
45	6･11*	封書	小原文太郎		小原敏麿 （小原廉次郎）	
46	6･14	ハガキ	としまろ （小原廉次郎）	在東都	小原文太郎	岩手県和賀郡立花村黒岩舘
47	7･8	ハガキ	としまろ （小原廉次郎）	在東都	小原文太郎	岩手県和賀郡立花村黒岩舘
48	7･13	ハガキ	としまろ （小原廉次郎）	在東都	小原文太郎	岩手県和賀郡立花村黒岩舘
49	7･17	ハガキ	及川万四郎	在東京	小原文太郎	岩手県和賀郡黒岩
50	7･17	ハガキ	工藤　迪	横ス賀軍港長浦 第四艇隊白鷹	小原文太郎	岩手県和賀郡黒岩
51	7･23	ハガキ	船橋	入谷町21	小原村雨 （小原廉次郎）	市内本郷区金助町 福寿館内
52	7･25	ハガキ	工藤　迪	横須賀軍港長浦 水雷艇白鷹	小原廉次郎	東京市本郷区金助町 福寿館内
53	7･25	ハガキ	としまろ （小原廉次郎）	在東都	小原文太郎	岩手県和賀郡立花村黒岩舘
54	7･27	ハガキ	小林義久	群馬県渋川町坂下町 小林今朝吉方	小原敏麿 （小原廉次郎）	東京市本郷区金助町27 福寿館
55	8･12	ハガキ	としまろ （小原廉次郎）	在東都	小原文太郎	岩手県和賀郡立花村黒岩舘
56	8･14	ハガキ	船橋	入谷町72番地 法清寺殿方	小原敏麿 （小原廉次郎）	本郷区金助町 福寿館内
57	8･22	封書	内藤順太郎	哈爾賓新市街 日満商会	小原敏麿 （小原廉次郎）	東京本郷区金助町27 福寿館
58	8･30	ハガキ	小原としまろ （小原廉次郎）	在東都	小原文太郎	岩手県和賀郡立花村黒岩舘
59	8･31	ハガキ	としまろ （小原廉次郎）	在東都	小原文太郎	岩手県和賀郡立花村黒岩舘
60	9･7	封書	谷口良三	長崎市大村町15番地　日清生命保険株式会社長崎代理店	小原敏麿 （小原廉次郎）	東京市本郷金助町　福寿館
61	9･7	ハガキ	としまろ （小原廉次郎）	在東京	小原文太郎	岩手県和賀郡立花村黒岩舘

62	9･13	ハガキ	昆　なみ	函館区若松町88　㊄方	小原文太郎	岩手県和賀郡立花村字黒岩
	9･16	ハガキ（戻り）	小原文太郎	岩手県立花村黒岩	昆　おなみ	北海道函館88 ㊄方
63	9･19	電報	ヲバラ（小原廉次郎）		ヲハラブンタロウ（小原文太郎）	
64	10･8	ハガキ	としまろ（小原廉次郎）	在東都	小原文太郎	岩手県和賀郡立花村黒岩舘
65	10･8	ハガキ	工藤　迪	横須賀軍港長浦 第四艇隊白鷹	小原文太郎	岩手県和賀郡立花村黒岩
66	10･11	ハガキ	吉田　類		小原敏麿（小原廉次郎）	本郷金助町27
67	10･11	ハガキ	小倉富太郎	甲府市柳町3丁目	小原敏麿（小原廉次郎）	東京市本郷金助町27番地
68	10･14	ハガキ	としまろ（小原廉次郎）	在東都	小原文太郎	岩手県和賀郡立花村黒岩舘
69	10･15	ハガキ	小原文太郎	岩手県和賀郡立花村黒岩舘	小原敏麿（小原廉次郎）	東京本郷区金助町27番地 福寿館内
70	10･17	ハガキ	としまろ（小原廉次郎）	在東都	小原文太郎	岩手県和賀郡立花村黒岩舘
71	10･24	ハガキ	小原敏麿（小原廉次郎）	在東都	小原文太郎	岩手県和賀郡立花村黒岩舘
72	10･25	ハガキ	としまろ（小原廉次郎）	在東都	小原文太郎	岩手県和賀郡立花村黒岩舘
73	11･2	封書	小田島善吉	岩手県和賀郡立花村黒岩	小原敏麿（小原廉次郎）	東京市本郷区金助町27番地 福寿館内
74	11･9	ハガキ	伊藤かつゑ	函館区若松町88	小原文太郎	岩手県和賀郡立花村字黒岩
75	11･10	封書	小原文太郎	岩手県和賀郡立花村黒岩	小原敏麿（小原廉次郎）	東京市本郷区金助町27番地 福寿館内
76	11･10	ハガキ	としまろ（小原廉次郎）	在東都	小原文太郎	岩手県和賀郡立花村黒岩舘
77	11･12	封書	小原織江	岩手県和賀郡立花村黒岩	小原敏麿（小原廉次郎）	東京市本郷区金助町27 福島館内
78	11･14	ハガキ	小原文太郎	岩手県和賀郡立花村黒岩	小原敏麿（小原廉次郎）	東京本郷区金助町27番 福寿館内
79	11･15	ハガキ	としまろ（小原廉次郎）	在東都	小原織江	岩手県和賀郡立花村黒岩舘
80	11･16	ハガキ	としまろ（小原廉次郎）	在東都	小原文太郎	岩手県和賀郡立花村黒岩舘
81	11･26	ハガキ	小原文太郎	岩手県和賀郡立花村黒岩舘	小原敏麿（小原廉次郎）	東京市本郷区金助町27 福寿館内
82	12･6	封書	小原文太郎	岩手県和賀郡立花村黒岩舘	小原敏麿（小原廉次郎）	東京市本郷区金助町27番地 福寿館内
83	12･17	ハガキ	小原織江	立花村	小原敏麿（小原廉次郎）	東京市本郷区金助町27 福寿館内
84	12･17	ハガキ	井上剣花坊	芝区高輪55	小原柳巷（小原廉次郎）	本郷金助町27 福寿館内
85	12･17	ハガキ	菅野	駿河台南甲賀町17 片桐方	小原敏麿（小原廉次郎）	本郷区金助町27 福寿館内

明治44年(1911)

番号	月日	分類	差出人	住　所	受取人	住　所
1	1·1	ハガキ	武田源助 (武田源次郎)	盛岡市紺屋町	小原敏麿 (小原廉次郎)	東京本郷区金助町27 福寿館
2	1·1	ハガキ	船橋		小原敏麿 (小原廉次郎)	本郷区金助町27 福寿館
3	1·1	ハガキ	田中弘之 (舎身居士)	東京市下谷区北稲荷町46 番地	小原敏麿 (小原廉次郎)	本郷区金助町27
4	1·1	ハガキ	昆　清左エ門	岩手県和賀郡立花村字黒岩	小原廉次郎	東京本郷区金助町 同盟館内
5	1·1	ハガキ	小田島主殿	岩手県和賀郡立花村黒岩	小原敏麿 (小原廉次郎)	東京市本郷区金助町27番地 福寿館内
6	1·5	ハガキ	吉田　類		小原敏麿	東京市本郷区金助町27
7	1·27	封書	小原敏麿 (小原廉次郎)	東京本郷区金助町27	小原文太郎	岩手県和賀郡立花村黒岩舘
8	2·5	封書	及川ミサ	釧路国白糠郡音別陸軍官舎	小原文太郎	岩手県和賀郡立花村黒岩舘
9	2·14	電報	トシ (小原廉次郎)		ヲバラフンタロウ (小原文太郎)	タチハナムラクロイワ
10	2·20	封書	小原文太郎	岩手県和賀郡立花村黒岩	小原敏麿 (小原廉次郎)	東京市本郷区5丁目37 成蹊館内
11	2·20	ハガキ	佐々木四郎	東京麹町区飯田町4ノ22	小原文太郎	岩手県和賀郡立花村142
12	3·2	ハガキ	佐々木四郎	東京麹町区飯田町4ノ22	小原文太郎	岩手県和賀郡立花村
13	3·6	ハガキ	としまろ (小原廉次郎)	在東都	小原文太郎	岩手県和賀郡立花村黒岩舘
14	3·13	ハガキ	及川覚美	仙台市東三番丁92　大内方	小原文太郎	岩手県和賀郡立花村黒岩
15	3·26	ハガキ	工藤　迪	横須賀軍港　鞍馬	小原文太郎	岩手県和賀郡立花村
16	3·30	封書	小原文太郎	岩手県和賀郡立花村黒岩舘	小原敏麿 (小原廉次郎)	東京市本郷区5丁目37番 成蹊館内
17	4·12	ハガキ	としまろ (小原廉次郎)	在東都	小原文太郎	岩手県和賀郡立花村黒岩舘
18	4·13	ハガキ	祷　苗代	東京市京橋区新肴町10番地	小原文太郎	岩手県和賀郡立花村102番
19	4·17	封書	小原文太郎	岩手県和賀郡立花村黒岩舘	小原敏麿 (小原廉次郎)	東京市本郷区根津須賀町27 東濃館内
20	4·18	封書	小原敏麿 (小原廉次郎)	本郷須賀町27　東濃館内	小原文太郎	岩手県和賀郡立花村黒岩舘
21	4·22	封書	小原文太郎	岩手県和賀郡立花村黒岩	小原敏麿 (小原廉次郎)	東京市本郷区根津須賀町27 東濃館内
22	5·6	封書	としまろ (小原廉次郎)	在東都	小原文太郎	岩手県和賀郡立花村黒岩舘
23	6·7	封書	小原敏麿 (小原廉次郎)	東京市本郷根津須賀町27 東濃館	小原文太郎	岩手県和賀郡立花村黒岩舘
24	6·11	封書	小原敏麿 (小原廉次郎)	東京本郷根津須賀町27 東濃館内	小原文太郎	岩手県和賀郡立花村黒岩舘
25	6·16	封書	小原敏麿 (小原廉次郎)	東京本郷根津須賀町27 東濃館内	小原文太郎	岩手県和賀郡立花村黒岩舘
26	6·24	ハガキ	清岡　等	盛岡市	小原敏麿 (小原廉次郎)	東京本郷根津須賀町27 東濃館
27	6·25	ハガキ	清岡　等	痔病見舞の礼状	小原敏麿 (小原廉次郎)	東京市本郷根津須賀町27 東濃館
28	6·30	封書	小原敏麿 (小原廉次郎)	東京本郷根津須賀町27 東濃館内	小原文太郎	岩手県和賀郡立花村黒岩舘

29	7・5	ハガキ	新渡戸仙岳	盛岡市	小原柳巷 （小原廉次郎）	東京本郷区根津須賀町27 東濃館
30	7・12	封書	小原敏麿 （小原廉次郎）	東京本郷区根津須賀町27 東濃館内	小原文太郎	岩手県和賀郡立花村黒岩舘
31	8・12	封書	小原文太郎	岩手県和賀郡立花村黒岩舘	小原敏麿 （小原廉次郎）	東京市本郷区根津須賀町27 番地　東濃館内
32	8・13	封書	小原敏麿 （小原廉次郎）	在東都	小原文太郎	岩手県和賀郡立花村黒岩舘
33	8・19	封書	小原敏麿 （小原廉次郎）	本郷根津須賀町27 東濃館内	小原文太郎	岩手県和賀郡立花村黒岩舘
34	9・7	封書	小原文太郎	岩手県和賀郡立花村黒岩舘	小原敏麿 （小原廉次郎）	東京市本郷区根津須賀町27 番地　東濃館内
35	9・15	封書	小原敏麿 （小原廉次郎）	東京本郷根津須賀町 東濃館内	小原文太郎	岩手県和賀郡立花村黒岩舘
36	9・18	ハガキ			小原敏麿 （小原廉次郎）	根津権現堂前　東濃館方
37	9・21	ハガキ	小原文太郎	岩手県和賀郡立花村黒岩	小原敏麿 （小原廉次郎）	東京市本郷根津須賀町27 番地　東濃館内
38	9・25	封書	小原文太郎	岩手県和賀郡立花村黒岩舘	小原敏麿 （小原廉次郎）	東京本郷区根津須賀町27 番地　東濃館内
39	9・25	ハガキ	としまろ （小原廉次郎）	在東都	小原織江	岩手県和賀郡立花村黒岩舘
40	9・26	封書	小原敏麿 （小原廉次郎）	東京本郷根津根津町27 東濃館	小原文太郎	岩手県和賀郡立花村黒岩舘
41	10・1	封書	小原理恵 （小原織江）	岩手県和賀郡立花村黒岩舘	小原敏麿 （小原廉次郎）	東京本郷区根津根津町27 東濃館内
42	10・2	ハガキ	内藤紅雨	芝区新桜田町19　有信館	小原敏麿 （小原廉次郎）	市内根津根津神社附近 東濃館
43	10・2	封書	明治大学校 友会本部	東京神田駿河台	小原敏麿 （小原廉次郎）	本郷区根津須賀町27 東濃館内
44	10・3	ハガキ	紅雨蕉郎		小原敏麿 （小原廉次郎）	市内根津神社前　東濃館
45	10・10	ハガキ	としまろ （小原廉次郎）	在東都	小原文太郎	岩手県和賀郡立花村黒岩舘
46	10・11	ハガキ	明治大学校友会		小原敏麿 （小原廉次郎）	本郷区根津須賀町27 東濃館
47	10・11	封書	小原敏麿 （小原廉次郎）	在東都	小原文太郎	岩手県和賀郡立花村黒岩舘
48	10・15	ハガキ	明治大学校友会		小原敏麿 （小原廉次郎）	本郷区根津須賀町27 東濃館方
49	10・19	ハガキ	小原理恵 （小原織江）	岩手県和賀郡立花村黒岩	小原敏麿 （小原廉次郎）	東京本郷根津須賀町27 東濃館内
50	10・22	ハガキ	としまろ （小原廉次郎）	在東都	小原織江	岩手県和賀郡立花村黒岩舘
51	10・25	ハガキ	としまろ （小原廉次郎）	在東都	小原文太郎	岩手県和賀郡立花村黒岩舘
52	10・28	ハガキ	西村文則	小石川区林町64 電車タイムス社	小原敏麿 （小原廉次郎）	市内本郷区根津須賀町27 東濃館
	10・15	同封紹介状	西村文則		石井一二三	

53	11·2	ハガキ	明治大学校友 会本部		小原敏麿 (小原廉次郎)	本郷区根津須賀町27 東濃館内
54	11·4	ハガキ	小原織江	岩手県和賀郡立花村黒岩	小原敏麿 (小原廉次郎)	東京本郷区根津須賀町27 東濃館内
55	11·6	ハガキ	としまろ (小原廉次郎)	在東都	小原文太郎	岩手県和賀郡立花村黒岩舘
56	11·6	ハガキ	井坂	千束町2-64	小原 (小原廉次郎)	本郷区根津須賀町27 東濃館方
57	11·15	封書	小原敏麿 (小原廉次郎)	東京市本郷区根津須賀町27 東濃館内	小原文太郎	岩手県和賀郡立花村黒岩舘
58	11·29	封書	小原敏麿 (小原廉次郎)	東京本郷根津須賀町27 東濃館	小原文太郎	岩手県和賀郡立花村黒岩舘
59	12·2	ハガキ	小原理恵 (小原織江)	岩手県和賀郡立花村黒岩	小原敏麿 (小原廉次郎)	東京本郷根津須賀町27 東濃館
60	12·16	封書	小原敏麿 (小原廉次郎)	東京本郷根津須賀町27 東濃館	小原文太郎	岩手県和賀郡立花村黒岩舘
61	12·25	封書	小田島テツ	岩手県和賀郡立花村字黒岩	小原敏麿 (小原廉次郎)	東京市本郷区根津須賀町27 東濃館内
62	12·30	ハガキ	斯波貞吉	東京市外代々木字山谷166	小原敏麿 (小原廉次郎)	本郷根津須賀町27 東濃館内

明治45年・大正元年(1912)

番号	月日	分類	差出人	住　所	受取人	住　所
1	1·1	ハガキ	菊池忠平	岩手県和賀郡二子村	小原敏麿 (小原廉次郎)	東京市本郷区根津須賀町 東濃館
2	1·1	ハガキ	久良岐社	東京市麹町区富士見町6丁 目14番地	小原としまろ (小原廉次郎)	市内本郷区根津権現前 東濃館内
3	1·1	ハガキ	小田島主殿	岩手県和賀郡立花村黒岩	小原敏麿 (小原廉次郎)	東京市本郷区根津須賀町27 東濃館内
4	1·1	ハガキ	米本利作	浅草千束町2ノ343	小原敏麿 (小原廉次郎)	本郷根津須賀町27 東濃館内
5	1·1	ハガキ	文則事 西村才介	東京小石川区林町64番地	小原敏麿 (小原廉次郎)	市内本郷区根津権現前 東濃館
6	1·1	ハガキ	田能村梅士	本郷天神町1ノ100	小原敏麿 (小原廉次郎)	本郷根津須賀町27 東濃館
7	1·1	ハガキ	山田	愛宕下町　金水堂	小原敏麿 (小原廉次郎)	本郷区根津須賀町27 東濃館内
8	1·1	ハガキ	新渡戸仙岳	盛岡市馬町	小原敏麿 (小原廉次郎)	東京市本郷区根津須賀町27 東濃館
9	1·1	ハガキ	小野瀬不二人	東京市麻布区本村町39番地	小原敏麿 (小原廉次郎)	本郷区根津須賀町27 東濃館
10	1·1*	ハガキ	蔵原惟郭	麻布区竹谷町5	小原敏麿 (小原廉次郎)	本郷区根津須賀町27 東濃館内
11	1·1	ハガキ	泉鏡太郎	麹町下六番町11	小原敏麿 (小原廉次郎)	市内本郷根津須賀町27 東濃館にて
12	1·1	ハガキ	福田常永	芝愛宕町1ノ2	小原敏麿 (小原廉次郎)	東京本郷区根津須賀町27
13	1·1	ハガキ	古木千次郎		小原敏麿 (小原廉次郎)	市内根津須賀町27 東濃館方
14	1·1	ハガキ	村上政亮	東京市麹町区平河町4丁目 10番地	小原敏麿 (小原廉次郎)	本郷根津須賀町 東濃館

15	1･1	ハガキ	汥岡茂輝	牛込弁天町133	小原敏麿 (小原廉次郎)	市内本郷区根津須賀町27 東濃館内
16	1･1	ハガキ	柳川春葉	牛込区北町37番地	小原敏麿 (小原廉次郎)	本郷区根津須賀町27 東濃館内
17	1･1*	ハガキ	水野好美	花川戸1	小原敏麿 (小原廉次郎)	本郷区根津須賀町 東濃館ニテ
18	1･4	ハガキ	田中弘之		小原敏麿 (小原廉次郎)	本郷区根津須賀町27 東濃館
19	1･4	封書	小原敏麿 (小原廉次郎)	東京本郷根津須賀町27 東濃館内	小原文太郎	岩手県和賀郡立花村黒岩舘
20	1･5	ハガキ	吉沢 (吉沢義之助)	常磐座	小原柳巷 (小原廉次郎)	本郷区根津須賀町27番地 東濃館方
21	1･9	ハガキ	小田島主殿	千葉県中山法華経寺羅刹 堂内	小原敏麿 (小原廉次郎)	東京市本郷区根津須賀町27 東濃館内
22	1･20	封書	小原敏麿 (小原廉次郎)	東京本郷区根津須賀町27 東濃館内	小原文太郎	岩手県和賀郡立花村黒岩舘
23	1･21	封書	及川たま		小原文太郎	
24	1･24	封書	小原廉次郎	岩手県和賀郡立花村黒岩舘	小原としまろ	
25	2･3	封書	小原敏麿 (小原廉次郎)	東京本郷根津須賀町27 東濃館内	小原文太郎	岩手県和賀郡立花村黒岩舘
26	2･18	封書	小原敏麿 (小原廉次郎)	東京本郷根津須賀町27 東濃館	小原文太郎	岩手県和賀郡立花村黒岩舘
27	2･24	ハガキ	新宿浪人		小原敏麿 (小原廉次郎)	本郷根津権現前 東濃館内
28	2･29	ハガキ	小原敏麿 (小原廉次郎)	東京本郷ニテ	小原文太郎	岩手県和賀郡立花村黒岩舘
29	3･1	ハガキ	としまろ (小原廉次郎)	在東都	小原文太郎	岩手県和賀郡立花村黒岩舘
30	3･7	ハガキ	峯川辰五郎	東京市本郷区真砂町15番 地(タドン坂上)	小原敏麿 (小原廉次郎)	本郷区根津須賀町27 東濃館内
31	3･20*	ハガキ	としまろ (小原廉次郎)	在東都	小原文太郎	岩手県和賀郡立花村黒岩舘
32	4･1	ハガキ	としまろ (小原廉次郎)	在東都	小原文太郎	岩手県立花村黒岩舘
33	4･4	ハガキ	金子	浅草公園　宮戸座	小原 (小原廉次郎)	本郷区根津 東濃館にて
34	4･5	ハガキ	明治大学 岸本忠雄		小原敏麿 (小原廉次郎)	本郷区根津須賀町27 東濃館
35	4･16	ハガキ	小原敏麿 (小原廉次郎)	東都ニテ	小原文太郎	岩手県和賀郡立花村黒岩舘
36	4･21	封書	小原敏麿 (小原廉次郎)	東京本郷根津須賀町27 東濃館内	小原文太郎	岩手県和賀郡立花村黒岩舘
37	4･22	ハガキ	及川覚美	仙台市北材木町細横丁角	小原文太郎	岩手県和賀郡立花村黒岩
38	4･25	選挙依頼状	阿部勇治	稗貫郡宮野目村	小原文太郎	和賀郡立花村黒岩
39	4･25	ハガキ	としまろ (小原廉次郎)	在東都	小原織江	岩手県和賀郡立花村黒岩舘
40	4･26	封筒	及川万四郎	新宿	小原敏麿 (小原廉次郎)	本郷根津権現前 東濃館
40	4･24	同封封書	小原文太郎	岩手県和賀郡立花村黒岩	及川万四郎	東京府下内藤新宿愛宕町 16番地
41	4･29	封書	及川万四郎	東京府下内藤新宿愛宕町 16	小原文太郎	岩手県和賀郡黒岩

42	4・	選挙依頼状	泉田健吉		小原文太郎	
43	5・2	選挙依頼状	鈴木　巌	岩手県盛岡市大沢川原	小原文太郎	和賀郡立花村
44	5・6	封書	小原敏麿 （小原廉次郎）	東京本郷根津須賀町27 東濃館内	小原文太郎	岩手県和賀郡立花村黒岩舘
45	5・17	ハガキ	小原敏麿 （小原廉次郎）	在東都	小原文太郎	岩手県和賀郡立花村黒岩舘
46	5・	選挙依頼状	村上　先		小原文太郎	黒岩舘
47	6・9	ハガキ	小原長吉	天塩国中川郡中川村字バラウッカ	小原文太郎	岩手県和賀郡立花村大字黒岩
48	6・13	ハガキ	小原敏麿 （小原廉次郎）	東京本郷ニテ	小原文太郎	岩手県和賀郡立花村黒岩舘
49	6・15	ハガキ	としまろ （小原廉次郎）	在東都	小原文太郎	岩手県和賀郡立花村黒岩舘
50	6・16	封書	及川 （及川万四郎）	内藤新宿愛宕町16番地	小原敏麿 （小原廉次郎）	本郷根津須賀町27 東濃館
		同封紹介状	及川万四郎	愛宕町16	中村啓次郎	麹町区三年町2番地
51	6・17	封書	小林義之	但馬国豊岡町保天恵座内	小原敏麿 （小原廉次郎）	東京市本郷区根津須賀町 東濃館内
52	6・21	ハガキ	小原敏麿 （小原廉次郎）	在東都	小原文太郎	岩手県和賀郡立花村黒岩舘
53	6・27	ハガキ	小原敏麿 （小原廉次郎）	在東都	小原織江	岩手県和賀郡立花村黒岩舘
54	7・9	封書	小原織江	岩手県和賀郡立花村黒岩舘	小原敏麿 （小原廉次郎）	東京根津須賀町27番地 東濃館内
55	7・10	封書	及川 （及川万四郎）		小原敏麿 （小原廉次郎）	本郷区根津権現前 東濃館
56	7・11	ハガキ	小原敏麿 （小原廉次郎）	在東都	小原文太郎	岩手県和賀郡立花村黒岩舘
57	7・14	ハガキ	小原敏麿 （小原廉次郎）	在東都	小原文太郎	岩手県和賀郡立花村黒岩舘
58	7・17	ハガキ	としまろ （小原廉次郎）	在東都	小原織江	岩手県和賀郡立花村黒岩舘
59	7・18	封書	及川 （及川万四郎）	新宿にて	小原敏麿 （小原廉次郎）	本郷根津権現前 東濃館
	7・11	同封封書	小松田順治	横浜市南太田町2187	及川万四郎	東京府下内藤新宿愛宕町 16番地
60	7・30	ハガキ	西村才一	小石川林町81	小原としまろ （小原廉次郎）	本郷区根津権現前 某高等下宿屋内
61	8・6	ハガキ	小原敏麿 （小原廉次郎）	在東都	小原文太郎	岩手県和賀郡立花村黒岩舘
62	8・8	封書	及川 （及川万四郎）	神戸にて	小原敏麿 （小原廉次郎）	東京本郷根津権現前東濃館内
	8・3	同封封書	小松田順治	横浜市南太田町2187	及川万四郎	兵庫県須磨狐山109ノ12 □元吉氏方
63	8・15	封書	及川 （及川万四郎）	神戸市栄町5丁目 大阪朝日新聞社神戸通信部	小原敏麿 （小原廉次郎）	東京本郷根津権現前 東濃館
64	8・19	封書	及川万四郎		小原敏麿 （小原廉次郎）	東京本郷根津権現前 東濃館
65	8・21	ハガキ	としまろ （小原廉次郎）	在東都	小原文太郎	岩手県和賀郡立花村黒岩舘
66	8・28	封書	及川 （及川万四郎）	神戸市栄町5丁目 大阪朝日新聞社神戸通信部	小原敏麿 （小原廉次郎）	東京本郷根津権現前 東濃館

67	8・28	ハガキ	小原敏麿 （小原廉次郎）	在東都	小原文太郎	岩手県和賀郡立花村黒岩舘
68	8・28	ハガキ	小原敏麿 （小原廉次郎）	在東都	小田島主殿・鉄	岩手県和賀郡立花村黒岩 根岸
69	8・29	封書	小田島主殿 （てつ）	岩手県和賀郡立花村字黒岩	小原敏麿 （小原廉次郎）	東京市本郷区根津須賀町27 東濃館内
70	8・31	封書	小原理恵 （小原織江）	岩手県和賀郡立花村黒岩	小原敏麿 （小原廉次郎）	東京本郷根津須賀町27 東濃館内
71	9・1	封書	及川 （及川万四郎）	姫路にて	小原敏麿 （小原廉次郎）	東京本郷根津権現前 東濃館
72	9・3*	ハガキ	吉沢義之助	アサクサ常磐座内	小原柳巷 （小原廉次郎）	本郷区根津須賀町27 東濃館内
73	9・11	ハガキ	小原 （小原廉次郎）	東京	小原織江	岩手県和賀郡立花村黒岩
74	9・12	封書	小松田順治	横浜市南太田町2187	小原敏麿 （小原廉次郎）	東京市本郷区根津須賀町 東濃館
75	9・13	ハガキ	小原 （小原廉次郎）	東京ニテ	小原文太郎	岩手県和賀郡立花村黒岩
76	9・18	ハガキ	及川玉	岩手県立盛岡高等女学校 寄宿舎	小原敏麿 （小原廉次郎）	和賀郡立花村黒岩
77	10・3	ハガキ	小原敏麿 （小原廉次郎）	在東都	小原文太郎	岩手県和賀郡立花村黒岩舘
78	10・3	封書	明治大学図書 館	東京神田駿河台	小原敏麿 （小原廉次郎）	本郷区根津須賀町27
79	10・5	封書	阿蘇助男	横浜市中村町1206番地	小原敏麿 （小原廉次郎）	東京本郷区根津須賀町27 東濃館
80	10・8	封書	小原敏麿 （小原廉次郎）	東京本郷根津須賀町27 東濃館内	小原文太郎	岩手県和賀郡立花村黒岩舘
81	10・11	封書	小原敏麿 （小原廉次郎）	東京市本郷区根津須賀町27 東濃館内	小原文太郎	岩手県和賀郡立花村黒岩舘
82	10・15	封書	小原織江	岩手県和賀郡立花村黒岩	小原敏麿 （小原廉次郎）	東京市本郷区根津須賀町27 番地　東濃館内
83	10・21	封書	小原文太郎	岩手県和賀郡立花村黒岩舘	小原敏麿 （小原廉次郎）	東京本郷区根津須賀町27 東濃館内
84	10・26	封書	清之丞	浅草区駒形町15番地	小原敏麿 （小原廉次郎）	本郷区根津須賀町27 東濃館方
85	10・27	封書	小原文太郎	岩手県和賀郡立花村黒岩	小原敏麿 （小原廉次郎）	東京本郷区根津須賀町27 東濃館内
86	10・28	封書	小原敏麿 （小原廉次郎）	東京本郷根津須賀町27 東濃館内	小原文太郎	岩手県和賀郡立花村黒岩舘
87	11・1	封書	小原織江	岩手県和賀郡立花村黒岩舘	小原敏麿 （小原廉次郎）	東京本郷区根津須賀町27 東濃館内
88	11・14	ハガキ	小原 （小原廉次郎）	東京市外高田村雑司ヶ谷441	小原文太郎	岩手県和賀郡立花村黒岩舘
89	11・19	封書	小原敏麿 （小原廉次郎）	東京市外高田村雑司ヶ谷441	小原文太郎	岩手県和賀郡立花村黒岩舘
90	11・22	封書	小原織江	岩手県和賀郡立花村黒岩舘	小原敏麿 （小原廉次郎）	東京市外高田村雑司ヶ谷441
91	11・22	封書	阿蘇助男	横浜市中村町1206	小原敏麿 （小原廉次郎）	東京府下北豊島郡高田村 雑司ヶ谷441
92	11・24	封書	西　伴男		佐々木市郎・ 小原敏麿 （小原廉次郎）	小石川区大塚坂下町55

93	12･4	ハガキ	新公論社	本郷区東片町	小原敏麿 (小原廉次郎))	市内高田村雑司ヶ谷441
94	12･6	ハガキ	阿蘇助男	横浜市中村町1206	小原敏麿 (小原廉次郎)	東京府下北豊島郡高田村 字雑司ヶ谷441
95	12･8	封書	小原敏麿 (小原廉次郎)	東京市外高田村雑司ヶ谷441	小原文太郎	岩手県和賀郡立花村黒岩館
96	12･19	封書	小原敏麿 (小原廉次郎)	東京市外高田村雑司ヶ谷441	小原文太郎	岩手県和賀郡立花村黒岩館
97	12･20	ハガキ	及川多満	盛岡市馬場小路　寄宿舎内	小原文太郎	和賀郡立花村黒岩館
98	12･24	封書	小原織江	岩手県和賀郡立花村黒岩館	小原敏麿 (小原廉次郎)	東京市外高田村雑司ヶ谷441
99	･7	ハガキ	井坂		小原 (小原廉次郎)	本郷区根津須賀町27 東濃館方

大正2年(1913)

番号	月日	分類	差出人	住　所	受取人	住　所
1	1･1*	ハガキ	小原 (小原廉次郎)	雑司ヶ谷441	小原文太郎	岩手県和賀郡立花村黒岩
2	1･1	ハガキ	冨手三太郎	陸中国台温泉場	小原文太郎	和賀郡立花村黒岩
3	1･1	ハガキ		岩手江刺梁川	小原敏麿 (小原廉次郎)	東京市外高田村雑司ヶ谷441
4	1･1	ハガキ	小原長吉		小原文太郎	和賀郡立花村黒岩
5	1･5	封書	小原織江	岩手県和賀郡立花村黒岩	小原敏麿 (小原廉次郎)	東京市外高田村雑司ヶ谷441
6	1･29	封書	小原織江	岩手県和賀郡立花村黒岩	小原敏麿 (小原廉次郎)	東京市外高田村雑司ヶ谷441
7	2･25	封書	小原敏麿 (小原廉次郎)	東京府下高田雑司ヶ谷441	小原文太郎	岩手県和賀郡立花村黒岩館
8	4･4	ハガキ	としまろ (小原廉次郎)	在東都	小原文太郎	岩手県和賀郡立花村黒岩館
9	4･8	ハガキ	及川多ま	府下高田村雑司ヶ谷441	小原文太郎	岩手県和賀郡立花村黒岩館
10	4･15	ハガキ	小原敏麿 (小原廉次郎)	東京府下高田雑司ヶ谷441	小原文太郎	岩手県和賀郡立花村黒岩館
11	5･28	封書	小原敏麿 (小原廉次郎)	東京府下高田雑司ヶ谷441	小原文太郎	岩手県和賀郡立花村黒岩館

大正3年(1914)

番号	月日	分類	差出人	住　所	受取人	住　所
1	1･1	ハガキ	柳川春葉		小原敏麿 (小原廉次郎)	府下高田村雑司ヶ谷441
2	4･29	ハガキ	舎監生徒一同	盛岡市馬場小路　寄宿舎	村田よ祢子･ 及川たま子	東京市小石川区 女子大学敷島寮内
3	9･25	ハガキ	保持ちか代	呉市中通り6丁目	及川たまこ	東京市外高田村若葉町11
4	9･26*	ハガキ	梅子	曙町	及川たま子	府下北豊島郡高田村若葉11
5	9･27		父		タマ	
6	9･30	ハガキ	紺野たかよ	神田一ツ橋通り町20 冢田先生様方	小原多ま子	府下高田若葉町11
7	10･6	ハガキ	佐藤　元	青山北町にて	及川たま	府下高田村若葉町11 小原様方

8	10・10	ハガキ	甘坊	青山にて	及川多満子	府下高田村若葉町11 小原様方
9	10・20	封書	紺野たかよ	芝新堀町3　河原方	及川多ま子	小石川日本女子大学校家 政科一学年
10	11・1	ハガキ	佐藤もと	青山北町7丁目33 伊藤方にて	及川玉子	府下高田村若葉町11 小原様方
11	11・22	封書	仙台きせら	岩手県立盛岡高等女学校 舎内	及川タマ子	東京府下高田村若葉町 小原様方

小原敏丸略年譜（幼名廉次郎）
（別号）湘水・はなまろ・花村静枝・花麿・瓢乎・敏麿・瓢鯰坊・摩訶六・夢外・村雨・龍泉・柳巷・五黄星・流泉小史

明治二〇年（一八八七）一歳
五月、　父悦治・母松枝の長男として黒岩村舘に生まれる。
一〇月七日、　父悦治二四歳で死去する。
明治二一年（一八八八）二歳
この歳、　小田島主殿生まれる。父は悦治の弟喜代太、根岸小田島テツの夫（養子）
明治二三年（一八九〇）四歳
母松枝、家を出る。及川辰次郎と再婚する。及川タマ誕生（前年か）、この頃より祖父文太郎より『四書五経』等を学ぶ。
明治二八年（一八九五）九歳
三月二九日、　立花村立黒岩尋常小学校一年生を終える。
明治二九年（一八九六）一〇歳
三月三一日、　立花村立黒岩尋常小学校二年生を終える。
明治三〇年（一八九七）一一歳
三月二七日、　立花村立黒岩尋常小学校三学年を卒業する。
明治三一年（一八九八）一二歳
この歳、河東青年団に入り黒沢尻警察署本堂平四郎から『日本外史』を学ぶ。
明治三二年（一八九九）一三歳
三月二八日、　二子尋常高等小学校より「小学習字帳」三優等に就き賞状を授与される。
一〇月一七日、　黒岩尋常高等小学校「甲組之下机列長」を命じられる。

一一月一五日、和賀郡教育品展覧会賞状、黒岩尋常高等小学校第二年生「図画科」一等賞、同「習字科」二等賞、同「作文科」一等賞をそれぞれ和賀郡教育会長小野茂理より授与される。

明治三三年（一九〇〇）一四歳

三月三一日、黒岩尋常高等小学校「試験成績最優等ニ付」一等賞を授与する。（第二学年生）

六月一七日、黒岩尋常小学校高等科「甲組之下机列長」を命じられる。

明治三四年（一九〇一）一五歳

三月二七日　高等科「山水画譜一部」二等賞、尋常高等小学校第一回生を卒業する。

明治三五年（一九〇二）一六歳

この歳　和賀郡安俵の及川良寿の塾に学ぶか。

明治三六年（一九〇三）一七歳

四月、盛岡中学校に入学する。

五月一三日、中学の創立記念運動会に当たり係を務める。

六月一一日　祖父に盛岡の小田島書店よりの領収書を届ける。中に「中央公論」「西鶴文粋」等含まれる。

七月一二日、夕方、盛岡中学の夏期休暇に就き家に帰省する。

八月二日、この日より一週間、大沢温泉に湯治する。

八月、休暇中に明治大学の夏期講習に参加して玉村農学博士の講義を聴く。

一〇月一一日、将来医学家ならんと発願して仙台の第二高等学校医学部三年生の坂本長治（金ケ崎出身・病気入院中）にドイツ語を習うことを約束する。

一一月二三日、盛岡中学を会場として「全国赤十字大会」開催される。この頃、「三陸新聞社」帯紙書きのアルバイトをする。

一二月二二日、夕方、盛岡中学の冬期休暇に就き黒岩舘に帰省する。

明治三七年（一九〇四）一八歳

二月、日露戦争始まる。

二月二九日、工藤喜三郎の書簡にて正洞寺の住職や仲居工藤貞機の動静を知り、白山神社岩沢守人の死去を知る。

三月、吉原静江、東京の女学校を卒業する。（後に廉次郎と結婚する）

七月一五日、　盛岡中学を中退して黒岩に戻る。

八月末　上京して、東京市本郷区春木町二の四三番地、坪井章次郎（保証人）宅に入る。明治大学法学部専門部に入学する。

九月一二日　午後、明治大学にて三時より四時まで「民法物権編」（杉山法学士）五時より七時まで「民法総則物権」（鈴木博士）の講義を受ける。

一〇月一日、　祖父へ「明治学報」を送り大学の様子を知らせる。

一〇月、　武田源次郎の紹介で週二・三回程、博文館の雑誌『女学世界』にてアルバイトをする。ついで『明星』主宰　與謝野鉄幹に誘われて新詩社の社友となる。

一一月三日、　『明星』一一月号「菊花号」に投稿者二五名（二〇五首）の歌評を書く。筆名花村静枝、下宿先、小石川区表町五九番地太田鍛　方、
　一三日、　黒岩宿の先輩多田良蔵、二三歳で死去する。生前に『道中膝栗毛』等三冊を貸す。短歌「欄のひと」一〇首は良蔵の挽歌か、（『明星』三八年二月号掲載）

一二月一日、　『明星』一二月号に花村しづ枝の筆名で「二〇五首」の歌評を載せる。

　一五日、　祖父文太郎宛の書簡に「毎日の様に筆記かさなり候共あまりのつめたきま丶やめ居候」と報ずる。

　二八日、　根岸の従兄弟、小田島主殿等二人、身延山参籠修行の為、廉次郎の下宿に泊まる。

明治三八年（一九〇五）一九歳

一月五日、　新詩社の新年会に二七・八人出席、ここで石川啄木と一諸になるか。

二月一日、　『明星』二月号に花村静枝の筆名で短歌一〇首「欄のひと」という題で掲載する。

　一二日、　工藤喜三郎のハガキにて黒岩の日露戦争の戦死者、帰還者等の動静を知る。

三月五日、　千葉県山武郡成東町吉原静江との文通はじまる。

四月九日、　明治大学、日露戦争祝捷会で学生四五〇〇名、駿河台から二重橋、泰枝日橋まで三里歩く。

　一五日　新詩社の演劇会を両国伊勢平楼にて上演され見劇する。高村砕雨原作題名「青年画家」（五幕）を観劇する。

　一七日、　廉次郎、毎日新聞を取るのは来たる明治四〇年大学卒業と同時に「文官予備論文試験」を受ける為に必要と祖父文太郎に報告する。

四月、　明治大学に文芸部、ＪＰ娯楽部を設立して活動を始める。会費二五銭、号花麿、（中心的に九月）、二年生から活動する。

五月一〇日、　北海道勇払郡早来の本郷直枝子と文通始まる。

　一七日、　近藤飴ン坊からハガキを貰う。ついで飴ン坊の下に出入する。

六月一日、　『明星』六月号に花村静枝の筆名で演劇「批評上杉謙信」を掲載する。

　一四日、　アルバイト先にて小原雪枝の雅号で投稿者に「螢」の題で歌を募集する。この日、千葉県の吉原静江、投稿する。

　　（小原雪枝宛ハガキ）

六月二八日、　村雨会の演劇「青年画家」（第五幕）を見学する。

七月一日、　大学の夏期休業に就き、一三時間掛けて黒沢尻停車場に帰る。

　一二日、　「法学部第一学年試験及第證」を明治大学からもらう。

　二四日、　「文学同好会演劇」の劇評原稿を書く。

七月、　黒岩の新屋（清水）の及川廉平、廉次郎を尋ねて上京する。

八月一日、　『明星』八月号に「村雨会の演劇・青年画家」の劇評を載せる。

　一五日、　畏友小田島源造、郷里黒沢尻の和賀病院で逝去する。二二歳。

九月、　大阪朝日新聞の「懸賞小説」に応募する。日露戦争終わる。

一〇月一二日、　黒岩から昆清左衛門、廉次郎を頼って上京する。

　三〇日、　及川香石、明年絵画修業に就き上京する旨、廉次郎に通知する。黒岩には赤痢流行、死者多し。

一一月三日、　井上剣花坊主宰の柳樽寺川柳会の機関誌「川柳」発刊する。

　事務所、東京市神田区駿河台南甲賀町八番地、近藤飴ン坊、高木角恋坊編集に協力し、毎月三日、東京市神田区今川小路の北上屋書店から、定価金八銭。

　二二日、　作家三宅青軒より書簡を頂き二四日入門を許され訪問する。

一二月四日、　大学のＪＰ娯楽大会で福引きに当たり明治大学の写真絵ハガキを祖父母に送る。

明治三九年（一九〇六）二〇歳

二月一三日、　『ヘナブリ』雑誌に川柳を載せる。従兄弟の小田島主殿、ハガキで上達した事を評する。

三月三日、　『川柳』五号発刊、同号に「菫星亡国」を発表する。ついで『川柳』五号より編集を補佐する。

　一一日、　従兄弟の主殿より「菫星亡国」の感想をもらう。

二七日、北海道の文通友達、本郷直枝子に『川柳』雑誌を送る。次いで偽名の一つに直枝子を使用する。

二九日、祖父文太郎、「雑誌社」の事で忠告し、学業を第一として病気に注意することを報ずる。

三月、『ヘナブリ』雑誌に「花見」発表する。次いで黒沢尻和賀病院の看護師加藤節子に同雑誌を送る。

四月一日、この日より午前中東洋学園にてドイツ語を学ぶ。

三日、『川柳』六号に小原瓢鯰坊の名前で「楽天党を募る」を載せる。

五月三日、黒岩の親戚、及川茎枝、師範学校を卒業して黒沢尻小学校に勤める。

四日、『川柳』七号に「楽天主義と川柳」を載せる。

五日、黒岩小学校の友達、及川栄七（横川目在住）上京、共に外出する。

六月一日、瓢鯰坊（廉次郎雅号）、下宿（本郷区金助町二七番地福島方）で「いざつれ艸」の原稿を書く。

一九日、『明星』六月号に花村静枝の名前で「若葉会」の演劇を批評する。

三日、『川柳』八号に「いざつれ艸」を掲載する。

七月一日、廉次郎、祖父に帰省を通知する。

一二日、「法学部第二学年試験及第證」を明治大学からもらう。

八月二〇日、相去村の佐藤かん（廉次郎の女友達）、黒岩の家を訪ね滞在、次いで帰りに花巻台温泉冨手旅館に投じる。ここで廉次郎に礼状を書く。

二六日、和賀病院の看護師加藤節子、台温泉冨手旅館に滞在中に廉次郎からの手紙を待つ。

九月五日、加藤節、口内の自宅から廉次郎の上京を病気の為見送り出来ないと通知する。

二五日、廉次郎、大阪毎日新聞の懸賞小説に原稿を送る。

一〇月七日、駿河台に柳樽寺での摩訶六（廉次郎雅号）「柳樽寺川柳大会」に出席する。（瓢鯰坊、三度半の異名あり）

一一月三日、『川柳』一三号（一周年記念号）に「柳樽寺川柳大会」記事・兼題句を撰する。同号に「常世軍人気質」（夢外雅号）を掲載する。

一七日、午後から夢外庵（三度半居・廉次郎下宿）で「翡翠吟社」の例会を開く。

一一月、「男女学生の為に冤を雪ぐ」『中学文壇』（八－一二三）に掲載する。

一二月三日、『川柳』一四号発刊、摩訶六の「翡翠吟社例会の記」戴る。

一三日、大阪毎日新聞懸賞小説に「非結婚主義」と題する小説を投稿して第二席となる。

明治四〇年（一九〇七）二一歳

二月二日、東京朝日新聞に原稿を送る。（懸賞小説か、匿名）

三日、『川柳』一六号に摩訶六、「新年の翡翠吟社」記事と「初字結び」「外国の雪」「木精」「江戸の粋」「灸」「廃寺」「石」「画賛」の撰句する。

三月三日、柳樽寺川柳会本山にて摩訶六参加する。一句『川柳』一八号にのる。

四日、横川目の菊池栄八（黒岩出身・師範学校生）上京、東京を案内する。（後黒岩小学校校長）

五日、親戚の及川茎枝（黒沢尻小学校先生）死去する。祖父書簡で通知する。

六日、幸田露伴・三宅青軒両先生に随行して上野の内国勧業博覧会を見学する予定と。

九日、第六回江東川柳会、午後六時より本所亀沢町一丁目溜屋櫓上で開催、摩訶六参加する。二句『川柳』一八号に載る。

一七日、翡翠吟社例会、駿河台の本山で開催、摩訶六参加する。七句載る。同一八号、
五月一一日、第八回江東川柳会、高湯山で開催され摩訶六参加、二句『川柳』二〇号に載る。

六月十四日、この日より翌日にかけて大学法学部の卒業試験行われる。

一六日、二子の菊池忠平（元黒岩小学校校長）この日、黒沢尻停車場を出発して東京見物（博覧会）に上京、廉次郎案内をする。

七月一日、廉次郎、卒業試験を終えて黒岩に帰省する。

一三日、廉次郎　明治大学「法学部専門部特別科」を卒業する。

二六日、大学館より家庭小説『破れ恋』一巻を小原夢外の名前で上梓する。

八月六日、この日夜、夏期休暇を終えて上京する。ハガキで西の小原清蔵、分家の小原ヤスにも宜しくと。

一六日、相去村佐藤かんよりハガキで病気で一〇日間程手術入院すると連絡あり。

二一日、高木紅蓮（角恋坊）よりハガキをもらう。留守中に寄贈著書の礼状なり。

九月七日、菊池忠平より新刊小説予定『母の罪』の礼状届く、この中で「辰坊東京のヲサンとヲッカサン喧嘩して居る」と及川辰次郎と母松枝の事を評する。

一二日、文官登用予備論文試験を受ける。

一四日、　文官試験の様子と痔病に就いて、その治療方法に関して手紙を祖父文太郎に出す。

二九日、　文官（予備論文試験）合格の通知、司法省より届く。

一〇月一一日、昆清左衛門、兵隊検査の為、東京より黒岩に帰る。

一七日、明治大学より「校友会」会費金三〇銭、三〇日まで納めるべく通知届く。

一八日、小田島主殿より『破れ恋』の詳しい批評と礼状が届く。

一九日、敏麿、広瀬静雄（母の偽名）より書簡をもらう。母静枝は夫辰次郎と共に東京に出て働いていたと見える。

二七日、三宅青軒の世話にて『料理新聞』（船橋碧川編輯）に家庭的短編原稿を書き始める。新聞は月二回発行。

一一月二九日、明治大学学務課と中央大学教務係の名前で一二月二日より「文官高等・判検事登用・弁護士試験等」補習の案内状届く。

一二月三日、祖父文太郎に三宅青軒から進物（昆布）の礼状届く。

一二月一五日、大学館より家庭小説『母の罪』を小原夢外の名前で上梓する。

明治四一年（一九〇八）二二歳

一月六日、　船橋碧川編集の「料理新聞」に原稿送る。

一五日、黒岩帰省中の廉次郎に三宅先生よりハガキにて東京は雨・霙と通知有る。

二七日、廉次郎、東京に戻る。

三月八日、大学館より探奇小説「死骸館」を夢外の名前で上梓する。

四月一四日、長崎から谷口良三（青之助）上京して早稲田大学に在り。

五月二日、この日の消印ハガキにて台湾日日新報記者及川万四郎（父悦治の弟子）より動静を窺われる。

七日、船橋碧川、廉次郎の脚本を市内や阪神方面に紹介斡旋すると。

九日、三宅青軒より船橋碧川と共に散歩会の幹事を依頼される。

六月二〇日、祖父、廉次郎肋膜の病気と聞いて心配し書簡を出す。

二一日、船橋よりハガキにて井田（弦声）同伴で魚釣を誘われる。

七月一一日、船橋、廉次郎の就職先について三宅青軒と相談する。

八月二一日、祖父、金三円を送り「花暦」の出張費（東京より銚子まで）を添える。但し「短気を起こすな」と忠告する。

二三日、この日、午後就職先の「郵船会社（松浦氏経営）」の仕事で千葉県銚子まで出張して二七日にもどる。

二八日、井田弦声よりハガキをもらう。

一〇月一八日、東京で働く実母松枝（偽名広瀬静雄）から手紙をもらい、看病を乞われる。廉次郎「敏麿」の雅号を使用、既に郵船会社を退職か。此の後、青軒の友人鳥谷部春汀と武田源次郎の紹介で博文館に就職する。次いで下宿を本郷区森川町蓋平館に移す。

一一月二二日、作家、青森県五戸出身、鳥谷部春汀からハガキもらう。

二三日、武田源次郎より就職先「博文館」についての話の為、下宿へ誘われる。

二八日、この日より肋膜炎再発の為、順天堂病院に一七日間入院する。費用金五八円五〇銭、元の保証人坪井章次郎氏より三〇円借りる。

一二月一六日、この日夜、蓋平館の自室に泥棒入り羽織や五〇円相当の金品盗まれる。

二六日、祖父への書簡にて、同院入院中に奈良出身の橋本義太郎、青森出身の鳥谷部春汀、斉藤銀蔵（俳人雪中庵）同病院で死去すると報ず。

敏麿、祖父より入院費用、金二五円送金してもらう。

明治四二年（一九〇九）二三歳

一月一四日、祖父に一八日までに金一五円の送金を依頼する。

二七日、武田源次郎、岩手県和賀郡岩崎村煤孫生家よりの書簡で、松本芳彦氏、塚本博士にお逢いする事を指示され、井田氏に宜しくと。

二月五日、祖父金一六円の送金と共に廉次郎に「土地売りたく無い」「金を泥棒に取られぬ様」等忠告をする。

一五日、敏麿、午後一二時頃、石川啄木の下宿、蓋平館別館を訪ねる。啄木、敏麿を「イヤな奴」と。敏麿、啄木に大学館を紹介する。（啄木『ローマ字日記』）

一七日、井田弦声、敏麿へのハガキにて「スバル三号の原稿」について通知する。弦声、「鉄幹にも宜しく」と。

三月三日、祖父母へ一五日に吉原静江との結婚式決定と通知し、年内に五百頁の著述（『吉原沿革史』か）が這入った事と従来の著書を青臭いと否定する。

一一日、祖父、廉次郎に静江と口論しないこと等忠告する。

一四日、敏磨、実母の働いている店を訪ねてお会いする。母息子を「私の附子」と書簡で表現する。

一五日、敏磨、桂内閣の農商務大臣、大浦兼武の媒酌で同大臣養女吉原静江と同邸で結婚式を挙げる。

一六日、敏磨と静江の結婚披露宴を木挽町の万安楼で設ける。

三〇日、啄木、一五日以来、何度も大学館に小説『鳥影』出版を催促するも断られる。

四月一三日、この日夜、妻静江、増上寺前で人力車と車の衝突事故に罹り愛宕町東京病院に入院する。敏磨、博文館の仕事、ドイツ人メリヘー・アーサー氏の通訳案内を同僚金子紫草に頼み看護に専念する。

五月一五日、敏磨、蓋平館の別館に啄木を訪ねる。「いつか来たけ小原敏磨という兎みたいな眼をした文士が来たウンザリしてしまった。」と（啄木『ローマ字日記』）。この頃、祖父文太郎に送金を乞う。

五月三一日、敏磨、東京で働く母松枝に金子の援助を乞う。

五月、月末に静江退院して大浦邸に預け、敏磨、アーサー氏を案内京都・天ノ橋立等を巡る。

六月、月末に敏磨、博文館に戻ると自分の席なく退社する。この事を岩手毎日新聞社の盛岡に居る武田源次郎に通知する。

武田驚き電報で知らせろと返事あり。

七月三一日、敏磨、西村文則と松浦歓一郎のお世話で報知新聞社静岡支局に勤務する。因みにこの日の夜、妻静江を同行して静岡に到着する。予定は三ヶ月くらいか。

八月四日、祖父文太郎、敏磨の報知新聞静岡支局勤務の様子を心配して問い合わせをする。

九月一一日、敏磨、早くも静岡支局の勤務が飽きて退社を祖父に通知する。その理由は約束が違い給料が安い事と上司との人間関係か。

一四日、祖父文太郎、静岡支局勤務をなだめ留意する事、久能山への参詣等を勧める。

一〇月、月末に敏磨、静岡支局を退社して東京に戻る。その起因は原稿の執筆の事と妻静江病気の再発か。この頃、盛んに祖父文太郎に送金を催促する。

一一月八日、武田源次郎、書簡にて敏磨の行動を「何事も自己を没却せよ」と忠告する。

二八日、岩手日報編集人、新渡戸仙岳より投稿原稿の返却と病気見舞をもらう。敏磨、岩手日報社主清岡等のお世話で「五千石」（相馬大作に関する）という原稿を届ける。

一二月二一日、敏磨、この日、半月余り入院する。その理由は目の病が原因か。祖父頻りに帰省を催促するも応ぜず。

明治四三年（一九一〇）二四歳

一月四日、敏麿、病身に就き小原家の後の事を心配して根岸の小田嶋ミサ（従姉妹）を養女とする事を祖父に頼む。

一四日、敏麿、三宅青軒病気の為、門家生一同、枕元に詰められ、因みに祖父に何か薬を送ることを通知する。

二〇日、敏麿、朝日新聞社に入社（？）と、但し病身故出社せず下宿で歌舞伎座の脚本を書届けると。妻静江時折り下宿を尋ね愚痴をこぼす。

この頃、敏麿、江戸川町辺で人を募集して何かを謀る。

二〇日、敏麿、実母松枝「田舎の肥料臭き母」の紹介する見合相手を拒否する。実母及川辰次郎夫妻、東京より岩手に戻るか。

二五日、日本新聞社編集の田能村梅士（秋犀）に原稿を送り採用を求める。

三月一八日、北海道釧路の軍馬補充部勤務の及川喜八（文太郎家の後）実家の母ミサを釧路に引き取るに当たり、その承諾を文太郎にお願いする。

二二日、根岸の小田島主殿、母徹の依頼で妹ミサ養女の件断わる。

二四日、ハルピン（哈爾賓新街日満商会）の内藤順太郎より書簡をもらう。武田源次郎との関係。

二九日、敏麿、村雨の雅号で劇場の狂言作家となる。本郷座等か。

四月一日、敏麿、祖父に対して正洞寺住職工藤大真の弟子として「改名」手続をする。妻静江病気の為の故か。

五月一〇日、三坊木の大工多田安太郎、祖父文太郎所有の土地（旧採掘跡）で金の採掘に当たり話を持ち出す。祖父、ただちに敏麿に通知する。

一一日、敏麿、祖父へ堀の内か、土地提供に就いて「公正証書」を取る事を指示する。採掘の組合代表は及川源太、場所は黒岩城旧跡の北清水（空堀）や水車（現お瀧）辺り。

一三日、柳川春葉（紅葉門下）より明日午後二時からの早稲田運動場での見学誘われる。

二五日、祖父文太郎、敏麿の度々の送金依頼について田畑を手放し借金にて融通を断る。敏麿の名誉欲を批判する。

六月八日、台湾日日新報記者及川万四郎、妻と共に黒岩の実家（後念誦）に帰国して二週間滞在する。また上京して敏麿の下宿に寄ると。（万四郎は父悦治の弟子）

九日、敏麿、北上川の大洪水にて汽車不通に成り、荷物が届かず心配する。

一〇日、横須賀海軍の工藤迪（第四艇隊白鷹乗組員）、小原文太郎の北上川大洪水の見舞と黒岩の状況を伺う。

七月一七日、及川万四郎、台湾より東京に滞在、廉次郎に逢って「先生（悦治）の生き写し」と黒岩の文太郎に報告する。

八月二二日、ハルビン日満商会の内藤順太郎より『哈爾賓案内記』（三百頁）編集中と、東京にて印刷して敏麿のお世話を示唆する。

　三〇日、敏麿の妻静江、交通事故後遺症が原因で逝去する。祖父に何かと頼む。先の改名届と関係あるか。

九月七日、長崎市大村町の谷口良三より東京地方洪水の見舞いと芝居の方いかがと問われる。

一一月一六日、明日午後、手術と祖父に通知する。襦袢、象牙のパイプ、金の送金を催促する。痔病の為か。

一二月六日、祖父、敏麿に家の財政の事、黒岩から北海道に移住して戻った方等の近況を述べる。

　一七日、井上剣花坊のハガキに「柳巷」号を使用する。原稿売れず生活に苦しむ。

この日、萱野二十一（郡虎彦）より太田（杢太郎）の関係でハガキもらう。（萱野「スバル」（第三巻二号）に戯曲を掲載する。

明治四四年（一九一一）二五歳

一月二〇日、祖父、敏麿の下宿訴訟に関して金五五円を送る。敏麿、この金、他に利用か。

二月二日、祖父は佐々木四郎弁護士より敏麿住所行方不明に付き、送金無い場合は訴訟を起こすと連絡あり。

三月二六日、祖父へ横須賀海軍の工藤迪より四月一日、軍艦「鞍馬」に乗船して英皇帝戴冠式に随行する旨届く。

四月五日、明治大学校長法学博士岸本辰雄死去する。敏麿あてに九日、学校葬の通知届く。

　二二日、祖父、敏麿の下宿屋問題、金五五円を再度納めて解決せしむ。因みに敏麿の行状を諌め、黒岩堂山（現黒岩小学校辺）の畑等、及川汪に買ってもらう。

六月七日、大浦兼武（農商務大臣）の斡旋で内閣の修史局に「修史局員補」として採用される。

　一六日、台湾日日新報記者の及川万四郎、敏麿の為に東京滞在中、各方面に原稿売りを紹介する。

　二五日、岩手日報社主清岡等からハガキをもらう。岩手日報へのご高配を添えられる。これより先、敏麿、清岡等に痔疾の見舞いをする。

七月五日、岩手日報編集の新渡戸仙岳に原稿を送るが採用されたか。

七月、敏麿、持病の痔・眼の病気が再発する。勤務は休みがち、その為、修史局主任黒板勝美博士の忠告を受ける。また、友人西村文則の紹介をもらうが反故とする。

八月一九日、　修史局「維新史料調査」で福井市松平家の調査に赴くも三宅先生息子の死去の報に接し帰京する。ついで祖父に金一一円の送金を乞う。

九月七日、　祖父文太郎書簡にて桂内閣退陣にて大浦大臣罷免、修史局は異変ないか問う。

　一五日、　敏麿、眼底の手術をする。この間、一ヶ月余り修史局を休む。左眼は経過宜しいと。

　二六日、　敏麿、病気が長引き自分の病弱を祖父母に詫びる。祖父、度々の送金催促に対して帰国に応じぬこと、家の財産、相続等を手紙で伺う。

一〇月二八日、西村文則（電車タイム社）のハガキにて台湾から及川万四郎上京は「製糖会社創立」の件、敏麿にも参上賀詞を述べる事を求める。

一一月四日、　与謝野寛、欧州へ出発に当たり上野精養軒で送別会が開催される。敏麿その席に出席し記念写真に収まる。

一二月一五日、予て吉原三業組合から依頼されていた『吉原沿革史』の原稿（上巻）を吉原稲本楼杉浦清三郎に届ける。

　一六日、　稲本楼主の楼工事中の事故で約束の原稿料金三〇〇円反故となるか。（後で一部入るか）

　二五日、　根岸の伯母小田島テツ、祖母理恵の言葉を伝え敏麿に黒岩の家に帰宅する事を伝え、就いて自身の仲介で及川タマと敏麿との縁を仲介した事、実母松江が夫辰次郎と共に小原家の入ろうとする気配に就き敏麿に意見を乞う。

大正元年（一九一二）二六歳

一月一一日、　小田島主殿上京に因み、千葉県中山の法華経寺に参詣して一七日に東京に戻る。

　二七日、　敏麿、修史局を病気がちで欠席も多く従七位奏任官待遇の見込みも無く辞職する。

四月二二日、　敏麿、大連の関東日日新聞社へでも行く希望を祖父文太郎に告げる。月給二百円と。

　二四日、　祖父、及川万四郎に敏麿帰宅の説諭を頼む。敏麿、応諾せず。

六月一六日、　及川万四郎の紹介で各地に原稿売り込みを始める。

七月九日、　祖父、敏麿から度々の送金依頼に、東京に於いて生活の方策として商法を考える。

八月一三日、　祖父文太郎、青山の明治天皇大葬に上京するか。

　二九日、　根岸の叔母、小田島テツの説得にて祖父母の元へ帰省を考える。

九月一六日、　敏麿に朝日新聞横浜支局の小松田順治より原稿料金五円、為替にて届く。次いで敏麿二日間の予定で黒岩に帰省する。

一八日、　妹タマ、盛岡高等女学校から、ハガキにて兄敏麿に母松枝が実家平沢の長洞に居るから訪問下さいと哀願する。

　　この黒岩帰省中に祖父と相談して明治大学に黒岩の木炭を納める商法等考える。

一〇月三日、敏麿、母校明治大学図書館（館長木下重太郎、校長木下友三郎）に露西亜文学アンドレーエフ集、外二一冊を寄贈する。

　八日、敏麿、帰省の折、祖父文太郎の提案をうけて木炭の商いを東京で始める。それは敏麿東京での生活場所確保の一案か。

一一月一〇日、敏麿、明治大学の鵜沢学監と田島理事に相談して「黒岩の木炭」を大学に納める契約をする。

　一一日、敏麿、痔病に苦しみ出版社の同僚高木の勧めで月二回、注射をする事とし、その費用一一円を祖父に依頼する。

　一三日、敏麿、東京市外高田雑司ヶ谷四四一に一家屋を求む。会計報告あり。

一二月、敏麿『講談体日本外史・源平の合戦』の原稿を執筆する。

大正二年（一九一三）二七歳

四月一二日、下斗米哲子、日本女子大学英文科を卒業する。二二歳。

四月、及川タマ、日本女子大学家政科入学の為、上京し敏麿宅に入る。母松枝も上京する。

四月二八日、母松枝の意見を無視して祖父に送金を乞う。

七月六日、『講談体日本外史・源平の合戦』に序文を添えて成富堂より発行する。執筆中、新聞社を休む為、収入少ない。

この頃、炭商い順調ならずか。妹タマ、家事・縫い物手伝う故、敏麿感謝する。

大正三年（一九一四）二八歳

一月六日、大衆作家、三宅青軒死去する。

九月、タマの父及川辰次郎、金一一円、荷物と共に送金する。

一〇月六日、タマ、時折り兄敏麿の自宅を訪ね看病し友達（女学校時代）に料理を御馳走する。

一一月二二日、盛岡高等女学校寄宿舎、仙台きせらの書簡から、及川タマへ寄宿舎の動静を通知する。

大正四年（一九一五）二九歳

この歳、下斗米哲子と再婚するか
五月二七日　この日から都新聞に秘密小説『幽霊屋敷』を小原柳巷の名前で九月三日まで連載する。

大正五年（一九一六）三〇歳

一月一日、この日より一七日まで小原龍泉の名前で『岩手民報』に「工業政策と特許権」に就いて連載する。

一四日、　この日より五月二六日まで柳巷の名前で都新聞に秘密小説『将軍の娘』を連載する（一二三回）。

二月一五日、　秘密小説『幽霊屋敷』を『髑髏団』と改名して三芳屋書店より出版する。

五月一四日、　『将軍の娘』、日活で映画（サイレント）、浅草オペラ座で上演される。

六月三日、　『将軍の娘』三芳屋書店より単行本となる。

この歳、　及川タマ、日本女子大学英文科を卒業するか。

大正六年（一九一七）三一歳

一月一日、　この日から一ヶ月間、小原龍泉の名前で『岩手民報』に「黒岩物語」を連載する。これは筆談、妹タマ筆記する。場所は東京の自宅で。

　一五日、　この日から五月三〇日まで秘密小説『悪魔の家』を連載する（一三六回）。

六月二七日、　及川万四郎、関西で死去する。四三歳。

一一月二六日、『悪魔の家』扶桑堂より単行本となる。黒岩涙香が序文。

大正七年（一九一八）三二歳

二月、　『財政経済時報』に「東北の農村衰亡せんとす（密造酒問題）」（五巻二月号）を掲載する。

四月、　『財政経済時報』に「大湊開港問題是非」（五巻四月号）を掲載する。

大正八年（一九一九）三三歳

一月一九日、　この日から八月九日まで『万朝報』に秘密小説『山の婦人』を連載する。

二月一七日、　祖母直江（理恵・織江）八〇歳で死去する。法名智鏡院琴室妙弾清大姉。

大正九年（一九二〇）三四歳

一月一〇日、　本多精一（財政経済時報社主宰）五〇歳で逝去する。

二月、　緒方竹虎、『財政経済時報』に「故経済博士本多精一の経歴」を（七巻二月号）掲載する。

八月一日、　敏丸、『日本及日本人』（七八八号）雑誌に「正伝相馬大作」の連載を始める。この転載、校訂は義父下斗米与八郎なり。

一〇月六日、　黒岩涙香、死去する。

一一月三日、　この日から翌年四月一四日まで五黄星の名前で『女優の娘』を約五ヶ月間、『都新聞』に連載する。

この歳、　芝公園七号地、原敬首相邸を訪ね染筆三枚を頂く。原、敏丸を物の知りと揶揄する。
大正一〇年（一九二一）三五歳
六月二五日、根岸の従兄弟、小田島主殿、三五歳で死去する。
七月、「正洞寺縁起」「白山神社縁起」等を起草する。（書写本・北上市立図書館蔵）
九月一日、『日本及日本人』に連載の「正伝相馬大作」終了する。
　一七日、分家西の小原清蔵、八四歳で死去する。
一一月二日、祖父文太郎、八四歳で死去する。法名顕峰院文雅明章清居士。
大正一一年（一九二二）三六歳
四月二五日、岳父下斗米政安（与八郎）と義兄下斗米耕造、『下斗米大作実伝』を発刊上梓する。
七月九日、森鷗外死去する。小史、生前「武鑑蒐集」等で交流し食事に預かる。誌上（『剣豪秘聞』）で追懐する。
八月五日、小原敏丸（南洋協会代表）の名前で『実用蘭和辞典』一冊を上梓する（蘭領印度政庁日本事務局長ファン・デ・スタット氏編）、東京南洋協会発行。
この歳、「将軍の娘」（日活映画）が再映画化される。
大正一二年（一九二三）三七歳
四月、緒方竹虎、東京朝日新聞社の政治部長に就任する。
九月一日、東京にて関東大震災に遭う。敏丸、黒岩に帰宅、同一三日、山田忠平に帰郷中の礼状を出す。
この歳、敏丸、東京日日新聞社、東京市牛込区弁天町二に住む。
大正一三年（一九二四）三八歳
一一月、「元亀・天正時代の黒岩城」を調査する。（『くろいわ』創刊号記事・菊本昌行写）
大正一四年（一九二五）三九歳
五月一五日、正洞寺二一世無着大真和尚（子供の頃、お世話になる）の晋山式があり金五〇円を寄進する。式に参列する。
昭和元年（一九二六）四〇歳
七月二三日、父悦治書写の『和賀家御分限録』を再録する。原本は根岸小田島家に秘蔵するか。
八月一四日、『黒岩の社寺縁起』を編集する。（北上市立図書館書写本蔵）

一一月、　病気にて渋谷の赤十字社病院に入院、次いで花巻台温泉に病後の身を養う。
この歳、　和賀新太郎書写の『和賀家文書』（只野文書）届けられる。

昭和三年（一九二八）四二歳

二月、　この月から七月にかけて『騒人』に「老武者漫談記」（三巻二号〜七号）を投稿する。
八月、　『騒人』に「近藤勇」（三巻八号〜一〇号）を投稿する。
一〇月、　『剣』座談会、直木三十五司会、高野佐三郎・高野甲子雄・本山荻舟と共に座談会に出席する。流泉小史の名前で。

昭和四年（一九二九）四三歳

一月　この月から四月まで、『文藝春秋』（七―一〜四）に「近藤勇」の巻を連載する。
七月　この月から一一月まで同誌に『文藝春秋』（七―七〜一一）「男谷信友の巻」を連載する。

昭和五年（一九三〇）四四歳

三月、　江見水蔭『佐渡脱獄鬼』を平凡社から上梓する。「『城門呪の矢』『身替り初鮭』の史実材料を教示下されし、小原流泉小史に呈す、著者水蔭」と識語する。
四月一一日、　伊原青々園に書簡を出す。（「伊原青々園宛書簡目録」、早稲田大学図書館蔵）
一五日、　『史外史譚剣豪秘話』に菊池寛、村松梢風の序文を得て平凡社より流泉小史の名で上梓する。（後に『新撰組剣豪秘話』）
一〇月二〇日、　中西書房より流泉小史の名前で『幕末実説剣豪秘聞』を発行する。
一二月二二日、　伊原青々園に書簡を出す。（「伊原青々園宛書簡目録」、早稲田大学図書館蔵目録）

昭和六年（一九三一）四五歳

二月四日、　伊原青々園に書簡を出す。（「伊原青々園宛書簡目録」、早稲田大学図書館蔵目録）
三月九日、　伊原青々園に書簡を出す。（同上）

昭和九年（一九三四）四八歳

二月二四日、　直木三十五、四三歳で死去する。
十一月　この月から一二月にかけて『講談倶楽部』（二四巻一一号―一二号）に「千葉周作」を連載する。（流泉小史の名前）

昭和一二年（一九三七）五一歳

二月四日、　東京、小原敏丸より平沢の小菅真策（敏丸の従兄弟）に「豚肉・御菓子・ハム」等が送られる。

二月一一日、　島坂たま（敏丸妹旧姓及川、島坂欣一夫人）より小菅真策に「昆布・田作」送られる。

二月一四日、　小菅真策、島坂たま、小原敏丸に「餅・黒平豆・氷豆腐」等を送る。

八月七日、　小菅直治、七六歳で死去する。（敏丸の母、松枝の兄弟）

八月一五日、　敏丸よりお悔やみ金一円届く。

昭和一三年（一九三八）五二歳

八月一日、　敏丸より小菅真策に「黒沢尻校長の身元」調べを依頼され、翌日返信する。

一二月二二日、　真策、敏丸に送る餅を搗く。

昭和一四年（一九三九）五三歳

一月一一日、　真策、敏丸に手紙を出す。（年賀状か）
二月一日、　敏丸から真策三女、菊への香典金二円送られる。
一二月二日、　島坂たまへ真策より手紙を出す。

昭和一五年（一九四〇）五四歳

九月二九日、　根岸の叔母、小田島テツ、逝去する。

一〇月四日、　敏丸、東京牛込の病院で死去する。病名胃病と、妻哲子の談に「敏丸は私の脚をヒザとして死んだのよと、亡くなる時、頭を自分のヒザの上にのせてやって息を引きとらせた。最後の旅立ちと思います」と松本昭氏書簡より。葬儀委員長は緒方竹虎であったという。

法名　大乗院敏正自覚清居士

（年令は数え歳）

小原哲子略年譜

明治二四年（一八九一）一歳

二月一〇日、哲（後哲子）、岩手県二戸市福岡町に田中舘与八郎（下斗米政安）、母たよ（相馬大作姉の子供）の三女として生まれる。

明治三九年（一九〇六）一六歳

九月、哲子、上京か。「吾が祝永之奈る身無上の友」佐藤久子と記念写真を写す。

明治四二年（一九〇九）一九歳

一一月二八日、小原敏麿、岩手日報編輯人、新渡戸仙岳より書簡を頂く。此れより先に「相馬大作」に関する原稿を日報社に送る。

明治四三年（一九一〇）二〇歳

九月、哲子、東京日本女子大学英文科に入学する。

明治四四年（一九一一）二一歳

八月二三日、哲子、夏季女子青年会、神学博士千葉勇次郎先生と記念写真を写す。

大正二年（一九一三）二三歳

四月一二日、哲子、東京日本女子大学英文科を卒業する。

大正三年（一九一四）二四歳

七月九日、哲子、一学期末、生徒（学校名不詳）より花束を貰う。

この歳、哲子、小原敏丸と結婚する。

大正四年（一九一五）二五歳

五月～九月、夫小原柳巷の名前で、都新聞に『幽霊屋敷』（秘密小説）を連載する。

大正五年（一九一六）二六歳

一月～五月、夫柳巷の名前で、都新聞に『将軍の娘』（秘密小説）を連載する。

二月、夫の小説『幽霊屋敷』が『髑髏団』と改名して三芳屋書店より出版する。また六月、『将軍の娘』も同所より単行本となる。

この歳、『将軍の娘』日活で映画化、浅草のオペラ座で上演される。

大正六年（一九一七）二七歳
一月一日、夫小原龍泉の名前で岩手民報に『黒岩物語』を連載する。妹タマ筆記する。

一月一五日～五月三〇日、夫柳巷の名前で『悪魔の家』を都新聞に連載する。

一一月、夫柳巷の名前での『悪魔の家』扶桑堂より単行本となる。黒岩涙香序文を撰す。

この頃、夫敏丸、本多精一の財政経済時報社に就職する。

大正八年（一九一九）二九歳
一月一九日～八月九日、夫柳巷の名前で、万朝報に『山の婦人』を連載する。

二月一七日、夫の祖母理恵、黒岩にて八〇歳で死去する。

大正九年（一九二〇）三〇歳
一月一〇日、夫の上司、本多精一、五〇歳で逝去する。財政経済時報社主宰。

八月一日、夫敏丸、父下斗米与八郎の監修を得て「正伝相馬大作」を一年間『日本及日本人』に連載する。

一一月三日、この日より夫五黄星の名前で都新聞に『女優の娘』を連載する。

大正一〇年（一九二一）三一歳
四月一〇日、夫の連載小説『女優の娘』終了する。

一一月二日、夫敏丸の祖父、小原文太郎（昌徳）、八四歳で死去する。

大正一一年（一九二二）三二歳
四月二五日、哲子の父与八郎と兄耕造『下斗米大作実伝』を盛岡山口徳治郎印刷より発刊上梓する。

八月五日、夫小原敏丸（南洋協会代表）『実用蘭和辞典』一冊を上梓する。

この歳、夫の小説『将軍の娘』国際活映で映画化される。

大正一二年（一九二三）三三歳
九月一日、敏丸・哲子夫妻、関東大震災に罹災する。

大正一三年（一九二四）三四歳
三月、　川村文子川村女学院本科を東京目白に創立する。
八月、　哲子、下斗米重房（後黒沢尻高等女学校々長）・ませ家族と写真に収まる。

昭和元年（一九二六）三六歳
七月、　贋札事件起こる。犯人の少女（萩尾あや子）は哲子の教え子。
一一月、　夫敏丸（流泉小史）病気にて渋谷の赤十字病院に入院する。癒えて病後を花巻台温泉に静養する。

昭和二年（一九二七）三七歳
五月一二日、　哲子、川村女学院生と東村山に遠足する。この頃の住所東京市牛込区弁天町。
この頃、　兄耕造と夫婦、自宅（弁夫町）前で写真に収まる。

昭和三年（一九二八）三八歳
秋、　夫流泉小史、直木三十五司会の『剣』座談会に出席する。

昭和四年（一九二九）三九歳
一月～一一月、夫流泉小史、文藝春秋に『近藤勇』等、剣豪小説を執筆する。

昭和五年（一九三〇）四〇歳
五月一二日、　哲子、川村女学院生と奈良若草山に旅行する。
一〇月二〇日、夫流泉小史の名前で『剣豪秘聞』を中西書房より上梓する。末尾に岳父下斗米政安（剣槍家）と兄下斗米耕造に感謝を表する。

昭和九年（一九三四）四四歳
五月二二日、　哲子、奈良若草山に川村女学院生を引率修学旅行する。
この頃、　夫敏丸、岩手県福岡町馬淵川に国分義一・下斗米直昌と遊ぶ。

昭和一〇年（一九三五）四五歳
この歳、　母たよの弟、下斗米常直死去する。（福岡町長七期務める）

昭和一一年（一九三六）四六歳
五月六日、　哲子、奈良若草山に川村女学院生を引率修学旅行する。

五月一四日、　哲子、川村学院生と関戸方面に遠足する。

昭和一四年（一九三九）四九歳

八月一六日、　正洞寺二二世工藤大見和尚、大本山總持寺に瑞世（出世）する。因みに金三円を寄附する。

昭和一五年（一九四〇）五〇歳

七月三一日、　哲子、北軽井沢大滝にて写真に写る。

一〇月、　夫敏丸、東京牛込区の病院にて五四歳（満齢）で死去する。病名胃病と。死去の際、「敏丸さんは私の膝の上で亡くなったのよ。病いで伏床している敏丸氏を自分の膝の上にのせて昇天させる。これ以上の愛情ないナ」と。（松本昭氏書簡）

一二月、　哲子、川村女学院前庭にて風巻さだと記念写真を写す。
その後、哲子、主人の友人、松本雲舟（一八八二―一九四八）、（編集者、翻訳家、昭氏の父）を度々訪ねる。昭和女子大学創立者人見円吉（一八八三―一九七四、詩人・教育者）の夫人緑とは日本女子大学英文科の同級生であった。戦後上京の折は度々昭和女子大学を訪ねる。

昭和一六年（一九四一）五一歳

冬、　哲子、病気にて手術する。（病名不詳）

昭和一七年（一九四二）五二歳

一〇月、　哲子、住所は東京都牛込区早稲田南六（松本昭宛書簡）

一一月二三日、　哲子、真鶴の美柑山（松本雲舟翁）にて写真に写る。

昭和一八年（一九四三）五三歳

二月四日、　哲子、川村女学院生と奈良若草山へ旅行する。

三月、　松本昭氏、早稲田大学付属高校に入学し目白の哲子アパート（住所東京都豊島区椎名町三―一九五三、滝平庵）に下宿、哲子さんに食事の世話を頂く。

八月、　哲子、川村女学院、東京市牛込区早稲田町五五と。（『岩手年鑑人名名簿』に掲載される）

夏、　哲子と松本昭の二人「敏丸の位牌」を入れた仏壇を背負い黒岩舘の実家に納める。

昭和一九年（一九四四）五四歳

三月三〇日、　哲子、黒岩舘の自宅より上京、自宅前で記念写真に収まる。

五月、　哲子、川村女学院から帰宅、アパート井戸端で写真に収まる。

この歳、　哲子の伯父田中舘愛橘博士、文化勲章を受章する。

昭和二〇年（一九四五）五五歳

四月一一日、　哲子、大空襲に遭い椎名町のアパートを焼失、川村学院も授業休止、暫く神奈川県足柄下郡真鶴町松本雲舟宅に寓居する。

この歳、　哲子の兄耕造（福岡町々長）七七歳で死去する。

哲子、戦後黒岩舘の自宅に戻る。帰宅に当たり松本雲舟が当時の金（金五万円）を援助したという。（松本昭氏談）

この時、哲子、昭の父雲舟に養子に欲しいと言うも断わられる。

昭和二二年（一九四七）五七歳

八月、　哲子、自宅玄関で小田島雄三と写真に写る。

この頃、　東京の川村女学院の教頭を退職するか。

昭和二三年（一九四八）五八歳

一〇月一一日、　真鶴町松本昭氏の父雲舟逝去して二七日、哲子焼香する。また、昭の卒業論文を浄書する。

この頃、　哲子、黒岩の青少年育成活動を指導し始める。

昭和二四年（一九四九）五九歳

五月四日、　松本昭氏、哲子宅を訪問、東京に帰る際見送り黒沢尻駅にて記念写真を写す。

八月一日、　哲子、黒岩小学校ＰＴＡ会長として小学校講堂落成式に臨む。

一二月、　黒岩青年会々長及川恒雄より青年会活動に就いて指導を乞われる

この歳、　哲子、黒岩婦人会々長に就任する。

昭和二五年（一九五〇）六〇歳

三月二三日、　黒岩小学校卒業式にＰＴＡ会長として臨席する。

九月九日、　哲子、黒岩婦人会、子供等と奥の正法寺を見学する。

この頃、　黒岩中学校の英語講師を務める。

昭和二七年（一九五二）六二歳

三月、　黒岩中学校、卒業式記念写真に写る。

五月一六日、　黒岩中学校、平泉中尊寺に旅行する。

五月二一日、　田中舘愛橘博士、九六歳で死去する。

五月二六日、　東京大学安田大講堂にて「田中舘愛橘先生」の日本学士院葬が執行される。哲子遺族として参列する。

六月八日、　哲子、田中舘愛橘博士の本葬、福岡町葬に焼香参列する。

七月九日、　田中舘美稲より愛橘博士の遺品、五十日祭のお礼として届く。

昭和二八年（一九五三）六三歳

一月、　小松ヤス、盛岡より四人の家族写真にて一〇日過ぎに来訪を乞うと。（年賀状）

三月二三日、　黒岩中学校第六回生、卒業式。

五月、　哲子、黒岩小学校二宮尊徳像前で写真に写る。

五月二一日、　田中舘愛橘博士の一年祭行われる。

六月五日、　哲子へ田中舘愛橘博士一年祭の遺品「ふくさ」届く。

七月、　哲子、立花村教育委員として『立花村地域課題試案』に名前を連ねる。

八月八日、　哲子宅、川村学園鴨下先生訪問、玄関にて写真を写す。

昭和二九年（一九五四）六四歳

三月一三日、　黒岩中学校卒業式、この日東京より帰宅、雪降る。

春、　哲子宅に「黒岩郵便局」を開設する。

六月、　黒岩小学校・同中学校校舎新築なる。

六月、　哲子に従兄弟国分義一、九戸郡軽米高校の校長に転任し記念写真届く。

昭和三〇年（一九五五）六五歳

三月一五日、　黒岩中学校卒業式、

八月五日、　この前後早稲田大学滝口宏教授一行、黒岩「丈六堂跡」を史跡調査する。

一〇月二九日、哲子、黒岩中学校遠足で平泉金色堂にて写真を写す。
この歳、黒岩史跡調査は松本昭氏の世話で実現し、哲子宅を調査員の宿舎として提供する。因みに及川香石蒐集の黒岩出土の土器等、早稲田大学の「考古学研究室」に寄託する。

昭和三一年（一九五六）六六歳

六月一八日、哲子、自宅玄関前で三人と写真に写る。
八月一一日、哲子、黒岩小学校々舎前で佐藤和子・及川園香・小田島とみと写真を写す。

昭和三二年（一九五七）六七歳

三月一七日、黒岩中学校卒業式（第十回生）
六月、哲子、自宅の書架をバックに写真を撮る。
七月一日〜四日、黒岩中学校、修学旅行湯の川・大沼（函館）に同行する。
夏、哲子の同級生、風巻さだ、川村学園の園長を辞任する。二〇年余勤務する。（年賀状）
一一月二三日、哲子、黒岩の女子・青年と小岩井・つなぎ温泉に一泊旅行する。

昭和三三年（一九五八）六八歳

一月、哲子、「今年の年賀はがき八八枚（外に手紙前田和子、マス並ニ年賀石川俊夫）「合計九〇枚」と付箋する。松本昭氏（毎日新聞東京本社）、麻布本村町住宅より「暮れは三十一日まで日曜日も一日も休みなし、元旦も二日も結局一日も休みがありません。でも二人とも元気です」と叔母（哲子）さんを言祝ぐ。（年賀状）
二月二八日、北上北中学校第一回卒業式、記念写真。
三月一三日、小原禎子、北上市諏訪神社で結婚式を挙げる。分家、教え子。

昭和三四年（一九五九）六九歳

四月四日、北上北中学校（二子町に在り）校舎、午前十時出火にて焼失する。
五月一五日、黒岩小学校の運動会、写真に収まる。
この歳、哲子の友人、小松睦男・やす子夫婦、盛岡市上田、岩手大学農学部正門近くに家を持つ。（年賀状）

昭和三五年（一九六〇）七〇歳

五月二四日、哲子、学校の先生方と十和田湖に一泊旅行する。

八月四日、　哲子、自宅の縁側にて写る。西田和子と写真を写す。

九月二五日、　哲子、黒岩一行四九名と共に十和田湖に旅行する。

一〇月二一日、哲子の兄耕造・たよ夫妻のお墓を息子の下斗米政行（元台湾総監府技師飼料検査所長）建立する。

昭和三六年（一九六一）七一歳

一月一三日、　哲子、自宅に山口弥一郎先生を迎えて歓迎の宴をする。
一月、　哲子、昭和三六年年賀状「一一六枚」と付箋する。
二月二三日、　昭和女子大学創立者、人見円吉夫人緑（日本女子大学同級生）死去する。追悼『記念文庫』発刊。（年賀状）
この歳、　早稲田大学教授滝口宏、黒岩の小原哲子宅にお世話になる。（年賀状）

昭和三七年（一九六二）七二歳

一月元旦、　哲子の世話で昭和女子大学桜寮の寮監となった及川忠三（黒岩出身）志を新たにする。（年賀状）
一月、　哲子、昭和三七年「年賀郵便一二三枚」と付箋する。
六月三日、　及川久子（忠三夫人）、昭和女子大学「昭和祭」に娘忠子・勝子と記念写真を撮り哲子に送る。

昭和三八年（一九六三）七三歳

一月、　昭和三八年年賀状「一一四枚」と付箋する。

三月二八日、　哲子、北上中学校第一回卒業式記念写真。

一一月一日、　松本昭氏、毎日新聞東京本社政治部の勤務となる。（三九年年賀状）

昭和三九年（一九六四）七四歳

一月、　哲子、昭和三九年年賀状「一二二枚」と付箋する。
三月二三日、　哲子の従兄弟石川俊夫（北大教授）、札幌の「雪祭り」の様子を絵ハガキで報ずる。（ハガキ）
五月一三日、　哲子、自宅（玄関改造、旧トイレ破壊の後）玄関前で写す。
この歳、　哲子、『北上市史』編纂に当たり夫敏丸書写の史料等を編纂室に提供する。

昭和四〇年（一九六五）七五歳

一月三日、　哲子、真鶴町松本昭氏邸、新築の玄関前で家族と写真に収まる。

昭和四一年（一九六六）七六歳

一月三日、　哲子、真鶴町の松本昭邸を訪ね写真に収まる。
九月二一日、　哲子、川村学園第一五期生クラス会に招待され平泉中尊寺を訪ねる。
九月、　哲子、専修大学北上高等学校家庭科卒業（三年生）記念写真。

昭和四二年（一九六七）七七歳

四月七日、　小松睦男・やす子夫妻、娘眞理子・眞智子高校入学記念の写真を届けられる。
七月六日、　哲子、多田匡臣氏等と須川高原温泉に旅行する。（写真）

昭和四三年（一九六八）七八歳

五月三一日、　哲子、自宅の屋根、草葺きから並みトタンに葺替終わる。
七月二一日、　哲子、ＰＴＡの旅行にて八幡平に行く。

昭和四四年（一九六九）七九歳

四月一日、　哲子、この日より北上学園の英語講師を務める。

昭和四五年（一九七〇）八〇歳

五月五日、　小田島光安（敏丸の従兄弟、主殿の孫）の結婚披露宴を前に馬場及川香石画伯の庭にて写真に収まる。
六月、　哲子、姉キヨ（国分義一の母）逝去する。（一年祭写真より）
八月四日、　哲子、川村学園第七期生五名の訪問をうけ記念写真に収まる。
一〇月二六日、　哲子、北上高校バザー、成績品陳列会場にて写真。

昭和四六年（一九七一）八一歳

一一月三日、　哲子の従兄弟石川俊夫（兄耕造の息子）、北海道大学教授「北海道文化賞」を受賞する。（地質学・理学博士）
一一月二〇日、川村学園「東菊荘」在籍の同級生、代表今田うだ代・丹羽しより、クラス七名の写真スナップを同封して御健勝を祈る。

昭和四七年（一九七二）八二歳

三月、　北上学園、同学園英語講師を辞任する。
五月二一日、　哲子の伯父、田中舘愛橘二〇年祭に小保内くらと墓前で記念写真を写す。

八月、石川俊夫、「十和田湖科学博物館」館長に就任する。
一一月二一日、石川俊夫一行、哲子宅を訪ねる。

昭和四八年（一九七三）八三歳

三月、松本昭氏・太田俊穂氏の世話で夫敏丸（流泉小史）の『剣豪秘話』を新人物往来社から『新選組剣豪秘話』と題して再刊する。太田俊穂「流泉小史のこと」を添える。
此の頃、哲子、盛岡の岩手医大病院に入院する。立花及川医院の及川清氏（主治医）と子息優氏も往診に勤める。後北上病院に転院する。

昭和四九年（一九七四）八四歳

二月一九日、哲子、県立北上病院にて満八三歳（数え歳八四歳）で死去する。松本昭氏勤務のイタリアから帰国して、直ちに汽車にて哲子を病院に見舞う。哲子「昭はいま仙台まで来ている、もう直ぐくる、何時頃来る」と付き添えに言われた。哲子、此れより先に太田俊穂氏に人を通して夫敏丸の遺稿『相馬大作伝』を届ける（『城下町盛岡遺聞』）。源花山正洞寺の冢中、夫敏丸の下に納骨する。法名宝鏡院哲心妙祥清大姉

昭和五二年（一九七七）

四月二〇日、『新選組剣豪秘話』第二刷新人物往来社より上梓される。
自宅は小松睦男、ヤス夫妻（共に故人）に、蔵書は仙台の古書万葉堂書店（花巻出身）に売却される。一部書簡等は分家小原藤一（故人）宅に移管保存される。墓地は整理され小原哲子永代供養料として金五〇万円（施主小原藤一）菩提寺に寄進する。

平成六年（一九九四）

六月三〇日、伊藤秀雄責任編集の『明治大正冒険小説集』（三一書房刊）に小原禎子氏、小原柳巷の写真を提供する。

編集後記

私が小原敏丸に就いて興味を覚えたのは正洞寺の先住で私の師匠工藤大孝和尚から新選組に関係する偉い作家が小原敏丸さんだと聞いていた。昭和三八年八月頃、私は正洞寺の弟子として来たが、当時、故敏丸さんの御夫人は健在であった。時折寺の脇を歩いており、アヤおばあさん（正洞寺二二世大見和尚夫人）から紹介された。

私は平成一七年五月、福井の大本山永平寺の勤めを辞任（本山では役寮と称し、機関誌「傘松」の編集主幹を一七年間勤めた）して黒岩正洞寺に戻った。その後、晋山結制を記念して『正洞寺誌』の編集を考え、この中に「郷土史編」を入れるべく舘の小原藤一氏夫妻を尋ねた。そこで敏丸の関係書簡等を拝見した。

時に正洞寺に移って間もなく地区（舘と三坊木）の「三舘組」毎月一日夜に開催の「一日会」と呼ぶ懇親会に誘われて、藤一氏より敏丸の書簡保存の経緯に就いて酒を飲みつつ何度か伺うことができた。

この事は関係者が既に亡くなり泉下にある故、ここに公表することをお許し戴きたい。

正洞寺の大孝和尚の友達（当時）に馬場の及川公平という方が居られた（当時宮古市で事業されていた）。この方の姉さんは小松ヤスさんで主人は小松睦男氏です（共に故人）。元岩手県庁職員で六原農学校の校長等勤務されていた。それが小原哲子さん歿後、敏丸の邸宅が小松夫妻に渡る事となったようである（くわしい事は分からないが生前哲子さんは小松夫妻に金銭的援助を受けていたとみえる）。自宅を巡り分家の小原藤一家と裁判となったが、小原家は負けてしまい自宅は小松睦男氏のものとなったという。

その自宅引き渡しの時であろうか、敏丸の遺品・書簡や原稿等があり「こんなもの持っていけ〜！」と弟公平に言われて持ち帰り小屋に保存されていたのが、この書簡である。

その資料については本会顧問の和賀篤子先生の「書簡を巡って」の記事通りである。私は書簡の顛末を耳にした事が敏丸に関して興味を覚えたことで、ぼつぼつ調べはじめた頃、何処かの葬式でお逢いしたか工藤宜見氏（舘の屋号後念誦出身）が私の調べている敏丸に関する資料をくれ〜と言う。その時には工藤宜見氏と相沢史郎先生との関係は知る由もなく不思議に思い、この資料が何処にいっているが疑われた。

その後、平成二二年夏頃、敏丸の著述を調べておられる相沢史郎先生（当時はみちのく民俗村村長で東海大学名誉教授）や和賀篤子先生（北上史談会会長）・黒岩自治振興会々長菅原憲氏等五・六人が敏丸の「小史の会」を作りたいと言う話になった。その折り、事務所は正洞寺として第一回の会合は黒岩地区交流センターを会場として一一月中頃、約二〇名位の集まりで行なわれた。その時は相沢先生の関係者が多く寸劇等をやられた。そして何回目かの会合では和賀先生が敏丸の文書からお話しされたことから私も解読をしてみようと思った。そこで二三年秋頃か、和賀先生の所に預けられている書簡七六〇余通を移して戴いて解読を始めた。以来閲すこと七年、毎日パソコンに打ち込み、それを金沢のヨシダ印刷にまわしてゲラとした。一昨年辺り略文書に目を通したが、まだまだ解読が出来ていない、読めない箇所が幾つもあった。

そんな中、明治大学予科に入学してからの廉次郎の勉学ぶりが少しずつ分かってきた。解読に註記を付ける為に岩手県立図書館や東京の国会図書館にも数回通ったが、充分な結果を得られなかった。

そんな折り、敏麿（廉次郎雅号）をインターネットで調べてくれたのが和賀先生の郷土史講義を聴講している佐藤光洋氏でした。石川啄木の「ローマ字日記」に敏麿が二ケ処登場することを教えて戴いた。また「夢外」・「瓢鯰坊」（共に雅号）の著述等を佐藤光洋氏の協力で古書店から購入することができた。

啄木が何故敏麿を嫌ったか、その原因が解りかけた。北上市には井上靖氏の財団が協力して設立した日本現代詩歌文学館があり、その図書資料室で『明星』を紐解くと何と「花村しづ枝」という筆名で明治三七年一二月に投稿者二五名の短歌に歌評をしている。一七歳の廉次郎が女性とも思われる名前で驚いた。本当に廉次郎のことで有ろうかと疑ってみたが、これには二人の文通女性の歌を添削していることで、その名前がヒントとなった。

それでは誰が与謝野鉄幹に紹介したか。確証を得ないが、盛岡中学の先輩で当時博文館に勤めていた武田源二郎であろうと思われた。武田は和賀郡煤孫村（現北上市）の出身で、廉次郎が博文館出版の『女学世界』のアルバイトをしていたのが鉄幹の目にとまったものと思われる。その後、廉次郎は演劇の批評も発表するがここでは漢字で花村静枝と表現している。

私は昨年四月、大本山永平寺の後堂職に就任したことで、一二年振りに福井に戻ったが、曽ってお世話になった福井テレビの社長青園謙三郎氏（故人）が大阪富田林市の歌人石上露子と箏曲家鈴木鼓村との事を調べて『鈴木鼓村と石上露子』という著書を上梓していて、その著書を戴いていた。

その鈴木鼓村は宮城県の出身で、やはり『明星』の社友であったと見え京都に移住して露子との交流が伺える。

まず、静枝が『明星』一二号で歌評した二番目の「ゆうちどり」とは石上露子のことであり、一番目の高村砕雨とは高村光太郎のことである。光太郎は太平洋戦争末期、岩手県花巻に疎開している。

この批評で演劇等のことが出るが、これこそ廉次郎が祖父文太郎から叩き込まれていた影響とみえる。しかも鈴木鼓村は石川啄木が敏麿に紹介された大学館を尋ねた折り最初に同行した人物である。

岩手県の啄木研究家は小原敏麿や鈴木鼓村に関して目を向けていないがこれは一大発見である。啄木の小説『鳥影』は大学館で採用されず啄木は小説家を諦めた。

そして、鼓村の弟子、箏曲家二代目京極流が福井市に在住しておられた。東京上野の美術学校を卒業し彫刻家でもあった。その方の自宅を一度、孝顕寺の奥様の案内で中村とよさん（故人）と伺ったことがある。名前は雨田光平と称し、今はその息子さんが三代目を継いで福井市孝顕寺前に住まわれている。

雨田氏の彫刻作品は永平寺祠堂殿の奥殿に永平寺大檀那の彫刻木像が数点安置されている。昭和三〇年代本山七三世熊沢禅師時代に永平寺法堂で演奏されている。

また、縁とは異なもので中村とよさんは九州博多の出身で元新橋の芸者さんであった。早くには郷里の大物頭山満や上京しては南画小室翠雲画伯（大本山永平寺光明蔵の壁画作者）の知遇を得ている。そのとよさんの妹の静子さんは馬来田愛岳画伯（福井足羽神社出身）の奥さんで小室翠雲画伯の弟子であった。とよさんから或る時、こんな事を聞いた。菊池寛が『忠直卿行状記』を書いた頃の事であろうか。宴席でとよさんは寛に「何故松平忠直侯の悪口を書くんですか」と噛みついたとか。後にとよさんは越前藩の分家旧津山一〇万石の当主松平康春氏（当時貴族議員）の後妻となるが永平寺とも深い関係にあった。主人松平康春の妹は作家谷崎潤一郎夫人松子で作品『細雪』の二女幸子となった方である。

それはともかく、その菊池寛が流泉小史（雅号）を主宰の『文藝春秋』に昭和四・五年「近藤勇」等の剣豪物語を連載させ御自身や村松梢風の序文を得て『剣豪秘話』を上梓するのである。菊池寛は流泉小史に一目置くほどであった。

私は二〇年以前からの大本山永平寺の「永平寺史料全書編纂委員会」に属し、これまで既に『禅籍編』四巻・『文書編』二巻を分担執筆したが、毎月一回の研究会に上京していた。そんな折り、元東京大学史料編纂所教授で同編纂委員の菅原昭英氏（駒沢女子大学名誉教授）から東大史料編纂所の資料を頂いた。明治四四年、敏麿は妻静江の養父、当時農商務大臣大浦兼武のお世話で「内閣修史局」に就職する。その時の修史局主任は黒板勝美博士であったが、一度福井市の松平春嶽侯の幕末資料調査に同行している。ところが敏麿は一年も立つか立たない内に辞職している。その原因は病気が重なった所以であるが、その時の祖父文太郎への書簡には郷里に錦の旗を掲げん許りの内容であるが、次ぎ次ぎと金の無心が多い。

書簡は大正三年までで終わっているから、それ以外のものは破棄されたか、晩年の著書『剣豪秘話』に依ると黒岩館の自宅「千曳山文庫」には曾祖父以来二万冊の蔵書があったとか。哲子夫人歿後は仙台の古本屋万葉堂に売却されたといわれるが、哲子さんも生前、友人や関係者に譲られた本も多いとみえる。

一昨年の春、東京へ上京した際に文京区の「森鴎外記念館」を見学して図録を求めた。その『写真でたどる森鴎外の生涯』―生誕一四〇周年記念―の明治四四年一一月四日、与謝野寛がヨーロッパへ出発する際、上野の精養軒で開催された送別会写真に小原敏麿の顔を認めた。その顔ぶれは中央に寛と息子光、その左側には車いすの森鴎外、その隣は永井荷風・生田長江・森田草平、そして寛の右側には馬場孤蝶・生田葵山・吉井勇・伊藤左千夫がおる。また、後列には木下杢太郎（太田正雄）・北原白秋・高村光太郎・佐藤春夫等の名前が有るが最後列の右側五人目の大きい眼鏡をした人物は敏麿（元の花村静枝）であるが、顔写真の説明には名前がない。

この当時､敏麿は内閣修史局に在籍しているが病気がちで欠席ばかり繰り替えしている。それでも以前吉原の稲本楼から頼まれた『吉原沿革史』の原稿を書いている。

ともあれ書簡から、そんな背景を調べようとしたが分ることは「解説」で触れた。しかし不十分であることは免れない。時間が欲しいが今はもうその余裕がなく後賢に託したい。

書簡は大正三年で終わり、しかも妹タマの友人、女学校の友達のものばかりでどうした事か。これらの書簡は東京から祖父文太郎宛に送られたもので、その後、後妻となった哲子先生も手を付けず封印された故の残ったものと思われる。

いま一つ忘れてならないことがある。敏丸の後妻、哲子先生をおばさまと尊敬される神奈川県真鶴町在住の松本昭先生から御無理を言って「小原哲子に就いて」という玉稿を戴き「特別寄稿」に収録できた。また、一昨年一一月小史の会で講師を務められた日本現代詩歌文学館の学芸員豊泉豪氏の『雑誌「川柳」に見る川柳家としての流泉小史』も転載させて戴いた。御参照ください。

何時もながら編集に印刷に御協力戴いた金沢市ヨシダ印刷の吉野誠氏や安田勇也氏、『正洞寺誌』上梓以来、お世話になっている東京の株式会社東洋書院の斎藤克己氏にも厚くお礼申しあげます。

尚、本出版に当たり御芳志を寄せられた方々の名前を記しお礼申しあげます。

北上市立花　　及川　優殿
北上市二子町　及川俊悟殿

平成三〇年三月

大本山永平寺　後堂寮にて
熊谷忠興　誌

参考資料

『盛岡市史』「文教・生活」第七巻（復刻版）昭和五十五年十二月二十日発行
著者盛岡市、監修森嘉兵衛、
同　「人物誌・続人物誌・再続人物誌・総目次」第八巻（復刻版）
昭和五十七年三月三十日、著者・監修同じ
同　「明治期（上・下）」第四巻（復刻版）、昭和五十五年十二月三十日
著者盛岡市、監修森嘉兵衛、
同　「近世期上・三、近世期中、近世期下」第三巻（復刻版）昭和五十四年五月三十日、監修森嘉兵衛、
『金田一京助全集』第十三巻、石川啄木、一九九三年七月一日、編者金田一京助全集編集委員会
『岩手県史』第十一巻、近代篇5、昭和四十年三月二十日、著者岩手県、
『黒岩の地名と屋号』（郷土黒岩の歴史とくらしシリーズ・3）黒岩小学校落成記念事業実行委員会、実行委員長及川純一、平成六年三月、工藤民男編著、
『黒岩小学校・創立百周年誌』黒岩小学校百年祭実行委員会刊、昭和四十八年九月、
『講談体日本外史　源平の合戦』小原敏麿著、大正二年七月、成富堂刊、
『稗貫・和賀の曹洞宗寺院抄録』、曹洞宗岩手県第四教区会編、平成二十七年三月、
『源花山正洞寺誌』熊谷忠興著、源花山正洞寺刊、平成二十三年三月、
『白堊同窓会会員名簿』平成5年三月版、白堊同窓会名簿作成委員会編集、
『胡堂百話』野村胡堂著、中公文庫、一九八一年六月、中央公論社刊、
『明治大学百年史』全四巻、明治大学百年史編纂委員会編、
『城下町盛岡遺聞』太田俊穂著、一九八二年九月、大和書房刊、
『血の維新史の影に』太田俊穂著、一九六五年十月、大和書房刊、
『川柳』第五号、明治三十九年三月三日、井上幸一（剣花坊）発刊、
『へなぶり』明治三十八年六月、朴念仁（田能村梅士）、読売新聞社刊発行、

『長崎の肖像　続　長崎学術文芸家列伝』阿野露団著、岩崎定男発行、発行所形文社、

『新川柳六千句』井上剣花坊撰、大正六年九月、東京株式会社南北社、
家庭小説『破れ恋』小原夢外著、明治四十年七月二十六日、大学館刊、
家庭小説『母の罪』小原夢外著、明治四十年十二月十五日、大学館刊、

『十和田湖と附近温泉めぐり』中野雪山著、昭和二年六月、東京白揚社、

『奪い去られた桂月像』（十和田湖開発秘話・文豪大町桂月）生出泰一編著、昭和六十一年三月、花巻市河童仙発行、

『近時極東外交史』武田源次郎著、明治三十六年十一月、東京民友社発行、

「パンの会の回想」（『木下杢太郎全集』十三巻）一九八二年七月、太田正雄著、岩波書店刊、

「初期白樺派文学集」（『明治文学全集』７６）所収、昭和四十八年十二月、筑摩書房刊、

「明治近代劇集」（『明治文学全集』８６）所収、昭和四十四年四月、筑摩書房刊、

『原敬日記』二巻、「政界進出」一九三頁、一九九頁、原奎一郎編、一九六五年六月、福村出版株式会社刊、

『明星』明治三十八年、六月号・七月号・八月号、発行人阪本易徳、編輯人与謝野寛、発行所東京新詩社、

『スバル』三号、長田秀雄、「尺得四則」、同四号に「尺牘数則」を掲載する。三号編輯太田正雄（木下杢太郎）、

『東北近代文学事典』日本近代文学会東北支部編、二〇一三年六月、勉誠出版刊、

『博文館五十年史』昭和十二年五月、坪谷善四郎著、東京博文館刊、

「明治四十二年当用日記」（『啄木全集』第六巻）所収、石川啄木著、一九六七年十二月、筑摩書房刊、（啄木、大学館に「鳥影」原稿出版の交渉場面、三二頁～四一頁）、

「ローマ字日記」（『啄木全集』第六巻）所収、（五月十五日、一七〇頁）

『川柳総合事典』尾藤三柳編、平成八年八月、雄山閣出版株式会社、長坂慶子発行、

「与謝野寛先生還暦の賀に際して」（『木下杢太郎全集』第一三巻）所収、太田正雄著、一九八二年七月、岩波書店刊、

『黒岩伝説集』（郷土黒岩の歴史とくらしシリーズ②、多田貞蔵著、昭和六〇年十二月、北上市黒岩公民館　館長菅原三千穂刊、

『子規とその時代』復本一郎著、二〇一二年七月、三省堂、

『岩手県下之町村』（全）高橋嘉太郎著、大正十四年九月、岩手毎日新聞社出版部刊、

『盛岡市先人記念館』（案内図録）昭和六十三年九月、盛岡市先人記念館刊、

『異国情調の文藝運動』（抄録）野田宇太郎著、日本ペンクラブ・電子文藝館掲載、
「郡虎彦君」（『木下杢太郎全集』第十六巻）所収、太田正雄著、一九八二年十一月、岩波書店刊、
「書かでもの記」（永井荷風・『明治文学全集』七三号）所収、三三三頁に「三宅青軒」のことあり、一九六九年、筑摩書房刊、
「青年画家」高村砕雨著（『明星』明治三十八年四月号）掲載、
「村雨会の演劇」花村静枝著（『明星』明治三十八年八月号）掲載、
『佐渡脱獄鬼』江見水蔭著、昭和五年、平凡社刊、
『明治大正冒険小説集』（少年小説大系　第12巻）尾崎秀樹・小田切進・紀田順一郎監修、発行者畠山滋、一九九四年六月、三一書刊、
『大正の探偵小説』伊藤秀雄著、一九九一年四月、三一書房刊、
『昭和の探偵小説』（昭和元年〜昭和二十年）伊藤秀雄著、一九九三年二月、三一書房刊、
『後藤新平　日本の羅針盤となった男』山岡淳一郎著、二〇〇四年二月、草思社刊、
『東京大学史料編纂所史史料集』平成十三年十一月、東京大学史料編纂所編集・発行、「第一章　史料編纂所の組織・体制」
「黒坂勝美」（『明治大正昭和の人々』）所収、佐々木信綱著、昭和三十六年一月、新樹社刊、
『ある老歌人の思ひ出』—自伝と交友の面影—佐々木信綱著、昭和二十八年十月、朝日新聞社刊、
『野村胡堂　あらえびす小伝』野村胡堂・あらえびす記念館、館長野村晴一、平成七年六月、同館刊、
『元老西園寺公望』伊藤之雄著、平成十九年十二月、文藝春秋社刊、
『原敬』外交と政治の理想、（上下）二巻、伊藤之雄著、二〇一四年十二月、講談社刊、
『ふるさと春秋』—みちのく民俗村村長トーク集—相沢史郎著、二〇一四年八月、発行小野公八、オノ企画刊、
『啄木の親友　小林茂雄』森義真著、平成二十四年十一月、発行者小林高、盛岡出版コミュニティー、
『倉敷市蔵　薄田泣菫宛書簡集』作家篇、倉敷市・倉敷文化振興課編著、二〇一四年三月、株式会社八木書店刊、
『みはてぬ夢のさめがたく』—新資料でたどる石上露子—　奥村和子・楫野政子著、二〇一七年六月、竹林館刊、
「正伝相馬大作伝」小原敏丸著、『日本及日本人』所収、東京教政社刊、
『天皇家の祖先・息長水依比売を追って』松本　昭著、二〇一七年八月、東京アールズ出版刊、
『こころ』—川村文子の生涯と連学の精神、紫雲の会、編、二〇一五年四月、川村学園女子大学刊、
『鈴木鼓村と石露子』青園謙三郎編、昭和五十九年六月、福井テレビジョン放送株式会社刊、

『小談　新式奥様』井田絃聲著、明治四十一年八月、東京大学館刊
『女学世界』第四号第十四号、明治三十七年五月、博文館刊
『女学世界』第五巻第十五号、明治三十八年十一月、博文館刊
『石川啄木と朝日新聞』太田愛人著、一九九六年七月、東京慎文社刊

お世話になった方々の御芳名（順不同）

（故）相沢史郎　（故）小原藤一　（故）小松ヤス　小菅巌　安井愛
松本昭　及川優　菊地亮　（故）山田隆　嶽間沢修
菅原敬夫　多田匡臣　及川寿祥　及川忠久　多田勝郎
及川純一　及川八重子　（故）藤原秀雄　工藤昌三　工藤一成
及川俊悟　及川タマ　及川一郎　及川徳松　上沖修三
鷹嘴真智子　工藤瑠璃子　工藤詔也　工藤宜見　和賀篤子
佐藤光洋　豊泉豪　菅原憲　菅原昭英　吉野誠
斎藤克己　下斗米洲子　森義真　庄司達也　熊谷修
菊地昌弘　宮永肯　北山博美　沼山建吉　笠原一法
小原節子　（故）小原禎子　工藤霊龍　及川良一　平野公
小菅巌

関係諸機関・図書館等

黒岩地区交流センター　北上市立図書館　日本現代詩歌文学館　岩手県立図書館
国立国会図書館　野村胡堂・あらえびす記念館　石川啄木記念館　東京文京区立森鴎外記念館

「流泉小史の会」覚書

覚書

一．名称・事務局
本会は「流泉小史の会」と称し、事務局を源花山正洞寺に置く。

二．趣旨
本会は、北上市黒岩出身の作家で郷土史家「小原敏丸」（筆名　流泉小史、小原柳巷、五黄星ほか）を広く顕彰し、併せて地域文化の再発見と地域の活性化を目的とする。

三．組織
本会は、会長一名、副会長若干名、事務局員若干名を置き、趣旨に賛同する会員をもって組織する。

四．活動
本会は、年一回の研究報告を含む総会をもち、ほかに小発表や談話会を設ける。

五．事業・会費
会費や関連事業などは、補足として設ける。

補足

補一　小原敏丸の顕彰は、主として多岐にわたる全作品を収集した全集になる。

補二　研究は記述資料によるものばかりでなく、口伝、口碑、伝承による聞き書きも含む。また埋もれた作品や遺品の収集、さらに交友知己等の記録一切を含む。

補三　小原敏丸は、ミステリー作家としては小原柳巷、五黄星、史伝作家としては流泉小史、郷土史家では小原龍泉など筆名が多い。また、祖父文太郎の研究も幕末期の知られざる史実に光を当てる貴重な研究となる。

補四　研究成果の報告、関連事業、検証などは篤志家、企業などからの寄付行為も含まれて実現される。

補五　運営経費は、会費年額一、〇〇〇円によってまかなわれる。

附則

附一　覚書及び補足は、平成二十四年五月八日に改定された。

著者歴

熊谷 忠興（くまがいちゅうこう）

昭和二〇年二月六日　岩手県紫波郡東長岡村常光寺に生まれる。

昭和四五年九月　駒沢大学修士課程卒業

五一年八月　大本山永平寺特別僧堂終了

四三年一二月から平成一七年四月まで、永平寺機関誌『傘松』編集主幹、

平成一五年四月から同一七年四月まで単頭兼任、

平成一一年一月、岩手県北上市正洞寺住職に就任、

平成二九年四月から大本山永平寺後堂に就任、

現在、七三歳

著 述

『永平寺年表』昭和五三年四月、東京　歴史図書社刊、

『源花山正洞寺誌』平成二三年三月　東京　東洋書院刊、

共 著

『大本山永平寺史』　昭和五七年九月、大本山永平寺刊、

『永平寺史料全書』「禅籍編、第一・二・三・四巻」平成二四年以降、

『永平寺資料全書』）「文書編、第一・二・三巻」平成二四年一〇月以降、

その他、

『祖父文太郎と孫廉次郎の書簡』

平成三十年二月二十五日　第一刷発行

編著者　流泉小史の会 会長

熊谷 忠興

発行所　流泉小史の会事務所

源花山 正洞寺

郵便番号　〇二四－〇〇四二

住　所　岩手県北上市黒岩一八－四五

電話番号　（〇一九七）六五－〇七七三

ＦＡＸ　（〇一九七）六五－〇七六三

メール　show-do93@ymail.plala.or.jp

発売所　株式会社東洋書院

郵便番号　一六〇－〇〇〇三

住　所　東京都新宿区本塩町二一

電話番号　（〇三）三三五三－七五七九

ＦＡＸ　（〇三）三三五八－七四五八

http://www.toyoshoin.com

印　刷　ヨシダ印刷株式会社

ISBN978-4-88594-515-1

索　　引

（1）人 名 索 引 …………………………………………… 2
（2）書名・地名等索引 ……………………………………… 8

（1）人　　名

あ

明石利代　639
相沢史郎　68·554·656·659·737
青木先生　396
青園謙三郎　742
阿蘇助男（百座助男）　504·522
阿部恒定　26·78·129·617
阿部勇治　482·707
雨田光平　743
アーサー·メリヘー　314·322·330·668
秋元（本）　427
赤人　578
粟根　510
アギナルド　558

い

井伊掃部頭（直亮）　613
生田葵　647
生田長江　744
生田葵山　744
伊上凡骨　639·644
伊上孝　645
井上靖　742
伊藤左千夫　744
井田弦声　275·287·307·310·662·664·670·672·679·719·720
井上牧師（小説）　655
井上哲次郎　98
井上幸一（剣花坊·柳樽寺）　259·263·288·410·551·552·563·590·648·670·678·716
泉鏡太郎（鏡花）　465·679
井坂　452·527
石井柏亭　639·644
石上露子　742
石川啄木　19·293·341·555·563·644·645·660·663·666·674·715·742
石田秀作　339
岩谷義徳　34·683
今井万吉　377
岩崎英重　241
岩崎鐵次郎　259
猪川（小一郎）　71
猪川（静夫）　144
岩沢守人　57·155·607·613·714
石橋氏　380
石橋弥兵衛　155·226·610
伊藤かつゑ　405·703
伊藤治兵衛　486

う

臼井佐衛一　51·70·75
海野融（三岳）　73
雨声山人（夢外）　246
内田周平　431
上杉謙信　640·716
上田敏　664
鵜沢総明　506
内海月杖　664

え

江刺恒久　604
榎本武揚　614
江釣子源吉　613
遠藤長純　146·606
S参多　176
江見水蔭　385·389·646·648·679·728

お

太田代先生　276·607
岡鹿門　612
及川　汪　21·34·221·393·426·723
及川（お市）　54
及川覚美　110·155·158·199·213·258·269·275·280·301·309·419·509·616
及川奥太（源太）　389·410·722
及川清太郎　21·57·62·64·192·259
及川馨三（馨水三）　531
及川久作　22·68·72·166
及川喜八　12·39·42·90·206·212·257·301·373·722
及川佐兵治　30·149·160
及川佐美治　146
及川くきえ（茎枝）　63·163·177·182·190·213·220·616·688·717
及川省三　12·27·29·30·36·39·42·56·80·87·168·187·305·487·616·650
及川たか　25·55·63·616
及川大蔵　25
及川喜八郎　86
及川善十郎　142·161·169·180·192·217·219
及川久志　506
及川吉松（香石）　26·87·159·196·239·266·607·678·736
及川松枝　446·450·656
及川万蔵　149·172·173·174
及川　久　181
及川（半蔵）　192
及川栄七　717
及川　進　399·440
及川廉平　15·27·35·47·61·65·121·142·155·157·161·226·616·716
及川万四郎　178·394·453·475·483·608·719·723·724·726
及川佐太郎　202
及川久太郎　174·236·276·357·508
及川（さへ）　179

及川辰次郎（辰坊）　234·450·460·539·604·713·718·725
及川孝夫　24
及川玉子（タマ·玉·たま·多満）　434·441·460·472·502·526·534·539·608·656·709·710·713·724·725·726
及川ミサ　205·417
及川どぶろく店（伊与店）　249
及川良寿　616·714
緒方竹虎　616·726·729
大久保（彦左衛門）　406·609
尾崎紅葉　32·385·465·646·679
大谷全太郎　392
大浦兼武　312·428·533·651·659·668·673·721·723
大浦金　444
大槻磐渓　612
太田正雄（木下杢太郎）　411·663·666·678·744
太田俊穂　614·739
太田鍛　82·91·98·715·723
大町桂月　664·667·668
小川文学士　438
小川煙村　495
小川東一　137
小笠原秀雄　16·19
小倉富太郎　402·703
小栗上野介　612
大橋方　356
小原悦治（悦治郎）　34·58·291·606·640·656
小原織江（直江·理恵）　22·101·133·217·260·276·309·337·373·407·410·444·450·452·482·489·491·493·501·509·519·527·608·656
小原喜十　79
小原五黄星　659·713·726·731
小原佐助昌同　610
小原総次郎　35·683
小原清蔵　80·210·215·286·301·727
小原長吉　181·219·229·486
小原忠七　181·457
小原善吉（小田島）　405·610
小原哲子（下斗米）　321·342·355·547·611·730·737·739·744
小原文太郎（織人·善吉·意昌·暁雲）　4·6·12·15·19·21·30·39·42·49·51·54
小原廉次郎　多数
小原瓢乎　148·162·166·176·183·189·552·554·561·577·648·649
（村雨）　27·377·381·713
（花まろ）　103·117·132·194·197·221·234·240·249·254·267·279·289·550·565
小原敏麿　555·607·619·713·727·729·730·731·744
小原敏麻呂　521
小原連次郎　199·200
小原順次郎　34·48
小原雪枝子（雪枝）　104·121·122·132·136·138·622·644·716
小原瓢鯰坊　214·560·561·584·592·727
小原龍泉　155·315·607·725·731
小原ヤス　191·210·216·611·718
岡田八千代　645
小田嶋喜代太　4·312·366·606·610
小田嶋軍七郎　607
小田島（さゑ）　388
小田島源造（蔵）　80·81·99·134
小田島嘉兵衛　19·660
小田島養賢　4·6·223·409
小田島書店　18·21·660·714
小田島真平　19·660
小田島尚三　19·660
小田嶋主殿（妙仙人·雷花）　94·158·176·195·246·261·615·650·713·715·716·719·722·724·727
小田島（武志）　197
小田島忠太郎　244
小田島文次郎　23·155
小田嶋鐵（テツ）　4·98·461
小田島伝兵衛　35·188·409
小田島伝三郎　121
小田島幸蔵　26
小田島与太郎　147·197·213·284
小田嶋みさ　265·269·272
小田島徳太郎　19
小田孝之　253
小田一郎　193·262
小野瀬不二人　464
お春　317
お花　338
男谷信友　728

か

家厳勘解由　609
川上音次郎　379·466·554·649
川上貞奴　554·559
笠原健一　674
川村睦　497·678
川本忠太郎　672
掛下重太郎　504
角南（繁三郎）　354
桂勘七郎　612
金子笑学坊　672
金子範二（紫草）　321·668·672·678
金杉英五郎　103·128
茅場清一郎　155
片尾自眼　628
桂　太郎　430·673
加藤せ津（節津·節子）　167·189·717
カーライル　559
加藤四郎　212
金子運送店　384
亀山猛治　345
河平井　353
菅野二十一（郡虎彦）　411·666·678·723
唐杉　520
勝次親方（小説）　658
神原彩翅　627
河野翠瀲　628

き

岸（大阪朝日）　498
岸本忠雄　479·707

喜兵衛（大炊介昌道）　609
菊本東隣　304·609·613·616
菊本（隆造）　304·609
菊池寛　614·728·743
菊池栄八　222·718
菊池勝蔵　101
菊池小八郎　21·28·62·72·212
菊池獲蔵（多蔵）　25·101·110
菊池忠平（渓月）　187·656·657·678·718
菊池繁太郎　57
北原白秋　663·744
岸本辰雄　479·512·618·677·723
喜十（喜重郎）　79·181
木下友三郎　504·619·725
木村新次郎　486
金田一京助　663
清岡貞吉　674
金龍　318·608
金水堂山田　464·706
キリスト　555

く

黒板勝美　432·673·679·723
工藤喜三郎　64·616·714
工藤迪　106·118·293·328·650·722
工藤貞機　67·257·694·714
工藤政蔵　101·362·700
工藤（恭次郎）　101
工藤（大真）　58·102·722
工藤みき（仲居）　188
工藤宜見　741
窪田清音　611
栗原花山（静枝ヵ）　629
熊沢禅師　743

け

月畝　150·687
欠助生　197
幻堂（内山）　303
剣花坊　593

こ

幸田露伴　222·313·646·677·718
駒沢直彌（小説）　655·656
駒沢礼子（小説）　655
駒ヶ嶺（忠旨）　71·73
今野力（小説）　653·654
近藤せを　33
近藤（飴ン坊）　122·644·648·716
近藤勇　648·728·732
紺野たかよ　539·541
金野良平　51
小菅直治　216·221·656·729
小森（長兵衛）　216·221
小菅倉治　216
小菅（庄右衛門）　216
小菅真策　608·729
小坂幾子　340·348
小松道二　36·68·187
小竹　精　113
小林魁治　458
小林今朝吉　396
小林義久　398
小林義之　489
小林弁次郎　457·471·476
小松ヤス　604·648·735
小松田順治　493·495·679·724
小室翠雲　743
児玉大臣　199
米谷久左衛門　484·486
昆　喜代治　101·110
昆　清左衛門　152·154·157·204·719
昆　運七　151
昆　なみ　400

さ

西園寺公望　173·431·440·455
西鶴　18·578·580·714
斉藤秀三郎　82
斉藤忠之丞　486
斉藤　実　398·675
阪井弁（久良伎）　550·560·563·677
櫻井たか　24·30
佐藤かん　199·231·717·718
佐藤光洋　669
阪本長治　33·70·101
斉藤銀蔵（雪中庵雀志）　297·678·720
斉藤源吉　192
斉藤豊治　151·155·187·213·256·711
斉藤運送店　251
佐々木四郎　415·418·421·723
佐藤翁　142·149·155·159·180
佐藤春夫　744
佐藤もと　541
佐藤吉三郎　263
三坊木みよ　188
三馬　578
左子　188
さく子　630

し

重松繁三（青四郎）　231
白井竹次郎　423
白鳥りう子　136
椎原敏（小説）　653
下田直亮　69
志田鉀太郎　154
紫女　578
司東真雄　606
白川生　176
静江（金野）（小説）　244
斯波貞吉　461·679
島坂欣一　608·657·729
島田直進　612
新宿浪人　477·679
下斗米耕造　614·732
下斗米与八郎（政安）　614·727·730
島田虎之助（峴山）　612

す

末松謙澄　651
杉立義郎　63
須田生　353
杉山直治郎　78
杉浦清三郎　454·724
鈴木　巌　484
鈴木英太郎　78

鈴木鼓村　661·742·743
鈴木三郎助　516
鈴木マキ子　137
菅原憲　741
菅原国蔵　68·85·230
238·256
菅原堅次郎　101
菅原正作　87·109
菅沼　武　381

せ

清之丞　510
清女　578
仙台きせら　544·725

そ

相馬大作（下斗米秀之進）　355·609
614·673·721·726·730·739
そよかぜ　627

た

高木紅蓮（角恋坊）　231·269·648
718
竹下資郎（小説）　655
高柳又四郎　613
大樹院晃栄　606
多田安太郎　384·722
多田嘉五郎　62·257
多田亀一郎　101·115·166
多田喜一郎　192
多田さ免子　33·156
多田善八　391
多田良蔵　69·89·616·639
651·715
田中喜多美　606
田中弘之　413·467·679
武田源次郎（源二郎·源助）　293
298·313·398·413·617
666·669·672·678·720
武田妙子（小説）　247
丹野一三　42·60·114
145·166
高野悦三郎（長英）　613
高橋嘉太郎　63·316·333·668
高橋立吉　335·672
高橋みよ　374
高橋かた　374
田村敬造　22·44·60
75·177·213
高橋金星　629
田中夢虹　626
高橋武夫　52
高橋庄七　70·101
高村光太郎（砕雨）　624·638
639·715·742·744
玉内（勝蔵）　71·73
健子（小説）　658
谷崎潤一郎　743
谷口香岩　196·267
谷口重助（小説）　659
谷口良三（青之助）　202·212·224
258·267·270·277
399·650·719·723
田島理事　505·725
田村時蔵　267
田能村梅士（朴念人）　368·464·551
553·651·678·722
田中如琴　628
辰之助　186
玉嶋翠影　629

ち

千田文太郎　31
茅野肅々　663
茅野雅子　645
千葉直之　604
千原武子（小説）　260·656
千原芳樹（小説）　655
近松　578

つ

塚原卜伝　609
塚本法学士　306·323
坪井芳五郎　207·277·652·677
坪井章次郎　76·294·720
坪谷善四郎　300·668·672·678
角田浩々歌　651
貫之　578

て

テイ·エム　265

と

徳富蘇峰　155·667·675
徳富蘆花　558
戸田市蔵　607·610·616
時任貞興　322
常磐座吉沢義之助　469·501
冨手三太郎（参太郎）　4·197
301·529
とし子　195
鳥谷部春汀　293·297·303·678·720
豊泉豪　550·648·744
頭山満　743

な

永井荷風　647·660·744
七尾周斎　606
夏目漱石　548·664
中島文次郎　486
中野賢之進（小説）　653
中野静江（小説）　653
中村啓次郎　488
中村とよ　743
中山介山　613
長田秀雄（玄生）　660·662
666·678
長田幹彦　663
長根一之　371
南部英麿　154
内藤順太郎（隅南）　375·376·397
668·674·678·722
内藤紅雨（紅雨蕉郎）　447
波岡茂輝　466·674·679
永井陸奥　628

に

新渡戸仙岳　341·355·434·464
667·673·678·721
723·730
西（伴男）　150·510
西村才一　494
西村文則（才助）　339·342·451·488

496·616·660·668
673·722·724

の

野村長一（胡堂） 663
野村伯爵家（小説） 657·659
野村久光伯爵（小説） 659
野村礼子（小説） 659

は

芳賀矢一 651
長谷崎 63
長谷川時雨 645
長谷川誠也 652·672
馬場孤蝶 672·744
馬場君雄 137
花村静枝 618·623·630·638
639·640·644·660
713·715·717
花まろ（花麿） 103·117·132·194
197·221·234·240
249·254·267·279
289·550·553·558
561·565·573
橋村義太郎 251·258·287·678
浜尾新子爵 665
浜田四郎 672
祷　苗代 421
原　敬 283·432·453·673
674·679·725
原田水外 628
林漁村 630

ひ

日置黙仙 325·614
樋口眉女 193
広瀬静夫（静雄） 292
広瀬為久 292·608·669·678
広田星松 679
平野仁太郎 6·13
平野（豊治） 410
平野万里 625·632·633·638·664
広ケ瀬芳一郎 322
平岡利治 354
瓢鯰坊 183·214·550·551·557
558·560·564·573·601
644·648·713·717
人丸 578
姫河原無鳴 629
日南田夕暮 630

ふ

福田常永 465·679
福地桜痴居士 648
古川辰次郎（小説） 655
古川古松軒 612
古木千次郎 465
藤沢とよ 19
藤木道満 613
福井熊太郎 380
藤井桜蔭 628
藤原弥惣吉 4
藤原徳蔵（恵風） 31·68·113
115·158
藤原章一 301·409
船橋碧川（みどり）（琵水·船橋生）
248·269·670·678·719
古川（古せん） 495

へ

平元兵吾 618
ヘンリー将軍（小説） 658

ほ

本多精一 335·502·508
616·726·731
本堂親知 33
本堂平四郎 12·613·616
654·676·713
本郷直枝子（なほへ·なほえ子·ナヲヱ）
124·137·141·184
198·200·233·618
622·651·716
本昌明 672
ボカチオ 577

ま

馬来田愛岳 743
松浦歓一郎 290·292·300·339
668·721
松岡多々鳴 601
松平勘解由昌徳 609
松平忠直 743
松平定信 612
松平太郎 610
松平春嶽 743
松平康春 743
松永清乱 624
松本昭 98·611·616
729·733·744
松本雲舟 616·733
松本芳彦 306·668·720
松本卿 409
松波仁一郎 326
正岡子規 554
摩詞六 603

み

溝口誠斎 610
三浦呉服店 6
三浦清太郎 486
三宅孤軒 670
三宅青軒（雨柳子·彦弥·喜爾）
162·166·209·222
239·246·261·313
323·369·411·421
439·563·645·647
651·656·677·718·725
美濃部達吉 78·108
宮崎郁雨 662

む

村井長庵 178·609·654
村上政亮 340·465
村田あが 606
村田よ祢子 538
村松梢風 614·728

も

森真如 645

森鴎外（林太郎）　664・744
森田草平　744
森星嵐　629

や

山内垂毗子　627
山口貴雄　674
山崎紫紅　640
山崎鯢山　608・613
山田忠平　10・32・44・70・87・616・654・727
山田要八　8・24・39・187
山田逸郎（小説）　653
山村（弥久馬）　63・74
八角三郎　73
矢崎丑男　148
矢野文雄　651
柳川春葉　325・385・466・538・646・648・679・722
安村省三　340・678

ゆ

弓次郎　67
雄略天皇　578
ゆふちどり（石上露子）　624
ゆき子　630

よ

横前敏亮　381
與謝野晶子　552・554・563・644
與謝野鐵幹（寛）　310・563・639・650・744
與謝野先生　635・638
吉井勇　663・666・744
吉沢義之助　469・501
吉田昌作　486
吉田美礼　324
吉田　類　401
吉田七蔵　484
吉原静江　104・132・138・139・246・320・324・618・620・621・622・644・651・654・668・720
吉原　登　104・132・140・323
吉野次郎　479
芳野喜八　484
米本利作　463

り

龍泉　607・713・731
流泉小史　550・551・553・554・557

れ

礼子（小説）　655・658

わ

和井内喜徳　355・356
渡辺代議士　495

（2）書名・地名等

あ

青臭い　657·720
あこがれ　19·555·563·577
583·589·593·660
朝顔も今や盛上り　395·671
青表紙　604
兄上様　138·206·282·502·534
相去村（胆沢郡）　231·717
秋田県角の舘　64
秋田戦争　615
赤城清風亭　197
赤穂義臣伝　609
悪魔の家（小説）　603·659·675
726·731
安俵（和賀郡）　616·714
赤羽運送店　149
熱海　307·309
アタゴ町　320
朝日新聞　66·215·220·227·351
367·385·397·484·493
496·502·616·678·716
722·724·727
アサクサ　501
浅草　116·203·223·424·437
463·466·479·501·511
559·654·726·731
浅草今戸　171·610
愛宕町　380·465·483·488·668·721
油代　39·90·129
編物　78·121
雨傘　397·671
あの姉さん（廉次郎の事·直枝子）
121
あらすじ　652·655
虻田　285
袷　53·84·132·177·221·225
315·348·349·356·365
386·407·440·539·573
アメリカ　559
アンドレーエフ集　503·619
暗剣　611

い

胃カタル　20
伊勢平楼　644·715
一陽来復　349
一関　181·362·606
出雲地　194
出雲大社　489
岩手県立図書館　432·669
岩手師範学校　606
岩手毎日　63·307
岩手毎日新聞　314·333·375·413
654·667·668·678·721
岩手通信社　18
岩手県人　80·398
岩手県第五区稗貫·和賀地区　669
岩手県平民　609
岩手県立盛岡高等女学校宿舎
502·544
岩手の人（月畝）　150
岩手日報社　668·679
岩手日報社の社主清岡等
341·355·432·669·673
674·721·723
岩手日報編輯部　667
岩崎村山口小学校　34
岩井の不動尊（黒岩）　311
岩手新聞　354·399
岩手民報　607·725·726·731
維新史料　241·438·724
イリアート　18
慰労会　24·438
医学家　32·34·714
医学部　32·714
医学専門学校　39·42
イボ痔　236
稲刈（黒岩）　161·509
田舎の肥料臭き母　371·722
いざつれ艸　592

う

魚釣り　12·616·650·672
内丸座　63
牛込（早稲田大学）　105
歌麻呂　267
内加賀野　24·25·27·611
運動会　8·67·115·117·137
187·472·714·736
上野鉄道学校　152·155
上野博覧会　271
上野の勧業博覧会　647
インバ子ス　81
うらぶれ　184·583·593·624·632
雲張（関羽）　560

え

易学　606·610
絵図面（盛岡市）　27·611
英皇帝ノ戴冠式　420·723
英語　32·81·97·208·266·548
611·730·735·738
英雄　19·199·558·565·570·646
江戸　157·225·551·571
609·612·615
江戸（東京）　610
江戸時代後期　606
江戸川の住人　370
栄花物語　34
越前に出張　439
エリマキ　45·164
永奥艦（軍艦か）　156

お

鴎外主宰　665
大石銅山大和鉱業所（湯田村）　212
岡本綺堂の文士劇　645
王蓮嬢稿本　668
大川網流（黒岩）　106
大根岸（黒岩）　127·607
お左舟　469
お静さん　316
おんまじはり度（吉原静江）

104·620
横黒線横断鉄道速成 485
御悔状 147
御小言 253·357·363
476·478·492
御こもり(仲山法華経寺) 112
奥巡見使 612
小倉洋服 85
大坂 121·138·201·207·220
261·267·327·353·382
388·409·589·635·652
大坂新聞通信社 66·171
大風呂敷 340
大坂毎日 222
大坂毎日新聞 208·609
大沢川原と内丸 45
大沢温泉 23·714
桜痴居士(福地桜痴) 313·648
小田島書所(店)(盛岡) 18·21
660·714
小原瓢乎腹案・小ざ多ら集、瓢鯰坊
帯紙書き 61·714
大林区署 41
大坂毎日新聞社 207·208
於呂株式会社 347
鴛鴦の羽色(喜劇) 358·671
温故館 607
温故館小原氏蔵印 607
陰陽道 606

か

画家平福百穂 668
懐古 612
花王石験 127
家庭的な漫録 670
家業法教授 530
凱旋兵 168·183
書役(戸長組総代書役) 610
外史(日本外史) 12·534·536·616
675·679·713·725
隔離場(黒岩) 159
階楽座 489
菓子製法 286·671
海水浴 70·137·286·334·346
会話作文辞書(阪本) 96
夏期休業 129
夏期講習会 71
学校の裁縫 536
学校 多数
学友会 523·618
学芸部門 618
菓子折 73·433·517·647
菓子製法 285
会話読本 18
会話文典(斉藤秀三郎?) 54
上総国山武郡成東町字宮前
104·132·140
眼鏡 7·16·52·161
242·574·603
眼帯 363
画塾(香石) 159
外交員 73·111·113
カスリの羽織 296
歌舞伎座 367·645·722
学習證書 55·609
学生服 617
カブト青海号 359·671
かちか沢の家(黒岩) 160
活動写真 271·376
河東青年団 9·613·616·676·713
家相活法変地法 604·610
家相活法変地法秘奥之巻 605
家相変地巻 605
家庭小説 246·260·563·604·618
646·659·660·718·719
蚊帳 16
加賀野新小路 33
外国語平修部 129
金杉病院 131
神田(明治大学) 96·105·198
神田英文典 28
神田橋昌平館 28
神田ヤソ教(病院) 237
神田の炭や 532
神奈川県真鶴町 616·734
かつら下地 89
脚気衝心 654
河童 650
学習院 614
脚気患者 134
辛マメ 37
関西案内 286·671
関西 324·500·726
関東日々新聞 341·480·674
開庁式(岩手県庁) 42
外ト― 38·41·45·54·71·81·82
外務省 332
蓋平館 292·293·296·300·303
310·385·619·677·720
感冒 296
看護 291·320·370·608·721
看護婦(看護師) 294·393·499
575·651·717
漢詩 323·464·613
漢詩名句辞典 612
観潮楼歌会 563·665
勧進 609
観兵式 458
韓国堤川財務署 345

き

鬼子母神 67·112·160·516·519
帰国 81·129·134·137·178·198
219·224·243·254·273·278
280·287·295·297·304·337
343·345·351·357·363·378
382·387·394·416·431·434
437·442·445·454·474·478
479·482·495·548·609·615
722·724·739
祈祷 65·127·160·220·263·307
335·335·345·365·369·396
405·497·531
曲通解 18
近眼者 20
近時極東外交史 667·675·678
近世外交史 235·618
近世文芸 554
絹セル(学生) 114
岐阜県羽島郡松枝村 322
北上川(負川・及川・神川等)
616·650
北上市史 606·737
北上市々史編纂委員会 614
北満州哈爾賓街 674
杵築町 489
木下杢太郎全集第一三巻 664
脚本 214·360·365·367·433
579·649·670·719·722

脚本完成の上　268
キャラコ（廉次郎）　116・517
及第證（明治38年・明治39年）　716・717
金龍　318・608
汽車賃　71・92・112・114・128・131・141・151・482・499
喜義丸　341・674
玉蓮娘　448
旧南部藩士　608・613
教授　14・530・608・608・616・639・735・737
侠骨　646
キリスト教　137
級長　27・616
級長（下机列長）　616
戯曲「鉄輪」　411・666
狂歌・滑稽歌　553
急養師範学科　606
旧東電線　288
京都妙心寺塔頭・退蔵院　650
京都外国語大学　608
京都・丹波方面　668
京都宮地方に旅行　510
京橋警察署　653
虚無主義　556
九州地方　332
金華山白山寺由来　607
金港堂　141・645
金五〇〇円　652
金利　512
金鵄勲章　556・596・600・650
艸國　552
董星亡国　183・552・554・556・577・648・716

く

熊本　145・663・668・674・679
黒岩館　19・43・79・192・493
くろいわ　607・727
黒岩牛頭天王社縁起　607
郡役所　61・63
黒岩学事中興・小原悦治先生碑　2
黒岩小学校　34・48・60・64
黒岩小学校・創立100周年誌　607・616・656
黒岩城古図　607
黒岩の山脈　260
黒岩の木炭　613・619・725
黒岩文化を守る会　607
黒岩尋常小学校　9・713
黒沢尻　6・29・48・66・72・93・114・134・140・147・150・182・189・262・271・306・373・379・400・484・508・511・514・553・651・716
黒沢尻小学校　190・717・718
黒沢尻事件　223
黒沢尻だみ町　134
黒沢尻停車場　251・384・716・718
黒沢尻郵便局　48
黒沢尻警察署　613・616・654・713
九連城　66
口絵写真　672
久能山　336・346・721
久保庄（盛岡本屋）　16
久良岐社　463・551・563・601・677
宮内省　467・665
黒潮　18・31・626・634
首捲キ　46
靴代　81
栗夜たか　105
軍人青山太尉（小説）　650
軍馬補充部　212・257・301・373・722
群玉舎（上野の旅館）　93
九家（占いの本）　107
九星　611
栗山堂病院　458
供養五十灯　25
桑街斬剣（念仏踊りか）　25
栗　49・202・290・351・539
郡長待遇　428
訓導　606

け

警察　63・111・143・246・453・456・532・654・657
警視庁　322
憲政派　283
憲政会　669・678
刑法（大学）　77・135・145・172・394・617
経営手腕　618
経済時報社　502・508・616・726・731
経済源論　18
京浜電車　270・670
刑名の学　552
経済学総論（金井進）　108
経済学（一円八十銭）　82
刑事訴訟法（一円二五銭）　90
稽古　612
剣撃　613
剣術二段　653
剣談　610・613
顕峰院文雅明章清居士　613・727
懸賞小説募集　651
懸賞小説　172・207・210・563・609・647・651・716
懸賞小説係　205・208・652
硯友社　401・646・679
下宿料　16・21・41・43・45・52・71・73・85・102・111・119・129・143・145・164・181・227・235・274・281・298・357・421・424・454・458・481・483・490・514
権事　26
結婚　207・243・467・543・547・608・623・645・651・657・660・668・714・718・730・736・738
結婚一件　240
月徳金　613
月給　38・111・174 188・307・314・334・346・365・370・372・382・388・389・393・422・424・428・433・435・443・453・456・458・480・515・518・523・530・535・610・666・677・724
劇作家　411・663・666・678
ゲキ薬　38
月謝の納付期限　194
剣法師範　611
剣豪秘聞（雑誌）　608・664・674・727・732
剣豪秘話（雑誌）　608・613・616・728・739
健勝丸　15
月謝　33・79・89・97・100・103・108・116・120・127・145

164·194·649
言海（２冊分） 114
還俗 604
源花山正洞寺 613·739
現代川柳 559

こ

五月田（黒岩） 154·192·607
御帰宅 210·267·345·460·502
御寛恕 161·218
御許に行き度い 499
豪傑小説国姓爺の妻 646
豪傑小説拳骨勇蔵 646
紺屋町 62·64·68·336·342
346·413·669
向上主義 136
氷すべる 472
公園 63·202·226·244·479
577·653·677·727
勾践 558
幸運児（福宝堂） 671
胡堂百話 644
古松軒 611
古今集 123·623
古川柳 559
郷村吏職制・事務条例 610
国会図書館 560·614·652·657
国学 604
国際情勢 667
国書総目録 606
国法学（美濃部達吉） 108
国民新聞 152
国民新聞社 667
国民社 356
国民・朝日・民有 347
国民新聞社原稿用紙 208
高等文官試験 118
高等女学校 271·276·502·544
724·725·732
講談社 645
講道館 81
石高 607
五千石 341·667·721
五戸 720
五目鯉 551
五号（川柳雑誌） 194·580·601
649·716
後藤屋 7
小石川 80·83·105·233·594
講義 77·107·118·617
635·677·714
講釈師 609
金色夜叉 18·31
工業学校 55·57
江東霊岸釣客 612
江東川柳会 225·232·234·241
249·252·263·650·718
校友会本部（明治大学） 244·452
618
戸長制 610
近衛師団 113
琴平町肛門病院 237
木挽町 312·721
講和問題（日露戦争） 146
呉服屋 330
呉越同舟 564
交際費 436
コモカブリ（黒岩） 105
江南義塾（盛岡） 264
暦 606·611·614

さ

斉藤実海軍大臣 675
西園寺内閣 173
西鶴文粋 714
佐々木眼科医（岩崎村） 238
佐々木事件 414
作文下書艸稿・小原暁雲 614
三宜亭（上野） 650·654
三玄社 147
三国志 557
三陸大海嘯 669
三陸社（新聞社） 64
三文の価 178
三派鼎立 551
桜山祭礼 6
笹間堰合 393
殺害 347·658
真田三代記 273·670
算術小教科書（藤沢利太郎著） 54
雑誌社 188·191·417·420
422·425·717
雑誌編集 650
ざんぞう三昧 31
山陰鉄道 489
更木村 37·369
散歩会 269·670·719
昨今の洪水 397·671
サラリーマン川柳 559

し

書生 17·22·53·61·83·105
111·116·237·428
435·489·551·556
四書五経 68·647·713
四神地名録 612
仕官 428·429
授業料 8·43·58·71·77
85·89·92·617
司法試験 618
師範学校 26·55·60·63·110
144·170·223·606
609·717
祝捷会 110·117·158·715
祝言 294·310·314
清朝復活 675
死骸館（小説） 563·646·657·658
660·675·719
JP娯楽部 618·651
死骸館（小説） 563·646
死亡 143·153·264·423·424
458·470·476·531·658·675
笑止千万 311·490·581
出征軍人 101·123·597
祝捷旗行列（明治大学） 115
紫波参詣（志波稲荷社） 8
新小説 18
四国七尾 606
新聞売り 215
新撰独和辞典 34·98
新体詩 138·140·621
静岡市紺屋町 336·339·346
静岡版 338·342
執筆 330·359·363·436·454
481·534·547·560·659
669·721·725·732
市参事会員 283
小学校（下等第八級） 604

小説　多数
小説花相撲　646
至極面白く　368・435
宿の多田良蔵　69・91・616・639・651
新八犬傳　18
春愁　663
春陽文庫　18
春期大運動会(明治大学)　115
島根県松江市　608
柔術　20・81・85・118
正覚院　604・606
正洞寺　16・34・57・220・304・382・608・614・616・714・722・727・733・739
正洞寺境内　34・58・91・608・610
順天堂(本郷)　237・277・297・470・594
獣医学校　230・238・248
診察料無料　128
手術料　237・294・441・445
痔病　302・507・509・535・610・719・723・725
社友動静(明星)　663
私塾　604
子推　558
姉妹扁　605
下の橋　64
七言絶句　612
下斗米大作実伝　614・727・731
下関　337
士族　322・609
史外史伝黒岩物語　607
巡査　40・118・187・263・428・613・616・676
柔道部　59
実業　451
自転車　69・594・658
自動車　320・322・668
自然主義　557
将軍の娘(小説)　608・659・675・726・731
従七位・奏任官待遇　724
時事新報　97・152・181
新体詩　138・621
新聞代　119・135・164
新聞『日本』　551
新聞配達　57・61・341・389・667
新橋の蔵画館　196
新橋停車場　199
新撰組剣豪秘話　728
新公論社　522
新人物往来社　614・739
修史局編纂係補　430・673・723
賞金　170・172・210・215・220・651・657・659
頌徳・戸田市蔵先生之碑　610
借款団　521
宗教家　613
商法　37・188・222・386・491・508・511・514・530・618・724・725
商工世界太平洋(雑誌)　668・672
質受け　365
質屋　532
出社　280・290・369・497・502・518・533・534・661・722
指導要領　606
素人屋(下宿)　54・80・99・102・105
順天堂(病院)　77・253・262・294・654・667・669・678・720
障子紙　512・535
辞職　436・438・455・473・480・724
写真　15・36・164・202・232・244・271・286・294・314・326・337・340・376・432・538・539・575・640・663・671・716・724・730・732
師範学校卒業証書　3
小説家　556・563・609・645・647・663・666・677
芝佐久間町　320
女子文壇四号　621
女子大学敷島寮（小石川区日本大学)　538
女学校(東京・静江)　139・714
女優菊園露子(後の菊園露子)　646
秀才文壇四巻三号　138・621
進化論講話　226
衆議院議員　482・679
芝園橋　497・655
白樺　624・631・666
信州屋　306
書画骨董　646
書林小原某板　609
出血　235・478・480・483・489・507
週刊新聞・太平洋　672
順列帳　614
順天堂金原氏　277
浄瑠璃狂言作者　344
城下町盛岡遺聞　614・739
人力車　320・322・480・653・668・721
人事不省　458・470
親釜集　553
十八史略　558

す

水雷挺白鷹　395
清水(すず)　190
スバル　310・662・723
スバル三号　663・664・720
ズルホナル　24
スリ　203
炭の善悪　508
炭商法　511
炭屋　513
諏訪丸　675
駿河台蛟龍堂病院　653
駿河台南四谷町一七、片桐方　666

せ

政教社出版　614
政友会　484・669・674
正則英語学校　81
正伝相馬大作　614・726・731
世界情勢　672
生命保険株式会社　111・113・399
西光堂　15
尺牘四則　663
選挙権　613
石淋　558
洗濯　30・48・164・220
仙台藩士儒者岡鹿門　612
仙台第二高和中学　32
仙台松操学校　33
赤十字大会　44・714
赤痢病　158
瀬戸物　148
先祖のいはい　105

絶縁状 499
青年同気社 152
青年画家 639·645·715
川柳雑誌 183·195·207·650·651
制服 112·428·433·456
川柳 183·192·202·232·239
550·552·553·555·557
川柳会 202·225·232·234·242
249·263·269·288·301
川柳へなぶり会 197
川柳梗概 551·553
泉岳寺 263
全国料理業同盟会 263·671·678
全国同盟料理新聞 671
善光寺参り 373·378
仙台城下 606
セリフ 645
戦争 551
星菫調 554

そ

葬儀委員長 729
増訂現行日本法令大全（四円二三十銭） 114
奔馬 646
村会議員（立花村） 153
村長（立花村） 225
相学弁蒙 606
相法 605
相文献を中心とする江戸時代の家相の展開の研究 606
相州鎌倉 334
祖父 多数
祖父母の法事 460

た

第七回衆議院総選挙 674
第二次桂内閣 651
第一作 652
第二作 654
第三作 657
啄木全集第六巻 555·660·661
啄木全集第七巻 666
啄木全集第八巻 645
啄木日記 556·660
啄木の思い出 645
宅地組合一人別取立帳 610
太陽 117·145·164·297
601·668·678
体操 606
退社 334·344·351·502
653·667·668·721
高田村 516·518·520·522·524
526·529·530·538·540·613
高松村 446
高平（医師） 220
但馬国豊岡 489
台温泉 4·197·199·301
529·717·728·732
台湾の新聞社 481
大海嘯見聞記 669
大徳金 613
大葬 500·502·613·724
大学部 84·617
大修館書店 612
太平洋（雑誌） 334·668·672·678
足袋 37·170·177·221·238·249
292·315·351·356·422·482
台北市西門外街 51
台中新町 267·290·300
竹行李 71
立花学校 393
大暴風雨 439
大連 439·480·724
大日本史料 673
大日本婦女人名辞書 224·241·286
大審院 154
大菩薩峠 613
大仏開眼 663
田島理事 505·725
高千穂（軍艦） 118
高村光太郎全集 639
高田村雑司ヶ谷四四一 516·518
520·522·524·526·529
530·538·540·613
脱稿したる小説 311
短気 284·315·332·394
425·617·719
堕落 88·281·377·646·649·676
探訪作家 667
探奇 563·646·657·659·719
たま上京 534
多額納税者 613
タライ 332
谷口良三商店 399·650
短歌 550·553·559·618·635·639
646·648·651·666·715
短歌雑誌『草土』 666

ち

筑摩書房 555·660·666
中央公論 18·672·714
中央社 356
中学校 多数
中学世界 138·621
中国乾隆帝三六年 606
中公文庫 644
チチハル
千葉県銚子 283·720
千葉県中山 469·608·657·724
千曳山文庫 611
智鏡院琴室妙禅（弾）清大姉
613·726
樗牛全集 226
鳥影 556·660·721
朝鮮国 418
徴兵検査 99·119·220·224
提灯行列 110
徴収係 610
地相張欠秘伝書 605·610
地洋丸 281
地理学者 612
地方の郡長 435

つ

妻を迎ねば 456
津軽 256·612·614
通弁 313·322·336·382
土釜五貫匁 514
釣りの事 670
つるや旅館 199

て

的殺 611
電話 226·265·283·287·308
327·447·458·464·662

電車タイムス社　724
伝染病研究所　230・658
天売小学校　4・6
蹄鉄書　80
鉄道便　353・426・529
鉄道　396・399・433・489・583
停車場　7・37・48・64・139・147
199・292・417・503・529
帝国学生　76
帝国大学　108・117・662
帝国大学の講義和本(廉次郎)　109
照内(黒岩)　25
テブクロ　46
天才は狂に近し　106・607
天才は愚に似たり　106・607
天恵座　489
天徳　611
天命ノ部　605
添削　121・136・141・618
620・622・647・651
鉄幹子規不可並称説　554

と

得財　614
頭髪劇
東亜書院(清国)　96・101
東奥野夫日昔記　612
東都新聞社　654
十勝国大津　246
東大「明治新聞雑誌文庫」　614
東京大学　432・735
東京大学史料編纂所の前身
429・673
東京朝日　222・351・493・656
678・718・727
東京朝日の小説　214
東禅寺　263・288
特待生(大学)　86
東京学院夜間(源造)　81
東京遊学案内　106
東京病院　320・393・668・721
東京社柳沿革史　322
東京某劇場　344
東洋学院(廉次郎)　97・108・118
東北病院　19
東北・関西案内　286・671
東遊雑記　612
歳徳　611
東和町史　606
盗難品　534
唐詩選七　612
登用試験　26・240・242・273・618
討論会(明治大学)　118・620
特派員　334
図書館(廉次郎)　116・145・164
504・601・619
ドイツ語　32・34・611・617
714・717
独語　21・33・98・100・145
独身　243・364・367・595・604
独語辞典(廉次郎)
独語読本(廉次郎)　97
独逸語　32・34・90・97・118
独逸協会学校(夜間)　90・663
独逸語読本　34
独逸風　32
盗賊　296・307・317
斗古さの處　353
同窓会　26・35・186・616・667
当世軍人気質　556・595・650・717
時計代(二円六十五銭)　59
道中膝栗毛　89・715
登電　210
渡満　338・341・674
同志社中学　33
招魂社の大祭　120
常磐座　466・469・501
土曜日　380・647・662
杜甫　612
杜陵　15・28・49・75・163・182
豚児　142・161・168・180
218・364・474
富山県　266
鳥居　311・334・337・343・345
383・408・557・571
遁甲ノ部　605
十和田湖　668・736・739

な

内閣修史局　428・430・467・673・679
内閣西園寺　440
長崎市大村町　212・257・399・723
長崎市本河内　650
内外火災保険株式会社　212
中居(黒岩)　156
中小屋(平沢)　25
中津川　20・62
中津川畔　150
仲山鬼子母神(千葉県)　112
仲山　469
永井病院　132
南安温泉　31
南部　612
南部藩士儒者　608・613
ナイフ　23
名古屋　496
南京米　40・72・117・220
南柯の夢(小説)　608
奈むあみ多ぶつ　291
習志野　469
夏シャツ
奈良春日大社　253

に

日活の劇映画　678
日光　225
日新薬舗　64
西柳尊寺川柳社創設　224・630
ニーサンとオカサン　234・657
二万冊　609
二六　113・152・156・160
174・181・467・662
二六新聞　66・152・162・181
310・356・645
二十六字詩　551・553
日満商会　377・397・668
672・675・726
日清戦争後　667
日本近代文学大事典　645・666
日本新聞　368・406・609・678・722
日本外史　12・616・675・679
713・725
日本女子大学家政科　473・540
613・725
日本女子大学英文科　547・657
725・730・733
日本大学教務課(丹野君)　167
日本刑法の適用　135

日本橋区山坂本公園柳娯軒　202
日蓮　126・156
日蓮宗　246・324・608
荷車　69・116・119・393・505・514
日露戦争　551
日露戦争前　667
日露戦争時代　505
人参万四郎氏　392
ニヒリズム　556

ね

根岸笹の雪横町千百十六　248・250・268・358・673
寝敷蒲団　302
寝ても起きても　443
ねんじ（黒岩）　97・317
年賀状　302・499・553・560・669・670・674・679・729・735・736・737

の

農業　47
農商務大臣　313・323・429・440・455・651・668・673・668・673・721・723
朧露藍　322
脳髄　99・284・362
のぼせ炭　515

は

俳句　550
白堊同窓会会員名簿　616・667
白玉楼中　148・653・654
伯州倉吉町寿座　488
白幽院殿枕肘薬水大居士　324
函館戦争　612
白玉楼中の人　148・653・654
白山神社神官　613
白山事件（黒岩）　154
函館日々新聞　669・678
博文館　89・117・293・297・308・314・334・342・383・580・610・623・645・651・660・667・668・672・678・715・720
博文館五十年史　210・293・668
博覧会　221・271・647・677・718
馬喰　154・566
阪神地方　498
八幡様（盛岡）　31
八掛　611
八大学と秀才　618
八円汽車賃（上野〜黒沢尻）　92
陪観　458・468
幕府　550・612・677
ハカマ　62・71・97・534
はったり　554
ハルピン　375・419・422・424・669・674・722
花まろ　103・117・132・194・197・221・238・240・247・249・254・267・279・550・553・558・561・565・592・650
花巻停車場　9・23
花すゝき　136・623
浜松通信員　339
発会式　202
母の罪（小説）　247・260・563・604・608・646・654・656・659・675・718
腫物　22・54・127・131・197・387・390・408・475・476
原敬日記（二巻）　283・455・673・679
判事　26・415
判検事（試験）　227・252・618・719
判任官　428・431
パンの会の回想　664
磐鹿六雁命御事績　671

ひ

貧書生　22
百巻の書　33・607
百五十円　57・385
百二十円
姫路滞在　501
備中国（現岡山県総社市）　612
東山　606
筆記　648
琵琶記　375・669・675
琵琶記稿本　376・674
瓢乎　148・158・162・166・176・183・189・202・212・552・558・573・600・644・648・713
瓢鯰坊　214・550・557・560・569・584・591・594・601・644・648・713・717
瓢鮎図　650
ヒビター院　44
非結婚主義　207・651・718
弘前輜重兵第八大隊　249・253・257
弘前野砲第八聯隊　256
評論　557

ふ

不作（黒岩）　159
不自然　606
無事息災　94
福井市　673・724
福引　6・164・620・716
福田氏訪問　378・671
福地居士　648
冨士浅見の　346
不幸　40・57・59・146・294・303・321・348・356・363・423・444・474・579・587・589・658・676
文官予備試験　234・240
文章規範　13・606
文豪大町桂月　668
文藝娯楽部　18・89・647
腹カタル　165
仏国法典　32
福島県立白河中学校　466・666・679
福島県の鉱山（三坊木）　181
藤根小学校　606
藤根学校　393
二子村　736
附子　318・327・604・422
夫差　558
府中（静岡）　336・346・353
武士道小説土手の道哲　646・659
文学同好会　716
文芸部設立（明治大学）　108・620
武運長久　335・351
舞踊家　660
古川古松軒　612
ブラン（デンキブラン）　558・559

フィリピン共和国　559

へ

便秘　20・508
弁護士　26・173・421・475・630・653・723
弁護士試験（明治大学）　120・227・252・618・719
ヘナブリ　573
へなぶり　551
ヘナブリ雑誌　182・189・551・552・553・563・651・716・717
編輯局庶務係　335・672
編輯部長主幹　672

ほ

報知新聞社　334・336・346・668・678
報知社支局長　334
報知社静岡支局　721
伯耆国日野郡　193
法学士　77・284・306・617・715
法学部専門部特別科　618・718
法政大学　76・617
法学協会雑誌　117
法学通論　135
法華経講義　107
防恒　247
干し餅　535
北海道　4・219・233・246・285・308・336・618・623・723
北海道帝国鉄道庁　271
北海道勇払郡早来　122・193・213・266・285・385・716
北星女学校（札幌）　136
北越地方　332
鳳山庁旧城土地調査局　6
保険　111・113・513
補償　205
保証人　24・77・173・294・470・614・652・677・715・720
ホシカ丁　38
干餅なまもち　73
本郷商店　213
本郷警察　320
本郷座　283・358・379・390・589・594・635・649・671・722
本郷佃島
本職　269・278
本官　430・437・440・442・455・468・471・473
本草学　610
翻訳物　504
龐徳　558
不如帰　558

ま

松前　191
松平家　438・673・724
馬子唄　527
松島　332
松本卿　409
松本楼　328・608
松枝よりの注告　535
満州・台湾・東南アジア　672
満蒙の開発と邦人　675
満蒙の特殊性と邦人　675
万内の山田忠平　616
真砂座　376・640・642

み

三浦呉服店　6
三田文学　666
都新聞　122・174・201・613・644・677・725・730
民政側　669
民法物権法　617・715
民法総則物権　77・715
民友社　667・675
見舞人名録　674
みせう会（川柳）　202・214・225・601・650
みだれ髪　552
身延山（主殿）　93・220・715
耳だれ　128
耳の治療（廉次郎）　102
妙法蓮華経　125・160
明星　552・554・556

む

室蘭　136・285
村雨会　446・716

め

明治維新　604・610
名所案内　671
名著文庫　18
めまい　480・497
目黒獣医学校　248
明治近代劇集　666
明治新政府　554
明治大学　552
明治大学専門部法科　617・718
明治大学徽章　76
明治大学校友会　244・268・447・450・452・619
明治大学学務課　198・252・618・719
明治大学独文科　663
明治法律学校　84・618・678
明治暦　613
明治文学全集七三号　647
明治文学全集八十六　666
明治の東京　672
明和八年　606
免職　440・442・453・456

も

最上参詣　337
元陸軍奉行　612
元佐竹藩士　613
元修験道系　604
目論見　647
盛岡高等農林　21・163・608・654
盛岡中学　55・192・556・563・612・616・654・663・667・679・714
盛岡中学校　8・34・55・64・75・192・461・714
盛岡女学校　264・270・657
盛岡市長　674・679
盛岡市肴町　668
盛岡市本町　6・8・9・11・13・15
盛岡市十三日町　269・272・305
盛岡地方　20・28・308・314・443

盛岡電気株式会社 674・679
木綿綿入 296
木綿の着物 452
モルヒネ 14・583・676
モルガン夫人 196
模範的人間 106・607
門下生 551・610・615・647
門下生一同 370
諸橋大漢和辞典 604

や

八重桜 7
大和男児 123
家賃 470・505・506・512・514・523・535
柳の町物語 607
山口県山口市 608
やまと社 495
破れ恋（小説） 233・244・245・261・563・608・646・652・654・656・660・675・718・719

ゆ

雄弁家 618
夢ノ女 18
郵船会社 282・284・289・720
郵便 6・21・25・48・61・87・218・309・515
幽霊屋敷（小説） 608・675・677・725・726・730・731
湯島天神 79・364・653・654

よ

万朝報・政治部長 667
横浜 66・288・381・493・582・602・671
余興 186・187・553
予科講師 664
横川目（和賀郡） 222・717・718
芳田屋（盛岡） 669
遥拝 502
万朝報 74・581・654・667・726・731
養女 322・363・375・383・651・668・721
洋服 多数
洋服劇 640
予備試験（大学） 234
幼年期 608
洋服屋 35・424・454
吉原沿革史 316・330・454・456・720・724
吉原大崎屋 521
吉原稲本楼 454・724
吉原三業組合 458・724
吉原系図 308・610
読売新聞 551
読売川柳研究会 551

ら

乱菊物語 31・44
ランプ 119・129
落選 209・222
楽天主義 555・557
楽天主義と川柳 555・556・584・650・717
楽天党を募る 551・554・556・581・717
落胆 209・210・222・240・544

り

流行病（赤痢） 156・165
陸軍獣医学校 230・238
霊岸島 612
陸軍省参謀本部 433
陸中台温泉 301
陸中黒沢尻停車場 251
霖雨 275
履歴書 264・265・371
龍泉寺 349
離縁 323・331・393・573
柳巷 402・410・419・434・646・659・671・675・677・713・723・725・726・730・731・739
料理新聞 248・250・260・268・269・272・669・670・671・672・678・719
柳体和歌　親釜集 553・600・648
立候補 482・669・678
立身 142・161・169・180・364・383・409・435・455・556・641

れ

歴史通 644
歴史的小説 355・673
連帯 510

ろ

露西亜征伐書 68
露西亜文学 503・619・725
論理別 18
六号（川柳雑誌） 194・584・717
六三まつり 73
六法全書 131
六五ヶ村 607
ローマ字日記 555・661・664・677・720・721
浪漫主義 554・557・560
肋膜 220・273・274・294・297・667・669・719・770

わ

和歌剳記 606
和賀家御分限録 606・616・727
和賀郡 多数
和賀郡出身 616
和賀病院 146・197・553・651・716・717
和賀病院内 167・194・200
和賀卒業生 59
和賀郡仙人山 22
和賀郡毒沢 604・606
和賀郡黒岩 217・606
綿入羽織 37
若葉会演劇会 645
和服着用 77

を

ヲヤマ 9